Lev Tolstói (1828-1910), uno de los más destacados narradores de todos los tiempos, nació en Yásnaia Poliana, Rusia. Hijo de un terrateniente de la vieja nobleza rusa, quedó huérfano a los nueve años y tuvo tutores franceses y alemanes hasta que ingresó en la Universidad de Kazán, donde estudió lenguas y leyes. En 1851 ingresó en el ejército y dio a conocer su ciclo autobiográfico, compuesto por las obras *Infancia, Adolescencia y Juventud*. En 1856 se instaló en San Petersburgo y se consagró a la literatura. De entre sus obras más importantes cabe destacar: *Anna Karénina, La muerte de Iván Ilich, Guerra y paz* o *La sonata de Kreutzer*. Tolstói murió en Astápovo, en una remota estación de ferrocarril.

George Gibian (1924-1999) obtuvo el doctorado en la Universidad de Harvard. Durante los años siguientes impartió clases en Smith, Arhest y la Universidad de California en Berkeley, antes de recalar en la facultad de Cornell el año 1961. Allí ostentaría la cátedra Goldwin Smith en lenguas eslavas y literatura comparada hasta su muerte.

Las hermanas **Irene** y **Laura Andresco** se han especializado, a lo largo de su trayectoria, en la traducción y el estudio de la obra de Lev Tolstói. Sus aclamadas versiones escritas a cuatro manos son una notable aportación a nuestra lengua.

LEV TOLSTÓI

Anna Karénina

Introducción de
GEORGE GIBIAN

Traducción de
IRENE ANDRESCO
LAURA ANDRESCO

PENGUIN CLÁSICOS

Papel certificado por el Forest Stewardship Council®

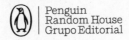

Título original: Анна Каренина

Primera edición: mayo de 2016
Décima reimpresión: diciembre de 2021

PENGUIN, el logo de Penguin y la imagen comercial asociada son marcas registradas
de Penguin Books Limited y se utilizan bajo licencia.

© 2016, Penguin Random House Grupo Editorial, S. A. U.
Travessera de Gràcia, 47-49. 08021 Barcelona
© Irene y Laura Andresco, por la traducción
© 1966, Herederos de George Gibian, a los que la editorial reconoce su titularidad de los derechos
de reproducción y su derecho a percibir los *royalties* que pudieran corresponderles
Ensayo publicado originalmente en *Orbis Scriptus: Dmitrij Tschizewskijzum 70. Geburstag.*
© 2016, Júlia Sabaté Font, por la traducción de la introducción
Diseño de la cubierta: Penguin Random House Grupo Editorial
Fotografía de la cubierta: © Sánchez / Lacasta a partir de © Kl Petro / Shutterstock

Printed in Spain – Impreso en España

ISBN: 978-84-9105-193-0
Depósito legal: B-7.202-2016

Impreso en Black Print CPI Ibérica
Sant Andreu de la Barca (Barcelona)

PG 5 1 9 3 C

ÍNDICE

Introducción

Dos clases de comprensión humana y la voz narrativa en *Anna Karénina*

Llaman la atención varios aspectos de *Anna Karénina* que pueden parecer inconsistentes o incluso contradictorios. Por un lado, existen muchos indicios de lo que podríamos calificar de actos de la razón y la voluntad. Tolstói usa un gran número de expresiones que señalan relaciones lógicas. Las conjunciones causales y las enumeraciones son muy comunes, y abundan las referencias a que los personajes «comprenden» algo. Con frecuencia, estos cumplen su voluntad; planean, calculan. Hacia el final, Anna observa sus experiencias a través de una «luz radiante», una de las imágenes tradicionales de la comprensión; mediante una serie de metáforas entrelazadas, su vida se compara a una vela.

Por otro lado, sin embargo, muchos pasajes apuntan lo opuesto: personajes que confían, con buenos resultados, en su intuición e instinto, seres humanos incapaces de llevar a término su voluntad; actos involuntarios o incluso en contra de lo que ellos habían planeado. De hecho, los actos más verdaderos y significantes se realizan a veces irracionalmente. Los puntos de inflexión giran en torno a lo repentino, lo inmediato, lo inesperado, y no a lo racional o a la voluntad.

La tesis de la presente introducción propone que la presencia de estos dos grupos de elementos en *Anna Karénina* está conectada con el interés central de Tolstói en la novela: su preocupación por la relación entre la razón y la sinrazón. La interacción de estas dos ideas y su postura respecto a ellas constituyen las claves para la comprensión del punto de vista del autor sobre la condición humana en general, y sobre el dilema de Anna y Vronski en particular. Si estudiáramos cómo Tolstói presenta las antítesis claridad frente a no claridad, o caminos verbales y lógicos frente a caminos intuitivos y no intelectuales como modo de alcanzar la comprensión, daríamos con las distinciones en que se fundamenta esta novela.

Algunos de los aspectos que centrarán nuestra atención no son exclusivos de *Anna Karénina*, la mayoría son propios de la perspectiva y el estilo narrativo de su autor. Otros, sin embargo, o bien se encuentran más pronunciados en *Anna Karénina* que en otras obras, o bien aparecen solo en esta. No los examinaremos todos con el mismo grado de minuciosidad, pues algunos nos interesará únicamente mencionarlos, no analizarlos. Esta introducción propone, sobre todo, buscar una conexión entre ellos y, en definitiva, analizar una de las relaciones (*sceplenie*) de las cuales hablaba el mismo Tolstói y en la que quería que los críticos dirigieran su atención:

> En todo lo que he escrito, o casi todo, me he guiado, para poder expresarme, por la necesidad de enlazar pensamientos interrelacionados; pero cada uno de ellos expresado por separado con palabras pierde su significado, y queda terriblemente degradado al ser excluido de la interrelación a la que pertenece. Esta interrelación no se produce a través del pensamiento (creo), sino de algo más, y expresar con palabras y de forma inmediata en qué se basa esta interrelación no es posible de ninguna manera, solo se puede hacer de forma indirecta, describirla con palabras, imágenes, acciones, situaciones.
>
> [...]
>
> Necesitamos gente que demuestre que perseguir ideas no relacionadas en una obra de arte es un sinsentido, alguien que vaya guiando a los lectores en ese laberinto infinito de interrelaciones que conforman la esencia del arte, y en las leyes en que se basa esta interrelación.

Por lo tanto, no analizaremos los grandes temas que en general han preocupado a los críticos y académicos que han escrito sobre Tolstói: la forma en que va entretejiendo las dos tramas principales de la novela, la de Anna y Vronski y la de Lievin y Kiti; el problema de su postura respecto a la destrucción de Anna y la relevancia del epígrafe «Mía es la venganza, y yo recompensaré»; la división entre los distintos estratos sociales, elaborados y definidos con gran minuciosidad, los ámbitos campo y ciudad, la vida de los distintos estamentos en las dos capitales; el curso trágico de la evolución de Anna y de su amor con Vronski. En su lugar, desarrollaremos nuestro tema considerando siete aspectos de *Anna Karénina* que pueden estar relacionados con una cualidad fundamental, y hasta ahora no lo bastante reconocida, del método artístico de Tolstói.

1. La lengua en esta novela es rica en estructuras sintácticas que sugieren que la experiencia humana puede organizarse de forma clara y precisa, ordenarse y arreglarse con celo, como un jardín clásico francés. Hay un gran número de conjunciones causales. «Potomu to» es especialmente común. Podemos encontrar varias enumeraciones, listas de uno, dos, tres elementos, divisiones en subcategorías. Los lectores de Tolstói a menudo quedan impresionados por lo que se suele denominar la claridad de su estilo. Se ha comentado su procedimiento narrativo directo y sencillo, que podríamos llamar transparente. El de *Anna Karénina* no es en realidad un mundo de orden y causalidad, pero ahora debemos fijar la atención en la marcada apariencia de estructura e inteligibilidad que se desprende de la novela, al menos de forma superficial, y considerar un conjunto de causas que producen esta impresión: la profusión de conjunciones, sucesiones y conectores («nesmotrja na to», «xotja», «tak kak», «ne potomu-no potomu», «poètomu»).

2. Relacionada con el primer punto, encontramos la palabra «comprender» («ponjat'»), que no solo aparece con frecuencia sino también de forma enfática: «Vronski, comprendiendo [...] que Anna se encontraba en buena disposición de ánimo», o «Vronski comprendió que Goleníschev había elegido una actividad liberal e intelectual y que, por consiguiente [*poètomu*] [...]». (En las dos o tres páginas siguientes, «comprendió» aparece varias veces más.) Esta proliferación del término «comprender» puede que quiera ir más allá, dar la sensación de un mundo claro e inteligible, que la vida es una experiencia que se puede dominar, diseccionar, analizar y organizar. Sin embargo, debemos ser cautelosos, pues también encontramos otros elementos que señalan hacia una dirección diametralmente opuesta al argumento que hemos expuesto hasta ahora. «Ponjat'» a menudo aparece en su forma negativa, «ne ponjal», lo que apunta a lo contrario de lo que hemos descrito. Casi siempre que en la novela se dice que él o ella «no había comprendido», «no podía comprender», se genera una impresión de ignorancia humana, del mundo que queda más allá del simple entendimiento del hombre.

3. Tolstói conecta el asunto de la vida comprensible o no comprensible con la imagen de la «luz radiante». Anna monta en un ca-

rruaje ligero, el último día de su vida, en su carrera de locura y agonía. Encuentra culpables a todos los que ve. Podríamos afirmar que proyecta su estado de ánimo en lo que la rodea. Mientras observa a extraños, piensa: «El conde Vronski y yo no hemos hallado el placer [*udovol'stvie*]; aunque esperábamos mucho de él», y luego «por primera vez Anna dirigió aquella luz radiante, bajo la cual lo veía todo, hacia sus relaciones con Vronski, acerca de las cuales evitaba pensar anteriormente».

Unas cuantas líneas después, Tolstói vuelve a aludir a la luz: «No era una suposición, lo veía con claridad bajo esa luz productora que le revelaba ahora el sentido de la vida y de las relaciones humanas».

Uno de los símiles más antiguos y tradicionales implica hablar de la comprensión intelectual como de una luz. Pero Tolstói no usa la imagen de esa forma. La luz radiante de Anna no representa la comprensión de lo inteligible, sino al contrario. Si nos permitiéramos dar una respuesta habitual a la imagen, cuyo uso en otros contextos de nuestras lecturas pasadas nos podría conducir a aplicarla ahora a Anna, caeríamos en un grave error. Su luz radiante es la luz de la decepción y del resentimiento, del deseo de venganza, de hacer pagar a Vronski los desaires imaginados, y que se arrepienta y se lamente por ella. Es la misma luz distorsionada a través de la cual ahora Anna considera odiosos, repulsivos e infelices a todos aquellos que ve a su alrededor. Este brillo deslumbra, ciega, no resulta revelador. Su claridad es de una clase especial, la de la distorsión. Es intensa, pero confunde y excluye el lado agradable y positivo de la vida. Esto se vuelve mucho más evidente en una segunda imagen que Tolstói relaciona con esta última. Al caer sobre sus rodillas en las vías, Anna experimenta una sensación que le resulta familiar, como si se dispusiera a entrar en el agua: «... se persignó. El gesto familiar de la señal de la cruz despertó en su alma una serie de recuerdos de su infancia y de su juventud. Y súbitamente se desvaneció la niebla que lo cubría todo, y la vida se le presentó por un momento con todas sus radiantes alegrías pasadas». Es ahora cuando la luz verdadera ilumina su vida. Tolstói continúa en la frase siguiente: «Pero Anna no bajaba la vista del segundo vagón que se acercaba». Anna se suicida a pesar del momento de lucidez; su acto se perpetra de nuevo en la luz negativa anterior.

Incluso en el momento en que los personajes de Tolstói sienten que están viendo con una claridad excepcional, como muestra la luz ilusoria (y destructiva) de Anna, pueden estar equivocados. Como ilustra nuestra categoría siguiente, todos ellos se engañan a sí mismos y ven su voluntad frustrada con más frecuencia que lo contrario.

4. Los personajes de Tolstói a menudo cometen acciones que no quieren realizar, como si las llevaran a cabo en contra de su voluntad. Planifican y «tienen la intención de», pero entonces el lector los descubre (y se descubren a sí mismos) haciendo, diciendo o sintiendo algo muy diferente de lo que tenían previsto. O bien dicen y hacen cosas inconscientemente. Como resultado, muy a menudo se sorprenden a ellos mismos, por lo que hacen los demás, por lo que hace la vida. Se nos muestran como si no tuvieran el control. Lo que sienten, aun cuando se trate de felicidad, puede que sea «de un modo distinto de como [Lievin] lo había esperado». Cuando Lievin visita a Nikolái, su hermano moribundo, «esperaba» muchas cosas, pero «lo que halló fue muy distinto». Algunos de los acontecimientos principales de la novela son de este tipo. Vronski se dispone a aceptar un puesto en Tashkent después de intentar suicidarse; entre él y Anna ya ha terminado todo, si confiamos en lo que su mente asegura. Tolstói describe su decisión y sus planes con detalle. Sin embargo, después, en un pasaje narrado de un modo muy conciso, y por lo tanto mucho más sorprendente (pues la velocidad vertiginosa con la que sucede y la rapidez con la que el narrador lo describe le otorgan la fuerza acusada de lo inesperado), leemos que a Vronski le basta una visita a Anna, en principio únicamente una despedida, para cambiar de opinión. Los dos amantes lo dejan todo atrás y se marchan juntos al extranjero. El impulso repentino (basado en la pasión), con gran facilidad y de inmediato, vence a una decisión racional tomada con anterioridad.

Un pasaje muy característico ilustra nuestro punto de vista tanto sobre la incapacidad de Kiti de mantenerse a la altura de su plan para resultar «tranquila y mordaz», así como sobre la agitación interior, tan bellamente (y con mucha claridad) analizada de la mente de Lievin:

—Tú te diviertes... —dijo Kiti, tratando de aparecer tranquila y mordaz.

Pero en cuanto abrió la boca brotaron palabras de reproche motivadas por unos celos absurdos, y por todo lo que la había atormentado durante aquella media hora que permaneció sentada inmóvil junto a la ventana mientras lo esperaba. Solo entonces comprendió Lievin por primera vez lo que no había comprendido al llevársela de la iglesia después de la boda. Se dio cuenta de que no solo quería mucho a Kiti, sino que ignoraba dónde terminaba ella y dónde empezaba él, debido a la dolorosa sensación de desdoblamiento [*razdvoenija*] que experimentó en aquel instante. Al principio se molestó, pero no tardó en comprender [*ponjal*] que ella no podía ofenderle, ya que constituía una parte de su propio ser. Experimentó lo que un hombre que recibe un fuerte golpe por detrás, el cual, al volverse irritado para buscar al agresor y vengarse, se convence de que se ha lastimado por descuido, que no tiene contra quién enfadarse y debe soportar el dolor. (p. 614)

En el punto de inflexión de la obra, contemplamos la vida conjunta de Anna y Vronski en el momento en que empiezan a desviarse de la hasta ahora creciente pasión. Los dos amantes se alejan de la línea de movimiento ascendente hacia un amor mayor, y empieza a caer, siguiendo una línea descendente. Es el inicio del deterioro personal de Anna: su insatisfacción, su inquietud, los celos crecientes, después la histeria y al fin la muerte. Es la derrota de lo que «debería haber sido», si uno lo considera desde el punto de vista racional de los factores involucrados y de las emociones íntimas, la derrota por «las cosas como son», por lo irracional.

Y aún leemos otro ejemplo de los propósitos cruzados de los que se percata Anna un poco antes:

«He causado la inevitable desgracia de este hombre [Karenin] —pensó—, pero no quiero aprovecharme de ella. También yo sufro y he de seguir sufriendo. Pierdo todo lo que más aprecio, el nombre de mujer honrada y a mi hijo. He procedido mal, y por eso no deseo ser feliz, no deseo el divorcio y sufriré mi deshonra y la separación de mi hijo.» Pero, a pesar de su sincero deseo de sufrir, Anna no sufría. No había ninguna deshonra. [...] La separación de su hijo, a quien tanto quería, tampoco atormentó a Anna al principio. (pp. 593-594)

Hay ejemplos de personajes que empiezan a hacer algo, y acaban haciendo otra cosa: «En lugar de ir al salón, desde donde se oían las voces, se detuvo en la terraza y, apoyándose en la balaustrada, miró al cielo» (p. 1034). O: «Este [Vronski] se proponía decirle que, no habiendo descansado en toda la noche, se había quedado dormido; pero, al mirar su rostro [el de Anna] agitado y feliz, se avergonzó. Dijo que había tenido que ir a dar cuenta de la marcha del príncipe» (p. 467).

Extraordinariamente a menudo, los personajes llevan a cabo acciones de un modo inconsciente (*bessoznatel'no*). Cuando se encuentra con Lievin, *bessoznatel'no* Anna intenta despertar, en contra de su mejor juicio, su amor por ella. El pasaje que lo describe es importante en particular, pues resulta muy ilustrativo del estilo de Tolstói. Empieza por una oración estructurada de un modo extraordinario. Se suceden tres cláusulas concesivas introducidas por «xotja». Una articulación tan clara da la impresión de experiencia dominada, ordenada. Pero esta sucesión racional de conexiones en realidad pone de manifiesto todo lo contrario al control racional del hombre: acentúa el poder que el lado no racional ejerce sobre él. Aunque Anna tuviera tres razones para hacer lo opuesto, «en cuanto [Lievin] se fue dejó de pensar en él».

5. A veces Tolstói sí presenta a sus personajes llevando a cabo actos racionales, o ejerciendo su voluntad y saliendo beneficiados de sus esfuerzos, pero de tal forma que da la impresión de que se debe a la hipocresía o al autoengaño. Los presenta así solo para condenarlos y para mostrar su esterilidad. Karenin, por ejemplo, posee la habilidad de olvidar lo que quiere olvidar, de sentir lo que quiere sentir, pero Tolstói lo muestra como el mal, la mentira, la hipocresía insensible de un ser frío como el hielo.

Serguiéi Ivánovich, que ha consagrado su vida a las obligaciones, «no es que no pueda enamorarse [...] Pero carece de esa debilidad que se necesita». Esta carencia de debilidad es un defecto grave. Revela la incapacidad de rebasar los límites del confinamiento en lo racional. Serguiéi Ivánovich no es completo. (Pero no debemos olvidar también que, en el otro extremo, Anna es demasiado capaz de enamorarse, y acaba destruyéndose.)

Carecer de un punto débil, como Serguiéi Ivánovich; que la voluntad y la razón tengan demasiado poder sobre uno, como Karenin; extrapolar con firmeza y arrogancia una esperanza segura en el futuro a partir de las ideas sobre ciertos acontecimientos del pasado; etcétera.; todo ello Tolstói lo presenta como impedimentos y debilidades.

6. *Anna Karénina* está excepcionalmente repleta de pasajes en que un personaje puede «distinguir» (a menudo Tolstói usa un verbo que significa «leer») el estado de ánimo de una persona solo por su mirada, su expresión. Es una comprensión rápida, intuitiva, de algo en la acti-

tud general de aquel a quien están escuchando y mirando. La novela explicita de vez en cuando que quien «lee» no escucha las palabras del otro, sino que «está leyendo» alguna otra acción. Los personajes, pues, se comunican a menudo «mirándose los unos a los otros» (*peregljadivajutsja*). Tolstói lo presenta como una comunicación sutil, superior a la intelectual. Es un proceso intuitivo, no verbal ni analítico. La madre de Kiti lo menciona cuando esta le pregunta cómo se le declaró su padre. La madre replica: «Seguramente crees que vosotros habéis inventado algo nuevo. Siempre es lo mismo: se decidió con sonrisas, miradas...». «Pero ¿qué palabras te dijo?», «¿Y cuáles fueron las que te dijo a ti Kostia?» (p. 704), responde la madre. (Sabemos que Kostia había escrito con tiza las iniciales de una larga frase que Kiti supo descifrar con una intuición y clarividencia casi sobrenaturales.)

En las obras de Tolstói, los niños en particular poseen la sensibilidad para leer una gran cantidad de cosas en una sola mirada. Seriozha observa a su maestro y, sin oírle, reconoce que está diciendo algo que en realidad no piensa.

Anna, a su vez, durante la visita clandestina a su hijo, entiende las palabras no dichas de Seriozha con una agudeza extraordinaria: sabe que cuando él dice «Aún tardará en venir» (p. 682), en realidad le está preguntando qué debería opinar sobre su padre. Kiti y Lievin, como podríamos esperar, gozan de una comunicación no verbal casi perfecta. Kiti comprende comportamientos complejos de Lievin, y Lievin «inconscientemente» la invita a exponerle las causas de su desconfianza. En diversas ocasiones del capítulo III de la sexta parte, solo una pequeña fracción de todo lo que dicen los personajes se expresa hablando.

Entonces, y según lo que hemos observado hasta ahora, parece que la novela pone de manifiesto, por un lado, la claridad y la racionalidad, y por otro, los misterios de la vida y la importancia de lo irracional.

¿Qué relación hay entre las distintas maneras en que Tolstói nos transmite los fracasos de los personajes en la esfera racional y su enorme sensibilidad para la percepción intuitiva, y que asimismo crea la sensación de simplicidad y orden?

La clave de la respuesta reside en la necesidad de distinguir con atención las experiencias de los personajes y la voz del narrador. La vida es un misterio para los primeros. Por un lado, son ellos quienes fracasan en su intento de comprender, que intentan ejercer sin éxito, en vano, su voluntad, y, a la vez, entienden sin la necesidad de verbalizar; quienes esperan ser felices porque todo indica que lo deberían ser, y aún descubren que no lo son, que quieren sufrir pero no sufren, que no pueden enamorarse, o que se enamoran catastróficamente y mueren. La vida se les abre como un misterio. Su mejor opción pasa por comprender la vida de un modo intuitivo, tanto la suya en particular como la existencia en común, y por sortear las dificultades con destellos de percepción inmediata. En el peor de los casos, son inhumanos: inflexibles, mutilados en lo emocional y lo moral. Transitan por un valle sombrío acarreando la incierta e ilusoria luz de la razón, además de una segunda luz, más fiable, pero intermitente y a veces incluso destructiva, de la percepción sensitiva y la intuición. Esta última puede conducir a una pasión excesiva que acaba resultando «terrible», cargada de miedo y pavor a causa de las profundidades temblorosas que alcanza. (Tolstói enfatiza el terror y el pavor que siente Anna al comienzo de su amor por Vronski. Su cualidad central, el exceso de vivacidad —*pereoživlennost'*—, entra aquí en juego.)

¿De dónde, entonces, proviene la sensación de claridad y orden de la novela? Del narrador. Es el único que se libra de la gallinita ciega a la que juegan los personajes. Estos no comprenden lo que hacen; él sí. Él comprende tanto el reino de la razón como el de la sinrazón. Es él quien construye las triples oraciones concesivas o nos cuenta las ricas complejidades de lo que una mirada significa para otro personaje. Las experiencias demasiado sofisticadas para el intelecto de este resultan simples para el autor. Él es quien levanta el velo de la confusión.

El siguiente pasaje ilustra la sutil modulación de la visión del personaje hacia la del narrador a través de la frase «cuyo significado era este: [*i smysl kotorogo byl takov*]»:

Durante aquel encuentro, Vronski comprendió [*ponjal*] que Goleníschev había elegido una actividad liberal e intelectual y que, por consiguiente [*poètomu*], despreciaba la carrera y el título de su compañero. Debido a eso, Vronski, al encontrarse con Goleníschev, lo trató con aquella fría altivez que sabía dispensar a la gente y cuyo significado era este: «Puede gustarle o no mi manera de vivir, me es completamente igual, pero si me quiere tratar, ha de tenerme respeto». Goleníschev se había mantenido despectivamente indiferente al tono de Vronski. Al parecer, aquella entrevista hubiera debido separarlos aún más. Sin embargo, ahora ambos habían lanzado una exclamación de alegría. Vronski no podía imaginarse que le alegrase tanto ver a Golenischev, pero, probablemente, ni él mismo sabía [*ne znal*] hasta qué punto se aburría. Olvidó la desagradable impresión de su último encuentro y, con el rostro alegre y franco, le tendió la mano. (p. 589)

El narrador de Tolstói relata lo complejo y lo oscuro como si resultara obvio, simple, cristalino. El narrador lo ve todo claro y directo; suyo es el estilo transparente. No está al mismo nivel que los personajes, sino en las alturas, como un Dios, observándolos desde un lugar superior y privilegiado. Este es el mecanismo estructural básico de Tolstói para contrastar la percepción del narrador y la voz de los personajes, el responsable del doble efecto de la novela: su claridad racional frente a los elementos no racionales e intuitivos. Los subraya, unifica y enlaza.

Las diferencias entre estos dos polos, las percepciones del narrador y de los personajes, lo racional y lo irracional, se vinculan además con otras dos características de la novela: el contraste entre las escenas de la vida cotidiana y las escenas de urgencia, y lo que se ha dado en llamar el «proceso de extrañamiento» de Tolstói.

7. Otro elemento básico de la estructura de *Anna Karénina* es la alternancia de escenas de la vida rutinaria, cotidiana y normal (escenas tan corrientes, por ejemplo, como el encuentro de Vronski y Goleníschev en Italia) en contraste con acontecimientos extraordinarios, «situaciones de urgencia». En estas últimas, Tolstói representa a seres humanos viviendo del modo más intenso posible, en el momento en que la experiencia es violenta y se encuentra fuera del alcance de la comprensión, consecuencia de un estado mental de confusión. Las «situaciones de urgencia» en las que coloca a los personajes encajan en dos categorías: algunas podrían denominarse agonías, y otras, éxtasis. En ambos tipos aparecen los estados mentales y perceptivos insólitos, intensos, trastornados y de confusión, cuando los personajes no saben muy bien qué ocurre y sienten que todo resulta nuevo y extraño.

En las escenas de normalidad, cotidianas, la experiencia es familiar, incluso habitual. En las escenas excepcionales, a las que nos hemos referido como «situaciones de urgencia», el personaje está excitado. Reacciona a todo como a algo desconocido, permanece en un estado en que responde con intensidad a su entorno. Le sorprende, le resulta nuevo. Los ejemplos más destacados de estas escenas, que sobresalen como cúspides por encima del nivel general, son: Lievin antes de su boda; Lievin durante el nacimiento de su hijo; la escena de patinaje sobre hielo, cuando Lievin ve a Kiti; la carrera de obstáculos; el intento de suicidio de Vronski; Anna antes de suicidarse; Anna y Vronski durante el parto de la hija de ella.

Este párrafo que habla de Lievin mientras Kiti está pariendo su bebé ilustra cómo Tolstói trata estas «situaciones de urgencia»:

> De repente Lievin se sintió transportado desde aquel mundo misterioso y terrible, en el que había vivido las últimas veintidós horas, a su mundo habitual, al de antes, resplandeciente ahora de una felicidad tan radiante que no la pudo soportar. Los sollozos y las lágrimas de alegría, no previstos por Lievin, le estremecieron el cuerpo con tal fuerza que durante largo rato no fue capaz de hablar. [...]
>
> Si antes le hubiesen dicho a Lievin que Kiti había muerto y él también, que sus niños eran ángeles y que todos estaban ante Dios, no se hubiera sorprendido. Pero ahora, vuelto al mundo de la realidad, hacía grandes esfuerzos mentales para comprender que Kiti estaba sana y salva y que el ser que gritaba tan desesperadamente era su hijo. Kiti vivía y sus sufrimientos habían cesado. Lievin se sentía inenarrablemente dichoso. Lo comprendía y aquello le colmaba de felicidad. Pero ¿y el niño? ¿Quién era? ¿Para qué y de dónde venía?... Le parecía que era superfluo, que estaba de más, y no fue capaz de acostumbrarse a él en mucho tiempo. (pp. 904-905)

Incluso en las escenas cotidianas, de la vida corriente, Tolstói muestra a sus personajes, como hemos visto, tropezando, cometiendo errores, presos de sus acciones e impulsos involuntarios e inconscientes. Desde que los formalistas rusos llamaron la atención al respecto, es costumbre hablar de este proceso como de «extrañamiento», o de «hacer extraño». Se suele considerar un mecanismo literario para evitar las reacciones estereotipadas de los lectores y ofrecer un punto de vista diferente de la realidad, tratando la experiencia como si se contemplara bajo una nueva luz. De hecho, el estilo de Tolstói es así en su mayor parte, pero esta técnica posee implicaciones más profundas. Resulta una extensión de lo que piensa el autor sobre la condición humana, sobre lo que hemos ido examinando a lo largo de esta introducción: cómo acentúa la diferencia entre lo «normal», la rutina, la cotidianidad, y las situaciones excepcionales, los momentos o pasajes de una tensión inusual, y la antítesis básica entre lo racional y lo intuitivo. El proceso de «extrañamiento» deriva del énfasis que pone Tolstói en el lado no intelectual de la vida y se conecta con él. Constituye un principio estructural básico de la novela, sus raíces artísticas y el corazón de aquello que el autor cuenta sobre cómo vive la gente. La novela transmite, de formas muy diversas, la opinión de que los valores más elevados son los irracionales, los instintivos, los espontáneos, y que los factores negativos de la vida son los del intelecto y la razón. Tolstói desaprueba la autoconciencia (exagerada en Váreñka, cuya caridad está mancillada porque es fruto de su voluntad, y cuyo amor por Serguiéi Ivánovich es un fracaso porque ella carece de corazón y de pasión). El autor sugiere que ningún código de comportamiento simple, sea el de Vronski o el de Karenin, puede resistir el impacto de la vida real e intensa. La razón y las normas son rígidas e inadecuadas. La forma correcta de vivir es participar de la vida de una forma orgánica, natural, instintiva. Para Tolstói, los mejores momentos resultan del fluir despreocupado, no intelectual, en la corriente de la existencia, que se ejemplifica con la felicidad de Lievin en el trabajo físico de la siega o con «esa lacónica y clara manera de expresar sus sentimientos» entre Lievin y Kiti, la interpretación de los gestos y expresiones entre ellos sin «sutilezas lógicas y profusión de palabras».

Los efectos principales de *Anna Karénina* se consiguen gracias al contraste, tanto artístico como epistemológico, del lado racional y lógico contra el instintivo e irracional de la vida humana. Esto es lo que transmite a la gran mayoría de los lectores de la novela. Pero lo que resulta más sorprendente es cómo esta antítesis impregna la novela a todos los niveles, y cómo la naturaleza del narrador complica, y a veces confunde, esta antítesis en nuestra mente. El propio narrador no está sujeto a las limitaciones de los personajes; él no se encuentra nunca en la oscuridad.

Anna Karénina constituye un estudio sobre la comprensión humana: sus limitaciones, los distintos tipos, sus posibilidades. (En *Confesión*, poco tiempo después, Tolstói escribió: «El mundo es algo infinito e ininteligible. La vida humana es una parte incomprensible de ese "todo" incomprensible».* Presenta la tragedia de la ignorancia humana, la tragedia de los seres humanos viviendo bajo condiciones

* Traducción de Marta-Ingrid Rebón Rodríguez, en Lev Tolstói, *Confesión*, Barcelona, Acantilado, 2014.

impuestas, sobre las cuales solo disfrutan de los poderes limitados del análisis racional, la comprensión y el control, y a las que deben ajustarse valiéndose de un enfoque no racional, intuitivo.

GEORGE GIBIAN
1966

ANNA KARÉNINA

Mía es la venganza, y yo recompensaré

Primera parte

I

Todas las familias felices se parecen unas a otras, cada familia desdichada lo es a su manera.

Reinaba la confusión en casa de los Oblonski. La esposa se había enterado de las relaciones de su marido con la institutriz francesa que tuvo, y le comunicó a aquel que no podían seguir viviendo juntos. Esta situación duraba ya tres días, atormentando tanto a los esposos como a los demás miembros de la familia y a la servidumbre. Todos se daban cuenta de que no había razón para convivir, y que gente que se encuentra por casualidad en cualquier posada tiene más en común entre sí. La esposa no salía de sus habitaciones; hacía tres días que el marido no paraba en casa; los niños corrían de un lado para otro, como extraviados; la institutriz inglesa había reñido con el ama de llaves y había escrito a una amiga rogándole que le buscase otra colocación; la víspera, el cocinero había abandonado la casa a la hora de comer; la pincha y el cocinero habían pedido la cuenta.

Tres días después del altercado, el príncipe Stepán Arkádich Oblonski —Stiva, como le llamaban en sociedad— se despertó a la hora acostumbrada, es decir, a las ocho de la mañana, no en la alcoba conyugal, sino en su despacho, sobre el sofá de cuero. Volvió su cuerpo, grueso y acicalado, sobre los muelles del diván, como deseando dormirse de nuevo, y abrazó la almohada, apretándola contra su mejilla; pero, de repente, se sentó de un salto y abrió los ojos.

«Pero ¿cómo era aquello? —pensó, recordando el sueño que había tenido—. ¿Cómo era aquello? ¡Ah, sí! Alabín daba una comida en Darmstadt; no, no en Darmstadt, sino en un lugar americano. Bueno, pero en el sueño, Darmstadt se hallaba en América. Sí, Alabín daba una comida en mesas de cristal y ¡las mesas cantaban *Il mio tesoro*!

Tal vez no fuera *Il mio tesoro,* sino algo mejor, y había unas garrafitas que resultaron ser mujeres.»

Los ojos de Stepán Arkádich brillaron alegremente, y, sonriendo, se sumió en reflexiones. «Sí, aquello estaba muy bien, estaba muy bien. Y había muchas más cosas magníficas, pero no podían expresarse con palabras ni pensamientos, ni estando despierto.» Al darse cuenta de un rayo de luz que penetraba por un lado de la cortina de paño, bajó alegre los pies, buscando con ellos las zapatillas adornadas de cordobán dorado que le había hecho su mujer el año anterior (como regalo de cumpleaños), y, según costumbre suya desde hacía nueve años, sin levantarse, alargó el brazo en dirección al lugar donde solía estar su batín en el dormitorio. Entonces recordó súbitamente por qué no dormía en la alcoba conyugal; desapareció la sonrisa de su rostro y frunció el ceño.

—¡Ay, ay, ay! —se lamentó, recordando lo que había sucedido. Se le representaron de nuevo todos los pormenores de la disputa con su esposa, lo insoluble de su situación y su propia culpabilidad, cosa que le atormentaba más que nada.

«¡No! No me perdonará, no puede perdonarme. Y lo más horrible es que tengo la culpa de todo, pero no soy culpable. En esto está la tragedia.»

—¡Ay, ay, ay! —repetía desesperado, recordando las impresiones más dolorosas de la disputa.

Lo más desagradable había sido aquel momento en que, al volver del teatro, alegre y satisfecho, trayéndole una espléndida pera a su esposa, no la encontró en el salón ni en el despacho, cosa que le sorprendió, sino en el dormitorio, con aquella funesta esquela que le había revelado todo.

Dolli, siempre diligente, llena de preocupaciones y tan limitada, según pensaba Oblonski, se hallaba sentada con la esquela en la mano y le miraba con expresión de ira, de horror y de descorazonamiento.

—¿Qué es esto? ¿Qué es esto? —le preguntó, mostrándole la esquela.

Al recordarlo, lo que más le dolía, según ocurre a menudo, no era tanto el hecho en sí como la forma en que contestó a su mujer.

En aquel instante le sucedió lo que a toda persona que se ve obligada a confesar algo vergonzoso. No supo adoptar una expresión adecuada a la situación en que se encontraba. En lugar de ofenderse, negar, justificarse, pedir perdón o mostrar indiferencia —cualquier cosa hubiera sido mejor—, de repente apareció en su rostro, de un modo involuntario («reflejos cerebrales», pensó Stepán Arkádich, que era aficionado a la fisiología), completamente involuntario, su sonrisa habitual, bondadosa y estúpida. No podía perdonarse aquella sonrisa absurda. Al verla, Dolli se estremeció como a causa de un dolor físico, estalló, con su peculiar vehemencia, en un torrente de palabras duras, y después salió corriendo de la habitación. Desde entonces no quiso ver más a su marido.

«Aquella estúpida sonrisa es la culpable de todo. Pero ¿qué hacer? ¿Qué hacer?», se preguntaba Stepán Arkádich, sin hallar respuesta.

II

Oblonski era un hombre sincero consigo mismo. No podía engañarse, convenciéndose de que se sentía arrepentido de su proceder. Le era imposible arrepentirse, siendo un hombre bien parecido de treinta y cuatro años y enamoradizo, de no estar enamorado de su mujer, tan solo un año más joven que él, y madre de siete hijos, de los cuales vivían cinco. De lo único que se lamentaba era de no haber sabido ocultarle mejor aquello. Pero sí experimentaba toda la gravedad de la situación y sentía lo ocurrido tanto por Dolli y por los niños como por sí mismo. Tal vez hubiera sabido ocultar mejor sus pecados de haber creído que le iba a producir tal impresión a Dolli el enterarse de ellos. Nunca solía pensar claramente en este problema, pero se imaginaba de un modo confuso, desde tiempo atrás, que su cónyuge sospechaba que le era infiel, sin darle mucha importancia. Incluso creía que su esposa, una mujer agotada, envejecida, falta de hermosura y atractivos, pero sencilla y buena madre de familia, debía ser condescendiente por espíritu de justicia. Pero sucedió todo lo contrario.

«¡Oh, es terrible, es terrible! —se decía Stepán Arkádich, sin hallar solución—. ¡Y qué bien vivíamos hasta aquel momento! Dolli se sentía feliz y contenta, yo no la molestaba en nada, dejándola en libertad para ocuparse de los niños y de la casa. Cierto es que no estaba bien que *ella* fuese la institutriz de nuestros hijos. ¡No estaba bien! Es poco delicado y vulgar hacerle la corte a la institutriz que educa a los hijos de uno. Pero ¡qué mujer! —Recordó vivamente los pícaros ojos negros y la sonrisa de mademoiselle Roland—. Mientras estaba en nuestra casa, no me permití nada. Y lo peor del caso es que ella ya... ¡Parece que todo ha ocurrido a propósito! ¡Ay, ay, ay! ¿Y qué hacer? ¿Qué hacer?»

No había respuesta, excepto la que da la vida a todas las cuestiones complejas e irresolubles. Era la siguiente: hay que vivir al día, es decir, distraerse. Ya no podía hacerlo por medio del sueño, por lo menos hasta la noche; ya no podía volver a aquella música que cantaban las mujeres garrafitas; por consiguiente, había que distraerse por medio del sueño de la vida.

«Ya veremos», se dijo Stepán Arkádich; y, levantándose, se puso el batín de color gris forrado de seda azul, hizo un nudo en el cinturón de borlas y, respirando a pleno pulmón, llenó de aire el tórax, se acercó a la ventana con el acostumbrado andar resuelto de sus piernas torcidas, que tan ligeramente transportaban su recia figura, y, tras descorrer las cortinas, llamó al timbre. A la llamada acudió enseguida su viejo amigo, el lacayo Matviéi, trayéndole el traje, los zapatos y un telegrama. Le seguía el barbero con los bártulos para afeitar.

—¿Hay documentos de la Audiencia? —preguntó Stepán Arkádich, cogiendo el telegrama y sentándose ante el espejo.

—Están en la mesa —contestó Matviéi, mirando a su amo con expresión interrogante y lleno de solicitud, y, tras esperar un poco, añadió con una sonrisa sagaz—: Han venido de parte del cochero.

Stepán Arkádich no contestó nada, limitándose a mirar a Matviéi a través del espejo; por la mirada que intercambiaron, se veía que se entendían. La de Stepán Arkádich parecía preguntar: «¿Para qué me lo dices? ¿Acaso no sabes?».

Matviéi se metió las manos en los bolsillos de la chaqueta y avanzó un pie, mirando en silencio a su amo, con una imperceptible sonrisa bondadosa.

—Les he dicho que vuelvan el domingo y que hasta entonces no le molesten a usted ni se molesten ellos sin necesidad —dijo el criado, que, al parecer, había preparado la frase.

Stepán Arkádich comprendió que Matviéi había querido bromear y que se le prestase atención. Rasgando el telegrama, lo leyó, rectificando con perspicacia los frecuentes errores de las palabras, y su rostro se aclaró.

—Matviéi, mañana llega mi hermana Anna Arkádievna —dijo, deteniendo por un momento la gordezuela mano reluciente del peluquero, que abría un sendero rosa entre sus largas patillas rizadas.

—¡Gracias a Dios! —exclamó Matviéi, dando a entender con esta respuesta que comprendía lo mismo que su señor el significado de esta llegada; es decir, que Anna Arkádievna, la hermana querida de Stepán

Arkádich, podía cooperar en la reconciliación del matrimonio—. ¿Viene sola o con su esposo? —preguntó.

Stepán Arkádich no podía hablar porque el peluquero le afeitaba el labio superior, de manera que levantó un dedo. Matviéi miró al espejo y movió afirmativamente la cabeza.

—Sola. ¿Se le preparan las habitaciones de arriba?

—Anúnciaselo a Daria Alexándrovna y prepara las que ella te mande.

—¿A Daria Alexándrovna? —repitió Matviéi vacilando.

—Sí. Y toma el telegrama; dáselo a ver qué dice.

«Quiere probar», pensó Matviéi comprendiendo, y se limitó a decir:

—Muy bien.

Stepán Arkádich, lavado y peinado, se disponía a vestirse cuando Matviéi volvió al despacho, pisando despacio con sus botas, que crujían ligeramente, con el telegrama en la mano. El peluquero se había ido ya.

—Daria Alexándrovna me manda decirle que se va. Que haga usted lo que quiera, es decir, lo que queramos —dijo, riendo solo con los ojos, y, metiéndose las manos en los bolsillos, inclinó la cabeza a un lado y se quedó mirando a su señor.

Stepán Arkádich guardó silencio durante un rato. Después apareció en su hermoso rostro una sonrisa bondadosa y algo compasiva.

—¿Eh, Matviéi? —dijo, moviendo la cabeza.

—No se preocupe, señor; todo se apañará —contestó el criado.

—¿Se *apañará*?

—Sí, señor.

—¿Tú crees? ¿Quién está ahí? —preguntó Stepán Arkádich, al oír el roce de un vestido femenino tras la puerta.

—Soy yo —contestó una voz de mujer firme y agradable.

Y apareció en la puerta el rostro picado de viruelas del aya, Matriona Filimónovna.

—¿Qué hay, Matriona? —inquirió Oblonski, acercándose a la puerta.

A pesar de que Stepán Arkádich era enteramente culpable ante su mujer y tenía conciencia de ello, casi todos los de la casa, incluso el aya, la mejor amiga de Daria Alexándrovna, estaban de parte de él.

—¿Qué hay? —repitió con expresión triste.

—Vaya usted a pedirle perdón de nuevo, señor. Quizá Dios se lo concede. Sufre mucho, da pena verla; además, todo anda de cabeza en la casa. Hay que compadecerse de los niños, señor. ¡Qué hacer! Cuando a uno le gusta correrla...

—No me recibirá...

—De todas formas, inténtelo. Dios es misericordioso. ¡Rece, señor! Pida a Dios.

—Bueno, vete —exclamó Stepán Arkádich, ruborizándose repentinamente—. Anda, dame la ropa —añadió dirigiéndose a Matviéi y quitándose el batín con aire resuelto.

Matviéi sostenía ya la camisa, dispuesta en forma de collera, soplando para quitarle algo invisible, y la puso con manifiesto placer en el cuerpo acicalado de su señor.

III

Una vez vestido, Stepán Arkádich se perfumó, se arregló las mangas de la camisa y, con su gesto habitual, guardó en los bolsillos los cigarros, la cartera, las cerillas y el reloj de doble cadena con sus dijes. Sacudió el pañuelo y, sintiéndose limpio, perfumado, sano y físicamente contento, a pesar de su desdicha, se dirigió, balanceándose ligeramente en cada pie, hacia el comedor, donde ya le esperaba el café y, al lado, las cartas y los documentos de la Audiencia.

Leyó la correspondencia. Una de las cartas le resultó muy desagradable, procedía del comerciante que iba a comprar un bosque de las propiedades de Dolli, pero hasta que se reconciliaran, no se podía ni hablar de este asunto. Era de lo más molesto que se mezclaran intereses materiales al inminente problema de la reconciliación. Le repugnaba la idea de que aquello le impulsara a buscar la manera de hacer las paces con su mujer.

Cuando terminó con las cartas, Stepán Arkádich alcanzó los documentos de la Audiencia, hojeó rápidamente dos expedientes, hizo unas anotaciones con un gran lápiz y, dejándolos a un lado, empezó a tomar el café, a la vez que desplegaba el diario de la mañana, todavía húmedo.

Stepán Arkádich leía un periódico liberal, no extremista, sino de una tendencia política a la que pertenecía la mayoría. Y, a pesar de que en realidad no le interesaban la ciencia, el arte ni la política, sostenía firmemente las mismas opiniones que la mayoría y el periódico, cambiando de ideas solo cuando lo hacían todos o, mejor dicho, no las cambiaba, sino que estas se transformaban imperceptiblemente por sí mismas.

Stepán Arkádich no elegía las tendencias ni los puntos de vista, sino que estos venían a él, exactamente lo mismo que la forma del sombrero y la de la levita: llevaba lo que estaba de moda. Por pertenecer a cierta esfera social y debido a la necesidad de actividad mental —que suele desarrollarse en la edad madura—, le era tan imprescindible poseer puntos de vista propios como llevar sombrero.

El motivo para preferir la tendencia liberal a la conservadora, a la que pertenecían también muchas personas de su esfera, no era la creencia de que la tendencia liberal fuera más sensata, sino más *afín* con su manera de vivir. El partido liberal opinaba que en Rusia todo iba mal, y, en efecto, Stepán Arkádich tenía muchas deudas y decididamente no le alcanzaba el dinero. Según el partido liberal, el matrimonio era una institución caduca y era imprescindible reformarla, y, en realidad, la vida familiar le proporcionaba pocos placeres a Stepán Arkádich, obligándole a mentir y a disimular, lo cual era contrario a su naturaleza. El partido liberal decía, o, mejor dicho, daba a entender, que la religión era un freno para la parte inculta de la población, y, en efecto, Oblonski no podía resistir, sin notar dolor en los pies, la ceremonia religiosa más corta, ni lograba entender de qué servían todas esas palabras terribles y enfáticas acerca del otro mundo, cuando se podía vivir muy a gusto en este. Al mismo tiempo, como le gustaban las bromas divertidas, a veces desconcertaba a algún hombre tranquilo, diciendo que si uno se vanagloria de la raza, no hay por qué detenerse en Riúrik y renegar del mono, el antepasado más antiguo. Así pues, la tendencia liberal se hizo una costumbre de Stepán Arkádich y apreciaba su periódico lo mismo que el cigarro después de comer, por la ligera niebla que le producía en la cabeza. Leyó el artículo de fondo, en el cual se decía que era completamente inútil en nuestros tiempos levantar el grito afirmando que el radicalismo amenaza con devorar a los elementos conservadores y que el gobierno tiene obligación de tomar medidas para aplastar a la hidra revolucionaria; pero, por el contrario, «según nuestra opinión —decía—, el peligro no estriba en la pretendida hidra revolucionaria, sino en la firmeza de la tradición y en el progreso reprimido», etcétera. También leyó otro artículo sobre economía, en el que citaban a Bentham y a Stuart Mill y lanzaban pullas al ministerio. Con su peculiar agilidad mental, comprendió el significado de cada alusión: de dónde partía y contra quién y con qué motivo iba dirigida, cosa que, como siempre, le proporcionó cierto placer. Pero hoy ese placer estaba amargado por el recuerdo de los consejos de Matriona Filimónovna y por lo que ocurría en la casa. Después leyó otras noticias: por lo que se decía, el conde de Beust había pasado por Wiesbaden; ya no habría más canas; se vendía un cochecillo ligero, y una persona joven ofrecía sus servicios. Pero esto no le proporcionó, como antaño, aquella satisfacción serena e irónica.

Cuando terminó con el periódico y tomó la segunda taza de café y un bollo con mantequilla, Oblonski se levantó, sacudió las migas que le habían caído en el chaleco e, irguiendo el amplio pecho, sonrió jovialmente, no porque experimentase nada especialmente agradable, sino a causa de la buena digestión. Pero aquella alegre sonrisa le recordó enseguida todo lo ocurrido, y Stepán Arkádich se sumió en reflexiones.

Tras la puerta se oyeron dos voces infantiles (Stepán Arkádich reconoció la voz de Grisha, su hijo menor, y la de Tania, la primogénita). Iban arrastrando algo por el suelo y lo habían dejado caer.

—Ya te dije que no se puede colocar a los viajeros en el techo. ¡Anda, recógelos! —gritó la niña en inglés.

«Qué desorden —pensó Stepán Arkádich—. Los niños corren solos por la casa.» Y, acercándose a la puerta, los llamó. Dejando la caja que hacía las veces de tren, los niños entraron en el comedor.

Tania, la predilecta de Oblonski, entró resuelta, le abrazó y, riéndose, se colgó de su cuello, disfrutando como siempre de aquel perfume de sus patillas que le era conocido. Finalmente le besó el rostro, enrojecido a causa de la postura inclinada y animado por la ternura, retiró las manos y quiso salir corriendo; pero Stepán Arkádich la retuvo.

—¿Cómo está mamá? —preguntó, acariciando el cuello terso y suave de su hija—. ¡Hola! —añadió, sonriéndole al niño que le saludaba.

Stepán Arkádich reconocía que quería menos a Grisha, y, aunque siempre procuraba mostrarse justo, el niño se daba cuenta de ello, y no correspondió a la fría sonrisa de su padre.

—¿Mamá? Se ha levantado —contestó la niña.

Stepán Arkádich suspiró. «Esto quiere decir que se habrá pasado la noche en vela», pensó.

—¿Está contenta?

La niña sabía que sus padres habían reñido, que su madre no podía estar contenta y que Stepán Arkádich fingía al preguntarle acerca de esto tan a la ligera, ya que debía de saberlo. Y se ruborizó por él. Oblonski lo comprendió inmediatamente, ruborizándose también.

—No sé. Nos ha mandado que vayamos a casa de la abuelita con miss Hull, en lugar de estudiar.

—Bueno, vete, pues, mi Tanchurochka. ¡Ah, sí, aguarda un momento! —dijo Stepán Arkádich, reteniendo a la niña y acariciando su delicada mano.

Alcanzó una cajita de bombones de la chimenea, que había dejado allí la víspera, y le dio dos a la niña, eligiendo los que más le gustaban: uno de chocolate y el otro de crema.

—¿Para Grisha? —preguntó la niña, señalando el de chocolate.

—Sí, sí —asintió Stepán Arkádich.

Acarició de nuevo uno de los hombros de la niña y, dándole besos en el cuello y en el nacimiento de los cabellos, dejó que se marchara.

—El coche está dispuesto —dijo Matviéi, añadiendo—: Le espera una visita.

—¿Hace mucho que ha venido?

—Una media hora.

—¿Cuántas veces te he mandado que me anuncies las visitas en el acto?

—Al menos hay que dejarle a usted tomarse tranquilamente el café —replicó Matviéi con aquel tono entre amistoso y brusco, contra el que no podía uno enfadarse.

La solicitante, esposa del segundo teniente Kalinin, pedía algo imposible y absurdo, pero Stepán Arkádich, según costumbre suya, le rogó que tomara asiento, la escuchó atentamente sin interrumpirla, y le aconsejó con detalle a quién debía dirigirse. Incluso le escribió una nota, rápidamente y con soltura, con su hermosa letra clara, grande y espaciada, a un personaje que podría ayudarla. Cuando despidió a la esposa del teniente, Oblonski cogió el sombrero y se detuvo, pensando si se le olvidaba algo. Solo se le olvidaba lo que quería olvidar: su mujer.

«¡Ah, sí!» Bajó la cabeza, reflejándose una expresión triste en su hermoso semblante. «¿Voy o no voy?», se preguntó. Una voz interior le decía que no debía ir, que no podía haber en esto nada sino falsedad, que era imposible restablecer ni reparar las relaciones con su esposa, porque era imposible volverla de nuevo atractiva, capaz de despertar el amor, ni convertirle a él en un viejo incapaz de amar. Ya no podía resultar más que falsedad y mentira, y la mentira y la falsedad eran contrarias a su naturaleza.

«Sin embargo, alguna vez habrá que hacerlo; esto no puede seguir así», se dijo, tratando de animarse. Irguió el pecho, sacó un cigarrillo, lo encendió y, dando un par de chupadas, lo tiró al cenicero de nácar. Y, atravesando el salón con pasos rápidos, abrió la puerta del dormitorio.

IV

Daria Alexándrovna —que llevaba una bata de mañana y las trenzas, en otro tiempo abundantes y hermosas, recogidas en la nuca, con el enjuto rostro enflaquecido y con sus grandes ojos espantados, salientes a causa de la delgadez— se hallaba rodeada de una serie de objetos esparcidos por la habitación, ante una cómoda abierta, de la que sacaba algo. Al oír los pasos de su esposo, se detuvo y miró hacia la puerta, haciendo grandes esfuerzos por adoptar una expresión despectiva y severa. Se daba cuenta de que temía a su marido, así como esa inminente entrevista. En aquel momento se disponía a hacer lo que ya había intentado diez veces desde hacía tres días: quería recoger sus pertenencias y las de los niños para llevárselas a casa de su madre, sin poder decidirse a ello. Pero lo mismo esta vez que las anteriores, se decía que las cosas no podían continuar así, debía hacer algo, debía castigar y avergonzar a su marido, vengarse de él, ocasionándole, aunque fuese solo en parte, el dolor que experimentaba por culpa suya. Aunque seguía repitiéndose que abandonaría a Oblonski, veía que esto era imposible, porque no podía dejar de considerarle como esposo suyo y porque lo quería. Además, comprendía que si en su propia casa apenas le daba tiempo de atender a sus cinco hijos, estarían aún peor donde se disponía a llevarlos. En efecto, en aquellos tres días el pequeño se había puesto malo por haber tomado caldo en malas condiciones, y los demás apenas habían cenado la noche anterior. Dolli se daba cuenta de que era imposible partir; sin embargo, engañándose a sí misma, se puso a recoger las cosas.

Al ver a su marido, introdujo las manos en un cajón de la cómoda, como si buscara algo, y solo se volvió hacia él cuando ya estaba a su lado. Pero su rostro, que quería adoptar una expresión resuelta y severa, reflejaba turbación y sufrimiento.

—¡Dolli! —exclamó Stepán Arkádich en voz baja y tranquila.

Se encogió, hundiendo la cabeza entre los hombros, con intención de adoptar un aire sumiso y dolorido; pero, a pesar de todo, rebosaba salud y lozanía. Con una rápida mirada, Dolli recorrió de pies a cabeza aquel cuerpo que irradiaba salud y frescura. «Se siente feliz y satisfecho. ¿Y yo? —pensó—. Aborrezco esa odiosa bondad por la que tanto le estiman y le alaban todos.» Contrajo los labios, y un músculo de la mejilla derecha de su pálido rostro nervioso tembló ligeramente.

—¿Qué quiere usted? —preguntó con una voz alterada y grave que no era la suya.

—¡Dolli! —repitió Stepán Arkádich con voz trémula—. Hoy llega Anna.

—¿Qué me importa? ¡No puedo recibirla! —exclamó ella.

—Pero, Dolli, es preciso...

—¡Váyase, váyase, váyase! —gritó Daria Alexándrovna, como si esos gritos los provocara un dolor físico.

Stepán Arkádich pudo estar sereno mientras pensaba en su mujer y tenía esperanzas de que todo se *apañaría,* según expresión de Matviéi, y hasta pudo leer tranquilamente el periódico y tomar el café; pero al ver el rostro de Dolli, atormentado por los sufrimientos, y al oír su desesperado acento que se doblegaba al destino, sintió que se le cortaba el aliento, que algo le apretaba la garganta, y los ojos se le llenaron de lágrimas.

—¡Dios mío, qué he hecho! ¡Dolli! ¡Por Dios!... Sí... —No pudo seguir, ahogado por los sollozos.

Daria Alexándrovna cerró bruscamente la cómoda y miró a su marido.

—Dolli, ¿qué puedo decirte?... Solo una cosa: perdóname... ¿Acaso nueve años de vida en común no pueden redimir unos momentos, unos momentos...?

Daria Alexándrovna escuchaba con los ojos bajos esperando lo que iba a decir, como suplicándole que la desengañara de alguna manera.

—... unos momentos de seducción... —pronunció Stepán Arkádich, disponiéndose a seguir.

Pero al oír esa palabra, los labios de Dolli se volvieron a crispar, y de nuevo le tembló el músculo de la mejilla derecha como a causa de un dolor físico.

—¡Márchese, márchese de aquí! —gritó con un tono de voz aún más penetrante—. Y no me hable de sus seducciones ni de sus canalladas.

Daria Alexándrovna hizo ademán de salir, pero vaciló, asiéndose al respaldo de una silla. El rostro de Stepán Arkádich se dilató, se le hincharon los labios y los ojos se le llenaron de lágrimas.

—¡Dolli! —pronunció, sollozando—. ¡Por Dios, piensa en los niños; ellos no tienen la culpa! Soy culpable, castígame, dime que redima mi culpa. ¿Qué puedo hacer? ¡Estoy dispuesto a todo! ¡Soy culpable; no hay palabras para expresar hasta qué punto lo soy! Pero, Dolli, ¡perdóname!

Daria Alexándrovna se sentó. Stepán Arkádich oía su respiración fuerte y pesada, y su compasión por ella era indescriptible. Varias veces Daria Alexándrovna quiso hablar, pero no pudo. Stepán Arkádich esperaba.

—Te acuerdas de los niños solo para jugar con ellos; en cambio, yo sé que ahora están perdidos —dijo ella.

Por lo visto era una de las frases que había estado repitiendo durante estos tres días.

Daria Alexándrovna le había tratado de tú, y Oblonski la miró agradecido, acercándose para cogerle la mano; pero ella se retiró con aversión.

—Pienso en los niños y haría cualquier cosa por salvarlos, pero no sé cómo he de hacerlo, si llevándomelos o dejándolos junto a un padre depravado, sí, junto a un padre depravado... Dígame: ¿es posible que vivamos juntos después... de lo ocurrido? ¿Acaso es posible? Dígame: ¿acaso puede ser? —repetía, levantando la voz—. ¿Después de haber tenido mi marido, el padre de mis hijos, un asunto amoroso con la institutriz de los niños...?

—Pero ¿qué hacer ahora? ¿Qué hacer? —exclamó Stepán Arkádich con voz lastimera, sin saber lo que decía, y bajando más la cabeza.

—¡Me resulta usted repugnante, repulsivo! —gritó ella, cada vez más irritada—. Sus lágrimas son agua pura. Nunca me ha querido, ¡no tiene corazón ni nobleza! Es usted un hombre infame, repugnante, extraño, eso es; un hombre completamente extraño para mí.

Daria Alexándrovna pronunció con expresión de dolor y de ira la palabra «extraño», que le resultaba terrible.

Stepán Arkádich miró a su mujer, asustado y sorprendido por la ira que se reflejaba en su rostro. No comprendía que la compasión que le manifestaba provocaba su enojo. Dolli veía en él sentimiento de lástima, pero no amor. «Me odia. No me perdonará», pensó.

—¡Es horrible, horrible! —dijo.

En aquel momento se oyó, desde la habitación contigua, gritar a uno de los niños, que sin duda se había caído. Daria Alexándrovna prestó atención, y su rostro se dulcificó repentinamente. Permaneció varios segundos como si tratara de recordar dónde estaba y pensara qué es lo que debía hacer, y, poniéndose en pie rápidamente, se acercó a la puerta.

«Pero si quiere a mi hijo, a *mi* hijo, ¿cómo puede odiarme?», pensó Oblonski al observar el cambio de expresión del rostro de su mujer.

—Dolli, solo una palabra —dijo, siguiéndola.

—Si me sigue, llamaré a los criados y a los niños. ¡Que todos se enteren de que es usted un canalla! ¡Hoy me he de marchar; usted puede seguir viviendo aquí con su querida!

Daria Alexándrovna salió, dando un portazo. Stepán Arkádich suspiró y, enjugándose la cara, se acercó a la puerta con pasos lentos. «Matviéi dice que todo se arreglará, pero ¿cómo? No veo la manera. ¡Oh, oh, qué horror! ¡Y qué manera tan ordinaria de gritar!», se decía recordando aquellas palabras: «canalla» y «querida». «¡Y quizá lo hayan oído las criadas! ¡Ha sido terriblemente ordinaria, terriblemente ordinaria!» Permaneció inmóvil por espacio de unos segundos, se enjugó los ojos, suspiró, e irguiendo el pecho, abandonó la estancia.

Era viernes; el relojero alemán daba cuerda al reloj del comedor. Stepán Arkádich recordó, sonriendo, su broma referente a aquel relojero calvo, tan puntual; solía decir que «le habían dado cuerda para toda la vida para que él se la diera a su vez a los relojes». A Oblonski le gustaban los chistecillos. «¡Tal vez se apañe! Está bien esa palabrita: «apañarse». Habrá que contarlo por ahí», pensó.

—¡Matviéi! —llamó—. Prepara la habitación para Anna Arkádievna en la salita; que te ayude María.

—Bien, señor.

Stepán Arkádich se puso la pelliza y salió a la escalinata.

—¿No va a comer en casa? —le preguntó Matviéi mientras le acompañaba.

—Ya veremos. Toma esto para los gastos. ¿Te bastará? —dijo Oblonski, entregándole diez rublos que sacó de la cartera.

—Tendré que arreglármelas si me basta como si no —replicó Matviéi, cerrando la portezuela del coche y volviendo a la escalinata.

Mientras tanto Daria Alexándrovna, que había apaciguado al niño y comprendido por el ruido del coche que su esposo se había marchado, regresó al dormitorio. Aquel era el único refugio que tenía para huir de las preocupaciones domésticas que la asediaban apenas salía de él. En el rato en que había ido a la habitación de los niños, la inglesa y Matriona Filimónovna se las habían arreglado para hacerle unas cuantas preguntas urgentes y a las que solo ella podía contestar: ¿qué trajes debían ponerse los niños para ir de paseo? ¿Había que darles leche? ¿Tenían que buscar otro cocinero?

—¡Por Dios, déjenme, déjenme! —exclamó Daria Alexándrovna, y, volviendo a la alcoba, se sentó en el mismo sitio que había ocupado durante la conversación con su marido.

Retorciéndose las escuálidas manos, de cuyos dedos huesudos se deslizaban las sortijas, recordó lo que habían hablado.

«¡Se ha ido! Pero ¿cómo habrá acabado con *ella*? ¿Es posible que sigan viéndose? ¿Por qué no se lo habré preguntado? No; no es posible reconciliarse. Aun cuando sigamos juntos en la misma casa, somos extraños el uno para el otro. ¡Somos extraños para siempre! —repitió, recalcando de modo especial esa palabra, que le resultaba terrible—. ¡Y cuánto le he querido yo! ¡Dios mío, cuánto le he querido!... ¡Cómo le quería! ¿Y acaso no le quiero ahora? ¿No le quiero más que antes? Lo más terrible es que...»

Su pensamiento se interrumpió por la aparición de Matriona Filimónovna en la puerta.

—¿Quiere la señora que mande a buscar a mi hermano? Al menos, preparará la comida; no vayan a quedarse los niños sin comer hasta las seis, como ayer.

—Bueno, ahora saldré para dar las órdenes. ¿Han ido a comprar leche fresca?

Daria Alexándrovna se sumió en las preocupaciones cotidianas, ahogando en ellas momentáneamente su pena.

V

Stepán Arkádich había estudiado bien, gracias a sus aptitudes, pero como era perezoso y travieso, salió del colegio figurando entre los últimos. Sin embargo, a pesar de su vida disipada, de su baja graduación y de su juventud, ocupaba un puesto con buen sueldo como presidente de un tribunal de Moscú. Había obtenido aquel empleo gracias al marido de su hermana Anna, Alexiéi Alexándrovich Karenin, que desempeñaba uno de los más altos cargos en el ministerio del que dependía la Audiencia. Pero si Karenin no le hubiese logrado ese puesto, Stiva Oblonski habría conseguido ese mismo u otro parecido, con unos seis mil rublos de sueldo —cantidad que necesitaba, dada la mala situación de sus asuntos, a pesar de la fortuna que poseía su mujer—, por mediación de un centenar de otras personas, hermanos o hermanas, tíos, tías o tíos segundos.

La mitad de los habitantes de Moscú y de San Petersburgo eran parientes o amigos de Stepán Arkádich. Había nacido entre gentes que eran o habían llegado a ser los poderosos de este mundo. Una tercera parte de los funcionarios viejos habían sido amigos de su padre y lo habían conocido en mantillas; otra tercera parte lo tuteaba y el resto eran conocidos suyos. Por consiguiente, los repartidores de los bienes terrenales en forma de cargos, arrendamientos, concesiones y cosas por el estilo eran amigos suyos y no podían dejar de tomarse interés por él. Así pues, a Oblonski no le fue difícil obtener un buen puesto. Lo único que tuvo que hacer fue no contradecir, no sentir envidia, no discutir ni ofenderse, cosas que nunca hacía debido a su bondad innata. Le hubiera parecido ridículo que le dijeran que no conseguiría un puesto con el sueldo que le era indispensable, sobre todo porque no exigía nada excepcional, lo único que quería era lo que habían logrado otros amigos de su edad, pues podía cumplir lo mismo que cualquier otro.

Todos querían a Stepán Arkádich, no solo por su carácter alegre y bondadoso y por su probidad indiscutible, sino también por su arrogante y hermosa figura, sus ojos brillantes, sus negras cejas, sus cabellos y su rostro blanco y sonrosado, que producía una impresión agradable en los que se encontraban con él. «¡Hola, Stiva! ¡Oblonski! ¡Helo aquí!», solían decir, por lo general, sonriendo alegremente. Y aun cuando después de charlar con él no sentían una satisfacción especial, al otro día, cuando lo volvían a ver, lo acogían con igual regocijo. Después de tres años de ejercer su cargo de presidente en una de las audiencias de Moscú, Stepán Arkádich había conseguido, además del afecto, el respeto de sus compañeros, subordinados, jefes y todos los que tenían que ver con él. Las principales cualidades de Stepán Arkádich, por las que se había granjeado ese respeto, consistían, en primer lugar, en una extremada condescendencia con la gente, basada en la conciencia de sus propios defectos; en segundo lugar, en su completo liberalismo, no en el que había sacado de los diarios, sino el que llevaba en la sangre y por el cual trataba con igualdad a todo el mundo, sin tener en cuenta la posición ni la jerarquía, y, en tercer lugar —esta era su cualidad más importante—, en la perfecta indiferencia por el cargo que desempeñaba, por lo que nunca se entusiasmaba ni cometía errores.

Al llegar a la oficina, Stepán Arkádich, acompañado del respetuoso conserje que le llevaba la cartera, pasó a su pequeño despacho para ponerse el uniforme, y luego entró en la sala de la Audiencia. Todos los empleados se levantaron, saludándole alegre y respetuosamente. Como de costumbre, Stepán Arkádich les estrechó las manos y se dirigió presuroso a su sitio. Bromeó y charló un rato, justamente lo que exige la cortesía, y empezó a trabajar. Nadie mejor que Stepán Arkádich sabía hallar los límites de la libertad, la sencillez y la oficiosidad necesarios para que el trabajo resulte agradable. El secretario se acercó a Oblonski trayendo los documentos, con aire jovial y respetuoso, como todos en presencia suya, y en ese tono familiar que había introducido el propio Oblonski, le dijo:

—Por fin hemos conseguido los informes de la administración provincial de Pienza. Aquí los tiene. ¿Quiere usted...?

—¿Llegaron por fin? —preguntó Stepán Arkádich, cogiendo uno de los papeles—. Bueno, señores...

Y comenzó la sesión.

«¡Si supieran que hace media hora el presidente del tribunal se sentía culpable como un chiquillo!», pensó Stepán Arkádich, mientras escuchaba el informe con la cabeza inclinada y una expresión grave. Sus ojos sonreían mientras oía aquella lectura. Debían trabajar sin interrupción hasta las dos, hora en que se hacía un descanso para comer.

Aún no eran las dos cuando, repentinamente, se abrieron las puertas de cristal de la sala y alguien entró. Los miembros del tribunal, que se hallaban sentados bajo el retrato del zar y los que estaban tras el símbolo de la justicia, se volvieron hacia allí, alegrándose de aquella distracción, pero el ujier que permanecía junto a la puerta echó al recién llegado, cerrándola tras él.

Cuando acabaron de leer el expediente, Stepán Arkádich se puso en pie, se estiró y, rindiendo tributo al liberalismo de aquella época, encendió un cigarrillo en la sala y se fue a su despacho. Sus dos amigos, el viejo empleado Nikitin y el gentilhombre Griniévich, salieron con él.

—Nos dará tiempo de terminar después de comer —dijo Stepán Arkádich.

—¡Desde luego! —afirmó Nikitin.

—Ese Fomín debe de ser un auténtico bribón —dijo Griniévich, refiriéndose a uno de los que estaban complicados en la causa que estudiaban.

Stepán Arkádich frunció el ceño al oír las palabras de Griniévich, dando a entender que no convenía emitir juicios anticipados, y no le contestó nada.

—¿Quién ha entrado antes? —le preguntó al ujier.

—Un señor se coló sin pedir permiso en un momento en que me descuidé, excelencia. Preguntó por usted. Le dije que cuando salieran los miembros del tribunal...

—¿Dónde está?

—Se habrá ido a la antesala; primeramente estuvo dando vueltas por aquí. Es aquel —añadió el ujier, señalando a un hombre de complexión fuerte, ancho de espaldas, con la barba rizada, el cual, cubierto con un gorro de piel de carnero, subía apresuradamente los desgastados escalones de la escalera de piedra.

Un empleado enjuto que bajaba con una cartera en la mano se detuvo, miró como desaprobando las piernas de aquel hombre y le dirigió a Oblonski una mirada interrogadora.

Stepán Arkádich se hallaba en lo alto de la escalera, y su bondadoso rostro resplandeciente, que asomaba del cuello bordado del uniforme, se iluminó con más intensidad al reconocer al recién llegado.

—¡Pero si eres tú! ¡Lievin, por fin! —exclamó con una sonrisa amistosa y burlona, mirando a Lievin, que se acercaba—. ¿Cómo te has dignado venir a buscarme a esta madriguera? ¿Hace mucho que llegaste? —preguntó, y no contentándose con el apretón de manos de su amigo, le besó.

—Acabo de llegar; tenía muchos deseos de verte —contestó Lievin con expresión tímida, y mirando, al mismo tiempo, alrededor suyo, inquieto y molesto.

—Bueno, vamos a mi despacho —dijo Oblonski, que conocía el amor propio y la timidez irritable de su amigo.

Y, cogiéndole por la mano, lo arrastró con él como si lo llevara a través de grandes peligros.

Stepán Arkádich se tuteaba con casi todos los conocidos: ancianos de sesenta años, muchachos de veinte, comerciantes, actores, ministros y ayudantes generales, de manera que muchos de los que lo tuteaban pertenecían a extremos opuestos de la escala social y se habrían sorprendido mucho al enterarse de que a través de Oblonski tenían algo en común entre sí. Se tuteaba con todos los que bebían champán, y lo bebía con todo el mundo, y cuando, en presencia de sus subordinados, se encontraba con alguno de los *tús* vergonzosos, como solía llamar en broma a muchos de sus amigos, sabía, con su tacto innato, atenuar la desagradable impresión que esto producía en ellos. Lievin no era un *tú* vergonzoso, pero, debido a su tacto, Oblonski se dio cuenta de que el otro pensaba que tal vez él no deseara demostrar su intimidad en presencia de sus subordinados, por lo cual se apresuró a llevárselo a su despacho.

Lievin tenía casi la misma edad que Oblonski, y lo tuteaba no solamente por haber bebido champán con él. Había sido compañero y amigo suyo en su primera juventud. A pesar de la diferencia de caracteres y aficiones, se querían como amigos que han intimado en la adolescencia. Pero, no obstante, como sucede con frecuencia entre personas que eligen actividades diferentes, cada uno, considerando y aprobando la profesión del otro, la despreciaba en el fondo de su alma. A cada cual le parecía que la vida que llevaba era la verdadera, mientras que la del otro no era sino una ficción. Oblonski no podía reprimir una ligera sonrisa burlona al ver a Lievin. Múltiples veces le había visto a su llegada a Moscú desde el pueblo, donde se dedicaba a algo, Stepán Arkádich nunca supo exactamente a qué, y, por otra parte, ni le interesaba. Lievin venía a Moscú siempre excitado, inquieto, algo cohibido e irritado por su timidez, y, la mayoría de las veces, con un concepto nuevo e imprevisto acerca de las cosas. Stepán Arkádich se reía de esto, pero al mismo tiempo le gustaba. Asimismo, Lievin despreciaba en su fuero interno el género de vida ciudadana de su amigo y su cargo, que consideraba absurdo, riéndose de todo esto. La diferencia estribaba en que Oblonski, al hacer lo que hacían los demás, se reía seguro de sí mismo y con benevolencia, mientras que Lievin se sentía inseguro y, a veces, irritado.

—Hace mucho que te esperábamos —dijo Stepán Arkádich, entrando en el despacho y soltando el brazo de Lievin, como dándole a entender que había pasado el peligro—. Me alegra muchísimo verte. Bueno, ¿cómo estás? ¿Cuándo has llegado? —prosiguió.

Lievin callaba, mirando las caras desconocidas de los compañeros de Oblonski y, sobre todo, la mano del elegante Griniévich, de largos dedos blancos y de largas uñas pálidas y curvadas, así como los enormes gemelos brillantes de los puños de su camisa; al parecer, aquellas manos absorbían toda su atención, impidiéndole pensar. Oblonski se dio cuenta de aquello inmediatamente y sonrió.

—Permitidme que os presente —dijo—. Mis amigos Filip Ivánovich Nikitin, Mijaíl Stanislávich —y dirigiéndose a Lievin, añadió—: Konstantín Dmítrich Lievin, un miembro del *zemstvo*,* hombre original, gimnasta que levanta con una sola mano cinco puds,** ganadero, cazador, amigo mío y hermano de Serguiéi Ivánovich Koznishov.

—Tanto gusto —dijo el anciano.

—Tengo el honor de conocer a su hermano Serguiéi Ivánovich —dijo Griniévich, tendiéndole su fina mano de largas uñas.

—Escucha, vamos a almorzar al Gurin; allí hablaremos. Estoy libre hasta las tres.

—No, aún tengo que ir a otro sitio —replicó Lievin tras pensar un poco.

—Bueno, entonces, podemos cenar juntos.

—¿Cenar? Pero si no se trata de una cosa importante; solo tengo que decirte dos palabras. Ya charlaremos después.

* Instituciones autónomas provinciales y municipales que se crearon en Rusia en tiempos de Alejandro II. *(N. de las T.)*
** Un pud equivale a 16,38 kg. *(N. de las T.)*

—Pues dime esas dos palabras ahora y hablemos después de cenar.

—Se trata de lo siguiente..., aunque, por otra parte, no es nada de particular —dijo Lievin; de pronto, su rostro reflejó una viva irritación, provocada por los esfuerzos que hacía por vencer su timidez—. ¿Qué hacen los Scherbatski? ¿Siguen como antes? —preguntó.

Oblonski, el cual sabía desde hacía tiempo que Lievin estaba enamorado de su cuñada Kiti, sonrió imperceptiblemente y sus ojos brillaron alegres.

—Tú me has dicho dos palabras, pero yo no puedo contestarte con otras dos, porque... Perdóname un instante...

Entró el secretario llevando unos documentos, y con una familiaridad respetuosa y esa discreta conciencia, común a todos los secretarios, de su superioridad sobre los jefes en el conocimiento de los asuntos, se acercó a Oblonski para explicarle una dificultad en forma de pregunta. Stepán Arkádich, sin terminar de escucharle, puso una mano sobre la manga del secretario, con gesto cariñoso.

—De todos modos, hágalo como se lo he dicho —dijo, suavizando la advertencia con una sonrisa, y tras una breve explicación acerca de cómo entendía aquel asunto, retiró los papeles, añadiendo—: Hágalo así, por favor, Zajar Nikítich.

El secretario se alejó confuso. Lievin, que se había recobrado por completo de su turbación durante aquella consulta, se apoyaba con ambas manos en el respaldo de una silla, reflejando su rostro una atención burlona.

—No lo comprendo, no lo comprendo —dijo.

—¿Qué es lo que no comprendes? —le preguntó Oblonski, sonriendo también y sacando un cigarrillo; esperaba que Lievin tuviese alguna salida extravagante.

—No entiendo lo que hacéis —replicó este, encogiéndose de hombros—. ¿Cómo puedes hacer esto en serio?

—¿Por qué?

—Pues porque... aquí no hay nada que hacer.

—Esto es lo que crees tú, pero estamos abrumados de trabajo.

—De papeleos. Sí; verdaderamente, tienes aptitudes para esto.

—Entonces ¿crees acaso que tengo deficiencias respecto de otras cosas?

—Tal vez sí. Pero, de todos modos, admiro tu grandeza y me siento orgulloso de tener un amigo tan importante. Pero no has contestado a mi pregunta —añadió Lievin, mirándole directamente a los ojos, con un esfuerzo desesperado.

—Bueno, bueno. Espera un poco más y verás como tú también has de llegar. A pesar de tus tres mil hectáreas de tierra en la provincia de Karazin, de esos músculos, de esa lozanía de niña de doce años, también vendrás aquí con nosotros. En cuanto a lo que preguntabas, no hay novedad, pero es una lástima que no hayas venido en tanto tiempo.

—¿Por qué? —preguntó Lievin, asustado.

—Por nada. Ya hablaremos. Y en realidad, ¿para qué has venido?

—De eso también hablaremos después —contestó Lievin, volviéndose a poner colorado hasta las orejas.

—Bueno, ya entiendo. Escucha: te invitaría a casa, pero mi mujer no se encuentra bien. Si quieres ver a los Scherbatski, probablemente irán hoy, de cuatro a cinco, al parque zoológico. Kiti va a patinar. Vete allí; me pasaré a recogerte para ir a cenar a cualquier sitio.

—Perfectamente, hasta luego, entonces.

—Pero ¡oye, tú! ¡Que te conozco! A lo mejor se te olvida o te vas al pueblo —exclamó Stepán Arkádich, riéndose.

—No, seguro que no.

Y solo al salir del despacho fue cuando Lievin se dio cuenta de que no se había despedido de los amigos de Oblonski.

—Parece un señor muy enérgico —opinó Griniévich, cuando Lievin hubo salido.

—Sí, padrecito. ¡Y es un hombre afortunado! —dijo Stepán Arkádich, moviendo la cabeza—. ¡Tres mil hectáreas en Karazin, toda la vida por delante y esa lozanía! No como nosotros.

—¿De qué se queja usted, Stepán Arkádich?

—Todo va mal —dijo este con un profundo suspiro.

VI

Cuando Oblonski le preguntó a Lievin para qué había venido, este se sonrojó, cosa que le hizo irritarse contra sí mismo, porque no pudo contestarle: «Para declararme a tu cuñada», a pesar de haber venido exclusivamente a eso. Los Lievin y los Scherbatski, antiguas familias nobles de Moscú, habían mantenido siempre íntimas y amistosas relaciones. Esa amistad se había afianzado aún más durante la época estudiantil de Lievin. Se preparó e ingresó en la universidad al mismo tiempo que el joven príncipe Scherbatski, el hermano de Dolli y Kiti. En aquella época Lievin solía visitar a menudo a los Scherbatski y se prendó de la casa. Por extraño que parezca, Konstantín Lievin se había prendado precisamente de la casa, de la familia y, especialmente, del elemento femenino de los Scherbatski. No recordaba a su madre, y la única hermana que tenía era mayor que él; así pues, fue en casa de los Scherbatski donde vio por primera vez aquel ambiente del hogar noble, intelectual y distinguido, del que no había podido gozar por la muerte de sus padres. Todos los miembros de esta familia, y especialmente las mujeres, se le aparecían como cubiertos por un misterioso velo poético, y no solo no veía en ellos defecto alguno, sino que se imaginaba que bajo aquel velo existían los sentimientos más elevados y todas las perfecciones. Lievin no comprendía por qué aquellas tres señoritas hablaban un día en francés y otro en inglés; por qué a horas determinadas y por turno tocaban el piano, cuyos sones se oían arriba en la habitación del hermano donde trabajaban los estudiantes; para qué venían aquellos profesores de literatura francesa, dibujo, música y baile; por qué a unas horas fijas las tres hermanas iban en coche, acompañadas de mademoiselle Linon, al bulevar de Tvier, envueltas en sus pellizas —la de Dolli era larga; la de Natalia, de tres cuartos, y la de Kiti, muy corta, de manera que quedaban completamente al descubierto sus piernas enfundadas en unas medias encarnadas—; para qué habían de pasear por el bulevar de Tvier, acompañadas de un lacayo que llevaba una escarapela dorada en el sombrero, ni tampoco comprendía otras muchas cosas que sucedían en aquel mundo misterioso, pero sabía que todo lo que allí hacían era magnífico y estaba prendado precisamente de aquel misterio.

Durante la época de sus estudios estuvo a punto de enamorarse de la hermana mayor, Dolli, pero no tardaron en casarla con Oblonski. Después empezó a enamorarse de la segunda, parecía que sentía la necesidad de enamorarse de una de las hermanas, sin poder dilucidar de cuál de ellas precisamente. También Natalia se casó, a raíz de su presentación en sociedad, con el diplomático Lvov. Kiti era aún una niña cuando Lievin salió de la universidad. El joven Scherbatski, que había ingresado en la Marina, pereció en el mar Báltico, de manera que las relaciones de Lievin con la familia se hicieron menos frecuentes, a pesar de su amistad con Oblonski. Pero cuando a principios del invierno de aquel año Lievin llegó a Moscú, después de un año de estancia en el pueblo, comprendió de cuál de las tres hermanas le estaba realmente predestinado enamorarse. Aparentemente nada hubiera sido más sencillo que pedir la mano de la princesa Scherbátskaia, siendo Lievin un hombre de buena familia, más bien rico que pobre, y contando treinta y dos años de edad. Probablemente hubieran reconocido enseguida que se trataba de un buen partido. Pero Lievin estaba enamorado, y por eso le parecía que Kiti era una criatura tan perfecta en todos sentidos, tan por encima de todo lo terrenal, siendo él, en cambio, un ser tan bajo y mundano, que no podía pensar siquiera en que la muchacha ni los demás lo considerasen digno de ella.

Estuvo dos meses en Moscú, como en un sueño, encontrándose con Kiti casi a diario en las reuniones de sociedad, a las que asistía por verla, cuando decidió repentinamente que no tendría éxito en su propósito, y se marchó al pueblo.

Para creer que aquello era imposible, Lievin se basaba en que, ante los padres de Kiti, él no era un partido bueno ni conveniente para la deliciosa muchacha, y en que ella no podría amarle. Ante los padres de Kiti, Lievin aparecía sin una profesión determinada ni posición social alguna, mientras que los compañeros de su edad eran ya, uno coronel y ayudante de campo, otro catedrático, otro director de un banco y de una compañía de ferrocarriles, y, por último, otro, presidente de un tribunal, como Oblonski. Él, en cambio (sabía perfectamente el efecto que esto producía en los demás), era terrateniente, se dedicaba a la cría de ganado, a la caza de perdices y a la construcción, es decir, era un hombre sin aptitudes, que no había llegado a ser nada y, según el parecer de la gente, hacía lo que hacen los que no sirven para nada.

La misteriosa y encantadora Kiti no podía amar a un hombre tan feo como se consideraba Lievin y, sobre todo, a un hombre tan simple, que no sobresalía en nada. Por otra parte, sus anteriores relaciones con Kiti —las relaciones de un hombre con una niña—, debidas a la amistad que había tenido con su hermano, le parecían un obstáculo más para este amor. Se imaginaba que se puede querer como a un amigo a un hombre bueno, como se consideraba a sí mismo, aunque sea feo, pero que era preciso ser hermoso y, sobre todo, un hombre excepcional para despertar un amor como el que le profesaba a Kiti.

Había oído decir que las mujeres suelen amar a menudo a hombres corrientes, pero no creía en eso, porque juzgaba a los demás por sí mismo, y él solo era capaz de amar a una mujer bonita, misteriosa y original.

Pero, después de pasar dos meses solo en el pueblo, se convenció de que aquel no era uno de los enamoramientos experimentados en la adolescencia, pues no hallaba ni un momento de tranquilidad, ni podía vivir sin saber si Kiti sería o no su mujer y, además, se convenció de que no tenía ninguna prueba de que lo rechazarían. Y si... No podía pensar en lo que sucedería si llegaban a rechazarlo.

VII

Lievin llegó a Moscú en el tren de la mañana y se hospedó en casa de su hermano mayor, Koznyshov. Una vez que se hubo cambiado de traje, entró en el despacho de su hermano con intención de exponerle inmediatamente los motivos de su viaje y pedirle consejo; pero Koznishov no estaba solo. Lo acompañaba un profesor de filosofía llegado de Járkov, con el exclusivo propósito de dilucidar una disputa grave que había surgido entre ellos acerca de una cuestión filosófica muy importante. El profesor sostenía una ardiente polémica con los materialistas y Serguiéi Koznishov, que la seguía con interés, le escribió exponiendo sus puntos de vista al leer el último artículo; le reprochaba que hiciera demasiadas concesiones al materialismo. El profesor se presentó sin demora en Moscú para discutir aquello. Se trataba de una cuestión que estaba de moda: ¿existe un límite entre los fenómenos psíquicos y los fisiológicos del hombre? ¿Y dónde está?

Serguiéi Ivánovich acogió a su hermano con la sonrisa afectuosa y fría con que solía acoger a todo el mundo, y, tras presentárselo al profesor, prosiguió la conversación.

El profesor, un hombrecillo con lentes, de frente estrecha, se interrumpió por un momento para saludar a Lievin, continuando después su discurso sin prestarle atención. Este se sentó, esperando a que se marchase el profesor; pero no tardó en interesarse por la discusión.

Había tropezado en las revistas con los artículos sobre los que se estaba discutiendo, tomándose interés por ampliar sus conocimientos de las ciencias naturales —había seguido la carrera de naturalista—, pero nunca solía comparar esas consecuencias científicas acerca de la procedencia del hombre como animal, de los reflejos, de la biología y de la sociología con los problemas del significado que tenía para él la vida y la muerte, problemas que le preocupaban cada vez más durante los últimos tiempos.

Escuchando la conversación de su hermano con el profesor, se dio cuenta de que relacionaban los problemas científicos con los relativos al alma. Varias veces habían abordado tales cuestiones, pero cada vez, al llegar casi al punto más importante, según creía Lievin, se desviaban inmediatamente y volvían a profundizar en el dominio de las sutiles subdivisiones, las críticas, las citas, las alusiones, las referencias a las opiniones autorizadas, y Lievin apenas comprendía lo que hablaban.

—No puedo estar de acuerdo en modo alguno con Keiss —dijo Serguiéi Ivánovich con su peculiar claridad y exactitud de expresión y su dicción elegante— de que el concepto que tengo del mundo exterior se deriva de las sensaciones. La idea fundamental misma de la *existencia* no la recibo por medio de sensaciones, puesto que no hay un órgano especial para ello.

—Sí, pero Wurts, Knaust y Pripásov le contestarán que la conciencia que tiene usted de existir se deriva del conjunto de todas las sensaciones, que esa conciencia es consecuencia de aquellas.

—Yo digo lo contrario —empezó diciendo Serguiéi Ivánovich.

En esto Lievin creyó de nuevo que tras llegar al punto culminante, los interlocutores se iban a desviar de él otra vez, y se decidió a hacerle una pregunta al profesor.

—Por consiguiente, si mis sentidos se aniquilan y mi cuerpo muere, ¿no puede haber ya ninguna existencia?

El profesor, molesto y como si aquella interrupción le hubiese producido un dolor mental, miró a aquel extraño interrogador, que más bien parecía un rústico que un filósofo, volviendo después los ojos hacia Serguiéi Ivánovich como preguntándole: «¿Qué puede uno decir?»; pero Koznyshov, que estaba lejos de hablar con la intransigencia y la persuasión con que hablaba el profesor, y cuyas ideas eran lo bastante amplias para poder contestarle a este y comprender el punto de vista sencillo y natural con que estaba hecha la pregunta, se sonrió diciendo:

—Aún no podemos contestar a esto...

—No tenemos datos —afirmó el profesor, y continuó con sus argumentos—. No. Observo que si, como afirma Pripásov, las sensaciones se fundan en las impresiones, debemos distinguir, de modo riguroso, estos dos conceptos.

Lievin dejó de escuchar, esperando a que se fuera el profesor.

VIII

Cuando el profesor se hubo marchado, Serguiéi Ivánovich se dirigió a su hermano:

—Me alegro mucho de que hayas venido. ¿Vas a estar mucho tiempo? ¿Qué tal la finca?

Lievin sabía que a su hermano no le interesaban las propiedades y que se informaba acerca de ellas por condescendencia, de manera que solo le habló de la venta del trigo y del dinero.

Hubiera querido contarle su propósito de contraer matrimonio y pedirle consejo, incluso estaba firmemente decidido a ello. Pero cuando vio a Serguiéi Ivánovich y oyó su conversación con el profesor, así como aquel tono, involuntariamente protector, con el que le hizo las preguntas acerca de la administración de la finca (no habían hecho repartos de las tierras de su madre, y Lievin las administraba todas), se dio cuenta de que no podía empezar a hablar con su hermano acerca de sus proyectos y de que este no los consideraría como Lievin quisiera.

—Bueno, ¿qué me dices del *zemstvo*? —preguntó Serguiéi Ivánovich, el cual se tomaba gran interés por esa institución, dándole mucha importancia.

—Pues no sé qué decirte...

—¿Cómo?... Pero si eres miembro de la administración.

—No, ya no lo soy; me he dado de baja, ya no asisto a las reuniones —respondió Lievin.

—¡Es una lástima! —profirió Serguiéi Ivánovich, frunciendo el ceño.

Para justificarse, Lievin le relató lo que sucedía en las reuniones de su distrito.

—¡Siempre ocurre así! —interrumpió Serguiéi Ivánovich—. ¡Los rusos siempre somos así! Tal vez sea una buena condición esa capacidad de reconocer nuestros defectos; pero exageramos, consolándonos con la ironía que siempre tenemos dispuesta en la lengua. Solo te diré que si se les concediesen unos derechos como los de nuestras instituciones del *zemstvo* a otro pueblo europeo, por ejemplo, a los alemanes o a los ingleses, habrían conseguido la libertad por medio de ellos; en cambio, nosotros no hacemos sino tomarlos a broma.

—¿Qué le hemos de hacer? —dijo Lievin como excusándose—. Fue mi última prueba. La ensayé con toda mi alma. Pero no puedo, no soy capaz.

—No es que no seas capaz, es que enfocas mal el asunto —replicó Serguiéi Ivánovich.

—Tal vez —respondió Lievin, desanimado.

—¿Sabes que nuestro hermano Nikolái está aquí otra vez?

Nikolái, hermano mayor de Konstantín Lievin y hermanastro de Serguiéi Ivánovich, era un hombre perdido; había disipado gran parte de su fortuna, tenía relación con gente extravagante y de mala fama y estaba reñido con sus dos hermanos.

—¿Qué dices? —exclamó Lievin, horrorizado—. ¿Cómo lo sabes?

—Prokofi lo ha visto en la calle.

—¿Aquí, en Moscú? ¿Dónde para? ¿Lo sabes?

Lievin se levantó, como disponiéndose a salir enseguida.

—Lamento habértelo dicho —replicó Serguiéi Ivánovich, moviendo la cabeza al ver la agitación de su hermano—. He mandado averiguar dónde vive y le he remitido la letra de Trubin que pagué. He aquí lo que me ha contestado.

Serguiéi Ivánovich le tendió a su hermano un papel que tenía debajo del pisapapeles. Lievin leyó aquella nota, escrita con una letra extraña, que le era familiar:

> Os ruego encarecidamente que me dejéis en paz. Es lo único que exijo de mis amables hermanos.
>
> Nikolái Lievin

Después de leerla, Lievin permaneció ante su hermano con la nota entre los dedos, sin levantar la cabeza. En su alma luchaban el deseo de olvidar a su desdichado hermano y la conciencia de que eso no estaba bien.

—Por lo visto quiere herirme —continuó Serguiéi Ivánovich—, pero no puede hacerlo. Desearía ayudarle con toda mi alma, pero sé que es imposible.

—Sí, sí —replicó Lievin—. Te entiendo y aprecio tu comportamiento hacia él, pero iré a verle.

—Hazlo si quieres, aunque no te lo aconsejo. No lo temo por lo que a mí respecta; no podrá indisponerte conmigo. Pero te aconsejo que no vayas por ti. No se le puede ayudar. En fin, haz lo que quieras.

—Tal vez sea imposible ayudarle, pero siento, sobre todo en este momento (claro es que se trata de otra cosa), que no puedo quedarme tranquilo.

—La verdad es que no lo comprendo —dijo Serguiéi Ivánovich—. Lo único que comprendo es esa lección de humildad. He empezado a considerar de otra manera, con más indulgencia, lo que se suele llamar infamia desde que nuestro hermano Nikolái se ha vuelto así... Ya sabes lo que hizo.

—¡Es horrible! ¡Es horrible! —repetía Lievin.

Cuando el criado de Serguiéi Ivánovich le dio las señas de Nikolái, Lievin se disponía a ir a verle inmediatamente, pero después de reflexionar decidió aplazar aquella visita hasta la noche. Ante todo, para tener tranquilidad de ánimo, necesitaba resolver el asunto que le había llevado a Moscú. De casa de Koznishov Lievin se dirigió a la oficina de Stepán Arkádich y, después de informarse acerca de los Scherbatski, fue al lugar donde aquel le dijo que podía hallar a Kiti.

IX

A las cuatro de la tarde, Lievin, con el corazón palpitante, bajó del coche de punto, en las puertas del parque zoológico, y se encaminó por un sendero, hacia las montañas y la pista, con la seguridad de encontrar allí a Kiti, pues había visto el coche de los Scherbatski a la entrada.

Era un día claro y frío. Junto a la puerta había filas de carruajes y de trineos, y se veían algunos cocheros y algunos guardias. El público, bien arreglado, con sus sombreros que resplandecían bajo el sol brillante, bullía junto a las puertas y en las alamedas, limpias de nieve, entre las casitas de estilo ruso con adornos esculpidos. Los viejos y frondosos abedules del parque, cuyas ramas se inclinaban bajo el peso de la nieve, parecían engalanados con solemnes vestiduras nuevas.

Lievin caminaba por el sendero hacia la pista, diciéndose: «No debo emocionarme, es preciso estar tranquilo. ¿Qué te pasa? ¡Calla, tonto!», añadía, dirigiéndose a su corazón. Y cuanto más se esforzaba por tranquilizarse, tanto más emocionado se sentía. Un conocido lo saludó, pero Lievin ni siquiera reconoció quién era. Se acercó a las montañas, en las que chirriaban las cadenas de los trineos que subían y bajaban, produciendo gran estrépito, y donde se oían alegres voces. Avanzó unos cuantos pasos más, quedando la pista al descubierto ante él, e inmediatamente, entre los que patinaban, reconoció a Kiti.

Se dio cuenta de que estaba allí por la alegría y el temor que invadieron su corazón. Kiti estaba en el extremo opuesto de la pista hablando con una señora. Al parecer no había nada extraordinario en su traje ni en su postura. Pero a Lievin le fue tan fácil reconocerla entre la multitud como un rosal entre ortigas. Ella parecía iluminarlo todo, parecía una sonrisa que hiciera refulgir todo en torno suyo. «¿Es posible que pueda bajar a la pista y acercarme a ella?», pensó Lievin.

El lugar donde se encontraba Kiti se le apareció como un santuario inaccesible y hubo un momento en que estuvo a punto de irse, tal fue el temor que le invadió. Tuvo que hacer un esfuerzo para darse cuenta de que Kiti estaba rodeada de toda clase de personas y de que también él podía patinar allí. Bajó a la pista, evitando mirar a Kiti prolongadamente, como si se tratase del sol, pero la veía sin mirarla, lo mismo que ocurre con el sol.

Aquel día de la semana y a aquella hora se reunían en la pista personas de una misma esfera social, que se conocían todas. Había excelentes patinadores, que presumían de su arte, y también aprendices, los cuales, sujetándose a los sillones,* patinaban con movimientos torpes y tímidos; muchachos y viejos, que lo hacían con fines higiénicos. A Lievin le parecía que todos ellos eran seres elegidos por la fortuna, por hallarse cerca de ella. Al parecer, los patinadores perseguían y adelantaban a Kiti e incluso le hablaban con una completa indiferencia, divirtiéndose independientemente de ella y disfrutando de la excelente pista y del buen tiempo.

Nikolái Scherbatski, el primo de Kiti, vestido con unos pantalones ceñidos y una chaqueta corta, descansaba en un banco con los patines puestos y, al ver a Lievin, le gritó:

—¡Eh, primer patinador de Rusia! ¿Hace mucho que ha llegado? El hielo está excelente, póngase los patines.

—No los he traído —contestó Lievin, sorprendiéndose de aquella audacia y desenvoltura en presencia de Kiti, sin perderla de vista ni un solo instante, a pesar de que no la miraba.

Se dio cuenta de que el sol se le iba acercando. Kiti, que se hallaba en un extremo de la pista, colocando sus estrechos piececitos, calzados con botas altas, en una postura torpe, empezó a deslizarse hacia él al parecer asustada. Un niño vestido con traje nacional ruso la adelantó, haciendo gestos desesperados e inclinándose hacia el suelo. Kiti patinaba con poca seguridad; había sacado las manos del manguito que llevaba colgando de un cordón, como para tenerlas dispuestas, y, mirando a Lievin, al que había reconocido, le sonreía temerosa. Al acabar la vuelta, con un impulso de su piececito flexible, se deslizó junto a Scherbatski y, agarrándose a él y sonriendo, saludó a Lievin con un movimiento de cabeza. Era aún más encantadora de lo que se la imaginaba.

* Especie de trineo en forma de sillón. (*N. de las T.*)

Cuando pensaba en Kiti, Lievin podía imaginársela vivamente a toda ella, y sobre todo aquella encantadora cabecita rubia, tan graciosamente colocada sobre sus esbeltos hombros de muchacha, con esa expresión de niña, dulce y serena. La expresión pueril de su rostro junto con la esbeltez del talle constituían aquel encanto especial, que Lievin entendía bien; pero lo que siempre le asombraba en ella, como una cosa inesperada, eran sus tímidos ojos serenos y sinceros y aquella sonrisa que lo transportaba a un mundo mágico, en el que se sentía enternecido y dulcificado como solo recordaba haberlo estado raras veces en su primera infancia.

—¿Hace mucho que está usted aquí? —preguntó Kiti, tendiéndole la mano—. Muchas gracias —añadió al recogerle Lievin el pañuelo que se le había caído del manguito.

—¿Qué? No, hace poco; llegué ayer, es decir, hoy... —respondió este, que no había entendido enseguida la pregunta a causa de su emoción—. Quería haber ido a su casa —prosiguió, pero al recordar el motivo por el que buscaba a Kiti, se turbó, enrojeciendo—. No sabía que patinaba usted, lo hace admirablemente.

Kiti examinó a Lievin con atención, como si deseara comprender el motivo de su azoramiento.

—Su elogio es digno de estima. Aquí sigue la tradición de que es usted el mejor patinador —dijo, mientras sacudía la escarcha del manguito con su manita enfundada en un guante negro.

—Sí, hubo una época en que el patinar me apasionaba; quería llegar a la perfección.

—Parece que se apasiona usted por todo —objetó Kiti, sonriendo—. Me gustaría mucho verle patinar. Póngase los patines y patinemos juntos.

«¡Patinar juntos! ¿Es posible?», pensaba Lievin, mirando a la muchacha.

—Ahora mismo —dijo, y fue a ponérselos.

—Hace mucho que no venía por aquí, señor —observó el empleado de la pista, mientras, sujetándole un pie, le atornillaba el patín—. No hay nadie que patine como usted. ¿Está bien así? —preguntó, apretando la correa.

—Está bien, está bien; dese prisa, por favor —le contestó Lievin, reprimiendo a duras penas la sonrisa de felicidad que apareció en su rostro, a pesar suyo. «¡Esto es vida! ¡Esto es la dicha! —pensaba—. Ha dicho «juntos», «patinemos juntos». ¿Se lo diré ahora? Pero temo hacerlo precisamente ahora que me siento feliz, feliz con la esperanza... ¿Y luego?... ¡Pero es preciso! ¡Es preciso! ¡Fuera la timidez!»

Lievin se puso en pie, se quitó el abrigo y, tomando carrerilla sobre el hielo rugoso inmediato a la casita, salió a la superficie lisa de la pista, deslizándose, sin esfuerzo, como si solo por medio de su voluntad pudiese acelerar, acortar y dirigir la carrera. Se acercó a Kiti con timidez, pero la sonrisa de la muchacha lo tranquilizó de nuevo.

Kiti le dio la mano y se deslizaron juntos, acelerando la marcha, y cuanto más deprisa iban, tanto más se la apretaba.

—Con usted aprendería a patinar más pronto; no sé por qué será, pero me siento segura con usted —le dijo.

—Yo también me siento seguro cuando se apoya usted en mí —replicó Lievin, ruborizándose al punto, asustado de lo que había dicho.

Y, en efecto, en cuanto hubo pronunciado estas palabras, repentinamente, como si el sol se ocultase tras unas nubes, la dulzura de Kiti se disipó y Lievin vio aquel gesto de su rostro que le era conocido y que significaba reconcentración: en su tersa frente apareció una arruga.

—¿Qué le pasa? Claro es que no tengo derecho de preguntárselo —dijo apresuradamente.

—¿Por qué? No, no me pasa nada —contestó Kiti con expresión fría, añadiendo enseguida—: ¿Ha visto usted a mademoiselle Linon?

—No, aún no.

—Vaya a verla, lo aprecia mucho.

«¿Qué es esto? La he ofendido. ¡Dios mío, ayúdame!», pensó Lievin, y se dirigió corriendo hacia el banco en el que se hallaba sentada la vieja francesa de canosos cabellos rizados. Esta acogió a Lievin como a un viejo amigo, mostrando, al sonreír, su dentadura postiza.

—Vamos creciendo —observó, indicándole a Kiti con la mirada— y envejecemos. *Tiny bear* es ya mayor —prosiguió riendo al recordarle la broma que solía gastar acerca de las tres señoritas, a las que llamaba oseznos, basándose en un cuento inglés—. ¿Recuerda usted que solía llamarla así?

Lievin no se acordaba ni remotamente de aquella broma; en cambio, a la francesa le divertía mucho y hacía diez años que se reía con lo mismo.

—Bueno, vaya, vaya a patinar. ¿Verdad que nuestra Kiti patina ya muy bien?

Cuando Lievin volvió corriendo junto a Kiti, su rostro ya no expresaba severidad, sus ojos miraban sinceros y suaves como antes; pero Lievin creyó notar que en su afabilidad había un tono especial de calma premeditada. Y se sintió triste. Después de hablar con él acerca de su vieja institutriz y de sus rarezas, Kiti le preguntó acerca de su vida.

—¿Es posible que no se aburra usted en invierno en el pueblo?

—No, no me aburro; suelo estar muy ocupado —contestó Lievin, dándose cuenta de que Kiti lo sometía a ese tranquilo tono suyo del que no se sentiría con fuerzas de escapar, como ya le había ocurrido a principios del invierno.

—¿Viene para mucho tiempo? —preguntó la muchacha.

—No lo sé —replicó Lievin, sin darse cuenta de lo que decía.

Pensó que si se dejaba dominar por aquel tono suyo de serena amistad se volvería a marchar sin haber resuelto nada, y decidió sublevarse.

—¿Cómo no lo sabe?

—Pues no lo sé. Depende de usted —le dijo, asustándose al punto de sus palabras.

Kiti no oyó o no quiso oír esas palabras. Como si tropezara, dio dos golpes con uno de los piececitos y se alejó rápidamente. Acercándose a mademoiselle Linon, y tras decirle algo, se dirigió a la casita donde las señoras se quitaban los patines.

«¡Dios mío, qué he hecho! ¡Dios mío, ayúdame, ilumíname!», se decía Lievin, rezando y, como al mismo tiempo sintiera necesidad de realizar un ejercicio violento, se lanzó a patinar describiendo círculos concéntricos y excéntricos.

Mientras tanto, uno de los jóvenes, el mejor patinador de los nuevos, salió del café con un cigarrillo en la boca y los patines puestos y, tomando carrerilla, bajó los escalones, dando saltos y armando gran estrépito. Una vez abajo, y sin variar siquiera la posición libre de las manos, se deslizó por el hielo.

—¡Ah, este es un truco nuevo! —exclamó Lievin, e inmediatamente corrió arriba para hacer lo mismo.

—¡No se vaya a matar, hay que tener práctica! —le gritó Nikolái Scherbatski.

Lievin subió hasta el descansillo, tomando todo el impulso que pudo mientras subía y se lanzó hacia abajo, manteniendo el equilibrio con los brazos en actitud torpe. En el último escalón, tropezó, pero, rozando apenas el hielo con la mano, hizo un rápido movimiento, se irguió y, echándose a reír, prosiguió la carrera.

«¡Qué muchacho tan agradable!», pensó Kiti, que en aquel momento salía de la casa acompañada de mademoiselle Linon, mirando a Lievin con una sonrisa dulce y cariñosa, como si se tratase de un hermano querido. «¿Es posible que sea yo culpable? ¿Es posible que haya hecho algo malo? Dicen que esto es coquetería. Sé que quiero a otro, pero me encuentro tan bien a su lado, y es tan simpático... Pero ¿por qué me habrá dicho eso?...», pensaba.

Al ver que Kiti se iba y que su madre la esperaba en las escaleras, Lievin, enrojecido por el ejercicio violento, se detuvo, quedándose pensativo. Y, quitándose los patines, las alcanzó en las puertas del parque.

—Me alegro mucho de verle. Recibimos los jueves, como siempre —dijo la princesa.

—Entonces ¿hoy?

—Nos será muy grata su visita —replicó la princesa en tono seco.

Esta sequedad disgustó a Kiti, que no pudo reprimir el deseo de suavizar aquel tono frío de su madre. Volvió la cabeza y, con una sonrisa, dijo:

—Hasta luego.

En aquel momento, Stepán Arkádich, con el sombrero ladeado, el rostro y los ojos resplandecientes, entraba en el parque con aire alegre y triunfador. Pero, al acercarse a su suegra, respondió a sus preguntas acerca de la salud de Dolli con expresión triste y contrita. Tras hablar con ella en tono bajo y desanimado, cogió a Lievin del brazo.

—¿Qué? ¿Nos vamos? —le preguntó—. He estado pensando en ti todo el tiempo, y me alegra mucho, mucho que hayas venido —añadió, mirándole a los ojos con expresión significativa.

—Sí, vamos, vamos —contestó Lievin, sintiéndose dichoso, sin dejar de oír el sonido de aquella voz que le había dicho «Hasta luego» y viendo la sonrisa que había acompañado estas palabras.

—¿Al Inglaterra o al Ermitage?

—Me da lo mismo.

—Entonces vamos al Inglaterra —dijo Stepán Arkádich, eligiendo este restaurante precisamente porque allí debía más que en el Ermitage. Creía que no estaba bien dejar de ir allí por ese motivo—. ¿Te espera un coche? Perfectamente. Yo había despedido el mío.

Durante todo el trayecto los dos amigos fueron en silencio; Lievin pensaba acerca de lo que significaba aquel cambio de expresión en el rostro de Kiti, tan pronto asegurándose que había esperanzas, tan pronto desesperándose y viendo claramente que sus ilusiones eran insensatas. Sin embargo, se sentía otro hombre, no se parecía en nada al que era antes de la sonrisa y de aquel «hasta luego» de Kiti.

Entretanto, Stepán Arkádich iba componiendo la minuta de la cena.

—¿Te gusta el rodaballo? —le preguntó a Lievin cuando llegaban.

—¿Qué? —preguntó Lievin a su vez—. ¿El rodaballo? Sí, me gusta *con delirio.*

X

Al entrar en el restaurante con Oblonski, Lievin no pudo menos de observar en aquel una expresión particular, como una alegría contenida, que denotaba tanto su rostro como toda su figura. Oblonski se quitó el gabán y con el sombrero ladeado se dirigió al comedor, dando al paso órdenes a los solícitos camareros vestidos de frac y con la servilleta debajo del brazo. Saludando a derecha e izquierda a los amigos que lo acogían con simpatía, aquí lo mismo que por doquier, Oblonski se acercó al mostrador, donde tomó vodka y un poco de pescado; le dijo algo a la cajera francesa, pintada y emperifollada con cintitas y encajes, que la hizo reír de muy buena gana. En cambio, Lievin se abstuvo de tomar vodka, precisamente porque le molestaba aquella francesa, que parecía estar compuesta de cabellos ajenos, *poudre de riz* y *vinaigre de toilette*. Como si se hubiese acercado a un lugar infecto, se alejó de allí precipitadamente. Su alma estaba henchida del recuerdo de Kiti y ante sus ojos veía su sonrisa triunfante y feliz.

—Tenga la bondad de pasar por aquí, excelencia —dijo un camarero viejo de anchas caderas, por cuyo motivo se le separaban los faldones del frac, y en señal de respeto a Oblonski, acogió a su invitado, diciéndole—: Haga el favor, excelencia.

Extendió rápidamente un mantel limpio sobre otro puesto en la mesa redonda que se hallaba bajo una lámpara de bronce y, acercando las sillas tapizadas de terciopelo, se quedó junto a Stepán Arkádich esperando sus órdenes.

—Si su excelencia desea un reservado, no tardará en quedarse libre; ahora está allí el príncipe Golitsin con una señora. Tenemos ostras frescas.

—¡Ah! ¿Tienen ostras?

Stepán Arkádich se quedó pensativo.

—Qué, ¿te parece que alteremos el plan, Lievin? —dijo, deteniendo el dedo sobre la carta. Su rostro expresaba una gran indecisión—. ¿Son buenas las ostras? ¿Eh?

—Son de Flensburgo, hoy no tenemos de Ostende.

—Tanto da que sean de Flensburgo; pero ¿están frescas?

—Las hemos recibido ayer.

—Entonces, ¿empezamos por las ostras y cambiamos todo el plan? ¿Eh?

—Me da lo mismo. Para mí lo mejor son los *schi* y la *kasha*;* pero aquí no tienen de eso.

—¿Desea su excelencia *kasha à la russe*? —preguntó el camarero, inclinándose hacia Lievin como un aya ante un niño.

—No, de verdad, lo que tú pidas estará bien. He patinado mucho y tengo hambre. Y no creas —añadió, viendo que el rostro de Oblonski expresaba descontento— que no he de apreciar tu elección. Comeré muy a gusto.

—¡No faltaba más! Puedes decir lo que quieras, pero comer bien es uno de los mayores placeres de la vida —dijo Stepán Arkádich—. Bueno, pues nos vas a traer ostras, dos...; será poco, tres docenas; sopa de verdura...

—*Printanière* —dijo el camarero.

Pero, al parecer, Stepán Arkádich no deseaba proporcionarle el placer de poner nombres franceses a los platos.

—De verdura, ¿sabes? Después rodaballo en salsa, y después... rosbif, pero que sea bueno. Y luego, capones y conservas.

El camarero recordó la costumbre de Oblonski de no llamar los platos con nombres franceses, pero, sin embargo, se dio el gusto de repetir todo el menú según la carta francesa: «Soupe printanière, turbot sauce Beaumarchais, poularde à l'estragon, macedoine de fruits...», e inmediatamente, como movido por un resorte, retiró la carta y colocó la de los vinos ante Stepán Arkádich.

—¿Qué vamos a beber?

—Lo que quieras, pero no mucho... champán —dijo Lievin.

—¿Cómo? ¿Para empezar? Bueno, tal vez tengas razón. ¿Te gusta el de sello blanco?

—*Cachet blanc* —replicó el camarero.

—Bueno, tráenos de ese para las ostras, y después ya veremos.

* Sopa de coles y gachas, respectivamente. Platos nacionales rusos. (N. de las T.)

—Muy bien. Y ¿qué vino de mesa desea, excelencia?

—Sírvenos una botella de Nu. Y si no, mejor el clásico Chablis.

—Muy bien. ¿Le traigo queso del *suyo*, excelencia?

—Sí, parmesano. ¿O prefieres otro?

—Me da lo mismo —contestó Lievin, sin poder contener una sonrisa.

El camarero se alejó corriendo, con los faldones del frac separados, y a los cinco minutos entró volando con una bandeja de ostras abiertas en sus conchas de nácar y una botella entre los dedos.

Stepán Arkádich arrugó la servilleta almidonada y se remetió una punta en el chaleco, apoyó los brazos y empezó a tomar las ostras.

—No están mal —dijo, mientras arrancaba con un tenedorcito de plata las ostras vivas de sus conchas nacaradas, tragándoselas una tras otra—. No están mal —repitió, mirando con sus ojos brillantes tan pronto a Lievin como al camarero.

Lievin también tomó ostras, aunque prefería el pan blanco y el queso. Estaba admirado de ver a Oblonski. Incluso el camarero, que había descorchado la botella y escanciado el vino espumoso en las finas copas de cristal, miró a Oblonski con una sonrisa de satisfacción mientras se arreglaba la corbata blanca.

—¿No te gustan mucho las ostras, o es que estás preocupado? —preguntó Stepán Arkádich, apurando la copa.

Oblonski deseaba que Lievin estuviese alegre. Y lo estaba, pero se sentía cohibido. Con el estado de ánimo que tenía, le molestaba aquel restaurante con sus reservados, en los que se comía con mujeres, y aquella barahúnda, así como los bronces, los espejos, las luces y los camareros. Temía mancillar aquello que llenaba su alma.

—¿Yo? Sí, estoy preocupado y, además, todo esto me cohíbe —contestó—. No te puedes figurar lo extraño que me resulta este ambiente a mí, que soy un pueblerino; es algo así como las uñas de aquel señor que vi en tu oficina...

—Sí, ya me di cuenta de que las uñas del pobre Griniévich te habían interesado mucho —dijo Oblonski riéndose.

—Es algo imposible. Procura ponerte en mi lugar, adopta el punto de vista de un hombre que vive en el campo. Allí tratamos de tener las manos dispuestas para trabajar cómodamente; por eso nos cortamos las uñas y hasta nos remangamos a veces. En cambio, aquí la gente se deja crecer las uñas lo más que pueden y, a modo de gemelos, se ponen unos platillos para no poder hacer nada con las manos.

Stepán Arkádich sonrió jovialmente.

—Eso es señal de que no realiza un trabajo rudo. En él trabaja el intelecto...

—Quizá. Pero de todas formas se me hace raro, lo mismo que el que nosotros, habitantes del campo, procuremos saciarnos lo más pronto posible para estar en condiciones de proseguir nuestro trabajo, y, en cambio, tú y yo tratemos de demorar ese momento, y por eso empezamos por tomar ostras...

—Claro... Pero en eso estriba el objeto de la civilización: que todas las cosas se conviertan en placer —replicó Stepán Arkádich.

—Bueno, si ese es el objeto de la civilización, prefiero ser salvaje.

—Ya lo eres. Todos los Lievin lo sois.

Lievin suspiró. Recordó a su hermano Nikolái y, sintiéndose avergonzado y pesaroso, frunció el entrecejo; pero Oblonski le habló de algo que no tardó en distraerlo.

—¿Vas a ir esta noche a casa de los Scherbatski? —le preguntó con expresión significativa, mientras apartaba las rugosas conchas vacías y acercaba el queso.

—Iré sin falta. Aunque me ha parecido que la princesa me invitó de mala gana —contestó Lievin.

—¡Qué va! ¡Qué tontería! Son sus modales... ¡Eh, amigo, sírvanos la sopa!... Son sus modales de *grande dame* —dijo Stepán Arkádich—. Yo también iré, pero antes tengo que acudir al coro de la condesa Bánina. Desde luego, eres un salvaje. ¿Cómo explicar si no tu desaparición de Moscú? Los Scherbatski me han estado preguntando constantemente por ti, como si yo supiera... Solo sé una cosa: que haces siempre lo que no hace nadie.

—Sí, tienes razón, soy un salvaje —contestó Lievin lentamente y con alteración—. Pero mi salvajismo no está en haberme ido de aquí, sino en haber vuelto. He venido ahora...

—¡Oh, qué feliz eres! —le interrumpió Stepán Arkádich, mirándolo a los ojos.

—¿Por qué?

—Conozco a los caballos fogosos por la marca y a los jóvenes enamorados por los ojos —declamó Stepán Arkádich—. Tienes todo por delante.

—¿Y tú lo tienes ya todo en el pasado?

—No es eso precisamente, pero lo tuyo pertenece al porvenir y lo mío es presente, un presente no del todo agradable.

—¿Qué te ocurre?

—No van bien las cosas. No quiero hablar de mí mismo; además, no se puede explicar todo —dijo Stepán Arkádich—. Bueno, ¿para qué has venido a Moscú?... ¡Oye, tú, cambia los platos! —le gritó al camarero.

—¿No te lo figuras? —replicó Lievin, sin dejar de mirar a Oblonski con sus ojos profundos y luminosos.

—Sí, pero no me atrevo a empezar a hablar de ello. Con esto ya te puedes dar cuenta si he acertado o no —dijo Stepán Arkádich, mirando a Lievin y sonriendo sutilmente.

—Bueno, ¿y qué me dices? —preguntó Lievin con voz debilitada y notando que le temblaban los músculos del rostro—. ¿Qué opinas de eso?

Stepán Arkádich apuró lentamente su vaso de Chablis, sin quitar la vista de Lievin.

—¿Yo?... ¡No desearía otra cosa! ¡Es lo mejor que podría suceder! —replicó.

—Pero ¿no te equivocas? ¿Sabes de lo que estamos hablando? ¿Crees que es posible? —insistió Lievin, clavando los ojos en su interlocutor.

—Lo creo posible. ¿Por qué no?

—¿De veras lo crees posible? ¡Dime todo lo que piensas! ¿Y si me espera una negativa?... Estoy casi seguro de ello...

—¿Por qué lo piensas? —preguntó Stepán Arkádich, sonriendo al ver la inquietud de Lievin.

—Eso es lo que me parece a veces, y sería horrible para mí y para ella.

—Bueno, en todo caso, para ella no tendría nada de horrible. Todas las muchachas se jactan de que las pidan en matrimonio.

—Sí, todas las muchachas lo hacen, pero ella no.

Stepán Arkádich se sonrió. Comprendía muy bien el sentimiento de Lievin, sabía que para él todas las muchachas del mundo se dividían en dos clases: la primera se componía de todas las jóvenes, excepto Kiti, y estas mujeres tenían todas las flaquezas humanas y eran completamente corrientes; en la segunda estaba ella sola, que no tenía ninguna flaqueza y se hallaba muy por encima de todo lo humano.

—Espera, sírvete salsa —le dijo a Lievin, deteniéndole la mano que rechazaba la fuente.

Obedeciendo, Lievin se sirvió un poco de salsa, pero no dejó comer a Stepán Arkádich.

—No, espera, espera —dijo—. Comprende que esto es para mí cuestión de vida o muerte. Nunca he hablado con nadie acerca de esto ni puedo hacerlo, excepto contigo. Ya ves, somos diferentes en todo: tenemos aficiones y puntos de vista distintos, pero sé que me quieres y que me comprendes, y por eso te aprecio muchísimo. Pero, ¡por Dios!, sé completamente sincero conmigo.

—Te digo lo que pienso —contestó Stepán Arkádich, sonriendo—, y te diré aún más: mi esposa es una mujer extraordinaria... —Oblonski suspiró al recordar el estado de sus relaciones con Dolli, y tras un breve silencio, continuó—: Tiene el don de prever los acontecimientos. Conoce a la gente como si viera a través de ella, pero eso no es todo. Sabe lo que ha de ocurrir, sobre todo tratándose de matrimonios. Por ejemplo, ha predicho que la Shajóvskaia se casaría con Brentiélln. Nadie quería creerlo, pero resultó ser así. Y está de tu parte.

—¿Entonces...?

—No solo te quiere, sino que dice que Kiti será, sin falta, tu mujer.

Al oír estas palabras, el rostro de Lievin se iluminó con sonrisa próxima a las lágrimas de ternura.

—¡Eso es lo que dice! —exclamó—. Siempre he dicho que tu mujer es encantadora. Bueno, basta, no hablemos más de esto —añadió, levantándose.

—Perfectamente, pero siéntate.

Lievin no podía permanecer sentado. Recorrió por dos veces, con sus pasos firmes, la pequeña estancia, pestañeó para ocultar las lágrimas y solo entonces volvió a la mesa.

—Comprende que no se trata de un amor corriente. He estado enamorado otras veces, pero no es así. No es un sentimiento mío, sino una fuerza externa la que me domina. Me fui de Moscú porque había decidido que eso no podría ser, lo mismo que la felicidad no puede existir en la tierra. Pero he luchado conmigo mismo y he comprendido que no podría vivir sin ella. Es necesario tomar una determinación...

—Pero ¿por qué te fuiste?

—¡Oh, espera! ¡Oh! ¡Cuántas ideas! ¡Cuántas cosas tengo que preguntarte! Escúchame. No te puedes figurar el bien que me has hecho con tus palabras. Soy tan feliz que hasta me he vuelto malo; se me olvida todo. Hoy me he enterado de que mi hermano Nikolái... está aquí..., y hasta lo he olvidado a él. Se me figura que también él es dichoso. Esto parece una locura. Pero hay una cosa terrible... Tú te has casado y conoces este sentimiento. Lo terrible es que nosotros, hombres mayores, con un pasado..., no de amor, sino lleno de pecados, nos encontremos de pronto con un ser puro e inocente; esto es repulsivo, y no puede uno por menos de sentirse indigno.

—¡Bah! Tú no tienes muchos pecados.

—Y, sin embargo —replicó Lievin—, sin embargo, cuando considero mi vida, me estremezco, maldigo y me lamento con amargura... Sí.

—Qué le hemos de hacer, así es el mundo —dijo Stepán Arkádich.

—Solo hay un consuelo, como el de aquella oración que tanto me gustaba siempre, que nos perdonarán no por lo que nos merecemos, sino por misericordia. Solo así me puede perdonar ella.

XI

Lievin apuró el contenido de su copa y ambos permanecieron en silencio.

—Tengo algo más que decirte. ¿Conoces a Vronski? —preguntó Stepán Arkádich.

—No, no lo conozco. ¿Por qué lo preguntas?

—Trae otra botella —dijo Stepán Arkádich, dirigiéndose al camarero, el cual les llenaba las copas y daba vueltas en torno a la mesa siempre en el momento más inoportuno—. Te lo digo porque es uno de tus rivales.

—¿Quién es ese Vronski? —preguntó Lievin al instante, y la expresión de su rostro, que reflejaba un entusiasmo pueril, denotó ira y desagrado.

—Es uno de los hijos del conde Kiril Ivánovich Vronski y uno de los mejores ejemplares de la dorada juventud petersburguesa. Lo conocí en Tvier cuando hacía el servicio. Él solía ir allí para el reclutamiento. Es inmensamente rico, apuesto y tiene muy buenas relaciones. Es ayudante de campo y, además, un muchacho muy simpático y muy bueno. Al tratarlo aquí, he comprobado que también es culto y muy inteligente: un hombre que llegará lejos.

Lievin frunció el ceño, guardando silencio.

—Llegó aquí poco después de haberte marchado tú —aclaró Stepán Arkádich—. Según creo, está enamoradísimo de Kiti, y comprenderás que la madre...

—Perdóname, pero no entiendo absolutamente nada —replicó Lievin, taciturno.

E inmediatamente recordó a su hermano Nikolái y pensó que era una indignidad haberlo podido olvidar.

—Espera, espera —dijo Stepán Arkádich, sonriendo y cogiéndole de la mano—. Te he dicho lo que sabía. Y repito que, hasta donde se puede prever en un asunto tan delicado y sutil como este, me parece que tienes todas las ventajas.

Lievin se recostó en el respaldo de la silla, tenía el rostro pálido.

—Pero te aconsejo que decidas las cosas cuanto antes —prosiguió Oblonski, llenando la copa de Lievin.

—No, gracias, no puedo beber más —dijo este, rechazando la copa—. Me emborracharía. Bueno, y a ti ¿cómo te va? —continuó, tratando, al parecer, de desviar la conversación.

—Una palabra más: en todo caso, te aconsejo que decidas el asunto cuanto antes. Pero es mejor que no hables hoy. Ve mañana por la mañana a pedir su mano, según todas las de la ley, y que Dios te bendiga...

—Siempre tenías deseos de cazar en mis tierras, vente en primavera —dijo Lievin.

Ahora se arrepentía profundamente de haber entablado aquella conversación con Stepán Arkádich. Aquel sentimiento suyo tan *especial* había sido mancillado al hablar de ese oficial de San Petersburgo, rival suyo, así como por las suposiciones y los consejos de Oblonski.

Este sonrió, comprendiendo lo que ocurría en el alma de Lievin.

—Ya iré algún día —dijo—. Sí, hombre; las mujeres son el eje en torno del cual gira todo. También a mí me van mal las cosas, me van muy mal. Y todo por culpa de las mujeres. Háblame con sinceridad, dame un consejo —continuó diciendo, mientras sacaba un cigarro y sostenía la copa con la otra mano.

—¿De qué se trata?

—De lo siguiente. Supongamos que estás casado, que quieres a tu mujer, pero que te seduce otra...

—Perdóname, pero no entiendo eso en absoluto; es lo mismo que si..., ahora que estoy satisfecho, al pasar delante de una panadería robase un bollo.

Los ojos de Stepán Arkádich resplandecían más que de costumbre.

—¿Por qué no? A veces, el bollo huele tan bien que uno no puede contenerse.

Himmlisch ist's, wenn ich bezwungen
Meine irdische Begier;
Aber doch wenn's nicht gelungen,
Hatt' ich auch recht hübsch Plaisir! *

Al decir esto, Stepán Arkádich sonreía sutilmente. Tampoco Lievin pudo reprimir una sonrisa.

—Sí, pero fuera bromas —continuó Oblonski—. Piensa en una mujer agradable, tímida, afectuosa, sola y pobre que lo ha sacrificado todo por ti. Ahora que el hecho está consumado, ¿acaso puedo dejarla? Supongamos que nos separásemos para no destruir la vida familiar, pero ¿cómo no compadecerse de ella, no ayudarla, no dulcificar su destino?

—Perdóname, ya sabes que para mí las mujeres se dividen en dos clases... Es decir, no; más exacto sería decir que hay mujeres y... Nunca he visto mujeres caídas que tengan atractivo, ni las veré, y aquellas como la francesa pintada del mostrador, con sus rizos, son para mí como la peste; todas las mujeres caídas son iguales.

—¿Y la del Evangelio?

—¡Oh! ¡Cállate! Cristo nunca hubiera pronunciado aquellas palabras si hubiera sabido el mal uso que iban a hacer de ellas. Son las únicas palabras del Evangelio que todos recuerdan. Por lo demás, no digo lo que pienso, sino lo que siento. Me repugnan las mujeres caídas. A ti te dan miedo las arañas y a mí estas canallas. Seguramente no has estudiado la vida de las arañas ni conoces sus costumbres: lo mismo me pasa a mí.

—Te es fácil hablar así. Es lo mismo que aquel personaje de Dickens que con la mano izquierda arroja por encima de su hombro derecho todos los asuntos difíciles de resolver. Pero la negación de un hecho no es una respuesta. Dime: ¿qué hacer?, ¿qué hacer? Tu mujer envejece y tú estás lleno de vida. En un abrir y cerrar de ojos te das cuenta de que no puedes amar a tu mujer por más respeto que sientas por ella. Y he aquí que de pronto aparece el amor; ¡estás perdido, estás perdido! —concluyó Stepán Arkádich con desesperación y tristeza.

Lievin sonrió irónicamente.

* Digno del cielo me sentía / cuando mis terrenales apetitos dominaba. / Pero cuando no lo conseguía, / un inefable placer de mí se apoderaba. *(N. de las T.)*

—Estás perdido —prosiguió Oblonski—, pero ¿qué hacer?

—No robar bollos.

Stepán Arkádich lanzó una carcajada.

—¡Oh, moralista! Pero date cuenta, hay dos mujeres: una se apoya tan solo en su derecho, que es ese amor que no puedes darle; en cambio, la otra lo sacrifica todo sin exigirte nada. ¿Qué debes hacer? ¿Cómo proceder? Es un drama terrible.

—Si quieres mi opinión sincera referente a esto, te diré que no creo que sea un drama, y he aquí el porqué. Creo que el amor..., esas dos clases de amor que, como recordarás, define Platón en su *Banquete*, constituyen la piedra de toque de los hombres. Unos, solo comprenden uno de estos amores; los demás, el otro. Y los que tan solo comprenden el amor no platónico no tienen por qué hablar de dramas. Con un amor de esta clase no puede existir ningún drama. «Le agradezco mucho el placer que me ha proporcionado, y adiós.» Ahí está todo el drama. Y en cuanto al amor platónico, tampoco puede haber drama, porque en él todo es puro y diáfano, porque...

En aquel momento Lievin recordó sus pecados y la lucha interior que había sostenido. Inesperadamente añadió:

—Al fin y al cabo, tal vez tengas razón. Es muy posible... Pero no sé, verdaderamente no sé.

—Es que verás, tú eres un hombre íntegro —dijo Stepán Arkádich—. Este es tu defecto y tu cualidad. Tienes un carácter íntegro y quieres que toda la vida se componga de manifestaciones íntegras; pero eso no suele ocurrir. Desprecias la actividad social del Estado, porque quisieras que todo esfuerzo estuviera siempre en relación con su fin, y eso no sucede así. También te gustaría que la actividad de un hombre tuviera un objeto, que el amor y la vida conyugal fueran una misma cosa, pero esto no ocurre así. Toda la diversidad, todo el encanto, toda la belleza de la vida se compone de luces y de sombras.

Lievin suspiró sin contestar nada. Pensaba en sus cosas y no escuchaba a Oblonski. Y de pronto ambos sintieron que, aunque eran amigos, aunque habían comido y bebido juntos, cosa que debía de haberlos unido más, cada cual pensaba en lo suyo sin preocuparse en absoluto del otro. No era la primera vez que Oblonski experimentaba después de comer esa división extrema en lugar de un acercamiento, y sabía lo que se debía hacer en tales casos.

—¡La cuenta! —gritó, saliendo a la sala contigua, donde se encontró con un edecán conocido suyo; entabló con él una charla acerca de una actriz y de su amante. Enseguida se sintió aliviado y descansado de la conversación sostenida con Lievin, el cual lo arrastraba siempre a una tensión mental y espiritual excesiva.

Cuando el camarero apareció con una cuenta de veintiséis rublos con unos cuantos kopeks, y con un suplemento por el vodka, Lievin, que en otra época se habría horrorizado, como habitante del campo, de haber gastado catorce rublos, no hizo caso de ello, y tras pagar se dirigió a su casa para cambiarse de traje e ir a casa de los Scherbatski, donde había de decidirse su suerte.

XII

La princesa Kiti Scherbatski tenía dieciocho años. Aquel era el primer invierno en que hacía vida de sociedad, donde tenía más éxito que sus dos hermanas mayores e incluso más del que esperaba su madre. No solo los jóvenes que frecuentaban los bailes de Moscú estaban casi todos enamorados de Kiti, sino que aquel mismo invierno le habían hecho dos proposiciones de matrimonio serias: la de Lievin, e inmediatamente después de su partida, la del conde Vronski.

La aparición de Lievin a principios del invierno, sus frecuentes visitas y su amor manifiesto hacia Kiti motivaron la primera conversación seria entre los padres de la muchacha respecto de su porvenir y hasta dieron lugar a algunas discusiones. El príncipe estaba de parte de Lievin y decía que no deseaba nada mejor para Kiti. La princesa, en cambio, con la característica costumbre de las mujeres de desviar las cuestiones, opinaba que Kiti era demasiado joven, que Lievin no demostraba llevar intenciones serias, que la muchacha no sentía inclinación por él y otros argumentos por el estilo; pero no reconocía lo más importante, es decir, que esperaba un partido más ventajoso para su hija, que Lievin no le resultaba simpático y además no lo entendía. Cuando Lievin se marchó repentinamente, la princesa se alegró y le dijo a su marido con expresión de triunfo: «Ya ves que yo tenía razón». Y cuando apareció Vronski se alegró aún más, afirmándose en su opinión de que Kiti había de hacer no ya un matrimonio bueno, sino espléndido.

Para la princesa no podía haber comparación entre Lievin y Vronski. No le gustaban las extrañas y violentas opiniones de Lievin, ni su torpeza en sociedad, motivada, según creía, por el orgullo; ni tampoco esa vida salvaje de la aldea, donde trataba con animales y campesinos. Le molestaba mucho que Lievin, enamorado de su hija, hubiera estado frecuentando la casa por espacio de mes y medio, como si esperara y observara algo, como si temiera concederles demasiado honor en su declaración, sin comprender que entrando en casa de una muchacha casadera era preciso declararse. Y de pronto se había marchado sin dar ninguna explicación. «Menos mal que es tan poco atractivo que Kiti no se ha enamorado de él», pensaba.

Vronski satisfacía todo lo que podía desear la madre de Kiti: era muy rico, inteligente, célebre, y se hallaba en vías de hacer una brillante carrera militar en la corte. No se podía desear nada mejor.

En los bailes, Vronski galanteaba de un modo manifiesto a Kiti; solía bailar con ella y frecuentaba su casa, de manera que no se podía dudar de la seriedad de sus intenciones. Sin embargo, la madre de Kiti pasó todo el invierno muy inquieta y preocupada.

La princesa se había casado hacía treinta años y fue una tía suya la que concertó la boda. El novio, de quien se sabía todo con antelación, llegó, conoció a la novia y se dio a conocer; la casamentera observó la impresión mutua que se había causado la pareja e informó de ella a ambas partes. La impresión había sido buena. Después, y en una fecha señalada, se formuló la esperada petición de mano, que se aceptó. Todo había sido muy fácil y sencillo. Al menos, así le pareció a la princesa. Pero al casar a sus hijas se dio cuenta de que aquello no era fácil ni sencillo. Fueron muchos los temores que tuvo, muchos los pensamientos, mucho el dinero que gastó y muchos los disgustos con su marido al casar a Daria y a Natalia, sus dos hijas mayores. Ahora, al presentar en sociedad a la hija menor, volvían los mismos temores, las mismas dudas, y las discusiones con su esposo eran incluso mayores. Como todos los padres, el viejo príncipe era muy escrupuloso respecto del honor y de la pureza de sus hijas. Era exageradamente celoso de sus hijas, y sobre todo de Kiti, su predilecta, y a cada momento le armaba escándalos a su mujer, diciendo que comprometía a la muchacha. La princesa estaba ya acostumbrada a eso con las otras dos hijas, pero ahora se daba cuenta de que la susceptibilidad del príncipe tenía fundamentos. Se daba cuenta de que en los últimos tiempos muchas cosas habían cambiado en las recepciones de sociedad y que sus deberes de madre se habían vuelto más difíciles. Veía que las muchachas de la edad de Kiti formaban sociedades, asistían a no se sabía qué cursos, trataban a los hombres con libertad, salían solas, muchas de ellas no hacían reverencias al saludar y, lo que era peor, estaban plenamente convencidas de que la elección del marido era cosa que les incumbía a ellas y no a sus padres. «Hoy día ya no se casa a las hijas como antaño», decían y pensaban todas esas jóvenes e incluso las personas de edad. Pero la princesa no lograba enterarse de cómo se casaba hoy día a las hijas. La costumbre francesa de que los padres decidieran el porvenir de sus hijos no se admitía, y hasta se criticaba. La inglesa de que las muchachas fueran completamente libres se rechazaba también por resultar imposible en la sociedad rusa. La costumbre rusa de concertar las bodas por medio de casamenteras se consideraba grotesca, y todo el mundo se reía de ella, incluso la princesa. Pero nadie sabía cómo se debían llevar a cabo los matrimonios. Todas las personas con quienes hablaba la princesa acerca de esto le decían lo mismo: «En nuestros días es hora ya de abandonar esas antiguas costumbres. Los que se casan son los hijos, no los padres; de manera que es preciso dejarles que se las entiendan ellos». Era muy fácil hablar así para los que no tenían hijas, pero la princesa comprendía que Kiti podía enamorarse, si trataba a los hombres, de alguien que no tuviera intención de casarse con ella o que no le conviniera. Y por más que persuadían a la princesa de que en los tiempos que corrían había que dejar a los jóvenes que arreglasen su destino, no podía admitirlo, como tampoco admitía que pudiese haber una época en que las pistolas cargadas fuesen el mejor juguete para niños de cinco años. Por esa razón, la princesa sentía más preocupación por Kiti que por sus dos hijas mayores.

Ahora temía que Vronski se limitase solo a hacerle la corte a su hija. Sabía que Kiti estaba ya enamorada de él, pero se consolaba pensando que Vronski era un hombre honrado. También sabía lo fácil que era trastornar la cabeza a una muchacha en la sociedad libre de los tiempos que corrían y la poca importancia que los hombres concedían a esas faltas. La semana pasada, Kiti le había relatado a su madre la conversación que sostuvo con Vronski mientras bailó con él una mazurca. Esa conversación tranquilizó en parte a la princesa, pero no logró calmarla por completo. Vronski le había contado a Kiti que tanto él como su hermano estaban tan acostumbrados a obedecer a su madre que nunca tomaban una determinación importante sin pedirle consejo. «Y ahora espero como una gran felicidad la llegada de mi madre a San Petersburgo», concluyó.

Kiti relató esto sin darle importancia. Pero su madre lo interpretó de otra manera. Sabía que Vronski esperaba a la anciana de un día para otro y que esta se iba a alegrar de la elección de su hijo; por tanto, le pareció extraño que, por no ofender a su madre, Vronski no se decidiera a declararse. Pero era tal su deseo de que se concertara esa boda y, sobre todo, el de recobrar la calma después de todas esas zozobras, que confiaba en que lo haría. Aunque sentía vivamente la desgracia de su hija mayor, que se disponía a separarse de su marido, la preocupación por el destino de Kiti la absorbía totalmente. La llegada de Lievin añadió una preocupación más: la princesa temía que su hija, que tiempo atrás parecía haber sentido simpatía hacia Lievin, rechazara a Vronski por un exceso de escrúpulos y que, en general, su aparición enredase o retrasase el asunto, tan próximo a su desenlace.

—¿Hace mucho que ha llegado? —preguntó la princesa, cuando regresaron a casa.

—Hoy mismo, *maman*.

—Quiero decirte una cosa... —empezó diciendo la princesa, y Kiti adivinó de lo que iba a hablar por su expresión seria y animada.

—Por favor, mamá, por favor, no me hables de esto —replicó Kiti arrebatada, volviéndose rápidamente hacia su madre—. Lo sé, lo sé todo.

Kiti deseaba lo mismo que su madre, pero los motivos que inspiraban los deseos de esta la ofendían.

—Solo quiero decirte que si le has dado esperanzas a uno...

—Querida mamá, ¡por Dios!, no me digas nada. Es terrible hablar de esto.

—No lo haré, pero escucha una cosa, alma mía —dijo la princesa al ver lágrimas en los ojos de Kiti—: me has prometido no tener secretos para mí. ¿No los tendrás?

—Nunca, mamá, nunca... —replicó Kiti, enrojeciendo y mirando abiertamente al rostro de la princesa—, pero ahora no tengo nada que decirte. Yo..., yo... Aunque quisiera hacerlo, no sé qué decirte, ni cómo... Yo no sé...

«No puede mentir con esos ojos», pensó la princesa, sonriendo al ver la emoción y la felicidad de su hija. Sonrió al pensar en lo inmensas e importantes que le parecían a la pobrecilla Kiti las sensaciones de su alma.

XIII

Después de comer y hasta la caída de la tarde, Kiti experimentó un sentimiento parecido al que siente un muchacho ante una batalla. Su corazón latía violentamente y no podía concentrar las ideas. Se daba cuenta de que aquella noche, en que iban a encontrarse por primera vez, había de ser decisiva para su destino. Se los imaginaba constantemente, tan pronto a los dos juntos, como a cada uno de ellos por separado. Al recordar el pasado, se detenía con placer y dulzura pensando en su trato con Lievin. Los recuerdos de la infancia, así como la amistad de Lievin con su difunto hermano, añadían un encanto especial y poético a su relación con él. El amor que Lievin le profesaba y del que ella estaba segura la halagaba, llenándola de contento. Recordar a Lievin le resultaba agradable. En cambio, el recuerdo de Vronski le producía cierta sensación de malestar, a pesar de que era un hombre tranquilo y extremadamente mundano. Parecía que notaba cierta falsedad, no en él —era muy sencillo y simpático—, sino en sí misma, mientras que con Lievin se sentía completamente sincera y serena. Pero al pensar en su porvenir con Vronski, se le aparecía brillante y feliz, mientras que con Lievin era nebuloso.

Cuando fue a vestirse y se contempló en el espejo, notó con alegría que era uno de sus días buenos, y que se hallaba en pleno dominio de sus fuerzas, cosa que necesitaba tanto por lo que iba a ocurrir; sentía dentro de sí la calma externa y sus movimientos eran desenvueltos y graciosos.

A las siete y media, cuando Kiti bajó al salón, el criado anunció:

—Konstantín Dmítrich Lievin.

La princesa se hallaba aún en sus habitaciones y el príncipe tampoco había bajado. «¡Dios mío!», pensó Kiti, y toda la sangre le afluyó al corazón. Se horrorizó de verse tan pálida ante el espejo.

Ahora se daba cuenta claramente de que Lievin había llegado antes para encontrarla sola y declararse. Y todo se le apareció bajo un aspecto distinto y nuevo. En aquel momento comprendió que no solo se trataba de saber con quién iba a ser feliz y a quién amaba, sino que se vería obligada a ofender a un hombre que le era querido. Ofenderle de un modo cruel... ¿Y por qué? Porque era simpático, porque la quería, y estaba enamorado de ella. Pero no había nada que hacer, era preciso, tenía que ser así.

«¡Dios mío! ¿Es posible que deba decírselo yo misma? —pensó—. ¿He de decirle que no le quiero? Eso no es verdad. ¿Qué le diré entonces? ¿Que amo a otro? No, es imposible. Me voy a ir, me voy a ir.»

Ya se acercaba a la puerta, cuando oyó los pasos de Lievin. «No, no estaría bien que me fuera. ¿Por qué tener miedo? No he hecho nada malo. ¡Que pase lo que tenga que pasar! Le diré la verdad. Además, con él no me siento molesta.» «Aquí está», se dijo, al ver su recia y tímida figura, con aquellos ojos ardientes clavados en ella. Kiti lo miró abiertamente a la cara, como si implorase clemencia, y le tendió la mano.

—Me parece que he llegado demasiado temprano —dijo Lievin, echando una ojeada al salón vacío.

Al darse cuenta de que sus esperanzas se habían realizado, que nada le molestaría para declararse, su rostro se ensombreció.

—¡Oh, no! —replicó Kiti, sentándose junto a la mesa.

—En realidad, es lo que deseaba, encontrarla sola —comenzó diciendo Lievin, sin tomar asiento y sin mirar a Kiti para no perder el valor.

—Mamá vendrá enseguida. Ayer se cansó mucho. Ayer...

Kiti hablaba sin saber lo que decían sus labios, y sin quitar de Lievin su mirada suplicante y acariciadora. Lievin la miró. Kiti se ruborizó y guardó silencio.

—Ya le he dicho que no sé si he de permanecer mucho tiempo en Moscú...; eso depende de usted.

Kiti bajaba cada vez más la cabeza, sin saber qué contestaría a lo que le iba a decir Lievin.

—Eso depende de usted —repitió este—. Quería decirle..., quería decirle... He venido para... que... ¡sea mi mujer! —concluyó, sin saber lo que había hablado, pero dándose cuenta de que lo más terrible y grave estaba dicho ya. Entonces la miró.

Kiti respiraba fatigosamente, con la vista baja. Estaba entusiasmada. Su alma rebosaba felicidad. No se había esperado que esa declaración de amor le iba a producir una impresión tan grande. Pero esto solo duró un momento. Recordó a Vronski. Levantó sus ojos luminosos y sinceros hacia Lievin, y al ver su expresión de angustia, replicó apresuradamente:

—Eso no puede ser..., perdóneme.

¡Qué próxima estaba Kiti de él hacía un momento, qué importante era para su vida! ¡Y ahora qué lejana y qué extraña se había vuelto!

—No podía ser de otro modo —dijo Lievin sin mirarla.

Saludó y quiso marcharse.

XIV

Pero en aquel momento entró la princesa. Su rostro expresó el horror al ver solos a los dos jóvenes y sus semblantes, que denotaban turbación. Lievin la saludó sin pronunciar palabra. Kiti callaba, con la mirada baja. «Gracias a Dios, lo ha rechazado», pensó la madre, y su rostro se iluminó con la sonrisa habitual con que recibía a sus invitados los jueves. Después de sentarse empezó a hacerle preguntas a Lievin acerca de su vida en el campo. Lievin se sentó también, esperando la llegada de los invitados para poder irse de una manera inadvertida.

Al cabo de cinco minutos llegó la condesa Nordston, amiga de Kiti, que había contraído matrimonio el invierno pasado.

Era una mujer delgada, amarillenta, de brillantes ojos negros, nerviosa y enfermiza. Quería a Kiti, y su cariño hacia ella se manifestaba, como suele sucederles siempre a las mujeres casadas respecto de las solteras, en su deseo de casar a Kiti de acuerdo con su ideal de felicidad; quería que se casara con Vronski. Lievin, al que había visto con frecuencia el invierno pasado en casa de los Scherbatski, no le resultaba simpático. Su pasatiempo favorito cuando se encontraba con él consistía en ridiculizarlo.

—Me gusta mucho cuando me mira desde lo alto de su superioridad, cuando interrumpe su conversación intelectual, porque me considera necia, o cuando se muestra condescendiente conmigo. Eso sí que me gusta: ¡condescendiente! Me alegro mucho de que no me pueda tolerar —decía la condesa al hablar de él.

Tenía razón, era cierto que Lievin no la soportaba; sentía desprecio por su nerviosismo, su refinado desdén y su indiferencia hacia todo lo sencillo y humano, de lo que ella se enorgullecía y consideraba como cualidades suyas.

Entre la condesa Nordston y Lievin se establecieron unas relaciones bastante frecuentes en sociedad, en apariencia amistosas, mientras que en el fondo se despreciaban hasta el extremo de no tomarse en serio ni ofenderse mutuamente.

La condesa atacó de inmediato a Lievin.

—¡Ah! ¡Konstantín Dmítrich! Ha regresado usted a nuestra pervertida Babilonia —le dijo, tendiéndole una mano minúscula y amarillenta, pues recordó que el invierno pasado Lievin había llamado así a Moscú—. ¿Se ha regenerado Babilonia o se ha corrompido usted? —añadió con una sonrisa irónica y miró a Kiti.

—Me halaga mucho que recuerde usted mis palabras, condesa —contestó Lievin, que se había recobrado, adoptando el tono irónico y hostil con que solía tratar a la condesa Nordston—. Se conoce que la impresionan mucho.

—¡Ya lo creo! Las anoto todas. ¿Qué hay, Kiti? ¿Has patinado hoy?

Y continuó hablando con Kiti. Aunque le resultaba violento irse en aquel momento, Lievin lo prefirió a quedarse toda la velada viendo a Kiti, que lo miraba de cuando en cuando, evitando encontrarse con su mirada. Quiso levantarse, pero la princesa, viendo que no hablaba, preguntó:

—¿Ha venido usted para mucho tiempo a Moscú? Creo que pertenece usted al *zemstvo*; entonces no podrá demorar su regreso.

—No, ya no me ocupo del *zemstvo*, princesa. Estaré aquí unos días.

«Algo le pasa —pensó la condesa, fijándose en su rostro reconcentrado y grave— cuando no empieza a exponer sus ideas. Pero yo lo provocaré. Me gusta que se ponga en ridículo en presencia de Kiti y he de conseguirlo.»

—Konstantín Dmítrich, haga el favor de explicarme usted, que entiende de eso, por qué los aldeanos de nuestra aldea de Kaluga han gastado en beber todo lo que poseían y ahora no nos pagan. ¿Qué significa eso? Usted siempre habla en favor de ellos.

En aquel momento una señora entraba en el salón, y Lievin se levantó.

—Perdóneme, condesa, pero no entiendo nada de eso y me es imposible contestarle —replicó, y dirigió la mirada a un oficial que seguía a la señora.

«Debe de ser Vronski», pensó, y para convencerse de ello miró a Kiti. Esta ya había tenido tiempo de mirar a Vronski y ahora fijaba los ojos en Lievin. Y por aquella mirada de sus ojos, que resplandecieron involuntariamente, Lievin comprendió, con tanta certeza como si ella se lo hubiera dicho, que Kiti amaba a aquel hombre. Pero ¿qué clase de persona era?

Ahora, estuviese mal o bien aquello, Lievin ya no podía por menos de quedarse: necesitaba saber quién era el hombre al que amaba Kiti.

Hay personas que al encontrarse con un rival afortunado, en el terreno que sea, están dispuestas a no ver en él ninguna cualidad, sino tan solo sus defectos; hay otras, por el contrario, que tratan de ver en su rival las cualidades que le han servido para vencer, y se empeñan en buscar tan solo sus méritos, a pesar del dolor que eso les produce. Lievin pertenecía a esta clase de personas. Pero no le fue difícil darse cuenta de las cualidades y del atractivo de Vronski. Inmediatamente le saltaron a la vista. Vronski era un hombre moreno, no muy alto, de complexión fuerte, y hermoso rostro extremadamente sereno y grave. Todo en su figura, desde los negros cabellos cortos y la cara recién afeitada hasta el amplio uniforme nuevo, era sencillo y, al mismo tiempo, vistoso. Tras ceder el paso a la señora, Vronski se acercó a la princesa y después a Kiti.

Al acercarse a la muchacha, sus hermosos ojos brillaron de un modo especial y con una imperceptible sonrisa feliz y discreta de triunfador (así le pareció a Lievin) se inclinó respetuoso y circunspecto ante ella, tendiéndole su mano ancha, pero no muy grande.

Después de haber saludado a todos, se sentó, sin mirar a Lievin, que no le quitaba ojo.

—Permítame que los presente —dijo la princesa, señalando a Lievin—: Konstantín Dmítrich Lievin. El conde Alexiéi Kirílovich Vronski.

Vronski se levantó y, mirando con expresión amistosa a Lievin, le estrechó la mano.

—Creo que en el invierno pasado, en una ocasión, debíamos haber comido juntos, pero usted se marchó repentinamente a la aldea —dijo Vronski con una sonrisa franca y simpática.

—Konstantín Dmítrich desprecia y odia la ciudad y a nosotros, los ciudadanos —intervino la condesa Nordston.

—Al parecer, mis palabras le producen mucha impresión, ya que las recuerda tan bien —dijo Lievin, pero, al darse cuenta de que ya había dicho aquello, enrojeció.

Sonriendo, Vronski miró a Lievin y a la condesa.

—¿Vive usted siempre en el campo? —preguntó Vronski—. Me figuro que en invierno es aburrido.

—No lo es cuando uno tiene alguna ocupación; tampoco se aburre uno consigo mismo —contestó bruscamente Lievin.

—Me gusta el campo —dijo Vronski, fingiendo no darse cuenta del tono de Lievin.

—Espero, conde, que usted no accedería a vivir todo el año en el campo —comentó la condesa Nordston.

—No lo sé; nunca he vivido mucho tiempo en el campo. Pero he experimentado una extraña sensación. Nunca tuve tanta nostalgia de la aldea, de la aldea rusa, con sus *lapti** y sus mujiks como el invierno que pasé en Niza con mi madre —replicó Vronski, y añadió—: Niza es muy aburrida. Y Nápoles también. Sorrento me gusta, pero para poco tiempo. Precisamente allí es donde recuerda uno muy intensamente Rusia, y sobre todo sus aldeas... Es como si...

Hablaba dirigiéndose tanto a Kiti como a Lievin, y su afectuosa y serena mirada se posaba alternativamente en uno y en otro; parecía hablar de lo primero que se le ocurría.

Al darse cuenta de que la condesa Nordston quería decir algo, se interrumpió y la escuchó atentamente.

La conversación no decaía un momento; la princesa no tuvo que echar mano de las dos piezas de artillería que reservaba para los casos en que no se hallaba tema para charlar: el bachillerato de letras y el de ciencias y el servicio militar obligatorio. Tampoco la condesa tuvo ocasión para burlarse de Lievin.

Este deseaba intervenir en la conversación general, pero no podía hacerlo; a cada instante se decía «ahora me voy», pero no se iba y seguía allí como esperando algo.

La conversación derivó hacia los veladores que se mueven y los espíritus; la condesa Nordston, que creía en el espiritismo, empezó a contar prodigios que había presenciado.

—¡Oh! Condesa, por Dios, lléveme usted allí. Nunca he visto nada sobrenatural, a pesar de buscarlo por doquier —dijo Vronski, sonriendo.

—Bueno, el sábado que viene. Y usted, Konstantín Dmítrich, ¿cree en eso? —le preguntó a Lievin.

—¿Por qué me lo pregunta? Ya sabe lo que le voy a contestar.

* Calzado rústico, confeccionado de líber. *(N. de las T.)*

—Quiero saber su opinión.

—Opino que esos veladores que se mueven demuestran que la sociedad intelectual no se halla en un nivel más alto que los campesinos —contestó Lievin—. Ellos creen en el mal de ojo, en hechizos y apariciones; en cambio, nosotros...

—Entonces ¿usted no cree?

—No puedo creer, condesa.

—¿Y si yo misma lo he visto?

—Las campesinas suelen contar que ven fantasmas.

—Así pues, ¿usted cree que lo que digo no es verdad?

La condesa se echó a reír, pero su risa no expresaba alegría.

—No es eso, Masha; Konstantín Dmítrich dice que él no puede creer —dijo Kiti, ruborizándose por Lievin.

Este lo comprendió, y aún más irritado iba a contestar, pero Vronski, con su sonrisa franca y alegre, intervino en la conversación, impidiendo que tomara un rumbo desagradable.

—¿No admite usted en absoluto la posibilidad? —preguntó—. ¿Por qué? Admitimos la existencia de la electricidad, que no conocemos. ¿Por qué no puede haber una fuerza nueva, aún desconocida para nosotros, que...?

—Cuando se descubrió la electricidad —interrumpió bruscamente Lievin— se comprobó solo el fenómeno, pero no su causa, se ignoraba de dónde procedía y lo que lo producía, y han transcurrido siglos antes de que tuviera una aplicación. Por el contrario, los espiritistas han empezado recibiendo comunicaciones por medio de veladores, apariciones de espíritus, y después lo han atribuido a una fuerza desconocida.

Vronski, lo mismo que antes, escuchaba atentamente a Lievin, interesado, al parecer, por sus palabras.

—Sí, pero ahora los espiritistas dicen: no sabemos de qué fuerza se trata, pero lo cierto es que existe y he aquí bajo qué condiciones actúa. Que descubran los sabios en qué consiste. No veo por qué no puede existir una fuerza nueva si está...

—Porque en la electricidad —interrumpió de nuevo Lievin— siempre que frote usted un trozo de resina con lana se produce cierta reacción, mientras que en el espiritismo no sucede cada vez; por tanto, no es un fenómeno natural.

Dándose cuenta de que la conversación tomaba un giro demasiado serio para el ambiente de un salón, Vronski no replicó y tratando de cambiar de tema sonrió, volviéndose hacia las damas.

—Vamos a probar ahora, condesa —empezó diciendo; pero Lievin quiso completar su idea.

—Opino que es muy desacertado el intento de los espiritistas de explicar sus prodigios como una fuerza desconocida —continuó—. Hablan de una fuerza espiritual y quieren someterla a experimentos materiales.

Todos esperaban a que terminase y Lievin se daba cuenta de ello.

—Pues yo creo que usted sería un medio excelente. A veces parece quedarse en éxtasis —dijo la condesa Nordston.

Lievin abrió la boca, quiso decir algo, pero se ruborizó y no dijo nada.

—Ande, condesa, vamos a probar ahora lo de los veladores, se lo ruego —dijo Vronski—. ¿Nos lo permite, princesa?

Vronski se puso en pie, buscando con la mirada un velador. Kiti se fue a buscarlo. Al pasar junto a Lievin, sus ojos se encontraron. La muchacha lo compadecía con toda su alma, tanto más por sentirse culpable de su pena. «Si se me puede perdonar, perdóneme —dijo la mirada de Kiti—. ¡Soy tan feliz!»

«Odio a todos, así como a usted y a mí mismo», contestó la mirada de Lievin, el cual cogió su sombrero. Pero no le estaba predestinado marcharse. En el momento en que todos se iban a instalar en torno al velador y Lievin se disponía a salir, entró el anciano príncipe, y tras saludar a las damas, se dirigió precisamente a él.

—¡Vaya! ¿Hace mucho que has llegado? —empezó diciendo alegremente—. No sabía que estabas aquí. Me alegro mucho de verle.

El anciano príncipe le hablaba a Lievin a veces de usted y a veces lo tuteaba. Lo abrazó y se puso a hablarle sin reparar en Vronski, el cual se había puesto en pie y esperaba que el príncipe se dirigiera a él.

Kiti se daba cuenta de que, después de lo ocurrido, la amabilidad de su padre debía de serle dolorosa a Lievin. Y se ruborizó al observar con qué frialdad contestó su padre al saludo de Vronski y cómo este miró al príncipe con un asombro amistoso, tratando de comprender, sin lograrlo, por qué motivo podía estar mal predispuesto contra él.

—Príncipe, permita a Konstantín Dmítrich que se venga con nosotros —dijo la condesa Nordston—. Queremos hacer un experimento.

—¿De qué se trata? ¿De hacer girar veladores? Perdónenme, señoras y caballeros, pero opino que es más divertido jugar a las prendas —replicó el príncipe, mirando a Vronski y adivinando que era él quien lo había sugerido—. El jugar a las prendas tiene algún sentido.

Sorprendido, Vronski miró al anciano con sus ojos graves y tras una leve sonrisa entabló conversación con la condesa Nordston acerca de un baile que debía celebrarse la semana próxima.

—Espero que asistirá usted —dijo Vronski, dirigiéndose a Kiti.

En cuanto el viejo príncipe se separó de él, Lievin salió sin que nadie se diera cuenta, y la última impresión que retuvo de aquella noche fue la expresión feliz y sonriente del rostro de Kiti al contestar a Vronski a su pregunta acerca del baile.

XV

Al acabarse la velada, Kiti contó a su madre la conversación sostenida con Lievin. A pesar de la compasión que este le inspiraba, estaba contenta de que le hubieran hecho una *declaración*. No dudaba de haber procedido como debía. Pero una vez en la cama tardó mucho en poder dormirse. Una impresión la perseguía sin cesar: era el rostro de Lievin, con el entrecejo fruncido y con sus ojos profundamente tristes y bondadosos, que la miraban tan pronto a ella como a Vronski, mientras escuchaba al príncipe. Se compadeció tanto de Lievin que se le saltaron las lágrimas. Pero enseguida pensó en el hombre a quien había preferido. Recordó vivamente su rostro serio y varonil; aquella noble serenidad y aquella benevolencia que emanaba de él hacia todos; evocó el amor que le profesaba aquel a quien quería, y sintiendo de nuevo la alegría en su alma y con una sonrisa feliz, se echó sobre la almohada. «Es una lástima, es una lástima, pero ¿qué puedo hacer? Yo no tengo la culpa», se decía, aunque una voz interior le aseguraba lo contrario. No sabía si se arrepentía de haber conquistado a Lievin o de haberlo rechazado. Pero su dicha estaba amargada por las dudas. «¡Dios mío, perdóname! ¡Dios mío, perdóname! ¡Dios mío, perdóname!», repitió para sus adentros hasta que se quedó dormida.

Entretanto, abajo, en el pequeño despacho del príncipe, se desarrollaba una de las escenas que se repetían a menudo entre sus padres, motivadas por aquella hija tan querida.

—¿Qué? Pues lo siguiente —gritaba el príncipe gesticulando al mismo tiempo que se cruzaba el batín—: ¡que no tienes dignidad ni orgullo, que cubres de oprobio y pierdes a tu hija con este vil y estúpido afán de casarla!

—Pero, ¡por Dios!, ¿qué es lo que he hecho? —replicó la princesa a punto de echarse a llorar.

Después de hablar con su hija, la princesa, sintiéndose feliz y contenta, había entrado como siempre a darle las buenas noches a su marido y, aunque no tenía intención de hablarle de la declaración de Lievin ni de la negativa de Kiti, le dijo que según creía el asunto de Vronski podía considerarse como cosa hecha, que se decidiría en cuanto llegase su madre. Al oír estas palabras, el príncipe estalló, profiriendo palabras inconvenientes.

—¿Qué has hecho? Pues lo siguiente: en primer lugar, haces por atraer al novio y todo Moscú hablará de ello y con razón. Si organizas veladas, invita a todo el mundo y no solamente a unos pretendientes escogidos. Invita a todos esos petimetres —así llamaba el príncipe a todos los jóvenes de Moscú—, trae un pianista y que bailen, y no como hoy, que has traído a los pretendientes, y venga a arreglar la boda. Me da asco ver eso, has conseguido llenar de pájaros la cabeza a la niña. Lievin es un hombre mil veces mejor; en cambio, ese petimetre de San Petersburgo es de esos que se fabrican en serie. Todos son iguales y todos una porquería. Aun cuando tuviera sangre de príncipe, mi hija no necesita de nadie.

—Pero ¿qué es lo que he hecho yo?

—Pues... —vociferó el príncipe con ira.

—Sé que si te hago caso —le interrumpió la princesa— nunca casaremos a nuestra hija. En este caso es mejor irse al campo.

—En efecto, es mejor.

—Escucha. ¿Acaso provoco a alguien? En absoluto. Es un muchacho muy bueno, se ha enamorado de Kiti, y ella, al parecer...

—¡Eso es lo que te parece a ti! ¿Y si Kiti se enamora de verdad y él piensa tanto en casarse como yo? ¡Oh! ¡Que mis ojos no vean una cosa así...! «¡Oh! ¡El espiritismo! ¡Oh! ¡Niza! ¡Oh! ¡El baile!» —Y el príncipe, imitando a su mujer, hacía una reverencia a cada palabra—. ¿Y si hacemos la desgracia de Katienka, si lo toma en serio...?

—Pero ¿por qué crees eso?

—No lo creo, lo sé; para eso tenemos una vista que no tenéis las mujeres. Me doy cuenta de quién es el que lleva intenciones serias: es Lievin. Y veo al otro pisaverde, que no piensa más que en divertirse...

—Bueno, si se te mete algo en la cabeza...

—Ya te acordarás de lo que digo cuando sea tarde, como ha sucedido con Dasha.

—Bueno, bueno, no hablemos más —le interrumpió la princesa, recordando a la desdichada Dolli.

—Perfectamente, ¡adiós!

Y tras persignarse el uno al otro y besarse, aunque se daban cuenta de que cada cual seguía con su opinión, los cónyuges se separaron.

Al principio la princesa estaba firmemente convencida de que aquella noche se había decidido la suerte de Kiti y de que no se podía dudar de las intenciones de Vronski, pero las palabras de su marido la llenaron de inquietud. Y, al volver a sus habitaciones, horrorizada ante el porvenir desconocido, lo mismo que Kiti, repitió varias veces mentalmente: «¡Señor, ayúdame; Señor, ayúdame; Señor, ayúdame!».

XVI

Vronski nunca había conocido la vida familiar. De joven, su madre había sido una mujer atractiva de gran mundo, que durante su matrimonio, y sobre todo al quedarse viuda, había tenido muchos amores, que todo el mundo conocía. Vronski, que se había educado en el cuerpo de pajes, apenas recordaba a su padre.

Salió de la escuela muy joven, siendo un oficial apuesto, y no tardó en frecuentar el círculo de los militares ricos de San Petersburgo. Aunque frecuentaba también de cuando en cuando la alta sociedad petersburguesa, sus asuntos amorosos estaban fuera de ella.

En Moscú experimentó por primera vez, después de una vida ostentosa y material, el encanto de tratar a una muchacha mundana y pura, que se había enamorado de él. No se le ocurrió que pudiese haber algo malo en sus relaciones con Kiti. Frecuentaba su casa y en los bailes solía bailar preferentemente con ella. Hablaba con Kiti de cosas que, por lo general, se hablan en sociedad: una serie de tonterías, a las que daba, sin embargo, de un modo involuntario, un sentido especial para ella. A pesar de no haberle dicho nada que no hubiera podido oír cualquiera, se daba cuenta de que Kiti dependía cada vez más de él, y cuanto más se aseguraba de ello, más agradable le resultaba, y su sentimiento hacia la muchacha se volvía más delicado. Ignoraba que su manera de tratar a Kiti tiene un nombre específico: seducir, sin intención de casarse, lo cual era una mala acción, corriente entre los jóvenes arrogantes como él. Le parecía que era el primero en descubrir ese placer y disfrutaba de eso.

Si hubiese podido oír la conversación de los padres de Kiti aquella noche, situarse en el punto de vista de aquella familia y enterarse de que la muchacha sería desgraciada si no se casaba con él, se habría sorprendido mucho, incapaz de creerlo. No comprendía que lo que le proporcionaba un placer tan grande y tan agradable, y sobre todo a ella, pudiese estar mal. Y aún menos que debía casarse con ella.

Nunca se imaginaba la posibilidad del matrimonio. No solo no le gustaba la vida familiar, sino que veía algo ajeno, hostil y, sobre todo, ridículo en la familia, principalmente en el marido, de acuerdo con el punto de vista del círculo de solteros que frecuentaba. Pero aunque Vronski no sospechaba la conversación de los padres de Kiti, al salir de su casa aquella noche tuvo la impresión de que el lazo espiritual que los unía se afianzaba hasta tal punto que era necesario decidir algo. Pero no se le ocurría qué se podía y se debía hacer.

«Precisamente lo que resulta grato es que ninguno de los dos nos hayamos dicho nada y que, sin embargo, nos comprendamos con ese mudo lenguaje de las miradas; hoy me ha dicho más claramente que nunca que me ama. ¡Y lo ha hecho de un modo tan agradable, tan sencillo y, sobre todo, tan confiado! Hasta creo que me he vuelto mejor, me siento más puro. Me doy cuenta de que tengo corazón y que hay en mí muchas cosas buenas. ¡Oh, esos ojos bellos tan enamorados! Cuando me dijo: "Mucho"...», pensaba Vronski mientras regresaba de casa de los Scherbatski, experimentando, como siempre que salía de allí, una sensación placentera de pureza y lozanía, debida en parte a no haber fumado en toda la noche y en parte al sentimiento desconocido, nuevo para él, del enternecimiento ante Kiti y ante su amor.

«Bueno, ¿qué importancia tiene eso? Ninguna. A mí me resulta agradable y a ella también.» Vronski comenzó a pensar dónde acabaría de pasar aquella noche. Repasó mentalmente los sitios a donde podía ir. «¿Al club? ¿Una partida de *bésigue* y tomar champán con Ignátov? No, no voy a ir. ¿Al Château des Fleurs con sus cuplés y el cancán..., donde me he de encontrar con Oblonski? No, estoy cansado de eso. Precisamente ese es el motivo de que tanto aprecie a los Scherbatski, allí me vuelvo mejor. Iré a casa.» Vronski fue directo a su habitación del Dussaux, pidió la cena y, una vez que se desnudó, apenas puso la cabeza en la almohada, se quedó profundamente dormido.

XVII

A las once de la mañana del día siguiente, Vronski fue a la estación del ferrocarril para esperar a su madre, que venía de San Petersburgo, y la primera persona con quien se encontró en la gran escalera fue Oblonski, el cual esperaba a su hermana, que debía llegar en el mismo tren.

—¡Ah, excelencia! ¿A quién vienes a esperar? —gritó Oblonski.

—A mi madre —replicó Vronski, sonriendo, como todos al encontrarse con Stepán Arkádich, y, tras estrecharle la mano, subieron juntos—. Hoy llega de San Petersburgo.

—Te esperé anoche hasta las dos. ¿Adónde fuiste al salir de casa de los Scherbatski?

—A casa. Reconozco que pasé una velada tan agradable con ellos que no tenía ganas de ir a ningún sitio después —contestó Vronski.

—Conozco a los caballos fogosos por la marca y a los jóvenes enamorados por los ojos —declaró Stepán Arkádich lo mismo que había hecho con Lievin.

Vronski sonrió como dando a entender que no lo negaba, pero enseguida cambió de conversación.

—¿Y a quién esperas tú? —preguntó.

—¿Yo? A una mujer muy bella —dijo Oblonski.

—¡Vaya!

—*Honni soit qui mal y pense!** Espero a mi hermana Anna.

—¡Ah! ¡A la Karénina! —observó Vronski.

—¿La conoces?

---

* «Por vil sea tenido quien piense mal.» Lema del escudo de la Orden de la Jarretera y del de Gran Bretaña. *(N. de la T.)*

—Me parece que sí, o no...; verdaderamente, no recuerdo —contestó Vronski distraído, representándose vagamente por el apellido Karénina algo aburrido y afectado.

—Pero seguramente conoces a mi cuñado, el célebre Alexiéi Alexándrovich. Lo conoce todo el mundo.

—Lo conozco de oídas y de vista... Sé que es inteligente, sabio y algo sobrenatural... Pero ya sabes, esto no está en mí... *Not in my line** —dijo Vronski.

—Sí, es un hombre muy notable; algo conservador, pero buena persona, buena persona —observó Stepán Arkádich.

—Tanto mejor para él —replicó Vronski, sonriendo—. ¡Ah, estás aquí! —exclamó, dirigiéndose al alto y anciano criado de su madre—. Ven aquí.

Desde algún tiempo atrás, además de la simpatía que todo el mundo sentía por Stepán Arkádich, Vronski estaba unido a él porque le asociaba mentalmente con Kiti.

—Qué, ¿organizaremos por fin el domingo la cena en honor de esa *diva*? —preguntó, sonriendo, y cogiendo del brazo a Vronski.

—Sin falta. Yo haré la suscripción. ¡Ah, sí! ¿Conociste ayer a mi amigo Lievin? —preguntó Stepán Arkádich.

—¡Ya lo creo! Pero se fue muy pronto.

—Es un buen muchacho, ¿verdad? —continuó Oblonski.

—No sé por qué todos los moscovitas, excluyendo al que está hablando conmigo, como es natural, tienen cierta brusquedad —observó, bromeando—. Siempre se encabritan y se enfadan como si quisieran dar a entender algo.

—Es verdad, es... —exclamó, riendo alegremente, Stepán Arkádich.

—¿Tardará mucho en llegar el tren? —preguntó Vronski, dirigiéndose al criado.

—Ya ha salido de la última estación —contestó este.

La llegada del tren se hacía cada vez más patente por los preparativos de la estación, el ir y venir de los mozos, la aparición de los guardias y de los empleados, así como el movimiento de la gente que esperaba a los viajeros. Entre nubes de vapor helado se vislumbraban los ferroviarios, con sus pellizas y sus botas de fieltro, que cruzaban las vías. Desde lejos se oía el silbido de una locomotora y una trepidación pesada.

---

* «No es mi tipo.» *(N. de las T.)*

—¡No! ¡No! No has apreciado bien a mi amigo Lievin —dijo Stepán Arkádich, que tenía muchos deseos de contarle a Vronski las intenciones de Lievin respecto de Kiti—. Desde luego, es un hombre muy nervioso y suele ser desagradable, pero a veces se muestra muy simpático. Es una naturaleza recta y honrada y tiene un corazón de oro. Pero ayer tenía unos motivos especiales —continuó con una sonrisa significativa, olvidando por completo la sincera compasión que Lievin le inspirara la víspera y experimentando en aquel momento el mismo sentimiento hacia Vronski—. Sí, tenía motivos para sentirse muy feliz o muy desgraciado.

Vronski se detuvo, preguntando sin rodeos:

—¿Qué quieres decir? ¿Acaso se le ha declarado ayer a tu *belle-soeur*?...

—Tal vez —contestó Stepán Arkádich—. Me parece que lo ha hecho. Desde luego, si se marchó temprano y estaba de mal humor, es que es así... Hace tiempo que está enamorado, lo compadezco mucho.

—¿Ah, sí?... De todos modos, creo que Kiti puede aspirar a un partido mejor —observó Vronski, y enderezando el pecho, siguió andando—. Por otra parte, no lo conozco. ¡Sí, es una situación difícil! Por eso la mayoría prefiere tratar a ciertas mujeres. En este caso, si uno no tiene éxito, tan solo es por falta de dinero, pero en los otros son los méritos personales los que están en juego. Mira, ya llega el tren.

En efecto, a lo lejos silbaba la locomotora. Transcurridos unos minutos se estremeció el andén y entró la locomotora, despidiendo nubes de humo, que descendían a causa de la helada, con el movimiento lento de la biela de la rueda central. El maquinista, cubierto de escarcha y muy arropado, saludaba a derecha e izquierda; tras el ténder, que entraba aún más despacio y hacía temblar el andén, apareció el vagón de los equipajes, en el cual venía un perro aullando y, por fin, estremeciéndose ante la parada, llegaron los coches de los viajeros.

El intrépido revisor dio un toque de silbato aún en marcha y saltó del tren. Después empezaron a apearse uno por uno los viajeros impacientes: un oficial de la guardia, que se mantenía muy erguido y miraba en torno suyo con expresión severa; un joven comerciante muy ágil y sonriente, que llevaba una cartera; un campesino, con un saco al hombro.

Vronski, que permanecía junto a Stepán Arkádich, observaba los vagones y a los viajeros que bajaban, olvidándose de su madre. Lo que acababa de saber de Kiti le emocionó, alegrándolo. Sin darse cuenta, irguió el pecho y sus ojos brillaron. Se sentía victorioso.

—La condesa Vrónskaia viene en aquel compartimento —dijo el intrépido revisor, acercándose a él.

Esas palabras despertaron a Vronski, obligándole a recordar a su madre y su próxima entrevista con ella. En el fondo de su alma no respetaba a su madre y, aunque no se percataba de ello, tampoco la quería.

De acuerdo con las ideas del ambiente en que vivía y por su educación, no podía imaginarse tener otras relaciones con una madre que las de respeto y obediencia extrema, que se acusaban tanto más exteriormente cuanto menos la quería y respetaba en su fuero interno.

XVIII

Vronski siguió al revisor y subió al vagón, deteniéndose junto a la entrada del compartimento para dar paso a una señora que salía.

Con su acostumbrada experiencia de hombre mundano, le bastó una sola mirada para comprender, por el aspecto de esa dama, que pertenecía a la alta sociedad. Se inclinó e iba a entrar en el vagón, pero sintió la necesidad de mirarla otra vez, no por su belleza, su elegancia ni por la sencilla gracia que emanaban de toda su figura, sino porque la expresión de su rostro encantador, cuando pasó junto a él, era especialmente dulce y delicada. Al volverse Vronski también ella volvió la cabeza. Sus brillantes ojos grises, que parecían oscuros por las espesas pestañas, se detuvieron en él con una mirada amistosa y atenta, como si lo reconociera, e inmediatamente se desviaron sobre la muchedumbre, como buscando a alguien. En aquella rápida mirada Vronski tuvo tiempo de observar una expresión de viveza contenida, sus ojos brillantes y la sonrisa apenas perceptible de sus labios rojos. Parecía que un exceso de algo llenaba todo su ser, y, a pesar suyo, brotaba tan pronto de su mirada luminosa, tan pronto de su sonrisa. Veló intencionadamente la luz de sus ojos, pero esta se traslucía, a pesar suyo, en aquella leve sonrisa.

Vronski entró en el compartimento. Su madre, una viejecita seca, de ojos negros y peinada con ricitos, frunció los ojos mientras examinaba a su hijo, sonriendo ligeramente con sus labios delgados. Se levantó del asiento y, después de entregar a la doncella un maletín, le tendió a su hijo su enjuta mano y alzándole la cabeza, que se inclinaba sobre aquella, lo besó.

—¿Has recibido el telegrama? ¿Te encuentras bien? ¡Gracias a Dios!

—¿Has tenido buen viaje? —preguntó Vronski, sentándose a su lado.

Involuntariamente escuchaba una voz femenina que se oía al otro lado de la portezuela. Sabía que era la voz de aquella dama que se había encontrado al entrar.

—No estoy de acuerdo con usted —decía la voz de la dama.

—Es el punto de vista petersburgués, señora.

—No es el petersburgués, sino el femenino —respondió.

—¡Vaya! Permítame que le bese la mano.

—Adiós, Iván Petróvich. Haga el favor de ver si está por ahí mi hermano y dígale que venga —dijo la dama junto a la portezuela y volvió a entrar en el compartimento.

—¿Ha encontrado a su hermano? —preguntó la condesa Vrónskaia, dirigiéndose a la dama.

En aquel momento Vronski recordó que era la Karénina.

—Su hermano está aquí —le dijo, levantándose—. Perdóneme, no la había reconocido; además, nuestro encuentro fue tan breve que seguramente no me recuerda usted.

—¡Oh, sí! Yo le hubiera reconocido, porque durante todo el viaje su madre y yo hemos hablado muchísimo de usted —replicó la Karénina, dejando por fin que se manifestara su animada sonrisa—. Pero mi hermano sigue sin venir.

—Ve a llamarlo, Aliosha —dijo la anciana condesa.

Vronski bajó al andén y gritó:

—¡Oblonski, ven aquí!

Pero Anna Karénina no esperó a su hermano; al verlo salió del vagón con su paso resuelto y ligero. En cuanto se le acercó, con un gesto que sorprendió a Vronski por su gracia, por su firmeza, abrazó a Stepán Arkádich con el brazo izquierdo, lo atrajo hacia sí y lo besó efusivamente. Vronski, sin quitarle la vista de encima, la miraba sonriendo sin saber por qué. Al recordar que lo esperaba su madre, volvió al vagón.

—¿Verdad que es muy agradable? —preguntó la condesa—. Su marido la instaló conmigo y me alegré mucho. Durante todo el viaje hemos estado charlando. Bueno, y de ti dicen que... *vous filez le parfait amour. Tant mieux, mon cher, tant mieux.**

—No sé a qué te refieres, *maman* —contestó Vronski fríamente—. Bueno, *maman*, ¿vamos?

***

* «... te entregas al amor platónico. Tanto mejor, querido, tanto mejor.» *(N. de las T.)*

Anna Karénina volvió al vagón para despedirse de la condesa.

—Bueno, condesa, ha encontrado usted a su hijo y yo a mi hermano —dijo alegremente—. He agotado todas mis historias, ya no tendría nada más que contarle.

—No lo creo. Hubiera dado la vuelta al mundo con usted sin aburrirme —replicó la condesa, cogiéndole la mano—. Es usted una de esas mujeres simpáticas con las que resulta agradable hablar y callar. No piense tanto en su hijo, se lo ruego: es imposible no separarse nunca.

Anna Karénina permanecía inmóvil, manteniéndose muy erguida, con los ojos risueños.

—Anna Arkádievna tiene un hijito de ocho años, del cual no se ha separado nunca, y está sufriendo por haberlo dejado —le explicó la condesa a Vronski.

—Sí, todo el tiempo hemos estado hablando: yo de mi hijo y la condesa del suyo —dijo Anna Karénina, y de nuevo una sonrisa iluminó su rostro, y aquella dulce sonrisa iba dirigida a él.

—Seguramente eso le habrá aburrido mucho —dijo Vronski, cogiendo al vuelo aquella coquetería que ella le lanzó como una pelota.

Pero al parecer Anna no quería continuar la conversación en aquel tono, y se dirigió a la anciana condesa:

—Le estoy muy agradecida. Se me ha pasado el día de ayer sin darme cuenta. Hasta la vista, condesa.

—Adiós, amiga mía —contestó la anciana—. Permítame que bese su bonita cara. Le digo con sencillez, como una anciana que soy, que le he tomado cariño.

A pesar de lo convencional de aquella frase, Anna Karénina pareció creerla y sentirse halagada. Se ruborizó, se inclinó ligeramente y acercó el rostro a los labios de la condesa; después se irguió y con la misma sonrisa inquieta le tendió la mano a Vronski. Este estrechó aquella mano pequeña y se alegró, como de algo muy importante, de su enérgico y firme apretón. Anna Karénina salió con paso rápido, sorprendentemente ligero, para aquel cuerpo más bien grueso.

—Es muy agradable —dijo la anciana.

Lo mismo pensaba su hijo. La siguió con la mirada hasta perder de vista su graciosa figura, y entonces la sonrisa desapareció de sus labios. Por la ventanilla vio cómo se acercó a su hermano, le puso una mano sobre el brazo y comenzó a hablarle animadamente, sin duda de algo que no tenía ninguna relación con Vronski, cosa que le resultó desagradable.

—Bueno, *maman*, ¿te encuentras completamente bien? —volvió a preguntar, dirigiéndose a su madre.

—Muy bien, maravillosamente. Alexandr ha estado muy simpático. Y María se ha puesto muy guapa. Es una mujer muy interesante.

Y empezó a hablarle de lo que más le interesaba: el bautizo de su nieto —había ido a San Petersburgo para asistir a él— y de la gracia especial que el soberano le dispensaba a su hijo mayor.

—Aquí está Lavrienti, podemos irnos si quieres —dijo Vronski, mirando por la ventanilla.

El viejo mayordomo, que había acompañado a la condesa en su viaje, entró diciendo que todo estaba listo; la condesa se levantó.

—Vámonos, ahora hay poca gente —dijo Vronski.

La doncella cogió el maletín y el perrito, el mayordomo y el mozo se llevaron las demás maletas. Vronski tomó del brazo a su madre, pero cuando se apeaban del vagón, vieron unas cuantas personas asustadas que pasaban corriendo. Tras ellas corría el jefe de estación con su gorra de un color absurdo. Debía de haber sucedido algo insólito. Los pasajeros de aquel tren volvían corriendo.

—¿Qué pasa?... ¿Qué pasa?... ¿Dónde?... ¿Se ha tirado?... ¿Lo ha matado? —se oía exclamar a los que pasaban.

Stepán Arkádich y su hermana, cogidos del brazo, volvían también, y sus semblantes expresaban susto. Sorteando a la gente llegaron a la portezuela del vagón, donde se detuvieron.

Las dos señoras subieron al vagón, mientras Vronski y Stepán Arkádich fueron a enterarse de los pormenores del accidente.

El guardagujas, bien porque estuviese borracho, o porque fuese demasiado abrigado por la helada, no oyó retroceder al tren que lo aplastó.

Antes de que regresaran Vronski y Stepán Arkádich, las señoras se enteraron de esto por el mayordomo.

Stepán Arkádich y Vronski vieron el cadáver mutilado. Era evidente que Oblonski sufría. Hacía muecas y parecía a punto de echarse a llorar.

—¡Ah! ¡Qué horrible! ¡Si lo hubieras visto, Anna! ¡Qué cosa tan horrible! —decía.

Vronski callaba, su rostro era grave, pero completamente sereno.

—¡Ah! Si lo hubiera usted visto, condesa —dijo Stepán Arkádich—. Su mujer está aquí... Es espantoso verla... Se arrojó sobre el cadáver. Dicen que él solo mantenía una familia numerosa. ¡Qué desgracia!

—¿No se podría hacer algo por ella? —murmuró con emoción Anna Karénina.

Vronski le echó una mirada, e inmediatamente salió del vagón.

—Ahora mismo vuelvo, *maman* —dijo desde la portezuela.

Cuando regresó, al cabo de unos minutos, Oblonski hablaba con la condesa de una nueva cantante, mientras ella miraba con impaciencia hacia la portezuela, esperando a su hijo.

—Vámonos ya —dijo Vronski, entrando.

Salieron juntos. Vronski y su madre iban delante. Anna Karénina y su hermano los seguían. A la salida, el jefe de estación alcanzó a Vronski.

—Ha entregado usted doscientos rublos a mi ayudante. Haga el favor de decirme para quién son.

—Para la viuda —dijo Vronski, encogiéndose de hombros—. No sé para qué lo pregunta.

—¿Le has dado dinero? —le gritó Oblonski y, apretando el brazo de su hermana, añadió—: ¡Qué bien, qué bien ha hecho! ¿Verdad que es un buen muchacho? Mis respetos, condesa.

Oblonski y su hermana se detuvieron buscando con la vista a la doncella. Cuando salieron de la estación, el coche de los Vronski ya se había ido. La gente que entraba comentaba aún lo sucedido.

—Una muerte horrible —decía un señor que pasaba junto a ellos—. Dicen que ha quedado partido en dos.

—Al contrario, me parece que es la mejor, ha sido repentina —observaba otro.

—No entiendo cómo no se toman medidas... —decía un tercero.

Anna Karénina se sentó en el carruaje, y Oblonski vio con asombro que sus labios temblaban y que apenas podía contener las lágrimas.

—¿Qué te pasa, Anna? —le preguntó cuando el coche hubo recorrido unos centenares de metros.

—Es un mal presagio —contestó la Karénina.

—¡Qué tontería! Has llegado, esto es lo principal. No puedes imaginarte cuántas esperanzas he puesto en ti.

—¿Hace mucho que conoces a Vronski? —preguntó Anna.

—Sí. Esperamos que se case con Kiti, ¿sabes?

—¿Sí? —dijo en voz baja Anna—. Bueno, ahora hablemos de ti —añadió, moviendo la cabeza como si quisiera alejar físicamente algo que la molestaba—. Hablemos de tus asuntos. He recibido tu carta, y aquí me tienes.

—Sí, todas mis esperanzas están basadas en ti —añadió Stepán Arkádich.

—Cuéntamelo todo.

Y Stepán Arkádich se puso a relatarle todo lo sucedido.

Al llegar a su casa, Oblonski ayudó a bajar a su hermana, suspiró, le estrechó la mano y se dirigió a la Audiencia.

XIX

Cuando Anna entró, Dolli se hallaba en un saloncito con un niño, rubio y gordito, que ya se parecía a su padre, tomándole la lección de francés. Mientras leía, el niño iba dando vueltas a un botón a medio arrancar de su chaquetita. La madre se lo había impedido varias veces, pero la manita gordezuela agarraba de nuevo el botón. Entonces Dolli se lo arrancó guardándoselo en un bolsillo.

—Ten las manos quietas, Grisha —le dijo.

Y continuó haciendo su labor. Era una colcha que había empezado hacía muchísimo tiempo y a la que se dedicaba en los momentos difíciles. Ahora la había cogido con gesto nervioso, echaba la hebra y contaba los puntos. A pesar de haberle dicho la víspera a su marido que la llegada de su hermana no le importaba, lo había preparado todo esperándola con impaciencia.

Dolli estaba abatida y abrumada por su dolor. Sin embargo, no olvidó que Anna era la esposa de uno de los personajes más importantes de San Petersburgo y una gran dama petersburguesa. Gracias a eso no cumplió la promesa que le había hecho a su marido, es decir, no olvidó la llegada de su cuñada. «Además, Anna no tiene la culpa de nada —pensaba—. Siempre he oído hablar bien de ella, y en lo que a mí se refiere, solo me ha demostrado amistad y cariño.» Verdad es que, según recordaba, la casa de los Karenin de San Petersburgo no le había producido muy buena impresión: había algo falso en la manera de vivir de aquella familia. «¿Por qué no la iba a recibir? ¡Con tal que no se le ocurra consolarme! —pensaba Dolli—. Ya he meditado en todos los consuelos, en las admoniciones y en el perdón cristiano, pero nada de eso puede servir.»

Todos aquellos días Dolli había estado sola con los niños. No deseaba comentar su desgracia, pero dado su estado de ánimo, le era imposible hablar de cosas diferentes. Sabía que, de un modo u otro, le contaría todo a Anna, y tan pronto la alegraba aquella idea como la enojaba el tener que humillarse ante la hermana de su marido y oír de ella frases de consuelo y admonición.

Miraba el reloj, esperándola a cada momento, pero, como suele suceder con frecuencia, descuidó precisamente el minuto en que llegó y ni siquiera oyó su llamada.

Percibió un roce de faldas y unos pasos ligeros ya en la misma puerta; al volverse, su rostro atormentado no expresó alegría, sino sorpresa. Se levantó para abrazar a su cuñada.

—¡Cómo! ¿Has llegado ya? —preguntó, besándola.

—¡Dolli! ¡Qué contenta estoy de verte!

—Y yo también —contestó esta, sonriendo ligeramente y tratando de averiguar, por la expresión de su cuñada, si estaba o no enterada.

«Debe de saberlo», pensó al observar la expresión compasiva de Anna, y tratando de aplazar lo más posible el momento de la explicación, continuó:

—Ven, te voy a llevar a tu cuarto.

—¿Este es Grisha? ¡Dios mío, cómo ha crecido! No, permíteme que me quede aquí —replicó Anna y, besando al niño sin quitar la vista de su cuñada, se ruborizó.

Se quitó el chal y el sombrero, que se le quedó enganchado en sus cabellos rizados; lo desprendió moviendo la cabeza.

—¡Estás radiante de felicidad y de salud! —dijo Dolli casi con envidia.

—¿Yo?... Sí —contestó Anna—. ¡Dios mío, Tania! Es de la misma edad que mi Seriozha —añadió, refiriéndose a la niña que entraba corriendo. La cogió por las manos y la besó—. ¡Qué niña tan encantadora! Enséñamelos a todos.

Nombraba a todos los niños, recordando no solo sus nombres, sino sus edades, caracteres y las enfermedades que habían tenido, y Dolli no pudo por menos de apreciarlo.

—Bueno, vamos a verlos —dijo—. Vasia está dormido ahora, es una pena.

Después de ver a los niños, se sentaron ya solas en el salón ante las tazas de café. Anna cogió la bandeja para servir, y después la separó.

—Dolli, Stepán me ha hablado —dijo.

Dolli la miró con frialdad. Esperaba oír frases de compasión fingida, pero Anna no dijo nada en este sentido.

—Dolli, querida —empezó diciendo—. No quiero defenderle ni consolarte, eso es imposible. ¡Querida, te compadezco con toda mi alma!

Tras sus espesas pestañas aparecieron las lágrimas. Se sentó más cerca de su cuñada y le tomó la mano con la suya pequeña y enérgica. Dolli no se apartó, pero su expresión seguía siendo fría.

—Es inútil consolarme. Después de lo sucedido, todo está irremisiblemente perdido.

En cuanto pronunció estas palabras, la expresión de su rostro se dulcificó. Anna alzó la mano, delgada y seca, de Dolli y la besó, diciéndole:

—Pero, Dolli, ¿qué hacer, qué hacer? ¿Cuál es el mejor modo de proceder en una situación tan terrible? En esto es en lo que tenemos que pensar.

—Todo ha terminado —dijo Dolli—. Y date cuenta de que lo peor es que no puedo dejarle: estoy atada por los niños. Pero no puedo vivir con él, es un tormento verle.

—Dolli, querida, Stepán me lo ha contado, pero quisiera que tú me lo explicases a tu vez.

Dolli la miró con expresión interrogante.

El cariño y la compasión eran sinceros en el rostro de Anna.

—Bueno, pero he de contártelo desde el principio —dijo de pronto—. Tú sabes cómo me casé. Con la educación que me dio *maman* no solo era yo inocente, sino estúpida. Lo ignoraba todo. Dicen que los maridos suelen contar a sus mujeres su vida pasada, pero Stiva... —se corrigió—, Stepán Arkádich no me contó nada. No lo creerás, pero hasta ahora he pensado que yo era la única mujer en su vida. Así he vivido ocho años. Comprende que no solo no sospechaba que me fuese infiel, sino que lo creía imposible, y figúrate, con esas creencias, enterarme de pronto de ese horror, de esa vileza... Compréndeme. Estar completamente segura de la propia felicidad, y de pronto... —prosiguió Dolli, conteniendo los sollozos— recibir una carta..., una carta de él dirigida a su amante, a la institutriz de mis niños. ¡No! ¡Esto es demasiado horrible! —Dolli sacó apresuradamente el pañuelo, se cubrió la cara con él y tras un silencio continuó—: Aún comprendo un momento de seducción, pero engañarme premeditadamente, engañarme con malicia..., y ¿con quién?... ¡Y seguir siendo mi marido mientras tenía relaciones con ella!... ¡Esto es horrible! Tú no podrías comprenderlo...

—¡Oh, sí, lo comprendo! Lo comprendo, querida Dolli —dijo Anna, estrechándole la mano.

—¿Y crees que se hace cargo de todo el horror de mi situación? —prosiguió Dolli—. ¡En absoluto! Se siente feliz y contento.

—¡Oh, no! —la interrumpió Anna apresuradamente—. Da lástima de él, está medio muerto de arrepentimiento.

—¿Es capaz de sentirse arrepentido? —interrumpió Dolli a su vez, observando atentamente el rostro de su cuñada.

—Sí, lo conozco. No he podido mirarlo sin sentir compasión. Ambas lo conocemos. Es bueno, pero altivo, y ahora está tan humillado... Lo que más me emociona —en aquel momento Anna adivinó lo que más podía impresionar a Dolli— es que lo atormentan dos cosas: que se avergüenza ante sus hijos y que amándote...; sí, sí, amándote más que a nadie en el mundo —prosiguió Anna deprisa para impedir que Dolli replicase—, te ha infligido una pena, te ha destrozado. «No, no; Dolli no me perdonará», repite sin cesar.

Sumida en reflexiones, Dolli escuchaba las palabras de su cuñada sin mirarla.

—Sí, comprendo que su situación es horrible; esto debe de ser peor para el culpable que para el inocente, si se hace cargo que es el causante de toda la desgracia. Pero ¿cómo perdonar y volver a ser su mujer después de su trato con ella? El vivir ahora con él será para mí un tormento, precisamente porque me es preciado el amor que le profesaba antes...

Los sollozos interrumpieron sus palabras. Pero, como a cosa hecha, cada vez que se enternecía, volvía a hablar de lo que la irritaba.

—Ella es joven y hermosa. ¿No comprendes, Anna, que mi juventud y mi belleza me han sido arrebatadas?... ¿Y por quién? Por él y por sus hijos. Le he servido, y en eso se ha consumido todo lo mío; es natural que ahora le resulte más agradable una mujer lozana, aunque sea vil. Probablemente han hablado de mí o, lo que es peor aún, me han pasado por alto. ¿Comprendes? —Los ojos de Dolli volvieron a encenderse con una expresión de odio—. Y después de eso me va a decir... ¿Acaso puedo creerle? Nunca. No, ahora todo ha terminado, todo, todo lo que constituía el consuelo, la recompensa por el trabajo, por los sufrimientos... ¿Podrás creerme? Acabo de darle clase a Grisha: antes esto era una alegría para mí, ahora es un tormento. ¿Para qué me esfuerzo? ¿Para qué trabajo? Es horrible que de repente mi alma haya cambiado; en lugar del amor y de la ternura, no siento hacia él sino ira; sí, siento ira. Lo mataría...

—Dolli, querida, lo comprendo, pero no te atormentes. Te sientes tan ofendida y estás tan excitada, que no ves muchas cosas como son.

Dolli se apaciguó y ambas guardaron silencio.

—¿Qué hacer, Anna? Piensa y ayúdame. Yo he meditado en todo y no se me ocurre nada.

Anna no podía encontrar la solución, pero su corazón respondía a cada palabra y a cada expresión del semblante de su cuñada.

—Te diré una cosa: soy su hermana y conozco su carácter y esa capacidad de olvidarlo todo —hizo un gesto, señalando la frente—, esa capacidad de dejarse seducir totalmente; pero, al mismo tiempo, la de un sincero arrepentimiento. Ahora no concibe, no comprende, que haya podido proceder de ese modo.

—¡Oh, no! ¡Ya lo creo que lo comprende! ¡Ya lo creo que lo comprende! —interrumpió Dolli—. Pero ¿y yo?... Te olvidas de mí... ¿Acaso sufro menos que él?

—Escúchame. Te confieso que cuando me habló no comprendí todo el horror de su situación. Solo veía a Stepán y a la familia deshecha; sentí compasión por él. Pero al hablar contigo, como mujer que soy, veo otra cosa; veo tus sufrimientos y ¡no puedo expresarte lo que te compadezco! Pero Dolli, querida mía, aunque comprendo plenamente tus penas, ignoro una cosa: ignoro... cuánto amor alberga aún tu alma. Tú sabrás si es suficiente para poder perdonarle. Si lo amas lo bastante, ¡perdónale!

—No —empezó diciendo Dolli, pero Anna la interrumpió, dándole otro beso en la mano.

—Conozco el mundo mejor que tú —dijo—. Sé cómo consideran esas cosas los hombres como Stiva. Dices que habrán hablado de ti. Nada de eso. Esos hombres cometen infidelidades, pero el hogar y la mujer son sagrados para ellos. Desprecian a las otras mujeres, y estas no constituyen un peligro para la familia. Yo no lo puedo entender, pero es así.

—Sí, pero él la ha besado...

—Dolli, espera, alma mía. He visto a Stiva cuando estaba enamorado de ti. Recuerdo la época en que venía a mi casa y lloraba al hablar de ti, cuán elevada y poéticamente te consideraba, y sé que cuanto más tiempo ha vivido contigo tanto más respeto siente por ti. Solíamos reírnos de él porque a cada palabra añadía: «Dolli es una mujer excepcional». Siempre has sido divina para él y lo sigues siendo, y, en cuanto a esa pasión, no ha afectado a su alma.

—¿Y si vuelve a repetir?

—No puede repetirse, a mi entender.

—¿Tú le perdonarías?

—No lo sé, no puedo juzgar... —Y tras pensar, haciéndose cargo y sopesando mentalmente la situación, dijo—: Sí, ¡sería capaz de hacerlo! ¡Sería capaz! Desde luego, le perdonaría. No sería la misma, desde luego, pero le perdonaría y lo haría como si no hubiese pasado nada, absolutamente nada...

—Claro, se comprende que de otro modo no sería perdonar —la interrumpió Dolli con viveza, como si dijera algo que ya había pensado más de una vez—. Sí, de perdonar hay que hacerlo de un modo absoluto, completo. Pero ven, te voy a acompañar a tu habitación —añadió, poniéndose en pie, y de camino abrazó a Anna—. Querida mía, cuánto me alegra que hayas venido. Me siento aliviada, muy aliviada.

XX

Anna pasó aquel día en casa, es decir, en casa de los Oblonski, sin recibir a nadie, aunque algunos de sus conocidos, enterados de su llegada, fueron a verla inmediatamente. Estuvo toda la mañana con Dolli y con los niños. Envió una notita a su hermano rogándole que volviera a comer a casa sin falta. «¡Ven, Dios es misericordioso!», le decía.

Oblonski comió en casa; sostuvieron una conversación general y su mujer le trataba de tú, cosa que no había hecho antes. Las relaciones de los cónyuges seguían siendo tan tirantes como anteriormente, pero ya no se hablaba de separación, y Stepán Arkádich vislumbraba la posibilidad de llegar a un acuerdo y de reconciliarse.

Inmediatamente después de comer, llegó Kiti. Conocía poco a Anna Karénina y acudía a casa de su hermana inquieta ante la idea de cómo la iba a acoger esa dama de gran mundo, a la que todos elogiaban tanto. Pero no tardó en darse cuenta de que le había gustado. Era evidente que a Anna le encantaba su belleza y su juventud, y antes de que Kiti pudiera recobrarse, se sintió no solo bajo su influencia, sino prendada de ella, como les suele ocurrir a las muchachas jóvenes con las mujeres casadas y mayores que ellas. Anna no parecía una señora mundana ni la madre de un niño de ocho años, sino más bien una muchacha de veinte años de edad, a juzgar por la flexibilidad de sus gestos, la lozanía y viveza de su expresión, que ora aparecía en sus labios, ora en su mirada, tan pronto seria, tan pronto triste, que sorprendió y atrajo a Kiti. Esta sentía que Anna era completamente natural y franca, pero que en ella había otro mundo más elevado, cuyo interés complejo y poético le era inaccesible.

Después de comer, cuando Dolli se retiró a su habitación, Anna se levantó y se acercó a su hermano, que encendía un cigarro.

—Stiva, ve y que Dios te ayude —le dijo, guiñando alegremente los ojos, persignándolo y señalando la puerta.

Oblonski comprendió y, tirando el cigarro, salió. Entonces Anna volvió al sofá donde estaba sentada antes, rodeada de los niños. Bien porque viesen que su madre quería a aquella tía, bien porque sintieran hacia ella un atractivo especial, los dos niños mayores, primero, y luego los pequeños, cosa que suele ocurrir a menudo entre los chiquillos, aun antes de la comida se habían pegado materialmente a ella sin querer separarse. Entre ellos se estableció una especie de juego que consistía en sentarse lo más cerca posible de la tía, tocarla, coger su pequeña mano, darle besos y jugar con su anillo o al menos rozar el volante de su vestido.

—Bueno, bueno, vamos a sentarnos como estábamos antes —dijo Anna Arkádievna, instalándose en su sitio.

Grisha volvió a pasar la cabeza bajo el brazo de Anna, y la apoyó en su vestido, orgulloso y radiante de felicidad.

—¿Cuándo se celebra el próximo baile? —preguntó Anna a Kiti.

—La semana próxima. Será un baile magnífico. Uno de esos bailes en los que se está siempre alegre.

—¿Existen realmente bailes en los que se está siempre alegre? —preguntó Anna con una ligera ironía.

—Aunque parezca raro, los hay. En casa de los Bobríschev siempre se está alegre y en la de los Nikitin también. En cambio, en la de los Miezhkov se aburre uno siempre. ¿No lo ha notado usted?

—No, querida. Para mí no existen ya esos bailes en los que siempre se está divertido —dijo Anna, y Kiti vio en sus ojos ese mundo especial que no le había sido revelado—. Para mí hay bailes que resultan menos penosos y menos aburridos...

—¿Cómo puede *usted* aburrirse en un baile?

—¿Por qué no habría de aburrirme *yo* en un baile? —preguntó Anna.

Kiti se dio cuenta de que Anna sabía la respuesta que le iba a dar.

—Porque destaca usted entre todas.

Anna se ruborizó, lo cual le sucedía con facilidad, y dijo:

—En primer lugar, no es cierto. Y aunque así fuera, ¿de qué me serviría?

—¿Asistirá usted a ese baile? —preguntó Kiti.

—Creo que no tendré más remedio que asistir. Toma, cógelo —le dijo a Tania, que trataba de quitarle el anillo, que se deslizaba con facilidad por su dedo blanco y afilado.

—Me alegrará mucho que vaya usted. Tengo muchos deseos de verla en el baile.

—Al menos, si me veo obligada a ir, me consolaré con la idea de que le he de proporcionar un placer... Grisha, no me tires del pelo, que ya estoy bastante despeinada —dijo, arreglándose un mechón de cabellos con el que jugaba el niño.

—Me la imagino a usted vestida de color lila en el baile.

—¿Por qué precisamente de lila? —preguntó Anna, sonriendo—. Andad, niños, ¿no oís que miss Hull os llama para tomar el té? —añadió, quitándose de encima a los niños y dirigiéndolos al comedor—. Ya sé por qué quiere usted que acuda a ese baile. Usted espera mucho de esa noche y desea que todos tomen parte en su triunfo.

—Es cierto. ¿Cómo lo sabe?

—¡Oh! ¡Qué feliz se es a la edad de usted! Conozco y recuerdo esa niebla azul parecida a la de las montañas suizas, esa bruma que lo cubre todo en la época dichosa en que está a punto de terminar la infancia, cuando ese enorme círculo feliz y divertido se convierte en un camino cada vez más estrecho, en un desfiladero alegre y angustioso a la vez, a pesar de parecer diáfano y encantador... ¿Quién no ha vivido eso?

Kiti sonrió en silencio. «¿Cómo lo habrá vivido ella? ¡Cuánto me gustaría saberlo!», pensó, recordando la figura poco poética de Alexiéi Alexándrovich, el marido de Anna.

—Sé algo acerca de usted. Me ha hablado Stiva. La felicito. Vronski me gusta mucho, me encontré con él en la estación —prosiguió Anna.

—¡Ah! ¿Estuvo allí? —preguntó Kiti, ruborizándose—. ¿De qué le ha hablado Stiva?

—Me lo ha contado todo. Me alegraría mucho... Hice el viaje con la madre de Vronski, estuvo hablando de él sin cesar, es su predilecto. Ya sé lo apasionadas que son las madres...

—¿Y qué le ha contado?

—¡Oh! Muchas cosas. Y aunque sé que es su predilecto, se ve que es un caballero. Me contó, por ejemplo, que Vronski quiso ceder todos sus bienes a su hermano y que siendo niño aún realizó una hazaña extraordinaria: salvó a una mujer que se ahogaba. En una palabra, es un héroe —dijo Anna, sonriendo.

Y recordó aquellos doscientos rublos que Vronski había dado en la estación.

Pero no le relató aquello a Kiti. No sabía por qué le producía malestar recordarlo. Sentía que en ese rasgo había algo que se relacionaba con ella, algo que no debía haber ocurrido.

—Me rogó muy insistentemente que fuera a visitarla, y me alegrará mucho volver a ver a esa viejecita. Mañana iré. Gracias a Dios, Stiva lleva mucho rato con Dolli en la habitación —añadió Anna, cambiando de tema y poniéndose en pie, contrariada por algo, según le pareció a Kiti.

—¡Yo, primero! ¡No, yo! —gritaban los niños, que habían terminado de tomar el té y corrían al encuentro de tía Anna.

—¡Todos a la vez! —exclamó Anna.

Y riendo, corrió a su encuentro. Abrazó a aquella bandada de niños bulliciosos que chillaban entusiasmados.

XXI

A la hora del té de los mayores, Dolli salió de su habitación. Stepán Arkádich no apareció. Debía de haber salido por otra puerta.

—Temo que pases frío en el cuarto de arriba —observó Dolli, dirigiéndose a su cuñada—. Quisiera trasladarte abajo, y así estaremos más cerca.

—¡Oh! Por favor, no te preocupes de mí —replicó Anna, fijándose en el rostro de Dolli y tratando de adivinar si se había efectuado o no la reconciliación.

—Tendrás demasiada luz aquí.

—Te aseguro que duermo como un lirón siempre y en cualquier sitio.

—¿De qué se trata? —preguntó Stepán Arkádich, saliendo del despacho y dirigiéndose a su mujer.

Anna y Kiti comprendieron inmediatamente por su tono que se habían reconciliado.

—Quiero trasladar a Anna aquí abajo, pero hay que poner unas cortinas. Nadie sabrá hacerlo y tendré que ponerlas yo misma —le contestó Dolli.

«Dios sabe si se habrán reconciliado del todo», pensó Anna al oír el tono frío y sereno de su cuñada.

—¡Bueno, basta de complicar las cosas, Dolli! —replicó Stepán Arkádich—. Pero si quieres yo lo haré todo...

«Sí, deben de haberse reconciliado», pensó Anna.

—Sí, ya sé cómo lo vas a hacer. Le dirás a Matviéi que haga cosas imposibles. Y te irás, dejándolo que lo haga todo al revés —replicó Dolli.

Y su acostumbrada sonrisa irónica le frunció las comisuras de los labios.

«Gracias a Dios, la reconciliación es completa, completa, completa», pensó Anna, y, alegrándose de haberla promovido ella, se acercó a Dolli y la besó.

—Nada de eso. ¿Por qué nos desprecias tanto a Matviéi y a mí? —preguntó Stepán Arkádich con una sonrisa imperceptible.

Durante toda la tarde, Dolli estuvo ligeramente irónica con su marido y este se mostró contento y alegre, pero no tanto como para indicar que, una vez perdonado, había olvidado su culpa.

A las nueve y media, aquella velada familiar, especialmente alegre y agradable, ante la mesa de té de los Oblonski, se interrumpió por un acontecimiento de lo más corriente, el cual, sin saber por qué, pareció sorprendente a todos. Hablaban de amigos comunes de San Petersburgo cuando de pronto Anna se levantó.

—Les enseñaré la fotografía de mi Seriozha —dijo con una sonrisa de orgullo maternal—. La tengo en mi álbum.

Hacia las diez de la noche, hora en que, por lo general, se despedía de su hijo y a menudo hasta solía acostarle antes de irse al baile, se sintió triste por estar alejada de él y, hablasen de lo que hablasen, no podía distraerse y sus pensamientos volvían hacia aquella cabecita rizada. Sintió deseos de contemplar su fotografía y de hablar de él. Aprovechando la primera oportunidad, se puso en pie y se dirigió a buscar el álbum, con su paso ligero y resuelto. La escalera que conducía a su cuarto daba a un descansillo de la escalera principal, que estaba bien caldeada. En el momento en que Anna abandonaba el salón, se oyó el timbre desde el vestíbulo.

—¿Quién puede ser? —preguntó Dolli.

—Es temprano para que vengan a buscarme; en cambio, para una visita es tarde —observó Kiti.

—Probablemente me traen algunos documentos —intervino Stepán Arkádich.

Mientras Anna pasaba por la escalera, el criado subía para anunciar al recién llegado, que se hallaba bajo la luz de la lámpara. Anna miró hacia abajo, reconociendo al punto a Vronski, y un extraño sentimiento de alegría y de temor agitó su corazón. Vronski permanecía con el gabán puesto, buscando algo en los bolsillos. En el momento en que Anna llegó a la escalera central, Vronski levantó la vista, y al verla su rostro reflejó la confusión y el temor. Anna pasó haciendo una ligera inclinación de cabeza y no tardó en oírse la sonora voz de Stepán Arkádich que invitaba a Vronski a subir. Y la voz baja, suave y serena de Vronski, rehusando.

Cuando Anna volvió con el álbum, Vronski ya no estaba y Stepán Arkádich contaba que su amigo había venido de paso para informarse de una comida que querían organizar en honor de una celebridad que iba a venir de fuera.

—No ha querido pasar por nada del mundo. Estaba raro —añadió.

Kiti se ruborizó. Se imaginaba que solo ella había comprendido por qué había venido Vronski y por qué se había negado a subir. «Habrá estado en casa y al no encontrarme pensaría que estoy aquí, pero no ha querido pasar porque es tarde y por estar Anna aquí.»

Todos se miraron sin decir palabra, y después empezaron a ojear el álbum de Anna. No había nada de particular ni de extraño en que un amigo visitase a otro a las nueve y media de la noche para informarse de un banquete que se estaba organizando y que no hubiese querido pasar, pero a todos les sorprendió aquello. Y a quien más le extrañó, pareciéndole que no estaba bien, fue a Anna.

XXII

Acababa de empezar el baile, cuando Kiti y su madre aparecieron en la escalera iluminada, llena de flores y con una serie de criados con pelucas empolvadas y uniformes rojos. Desde las salas llegaba un murmullo acompasado, semejante al de una colmena, y mientras se arreglaban delante del espejo los peinados y los trajes se oyeron distintamente los suaves sones de los violines que daban comienzo al primer vals. Un señor viejo vestido de paisano, que acababa de arreglarse los cabellos canosos ante otro espejo, y el cual dejaba en torno suyo un olor a perfume, se encontró con ellas en la escalera y les cedió el paso, admirando, al parecer, a Kiti, a quien no conocía. Un muchacho imberbe, uno de esos jóvenes mundanos a los que el anciano príncipe llamaba «petimetres», que llevaba un chaleco muy escotado y se arreglaba al paso la corbata blanca, las saludó y tras avanzar un trecho retrocedió, invitando a Kiti para la primera cuadrilla. Como la tenía comprometida con Vronski, le concedió el segundo baile. Un militar, que permanecía junto a la puerta abrochándose un guante y atusándose el bigote, contemplaba a la sonrosada Kiti.

A pesar de que el vestido, el peinado y todos los preparativos para el baile le habían costado muchos esfuerzos y preocupaciones, ahora entraba en la sala tan natural y sencilla, con su complicado vestido de tul sobre un fondo rosa, como si todas aquellas rositas, encajes y demás detalles no le hubieran costado a ella ni a los suyos ni un minuto de atención. Parecía que había nacido con ese vestido de tul y encajes y con ese peinado alto, que coronaba una rosa con dos hojas.

Cuando la anciana princesa, antes de entrar en la sala, quiso arreglarle el cinturón que se le había enrollado, Kiti se separó un poco. Presentía que todo le sentaba bien y le caía con gracia; no era preciso arreglar nada.

Kiti estaba en uno de sus días afortunados. El vestido no le apretaba, no le colgaban los encajes, las rositas de adorno no se habían chafado ni deshecho, ni le oprimían los zapatos color rosa de tacón alto, sino más bien le acariciaban los piececitos. Los espesos y rubios *bandeaux* de cabellos postizos se sostenían sobre su cabecita como si fueran naturales. Los tres botones de sus guantes largos, que se ajustaban a sus brazos, se habían abrochado sin desgarrarse ni deformarse. La cinta negra de terciopelo del medallón ceñía suavemente su cuello. Esa cinta era una delicia y al contemplarse en casa Kiti se dio cuenta de cuánto decía. Podía haber alguna duda con respecto a todo lo demás, pero la cinta era un primor. Kiti sonrió al contemplársela ahora en el espejo de la escalera. Sus hombros y sus brazos descubiertos le daban la sensación de una frialdad marmórea, sensación que le gustaba particularmente. Sus ojos brillaban y sus labios rojos no podían dejar de sonreír al saberse tan atractiva. Apenas tuvo tiempo de entrar en la sala y acercarse a un grupo de señoras, cubiertas de cintas, encajes y tules de colores, que esperaban a que las invitasen a bailar (Kiti nunca permanecía entre ese grupo), cuando ya le pidió un vals el caballero de más alta jerarquía en aquella fiesta, el célebre director de los bailes y maestro de ceremonias, un hombre casado, hermoso y de buena figura, Yegórushka Korsunski. Acababa de dejar a la condesa, con la que había dado las primeras vueltas del vals, y contemplando su dominio, es decir, a algunas parejas que bailaban, vio a Kiti que entraba. Se acercó a ella con ese paso desenvuelto, propio de los directores de baile, y sin preguntarle si quería aceptar, saludó, inclinándose, y extendió el brazo para enlazar su delgado talle. Kiti se volvió para ver a quién podía dejar el abanico; la dueña de la casa se lo cogió, sonriendo.

—Me alegro de que haya venido puntual —dijo él, abrazándola por la cintura—. No está bien retrasarse.

Kiti apoyó la mano izquierda en el hombro de Korsunski y sus piececitos, calzados con zapatos rosa, se deslizaron al compás de la música por el suelo encerado.

—Se descansa bailando con usted —dijo Korsunski en cuanto dieron los primeros pasos lentos del vals—. Es un encanto de ligereza, de *précision* —añadió.

Solía decirles lo mismo a todas sus buenas conocidas.

Kiti sonrió al oír sus elogios, y siguió contemplando la sala por encima del hombro de Korsunski. No era una de esas muchachas que asiste por primera vez a un baile y cuya impresión de encantamiento le hace fundir los rostros de todos los asistentes ni tampoco de las que, a fuerza de frecuentar los bailes, conocen a todos hasta el punto de aburrirse. Estaba en el término medio; aunque emocionada, se dominaba lo bastante para poder observar. Vio que en el rincón de la izquierda de la sala se agrupaba la flor de la sociedad. Allí estaban la esposa de Korsunski, la hermosa Lidi, con un vestido extremadamente escotado; la dueña de la casa y Krivin, con su calva reluciente, que siempre se encontraba entre lo mejor de la sociedad. Los muchachos miraban aquel grupo sin atreverse a acercarse. Kiti vio a Stiva y luego la cabeza y la deliciosa figura de Anna, vestida de negro. También *él* estaba allí. A Kiti no la había vuelto a ver desde la noche en que rechazara a Lievin. Con sus ojos de présbita lo reconoció enseguida, y hasta observó que la miraba.

—¿Otra vueltecita? ¿O está cansada? —preguntó Korsunski, ligeramente sofocado.

—No, gracias.

—¿Adónde la acompaño?

—Me parece que está aquí la Karénina..., acompáñeme a su lado.

—Como guste.

Siguieron bailando, cada vez más despacio, dirigiéndose hacia la izquierda, y Korsunski repetía: «*Pardon, mesdames; pardon, pardon, mesdames!*». Bogando entre un mar de encajes, tules y cintas y sin haber enganchado ni siquiera una pluma, Korsunski hizo dar una vuelta brusca a su pareja, de modo que se vieron sus delgadas piernas, cubiertas con medias transparentes, y la cola del vestido se abrió como un abanico, cayendo sobre las rodillas de Krivin. Korsunski se inclinó y ensanchó el pecho, ofreciendo el brazo a Kiti para acompañarla junto a Anna Arkádievna. Kiti, ruborizada, quitó la cola de su vestido de las rodillas de Krivin y, algo mareada, se volvió, buscando a Anna. Esta no vestía de color lila, como tanto había deseado Kiti, sino de negro; llevaba un traje muy escotado de terciopelo, que dejaba al descubierto sus hombros llenos, como tallados en un marfil antiguo, así como el pecho y los torneados brazos de finas muñecas. El vestido estaba adornado de encajes de Venecia. En sus cabellos negros, sin postizos, lucía una guirnalda de nomeolvides y otra igual adornaba la cinta negra del talle, entre blancos encajes. Su peinado era sencillo. Solo se destacaban como adornos unos buclecitos de cabellos rizados en la nuca y en las sienes, que se escapaban siempre, rebeldes. En su firme cuello torneado lucía un hilo de perlas.

Kiti había estado viendo a Anna diariamente, estaba prendada de ella y se la imaginaba precisamente vestida de lila. Pero ahora, al verla de negro, se dio cuenta de que no había percibido todo su encanto. La veía bajo un aspecto nuevo e inesperado. Ahora comprendía que Anna no podía vestir de color lila; su encanto consistía precisamente en que se destacaba su personalidad; en ella los atavíos pasaban inadvertidos. Lo mismo ocurría con ese vestido negro con sus vistosos encajes; tan solo era un marco en el que resaltaba ella natural, vistosa, sencilla, y a la vez alegre y animada.

Como siempre, se mantenía muy erguida, y cuando Kiti se acercó al grupo, Anna, con la cabeza ligeramente inclinada, hablaba con el dueño de la casa.

—No; no seré yo quien lance la primera piedra, aunque no lo entienda —replicaba Anna a un argumento de aquel, y encogiéndose de hombros, se dirigió enseguida a Kiti con una dulce sonrisa protectora.

Con una rápida mirada femenina contempló su vestido e hizo un imperceptible movimiento de cabeza, aprobando tanto su atavío como su belleza, cosa que esta comprendió enseguida.

—Parece que entra usted en la sala bailando —le dijo.

—Es una de mis mejores colaboradoras —replicó Korsunski, saludando a Anna Arkádievna, a la que aún no había visto—. La princesa contribuye a que el baile resulte encantador y alegre. Anna Arkádievna, ¿un vals? —dijo, inclinándose.

—¿Se conocen ustedes? —preguntó el dueño de la casa.

—¿Quién no nos conoce? Mi mujer y yo somos como los lobos blancos —contestó Korsunski—. ¿Un vals, Anna Arkádievna?

—No bailo, siempre que me sea posible.

—Hoy no lo es —contestó Korsunski.

Vronski se acercó en aquel momento.

—Bueno, ya que hoy es imposible, bailemos —accedió Anna Arkádievna, fingiendo no darse cuenta del saludo de Vronski y colocando apresuradamente la mano en el hombro de Korsunski.

«¿Por qué estará enfadada con él?», pensó Kiti, observando que Anna no había contestado intencionadamente al saludo de Vronski. Este se acercó a Kiti, recordándole que le había prometido la primera cuadrilla y diciéndole que sentía no haber tenido el placer de haberla visto antes. Kiti lo escuchaba contemplando embelesada a Anna, que bailaba. Creía que Vronski la invitaría para aquel vals, pero este no lo hizo y Kiti lo miró sorprendida. Sonrojándose, Vronski acabó por hacerlo apresuradamente, pero apenas hubo enlazado el delgado talle de la muchacha y dado el primer paso, cesó la música. Kiti le miró al rostro, que tan cerca de ella estaba, y mucho tiempo después, pasados varios años, esa mirada llena de amor que le dirigió, y a la que él no correspondió, la atormentaba, llenándola de vergüenza.

—*Pardon, pardon!* El vals, el vals —gritó Korsunski desde el otro extremo de la sala.

Y, enlazando a la primera señorita que vio, comenzó a bailar.

XXIII

Vronski y Kiti dieron unas cuantas vueltas de vals. Después Kiti se reunió con su madre y, apenas tuvo tiempo de cambiar unas palabras con la condesa Nordston, Vronski fue a buscarla para la primera cuadrilla. Mientras bailaban no hablaron nada de particular; la conversación giró tan pronto acerca del matrimonio Korsunski, a los que Vronski describía de un modo muy divertido, como unos niños cuarentones, tan pronto acerca del teatro que se iba a abrir. Solo una vez aquella conversación le llegó al alma a Kiti, cuando Vronski le preguntó si Lievin había venido al baile y añadió que le había gustado mucho. Pero Kiti no esperaba nada más de aquella cuadrilla, estaba pendiente de la mazurca con el corazón en un hilo. Creía que todo se decidiría entonces. No la preocupó que Vronski no le hubiese pedido la mazurca mientras bailaba la cuadrilla. Estaba segura de que la invitaría, como en los bailes anteriores, y rehusó cinco invitaciones con el pretexto de que estaba comprometida. El baile, hasta la última cuadrilla, fue para Kiti un sueño encantador, de alegres colores, sonidos y movimiento. Solo dejaba de bailar cuando se sentía demasiado cansada y rogaba que le permitiesen descansar. Pero durante la última cuadrilla, bailando con un muchacho aburrido, al que no había podido rechazar, se encontró *vis-à-vis* de Vronski y de Anna. No había vuelto a ver a Anna desde el principio del baile y otra vez se le apareció bajo un aspecto nuevo e inesperado. Vio en Anna aquella excitación, motivada por el éxito, que conocía tan bien. Estaba ebria a causa de la admiración que producía. Kiti conocía ese sentimiento y todos sus síntomas, que ahora veía en Anna: el brillo encendido de sus ojos y la sonrisa feliz y animada que, a pesar suyo, asomaba a sus labios, así como la gracia, la seguridad y la ligereza de sus movimientos.

«¿Quién será? —se preguntó—. ¿Todos o uno solo?» Y sin prestarle ayuda al joven con quien bailaba, que hacía grandes esfuerzos por reanudar la conversación, cuyo hilo había perdido, y obedeciendo de un modo automático a los alegres gritos imperiosos de Korsunski, que tan pronto lanzaba a todos al *grand rond*, tan pronto a la *chaîne*, Kiti observaba y su corazón se oprimía cada vez más. «No, no es la admiración general lo que la embriaga, sino la de uno solo. ¿Será posible que sea la de él?» Cada vez que Vronski le hablaba, los ojos de Anna brillaban alegres. Y una sonrisa de felicidad asomaba a sus labios rojos. Parecía que se esforzaba en no mostrar aquellos indicios de alegría, que se manifestaban a pesar suyo. «Pero ¿qué le pasa?», pensó Kiti, mirando horrorizada a Vronski. Vio en su rostro lo que tan claramente había observado en el de Anna. ¿Qué había sido de su actitud, siempre firme y serena, y de la expresión despreocupada y tranquila de su semblante? Ahora, cada vez que se dirigía a Anna, inclinaba ligeramente la cabeza, como si deseara caer a sus pies, y su mirada expresaba tan solo el miedo y la sumisión. «No quiero ofenderla, pero quisiera salvarme y no sé cómo hacerlo», parecía decir su mirada. Kiti no había visto nunca esa expresión en el semblante de Vronski.

Anna y Vronski hablaban de sus amistades, la conversación era trivial, pero Kiti creía que cada palabra que pronunciaban decidía tanto la suerte de ambos como la de ella. Y lo extraño era que, aunque en realidad comentaban lo ridículo que resultaba Iván Ivánovich con su francés y que hubiera sido posible haber encontrado un partido mejor para la Yelétskaia, esas palabras tenían un significado para ellos, cosa de la que se daban cuenta lo mismo que Kiti. El baile, las luces, todo se cubrió de una niebla en el alma de Kiti. Solo su rígida educación la sostenía obligándola a hacer lo que se le exigía, es decir, bailar, contestar a las preguntas, hablar y hasta sonreír. Pero antes de empezar la mazurca, cuando ya habían colocado las sillas y unas cuantas parejas habían pasado de las salas pequeñas al salón, Kiti se sintió embargada por la desesperación y el horror. Había rechazado cinco invitaciones y ahora se quedaría sin bailar la mazurca. Ya ni tenía esperanzas de que la invitaran, precisamente porque tenía demasiado éxito en sociedad: nadie podía pensar que hasta aquel momento no tuviese comprometida la mazurca. Tendría que decirle a su madre que se encontraba indispuesta e irse a su casa, pero no se sentía con fuerzas para hacerlo. Estaba abatidísima.

Se dirigió al fondo de uno de los saloncitos y se dejó caer en una butaca. La vaporosa falda de su vestido quedó en torno suyo como una nube; una de sus delicadas y suaves manos delgadas se ocultó relajada entre los pliegues del vestido; la otra sostenía un abanico, con el que se abanicaba, con rápidos movimientos, el rostro arrebatado. Pero, a pesar de ese aspecto de mariposa que acababa de posarse sobre la hierba, y estaba a punto de echar a volar desplegando sus alas irisadas, una terrible angustia oprimía su corazón.

«¿Quizá me haya equivocado, quizá no haya nada de eso?» Y de nuevo recordó todo lo que había visto.

—Kiti, ¿qué te pasa? No comprendo nada —dijo la condesa Nordston, que se había acercado silenciosamente pisando por la alfombra.

A Kiti le tembló el labio inferior y se levantó apresuradamente.

—Kiti, ¿no bailas la mazurca?

—No —respondió esta con la voz trémula por las lágrimas.

—La ha invitado a bailar la mazurca ante mis ojos —dijo la condesa, sabiendo que Kiti entendería a qué se refería—. Y ella preguntó: «¿No la baila usted con la princesa Scherbátskaia?».

—¡Me da lo mismo! —respondió Kiti.

Nadie, excepto ella misma, podía comprender su situación; nadie sabía que la víspera había rechazado a un hombre, al que tal vez amaba, porque creía en otro.

La condesa Nordston buscó a Korsunski, con quien debía bailar la mazurca, y le pidió que invitase a Kiti.

Kiti formaba la primera pareja con Korsunski y, afortunadamente, no tuvo que hablar, ya que este corría de un lado para otro dirigiendo el baile. Vronski y Anna estaban sentados casi enfrente de ella. Los veía de lejos y de cerca, cuando las parejas se cruzaban, y cuanto más los observaba tanto más se convencía de que su desgracia era un hecho. Notaba que Vronski y Anna se sentían solos entre la multitud de aquel salón. Y el rostro de Vronski, siempre tan resuelto y sereno, reflejaba ahora aquella expresión sumisa y atemorizada que la había impresionado tanto, semejante a la de un perro inteligente cuando se siente culpable.

Anna sonreía y le comunicaba su sonrisa a Vronski. Si se quedaba pensativa, él se ponía serio. Una fuerza sobrenatural atraía los ojos de Kiti sobre Anna. Estaba encantadora con su vestido negro tan sencillo, eran bellos sus torneados brazos adornados de pulseras, bello su cuello firme, en el que lucía un hilo de perlas; encantadores los graciosos y ligeros movimientos de sus piececitos y de sus manos y encantador su bello rostro animado; pero había algo terrible y cruel en su encanto.

Kiti la miraba más embelesada que antes y sufría cada vez más. Se sentía anonadada, y su expresión lo demostraba. Cuando Vronski la vio, al encontrarse con ella mientras bailaban la mazurca, no la reconoció enseguida, tan cambiada estaba.

—¡Qué magnífico baile! —dijo, por decir algo.

—Sí —contestó Kiti.

En el transcurso de la mazurca, mientras se repetía una complicada figura inventada por Korsunski, Anna salió al centro del círculo, escogió a dos caballeros y a una señora y a Kiti. Esta se acercó, mirándola con miedo. Entornando los ojos, Anna la miró, sonriéndole, mientras le apretaba la mano. Pero al ver que Kiti le respondía con una expresión de angustia y de sorpresa, Anna se volvió y empezó a hablar alegremente con otra señora.

«Desde luego hay algo extraño, diabólico y encantador en ella», se dijo Kiti.

Anna no quería quedarse a cenar, pero el dueño de la casa insistió.

—Quédese, Anna Arkádievna —le dijo Korsunski, cogiéndola del brazo desnudo—. ¡Tengo una idea para el cotillón! *Un bijou!*

E hizo ademán de llevársela, tratando de distraerla. El dueño de la casa sonreía, aprobando.

—No, no me quedo —contestó Anna, sonriendo.

Pero, a pesar de aquella sonrisa, tanto el dueño de la casa como Korsunski comprendieron, por su tono resuelto, que no se quedaría.

—He bailado esta noche en Moscú tanto como en todo el año en San Petersburgo. Tengo que descansar antes del viaje —añadió, volviéndose hacia Vronski, que se hallaba junto a ella.

—¿Se va mañana decididamente? —preguntó Vronski.

—Sí, creo que sí —contestó Anna, como sorprendida del atrevimiento de su pregunta.

Pero el irresistible brillo de sus ojos y su sonrisa lo abrasaron cuando le hablaba.

Anna Arkádievna se fue sin haberse quedado a cenar.

XXIV

«Sí, en mí hay algo desagradable, algo que repele —pensaba Lievin al salir de la residencia de los Scherbatski, mientras se dirigía a pie a casa de su hermano—. No sirvo para convivir con la gente. Dicen que es orgullo, pero ni siquiera soy orgulloso. Si lo fuera, no me hubiera colocado en esa situación.» Y se imaginó a Vronski feliz, bueno e inteligente, el cual, sin duda, nunca se había visto en un caso así. «Era natural que lo prefiriese. Así tenía que ser, y no debo quejarme de nada ni de nadie. Yo tengo la culpa. ¿Qué derecho tenía yo para creer que ella iba a unir su vida a la mía? ¿Quién soy y qué soy? Un hombre inútil, al que nadie necesita.» Recordó a su hermano Nikolái, y se detuvo con alegría en ese recuerdo. «¿Acaso no tiene razón diciendo que todo en este mundo es malo y repugnante? No sé si hemos sido justos juzgando a nuestro hermano. Naturalmente, desde el punto de vista de Prokofi, que lo ve con una pelliza rota y embriagado, es un hombre despreciable; pero yo lo conozco de otro modo. Conozco su alma y sé que nos parecemos. Y, en lugar de ir a verlo, he ido a comer y después allí.»

Lievin se acercó a un farol, sacó de la cartera las señas de su hermano, las leyó y llamó a un cochero. Durante el largo trayecto Lievin evocó intensamente todos los episodios que conocía de la vida de su hermano. Recordó que durante los años de sus estudios universitarios y hasta un año después, a pesar de las burlas de sus amigos, había vivido como un monje, cumpliendo rigurosamente los preceptos de la religión, las misas y los ayunos, evitando todos los placeres y sobre todo a las mujeres; después, cambió de repente, uniéndose a las peores gentes y lanzándose a una vida de perversión. Recordó lo de aquel niño que su hermano trajo del pueblo para darle educación, y al que, en un momento de ira, había golpeado tanto que lo llevaron a los tribunales acusado de delito de lesiones. Y también aquella historia con un tramposo, al que hizo perder dinero, le aceptó una letra, denunciándole después y demostrando que aquel le había engañado (fue la letra que pagó Serguiéi Ivánovich). En una ocasión pasó una noche en la comisaría por alboroto. En otra, entabló un pleito vergonzoso contra su hermano Serguiéi Ivánovich, acusándole de no haberle entregado la parte que le correspondía de la herencia materna. Su última hazaña fue cuando se marchó a trabajar al oeste de Rusia, donde lo procesaron por haber maltratado a un alcalde... Todo esto era terriblemente malo; pero a Lievin no le parecía tanto como debía de parecerles a los que desconocían a Nikolái, a los que ignoraban su historia y el corazón que poseía.

Lievin recordó que en la época en que Nikolái atravesaba un período de devoción y austeridad, observando los ayunos y asistiendo a las ceremonias religiosas, cuando buscaba ayuda de la religión para frenar su naturaleza apasionada, no solo nadie lo apoyaba, sino que todos, e incluso Lievin, se burlaban de él. Se reían, llamándolo Noé y fraile, pero cuando Nikolái cambió nadie le quiso prestar ayuda; todos le volvieron la espalda, horrorizados y con repugnancia. Lievin se daba cuenta de que en su fuero interno, en lo más hondo de su alma, a pesar de su vida depravada, su hermano no era más culpable que la gente que lo despreciaba. No era culpa suya haber nacido con ese carácter indomable y esa inteligencia limitada. Él siempre había deseado ser bueno. «Le diré todo lo que tenga que decirle y le obligaré a que haga lo mismo, le demostraré que lo quiero y que por eso lo comprendo», decidió Lievin, hablando consigo mismo al llegar a las once al hotel que indicaban las señas.

—Arriba, el doce y el trece —dijo el conserje, contestando a la pregunta de Lievin.

—¿Está?

—Creo que sí.

La puerta de la habitación número doce estaba entornada y desde esta salía, entre un rayo de luz, el humo denso de un tabaco de mala calidad y se oía una voz desconocida para Lievin, pero no tardó en enterarse de que su hermano estaba también; lo oyó toser.

Cuando Lievin entró, el desconocido decía:

—Todo depende de la habilidad y de la prudencia con que se lleve a cabo la empresa.

Lievin miró desde la puerta, viendo que el que hablaba era un joven con cabellera abundante, vestido con una *podiovka*.* Una mu-

* Especie de chaleco sin mangas que llevan los campesinos y los cocheros. (*N. de las T.*)

jer joven, con el rostro picado de viruelas, que llevaba un vestido de lana sin mangas ni cuello, se hallaba sentada en el diván. No se veía a Nikolái. Konstantín sintió que se le oprimía el corazón al pensar entre qué clase de gente vivía su hermano. Nadie lo había oído y Lievin prestó atención a lo que decía el joven de la *podiovka*, mientras se quitaba los chanclos. Hablaba de emprender un negocio.

—¡Que el diablo se lleve a las clases privilegiadas! —dijo Nikolái, tosiendo—. Masha, pide la cena y sírvenos vino si hay, y si no manda a buscarlo.

La mujer se levantó, salió al otro lado del tabique y vio a Konstantín.

—Nikolái Dmítrich, aquí hay un señor —dijo.

—¿Por quién pregunta? —exclamó la voz irritada de Nikolái Lievin.

—Soy yo —contestó Konstantín, poniéndose en la luz.

—¿Quién es *yo?* —exclamó Nikolái más irritado aún.

Se le oyó levantarse precipitadamente y tropezar con algo. Después Lievin vio ante sí la conocida figura de su hermano, que impresionaba por su aspecto salvaje y enfermizo, su corpulencia, su delgadez, su espalda encorvada, así como por sus grandes ojos asustados.

Estaba aún más delgado que la última vez que lo había visto Lievin hacía tres años. Llevaba una levita corta, sus brazos y sus anchos huesos parecían aún más grandes. Las cabellos eran menos espesos, el bigote que cubría sus labios era igual que antes y aquellos mismos ojos miraban al recién llegado con asombro e ingenuidad.

—¡Ah, Kostia! —exclamó al reconocer a su hermano, y sus ojos se iluminaron alegremente.

Pero en el mismo instante se volvió hacia el joven, haciendo con la cabeza y el cuello aquel gesto convulsivo, que Konstantín conocía tan bien, como si le apretara la corbata, y una expresión distinta —salvaje, de sufrimiento y de crueldad— se reflejó en su rostro enjuto.

—Ya le he escrito y también a Serguiéi Ivánovich que no quiero nada con ustedes. ¿Qué deseas? ¿Qué desea usted?

Era completamente distinto de como se lo había figurado Konstantín. Lo peor y lo más penoso de su carácter, lo que hacía tan difícil el trato con él había sido olvidado por Konstantín Lievin cuando pensaba en él. Y ahora, al ver su cara y, sobre todo, aquel movimiento convulsivo de cabeza, recordó todo eso.

—No te necesito para nada, solo he venido a verte —replicó tímidamente.

La timidez de Konstantín pareció suavizar a Nikolái. Contrajo los labios.

—¿Así es que vienes por gusto? —dijo—. Anda, pasa, siéntate. ¿Quieres cenar? Masha, trae tres raciones. No, espera; ¿sabes quién es? —preguntó a su hermano, señalando al joven de la *podiovka*—. El señor Kritski, un amigo mío aún de la época de Kiev, un hombre muy notable. Como es natural, lo persigue la policía porque no es un canalla.

Y, según costumbre suya, miró a todos los que estaban en la habitación. Al ver que la mujer, que permanecía junto a la puerta, se disponía a salir, le gritó:

—¡Te he dicho que esperes!

Y con aquella indecisión y aquella falta de elocuencia que tan bien conocía Konstantín, empezó a contar a su hermano, tras mirar otra vez a todos, la historia de Kritski: su expulsión de la universidad por haber formado una sociedad de ayuda para los estudiantes pobres y escuelas dominicales; cómo se hizo después maestro de una escuela pública y lo echaron también de allí, y el juicio que le formaron posteriormente.

—¿Ha estudiado usted en la Universidad de Kiev? —le preguntó Lievin a Kritski para romper el silencio molesto que se había producido.

—Sí, en la de Kiev —murmuró este, frunciendo el ceño con gesto enojado.

—Y esta mujer, María Nikoláievna, es la compañera de mi vida —interrumpió Nikolái Lievin, señalando a Masha—. La he sacado de una casa... —Y al decir esto movió convulsivamente el cuello—. Pero la quiero y la respeto y ruego a todos los que deseen tratarme que la quieran y respeten —añadió, alzando la voz y frunciendo el ceño—. Es como si fuera mi mujer, igual que si lo fuera. Bueno, ahora ya sabes con quién estás tratando, y si crees que eso te rebaja, ahí está la puerta y vete con Dios.

De nuevo sus ojos recorrieron a todos con una expresión interrogante.

—No comprendo por qué me iba a rebajar.

—Entonces, Masha, encarga la cena: que traigan tres raciones, vodka y vino. No, espérate...; no, no hace falta...; vete.

XXV

—Ya ves —continuó Nikolái Lievin, arrugando la frente con un esfuerzo y haciendo un movimiento convulsivo.

Se veía que le costaba trabajo pensar en lo que había que hacer y decir.

—¿Ves...? —dijo, señalando unas vigas de hierro, atadas con cuerdas, que había en un rincón—. ¿Ves esto? Es el principio de nuestra empresa. Se trata de una cooperativa obrera de producción...

Konstantín no lo escuchaba casi. Miraba su cara de tuberculoso, y cada vez sentía más compasión. Era incapaz de obligarse a escuchar lo que le contaba. Se daba cuenta de que esa cooperativa era tan sólo un ancla de salvación del desprecio que sentía hacia sí mismo Nikolái Lievin. Este proseguía:

—Ya sabes que el capital oprime al trabajador. Nuestros obreros y campesinos llevan todo el peso del trabajo, y las cosas están establecidas de tal manera que por más que trabajan no consiguen salir de su situación de bestias de carga. Todas las ganancias, con las que podrían mejorar su situación, proporcionarse descansos y, por consiguiente, instruirse, se las llevan los capitalistas. La sociedad está organizada de tal modo que cuanto más trabajen los obreros tanto más acumularán los comerciantes y los terratenientes y aquellos seguirán siendo siempre bestias de carga. Es preciso cambiar ese orden de cosas —concluyó, mirando interrogativamente a su hermano.

—Claro, es natural —dijo Konstantín, fijándose en el color que había aparecido en los pómulos salientes de Nikolái.

—Estamos organizando una cooperativa de cerrajeros, donde toda la producción, las ganancias y las principales herramientas han de ser comunes.

—¿Dónde instalaréis la cooperativa? —preguntó Lievin.

—En la aldea de Vozdremá, en la provincia de Kazán.

—¿Por qué en una aldea? Me parece que en las aldeas tienen bastante trabajo. ¿Para qué iban a necesitar una cooperativa de cerrajeros?

—Pues porque los campesinos siguen siendo tan esclavos como antes, y lo que os molesta a Serguiéi Ivánovich y a ti es que se les quiera sacar de esa esclavitud —dijo Nikolái, irritado por aquella réplica.

Konstantín suspiró, mientras recorría con la mirada la habitación triste y sucia. Aquel suspiro pareció irritar aún más a Nikolái.

—Ya conozco los puntos de vista aristocráticos de Serguiéi Ivánovich y los tuyos. Sé que Serguiéi emplea toda la capacidad de su inteligencia para justificar el mal existente.

—Nada de eso, pero ¿por qué hablas de Serguiéi Ivánovich? —preguntó Lievin, sonriendo.

—¿Por qué hablo de Serguiéi Ivánovich? Pues por lo siguiente, por lo siguiente... —vociferó Nikolái al oír el nombre de su hermano—. Pero ¿de qué sirve discutir? Dime solo una cosa... ¿Para qué has venido? Puedes despreciar esto, está muy bien, y ¡vete con Dios, vete! —gritó, levantándose—. ¡Vete! ¡Vete!

—No lo desprecio ni aun me preocupa. Ni siquiera lo discuto —replicó Konstantín tímidamente.

En aquel momento volvió María Nikoláievna. Nikolái se volvió hacia ella, irritado. María se le acercó y le dijo apresuradamente unas palabras.

—Estoy enfermo, me he vuelto excitable —dijo Nikolái Lievin, serenándose y respirando fatigosamente—. Y tú me hablas de Serguiéi Ivánovich y de su artículo. Es un absurdo, un embuste, una manera de engañarse a sí mismo. ¿Qué puede escribir acerca de la justicia un hombre que la desconoce? ¿Ha leído usted su artículo? —le preguntó a Kritski, mientras se sentaba de nuevo y separaba los cigarrillos, que cubrían media mesa, para dejar un espacio libre.

—No —contestó Kritski con expresión sombría, el cual parecía no querer intervenir en la conversación.

—¿Por qué? —preguntó Nikolái Lievin exasperado, esta vez por Kritski.

—Porque considero que no se debe perder el tiempo en eso.

—Perdón, ¿cómo sabe usted que es perder el tiempo? Ese artículo está por encima de la comprensión de mucha gente.

—Pero yo no estoy en este caso, veo a través de sus ideas y sé por qué vale poco.

Todos callaron. Kritski se levantó lentamente y cogió el sombrero.

—¿No quiere quedarse a cenar? Bueno, adiós. Venga mañana con el cerrajero.

En cuanto hubo salido Kritski, Nikolái Lievin sonrió guiñando un ojo.

—Tampoco ese está bien. Veo que...

En aquel momento Kritski lo llamó desde la puerta.

—¿Qué más quiere? —preguntó Nikolái, saliendo al pasillo.

Al quedarse solo con María Nikoláievna, Lievin le preguntó:

—¿Hace mucho que vive con mi hermano?

—Va a hacer dos años. Ha empeorado mucho su salud. Bebe demasiado.

—¿Qué me dice?

—Sí, bebe vodka, y eso es malo para él.

—¿Es posible que beba mucho?

—Sí —contestó Masha.

Y miró tímidamente hacia la puerta por donde entraba Nikolái Lievin.

—¿De qué hablabais? —preguntó este, frunciendo el ceño mientras sus ojos asustados pasaban de uno a otro—. ¿De qué?

—De nada —contestó Lievin, turbándose.

—Si no queréis decirlo, no lo digáis. Pero no tienes nada que hablar con ella. Es una ramera y tú un señor —exclamó haciendo un movimiento convulsivo con el cuello—. Ya veo que lo has entendido todo y que demuestras compasión por todos mis extravíos —añadió, elevando la voz.

—Nikolái Dmítrich, Nikolái Dmítrich —murmuró María Nikoláievna, acercándose a él.

—¡Bueno, bueno!... ¿Y la cena? ¡Ah! Ya viene —dijo, viendo al camarero con la bandeja—. Aquí, aquí, ponla aquí —añadió, irritado, y enseguida se llenó una copa de vodka, que bebió ávidamente—. ¿Quieres beber? —le preguntó, ya más alegre, a su hermano—. Bueno, dejemos a Serguiéi Ivánovich. De todos modos estoy contento de verte. Por más que diga, no sois unos extraños para mí. Anda, bebe. Cuéntame lo que haces. ¿Qué vida llevas? —continuó, mientras masticaba con avidez un pedazo de pan y se llenaba otra copa de vodka.

—Vivo solo en el campo, como antes, y me ocupo de las tierras —respondió Konstantín, horrorizado de la avidez con que comía y bebía su hermano y tratando de disimular su atención.

—¿Por qué no te has casado?

—No he tenido ocasión —replicó Konstantín, sonrojándose.

—¿Por qué? Naturalmente, yo he estropeado mi vida. Lo dije y lo repito: si se me hubiese dado mi parte cuando la necesitaba, toda mi vida habría sido diferente.

Konstantín se apresuró a cambiar de tema.

—¿Sabes que tengo a tu Vaniushka en Pokróvskoie de tenedor de libros? —dijo.

—Sí, cuéntame todo lo que pasa en Pokróvskoie. ¿Sigue en pie la casa, los abedules y nuestro cuarto de estudio? ¿Es posible que viva aún Filip, el jardinero? ¡Cuánto me acuerdo del cenador y del sofá!... No cambies nada de la casa, cásate pronto y que todo siga como antes. Entonces iré a verte, si tu mujer es buena.

—Vente ahora. ¡Nos arreglaríamos tan bien!

—Iría, si supiera que no me iba a encontrar con Serguiéi Ivánovich.

—No te encontrarás con él. Vivo en completa independencia.

—Por más que digas, has de escoger entre él y yo —dijo Nikolái, mirándole tímidamente a los ojos.

Esa timidez conmovió a Konstantín.

—Si quieres que te hable con sinceridad, te diré que en esta disputa vuestra no estoy ni contigo ni con Serguiéi Ivánovich. Ninguno de los dos tenéis razón. Tú no la tienes, más bien en la forma, y él en el fondo.

—¡Ah! ¿Lo has comprendido? ¿Lo has comprendido? —exclamó alegremente Nikolái.

—Pero, si quieres saberlo, aprecio más tu amistad, porque...

—¿Por qué? ¿Por qué?

Konstantín no podía decirle que era porque lo consideraba desgraciado y, por tanto, más necesitado de amistad. Pero Nikolái lo comprendió así, y frunciendo el ceño se puso a beber vodka.

—¡Basta, Nikolái Dmítrich! —dijo María Nikoláievna, alargando su desnudo brazo torneado hacia la botella.

—¡Suelta! ¡Déjame en paz! ¡Te voy a pegar! —gritó Nikolái.

María Nikoláievna sonrió con dulzura y bondad, comunicando su sonrisa a Nikolái, y retiró la botella.

—¿Crees que no entiende nada? —preguntó Nikolái—. Lo entiende mejor que todos nosotros. ¿Verdad que tiene algo simpático, algo agradable?

—¿No ha estado usted antes en Moscú? —le preguntó Konstantín, por decir algo.

—No le hables de usted. Eso le da miedo. Nadie, excepto el juez de paz, que la juzgó cuando quiso irse de aquella casa de perversión, le ha hablado de usted. ¡Dios mío, cuántas cosas absurdas hay en este mundo! Son un escándalo esas nuevas instituciones, esos jueces de paz y esos *zemstvos*. —Y comenzó a relatar sus choques con las instituciones nuevas.

Konstantín Lievin lo escuchaba y, aunque compartía su opinión y la había expresado muchas veces, ahora le resultaba desagradable oír eso de sus labios.

—En el otro mundo entenderemos todo esto —le dijo, bromeando.

—¿En el otro mundo? ¡Oh, no me gusta el otro mundo! No me gusta —exclamó, posando sus ojos salvajes y asustados en el rostro de su hermano—. Parece que estaría bien abandonar toda esa confusión y esa ignominia, tanto la ajena como la propia, pero temo a la muerte, la temo terriblemente. —Nikolái se estremeció—. Anda, bebe algo. ¿Quieres champán? O si no, vamos a salir. ¡Vamos a ver a los zíngaros! Ahora me gustan mucho los zíngaros y las canciones rusas, ¿sabes?

Se le trababa la lengua, y al hablar saltaba de un tema a otro. Konstantín, ayudado por Masha, le convenció de que no saliera y lo acostó completamente ebrio.

Masha le prometió a Lievin escribirle en caso de necesidad y también tratar de convencer a Nikolái de que se fuera a vivir con él.

XXVI

Konstantín Lievin salió de Moscú por la mañana y anochecido llegó a su casa. Durante el trayecto habló con sus compañeros de viaje de política, de los ferrocarriles nuevos y, lo mismo que en Moscú, se sentía desanimado por la confusión de ideas, el descontento de sí mismo y un sentimiento de vergüenza que no sabía a qué atribuir. Pero cuando se apeó en la estación y reconoció a Ignat, su cochero tuerto, que llevaba el cuello del caftán subido, y vio, a la débil luz de las ventanas de la estación, el trineo cubierto de pieles y los caballos con los arneses y las colas atadas, y cuando el cochero le contó, mientras se instalaban, las novedades del pueblo, la llegada de un comprador y que la Pava había parido, Lievin sintió que aquella confusión de ideas se esclarecía y que se disipaba la vergüenza y el descontento. Experimentó eso con solo ver a Ignat y a los caballos, pero cuando se puso el tulup* que le había traído el cochero y se sentó bien abrigado en el trineo, que echó a andar, pensó en las órdenes que habría de dar en la aldea y, mirando a uno de los caballos que había sido un magnífico ejemplar de carreras del Don, ahora agotado, aunque todavía veloz, consideró de un modo distinto lo que le había sucedido. Se sentía a sí mismo tal como era y no quería ser distinto. Ahora solamente deseaba ser mejor de lo que fue hasta entonces. En primer lugar, decidió que, desde aquel día, no iba a cifrar sus esperanzas en una dicha extraordinaria, como la que había esperado de su matrimonio, y, por consiguiente, no iba a despreciar tanto el presente; en segundo lugar, nunca ya se dejaría llevar por una pasión baja, cuyo recuerdo le atormentó tanto cuando se decidió a declararse. Después, recordando a su hermano Nikolái, resolvió que nunca lo olvidaría, ni lo perdería de vista para poder ayudarle cuando lo necesitara. Pre-

---

* Chaqueta de piel de cordero. *(N. de las T.)*

sentía que eso iba a ocurrir pronto. Luego reflexionó sobre la conversación que había sostenido con su hermano acerca del comunismo, y que tomó tan a la ligera en aquel momento. Consideraba absurda la reforma de las condiciones económicas, pero siempre se daba cuenta de la injusticia que suponía comparar sus ganancias con la pobreza de los campesinos. Para sentirse totalmente justo, a pesar de que había trabajado mucho viviendo sin lujos, tomó la decisión de trabajar aún más y de llevar una vida más sencilla. Todo esto le parecía tan fácil de realizar, que sus meditaciones fueron de lo más agradable durante el viaje. A las nueve de la noche, cuando llegó a su casa, se sentía animado con la esperanza de una vida mejor.

Desde las ventanas de la habitación de Agafia Mijáilovna, la vieja nodriza que ahora desempeñaba el cargo de ama de llaves en casa de Lievin, salía luz, iluminando la nieve de la explanada delante de la puerta. La vieja no dormía aún. Despertó a Kuzmá, que, adormilado y descalzo, salió a la escalinata. También acudió la perra Laska, que estuvo a punto de derribar a Kuzmá, ladrando y restregándose contra las piernas de Lievin, sin atreverse a poner las patas delanteras sobre el pecho.

—¡Qué pronto ha vuelto, padrecito! —exclamó la anciana.

—Echaba de menos esto, Agafia Mijáilovna. Se está bien como invitado, pero mucho mejor en casa —contestó Lievin, pasando a su despacho.

La estancia se iluminó débilmente cuando trajeron una vela. Surgieron detalles conocidos: las astas de ciervo, los estantes de libros, el espejo, la estufa con su ventilador, que desde hacía tiempo necesitaba un arreglo; el diván de su padre, la mesa grande con un libro abierto encima, el cenicero roto y un cuaderno con anotaciones hechas con su letra. Cuando vio todo aquello, dudó un momento de la posibilidad de organizar aquella nueva vida con la que había soñado durante el viaje. Todas aquellas huellas de su pasado parecían haberse apoderado de él, diciéndole: «No, no nos abandonarás, no has de ser otro, seguirás siendo el que fuiste: con tus dudas, tu eterno descontento de ti mismo, tus vanos intentos de perfeccionarte y tus caídas, con tu constante esperanza de lograr la felicidad, que no has conseguido y que es un imposible para ti». Eso era lo que le decían sus cosas, pero otra voz hablaba desde el fondo de su alma, diciéndole que no debía someterse al pasado, que era posible hacer consigo mismo lo que uno quisiera. Obedeciendo a aquella voz, Lievin se acercó a un rincón, donde tenía dos pesas de un pud cada una, y comenzó a hacer ejercicios gimnásticos para animarse. Se oyeron unos pasos tras la puerta, y Lievin dejó apresuradamente las pesas.

Entró el administrador y le dijo que, afortunadamente, todo iba bien, excepto que el alforfón se había quemado un poco en la secadora nueva. Aquella noticia irritó a Lievin. La nueva secadora había sido construida y en parte inventada por él. El administrador se había mostrado siempre contrario a aquella secadora y ahora le anunciaba aquel fracaso con un triunfo disimulado. Lievin tenía la convicción de que aquello había ocurrido porque no se habían tomado las precauciones que les indicó miles de veces. Se sintió molesto y reprendió al administrador. Pero también había tenido lugar un acontecimiento importante y agradable: había parido la Pava, la mejor vaca y la más cara, adquirida en una exposición.

—Kuzmá, dame el *tulup*. Y usted mande que traigan una linterna, voy a ver a la Pava —le dijo al administrador.

El establo de las vacas seleccionadas se hallaba inmediatamente detrás de la casa. Atravesando el patio, Lievin pasó ante un montón de nieve y un arbusto de lilas y llegó al establo. Al abrirse la puerta helada, salió un vaho caliente de estiércol, y las vacas, sorprendidas por la luz de la linterna, se movieron sobre la paja fresca. Lievin divisó el lomo ancho y liso de la vaca holandesa blanca y negra. Berkut, el toro, que estaba echado, con la anilla en el belfo, trató de incorporarse, pero cambió de parecer y se limitó a mugir cuando pasaron a su lado. La magnífica Pava, enorme como un hipopótamo, se hallaba vuelta de espaldas, impidiendo que los recién llegados vieran a la ternerita, que olfateaba.

Lievin se acercó a la Pava, la examinó y puso sobre sus largas patas a la ternerita de manchas rojizas. La vaca mugió intranquila, pero se calmó al acercarle Lievin la ternerita y, tras un profundo suspiro, se puso a lamerla con su áspera lengua. La ternera buscaba las ubres, empujando con el morro las ingles de la vaca, y meneaba la cola.

—Alumbra por aquí, Fiódor. Acerca la linterna —dijo Lievin examinando la ternera—. ¡Se parece a la madre, aunque en el pelaje haya salido al padre! ¡Es muy bonita! ¡Y qué grande, qué fuerte! Vasili Fiódorovich, ¿verdad que es bonita? —le dijo al administrador, reconciliándose con él, por la alegría que le causaba la ternera.

—¡Cómo no iba a ser bonita, Konstantín Dmítrich! Al día siguiente de marcharse usted, vino Semión, el comerciante. Habrá que regatear mucho con él. Bueno, ya le he informado antes de lo de la máquina.

Ese solo asunto introdujo a Lievin en los pormenores de su hacienda, que era grande y complicada. Desde el establo se fue directamente a la oficina, y, después de hablar con el administrador y con el comerciante Semión, volvió a la casa, subiendo al salón.

XXVII

La casa era grande y antigua, y, aunque Lievin vivía solo, la calentaba y ocupaba toda. Sabía que era absurdo, contrario a sus nuevos planes, e incluso, que estaba mal, pero aquella casa constituía todo un mundo para él: el mundo donde vivieron y murieron sus padres. Habían llevado una vida que le parecía la ideal y soñaba volver a establecerla con su mujer, con su familia.

Apenas recordaba a su madre. Conservaba de ella un recuerdo sagrado y en sus pensamientos su futura esposa sería la continuación de aquel ideal de mujer santa y encantadora que había sido su madre.

No solo le era imposible concebir el amor sin el matrimonio, sino que primero se imaginaba a la familia, y después a la mujer que se la proporcionaría. Por tanto, su ideal acerca del matrimonio no se asemejaba al de la mayor parte de sus conocidos, para los cuales el casarse constituía una de las cosas corrientes de la vida; para Lievin, en cambio, era el acto más importante, del que dependía toda la felicidad. Y ahora debía renunciar a ello.

Entró en el saloncito donde solía tomar el té, se acomodó en una butaca, con un libro entre las manos, cuando Agafia Mijáilovna le sirvió una taza de té y le dijo como de costumbre: «Me voy a sentar, padrecito», instalándose junto a la ventana. Lievin, por extraño que parezca, se dio cuenta de que no había abandonado sus ilusiones ni podía vivir sin ellas.

Con ella o con otra, aquello tenía que ser. Leía y meditaba sobre su lectura, deteniéndose de cuando en cuando para escuchar a Agafia Mijáilovna, que hablaba sin parar, y al mismo tiempo se le representaban, sin conexión alguna, distintos cuadros de su vida familiar futura. Se daba cuenta de que en el fondo de su alma se establecía, se formaba y apaciguaba algo.

Agafia Mijáilovna le contaba que Prójor, dejado de la mano de Dios, se emborrachaba constantemente con el dinero que Lievin le había regalado para que se comprara un caballo, y que había dado una paliza a su mujer dejándola medio muerta; Lievin escuchaba y leía recordando la marcha de sus pensamientos, que reavivaba la lectura. Era un libro de Tyndall acerca del calor. Recordaba haber censurado a ese autor por la satisfacción con que hablaba de la habilidad de sus experimentos y por su falta de pensamiento filosófico. De repente lo asaltó una idea agradable: «Dentro de dos años tendré dos vacas holandesas, tal vez viva aún la Pava, y si añadimos a las doce crías de Berkut esas tres, ¡será magnífico!». Lievin se puso a leer de nuevo. «Bueno, admitamos que la electricidad y el calor sean lo mismo, pero ¿es posible que sea suficiente una ecuación para resolver el problema de sustituir un elemento por otro? No. ¿Entonces? La relación entre todas las fuerzas de la naturaleza se nota por instinto... Será especialmente agradable cuando la cría de la Pava sea ya una vaca con manchas rojizas y toda esa vacada a la que se añadirán estas tres... ¡Magnífico! Cuando salgamos mi mujer y yo, acompañados de los invitados, para ver llegar las vacas... Mi mujer dirá: "Kostia y yo hemos cuidado a este becerro como a un niño". "¿Cómo es posible que le pueda interesar esto?", preguntará un invitado. "Todo lo que le interesa a mi marido, me interesa a mí." Pero ¿quién va a ser?» Lievin recordó lo que había ocurrido en Moscú... «¡Qué le hemos de hacer!... Yo no tengo la culpa... Ahora todo marchará de otro modo. Es un absurdo no aceptar la vida, no aceptar el pasado. Hay que luchar para vivir mejor, mucho mejor...» Lievin levantó la cabeza y se sumió en reflexiones. La vieja Laska —a la que no se le había pasado aún la alegría por la llegada de su amo—, que había salido al patio para ladrar a sus anchas, volvió meneando el rabo y trayendo consigo el olor del aire; se acercó a Lievin e, introduciendo la cabeza bajo la mano de este, ladraba lastimeramente como exigiendo caricias.

—No le falta más que hablar —dijo Agafia Mijáilovna—. Solo es una perra..., pero entiende que el amo ha vuelto y que está triste.

—¿Por qué?

—¿Acaso no lo veo? Ya es hora de que conozca a los señores. Me he criado con ellos. Pero no importa, padrecito. Con tal que haya salud y que la conciencia esté tranquila.

Lievin la miró con fijeza, asombrado de que hubiera adivinado sus pensamientos.

—¿Le sirvo más té? —preguntó la vieja y, cogiendo la taza, salió.

Laska seguía introduciendo la cabeza bajo la mano de Lievin. Este la acarició, y la perra, enroscándose a sus pies, apoyó el hocico sobre la pata trasera que había extendido. Y como señal de que ahora todo iba bien, entreabrió la boca, movió el morro acomodando sus labios pegajosos junto a los viejos dientes y se adormeció en una paz beatífica. Lievin observó atentamente este último movimiento de la perra.

—¡Lo mismo que yo! —se dijo—. ¡Lo mismo que yo! No importa... Todo irá bien.

XXVIII

A la mañana siguiente del baile, muy temprano, Anna Arkádievna envió un telegrama a su marido anunciándole que saldría de Moscú aquel mismo día.

—Tengo que irme, tengo que irme —decía, explicándole a su cuñada su decisión con tal tono como si la esperaran muchos asuntos y le fuera imposible enumerarlos—. No, es mejor que sea hoy mismo.

Stepán Arkádich no comió en casa, pero prometió volver a las siete para acompañar a su hermana.

Tampoco fue Kiti, envió una notita diciendo que le dolía la cabeza. Dolli y Anna comieron solas con la inglesa y los niños. Bien porque los niños suelen ser inconstantes, bien porque sean muy sensibles y se dieran cuenta de que Anna no era la misma que el día en que le habían tomado tanto cariño y ya no se ocupaba de ellos, lo cierto es que dejaron de jugar con ella y de demostrarle afecto, sin interesarles en absoluto su partida. Anna estuvo atareada toda la mañana con los preparativos del viaje. Escribió varias cartitas a sus conocidos de Moscú, anotó los gastos y preparó el equipaje. A Dolli le parecía que Anna no estaba tranquila o que se encontraba en un estado de preocupación que ella misma conocía bien, el cual rara vez se produce sin motivo y, en la mayoría de los casos, oculta un descontento de sí mismo. Después de comer, Anna fue a vestirse a su habitación, adonde la siguió Dolli.

—Qué extraña estás hoy —le dijo.

—¿Yo? ¿Tú crees? No estoy extraña, sino triste. Eso me ocurre a veces. Tengo ganas de llorar. Es una tontería, ya se me pasará —replicó Anna rápidamente, inclinando su rostro enrojecido sobre un minúsculo saquito, en el que guardaba el gorrito de noche y los pañuelos de batista. Sus ojos tenían un brillo especial y se llenaban constante-

mente de lágrimas—. No tenía ningún deseo de salir de San Petersburgo y, en cambio, ahora no quiero irme de aquí.

—Viniendo, has hecho una buena obra —dijo Dolli, examinán-
dola con atención.

Anna la miró con los ojos húmedos.

—No digas eso, Dolli. No hice ni podía hacer nada. A menudo
me extraña el que la gente se ponga de acuerdo para mimarme. ¿Qué
he hecho y qué podía hacer? En tu corazón ha habido bastante amor
para perdonar...

—¡Dios sabe lo que hubiera pasado de no haber venido tú! ¡Qué
feliz eres, Anna! En tu alma todo es diáfano y bueno.

—Todos tenemos en el alma nuestros *skeletons*,* como dicen los
ingleses...

—¿Qué *skeleton* tienes tú? ¡Todo lo tuyo es tan diáfano!

—Lo tengo —dijo Anna repentinamente, y una inesperada sonrisa maliciosa y burlona asomó a sus labios a través de las lágrimas.

—Entonces, tu *skeleton* debe de ser divertido y no triste —observó Dolli sonriendo.

—No, es triste. ¿Sabes por qué me marcho hoy en vez de mañana? Esto me atormentaba, pero quiero confesártelo —dijo Anna,
reclinándose en la butaca con actitud resuelta, mientras clavaba su
mirada en los ojos de Dolli.

Y con gran sorpresa suya, Dolli vio que Anna había enrojecido
hasta las orejas, hasta la misma raíz de sus rizados cabellos negros.

—¿Sabes por qué no ha venido Kiti a comer hoy? —prosiguió
Anna—. Tiene celos de mí. He echado a perder... He sido la causa
de que el baile haya resultado para ella un tormento en lugar de una
alegría, pero de verdad que no soy culpable o lo soy muy poco —dijo,
arrastrando con voz débil las palabras «muy poco».

—¡Oh! Has dicho eso de un modo tan parecido a como habla
Stiva —observó Dolli riendo.

Anna se sintió ofendida.

—¡Oh, no! ¡Oh, no! No soy como Stiva —exclamó frunciendo
el ceño—. Te cuento eso porque no me permito dudar de mí misma
ni un solo instante.

Pero en el momento de pronunciar estas palabras, Anna se dio
cuenta de que no eran veraces; no solo dudaba de sí misma, sino que

* «Esqueletos.» (*N. de las T.*)

pensar en Vronski la alteraba, y había anticipado su viaje con el único fin de no volver a encontrarlo.

—Sí, Stiva me contó que bailaste la mazurca con Vronski y que él...

—No te puedes imaginar lo gracioso que ha sido eso. Me proponía hacer de casamentera, pero en lugar de ello ha resultado una cosa distinta. Tal vez, contra mi voluntad...

Ruborizándose, se detuvo.

—¡Oh! ¡Ellos se dan cuenta enseguida de estas cosas! —exclamó Dolli.

—Me desesperaría si por su parte hubiese algo serio —la interrumpió Anna—. Pero estoy segura de que todo se olvidará y de que Kiti dejará de odiarme.

—Por otra parte, Anna, si te he de decir la verdad, no tengo muchos deseos de que Kiti se case con él. Será mejor que esta boda se deshaga, ya que Vronski ha podido enamorarse de ti en un día.

—¡Oh! ¡Dios mío! Es tan absurdo —dijo Anna, y de nuevo se cubrió de un rubor intenso causado por el placer de oír su pensamiento expresado en palabras—. Así es que me voy después de haberme creado una enemiga en Kiti, a quien he tomado tanto cariño. ¡Es tan simpática! Pero tú lo arreglarás, ¿verdad, Dolli?

Esta apenas pudo contener una sonrisa. Quería a Anna, pero le agradaba ver que también ella tenía debilidades.

—¿Una enemiga? Eso no puede ser.

—Me gustaría mucho que todos me quisierais tanto como os quiero yo; ahora he llegado a quereros más —dijo Anna con lágrimas en los ojos—. ¡Estoy hecha una tonta hoy!

Se enjugó el rostro con un pañuelo y comenzó a vestirse.

En el mismo instante de salir, llegó Stepán Arkádich, que se había retrasado, oliendo a vino y a tabaco, y con el rostro encendido y alegre.

La sensibilidad de Anna se transmitió a Dolli y, al abrazarla por última vez, murmuró:

—Recuerda, Anna, que nunca olvidaré lo que has hecho por mí. ¡Y recuerda que siempre te he querido y te he de querer como a mi mejor amiga!

—No comprendo por qué —replicó Anna, besándola y ocultando sus lágrimas.

—Tú me has comprendido y me comprendes. ¡Adiós, querida mía!

XXIX

«¡Gracias a Dios, todo ha terminado!», fue lo primero que pensó Anna Arkádievna cuando se despidió por última vez de su hermano, el cual permaneció en el andén, impidiendo la entrada al vagón, hasta que sonó por tercera vez la campana. Anna se sentó en su asiento al lado de Ánnushka, examinando todo en torno suyo, a la media luz del coche cama. «Gracias a Dios, mañana veré a Seriozha y a Alexiéi Alexándrovich y reanudaré mi agradable vida habitual.»

Sintiendo la misma preocupación que la había embargado durante todo el día, pero con cierto placer, empezó a instalarse para el viaje; abrió con sus manos pequeñas y ágiles el saquito rojo, sacó un almohadón, que se puso en las rodillas, y se envolvió las piernas con la manta y se arrellanó cómodamente. Una señora enferma se disponía a acostarse ya. Otras dos entablaron conversación con ella y una anciana gruesa comentaba la mala calefacción mientras se arropaba las piernas. Anna contestó algunas palabras a aquellas señoras, pero viendo que la charla carecía de interés, le pidió a Ánnushka la linternita, que sujetó en el brazo de la butaca, y sacó del maletín una novela inglesa y una plegadera. Al principio no pudo leer. Le molestaba el ajetreo y el ir y venir de la gente; cuando el tren se puso en marcha fue imposible no prestar atención a los ruidos; luego se distrajo con la nieve que caía, azotando la ventanilla izquierda, el revisor que pasaba, bien abrigado y cubierto de nieve, y los comentarios respecto de la borrasca que se desencadenaba. Más adelante seguía repitiéndose lo mismo, el traqueteo, la nieve en la ventanilla, los bruscos cambios de temperatura, pasando del calor al frío, y viceversa; los mismos rostros en la penumbra y las mismas voces; pero Anna leía ya, enterándose del argumento. Ánnushka dormitaba sosteniendo en las rodillas el saquito rojo con sus anchas manos enguantadas, uno de cuyos guantes estaba roto. Anna se enteraba de lo que leía, pero aquella lectura le resultaba desagradable, es decir, le molestaba el reflejo de la vida de otras personas. Tenía demasiados deseos de vivir ella misma. Si la protagonista de la novela cuidaba a un enfermo, sentía deseos de andar con pasos silenciosos en la habitación de aquel; si un miembro del Parlamento había pronunciado un discurso, deseaba pronunciarlo ella; si lady Mary cabalgaba tras su jauría, exacerbando a su nuera y asombrando a todos con su audacia, Anna sentía deseos de galopar. Pero no había nada que hacer, y Anna daba vueltas a la plegadera entre sus pequeñas manos, tratando de seguir leyendo.

El héroe de la novela estaba ya a punto de conseguir lo que constituye la felicidad inglesa: el título de barón y una finca, y Anna deseó ir allí con él, cuando de pronto creyó que aquel hombre debía de sentir vergüenza y ella la sintió también. Pero ¿por qué sentía vergüenza? «¿De qué me avergüenzo?», se preguntó, asombrada y resentida. Dejó el libro y se recostó en la butaca, apretando la plegadera entre las manos. No había nada vergonzoso. Repasó todos sus recuerdos de Moscú. Todos eran buenos y agradables. Recordó el baile, a Vronski, con su rostro sumiso de enamorado, y el trato que tuvo con él: no había nada para avergonzarse. Pero al mismo tiempo, precisamente en este punto de sus recuerdos, la sensación de vergüenza aumentó, como si una voz interior le dijera cuando pensaba en Vronski: «Te ha sido agradable, te ha sido muy agradable». «Bueno, ¿y qué? —se preguntó con decisión—. ¿Qué significa esto? ¿Acaso temía enfrentarme con una cosa así? ¿Es posible que entre ese oficial tan joven y yo existan o puedan existir otras relaciones que las que tengo con cualquier conocido?» Sonrió con desprecio, abriendo de nuevo el libro, pero ahora le era completamente imposible entender lo que leía. Pasó la plegadera por el cristal, después apoyó en su mejilla la superficie lisa y fría y poco le faltó para echarse a reír: tal fue la alegría que la invadió de pronto. Notó que los nervios se le ponían cada vez más tensos, como cuerdas enrolladas en unas anillas. Y sintió que los ojos se le abrían cada vez más, los dedos de sus manos y de sus pies se movían inquietos, algo la ahogaba en su interior y todo lo que veía y oía en aquella penumbra la impresionaba extraordinariamente. A cada momento la asaltaban las dudas: ¿avanzaba el tren, retrocedía o estaba parado? ¿Era a Ánnushka a quien tenía a su lado o a una persona extraña? «¿Qué hay en aquella percha? ¿Un gabán de pieles o un animal? ¿Soy yo o es otra persona?» Temía entregarse a aquel estado de inconsciencia. Pero algo la arrastraba a él, a pesar de que podía entregarse o no según su voluntad. Se levantó para recobrarse, separó la manta y se quitó la capa. Por un momento volvió en sí, comprendiendo que el hombre delgado del abrigo largo, al que le faltaba un botón, era el encargado de la calefacción y que había entrado para mirar el termómetro, que el viento y la nieve habían penetrado tras él por la puerta, pero después, todo se confundió de nuevo... El hombre del talle largo se puso a rascar algo en la pared; la viejecita estiró las piernas y levantó una nube negra de polvo; después se oyeron chirridos como si se desgarrase algo; luego una luz roja la cegó, quedando todo como tapado por una pared. Anna sintió que se hundía, pero todo aquello no resultaba terrible, sino alegre. La voz del hombre abrigado se dejó sentir junto al oído de Anna. Esta se levantó y recobró la conciencia; se dio cuenta de que se trataba del revisor y de que había llegado a una estación. Pidió a Ánnushka la capa y el chal, se los puso y se dirigió a la portezuela.

—¿Quiere usted salir? —le preguntó Ánnushka.

—Sí, tengo ganas de respirar un poco. Hace mucho calor aquí.

Anna quiso abrir la portezuela. El viento y la nieve se enfrentaron con ella. Aquello le resultaba divertido. Abriéndola, por fin, salió. Parecía que el viento la esperaba; ululaba, queriendo llevársela, pero Anna se asió a la fría barandilla y, sujetándose el chal, descendió al andén, donde se refugió junto a un vagón. El viento soplaba con fuerza, pero en el andén, al cobijo de los vagones, había calma. Con delicia, respiró a pleno pulmón el aire helado y, allí, en pie, contempló el andén y la estación iluminada.

XXX

Se desencadenaba una terrible tormenta de nieve y el viento ululaba entre las ruedas de los vagones y entre los postes próximos a la estación. Los vagones, los postes, la gente, todo lo que se veía quedó cubierto de nieve por un lado, y esa nieve aumentaba constantemente. Durante un breve momento se calmó la borrasca, pero volvió a arreciar con tal furia que parecía imposible resistirla. Entretanto, algunas personas corrían por las chirriantes tablas del andén, hablando alegremente entre sí, y, sin cesar, se abrían y cerraban las puertas de la estación. La sombra encorvada de un hombre pasó bajo los pies de Anna y se oyeron martillazos golpeando hierro. «Envía el telegrama», exclamó una voz irritada desde el otro lado de las tinieblas. «Haga el favor, por aquí, el número veintiocho», gritaron otras voces, y pasaron algunas personas muy abrigadas, cubiertas de nieve. Dos señores que llevaban cigarrillos encendidos en la boca cruzaron ante ella. Anna aspiró otra vez el aire y ya había sacado del manguito una mano para asir la barandilla y subir al vagón cuando un hombre con capote militar, acercándose a ella, ocultó la luz del farol. Anna se volvió y al punto reconoció a Vronski. Llevándose una mano a la gorra, este se inclinó, preguntándole si podía servirla en algo. Anna, sin contestar, lo contempló durante un buen rato, y, a pesar de que Vronski estaba en la sombra, vio, o creyó ver, la expresión de su rostro y de sus ojos. Era la misma expresión de entusiasmo respetuoso que tanto la había impresionado la víspera. Más de una vez se había repetido durante estos últimos días y también hacía un momento que Vronski era para ella uno de tantos jóvenes, siempre iguales, que se encuentran por todas partes, y que ella nunca se permitiría pensar en él. Pero ahora, al encontrarlo, la embargó un sentimiento de alegría y de orgullo. No necesitaba preguntar por qué estaba allí. Lo sabía con certeza, como si él le hubiera dicho que era para estar cerca de ella.

—No sabía que iba usted a San Petersburgo. ¿Para qué va allí? —preguntó Anna, soltando la barandilla.

La animación y una alegría incontenible resplandecían en su rostro.

—¿Para qué voy? —repitió Vronski, mirándola a los ojos—. Ya sabe que lo hago para estar cerca de usted. No puedo hacer otra cosa.

En aquel instante, el viento, como si hubiera vencido los obstáculos, arrojó la nieve de los tejadillos de los vagones y agitó una plancha metálica que había arrancado en algún sitio, y, más allá, aulló triste y lúgubre el estridente silbido de la locomotora. Todo el horror de la tormenta le pareció todavía más grandioso ahora. Vronski había dicho precisamente lo que Anna deseaba en el fondo de su alma, aunque su razón lo temiera. Anna no contestó, y él vio que en su rostro expresaba la lucha.

—Perdóneme si le ha molestado lo que le dije —pronunció humildemente.

Hablaba con respeto y cortesía, pero con tanta firmeza y decisión, que Anna no pudo contestarle durante bastante tiempo.

—Eso está muy mal, y le ruego, si es usted buena persona, que olvide lo que ha dicho, como lo olvidaré yo —dijo finalmente.

—No olvidaré ni puedo olvidar una sola palabra, ni un solo gesto suyo.

—¡Basta! ¡Basta! —exclamó Anna, tratando en vano de imprimir una expresión seria a su rostro, que él miraba fijamente.

Asiéndose a la fría barandilla, subió rápidamente los peldaños hasta la pequeña plataforma del vagón. Se detuvo en ella, recordando todo lo que había sucedido. No recordaba sus palabras ni las de él, pero sentía que aquella breve conversación los había unido muchísimo y aquello la asustaba y la hacía feliz. Después de unos segundos, entró en el compartimento y se sentó. No solo se renovó la tensión nerviosa que la había atormentado, sino que aumentó hasta el extremo de que temía que estallara en ella, de un momento a otro, algo que estaba demasiado tenso. No durmió en toda la noche. Pero en aquella tensión nerviosa y en los ensueños que llenaban su imaginación no había nada desagradable ni triste, sino al contrario, algo gozoso, ardiente y excitante. Al amanecer, Anna se adormiló sentada en la butaca, y al despertarse era ya de día y el tren se acercaba a San Petersburgo. Inmediatamente empezó a pensar en su casa, en su marido, en su hijo, y la invadieron las preocupaciones del día presente.

En cuanto se detuvo el tren y se apeó Anna, el primer rostro que vio en San Petersburgo fue el de su marido. «¡Dios mío! ¿Por qué se le habrán puesto así las orejas?», pensó, mirando su arrogante y fría figura, y sobre todo los cartílagos de sus orejas, que ahora le llamaban la atención, en los que se sostenían las alas del sombrero. Al verla, se dirigió a su encuentro con su habitual sonrisa irónica, mirándola con sus grandes ojos cansados. Una sensación desagradable oprimió el corazón de Anna cuando se encontró con la mirada tenaz y cansada de su marido. Era como si esperara verlo distinto. Lo que más la sorprendió fue la sensación de descontento de sí misma que experimentó al encontrarse con él. Era una sensación familiar, conocida, semejante a la hipocresía, que experimentaba al tratar a su marido; antes no se daba cuenta de ello; en cambio, ahora lo reconocía clara y dolorosamente.

—Como ves, tu marido, tan cariñoso como al año de casado, se consumía por el deseo de verte —dijo lentamente con su voz aguda y en el tono con que casi siempre se dirigía a ella, como burlándose de aquella manera de hablar.

—¿Cómo está Seriozha? —preguntó Anna.

—¿Ese es el pago por mi vehemencia? Está bien, está bien...

XXXI

Vronski ni siquiera intentó dormir aquella noche. Permaneció sentado en su butaca, a ratos con la mirada fija ante sí; a ratos, observando a los que entraban y salían, y si antes impresionaba a los desconocidos por su inalterable serenidad, ahora parecía aún más orgulloso y con más aire de suficiencia. Miraba a la gente como si fuesen objetos. Un joven nervioso, empleado de un juzgado municipal, que iba enfrente de él, le tomó antipatía por su aspecto. Le había pedido fuego, tratando de entablar conversación, y hasta llegó a empujarle para darle a entender que no era un objeto, sino una persona. Pero Vronski continuó demostrándole la misma consideración que al farol del vagón, y el joven hacía muecas, dándose cuenta de que perdía el dominio de sí mismo por la indiferencia de aquel hombre.

Vronski no veía nada ni a nadie. Se sentía como un rey, no porque creyese haber impresionado a Anna —aún no lo creía—, sino porque la impresión que le produjera ella le llenaba de felicidad y orgullo.

No sabía ni quería pensar en lo que iba a resultar de aquello. Sentía que sus fuerzas, desperdigadas hasta entonces, se habían reunido en una sola y terrible energía y se dirigían hacia una finalidad maravillosa. Se sentía feliz con aquello. Lo único que le constaba era que le había dicho la verdad a Anna, que iba al mismo sitio que ella, y que toda su felicidad y el único objeto de su vida consistían en verla y oírla. Cuando se apeó en la estación de Bologoie para beber agua de seltz y vio a Anna, le había dicho lo que pensaba involuntariamente. Ahora se alegraba de haberlo hecho, se alegraba de que lo supiera y de que meditara en ello. Pasó toda la noche sin dormir. Desde el momento en que regresó al vagón estuvo recordando todas las actitudes en que la había visto, todas sus palabras, y se imaginó escenas de un porvenir posible, cosa que le paralizaba el corazón.

Cuando se apeó del tren en San Petersburgo se sentía fresco y descansado como después de un baño frío, a pesar de no haber dormido en toda la noche. Se detuvo junto al vagón en que había venido, esperando que saliera ella. «La volveré a ver —se decía, sonriendo involuntariamente—, veré sus andares, su cara; tal vez diga algo, vuelva la cabeza, me mire o me sonría.» Pero antes de verla a ella, reconoció a su marido, al que acompañaba respetuosamente, entre la multitud, el jefe de estación. «¡Ah! ¡Su marido!» Por primera vez, Vronski comprendió claramente que el esposo de Anna era un ser estrechamente unido a ella. Aunque Vronski conocía la existencia de aquel hombre, no creía en ella, y solo quedó convencido al verlo con su cabeza, sus hombros y sus piernas, enfundadas en un pantalón negro, y sobre todo al presenciar que cogía tranquilamente del brazo a Anna, como un objeto de su propiedad.

Viendo a Alexiéi Alexándrovich con su lozano rostro de petersburgués y su figura grave, un tanto encorvada, y tan seguro de sí mismo, creyó en su existencia y experimentó una sensación desagradable, parecida a la de una persona terriblemente sedienta que, al llegar a un manantial, viese que había bebido en él, enturbiando el agua, un perro, una oveja o un cerdo. Y lo que más le molestó fueron los andares de Alexiéi Alexándrovich, que balanceaba el cuerpo sobre sus caderas y sus piernas algo torpes. Pensó que solo él gozaba del indiscutible derecho de amarla. Pero Anna era la misma, y al verla se animó físicamente, embargando de felicidad su alma. Vronski ordenó al criado alemán, que había hecho el viaje en un vagón de segunda y ahora venía corriendo a su encuentro, que recogiera el equipaje y se fuera a casa, y él se acercó a Anna. Había presenciado el primer encuentro entre los esposos y percibió, con la agudeza de un enamorado, que ella se mostraba ligeramente cohibida al hablar con su marido. «No lo ama ni puede amarlo», decidió para sus adentros.

Al acercarse a Anna Arkádievna por detrás, se dio cuenta de que ella sentía su proximidad y hasta volvió la cabeza, pero al comprobar que era él, se dirigió de nuevo a su marido.

—¿Cómo ha pasado usted la noche? —preguntó Vronski, inclinándose ante los dos, dando así ocasión a Alexiéi Alexándrovich a que pudiera reconocerlo, si le placía.

—Muy bien, muchas gracias —contestó Anna.

Su rostro parecía cansado y no se dejaba ver aquella animación que tan pronto solía aparecer en sus labios como en su mirada, pero durante un breve momento se iluminaron sus ojos al mirar a Vronski, y este se sintió feliz. Anna miró a su marido como para saber si había reconocido a Vronski. Alexiéi Alexándrovich lo miraba con desagrado, tratando de recordar quién era. La serenidad y la suficiencia de Vronski chocaron con la fría seguridad de sí mismo de Alexiéi Alexándrovich como una hoz al tropezar con una piedra.

—El conde Vronski —dijo Anna.

—¡Ah! Creo que nos conocemos —replicó con indiferencia Alexiéi Alexándrovich, alargándole la mano—. Has hecho el viaje de ida con la madre y el de vuelta con el hijo —añadió, recalcando cada palabra—. ¿Vuelve usted del permiso? —preguntó, y sin esperar la respuesta, se dirigió a su mujer con su tono burlón habitual—. Qué, ¿se han vertido muchas lágrimas en Moscú a causa de la separación?

Por la manera de hablar a su mujer, Vronski tuvo la sensación de que deseaba quedarse solo con ella. Alexiéi Alexándrovich, volviéndose hacia él, se llevó la mano al sombrero, pero Vronski se dirigió a Anna Arkádievna.

—Espero que tendré el honor de visitarlos —dijo.

Alexiéi Alexándrovich miró a Vronski con sus ojos cansados.

—Con mucho gusto; recibimos los lunes —dijo con frialdad, y sin preocuparse más de Vronski se dirigió a su mujer—: ¡Qué suerte haber tenido media hora libre para venir a esperarte y haberte podido demostrar todo mi cariño! —continuó irónicamente.

—Estás recalcando demasiado tu cariño para que yo lo aprecie mucho —le contestó Anna con el mismo tono burlón, escuchando involuntariamente los pasos de Vronski, que iba tras ellos. «Pero ¿qué me importa?», pensó, y le preguntó a su marido cómo había pasado Seriozha los días de su ausencia.

—¡Oh! ¡Magníficamente! Dice Mariette que ha sido muy bueno... Y tengo que darte un disgusto...: no te ha echado de menos como tu marido. Otra vez *merci* por haberme hecho el regalo de un día. Nuestro querido samovar se alegrará muchísimo. —Llamaba «samovar» a la célebre condesa Lidia Ivánovna porque siempre y por cualquier motivo se mostraba inquieta y vehemente—. Me ha preguntado por ti. Si me atreviera a aconsejarte, te diría que la visites hoy mismo. Ya sabes que sufre por todo. Ahora, además de todas sus preocupaciones, se interesa por la reconciliación de los Oblonski.

La condesa Lidia Ivánovna era amiga de Alexiéi Alexándrovich y el centro de uno de los círculos de la buena sociedad de San Petersburgo, con el que más unida estaba Anna por su marido.

—Ya le he escrito.

—Pero necesita saber los detalles. Ve a su casa si no estás cansada, querida. Ahora Kondrati te llevará en el coche; yo tengo que ir al Comité. Ya no comeré solo —añadió con su tono burlón—. No puedes figurarte cómo me he acostumbrado...

Y, estrechándole prolongadamente la mano, la ayudó a subir al coche.

XXXII

La primera persona que salió al encuentro de Anna en su casa fue el niño. Bajó corriendo la escalera, sin hacer caso de los gritos de la institutriz, exclamando con alegría exuberante: «¡Mamá! ¡Mamá!». Al llegar junto a su madre se colgó de su cuello.

—¡Ya le dije que era mamá! —le gritó la institutriz—. ¡Lo sabía!

Su hijo, lo mismo que su marido, le produjo a Anna una impresión parecida al desencanto. Se lo figuraba mejor de lo que era realmente. Tuvo que descender hasta la realidad para disfrutar del niño tal como era. Pero así y todo, era una criatura encantadora, con sus bucles rubios, sus ojos azules y sus fuertes piernas derechas con las medias muy estiradas. Anna experimentó un placer casi físico al sentirlo cerca de sí y al recibir sus caricias, y un consuelo moral cuando se encontraba con sus ojos inocentes, confiados y cariñosos, así como al oír sus ingenuas preguntas. Sacó los regalos que le mandaban los niños de Dolli, y le contó que en Moscú había una niña que se llamaba Tania, que sabía leer y hasta enseñar a los demás niños.

—Entonces ¿soy peor que ella? —preguntó Seriozha.

—Para mí eres mejor que nadie en el mundo.

—Ya lo sé —replicó el niño sonriendo.

Aún no había terminado Anna de tomar el café, cuando le anunciaron a la condesa Lidia Ivánovna. Era una mujer alta y gruesa, de tez amarillenta y enfermiza y con hermosos y melancólicos ojos negros. Anna la quería, pero aquel día pareció verla por primera vez con todos sus defectos.

—Qué, ¿les ha llevado la rama del olivo, querida? —preguntó la condesa al entrar en la habitación.

—Sí, todo se ha arreglado; además, no era tan terrible como nos lo figurábamos —contestó Anna—. En general, *ma belle-soeur* es demasiado decidida.

Pero la condesa Lidia Ivánovna, que se interesaba por todo lo que no la concernía y tenía la costumbre de no escuchar nunca lo que le importaba, interrumpió a Anna, diciendo:

—Hay mucha maldad y muchas penas por el mundo. ¡Estoy tan desanimada hoy!

—¿Por qué? —preguntó Anna, tratando de contener una sonrisa.

—Empiezo a cansarme de luchar en vano por la verdad y a veces me encuentro completamente deshecha. La obra de las hermanitas —era una institución filantrópica patriótico religiosa— iba por buen camino, pero no se puede hacer nada con esos señores —dijo la condesa Lidia Ivánovna irónicamente, como sometiéndose al destino—. Acogieron la idea, la desvirtuaron, y ahora la juzgan de un modo vil e indigno. Solo dos o tres personas, entre ellas está su marido, comprenden todo el significado de esta obra; los demás no hacen sino desacreditarla. Ayer me escribió Pravdin...

Pravdin era un célebre paneslavista que residía en el extranjero. La condesa relató el contenido de su carta. Después habló de otros contratiempos y de los obstáculos que impedían unir las iglesias, y se marchó presurosa, porque aquel día debía asistir a la reunión de una sociedad y a otra del comité eslavo.

«Todo esto ha existido antes también, ¿por qué no habré reparado en ello anteriormente? —se preguntó Anna—. ¿O es que hoy se encontraba muy excitada? En el fondo, tiene gracia: es cristiana, su meta es la virtud y, sin embargo, no hace más que enfadarse y tiene muchos enemigos, y todos lo son por motivos del cristianismo y de la virtud.»

Después de la condesa, llegó una amiga de Anna, esposa de un funcionario, que le relató todas las noticias de la ciudad. Se fue a las tres y le prometió que volvería un día a comer. Alexiéi Alexándrovich estaba en el ministerio. Al quedarse sola, Anna empleó el rato que le quedaba libre hasta la comida en presenciar la de su hijo (que comía aparte), en poner en orden sus cosas, en leer y contestar a las esquelitas y a las cartas que se habían acumulado en su mesa.

La inmotivada sensación de vergüenza que sintió durante el viaje y su inquietud desaparecieron totalmente. En el ambiente acostumbrado, se sentía de nuevo segura e irreprochable.

Recordó sorprendida su estado de ánimo de la víspera. «¿Qué ha sucedido? Nada. Vronski dijo una tontería, a la que era fácil poner fin, y yo le contesté como era debido. No puedo ni debo hablar de ello a Alexiéi Alexándrovich. Si lo hiciera, sería conceder importancia a una cosa que no la tiene.» Anna recordó haber contado una vez a su marido cómo había estado a punto de declarársele un subordinado suyo, y cómo Alexiéi Alexándrovich le había contestado que toda mujer que frecuenta la sociedad está expuesta a estas cosas, pero que él confiaba plenamente en su tacto y nunca se permitiría humillarla ni humillarse dejándose arrastrar por los celos. «Por consiguiente, ¿para qué decírselo? Además, gracias a Dios, no hay nada que decir.»

XXXIII

Alexiéi Alexándrovich volvió del ministerio a las cuatro, pero, como le ocurría a menudo, no tuvo tiempo de entrar a ver a Anna. Pasó a su despacho para recibir unas visitas que esperaban y firmar algunos documentos que le había traído el secretario. A la hora de comer llegó la anciana prima de Alexiéi Alexándrovich, el jefe del negociado con su mujer y un muchacho que le habían recomendado para una colocación (los Karenin tenían siempre dos o tres invitados para comer). Anna fue al salón para entretenerlos. A las cinco en punto —el reloj de bronce de estilo Pedro I no había aún dado la quinta campanada— entró Alexiéi Alexándrovich vestido de etiqueta, con corbata blanca y luciendo dos condecoraciones, pues tenía que salir inmediatamente después de comer. Cada minuto de la vida de Alexiéi Alexándrovich estaba dedicado a algo. Y para que le diera tiempo de cumplir lo que le correspondía diariamente, observaba un orden severísimo. «Sin precipitación y sin descanso», era su lema. Al entrar en el salón, saludó a todos y tomó asiento apresuradamente, sonriéndole a su mujer.

—Se acabó mi soledad. No me creerás lo incómodo —subrayó la palabra «incómodo»— que es comer solo.

Durante la comida habló con su mujer de las cosas de Moscú, y con una sonrisa burlona preguntó por Stepán Arkádich; pero la conversación, más bien general, versó sobre los asuntos ministeriales y sociales de San Petersburgo. Después de comer, Alexiéi Karenin estuvo media hora con los invitados y, tras estrecharle de nuevo la mano a su mujer, con una sonrisa, se fue al Consejo. Anna no fue a casa de la princesa Betsi Tverskaia, la cual, al enterarse de su llegada, la había invitado; ni al teatro, donde tenía un palco reservado. No quiso ir principalmente porque aún no estaba terminado el vestido con el que contaba para eso. Al ocuparse de sus trajes, cuando se hubieron marchado los invitados, Anna se irritó mucho. Antes de irse a Moscú, le había dado a la modista tres vestidos para unos arreglos; por lo general, tenía la habilidad de vestirse muy bien, gastando poco. Tenían que arreglarse aquellos vestidos de modo que fuera imposible reconocerlos, y hacía ya tres días que debían estar hechos. Pero dos de ellos no estaban terminados, y el tercero no le gustó. La modista acudió para explicarle que el vestido quedaba mejor como se lo había hecho, y Anna se enfureció tanto con ella que después le daba vergüenza recordarlo. Para calmarse, se fue a la habitación de su hijo y pasó toda la velada con él, lo acostó, lo persignó y lo arropó bien. Estaba contenta de no haber salido y de haber pasado tan a gusto aquella tarde. Se sentía serena y tranquila, y veía claramente que todo lo que le había parecido tan significativo durante el viaje era un hecho corriente y trivial de la vida mundana y que no tenía por qué avergonzarse ante nadie ni ante sí misma. Se instaló junto a la chimenea con un libro inglés para esperar a su marido. A las nueve y media en punto se oyó su llamada y entró en la habitación.

—¡Por fin llegas! —dijo Anna, tendiéndole la mano.

Alexiéi Alexándrovich le besó la mano y se sentó a su lado.

—Veo que tu viaje ha sido un éxito —dijo.

—Sí, me ha ido muy bien —contestó Anna, y le relató todo desde el principio: su viaje con la condesa Vrónskaia, su llegada y el accidente en la estación.

Después le explicó la compasión que sintió primero por su hermano y luego por Dolli.

—Opino que no se debe perdonar a un hombre así, aunque se trate de tu hermano —dijo Alexiéi Alexándrovich con expresión severa.

Anna sonrió. Comprendió que lo decía precisamente para demostrar que los lazos del parentesco no podían impedirle emitir sus juicios con sinceridad. Conocía ese rasgo de su marido y le agradaba mucho.

—Me alegro de que todo haya terminado bien y de que hayas vuelto —continuó—. Bueno, ¿y qué dicen allí de la nueva ley que he presentado al Consejo?

Anna no había oído hablar de esa ley en Moscú y se sintió avergonzada por haber podido olvidar una cosa que era tan importante para él.

—Aquí, por el contrario, eso se ha comentado muchísimo —dijo Alexiéi Alexándrovich con una sonrisa de satisfacción.

Anna se dio cuenta de que su marido le quería comunicar algo que le resultaba agradable respecto de aquello, y a fuerza de preguntas hizo que se lo explicara.

—Me alegro mucho, mucho. Eso demuestra que, por fin, aquí empieza a formarse un punto de vista firme y razonable respecto de este asunto.

Cuando hubo acabado el segundo vaso de té con nata y con pan, Alexiéi Alexándrovich se levantó para irse al despacho.

—¿No has salido? Te habrás aburrido —le dijo a su mujer.

—¡Oh, no! —contestó Anna, levantándose también y acompañándolo a través de la sala—. ¿Qué lees ahora?

—*La poésie des enfers*, del duque de Lille. Es un libro muy interesante.

Anna sonrió como se sonríe ante las debilidades de los seres amados y, pasando su brazo por debajo del de su marido, lo acompañó hasta el despacho. Conocía su costumbre, que había llegado a serle imprescindible, de leer por las noches. Sabía que, a pesar de sus obligaciones que le robaban casi todo el tiempo, consideraba como un deber seguir todas las cosas sugestivas que aparecían en el mundo intelectual. Y que le interesaban realmente los libros de política, filosofía y religión, que el arte era completamente ajeno a su naturaleza, pero pese a ello, o, mejor dicho, como consecuencia, no pasaba por alto nada de lo que hacía ruido en ese terreno y consideraba como un deber el leerlo todo. Sabía que en política, filosofía y religión, Alexiéi Alexándrovich tenía dudas y buscaba la verdad, pero respecto de las cuestiones del arte, de la poesía y, sobre todo, de la música, de la que no entendía nada, sustentaba las opiniones más determinadas y firmes. Le gustaba hablar de Rafael, de Shakespeare y de Beethoven; de la importancia de las nuevas escuelas de música y poesía, que tenía clasificadas de un modo muy claro y consecuente.

—Bueno, quédate con Dios —dijo Anna Karénina junto a la puerta del despacho, en el que ya estaban preparadas las bujías con sus pantallas y una garrafita con agua, junto a la butaca—. Voy a escribir a Moscú.

Alexiéi Alexándrovich le estrechó la mano, volviéndosela a besar.

«Sea como sea, es un hombre bueno, justo, de buen corazón y notable en su esfera —se decía Anna al volver a sus habitaciones, como si lo defendiese ante alguien que lo acusara y dijera que era imposible amarlo—. Pero ¿por qué se le destacarán de este modo tan feo las orejas? ¿Será que se ha cortado el pelo?»

A las doce en punto, cuando Anna se hallaba aún ante su escritorio terminando una carta para Dolli, se oyeron unos pasos rítmicos y Alexiéi Alexándrovich, lavado y peinado, en zapatillas, y con un libro debajo del brazo, se acercó a ella.

—Ya es hora, ya es hora —le dijo, pasando al dormitorio.

«¿Qué derecho tenía de mirarlo así?», pensó Anna, recordando la mirada que Vronski dirigió a su marido.

Una vez que se hubo desnudado, Anna entró en el dormitorio, pero su rostro no expresaba aquella animación que durante su estancia en Moscú irradiaban sus ojos y su sonrisa, sino, por el contrario, ahora parecía haberse extinguido o estar oculta esa llama.

XXXIV

Al irse de San Petersburgo, Vronski había dejado su amplio piso de la calle Morskaia a su compañero y buen amigo Petritski.

Este era un joven teniente, de familia modesta, que no poseía bienes y, además, tenía muchas deudas. Todas las noches se emborrachaba y a menudo lo arrestaban por sus aventuras divertidas y escandalosas, pero, a pesar de todo esto, tanto sus compañeros como sus jefes lo querían mucho. Al llegar, hacia las doce, desde la estación a su casa, Vronski vio junto a la puerta un coche que le era conocido. Antes de que le abrieran, oyó risas de hombres, la charla de una voz femenina y seguidamente los gritos de Petritski:

—¡Si es un bandido, que no lo dejen pasar!

Vronski entró silenciosamente, sin anunciarse, en la primera habitación. La baronesa Shilton, amiga de Petritski, con un vestido color lila de raso brillante y su carita de tez blanca y sonrosada, llenaba como un canario toda la habitación con su acento parisiense. Se hallaba sentada ante una mesa redonda, preparando café. Petritski, de paisano, y el capitán de caballería Kamerovski, de uniforme (probablemente venía del servicio), estaban a su lado.

—¡Hola, Vronski! —exclamó Petritski levantándose y haciendo ruido con la silla—. ¡El dueño de la casa en persona! Baronesa, sírvale café de la cafetera nueva. ¡No te esperábamos! Creo que te gustará el adorno de tu despacho —dijo, señalando a la baronesa—. ¿Se conocen?

—¡Cómo no! —dijo Vronski, sonriendo jovialmente mientras estrechaba la pequeña mano de la baronesa—. ¡Es una antigua amiga!

—Viene usted después de un viaje —dijo la baronesa—. Por tanto, me escapo. Si molesto, me voy enseguida.

—Está usted en su casa, baronesa —replicó Vronski—. Hola, Kamerovski —añadió, estrechando fríamente su mano.

—Usted no sabe decir cosas tan amables —le dijo la baronesa a Petritski.

—¿Por qué? Después de comer también he de decirlas yo, y no serán peores.

—¡El decirlas por la tarde no tiene mérito! Bueno, le voy a dar café; mientras, vaya a lavarse y a cambiarse de ropa —dijo la baronesa, y se puso a manipular la cafetera nueva—. Pier, deme el café. Voy a echar más —le dijo a Petritski; lo llamaba así abreviando su apellido, sin ocultar sus relaciones con él.

—¡Lo va a echar a perder!

—¡No, no! Bueno, ¿y su mujer? —preguntó la baronesa, interrumpiendo la conversación de Vronski con su compañero—. Lo hemos casado a usted. ¿Ha traído a su mujer?

—No, baronesa. He nacido bohemio y moriré siéndolo.

—Mucho mejor, mucho mejor. Deme la mano.

Y la baronesa, sin dejar a Vronski, le contó, acompañándolos de bromas, los últimos planes de su vida y le pidió consejo.

—Él sigue sin querer consentir en el divorcio —llamaba «él» a su marido—. ¿Qué debo hacer? Quiero presentar la demanda ante los tribunales. ¿Qué me aconseja usted? Kamerovski, cuide del café, que se está saliendo. Ya ve que estoy ocupada con mis asuntos. Quiero entablar el proceso, porque necesito mis bienes. Fíjese qué tontería: con el pretexto de que le soy infiel —se sonrió despectivamente—, está disfrutando de mis bienes.

Vronski escuchaba con agrado la charla de esa mujer bonita, le daba la razón, la aconsejaba, bromeando, y no tardó en adoptar el tono que solía emplear con esa clase de mujeres.

En su mundo de San Petersburgo la gente se dividía en dos categorías completamente distintas. Una de ellas estaba compuesta de gente vulgar, necia y, sobre todo, absurda, que opinaba que los maridos deben ser fieles a sus mujeres, que las muchachas deben ser inocentes; las mujeres, pudorosas; los hombres, viriles, firmes y templados, y que es preciso educar a los hijos, ganarse la vida, pagar las deudas y otras tonterías por el estilo. Esta era la clase de gente anticuada y ridícula. Pero había otra, a la que pertenecían todos ellos, en la que lo principal era ser elegante, generoso, decidido, alegre y entregarse a las pasiones sin avergonzarse, riéndose de todo lo demás.

A Vronski le aturdió aquel ambiente solo en el primer momento, después de la impresión que le había causado la sociedad, totalmente distinta, de Moscú, pero como si metiese los pies en unas zapatillas viejas, no tardó en penetrar en aquel mundo alegre y agradable que le era habitual.

El café no llegó a hacerse, pues se salió, salpicando a todos, mojando la valiosa alfombra y el vestido de la baronesa, pero realizó su fin: es decir, provocó el bullicio y las risas.

—Bueno, adiós. Si no me voy, no se lavará usted, y tendré sobre mi conciencia el mayor delito de un hombre honrado: la falta de aseo. Entonces ¿me aconseja que le ponga el puñal en el pecho?

—Sin falta, y procure que su mano de usted quede muy cerca de sus labios. Él la besará y todo quedará arreglado —contestó Vronski.

—Hasta luego, en el teatro francés.

Kamerovski se levantó también, pero Vronski se dirigió al cuarto de baño sin esperar a que se fuera. Mientras se lavaba, Petritski le contó brevemente los cambios que experimentó su vida, después de la marcha de Vronski. Estaba sin dinero. Su padre se lo había negado, diciéndole que no pagaría sus deudas. Un sastre quería denunciarlo y otro le amenazaba con lo mismo. El comandante le había comunicado que lo expulsaría si no ponía fin a aquellos escándalos. Estaba harto de la baronesa, sobre todo por sus ofrecimientos de dinero, y había otra mujer, ya se la enseñaría a Vronski, que era un encanto, una maravilla de tipo oriental, *genre esclava Rebeca*. Había reñido con Berkóshev, el cual estaba dispuesto a enviarle los padrinos, pero no pasaría nada. En general, todo iba muy bien y era divertidísimo. Y sin dar tiempo a Vronski de pensar lo que había relatado, Petritski se puso a contarle todas las novedades. Oyendo aquellas cosas que le eran tan familiares, en su piso y en el que habitaba desde hacía tres años, Vronski experimentó la agradable sensación de volver a la vida petersburguesa habitual y despreocupada.

—¡Es imposible! ¡Es imposible! —exclamó, soltando el grifo, con cuyo chorro se estaba rociando el cuello fuerte y colorado, al enterarse de que Lora se había unido a Miliéiev, abandonando a Fertingov—. ¿Sigue tan estúpido y tan satisfecho de sí mismo? ¿Y qué me cuentas de Buzulúkov?

—¡Ah! ¡A Buzulúkov le ha sucedido una cosa magnífica! —exclamó Petritski—. Ya sabes que tiene pasión por los bailes y asiste a todos los de la corte. Bueno, pues se fue a un gran baile con su nuevo casco. ¿Has visto los cascos nuevos? Están muy bien, son más ligeros. Estaba en pie... Oye, haz el favor de escucharme.

—Te escucho —replicó Vronski, secándose con una toalla de felpa.

—Pasa ante él una gran duquesa, acompañada de no sé qué embajador, hablando de los cascos nuevos, para desgracia suya. La gran duquesa quería enseñarle uno al embajador. De pronto ven a nuestro amiguito, ahí en pie. —Petritski remedó la actitud de Buzulúkov en pie, con el casco—. La gran duquesa le pide el casco, pero él no se lo da. ¿Qué pasa? Todos le hacen señas, muecas, guiños. ¡Venga el casco! Pero él no se lo quita. Permanece petrificado. ¡Ya puedes figurarte!... ¡Este..., ¿cómo se llama?... quiere quitarle el casco..., pero él no se deja!... Entonces se lo arranca y se lo entrega a la gran duquesa. «Este es el casco nuevo», dice la gran duquesa, volviéndolo, y, ¡figúrate!, caen de él una pera y bombones, ¡dos libras de bombones! ¡Los había cogido allí el amiguito!

Vronski se desternillaba de risa. Y mucho rato después, cuando ya hablaban de otra cosa, al recordar lo del casco, se reía con su risa sana, mostrando sus dientes fuertes.

Enterado de todas las novedades, Vronski se vistió de uniforme, con ayuda del criado, y se fue a presentarse. Después visitaría a su hermano, a Betsé y a algunas personas más para empezar a frecuentar el mundo donde podría encontrarse con Anna Karénina. Como solía hacerlo siempre en San Petersburgo, salió con intención de no volver hasta bien entrada la noche.

Segunda parte

I

A fines del invierno se celebró consejo en casa de los Scherbatski, con objeto de decidir el estado de salud de Kiti y lo que procedía hacer para que recobrase las fuerzas. Kiti estaba enferma y al llegar la primavera su salud empeoraba. El médico de cabecera le había prescrito primero aceite de hígado de bacalao, después hierro, y más adelante nitrato de plata, pero como nada de esto la había mejorado y el médico aconsejaba que en primavera se la llevasen al extranjero, invitaron a un célebre doctor para consultarlo. Este, un hombre apuesto, que aún era joven, dijo que necesitaba reconocer a la enferma. Opinaba, al parecer, con una complacencia especial, que el pudor de las muchachas era una reminiscencia bárbara y que no había nada más natural que un hombre, que aún no era viejo, reconociese el cuerpo desnudo de una muchacha. Aquello le parecía natural, porque lo practicaba diariamente, sin que le produjera ninguna sensación. No pensaba en nada malo al hacerlo, y, por tanto, consideraba que el pudor no solo era una reminiscencia bárbara, sino también una ofensa personal.

Hubo que someterse, porque —a pesar de que todos los médicos tenían la misma escuela, habían estudiado en los mismos libros y conocían la misma ciencia y aunque algunos hablaban mal de ese médico eminente— en casa de la princesa y entre sus amistades se le consideraba como algo extraordinario y creían que era el único capaz de salvar a Kiti. Después del reconocimiento minucioso de la enferma, confusa y avergonzada, y de haberse lavado cuidadosamente las manos, el médico, en pie en el salón, habló con el príncipe. Este fruncía el ceño y tosía mientras escuchaba al doctor. El príncipe, como hombre de experiencia y que no era estúpido ni enfermo, no creía en la medicina y se irritaba en su fuero interno contra esa farsa, pues tal vez no fuese el único en comprender el motivo de la enfermedad de Kiti. «¡Cuánto ladra este lebrel», pensó, dándole mentalmente ese nombre, tomado de su vocabulario de caza, mientras oía su charla respecto de la enfermedad de Kiti. Al doctor le costaba trabajo no expresar el desprecio que sentía hacia ese viejo señor, y descendía con esfuerzo hasta su bajo entendimiento. Comprendió que era inútil hablar con él y que era la madre la que representaba la cabeza de aquella familia. Se dispuso a lucirse delante de ella. En aquel momento entró la princesa, acompañada por el médico de cabecera. El príncipe se alejó para que no notaran lo ridícula que le resultaba aquella farsa. La princesa, desconcertada, no sabía qué hacer. Se sentía culpable ante Kiti.

—Bueno, doctor, decida nuestra suerte —dijo—. Dígamelo todo. —Quiso preguntar: «¿Hay esperanzas?», pero temblaron los labios y le fue imposible formular esa pregunta—. Hable, doctor.

—Cuando haya cambiado impresiones con mi colega, princesa, tendré el honor de exponerle mi opinión.

—¿Quieren que los dejemos solos?

—Como gusten.

Suspirando, la princesa salió.

Cuando los doctores se quedaron solos, el médico de cabecera comenzó a exponer tímidamente su opinión: creía que se trataba del principio de un proceso tuberculoso, pero... El célebre doctor le escuchaba, pero a la mitad de su perorata le interrumpió consultando su gran reloj de oro.

—Sí —dijo.

El médico de cabecera se calló respetuosamente en medio de su discurso.

—Como usted sabe, no podemos determinar el principio de un proceso tuberculoso; hasta la aparición de las cavernas, no hay nada concreto; solo podemos tener sospechas. Pero existen síntomas: la desnutrición, la excitación nerviosa, etcétera. Se trata de lo siguiente: ¿qué se debe hacer para mejorar la nutrición cuando se sospecha que existe un proceso tuberculoso?

—Bueno, pero ya sabe usted que siempre suelen ocultarse causas morales y espirituales —se permitió observar el médico de cabecera, con una sonrisa sutil.

—Sí, naturalmente —contestó el otro echando de nuevo una mirada al reloj—. Perdone: ¿sabe usted si el puente de Iauza está ya terminado, o hay que dar un rodeo? —preguntó—. ¡Ah! ¡Ya está terminado! Entonces podré llegar en veinte minutos. Como íbamos diciendo, la cuestión es la siguiente: mejorar la nutrición y cuidar los nervios. Una cosa está en relación con la otra, hay que actuar en ambas direcciones.

—¿Y el viaje al extranjero? —preguntó el médico de cabecera.

—Soy enemigo de esos viajes. Y verá usted: si existe el principio de un proceso tuberculoso, cosa que no podemos saber, un viaje al extranjero no servirá para nada. Se necesita un remedio que mejore la nutrición sin perjudicar a la enferma.

Y el eminente médico expuso su plan de un tratamiento a base de las aguas de Soden, y las prescribía, al parecer, porque no podían perjudicar a la enferma. El médico de cabecera le escuchó atenta y respetuosamente.

—Yo alegaría en favor del viaje al extranjero, el cambio de ambiente, el alejamiento de lo que despierta sus recuerdos. Y además..., su madre lo desea —dijo.

—¡Ah! En este caso, que vaya, pero no harán más que perjudicarle esos charlatanes alemanes. Sería preciso que obedecieran... Bueno, que vayan. —Volvió a mirar el reloj—. ¡Oh! Ya es hora —añadió, dirigiéndose a la puerta.

El eminente médico le comunicó a la princesa que tendría que volver a ver a la enferma (lo hizo movido por un sentimiento de conveniencia).

—¿Cómo? ¿Volver a reconocerla? —exclamó la madre, horrorizada.

—¡Oh, no! Solo necesito algunos detalles más, princesa.

—Como guste.

Y la princesa acompañó al doctor al salón donde estaba Kiti. Se hallaba, en pie, en medio de la estancia, adelgazada, con las mejillas encendidas y un brillo peculiar en los ojos, causado por la vergüenza que había pasado. Al entrar el médico, se ruborizó intensamente y se le llenaron de lágrimas los ojos. Su enfermedad, así como el tratamiento, le parecían una cosa tonta y hasta ridícula. El tratamiento le resultaba tan absurdo como la pretensión de reconstruir un jarrón roto reuniendo los trozos. Tenía el corazón destrozado. ¿Pretendían curarla con píldoras y papelillos? Pero no debía ofender a su madre, sobre todo porque esta se consideraba culpable.

—Haga el favor de sentarse, princesa —dijo el médico, sentándose frente a ella.

Después de tomarle el pulso, volvió a hacerle preguntas aburridas. Kiti le contestaba, pero, de pronto, se levantó enojada.

—Perdone, doctor, pero esto no servirá para nada. Es la tercera vez que me pregunta usted lo mismo.

El eminente médico no se ofendió.

—Tiene excitación nerviosa —le dijo a la princesa, cuando Kiti hubo salido—. Por otra parte, había terminado...

Y el médico explicó científicamente a la princesa, como si tratara con una mujer de inteligencia excepcional, el estado de su hija, y terminó indicándole cómo había de tomar las aguas que no necesitaba. Al preguntarle la princesa si debían ir al extranjero, el doctor se sumió en reflexiones, como tratando de resolver un problema difícil. Por fin expuso el resultado: debían ir, pero no hacer caso de los charlatanes, sino consultarle a él en todo.

Cuando se fue el médico pareció que había sucedido un acontecimiento agradable. Al volver la princesa a la habitación de Kiti estaba más alegre, y esta fingió estarlo también. Ahora se veía obligada a fingir con frecuencia, casi constantemente.

—De verdad, me encuentro muy bien, *maman*. Pero si quieres que nos vayamos, podemos ir —dijo, y, simulando interesarse por el viaje que iban a hacer, empezó a hablar de los preparativos.

II

Poco después de irse el médico, llegó Dolli. Enterada de que iban a celebrar la consulta de médicos aquel día, y a pesar de que acababa de levantarse después del parto (había tenido una niña a fines de invierno) y de sus propios disgustos y preocupaciones, dejando a la recién nacida y a otra hija enferma, fue a interesarse por la suerte de Kiti, que se decidía en aquel momento.

—¿Qué hay? —dijo al entrar en el salón, sin quitarse el sombrero—. Todos estáis contentos. Probablemente tenéis buenas impresiones.

Intentaron explicarle lo que había dicho el doctor, pero, aunque este había hablado mucho y muy bien, no lo consiguieron. Lo único interesante era que habían decidido irse al extranjero.

Dolli suspiró involuntariamente. Su mejor amiga, su hermana, se iba. Y su propia vida no era alegre. Después de la reconciliación con su marido, sus relaciones se habían vuelto humillantes para ella. La soldadura que había hecho Anna no resultó muy firme y la armonía conyugal volvió a quebrarse por el mismo sitio. No había nada en concreto, pero siempre les faltaba dinero. Stepán Arkádich apenas paraba en casa y la sospecha de que le era infiel atormentaba a Dolli, a pesar de que la rechazaba por temor al sufrimiento de los celos, que ya había experimentado. La explosión de celos que sintió la primera vez no podía volver a producirse, y ni siquiera las infidelidades manifiestas hubieran podido causarle la misma impresión. Un descubrimiento de esta índole solo la privaría de sus obligaciones conyugales, y consentía que Stepán Arkádich la engañara, despreciándolo a él, y, sobre todo, a sí misma por esa debilidad. Además, las preocupaciones propias de una familia numerosa la atormentaban sin cesar: ora no se criaba bien la recién nacida, ora se iba la niñera; ora, como en esta ocasión, caía enfermo alguno de los niños.

—¿Cómo estáis vosotros? —preguntó la madre.

—¡Oh, mamá! En casa tenemos muchas penas. Lilí ha caído mala, temo que sea escarlatina. He venido a enterarme de lo de Kiti, porque si es escarlatina, Dios nos libre, ya no podré salir en mucho tiempo.

El viejo príncipe salió también del despacho una vez que se hubo marchado el doctor y, tras presentarle la mejilla a Kiti y de charlar con ella, se dirigió a su esposa:

—¿Qué habéis decidido? ¿Os vais? ¿Qué vais a hacer conmigo?

—Creo que debes quedarte, Alexandr.

—Como quieras.

—*Maman*, ¿por qué no ha de venir papá con nosotras? —preguntó Kiti—. Estaría mejor, y nosotras, también.

El príncipe se levantó y acarició los cabellos de Kiti. Esta alzó el rostro y lo miró con una sonrisa forzada. Kiti pensaba siempre que su padre la comprendía mejor que toda la familia, a pesar de que solía hablar poco con ella. La hija menor era la predilecta del príncipe y le parecía que su cariño por ella lo hacía más comprensivo. Al encontrarse ahora su mirada con los bondadosos ojos azules que la miraban fijamente, Kiti creyó que su padre veía a través de ella, comprendiendo todo lo que le pasaba. Ruborizándose, se adelantó hacia su padre, esperando un beso, pero este se limitó a revolverle los cabellos, diciendo:

—¡Qué absurdos son estos moños postizos! Uno no acaricia a su propia hija, sino los cabellos de mujeres difuntas. Bueno, Dóleñka: ¿qué hay? —preguntó dirigiéndose a su hija mayor—. ¿Qué hace tu triunfador?

—Nada, papá —contestó Dolli, comprendiendo que se refería a su marido—. Siempre está fuera de casa, apenas nos vemos —añadió, sin poder contener una sonrisa burlona.

—¿Todavía no ha ido a la aldea a vender el bosque?

—No, siempre está preparándose.

—¡Vaya! Entonces ¿yo también he de prepararme? Obedezco —añadió, dirigiéndose a su mujer, mientras se sentaba—. Y tú, Kiti, un buen día, al despertarte, di: «Estoy completamente sana y me siento alegre, voy a ir con papá a dar un paseo por la mañana temprano, a respirar el aire fresquito». ¿Qué te parece?

Parecía muy natural lo que acababa de decir el príncipe pero, al oír esas palabras, Kiti se desconcertó, turbándose como un criminal cogido in fraganti. «Lo sabe todo, lo comprende, y con esas palabras me da a entender que, aunque me avergüence, debo sobrellevar esto.» No logró contestar algo con cierto buen humor. Empezó a hablar, pero, estallando repentinamente en sollozos, se fue corriendo.

—¡Eso es lo que consigues con tus bromas! —exclamó la princesa, irritada—. Siempre has de... —prosiguió, dando principio a un discurso lleno de reproches.

El príncipe escuchó en silencio durante largo rato los reproches de su mujer, pero su semblante adquiría una expresión cada vez más sombría.

—¡Es tan desgraciada la pobrecilla, es tan desgraciada! No te das cuenta de que le duele cualquier alusión a la causa de su dolor. ¡Mira que equivocarse así con la gente! —dijo la princesa, y por el cambio de su tono, Dolli y el príncipe comprendieron que se refería a Vronski—. No comprendo cómo no hay leyes contra personas tan viles, tan inicuas.

—¡Oh, basta ya! —exclamó el príncipe, apenado, y se levantó, con intención de irse, pero se detuvo junto a la puerta—. Esas leyes existen, madrecita, y ya que me obligas a ello, te diré quién tiene la culpa de todo: la tienes tú, tú y solo tú. ¡Siempre ha habido leyes contra tales individuos, y aún las hay! Si no hubiese pasado lo que no debía haber pasado, yo, que soy un viejo, me las hubiera entendido con ese petimetre. Ahora, cura a Kiti consultando a esos charlatanes.

Parecía que el príncipe iba a decir aún muchas cosas, pero en cuanto la princesa oyó su tono se dulcificó, arrepintiéndose, como le ocurría siempre que trataba de cuestiones serias.

—Alexandr, Alexandr —susurró, adelantándose, y se echó a llorar.

El príncipe se calmó en cuanto vio llorar a su mujer. Se acercó a ella.

—¡Bueno, basta, basta! Ya sé que también tú sufres. ¡Qué le hemos de hacer! No es un mal muy grave. Dios es misericordioso..., démosle las gracias... —continuó sin saber ya lo que decía, y contestando al beso húmedo de la princesa, que sintió en la mano, abandonó la estancia.

Cuando Kiti salió llorando, Dolli, con su hábito de madre de familia, se dio cuenta de que aquello tenía que arreglarlo una mujer.

Se quitó el sombrero y, remangándose moralmente, se preparó a obrar. Cuando su madre increpó al príncipe, Dolli trató de contenerla, tanto como se lo permitía el respeto. Durante la explosión del príncipe, Dolli guardó silencio, avergonzada por su madre, pero no tardó en conmoverse al ver la ternura que aquel le manifestó a su mujer. Cuando el príncipe se fue, Dolli se dispuso a hacer lo más importante: ir a apaciguar a Kiti.

—Hace tiempo que quiero preguntarte, *maman*, si sabías que Lievin tenía intención de pedir la mano de Kiti la última vez que vino. Se lo dijo a Stiva.

—Bueno, ¿y qué? No comprendo...

—Tal vez Kiti lo haya rechazado. ¿No te ha dicho nada?

—No, no me ha dicho nada de este ni del otro; es demasiado orgullosa. Pero sé que todo esto es porque...

—Sí, pero imagínate que haya rechazado a Lievin, lo que no hubiera hecho a no ser por el otro, sé... ¡Y luego la ha engañado de ese modo tan terrible!

La princesa se enojó porque le resultaba insoportable pensar cuán culpable era ante su hija.

—¡Ay, ya no entiendo nada! Hoy día, cada cual quiere vivir según sus propias ideas, las muchachas no dicen nada a sus madres, y luego...

—*Maman*, voy a ir con ella.

—Bueno. ¿Acaso te lo prohíbo? —replicó la princesa.

III

Al entrar en el pequeño gabinete de Kiti, una habitación agradable, de color rosa, con muñequitas *vieux saxe*, tan juvenil, rosada y alegre como la misma Kiti hacía dos meses, Dolli recordó con cuánto cariño y alegría la habían arreglado las dos juntas el año anterior. Se le oprimía el corazón cuando vio a Kiti sentada en una sillita baja, cerca de la puerta, con la mirada fija en un punto de la alfombra. Kiti miró a su hermana sin que se alterase su expresión fría y algo severa.

—Ahora tengo que encerrarme en casa y no podrás ir a verme —dijo Daria Alexándrovna, sentándose junto a ella—. Quisiera hablar contigo.

—¿De qué? —preguntó Kiti, alarmada, levantando la cabeza.

—¿De qué va a ser, sino de tu pena?

—No tengo ninguna pena.

—Basta, Kiti. ¿Acaso crees que no lo sé? Estoy enterada de todo. Y créeme que es tan insignificante... Todos hemos pasado por lo mismo.

Kiti callaba y su rostro tenía una expresión severa.

—No se merece que sufras por él —prosiguió Daria Alexándrovna, atacando directamente el asunto.

—Claro, porque me ha despreciado —dijo Kiti con voz trémula—. ¡No me hables de eso! ¡No me hables, te lo ruego!

—Pero ¿quién te ha dicho eso? Nadie lo cree. Estoy segura de que estaba enamorado de ti y lo sigue estando, pero...

—¡Ah! ¡Lo peor es esa compasión! —exclamó Kiti, enfadándose.

Se agitó en la silla, se ruborizó y, moviendo rápidamente los dedos, oprimía la hebilla del cinturón tan pronto con una mano, tan pronto con la otra. Dolli conocía aquella costumbre de su hermana de pasarse de una mano a otra algún objeto cuando estaba excitada; sabía que Kiti era capaz de perder la cabeza en un momento de ira y decir muchas cosas inútiles y desagradables; quiso calmarla, pero ya era tarde.

—¿Qué es lo que tratas de hacerme comprender? ¿Qué? —preguntó Kiti rápidamente—. ¿Que he estado enamorada de un hombre a quien yo no interesaba y que me muero de amor por él? ¡Y eso me lo dice mi hermana pensando que…, que…, que me compadece!… ¡No necesito para nada esa compasión ni ese disimulo!

—Kiti, eres injusta.

—¿Por qué me atormentas?

—Al contrario… yo… Veo que estás apenada…

Pero en su arrebato, Kiti no la oía.

—No tengo por qué estar afligida ni por qué consolarme. Soy tan orgullosa, que nunca me permitiré amar a un hombre que no me quiere.

—Pero si no digo… Escucha, dime la verdad —replicó Daria Alexándrovna, tomándola de la mano—. Dime: ¿te ha hablado Lievin…?

El oír mencionar a Lievin privó a Kiti del poco dominio que aún tenía sobre sí misma; se levantó de un salto, arrojó la hebilla al suelo y, gesticulando bruscamente, exclamó:

—¿Qué tiene que ver con esto Lievin? No comprendo por qué tienes que hacerme sufrir. He dicho y vuelvo a repetir que soy orgullosa y que nunca, nunca haré lo que haces tú, volver con el hombre que me ha traicionado, que se ha enamorado de otra mujer. No puedo comprenderlo. ¡Tú puedes hacer eso, pero yo, no!

Al decir esto, Kiti miró a su hermana, y viendo que esta callaba, bajando tristemente la cabeza en vez de salir de la habitación, como pensaba, se sentó y, cubriéndose el rostro con un pañuelo, inclinó la cabeza.

El silencio se prolongó unos minutos. Dolli pensaba en sí misma. Aquella humillación que solía sentir siempre se agudizó de un modo especial al recordársela su hermana. No esperaba esa crueldad de Kiti, y se enfadó, pero de pronto oyó el roce de un vestido y al mismo tiempo un sollozo ahogado, y unos brazos la enlazaron el cuello desde abajo. Kiti se hallaba ante ella, de rodillas.

—Dóleñka, ¡soy tan desgraciada! —susurró con tono culpable.

Y aquel rostro querido, cubierto de lágrimas, se ocultó en los pliegues del vestido de Daria Alexándrovna.

Como si aquellas lágrimas hubiesen sido imprescindibles para que marchara bien la máquina de las relaciones de las dos hermanas, después de haber llorado, no solo hablaron del asunto que las preocupaba, sino también de cosas ajenas a él, y se comprendieron. Kiti se dio cuenta de que las palabras que le dijo a su hermana en aquel momento de acaloramiento acerca de la infidelidad de su marido y de su humillación la habían herido en lo más hondo del corazón, pero que le perdonaba. Dolli, por su parte, se enteró de lo que quería saber; se convenció de que sus sospechas eran ciertas y que esa amargura incurable de Kiti consistía precisamente en haber rechazado la proposición de Lievin y en el desengaño producido por Vronski, y que ahora estaba dispuesta a querer a Lievin y odiar a Vronski. Kiti no le dijo ni una palabra de esto; solo habló de su estado de ánimo.

—No tengo ninguna pena. Pero ¿puedes comprender que todo se ha vuelto para mí feo, desagradable y vulgar, y sobre todo, yo misma? No puedes hacerte idea de los malos pensamientos que tengo acerca de todo —decía Kiti, apaciguada.

—¿Qué malos pensamientos puedes tener? —preguntó Dolli sonriendo.

—Los peores, los peores y los más vulgares; no sé cómo explicarte. No es nostalgia ni aburrimiento, sino algo mucho peor. Es como si se hubiese ocultado todo lo bueno que había en mí, quedando solo la parte mala. ¿Cómo explicarte? —prosiguió, viendo la perplejidad en los ojos de su hermana—. Papá me dijo hace un momento... Me pareció que se imaginaba que lo único que necesito es casarme. Si mamá me lleva al baile, creo que lo hace tan solo para casarme cuanto antes y librarse de mí. Sé que no es cierto y, sin embargo, no puedo rechazar tales pensamientos. No puedo ver a esos hombres que se llaman pretendientes. Tengo la sensación de que me están tomando las medidas. Antes constituía para mí una alegría el ir a algún sitio con traje de noche, me solía contemplar a mí misma; ahora, me siento cohibida y avergonzada. ¿Qué quieres? El doctor... Bueno...

Kiti se turbó; quería decir, además, que, desde que experimentara aquel cambio, Stepán Arkádich le resultaba especialmente desagradable y que no podía verlo sin que la asaltasen los pensamientos bajos y vulgares.

—Todo se me representa bajo un aspecto infame, material...
—continuó Kiti—. Esa es mi enfermedad. Tal vez se me pase...

—No pienses en ello...

—No puedo dejar de hacerlo. Solo me encuentro a gusto entre los niños, solo me encuentro bien en tu casa.

—Es lástima que no puedas ir por ahora.

—Iré. He pasado la escarlatina y convenceré a *maman*.

Kiti se salió con la suya y se fue a vivir a casa de su hermana; cuidó a los niños que, en efecto, pasaron la escarlatina. Las dos hermanas sacaron adelante con buen éxito a los seis niños, pero la salud de Kiti no mejoró y los Scherbatski fueron al extranjero por Cuaresma.

IV

La buena sociedad petersburguesa constituye, en realidad, un solo círculo en el que todos se conocen y se visitan. Pero ese gran círculo tiene subdivisiones. Anna Arkádievna Karénina tenía amistades estrechas y relaciones en tres círculos diferentes. Uno era el círculo oficial formado por los colegas y los subordinados de su marido, unidos y desunidos de la manera más variada y caprichosa por las circunstancias sociales. Anna recordaba con esfuerzo aquel sentimiento de respeto casi religioso que había sentido al principio por aquellas personas. Ahora los conocía a todos, como se conoce la gente en una ciudad de provincia: conocía las costumbres y debilidades de cada cual, sabía dónde les apretaba el zapato; conocía sus relaciones mutuas y con respecto al centro principal; sabía dónde y en qué encontraban apoyo y en qué coincidían y divergían entre ellos. Pero ese círculo de intereses masculinos y del Estado no le había interesado nunca, y a pesar de la influencia de la condesa Lidia Ivánovna, Anna lo rehuía.

Había otro círculo íntimo por medio del cual hizo su carrera Alexiéi Alexándrovich. La condesa Lidia Ivánovna era el centro de aquel círculo. A él pertenecían mujeres feas, viejas, virtuosas y devotas, y hombres inteligentes, sabios y ambiciosos. Uno de los hombres inteligentes que pertenecían a ese círculo lo denominaba «la conciencia de la sociedad petersburguesa». Alexiéi Alexándrovich lo apreciaba mucho, y Anna, que sabía convivir con todo el mundo, encontró en él muchos amigos durante los primeros tiempos de su vida en San Petersburgo. Ahora, a su regreso de Moscú, ese ambiente se le hizo insoportable. Le parecía que tanto ella como los demás fingían, y se sintió tan molesta y aburrida que procuraba visitar lo menos posible a la condesa Lidia Ivánovna.

Finalmente, el tercer círculo lo constituía la buena sociedad, propiamente dicha: la sociedad de los bailes, de los banquetes, de los vestidos elegantes, la sociedad que le daba la mano a la corte para no rebajarse hasta ese semimundo, al que creía despreciar, pero cuyos gustos no solo tenían semejanza con los de aquel, sino que eran iguales. Anna se relacionaba con este círculo por medio de la princesa Betsi Tverskaia, esposa de un primo suyo, la cual tenía ciento veinte mil rublos de renta y que, desde que apareció Anna en sociedad, sintió un afecto especial por ella, la halagó y la introdujo entre sus amistades, burlándose de las de la condesa Lidia Ivánovna.

—Cuando sea vieja y fea seré como ella —solía decir Betsi—, pero para usted, que es joven y bella, es aún pronto para entrar en ese asilo.

Al principio, Anna rehuía todo lo posible la sociedad de la condesa Tverskaia, porque exigía unos gastos por encima de sus posibilidades, y también porque, en el fondo, prefería el primero de aquellos círculos, pero después de su viaje a Moscú sucedió lo contrario. Rehuía a sus amigos que tenían principios morales y frecuentaba el gran mundo. Allí se encontraba con Vronski y experimentaba una alegría que le producía emoción. Solía encontrarse con él a menudo en casa de Betsi, Vrónskaia de nacimiento y prima de aquel. Vronski acudía a todos los sitios donde podía encontrar a Anna y le hablaba de su amor siempre que le era posible. Anna no le daba ningún motivo, pero cada vez que lo veía, su alma se inflamaba con aquella sensación vivificadora que la embargó al verlo por primera vez en el tren. Ella misma se daba cuenta de que en presencia suya la alegría iluminaba sus ojos y la sonrisa aparecía en sus labios, sin que pudiera dominar la manifestación de aquel gozo.

Al principio, Anna creía sinceramente que le disgustaba el que Vronski se permitiera acosarla, sin embargo, poco después de su regreso de Moscú asistió a una velada donde esperaba encontrarlo; pero él no estaba y, por la tristeza que experimentó, Anna comprendió claramente que se había engañado y que no solo no le desagradaban las asiduidades de Vronski, sino que constituían todo el interés de su vida.

Una célebre cantante actuaba por segunda vez y la buena sociedad en pleno había ido al teatro. Cuando Vronski vio, desde la butaca de la primera fila, a su prima, se dirigió a su palco sin esperar al entreacto.

—¿Por qué no viniste a comer? —preguntó esta—. Me sorprende esa clarividencia de los enamorados —añadió sonriendo de modo que sólo él la pudiera oír—: *Ella no ha estado.* Pero vente después de la ópera.

Vronski la miró con expresión interrogativa. Betsi bajó la cabeza. Agradeciéndole la invitación con una sonrisa, Vronski se sentó junto a ella.

—¡Cuánto me acuerdo de tus burlas! —continuó la princesa Betsi, que encontraba un placer especial en seguir el buen éxito de aquella pasión—. ¿Adónde han ido a parar? Te han pescado, querido.

—Eso es lo que deseo precisamente, que me pesquen —replicó Vronski con su sonrisa serena y bondadosa—. A decir verdad, si me quejo, es porque no estoy bien atrapado. Empiezo a perder las esperanzas.

—¿Qué esperanzas puedes tener? —preguntó Betsi, ofendida por su amigo—. *Entendons-nous...*

Pero en sus ojos se reflejaban unas lucecitas indicando que comprendía muy bien y con mucha exactitud, lo mismo que él, de qué esperanzas se trataba.

—Ninguna —replicó Vronski, echándose a reír y mostrando sus dientes sanos—. Perdón —añadió, tomando los gemelos, y comenzó a mirar, por encima de los hombros desnudos de Betsi, la hilera de palcos de enfrente—. Temo que me estoy poniendo en ridículo.

Vronski sabía que no corría el riesgo de parecer ridículo a los ojos de Betsi ni de las personas del gran mundo. Sabía muy bien que para esas personas el papel de un infeliz enamorado de una muchacha o de una mujer libre puede ser ridículo, pero el de un hombre que asedia a una mujer casada y que pone su vida por encima de todo para atraerla y llevarla al adulterio tiene algo bello y grandioso y nunca puede ser ridículo. Por eso, dejando los gemelos, sonrió con alegría y orgullo y miró a su prima.

—¿Por qué no viniste a comer? —preguntó, contemplándole.

—Te lo contaré. Estuve ocupado. ¿Y sabes en qué? Una contra ciento, o contra mil, a que no lo adivinarás. Traté de que hicieran las paces un marido y el ofensor de su mujer. ¡Palabra de honor!

—Bueno, ¿y lo has conseguido?

—Casi.

—Tienes que contármelo todo —dijo Betsi, levantándose—. Ven durante el otro entreacto.

—No puedo; me voy al teatro francés.

—¡Irse cuando canta la Nilson! —exclamó Betsi con horror, aunque era incapaz de distinguir a la Nilson de cualquier corista.

—¿Qué puedo hacer? Tengo allí una cita relacionada con esa reconciliación.

—Bienaventurados los pacificadores, porque se salvarán —dijo Betsi, recordando algo por el estilo que había oído no sabía dónde—. Bueno, siéntate y cuéntamelo ahora.

Y Betsi volvió a sentarse.

V

—Es un poco indiscreto, pero como es una cosa tan simpática tengo muchísimas ganas de contarlo —dijo Vronski, mirándola con los ojos risueños—. No he de decir los apellidos.

—Bueno. Yo los adivinaré, así será mejor.

—Entonces, escucha; van dos jóvenes alegres...

—Oficiales de tu regimiento, claro.

—No he dicho oficiales, sino dos jóvenes que están hartos...

—Interprétese: hartos de beber.

—Tal vez. Con un excelente estado de ánimo van a comer a casa de un compañero. Por el camino ven a una linda mujer que los adelanta en su coche, vuelve la cabeza y, al menos así les pareció, les hace una seña riendo. Naturalmente, los jóvenes se van tras ella. Corren a toda velocidad. Con gran asombro ven que aquella hermosa mujer detiene su coche ante la misma casa a la que van ellos. La bella mujer sube corriendo al piso de arriba. No ven más que sus labios rojos por debajo del velito y sus maravillosos piececitos.

—Me lo cuentas con tanto entusiasmo, que no parece sino que eres uno de ellos.

—¿No te acuerdas de lo que me acabas de decir? Bueno, los jóvenes entran en casa de su amigo, este da una comida de despedida. Ahí es donde tal vez beben más de la cuenta, como suele suceder en esos banquetes. En la mesa tratan de enterarse de quiénes son los que viven en el piso de arriba. Nadie lo sabe, únicamente cuando le preguntan al criado del anfitrión si residen arriba algunas *mademoiselles* contesta que en la casa hay muchas. Después de comer, los jóvenes van al despacho del anfitrión y le escriben una carta a la desconocida. Una carta llena de pasión, una declaración amorosa, que ellos mismos llevan arriba con objeto de explicar lo que haya quedado confuso en el escrito.

—¿Para qué me cuentas esas vilezas? ¿Y qué más?

—Llaman, les abre una muchacha, a la que entregan la carta y a la que aseguran que ambos están tan enamorados que se van a morir ahora mismo, junto a la puerta. La muchacha, que no comprende nada, parlamenta con ellos. De pronto, aparece un señor con patillas en forma de salchicha, colorado como un cangrejo, el cual les comunica que en aquel piso no viven más que él y su mujer, y los echa.

—¿Cómo sabes que tenía las patillas en forma de salchicha, según acabas de decir?

—Óyeme. Esta mañana he ido a reconciliarlos.

—¿Y qué ha pasado?

—Ahora viene lo más interesante. Resulta que se trata de una pareja feliz: un consejero titular y su esposa. El consejero presenta una denuncia y yo me convierto en conciliador. ¡Y qué conciliador!... Te aseguro que Talleyrand no puede compararse conmigo.

—¿En qué estribaba la dificultad?

—Escucha... Presentamos nuestras excusas como es debido: «Estamos desesperados y le rogamos nos perdone por esa enojosa equivocación...». El consejero titular, con sus patillas en forma de salchicha, empieza a dulcificarse, pero también desea expresar sus sentimientos, y en cuanto va a hacerlo, se acalora, dice groserías y tengo que poner de nuevo en juego todo mi talento diplomático. «Reconozco que la conducta de estos jóvenes no fue correcta, pero le ruego tenga en cuenta la equivocación, la juventud; además, acababan de comer, ya me comprende usted; se arrepienten con toda su alma, y ruegan que los perdone.» El consejero titular vuelve a dulcificarse: «Estoy conforme, conde, y estoy dispuesto a perdonarlos, pero comprenda que mi mujer, una mujer honrada, está expuesta a las persecuciones, groserías e impertinencias de unos mozalbetes, canallas...». Y figúrate que uno de esos mozalbetes está presente y yo tengo que reconciliarlos. Otra vez pongo en juego mi diplomacia, y de nuevo, cuando ya va a concluirse el asunto, el consejero titular se irrita, se pone colorado, se le erizan las patillas, y heme aquí desplegando las sutilezas diplomáticas.

—¡Oh! Tengo que contarle eso —dijo Betsi, echándose a reír, y dirigiéndose a una dama que entraba en el palco—. Me ha hecho reír tanto... Bueno, *bonne chance**—añadió tendiéndole a Vronski el único dedo que le dejaba libre el abanico.

* «Buena suerte.» *(N. de las T.)*

Y con un movimiento de hombros se bajó el corpiño del vestido, para que estos quedasen completamente al descubierto cuando se asomara al antepecho del palco, bajo la luz de gas y a la vista de todos.

Vronski se fue al teatro francés, donde, en efecto, tenía que ver al comandante de su regimiento, el cual nunca dejaba de asistir a las funciones de aquel teatro, para hablar de aquella reconciliación, que lo ocupaba y divertía desde hacía tres días. En aquel asunto estaban complicados Petritski, a quien Vronski quería, y otro muchacho que acababa de ingresar en el regimiento, un buen muchacho y excelente camarada, el joven príncipe Kiedrov. Lo más importante era que la reputación del regimiento estaba en juego.

Los dos muchachos pertenecían al escuadrón de Vronski. Un funcionario, el consejero titular Venden, fue al regimiento a quejarse al comandante de que dos oficiales habían ofendido a su mujer. Venden contó que su joven esposa —hacía seis meses que se había casado— se hallaba en la iglesia con su madre y se sintió indispuesta de repente, debido a su estado. No pudiendo permanecer en pie por más tiempo, regresó a su casa en el primer coche que encontró. Dos oficiales la persiguieron, ella se asustó y, sintiéndose aún peor, subió corriendo la escalera. Venden, que ya había vuelto del Consejo, oyó sonar el timbre y unas voces; salió, y al ver a los oficiales borrachos con una carta, los echó. Ahora pedía que se los castigara severamente.

—Diga usted lo que quiera, pero Petritski se está poniendo imposible —le dijo el comandante a Vronski—. No pasa una semana sin armar algún escándalo. Ese funcionario no dejará las cosas así.

Vronski se daba cuenta de la gravedad del asunto, comprendía que no podía haber lugar para un duelo, que era preciso hacer todo lo posible para apaciguar al consejero y echar tierra al asunto. El comandante había llamado a Vronski porque lo consideraba noble e inteligente y, sobre todo, porque sabía que estimaba el honor del regimiento. Después de discutir aquello, decidieron que Vronski debía ir con Petritski y Kiedrov a presentar sus excusas al consejero titular. Tanto el comandante como Vronski comprendían que el nombre de este, así como su grado de edecán, habían de influir en apaciguar al consejero. Y, en efecto, esos remedios fueron eficaces en parte, pero el resultado de la conciliación quedó dudoso.

Al llegar al teatro francés, Vronski salió al vestíbulo con el comandante y le relató no sabía si su buen éxito o su fracaso. Después de haber reflexionado, este decidió que el asunto no tendría consecuencias, pero luego, por gusto, interrogó a Vronski sobre los detalles de su entrevista y, durante largo rato, no pudo contener la risa al oír que, una vez apaciguado el consejero titular, volvía a irritarse y cómo Vronski, aprovechando el momento más propicio de la reconciliación, se retiró, empujando hacia delante a Petritski.

—Es una historia desagradable, pero divertidísima. ¡Es imposible que Kiedrov se bata con ese señor! ¿De manera que estaba muy enfurecido? —volvió a preguntar el comandante, echándose a reír—. Y ¿cómo encuentra usted hoy a Claire? ¡Es una maravilla! Por más veces que se la vea, siempre parece distinta. Solo los franceses son capaces de eso —añadió, refiriéndose a la nueva bailarina francesa.

VI

Sin esperar a que terminara el último acto, Betsi se fue del teatro. Apenas tuvo tiempo de entrar en su tocador, empolvarse el rostro pálido y ovalado, arreglarse un poco y mandar que sirvieran el té en el salón grande, cuando ya comenzaron a llegar coches a su amplia casa de la calle Bolshaia Morskaia. Los invitados se apeaban ante la gran entrada y el grueso portero, que solía leer por la mañana un periódico tras la puerta vidriera para la instrucción de los transeúntes, abría la puerta sin hacer ruido, dejando pasar a los que llegaban.

Casi al mismo tiempo la dueña de la casa, con el peinado compuesto y el rostro arreglado, y los invitados entraron por dos puertas distintas al gran salón de oscuras paredes y alfombras mullidas, y con la mesa bañada de luz, cuyo mantel blanco resplandecía bajo las bujías, con el samovar de plata y el servicio de té de porcelana transparente.

La dueña de la casa se instaló ante el samovar y se quitó los guantes. Los invitados, cogiendo las sillas, con ayuda de los discretos criados, se instalaron en dos grupos: uno al lado de la dueña de la casa, junto al samovar, y el otro, en el extremo opuesto del salón, en torno a la bella esposa de un embajador, vestida de terciopelo negro, cuyas cejas se destacaban mucho. En los primeros momentos, como suele suceder siempre, la conversación de los dos grupos era indecisa, interrumpida por los encuentros, saludos y ofrecimientos de té, como si se buscara un tema para establecer la charla.

—Es una actriz extraordinaria, se nota que ha estudiado a Kaulbach —decía un diplomático del grupo de la esposa del embajador—. ¿Han observado ustedes cómo se desplomó?

—Por favor, no hablemos de la Nilson. No es posible decir nada nuevo de ella —exclamó una señora gruesa, colorada y rubia que no tenía cejas ni llevaba moño, vestida con un traje viejo de seda. Era la princesa Miagkaia, célebre por su sencillez y su trato brusco, a la que denominaban *enfant terrible*.* Se hallaba sentada entre los dos grupos y prestaba atención a lo que decían, tomando parte tan pronto en uno como en otro—. Hoy me han repetido tres personas la misma frase respecto de Kaulbach, parecía que se habían puesto de acuerdo. No sé por qué les habrá gustado tanto esa frase.

La conversación se interrumpió con este comentario, y de nuevo tuvieron que pensar en un tema distinto.

—Cuéntenos algo divertido, pero no malicioso —dijo la esposa del embajador, gran maestra de esas charlas exquisitas que los ingleses suelen llamar *small talk*,** dirigiéndose al diplomático, que tampoco sabía de qué hablar.

—Dicen que eso es muy difícil y que lo único que tiene gracia es lo malicioso —replicó el diplomático, sonriendo—. Pero voy a intentar. Deme un tema. Todo consiste en el tema. Teniéndolo, es fácil ir bordando sobre él. A menudo pienso que los grandes conversadores del siglo pasado tendrían dificultades para sostener una conversación interesante ahora. Estamos hartos de todo lo inteligente...

—Hace tiempo que ya se ha dicho eso —le interrumpió riendo la esposa del embajador.

La conversación fue agradable al principio, pero precisamente por eso se interrumpió de nuevo. Había que acudir al remedio seguro e infalible: la maledicencia.

—¿No encuentran ustedes que Tushkiévich tiene algo de Luis XV? —dijo el diplomático, señalando con los ojos a un joven rubio y hermoso que se hallaba junto a la mesa.

—¡Oh, sí! Es del mismo estilo que este salón; por eso viene tan a menudo aquí.

Esta conversación se sostuvo porque en ella solo se aludía a un tema del que no se podía hablar en ese salón, es decir, de las relaciones de Tushkiévich con la dueña de la casa.

Entretanto, la charla del grupo que se hallaba en torno a la dueña de la casa fluctuó durante cierto tiempo entre tres temas inevitables: la última noticia de la buena sociedad, el teatro y la censura del prójimo, y se estableció al llegar a este último tema, es decir, a la maledicencia.

* «Niño mal educado.» *(N. de las T.)*
** «Chismorreo.»*(N. de las T.)*

—¿No han oído ustedes que la Maltíscheva, no la hija, sino la madre, se está haciendo un traje de *diable rose*?

—¿Será posible? ¡Es magnífico!

—Me extraña que con su inteligencia, porque no tiene nada de tonta, no se dé cuenta de lo ridícula que se pone.

Todos tenían algo que decir para criticar y burlarse de la infeliz Maltíscheva, y la conversación crepitó alegremente, como una hoguera encendida.

El marido de la princesa Betsi, un hombre grueso y bondadoso, apasionado coleccionista de grabados, al enterarse de que su esposa tenía gente invitada, entró en el salón antes de irse al club. Pisando la espesa alfombra se acercó silenciosamente a la princesa Miagkaia.

—¿Le ha gustado la Nilson? —preguntó.

—¡No hay derecho a acercarse así! ¡Me ha asustado! Le ruego que no me hable de la ópera, no entiende usted nada de música. Es mejor que yo descienda hacia usted y que hablemos de sus mayólicas y de sus grabados. ¿Qué tesoro ha comprado en el encante últimamente?

—¿Quiere que se lo enseñe? Pero si usted no sabe apreciarlo.

—Enséñemelo. En casa de esos..., ¿cómo se llaman?..., esos banqueros... hay unos grabados magníficos. Nos los enseñaron.

—¿Cómo? ¿Ha estado usted en casa de los Shiutsburg? —preguntó la dueña de la casa, desde su sitio.

—Sí, *ma chère*. Nos invitaron a comer a mi marido y a mí y, según dijeron, la salsa de aquella comida les costó mil rublos —dijo en voz alta la princesa Miagkaia, dándose cuenta de que todos la escuchaban—. Era una salsa muy mala, de un color verdusco. Tuve que invitarlos a mi vez, y la salsa que serví me costó ochenta y cinco kopeks, y todo el mundo tan contento. Yo no puedo preparar salsas que cuesten mil rublos.

—¡Esta mujer es única! —comentó la dueña de la casa.

—¡Extraordinaria! —dijo alguien.

El efecto de las palabras de la princesa Miagkaia era siempre el mismo, y el secreto de eso consistía en que lo que decía, aunque no siempre fuese muy oportuno, como en esta ocasión, eran cosas sencillas y de buen sentido. En la sociedad que frecuentaba sus palabras producían la impresión de la anécdota más ingeniosa. Ella no podía comprender la causa de esto, pero conocía el efecto y se aprovechaba de él.

Como todos atendían las palabras de la princesa Miagkaia y cesó la conversación del grupo de la esposa del embajador, la dueña de la casa quiso unir los dos grupos y se dirigió a esta.

—Decididamente ¿no quieren ustedes tomar té? Deberían sentarse aquí, con nosotros.

—No, estamos muy bien aquí —le contestó la esposa del embajador con una sonrisa, y continuó la conversación iniciada.

La charla era muy agradable. Estaban criticando al matrimonio Karenin.

—Anna ha cambiado mucho desde su viaje a Moscú. Hay algo raro en ella —decía una amiga suya.

—El cambio esencial consiste en que ha traído consigo la sombra de Alexiéi Vronski —comentó la mujer del embajador.

—¿Y qué tiene eso de particular? Hay una fábula de Grimm que dice: «Un hombre sin sombra está privado de ella. Y eso es un castigo por algo». Nunca he podido comprender en qué consiste ese castigo. Pero para una mujer, debe de ser muy desagradable vivir sin sombra.

—Sí, pero las mujeres que tienen sombra suelen acabar muy mal —dijo la amiga de Anna.

—¡Debía salirle a usted una pepita en la lengua! —exclamó la princesa Miagkaia al oír estas palabras—. La Karénina es una mujer encantadora. No me gusta su marido, pero a ella la quiero mucho.

—¿Por qué no le gusta Alexiéi Alexándrovich? Es un hombre notabilísimo —intervino la esposa del embajador—. Mi marido dice que en Europa hay pocos funcionarios del Estado como él.

—También me lo dice mi esposo, pero no lo creo —replicó la princesa Miagkaia—. Si no fuera por lo que dicen nuestros maridos, veríamos las cosas como son. Creo que Alexiéi Alexándrovich es tonto, eso lo digo en voz baja... ¿Verdad que así todo resulta muy claro? Antes, cuando me mandaban que lo considerara inteligente, llegaba a la conclusión de que la tonta era yo, por no ver su inteligencia, pero en cuanto dije: «Es tonto», en voz baja, todo ha resultado clarísimo, ¿no es cierto?

—Qué mala se muestra usted hoy.

—En absoluto. No tengo otra salida. Uno de los dos es tonto. Y ya saben ustedes que eso nadie lo dice de sí mismo.

—Nadie está contento de su posición, pero cada cual está satisfecho de su inteligencia —dijo el diplomático, citando un verso francés.

—Sí, sí, eso es cierto —asintió presurosamente la princesa Miagkaia—. Pero el caso es que no dejaré en mano de ustedes a Anna. ¡Es tan buena, tan agradable!... ¿Qué culpa tiene de que todos se enamoren de ella y la sigan como unas sombras?

—No pienso censurarla —se justificó la amiga de Anna.

—Si nadie nos sigue como una sombra, eso no demuestra que tengamos derecho a criticar.

Y después de esta buena lección a la amiga de Anna, la princesa Miagkaia se levantó y, acompañada de la esposa del embajador, se unió al otro grupo, donde se hablaba del rey de Prusia.

—¿A quién estaban ustedes criticando? —preguntó Betsi.

—A los Karenin. La princesa nos ha descrito las características de Alexiéi Alexándrovich —contestó la esposa del embajador, sonriendo mientras se sentaba a la mesa.

—¡Qué lástima que no la hayamos oído! —exclamó la dueña de la casa, echando una mirada a la puerta—. ¡Ah, por fin llegas! —añadió, dirigiéndose con una sonrisa a Vronski, que entraba.

Vronski no solo conocía a todos los presentes, sino que solía verlos a diario. Por eso entró con esa naturalidad con que se entra donde hay personas con las que acaba uno de estar.

—¿De dónde vengo? —replicó a la pregunta de la esposa del embajador—. ¡Qué le hemos de hacer! Tendré que confesarlo. Vengo del teatro bufo. Debe de ser ya la centésima vez, pero siempre voy con el mismo placer. ¡Es magnífico! Sé que es una vergüenza, pero en la ópera me duermo, y en el teatro bufo, en cambio, estoy tan a gusto hasta el último momento. Hoy...

Vronski nombró a una actriz francesa y se disponía a contar algo de ella, pero la esposa del embajador lo interrumpió con una expresión de cómico espanto.

—Le ruego que no hable de ese horror.

—Bueno, no lo haré, tanto más cuanto que todo el mundo lo conoce.

—Todos irían, si fuese una cosa tan admitida como ir a la ópera —observó la princesa Miagkaia.

VII

Se oyeron pasos desde la puerta de la entrada, y Betsi, sabiendo que era la Karénina, miró a Vronski. Este dirigió la vista a la puerta y su rostro reflejó una expresión nueva y extraña. Fijó la mirada alegremente aunque al mismo tiempo con timidez, sobre la que entraba, y se levantó lentamente. Era Anna. Muy erguida, como siempre, y sin cambiar la dirección de su mirada recorrió con su paso firme, rápido y ligero que la distinguía de los andares de las otras damas de la alta sociedad, la corta distancia que la separaba de la dueña de la casa. Le estrechó la mano sonriendo y se volvió hacia Vronski con la misma sonrisa. Este, inclinándose profundamente, le ofreció una silla.

Anna le contestó con un simple movimiento de cabeza y, ruborizándose, frunció el ceño. Pero inmediatamente, saludando con inclinaciones de cabeza a los conocidos y estrechándoles las manos que le tendían, se dirigió a Betsi:

—He estado en casa de la condesa Lidia Ivánovna. Quería haber venido antes, pero me he entretenido. Estaba sir John. Es un hombre muy interesante.

—¡Ah! ¿El misionero ese?

—Sí. Contó cosas muy interesantes de la vida india.

La conversación, interrumpida por la llegada de Anna, se reavivó como la llama de una lámpara cuando se la sopla.

—¡Sir John! Sí, ¡sir John! Lo conozco. Habla muy bien. La Vlásieva está muy enamorada de él.

—¿Es cierto que la Vlásieva, la menor, se casa con Tópov?

—Sí, dicen que es cosa decidida.

—Me sorprende por sus padres. Comentan que se trata de un matrimonio por amor.

—¿Por amor? ¡Qué ideas tan antediluvianas! ¿Quién habla de amor hoy día? —intervino la esposa del embajador.

—¡Qué le hemos de hacer! Esa estúpida moda antigua no se ha eliminado todavía —dijo Vronski.

—Tanto peor para los que se atienen a ella. Los únicos matrimonios felices que conozco son los de conveniencia.

—Sí, pero, en cambio, con frecuencia suele esparcirse como el polvo la felicidad de los matrimonios por conveniencia, precisamente por aparecer el amor, en el que no creían —replicó Vronski.

—Llamamos matrimonios de conveniencia a aquellos que tienen lugar cuando ambas partes se han desfogado ya. Es como la escarlatina, hay que pasarla.

—Entonces hay que aprender a inocularse el amor artificialmente, lo mismo que la viruela.

—Cuando yo era joven estaba enamorada de un sacristán. Pero no sé si esto ha sido útil para mí —objetó la princesa Miagkaia.

—Fuera bromas, creo que para conocer el amor es preciso equivocarse y enmendar luego el error —dijo Betsi.

—¿Incluso después de casarse? —preguntó irónicamente la esposa del embajador.

—Nunca es tarde para arrepentirse —alegó el diplomático, citando un proverbio inglés.

—Precisamente, hay que equivocarse y luego enmendar el error —afirmó Betsi—. ¿Qué opina usted de eso? —preguntó, dirigiéndose a Anna, que escuchaba con una sonrisa imperceptible, pero firme.

—Creo —replicó esta, jugando con un guante que se había quitado—, creo... que si existen tantas cabezas como inteligencia, tiene que haber tantas clases de amores como corazones.

Vronski, con el corazón en un hilo, miraba a Anna, esperando su respuesta. Como si hubiese salvado un peligro, suspiró cuando ella hubo pronunciado esas palabras.

De pronto, Anna se dirigió a Vronski:

—He recibido carta de Moscú. Me escriben que Kiti Scherbátskaia está muy enferma.

—¿Es posible? —preguntó Vronski, frunciendo el ceño.

Anna le dirigió una mirada severa.

—¿No le interesa esto?

—Al contrario, me interesa mucho. ¿Qué le dicen concretamente? ¿Se puede saber?

Anna se levantó y se acercó a Betsi.

—Deme una taza de té —dijo, quedando en pie detrás de su silla.

Mientras Betsi le servía el té, Vronski se acercó a Anna.

—¿Qué le escriben? —repitió.

—A menudo pienso que los hombres no comprenden lo que es noble, aunque siempre hablan de ello —dijo Anna, sin contestarle a su pregunta—. Hace mucho que quería habérselo dicho —añadió, y, avanzando unos pasos, se sentó en un rincón, ante una mesa en la que había unos álbumes.

—No comprendo bien el significado de sus palabras —dijo Vronski, tendiéndole la taza.

Anna miró al diván que estaba a su lado, y Vronski se sentó inmediatamente en él.

—Sí, quería decirle —continuó Anna, sin mirar a Vronski— que ha procedido usted mal, ha procedido muy mal, muy mal.

—¿Acaso no lo sé? Pero ¿cuál ha sido el motivo de que haya obrado así?

—¿Por qué me dice eso? —preguntó Anna, lanzándole una mirada severa.

—Usted lo sabe —replicó Vronski, acogiendo su mirada con expresión alegre y osada, sin bajar la vista.

«No ha sido él, sino yo, quien se ha turbado.»

—Eso solo demuestra que no tiene usted corazón —dijo Anna.

Pero sus ojos expresaban que sabía muy bien que Vronski tenía corazón y que precisamente por eso lo temía.

—A lo que acaba usted de referirse no era amor, sino una equivocación.

—Recuerde que le he prohibido pronunciar esa palabra, esa palabra infame —dijo Anna, estremeciéndose, pero enseguida se dio cuenta de que con la palabra «prohibido» demostraba tener cierto derecho sobre él y que, por lo mismo, lo incitaba a hablarle de amor—. Hace mucho tiempo que quería habérselo dicho —prosiguió, mirándole resuelta a los ojos y ardiendo por el rubor que le quemaba las mejillas—. Y hoy he venido aquí especialmente para eso, sabiendo que lo encontraría. He venido para decirle que esto debe terminar. Nunca he tenido que ruborizarme delante de nadie, pero usted me hace sentirme culpable de algo.

Vronski la miraba sorprendido ante la nueva belleza espiritual de su rostro.

—¿Qué quiere usted que haga? —preguntó con sencillez y gravedad.

—Que vaya a Moscú a pedirle perdón a Kiti.

—No desea usted eso.

Vronski se daba cuenta de que Anna decía lo que se había propuesto y no lo que deseaba.

—Si me ama usted como dice —susurró Anna—, hágalo, para que yo esté tranquila.

El rostro de Vronski resplandeció.

—¿No sabe que usted constituye para mí la vida? Pero ni tengo tranquilidad, ni se la puedo dar. Me puedo entregar a usted, darle todo el amor..., eso sí. No me es posible pensar en nosotros dos por separado. Usted y yo somos uno para mí. No veo la manera de que gocemos de tranquilidad de aquí en adelante, ni usted ni yo. Solo veo posibilidades de desesperación, de desgracia..., o posibilidades de dicha, ¡y qué dicha!... ¿Acaso es imposible? —añadió Vronski con un simple movimiento de labios, pero Anna lo oyó.

Reunió todas las fuerzas de su espíritu para contestar lo que debía; en lugar de hacerlo, detuvo su mirada llena de amor en Vronski, sin pronunciar palabra.

«Ya está —pensó, entusiasmado—. Cuando ya me desesperaba y parecía que no iba a ver el fin, ¡ya está! Me ama. Lo reconoce.»

—Hágalo por mí, no me hable nunca de eso y seamos buenos amigos —dijo Anna, pero su mirada expresaba una cosa completamente distinta.

—No hemos de ser amigos, lo sabe usted. En su mano está que seamos los seres más felices o los más desgraciados del mundo.

Anna quiso replicar algo, pero Vronski la interrumpió:

—Solo le pido una cosa: concédame el derecho de tener esperanzas, de sufrir como ahora, pero si ni siquiera eso es posible, ordéneme que desaparezca y desapareceré. No me ha de ver, si mi presencia le es molesta.

—No quiero echarlo.

—No cambie nada. Deje las cosas como están —pronunció Vronski con voz trémula—. Aquí está su marido.

Y, en efecto, en aquel momento entraba en el salón Alexiéi Alexándrovich con su paso tranquilo y torpe.

Después de echar una mirada a su mujer y a Vronski se acercó a la dueña de la casa y, sentándose ante una taza de té, empezó a hablar lentamente con su voz clara y en su acostumbrado tono irónico.

—Su *Rambouillet** está completo por las Gracias y las Musas —dijo, recorriendo con la mirada a los presentes.

Pero la princesa Betsi no podía aguantar aquel tono suyo, que llamaba *sneering*,** y, como mujer inteligente, condujo a Alexiéi Alexándrovich a una conversación seria acerca del servicio militar obligatorio. Este se interesó inmediatamente por el tema y empezó a defender la nueva ley, que Betsi atacaba.

Vronski y Anna continuaban junto a la mesita.

—Esto se está poniendo indecoroso —murmuró una señora, indicando con la mirada a Anna Karénina, a su marido y a Vronski.

—Lo que yo le decía —contestó la amiga de Anna.

Pero no solo estas señoras, sino casi todas las que se hallaban en el salón, incluso la princesa Miagkaia y Betsi, miraban de cuando en cuando a Anna y a Vronski, como si aquello les molestara. Únicamente Alexiéi Alexándrovich no miró ni una sola vez en aquella dirección ni se distrajo de la interesante charla que sostenían.

La princesa Betsi, al darse cuenta de la mala impresión que aquello producía en todos, dejó en su sitio a otra persona para que escuchara a Alexiéi Alexándrovich y se acercó a Anna.

—Siempre me sorprende la claridad y la exactitud de expresión de su marido —dijo—. Soy capaz de comprender los problemas más trascendentales cuando él habla.

—¡Oh, sí! —dijo Anna, radiante y con una sonrisa de felicidad, sin entender lo que le decía Betsi.

Y acercándose a la mesa grande tomó parte en la conversación general.

Al cabo de media hora, Alexiéi Alexándrovich se acercó a su mujer y le propuso que se fueran juntos, pero Anna, sin mirarlo, le dijo que se quedaba a cenar. Karenin se despidió y se fue.

El viejo y grueso cochero tártaro de Anna Karénina, que llevaba abrigo de cuero brillante, sujetaba con dificultad al caballo gris de la izquierda, que se encabritaba transido de frío. El lacayo sostenía la

---

* Residencia de la marquesa del mismo nombre (1588-1665), donde reunió a las figuras más representativas de la política, las artes y las letras del siglo XVII francés. *(N. de las T.)*
** «Despectivo, burlón.» *(N. de las T.)*

portezuela abierta. Y el portero abría la puerta de salida. Anna Arkádievna trataba de desprender con su pequeña mano ágil los encajes de
su manga, enganchados en un corchete de su abrigo, y con la cabeza
inclinada escuchaba extasiada a Vronski, que la acompañaba.

—Supongamos que usted no me haya dicho nada; tampoco le
exijo nada —decía Vronski—, pero ya sabe que no es amistad lo que
necesito; solo es posible para mí una felicidad en la vida, y está en esa
palabra que no le gusta a usted: el amor...

—El amor... —repitió Anna lentamente con voz grave, y de pronto, en el momento en que desprendía el encaje, añadió—: No me gusta esa palabra precisamente porque significa demasiado para mí,
mucho más de lo que puede figurarse. —Y le miró de frente—. ¡Hasta
la vista!

Tendiéndole la mano, Anna, con sus andares rápidos y resueltos,
pasó junto al portero y subió al coche.

La mirada de Anna y el contacto de su mano inflamaron a Vronski. Besó la palma de su mano en el sitio que Anna había tocado y se
fue a su casa, lleno de felicidad, con la sensación de haberse acercado
aquella noche muchísimo más que en los dos últimos meses al objetivo
que perseguía.

VIII

Alexiéi Alexándrovich no encontró nada de particular en que su esposa estuviera en un aparte hablando animadamente con Vronski, pero se dio cuenta de que a los invitados les llamó la atención aquello, pareciéndoles inconveniente, y por eso se lo pareció a él también. Decidió que debía hablar de ello con su mujer.

Al regresar a su casa, Alexiéi Alexándrovich pasó, como de costumbre, a su despacho, se sentó en una butaca y, abriendo el libro que leía sobre los papas por el sitio señalado con la plegadera, estuvo leyendo hasta la una. De cuando en cuando se pasaba la mano por la frente y movía la cabeza, como queriendo alejar algo. A la hora acostumbrada se levantó y se aseó para la noche.

Anna Arkádievna no había regresado aún. Subió con el libro debajo del brazo, pero aquella noche, en lugar de que lo ocuparan los pensamientos habituales acerca de su trabajo, pensaba en su mujer y en algo desagradable que le había ocurrido. Contra su costumbre, no se acostó, sino que, cruzando los brazos a la espalda, empezó a pasear de arriba abajo por las habitaciones. No podía acostarse porque sentía que le era necesario meditar detenidamente sobre aquella circunstancia.

Cuando Alexiéi Alexándrovich decidió hablar con su mujer lo consideraba muy sencillo y fácil, pero ahora, pensando en ello, lo encontraba complicado y difícil.

Alexiéi Alexándrovich no era un hombre celoso. Opinaba que los celos constituyen una ofensa para la esposa y que se debe tener confianza. No se preguntaba por qué tenía confianza, mejor dicho, una seguridad absoluta de que su joven esposa lo amaría siempre, pero lo cierto es que la sentía y lo encontraba muy natural. Pero ahora, a pesar de opinar así y de no haber perdido la confianza, se enfrentaba, sin saber qué hacer, con algo ilógico y absurdo. Se hallaba cara a cara con la vida, ante la posibilidad de que su esposa amara a otro hombre, cosa que le resultaba absurda e incomprensible porque era la vida misma. Su existencia había transcurrido trabajando en esferas que tenían que ocuparse de los reflejos de la vida. Y cada vez que se encontraba con la vida auténtica se apartaba de ella. Experimentaba ahora una sensación semejante a la de una persona que con toda tranquilidad hubiese pasado por un puente sobre un precipicio y que viera de pronto que el puente estaba derruido y que se hallaba sobre un abismo. Aquel abismo era la vida misma, y el puente, aquella vida artificial que había vivido Alexiéi Alexándrovich. Por primera vez se planteaba el problema sobre la posibilidad de que su esposa se enamorara de alguien, cosa que le horrorizó.

Sin desnudarse, paseaba con su paso rítmico por el parquet crujiente del comedor iluminado con una sola lámpara, por la alfombra del salón oscuro, donde la luz se reflejaba solo en un gran retrato de Alexiéi Alexándrovich, pintado recientemente, colgado encima del diván, y a través del gabinete de Anna, donde ardían dos velas iluminando los retratos de sus parientes y amigas y los bonitos cachivaches tan conocidos sobre su mesa escritorio. Desde esta habitación llegaba hasta el dormitorio, y entonces volvía.

A cada nuevo paseo, y sobre todo al pasar por el comedor iluminado, se detenía diciéndose: «Sí, es preciso decidir y acabar con esto. Debo exponerle mi opinión y lo que he decidido». Y de nuevo proseguía su paseo. «Pero ¿qué le diré? ¿Qué he decidido?», se preguntaba, mientras recorría el salón, sin hallar respuesta. «Bueno, en resumidas cuentas, ¿qué es lo que ha sucedido?», se preguntaba al dar la vuelta en el despacho. «Nada. Ha hablado durante mucho rato con él. ¿Qué tiene eso de particular? Con cuántos habla una mujer en sociedad... Además, sentir celos es humillarme y humillarla a ella», se decía al entrar en el gabinete de Anna. Pero esa opinión, que tanto pesaba antes para él, no significaba nada ahora. Se volvió desde la puerta del dormitorio para dirigirse al salón, y en cuanto entró en él una voz le dijo que estaba equivocado y que si la gente había notado algo era que, en realidad, lo había. De nuevo en el comedor, se decía: «Sí, es preciso decidir y acabar con esto. Tengo que exponerle mi opinión...». Otra vez en el salón, se preguntaba: «¿Qué decido?». Y después: «¿Qué ha pasado?». Y se contestaba: «Nada», al recordar que los celos son una ofensa para la mujer, pero cuando llegaba al salón estaba convencido de que había pasado algo. Sus pensamientos, lo mismo que los paseos que daba, realizaban un círculo, sin llegar a nada nuevo. Dándose cuenta de ello, se pasó la mano por la frente y se sentó en el gabinete de Anna.

Mirando la mesa escritorio de Anna con la carpeta de malaquita y una carta a medio escribir, sus pensamientos se modificaron de repente. Empezó a meditar sobre ella, en lo que pensaba y sentía. Por primera vez se imaginó vivamente sus pensamientos y sus deseos, y la idea de que ella podía y debía tener su vida privada le pareció tan terrible que se apresuró a desecharla. Se trataba del abismo cuya vista espantaba. Penetrar mentalmente y por sentimiento en la intimidad de otro ser era una cosa espiritual, ajena a Alexiéi Alexándrovich. Consideraba que era un acto perjudicial y una fantasía peligrosa.

«Y lo peor es que ahora, precisamente cuando voy a realizar mi asunto —se refería a un proyecto que estaba llevando a cabo— y necesito tranquilidad de ánimo y todas mis fuerzas espirituales, se me viene encima esta tremenda preocupación. Pero ¿qué le voy a hacer? No soy un hombre de esos que no pueden soportar las preocupaciones y las inquietudes ni tienen valor para enfrentarse con ellas», pensaba.

—Debo reflexionar, decidir y desechar esto de una vez —se dijo en voz alta.

«Sus sentimientos y lo que ocurre o puede ocurrir en su alma no me incumbe, eso es asunto de su conciencia y de la religión», se dijo, sintiéndose aliviado ante la idea de haber encontrado una ley para aquellas circunstancias que habían surgido.

«De manera que la cuestión de sus sentimientos es asunto de su conciencia, con la que no tengo nada que ver. Mi obligación queda claramente determinada. Como cabeza de familia, tengo el deber de dirigirla y soy, en cierto modo, responsable; tengo que advertir el peligro que veo, prevenirla e incluso imponer mi autoridad. Debo hablar con ella.»

En la mente de Alexiéi Alexándrovich se formó con claridad todo lo que le diría a su esposa. Mientras pensaba en ello, sintió tener que emplear parte de su tiempo y de su inteligencia en asuntos domésticos, pero, a pesar de eso, en su cerebro fue determinándose la forma y sucesión del inminente discurso. «Le diré lo siguiente: en primer lugar, he de explicarle la importancia de la opinión ajena y de las conveniencias sociales; en segundo, la importancia del matrimonio, desde el punto de vista religioso; en tercero, y en caso de ser necesario, le indicaré las desgracias que esto puede traerle a nuestro hijo, y, por último, que con todo esto puede labrar su propia desgracia.» Y, entrelazando los dedos, con las palmas de las manos hacia dentro, Alexiéi Alexándrovich dio un tirón y le crujieron las articulaciones.

Ese gesto, esa mala costumbre —entrelazar los dedos, haciendo crujir las articulaciones—, tenía la virtud de tranquilizarlo, devolviéndole la serenidad que tanto necesitaba. Se oyó el ruido del coche junto a la puerta; Alexiéi Alexándrovich se detuvo en medio del salón.

Por la escalera sonaban pasos femeninos. Alexiéi Alexándrovich, en pie, dispuesto a pronunciar su discurso, apretaba los dedos cruzados, esperando que crujieran en algún punto. Y una articulación crujió.

Por sus pasos ligeros sintió la proximidad de Anna, y, a pesar de tener su discurso preparado, experimentó temor.

IX

Anna venía con la cabeza inclinada, jugueteando con las borlas de su capucha. Su rostro resplandecía intensamente, pero aquel destello no era alegre: recordaba el siniestro fulgor de un incendio en una noche oscura. Al ver a su marido, levantó la cabeza y, como si se despertara, sonrió.

—¿No te has acostado todavía? ¡Qué milagro! —dijo, quitándose la capucha, y sin detenerse siguió al tocador—. Ya es hora, Alexiéi Alexándrovich —añadió desde la puerta.

—Anna, debo hablar contigo.

—¿Conmigo? —preguntó Anna, asombrada, y, saliendo del tocador, lo miró—. ¿Qué pasa? ¿De qué se trata? —preguntó sentándose—. Hablemos, si es necesario. Pero sería mejor irnos a dormir.

Anna decía lo primero que se le ocurría, y, al oírse, se asombró de su capacidad de mentir. ¡Qué sencillas y naturales eran sus palabras, y qué cierto parecía su deseo de dormir! Se sintió revestida de una impenetrable coraza de falsedad, y le pareció que una fuerza invisible la ayudaba, sosteniéndola.

—Anna, debo advertirte...

—¿Advertirme? ¿El qué? —preguntó Anna.

Miraba con tanta naturalidad, y estaba tan alegre, que quien no la conociera como su marido no habría notado nada fingido en su tono ni en sus palabras. Pero para él, que sabía que cuando se acostaba cinco minutos más tarde que de costumbre Anna lo notaba y le preguntaba el motivo, y también que sabía comunicarle inmediatamente cualquier pena o alegría, ver ahora que no quería darse cuenta de su estado ni decirle nada de sí misma, significaba mucho. Comprendió que la profundidad de su alma, antes siempre abierta para él, estaba cerrada ahora. Y no sólo no se turbaba, sino que parecía decirle: «Sí, mi alma está cerrada, así debe ser y será de aquí en adelante». Alexiéi Alexándrovich experimentaba le sensación del hombre que regresa a su casa y la encuentra cerrada. «Pero, tal vez, encuentre aún la llave», pensó.

—Quiero advertirte —le dijo en voz baja— que tu imprudencia y tu ligereza pueden dar motivo para que murmuren de ti. Has llamado la atención charlando tan animadamente con el conde Vronski —pronunció el nombre con firmeza y lentitud.

Mientras hablaba, contemplaba los ojos risueños de Anna, que le parecían terribles ahora por su impenetrabilidad y paulatinamente se daba cuenta de la inutilidad de sus palabras.

—Siempre eres así —replicó Anna, como si no lo entendiera y solo hubiera captado el sentido de sus últimas palabras—. Tan pronto te molesta que esté aburrida, tan pronto que esté alegre. No me he aburrido. ¿Eso te ofende?

Alexiéi Alexándrovich, estremeciéndose, entrelazó los dedos para hacerlos crujir.

—¡Oh!, te ruego que no hagas crujir los dedos. Eso me molesta.

—Anna, pero ¿eres tú realmente?... —dijo Alexiéi Alexándrovich en voz baja, dominándose y conteniendo el movimiento de las manos.

—Pero ¿qué te pasa? —preguntó Anna con una expresión de sorpresa sincera y cómica—. ¿Qué es lo que quieres de mí?

Alexiéi Alexándrovich guardó silencio durante un ratito y se frotó con la mano los ojos y la frente. Se daba cuenta de que, en lugar de haber hecho lo que quería, es decir, avisar a su mujer de su falta ante los ojos de la sociedad, se inquietaba, a pesar suyo, de lo que concernía a su conciencia, y luchaba con una barrera imaginaria.

—Lo que me propongo decirte es lo siguiente —continuó con expresión fría y serena—. Y te ruego que me escuches. Como sabes, considero que los celos son un sentimiento ofensivo y humillante y nunca me dejaré dominar por ellos, pero existen ciertas leyes de conveniencia que no se pueden violar impunemente. Hoy, no fui yo quien lo notó, pero, a juzgar por la impresión que causaste en la gente, todos se dieron cuenta de que tu conducta y tu actitud dejaban mucho que desear.

—No entiendo absolutamente nada —exclamó Anna, encogiéndose de hombros. «A él le da lo mismo, pero lo ha observado la gente y es lo que le inquieta», pensó—. No estás bien, Alexiéi Alexándrovich —añadió, levantándose, dispuesta a salir, pero él se adelantó como intentando cortarle el paso.

Su rostro estaba tan triste y de una fealdad tal como Anna no recordaba haberlo visto nunca. Se detuvo y, echando la cabeza hacia atrás y luego a un lado, comenzó a quitarse las horquillas con sus ligeras manos.

—Bueno, escucho —dijo serena y burlonamente—. Y hasta escucho con interés, porque quisiera comprender de qué se trata.

Al hablar, ella misma se sorprendía de su tono tan natural, tan tranquilo y seguro y de la elección de las palabras que empleaba.

—No tengo derecho y considero inútil, e incluso perjudicial, el entrar en los pormenores de tus sentimientos —comenzó diciendo Alexiéi Alexándrovich—. Ahondando en nuestra alma a menudo sacamos algo que pudiera muy bien yacer allí oculto. Tus sentimientos son cosa de tu conciencia, pero tengo la obligación ante ti, ante mí mismo y ante Dios de indicarte tus deberes. Nuestras vidas no están unidas por los hombres, sino por Dios. Solo el crimen puede romper ese vínculo, y un crimen de ese género arrastra el castigo tras sí.

—No entiendo nada. ¡Ay, Dios mío, es una pena que tenga hoy tanto sueño! —exclamó Anna, palpando rápidamente con las manos sus cabellos para sacar las horquillas que quedaban.

—Anna, por Dios, no hables así —dijo Alexiéi Alexándrovich con dulzura—. Tal vez me equivoque, pero créeme que lo que te digo es tanto por tu bien como por el mío. Soy tu marido y te quiero.

Por un momento Anna bajó la cabeza, extinguiéndose la chispa burlona de sus ojos; pero la palabra «quiero» volvió a indignarla. «¿Querer? ¿Acaso puede querer? Si no hubiera oído que existe el amor, nunca se le ocurriría emplear esa palabra. Ni siquiera sabe lo que es el amor», pensó.

—Alexiéi Alexándrovich, de veras, no entiendo. Explícame lo que encuentras...

—Espera, déjame hablar. Te quiero. Pero no hablo de mí; las personas que más importan en eso son nuestro hijo y tú. Repito que es posible que te parezcan completamente inútiles e inoportunas mis palabras, tal vez las haya despertado mi error. En ese caso, te ruego que me perdones. Pero si te das cuenta de que existe el mínimo fundamento, te suplico que recapacites, y si tu corazón te lleva a decirme...

Sin darse cuenta, Alexiéi Alexándrovich decía algo completamente distinto de lo que se había propuesto.

—No tengo nada que decirte. Y, además... —exclamó Anna de repente, hablando muy deprisa y conteniendo a duras penas la sonrisa—, de verdad, ya es hora de acostarse.

Alexiéi Alexándrovich suspiró y, sin pronunciar palabra, se dirigió al dormitorio. Cuando Anna entró allí, su marido estaba ya en la cama. Tenía los labios muy apretados y no la miró. Anna se acostó en su lecho, esperando a cada momento que él le diría algo. Aunque temía que le volviera a hablar, lo deseaba. Pero Alexiéi Alexándrovich callaba. Anna esperó durante largo rato, permaneciendo inmóvil, y luego se olvidó de él. Pensaba en otro hombre, lo veía, y se daba cuenta de que a esa sola idea el corazón se le henchía de emoción y de una alegría culpable. De pronto oyó un ronquido nasal rítmico y tranquilo. Al principio, como si se hubiese asustado de su propio ronquido, Alexiéi Alexándrovich se detuvo, pero, tras respirar dos veces silenciosamente, volvió a oírse aquel con su tranquilo ritmo.

«Es tarde, es tarde», murmuró Anna con una sonrisa. Durante mucho rato permaneció echada inmóvil y con los ojos abiertos, cuyo resplandor le parecía ver en la oscuridad.

X

Una vida nueva comenzó desde entonces para Alexiéi Alexándrovich y para su esposa. No había ocurrido nada extraordinario. Como
siempre, Anna frecuentaba el gran mundo, visitando muy a menudo
a la condesa Betsi y encontrándose con Vronski por doquier. Alexiéi
Alexándrovich estaba al tanto, pero era incapaz de hacer nada. A todos sus intentos de suscitar una explicación, Anna oponía una muralla
infranqueable, constituida por su alegre perplejidad. Aparentemente,
todo seguía lo mismo, pero sus relaciones íntimas experimentaron un
cambio radical. Alexiéi Alexándrovich, hombre tan enérgico en los
asuntos del Estado, se sentía impotente en este caso. Como un buey,
agachó sumiso la cabeza, esperando el golpe del hacha, que presentía
suspendida por encima de él. Cada vez que empezaba a pensar en
ello, se proponía hacer otro intento, pues creía que por medio de la
bondad, la dulzura y la persuasión había aún esperanzas de salvarla,
de obligarla a volver a la realidad. Pero cada vez que entablaba conversación con Anna, se convencía de que el espíritu del mal y del engaño
se había apoderado de ella, invadiéndolo a él también, y entonces
no le hablaba de lo que se había propuesto y su tono era distinto del
que quería. Involuntariamente, empleaba su tono habitual, con el que
parecía burlarse ligeramente de quienes hablaban así. Y de este modo
resultaba imposible decirle lo que era necesario.

Lo que durante un año había constituido el único anhelo de
Vronski, sustituyendo todos sus deseos anteriores, y lo que a Anna le
parecía la ilusión de una felicidad imposible, enorme y, sobre todo,
hermosa, se satisfizo. Vronski, pálido, con la mandíbula inferior trémula, se hallaba en pie ante Anna, suplicándole que se calmara sin
saber él mismo de qué ni por qué.

—¡Anna! ¡Anna! ¡Por Dios, Anna! —exclamaba.

Pero cuanto más alzaba Vronski la voz, tanto más bajaba Anna la cabeza, antes tan altiva y alegre y ahora llena de oprobio, y, encorvándose toda, se deslizó del diván, donde estaba sentada, hasta el suelo, a los pies de Vronski, y se hubiera caído en la alfombra si él no la hubiese sujetado.

—¡Dios mío! ¡Perdóname! —decía, sollozando, y oprimía la mano de Vronski contra su pecho.

Anna se sentía tan culpable y criminal que no le quedaba sino humillarse y pedirle perdón; ahora ya no tenía en la vida a nadie más que a Vronski, de modo que dirigía a él su ruego. Al mirar a Vronski experimentaba físicamente su humillación. Él sentía lo que debe de sentir un criminal ante un cuerpo al que ha privado de vida. Aquel cuerpo, al que había arrebatado la vida, era su amor, la primera época de su amor. Había algo terrible y repulsivo en recordar aquello cuyo precio era esa tremenda vergüenza. La vergüenza de su desnudez espiritual oprimía a Anna y se contagiaba a Vronski. Pero, a pesar de todo el horror del asesino ante el cadáver, es necesario descuartizarlo, ocultarlo y aprovecharse del beneficio que se ha obtenido con el crimen.

El asesino se arroja sobre el cadáver con ferocidad, casi con pasión, lo arrastra y lo despedaza; del mismo modo Vronski cubría de besos el rostro y los hombros de Anna. Esta le sujetaba la mano y permanecía inmóvil. Sí, aquellos besos eran el pago de la vergüenza. Y aquella mano, que siempre le pertenecería, era la de su cómplice. Anna levantó aquella mano y la besó. Vronski se arrodilló y quiso mirarla a la cara, pero Anna, callada, la ocultó. Finalmente, como si hiciera un esfuerzo para dominarse, se irguió, apartando a Vronski. El rostro de ella seguía siendo tan hermoso como siempre, y por eso inspiraba tanta más compasión.

—Todo ha terminado —dijo Anna—. No tengo a nadie más que a ti. Recuérdalo.

—No puedo olvidar lo que constituye mi vida. Por un minuto de esa felicidad...

—¡Felicidad! —exclamó Anna con expresión de repugnancia y horror, que se le comunicó a Vronski involuntariamente—. ¡Por Dios! ¡Ni una palabra, ni una palabra más!

Anna se levantó rápidamente y se apartó de Vronski.

—Ni una palabra más —repitió con una expresión fría y desesperada, que le resultó extraña a Vronski, y se despidió de él.

Anna tenía la impresión de que en aquel momento le era imposible expresar con palabras aquel sentimiento de vergüenza, de alegría y de horror ante el comienzo de la nueva vida, y no quería hablar de ello por no hacerlo trivial con palabras inexactas. Pero tampoco después, al día siguiente ni al otro, encontró palabras con las que pudiera exponer la complejidad de esos sentimientos y ni siquiera ideas para poder reflexionar en su fuero interno sobre lo que embargaba su alma.

Se decía: «No, ahora no puedo pensar en esto; más adelante, cuando esté más tranquila». Pero la tranquilidad para poder pensar no llegaba nunca; cada vez que la asaltaba el pensamiento de lo ocurrido, de lo que sería de ella y de lo que debía hacer, invadida por el horror, desechaba esas ideas.

«Más adelante, más adelante —se decía—, cuando esté más tranquila.»

Pero en sueños, cuando no tenía dominio sobre sus ideas, su situación se le aparecía en toda su horrible desnudez. Soñaba que Alexiéi Alexándrovich y Vronski eran los dos sus maridos y que ambos le prodigaban sus caricias. Alexiéi Alexándrovich lloraba y, besándole las manos, decía: «¡Qué bien se está ahora!». Y Alexiéi Vronski estaba allí mismo, y también era su marido. Y Anna se sorprendía de que antes eso le pareciera imposible, les explicaba que así era mucho más sencillo y que ahora ambos eran felices y estaban contentos. Pero ese sueño la angustiaba como una pesadilla y se despertaba horrorizada.

XI

Todavía en los primeros tiempos después de su regreso de Moscú, cuando Lievin se estremecía y ruborizaba al recordar la vergüenza de haber sido rechazado, se decía: «Me ruborizaba y me estremecía lo mismo que ahora, considerando que todo estaba perdido cuando me suspendieron en física y tuve que repetir el segundo curso y también cuando eché a perder aquel asunto que me confió mi hermana. ¿Y qué? Al pasar los años, me sorprende recordar que aquello pudiera disgustarme. Lo mismo sucederá con esta pena. Pasará el tiempo y llegará a serme indiferente».

Pero transcurrieron tres meses y Lievin no sentía esa indiferencia, y le resultaba tan doloroso como el primer día el recordar esto. No podía tranquilizarse porque había tenido mucha ilusión por la vida familiar, se sentía apto para ella y ahora estaba más alejado que nunca del matrimonio. Lievin se daba cuenta de un modo morboso, lo mismo que quienes lo rodeaban, que no era conveniente que un hombre de su edad viviera solo. Recordaba que antes de su viaje a Moscú le había dicho a su vaquero Nikolái, un hombre ingenuo, con el que le gustaba charlar: «Nikolái, quiero casarme», y que este le contestó rápidamente como si se tratara de un asunto sobre el que no pudiera caber duda alguna: «Hace mucho que era hora, Konstantín Dmítrich». Pero el matrimonio estaba ahora más lejos que nunca. El puesto estaba ocupado y, cuando colocaba en él en su imaginación a cualquier muchacha conocida, se daba cuenta de que aquello era completamente imposible. Además, el recuerdo de la negativa y del papel que había desempeñado lo llenaba de vergüenza, atormentándole. Por más que se decía que no tenía la culpa, ese recuerdo, unido a otros del mismo género, lo obligaban a estremecerse y enrojecer. Como todo hombre, tenía en su pasado hechos que reconocía como reprensibles, por los que la conciencia debiera atormentarlo, pero esto lo hacía sufrir mucho menos que otros recuerdos insignificantes, pero vergonzosos. Esas heridas no se cicatrizaban jamás. Y juntamente con esos recuerdos se alzaban ahora la negativa y aquella situación lamentable en la que se mostró a todos aquella noche. Pero el tiempo y el trabajo hacían lo suyo. Los recuerdos penosos se velaban cada vez más con los acontecimientos invisibles para él, pero importantes para la vida del campo. Con cada semana que transcurría se acordaba menos de Kiti. Esperaba con impaciencia la noticia de que esta se hubiese casado o que se preparaba a hacerlo enseguida con la esperanza de que eso, como la extracción de una muela, lo curaría totalmente.

Entretanto, llegó la primavera, una primavera encantadora, agradable, sin expectativas ni engaños, una de esas raras primaveras que alegran a un tiempo a los hombres, a los animales y a las plantas. Aquella espléndida primavera excitó aún más a Lievin, afianzando su propósito de renegar de todo lo pasado para organizar, de un modo firme e independiente, su vida de solitario.

Aunque no había llevado a cabo muchos de los proyectos que tenía al regresar al pueblo, Lievin observó el más importante: el de llevar una vida pura. No experimentaba aquella sensación que lo solía atormentar después de una caída, y se sentía capaz de mirar a los ojos a la gente. En el mes de febrero recibió una carta de María Nikoláievna; le decía que la salud de su hermano iba empeorando y que no quería cuidarse. Después de recibirla, Lievin fue a Moscú y consiguió convencer a su hermano de que consultara a un médico y de que fuera a tomar las aguas al extranjero. Logró convencerle tan bien y hasta prestarle dinero para el viaje sin que se irritara, que quedó muy satisfecho de sí mismo. Además de dirigir los trabajos de su hacienda, que exigía una atención especial en primavera, y de la lectura, Lievin había empezado aquel invierno a escribir una obra sobre la economía rural. Consistía en demostrar que el obrero, en la economía agraria, tenía un valor absoluto, lo mismo que el clima y el terreno, y que, por consiguiente, todas las conclusiones científicas acerca de este tema debían deducirse no solo de estos, sino también de la invariabilidad del carácter del obrero. A pesar de su soledad o quizá debido a ella, Lievin llevaba una vida muy ocupada; solo de tarde en tarde experimentaba la necesidad de comunicar a alguien que no fuera Agafia Mijáilovna los pensamientos que vagaban en su cerebro. Muchas veces hablaba con esta de física, de sus teorías agrarias y, sobre todo, de filosofía; la filosofía era el tema preferido de Agafia Mijáilovna.

La primavera tardó en aparecer. Durante las últimas semanas de Cuaresma hizo un tiempo claro y frío. De día, con el sol, empezaba a deshelar, pero de noche la temperatura descendía hasta siete grados bajo cero; la tierra tenía una capa de hielo tal que los carros podían transitar fuera de los caminos. El día de Pascua aún había nieve. Pero al día siguiente, de pronto, sopló un viento templado, se acumularon las nubes y durante tres días y tres noches arreció una lluvia templada y borrascosa. El jueves se calmó el viento y sobrevino una densa niebla gris, como para ocultar el misterio de las transformaciones que se operaban en la naturaleza. Bajo la niebla corrieron las aguas, crujieron y se desplazaron los hielos, aumentó la rapidez de los arroyos turbios y espumantes y para la Krásnaya Gorka,* por la tarde, se disipó la niebla, las nubes se deshicieron en velloncitos, se aclaró el tiempo y empezó la auténtica primavera. A la mañana siguiente el ardiente sol no tardó en fundir la fina capa de hielo que flotaba sobre las aguas y el aire cálido vibró con las emanaciones de la tierra vivificada. Reverdeció la hierba vieja y brotaron las puntas de la nueva, se hincharon las yemas del viburno, de los groselleros y de los álamos blancos y sobre el seto cubierto de luz dorada revoloteaban zumbando las abejas. Cantaron invisibles alondras sobre el verde aterciopelado y sobre los rastrojos helados; gimieron los frailecillos por encima de las aguas y lodos formados por las lluvias y en las alturas pasaron volando, con sus gorjeos primaverales, las grullas y los patos silvestres. Al salir al campo, mugió el ganado, en cuyo pelaje se veían zonas que aún no habían mudado el pelo, retozaron los corderos patizambos en torno de sus madres y chiquillos de piernas ágiles corrieron por los senderos húmedos, en los que había huellas de pies descalzos; en las albercas resonaron las voces alegres de las mujeres que lavaban y en los patios los hachazos de los mujiks que componían los arados y los rastrillos. Había llegado la auténtica primavera.

* «Colina roja», nombre que se daba en Rusia al domingo siguiente al de Pascua. (N. de las T.)

XII

Lievin se calzó las botas altas y, por primera vez, se puso una *podiovka* de paño en lugar de la pelliza. Recorrió la hacienda vadeando los arroyuelos, que herían la vista resplandecientes de sol, pisando tan pronto finas capas de hielo, tan pronto el barro pegajoso.

La primavera es la época de los planes y de los propósitos. Al salir Lievin como un árbol en primavera, que aún no sabe cómo ni en qué dirección crecerán sus ramas ni sus tiernos brotes encerrados en las yemas, no sabía lo que iba a emprender en su apreciada hacienda, pero se sentía henchido de buenos propósitos. Ante todo, fue a ver el ganado. Las vacas estaban ya en el cercado y su pelaje liso brillaba al sol, mientras mugían queriendo salir al campo. Después de contemplar a las vacas, cuyos menores detalles le eran conocidos, Lievin ordenó que las llevasen al prado y que sacaran al cercado a las terneritas. El pastor corrió alegremente a prepararse para salir al campo. Las vaqueras, con las sayas recogidas y los pies descalzos, que no se habían tostado aún, chapoteaban por el barro persiguiendo con unas varitas a las terneras —que mugían y retozaban alegres con la primavera— para que entraran en el cercado.

Una vez que hubo admirado las crías de aquel año, extraordinariamente hermosas —las terneras lechales estaban como las vacas de los campesinos y la becerra de la Pava, de tres meses de edad, tenía la alzada de las de un año—, Lievin ordenó que sacaran las gamellas y que les echaran heno dentro del cercado. Pero como no se habían usado durante el invierno, los barrotes de las cercas estaban rotos. Mandó llamar al carpintero, contratado para construir la trilladora. Pero este estaba arreglando las gradas que debía de haber tenido dispuestas en Carnaval.

Aquello contrarió mucho a Lievin. Le disgustaba que siempre se repitiera aquel desorden, contra el que había luchado durante tantos años con todas sus fuerzas. Se enteró de que habían llevado las cercas a las cuadras de los campesinos, donde se rompieron, debido a su construcción ligera. Además, supo que las gradas y todos los aperos que tenían orden de revisar y arreglar todavía en invierno, para lo cual se contrataron tres carpinteros, estaban sin arreglar, y lo estaban haciendo cuando ya era hora de empezar los trabajos del campo. Lievin mandó llamar al administrador, pero no tardó en ir a buscarlo en persona. Aquel, radiante como todo en ese día, con un *tulup* adornado de piel de cordero, volvía de la era partiendo una pajilla que llevaba en las manos.

—¿Por qué no está el carpintero trabajando en la trilladora?

—Ya pensé ayer en decírselo a usted. Es que las gradas necesitan arreglo. Ya es hora de empezar a labrar.

—¿Por qué no se arreglaron en invierno?

—¿Para qué necesita usted al carpintero ahora?

—¿Dónde está la cerca de los becerros?

—Mandé que la llevaran a su sitio. ¡Pero qué se puede hacer con esta gente! —concluyó el administrador haciendo un gesto con la mano.

—¡No con esta gente, sino con este administrador! —exclamó Lievin, perdiendo la serenidad—. ¡No sé para qué le tengo a usted! —gritó, pero, dándose cuenta de que aquello no serviría para nada, se interrumpió suspirando—. Bueno, qué, ¿podremos sembrar?

—Mañana o pasado se podrá sembrar más allá de Turkino.

—¿Y el trébol?

—Ya mandé a Vasili y a Mishka a sembrarlo, pero no sé si podrán, está muy fangosa la tierra todavía.

—¿Cuántas desiatinas* van a sembrar?

—Seis.

—¿Por qué no todas? —exclamó Lievin.

Al enterarse de que iban a sembrar solo seis desiatinas de trébol en lugar de veinte, Lievin se disgustó aún más. Teóricamente, tanto como por experiencia, sabía que la siembra del trébol debía hacerse pronto, casi con nieve. Y nunca lo había podido conseguir.

—No tenemos hombres. ¿Qué se puede hacer con gente así? Han faltado tres al trabajo. Y Semión...

—Haber llamado a algunos de los que se ocupan de la paja.

* Una desiatina corresponde a 1,09 hectáreas. *(N. de las T.)*

—Ya lo hice.

—¿Dónde están, pues?

—Cinco de ellos están preparando el estiércol; cuatro, trasladando la avena, no se vaya a estropear, Konstantín Dmítrich.

Lievin sabía muy bien que aquel «no se vaya a estropear» significaba que la avena inglesa destinada para sembrar se había echado a perder ya, y que de nuevo le habían desobedecido.

—¡Mandé trasladarla aún por Cuaresma!... —exclamó.

—No se preocupe, todo se hará a tiempo.

Lievin, irritado, hizo un gesto con la mano y se dirigió a los hórreos, echó un vistazo a la avena y regresó a la cuadra. La avena no se había echado a perder aún. Los hombres la estaban trasladando con palas, en vez de echarla directamente al hórreo de abajo. Lievin dispuso que lo hicieran así y mandó a dos de los obreros que estaban realizando este trabajo que fueran a sembrar el trébol. Con esto se calmó un poco su irritación contra el administrador. Además, hacía un día tan bueno que era imposible enfadarse.

—¡Ignat! —le gritó al cochero, que, remangado, estaba lavando la carretela junto al pozo—. Ensíllame un caballo.

—¿Cuál?

—Pues a *Kólpik.*

—Muy bien.

Mientras ensillaban, Lievin llamó al administrador, que andaba por allí, para reconciliarse con él; le habló de los trabajos que debían realizar en la primavera y de sus planes.

Habría que acarrear estiércol para que todo estuviese terminado antes de la primera siega. Y arar sin descanso los campos más apartados para mantenerlos en barbecho. La siega la realizarían jornaleros solamente y no a medias con los mujiks.

El administrador escuchaba atentamente, haciendo esfuerzos para aprobar las disposiciones de su amo, pero su aspecto, que Lievin conocía y que lo irritaba tanto, era desanimado y abatido. Parecía decir: «Todo eso está bien, pero que sea lo que Dios quiera».

Nada amargaba tanto a Lievin como esa actitud. Pero era la de todos los administradores que había tenido. Todos acogían con la misma actitud sus proyectos, ya no solía enfadarse, pero se disgustaba sintiéndose aún más incitado a luchar contra aquella fuerza primitiva, que llamaba «lo que Dios quiera», y con la cual se enfrentaba constantemente.

—A ver si nos da tiempo, Konstantín Dmítrich —dijo el administrador.

—¿Por qué no nos va a dar tiempo?

—Tenemos que contratar unos quince jornaleros más. Pero no vendrán. Hoy han pedido a setenta rublos por el verano.

Lievin se calló. De nuevo se enfrentaba con esa fuerza. Sabía que por más que se esforzaran no podrían contratar a más de treinta y siete o treinta y ocho, todo lo más cuarenta jornaleros con un ajuste corriente; conseguirían hasta cuarenta, no más. Pero él no podía dejar de luchar por eso.

—Mande usted a buscarlos a Sura, a Chefirovka. Es preciso buscarlos.

—Ya mandaré —replicó el administrador con desánimo—. Pero los caballos están muy agotados.

—Iremos comprando otros. Ya sé que a ustedes les gusta trabajar lo menos y lo peor posible —dijo Lievin riendo—, pero este año no les dejaré hacer su gusto. Lo dirigiré todo yo mismo.

—Me parece que tampoco ahora se duerme usted. Nosotros trabajamos más a gusto bajo la mirada del amo...

—Entonces, ¿están sembrando más allá de Beresovi Dol? Voy a ir a verlo —dijo, mientras montaba a Kólpik, el caballito bayo que le había traído el cochero.

—¡No podrá usted vadear el arroyo, Konstantín Dmítrich! —le gritó el cochero.

—Entonces iré por el bosque.

Y con paso rápido, el caballo, que había estado mucho tiempo inmóvil, relinchando al cruzar los charcos, como si pidiera que lo acuciaran, atravesó el patio, cubierto de lodo, hasta llegar al campo.

Si Lievin estaba contento en el corral y entre el ganado, ahora se sentía aún más alegre al verse en el campo. Balanceándose acompasadamente al trote de su buen caballo, aspiraba el olor, a la vez templado y fresco, de la nieve y del aire al pasar por el bosque, donde aquí y allá se veía un poco de nieve con huellas de pisadas, que se iba deshelando; le daba alegría ver cada árbol con la corteza cubierta de musgo renaciente y sus yemas a punto de estallar. Al salir del bosque se abrió ante él una enorme extensión, quedando al descubierto los prados de un verde aterciopelado y uniforme, sin calvas ni pantanos; solo en algunos lugares se veían pequeñas hendiduras cubiertas de nieve que se deshelaba. No se enfadó al ver la yegua de un aldeano que, con su potro, pisoteaban los prados (mandó a un mujik, con el que se encontró, que los echara de allí), ni tampoco por la respuesta burlona y estúpida de Ipat, a quien preguntó al encontrárselo por el camino:

—¿Qué hay, Ipat? ¿Vamos a sembrar pronto?

—Primero tenemos que arar, Konstantín Dmítrich —le contestó.

Cuanto más se alejaba más alegre se sentía y los proyectos para la hacienda se le representaban a cual mejor: rodear los campos de setos de manera que la nieve no pudiese amontonarse debajo de ellos; dividir el campo en seis partes de estiércol y tres de hierba para reserva; construir un establo en el extremo del campo, cavar un estanque e instalar, para aprovechar el abono, cercas transportables para el ganado. Con todo ello habría trescientas desiatinas de trigo, cien de patatas y ciento cincuenta de trébol y sin cansar una sola desiatina de tierra.

Invadido por estas ilusiones, conducía cuidadosamente al caballo por las lindes para no pisar los prados, hasta que se acercó al lugar donde sembraban el trébol. El carro con la simiente no se hallaba en el límite, sino en la tierra labrada, y el trigo otoñal se veía removido por las ruedas y los cascos de los caballos. Los dos jornaleros estaban sentados en la linde fumando, probablemente de la misma pipa. La tierra del carro, con la que se mezclaban las semillas, no estaba bien desmenuzada, sino apelmazada en terrones o helada. Al ver al amo, el jornalero Vasili se dirigió al carro y Mishka empezó a sembrar. Aquello no estaba bien, pero Lievin no solía nunca enfadarse con los jornaleros. Al acercarse Vasili, Lievin le ordenó que sacase el caballo del sembrado.

—No importa, señor, la semilla prenderá —replicó el jornalero.

—Te ruego que no des explicaciones; haz lo que te mandan —dijo Lievin.

—Sí, señor —contestó Vasili, agarrando al caballo por la cabeza—. Es una siembra de primera, Konstantín Dmítrich —añadió, adulador—. Cuesta mucho andar por el campo. Arrastra uno un pud de tierra en cada pie.

—¿Por qué no habéis cribado la tierra?

—Ya la desmenuzamos —contestó Vasili, cogiendo semillas y deshaciendo la tierra entre las manos.

Vasili no tenía la culpa de que le hubieran dado la tierra sin cribar, pero, a pesar de eso, a Lievin le indignaba. Más de una vez había puesto en práctica con éxito un remedio que conocía para aplacar su indignación y convertir en bueno todo lo que le parecía mal. También esta vez lo hizo. Viendo a Mishka que andaba arrastrando enormes masas de tierra en cada pie, se apeó del caballo y, cogiendo la sembradora de manos de Vasili, empezó a sembrar.

—¿Hasta dónde has sembrado?

Vasili le indicó el sitio con el pie, y Lievin fue como pudo a sembrar las semillas mezcladas con la tierra. Era difícil andar como por un pantano, y tras recorrer un surco, Lievin empezó a sudar y devolvió la sembradora.

—Bueno, señor, en verano no me vaya a reñir por este surco —dijo Vasili.

—¿Por qué? —exclamó Lievin, alegremente, notando ya la eficacia del remedio empleado.

—¡Ya lo verá cuando llegue el verano! Este surco será distinto. Fíjese dónde he sembrado en la primavera pasada. ¡Cómo sembré! Trabajo como para mi propio padre, Konstantín Dmítrich. No me gusta trabajar mal, ni consiento que lo hagan los demás. Eso es bueno para el amo y para nosotros también. Se alegra el corazón con solo verlo —dijo Vasili, señalando el campo.

—¡Qué hermosa primavera, Vasili!

—Ni los viejos recuerdan una primavera igual. Estuve en mi casa y el viejo ha sembrado también tres osmínnik* de trigo. Dice que no se puede distinguir del centeno.

—¿Hace mucho que sembráis trigo?

—Usted nos lo ha enseñado hace dos veranos y nos regaló dos medidas. Vendimos la cuarta parte y sembramos lo demás.

—No dejes de desmenuzar los terrones —dijo Lievin, acercándose al caballo—. Y vigila a Mishka. Si tenemos buena cosecha, te daré cincuenta kopeks por cada desiatina.

—Muchas gracias. Pero estamos contentos de usted aun sin eso.

Lievin montó y se dirigió al campo en el que habían sembrado trébol el año anterior y el cual estaba arado, dispuesto para sembrar el trigo de primavera. El trébol entre el rastrojo era espléndido. Ya había prendido y estaba de un verde intenso saliendo entre los tallos secos y quebrados del trigo del año anterior. El caballo chapoteaba hundiéndosele los cascos, y trataba de arrancar las patas de la tierra

* Medida de capacidad que equivale a 1.049 hectolitros. *(N. de las T.)*

223

medio helada. No se podía pasar en absoluto por el campo arado, sino solamente donde había algo de hielo, pues en los surcos que se habían deshelado, las patas del caballo se hundían. El campo estaba muy bien labrado. De allí a dos días se podría gradar la tierra y sembrar. Todo estaba hermoso y alegre. Lievin regresó vadeando el arroyo, con la esperanza de que las aguas hubiesen bajado ya. Y, en efecto, pudo vadearlo, espantando a una pareja de patos silvestres. «Seguramente hay también chochas», pensó, y precisamente en la curva del camino que conducía a la casa se encontró con el guardabosque, el cual le confirmó esta suposición.

Lievin se dirigió a casa al trote para que le diera tiempo de comer y preparar la escopeta para la tarde.

XIII

Al acercarse a la casa con una inmejorable disposición de ánimo, Lievin oyó una campanilla desde el lado de la entrada principal.

«Debe de ser alguien que viene de la estación —pensó—. Es la hora de la llegada del tren de Moscú... ¿Quién será? ¿Si fuese Nikolái? Me dijo: "Tal vez vaya a tomar las aguas o tal vez a tu casa".» Al principio lo embargó una sensación de disgusto y de miedo, pensando que la presencia de su hermano perturbaría su alegre disposición de ánimo primaveral. Pero se sintió avergonzado y enseguida pareció abrir sus brazos espirituales y esperó con tierna alegría, deseando con todo corazón que fuese su hermano. Espoleó al caballo y al salir de las acacias vio una troika de alquiler que llegaba de la estación, en la que iba un señor con pelliza. No era su hermano. ¡Ay!, si fuese alguna persona simpática con quien pudiera hablar, pensó Lievin.

—¡Ah! —exclamó alegremente, levantando los brazos—. ¡Qué visita tan agradable! ¡Oh, cuánto me alegro de verte! —gritó al reconocer a Stepán Arkádich.

«Ahora me enteraré de si se ha casado o cuándo lo va a hacer», pensó Lievin.

Y en aquel hermoso día primaveral, Lievin se dio cuenta de que el recuerdo de Kiti no le era penoso en absoluto.

—¡Qué!, ¿no me esperabas? —preguntó Stepán Arkádich, apeándose del trineo; llevaba salpicaduras de barro en la nariz, en una mejilla y en una ceja, pero rebosaba contento y salud—. Ante todo, he venido a verte —dijo, abrazando y besando a Lievin—; en segundo lugar, para ir de caza, y en tercero, para vender el bosque de Iergushovo.

—¡Magnífico! ¿Has visto qué primavera tenemos? ¿Cómo has podido llegar en trineo?

—En coche hubiera sido peor, Konstantín Dmítrich —replicó el cochero, que conocía a Lievin.

—Me alegro mucho, mucho de que hayas venido —dijo Lievin con una alegre sonrisa infantil.

Acompañó a su amigo a la habitación de los invitados, a la que llevaron también sus cosas: un saco de viaje, una escopeta enfundada y una caja de cigarros y, dejándolo allí para que se lavara y se cambiara de ropa, se dirigió al despacho para dar órdenes respecto de la labranza y del trébol. Agafia Mijáilovna, que siempre se preocupaba del honor de la casa, le salió al encuentro en el vestíbulo, haciéndole preguntas acerca de la comida.

—Haga lo que quiera, pero deprisa —le contestó Lievin, y se fue a ver al administrador.

A su regreso, Stepán Arkádich, lavado, peinado y con una sonrisa radiante, salía de su habitación; juntos subieron al piso de arriba.

—¡Cuánto me alegro de haber venido a verte! Ahora comprenderé en qué consisten los misterios que haces aquí. Verdaderamente, te envidio. ¡Qué casa! ¡Qué bien está todo! ¡Cuánta luz! ¡Cuánta alegría! —decía Stepán Arkádich, sin tener en cuenta que no siempre reinaba la primavera ni todos los días eran tan hermosos como aquel—. ¡Y qué encantadora es tu ama de llaves! Claro que gustaría más tener una doncella guapa con delantalito, pero para tu estilo monástico y severo eso va muy bien.

Stepán Arkádich relató muchas noticias interesantes, y, sobre todo una, interesantísima para Lievin: su hermano Serguiéi Ivánovich se proponía pasar el verano con él en el campo.

Pero no dijo ni una sola palabra de Kiti, ni de los Scherbatski, limitándose tan solo a transmitirle los saludos de su mujer. Lievin le estaba muy agradecido por su delicadeza y se sentía feliz con su visita. Como siempre, después de haber vivido solo una temporada, se le habían acumulado una serie de ideas y sensaciones que no podía comunicar a los que le rodeaban y ahora, al hablar con Stepán Arkádich, derramaba su alegría poética causada por la primavera, sus fracasos, sus planes para la hacienda, sus ideas, los comentarios de los libros que había leído y, sobre todo, la idea de su obra, cuya base consistía, aunque él mismo no lo advirtiese, en la crítica de todas las obras antiguas sobre aquel tema. Stepán Arkádich, siempre amable y que lo comprendía todo a la menor alusión, se mostró especialmente simpático esta vez, y Lievin se sintió halagado al notar en la actitud de su amigo un nuevo respeto y una especie de ternura hacia él.

Los esfuerzos de Agafia Mijáilovna y del cocinero para preparar una comida especialmente buena tuvieron por resultado que los dos amigos, muy hambrientos, atacaran los entremeses, hartándose de pan con mantequilla y setas saladas, y que Lievin ordenara que les sirvieran la sopa sin esperar las empanadillas, con las que el cocinero había querido deslumbrar al invitado. Pero, aunque Stepán Arkádich estaba acostumbrado a otra clase de comidas, lo encontró todo excelente y exquisito: la curruca, el pan, la mantequilla, las setas, los *schi* de ortigas, la gallina con salsa blanca y el vino blanco de Crimea.

—¡Magnífico, magnífico! —exclamó Oblonski, encendiendo un cigarro grueso después del asado—. Me parece que he arribado a una costa tranquila después de haber viajado en un vapor entre ruidos y tambaleo. Entonces ¿crees que se debe estudiar al obrero y se le debe dirigir en los métodos de la economía agraria? Soy profano en estas cosas, pero me parece que esta teoría y su aplicación van a tener influencia también en el obrero.

—Sí, pero escucha: no hablo de la economía política, sino de la ciencia de la explotación de la tierra. Esta debe ser como las ciencias naturales y debe estudiar tanto los fenómenos como al obrero en sus aspectos económico, etnográfico...

En aquel momento entró Agafia Mijáilovna con la confitura.

—Vaya, Agafia Mijáilovna —le dijo Stepán Arkádich, besándose las puntitas de sus dedos rollizos—. ¡Vaya una curruca!... ¿No es hora ya, Kostia? —añadió.

Lievin miró por la ventana el sol que se ponía tras las copas desnudas de los árboles del bosque.

—Ya es hora. Ya es hora —dijo—. Kuzmá, engancha el coche —ordenó y bajó corriendo.

Stepán Arkádich bajó también y quitó él mismo la funda de una caja de laca y, abriéndola, comenzó a armar su escopeta, un arma cara de último modelo. Kuzmá, que olfateaba una buena propina para vodka, no se separaba de Stepán Arkádich, le puso las medias y las botas, y este se lo dejó hacer con gusto.

—Kostia, si viene el comerciante Riabinin, a quien he mandado venir hoy, que lo reciban y que espere...

—¿Vas a vender el bosque a Riabinin?

—Sí. ¿Lo conoces?

—Claro que sí. Tuve con él asuntos que terminaron «positiva y definitivamente».

Stepán Arkádich se echó a reír. «Positiva y definitivamente» eran las palabras preferidas del comerciante.

—Habla de un modo muy divertido. ¡Ah! ¡Has comprendido adónde va tu amo! —añadió, acariciando a Laska, que ladraba dando vueltas en torno a Lievin, ora lamiéndole las manos, ora las botas y la escopeta.

Cuando salieron, el coche los esperaba junto a la escalinata.

—He mandado enganchar, aunque no vamos lejos; ¿o prefieres que vayamos andando?

—No, es mejor que vayamos en coche —contestó Stepán Arkádich acercándose al vehículo. Se sentó, envolviéndose las piernas con la manta de viaje y encendió un cigarro—. ¿Cómo es posible que no fumes? El cigarro no es solo un placer, sino la cumbre de los placeres. ¡Qué magnífica vida! ¡Qué bien se está! ¡Así me gustaría vivir!

—¿Quién te impide hacerlo? —preguntó Lievin, sonriendo.

—Eres un hombre feliz, tienes todo lo que te gusta. Te gustan los caballos, los tienes; te gustan los perros, los tienes; te gusta la caza, la tienes; te gusta dirigir tu finca, lo haces.

—Tal vez sea porque disfruto de lo que tengo y no me aflijo por lo que me falta —dijo Lievin, recordando a Kiti.

Stepán Arkádich lo comprendió, miró a Lievin, pero no dijo nada.

Lievin le agradecía a Oblonski el que, con su tacto habitual, no le hablara de los Scherbatski al darse cuenta de que no lo deseaba; ahora quería enterarse de lo que tanto lo atormentaba, pero no se atrevió a iniciar esa conversación.

—¿Cómo van tus asuntos? —preguntó Lievin, comprendiendo que no estaba bien pensar solo en sí mismo.

Los ojos de Stepán Arkádich brillaron de alegría.

—Tú no admites que puedan gustar los bollos cuando uno ya tiene su ración de pan, lo consideras como un delito, pero yo no comprendo la vida sin amor —dijo, interpretando a su manera la pregunta de Lievin—. ¿Qué le vamos a hacer? Soy así y verdaderamente con eso se hace tan poquito daño a los demás y a uno le proporciona un placer tan grande...

—Qué, ¿hay algo nuevo? —preguntó Lievin.

—Sí, lo hay, amigo. ¿Conoces el tipo de mujeres de Ossian...? Esas mujeres con las que uno sueña... pues en la realidad existen también... Y son terribles. La mujer es un ser que por más que la estudie uno siempre resulta completamente nueva.

—Entonces es mejor no estudiarlas.

—No. Un matemático ha dicho que el placer no está en descubrir la verdad, sino en buscarla.

Lievin escuchaba en silencio y, a pesar de los esfuerzos que hacía, no logró penetrar en el alma de su amigo, comprender sus sentimientos ni el placer de estudiar tales mujeres.

XIV

El lugar de la caza estaba cerca de un riachuelo en un bosquecillo de temblones. Al llegar, Lievin se apeó y condujo a Oblonski al extremo de un calvero cubierto de musgo y cenagoso, donde ya no había nieve. Lievin se fue al otro extremo y junto a un álamo blanco apoyó la escopeta en una rama seca baja, se quitó el caftán y, ajustándose el cinturón, comprobó si podía mover los brazos libremente. La vieja y canosa Laska, que seguía sus pasos, se sentó con precaución frente a él aguzando el oído. El sol se ponía tras el bosque grande, y a la luz del poniente, los álamos, diseminados entre los temblones, se destacaban nítidos con sus ramas, que colgaban cubiertas de yemas a punto de estallar.

En la espesura del bosque, donde aún había nieve, corría el agua con un leve rumor formando arroyuelos estrechos y sinuosos. Los pájaros gorjeaban y saltaban de cuando en cuando de un árbol a otro.

En los intervalos de un silencio absoluto se oía el murmullo de las hojas secas del año pasado producido por el deshielo de la tierra y el crecimiento de las hierbas. «¡Cómo! ¡Se oye y se ve crecer la hierba!», se dijo Lievin al observar que una hoja de temblón mojada, de color pizarra, se había movido junto al tallo de una hierba nueva. Permanecía en pie escuchando y mirando ora a la tierra mojada cubierta de musgo, ora a la perra que aguzaba el oído, ora al mar de copas de árboles despojados que se extendía ante él al pie de la montaña, ora al cielo cubierto de jirones de nubes blancas, que se iba oscureciendo. Un buitre, batiendo lentamente las alas, pasó volando en lo alto por encima del bosque lejano; lo siguió otro, volando del mismo modo y en la misma dirección hasta que desapareció. El gorjeo de los pájaros era cada vez más alto y más insistente. Cerca de allí se oyó el grito de un búho, y Laska, estremeciéndose, avanzó con cautela varios pasos y, ladeando la cabeza, prestó atención. Desde el otro lado del arroyo se sintió cantar al cuclillo; después de repetir dos veces su canto habitual, emitió un sonido ronco apresurándose y confundiéndose.

—¡Cómo! ¿Ya tenemos al cuclillo? —exclamó Stepán Arkádich, saliendo de los matorrales.

—Sí, ya lo oigo —replicó Lievin, disgustado de romper el silencio del bosque con su voz, que a él mismo le resultó desagradable—. Ya pronto...

La figura de Stepán Arkádich desapareció de nuevo tras los matorrales y Lievin no vio más que la llamita viva de una cerilla y después la brasa de un cigarro y una voluta de humo azul.

Chik, chik, sonaron los gatillos de la escopeta, levantados por Stepán Arkádich.

—¿Quién grita? —preguntó Oblonski, refiriéndose a un ruido prolongado, semejante al de un potro que retoza.

—¿No lo sabes? Es el macho de la liebre. ¡Pero basta de hablar! Escucha, ya vienen volando —exclamó Lievin, gritando casi.

Se oyó un silbido agudo y lejano y, justamente al transcurrir el intervalo habitual —que tan bien conoce el cazador—, a los dos segundos, otros dos, seguidos de un graznido.

Lievin miró a derecha e izquierda y vio aparecer un pájaro en el cielo de un azul turbio, por encima de las copas de los árboles cubiertas de brotes. El pájaro volaba directamente hacia él; el graznido cercano era semejante al ruido que se produce al rasgar una tela, y Lievin lo oyó casi junto a su oído; ya se veía el largo pico y el cuello del pájaro, pero en el momento en que Lievin apuntó, tras el arbusto donde estaba Oblonski brilló un relámpago rojo y el ave descendió como una flecha y volvió a levantar el vuelo. Refulgió otro relámpago oyéndose un disparo y, agitando las alas como si tratase de sostenerse en el aire, el pájaro se detuvo durante un segundo y luego cayó pesadamente en la tierra pantanosa.

—¿Es posible que haya errado el tiro? —gritó Stepán Arkádich, que no veía a través del humo.

—Aquí está —dijo Lievin, señalando a Laska, que, levantando una oreja y meneando la puntita del rabo, se acercaba lentamente, como prolongando aquel placer y como sonriendo a su dueño al traerle el pájaro muerto—. Me alegro de que hayas acertado —añadió Lievin, experimentando cierta envidia por no haber sido él quien matara la chocha.

—Pero erré el tiro del cañón derecho —replicó Stepán Arkádich, cargando la escopeta—. Chis..., que vienen.

En efecto, se oyeron unos silbidos penetrantes que se sucedían rápidamente. Dos chochas, jugueteando y persiguiéndose, que silbaban sin emitir el graznido habitual, llegaron volando por encima de las cabezas de los cazadores. Se oyeron cuatro disparos; las chochas, como unas golondrinas, dieron una rápida vuelta y desaparecieron.

La caza resultó espléndida. Stepán Arkádich mató dos piezas más y Lievin otras dos, de las que no pudo encontrar una. Oscurecía. Venus, clara y plateada, brillaba ya muy baja en el poniente, más allá de los álamos, con su suave resplandor; y en el levante, en lo alto, jugueteaba ya con sus llamas rojas el severo Arturo. Lievin tan pronto veía cómo perdía de vista la constelación de la Osa Mayor. Ya no volaban las chochas, pero decidió esperar hasta que Venus, visible para él por debajo de la rama de un álamo, se remontase por encima de estas, y hasta que se divisasen claramente las estrellas de la Osa Mayor. Ya se había remontado Venus por encima de la ramita y se veía el carro de la Osa con su lanza en el cielo azul intenso, pero Lievin seguía esperando.

—¿No es hora de volver? —preguntó Stepán Arkádich.

En el bosque reinaba ya el silencio y no se movía ni un pájaro.

—Quedémonos un poco más —contestó Lievin.

—Como quieras.

En aquel momento los separaba una distancia de unos quince pasos.

—Stiva —exclamó Lievin repentinamente—, ¿por qué no me dices si se ha casado tu cuñada o cuándo se va a casar?

Se sentía tan firme y sereno que creía que ninguna respuesta había de alterarlo. Pero no esperaba en absoluto la contestación que le dio Stepán Arkádich.

—No ha pensado ni piensa casarse, está muy enferma; los médicos le han mandado ir al extranjero, y hasta se teme por su vida.

—¡Qué me dices! —exclamó Lievin—. ¿Está muy enferma? ¿Qué le pasa? Como...

Mientras hablaban, Laska, aguzando el oído, miraba al cielo y se volvía hacia ellos con expresión de reproche.

«Vaya un momento que han escogido para hablar —parecía pensar—. El pájaro pasa volando..., aquí está..., lo dejarán escapar...»

Pero en aquel momento los dos oyeron un silbido penetrante que pareció lacerarles el oído y ambos agarraron las escopetas; refulgieron dos relámpagos, oyéndose dos disparos simultáneos. Una chocha, que volaba muy alto, plegó las alas por un momento y cayó en la espesura, magullando los brotes nuevos.

—¡Magnífico! ¡Es de los dos! —exclamó Lievin, y corrió al bosquecillo acompañado de Laska. «¿Por qué tengo esa sensación de disgusto? —pensó—. ¡Ah, sí! Kiti está enferma... ¡Qué le hemos de hacer, es una lástima!»

—¡Ah! ¡La encontraste! ¡Eres muy lista! —dijo, tomando de la boca de Laska el pájaro, caliente aún, y metiéndolo en el morral, casi lleno—. La ha encontrado, Stiva —gritó.

De camino hacia casa, Lievin preguntó detalles sobre la enfermedad de Kiti y los proyectos de los Scherbatski y, aunque le avergonzaba reconocerlo, le fue agradable lo que le contó Oblonski. Le agradó porque aún quedaba una esperanza y, sobre todo, porque Kiti había sufrido; ella, que tanto daño le había causado. Pero cuando Stepán Arkádich le habló de las causas de la enfermedad de Kiti, mencionando el nombre de Vronski, Lievin lo interrumpió.

—No tengo derecho alguno y, a decir verdad, ningún interés en saber detalles familiares.

Stepán Arkádich sonrió imperceptiblemente al observar el rápido cambio de expresión del rostro de Lievin —que tan bien conocía—, que se tornó tan triste como alegre estuviera antes.

—¿Has ultimado la venta del bosque con Riabinin? —preguntó Lievin.

—Sí, ya lo he hecho. El precio es excelente: treinta y ocho mil rublos. Ocho mil al contado y lo demás pagadero en seis años. Hace mucho que trato de venderlo y nadie me ha dado más.

—Lo has vendido por nada —opinó Lievin, sombrío.

—¿Por qué? —preguntó Stepán Arkádich con una sonrisa benévola, sabiendo que ahora todo le parecería mal a Lievin.

—Porque el bosque vale por lo menos quinientos rublos la desiatina —contestó Lievin.

—¡Oh! ¡Cómo son los propietarios rurales! —bromeó Stepán Arkádich—. ¡Qué tono de desprecio hacia nosotros los de la ciudad!... Sin embargo, cuando se trata de arreglar algún asunto, nosotros lo hacemos mejor. Créeme que lo he calculado todo y he vendido el bosque tan ventajosamente que hasta temo que Riabinin se vuelva atrás. Ten en cuenta que no se trata de un bosque maderable —añadió, deseando convencer a Lievin con la palabra «maderable» de que sus dudas eran injustas—, sino de leña. No se pueden obtener arriba de treinta sazhen* por desiatina, y Riabinin me paga doscientos rublos por cada una.

Lievin sonrió despectivamente. «Conozco esa costumbre, no sólo de Stepán Arkádich, sino de todos los habitantes de la ciudad, que vienen al pueblo un par de veces en diez años, aprenden dos o tres expresiones populares y las emplean sin ton ni son; plenamente convencidos de que lo saben todo. "Maderable, se obtienen treinta sazhenas"... Dice palabras que no entiende», pensó.

—No trato de instruirte en absoluto sobre lo que tienes que hacer en la Audiencia y, en caso necesario, hasta te consulto —dijo—. En cambio, tú estás convencido de que entiendes de bosques. Es una cosa difícil, ¿has contado los árboles?

—¿Contar los árboles? —repitió Stepán Arkádich, echándose a reír, siempre con el deseo de disipar el mal humor de su amigo—. Aunque una inteligencia superior puede contar los granos de arena y los rayos de las estrellas...

—Así es, y la inteligencia superior de Riabinin puede hacerlo. Ningún comerciante compraría un bosque sin contar los árboles, si no se lo diesen por nada, como lo has hecho tú. Conozco tu bosque. Todos los años voy a cazar allí; ese bosque vale quinientos rublos por desiatina en dinero contante y sonante; en cambio, Riabinin te da doscientos y a plazos. Lo cual significa que le has regalado unos treinta mil rublos.

—Bueno, basta de divagaciones —replicó Stepán Arkádich con voz lastimera—. ¿Por qué no me los daba nadie?

—Riabinin está en combinación con los demás compradores y les habrá dado una gratificación. He tratado con todos ellos y los conozco. No son compradores, sino revendedores. Riabinin no se mete en un negocio en el que gane el diez o el quince por ciento, sino que compra un rublo por veinte kopeks.

—¡Bueno, basta! Estás de mal humor.

—En absoluto —replicó Lievin con expresión sombría, cuando ya se acercaban a la casa.

Junto a la entrada había un coche tapizado de cuero y con armadura de hierro, y uncido a él un caballo fuerte con anchos arneses. En el coche se hallaba el administrador de Riabinin, un hombre

* Medida que equivale a 2,134 metros. *(N. de las T.)*

sanguíneo, que llevaba el cinturón muy ceñido, el cual hacía también las veces de cochero. Riabinin estaba ya en la casa y los dos amigos le encontraron en el vestíbulo. Era un hombre alto, delgado, de cierta edad, con bigote, prominente barbilla afeitada y ojos saltones y turbios. Vestía una larga levita azul con botones en la parte baja de la espalda, y calzaba botas altas, arrugadas en los tobillos y rectas en las pantorrillas, y encima de estas unos grandes chanclos. Se enjugó el rostro con un pañuelo y, cruzándose la levita, que sin necesidad de eso le sentaba muy bien, saludó con una sonrisa a los recién llegados, tendiendo una mano a Stepán Arkádich, como si quisiera atrapar algo.

—¿Conque ha llegado usted? ¡Magnífico! —dijo Stepán Arkádich, dándole la mano a su vez.

—No me he atrevido a desobedecer la orden de su excelencia, a pesar de estar malísimo el camino. Lo he recorrido casi todo a pie, pero he llegado puntual. Konstantín Dmítrich, le presento mis respetos —le dijo a Lievin, tratando de cogerle la mano, pero este, con el ceño fruncido, fingió no darse cuenta y empezó a sacar las chochas—. ¿Han estado de caza? ¿Qué pájaro es este? —añadió Riabinin, mirando despreciativamente las chochas—. Debe de tener un gusto... —Y movió la cabeza con gesto de desaprobación, como dudando de que mereciera la pena ir de caza para eso.

—¿Quieres pasar al despacho? —le preguntó Lievin en francés a Oblonski, frunciendo el ceño con expresión sombría—. Allí podrán ustedes hablar —añadió.

—Bien, como usted quiera —replicó Riabinin con desdeñosa suficiencia, como queriendo dar a entender que otras personas pueden tener dificultades en saber cómo tratar a cada cual, pero que él no las tenía nunca.

Entrando en el despacho, Riabinin miró en torno suyo como buscando el icono, pero al verlo no se persignó. Examinó los armarios y las estanterías de libros, y con la misma expresión de duda que mostrara al ver las chochas, sonrió despreciativamente y movió la cabeza desaprobando.

—¿Trae usted el dinero? —preguntó Oblonski—. Siéntese.

—El dinero no se hará esperar. He venido para verle y discutir el asunto.

—¿Discutir el qué? Pero siéntese.

—Bueno —dijo Riabinin, sentándose, y se reclinó en el respaldo de la butaca de la manera que le resultaba más incómoda—. Tiene usted que rebajar el precio, príncipe. Tengo preparado el dinero hasta el último kopek. No habrá dificultades respecto a eso.

Lievin, que había guardado la escopeta en el armario y se disponía a salir, se detuvo al oír las palabras del comerciante.

—Aun sin rebaja se lleva usted el bosque regalado. Mi amigo ha llegado tarde; si no, yo habría fijado el precio.

Riabinin se levantó y, sonriendo en silencio, miró a Lievin de pies a cabeza.

—Konstantín Dmítrich es muy tacaño —le dijo a Oblonski, sonriendo—. Definitivamente no se le puede comprar nada. En una ocasión quise comprarle el trigo y le ofrecí una buena cantidad.

—¿Por qué le iba a dar a usted de balde lo que me pertenece? No lo he encontrado por ahí, ni lo he robado.

—¡Oh, no diga usted eso! En nuestros días es positivamente imposible robar. Todo se hace definitivamente de acuerdo con la ley, todo es honrado, es imposible robar. Hemos tratado honradamente, es demasiado lo que pide por el bosque; le ruego que me lo rebaje, aunque sea un poco.

—Bueno, ¿han cerrado el trato o no lo han cerrado aún? Si lo han hecho, no hay por qué regatear, y si no, soy yo quien compra el bosque.

La sonrisa desapareció instantáneamente del rostro de Riabinin. Una expresión cruel de ave de rapiña, de buitre, se reflejó en él. Con sus ágiles dedos huesudos se desabrochó la levita, dejando al descubierto la camisa, los botones de cobre de su chaleco y la cadena del reloj, y sacó rápidamente una cartera vieja y abultada.

—Perdón, el bosque es mío —dijo, y, tras santiguarse con gesto presuroso, le alargó la mano—. Tome el dinero, el bosque es mío. Así es como comercia Riabinin —continuó, frunciendo el ceño y gesticulando con la cartera.

—En tu lugar, no me apresuraría —dijo Lievin.

—Pero, hombre, si he dado mi palabra —replicó Oblonski, asombrado.

Lievin salió de la habitación, dando un portazo. Riabinin miró a la puerta y, sonriendo, movió la cabeza.

—Es la juventud, definitivamente son cosas de niños. Créame, si se lo compro es por el honor de que se sepa que ha sido Riabinin el que ha comprado el bosque de Oblonski. ¡Dios dirá por dónde salen las cuentas! Créame. Le ruego que firme las condiciones...

Al cabo de una hora, el comprador, cruzando cuidadosamente el guardapolvo y abrochándose la levita, en uno de cuyos bolsillos llevaba el contrato, se instaló en su coche tapizado de cuero y se fue a su casa.

—¡Oh, hay que ver a estos señores! ¡Siempre son iguales! —le dijo al administrador.

—Así es —replicó este, entregándole las riendas y ajustando el cuero para cubrir las piernas—. ¿Qué tal la compra, Mijaíl Ignátich?

—¡Arre! ¡Arre!

XV

Stepán Arkádich, con el bolsillo abultado por el papel moneda que le había dado el comerciante con tres meses de anticipación, subió al piso de arriba. El asunto del bosque estaba concluido, la caza había resultado magnífica y él se encontraba en la mejor disposición de ánimo y, por consiguiente, tenía mucho interés en disipar el mal humor de Lievin. Deseaba acabar el día cenando tan agradablemente como había comido.

En efecto, Lievin estaba malhumorado y, a pesar de su deseo de mostrarse cariñoso y amable con su simpático invitado, no pudo vencerse. La embriaguez que le produjo la noticia de que Kiti no se había casado empezaba a desvanecerse poco a poco.

Kiti seguía soltera y estaba enferma, enferma de amor hacia el hombre que la había despreciado. Esa ofensa parecía recaer sobre Lievin. Vronski había despreciado a Kiti y esta había despreciado a Lievin. Por consiguiente, Vronski tenía derecho de desdeñarlo a él y, en consecuencia, era enemigo suyo. Pero Lievin no meditaba sobre esto. Sentía de un modo confuso que había algo ofensivo para él, y ahora no se irritaba por lo que lo había disgustado, sino contra todo lo que se le ponía delante. Lo exasperaba la estúpida venta de aquel bosque y el engaño en el que había caído Oblonski en su propia casa.

—Qué, ¿has acabado? —preguntó, saliéndole al encuentro a Stepán Arkádich—. ¿Quieres cenar?

—No me niego. ¡Tengo un apetito magnífico en el campo! ¿Por qué no has invitado a cenar a Riabinin?

—¡Que se vaya al diablo!

—¡Hay que ver cómo lo tratas! Ni siquiera le diste la mano. ¿Por qué?

—Porque yo no le doy la mano a un criado, y vale cien veces más que él.

—¡Qué retrógrado eres! ¿Y la unión de clases? —dijo Oblonski.

—A quien le resulte agradable la unión, que se una, a mí me repugna.

—Veo que, decididamente, eres un retrógrado.

—Nunca he pensado en lo que soy. Soy Konstantín Lievin, y nada más.

—Y un Konstantín Lievin muy malhumorado —replicó Stepán Arkádich, sonriendo.

—Sí, y ¿sabes por qué estoy de mal humor? Perdóname que te lo diga, por tu estúpida venta...

Stepán Arkádich frunció el ceño con una expresión benévola, como un hombre a quien ofenden y disgustan injustamente.

—Bueno, basta ya —dijo—. ¿Dónde se ha visto que después de haber vendido uno algo no le digan inmediatamente: «Eso vale mucho más»? En cambio, mientras uno trata de venderlo, todos ofrecen poco... Veo que le tienes ojeriza a ese pobre Riabinin.

—Tal vez se la tenga. Pero ¿sabes el motivo? Volverás a decirme que soy retrógrado o algo por el estilo, pero, a pesar de todo, me irrita y me duele ver ese empobrecimiento de la nobleza que se está llevando a cabo por doquier, esa nobleza a la que pertenezco, lo cual me honra, a pesar de la unión de clases... Ese empobrecimiento no es consecuencia del lujo. Eso no sería lo malo, porque el llevar una vida señorial es cosa de señores y solo ellos lo saben hacer. Ahora los campesinos compran tierras junto a las nuestras; eso no me molesta. El señor no se ocupa de nada, el mujik se afana y despoja al ocioso. Eso debe ser así. Y yo me alegro mucho por el mujik. Pero me duele ver ese empobrecimiento debido a (no sé cómo llamarlo) una especie de candidez. Aquí ha comprado un arrendatario polaco una finca espléndida por la mitad de su valor a una señora que reside en Niza. Allá le arriendan a un comerciante a rublo por desiatina una tierra que vale a diez rublos. Tú, sin motivo alguno, le has regalado a ese bribón treinta mil rublos.

—Entonces ¿qué? ¿Iba a contar los árboles uno por uno?

—¡Desde luego, sin falta! Tú no los has contado, pero Riabinin lo ha hecho. Los hijos de Riabinin tendrán medios para vivir e instruirse, y a los tuyos, tal vez, les falten.

—Perdóname, pero hay algo mezquino en eso de contar los árboles. Nosotros tenemos nuestras ocupaciones, ellos las suyas, y tienen que ganar. Además, el asunto está concluido, y basta. ¡Ya llegan los huevos al plato, es como más me gustan! Y Agafia Mijáilovna nos va a dar otra magnífica curruquita...

Stepán Arkádich se sentó a la mesa y empezó a bromear con la vieja ama de llaves, le aseguró que no había comido ni cenado tan bien desde hacía mucho.

—Al menos usted me alaba; en cambio, Konstantín Dmítrich, ya le puedo servir cualquier cosa, así sea una corteza de pan, se la come y se va sin decir palabra —comentó Agafia Mijáilovna.

Por más que se esforzaba en vencerse, Lievin seguía taciturno y silencioso. Tenía que hacerle una pregunta a Stepán Arkádich, pero no lograba decidirse, ni encontraba la forma ni el momento oportuno para ello. Oblonski había bajado ya a su habitación, se había desnudado, lavado y acostado, con una camisa de noche plisada, pero Lievin seguía aún haciéndose el remolón, hablando de cosas insignificantes, sin encontrar fuerzas para preguntar lo que quería.

—¡Qué admirablemente preparan el jabón! —dijo, desenvolviendo y examinando una pastilla de jabón perfumado que había puesto Agafia Mijáilovna para Oblonski, pero que este no había utilizado—. Mira, es una obra de arte.

—Sí, en todo se ha llegado ahora a la perfección —replicó Stepán Arkádich, bostezando con expresión de felicidad—. Por ejemplo, los teatros y esos lugares de diversión... ¡Ah! ¡Ah! ¡Ah! —Volvió a bostezar—. La luz eléctrica por todas partes... ¡Ah! ¡Ah!

—Sí, la luz eléctrica —asintió Lievin—. Sí. Y ¿dónde está Vronski ahora? —preguntó de pronto, dejando la pastilla.

—¿Vronski? —dijo Stepán Arkádich, interrumpiendo el bostezo—. Está en San Petersburgo. Se fue a poco de irte, y no ha vuelto ni una sola vez a Moscú. ¿Sabes, Kostia? He de decirte la verdad —continuó, apoyando los brazos en la mesa y sosteniendo con la mano su hermoso rostro rubicundo, en el que brillaban, como unos luceros, sus bondadosos ojos adormilados—. Tú mismo tuviste la culpa. Te asustaste del rival. Y ya te lo dije entonces: no sé cuál de los dos tenía más probabilidades. ¿Por qué no te enfrentaste con él? Te dije entonces que... —Oblonski bostezó solo con un movimiento de mandíbulas, sin abrir la boca.

«¿Sabrás o no sabrás que he pedido la mano de Kiti?», pensó Lievin y miró a Oblonski. «Tiene una expresión maliciosa y diplomática», y, sintiendo que se ruborizaba, siguió mirándole en silencio directamente a los ojos.

—Si hubo entonces algo por parte de Kiti, fue porque se sintió atraída por el exterior de Vronski —continuó Stepán Arkádich—. Su procedencia aristocrática y su futura situación en la alta sociedad tuvieron influencia en la madre y no en Kiti.

Lievin frunció el ceño. La ofensa por la que había pasado le quemó el corazón como una herida reciente. Pero estaba en su propio hogar y los muros de la casa parecen ayudar siempre.

—Espera, espera —dijo, interrumpiendo a Oblonski—. Hablas de su procedencia aristocrática. ¿En qué consiste la aristocracia de Vronski o de quien sea, una aristocracia por la que se me pueda despreciar a mí? Consideras que Vronski es un aristócrata, pero yo no. Un hombre cuyo padre ha salido de la nada a fuerza de intrigas y cuya madre ha tenido relaciones con Dios sabe quién... Perdóname, pero yo me considero aristócrata a mí y a los que se me parecen, los que tienen tras sí tres o cuatro generaciones de familias honradas, que alcanzaron el máximo grado de educación (las capacidades y la inteligencia son otras cosas), y los que nunca se han humillado delante de nadie, ni han necesitado de otros, como mis padres y mis abuelos. Conozco mucha gente así. A ti te parece mezquino el que yo cuente los árboles del bosque, y le regalas a Riabinin treinta mil rublos; tú cobras el dinero del arrendamiento, y no sé cuántas cosas más, pero yo no, y por eso aprecio el patrimonio y lo que he conseguido con el trabajo... Somos nosotros los aristócratas, y no los que únicamente pueden subsistir a fuerza de recibir dádivas de los poderosos de este mundo y a los que se puede comprar por veinte kopeks.

—Pero ¿a quién se lo explicas? Si estoy conforme contigo —replicó Stepán Arkádich, con expresión sincera y alegre, aunque se daba cuenta de que Lievin lo incluía entre los que se venden por veinte kopeks. La animación de Lievin le agradaba de verdad—. ¿Contra quién hablas? Aunque muchas cosas de las que dices de Vronski no son ciertas, no me refiero a eso. Te lo digo sinceramente; opino que debías venirte a Moscú conmigo y...

—Ignoro si lo sabes o no, pero me da igual. Te lo diré: pedí la mano de Kiti, y ella me rechazó. Katerina Alexándrovna es para mí ahora un recuerdo penoso y humillante.

—¿Por qué? ¡Qué absurdo!

—No hablemos más. Perdóname si me he mostrado grosero contigo —dijo Lievin. Ahora lo había dicho todo y volvió a estar como por la mañana—. ¿Te enfadas conmigo, Stiva? Por favor, no te enfades —repitió sonriendo y tomándole la mano.

—No, en absoluto, no tengo por qué enfadarme. Me alegra tu explicación. ¿Sabes que la caza por la mañana suele ser buena? ¿Te parece que vayamos? Prescindiría de dormir, y después de la caza iría directamente a la estación.

—Conforme, sí, iremos.

XVI

Aunque la vida interior de Vronski estaba absorbida por su pasión, su vida externa se deslizaba de un modo igual e incontenible por los antiguos y acostumbrados cauces de las relaciones mundanas y de los intereses del regimiento. Estos ocupaban un lugar importante en la vida de Vronski por el cariño que le tenía al regimiento, y aún más por el que le expresaban sus jefes y compañeros. No solo lo querían, sino que le respetaban y se enorgullecían de él, porque era un hombre inmensamente rico, de esmerada instrucción y grandes capacidades, el cual tenía un camino abierto para toda clase de éxitos, honores y pompas. Pero, sin embargo, despreciaba todo eso, y lo que constituía el mayor interés de su vida eran precisamente el regimiento y sus camaradas. Vronski tenía conciencia del concepto que tenían de él sus compañeros y, además de apreciar esa vida, se sentía obligado a mantener aquella opinión.

Como es de suponer, no hablaba de su amor con ningún compañero, ni se le escapaba una sola palabra durante las más alegres francachelas (por otra parte, nunca se emborrachaba tanto como para perder el dominio de sí mismo), y tapaba la boca a los frívolos amigos que hicieran la menor alusión a aquel. Pero a pesar de eso, toda la ciudad estaba enterada, todos sospechaban más o menos sus relaciones con la Karénina. Y la mayoría de los jóvenes le envidiaban precisamente lo que le resultaba más penoso: la buena posición de Karénina, que contribuía a hacer más patente aquel amor.

La mayoría de las señoras jóvenes, que envidiaban a Anna, hartas de oír que se la consideraba *irreprochable*, se alegraban de las sospechas que tenían ahora y esperaban tan solo la confirmación de la opinión pública para dejar caer sobre ella todo el peso de su desprecio. Preparaban ya el barro que le lanzarían cuando llegase el momento. Sin embargo, casi todas las personas de cierta edad y las de ideas elevadas estaban descontentas del escándalo que se avecinaba. Al enterarse de aquel amor, la madre de Vronski se alegró porque, según sus ideas, nada podía acabar mejor la formación de un joven apuesto como las relaciones con una dama de la alta sociedad, y también porque Anna Karénina, que le había gustado mucho y que le había hablado tanto de su hijo, era, al fin y al cabo, como todas las mujeres bellas y decentes. Pero últimamente se enteró de que su hijo había rechazado un puesto importante para su carrera, solo por quedarse en su regimiento, lo cual le permitía tratar a Karénina; también se enteró de que, por ese motivo, algunas personalidades estaban descontentas de él, y entonces varió de opinión. Tampoco le gustó, a juzgar por lo que se había enterado, que no se trataba de unas relaciones brillantes ni agradables, al estilo de la alta sociedad, que ella hubiera aprobado, sino de una desesperada pasión a lo Werther, que podía impulsarlo a cometer alguna tontería. No había vuelto a ver a su hijo desde su inesperada partida a Moscú y ahora le exigía, por medio de su hijo mayor, que fuera a verla.

El hermano de Vronski también estaba descontento. No analizó la clase de amor que era: grande o pequeño; con pasión o sin ella; puro o vicioso (él mismo, que tenía hijos, mantenía a una bailarina, y por eso se mostraba condescendiente con estas cosas), pero sabía que aquellas relaciones disgustaban a personas que era preciso agradar, motivo por el cual desaprobaba la conducta de su hermano.

Aparte del servicio y de frecuentar la buena sociedad, Vronski se dedicaba a otra cosa: a los caballos, que constituían una pasión para él.

Aquel año se habían organizado carreras con obstáculos para oficiales. Vronski se inscribió para participar en ellas; se compró una yegua inglesa pura sangre, y, a pesar de estar enamorado, se apasionó, aunque de un modo contenido, por las próximas carreras.

Aquellas dos pasiones no se estorbaban la una a la otra. Al contrario, Vronski necesitaba una ocupación y un entretenimiento independiente de su amor para calmarse y descansar de aquellas impresiones demasiado intensas.

XVII

El día de las carreras de Krásnoie Seló, Vronski llegó antes que de costumbre al comedor del cuartel para tomar un filete. No tuvo que ponerse a un régimen muy severo, ya que su peso era precisamente el requerido: cuatro puds y medio. Pero era preciso no engordar, por lo cual se abstenía de tomar féculas y dulces. Se sentó con el uniforme desabrochado, dejando ver el chaleco blanco, apoyó ambos codos en la mesa y, mientras esperaba que le sirvieran el filete, se enfrascó en una novela francesa que tenía encima del plato. Fingía leer con objeto de no hablar con los oficiales que entraban y salían, y, mientras tanto, pensaba.

Anna le había prometido una cita para aquel día después de las carreras. Habían transcurrido tres días desde que se vieron por última vez, y como había regresado Karenin del extranjero, Vronski no sabía si podrían verse ni se le ocurría cómo enterarse. La última vez se habían visto en la residencia veraniega de Betsi. Vronski frecuentaba lo menos posible la de los Karenin. Ahora deseaba ir allí, y se preguntaba: «¿Cómo hacerlo?».

«Puedo decirle que Betsi me ha enviado para preguntarle si piensa ir a las carreras. Desde luego, iré», decidió, levantando la cabeza. E imaginándose la dicha de ver a Anna, su rostro se iluminó.

—Manda enseguida a mi casa diciendo que enganchen el coche con tres caballos —le dijo al criado que le servía el filete, caliente, sobre una fuente de plata, y, acercándola, empezó a comer.

Desde la sala de billar contigua se oían golpes de tacos, charlas y risas. Entraron dos oficiales en el comedor: uno de ellos, jovencito, con el rostro enjuto y delicado, que hacía poco había ingresado en el regimiento de Vronski, procedente del cuerpo de pajes, y otro, un oficial viejo y grueso, de ojos pequeños, casi invisibles, que llevaba una pulsera en la muñeca.

Al verlos, Vronski frunció el ceño y, fingiendo no reparar en ellos, se puso a leer y a comer al mismo tiempo.

—¡Qué!, ¿te fortaleces para el trabajo? —preguntó el oficial grueso, sentándose junto a Vronski.

—Ya lo ves —contestó este con expresión seria, y se limpió los labios sin mirarle.

—¿No temes engordar? —insistió el oficial, volviendo una silla para su compañero.

—¿Qué? —replicó Vronski enfadado, haciendo una mueca de disgusto y enseñando sus dientes apretados.

—¡Que si no temes engordar!

—¡Camarero, jerez! —gritó Vronski sin contestar al oficial y, cambiando el libro al otro lado, continuó su lectura.

El oficial grueso cogió la carta de los vinos y se dirigió al jovencito.

—Elige lo que vamos a beber —le dijo, alargándole la carta.

—Tal vez vino del Rin... —indicó el oficial joven, mirando tímidamente a Vronski mientras trataba de cogerse con los dedos el bigote que apenas apuntaba.

Al ver que Vronski no se volvía, se levantó.

—Vamos a la sala de billar —dijo.

El oficial grueso se puso en pie sumiso, y ambos se dirigieron hacia la sala de billar.

En aquel momento entró en el comedor el capitán de caballería Iashvín, un hombre alto y de buena presencia, que, después de saludar con un movimiento de cabeza despectivo a dos oficiales, se acercó a Vronski.

—¡Ah, estás aquí! —gritó, dándole con su manaza un fuerte golpe en la hombrera.

Vronski se volvió enojado, pero inmediatamente su rostro se iluminó con su habitual expresión dulce y serena.

—Haces bien, Alexiéi —dijo el capitán con su voz de barítono—. Come y no dejes de tomar una copita.

—No tengo muchas ganas de comer.

—¡Son inseparables! —comentó Iashvín, mirando con expresión burlona a los dos oficiales que salían. Se sentó junto a Vronski, doblando en ángulo agudo sus piernas enfundadas en un estrecho pantalón de montar, demasiado largas para la altura de las sillas—. ¿Por qué no fuiste ayer al teatro? La Numerova trabajó bastante bien. ¿Dónde estuviste?

—Me entretuve en casa de los Tverski.

—¡Ah! —exclamó Iashvín.

Iashvín, jugador y juerguista, un hombre no solamente sin principios morales, sino de principios inmorales, era el mejor amigo de Vronski en el regimiento. Vronski lo quería tanto por su extraordinaria fuerza física, que le permitía beber como una cuba y no dormir sin resentirse, como por su fuerza moral, que demostraba en su manera de tratar a los jefes y compañeros, a quienes inspiraba temor y respeto, y en el juego, en el que tallaba hasta diez mil rublos. Aunque estuviera bebido, jugaba siempre con tanta destreza y seguridad que lo consideraban como el primer jugador del club inglés. Vronski quería y estimaba a Iashvín principalmente porque se daba cuenta de que este le tenía afecto, no por su apellido y su riqueza, sino por él mismo. Solamente con él hubiera querido Vronski hablar de su amor. Sabía que, a pesar de que Iashvín parecía despreciar cualquier sentimiento, era el único capaz de comprender aquella gran pasión que llenaba su vida. Además, tenía la seguridad de que Iashvín no se complacía en los chismorreos y en el escándalo y comprendía ese sentimiento tal como era, es decir, sabía y estaba convencido de que el amor no es una broma, un entretenimiento, sino algo serio e importante.

Aunque Vronski no le hablaba de su amor, sabía que Iashvín estaba enterado y lo comprendía todo y le agradaba verlo en sus ojos.

—¡Ah, ya! —exclamó cuando supo que Vronski había estado en casa de los Tverski y sus ojos negros brillaron; después, cogiendo la guía izquierda de su bigote, se la metió en la boca, según la mala costumbre que tenía.

—Y tú, ¿qué hiciste ayer? ¿Has ganado? —preguntó Vronski.

—Ocho mil rublos. Pero hay tres mil de cuyo pago no estoy muy seguro.

—Entonces puedes perder por mí —repuso Vronski, riendo.

Iashvín había apostado una fuerte cantidad por él.

—No perderé por nada del mundo. Solamente es peligroso Majotin.

La conversación derivó hacia las carreras, que era en lo único que podía pensar Vronski en aquel momento.

—Vámonos, ya he terminado —dijo Vronski, y levantándose se dirigió a la puerta.

Iashvín se levantó también, estirando sus enormes piernas y su espalda larga.

—Es temprano para almorzar, pero necesito beber. Ahora voy. ¡Eh! ¡Tráigame vino! —gritó con su voz profunda, célebre en el regimiento porque hacía temblar los cristales—. ¡No, no lo traiga! —volvió a gritar, cambiando de parecer—. Si vas a tu casa, me voy contigo.

Y se fueron los dos juntos.

XVIII

Vronski se alojaba en una amplia isba finlandesa, muy limpia, que se dividía en dos departamentos. También en el campamento Petritski vivía con él. Cuando Vronski e Iashvín entraron en la isba Petritski dormía aún.

—Levántate, ya has dormido bastante —dijo Iashvín, pasando al otro lado del tabique y sacudiendo por los hombros a Petritski, que dormía desgreñado con el rostro hundido en la almohada.

Petritski saltó bruscamente, poniéndose de rodillas, y miró en torno suyo.

—Tu hermano ha estado aquí —le dijo a Vronski—. Me despertó. ¡Que el diablo se lo lleve! Dijo que volvería —Y se dejó caer sobre la almohada, volviéndose a tapar con la manta—. Déjame en paz, Iashvín —exclamó, enfadándose porque este le quitaba la ropa—. ¡Déjame! —Se volvió y abrió los ojos—. Mejor sería que me dijeras *qué* es lo que debo beber; tengo mal sabor de boca...

—Lo mejor es que tomes vodka —dijo Iashvín con su voz de bajo—. Teriésechenko, trae vodka y pepinos salados para el señor —gritó, al parecer, disfrutando de oír su propia voz.

—Crees que debo tomar vodka, ¿eh? —preguntó Petritski, haciendo muecas y restregándose los ojos—. ¿Vas a beber tú? Si bebemos los dos, conforme. Y tú, Vronski, ¿bebes? —prosiguió Petritski, levantándose y envolviéndose el cuerpo hasta el pecho en una manta atigrada. Se fue al otro lado del tabique y, alzando los brazos, cantó en francés: «Había un rey en Tule...»—. Vronski, ¿vas a beber?

—¡Déjame en paz! —replicó este, poniéndose el uniforme que le tendía el criado.

—¿Adónde vas? —preguntó Iashvín—. Allí tienes el coche —añadió al ver el vehículo que se acercaba.

—A las cuadras, además tengo que ver a Brianski para hablarle de los caballos.

En efecto, Vronski le había prometido a este, que vivía a diez verstas de Petergof, que lo visitaría para llevarle el dinero de los caballos. Además, quería que le diese tiempo de permanecer un poco en Petergof. Sus compañeros comprendieron enseguida que no iba solo a visitar a Brianski.

Petritski, que continuaba cantando, guiñó un ojo y sacó los labios, como si dijera: «Ya sabemos quién es ese Brianski».

—Ten cuidado de no llegar tarde —se limitó a decir Iashvín y, para cambiar de conversación, preguntó, mirando por la ventana—: ¿Qué tal te sirve mi caballo ruano? —Se refería al caballo de tiro que le había vendido.

—¡Espera! —le gritó Petritski a Vronski, que ya se iba—. Tu hermano te ha dejado una carta y una notita. Espera, ¿dónde las he puesto?

Vronski se detuvo.

—Bueno, vengan. ¿Dónde están?

—¡Eso es lo que digo yo! ¿Dónde están? —pronunció solemnemente Petritski, pasándose el dedo índice por la nariz.

—Anda, dímelo. Eres estúpido —dijo Vronski, sonriendo.

—No he encendido la chimenea. Por tanto, deben de estar por aquí.

—¡Bueno, no mientas más! ¿Dónde está la carta?

—De veras se me ha olvidado. Tal vez haya sido un sueño. ¡Espera, espera! Pero ¿por qué te enfadas? Si hubieses bebido como nosotros ayer, cuatro botellas por barba, no sabrías ni dónde te encuentras. ¡Espera, ahora lo recordaré!

Petritski se dirigió al otro lado del tabique y se tendió en el lecho.

—¡Espera! Yo estaba acostado y él estaba en pie allí. Sí, sí, sí, sí... Ahí está —Y sacó la carta de debajo del colchón, que era donde la había ocultado.

Vronski cogió la carta y la nota de su hermano. Era lo que se figuraba: una carta de su madre, llena de reproches porque no iba a verla, y una notita de su hermano diciendo que necesitaba hablarle. Sabía que se trataba siempre de lo mismo. «¿Qué les importará todo esto?», pensó. Y arrugando las cartas se las metió entre los botones de la guerrera para leerlas detenidamente por el camino. En el vestíbulo de la isba Vronski se encontró con dos oficiales, uno de los cuales pertenecía a su regimiento.

La casa de Vronski servía siempre de guarida de todos los oficiales.

—¿Adónde vas?

—Tengo que ir a Petergof.

—¿Ha llegado el caballo de Tsárskoie Seló?

—Sí, pero aún no lo he visto.

—Dicen que el Gladiátor, de Majotin, ha empezado a cojear.

—¡Qué tontería! Pero ¿cómo vas a correr con todo ese barro? —dijo el otro oficial.

—¡Aquí están mis salvadores! —exclamó Petritski al ver a los recién llegados.

Ante él se hallaba el ordenanza sosteniendo una bandeja con vodka y un pepino salado.

—Iashvín me ha ordenado que beba para refrescarme.

—¡Vaya una noche que nos habéis dado! —dijo uno de los oficiales—. No nos habéis dejado dormir ni un momento.

—¡Si supierais cómo la terminamos! —replicó Petritski—. Vólkov se subió al tejado diciendo que estaba triste. Entonces dije: «¡Venga música! ¡Una marcha fúnebre!». Y Vólkov se durmió en el tejado al son de la marcha fúnebre.

—Bebe, bebe vodka y luego agua de seltz con mucho limón —dijo Iashvín junto a Petritski, con la actitud de una madre que obliga a su hijo a tomar una medicina—. Después podrás tomar un poquito de champán, así como una botellita.

—Eso es lo acertado. Espera, Vronski, vamos a beber.

—No, adiós, señores. Hoy no bebo.

—¿Acaso ibas a pesar más por eso? Entonces beberemos solos. Tráeme agua de seltz y limón.

—¡Vronski! —gritó uno de ellos cuando este salía ya al vestíbulo.

—¿Qué?

—Harías bien en cortarte el pelo, te pesa demasiado, sobre todo el de la calva.

En efecto, Vronski se estaba quedando calvo prematuramente. Se echó a reír jovialmente, mostrando sus dientes apretados. Y, cubriéndose la calva con la gorra, salió y se instaló en el coche.

—¡A las caballerizas! —ordenó, sacando las cartas para leerlas, pero cambió de parecer con objeto de no distraerse antes de ver al caballo. «Luego...»

XIX

Las caballerizas provisionales, una barraca de madera, se habían construido junto al hipódromo, y la víspera llevaron allí la yegua de Vronski. Aún no la había visto. Durante los últimos días no la había sacado para entrenarla, cosa que le había confiado al entrenador. Y ahora ignoraba el estado en que se encontraba la yegua. En cuanto se apeó Vronski, el palafrenero (el groom, como lo llamaban), que había reconocido desde lejos su coche, llamó al entrenador. Le salió al encuentro un inglés enjuto, con una pequeña perilla en el mismo mentón, que calzaba botas altas y vestía chaqueta corta. Tenía los andares torpes de los jockey y separaba mucho los codos al balancear el cuerpo.

—¿Cómo va Fru-Fru? —preguntó Vronski en inglés.

—*All right, sir!* —contestó el inglés, saliéndole la voz desde las profundidades de la garganta—. Es mejor que no pase usted —añadió, quitándose el sombrero—. Le he puesto el bocado y la yegua está excitada. Es mejor que no entre, porque la inquietaría.

—Quisiera entrar. Tengo deseos de verla.

—Vamos, pues —dijo el inglés, hablando sin abrir la boca, y frunciendo el ceño se adelantó con sus andares desgarbados separando mucho los codos.

Entraron en el patio de la barraca. El muchacho de servicio, un buen mozo, que vestía una chaqueta limpia y empuñaba una escoba, acogió a los recién llegados y los acompañó. En la barraca había cinco caballos. Vronski sabía que también debía hallarse allí su principal competidor, Gladiátor el alazán de Majotin. Vronski tenía aún más deseos de ver a este caballo, al que no conocía, que a su propia yegua, pero no ignoraba que, según las leyes de los aficionados a los caballos, no podía verlo y hasta era una inconveniencia hacer preguntas acerca de él. Mientras iba por el pasillo el muchacho abrió la puerta del segundo departamento de la izquierda y Vronski vio el gran caballo alazán de patas blancas. Comprendió que era Gladiátor; pero con la sensación de una persona que se vuelve para no leer una carta ajena, se apartó, dirigiéndose al departamento de Fru-Fru...

—Aquí está el caballo de Maj... Maj... Nunca puedo pronunciar este apellido —dijo el inglés, señalando por encima de su hombro, con un dedo grande y de uña sucia el departamento de Gladiátor.

—¿De Majotin? Este es uno de mis más importantes competidores.

—Si montara a Gladiátor —dijo el inglés—, apostaría por usted.

—Fru-Fru es más nerviosa, y este, más fuerte —opinó Vronski, sonriendo satisfecho porque habían alabado su pericia de corredor.

—En las carreras de obstáculos todo consiste en saber montar y en el *pluck* —observó el inglés.

Vronski no solo se sentía con suficiente *pluck*, es decir, energía y valor, sino lo que es mucho más importante, estaba convencido de que nadie en el mundo podía tener más que él.

—No hable tan alto, por favor. La yegua se excita —añadió, señalando con la cabeza el departamento cerrado, junto al que se hallaban, y en el que se oían ruidos de cascos sobre la paja.

El inglés abrió la puerta y Vronski entró en el departamento débilmente iluminado por una ventanita. Allí se hallaba, piafando sobre la paja fresca, la yegua baya oscura con el bocado puesto. Acostumbrado ya a la media luz de la caballeriza, Vronski apreció involuntariamente, con una sola mirada, todas las características de su apreciada yegua. Fru-Fru era de mediana alzada, y por su conformación, no era perfecta. Era de huesos finos y, aunque tenía la caja torácica muy saliente, resultaba estrecha de pecho. Tenía la grupa un poco hundida y las patas, sobre todo las traseras, torcidas. Los músculos de las patas no eran muy fuertes, pero, en cambio, con la ventrera puesta la yegua resultaba extraordinariamente ancha, lo que sorprendía ahora por el adiestramiento y su vientre enjuto. Si se miraba de frente, los huesos de las patas por debajo de la rodilla no parecían más anchos que un dedo; en cambio, de lado lo eran extraordinariamente. Toda ella, excepto las costillas, parecía apretada por los flancos y prolongada hacia abajo. Pero poseía en sumo grado una cualidad que hacía olvidar todos sus defectos: la sangre. Esa sangre que habla, según expresión inglesa. Los músculos que sobresalían de la red de nervios debajo de la piel fina, flexible y lisa como el raso, parecían tan fuertes como los huesos. La cabeza delgada, de salientes ojos brillantes y alegres, se ensanchaba hacia la boca y las fosas nasales con las membranas inyectadas de sangre. Toda su figura, y principalmente la cabeza, tenía una expresión decidida, enérgica y delicada a la vez. Era uno de esos animales que dan la impresión de no hablar solamente porque la estructura mecánica de su boca no se lo permite.

Al menos, a Vronski le pareció que la yegua comprendió todo lo que él experimentaba en ese momento al contemplarla.

Al entrar Vronski, la yegua aspiró profundamente y derramó la vista, de manera que se le inyectaron de sangre los ojos saltones, miró a los que entraban por el lado opuesto, sacudiendo el bocado y piafando ágilmente.

—Ya ve usted lo excitada que está —dijo el inglés.

—¡Cálmate, querida, cálmate! —dijo Vronski, acercándose a la yegua y aplacándola.

Pero cuanto más se acercaba, más se excitaba la yegua. Solo cuando estuvo junto a su cabeza Fru-Fru se tranquilizó y se estremecieron sus músculos bajo la piel fina y suave. Vronski le acarició el robusto cuello y, arreglándole un mechón de crines que se habían caído al otro lado del fino espinazo, acercó el rostro a las narices de la yegua, finas y tensas como alas de murciélago. Fru-Fru aspiró y expulsó ruidosamente el aire por las narices tensas y, estremeciéndose, bajó una oreja y sacó su fuerte belfo negro, como queriendo coger la manga de Vronski. Pero recordando que tenía puesto el bocado, lo sacudió y volvió a patear con sus finas patas.

—¡Tranquilízate, querida, tranquilízate! —dijo Vronski acariciándole un flanco.

Y con la agradable sensación de que la yegua se encontraba en un estado excelente salió del departamento.

La excitación de la yegua se le comunicó a Vronski; sentía que le afluía la sangre al corazón y que, lo mismo que ella, necesitaba moverse y morder; era una sensación de temor y alegría a la vez.

—Confío en usted —dijo—. A las seis y media, en el lugar señalado.

—Muy bien —replicó el inglés—. ¿Adónde va, milord? —preguntó inesperadamente, dando a Vronski aquel tratamiento que no solía emplear casi nunca.

Vronski levantó la cabeza y miró, como sabía hacerlo, no a los ojos, sino a la frente del inglés, sorprendido del atrevimiento de su pregunta. Pero dándose cuenta de que el inglés no lo consideraba como su señor, sino como un jockey, le contestó:

—Necesito ver a Brianski; dentro de una hora regresaré a casa.

«¡Cuántas veces me han hecho hoy la misma pregunta!», se dijo, y enrojeció, cosa que le ocurría muy rara vez. El inglés lo miró con atención, y como si en realidad supiera adónde iba Vronski, añadió:

—Lo principal es estar muy tranquilo antes de la carrera. No se disguste ni se altere por nada.

—*All right!* —contestó Vronski sonriendo.

Y montando en el coche, dio orden al cochero de que lo condujera a Petergof. Apenas se había alejado unos pasos cuando descargó en un chaparrón la nube que amenazaba desde por la mañana.

«Malo —pensó Vronski, subiendo la capota del coche—. Sin esto ya había lodo, ahora será un auténtico cenagal.» Sentado solo en el coche cubierto, extrajo la carta de su madre y la notita de su hermano y se puso a leerlas.

Siempre se trataba de lo mismo. Su madre, su hermano, todos consideraban que debían intervenir en sus asuntos amorosos. Aquella intromisión despertaba la ira en él, sentimiento que experimentaba rara vez. «¿Qué les importa? ¿Por qué creen todos que es obligación suya preocuparse de mí? ¿Por qué me acosan? Porque ven que se trata de algo que no pueden comprender. Si se tratara de unas relaciones corrientes y vulgares, me dejarían en paz. Se dan cuenta de que es otra cosa, que no es un juego y que esta mujer me importa más que mi propia vida. Y como no pueden entenderlo, les molesta. Sea cual fuere nuestra suerte, nosotros nos la hemos creado y no nos quejamos de ella —pensaba, uniendo a Anna a sí mismo con aquel «nosotros»—. Quieren enseñarnos a vivir. Pero no tienen ni idea de lo que es una dicha así, y no saben que sin ese amor para nosotros no hay ni ventura ni desventura y ni siquiera vida.»

Se enfadaba con todos por su entremetimiento, porque en su fuero interno se daba cuenta de que tenía razón. Sentía que el amor que lo unía a Anna no era un capricho pasajero que se disiparía como cualquier asunto amoroso mundano sin dejar más huellas que unos recuerdos agradables o desagradables. Se daba cuenta de lo doloroso de la situación de ambos, de la dificultad de ocultar su amor a la sociedad en que vivían, de mentir y de engañar; todo eso les resultaba muy difícil, porque su pasión era tan avasalladora que les hacía olvidar todo lo demás.

Vronski recordaba vivamente todas las ocasiones en que les era imprescindible mentir y engañar, lo cual era tan contrario a su naturaleza; evocó con claridad especial un sentimiento de vergüenza que había observado en ella más de una vez. Desde que tenía relaciones con Anna solía experimentar una sensación de repugnancia. No sabía con certeza si esa repugnancia era hacia Alexiéi Alexándrovich, hacia sí mismo o hacia todo el mundo. Pero siempre rechazaba ese sentimiento. Y ahora, moviendo la cabeza, prosiguió pensando.

«Antes, Anna era desgraciada, pero se sentía orgullosa y serena; en cambio, ahora, no puede sentirse digna ni tranquila, aunque lo disimule. Hay que terminar con esto», decidió.

Por primera vez tuvo la idea de que era preciso acabar con aquel engaño y cuanto antes mejor. «Debemos abandonarlo todo y ocultarnos en algún sitio, solos con nuestro amor», se dijo.

XX

El chaparrón no duró mucho, y cuando el coche llegaba a todo trote del caballo que iba en varas, obligando a correr a los dos laterales sin necesidad de acuciarlos, el sol había vuelto a salir, brillaban húmedos los tejados de los hotelitos y los viejos tilos de los jardines a ambos lados de la calle principal, y el agua goteaba alegremente de las ramas y se deslizaba de los tejados. Vronski ya no pensaba que aquel aguacero perjudicaría el hipódromo, sino que, gracias a él, probablemente la encontraría en casa y sola, pues sabía que Alexiéi Alexándrovich, que acababa de regresar de una cura de aguas, no había venido de San Petersburgo.

Con la esperanza de hallarla sola, Vronski, como lo solía hacer siempre para llamar menos la atención, se apeó del coche antes de cruzar el puentecillo y continuó a pie. No subió la escalinata desde la calle, sino que entró por el jardín.

—¿Ha llegado el señor? —le preguntó al jardinero.

—No. Pero la señora está en casa. Haga el favor de entrar por la puerta principal, allí hay criados que le abrirán.

—Prefiero pasar por el jardín.

Convencido de que Anna estaba sola y deseando sorprenderla, ya que no le había anunciado su visita, y probablemente ella no esperaba que fuese a verla antes de las carreras, se dirigió a la terraza que daba al jardín, sosteniendo el sable y pisando con precaución la arena del sendero bordeado de flores. Vronski había olvidado todo lo que pensó por el camino respecto de las dificultades y de lo penoso de su situación. Pensaba en una sola cosa: que ahora mismo la vería, no en su imaginación, sino viva y tal como era. Ya subía pisando con precaución para no hacer ruido los escalones lisos cuando de pronto recordó lo que olvidaba siempre, lo que constituía la parte más dolorosa de sus relaciones, al hijo de Anna, con su mirada interrogativa y que le era desagradable.

El niño era quien más a menudo perturbaba sus relaciones. Cuando estaba con ellos, ni Vronski ni Anna se permitían hablar de algo que no pudieran repetir ante todo el mundo y ni siquiera aludir a cosas que el niño no pudiera entender. No se habían puesto de acuerdo, pero aquello se estableció de manera natural. Hubieran considerado como una ofensa a ellos mismos el engañar al niño. En su presencia hablaban como si fuesen simples conocidos. Pero, a pesar de esas precauciones, Vronski veía a menudo fija en él la mirada atenta y sorprendida del niño y un apocamiento extraño, una desigualdad en el tímido trato que le dispensaba, tan pronto cariñoso, tan pronto frío. Era como si el niño se diera cuenta de que entre aquel hombre y su madre existía una relación importante cuyo significado no podía comprender.

En efecto, el niño, no entendiendo aquella relación, se esforzaba, sin poder conseguirlo, en aclarar cuáles debían ser sus sentimientos hacia Vronski. Con su sensibilidad infantil hacia el sentir de los demás, notaba claramente que ni su padre, ni su institutriz, ni su niñera querían a Vronski, que lo miraban con aversión y temor, aunque no decían nada de él, y que su madre le trataba siempre como a su mejor amigo.

«¿Qué significa esto? ¿Quién es? ¿Cómo debo quererlo? Si no lo entiendo, es culpa mía y soy un niño malo o tonto», pensaba, y a eso era debida su expresión interrogante, inquisitiva y en parte hostil, así como su timidez y la desigualdad en su trato, que tanto cohibía a Vronski. La presencia de este niño despertaba en él siempre, e invariablemente, aquella extraña repulsión inmotivada que experimentara últimamente. También hacía experimentar a Vronski y a Anna una sensación como la del navegante que comprueba con la brújula que la ruta por la que avanza rápidamente no es la verdadera, pero que no está en su poder detener la nave, que cada minuto lo aleja más de la buena meta, y que el reconocer que su rumbo es equivocado equivale a confesar su perdición.

Este niño, con su ingenuo concepto de la vida, era la brújula que les marcaba el grado de extravío que sabían, aunque no querían reconocerlo.

Esta vez, Seriozha no estaba en casa. Anna se hallaba completamente sola, sentada en la terraza, esperando el regreso de su hijo, que había salido de paseo, y al que había sorprendido la lluvia. Había mandado un criado y una muchacha a buscarlo. Anna, con un vestido blanco, con anchos bordados, se hallaba en un rincón de la terraza, detrás de las flores, y no oyó a Vronski. Inclinaba la cabeza, de cabello negro y rizado, apoyando la frente en una regadera que estaba en la balaustrada y la sostenía con sus bellas manos, cargadas de sortijas, que Vronski conocía tan bien. La belleza de toda su figura, de la cabeza, del cuello y de los brazos impresionaban a Vronski cada vez que veía a Anna. Se detuvo, contemplándola embelesado. Pero al ir a dar un paso para acercarse a ella, Anna sintió su proximidad, y apartando la regadera volvió hacia él su rostro encendido.

—¿Qué le pasa? ¿Está enferma? —le preguntó en francés, acercándose.

Quiso precipitarse hacia ella, pero, recordando que podía haber alguien, se volvió hacia la puerta, sonrojándose, como siempre que se veía obligado a temer algo.

—No, estoy bien —contestó Anna, levantándose, y le estrechó con fuerza la mano que le tendía—. No te esperaba...

—¡Dios mío! ¡Qué manos tan frías! —exclamó Vronski.

—Me has asustado. Estoy sola esperando a Seriozha, que ha ido de paseo; vendrá por aquí.

A pesar de que se esforzaba por estar tranquila, le temblaban los labios.

—Perdóneme que haya venido, pero no podía dejar transcurrir todo el día sin verla —dijo Vronski en francés, como solía hacer siempre para evitar tanto el usted, terriblemente frío, como el comprometedor tú del idioma ruso.

—¿Perdonar? ¡Estoy tan contenta!

—Pero se encuentra mal o está triste —continuó Vronski, sin soltar la mano de Anna e inclinándose hacia ella—. ¿En qué pensaba?

—Siempre en lo mismo —replicó Anna con una sonrisa.

Decía la verdad. Siempre, y en cualquier momento que le preguntaran en qué pensaba, podía contestar sin faltar a la verdad: «Pienso en una cosa: en mi felicidad y en mi desgracia». Precisamente, cuando llegó Vronski pensaba por qué para otros, para Betsi por ejemplo (estaba enterada de sus relaciones con Tushkiévich, que la sociedad ignoraba, al parecer), todo esto era tan fácil, mientras que a ella le resultaba tan penoso. Aquel día esa idea la atormentaba particularmente por ciertas razones. Anna preguntó a Vronski por las carreras.

Mientras le contestaba, este vio que Anna estaba agitada y, tratando de distraerla, se puso a contarle con la mayor naturalidad los detalles de los preparativos para las carreras.

«¿Se lo diré o no? —pensaba Anna, mirando los acariciadores ojos tranquilos de Vronski—. Es tan feliz, está tan ocupado con las carreras, que no lo comprenderá tal como es, no comprenderá todo el significado que encierra este hecho para nosotros.»

—Pero no me ha dicho en qué pensaba cuando entré —dijo Vronski, interrumpiendo su relato—. Dígamelo, por favor.

Anna no contestó; inclinando ligeramente la cabeza miraba a Vronski con una expresión interrogante en sus ojos brillantes y de largas pestañas. Le temblaba la mano que jugueteaba con una hoja arrancada. Vronski lo vio y su rostro expresó aquella sumisión y aquella fidelidad de esclavo que la subyugaban.

—Veo que ha sucedido algo. ¿Acaso puedo estar tranquilo un minuto sabiendo que tiene usted una pena que yo no comparto? Dígamelo, por el amor de Dios —repitió, suplicando.

«No le perdonaría si no comprendiese toda la importancia de esto. Es mejor no decírselo, ¿para qué hacer la prueba?», pensaba Anna, que continuaba mirándolo y dándose cuenta de que la mano le temblaba cada vez más.

—¡Por Dios! —insistió Vronski, tornándole la mano.

—¿Se lo digo?

—¡Sí, sí!

—Estoy embarazada —dijo Anna lentamente en voz baja.

La hoja que sostenía en la mano tembló aún más, pero Anna no dejaba de mirar a Vronski para ver cómo tomaría aquello. Vronski palideció, quiso decir algo, pero se contuvo, abandonando su mano, e inclinó la cabeza. «Sí, ha comprendido toda la significación de este hecho», pensó Anna, y le estrechó la mano con gratitud.

Pero se equivocó al pensar que Vronski le daba el mismo significado a aquello que ella como mujer. Con esta noticia experimentó diez veces más fuerte que de costumbre aquel sentimiento extraño de repugnancia que sentía, pero, al mismo tiempo, comprendió que la crisis que deseaba había llegado ahora; era imposible seguir ocultando los hechos al marido de Anna, y se hacía indispensable acabar cuanto antes, de una manera o de otra, aquella situación, que no era natural. Y, además de eso, la agitación física de Anna se le comunicó. Le echó una mirada enternecida y llena de sumisión, le besó la mano y recorrió la terraza en silencio.

—Ninguno de los dos hemos considerado estas relaciones como un juego, y ahora nuestra suerte está decidida —le dijo, acercándose resuelto—. Es preciso terminar con este engaño en el que vivimos —añadió, volviendo la cabeza.

—¿Terminar? ¿Cómo podemos hacerlo, Alexiéi? —le preguntó Anna en voz baja.

Se sentía tranquilizado y en su rostro apareció una sonrisa dulce.

—Tienes que abandonar a tu marido para unir nuestras vidas.

—Sin eso ya están unidas —replicó Anna con voz casi imperceptible.

—Sí, pero del todo, del todo.

—¿Cómo, Alexiéi? Dímelo, ¿cómo? —volvió a preguntar, sonriendo con tristeza y cierta ironía ante lo insoluble de su situación—. ¿Acaso hay alguna salida para nosotros? ¿Acaso no estoy casada?

—Todas las situaciones tienen alguna salida. Es preciso decidirse —dijo Vronski—. Cualquier cosa es mejor que vivir como vives. Veo cuánto sufres por todo, por la sociedad, por tu hijo y por tu marido.

—¡Oh, por mi marido no! —replicó Anna con una sonrisa ingenua—. No pienso en él. No existe para mí.

—No hablas con sinceridad. Te conozco. También sufres por él.

—Mi marido no sabe nada —dijo Anna, y de pronto un intenso rubor la invadió, enrojeciendo sus mejillas, su frente y su cuello y en sus ojos aparecieron lágrimas de vergüenza—. No hablemos más de él.

XXI

Varias veces había intentado Vronski, aunque no tan resueltamente como ahora, hacer recapacitar a Anna acerca de su situación, pero siempre se enfrentaba con la misma superficialidad y ligereza de juicio con las que le contestaba en este momento. Era como si hubiera algo que ella no podía ni quería esclarecer para sí misma, como si al empezar a hablar Anna, la verdadera Anna se ocultara dentro de sí misma y apareciera otra mujer, extraña, ajena para él, a quien no amaba, temía y la que le ofrecía resistencia. Pero aquella tarde había decidido decírselo todo.

—No nos importa que lo sepa o que no —dijo Vronski con su acostumbrado tono firme y sereno—. No podemos... No puede usted seguir así, sobre todo ahora.

—¿Qué opina que debemos hacer? —preguntó Anna con la misma sonrisa ligeramente irónica.

Ella, que tanto había temido que Vronski acogiera con ligereza la noticia de su embarazo, se sentía molesta ahora porque debido a eso él había deducido que era preciso tomar una resolución.

—Confesárselo todo y abandonarlo.

—Muy bien, supongamos que yo lo haga —dijo Anna—. ¿Sabe cuál sería el resultado? Puedo decírselo de antemano. —Y una luz maligna apareció en sus ojos que, tan solo un momento antes, habían sido tan dulces—. «Quieres a otro y tienes con él relaciones culpables.» —Anna, imitando a su marido, hizo lo que hubiera hecho aquel, subrayó la palabra «culpables»—. «Ya te advertí las consecuencias que eso traería en el terreno religioso, social y familiar. No me has hecho caso. No puedo permitir ahora que deshonres mi nombre»... —«Y el de mi hijo», quiso añadir Anna, pero le resultaba imposible bromear acerca de él—. En resumen, con su estilo de funcionario, con precisión y exactitud, dirá que no puede dejarme marchar y que tomará todas las medidas que estén a su alcance para evitar el escándalo. Y llevará a cabo con serenidad y orden lo que diga. Esto es lo que va a suceder. No es un hombre, sino una máquina, una máquina cruel cuando se enfada —terminó diciendo Anna, recordando a Alexiéi Alexándrovich con todos los detalles de su figura y su manera de hablar y lo culpó de todo lo malo que encontraba en él, sin perdonarle nada, debido a la terrible falta de la que era culpable ante él.

—Pero, Anna, de todos modos es necesario decírselo y proceder después según lo que él decida —dijo Vronski, con voz suave y persuasiva, tratando de tranquilizarla.

—Entonces ¿tendríamos que huir?

—¿Por qué no? No veo la posibilidad de continuar así... Y no es por mí, veo que sufre usted.

—Sí, huir y que yo me convierta en su amante —replicó Anna, agresiva.

—¡Anna! —pronunció Vronski con tono de tierno reproche.

—Sí, convertirme en su amante y perderlo todo...

Quiso añadir «a mi hijo», pero no pudo pronunciar esa palabra.

Vronski no podía comprender que Anna, con su manera de ser enérgica y honrada, pudiera soportar aquella situación de engaño sin desear librarse de ella, pero no se daba cuenta de que la causa principal era la palabra «hijo», que Anna no pudo pronunciar. Cuando pensaba en su hijo y en sus futuras relaciones con él después de abandonar a su marido, sentía tanto terror por lo que había hecho que no podía razonar. Como mujer, solo trataba de tranquilizarse con engaños para que todo siguiera igual y poder olvidar el terrible problema de lo que pasaría con Seriozha.

—Te ruego, te suplico que no me hables nunca de esto —exclamó de pronto con un tono dulce y sincero completamente distinto, cogiéndole la mano.

—Pero, Anna...

—Nunca. Déjame decidir. Me doy cuenta de todo el horror y de toda la bajeza de mi situación, pero no es tan fácil de resolver como crees. Déjame decidir y obedéceme. No me hables nunca de eso. ¿Me lo prometes?... ¡No! ¡No! ¡Prométemelo!...

—Te lo prometo, pero no puedo estar tranquilo, sobre todo después de lo que me has dicho. No puedo estar tranquilo cuando no puedes estarlo tú...

—¿Yo? —repitió Anna—. Sí, a veces sufro, pero se me pasará si no me vuelves a hablar nunca de esto. Solo sufro cuando lo haces.

—No te entiendo.

—Sé lo penoso que es mentir para tu manera de ser honrada, y te compadezco. A menudo pienso que has estropeado tu vida por mi culpa.

—Lo mismo pensaba yo ahora: ¿cómo has podido sacrificarlo todo por mí? No puedo perdonarme que seas desgraciada.

—¿Desgraciada yo? —exclamó Anna, acercándose a él, y lo miró con una sonrisa llena de amor y de exaltación—. Soy como un hambriento al que han dado de comer. Tal vez sienta frío, su traje esté roto y experimente vergüenza, pero no es desgraciado. ¿Desgraciada yo? No, he aquí mi felicidad...

Anna oyó la voz de su hijo que se acercaba y, echando una rápida mirada que abarcó toda la terraza, se levantó apresuradamente. Sus ojos se iluminaron con un fulgor que Vronski conocía. Con un rápido movimiento alzó sus bellas manos cargadas de sortijas y, cogiéndole la cabeza, lo contempló prolongadamente; acercó su rostro con los labios entreabiertos y sonrientes, lo besó en la boca y en los dos ojos, apartándolo después. Quiso marcharse, pero Vronski la retuvo.

—¿Cuándo? —susurró, mirándola entusiasmado.

—Esta noche, a la una —murmuró Anna y, suspirando profundamente, se dirigió con su paso rápido, ligero, al encuentro de su hijo.

La lluvia había sorprendido a Seriozha en el parque, donde se guareció en un pabellón con su niñera.

—Hasta la vista —dijo Anna—. Dentro de poco nos vamos a las carreras. Betsi me ha prometido recogerme.

Después de consultar el reloj, Vronski se fue precipitadamente.

XXII

Cuando Vronski miró el reloj en la terraza de los Karenin, estaba tan alterado y tan absorto en sus pensamientos, que vio las manillas en la esfera del reloj sin darse cuenta de la hora. Salió a la calzada y, pisando con cuidado por el barro, se dirigió hacia el coche. El sentimiento que experimentaba hacia Anna lo llenaba de tal modo, que no pensó en la hora ni si tenía tiempo para ir a casa de Brianski. Solo le quedaba, como suele suceder con frecuencia, una capacidad instintiva de recordar la sucesión de las cosas que tenía que hacer. Se acercó al cochero, que dormitaba en el pescante, bajo la sombra ya oblicua de un frondoso tilo, contempló las nubes de mosquitos que se arremolinaban por encima de los caballos sudorosos y, saltando al coche, despertó al cochero y le ordenó que lo llevara a casa de Brianski. Solo después de recorrer unas siete verstas recobró la conciencia, hasta tal punto que miró al reloj, dándose cuenta de que eran las cinco y media y de que se le había hecho tarde.

Aquel día se celebraron varias carreras: la de la escolta imperial; después, la de dos verstas para oficiales, la de cuatro, y, finalmente, aquella en la que iba a participar Vronski. Podía llegar a tiempo para esa carrera. Pero si iba a casa de Brianski llegaría con el tiempo justo y, además, cuando estuviese ya la corte en pleno. Era una cosa improcedente. Pero había dado palabra a Brianski de ir a su casa, por lo cual decidió hacerlo, ordenando al cochero que no se apiadase de los caballos.

Llegó a casa de Brianski, donde estuvo cinco minutos, y regresó al trote. Esa carrera veloz lo apaciguó. Cuanto había de penoso en sus relaciones con Anna y el no haber llegado a un acuerdo después de la conversación que habían sostenido, todo se le fue de la cabeza; ahora pensaba en las carreras con placer y entusiasmo, en que llegaría a tiempo, y de cuando en cuando la dicha de la entrevista que iba a tener aquella noche pasaba por su imaginación como una luz deslumbradora.

La emoción de las próximas carreras lo invadía cada vez más según iba entrando en ese ambiente y adelantaba a los coches que se dirigían al hipódromo, desde los hotelitos y desde San Petersburgo. En su casa no había nadie, todos se habían ido ya a las carreras y el criado lo esperaba junto a la puerta. Mientras se cambiaba de ropa, el criado le comunicó que ya había empezado la segunda carrera, que muchos señores habían preguntado por él y que el mozo de las caballerizas había ido dos veces.

Una vez vestido sin apresurarse (nunca se daba prisa ni perdía el dominio sobre sí mismo), Vronski ordenó que lo condujeran a las barracas. Desde allí divisó un mar de coches, transeúntes y soldados en torno al hipódromo y las tribunas en las que bullía la multitud. Probablemente era aquella la segunda carrera, porque en el momento en que entraba en la barraca, oyó la campana.

Al acercarse a las caballerizas, se encontró con Gladiátor, el alazán de Majotin, al que conducían al hipódromo cubierto con una gualdrapa de color naranja y azul y cuyas orejas parecían enormes por la testera azul que llevaba.

—¿Dónde está Kord? —preguntó al palafrenero.

—En la caballeriza, ensillando el caballo.

En el departamento abierto, Fru-Fru estaba ya ensillada. Se disponían a sacarla.

—¿Llego tarde?

—*All right!, all right!*, no se altere —dijo el inglés.

Vronski volvió a echar una mirada a las hermosas formas de su yegua, que temblaba de pies a cabeza, y, haciendo un esfuerzo para quitarse de ese espectáculo, salió de la barraca. Llegó a las tribunas en el momento más oportuno para no llamar la atención.

Terminaba la carrera de dos verstas y todas las miradas se fijaban en el caballero de la guardia y en el húsar de la escolta imperial que lo seguía, animando a los caballos en un último esfuerzo que llegaban ya a la meta. Desde el centro de la pista y desde fuera todos se agolpaban hacia la meta, y un grupo de oficiales y de soldados de la guardia expresaban su alegría con sonoras exclamaciones por el triunfo de su oficial y camarada. Vronski se mezcló inadvertidamente con la multitud casi en el mismo momento en que sonó la campana anunciando el final de la carrera. El caballero de la guardia, alto, salpicado de barro, que había llegado el primero, relajándose en la silla, comenzó a aflojar el bocado de su caballo ruano, que parecía más oscuro por el sudor y respiraba jadeando.

El caballo, moviendo las patas con esfuerzo, refrenó la marcha veloz de su enorme cuerpo, y el oficial, como un hombre que se despierta de una pesadilla, miró en torno suyo y sonrió con dificultad. Le rodeó una multitud de amigos y desconocidos.

Vronski evitaba intencionadamente los grupos de gente de la buena sociedad que se paseaban con discreción y soltura delante de las tribunas, cambiando impresiones. Vio allí a la Karénina y a Betsi, y también a la esposa de su hermano, pero no se acercó para no distraerse. Pero a cada momento se encontraba con conocidos que le detenían para contarle detalles de las carreras y preguntarle el motivo de su retraso.

Cuando llamaron a los corredores para el reparto de premios y todos se dirigieron a la tribuna, se acercó a Vronski su hermano Alexandr, coronel del ejército, de mediana estatura y tan robusto como Alexiéi, pero más guapo y rubicundo, con la nariz roja y rostro de alcohólico.

—¿Has recibido mi nota? —preguntó—. Nunca se te puede encontrar en casa.

Alexandr Vronski, a pesar de su vida disipada y, sobre todo, de sus borracheras, que lo habían hecho célebre, era un perfecto cortesano.

Al hablar ahora con su hermano de un asunto que le era muy desagradable, tenía la expresión sonriente como si bromeara sobre una cosa sin importancia, porque sabía que muchas miradas podían estar observándolo.

—La he recibido, pero verdaderamente no comprendo de qué te preocupas tú —replicó Alexiéi.

—Lo hago porque acaban de hacerme la observación de que no estabas aquí hace un momento y que el lunes te han visto en Petergof.

—Hay asuntos que solo incumben a las personas interesadas, y este, que tanto te preocupa, es uno de esos...

—Desde luego, pero entonces no se continúa en el servicio, no...

—Te ruego que no te metas, y no me hables más de eso.

El rostro sombrío de Alexiéi Vronski palideció, y le tembló la prominente mandíbula inferior, cosa que rara vez le sucedía. Como hombre de muy buen corazón, se enojaba pocas veces, pero cuando lo hacía y le temblaba la barbilla, era temible, y su hermano no lo ignoraba. Alexandr Vronski sonrió jovialmente.

—Solo quería entregarte la carta de mamá, contéstale y no te alteres antes de la carrera. *Bonne chance* —añadió sonriendo, y se alejó.

Pero inmediatamente después, un saludo amistoso detuvo a Vronski.

—¡No quieres conocer a los amigos! ¡Hola, *mon cher*! —exclamó Stepán Arkádich. Aquí, entre la elegancia petersburguesa, brillaba no menos que en Moscú con su rostro rubicundo y sus patillas lustrosas y bien arregladas—. He llegado ayer y estoy muy contento de asistir a tu triunfo. ¿Cuándo nos veremos?

—Vente mañana al comedor del cuartel —replicó Vronski y, disculpándose, le apretó el brazo y se dirigió al centro del hipódromo, adonde conducían ya los caballos para la gran carrera de obstáculos.

Los palafreneros se llevaban a los caballos sudorosos y agotados que habían participado en la carrera y, uno tras otro, aparecían los de la próxima, descansados, la mayoría de ellos de raza inglesa, cubiertos con caparazones con las ventreras puestas, semejantes a enormes pájaros extraños. Por la derecha traían a la delgada y hermosa Fru-Fru, que pisaba con sus flexibles y largas patas como si tuviesen muelles. Cerca de ella, le estaban quitando la gualdrapa a Gladiátor; las grandes, hermosas y perfectas formas del caballo, con su magnífica grupa, y sus patas, extraordinariamente cortas, y blancas por encima de los cascos, llamaron la atención de Vronski a pesar suyo. Iba a acercarse a su jaca, pero de nuevo lo entretuvo un conocido.

—¡Ahí está Karenin! —le dijo—. Está buscando a su esposa, que está en el centro de la tribuna. ¿No la ha visto usted?

—No, no la he visto —contestó Vronski, y sin volver la cabeza hacia la tribuna donde le dijeron que se hallaba Karénina, se acercó a Fru-Fru.

No le dio tiempo de examinar la silla, sobre la cual tenía que dar algunas indicaciones, cuando llamaron a los corredores a la tribuna para que sortearan y empezaran la carrera. Diecisiete oficiales, con los rostros serios y graves, muchos de ellos pálidos, se reunieron ante la tribuna y sacaron los números. A Vronski le correspondió el siete. Se oyó la orden:

—¡A caballo!

Dándose cuenta de que constituía, con los demás corredores, el centro en que convergían todas las miradas, Vronski, con una gran tensión de nervios, que, generalmente, le hacía moverse con mayor lentitud y tranquilidad, se acercó a la jaca. Kord, en honor a la solemnidad de las carreras, se había puesto el traje de gala: levita negra abrochada, cuello duro, muy almidonado, que le sostenía las mejillas, sombrero hongo negro y botas de montar. Como siempre, se mostraba tranquilo y con aire de suficiencia, y sostenía a la yegua por las riendas. Fru-Fru seguía temblando como si tuviera fiebre. Sus ojos, llenos de fuego, miraban de soslayo a Vronski, que se acercaba. Este introdujo un dedo bajo la cincha. La yegua torció aún más la mirada, mostró los dientes y agachó las orejas.

El inglés hizo una mueca con los labios, insinuando una sonrisa, al ver que comprobaban cómo había ensillado.

—Monte: así se sentirá menos alterado —dijo.

Vronski miró por última vez a sus rivales. Sabía que no los iba a ver durante la carrera. Dos de ellos se dirigían ya hacia el lugar de partida. Galtsin, amigo y competidor peligroso de Vronski, daba vueltas en torno a su caballo bayo, que no se dejaba montar. Un húsar de la guardia, de baja estatura, con el pantalón ceñido, galopaba, encorvado como un gato sobre la grupa, en su deseo de imitar a los ingleses. El príncipe Kúzovlev, pálido, montaba una jaca de pura sangre de la yeguada de Grabovski, que un inglés conducía por las bridas. Vronski, así como sus compañeros, conocían a Kúzovlev, sus nervios particularmente «débiles» y su terrible amor propio. Sabían que Kúzovlev tenía miedo de todo, temía montar un caballo corriente, pero ahora, precisamente porque había peligro, porque los participantes se exponían a romperse la crisma y que junto a cada obstáculo había un médico, una enfermera y una furgoneta con la cruz roja, se decidió a participar en las carreras. Sus miradas se encontraron. Vronski le hizo un guiño cariñoso y de aprobación. Al único que no vio fue a su principal competidor: a Majotin, que montaba a Gladiátor.

—No se apresure —dijo Kord—. Y recuerde una cosa: no la reprima ni la apresure ante los obstáculos; déjela saltar como ella quiera.

—Bueno, bueno —contestó Vronski, cogiendo las riendas.

—Si le es posible, póngase a la cabeza, pero, aunque vaya rezagado, no se desanime hasta el último momento.

Apenas se había movido el caballo, cuando Vronski, con un movimiento ágil y vigoroso, puso el pie en el estribo de acero y se sentó con firmeza en la silla de cuero, que crujía. Metiendo el pie derecho en el estribo, con su gesto habitual igualó entre los dedos las dobles bridas, y Kord las soltó. Como vacilando con cuál de las patas había de echar a andar, Fru-Fru, estirando las riendas con su largo cuello, partió como movida por resortes, meciendo al jinete en su lomo flexible. Kord, apresurando el paso, la seguía. La yegua, inquieta, como tratando de engañar al jinete, tiraba de las riendas, ora de un lado, ora de otro. Vronski intentaba en vano calmarla con palmaditas y hablándole.

Ya se acercaban al riachuelo cercado, de camino al lugar del punto de partida. Muchos jinetes iban delante y otros detrás de Vronski, cuando, de pronto, oyó detrás de sí el galopar de un caballo por el barro del camino, y Majotin lo adelantó montado sobre el orejudo Gladiátor. Majotin sonrió, mostrando sus largos dientes, pero Vronski lo miró con expresión de enojo. En general, no lo quería, y ahora lo consideraba como su rival más peligroso y le molestó que lo hubiese adelantado, excitando a Fru-Fru. La jaca levantó la pata izquierda para galopar, dio dos saltos y enfadándose por sentir las bridas muy tensas, trotó, dando sacudidas que hacían tambalearse al jinete. Kord se enfadó también, y corrió casi al trote en pos de Vronski.

XXIII

En total eran diecisiete los oficiales que tomaban parte en aquella carrera. Las carreras se celebraban en un gran circuito de forma elíptica, de cuatro verstas de longitud, ante las tribunas. Había nueve obstáculos en el circuito: un arroyo, una barrera de dos *arshin* de alto ante las mismas tribunas, una zanja seca, otra con agua, un cerro, un obstáculo doble (uno de los más peligrosos), que consistía en un terraplén cubierto de ramas secas, tras el cual —invisible para el caballo— había una zanja, de manera que el caballo debía saltar los dos obstáculos a la vez o matarse. Y después, otras dos zanjas, una con agua y la otra seca, estando la meta de las carreras frente a las tribunas. La carrera no comenzaba en el circuito, sino a unas cien sazhen más allá, y en aquel trayecto se encontraba ya el primer obstáculo, un arroyo de tres *arshines* de ancho cercado por una valla, que los jinetes podían saltar o vadear, según quisieran.

Por tres veces los corredores se alinearon, pero siempre se adelantaba alguno de los caballos, y era preciso volver a empezar. El coronel Sestrín, que daba la salida, empezaba a enfadarse ya, cuando por fin, a la cuarta vez, gritó: «¡Adelante!», y los jinetes partieron.

Todas las miradas y todos los gemelos se dirigían al pequeño grupo abigarrado que formaban los concursantes mientras se alineaban.

«¡Han dado la salida! ¡Ya corren!», se oyó gritar por todas partes tras el silencio de la espera.

Grupos de espectadores y personas aisladas comenzaron a correr de un sitio a otro para ver mejor la carrera. Desde el primer momento los jinetes se dispersaron y se los veía avanzar hacia el arroyo en grupos de dos, de tres y de uno en uno. A los espectadores les parecía que todos los caballos corrían a la vez, pero los jinetes apreciaban unos segundos de diferencia, que tenían gran importancia para ellos.

Fru-Fru, excitada y demasiado nerviosa, se retrasó en el primer momento y varios caballos la adelantaron, pero antes de llegar al arroyo, Vronski, sujetando con todas sus fuerzas al animal que guiaba con las bridas, adelantó con facilidad a tres jinetes. Delante de él tan solo quedaban Gladiátor, el alazán de Majotin, que galopaba con ligereza y ritmo ante el mismo Vronski, y a la cabeza de todos, la hermosa Diana, que llevaba Kúzovlev, más muerto que vivo.

En los primeros momentos, Vronski no era dueño de la jaca ni de sí mismo. Hasta llegar al primer obstáculo, el arroyo, no pudo guiar los movimientos del animal.

Gladiátor y Diana llegaron al mismo tiempo y, casi simultáneamente, se levantaron saltando al otro lado; tras ellos, sin esfuerzo, como si volara, se elevó Fru-Fru; pero en el mismo instante en que Vronski se sintió en el aire, vio, casi debajo de las patas de su yegua, a Kúzovlev, que se revolcaba con Diana, al otro lado del arroyo. Kúzovlev había soltado las riendas después de saltar, y el caballo cayó de cabeza junto a él. Vronski se enteró más adelante de estos detalles; ahora solo veía que justamente donde iba a poner las patas Fru-Fru podía estar la cabeza o una pata de Diana. Pero Fru-Fru, como un gato al caer, hizo un esfuerzo con las patas y la grupa mientras saltaba, y dejando a un lado a Diana siguió adelante.

«¡Oh! ¡Mi querida Fru-Fru!», pensó Vronski.

Después de haber pasado el arroyo, Vronski dominaba por completo a la jaca y comenzó a sujetarla, con intención de saltar la barrera tras Majotin y, ya en la distancia siguiente de unas doscientas sazhen, en la que no había obstáculos, tratar de adelantarle.

La barrera grande estaba instalada ante la tribuna imperial. El zar, la corte en pleno y masas de gente los miraban a él y delante de él, a la distancia de un caballo, a Majotin, cuando se acercaban al «diablo». (Así llamaban a aquella barrera.) Vronski sentía las miradas puestas en él desde todas partes, pero no veía nada más que las orejas y el cuello de su yegua, y la tierra que venía a su encuentro y la grupa y las patas blancas de Gladiátor, que corría rítmicamente delante de él, manteniéndose siempre a la misma distancia. Gladiátor se elevó y, agitando su cola corta, desapareció de la vista de Vronski sin haber rozado el obstáculo.

—¡Bravo! —gritó alguien.

En aquel mismo instante, ante la vista de Vronski, ante él mismo, aparecieron las tablas de la barrera. Sin alterar en absoluto su movimiento, la jaca se elevó con el jinete; las tablas desaparecieron y solo por detrás de él se oyó un ruido. Excitada por ver delante a Gladiátor, Fru-Fru había saltado demasiado pronto, tropezando en la barrera con uno de los cascos traseros. Pero su marcha no cambió, y Vronski, que recibió en pleno rostro una salpicadura de barro, comprendió que de nuevo se hallaba a la misma distancia de Gladiátor. Volvió a ver ante sí la grupa y la cola corta y aquellas patas blancas que se movían rápidamente sin alejarse.

En el preciso momento en que Vronski pensó que debía adelantar a Majotin, Fru-Fru, comprendiendo lo que pensaba, y sin que la incitase lo más mínimo, aceleró notablemente su carrera, acercándose a Majotin por el lado más conveniente, el de las cuerdas. Pero Majotin no se separaba de las cuerdas. En cuanto Vronski pensó que también podía adelantarlo por el otro lado, Fru-Fru, cambiando de pata, se dispuso a hacerlo precisamente de aquel modo. Los flancos de Fru-Fru, que empezaban a oscurecerse por el sudor, ya estaban a la altura del alazán de Majotin. Corrieron un rato el uno al lado del otro. Pero ante el obstáculo al que llegaban ya, Vronski, para no dar un gran rodeo, excitó a la yegua con las bridas, y en el mismo cerro adelantó rápidamente a Majotin. Vio de refilón el rostro de este salpicado de barro. Hasta le pareció que sonreía. Había adelantado a Majotin, pero lo sentía pegado a su espalda, sin dejar de oír el acompasado galope y la respiración cortada, sin fatiga alguna, de Gladiátor.

Los dos obstáculos siguientes, una zanja y una barrera, se salvaron con facilidad, pero Vronski comenzó a sentir más próximos el galope y la respiración de Gladiátor. Espoleó a la jaca y notó con alegría que esta aumentaba la velocidad, y el ruido de los cascos de Gladiátor volvió a oírse a la distancia de antes.

Vronski iba a la cabeza —como se lo había propuesto y como se lo aconsejara Kord— y ahora estaba seguro del triunfo. Su emoción, su alegría y su cariño por Fru-Fru aumentaban. Sentía deseos de volver la cabeza, pero no se atrevía y trataba de tranquilizarse y de no incitar a la yegua, a fin de que conservara una reserva de fuerzas igual a la que adivinaba que tenía Gladiátor. Quedaba un obstáculo, y era el más difícil; si lo salvaba antes que los demás, llegaría el primero a la meta. Ya llegaba al obstáculo doble. Al mismo tiempo que Fru-Fru, aún desde lejos, había visto el obstáculo, y tanto él como la yegua sintieron un momento de duda. Vronski notó la indecisión de la jaca por sus orejas y levantó la fusta, pero comprendió enseguida que su temor era infundado: la yegua sabía lo que tenía que hacer. Aceleró el paso exactamente como deseaba Vronski, se alzó por los aires y, con un impulso, se abandonó a la fuerza de la inercia, que la transportó bastante más allá de la zanja. Y siguió la carrera con el mismo ritmo y sin esfuerzo alguno.

—¡Bravo, Vronski! —gritaron varias voces desde un grupo.

Sabía que eran los compañeros de su regimiento que se hallaban junto a aquel obstáculo, y no dejó de reconocer la voz de Iashvín, aunque no lo vio.

«¡Oh! ¡Qué encanto eres!», pensaba Vronski de Fru-Fru, mientras prestaba oído a lo que sucedía por detrás de él. «¡Ha vencido el obstáculo!», se dijo, al oír el salto de Gladiátor. Quedaba la última zanja, con agua, de dos *arshines* de ancha. Vronski ni la miraba siquiera; deseando llegar el primero con mucha ventaja sobre los demás, comenzó a mover las bridas de un modo oblicuo, haciendo levantar y bajar la cabeza de la yegua al compás de su marcha. Se dio cuenta de que Fru-Fru echaba el resto; no solo tenía el cuello y los flancos cubiertos de sudor, sino que hasta en la cabeza, en las orejas puntiagudas y en las crines aparecían algunas gotas, y su respiración era entrecortada y fatigosa. Pero sabía que le sobrarían fuerzas para las doscientas sazhen que quedaban por recorrer. Solo por sentirse más cerca del suelo y por una peculiar suavidad de los movimientos de Fru-Fru, Vronski se dio cuenta de hasta qué punto había aumentado la velocidad. Saltó por encima de la zanja como si no existiera. Voló por encima de ella como un pájaro, pero en aquel mismo instante Vronski advirtió con terror que, no habiéndole dado tiempo de seguir el impulso de la yegua, sin saber cómo, había hecho un movimiento falso, imperdonable, dejándose caer en la silla. De repente cambió su situación, comprendió que había ocurrido algo terrible, pero antes de que se diera cuenta de lo que era pasaron junto a él, como un rayo, las patas blancas del alazán de Majotin, que de un salto lo adelantó. Vronski rozó el suelo con un pie y la yegua se inclinó hacia ese lado. Apenas tuvo tiempo de libertar su pierna, cuando Fru-Fru se desplomó de costado, respirando con un penoso ronquido, y hacía vanos esfuerzos con su largo cuello sudoroso para levantarse. Se agitó en la tierra, a los pies de Vronski, como un pájaro herido. Debido al torpe movimiento que había hecho Vronski, la jaca se había roto la columna vertebral. Ahora Vronski solo veía que Majotin se alejaba veloz, y, en cambio, él estaba en pie, inmóvil, en la tierra cubierta de lodo, y a su lado yacía Fru-Fru; respirando fatigosamente, volvía hacia él sus magníficos ojos. Sin comprender aún lo que había pasado, Vronski tiraba de las bridas. Fru-Fru se agitó de nuevo, como un pececito, haciendo temblar la silla, levantó las patas delanteras, pero le faltaron las fuerzas para erguir la grupa, y vaciló, desplomándose de lado. Con el rostro desfigurado por el espanto, pálido, y con la mandíbula inferior temblorosa, Vronski dio un taconazo en el vientre de la yegua y volvió a tirar de las riendas. Pero la yegua no se movió y, hundiendo la boca en la tierra, se limitaba a mirar a su amo con ojos elocuentes.

—¡Ay! —gimió Vronski, llevándose las manos a la cabeza—. ¡Ay! ¿Qué he hecho? —exclamó—. ¡He perdido la carrera! ¡Y ha sido por mi culpa, una culpa vergonzosa e imperdonable! ¡He perdido a esta infeliz y querida yegua! ¡Ah! ¿Qué he hecho?

Corrieron hacia Vronski el médico, el practicante, los oficiales de su regimiento y grupos de gente. Para desgracia suya, se daba cuenta de que estaba sano y salvo. La yegua se había roto la columna vertebral y decidieron rematarla. Vronski no podía contestar a las preguntas ni hablar con nadie. Se volvió y, sin recoger la gorra, que se le había caído, se marchó del hipódromo, sin saber adónde se dirigía. Se sentía desgraciado. Por primera vez en la vida experimentaba una terrible desgracia, una desgracia irremediable de la que solo él tenía la culpa.

Iashvín, con la gorra de Vronski en la mano, lo alcanzó y lo acompañó a su casa; al cabo de media hora, Vronski se había recobrado. Pero el recuerdo de aquella carrera persistió durante mucho tiempo en su alma como uno de los más penosos y terribles de toda su vida.

XXIV

Las relaciones externas de Alexiéi Alexándrovich y su mujer seguían siendo las mismas. La única diferencia consistía en que Karenin estaba más ocupado que antes. Lo mismo que los años anteriores al llegar la primavera, Alexiéi Alexándrovich fue a tomar las aguas al extranjero, a fin de fortalecer su salud, que se resentía por el esfuerzo realizado durante el invierno. Y, como de costumbre, regresó en el mes de junio y se entregó con energías redobladas a su labor habitual. Y también, como siempre, su esposa se había trasladado a la casa veraniega, quedándose él en San Petersburgo.

Desde aquella conversación que sostuvo con Anna —después de la velada en casa de la princesa Tverskaia—, nunca le hablaba de sus sospechas ni de sus celos, y su acostumbrado tono, con el cual parecía imitar a alguien, le resultaba de lo más cómodo para sus relaciones actuales con ella. Se mostraba algo más frío con Anna. Solamente parecía estar un poco disgustado por aquella conversación que Anna no quiso continuar. En su trato hacia ella había solo un matiz de enojo. «No quisiste que tuviéramos una explicación —parecía decirle mentalmente—. Peor para ti. Ahora serás tú quien lo pida, pero yo no accederé. Peor para ti», se decía, con la actitud de una persona que se hubiese esforzado en vano en apagar un incendio y enfadándose porque hubiesen resultado inútiles sus intentos, dijera: «Pues anda, quémate».

Alexiéi Alexándrovich, tan inteligente y sutil en su trabajo, no comprendía que era un error tratar así a su esposa. No podía comprenderlo, porque le resultaba demasiado terrible su situación actual, por eso encerró y selló en su alma aquel cofre en el que guardaba los sentimientos hacia su mujer y su hijo. Él, que había sido un padre cariñoso, se había vuelto muy frío con su hijo desde fines de aquel invierno y lo trataba con aquel mismo tono burlón que a su esposa: «Ah, jovencito», solía decirle.

Alexiéi Alexándrovich opinaba y decía que ningún año había tenido tanto trabajo como aquel, pero no reconocía que él mismo se lo inventaba, que era uno de los medios para no abrir el cofre donde yacían el afecto hacia su familia y los pensamientos respecto de ella, que se hacían tanto más terribles cuanto más tiempo llevaban allí. Si alguien se hubiese atrevido a preguntarle a Karenin lo que opinaba de la conducta de su mujer, el dulce y pacífico Alexiéi Alexándrovich no hubiera contestado nada y se habría irritado mucho. Por eso se notaba cierta severidad y altivez en la expresión de Alexiéi Alexándrovich cuando le preguntaban por la salud de su esposa. No quería pensar en la conducta ni en los sentimientos de Anna, y, en efecto, no lo hacía. La residencia veraniega habitual de los Karenin se hallaba en Petergof, y la condesa Lidia Ivánovna también solía veranear allí, en una casa vecina, y se relacionaba constantemente con Anna. Aquel año, la condesa Lidia Ivánovna no quiso ir a Petergof, no visitó ni una sola vez a Anna Arkádievna y le hizo alusiones a Alexiéi Alexándrovich respecto de la inconveniente amistad de Anna con Betsi y Vronski. Karenin la interrumpió con severidad y le expresó su opinión de que su mujer estaba por encima de las sospechas, y desde entonces empezó a rehuirla. Karenin no quería ver ni veía que en la buena sociedad había ya muchas personas que miraban con prevención a su esposa; no quería comprender ni comprendía por qué deseaba Anna que se trasladaran a veranear a Tsárskoie Seló, donde vivía Betsi, cerca del campamento de Vronski. Aunque no se permitía pensar en ello, en el fondo de su alma —sin confesárselo y sin tener prueba y ni siquiera sospechas— sabía con certeza que era un marido burlado; y se sentía desgraciadísimo.

Cuántas veces durante sus ocho años de vida conyugal feliz, viendo mujeres infieles y maridos engañados, Alexiéi Alexándrovich se decía: «¿Cómo es posible llegar a esto? ¿Cómo no resolver una situación tan terrible?». En cambio, ahora, cuando la desgracia había caído sobre su cabeza, no solo no pensaba en resolver aquella situación, sino que incluso no se daba por enterado, precisamente porque era demasiado terrible y antinatural.

Desde su regreso del extranjero, Alexiéi Alexándrovich había estado dos veces en Petergof. Una de ellas comió allí, y la otra pasó la tarde con los invitados, pero no se quedó a dormir, como acostumbraba hacerlo en los años anteriores.

El día de las carreras, Alexiéi Alexándrovich estaba muy atareado, pero desde por la mañana se trazó el plan de lo que iba a hacer. Decidió comer temprano e inmediatamente después ir a la residencia veraniega y desde allí a las carreras, a las que no podía faltar, porque asistiría la corte en pleno; pensaba ir a su casa, porque había decidido ver a su mujer una vez por semana para guardar las apariencias. Además, debía entregarle el dinero para los gastos de la quincena, según costumbre.

Con el habitual dominio de sus pensamientos, después de haber pensado todo eso respecto de su mujer, Alexiéi Alexándrovich no permitió que su imaginación fuese más adelante.

Aquella mañana, Karenin estuvo muy ocupado. El día anterior la condesa Lidia Ivánovna le había enviado un folleto acerca de un personaje célebre por sus viajes a través de China, que se hallaba en San Petersburgo, y también una carta pidiéndole que lo recibiera, pues era un hombre interesante y útil en muchos aspectos. Alexiéi Alexándrovich no tuvo tiempo de leer todo el folleto por la noche y terminó de leerlo por la mañana. Después empezaron a llegar los solicitantes y las visitas; le presentaron informes, despachó asuntos relativos a destinos y traslados, reparto de gratificaciones, sueldos, pensiones, y escribió cartas…, aquel trabajo de los días laborables, como lo solía llamar Alexiéi Alexándrovich, que le quitaba tanto tiempo. Luego siguieron dos asuntos particulares: recibir al médico y al administrador. La visita de este fue breve, se limitó a entregarle el dinero que necesitaba y a informarle del estado de sus asuntos. No iban muy bien, porque aquel año, a consecuencia de los frecuentes viajes que habían hecho, gastaron más y se había producido un déficit. En cambio, el médico, una eminencia de San Petersburgo, que era amigo suyo, lo entretuvo mucho. Como no lo esperaba, le sorprendió su visita y, aún más, que el doctor le interrogara detenidamente acerca de su salud, le auscultara y le reconociera el hígado palpándoselo y dándole golpecitos. Alexiéi Alexándrovich ignoraba que su amiga Lidia Ivánovna, al darse cuenta de que su salud no era muy buena aquel año, rogó al doctor que lo visitara y reconociera. «Hágalo por mí», le dijo. «Lo haré por Rusia», contestó el doctor. «Es un hombre inapreciable», comentó la condesa.

Al doctor le disgustó mucho el estado de Alexiéi Alexándrovich. Encontró que tenía el hígado muy dilatado, que estaba desnutrido y que la cura de aguas no le había hecho efecto alguno. Le mandó hacer mucho ejercicio físico y el menor esfuerzo cerebral posible, y, sobre todo, que no se disgustara. Es decir, cosas tan imposibles como prescindir de respirar. El doctor se fue, dejando a Alexiéi Alexándrovich la desagradable impresión de que no estaba bien de salud y de que aquello no tenía remedio.

Al salir, el médico se encontró en la escalinata con Sliudin, el secretario de Alexiéi Alexándrovich, al que conocía muy bien. Habían sido compañeros en la universidad y, aunque se veían raras veces, se apreciaban y eran buenos amigos. Por eso, a nadie mejor que a Sliudin pudo contar el doctor con sinceridad el estado de salud de Alexiéi Alexándrovich.

—Cuánto me alegro de que lo haya reconocido usted —dijo Sliudin—. Karenin no está bien, y me parece... ¿Cómo lo ha encontrado?

—Verá usted —dijo el doctor, y por encima de la cabeza de Sliudin hizo señas al cochero para que acercara el coche; cogiendo con sus blancas manos un dedo de los guantes de cabritilla, lo estiró—. Pruebe usted a romper una cuerda que no esté tensa; le será muy difícil. Pero estírela hasta donde pueda y apoye un dedo, y la cuerda se romperá. Alexiéi Alexándrovich, por su constancia y honradez en el trabajo, ha estirado la cuerda hasta el último grado y hay una presión desde fuera y bastante fuerte —concluyó el doctor, enarcando las cejas significativamente—. ¿Irá usted a las carreras? —añadió, mientras se acercaba al coche—. Sí, sí; desde luego, quita mucho tiempo —contestó el doctor a algo que le dijo Sliudin y que no había oído bien.

Tras el doctor, que lo había entretenido tanto, llegó el célebre viajero, y Alexiéi Alexándrovich, valiéndose de la lectura del prospecto y de sus antiguos conocimientos sobre aquella materia, lo asombró por su profunda erudición sobre aquello y la amplitud de su concepto.

Al mismo tiempo, le anunciaron la visita de un mariscal de la nobleza de una provincia, que había llegado a San Petersburgo y necesitaba entrevistarse con él. Cuando se fue, Alexiéi Alexándrovich tuvo que terminar las ocupaciones diarias con su secretario y aún le faltaba ir a visitar a una personalidad destacada para un asunto importante.

Apenas pudo volver a las cinco, hora en que solía comer; comió con su secretario y lo invitó a que lo acompañase a la residencia veraniega y a las carreras.

Sin darse cuenta, Alexiéi Alexándrovich procuraba siempre que hubiera una tercera persona presente en las entrevistas que tenía con su mujer.

XXV

Anna se hallaba en el piso de arriba, ante el espejo, prendiendo con la ayuda de Ánnushka el último lazo de su vestido, cuando oyó ante la puerta de entrada crujir la grava bajo las ruedas de un coche.

«Es temprano para Betsi», pensó, y echando una mirada por la ventana vio asomándose del coche el sombrero negro y las orejas de Alexiéi Alexándrovich, que conocía tan bien. «¡Qué fastidio! ¿Será posible que venga a pasar la noche?» Le pareció tan terrible y espantoso lo que podría suceder que, sin pensar nada, le salió al encuentro alegre y risueña, sintiendo que ya le invadía aquel espíritu de engaño y falsedad. Y dejándose dominar por él, empezó a hablar sin saber lo que iba a decir.

—¡Has sido muy amable viniendo! —dijo, tendiéndole la mano a su marido y saludando con una sonrisa a Sliudin, que era amigo de confianza de la familia—. Espero que te quedarás a dormir —fue lo primero que le dictó aquel espíritu—. Iremos juntos a las carreras. Lo único que siento es haberle prometido a Betsi que iría con ella. Vendrá a buscarme.

Alexiéi Alexándrovich hizo una mueca al oír nombrar a Betsi.

—¡Oh! No quiero separar a las inseparables —replicó con su habitual tono burlón—. Iré con Mijaíl Vasílievich. Los médicos me recomiendan que pasee, de manera que iré andando y me imaginaré que estoy en un balneario.

—No hay por qué darse prisa —dijo Anna—. ¿Quieren tomar té? Anna llamó.

—Sirvan el té. Y díganle a Seriozha que ha venido Alexiéi Alexándrovich. ¿Cómo andas de salud? Mijaíl Vasílievich, usted no ha estado aquí; mire qué bien se está en mi terraza —decía Anna, dirigiéndose tan pronto a uno como a otro.

Mijaíl Vasílievich salió a la terraza. Anna se sentó junto a su marido.

—No tienes muy buen aspecto —le dijo.

—Así es. Hoy me ha visitado el doctor y me ha quitado una hora de tiempo. Me doy cuenta de que me lo ha debido de enviar alguno de mis amigos. ¡Es tan valiosa mi salud!...

—Bueno, y ¿qué te ha dicho?

Anna le hacía preguntas respecto de su salud, de su trabajo, y trataba de convencerlo de que descansara y se viniera allí.

Todo esto lo decía alegremente, hablando deprisa y con un brillo especial en los ojos, pero ahora Alexiéi Alexándrovich no le daba ningún significado a aquel tono. Se limitaba a escuchar sus palabras, atribuyéndoles un significado sencillo, el que tenían. Le contestaba con naturalidad, aunque bromeando. No hubo nada de particular en aquella conversación, pero al pasar el tiempo Anna no podía recordar aquella breve escena sin experimentar un doloroso sentimiento de vergüenza.

Entró Seriozha precedido por su institutriz. Si Alexiéi Alexándrovich se permitiera ser observador, se habría dado cuenta de la mirada tímida y confusa con que Seriozha lo miró a él y después a su madre. Pero Karenin no quería ver nada y no lo vio.

—¡Ah, jovencito! Verdaderamente, se está haciendo un hombre. Ha crecido. ¡Hola, jovencito!

Y le tendió la mano al niño, que estaba asustado.

Seriozha, que ya era tímido en el trato con su padre, desde que este lo llamaba jovencito y desde que se empeñó en acertar si Vronski era amigo o enemigo suyo, le tenía miedo. Como pidiéndole protección, miró a su madre. Solo se encontraba a gusto con ella. Alexiéi Alexándrovich, poniendo una mano sobre el hombro de su hijo, empezó a hablar con la institutriz, y Seriozha se sentía cohibido hasta tal punto que Anna vio que se iba a echar a llorar.

Anna, que había enrojecido al entrar el niño, viéndolo tan desconcertado, se levantó presurosa y quitó la mano de Alexiéi Alexándrovich de su hombro. Besó a su hijo, se lo llevó a la terraza y volvió enseguida.

—Ya es hora —dijo, mirando su reloj—. ¿Cómo no habrá venido Betsi?...

—Sí —dijo Alexiéi Alexándrovich, y, poniéndose en pie, entrelazó los dedos, haciéndolos crujir—. He venido para traerte dinero porque «al ruiseñor no se le alimenta con fábulas». Supongo que te hace falta.

—No, no lo necesito... Es decir, sí —replicó Anna sin mirarlo y enrojeciendo hasta la raíz del cabello—. Pero supongo que volverás después de las carreras.

—¡Oh, sí! —contestó Alexiéi Alexándrovich—. ¡Aquí está la beldad de Petergof! —añadió, mirando por la ventana el coche inglés con llantas de goma, de caja extraordinariamente alta, y pequeña, que se acercaba—. ¡Qué elegancia! ¡Qué encanto! Entonces, vamos nosotros también.

La princesa no salió del coche; solo se apeó junto a la entrada su lacayo, que llevaba polainas, esclavina y sombrero negro.

—Me voy, adiós. Has sido muy amable —dijo Anna, y, dándole un beso a su hijo, se acercó a Alexiéi Alexándrovich y le tendió la mano.

Este se la besó.

—Bueno, ¡hasta luego! Vendrás a tomar el té. ¡Muy bien! —añadió Anna, y salió radiante de alegría.

Pero en cuanto perdió de vista a su marido sintió el sitio donde habían tocado sus labios y se estremeció con repugnancia.

XXVI

Cuando Alexiéi Alexándrovich apareció en las carreras, Anna se hallaba sentada ya junto a Betsi, en la tribuna donde se congregaba toda la buena sociedad. Desde lejos divisó a su marido. Dos hombres, su marido y su amante, constituían para ella los dos centros de su vida, y sin ayuda de los sentidos percibía su proximidad. Desde lejos se dio cuenta de que se acercaba su marido, y lo siguió involuntariamente con la mirada entre las olas de la multitud. Lo vio acercarse a la tribuna, ora contestando condescendiente a los saludos aduladores, ora saludando distraída y amistosamente a sus iguales, ora esperando con interés una mirada de los poderosos y quitándose su amplio sombrero hongo, que se apoyaba en los extremos de sus orejas.

Anna conocía muy bien aquellos modales y le resultaban desagradables. «En su alma no hay nada más que ambición y deseo de triunfar —pensaba—. Las ideas elevadas, el amor por la cultura, la religión y todo lo demás no son sino armas para triunfar.»

Por las miradas que dirigía Alexiéi Alexándrovich a las señoras (la miraba directamente a ella, pero sin reconocerla entre aquel mar de gasas, cintas, plumas, sombrillas y flores), Anna comprendió que la buscaba, pero fingió deliberadamente no verlo.

—¡Alexiéi Alexándrovich! —le gritó la princesa Betsi—. Probablemente no ve usted a su esposa. ¡Aquí está!

Karenin sonrió con su fría sonrisa.

—Es tal el resplandor que hay aquí, que la mirada se pierde —replicó, dirigiéndose a la tribuna.

Karenin le sonrió a Anna como debe hacerlo un marido que se encuentra con su mujer, con quien acaba de estar. Y saludó a la princesa y a los demás conocidos, concediéndole a cada cual lo que le correspondía, es decir, bromeando con las señoras y cambiando saludos con los hombres. Abajo, junto a la tribuna, se hallaba un general ayudante, célebre por su inteligencia y su cultura, a quien apreciaba mucho Karenin.

Estaban en el intervalo entre dos carreras y por eso nada impedía la charla. El general ayudante criticaba las carreras. Alexiéi Alexándrovich le replicó defendiéndolas. Anna escuchaba su voz aguda y monótona sin perder una palabra, y todas le parecían falsas y le herían los oídos.

Cuando comenzó la carrera de cuatro verstas con obstáculos, Anna se inclinó hacia delante. Sin quitarle la vista, miraba a Vronski, que se acercaba a la yegua y la montaba, oyendo al mismo tiempo aquella voz repulsiva que no cesaba de hablar. Sufría, temiendo que le pasara algo a Vronski, y aún más por la aguda voz de su marido, con sus entonaciones tan conocidas que, según creía, no iba a parar de hablar.

«Soy una mala mujer, una mujer perdida —pensó—, pero no me gusta mentir, no soporto la mentira, y *él* —el marido— se alimenta de mentiras. Lo sabe todo, lo ve todo; ¿qué siente cuando puede hablar con esa tranquilidad? Si me matara, si matara a Vronski, lo respetaría, pero no, solo necesita mentiras y decoro», se decía Anna, sin concretar qué es lo que precisamente deseaba de su marido, ni cómo le gustaría que fuese. Tampoco comprendía que esa locuacidad de Alexiéi Alexándrovich, en aquel momento que tanto la irritaba, no era sino la manifestación de su desasosiego y de su inquietud. Lo mismo que un niño que se ha dado un golpe y salta, poniendo en movimiento sus músculos para calmar el dolor, así a Karenin le era imprescindible la actividad mental para ahogar aquellos pensamientos respecto de su mujer, que en presencia de ella y de Vronski y oyendo repetir incesantemente el nombre de este, reclamaban su atención. Y tan natural como le resulta a un niño el dar saltos, le era a él hablar bien y con sensatez.

—El peligro es condición imprescindible para las carreras de caballos militares. Si Inglaterra puede mostrar en su historia militar los hechos más brillantes de la caballería, es solo gracias a que históricamente ha desarrollado esa fuerza, tanto en los caballos como en los jinetes. Opino que el deporte tiene una gran importancia, pero, como siempre, no vemos en él sino la parte más superficial —decía Alexiéi Alexándrovich.

—No es precisamente superficial; dicen que un militar se ha roto dos costillas —objetó la princesa Tverskaia.

Alexiéi Alexándrovich sonrió con aquella sonrisa suya que solo descubría los dientes, pero no expresaba nada.

—Supongamos, princesa, que eso no sea superficial, sino profundo, pero no se trata de eso. —Y de nuevo se dirigió al general, con el que hablaba en serio—. No olvide que los que participan en las carreras son militares, que han elegido esa actividad, y reconozca que cada vocación tiene su correspondiente reverso de la medalla. Eso entra en las obligaciones del militar. El escandaloso deporte del boxeo o las corridas de toros españolas son signos de barbarie. Pero el deporte sistematizado es signo de civilización.

—Otro día no vendré; esto me impresiona demasiado —dijo la princesa Betsi—. ¿Verdad, Anna?

—Impresiona, pero atrae —dijo otra señora—. Si yo hubiese sido romana, no habría dejado de asistir a ninguno de los espectáculos del circo.

Anna, sin decir nada y sin dejar de observar por los gemelos, miraba a un punto.

Entretanto, un general de elevada estatura pasaba por la tribuna. Interrumpiendo su charla, Alexiéi Alexándrovich se levantó presurosamente, aunque no sin dignidad, y le hizo una profunda reverencia.

—¿No participa usted en las carreras? —le preguntó el militar, bromeando.

—Mi carrera es mucho más difícil —contestó Alexiéi Alexándrovich, respetuosamente.

Y aunque la respuesta de Karenin no significaba nada, el militar hizo como que acababa de oír algo ingenioso de boca de un hombre inteligente y que había percibido totalmente *la pointe de la sauce*.*

—Hay dos aspectos —continuó de nuevo Alexiéi Alexándrovich—: el de los actores y el de los espectadores; la afición a estos espectáculos es el signo más patente del bajo nivel de los espectadores, lo reconozco, pero...

—¡Princesa, apostemos! —se oyó desde abajo la voz de Stepán Arkádich, que se dirigía a Betsi—. ¿Por quién apuesta usted?

—Anna y yo apostamos por el príncipe Kúzovlev —respondió Betsi.

* «La chispa de ingenio.» *(N. de las T.)*

—Y yo, por Vronski. ¡Un par de guantes!

—¡Aceptado!

—Y qué hermoso es esto, ¿verdad?

Alexiéi Alexándrovich calló mientras hablaron junto a él, pero no tardó en continuar.

—Estoy conforme, no son los juegos varoniles...

Pero en aquel momento dieron la salida a los corredores y cesaron las conversaciones. También se calló Alexiéi Alexándrovich; todos se levantaron y miraron en dirección al riachuelo. A Alexiéi Alexándrovich no le interesaban las carreras; por eso no miró a los jinetes, sino que paseó distraídamente sus ojos cansados por los espectadores. Su mirada se detuvo en Anna.

Su rostro estaba pálido y grave. Al parecer, no veía a nadie ni nada, excepto una cosa. Contenía la respiración y su mano oprimía convulsivamente el abanico. Alexiéi Alexándrovich la miró, pero se volvió apresuradamente y observó otros rostros.

«También esta señora y muchas otras están muy emocionadas; eso es muy natural», se dijo Alexiéi Alexándrovich. No quería mirar a Anna, pero involuntariamente esta atraía su mirada. De nuevo clavó los ojos en su rostro, tratando de no leer lo que estaba tan claramente escrito en él, pero, a pesar suyo, lo notaba.

La caída de Kúzovlev al saltar el riachuelo impresionó a todos, pero Alexiéi Alexándrovich vio claramente en el rostro pálido y triunfante de Anna que aquel a quien miraba no se había caído. Cuando Majotin y Vronski saltaron la gran barrera y el oficial que los seguía cayó de cabeza, hiriéndose mortalmente, y un murmullo de horror recorrió a los espectadores, Karenin vio que Anna ni siquiera reparó en ello y apenas si comprendía de qué hablaban a su alrededor. Pero Karenin la miraba cada vez más a menudo y con más insistencia. Anna, absorta en la carrera de Vronski, sintió la mirada fría de su marido fija en ella.

Anna se volvió un momento, lo escrutó con expresión interrogativa y, frunciendo ligeramente el entrecejo, de nuevo se interesó por la carrera.

«¡Ah! Me da igual», pareció decirle, y ya no volvió a fijarse en él.

Las carreras fueron desafortunadas; de los diecisiete que participaron, más de la mitad se habían caído, lesionándose. Hacia el final, todos se mostraban agitados y el desasosiego aumentó cuando se supo que el emperador estaba descontento.

XXVII

Todos expresaban en voz alta su desaprobación, todos repetían la frase que dijo alguien: «Lo único que falta es el circo con los leones». El horror había cundido de tal manera que a nadie le llamó la atención que Anna diera un grito al caer Vronski. Pero inmediatamente después de eso el rostro de Anna experimentó un cambio, un cambio definitivamente indecoroso. Se turbó profundamente. Empezó a agitarse como un pájaro en la trampa: tan pronto quería levantarse para ir no se sabía adónde, tan pronto se dirigía a Betsi, diciéndole:

—Vámonos, vámonos.

Pero Betsi no la oía. Inclinada hacia abajo, hablaba con un general que acababa de acercarse.

Alexiéi Alexándrovich se aproximó a Anna ofreciéndole el brazo galantemente.

—Vámonos, si quieres —le dijo en francés.

Pero Anna, que prestaba atención a lo que decía el general, no reparó en su marido.

—También dicen que se ha roto una pierna. Es un disparate —comentaba el general.

Anna, sin contestar a su marido, levantó los gemelos y miró al lugar donde se había caído Vronski, pero estaba tan lejos y se había agolpado allí tanta gente, que era imposible distinguir nada. Bajando los gemelos, se dispuso a marcharse, pero en aquel momento llegó un oficial montado a caballo para informar al emperador. Anna se asomó, con objeto de escuchar.

—¡Stiva, Stiva! —gritó, llamando a su hermano.

Pero este no la oyó. Anna se dispuso de nuevo a salir.

—Te ofrezco el brazo por segunda vez si quieres irte —dijo Alexiéi Alexándrovich, tocando la mano de Anna.

Esta se separó de él con repulsión, y sin mirarle a la cara contestó:

—No, no; déjame, me quedo.

Vio que desde el lugar de la caída de Vronski venía corriendo un oficial dirigiéndose a la tribuna. Betsi le hizo señas con un pañuelo. El oficial anunció que el jinete no se había matado y que el caballo se había roto la columna vertebral.

Al oír esto, Anna se sentó rápidamente, escondiendo el rostro tras el abanico. Karenin vio que su mujer lloraba sin poder reprimir las lágrimas ni los sollozos que agitaban su pecho. Se puso delante de ella ocultándola para darle tiempo a serenarse.

—Por tercera vez te ofrezco el brazo —dijo al cabo de unos momentos.

Anna lo miraba sin saber qué decir. La princesa Betsi acudió en su ayuda.

—No, Alexiéi Alexándrovich. He sido yo quien ha traído a Anna y he prometido que la llevaría a su casa.

—Perdóneme, princesa —replicó Karenin con una sonrisa cortés, pero mirándola fijamente a los ojos—. Veo que Anna no se encuentra bien y quiero que vuelva a casa conmigo.

Asustada, Anna se volvió y, levantándose sumisa, cogió a su marido del brazo.

—Enviaré a su casa para saber cómo está y te lo mandaré decir —murmuró Betsi.

Al salir de la tribuna, Karenin charló como de costumbre con las personas que se iban encontrando y Anna tuvo que hablar como siempre, pero no era la misma, y avanzaba del brazo de su marido como en sueños.

«¿Se habrá matado? ¿Será verdad lo que he oído? ¿Vendrá o no vendrá? ¿Lo veré hoy?», pensaba.

Se sentó silenciosa en el coche de Karenin y salieron de entre la multitud de vehículos. A pesar de todo lo que veía, Alexiéi Alexándrovich se negaba a pensar en la verdadera situación de su mujer. Solo veía los signos externos, Anna se había conducido indecorosamente, y Alexiéi Alexándrovich consideraba que era deber suyo decírselo. Pero le era muy difícil limitarse a esto. Abrió la boca para decirle a Anna que su conducta había sido inconveniente, pero, sin querer, dijo algo muy distinto.

—Hay que ver qué afición tenemos todos a esos espectáculos tan bárbaros. Me doy cuenta...

—¿Qué? No te comprendo —replicó Anna con desprecio.

Alexiéi Alexándrovich se sintió ofendido, e inmediatamente empezó a hablarle de lo que se había propuesto.

—He de decirte...

«He aquí la explicación», pensó Anna, asustada.

—Tengo que decirte que tu conducta de hoy ha sido indecorosa —le dijo en francés.

—¿En qué me he conducido indecorosamente? —preguntó Anna en voz alta, volviendo rápidamente la cabeza hacia él y mirándole a los ojos, pero no con aquella alegría que ocultaba algo, sino con una resolución que apenas podía disimular el temor que experimentaba.

—Cuidado —dijo Alexiéi Alexándrovich señalando la ventanilla abierta frente al cochero.

Karenin se incorporó para subir el cristal.

—¿Qué es lo que te ha parecido incorrecto en mi conducta? —repitió Anna.

—La desesperación que no has sabido ocultar cuando se cayó uno de los jinetes.

Karenin esperaba que Anna replicase, pero esta callaba, mirando ante sí.

—Ya te he rogado que tu comportamiento en la sociedad sea correcto para que las malas lenguas no puedan murmurar de ti. En una ocasión te hablé de nuestras relaciones íntimas; ahora no lo hago; ahora hablo de las relaciones externas. Te has comportado inconvenientemente, y desearía que esto no se volviera a repetir.

Anna no oyó la mitad de sus palabras, tenía miedo de él y pensaba en si sería verdad que Vronski no se había matado. ¿Se referían a él al decir que estaba ileso y que el caballo se había roto la columna vertebral? Se limitó a sonreír con fingida ironía cuando Alexiéi Alexándrovich terminó de hablar, pero no le contestó nada porque no había oído lo que le decía. Karenin había empezado a hablar con decisión, pero cuando se dio cuenta de lo que estaba hablando, el miedo que experimentaba Anna se le comunicó. Al ver la sonrisa de su mujer, una extraña confusión se apoderó de su mente.

«Sonríe ante mis sospechas; ahora me va a decir lo que me dijo la otra vez: que son infundadas y que esto es ridículo.»

Ahora que se avecinaba el descubrimiento de todo aquello, Karenin sentía vivos deseos de que su mujer le contestase irónicamente, como lo había hecho entonces y le dijera que sus sospechas eran ridículas e infundadas. Era tan terrible lo que sabía, que ahora estaba dispuesto a creerse lo que fuera. Pero la expresión del rostro de Anna, asustado y sombrío, no prometía ni siquiera el engaño.

—Tal vez me equivoque —dijo Karenin—. En este caso te ruego que me perdones.

—No, no te equivocas —le contestó Anna lentamente, mirando con desesperación el semblante frío de su marido—. No te equivocas, estaba desesperada y no puedo dejar de estarlo. Mientras te escucho pienso en él. Lo amo, soy su amante. No te puedo soportar, te tengo miedo y te odio... Puedes hacer conmigo lo que quieras.

Y recostándose en un rincón del coche, Anna prorrumpió en sollozos ocultando la cara entre las manos. Alexiéi Alexándrovich no se movió ni cambió la dirección de su mirada. Pero su rostro adquirió de pronto la solemne inmovilidad de un muerto, y aquella expresión no varió hasta que llegaron a Petergof. Al acercarse a la casa, Karenin volvió la cabeza hacia su mujer, siempre con la misma expresión.

—Bien, pero exijo que guardes las apariencias hasta que —y su voz tembló— tome medidas para salvar mi honor y te las comunique.

Karenin se apeó el primero y ayudó a Anna a bajar. Delante de la criada le estrechó la mano y subió al coche para dirigirse a San Petersburgo.

Al poco rato llegó el criado de la princesa Betsi con una notita para Anna: «He enviado a casa de Alexiéi a preguntar cómo está; me contesta que se encuentra ileso, pero desesperado».

«Entonces, vendrá —pensó Anna—. He hecho muy bien en decírselo todo.»

Miró el reloj. Faltaban tres horas aún y los recuerdos de la última entrevista inflamaron la sangre de sus venas.

«¡Dios mío, cuánta claridad!* Es terrible, pero me gusta verle el rostro y me gusta esta luz fantástica... ¡Mi marido! ¡Ah! Sí..., gracias a Dios todo ha terminado entre nosotros.»

---

* Se refiere a la claridad boreal de las noches blancas de San Petersburgo. (N. de las T.)

XXVIII

Como en todas partes donde se reúne gente, en el pequeño balneario adonde fueron los Scherbatski se realizó esa especie de cristalización habitual en la sociedad que parece reservar a cada miembro un lugar definido y constante. Lo mismo que una partícula de agua expuesta al frío adquiere la forma determinada, fija e invariable, de un cristal de nieve, así cada persona nueva que llegaba al balneario ocupaba inmediatamente el lugar que le correspondía.

Fürst Scherbatski sammt Gemahlin und Tochter* se habían cristalizado en el lugar que les correspondía, definido tanto por el piso que ocuparon como por su nombre y por las amistades que hicieron.

Aquel año había llegado al balneario una verdadera *Fürstin*** alemana, a consecuencia de lo cual la cristalización de la sociedad se realizó más enérgicamente. La princesa Scherbátskaia se empeñó en presentarle a la princesa alemana a su hija, y al día siguiente efectuó esa ceremonia. Kiti, que llevaba un vestido de verano muy sencillo, es decir, muy elegante, que le habían mandado de París, le hizo una profunda y graciosa reverencia. La princesa alemana dijo: «Espero que las rosas vuelvan pronto a esa bella carita», e, inmediatamente, para los Scherbatski quedaron determinados los caminos de la vida, de los cuales era imposible salirse. Los Scherbatski trabaron también conocimiento con una lady inglesa, con una condesa alemana y su hijo, herido en la última guerra, con un sabio sueco y con el señor Canut y una hermana suya. Pero el grupo que más trataban los Scherbatski se había formado por sí mismo y lo constituían una dama moscovita, María Ievguiénievna Rtíscheva; su hija, que le resultaba antipática a

* «El príncipe Scherbatski, en unión de su esposa y su hija.» *(N. de las T.)*
** «Princesa.» *(N. de las T.)*

Kiti porque había caído enferma, como ella, por amor, y un coronel de Moscú al que la joven conocía desde pequeña, con su uniforme y sus charreteras, el cual le resultaba aquí, con sus ojillos, el cuello descubierto y una corbata de color, muy ridículo y aburrido porque era imposible librarse de él. Una vez que se estableció de un modo firme aquel régimen, Kiti empezó a aburrirse mucho, sobre todo al marcharse el príncipe a Carlsbad, quedando ella sola con su madre. Kiti no se interesaba por los conocidos porque se daba cuenta de que no le proporcionarían nada nuevo. Su interés principal en el balneario consistía en observar y hacer conjeturas acerca de las personas que no conocía. Al pensar quiénes y cómo eran y qué relaciones tenían entre sí, Kiti se representaba unos caracteres excepcionales y agradables y solía encontrar confirmación en sus suposiciones.

Especialmente le interesaba una joven rusa que había ido al balneario acompañando a una señora enferma, rusa también, a quien todos llamaban madame Stahl. Pertenecía a la alta sociedad y estaba tan enferma que no podía andar y solo aparecía a tomar las aguas en su silla de ruedas los días que hacía buen tiempo. Pero no tanto por su enfermedad como por su orgullo, según explicaba la princesa, madame Stahl no trataba a ninguno de los rusos. La muchacha rusa cuidaba a madame Stahl y además, como había observado Kiti, trataba a todos los enfermos graves, numerosos en el balneario, atendiéndolos con la mayor naturalidad. Según las observaciones de Kiti, esa muchacha no era pariente de madame Stahl ni tampoco una enfermera a sueldo. Madame Stahl la llamaba Váreñka y los demás mademoiselle Váreñka. Sin hablar ya de que a Kiti le gustaba observar el trato que daba Váreñka a madame Stahl y a otras personas; experimentaba, como suele suceder a menudo, una simpatía inexplicable hacia ella y se daba cuenta, por las miradas de esta, de que también le gustaba.

No se podía decir precisamente que mademoiselle Váreñka no fuese joven, más bien parecía un ser sin juventud: lo mismo se le podían echar diecinueve años que treinta. A juzgar por sus rasgos, a pesar del color enfermizo de su tez, era más bien guapa. Incluso estaría bien formada a no ser por su extremada delgadez y su cabeza, desproporcionada para su estatura mediana, pero no debía de resultar atractiva para los hombres. Parecía una flor hermosa que aún conservaba sus pétalos, pero ya mustia y sin perfume. Aparte de esto, tampoco podía tener atractivo porque le faltaba lo que le sobraba a Kiti: una contenida llama vital y la conciencia de su encanto.

Siempre parecía estar ocupada en algún trabajo de cuya utilidad no se podía dudar, y por eso, al parecer, le era imposible interesarse por ninguna otra cosa. Esa manera de ser opuesta a la suya era lo que precisamente atraía a Kiti. Sentía que en Váreñka, en su manera de vivir, hallaría el modelo de lo que ahora buscaba con tanto ahínco: un interés en la vida, una vida digna, fuera del trato de una muchacha con los hombres, que repugnaba a Kiti y que se le representaba ahora como una vergonzosa exposición de mercancías en espera del comprador. Cuanto más observaba Kiti a su desconocida amiga, tanto más se convencía de que esa muchacha era el ser perfecto que ella se imaginaba, y tantos más deseos tenía de conocerla.

Solían encontrarse varias veces al día, y a cada encuentro los ojos de Kiti decían: «¿Quién es usted? ¿Quién es usted? ¿Es cierto que es un ser tan encantador como me lo imagino? Pero, por Dios, no piense que me permito forzarla a tener amistad conmigo. Solo la admiro y la quiero», añadían sus ojos. «También yo la quiero, es usted muy simpática y la querría aún más si tuviese tiempo», contestaba la mirada de la desconocida. En efecto, Kiti la veía siempre ocupada: ora acompañaba a los niños de una familia rusa después de tomar las aguas, ora llevaba una manta para una enferma y la envolvía en ella, ora trataba de distraer a un enfermo excitado, ora escogía y compraba galletas para el café de alguien.

Poco después de la llegada de los Scherbatski aparecieron en el balneario otros dos personajes que atrajeron la atención general, despertando hostilidad. Eran un hombre alto, algo encorvado, que llevaba un abrigo viejo demasiado corto para su estatura, de manos enormes y ojos negros, ingenuos y, a un tiempo, terribles, y una mujer agradable, picada de viruelas, que vestía mal y sin gusto. Dándose cuenta de que eran rusos, Kiti empezó a forjar en su imaginación, con respecto a ellos, una novela bella y enternecedora.

Pero la princesa, que se enteró por la minuta de bañistas de que se trataba de Nikolái Lievin y María Nikoláievna, le contó a su hija lo malo que era ese hombre y todas aquellas ilusiones de Kiti se desvanecieron. No tanto por lo que le había dicho su madre, sino por tratarse del hermano de Konstantín, esa pareja le fue desagradable en extremo. Además, Nikolái Lievin despertaba en Kiti, con su costumbre de mover convulsivamente la cabeza, una sensación de repugnancia invencible. Le parecía que sus ojos, grandes y terribles, que la seguían fijamente, expresaban un sentimiento de odio y de ironía y evitaba el encontrarse con él.

XXIX

Hacía un día desagradable, llovía desde por la mañana y los enfermos se agolpaban con los paraguas en la galería.

Kiti paseaba con su madre y el coronel, que presumía jovialmente con su levita europea comprada en Frankfurt. Paseaban por un lado de la galería tratando de evitar a Lievin, que iba por el otro. Váreñka, con su vestido de color oscuro y su sombrero negro de alas bajas, paseaba desde un extremo hasta el otro de la galería acompañando a una francesa ciega, y cada vez que se encontraba con Kiti se miraban amistosamente.

—Mamá, ¿puedo hablarle? —preguntó Kiti, que seguía con la mirada a su desconocida amiga, al ver que se acercaba al manantial y podían reunirse.

—Sí, ya que tanto lo deseas, pero antes me he de informar y primero le hablaré yo —contestó la madre—. Pero ¿qué le encuentras de particular? Debe de ser una señorita de compañía. Si quieres, trabaré conocimiento con madame Stahl. He conocido a su *belle-soeur* —añadió la princesa, alzando la cabeza con altivez.

Kiti sabía que la princesa se sentía ofendida porque madame Stahl parecía rehuir el conocerla. Kiti no insistió.

—¡Qué encantadora es! —dijo, mirando a Váreñka, que ofrecía un vaso de agua a la francesa—. Fíjate qué sencilla y qué agradable.

—Me hacen reír tus *engouements** —dijo la princesa—. Es mejor que volvamos —añadió, viendo a Lievin, que venía hacia ellas con aquella señora y con un médico alemán, al que hablaba en voz alta y enojada.

* «Caprichos.» *(N. de las T.)*

Se volvían para irse, cuando oyeron no ya hablar en voz alta, sino gritar. Lievin se había detenido vociferando y el médico alemán también se mostraba irritado. La gente los rodeó. La princesa y Kiti se alejaron apresuradamente, mientras el coronel se unió a la multitud para enterarse de lo que sucedía.

Al cabo de unos minutos, el coronel las alcanzó.

—¿Qué ha pasado? —preguntó la princesa.

—¡Es una vergüenza! —exclamó el coronel—. Es temible encontrarse con rusos en el extranjero. Ese señor alto ha reñido con el médico y le ha dicho impertinencias porque no le cura como debe, y hasta lo ha amenazado con el bastón. ¡Qué vergüenza!

—¡Qué cosa tan desagradable! —comentó la princesa—. Pero ¿cómo ha terminado?

—Gracias a Dios, ha intervenido esa señorita, la que lleva un sombrero en forma de hongo. Me parece que es rusa —dijo el coronel.

—¿Mademoiselle Váreñka? —preguntó Kiti con alegría.

—Sí. Ha tenido más serenidad que nadie. Cogió del brazo a ese señor y se lo llevó.

—¿Ves, mamá? ¡Y te asombra que me encante! —exclamó Kiti.

Al día siguiente, mientras observaba a su desconocida amiga, Kiti se dio cuenta de que las relaciones de mademoiselle Váreñka con Lievin y con aquella mujer eran iguales que con sus demás *protégés*.* Se acercaba a ellos, les hablaba y servía de intérprete a la mujer, que no conocía ningún idioma extranjero.

Kiti volvió a suplicar a su madre que le permitiera trabar conocimiento con Váreñka. Aunque a la princesa le desagradaba dar el primer paso para conocer a la señora Stahl, que se enorgullecía de algo, tomó informes de Váreñka y pudo deducir que no habría nada malo, aunque poco bueno por otra parte, en aquel conocimiento. Y ella en persona se acercó a Váreñka para iniciarlo.

Eligió el momento en que su hija se había ido al manantial y Váreñka se había detenido ante un puesto de bollos.

—Permítame que me presente —dijo la princesa con su digna sonrisa—. Mi hija está prendada de usted. Tal vez no me conozca. Soy...

* «Protegidos.» *(N. de las T.)*

—Es una cosa recíproca, princesa —contestó apresuradamente Váreñka.

—¡Qué buena obra hizo usted ayer con nuestro lamentable compatriota! —comentó la princesa.

Váreñka se ruborizó.

—No recuerdo, creo que no hice nada —replicó.

—¿Cómo que no? Le evitó usted un disgusto a ese Lievin.

—¡Ah, sí! *Sa compagne** me llamó y traté de calmarlo; está muy enfermo y se mostraba descontento del médico. Y yo tengo costumbre de tratar con enfermos así.

—He oído decir que vive usted en Menton con su tía, creo, con madame Stahl. Conocí a su *belle-soeur*.

—No es tía mía. La llamo *maman* aunque no soy pariente suya. Pero ella me ha educado —replicó Váreñka, ruborizándose de nuevo.

Dijo aquello con tanta naturalidad, con una expresión tan sincera, que la princesa comprendió por qué se había encariñado Kiti con Váreñka.

—Bueno, y ¿qué piensa ese Lievin? —preguntó la princesa.

—Se marcha —respondió Váreñka.

En aquel momento llegó Kiti desde el manantial, radiante de alegría porque su madre hablaba con su desconocida amiga.

—Bueno, Kiti; tu gran deseo de conocer a mademoiselle...

—Váreñka —apuntó, sonriendo, esta—. Así me llaman todos.

Kiti enrojeció de alegría y durante largo rato apretó la mano de su nueva amiga, que no le correspondió dejando la suya inerte en la de Kiti. Pero a pesar de no corresponder a aquel apretón, el rostro de mademoiselle Váreñka resplandeció con una sonrisa dulce, alegre y a la vez algo melancólica, que mostró sus dientes grandes, pero magníficos.

—Hace mucho que yo lo deseaba también.

—Pero está usted tan ocupada...

—¡Oh! Al contrario, no tengo nada que hacer —contestó Váreñka.

Pero en aquel momento tuvo que abandonar a sus nuevas conocidas, porque venían a su encuentro dos niñas rusas, hijas de un enfermo.

—Váreñka, la llama mamá! —le gritaron.

Y Váreñka se fue con ellas.

* «Su amiga.» (*N. de las T.*)

XXX

Los detalles que averiguó la princesa relativos al pasado de Váreñka y sus relaciones con madame Stahl, así como las referentes a esta misma, fueron los siguientes:

Madame Stahl, de quien unos decían que había amargado la existencia de su marido mientras otros aseguraban que fue él quien la atormentó con su vida inmoral, era una mujer nerviosa, siempre enferma. Se había divorciado ya de su marido cuando dio a luz su primer hijo, que murió pocas horas después. Los parientes de la señora Stahl, que conocían su sensibilidad, temiendo que aquella noticia la matase, suplantaron a la criatura muerta por una niña que había nacido aquella noche en la misma casa, en San Petersburgo, hija del cocinero de palacio. Aquella niña era Váreñka. Madame Stahl se enteró posteriormente de que no era su hija, pero siguió criándola; poco tiempo después no quedaba nadie en el mundo de la familia de Váreñka.

Hacía ya más de diez años que madame Stahl residía en el extranjero, en el sur, sin levantarse de la cama. Unos decían que madame Stahl se había creado una fama de mujer llena de virtudes y muy religiosa, y otros, que era realmente aquel ser espiritual que aparentaba que solo vivía para hacer el bien. Nadie sabía a qué religión pertenecía —a la católica, a la protestante o a la ortodoxa—, pero solo había una cosa indudable: tenía amistad con los altos dignatarios de todas las iglesias y credos.

Váreñka vivía siempre con ella en el extranjero y todos los que conocían a madame Stahl la trataban y la querían.

Después de conocer todos estos detalles, la princesa juzgó que no había ningún inconveniente en que su hija se relacionara con Váreñka, sobre todo porque su educación y sus modales eran excelentes: hablaba perfectamente el francés y el inglés y, esto era lo principal, le dijo que madame Stahl sentía que su enfermedad la privaba del placer de conocerla.

Kiti estaba cada día más entusiasmada con su nueva amiga, y al tratarla descubría en ella nuevas cualidades.

Cuando se enteró de que Váreñka cantaba bien, la princesa le rogó que fuera a cantar a su casa aquella tarde.

—Tenemos piano y Kiti lo toca; cierto que no es muy bueno, pero nos proporcionará usted un gran placer —dijo la princesa, con su sonrisa fingida, que le fue desagradable a Kiti, porque se dio cuenta de que Váreñka no quería cantar.

Sin embargo, la muchacha llegó por la tarde, trayendo la música. La princesa invitó también a María Ievguiévna, a su hija y al coronel.

Váreñka, que parecía indiferente a que hubiese desconocidos para ella, se acercó enseguida al piano. No sabía acompañar, pero leía muy bien la música entonando. Kiti, que tocaba bien, la acompañó.

—Tiene usted un talento extraordinario —le dijo la princesa, cuando hubo cantado la primera pieza.

María Ievguiévna y su hija agradecieron a la muchacha su amabilidad y la alabaron.

—Mire cuánta gente se ha reunido a escucharla —dijo el coronel, mirando por la ventana.

En efecto, al pie de la ventana se había reunido un grupo considerable de gente.

—Me alegro mucho de que esto les proporcione placer —dijo Váreñka con sencillez.

Kiti miraba con orgullo a su amiga. Le entusiasmaba el arte, la voz, el rostro de Váreñka, y, sobre todo, su manera de ser. Parecía no darle importancia a saber cantar y se mostraba indiferente a las alabanzas; era como si preguntara: «¿Tengo que cantar más, o basta?».

«Si fuera yo, ¡qué orgullosa me habría sentido! ¡Cuánto me alegraría el ver esa multitud al pie de las ventanas! Y, en cambio, a ella le da igual; solo la mueve el deseo de no negarse y complacer a *maman*. ¿Qué hay en ella? ¿Qué es lo que le da esa fuerza para despreciar todo y permanecer serena? ¡Cuánto me gustaría saberlo y poder aprenderlo!», pensaba Kiti, examinando el rostro tranquilo de Váreñka. La princesa le pidió que cantara más; Váreñka cantó otra pieza, lo mismo que antes, con naturalidad, exactitud y perfección, en pie junto al piano y marcando el compás sobre el instrumento con su mano fina y morena.

La siguiente pieza del libro de música era una canción italiana. Kiti tocó el preludio y se volvió hacia Váreñka.

—Pasemos por alto esta pieza —dijo Váreñka, ruborizándose.

Kiti detuvo la mirada interrogativa y temerosa en el rostro de su amiga.

—Bueno, entonces, otra —dijo precipitadamente, y volvió las hojas, adivinando en el acto que aquella pieza le recordaba algo.

—No —replicó Váreñka, poniendo la mano en la partitura, y sonrió—, cantemos esta. —Y lo hizo con tanta serenidad y perfección como antes.

Cuando terminó, todos volvieron a darle las gracias y fueron a tomar el té. Kiti y Váreñka salieron al jardincillo que había junto a la casa.

—¿Verdad que tiene usted algún recuerdo relacionado con esa canción? —preguntó Kiti—. No me explique nada —se apresuró a añadir—. Dígame solo si es verdad.

—¡No! ¿Por qué? ¡Se lo diré! —replicó Váreñka con sencillez, y, sin esperar una respuesta, continuó—: Sí, es un recuerdo que fue penoso en otro tiempo. He amado a un hombre y solía cantarle esa pieza.

Kiti, en silencio, con los ojos muy abiertos, miraba enternecida a Váreñka.

—Yo lo quería y él me correspondía, pero su madre se opuso, y se casó con otra. Ahora vive cerca de nosotros y a veces lo veo. ¿No pensaba usted que yo también podía tener un amor? —dijo, y en su bello rostro apareció, apenas perceptible, una llama que Kiti supuso debió de haberla inflamado a toda ella en otro tiempo.

—¿Que no lo he pensado? Si yo fuera hombre, después de haberla conocido a usted no podría amar a otra. No comprendo cómo por complacer a su madre pudo olvidarla y hacerla desgraciada. ¡No tenía corazón!

—¡Oh, nada de eso! Es un hombre muy bueno, y no me siento desgraciada; al contrario, soy muy feliz. Entonces ¿no vamos a cantar más hoy? —añadió, dirigiéndose a la casa.

—¡Qué buena es usted! ¡Qué buena! —exclamó Kiti, y, deteniendo a Váreñka, la besó—. ¡Si pudiera parecerme, aunque fuera un poco, a usted...!

—¿Para qué necesita parecerse a nadie? Es usted muy buena tal como es —replicó Váreñka con su sonrisa dulce y cansada.

—No, no soy buena en absoluto. Pero dígame... espere, sentémonos aquí —dijo Kiti, haciéndola sentarse otra vez en el banco, a su lado—; dígame: ¿acaso no es una ofensa pensar que un hombre ha despreciado el amor de una, que lo ha rechazado?...

—Si no me ha despreciado; estoy convencida de que me quería, pero era un hijo obediente.

—¿Y si no lo hubiese hecho por voluntad de su madre, sino por la suya propia?... —preguntó Kiti, dándose cuenta de que había descubierto su secreto y que su rostro, encendido con el rubor de la vergüenza, la había traicionado.

—En ese caso, se habría portado mal y yo no sufriría por él —contestó Váreñka, comprendiendo, al parecer, que ya no se trataba de ella, sino de Kiti.

—Pero ¿y la ofensa? —preguntó Kiti—. Es imposible olvidar una ofensa —continuó, recordando cómo había mirado a Vronski en el último baile cuando cesó la música.

—¿En qué consiste la ofensa? Además, usted no procedió mal.

—Todavía peor, de un modo vergonzoso.

Váreñka movió la cabeza y puso su mano sobre la de Kiti.

—Pero ¿qué es lo vergonzoso? —preguntó—. ¿No le habrá dicho a quien mostró indiferencia hacia usted que lo amaba?

—Desde luego, no; nunca le dije ni una sola palabra, pero él lo sabía. No, no; hay miradas, hay ademanes... Aunque viva cien años, no lo he de olvidar.

—Entonces, no lo entiendo. Lo importante es saber si lo quiere ahora o no —dijo Váreñka, hablando abiertamente.

—Lo odio, y no me puedo perdonar.

—¿Por qué?

—La vergüenza, la ofensa.

—¡Oh, si todo el mundo fuese tan sensible como usted! No hay ni una sola muchacha que no haya pasado por ello. ¡Y eso tiene tan poca importancia...!

—¿Qué es lo que tiene importancia, entonces? —preguntó Kiti, mirando a Váreñka con expresión de sorpresa y curiosidad.

—Hay muchas cosas importantes —replicó esta, sonriendo.

—¿Cuáles son?

—¡Oh, muchas! —repitió la muchacha, sin saber qué contestar.

Pero en aquel momento se oyó desde la ventana la voz de la princesa Scherbátskaia:

—¡Kiti, hace fresco! Coge un chal o entra en casa.

—¡Es verdad, ya es hora de volver! —dijo Váreñka, levantándose—. Aún tengo que ir a ver a madame Berta, me lo ha pedido.

Kiti sujetaba a Váreñka de la mano y le preguntaba con una mirada llena de súplica y de curiosidad apasionada: «¿Qué son esas cosas importantes que infunden tanta serenidad? ¡Usted lo sabe! ¡Dígamelo!». Pero Váreñka ni siquiera entendía lo que le preguntaba esa mirada. Solo recordaba que debía ir a ver a madame Berta y volver a casa de *maman* para tomar el té, a las doce. Se dirigió a la habitación y, tras recoger las partituras, se despidió de todos y se dispuso a marcharse.

—Permítame que la acompañe —le dijo el coronel.

—Claro. ¿Cómo se va a ir sola ahora, que ya es de noche? —corroboró la princesa—. Al menos, diré a Parasha que la acompañe.

—No, siempre suelo ir sola, y nunca me pasa nada —replicó Váreñka, cogiendo el sombrero.

Besando otra vez a Kiti y sin decirle en qué consistían aquellas cosas importantes, desapareció con su paso decidido y con los libros de música bajo el brazo, en la penumbra de la noche estival. Se llevaba el secreto de lo que tenía importancia y de lo que le proporcionaba esa envidiable paz y esa dignidad.

XXXI

Kiti conoció a la señora Stahl, y esa amistad, juntamente con la de Váreñka, no solo ejercía gran influencia sobre ella, sino que la consolaba de su aflicción. Hallaba consuelo en que, merced a ese conocimiento, se le abrió un mundo nuevo que nada tenía que ver con su vida anterior, un mundo elevado, hermoso, desde cuya cima podía mirar hacia aquel pasado. Descubrió que, además de la vida instintiva a la que hasta entonces se había entregado, existía otra espiritual. Esta vida se revelaba gracias a la religión, pero a una religión que no tenía nada de común con la que Kiti conocía desde niña, que consistía en asistir a las misas y a las vísperas en el asilo de viudas, donde podía encontrarse con conocidos suyos, y en aprender de memoria con el sacerdote los textos religiosos eslavos. Esa nueva religión era elevada, mística, y estaba unida a una serie de ideas y sentimientos hermosos; no se creía en ella porque se lo exigieran a uno, sino por amor.

Kiti no se enteró de todo esto porque se lo dijeran. Madame Stahl hablaba con ella como con una niña agradable, contemplándola como si le recordara su propia juventud. Únicamente una vez le dijo que todas las penas humanas tan solo hallaban consuelo en el amor y en la fe y que para la piedad de Cristo hacia nosotros no existen penas insignificantes, y luego cambió de conversación. Pero en cada movimiento suyo, en cada palabra, en cada una de sus miradas celestiales, como los calificaba Kiti, y sobre todo en la historia de su vida, que conocía a través de Váreñka, se daba cuenta de «lo que era importante» y de lo que había ignorado hasta entonces.

Pero por muy sublime que fuese el carácter de la señora Stahl, por más emocionante que fuese la historia de su vida, por más elevada que fuese su conversación, Kiti observó en ella, a pesar suyo, algunos hechos que la turbaron. Al preguntarle por sus padres, se dio cuenta de que madame Stahl sonreía irónicamente, y eso era contrario a la caridad cristiana. También se dio cuenta de que una vez que madame Stahl recibió a un sacerdote católico, se colocó de tal forma que su rostro quedara en la sombra de la pantalla, y sonreía de un modo especial. A pesar de ser bastante insignificantes esos dos detalles, turbaron a Kiti y la hicieron dudar de madame Stahl. En cambio, Váreñka, sola, sin parientes, sin amigos, con su triste decepción, sin desear nada ni echar nada de menos, era el tipo de perfección que soñaba Kiti. Viendo a Váreñka comprendió que era preciso olvidarse de sí misma y amar al prójimo para sentirse buena, feliz y tranquila. Y Kiti deseó ser así. Comprendiendo ahora con claridad lo «más importante», ya no le bastaba admirarlo y se entregó con toda su alma a esa nueva vida que se abría ante ella. Por los relatos de Váreñka acerca de lo que hacía madame Sthal y otras personas que le nombraba, Kiti se trazó el plan de su nueva vida. Como Alina, la sobrina de madame Stahl de quien le había hablado mucho Váreñka, Kiti pensaba, viviese donde viviese, buscar a los desgraciados, ayudarles en lo posible, repartirles evangelios y leer el Evangelio a los enfermos, a los criminales y a los moribundos. La idea de leer el Evangelio a los criminales, como lo hacía Alina, seducía especialmente a Kiti. Pero eran ilusiones secretas, que la joven no contaba a su madre ni a Váreñka.

Por otra parte, en espera de poder realizar sus planes con mayor amplitud, Kiti halló ocasión en el balneario, donde había tantos enfermos y desgraciados, de practicar las nuevas reglas de su vida, imitando a Váreñka.

Al principio, la princesa solo se dio cuenta de que Kiti se hallaba bajo la influencia de su *engouement*, como solía llamarlo, por la señora Stahl y por Váreñka. Veía que Kiti no solo imitaba a esta en sus actividades, sino hasta involuntariamente en sus andares, en su manera de hablar y de guiñar los ojos. Y más adelante comprendió que, aparte de su admiración por Váreñka, en su hija se operaba un importante cambio espiritual.

La princesa vio que su hija leía por las noches el Evangelio francés que le había regalado madame Stahl, lo que no solía hacer antes, y que rehuía a los conocidos del gran mundo, prefiriendo a los enfermos que se hallaban bajo la protección de Váreñka, y especialmente a una familia pobre, la del pintor Petrov, que estaba enfermo. Kiti se enorgullecía de desempeñar el papel de enfermera de aquella familia. Todo eso estaba bien y la princesa no tenía nada en contra, sobre todo teniendo en cuenta que la esposa de Petrov era una mujer decente y que la princesa alemana, al enterarse de las actividades de Kiti, la llamaba «ángel consolador». Todo eso hubiera estado muy bien si no fuera exagerado. Pero la princesa notaba que su hija exageraba, y se lo advirtió.

—*Il ne faut jamais rien outrer**—le decía.

Pero su hija no le contestaba nada; se limitaba a pensar en el fondo de su alma que no cabía hablar de exageraciones en las obras cristianas. ¿Qué exageración podía haber en seguir el precepto que manda presentar la mejilla izquierda a quien abofetea la derecha, o el de dar la camisa cuando nos quitan el caftán? Pero a la princesa no le gustaban tales extremos y le desagradaba aún más ver que Kiti no le abría su alma completamente. En efecto, le ocultaba a su madre sus nuevas ideas y pensamientos. Los mantenía en secreto, no por falta de respeto ni de afecto hacia aquella, sino precisamente porque era su madre. Se los hubiera confesado a cualquier otra persona antes que a ella.

—Hace mucho que no viene Anna Pávlovna —dijo una vez la princesa, refiriéndose a la mujer de Petrov—. La he invitado, pero parecía que estaba disgustada.

—No he notado nada, *maman* —contestó Kiti, ruborizándose.

—¿Hace mucho que has estado en su casa?

—Mañana iremos juntos de excursión a las montañas.

—Me parece bien que vayas con ellos —dijo la princesa, fijándose en la turbación de su hija y tratando de adivinar el motivo.

Aquel mismo día Váreñka fue a comer con ellas y les comunicó que Anna Pávlovna había cambiado de parecer y desistía de la excursión. La princesa se dio cuenta de que Kiti se ruborizó de nuevo.

—Kiti, ¿no habrás tenido ningún disgusto con los Petrov? —le preguntó la princesa cuando se quedaron solas—. ¿Por qué ha dejado de mandar a los niños Anna Pávlovna y tampoco viene ella?

Kiti contestó que no había sucedido nada y que no tenía la menor idea de por qué podría estar disgustada Anna Pávlovna. Kiti decía la verdad. No sabía el motivo que podía tener para disgustarse con ella, pero se lo figuraba. Y era algo que no podía decirle a su madre, ni siquiera se lo reconocía a sí misma. Se trataba de una de esas cosas que uno sabe, pero que no puede confesarse, por lo vergonzoso y terrible que sería cometer un error así.

* «No hay que exagerar nunca.» *(N. de las T.)*

Una y otra vez pensaba en sus relaciones con los Petrov. Recordó la ingenua alegría que expresaba el bondadoso rostro redondo de Anna Pávlovna cuando se reunían, sus secretas conversaciones acerca del enfermo, sus conspiraciones para impedirle trabajar, lo cual le estaba prohibido, y llevarlo de paseo. También recordó el cariño que le profesaba el niño menor, que la llamaba «Kiti mía» y no quería irse a la cama si ella no lo acostaba. ¡Qué agradable era todo aquello! Después evocó la delgadísima figura de Petrov, su cuello largo y su levita de color castaño, sus ralos cabellos rizados, sus interrogantes ojos azules, que al principio le parecieron terribles a Kiti, y su empeño morboso de parecer valiente y animado en su presencia. Recordó sus propios esfuerzos para vencer los primeros días la repugnancia que le inspiraba, lo mismo que todos los tuberculosos, y el cuidado con que preparaba lo que tenía que decirle. Y también aquella tímida y conmovida mirada que le dirigía y el extraño sentimiento de compasión y torpeza que la embargaba, así como la conciencia de su caridad. ¡Qué bueno era todo aquello! Pero eso fue así al principio de su trato con ellos. Ahora, desde hacía algunos días, todo se había estropeado. Anna Pávlovna recibía a Kiti con una amabilidad fingida y la observaba sin cesar, así como a su marido.

¿Era posible que aquella conmovedora alegría que demostraba Petrov al ver a Kiti fuese el motivo de la frialdad de Anna Pávlovna?

«Sí —recordaba—, había algo raro en ella, algo muy distinto de su bondad, cuando dijo anteayer con despecho: "La esperaba y no ha querido tomar el café sin usted, a pesar de lo débil que se sentía". Tal vez le haya resultado desagradable que yo le acercara la manta. Fue una cosa tan sencilla, pero él se turbó tanto y me dio las gracias con tanta insistencia, que hasta yo me sentí molesta. E, igualmente, el retrato que ha hecho de mí. ¡Y, sobre todo, esa mirada tan confusa y enternecida!... ¡Sí, es por eso! —se dijo Kiti, horrorizada—. ¡No, eso no puede ser, no debe ser! ¡Es tan digno de compasión!...»

Aquella duda envenenaba el encanto de su nueva vida.

XXXII

Hacia el final de la cura de aguas, el príncipe Scherbatski, que había ido a Baden y Kissingen después de su estancia en Carlsbad, con objeto de visitar a unos amigos rusos, volvió como nuevo, «lleno de espíritu ruso», como decía.

Los puntos de vista del príncipe y de su esposa sobre la vida en el extranjero eran totalmente opuestos. A la princesa todo le parecía maravilloso y, a pesar de su posición en la sociedad rusa, deseaba parecer una dama europea en el extranjero. Pero, como era una auténtica señora rusa, tenía que fingir, cosa que le resultaba bastante molesta. En cambio, el príncipe lo encontraba todo mal, le disgustaba la vida europea y conservaba sus costumbres rusas, procurando ex profeso mostrarse en el extranjero menos europeo de lo que era en realidad.

El príncipe volvió más delgado, con la piel de las mejillas fláccida, pero con la mejor disposición de ánimo. Su alegría aumentó cuando vio a Kiti totalmente repuesta. La noticia de la amistad de Kiti con la señora Stahl y con Váreñka y las observaciones de la princesa sobre el cambio que se había producido en ella alarmaron al príncipe. Sintió aquellos celos que experimentaba siempre que algo atraía a su hija y temor de que pudiera sustraerse a su influencia, alejándose a unas regiones inaccesibles para él. Pero esas noticias desagradables se hundieron en el mar de bondad y alegría que lo animaban siempre y que había aumentado con las aguas de Carlsbad.

Al día siguiente de su llegada, el príncipe, con su abrigo largo, sus arrugas rusas, sus fofas mejillas, sostenidas por el cuello almidonado, y con un humor excelente, se fue al balneario con su hija.

Hacía una mañana espléndida; las alegres casitas limpias con sus jardincillos, el aspecto de las trabajadoras y joviales criadas alemanas, coloradotas por la cerveza y de manos enrojecidas, y el sol radiante, alegraban el corazón.

Pero cuanto más se acercaban al manantial, tanto más se encontraban con enfermos cuyo aspecto parecía aún más lastimoso en el ambiente de la vida alemana, tan bien organizada. A Kiti ya no le impresionaba ese contraste. El sol ardiente, el brillante verdor y los sones de la música le resultaban el marco natural para aquellos rostros conocidos, con sus alternativas de mejoramiento y empeoramiento que solía observar. Pero para el príncipe, la luz y el resplandor de aquella mañana de junio, los sones de la orquesta, que tocaba un alegre vals de moda, y sobre todo el aspecto de las criadas rozagantes, le parecían inconvenientes y antinaturales en su convivencia con estos cadáveres que se movían tristemente reunidos allí desde todos los puntos de Europa.

A pesar de experimentar un sentimiento de orgullo y como un retorno a la juventud cuando su hija querida caminaba del brazo con él, ahora se sentía cohibido y avergonzado de sus andares enérgicos y de sus miembros fuertes y cubiertos de tejidos adiposos. Su sensación era casi como la de un hombre que se viera desnudo en sociedad.

—Preséntame a tus nuevos amigos —le dijo a Kiti, apretándole la mano con el brazo—. Hasta me gusta este horrible Soden, porque te ha puesto tan bien. Pero ¡qué triste, qué triste se está aquí! ¿Quién es este?

Kiti le iba nombrando a los conocidos y a los desconocidos que pasaban cerca de ellos. En la entrada del parque hallaron a madame Berta con su acompañante, y el príncipe sonrió contento cuando vio la expresión enternecida de la ciega al oír la voz de Kiti. Inmediatamente se dirigió al príncipe con la exagerada amabilidad francesa y alabó a su encantadora hija, poniéndola por las nubes y llamándola «tesoro, perla y ángel consolador».

—Es el ángel número dos —dijo el príncipe, sonriendo—. El número uno es mademoiselle Váreñka.

—¡Oh, mademoiselle Váreñka es un ángel auténtico, *allez*!* —corroboró madame Berta.

En la galería se encontraron con Váreñka. Acudía rápidamente a su encuentro, llevando un elegante bolso rojo.

—¡Ha venido papá! —exclamó Kiti.

* «Vamos.» *(N. de las T.)*

Váreñka hizo un ademán, entre saludo y reverencia, con la naturalidad y la sencillez con que solía hacerlo todo siempre, y le habló al príncipe, como lo hacía con todo el mundo, sin timidez.

—Desde luego, la conozco a usted muy bien —dijo el príncipe con una sonrisa, por la que comprendió Kiti que su amiga le agradaba—. ¿Adónde va tan deprisa?

—Está aquí *maman* —dijo Váreñka, dirigiéndose a Kiti—. No ha dormido en toda la noche, y el doctor le ha aconsejado que salga. Voy a llevarle su labor.

—Entonces, este es el ángel número uno —comentó el príncipe cuando Váreñka se hubo marchado.

Kiti notó que su padre había querido burlarse de ella, pero no pudo hacerlo, porque esta le gustó.

—Bueno, ya iremos viendo a todos tus amigos —añadió él—. Y también a madame Stahl, si se digna reconocerme.

—¿La conocías, papá? —preguntó Kiti con terror, al darse cuenta de la llama irónica que apareció en los ojos del príncipe al nombrar a madame Stahl.

—Conocí a su marido y a ella también un poco, aun antes de que perteneciera a los pietistas.

—¿Qué son los pietistas, papá? —preguntó Kiti, asustada de que tuviera un nombre aquello que apreciaba tanto en la señora Stahl.

—Tampoco yo lo sé con exactitud. Solo sé que ella da las gracias a Dios por todo, por cualquier desgracia... Y también por haber muerto su marido. Y eso es ridículo, porque se llevaban muy mal... ¿Quién es este? ¡Qué cara tan lastimosa tiene! —exclamó el príncipe, reparando en un enfermo de baja estatura que se hallaba sentado en un banco, vestido con un abrigo oscuro y pantalones blancos que formaban unos pliegues extraños sobre los descarnados huesos de sus piernas.

Aquel señor se descubrió, dejando ver sus ralos cabellos rizados y su ancha frente enfermiza, enrojecida por la presión del sombrero.

—Es el pintor Petrov —dijo Kiti, ruborizándose—. Y esta es su esposa —añadió, señalando a Anna Pávlovna, que, como a propósito, cuando se acercaron, fue a buscar al niño que corría por la alameda.

—¡Qué cara tan lastimosa y tan agradable tiene! —dijo el príncipe—. ¿Por qué no te has acercado a él? Parece que quería decirte algo.

—Entonces, vamos —dijo Kiti, volviéndose, resuelta—. ¿Qué tal se encuentra hoy? —le preguntó a Petrov.

Este se levantó, apoyándose en el bastón, y miró al príncipe con expresión tímida.

—Kiti es hija mía —dijo Scherbatski—. Tanto gusto en conocerle.

El pintor saludó, mostrando al sonreír sus blancos dientes extraordinariamente brillantes.

—Ayer la esperábamos, princesa —le dijo a Kiti.

Al decir estas palabras, Petrov se tambaleó y repitió ese movimiento para demostrar que lo había hecho a propósito.

—Yo iba a ir, pero Váreñka me trajo recado de Anna Pávlovna de que no irían ustedes.

—¿Cómo que no? —exclamó Petrov enrojeciendo.

Y presa de un acceso de tos, se puso a buscar a su mujer con la mirada.

—¡Anita! ¡Anita! —gritó, y en su delgado cuello blanco se hincharon las venas, semejando unas cuerdas.

Anna Pávlovna se acercó.

—¿Cómo es que mandaste recado a la princesa de que no íbamos a ir? —susurró, irritado, casi sin voz.

—Buenos días, princesa —saludó Anna Pávlovna, con una sonrisa fingida y con un tono muy distinto a como la trataba antes—. Tanto gusto en conocerle. Hace mucho que le esperábamos —añadió, dirigiéndose al príncipe.

—¿Cómo es que mandaste recado a la princesa de que no íbamos a ir? —repitió el pintor en un susurro ronco, aún más irritado que antes, sin duda porque la voz lo traicionaba y no podía dar a sus palabras el tono que quería.

—¡Dios mío! Creí que no iríamos —replicó la mujer, molesta.

—Cómo... —Petrov tosió e hizo un gesto con la mano.

El príncipe saludó descubriéndose y se alejó acompañado de Kiti.

—¡Oh! ¡Oh, qué desgraciados! —murmuró, suspirando pesadamente.

—Sí, papá —asintió Kiti—. Has de saber que tienen tres hijos, que carecen de criados y apenas si cuentan con medios para vivir. Petrov recibe algo que le envía la Academia —prosiguió Kiti animadamente, para ahogar la turbación que le había causado el extraño cambio de Anna Pávlovna con respecto a ella—. Aquí está madame Stahl —agregó, mostrando una silla de ruedas en la que, entre almohadones y bajo una sombrilla, se veía envuelta en ropas grises y azul celeste una figura humana. Era la señora Stahl. Por detrás de ella permanecía un alemán, robusto y taciturno, que empujaba la silla. Junto a la señora Stahl se hallaba un conde sueco, muy rubio, al que Kiti conocía de nombre. Varios enfermos rodeaban la silla de ruedas de madame Stahl, mirándola como algo extraordinario.

El príncipe se acercó a ella y Kiti no tardó en ver en sus ojos aquel fulgor irónico que la turbaba. Empezó a hablar con madame Stahl en excelente francés, como muy pocos lo hablan ahora, con mucha amabilidad y cortesía.

—No sé si me recuerda usted. Pero me permito hacerme recordar para agradecerle sus bondades con Kiti —le dijo, quitándose el sombrero y sin volver a cubrirse.

—El príncipe Alexandr Scherbatski —replicó madame Stahl, alzando hacia él sus ojos celestiales en los que Kiti observó cierto disgusto—. Encantada de saludarle. Le he tomado mucho cariño a su hija.

—¿Sigue usted mal de salud?

—Sí, pero ya me he acostumbrado —dijo madame Stahl. Y le presentó al conde sueco.

—Apenas ha cambiado usted. No he tenido el gusto de verla en diez u once años.

—Sí. Dios da la cruz y también las fuerzas para llevarla. A menudo piensa uno por qué dura tanto esta vida... ¡Por el otro lado! —exclamó irritada, dirigiéndose hacia Váreñka, que no le envolvía a su gusto los pies en la manta.

—Probablemente para hacer el bien —dijo el príncipe con los ojos risueños.

—No somos quiénes para juzgarlo —replicó madame Stahl al observar la expresión de su rostro—. Entonces, ¿me enviará usted ese libro, querido conde? Se lo agradeceré mucho —le dijo al joven sueco.

—¡Ah! —exclamó el príncipe divisando al coronel moscovita, que estaba cerca de allí, y, tras despedirse de la señora Stahl, se alejó acompañado de su hija y del coronel, que se unió a ellos.

—Esta es nuestra aristocracia, príncipe —comentó el coronel, deseando mostrarse irónico, pues estaba enojado con la señora Stahl porque no se relacionaba con él.

—¡Es igual que siempre! —le contestó el príncipe.

—¿La conocía usted antes de que cayese enferma, es decir, antes de que tuviera que guardar cama?

—Sí, precisamente cayó mala por aquel entonces...

—Dicen que hace diez años que no se levanta...

—No se levanta porque tiene una pierna más corta que la otra. Está muy mal constituida...

—Papá, ¡eso no puede ser! —exclamó Kiti.

—Eso es lo que dicen las malas lenguas, querida. ¡Y tu pobre Váreñka ya tiene que aguantar! ¡Oh, esas señoras enfermas!

—¡No, papá! —replicó Kiti con calor—. Váreñka la adora. ¡Y además, hace tanto bien! Pregúntaselo a quien quieras. Todo el mundo conoce a madame Stahl y a Alina.

—Quizá —dijo el príncipe, apretándole la mano con el codo—. Pero es mejor hacer el bien sin que nadie se entere.

Kiti calló, no porque no tuviera nada que replicar, sino porque no quería descubrir sus pensamientos secretos ni siquiera a su padre. Sin embargo, por extraño que parezca, aunque no pensaba someterse a la opinión del príncipe ni darle acceso a su santuario, se dio cuenta de que aquella imagen divina de la señora Stahl, que durante un mes entero llevaba en su alma, desapareció definitivamente como desaparece la figura que forma un vestido tirado, cuando uno comprende de lo que se trata. Ahora solo quedaba una mujer de piernas desiguales, siempre acostada, debido a estar mal constituida, y que martirizaba a la irresponsable Váreñka porque esta no le envolviera bien los pies en la manta. Y ningún esfuerzo de la imaginación pudo ya reconstruir la anterior imagen de madame Stahl.

XXXIII

El príncipe transmitió su alegre estado de ánimo a su familia, a los de la casa, a los conocidos e incluso al alemán dueño del hogar en que se hospedaban los Scherbatski.

Al volver del balneario, el príncipe, que había invitado a tomar café al coronel, a María Ievguiévna y a Váreñka, ordenó que sacasen una mesa y sillones al jardinillo, bajo un castaño, y que sirviesen el almuerzo. El dueño y la criada se animaron bajo el influjo de su alegría. Conocían su liberalidad, y a la media hora un médico de Hamburgo, enfermo, que vivía en el piso de arriba, contempló con envidia desde la ventana aquel alegre grupo de rusos, todos sanos, reunidos bajo el castaño. Bajo el círculo de la temblorosa sombra del follaje, ante la mesa cubierta con un mantel blanco con cafeteras, pan, mantequilla y fiambres de ave, estaba sentada la princesa con una cofia de cintas color lila, repartiendo las tazas y los bocadillos. Al otro extremo de la mesa se hallaba sentado el príncipe, comiendo con apetito y hablando animadamente y en voz alta. Este había colocado en las mesas sus compras: cofrecitos de madera labrada, baratijas y plegaderas de todas clases, que había adquirido en los balnearios, y se las regalaba a todos, incluso a Lieschen, la criada, y al dueño de la casa, con el que bromeaba en su cómico alemán chapurreado, asegurando que no eran las aguas las que habían curado a Kiti, sino su excelente cocina y, sobre todo, la sopa de ciruelas pasas. La princesa se burlaba ligeramente de su marido por sus costumbres rusas, pero estaba tan animada y alegre como no lo había estado hasta entonces durante su permanencia en las aguas. El coronel, como siempre, se reía de las bromas del príncipe, pero respecto a Europa, que había estudiado a fondo según creía, estaba de parte de la princesa. La bondadosa María Ievguiévna se moría de risa con las ocurrencias del príncipe, y Váreñka reía con una risa suave, pero comunicativa, que provocaba las bromas del príncipe, cosa que no había visto nunca Kiti.

Todo esto animaba a Kiti, pero no podía dejar de estar preocupada. No lograba resolver el problema que su padre le había planteado involuntariamente con su punto de vista alegre acerca de sus amigas y de aquel género de vida, a la que tanto cariño había tomado. A este problema se unía el cambio de sus relaciones con los Petrov, que aquel día se había manifestado de un modo tan patente y desagradable. Todos se sentían alegres, pero Kiti no podía estarlo, y ese era el motivo de que sufriera más. Experimentaba una sensación semejante a la que había tenido siendo niña cuando la castigaban encerrándola en su habitación desde la que oía las alegres risas de sus hermanas.

—¿Para qué has comprado todas esas baratijas? —preguntó la princesa sonriendo mientras le servía una taza de café a su marido.

—En cuanto salía y me acercaba a alguna tienda, me rogaban que comprase algo, diciéndome: «Erlaucht, Excellenz, Durchlaucht».* En cuanto me decían *Durchlaucht* ya no me podía contener: se me escapaban diez táleros.

—Eso te pasaba porque te aburrías —dijo la princesa.

—Desde luego. Tenía un aburrimiento, madrecita, que no sabía dónde meterme.

—¿Cómo es posible aburrirse, príncipe? Hay tantas cosas interesantes en Alemania... —dijo María Ievguiévna.

—Conozco todo lo interesante: la sopa de ciruelas y el salchichón alemán. Todo eso lo conozco.

—Diga usted lo que quiera, príncipe, pero las instituciones alemanas son interesantes —dijo el coronel.

—¿Qué tienen de interesante? Los alemanes están contentos porque han vencido a todos. ¿Y de qué me voy a alegrar yo? No he vencido a nadie, y en cambio tengo que quitarme las botas yo mismo y, además, sacarlas al pasillo, junto a la puerta. Por las mañanas he de levantarme, vestirme enseguida y bajar al salón para tomar un té muy malo. ¡Qué distinto en casa! Se despierta uno por la mañana sin prisas, hay tiempo para irritarse, refunfuñar, calmarse y meditar despacio.

---

* «Augusto, excelencia, alteza.» *(N. de las T.)*

—Olvida usted que el tiempo es oro —dijo el coronel.

—¡Según qué tiempo! Hay tiempos que pueden venderse a razón de medio rublo por mes y otros en que media hora no se puede pagar con nada. ¿Verdad, Váreñka? ¿Qué te pasa? ¿Por qué estás tan triste?

—Nada.

—¿Qué prisa tiene? Quédese un poco más —le dijo el príncipe a Váreñka.

—He de volver a casa —replicó esta, levantándose, y volvió a reír alegremente.

Cuando se le pasó la risa se despidió, y entró en la casa para ponerse el sombrero.

Kiti la siguió. Incluso Váreñka se le presentaba ahora bajo un aspecto distinto. No era peor, sino diferente de como se la imaginara antes.

—¡Oh! ¡Hace mucho tiempo que no me he reído como hoy! —dijo Váreñka mientras cogía la sombrilla y el bolso—. ¡Qué simpático es su padre!

Kiti callaba.

—¿Cuándo nos veremos? —preguntó Váreñka.

—*Maman* quería visitar a los Petrov. ¿Estará usted allí? —preguntó Kiti para probar a Váreñka.

—Sí —contestó esta—. Están preparándose para marchar, y les prometí que les ayudaría a recoger las cosas.

—Entonces también iré yo.

—¿Para qué va a ir?

—¿Para qué? ¿Para qué? ¿Para qué? —replicó Kiti abriendo desmesuradamente los ojos y asiendo la sombrilla de Váreñka para no dejarla marchar—. Espere. ¿Por qué me dice eso?

—Pues porque ha venido su padre y, además, los Petrov se cohíben delante de usted.

—No, dígame por qué no quiere que vaya a menudo a casa de los Petrov. Porque es usted la que no quiere. ¿Por qué?

—No he dicho eso —replicó Váreñka con tranquilidad.

—¡Le ruego que me lo diga!

—¿Se lo digo todo? —preguntó Váreñka.

—¡Todo, todo!

—Si no es nada de particular, salvo que Mijaíl Alexiéivich —ese era el nombre del pintor— antes quería marcharse sin demora, y ahora no quiere hacerlo —dijo Váreñka sonriendo.

—¡Siga, siga! —apremió Kiti, mirando gravemente a Váreñka.

—Y Anna Pávlovna ha dicho que no quiere irse porque está usted aquí. Desde luego, eso era inoportuno, pero por usted han tenido un disgusto. Ya sabe lo irritables que son estos enfermos.

Kiti, cada vez más taciturna, callaba, y Váreñka seguía hablando sola, tratando de dulcificarla y calmarla porque veía que iba a estallar, aunque no sabía si en un torrente de palabras o de llanto.

—Por eso es mejor que no vaya usted... Hágase cargo, no se ofenda...

—¡Me lo merezco! ¡Me lo merezco! —dijo Kiti rápidamente, arrancando la sombrilla de manos de Váreñka, sin mirarla a los ojos.

Váreñka sintió deseos de sonreír ante la ira infantil de Kiti, pero temió ofenderla.

—¿Por qué se lo merece? —preguntó—. No lo entiendo.

—Porque todo esto no ha sido más que una cosa fingida, una cosa inventada y no de corazón. ¿Qué me importa un extraño? Y resulta que soy la causa de un disgusto por hacer lo que nadie me ha pedido. Todo ha sido fingido, por mi parte. ¡Fingido! ¡Fingido!...

—Pero ¿qué finalidad hay en fingir? —dijo Váreñka en voz baja.

—¡Oh! ¡Qué estúpido! ¡Qué vil ha sido esto! No tenía ninguna necesidad de hacerlo... Todo ha sido fingido —decía Kiti abriendo y cerrando la sombrilla.

—Pero ¿con qué fin?

—Con el de parecer mejor ante la gente, ante mí y ante Dios; para engañar a todos. Ahora ya no volveré a caer en ello. Es mejor ser mala que mentir y engañar.

—Pero ¿quién ha engañado? —preguntó Váreñka en tono de reproche—. Habla usted como si...

Pero Kiti estaba presa de un arrebato de cólera. No la dejó terminar.

—No hablo de usted, no hablo de usted en absoluto. Usted es perfecta. Sí, sí, sé que todas ustedes son perfectas, pero ¿qué puedo hacer si soy mala? Eso no hubiera ocurrido si yo no fuese mala. Seré como soy, pero no he de fingir. ¿Qué me importa Anna Pávlovna? Que vivan como quieran, y yo viviré como me plazca. No puedo ser de otra manera... Todo esto no es, no es...

—Pero ¿qué es lo que no es? —preguntó Váreñka, perpleja.

—Nada. No puedo vivir sino obedeciendo a mi corazón, mientras que ustedes lo hacen según unas reglas. Les he tomado cariño de corazón; en cambio, ustedes, probablemente, sintieron afecto hacia mí para salvarme, solo para salvarme y para enseñarme.

—Es usted injusta —replicó Váreñka.

—No hablo de los demás, sino de mí misma.

—¡Kiti! —gritó la princesa—. Ven a enseñarle tu collar a papá.

Kiti, con altivez y sin haberse reconciliado con su amiga, tomó el estuche con el collar, que estaba en la mesa, y fue a reunirse con su madre.

—¿Qué te pasa? ¿Por qué estás tan colorada? —le preguntaron a un tiempo sus padres.

—Nada —contestó Kiti—. Enseguida vuelvo. —Y echó a correr.

«Aún está aquí. ¡Dios mío! ¿Qué le diré? ¿Qué he hecho? ¿Qué cosas le he dicho? ¿Por qué la he ofendido? ¿Qué hacer ahora? ¿Qué le diré?», pensó Kiti, y se detuvo junto a la puerta.

Váreñka, con el sombrero puesto, sentada junto a la mesa, examinaba el muelle de la sombrilla que Kiti había roto. Alzó la cabeza.

—¡Váreñka! ¡Perdóneme, perdóneme! —murmuró Kiti, acercándose—. No sé lo que le he dicho...

—No quise disgustarla —replicó Váreñka, sonriendo.

La paz se había firmado. Pero con la llegada de su padre había cambiado para Kiti aquel mundo en que vivía. No renegaba de lo que había aprendido, pero comprendió que se había estado engañando al pensar que podría llegar a ser lo que deseaba. Parecía haber despertado de un sueño; sintió lo difícil que era sostenerse, sin fingir ni enorgullecerse, en aquella altura a la que había querido llegar; además, experimentó todo el dolor de aquel mundo en el que vivía, lleno de penas, enfermos y moribundos. Le parecieron una tortura los esfuerzos que había hecho para vencerse, para amar aquello, y sintió deseos de respirar aire puro, de volver pronto a Rusia, a Iergushovo, donde había ido a vivir con los niños su hermana Dolli, según se enteró por una carta.

Pero su cariño por Váreñka no disminuyó. Al despedirse, Kiti le rogó que fuese a su casa a Rusia.

—Iré cuando usted se case —le dijo Váreñka.

—No me casaré nunca.

—Entonces, nunca iré.

—En este caso, me casaré solo para eso. Pero ¡recuerde su promesa! —concluyó Kiti.

Los augurios del doctor se realizaron. Kiti volvió curada a su casa, a Rusia. No era tan alegre ni tan despreocupada como antes, pero estaba serena. El dolor que había sufrido en Moscú no era sino un recuerdo.

Tercera parte

I

Serguiéi Ivánovich Koznishov quería descansar del trabajo intelectual, y en vez de marchar al extranjero, según costumbre suya, fue a fines de mayo al campo a casa de su hermano. Estaba convencido de que la mejor vida era la vida aldeana. Ahora iba a disfrutar de ella en casa de su hermano. Konstantín Lievin se alegró mucho, tanto más cuanto que aquel verano ya no esperaba a Nikolái. Pero a pesar del cariño y del respeto que le profesaba a Serguiéi Ivánovich, Lievin experimentaba cierto malestar viviendo en el campo con él. Le era molesto y hasta desagradable ver la manera que tenía este de considerar el pueblo. Para Konstantín Lievin el pueblo era el lugar donde se vive, es decir, donde se goza, se sufre y se trabaja; para Serguiéi Ivánovich era, por una parte, un lugar de descanso después del trabajo, y por otra, un saludable antídoto contra la corrupción, antídoto que tomaba con placer reconociendo su utilidad. Para Konstantín Lievin el pueblo era bueno porque constituía un campo de actividades indiscutiblemente útiles; para Serguiéi Ivánovich era bueno sobre todo porque allí era posible, y hasta se debía, estar sin hacer nada. También disgustaba a Lievin el trato que daba Serguiéi Ivánovich a los campesinos. Serguiéi Ivánovich pretendía conocer y estimar al pueblo; a menudo hablaba con los campesinos, cosa que sabía hacer muy bien, sin fingir y sin adoptar actitudes estudiadas, y de cada una de estas conversaciones deducía rasgos de carácter en favor del pueblo y como demostración de que lo conocía. Esto no le gustaba a Lievin. Para él, el pueblo no era sino el principal colaborador en el trabajo común, y pese al gran respeto y una especie de amor al campesino que llevaba en la sangre —que sin duda había mamado con la leche de su nodriza aldeana, como solía decir—, como copartícipe de ese trabajo común, se entusiasmaba a veces con la fuerza, la dulzura y el espíritu de justicia de esta gente, y otras muchas cuando el trabajo requería cualidades distintas, se irritaba contra ellos por su indolencia, su falta de limpieza, sus embustes y sus borracheras. Si le preguntaran si quería a los campesinos, decididamente no hubiera sabido qué contestar. Los quería y no los quería, como a la gente en general. Naturalmente, como tenía buen corazón, más bien tendía a querer a los hombres y, por tanto, también a los campesinos. Pero no le era posible amar o dejar de amar al pueblo como algo particular, porque no solo vivía con el pueblo y le eran comunes sus intereses, sino que se consideraba como una parte de aquel y no veía ni en sí mismo ni en los campesinos defectos ni cualidades particulares, ni podía oponerse a ellos. Además, aunque hacía mucho que vivía en íntima relación con el campesino, como señor e intermediario y, principalmente, como consejero (los mujiks confiaban en él y solían recorrer cuarenta verstas para pedirle consejo), no tenía un criterio definido acerca del pueblo, y si le preguntaran si lo conocía, se habría visto ante la misma dificultad que para contestar si amaba el pueblo. Decir que conocía a los campesinos era para él lo mismo que si dijera que conocía a los hombres en general. Constantemente observaba y conocía a toda clase de gente, y entre ellos a los campesinos, a quienes consideraba buenos e interesantes, y descubría en ellos desapasionadamente nuevos rasgos que le llevaban a modificar su opinión anterior y a formarse una nueva. Serguiéi Ivánovich hacía lo contrario. Del mismo modo que apreciaba y alababa la vida del pueblo por contraste con la otra que no amaba, así quería también a los campesinos por contraposición a aquella clase de gente que no le gustaba. Y de una manera idéntica conocía a los campesinos como seres distintos a los hombres en general. En su metódico cerebro se habían establecido de un modo definido las formas de la vida popular deducidas en parte de esta misma, pero principalmente de la vida opuesta. Nunca variaba su opinión acerca de los campesinos ni tampoco el trato cordial que les dispensaba.

En las discusiones que sostenían los dos hermanos sobre este tema, siempre vencía Serguiéi Ivánovich, precisamente por tener una opinión definida de los aldeanos, de sus caracteres, de sus cualidades y de sus aficiones, mientras que Konstantín Lievin, que carecía de una opinión determinada y fija, siempre incurría en contradicciones.

Para Serguiéi Ivánovich, su hermano menor era un buen muchacho, con el corazón *bien colocado* (lo que solía expresar en francés), pero cuya inteligencia, aunque bastante viva, estaba sometida a las impresiones del momento y, por tanto, llena de contradicciones. Con la condescendencia de un hermano mayor, a veces le explicaba el significado de las cosas, pero no hallaba interés en discutir con él porque era demasiado fácil derrotarlo.

Konstantín Lievin consideraba a su hermano como un hombre de gran inteligencia y cultura, noble en el sentido más elevado de la palabra y dotado de grandes facultades de acción para el bien de la humanidad. Pero, en el fondo de su alma, a medida que pasaban los años y lo iba conociendo mejor, pensaba cada vez más a menudo que aquella aptitud de hacer el bien a la humanidad, de la cual reconocía estar privado, tal vez no fuese una virtud, sino más bien un defecto. No es que careciera de inclinaciones ni de deseos nobles, buenos y honrados, sino de fuerzas vitales, lo que se suele llamar coraje, de ese impulso que obliga al hombre a desear y escoger un solo camino de la vida entre las innumerables trayectorias que se le presentan. Cuanto más conocía a su hermano, más observaba que este, lo mismo que otros muchos hombres que servían al bien común, no se sentía inclinado a ello de corazón, sino porque había deducido cerebralmente que aquello estaba bien y era el único motivo que lo movía a hacerlo. Esta suposición de Lievin se confirmaba al observar que su hermano no tomaba más a pecho la cuestión del bien común ni de la inmortalidad del alma que una partida de ajedrez o la construcción ingeniosa de alguna máquina.

Además, Konstantín Lievin se sentía a disgusto en el pueblo cuando su hermano estaba allí, sobre todo porque en verano lo absorbían totalmente los trabajos de la hacienda y le era insuficiente el largo día estival para realizar todo lo necesario, mientras Serguiéi Ivánovich descansaba. Pero, aunque descansaba ahora, es decir, no se dedicaba a su obra, tenía tal costumbre de trabajar mentalmente, que le gustaba expresar en forma concisa y elegante las ideas que le acudían y le era agradable tener a alguien que le escuchase. Por lo general, el único que le escuchaba era su hermano. Por eso, a pesar del trato amistoso que tenían, a Konstantín le resultaba violento dejarlo solo. A Serguiéi Ivánovich le gustaba echarse en la hierba, al sol, y permanecer así, tostándose y charlando perezosamente.

—No te puedes figurar el placer que me produce esta pereza ucraniana —le decía a su hermano—. No tengo ni una sola idea en la cabeza.

Pero Konstantín Lievin se aburría de estar sentado escuchándole, principalmente porque temía que sin estar él presente llevaran el estiércol a los campos antes de que estuvieran preparados y lo echaran de cualquier manera; que no atornillaran bien las rejas de los arados modernos, que los dejaran a un lado, diciendo después que se trataba de un invento estúpido y que eran mejores los arados corrientes.

—¡Ya has andado bastante con este calor! —le decía Serguiéi Ivánovich.

—Solo he de ir un momentito al despacho —contestaba Lievin, escapándose al campo.

II

A primeros de junio la nodriza y ama de llaves, Agafia Mijáilovna, cuando llevaba a la bodega un tarro con setas que acababa de salar, se cayó, dislocándose una muñeca. Llegó el médico rural, un joven charlatán que acababa de terminar la carrera. Examinó la muñeca de Agafia Mijáilovna, dijo que no estaba dislocada y se recreó charlando con el célebre Serguiéi Ivánovich Koznishov, y para demostrarle sus ideas avanzadas, le contó todos los chismes de la provincia, quejándose de la mala organización del *zemstvo*. Serguiéi Ivánovich lo escuchaba con interés, le hacía preguntas y, animado por tener a un nuevo oyente, le hizo algunas observaciones justas y valiosas, que el joven médico apreció respetuosamente.

Como solía sucederle siempre después de una conversación brillante y alegre, llegó a ese estado de ánimo eufórico que tan bien conocía Lievin. Cuando se hubo ido el médico, Serguiéi Ivánovich quiso ir a pescar al río. Le gustaba pescar con caña y parecía enorgullecerse de que pudiera tener afición a un entretenimiento tan estúpido.

Konstantín Lievin, que tenía que ir a los campos donde estaban arando, así como a los prados, le ofreció llevarlo en la carretela.

Era la época en que el verano está en su apogeo y el trigo ha llegado a su madurez, cuando comienzan las preocupaciones de la siembra para la próxima cosecha y se acerca la siega; cuando el centeno ha crecido ya y se mece al viento con sus tallos verde grisáceos y sus espigas sin acabar de granar; cuando la avena verde, con las matas de hierba amarillenta que crecen entre ella, se extiende irregularmente en los sembrados tardíos; cuando el alforfón se abre, ocultando el suelo; cuando la tierra de los campos en barbecho, tan endurecida como la piedra por las pisadas de los animales que la reja del arado no puede penetrar en ella, está ya labrada hasta la mitad; cuando los resecos montones de estiércol mezclan su olor al de las hierbas de los prados, al amanecer y en el crepúsculo, y cuando en las tierras bajas, esperando la guadaña, forman un mar inmenso los prados ribereños con los tallos de acederas arrancadas que negrean.

Era la época en que se produce un corto descanso en los trabajos del campo antes de empezar la cosecha anual que cada año requiere las fuerzas de los campesinos. La cosecha era magnífica, los días estivales, claros y calurosos, y las noches cortas, húmedas de rocío.

Los hermanos tuvieron que atravesar el bosque para llegar a los prados. Serguiéi Ivánovich admiraba la belleza del frondosísimo bosque y le señalaba a su hermano ora un viejo tilo, oscuro por el lado que quedaba en sombra, que amarilleaba con sus brotes a punto de abrirse; ora los tallos nuevos de otros árboles que brillaban como esmeraldas. A Konstantín Lievin no le gustaba hablar ni oír comentarios sobre las bellezas de la naturaleza. Las palabras despojaban de hermosura lo que veía. Asintiendo a lo que le decía su hermano, empezó a pensar en otra cosa. Cuando hubieron atravesado el bosque, atrajo toda su atención el campo en barbecho sobre un cerro, aquí cubierto de hierba amarilla, allá labrado en cuadros, acullá con montones de estiércol y allende totalmente labrado. Por el campo avanzaba una hilera de carros. Lievin los contó, alegrándose de que llevaban todo lo necesario, y a la vista de los prados empezó a pensar en la siega. Siempre experimentaba una emoción especial cuando recogían el heno. Al llegar a los prados Lievin detuvo el caballo.

El rocío matinal quedaba aún en la parte inferior de la hierba y Serguiéi Ivánovich, para no mojarse los pies, rogó a su hermano que lo llevara en la carretela atravesando el prado hasta el codeso, donde se pescaban percas. Aunque Lievin sentía hollar la hierba, dirigió el coche en aquella dirección. La alta hierba se enredaba en las ruedas y bajo las patas del caballo, dejando sus semillas en los húmedos cubos y en los radios de las ruedas.

Serguiéi Ivánovich se instaló bajo el arbusto y preparó la caña de pescar mientras Lievin ató el caballo y se internó en los prados, que parecían un enorme mar verde grisáceo, que no agitaba el viento. La sedosa hierba con las semillas granadas le llegaba a la cintura en el lugar que solía inundarse con la crecida del río.

Atravesando los prados, Konstantín Lievin llegó al camino, donde se encontró con un viejo que tenía un ojo hinchado, el cual llevaba una colmena con abejas.

—Qué, ¿las has cogido, Fomich? —preguntó Lievin.

—¡Qué las voy a coger, Konstantín Dmítrich! Apenas si puedo guardar las mías. Ya es la segunda vez que se me escapan. Menos mal que los muchachos las alcanzaron. Y están ustedes arando. Desengancharon un caballo y las alcanzaron...

—Bueno, ¿qué te parece, Fomich: se debe segar ya o esperamos?

—No sé; a mi parecer, se debe esperar hasta el día de San Pedro. Pero usted siempre suele segar más pronto. Si Dios quiere, todo irá bien, la hierba está muy crecida. El ganado tendrá más espacio.

—¿Qué tiempo crees que hará?

—Eso depende de Dios. Tal vez haga bueno.

Lievin volvió junto a su hermano.

Aunque no había pescado nada, Serguiéi Ivánovich no se aburría y parecía estar de muy buen humor. Lievin se dio cuenta de que, animado por la charla con el médico, tenía deseos de hablar. En cambio, él quería volver pronto a casa para dar órdenes de que llamaran a los segadores para el día siguiente y resolver las dudas relativas a la siega que tanto le preocupaban.

—Qué, ¿nos vamos? —preguntó.

—¡Qué prisa tenemos! ¡Quedémonos un rato! ¡Cómo te has empapado! Aunque no se pesca nada, se está bien aquí. Esta clase de entretenimientos son buenos porque se está en contacto con la naturaleza. ¡Qué hermosa es esta agua, parece de acero! Estas orillas cubiertas de vegetación me recuerdan siempre aquella adivinanza, ¿sabes? La hierba le dice al agua: vamos a temblar, a temblar...

—No conozco esta adivinanza —replicó Lievin, desanimado.

III

—Estaba pensando en ti —dijo Serguiéi Ivánovich—. Es terrible lo que sucede en vuestra provincia, según me ha contado ese médico; es un joven bastante inteligente. Ya te he dicho, y te lo vuelvo a repetir, que no está bien que no acudas a las reuniones y que te hayas apartado del *zemstvo*. Si la gente de nuestra clase se aparta, es natural que todo vaya de cualquier manera. Nosotros somos los que pagamos, ellos trabajan a sueldo, y no hay escuelas, ni practicantes, ni comadronas, ni farmacias; no hay nada.

—Si ya lo he intentado —replicó Lievin en voz baja y con desgana—, pero no puedo. ¿Qué le hemos de hacer?

—¿Por qué no puedes? Te confieso que no lo entiendo. No admito que tengas indiferencia ni incapacidad; ¿es posible que todo sea debido a la pereza?

—No es ninguna de estas tres cosas. Lo he intentado y me he convencido de que no puedo —dijo Lievin.

Profundizaba poco en lo que le decía su hermano, tenía la mirada fija en la tierra labrada, al otro lado del río, donde divisaba algo negro, sin poder precisar si era un caballo o el administrador que iba montado.

—¿Por qué no puedes hacer nada? Has hecho un intento y, según tú, no has tenido éxito y ya te das por vencido. ¿Cómo no tienes amor propio?

—No entiendo ese amor propio —replicó Lievin, herido en lo vivo por las palabras de su hermano—. Si me hubiesen dicho en la universidad que los demás entendían el cálculo integral y yo no, entonces estaría en juego el amor propio. Pero en esto hay que estar convencido de antemano de que se tienen unas facultades determinadas para esta clase de asuntos, y especialmente de que se trata de cosas muy importantes.

—Entonces ¿no lo consideras importante? —exclamó Serguiéi Ivánovich, ofendido porque su hermano no le diera importancia a lo que a él le interesaba y, sobre todo, porque, al parecer, apenas si lo escuchaba.

—No me parece importante, no me llega al alma, ¿qué quieres que le haga? —contestó Lievin, que ya había deducido que aquella cosa negra que veía era, en efecto, el administrador, que sin duda acababa de mandar a los labradores que se fueran.

Estaban recogiendo los arados. «¿Es posible que hayan terminado de arar?», pensó.

—Pero, de todos modos, escúchame —dijo el hermano mayor, y su hermoso e inteligente rostro se ensombreció—. Todo tiene sus límites. Está muy bien ser un hombre excéntrico, sincero y odiar la falsedad: conozco todo eso. Pero lo que estás diciendo no tiene sentido o su sentido es completamente equivocado. ¿Cómo consideras que no es importante que ese pueblo que amas, según afirmas...

«Nunca lo he afirmado», pensó Konstantín Lievin.

—... muera abandonado? Las comadronas incompetentes matan a las criaturas y el pueblo muere en la ignorancia, encontrándose a la merced de cualquier escribiente; en tus manos está el medio de ayudarles y no lo haces porque no lo consideras importante.

Serguiéi Ivánovich le presentó el dilema siguiente: o bien era tan poco inteligente que no comprendía todo lo que podía hacer, o no quería sacrificar su tranquilidad, su orgullo, o lo que fuera, para hacerlo. Konstantín Lievin se dio cuenta de que no le quedaba más que darse por vencido o confesar su falta de interés por el bien común. Esto le ofendió, amargándolo.

—Las dos cosas —contestó decidido—. No veo que se pueda...

—¿Cómo? ¿No es posible, administrando bien el dinero, proporcionarles asistencia médica?

—A mí me parece que no se puede. No veo la posibilidad de proporcionar una asistencia médica para las cuatro mil verstas cuadradas de nuestra provincia con los lugares del río que no se hielan, las borrascas de nieve y las épocas de trabajo intensivo de los campesinos. Además, no creo en la medicina, en general.

—Permíteme que te diga que esto es injusto... Puedo ponerte miles de ejemplos... ¿Y las escuelas?

—¿Para qué sirven?

—¿Qué dices? ¿Acaso puede caber duda sobre la utilidad de la instrucción? Si es buena para ti, lo es para todo el mundo.

Konstantín Lievin se sentía moralmente acorralado, y por eso se excitó y explicó involuntariamente el motivo principal de su indiferencia por el bien social.

—Tal vez todo esto esté bien, pero ¿por qué me voy a preocupar de la instalación de centros sanitarios, de cuyos servicios nunca me beneficio, ni de crear escuelas a las que no voy a mandar a mis hijos, ni tampoco los campesinos quieren mandar a los suyos? Por otra parte, no estoy firmemente convencido de que deban hacerlo.

Serguiéi Ivánovich se sorprendió por un momento de aquel inesperado punto de vista, pero inmediatamente formó un nuevo plan de ataque.

Calló unos instantes, sacó la caña del agua, la lanzó a otro lugar y, sonriendo, se dirigió a su hermano.

—Bueno, permíteme que te diga... El centro sanitario te ha hecho falta. Acabamos de enviar por el médico rural para Agafia Mijáilovna.

—Pero yo creo que se le quedará la mano torcida.

—Eso no se sabe aún... Además, un mujik, un trabajador que no sea analfabeto te es más útil y más valioso.

—Eso sí que no. Pregúntaselo a quien quieras —replicó Konstantín Lievin resueltamente—. Siendo ilustrado el mujik, es mucho peor como trabajador. No se pueden arreglar los caminos, y en cuanto se colocan puentes, los roban.

—Pero no se trata de eso —dijo Serguiéi Ivánovich, frunciendo el entrecejo. No le gustaban las contradicciones, y aún menos las que saltaban incesantemente de un tema a otro y presentaban sin conexión alguna nuevos argumentos de tal manera que uno no sabía cuál rebatir—. Permíteme, ¿reconoces que la instrucción es beneficiosa para el pueblo?

—Lo reconozco —dijo Lievin, sin querer, y enseguida se dio cuenta de que había dicho una cosa que no pensaba.

Comprendió que al admitir aquello su hermano le podía demostrar que decía tonterías que carecían de sentido. No sabía cómo lo iba a hacer, pero estaba plenamente convencido de que se lo demostraría lógicamente y lo esperaba. Serguiéi Ivánovich lo hizo de un modo más sencillo de lo que se figuraba Lievin.

—Si reconoces que es un beneficio, entonces, como hombre honrado, no puedes dejar de apreciar ni de simpatizar con esa obra y, por tanto, no puedes negarte a trabajar en pro de ella.

—Pero aún no reconozco esa obra como buena —replicó Konstantín Lievin, enrojeciendo.

—¿Cómo? Pero si acabas de afirmar...

—Quiero decir que no la reconozco como buena ni como posible.

—Eso no puedes saberlo sin haber hecho un intento.

—Supongamos que tengas razón —dijo Lievin, aunque no opinaba así—. Pero de todas formas no veo por qué he de preocuparme de eso.

—¿Cómo que no?

—Bueno, ya que hemos empezado a hablar, explícame esto desde el punto de vista filosófico.

—No comprendo qué tiene que ver la filosofía —replicó Serguiéi Ivánovich, y Lievin creyó que lo decía con un tono como si pensara que él no tenía derecho a opinar acerca de la filosofía. Esto le irritó.

—Ahora te lo diré —empezó diciendo, acalorado—. Opino que el móvil de todos nuestros actos es la felicidad personal. Actualmente, yo, como noble, no veo que las instituciones del *zemstvo* puedan favorecer mi bienestar. Los caminos no son mejores ni pueden serlo, y mis caballos me llevan lo mismo por los buenos que por los malos. No necesito al médico ni los centros sanitarios. No necesito al juez de paz, al que nunca me he dirigido ni me dirigiré. En cuanto a las escuelas, no solo no me hacen falta, sino que hasta opino que son perjudiciales, como ya te he dicho. Para mí, el *zemstvo* se reduce a pagar un impuesto de dieciocho kopeks por cada desiatina de tierra, ir a la ciudad, pernoctar en una habitación llena de chinches y escuchar una serie de absurdos y estupideces, y no me mueve a ello ningún interés personal.

—Permíteme —le interrumpió Serguiéi Ivánovich, con una sonrisa—. El interés personal no nos movía a trabajar por la abolición de la servidumbre y, sin embargo, lo hacíamos.

—¡No! —interrumpió a su vez Konstantín Lievin, acalorándose cada vez más—. La abolición de la servidumbre era otra cosa. Allí había un interés personal, queríamos quitarnos de encima ese yugo que oprimía a toda la gente buena, pero ser vocal para deliberar cuántos poceros se necesitan y cómo se deben instalar las cañerías en la ciudad donde no vivo; ser jurado para juzgar a un mujik que ha robado un jamón y permanecer durante seis horas escuchando todas las tonterías que dicen los defensores y los fiscales, y cómo pregunta el presidente del tribunal, por ejemplo a mi viejo Aliosha el tonto: «Señor acusado, ¿se reconoce usted culpable de haber robado el jamón?». ¿Qué te parece?

Konstantín Lievin, que se había lanzado ya por este camino, empezó a imitar al presidente del tribunal y a Aliosha el tonto; le parecía que todo eso tenía que ver con lo que estaban discutiendo, pero Serguiéi Ivánovich se encogió de hombros.

—Bueno, pero ¿qué quieres decir?

—Solo pretendo explicarte que los derechos que..., que tienen que ver con mis intereses, los defenderé con todas mis fuerzas. Cuando siendo estudiantes la policía nos registraba y leía nuestras cartas estaba dispuesto a defender mis derechos con todas mis fuerzas, mis derechos de cultura y de libertad. Comprendo el servicio militar obligatorio, que afecta al destino de mis hijos, de mis hermanos y de mí mismo; estoy dispuesto a discutir sobre lo que me afecta, pero no puedo juzgar ni comprendo cómo se deben repartir cuarenta mil rublos de los fondos del *zemstvo*, ni sentenciar a Aliosha el tonto.

Konstantín Lievin hablaba de tal forma que parecía haberse roto el dique de su locuacidad. Serguiéi Ivánovich sonrió.

—Y si el día de mañana te ves procesado: ¿te será más agradable que te juzguen en la antigua Audiencia criminal?

—No he de tener proceso alguno. No pienso degollar a nadie, por eso no necesito tales cosas —continuó Lievin, y saltó de nuevo a un asunto que no tenía nada que ver con aquel tema—. Lo que es nuestras instituciones del *zemtsvo* y todas esas historias que se parecen a las ramitas de abedul que hincábamos en la tierra el día de la Trinidad para imitar la selva (que se ha producido de un modo natural en Europa), no puedo regarlas de corazón y creer que van a crecer.

Serguiéi Ivánovich se limitó a encogerse de hombros, expresando con este gesto su sorpresa por haber salido a relucir aquellas ramitas de abedul, aunque no tardó en comprender lo que había querido decir su hermano.

—Es imposible razonar de este modo —observó.

Pero Konstantín Lievin quería justificarse de aquel defecto que reconocía en sí mismo: la indiferencia hacia el bien común.

—Opino que ninguna actividad puede ser práctica si no se basa en el interés personal —continuó—. Esta es una verdad filosófica —dijo, recalcando resueltamente la palabra «filosófica» como si deseara demostrar que también él tenía derecho, como cualquiera, a hablar de filosofía.

Serguiéi Ivánovich sonrió otra vez. «También él tiene su filosofía al servicio de sus inclinaciones», pensó.

—Bueno, déjate de filosofar —le dijo—. El principal problema de la filosofía de todas las épocas consiste precisamente en encontrar la relación indispensable que existe entre el interés personal y el común. Pero no se trata de eso, sino que debo rectificar tu comparación. Las ramitas de abedul no están hincadas, sino plantadas o sembradas, y hay que tratarlas con mucho cuidado. Solo tienen porvenir, solo pueden ser históricos, los pueblos que son sensibles a lo que es importante y significativo en sus instituciones y saben apreciarlas.

Serguiéi Ivánovich llevó el tema a un terreno histórico filosófico inaccesible para Lievin, demostrándole lo injusto de su punto de vista.

—En lo que se refiere a que a ti no te gusta, perdóname, pero es debido a nuestro señorío y a nuestra pereza rusa, y estoy seguro de que es un error momentáneo que se te pasará.

Lievin callaba. Se daba cuenta de que estaba derrotado y, al mismo tiempo, comprendía que su hermano no había sabido interpretar su idea. Ignoraba por qué no la había sabido interpretar: tal vez porque no se había expresado bien; tal vez porque su hermano no había querido o no había podido entenderlo. Pero no profundizó en aquellos pensamientos y, sin replicar, meditó sobre un asunto personal completamente distinto.

Serguiéi Ivánovich recogió la caña, y tras desatar al caballo regresaron a casa.

IV

El asunto personal que preocupaba a Lievin durante la conversación con su hermano era el siguiente: el año anterior, un día que Lievin fue a la siega y se enfadó con su administrador, empleó su método habitual para calmarse; cogió la guadaña de manos de un campesino y se puso a segar.

Este trabajo le gustó tanto que lo repitió varias veces; llegó a segar todo el prado frente a la casa, y este año, desde la primavera, se había formado el plan de pasar días enteros segando con los campesinos. Desde la llegada de su hermano, no hacía más que pensar si debía o no hacerlo. Le resultaba violento dejarlo solo durante días enteros, y, además, temía que se burlara de él. Pero cuando atravesaron el prado, al recordar las sensaciones que experimentó segando, ya casi decidió que lo haría. Después de la polémica que había tenido con su hermano, recordó su decisión.

«Necesito ejercicio físico; de lo contrario, mi carácter se agriará», pensó.

Y resolvió que segaría, aunque le pareciera incorrecto con respecto a su hermano y a los campesinos.

Por la noche, Konstantín Lievin fue al despacho, dio órdenes para el trabajo y envió a buscar a los segadores por los pueblos con objeto de segar el prado de Kalinovo, el más grande y el mejor de todos.

—Lleven mi guadaña a casa de Tit para que la afile y me la lleve al prado mañana: tal vez vaya yo también a segar —dijo, tratando de no turbarse.

El administrador sonrió.

—Bien, señor —contestó.

Por la noche, mientras tomaban el té, Lievin le dijo a su hermano:

—Parece que el buen tiempo se ha estacionado. Mañana empezaré a segar.

—Me gusta mucho ese trabajo —comentó Serguiéi Ivánovich.

—A mí me encanta. Algunas veces he segado con los campesinos y mañana quiero segar durante todo el día.

Serguiéi Ivánovich levantó la cabeza mirando a Lievin con expresión de curiosidad.

—¿Cómo? ¿Con los campesinos? ¿Igual que ellos? ¿Todo el día?

—Sí, es muy agradable —contestó Lievin.

—Como ejercicio físico es excelente, pero apenas si podrás resistirlo —dijo Serguiéi Ivánovich, sin ninguna ironía.

—Lo he probado. Al principio, se hace penoso, pero luego se acostumbra uno. Espero no quedarme rezagado.

—¡Vaya! ¡Vaya! Pero dime: ¿qué opinan de eso los campesinos? Seguramente se burlan de las excentricidades de su señor.

—No, no lo creo. Ese trabajo es tan divertido y a la vez tan difícil, que no hay tiempo para pensar.

—Pero ¿cómo vas a comer con ellos? Porque el mandarte allí vino de Laffite y un pavo asado resultaría un poco violento.

—Vendré a casa mientras ellos descansan.

A la mañana siguiente, Lievin se levantó más temprano que de costumbre, pero se entretuvo dando órdenes y cuando llegó al prado los segadores empezaban ya la segunda franja.

Ya desde lo alto del cerro vio al pie de este la parte del prado segada cubierta de sombra, con las franjas grisáceas y los bultos negros que formaban los caftanes de los segadores en el lugar donde habían empezado a segar.

A medida que se acercaba, aparecían ante sus ojos los segadores en mangas de camisa o con caftanes, que iban uno detrás de otro, formando una extensa hilera y moviendo las guadañas cada uno a su manera. Contó cuarenta y dos hombres.

Avanzaba lentamente por la parte baja y desigual del prado, donde se encontraba la antigua presa. Lievin reconoció a algunos de ellos. Allí estaba el viejo Iermil con una camisa blanca larga, segando muy encorvado, y el joven Vaska, que había sido cochero en casa de Lievin, el cual segaba todo el ancho de la franja con un solo movimiento. También se encontraba allí Tit, un campesino de poca estatura y delgado, que era el maestro de Lievin en el arte de segar. Al frente de todos iba segando la ancha banda sin inclinarse, como si jugara con la guadaña.

Lievin se apeó del caballo y lo ató junto al camino. Se acercó a Tit, el cual, sacando de entre los matorrales una guadaña, se la entregó.

—Ya está lista, señor: se lleva todo lo que se le ponga por delante —dijo Tit, sonriendo y quitándose la gorra, mientras le daba la guadaña.

Lievin la cogió y empezó a probarla. Los campesinos que habían terminado de segar la franja, sudorosos y alegres, salían al camino uno tras otro y, riendo, saludaban al señor. Todos le miraron, pero nadie dijo nada, hasta que un viejo alto, de rostro surcado de arrugas y afeitado, que llevaba una chaqueta de piel de cordero, salió al camino y, como si no se dirigiera a Lievin, dijo:

—Ya que el señor ha cogido la guadaña, a ver si no se queda atrás.

Lievin oyó risas contenidas entre los segadores.

—Procuraré no quedarme rezagado —replicó, colocándose detrás de Tit, en la espera de empezar.

—Ya veremos —dijo el anciano.

Tit dejó el sitio libre y Lievin lo siguió. La hierba era baja y Lievin, que no había segado desde hacía mucho tiempo y se sentía turbado porque lo miraban, segó con torpeza al principio, a pesar de que sus movimientos eran enérgicos.

—Ha empuñado mal la guadaña, la sujeta demasiado arriba. ¡Fíjate cómo tiene que agacharse! —dijo uno de los segadores.

—Apriete más con el talón —intervino otro.

—Nada, ya se irá acostumbrando —comentó el viejo—. Veis, ya lo hace mejor... Abarca demasiada anchura y se cansará... Es el amo y trabaja para sí mismo, pero ¡qué bordes va dejando! A nosotros nos azotaban por una cosa así.

La hierba era ahora más blanda; Lievin escuchaba sin contestar y seguía a Tit, tratando de guadañar lo mejor posible. Adelantaron unos cien pasos. Tit continuaba sin detenerse y sin demostrar el menor cansancio. Pero Lievin se sentía tan cansado que temía no poder resistirlo.

Se daba cuenta de que estaba agotando sus últimas fuerzas al mover la guadaña y decidió pedir a Tit que se detuviera. Pero en aquel mismo momento este se paró y, agachándose, cogió un puñado de hierba, limpió la guadaña y se puso a afilarla. Lievin se irguió y, suspirando, volvió la cabeza. Tras él venía un segador, que sin duda estaba cansado también, porque antes de llegar hasta Lievin se detuvo para afilar su guadaña. Tit afiló la suya y la de Lievin y después continuaron.

En la segunda vuelta hicieron lo mismo. Tit avanzaba segando sin pararse ni mostrar cansancio. Lievin iba en pos de él, tratando de no quedarse rezagado, pero cada vez se le hacía más dura la siega: sentía que se acercaba el momento en que no le quedarían fuerzas, pero en esto Tit se detuvo otra vez para afilar las guadañas.

Así terminaron la primera franja. A Lievin se le hizo especialmente penosa, pero, en cambio, cuando la hubieron acabado y Tit, echándose la guadaña al hombro, se volvió por sus propias huellas y Lievin lo siguió, de igual modo, pisando a su vez las suyas, se sintió muy a gusto, a pesar de lo mucho que sudaba y de las gotas que le caían por la cara y por la nariz y de tener la espalda empapada. Le alegraba, sobre todo, la conciencia de que ahora podría resistir.

Tan solo amargó su placer el que su franja no estuviese bien segada. «Moveré menos los brazos y más todo el cuerpo», pensó, comparando la zona segada por Tit, completamente lisa, con la suya, que había quedado muy desigual.

Lievin observó que Tit había segado la primera franja extraordinariamente deprisa, sin duda para poner a prueba a su señor, y además, esta era muy larga. Las siguientes resultaron más fáciles, pero, de todos modos, tuvo que hacer un esfuerzo para no quedar rezagado.

No pensaba ni deseaba nada, excepto no quedar atrás, y segar lo mejor posible. Solo oía el rumor de las guadañas y veía ante sí la figura erguida de Tit que se alejaba, el semicírculo segado, la hierba que, ondeando, se inclinaba lentamente, las flores junto al filo de su guadaña y, más adelante, el extremo de la banda, en el que descansarían.

Sin comprender a qué era debido, en medio del trabajo experimentó una agradable sensación de fresco en sus hombros ardientes y sudorosos. Miró al cielo mientras afilaban las guadañas; se había formado una nube baja y pesada y caían grandes goterones. Algunos segadores fueron a ponerse los caftanes; otros, lo mismo que Lievin, se limitaron a encogerse alegremente de hombros ante la agradable frescura de la lluvia.

Segaron una banda tras otra. Unas eran largas, otras cortas, algunas con hierba de buena calidad y otras con hierba mala. Lievin perdió la noción del tiempo, no tenía la menor idea de si era tarde o temprano. En su trabajo había ahora un cambio, que le proporcionaba un enorme placer. Durante la faena había momentos en que olvidaba lo que estaba haciendo y se le hacía fácil segar y entonces su franja quedaba tan bien segada como la de Tit pero en cuanto recordaba lo que hacía y procuraba esmerarse, sentía todo el peso de su trabajo y su franja quedaba peor.

Cuando terminaron otra franja, Lievin ya iba a empezar de nuevo; pero Tit se detuvo y, acercándose al viejo, le habló en voz baja. Ambos miraron al sol. «¿De qué estarán hablando? ¿Y por qué no empezaron otra franja?», pensó Lievin, sin caer en la cuenta de que los campesinos llevaban por lo menos cuatro horas seguidas guadañando y ya les había llegado la hora de almorzar.

—Vamos a almorzar, señor —dijo el anciano.

—¿Es hora ya? Bueno, almorcemos entonces.

Lievin le entregó la guadaña a Tit y, acompañado de los segadores que iban a coger el pan de sus caftanes, se encaminó al lugar donde estaba su caballo, atravesando toda la extensión segada, cubierta de montones de hierba ligeramente humedecida por la lluvia. Solo entonces comprendió que no había previsto el tiempo y que la lluvia mojaba la hierba segada.

—Se estropeará el heno —dijo.

—No importa, señor; dicen que se debe segar con lluvia y rastrillar con sol —replicó el viejo.

Lievin desató el caballo y se fue a su casa a tomar el café.

Serguiéi Ivánovich acababa de levantarse. Después de tomar el café, Lievin volvió al campo antes de que a su hermano le diera tiempo de vestirse y entrar en el comedor.

V

Después del almuerzo, a Lievin le tocó segar entre un viejo bromista, que lo invitó a ponerse a su lado, y un joven mujik, que se había casado en otoño y que segaba por primera vez aquel verano.

El viejo, que se mantenía muy erguido, iba delante, dando grandes pasos rítmicos con sus piernas ligeramente torcidas, y con un movimiento recio y acompasado, que sin duda no le costaba más trabajo que balancear los brazos al andar, como si jugara, amontonaba haces de hierba altos y uniformes. Se diría que no era él, sino la afilada guadaña sola la que cortaba la hierba jugosa.

Seguía a Lievin el joven Mishka. Su agradable y juvenil rostro, con los cabellos ceñidos con hierbas frescas trenzadas, expresaba todo el esfuerzo que hacía, pero en cuanto lo miraba alguien sonreía. Sin duda, estaba dispuesto a morir antes que reconocer que le costaba trabajo.

Lievin se hallaba entre ambos. A la hora de más calor, la siega no le parecía tan difícil. El sudor lo refrescaba, mientras el sol, que le quemaba la espalda, la cabeza y los brazos, remangados hasta el codo, le daba más vigor y más tenacidad en el trabajo. Y cada vez lo invadían más a menudo aquellos momentos en que le era posible no pensar en lo que estaba haciendo. La guadaña segaba por sí sola. Eran ratos felices. Y aún más lo eran aquellos en que, al acercarse al río al que iban a parar las franjas, el viejo limpiaba la guadaña con la hierba húmeda, enjugaba el acero en el agua fresca del río, y llenando la cantimplora se la ofrecía a Lievin y le decía, haciendo un guiño:

—¿Quiere usted tomar un poco de kvas?* Es bueno, ¿eh?

* Bebida nacional rusa, hecha generalmente de cebada y de lúpulo. *(N. de las T.)*

Y, en efecto, Lievin nunca había tomado una bebida como aquella agua tibia en la que flotaban hierbas y con aquel sabor de hierro oxidado. Y seguidamente llegaba el momento del agradable y lento paseo, con la guadaña en la mano, durante el cual podía uno enjugarse el sudor, respirar a pleno pulmón y echar una mirada sobre la extensa fila de segadores, así como sobre el campo y sobre el bosque.

Cuanto más segaba Lievin, tanto más frecuentes eran los ratos de olvido, durante los cuales ya no eran los brazos los que movían la guadaña, sino esta la que arrastraba tras sí todo aquel cuerpo consciente de sí mismo y lleno de vida. Y, como por arte de magia, sin pensar en el trabajo, este se realizaba con perfección y exactitud, como por sí solo. Aquellos eran los momentos más felices.

Solo resultaba difícil cuando era preciso interrumpir aquel movimiento inconsciente y volver a pensar, cuando se debía segar en alguna prominencia o algún sitio donde quedaban acederas sin arrancar. El viejo lo hacía sin dificultad. Cuando llegaba a algún lugar de estos cambiaba de movimiento y, ora con el talón, ora con la punta de la guadaña, daba golpecitos secos en la prominencia por ambos lados. Y al hacerlo observaba todo lo que se extendía ante él, y tan pronto arrancaba un gallo, se lo comía o se lo ofrecía a Lievin, tan pronto separaba alguna rama con la punta de la guadaña como examinaba un nido de codornices, del cual salía volando la hembra.

Tanto para Lievin como para el muchacho que trabajaba a sus espaldas, tales cambios en la dinámica eran difíciles. Ambos, una vez encontrado el movimiento adecuado, se absorbían por el trabajo y se sentían incapaces de modificar el ritmo y observar a la vez lo que había delante de ellos.

Lievin no se daba cuenta de cómo transcurría el tiempo. Si le hubiesen preguntado cuánto llevaba trabajando, habría dicho que apenas media hora, cuando, en realidad, ya había llegado la hora de comer. Al llegar al extremo de una franja, el viejo señaló a Lievin varios niños y niñas que venían hacia los segadores desde distintos puntos, tanto por el camino como por la alta hierba, donde apenas se los veía, trayendo bultos con pan que pesaban mucho para sus manitas y jarras de kvas tapadas con trapitos.

—¿Ve? Ya vienen los escarabajos —dijo, señalándolos, y, protegiéndose los ojos con la mano, miró al sol.

Segaron otras dos franjas y el viejo se detuvo.

—Bueno, señor. Vamos a comer —dijo resueltamente.

Y una vez llegados al río, los segadores se dirigieron hacia sus caftanes, donde los esperaban los niños que traían la comida. Los mujiks que estaban más lejos se reunieron junto a los carros, y los de más cerca, bajo los codesos, donde esparcieron la hierba.

Lievin se sentó junto a ellos; no tenía deseos de irse.

Los trabajadores ya no se sentían cohibidos ante la presencia de su señor. Se preparaban para comer. Algunos se lavaban, los jóvenes se bañaban en el río, otros disponían sitios para descansar, desataban los saquitos del pan y destapaban las jarritas de kvas. El viejo desmigajó el pan en un tazón, lo aplastó con el mango de la cuchara, vertió agua de la cantimplora, cortó más pan y, echándole sal, oró de cara al oriente.

—Señor, ¿quiere probar mi tiurka?* —preguntó, poniéndose en cuclillas delante del tazón.

La tiurka estaba tan buena que Lievin desistió de ir a casa a comer. Comió con el viejo, hablando de sus asuntos y tomando por ellos un vivísimo interés, y a su vez le habló de los suyos y de todo lo que podía interesarle. Se sentía más afín a él que a su hermano y sonreía sin querer por el sentimiento afectuoso que experimentaba hacia aquel hombre. Cuando el viejo se puso en pie de nuevo, rezó y se tendió allí mismo a la sombra de un matorral poniéndose un poco de hierba debajo de la cabeza, Lievin hizo lo mismo. A pesar de las moscas, molestas y pesadas, de los insectos que le hacían cosquillas en la cara sudorosa y en el cuerpo, se durmió enseguida y se despertó cuando el sol daba ya por el otro lado de las matas y llegaba hasta él. El viejo, que se había levantado hacía un buen rato, afilaba las guadañas de los mozos.

Lievin miró en torno suyo, sin poder reconocer aquel lugar, hasta tal punto había cambiado. El enorme espacio segado ya brillaba con un resplandor particular, nuevo, con los montones de hierba que ya desprendía olor, bajo los rayos oblicuos del sol poniente. Todo aparecía completamente nuevo, tanto los arbustos con la hierba segada alrededor, junto al río, como este, invisible antes y ahora brillante como el acero en sus recodos; los hombres que se despertaban y ponían en movimiento; la alta muralla de hierba en la parte del prado sin segar aún y los buitres que revoloteaban por encima del lugar segado. Al recobrar la conciencia, Lievin comenzó a calcular cuánto habían segado y cuánto podrían segar aún.

* Comida campesina que se hace con pan y kvas. *(N. de las T.)*

Era mucho el trabajo realizado para cuarenta y dos hombres. Estaba ya segado todo el prado grande, que en los tiempos de la servidumbre exigía el trabajo de treinta hombres durante dos días. Tan solo quedaban por terminar los extremos, unas pequeñas zonas de hierba. Pero Lievin deseaba segar lo más posible aquel día, le contrariaba que el sol se pusiera tan rápidamente. No sentía cansancio alguno; solo quería seguir trabajando más y lo más deprisa posible.

—¿Qué opinas? ¿Tendremos tiempo de segar el Mashkin Vierj? —le preguntó al viejo.

—Si Dios quiere, aunque el sol ya no está muy alto. ¿Por qué no invita a los mozos a tomar un poco de vodka?

A la hora de la merienda, cuando los segadores tuvieron otro descanso y los que fumaban encendieron sus cigarrillos, el viejo les anunció que si «segaban el Mashkin Vierj tendrían vodka».

—¿Cómo no? ¡Anda, Tit! Vamos deprisa. Ya comeremos por la noche. ¡Adelante! —se oyó gritar y los guadañeros se pusieron en movimiento, acabando de comer sus rebanadas de pan.

—¡Adelante, muchachos! —dijo Tit, y, echando a correr, se puso a la cabeza de todos.

—¡Corre! ¡Corre! —le decía el viejo, que lo seguía a su velocidad, sin esfuerzo alguno—. ¡Cuidado! No te vaya a cortar.

Jóvenes y viejos segaban a cual más deprisa. Pero, a pesar de la rapidez con que lo hacían, no estropeaban la hierba, que caía con la misma regularidad y precisión. La zona que había quedado sin segar se guadañó en cinco minutos. Los últimos segadores estaban todavía terminando su tarea cuando los primeros se echaban ya los caftanes al hombro y se dirigían, atravesando el camino, hacia el Mashkin Vierj.

El sol se ponía ya tras los árboles cuando los segadores, haciendo sonar las cantimploras, penetraban en la hondonada, cubierta de árboles, del Mashkin Vierj. En el centro de esta llegaba hasta la cintura la hierba, suave y blanda, en la que se veían acá y allá pensamientos diseminados.

Tras una breve consulta acerca de si convenía guadañar a lo largo o lo ancho del prado, Prójor Iermilin, también célebre segador, un hombre moreno y muy alto, fue a la cabeza de todos. Segó una banda y se volvió atrás, y los demás se alinearon segando el valle al pie del cerro, y este en la misma entrada del bosque. El sol se ponía por detrás de los árboles. Empezaba a caer el rocío; solo los segadores que se hallaban en el cerro trabajaban al sol, pero abajo, en la barranca, en la que empezaba a extenderse una neblina, y al otro lado del montículo segaban a la sombra fresca y húmeda. El trabajo estaba en su pleno apogeo.

La hierba, cuando la cortaban, producía un sonido blando y caía amontonándose en grandes haces y despidiendo un fuerte olor. Los segadores, que se hallaban estrechos en la zona en que trabajaban, tan pronto dejaban oír el ruido de las cantimploras y el de las guadañas que tropezaban como el chirrido de las piedras al afilarlas y los gritos alegres con que se animaban unos a otros.

Lievin guadañaba como antes, entre el viejo y el mozo. El viejo, que se había puesto la chaqueta de piel de cordero, seguía tan alegre, bromista y ágil en sus movimientos. En el bosque se encontraban incesantemente esponjosas setas entre la hierba jugosa, que los segadores cortaban con las guadañas. Pero el viejo, cada vez que encontraba una seta, se agachaba, la cogía y murmuraba, guardándosela en el pecho: «Una golosina para mi vieja».

Era fácil guadañar la hierba húmeda y blanda, pero resultaba fatigoso subir y bajar las empinadas cuestas de la barranca. Pero eso no incomodaba al viejo. Moviendo la guadaña, avanzaba con los pequeños pasos de sus pies calzados con grandes *lapti*, subiendo despacio la pendiente, y, aunque le temblaba todo el cuerpo y se le resbalaban los calzones por debajo de la camisa, no dejaba pasar ni una brizna de hierba, ni una sola seta, y seguía bromeando como antes con Lievin y con los mozos. Lievin iba tras él pensando que se caería irremediablemente al subir con la guadaña por una cuesta tan empinada, por la que ya resultaba difícil trepar sin ella, pero no dejaba de hacerlo. Sentía que era una fuerza externa la que lo movía.

VI

Cuando terminaron de segar el Mashkin Vierj, los mujiks se pusieron los caftanes y regresaron alegremente a sus moradas. Lievin montó a caballo y, despidiéndose de ellos con cierta tristeza, se dirigió a su casa. Desde el cerro volvió la cabeza; no se veían los segadores, a causa de la niebla que subía; solo llegaban sus broncas voces joviales, sus risas y el ruido de las guadañas al entrechocar.

Hacía rato que Serguiéi Ivánovich había terminado de comer y estaba en su cuarto bebiendo agua con limón y hielo, mientras hojeaba los periódicos y las revistas que acababan de llegar por correo. Lievin, con los cabellos enmarañados y pegados a la frente por el sudor y la espalda y el pecho tostados y húmedos, entró corriendo, lanzando alegres exclamaciones.

—¡Ya hemos segado todo el prado! ¡Oh, ha sido magnífico, extraordinario! Y tú, ¿cómo lo has pasado? —preguntó, sin acordarse en absoluto de la desagradable conversación de la víspera.

—¡Dios mío! ¡Qué aspecto tienes! —exclamó Serguiéi Ivánovich, que miró a su hermano con expresión de disgusto—. ¡Pero cierra la puerta! ¡Cierra la puerta! —gritó—. Es seguro que habrán entrado por lo menos diez moscas.

Serguiéi Ivánovich no soportaba las moscas. En su habitación abría las ventanas solo por la noche y cerraba la puerta cuidadosamente.

—Te aseguro que no ha entrado ni una. Y si fuese así, la cazaría. No te puedes figurar el placer que proporciona ese trabajo. ¿Cómo has pasado el día?

—Muy bien, pero ¿es posible que hayas estado segando todo el tiempo? Me figuro que debes de tener un hambre canina. Kuzmá te ha preparado la comida.

—No, no tengo hambre. He comido allí. Lo que voy a hacer es lavarme.

—Bueno, vete, vete. Luego iré a reunirme contigo —dijo Serguiéi Ivánovich, moviendo la cabeza y mirando a su hermano—. Anda, vete ya, date prisa —añadió sonriendo. Recogió sus libros y se dispuso a seguirlo. De pronto, se sintió alegre y no quería separarse de él—. ¿Y dónde has estado mientras llovía?

—¡Vaya una lluvia! Apenas han caído cuatro gotas. Bueno, enseguida vuelvo. ¿De modo que has pasado bien el día? ¡Magnífico!

Lievin se fue para cambiarse de ropa. Cinco minutos después los hermanos se reunieron en el comedor. Aunque Lievin creía no tener apetito y solo se puso a la mesa para no disgustar a Kuzmá, la comida le resultó muy sabrosa. Serguiéi Ivánovich le miraba sonriendo.

—¡Ah! Hay una carta para ti —dijo—. Kuzmá, tráela, por favor, está abajo. Pero ten cuidado de cerrar la puerta.

La carta era de Oblonski. Lievin la leyó en voz alta. Escribía desde San Petersburgo:

> He recibido carta de Dolli, que está en Iergushovo, y se las arregla muy mal allí. Te ruego que vayas a verla y la ayudes con algún consejo, ya que entiendes de todo. Se alegrará mucho de verte. La pobre se encuentra muy sola. Mi suegra se halla todavía en el extranjero con toda la familia.

—Muy bien, iré a verla —dijo Lievin—. Podríamos ir juntos. Dolli es tan agradable, ¿verdad?

—¿Se encuentran cerca de aquí?

—A unas treinta verstas. Tal vez cuarenta, pero el camino es excelente. Iremos muy bien.

—Me gustará mucho —asintió Serguiéi Ivánovich, que seguía risueño.

El aspecto de su hermano menor le predisponía irresistiblemente a la jovialidad.

—¡Qué apetito tienes! —dijo, mirando a Lievin, que, con el rostro y el cuello enrojecidos y tostados por el sol, se inclinaba sobre el plato.

—¡Excelente! No me creerás lo bueno que es este régimen contra toda clase de tonterías. Me propongo enriquecer la medicina con un nuevo término: *Arbeitskur.**

* «Cura por el trabajo.» (*N. de las T.*)

—Creo que tú no lo necesitas.

—Desde luego, pero es bueno contra muchas enfermedades nerviosas.

—Habrá que experimentarlo. Quise ir al prado para verte segar, pero el calor era tan insoportable que no pasé más allá del bosque. Estuve sentado allí un rato y, atravesando el bosque, fui a la aldea, donde me encontré con tu antigua nodriza. La he sondeado un poco para saber lo que opinan de ti los aldeanos. Según he entendido, no les gusta que siegues. La nodriza me dijo: «No es un trabajo de señores». En general, creo que el criterio del pueblo define muy estrictamente cuáles deben ser las actividades «de los señores», como dicen ellos. Y no admiten que estos se salgan del marco fijado por su criterio.

—Tal vez, pero esto me proporciona un placer que no he experimentado en toda mi vida. Y no hay nada malo en ello, ¿verdad? —dijo Lievin—. ¿Qué le hemos de hacer, si no les gusta? En todo caso, me parece que eso no tiene nada de particular. ¿No crees?

—Noto que, en general, estás satisfecho de tu jornada —prosiguió Serguiéi Ivánovich.

—Sí, estoy muy satisfecho. Hemos segado todo el prado. ¡Y he trabado amistad con un viejo interesantísimo! No te puedes hacer idea de lo admirable que es.

—Entonces estás contento. Yo también. En primer lugar, he resuelto dos problemas de ajedrez, uno de ellos muy bonito; se inicia con un peón. Ya te lo explicaré. Y después he estado meditando acerca de nuestra conversación de ayer.

—¿Cómo? ¿En la conversación de ayer? —preguntó Lievin, entornando los ojos con expresión de felicidad y satisfecho de la comida, sin lograr acordarse de qué conversación se trataba.

—Opino que en parte tienes razón. Nuestro desacuerdo estriba en que tú pones como móvil el interés personal y yo pienso que todo hombre con cierto grado de cultura debe tener interés por el bien común. Tal vez tengas razón en decir que la actividad material interesada sería más deseable. Por lo general, eres de una naturaleza demasiado *primesautière*, como dicen los franceses; deseas una actividad impetuosa, enérgica o nada.

Lievin escuchaba a su hermano sin comprender y sin querer comprender absolutamente nada de lo que le decía. Lo único que temía era que le hiciera alguna pregunta que revelara que no lo oía.

—Así es, amigo mío —dijo Serguiéi Ivánovich, tocándole un hombro.

—Sí, claro. Pero, en fin, no insisto en mi opinión —replicó Lievin, con sonrisa infantil y expresión culpable.

«¿De qué diablos hemos discutido? —pensaba—. Desde luego, se ve que los dos teníamos razón. Así es que todo va bien. Tengo que ir al despacho a dar las órdenes.» Lievin se levantó y se desperezó sonriendo.

—Si quieres dar una vuelta, podemos ir juntos —dijo.

No deseaba separarse de su hermano, el cual irradiaba animación y lozanía.

—Vamos, y pasemos antes por el despacho, si tienes que hacerlo.

—¡Ay Dios mío! —gritó Lievin en voz tan alta que Serguiéi Ivánovich se asustó.

—¿Qué te pasa?

—¿Cómo tiene la mano Agafia Mijáilovna? —preguntó, dándose un golpe en la cabeza—. Me había olvidado de ella.

—Está mucho mejor.

—De todos modos, iré a verla un momento. Estaré de vuelta antes que te hayas puesto el sombrero.

Y corrió escaleras abajo, levantando con los tacones un ruido semejante al de una carraca.

VII

Stepán Arkádich fue a San Petersburgo para cumplir con una obligación tan natural y conocida para los funcionarios como incomprensible para los que no lo son, un requisito indispensable, sin el cual no se puede trabajar, y que consiste en hacerse recordar en el ministerio. Una vez cumplido este deber, como se había llevado casi todo el dinero de la casa, pasaba el tiempo alegre y agradablemente, asistiendo a las carreras y visitando a los veraneantes. Mientras tanto, Dolli, con los niños, se trasladó al pueblo, con el fin de restringir los gastos en lo posible. Fue a Iergushovo, la hacienda que había recibido como dote, a la que pertenecía el bosque que vendieron en primavera, y que distaba cincuenta verstas de Pokróvskoie, la aldea de Lievin.

La vieja casona estaba en ruinas desde hacía mucho tiempo, y aún fue el príncipe quien reparó y amplió el pabellón. Veinte años atrás, cuando Dolli era una niña, ese pabellón era espacioso y cómodo, a pesar de que, como todos los pabellones, estaba construido de manera que quedaba de lado a la avenida principal y orientado al sur. Pero en la actualidad, ese pabellón era viejo y estaba medio derrumbado. Cuando en primavera Oblonski fue al pueblo para vender el bosque, Dolli le había rogado que inspeccionase la casa y la mandase reparar. Stepán Arkádich, como todos los maridos que se sienten culpables, se preocupaba mucho de la comodidad de su esposa. Examinó la casa y mandó arreglar lo que creyó necesario. A su juicio, había que tapizar de cretona todos los muebles, poner cortinas, limpiar el jardín, construir un puentecito junto al estanque y plantar flores. Pero olvidó muchas otras cosas imprescindibles, cuya falta constituyó después para Daria Alexándrovna un motivo de tormento.

A pesar de todos los esfuerzos que hacía Oblonski para ser buen esposo y buen padre, nunca conseguía recordar que tenía mujer e hijos. Sus inclinaciones eran las de un hombre soltero y se atenía a ellas. Al volver a Moscú, le comunicó con orgullo a su mujer que todo estaba dispuesto, que la casa parecía un juguete y le aconsejó que se fuese. A Stepán Arkádich le resultaba muy agradable en todos los sentidos la marcha de su esposa; era más sano para los niños, tendrían menos gastos y él estaría más libre. Daria Alexándrovna consideraba imprescindible que los niños veraneasen en el pueblo, sobre todo la niña, que no se había repuesto de la escarlatina, y, además, al marcharse se libraría de pequeñas humillaciones ocasionadas por las deudas al almacenista de leña, al pescadero y al zapatero que la hacían sufrir. Y, asimismo, le agradaba especialmente porque tenía la ilusión de atraer allí a Kiti, que debía volver del extranjero a mediados de verano, pues le habían prescrito baños de río. Kiti le escribió desde el balneario que nada le gustaría tanto como pasar el verano con ella en Iergushovo, tan lleno de recuerdos para las dos.

Al principio, la vida de la aldea fue muy penosa para Dolli. Había vivido en el pueblo durante su infancia y conservaba la sensación de que el campo es un refugio para todos los disgustos de la ciudad, y que, aunque aquella vida no era bonita (cosa con la que transigía fácilmente), resultaba económica y cómoda: había de todo, todo estaba barato y al alcance de la mano y los niños se encontraban bien. Pero ahora que había venido como ama de casa, comprobó que todo era muy distinto de lo que pensara.

Al día siguiente de llegar, llovió torrencialmente, y de noche caló el agua al pasillo y a la habitación de los niños hasta tal punto, que tuvieron que trasladar las camas al salón. No había cocinera para la servidumbre; de las nueve vacas, según dijo la vaquera, unas iban a tener crías, otras estaban con la primera ternera, otras eran viejas y las demás eran difíciles de ordeñar. Ni siquiera para los niños había suficiente leche y mantequilla. No había huevos. No se podían adquirir pollos; tenían que asar gallos viejos, cuya carne era de color amoratado y llena de nervios. No había modo de conseguir mujeres para que fregaran los suelos, ya que todas estaban ocupadas con la recolección de la patata. No podían salir a dar paseos en coche porque uno de los caballos se encabritaba y se desprendía de la vara. Tampoco había manera de bañarse, porque toda la orilla del río estaba pisoteada por el ganado y daba al camino; ni siquiera se podía pasear, ya que los animales entraban en el jardín por una valla rota y había un toro terrible que bramaba y, probablemente, acometía. No había bastantes armarios para la ropa y los pocos que existían no cerraban bien y se abrían solos cuando uno pasaba ante ellos. Faltaban ollas y cacerolas, no había calderos en el lavadero y ni siquiera había tabla de planchar.

Los primeros días Daria Alexándrovna estaba desesperada. En lugar del descanso y la tranquilidad que esperaba, se encontró con esta serie de problemas, que consideraba como terribles calamidades. Luchaba con todas sus fuerzas, pero se daba cuenta de lo insoluble de su situación y apenas si podía contener las lágrimas que asomaban a cada momento a sus ojos. El encargado, un ex sargento de caballería, al que Stepán Arkádich había tomado cariño, nombrándole portero, debido a su presencia arrogante y respetuosa, no ayudaba ni compartía en nada las angustias de Daria Alexándrovna, limitándose a decir con mucho respeto: «No se puede hacer nada, ¡es tan mala la gente!».

La situación parecía insoluble. Pero en casa de los Oblonski, como en todas las familias, había un personaje insignificante y, sin embargo, importantísimo y muy útil: Matriona Filimónovna. Clamaba a la señora asegurándole que se *apañaría* (era una expresión suya que Matvíei había adoptado), y actuaba sin precipitarse ni alterarse.

Inmediatamente hizo amistad con la mujer del encargado y el mismo día tomó el té con ellos en el jardín, bajo las acacias, tratando de todos los asuntos. En breve, y también bajo las acacias, se organizó el club de Matriona Filimónovna, constituido por la mujer del encargado, el *starosta* y el escribiente del despacho. Poco a poco, todas las dificultades de la vida empezaron a solucionarse, y al cabo de una semana, en efecto, todo se había *apañado*. Se reparó el tejado, encontraron una cocinera, comadre del *starosta*, compraron gallinas, las vacas empezaron a dar leche, vallaron el jardín con listones de madera, se pusieron unos ganchos en los armarios, que ya no se abrían solos, y la tabla de planchar, forrada de paño de uniforme militar, se apoyó sobre el brazo de una butaca y en una cómoda, y en la habitación de las criadas empezó a oler a planchas calientes.

—¡Ya ve! ¡Y usted se desesperaba tanto! —dijo Matriona Filimónovna, señalando la tabla de planchar.

Incluso construyeron una caseta de baño de paja. Lilí empezó a bañarse y, aunque no fuera más que en parte, se realizaron los deseos de Daria Alexándrovna de llevar una vida, si no tranquila, al menos cómoda y al estilo rural. Daria Alexándrovna no podía estar tranquila con sus seis hijos. Uno caía malo, otro podía caer también, al tercero le faltaba alguna cosa, el cuarto daba indicios de mal carácter, etcétera. Muy de tarde en tarde sobrevenían períodos de tranquilidad. Pero tales preocupaciones y quehaceres constituían la única felicidad posible para Daria Alexándrovna. Sin eso quedaría sola con sus pensamientos acerca de su marido, que no la amaba. Pero, por otra parte, a pesar de lo penoso que era el temor a que cayesen enfermos los niños, sus enfermedades y el dolor de ver sus malas inclinaciones, los mismos niños la compensaban ya con pequeñas alegrías. Estas eran tan minúsculas y tan invisibles como el oro entre la arena, y en los malos momentos, Dolli no veía sino las penas, la arena, pero también había minutos buenos y entonces veía únicamente la alegría, el oro.

Ahora, en la soledad del pueblo, reparaba cada vez más a menudo en esas alegrías. Con frecuencia, mirando a los niños, hacía los mayores esfuerzos para persuadirse de que se equivocaba y de que como madre se mostraba parcial hacia ellos, pero, pese a todo, no podía por menos de creer que eran magníficos, y los seis, cada uno con su carácter, excepcionales. Y Dolli se sentía feliz y se enorgullecía de ellos.

VIII

A últimos de mayo, cuando todo se hubo arreglado más o menos, Daria Alexándrovna recibió la respuesta de su marido a sus quejas sobre el estado en que se encontraba la casa. Oblonski le pedía perdón por no haber pensado en todo y le prometía ir al pueblo a la primera oportunidad. Pero esta oportunidad no se presentó y Dolli vivió sola en el pueblo hasta principios de junio.

Un domingo, durante la vigilia de San Pedro, Daria Alexándrovna llevó a todos sus hijos a misa para que comulgasen. En sus conversaciones íntimas y filosóficas con su madre, con su hermana y sus amigos, Dolli los sorprendía muy a menudo por sus ideas avanzadas en materia religiosa. Tenía una extraña religión propia, creía firmemente en la metempsicosis, preocupándose poco de los dogmas de la Iglesia. Pero en la vida familiar —no solo por dar ejemplo, sino con toda su alma— cumplía todos los mandamientos de la Iglesia, y el hecho de que los niños no hubiesen comulgado en el transcurso de casi un año la preocupaba mucho. Con el pleno apoyo y la aprobación de Matriona Filimónovna, decidió que lo hiciesen ahora en verano.

Hacía varios días que Daria Alexándrovna pensaba cómo vestiría a los niños. Habían cosido, transformado y lavado los vestidos, habían soltado los dobladillos y los volantes, habían pegado los botones y preparado las cintas. El vestido de Tania, del que se encargó la inglesa, dio muchísimos disgustos a Daria Alexándrovna. La inglesa se equivocó al tomar las medidas, hizo demasiado grandes las sisas y estropeó el vestido. A Tania le estaba tan estrecho de hombros que daba pena verla. Pero Matriona Filimónovna ideó ponerle unos trozos para ensancharlo y hacerle una esclavina. La cosa se arregló, pero hubo un disgusto con la inglesa. Por la mañana todo estaba dispuesto hacia las nueve —le habían pedido al sacerdote que los esperase hasta esa hora—, y los niños, con sus trajecitos festivos, radiantes de alegría, se hallaban en la escalinata ante el coche, esperando a su madre.

Gracias a la influencia de Matriona Filimónovna engancharon a Buri, el caballo del encargado, en lugar del impetuoso Vorón. Daria Alexándrovna, que se había entretenido en arreglarse, se dirigió al coche ataviada con un vestido blanco de muselina.

Se había vestido y peinado con esmero e interés. Antes lo hacía para sí misma, para estar guapa y agradar; después, a medida que pasaban los años, se arreglaba con menos placer, veía que iba perdiendo belleza, pero ahora lo había hecho de nuevo con gusto y emoción. No lo hacía por sí misma ni por su belleza, sino para no estropear el conjunto de esos niños tan encantadores. Después de mirarse una vez más en el espejo, quedó satisfecha de sí misma. Estaba muy bonita. No tanto como deseaba estarlo cuando iba a los bailes, pero sí lo bastante para el fin que se había propuesto.

En la iglesia no había nadie más que los mujiks, los mozos y sus mujeres. Pero Daria Alexándrovna veía, o creía ver, la admiración que despertaban tanto ella como sus hijos. Los niños no solo estaban encantadores con sus vestidos elegantes, sino también simpáticos por su buen comportamiento. Verdad es que Aliosha no se portaba con toda la corrección debida: constantemente volvía la cabeza para mirarse la chaquetita, pero, a pesar de todo, resultaba extraordinariamente agradable. Tania, tan seria como una persona mayor, miraba a los pequeños. Pero la menor, Lilí, estaba preciosa con su ingenua admiración ante todas las cosas y apenas si pudieron contener la sonrisa cuando, después de comulgar, dijo: *Please, some more.**

Cuando regresaban los niños sentían que había acontecido algo solemne y estaban muy pacíficos.

En casa todo marchaba bien, pero durante el desayuno, Grisha empezó a silbar y, lo que era aún peor, desobedeció a la inglesa, y se le castigó a no tomar tarta. Daria Alexándrovna no hubiera permitido que se le castigara en un día como aquel de haber estado presente en el desayuno, pero era preciso apoyar las órdenes de la inglesa y mantener el castigo. Este incidente echó a perder un tanto la alegría general.

Grisha lloraba, afirmando que también Nikolienka había silbado y no le castigaron, que si lloraba no era porque lo hubiesen dejado sin tarta; eso le daba igual, sino porque habían sido injustos con él.

---

* «Otra más, por favor.» *(N. de las T.)*

Aquello resultaba demasiado triste; Daria Alexándrovna decidió hablar con la inglesa, a fin de perdonar a Grisha, y fue a buscarla. Pero, al pasar por la sala, vio una escena que le llenó el corazón de tal alegría, que le asomaron lágrimas en los ojos y perdonó por sí misma al delincuente.

Grisha se hallaba sentado en el alféizar de la ventana, y a su lado permanecía Tania con un plato en la mano. Con el pretexto de hacer una comida para las muñecas, Tania le había rogado a la inglesa que le permitiera llevar su ración de tarta al cuarto de los niños, pero en lugar de hacerlo así se la llevó a su hermano. Sin dejar de llorar por lo injusto del castigo, Grisha comía la tarta, repitiendo entre sollozos: «Come tú también..., vamos a comer juntos».

Al principio, Tania sintió compasión por su hermano, y, además, consciente de su buena obra, le asomaron las lágrimas a los ojos, mas no se negaba a comer su parte.

Al ver a su madre los niños se asustaron, pero fijándose en su rostro comprendieron que obraban bien, y se echaron a reír. Con las bocas llenas de tarta, trataron de limpiarse con las manos los labios risueños, y se embadurnaron de lágrimas y dulce los rostros resplandecientes.

—¡Qué es esto! ¡El vestido blanco nuevo! ¡Tania! ¡Grisha! —exclamaba la madre, tratando de proteger el vestido, pero sonreía con lágrimas en los ojos y expresión de felicidad y exaltación.

Les quitaron los trajes nuevos, mandaron a las niñas que se pusieran las blusitas y a los chicos las chaquetitas viejas, y ordenaron enganchar el coche —otra vez con gran disgusto del encargado se enganchó en varas al caballo Buri— para ir a recoger setas y a bañarse. En la habitación de los niños resonaron gritos de entusiasmo, que no cesaron hasta que partieron.

Cogieron una cesta llena de setas, incluso Lilí encontró una seta. Al principio era miss Hull la que las encontraba indicándoselas, pero esta vez fue ella sola, y hubo un griterío general de entusiasmo: «Lilí ha encontrado una seta».

Después fueron al río, dejaron los caballos bajo los álamos y se dirigieron a la caseta de baño. El cochero, Terienti, ató a un árbol los caballos que ahuyentaban los reznos; se acostó, hollando la hierba a la sombra de un abedul, y comenzó a fumar. Llegaban hasta él desde la caseta los alegres gritos de los niños.

Aunque era muy penoso vigilar a los niños y evitar sus travesuras, y difícil no confundir todas las medias, pantaloncitos y zapatos de diferentes piececitos, así como desatar, desabrochar y volver a abrochar y atar las cintitas, a Daria Alexándrovna —a la que siempre le había gustado el baño y lo consideraba muy bueno para los niños— le proporcionaba el mayor placer bañarse con todos sus hijos. Disfrutaba muchísimo con coger aquellos piececitos rollizos, ponerles las medias, levantar en brazos y zambullir en el agua los cuerpecitos desnudos oyendo los gritos, tan pronto alegres, tan pronto asustadizos, y ver los rostros sofocados, con los ojos alegres y temerosos muy abiertos, de esos querubines suyos que se salpicaban en el agua.

Cuando algunos de los niños ya estaban vestidos, se acercaron, deteniéndose tímidamente unas mujeres del pueblo, bien arregladas, que volvían de recoger euforbio y angélica. Matriona Filimónovna llamó a una de ellas para que pusiera a secar una sábana y una camisa que se habían caído al agua, y Daria Alexándrovna entabló conversación con ellas. Al principio, las mujeres no hacían más que reír disimuladamente, porque no comprendían lo que les preguntaba. Pero pronto se sintieron más audaces y comenzaron a hablar, cautivando enseguida a Daria Alexándrovna por la sincera simpatía que mostraron hacia los niños.

—¡Qué linda! Es blanca como el azúcar —dijo una de ellas, mirando embelesada a Tania y moviendo la cabeza—. Pero qué delgadita...

—Es que ha estado enferma.

—¿A este lo han bañado también? —preguntó otra, refiriéndose al niño de pecho.

—No, solo tiene tres meses —contestó Daria Alexándrovna con orgullo.

—¡Vaya!

—Y tú, ¿tienes hijos?

—He tenido cuatro, me quedan dos: un niño y una niña. He destetado al niño por Carnaval.

—¿Qué tiempo tiene?

—Casi dos años.

—¿Por qué le has dado el pecho tanto tiempo?

—Es nuestra costumbre: tres cuaresmas...

La conversación resultó de lo más interesante para Daria Alexándrovna: la mujer le contó cómo había dado a luz, qué enfermedades había tenido el niño, dónde estaba su marido y si venía a menudo a casa.

Daria Alexándrovna no tenía deseos de separarse de aquellas mujeres, hasta tal punto le fue agradable la charla con ellas, viendo que sus intereses eran comunes. Y lo que le resultó más agradable fue que las mujeres se admiraban, sobre todo, de que tuviera tantos hijos, y de que fuesen tan hermosos. Incluso hicieron reír a Daria Alexándrovna y ofendieron a la inglesa, que fue causa de aquellas risas que no comprendía. Una de las mujeres jóvenes miraba a la inglesa, que se vestía la última, y cuando vio que se ponía la tercera falda, no pudo contener una exclamación:

—¡Fijaos! Venga a ponerse faldas y no acaba nunca.

Todas las mujeres lanzaron una carcajada.

IX

Rodeada de los niños, que tenían las cabezas aún mojadas después del baño, Daria Alexándrovna, con un pañuelo en la cabeza, se acercaba a su casa en el coche, cuando el auriga le dijo:

—Ahí viene un señor; me parece que es el de Pokróvskoie.

Daria Alexándrovna miró ante sí y se alegró al ver la conocida figura de Lievin, con sombrero y abrigo grises, que venía a su encuentro. Siempre le producía satisfacción verle, pero aún más ahora, que estaba rodeada de lo que constituía su gloria. Nadie mejor que él podría comprender aquella grandeza.

Al verla, Lievin se halló ante uno de los cuadros que solía representarse pensando en su vida familiar futura.

—Daria Alexándrovna, parece usted una gallina rodeada de sus pollitos.

—¡Oh! ¡Cuánto me alegra verle! —exclamó Dolli, tendiéndole la mano.

—Se alegra de verme, pero no me había avisado de que estaba aquí. Mi hermano está pasando una temporada conmigo. He recibido una notita de Stiva diciéndome que está usted aquí.

—¿De Stiva? —preguntó Daria Alexándrovna, sorprendida.

—Sí, me dice que se han trasladado aquí, y supone que me permitirá usted prestarle ayuda en lo que necesite —dijo Lievin.

Se turbó al pronunciar estas palabras e, interrumpiéndose, continuó andando en silencio junto al coche, arrancando hojitas de los tilos y mordiscándolas.

Aquella turbación era debida a la idea de que a Daria Alexándrovna le sería molesta la ayuda de un extraño en cosas de las que hubiera tenido que ocuparse su marido. En efecto, a Dolli le disgustaba la costumbre de Stepán Arkádich de descargar sus asuntos familiares en personas extrañas. Y enseguida adivinó que Lievin lo comprendía. Dolli apreciaba a Lievin precisamente por su facultad de comprensión y por su delicadeza.

—Como es natural, he interpretado que eso significa que le gustaría verme, cosa que celebro mucho —dijo Lievin—. Me imagino que para usted, que es un ama de casa de ciudad, esto debe de resultarle muy salvaje. Si necesita algo, estoy a su disposición.

—¡Oh, no! Los primeros días estábamos incómodos, pero ahora todo se ha arreglado magníficamente gracias a mi vieja aya —dijo Dolli, señalando a Matriona Filimónovna, y esta le sonrió amistosa y alegremente a Lievin, comprendiendo que hablaban de ella.

Lo conocía, y como sabía que era un buen pretendiente de la señorita, deseaba que se entendiesen.

—Suba al coche, nos estrecharemos un poco —le dijo a Lievin.

—No, iré andando. Niños, ¿quién quiere venir conmigo para ver si llegamos antes que los caballos?

Los niños conocían muy poco a Lievin, no recordaban cuándo lo habían visto, pero en su trato con él no mostraban timidez ni antipatía, lo que tan a menudo experimentan los niños ante los mayores que fingen, y por lo cual los suelen reñir tanto. La hipocresía puede engañar al hombre más inteligente y perspicaz, pero el niño, de inteligencia más limitada, la descubre y experimenta repulsión, por muy hábil que sea el disimulo. Sean cuales fuesen los defectos de Lievin, era incapaz de fingir en modo alguno, y, por tanto, los niños le demostraron la misma simpatía que leyeron en el rostro de su madre. Los dos mayores aceptaron su invitación, saltaron del coche y corrieron con él con la misma naturalidad que lo hubieran hecho con el aya, con miss Hull o con su madre. Lilí también quiso ir con él, la madre se la dio a Lievin, y este, colocándosela en un hombro, echó a correr.

—No tema, no tema, Daria Alexándrovna. Es imposible que la deje caer o que le haga daño —dijo Lievin, sonriendo jovialmente.

Observando los movimientos ágiles y vigorosos, que demostraban cuidado y una tensión excesiva, Dolli se tranquilizó y sonrió con expresión aprobadora y alegre.

En la aldea, con los niños y con Daria Alexándrovna, que le era tan simpática, Lievin se sintió invadido por aquella disposición de ánimo infantil y jubilosa que tan a menudo lo embargaba y tanto le gustaba a Dolli. Corría con los niños, les enseñaba a hacer gimnasia, hacía reír a miss Hull con su inglés incorrecto y le contaba a Daria Alexándrovna sus ocupaciones en el pueblo.

Después de comer, Daria Alexándrovna, que se había quedado sola con Lievin en un balcón, empezó a hablar de Kiti.

—¿Sabe usted que Kiti vendrá a pasar el verano conmigo?

—¿De veras? —replicó Lievin, enrojeciendo, e inmediatamente cambió de conversación, diciendo—: Entonces ¿le mando dos vacas? Si se empeña usted en hacer cuentas, puede darme cinco rublos al mes, si no le resulta violento.

—No, gracias. Ya nos hemos arreglado.

—Entonces, voy a ver sus vacas, y si me lo permite usted daré instrucciones de cómo tienen que alimentarlas. Todo depende de lo que se les da de comer.

Para desviar la conversación, Lievin le explicó a Daria Alexándrovna su teoría pecuaria, que consistía en que la vaca no es una máquina que transforma el pienso en leche, etcétera.

Hablaba de esto, deseando ardientemente oír detalles sobre Kiti, pero a la vez lo temía. Le horrorizaba que se echase a perder la tranquilidad conseguida con tanto esfuerzo.

—Sí, sí. Pero alguien tiene que cuidar de todo esto. ¿Y quién lo haría? —replicó Daria Alexándrovna con desgana.

En la actualidad, Matriona Filimónovna había encauzado todos aquellos problemas y Dolli no deseaba cambiar nada. Además, no creía en los conocimientos de Lievin sobre la economía rural. Los razonamientos acerca de que las vacas no eran máquinas productoras de leche le parecieron extraños. Opinaba que tales opiniones solo podían crear dificultades. Ella veía todo esto de un modo mucho más sencillo: era preciso, según le había explicado Matriona Filimónovna, echar más pienso a la Pestruja y a la Bielopájaia, darles más de beber y evitar que el cocinero se llevara los desperdicios de la cocina para la vaca de la lavandera. Aquello estaba claro. En cambio, las reflexiones acerca de si el pienso debía ser de una clase o de otra eran dudosas y poco claras. Dolli deseaba principalmente hablar de su hermana.

X

—Kiti me escribe que no desea nada sino soledad y paz —dijo Dolli tras un silencio.

—¿Está mejor de salud? —preguntó Lievin, alterado.

—Gracias a Dios, se ha repuesto completamente. Nunca creí que estuviera enferma del pecho.

—¡Ah! Me alegro muchísimo —dijo Lievin, y Dolli vio en su rostro algo conmovedor y tierno cuando pronunció aquellas palabras y la miró.

—Dígame, Konstantín Dmítrich, ¿por qué está usted enfadado con Kiti? —preguntó Daria Alexándrovna, sonriendo bondadosamente, aunque con una ligera ironía.

—¿Yo? No estoy enfadado.

—Sí, lo está. ¿Por qué no fue usted ni a casa de mis padres ni a la nuestra cuando estuvo en Moscú?

—Daria Alexándrovna, me extraña que usted, que es tan buena, no se dé cuenta de ello —dijo Lievin y enrojeció hasta la raíz de los cabellos—. ¿Cómo no le da pena de mí sabiendo...?

—¿Sabiendo el qué?

—Que me declaré a Kiti y que ella me rechazó —dijo Lievin, y toda aquella ternura que sintió hacía un momento por Kiti se convirtió en un sentimiento de despecho por la ofensa recibida.

—¿Por qué supone usted que lo sabía yo?

—Porque lo saben todos.

—Está usted equivocado; yo no lo sabía, aunque lo sospechaba.

—¡Pues ahora ya lo sabe!

—Estaba enterada de que algo atormentaba a Kiti, pero ella me rogó que no le hablara nunca de eso. Y si no me lo ha contado a mí, no se lo ha dicho a nadie. Pero ¿qué les pasó? Cuéntemelo.

—Ya se lo he dicho todo.

—¿Cuándo sucedió eso?

—La última vez que los visité a ustedes.

—¿Sabe lo que le voy a decir? —replicó Dolli—. Me da mucha, mucha pena de ella. En cambio, usted sufre solo por amor propio.

—Tal vez —dijo Lievin—, pero...

Dolli le interrumpió.

—En cambio, ella, la pobrecilla, me inspira muchísima compasión. Ahora lo entiendo todo.

—Perdóneme, Daria Alexándrovna —dijo Lievin, levantándose—. Hasta la vista.

—No se vaya, espere —dijo Dolli, cogiéndole la mano—. Siéntese un momento.

—Por favor, no hablemos más de eso —rogó Lievin, sentándose, y en su corazón empezaba a renacer la esperanza que creía enterrada para siempre.

—Si yo no sintiera afecto por usted —dijo Daria Alexándrovna, y sus ojos se llenaron de lágrimas—, si no le conociera como le conozco...

Aquel sentimiento que parecía haber muerto se adueñaba cada vez más del corazón de Lievin.

—Sí, ahora lo he entendido todo —continuó Daria Alexándrovna—. No puede usted comprenderlo; para ustedes los hombres, que son libres y pueden escoger, está claro a quién aman. Pero una muchacha, obligada a esperar, con su pudor femenino, virginal, que los ve a ustedes desde lejos y tiene que fiarse de lo que le digan, puede experimentar un sentimiento que no pueda explicarse.

—Claro, si el corazón no habla...

—Sí, el corazón habla. Pero piénselo: ustedes los hombres, cuando se interesan por una muchacha, frecuentan su casa, la tratan, la observan y esperan para ver si encuentran en ella lo que les gusta, y una vez que están convencidos, se declaran...

—Bueno, esto no es completamente exacto.

—De todos modos, ustedes se declaran cuando el amor ha madurado o cuando se inclina la balanza hacia una de las dos personas entre las cuales van a elegir. Y a la muchacha no se le pregunta nada. Quieren que ella escoja, pero ella no puede hacerlo, y solo le cabe contestar: «Sí» o «No».

«Claro, la elección entre Vronski y yo», pensó Lievin. Y lo que revivía en su alma pareció morir de nuevo y atormentó penosamente su corazón.

—Daria Alexándrovna —dijo—. Así se eligen los vestidos o cualquier otra compra, pero no el amor. La elección se ha llevado a cabo, tanto mejor... Las cosas no pueden repetirse.

—¡Oh! ¡Qué orgullo, qué orgullo! —exclamó Daria Alexándrovna, como si lo despreciara por ese sentimiento bajo, comparándolo con aquel otro que solo conocen las mujeres—. Cuando usted se declaró a Kiti, se hallaba precisamente en una situación en que no podía contestar, tenía una duda. La duda de elegir entre usted y Vronski. Lo veía todos los días; en cambio, hacía tiempo que no se encontraba con usted. Desde luego, si Kiti hubiese tenido más edad... Para mí, por ejemplo, si hubiese estado en su lugar, no habría habido duda. Vronski me ha sido siempre desagradable, y así han acabado las cosas.

Lievin recordó la respuesta de Kiti. Le había dicho: «No, eso no puede ser...».

—Daria Alexándrovna, aprecio la confianza que pone usted en mí, pero creo que se equivoca —dijo en tono seco—. Tenga o no tenga razón, este orgullo que tanto desprecia usted hace que me sea imposible pensar en Katerina Alexándrovna..., completamente imposible, ¿me comprende usted?

—Solo quiero decir otra cosa: tenga en cuenta que hablo de una hermana a la que quiero como a mis propios hijos. No pretendo decir que ella le ama a usted. Pero le aseguro que su negativa de entonces no significa nada.

—¡No lo sé! —dijo Lievin, levantándose de un salto—. Si supiera usted el daño que me hace. Es lo mismo que si se le hubiese muerto a usted un niño y le dijeran: «El niño podría ser de tal o cual modo, pero ha muerto, ha muerto, ha muerto...».

—¡Qué gracia tiene usted! —dijo Daria Alexándrovna, considerando con melancólica ironía la alteración de Lievin—. Sí, ahora cada vez lo entiendo mejor —prosiguió pensativa—. Entonces ¿no vendrá usted a vernos cuando esté Kiti?

—No, desde luego no trataré de rehuir a Katerina Alexándrovna, pero intentaré siempre que pueda evitarle el disgusto de mi presencia.

—Es usted muy gracioso —repitió Daria Alexándrovna, mirando enternecida al rostro de Lievin—; pues bien: es como si no hubiésemos hablado nada de esto. ¿Qué quieres, Tania? —preguntó en francés a la niña que entraba.

—¿Dónde está mi pala, mamá?

—Te hablo en francés, contéstame igual.

La niña quería decirlo así, pero se le había olvidado cómo se decía pala en francés; Dolli se lo recordó y luego le dijo, siempre en francés, dónde tenía que buscarla. Aquello disgustó a Lievin.

Ahora todo le parecía menos agradable que antes en casa de Daria Alexándrovna, así como en sus niños.

«¿Para qué hablar en francés con los niños? —pensó—. Qué poco natural y qué falso es esto, los niños lo perciben. Enseñarles a hablar el francés y quitarles la costumbre de la sinceridad», seguía reflexionando sin saber que Daria Alexándrovna había pensado lo mismo veinte veces, pero había llegado a la conclusión de que era imprescindible educar así a sus hijos, aun a costa de la sinceridad.

—Pero no se vaya tan pronto, quédese un poco.

Lievin se quedó a tomar el té, pero su alegría se había desvanecido y sentía cierto malestar.

Después del té, Lievin fue al vestíbulo para ordenar que engancharan los caballos, y al regresar a la habitación encontró a Daria Alexándrovna alterada, con el rostro descompuesto y los ojos llenos de lágrimas. Entretanto, había sucedido algo que destruyó de pronto la felicidad y el orgullo que le habían proporcionado a Dolli aquel día: Grisha y Tania se habían peleado por una pelota. Al oír los gritos, Daria Alexándrovna corrió a ver lo que pasaba y se encontró con un espectáculo lamentable. Tania sujetaba a Grisha por los cabellos, y este, con el rostro contraído por la ira, le daba puñetazos a su hermana a diestro y siniestro. Algo pareció romperse en el corazón de Daria Alexándrovna. Fue como si las tinieblas se cernieran sobre su vida: comprendió que sus hijos, de los que tan orgullosa estaba, no solo eran niños corrientes, sino que hasta eran malos, estaban mal educados y tenían inclinaciones brutales, crueles y groseras.

Dolli no acertaba a pensar ni a hablar de otra cosa y no pudo por menos de contarle a Lievin su desdicha.

Lievin comprendió que Dolli sufría y trató de consolarla diciendo que aquello no demostraba nada malo, que todos los niños se pelean; pero, al decir esto, pensaba: «No, yo no buscaría actitudes fingidas ni hablaría francés con mis hijos; mis hijos no serán así. Solo es necesario no echarlos a perder, no estropearlos, y entonces son encantadores. Desde luego, mis hijos no serán así».

Lievin se despidió y se marchó sin que Dolli lo retuviera.

XI

A mediados de julio se presentó en casa de Lievin el *starosta* de la aldea de su hermana, que distaba veinte verstas de Pokróvskoie, para informarle de la siega, así como de los demás asuntos. El principal ingreso de la finca de su hermana consistía en los prados próximos al río. En los años anteriores los prados se arrendaban a los mujiks, a razón de veinte rublos por desiatina. Pero cuando Lievin asumió la administración de la finca, examinó los prados y, considerando que valían más, fijó el precio en veinticinco rublos por desiatina. Los mujiks no pagaron aquel precio y, como sospechaba Lievin, le quitaron otros arrendadores. Entonces Lievin fue allí en persona y dispuso que se efectuara la siega con jornaleros contratados, que cobrarían un jornal y parte de lo que segaran. Aunque los aldeanos del lugar se oponían con todas sus fuerzas a esta situación, la cosa marchó bien y aquel año se sacó de los prados casi el doble. Los dos años siguientes continuó la oposición de los mujiks; pero la siega se realizó del mismo modo. Este año los aldeanos habían arrendado todos los prados, yendo a la tercera parte en el producto, y ahora el *starosta* venía a comunicar a Lievin que la siega había concluido y que él, temiendo que lloviese, había llamado al encargado, haciendo el reparto en presencia suya, y había separado ya los once almiares que pertenecían a los señores. Por las respuestas vagas a la pregunta de cuánto heno había en el prado más grande, por el apresuramiento con que el *starosta* había hecho el reparto sin habérselo ordenado, así como por su tono en general, Lievin comprendió que la cosa no estaba clara y decidió ir a comprobarlo personalmente.

Llegó a la aldea a la hora de comer, y después de dejar el caballo en casa de un viejo amigo suyo, marido de la nodriza de su hermano, Lievin entró en el colmenar para informarse de los pormenores de la siega. El viejo Parmiénich, hombre charlatán y de agradable aspecto, acogió a Lievin con júbilo, le enseñó su casa, le contó detalles acerca de las abejas y de la enjambrazón de aquel año, pero contestaba con desgana y vaguedad a las preguntas de Lievin sobre la siega. Esto le confirmó sus suposiciones. Fue al prado y examinó los almiares. En cada uno de ellos no podía haber cincuenta carretadas de heno, y para coger a los campesinos en su falta, Lievin ordenó que trajeran los carros que habían transportado el heno, que se cargase un almiar y se llevase al pajar. Salieron treinta y dos carros del almiar. Pese a las afirmaciones del *starosta* de que el heno estaba muy hinchado, de que se había aplastado en los almiares, y de sus juramentos asegurando que todo se había hecho como Dios manda, Lievin se mantuvo en lo suyo, diciendo que habían repartido el heno sin haber dado él la orden, y que no lo aceptaba sino a razón de cincuenta carretadas por almiar. Tras largas discusiones acordaron que los mujiks se quedarían con aquellos once almiares, contando en cada uno cincuenta carretadas, y que se separara de nuevo la parte de los señores. Estas discusiones y el reparto de heno duraron hasta media tarde. Cuando hubieron repartido todo, Lievin, confiando lo que quedaba por hacer a la vigilancia del encargado, se sentó sobre un montón de heno, y contempló embelesado aquel prado donde el trabajo de los aldeanos estaba en su apogeo.

Ante él, en el recodo que formaba el río, más allá del lodazal, avanzaba una abigarrada hilera de mujeres cuyas alegres voces sonoras llenaban el aire, y el heno esparcido se levantaba rápidamente, formando grisáceos montones ondulantes por encima de los rastrojos de un verde claro. Las seguían hombres con horcas, y aquellos montones se iban convirtiendo en anchas y altas pilas. A la izquierda, por el prado despejado ya, se oía el ruido de los carros, y uno tras otro, levantados por enormes horcas, desaparecían de los montones, transformándose en pesadas cargas de heno oloroso que se desbordaba sobre las grupas de los caballos.

—Hay que recogerlo mientras hace buen tiempo. ¡Tendremos un heno magnífico! —dijo el viejo, sentándose al lado de Lievin—. ¡No parece heno, sino té! ¡Lo recogen como las aves cuando se les echa el grano! —añadió, indicando los montones que crecían—. Desde la hora de comer se han llevado ya, por lo menos, la mitad. ¿Es el último? —le gritó a un mozo que iba en pie en uno de los carros que pasaban ante ellos, agitando las puntas de las riendas de cáñamo.

—El último, padrecito —contestó el mozo, frenando el caballo.

Y tras volverse sonriendo para mirar a una mujer coloradota, también risueña, que iba sentada en la parte trasera del carro, arreó al caballo.

—¿Quién es este? ¿Tu hijo? —preguntó Lievin.

—El más pequeño —contestó el viejo, con una sonrisa dulce.

—¡Qué buen mozo!

—No es mal muchacho.

—¿Está casado ya?

—Sí, ha hecho dos años por la vigilia de San Felipe.

—¿Tiene hijos?

—¡Hijos! Se ha pasado un año sin darse cuenta de nada, y eso que hasta nos burlamos de él —replicó el viejo—. ¡Qué heno tan magnífico! ¡Verdaderamente, parece té! —repitió, deseando cambiar de conversación.

Lievin examinó con atención a Vañka Parmiónov y a su mujer, que cerca de él cargaban otro carro de heno. Iván Parmjónov, en pie en el carro, recibía, igualaba y aplastaba los enormes montones de heno que, primero a brazadas, y luego con la horca, le entregaba su joven y hermosa mujer. Esta trabajaba sin esfuerzo, con agilidad y alegría. Era difícil coger el heno con la horca. La mujer lo ahuecaba, después hundía en él la horca y, con un movimiento rápido y vigoroso, cargaba en ella todo el peso de su cuerpo, encorvando la espalda, en cuya cintura llevaba un cinturón rojo. Luego, se erguía, y mostrando su pecho abultado bajo la blusa blanca, con un hábil impulso arrojaba los montones al carro. Rápidamente, sin duda para ahorrarle todo esfuerzo superfluo, Iván, abriendo los brazos, cogía el heno que le tendía su mujer y lo igualaba en el carro. Una vez que hubo recogido el que quedaba con el rastrillo, la mujer sacudió las briznas que le habían caído por el cuello, se arregló el pañuelo rojo que le resbalaba por la blanca frente, no tostada por el sol, y se metió debajo del carro para atar la carga. Iván le enseñaba cómo se debía sujetar la galga, y a una observación de su mujer, se echó a reír a carcajadas. Los rostros de ambos expresaban un amor intenso y juvenil, recientemente despertado.

XII

Sujetaron la carga, Iván bajó de un salto y se alejó conduciendo al caballo bien alimentado. Tras echar el rastrillo al carro, la mujer se dirigió con paso decidido y moviendo los brazos hacia las campesinas que estaban reunidas en corro. Al salir al camino, Iván se unió a la hilera de carros. Los seguían las mujeres con los rastrillos al hombro, radiantes con sus vestidos de colores vivos, hablando con voces alegres y sonoras. Una voz de mujer, tosca y salvaje, entonó una canción que cantó hasta el estribillo, y entonces, todos a una, medio centenar de voces sanas, toscas y agudas, lo cantaron.

Las mujeres se acercaban a Lievin cantando, y este tuvo la impresión de que se cernía sobre él una nube alegre, cargada de truenos. La nube envolvió a Lievin, el almiar en que estaba echado, los demás almiares, los carros y el prado con el lejano campo, y todo se agitó ondeando bajo el ritmo de aquel canto salvaje y atrevido, entremezclado de gritos, silbidos y exclamaciones. Lievin tuvo envidia de aquel júbilo sano, sintió deseos de tomar parte en esa expresión de la alegría de vivir. Pero no podía hacer nada y debía limitarse a seguir allí echado, contemplando y escuchando. Cuando desaparecieron de su vista los campesinos y dejó de oírlos, le embargó un sentimiento de tristeza motivada por su soledad, su ocio físico y su posición hostil hacia aquel mundo.

Algunos de los campesinos que habían discutido con él por el asunto del heno, tanto aquellos con quienes había sido injusto, como los que habían tratado de engañarlo, le saludaban alegres. Sin duda, no sentían ni podían sentir rencor alguno ni tampoco arrepentimiento, pues ni siquiera recordaban lo sucedido. Todo aquello se había sumido en el mar alegre del trabajo común. Dios da el día y también las fuerzas; el día y las fuerzas están consagrados al trabajo, y en este se halla la recompensa. ¿Para quién es el trabajo? ¿Cuáles serán los frutos? Estas reflexiones eran secundarias e insignificantes.

A menudo, Lievin admiraba aquella vida y sentía envidia de la gente que la llevaba, pero aquel día, bajo la impresión de haber presenciado el trato que Iván Parmiónov daba a su joven mujer, se dio cuenta por primera vez de que dependía de él cambiar su penosa vida particular artificial y de holganza por esta otra vida pura de trabajo, alegre y común.

El viejo que estuvo con él se había marchado hacía rato ya; todos los campesinos se dispersaron. Los que vivían cerca se habían ido a sus casas y los que tenían sus viviendas lejos se reunieron para cenar y pernoctar en el campo. Lievin, que pasaba inadvertido para la gente, seguía en el almiar, mirando, escuchando y pensando. Los campesinos que se habían quedado en el campo pasaron en vela casi toda aquella corta noche estival. Al principio, durante la cena, se oyeron alegres charlas y risas, y después, cantos. El largo día de trabajo no había dejado en ellos más huellas que las del regocijo. Poco antes del amanecer quedaron en silencio. Solo se oían los rumores nocturnos; el incesante croar de las ranas en los charcos y el resoplar de los caballos en los prados, cubiertos de niebla, que se elevaba. Recobrándose, Lievin se levantó y, tras mirar las estrellas, comprendió que había transcurrido la noche.

«Entonces ¿qué es lo que voy a hacer? ¿Y cómo lo haré?», se dijo, tratando de poner en claro ante sí mismo todo lo que había pensado y sentido durante aquella corta noche. Lo que pensó y sintió se dividía en tres ramas distintas. Una era la renuncia de su vida anterior, de su instrucción, que no necesitaba para nada. Esta renuncia le agradaba siéndole fácil y sencilla. La segunda se refería a la vida que deseaba llevar ahora. Comprendía la sencillez, la pureza y la legitimidad de aquella vida y estaba convencido de hallar en ella la satisfacción, la paz y la dignidad, cuya falta le era tan dolorosa. La tercera giraba en torno a la cuestión de cómo pasaría de la vida anterior a la nueva. Esto no lo veía con claridad. «Tener una mujer. Tener trabajo y necesidad de realizarlo. ¿Dejaré Pokróvskoie? ¿Compraré tierras? ¿Me inscribiré en la comunidad? ¿Me casaré con una aldeana? ¿Cómo lo haré?» —se preguntaba, sin hallar respuesta—. «No he dormido en toda la noche y no puedo hacerme cargo de las cosas. Después las aclararé. Pero hay una cosa evidente: esta noche ha decidido mi suerte. Todas mis ilusiones anteriores sobre la vida familiar son absurdas. Esto es mucho más sencillo y mucho mejor.»

«¡Qué hermosura! —pensó, mirando una extraña concha, que parecía de nácar, formada por blancas nubecillas aborregadas, que se había detenido en el cenit, por encima de su cabeza—. ¡Qué hermoso es todo en esta magnífica noche! ¿Cuándo ha podido formarse esta concha? Hace un rato he estado mirando el cielo y no había nada, excepto dos franjas blancas. Del mismo modo, imperceptiblemente, ha cambiado mi concepto de la vida.»

Lievin salió del prado y se fue a la aldea por el camino real. Se levantaba un vientecillo y todo tomó un aspecto gris y lúgubre. Sobrevino ese momento sombrío que precede generalmente a la salida del sol, la victoria definitiva de la luz sobre las tinieblas.

Encogiéndose por el frío, Lievin andaba rápidamente mirando al suelo. «¿Quién es? ¿Quién vendrá?», pensó al oír ruido de cascabeles y levantó la cabeza. A unos cuarenta pasos de distancia venía a su encuentro, por el camino real que Lievin seguía, un coche con cuatro caballos. Los que iban en varas se apretaban contra estas; pero el hábil cochero, sentado de lado en el pescante, guiaba de modo que las ruedas corrían sobre el suelo liso.

Lievin no se fijó más que en esto Y, sin pensar quién podría ir en el coche, miró distraídamente al interior.

En un rincón del coche dormitaba una viejecita y, junto a la ventanilla, una muchacha, que sin duda acababa de despertarse, iba sentada sujetándose con ambas manos las cintas de la cofia blanca. Serena y pensativa, rebosaba una vida elegante y complicada, ajena a Lievin. Por encima de él, miraba la aurora.

En el mismo instante en que esta visión desaparecía, unos ojos sinceros miraron a Lievin. Ella lo reconoció y una alegría llena de sorpresa apareció en su rostro.

Lievin no podía equivocarse. Aquellos ojos eran únicos en el mundo. Solo había un ser en la tierra capaz de concentrar para él toda la luz y todo el sentido de la vida. Era ella. Era Kiti. Lievin comprendió que se dirigía a Iergushovo desde la estación del ferrocarril. Y todo lo que le había agitado en aquella noche de vigilia, todas las decisiones que había tomado, todo desapareció de repente. Recordó con repugnancia sus ilusiones de casarse con una campesina. Solo allí, en aquel coche que se alejaba rápidamente, estaba la posibilidad de resolver el problema de su vida, que tanto lo atormentaba durante los últimos tiempos.

Kiti no le miró más. Dejó de oírse el ruido de los muelles del coche y apenas se sentían los cascabeles. Por el ladrido de los perros se podía deducir que el coche había atravesado la aldea. Y Lievin quedó solo, solitario y ajeno a todo, avanzando por el gran camino abandonado, entre los campos desiertos y la aldea a la vista.

Miró al cielo, esperando hallar la concha que había contemplado y que simbolizaba para él las ideas y los sentimientos de aquella noche. Ya no había nada parecido a aquella concha. En las alturas inaccesibles se había realizado un cambio misterioso. No quedaba ni rastro de aquella concha; un tapiz uniforme de vellones cubría la mitad del cielo, que se iba haciendo cada vez más pequeño, lo mismo que los velloncitos. El cielo se tornó más azul y su luminosidad era tan suave como antes, pero la respuesta a la mirada interrogante de Lievin seguía inaccesible.

«No —se dijo Lievin—, por bella que sea esta vida sencilla y de trabajo no puedo vivirla. La amo a *ella*.»

XIII

Nadie, excepto las personas más allegadas a Alexiéi Alexándrovich, sabía que este hombre, al parecer tan frío y razonable, tenía una debilidad contradictoria a su carácter: no podía ver ni oír el llanto de un niño ni de una mujer. Ante las lágrimas perdía el dominio de sí mismo y la facultad de razonar. El jefe de su oficina y su secretario lo sabían y aconsejaban a las solicitantes que no llorasen, si no querían echar a perder su asunto. «Se enfadará y no querrá escucharlas», decían. Y, en efecto, el desequilibrio moral que producían en Alexiéi Alexándrovich las lágrimas se manifestaba en una brusca irritación. «No puedo hacer nada. ¡Hagan el favor de marcharse!», solía gritar.

Cuando Anna le comunicó sus relaciones con Vronski mientras regresaban de las carreras e inmediatamente, cubriéndose el rostro con las manos, se echó a llorar, Alexiéi Alexándrovich, a pesar de la ira que sentía, notó que lo invadía como una oleada aquel desequilibrio moral que siempre le producían las lágrimas. Comprendiendo que el exteriorizar sus sentimientos en aquel momento no estaría en consonancia con la situación, Karenin contuvo toda manifestación vital, por lo cual no se movió ni miró a Anna. A eso se debía su extraña expresión, como de muerte, que tanto sorprendió a Anna.

Cuando llegaron a la casa, Karenin ayudó a su mujer a apearse del coche, y haciendo un esfuerzo para dominarse, se despidió de ella con su cortesía habitual, pronunciando unas palabras que en nada lo comprometían: le dijo que al día siguiente le comunicaría su decisión.

Las palabras de su esposa, que confirmaron sus peores sospechas, le produjeron un dolor agudo en el corazón. Ese dolor aumentó también por aquel extraño sentimiento de compasión física hacia Anna, motivado por sus lágrimas. Pero al quedarse solo en el coche, Alexiéi Alexándrovich, con gran sorpresa y alegría, se sintió libre de aquella compasión, de las dudas y de los celos que lo atormentaban últimamente.

Experimentaba la sensación de un hombre a quien han extraído una muela que le doliera. Después del terrible dolor y de la sensación de que le han arrancado de la mandíbula algo más grande que su propia cabeza, el paciente nota de repente, sin creer aún en su felicidad, que ha desaparecido lo que durante tanto tiempo amargaba su vida y atraía toda su atención, y que ahora puede vivir, pensar e interesarse por otras cosas que no son su muela. Tal era el sentimiento de Alexiéi Alexándrovich. El dolor había sido extraño y terrible, pero ya había pasado y Karenin se daba cuenta de que podía vivir y pensar no solo en su esposa.

«¡Es una mujer pervertida, sin honor, sin corazón y sin principios religiosos! Siempre lo he sabido y he visto esto, aunque por compasión a ella procuraba engañarme.» Y, en efecto, le parecía haberlo visto siempre: recordó detalles de su vida con Anna, que antes no le parecían malos y, en cambio, ahora demostraban claramente que siempre había sido perversa. «Me equivoqué al unir mi vida con la de ella, pero en mi error no hay nada malo y, por tanto, no puedo ser desgraciado. La culpa no es mía, sino de ella. Anna no existe ya para mí», se dijo.

Dejó de interesarle lo que pudiera sucederles a Anna y a su hijo, hacia el cual también habían cambiado sus sentimientos.

Lo único que le ocupaba ahora era hallar el modo mejor, más conveniente y más cómodo para él (y, por tanto, más justo) de librarse de aquel barro con el que Anna lo había salpicado al caer y seguir el camino de su vida activa, honrada y útil.

«No puedo ser desgraciado por el hecho de que una mujer despreciable haya cometido un crimen; solo debo hallar el mejor medio de salir de la penosa situación en que me encuentro. Y lo hallaré», se decía con expresión cada vez más sombría. «No soy el primero ni el último.» Y sin hablar ya de los asuntos históricos, empezando por la bella Helena y Menelao, que se conserva fresco en la memoria de todos, una serie de casos contemporáneos de infidelidades de mujeres de la alta sociedad surgió en la imaginación de Alexiéi Alexándrovich. «Dariálov, Poltavski, el príncipe Karibinov, el conde Paskudin, Dram... Sí, también Dram..., un hombre tan honrado y activo... Semiónov, Changuin, Sigonin», recordaba Karenin. «No cabe duda de que un *ridicule* de lo más necio cae sobre estos hombres, pero yo nunca he considerado esto sino como una desgracia y siempre he sentido compasión de ellos», se decía. Pero no era verdad. Karenin nunca había compadecido a nadie por tales desgracias, y se apreciaba tanto más cuantos más casos de infidelidades se oyeran. «Es una desgracia que puede sucederle a cualquiera. Y me ha sucedido a mí. Solo se trata de hallar el medio de salir lo mejor posible de esa situación.» Y empezó a recordar detalles de cómo obraban los hombres que se hallaban en un caso semejante al suyo.

«Dariálov se batió en duelo...»

En su juventud, Alexiéi Alexándrovich solía pensar mucho en el duelo precisamente porque era un hombre débil, cosa que le constaba. No podía pensar sin horror en una pistola apuntándole, y nunca en su vida había utilizado arma alguna. Ese horror le obligaba a pensar en el duelo desde muy joven y a representarse una situación en la que su vida estuviese en peligro. Al lograr el éxito y una posición sólida, había olvidado aquella, pero la costumbre preponderaba, y el miedo a su cobardía resultaba ahora tan fuerte que Alexiéi Alexándrovich sopesó durante largo tiempo la idea del duelo acariciándola, aunque sabía muy bien que en ningún caso se batiría.

«Sin duda, nuestra sociedad es aún tan salvaje (no como la de Inglaterra) que muchos —y entre estos figuraban aquellos cuya opinión apreciaba Alexiéi Alexándrovich— considerarían favorablemente el duelo, pero ¿cuál sería el resultado? Supongamos que le desafíe», seguía pensando, y se imaginaba vivamente la noche que pasaría después del desafío y la pistola apuntándole. Se estremeció, comprendiendo que nunca sería capaz de hacerlo. «Supongamos que me enseñan, me colocan en mi puesto, aprieto el gatillo y lo mato», se dijo, cerrando los ojos y moviendo la cabeza para ahuyentar estos pensamientos estúpidos. «¿Qué sentido tiene el matar a un hombre para definir mis relaciones con mi esposa culpable y con mi hijo? De todos modos, tendré que decidir lo que he de hacer con ella. Pero lo que es más probable, lo que sin duda ocurriría es que me mataran o me hirieran. Yo, que soy una persona inocente, he de ser la víctima. Esto es aún más absurdo. Y no es todo: el desafiarlo no sería por mi parte un acto honrado. ¿Acaso no sé de antemano que mis amigos no me permitirán batirme, que no consentirán que la vida de un hombre de Estado, que Rusia necesita, se ponga en peligro? ¿Qué pasará entonces? Resultará que yo, sabiendo con antelación que no habría peligro para mí solo, habría querido darme con este desafío una reputación falsa. Esto no es honrado, es engañar a otros y a uno mismo. El duelo es inadmisible y nadie espera que me bata. Mi objetivo es asegurar mi reputación, que necesito para continuar mis actividades sin impedimento.» Su trabajo, que ya antes le parecía trascendental, se le presentaba ahora de una importancia extraordinaria.

Tras pensar en el duelo y descartarlo, Alexiéi Alexándrovich estudió el divorcio, una salida que habían adoptado algunos maridos que él conocía. Recordando los casos notorios de divorcio (había muchos en la alta sociedad, que Karenin conocía muy bien), no encontró ninguno en que la finalidad del divorcio fuese la misma que la que él se proponía. En todos aquellos casos, el marido cedía o vendía a la mujer infiel, y la parte que por ser culpable no tenía derecho a casarse de nuevo entablaba unas relaciones, que se pretendían legales, con un supuesto marido. En su caso, Alexiéi Alexándrovich veía que sería imposible obtener el divorcio legal en el que solo se recusara a la esposa culpable. Comprendía que las complicadas condiciones de su vida no permitían presentar las pruebas vulgares que se exigían para probar la culpabilidad de una mujer; se daba cuenta de que por su vida refinada no podría aplicar tales pruebas, aunque existiesen, ya que el hacerlo le rebajaría a él más que a ella ante la opinión pública.

El intento de divorcio solo hubiera servido para provocar un proceso escandaloso, del que se aprovecharían sus enemigos, a fin de calumniarle y humillarle en su elevada posición en el gran mundo. El objetivo más importante (la solución del asunto con el mínimo de dificultades) no se conseguiría ni siquiera con el divorcio. Además, al divorciarse, incluso con solo intentarlo, era evidente que la mujer rompía sus relaciones con el marido y se unía a su amante. Y en el alma de Karenin, a pesar de su indiferencia despreciativa, quedaba un sentimiento hacia Anna y no quería que pudiese unirse libremente con Vronski y que su delito le fuera beneficioso. Ese solo pensamiento irritaba tanto a Alexiéi Alexándrovich, que gimió de dolor y, cambiando de sitio en el coche, mucho tiempo después aún, seguía con el ceño fruncido, mientras se envolvía las huesudas piernas, ateridas, en la esponjosa manta de viaje.

Además del divorcio legal, podía separarse de su mujer como Karibinov, como Paskudin y el buen Dram, siguió pensando Alexiéi Alexándrovich, calmado, pero esta medida presentaba la misma deshonra que el divorcio, y lo más importante era que también arrojaba a su mujer en brazos de Vronski. «¡No, esto es imposible, imposible!

—exclamó, volviendo a arreglar la manta—. No puedo ser desgraciado, pero ni él ni ella deben ser felices.»

Los celos que lo habían atormentado mientras ignoraba la verdad se disiparon en el momento en que las palabras de su mujer le arrancaron la muela con dolor. Pero aquel sentimiento se sustituyó por otro: el deseo de que Anna no solo no saliera triunfante, sino que recibiera castigo por su delito. No quería reconocerlo, pero en el fondo de su alma deseaba que Anna sufriera por haber destruido su paz y mancillado su honor. Recapacitó de nuevo acerca de las condiciones del duelo, del divorcio y de la separación; y, rechazándolos otra vez, Alexiéi Alexándrovich se persuadió de que solo quedaba una salida: retener a Anna a su lado, ocultar lo sucedido a la sociedad y poner en práctica todos los medios para cortar aquella relación y, sobre todo, cosa que no se reconocía ni a sí mismo, castigarla. «Debo comunicarle que mi decisión es, una vez estudiada la penosa situación en que ha puesto a la familia y considerando que cualquier otra medida sería peor para ambas partes, mantener el statu quo exterior, con el que estoy conforme, pero bajo la estricta condición de que cumpla mi voluntad, es decir, que suspenda toda relación con su amante.» Para afirmar esa resolución, una vez que la había tomado definitivamente, Alexiéi Alexándrovich pensó en otra cosa muy importante. «Solo con esta decisión procedo de acuerdo con los preceptos religiosos —se dijo—. Únicamente así no arrojo de mi lado a la mujer culpable, sino que le doy la posibilidad de corregirse e incluso (por muy penoso que me sea) le consagro parte de mis fuerzas para que se enmiende y se salve.» Alexiéi Alexándrovich sabía que no podía ejercer una influencia moral sobre su esposa y que de este intento de corregirla no resultaría sino una farsa. Y, a pesar de que en todos aquellos momentos penosos no había pensado ni una sola vez en buscar orientaciones en la religión, ahora, cuando su determinación coincidía, según creía, con los preceptos de la Iglesia, esta sanción religiosa de lo que había decidido le satisfacía plenamente y le calmaba en parte. Le resultaba agradable pensar que en un asunto tan importante de la vida nadie podría decir que no había procedido de acuerdo con los preceptos de aquella religión cuyo estandarte había sostenido siempre muy alto, en medio de la indiferencia y frialdad generales. Reflexionando sobre detalles ulteriores, Alexiéi Alexándrovich no veía motivo para que sus relaciones con su mujer no pudiesen seguir siendo casi las mismas de antes. Desde luego, nunca podría volver a respetarla, pero no había ni podía haber motivo alguno para que él destrozara su propia vida y sufriera porque Anna fuese una esposa infiel. «Pasará el tiempo, el tiempo que arregla todas las cosas, y nuestras relaciones se reanudarán —se dijo Alexiéi Alexándrovich—. Se reanudarán de tal manera que no he de sentir desarreglo en el curso de mi vida. Ella debe ser desgraciada, pero no yo, puesto que no soy culpable.»

XIV

Cuando llegaba a San Petersburgo, no solo había adoptado plenamente su decisión, sino que hasta redactó mentalmente la carta que le iba a escribir a su mujer. Alexiéi Alexándrovich entró en la portería y, tras echar una ojeada a los documentos que le habían traído del ministerio, mandó que se los llevaran al despacho.

—No voy a recibir a nadie —contestó a la pregunta del portero con cierta satisfacción, señal de su buen humor, y acentuando las palabras «no voy a recibir».

Alexiéi Alexándrovich recorrió dos veces de arriba abajo el despacho y se detuvo ante la gran mesa escritorio, en la que ardían seis velas que había encendido su ayuda de cámara y, tras hacer crujir los dedos, tomó asiento y comenzó a arreglar los objetos de escritorio. Acodándose en la mesa e inclinando la cabeza hacia un lado, meditó un instante y luego comenzó a escribir sin detenerse ni un segundo. Escribía en francés, sin dirigirse directamente a Anna, empleando el pronombre «usted», que no resulta tan frío como en el idioma ruso.

Durante nuestra última entrevista le expresé mi intención de comunicarle lo que he decidido respecto a lo que hablamos. Después de reflexionar detenidamente sobre todo esto, le escribo para cumplir mi promesa. Mi decisión es la siguiente: sea cual fuere su conducta, no me considero con derecho a romper los lazos con los que nos ha unido un poder superior. La familia no puede destruirse por capricho, deseo y ni siquiera por el delito de uno de los cónyuges; nuestra vida debe, pues, seguir como antes. Esto es imprescindible para usted, para mí y para nuestro hijo. Estoy plenamente convencido de que se arrepiente de lo que motiva esta carta y que colaborará conmigo para arrancar de raíz la causa de nuestra discordia y para olvidar lo pasado. En caso contrario, puede suponer lo que le espera a usted y a su hijo. Espero hablar de ello más detalladamente en nuestra próxima entrevista. Como termina la temporada de veraneo, le ruego que vuelva a San Petersburgo lo antes posible, no más tarde del martes. Daré las órdenes necesarias para su regreso. Le suplico tenga en cuenta que le doy una importancia especial al cumplimiento de este ruego.

A. Karenin

P. S. Adjunto le envío el dinero que pueda necesitar para los gastos.

Alexiéi Alexándrovich leyó la carta y quedó satisfecho, sobre todo por haberse acordado de enviarle el dinero; no había ni una palabra dura ni un reproche, pero tampoco ninguna condescendencia. Lo principal era aquel puente de oro que le tendía para el regreso. Dobló y alisó, con la grande y pesada plegadera de marfil, la carta y la puso en un sobre con el dinero; llamó, sintiendo el placer que le producía el adecuado empleo de sus objetos de escritorio tan bien ordenados.

—Entrégasela al ordenanza para que se la lleve mañana a Anna Arkádievna a la casa veraniega —dijo, levantándose.

—Bien, excelencia; ¿tomará el té en el despacho?

Alexiéi Alexándrovich ordenó que se lo sirvieran allí mismo, y jugueteando con la pesada plegadera se dirigió a la butaca junto a la que había una lámpara y un libro francés que había empezado a leer, relativo a inscripciones antiguas. Por encima de la butaca colgaba, en un dorado marco ovalado, un retrato de Anna, magníficamente realizado por un célebre pintor. Alexiéi Alexándrovich lo miró. Los ojos impenetrables lo miraban burlones e insolentes como la noche en que sostuvo aquella conversación con su mujer. La vista del encaje negro de la cabeza, tan bien realizado por el pintor, de los cabellos negros y de la bella mano blanca, cuyo dedo anular estaba cubierto de sortijas, le produjo una sensación desagradable, de insolencia y provocación. Tras mirar el retrato durante un momento, Karenin se estremeció de tal modo que le temblaron los labios, hizo «Brrrr» y volvió la cabeza. Se sentó presuroso en la butaca y abrió el libro. Trató de leer, pero le fue imposible despertar aquel interés tan vivo que tenía antes por las inscripciones antiguas. Miraba el libro, pero pensaba en otra cosa. No era en su mujer, sino en una complicación que había surgido últimamente en su actividad gubernamental, que por aquella época constituía el interés principal de su trabajo. Se daba cuenta de que penetraba más profundamente que nunca en aquella complicación y que en su cabeza surgía la idea capital —lo podía decir sin presunción— que debía aclarar todo aquel asunto, ascenderlo en su carrera, derribar a sus enemigos y que, por tanto, sería muy beneficiosa al Estado. En cuanto el criado, tras servirle el té, salió de la estancia, Alexiéi Alexándrovich se levantó y se dirigió a la mesa. Apartó la cartera con los asuntos corrientes y, con una sonrisa imperceptible de satisfacción, cogió un lápiz y se sumió en la lectura del asunto relativo a aquella complicación. El rasgo característico de Alexiéi Alexándrovich —que suele tener cualquier funcionario destacado—, el cual, unido a su ambición, su moderación, su honradez y su confianza en sí mismo, había contribuido a su carrera consistía en un desprecio del papeleo oficial, en abreviar la correspondencia, en tratar los asuntos directamente, en lo posible, y en la economía. Sucedió que en la célebre comisión del 2 de junio se había expuesto el asunto de la fertilización de los campos de la provincia de Zaráisk. Este asunto pertenecía al ministerio de Karenin y constituía un ejemplo evidente de los gastos estériles y del papeleo inútil. Alexiéi Alexándrovich sabía que eso era así. El asunto de la fertilización de los campos de la provincia de Zaráisk lo comenzó el antecesor del antecesor de Alexiéi Alexándrovich. En efecto, en él se habían gastado y se gastaban muchos fondos completamente en balde, ya que, sin duda, todo esto no había de conducir a nada. Alexiéi Alexándrovich, al ocupar aquel cargo, lo comprendió enseguida y quiso poner manos a la obra. Pero al principio, cuando aún se sentía poco seguro, sabía que aquello afectaba a demasiados intereses y no era razonable; después, absorbido por otros asuntos, se había olvidado de aquel que, como tantos otros, seguía su curso por la fuerza de la inercia. (Mucha gente vivía a costa de este asunto y especialmente una familia muy espiritual y aficionada a la música: todas las hijas tocaban algún instrumento de cuerda. Alexiéi Alexándrovich conocía a dicha familia y era padrino de boda de una de las hijas mayores.) Karenin opinaba que no era honrado que el ministerio enemigo hubiera promovido aquel asunto, ya que en todos los ministerios los había, y más graves, y nadie se ocupaba de ellos, por no faltar a las conveniencias ministeriales. Pero puesto que ahora le arrojaban aquel guante, él lo recogía con audacia, exigiendo que nombrasen una comisión especial que estudiase y vigilase la que estaba encargada de fertilizar los campos de la provincia de Zaráisk, y no pensaba ceder en nada a aquellos señores. También exigió el nombramiento de otra comisión especial, para estudiar la forma de organizar a los pueblos de otras razas. Aquel asunto se había planteado casualmente en el comité del 2 de junio, y Alexiéi Alexándrovich lo apoyaba con gran energía, porque no admitía demora por el deplorable estado en que se encontraban dichos pueblos. Este asunto motivó discusiones en varios ministerios. El ministerio enemigo demostraba que la situación de esos pueblos era excelente, que los presuntos cambios podían resultar funestos para su prosperidad, y que si algo iba mal era porque el ministerio de Alexiéi Alexándrovich no cumplía las disposiciones legales. Ahora, Karenin se proponía exigir en primer lugar que se nombrase una comisión nueva, a la que confiarían estudiar sobre el terreno la situación de los pueblos de otras razas; en segundo lugar, si resultaba que su situación era efectivamente la que se desprendía de los datos oficiales que poseía el comité, se constituyese otra comisión para investigar las causas del penoso estado de esos pueblos, desde los siguientes puntos de vista: a) político, b) administrativo, c) económico, d) etnográfico, e) material y f) religioso; en tercer lugar, que se exigiesen del ministerio adversario informes acerca de las medidas adoptadas durante los últimos diez años para evitar las malas condiciones en que se encontraban los pueblos de otras razas, y finalmente, pedir al ministerio explicaciones acerca de por qué —según se desprendía de los informes presentados al comité con los números 17.015 y 18.398, con fecha del 5 de diciembre de 1863 y del 7 de junio de 1864— procedía abiertamente en contra de la ley fundamental y orgánica, artículo 18, y de la observancia del artículo 36. Un animado color cubrió el rostro de Alexiéi Alexándrovich al escribir el resumen de aquellas ideas. Después de llenar una cuartilla, se levantó, llamó y mandó una nota al jefe del despacho para que le presentase los informes necesarios. Recorrió la habitación y, tras mirar otra vez el retrato, frunció el ceño sonriendo con desprecio. Volvió a leer el libro de las inscripciones antiguas, que despertaron de nuevo su interés, y a las once se fue a dormir. Una vez en la cama, recordó lo sucedido con su mujer y ya no le pareció tan terrible.

XV

Aunque Anna contradecía a Vronski tenazmente y con irritación cuando este le aseguraba que su situación era imposible de sostener, en el fondo de su alma la consideraba falsa y deshonrosa y sentía vivos deseos de modificarla. Al volver de las carreras con su marido, en un momento de irritación se lo había dicho todo y, a pesar del dolor que experimentó, estaba contenta de haberlo hecho. Cuando Karenin se hubo ido, Anna se decía que estaba contenta, que ahora todo quedaba aclarado y que, al menos, no habría ya mentira ni engaño. Le parecía indudable que ahora su situación se definiría para siempre. Podría ser mala, pero era definida y no habría en ella ambigüedad ni mentira. Pensaba que el daño que se había causado a sí misma y el que le causó a su marido sería recompensado ahora por quedar definida la situación. Aquella misma noche vio a Vronski, pero no le contó lo sucedido, a pesar de que habría debido hacerlo para que las cosas quedasen claras.

A la mañana siguiente, al despertarse, lo primero que acudió a su mente fue lo que le dijo a su marido, y le pareció tan terrible que no comprendía cómo había podido pronunciar aquellas palabras duras y extrañas, ni se imaginaba lo que resultaría a consecuencia de ellas. Pero estaban dichas, y Alexiéi Alexándrovich se había marchado sin contestar nada. «He visto a Vronski y no le he contado nada. En el momento en que se iba estuve a punto de llamarlo, pero no lo hice porque pensé que era raro no haberlo hecho enseguida. ¿Por qué no se lo conté, si tenía deseos de hacerlo?» Un intenso rubor cubrió su rostro, como respuesta a sus pensamientos. Anna comprendió el motivo que se lo había impedido, comprendió que le daba vergüenza. La situación, que le había parecido esclarecida la noche anterior, se le presentaba de repente no solo sin aclarar, sino sin salida. Se horrorizó ante el deshonor, en que no había pensado antes. Al reflexionar en lo que haría su marido, le asaltaron las ideas más terribles. Pensaba que acudiría el administrador para echarla de casa y que su deshonra sería pública. Se preguntaba adónde iría cuando la echaran, pero no encontraba respuesta.

Al pensar en Vronski se figuró que no la quería, que empezaba a cansarse de ella, que ella no podía ofrecérsele, y por eso sintió hostilidad hacia él. Le pareció que las palabras que le dijo a su marido, que incesantemente repetía en su imaginación, se las había dicho a todo el mundo y que todos las habían oído. No se atrevía a mirar a los ojos de quienes vivían con ella. No podía decidirse a llamar a la doncella y, aún menos, bajar al piso de abajo y ver a su hijo y a la institutriz.

La doncella, que hacía ya un rato escuchaba tras la puerta, entró en la habitación sin que la llamara Anna.

Esta la miró a los ojos con expresión interrogante y, asustada, se ruborizó. La muchacha se excusó diciendo que le pareció que la había llamado. Le traía el vestido y una esquela. Era de Betsi. Le recordaba que aquella mañana se encontrarían en su casa Liza Merkálova y la baronesa Shtoltz con sus admiradores Kaluzski y el viejo Striómov, para jugar una partida de críquet. «Ven, aunque no sea más que para ver la partida, para estudiar las costumbres de aquí. Te espero», terminaba diciendo la esquela.

Anna la leyó y suspiró penosamente.

—No necesito nada, nada —le dijo a Ánnushka, que colocaba los frascos y los cepillos en la mesita del tocador—. Márchate, voy a vestirme y saldré enseguida. No necesito nada.

Ánnushka salió, pero Anna no se vistió y continuó sentada en la misma posición, con la cabeza inclinada y los brazos caídos, y de cuando en cuando se estremecía toda, como si quisiera hacer un gesto o decir algo. Repetía incesantemente: «¡Dios mío, Dios mío!». Pero estas palabras no tenían significado para ella. La idea de buscar consuelo en la religión le resultaba tan extraña como buscar ayuda en su propio marido, aunque nunca dudaba de la religión en que la habían educado. Sabía de antemano que aquel consuelo era posible con la condición de prescindir de lo que constituía el único objeto de su vida. No solo sufría, sino que empezaba a experimentar miedo ante aquel estado de ánimo nuevo que nunca había sentido. Se daba cuenta de que en su alma todo comenzaba a desdoblarse, como suele suceder con los objetos ante una vista cansada. A veces no sabía lo que deseaba ni lo que temía. No sabía si deseaba y temía lo que había sucedido o lo que iba a suceder. No era capaz de precisar lo que quería. «¡Oh! ¡Qué estoy haciendo!», se dijo, sintiendo un dolor en las sienes. Al recobrarse, Anna se dio cuenta de que se había cogido con ambas manos los cabellos junto a las sienes y tiraba de ellos. Se levantó de un salto y empezó a recorrer la estancia.

—El café está servido. *Mademoiselle* y Seriozha la esperan —dijo Ánnushka, que había entrado, encontrando a Anna en la misma posición.

—¿Seriozha? ¿Qué le pasa a Seriozha? —preguntó Anna, animándose de repente y recordando por primera vez en la mañana la existencia de su hijo.

—Al parecer ha hecho algo malo —replicó Ánnushka sonriendo.

—¿Qué es lo que ha hecho?

—Ha cogido un melocotón de la despensa y se lo ha comido a escondidas.

El recuerdo de su hijo hizo que Anna reaccionase contra aquella situación desesperada en que se encontraba. Se acordó del papel, en parte sincero, aunque muy exagerado, de madre consagrada a su hijo que había adoptado durante los últimos años, y notó con alegría que poseía un imperio, independiente de la situación en que se encontraba frente a su marido y a Vronski. Y aquel imperio lo constituía su hijo. Pasara lo que pasara, no podía abandonar al niño. Aun cuando su marido la cubriese de oprobio y la echase, y aun cuando Vronski perdiera el interés por ella y continuara su vida independiente (Anna volvió a pensar en él con amargura y reproche), le era imposible dejar a su hijo. Tenía un objetivo en la vida. Y debía obrar para asegurar la situación de su hijo y para que no se lo quitaran. Además, debía hacerlo cuanto antes.

Era necesario marcharse con el niño. Esa era una de las cosas que tenía que hacer. Necesitaba calmarse y salir de aquella situación tan atormentadora. Pensar abiertamente en aquel asunto relacionado con su hijo y en que debía irse a cualquier sitio, le proporcionó la calma.

Se vistió rápidamente y bajó con paso decidido al salón, donde, según costumbre, la esperaban Seriozha y la institutriz para tomar el café. Seriozha, vestido de blanco, se hallaba en pie ante la consola del espejo, arreglando unas flores que había traído, con la cabeza y la espalda inclinadas, expresando aquella atención concentrada que Anna conocía y con la que le recordaba a su padre.

La institutriz tenía un aspecto severo. Seriozha gritó, como solía hacerlo:

—¡Ah, mamá! —Y se detuvo indeciso; dudaba entre ir a saludar a su madre, tirando las flores, o terminar de hacer la corona y acercarse con ella en la mano.

Después de saludar a Anna, la institutriz empezó a relatarle lenta y detalladamente lo que había hecho Seriozha, pero aquella no la escuchaba; pensaba si se la llevaría también, o no. «No, no la llevaré —decidió—. Me marcharé sola con mi hijo.»

—Desde luego, eso está muy mal —dijo en voz alta, y poniéndole la mano en el hombro, miró a su hijo, no con severidad, sino con timidez, cosa que lo turbó, alegrándolo a la vez; después lo besó—. Déjelo conmigo —le dijo a la institutriz, asombrada, y sin quitar la mano del hombro de Seriozha, se sentó ante la mesa en la que estaba preparado el desayuno.

—Mamá, yo..., yo..., no... —dijo el niño, tratando de comprender por la expresión de su rostro lo que le esperaba por haber cogido el melocotón.

—Seriozha, eso está mal, pero ¿verdad que no lo volverás a hacer?... —le preguntó en cuanto hubo salido la institutriz—. ¿Me quieres?

Sintió que las lágrimas asomaban a los ojos. «¿Acaso puedo no quererlo? —se dijo, escrutando sus ojos asustados y a la vez alegres—. ¿Acaso es posible que se ponga de parte de su padre para castigarme?» Las lágrimas se deslizaron por sus mejillas y, para ocultarlas, se levantó arrebatadamente y salió casi corriendo a la terraza.

Después de las lluvias tormentosas de los últimos días sobrevino un tiempo claro y frío. Bajo el sol brillante, que penetraba entre las hojas húmedas de los árboles, el aire era fresco.

Anna se estremeció tanto por el frío como por un horror interno que la embargó con una fuerza nueva al sentir el aire puro.

—Vete con Mariette —le dijo a Seriozha, que la había seguido.

Y empezó a pasear por la estera de paja que cubría la terraza. «¿Será posible que no me perdonen, que no comprendan que eso no pudo haber sido de otra manera?», se preguntó.

Deteniéndose, miró las copas de los olmos que se mecían al viento, cuyas hojas brillaban bajo el sol, y comprendió que no la perdonarían, que todos serían despiadados con ella, como aquel cielo y aquel verdor. De nuevo sintió que todo empezaba a desdoblarse en su alma. «No debo pensar —se dijo—. He de prepararme. ¿Adónde ir? ¿Cuándo? ¿A quién llevaré conmigo? Iré a Moscú en el tren de la noche. Llevaré a Ánnushka, a Seriozha y las cosas más indispensables. Pero, ante todo, debo escribir a los dos.» Entró rápidamente en la casa, se fue a su gabinete, se sentó ante la mesa y le escribió a su marido.

«Después de lo sucedido, no puedo seguir en su casa. Me voy, llevándome a mi hijo. Desconozco las leyes y, por tanto, ignoro con cuál de los dos tiene que estar el hijo, pero me lo llevo porque no puedo vivir sin él. Sea magnánimo y déjemelo.»

Hasta este punto había escrito rápidamente, sin detenerse, pero el apelar a su magnanimidad, que no le reconocía, y el tener que concluir la carta diciéndole algo conmovedor, la interrumpieron.

«No puedo hablar de mi culpa ni de mi arrepentimiento, porque...»

De nuevo se interrumpió, no encontrando conexión en sus pensamientos. «No, no hay que escribir esto», se dijo. Rompiendo la carta, volvió a escribir otra, excluyendo la alusión a la magnanimidad, y la cerró.

Después le escribió a Vronski. «Se lo he comunicado a mi marido», le decía. Y permaneció largo rato sentada, incapaz de seguir escribiendo. Aquello era tan grosero, tan poco femenino... «¿Y qué puedo escribirle?», se preguntó sonrojándose. De nuevo recordó la tranquilidad de Vronski, y un sentimiento hostil la invadió, obligándola a romper en mil pedazos la hoja de papel con la frase escrita. «No es preciso escribirle», se dijo, y, cerrando la carpeta, subió. Anunció a la institutriz y a los criados que aquella noche se iba a Moscú, y se puso a hacer el equipaje.

XVI

Por todas las habitaciones de la residencia veraniega iban llevando cosas los porteros, los jardineros y los criados. Los armarios y las cómodas estaban abiertos; dos veces tuvieron que ir a la tienda a comprar cordeles y por el suelo se veían trozos de periódicos. Habían llevado al vestíbulo dos baúles, sacos y mantas de viaje atados. El coche y dos cocheros estaban junto a la escalinata. Anna, que había olvidado su alteración interna, debido a los preparativos del viaje, arreglaba, en pie ante la mesa del gabinete, su maletín cuando Ánnushka le llamó la atención sobre el ruido de un coche que se acercaba. Anna miró por la ventana y vio junto a la escalinata al ordenanza de Alexiéi Alexándrovich, que tocaba la campanilla de la puerta.

—Ve a ver de lo que se trata —dijo, y serenamente, dispuesta a todo, se sentó en una butaca, cruzando las manos sobre las rodillas.

El lacayo le trajo un sobre abultado, escrito con letra de Karenin.

—El ordenanza espera contestación —dijo.

—Bien —replicó Anna.

Y en cuanto hubo salido el lacayo rasgó el sobre con mano trémula.

Un paquete de billetes sin doblar, sujetos por una faja de papel, cayó del sobre. Anna extrajo la carta y empezó a leerla por el final. «Daré las órdenes necesarias para su regreso. Le suplico tenga en cuenta que le doy una importancia especial al cumplimiento de este ruego», leyó. Siguió leyéndola al revés, releyéndola luego, toda seguida desde el principio. Al terminar, Anna sintió frío y tuvo la impresión de que se cernía sobre ella una desgracia más terrible de la que esperaba.

Por la mañana se había arrepentido de lo que le dijo a su marido, y solo deseaba no haber pronunciado aquellas palabras. Y ahora la carta daba las palabras por no dichas, concediéndole lo que ella deseaba. Pero esta carta le parecía la cosa más horrible que podía imaginarse.

«¡Tiene razón! ¡Tiene razón! —pensó—. ¡Desde luego, siempre tiene razón, es cristiano, es magnánimo! Pero ¡qué bajo y qué vil es este hombre! Esto no lo comprende ni lo comprenderá nadie. Y yo no puedo explicármelo. Todos dicen: "Es un hombre de principios religiosos, moral, honrado e inteligente". Pero no ven lo que yo he visto. No saben cómo, durante ocho años, ha ahogado mi vida y todo cuanto había de vivo en mí. Sin pensar ni una sola vez que soy una mujer viva, que necesita amor. No saben que me ofendía a cada paso sintiéndose satisfecho de sí mismo. ¿No he procurado con todas mis fuerzas hallar la justificación de mi vida? ¿No he intentado amarle y querer a mi hijo cuando ya no podía amarle a él? Pero ha llegado un momento en que he comprendido que no puedo seguir engañándole, que soy una mujer viva, que no tengo la culpa de que Dios me haya hecho así y que necesito vivir y amar. Y ahora, ¿qué pasará? Si me hubiera matado, si lo hubiera matado a él, yo lo habría soportado todo, le habría perdonado; pero no, él...

»¿Cómo no he adivinado lo que iba a hacer? Hará lo que es propio a su carácter ruin. Él se quedará con la razón, y a mí, que ya estoy perdida, me humillará cada vez más... "Puede suponer lo que le espera a usted y a su hijo" —recordó Anna las palabras de la carta—. Es la amenaza de que me va a quitar al niño, y seguramente según las estúpidas leyes, es posible hacerlo. Pero ¿acaso no sé por qué me lo dice? No cree en el amor que siento hacia mi hijo, o desprecia, como solía hacerlo siempre, este sentimiento mío, pero sabe que no he de abandonar al niño, que no puedo hacerlo, que sin mi hijo no puede haber vida para mí, ni siquiera con el hombre a quien amo. En caso de que lo hiciera y huyera de su lado, procedería como la mujer más vil y más deshonrosa. Sabe esto y le consta que no tendré fuerzas para hacerlo.

»Nuestra vida debe, pues, seguir como antes —recordó otra frase de la carta—. Esa vida era penosa antes ya y se ha vuelto terrible últimamente. ¿Cómo sería ahora? Él sabe todo esto, no ignora que no puedo arrepentirme de respirar, ni de amar..., sabe que no puede resultar de esto nada sino mentira y falsedad, pero necesita seguir atormentándome. Lo conozco. Sé que, como un pez en el agua, nada y se complace en la mentira. Pero no le proporcionaré ese placer, desgarraré la red de mentiras en la que quiere envolverme: que sea lo que Dios quiera. Todo es mejor que la mentira y la falsedad.

»Pero ¿cómo...? ¡Dios mío! ¡Dios mío! ¿Habrá existido alguna vez una mujer tan desgraciada como yo?»

—¡Romperé con todo esto! —exclamó, levantándose de un salto y conteniendo las lágrimas.

Se acercó al escritorio para escribirle otra carta. Pero en el fondo de su alma presentía ya que no tendría fuerzas de romper, ni de salir de su situación pasada, por falsa y deshonrosa que fuera.

Se sentó a la mesa, pero, en lugar de escribir, apoyó los brazos y, ocultando la cabeza en ellos, se echó a llorar. Lloraba como los niños y los sollozos le agitaban el pecho. Lloraba porque su ilusión de que las cosas habían quedado aclaradas estaba destruida para siempre. Sabía de antemano que todo continuaría como antes e incluso mucho peor. Se daba cuenta de que la posición que ocupaba en la sociedad, que aquella misma mañana le había parecido tan despreciable, le era muy preciada y que no tendría fuerzas para cambiarla por la de una mujer que ha abandonado a su esposo y a su hijo. Por más que se esforzara, no podría ser más fuerte de lo que era en realidad. Nunca gozaría de la libertad de amar, viviría siempre como una mujer culpable, bajo la amenaza de que se descubriera a cada momento que engañaba a su marido, por tener unas relaciones deshonrosas con un hombre extraño e independiente, cuya vida no podía compartir. Sabía que eso sería así, pero al mismo tiempo le resultaba tan terrible que no podía imaginarse ni siquiera de qué modo terminaría.

Y Anna lloraba sin contenerse, lo mismo que llora un niño castigado.

Al oír los pasos del lacayo se recobró y, ocultando el rostro, fingió escribir.

—El ordenanza espera contestación —anunció el lacayo.

—¿Contestación? Bueno, que espere. Ya llamaré —dijo Anna.

«¿Qué puedo escribirle? —pensó—. ¿Qué puedo decidir yo sola? ¿Qué sé yo? ¿Qué es lo que quiero? ¿Qué es lo que me gusta?» Otra vez sintió que en su alma comenzaba el desdoblamiento. Asustada por aquello, se aferró al primer pretexto de actividad que se le presentaba, el cual podía apartar de ella aquellas ideas. «Tengo que ver a Alexiéi —así llamaba mentalmente a Vronski—; él solo puede decirme lo que debo hacer. Iré a casa de Betsi, tal vez lo encuentre allí», se dijo, olvidando por completo que la víspera, al decirle a Vronski que no iría a ver a la princesa Tverskaia, él le había contestado que, en tal caso, tampoco acudiría allí.

Le escribió a su marido: «He recibido su carta. A.».

Y, llamando al lacayo, se la entregó:

—No nos vamos —le dijo a Ánnushka, que había entrado.

—¿Definitivamente?

—No, no deshagan los equipajes hasta mañana, y que espere el coche. Voy a casa de la princesa.

—¿Qué vestido le preparo?

XVII

La reunión del partido de críquet, al que la princesa Tverskaia había invitado a Anna, lo formarían dos señoras y sus admiradores. Aquellas dos damas eran las principales representantes de un nuevo círculo escogido de San Petersburgo, que se denominaba, a imitación de no se sabía qué, *Les sept merveilles du monde.** Esas señoras pertenecían, en efecto, a un círculo elevado, pero hostil al que frecuentaba Anna. Además, el viejo Striómov, uno de los hombres más influyentes de San Petersburgo y admirador de Liza Merkálova, pertenecía al ministerio enemigo de Alexiéi Alexándrovich. Por todas esas consideraciones, Anna no quiso aceptar la invitación, y a eso aludían las indirectas de la esquela de la princesa Tverskaia. Pero ahora resolvió ir, con la esperanza de encontrar allí a Vronski.

Llegó a casa de la Tverskaia antes que los otros invitados.

En el momento en que entraba, llegaba también el lacayo de Vronski, que, con las patillas muy peinadas, parecía un gentilhombre. Se detuvo en la puerta y, descubriéndose, le cedió el paso a Anna, que lo reconoció, recordando entonces que le había dicho la víspera que no iría. Probablemente, enviaba un recado para disculparse.

Mientras se quitaba el abrigo en el vestíbulo, Anna oyó que el lacayo decía, pronunciando la erre como un gentilhombre:

—Para la princesa, de parte del conde.

Anna sintió deseos de preguntarle dónde estaba su señor. Quiso volver y enviarle una carta a Vronski para que fuese a verla, o bien ir ella misma a casa de él. Pero no podía hacer ninguna de estas tres cosas; ya se oían las campanillas que anunciaban su llegada y el lacayo

* «Las siete maravillas del mundo.» *(N. de las T.)*

estaba ya en pie junto a la puerta abierta, esperando que Anna entrase en las habitaciones interiores.

—La princesa está en el jardín, enseguida la avisarán. ¿No desea la señora pasar allí? —dijo otro criado en la habitación siguiente.

Tenía la misma sensación indefinida, de inseguridad, que sintió en su casa; incluso era peor, porque no podía emprender nada ni ver a Vronski. Debía quedarse allí, en aquella sociedad ajena y tan contraria a su estado de ánimo. Pero sabía que llevaba un vestido que le sentaba bien y no estaba sola: la rodeaba ese ambiente de ociosidad suntuosa que le era habitual y se sintió más aliviada que en casa; aquí no tenía que discurrir sobre lo que debía hacer. Todo se hacía solo. Al ver a Betsi, que salía a su encuentro vestida de blanco, se sorprendió de su elegancia y la sonrió, como siempre. Venía acompañada de Tushkiévich y de una señorita pariente suya, que pasaba el verano en casa de la célebre princesa, con gran alegría de sus provincianos padres.

Sin duda, había algo especial en Anna, puesto que Betsi lo notó inmediatamente.

—He dormido mal —le contestó Anna, clavando la mirada en el lacayo que venía a su encuentro y, según se figuró, traía la noticia de Vronski.

—Cuánto me alegra que hayas venido —dijo Betsi—. Estoy cansada y quería tomar una taza de té antes de que lleguen. Usted podría ir con Masha a probar el *croquet ground** —le dijo a Tushkiévich—. Ahí donde han cortado la hierba. Y nosotras hablaremos a nuestras anchas mientras tomamos el té, *we'll have a cosy chat*,** ¿verdad? —Se dirigió a Anna sonriendo, y le estrechó la mano con la que sostenía la sombrilla.

—Y, sobre todo, porque no podré quedarme mucho rato, tengo que ir, sin remedio, a ver a la vieja Vrede. Hace un siglo que se lo he prometido —replicó Anna, para quien la mentira, tan ajena a su carácter, había llegado a ser no solo sencilla y natural en sociedad, sino que hasta le proporcionaba placer.

No hubiera podido explicar para qué dijo aquello, que ni siquiera había pensado hacía un momento. En realidad, fue porque como Vronski no iría a casa de Betsi, necesitaba asegurar su libertad e intentar verlo de alguna manera. Tampoco hubiera podido explicar por qué dijo lo de la vieja dama de honor Vrede, a la que tenía que visitar

* «Campo de críquet.» *(N. de las T.)*
** «Charlaremos de nuestras cosas.» *(N. de las T.)*

lo mismo que a muchas otras personas. Como se vio más adelante, mientras ideaba los medios más astutos para una entrevista con Vronski, no se le pudo ocurrir nada mejor.

—No te dejaré marchar por nada del mundo —dijo Betsi, mirando a Anna con atención—. De verdad que me hubiera ofendido si no te quisiera. Enteramente parece que temes que el trato conmigo te comprometa. Haga el favor de servirnos el té en el saloncito —le dijo al lacayo, entornando los ojos, como solía hacerlo siempre al hablar a los criados.

Tomando la notita de manos del criado, la leyó.

—Alexiéi nos ha jugado una mala pasada —dijo en francés—. Me escribe que no puede venir —añadió con un tono tan natural y tan sencillo como si nunca hubiera podido pensar que Vronski tuviera para Anna otra importancia que la de jugar al críquet.

Anna sabía que Betsi estaba enterada de todo, pero al oír cómo le hablaba de Vronski se convenció momentáneamente de que ignoraba sus relaciones.

—¡Ah! —dijo Anna con tono indiferente, como si aquello le interesara poco, y continuó sonriendo—. ¿Cómo puede comprometer a alguien el tratarle?

Ese juego de palabras y ese ocultamiento del secreto tenía para Anna, como para todas las mujeres, un gran atractivo. No era la necesidad de ocultar ni el motivo por el que lo hacía lo que le gustaba, sino el proceso de aquel fingimiento.

—No puedo ser más papista que el Papa —dijo—. Striómov y Liza Merkálova son la flor y la nata de la sociedad. Además, se los recibe en todas partes y yo —Anna subrayó el yo— nunca he sido intolerante ni severa. Sencillamente, no me queda tiempo para ello.

—¿Tal vez no quieras encontrarte con Striómov? Que rompa con Alexiéi Alexándrovich en el comité no nos incumbe a nosotras. Pero en sociedad es el hombre más amable que conozco y un apasionado jugador de críquet. Ya lo verás. Y a pesar de su ridícula situación de viejo admirador de Liza, hay que ver lo bien que se desenvuelve. Es muy simpático. ¿Conoces a Safo Shtoltz? Es un estilo nuevo, completamente nuevo.

Mientras Betsi hablaba de todo esto, Anna se daba cuenta por su mirada jovial e inteligente de que adivinaba en parte su situación y que trataba de ingeniar algo. Se hallaban en un gabinetito.

—Pero debo escribir a Alexiéi —dijo, sentándose ante la mesa; escribió unas líneas y puso la carta en un sobre—. Le digo que venga a comer. Una de mis invitadas no tiene caballero. Figúrate si es un argumento convincente. Perdona que te deje un instante. Por favor, cierra la carta y envíala —añadió desde la puerta—. Tengo que ir a dar unas órdenes.

Sin pensarlo, Anna se sentó a la mesa y, sin leer la carta de Betsi, escribió al pie: «Necesito verte. Ven junto al jardín de Vrede. Estaré allí a las seis». Cerró la carta y, al volver, Betsi se la entregó al criado delante de Anna.

Efectivamente, durante el té que sirvieron en una mesa bandeja, en un saloncito muy fresco, se entabló entre las dos mujeres *a cosy chat* que había prometido celebrar la princesa antes de que llegaran los invitados. Juzgaban a los que esperaban y la conversación se detuvo en Liza Merkálova.

—Es muy agradable y siempre me ha resultado simpática —comentó Anna.

—Debes quererla. Ella está loca por ti. Ayer, después de lagas carreras, se acercó a mí desesperada por no haber podido verte. Dice que eres una verdadera heroína de novela y que si fuese hombre cometería muchas locuras por ti. Striómov le replica que ya las comete, aun sin serlo.

—Pero dime —dijo Anna, tras un corto silencio y con un tono que indicaba claramente que no se trataba de una pregunta vana, sino de algo muy importante—. Nunca lo he podido entender... Dime: ¿qué clase de relaciones hay entre Liza y el príncipe Kaluzski, al que llaman Mishka? Los encuentro muy raras veces. ¿Qué hay entre ellos?

Betsi miró atentamente a Anna con ojos risueños.

—Es un estilo nuevo. Todos lo han adoptado. Se han liado la manta a la cabeza. Pero hay distintas maneras de liársela.

—Sí, pero ¿cuáles son sus relaciones?

De pronto, Betsi se echó a reír alegremente, sin contenerse, cosa que le ocurría raras veces.

—Invades los dominios de la princesa Miagkaia. Esta es la pregunta de un niño travieso. —Y Betsi, a pesar de sus esfuerzos, no pudo contenerse y estalló en una risa contagiosa, propia de la gente que suele reír poco—. Habrá que preguntárselo a ellos —añadió, a través de las lágrimas.

—Lo tomas a broma —replicó Anna, contagiada, contra su voluntad, de aquella risa—, pero es cierto que nunca lo he podido entender. No comprendo el papel del marido.

—¿Del marido? El marido de Liza Merkálova está siempre dispuesto a atenderla en todo. En cuanto a lo demás, nadie se da por enterado. Ya sabes que en la buena sociedad no se habla y ni siquiera se piensa en ciertos detalles del arreglo personal. Lo mismo pasa con esto.

—¿Asistirás a la fiesta de Rolandaki? —preguntó Anna, para cambiar la conversación.

—Creo que no —contestó Betsi, y sin mirar a su amiga comenzó a llenar de aromático té las tacitas transparentes; acercándole una taza a Anna, cogió un cigarrillo y, metiéndolo en una boquilla de plata, se puso a fumar—. Ya ves, me encuentro en una postura feliz —prosiguió, sin reír ya, mientras cogía la taza en la mano—. Te comprendo a ti y también a Liza. Esta es una de tantas naturalezas ingenuas que, como los niños, no sabe lo que está bien ni lo que está mal. Al menos, no lo sabía cuando era muy joven. Y ahora se da cuenta de que es mejor no saberlo. Tal vez, ahora no entienda a propósito —prosiguió Betsi, con una sonrisa sutil—. Pero sea como sea, eso le conviene. Verás: una misma cosa se puede considerar desde un punto de vista trágico, convirtiéndola en un tormento, o verla con sencillez y hasta con alegría. Tal vez te inclines a considerar las cosas demasiado trágicamente.

—Cuánto me gustaría conocer a los demás como me conozco a mí misma —dijo Anna, con expresión seria y reconcentrada—. ¿Soy mejor o peor que los demás? Creo que soy peor.

—Eres una criatura, una verdadera criatura —dijo Betsi—. Ya llegan.

XVIII

Se oyeron pasos, una voz de hombre, luego otra de mujer y risas. Y a continuación entraron los invitados a quienes esperaban: Safo Shtoltz y un joven llamado Vaska, radiante y lleno de salud. Se veía que le aprovechaba la alimentación de carne semicruda, trufas y vino de Borgoña. Vaska saludó a las señoras y las miró, pero solo un segundo. Luego siguió a Safo al salón, donde estuvo a su lado como atado a ella, sin apartar sus ojos brillantes, como si quisiera comérsela. Safo Shtoltz era rubia y de ojos negros. Entró con pasitos resueltos, con sus zapatos de tacón alto, y estrechó fuertemente, como un hombre, la mano a las señoras.

Nunca se había encontrado Anna con esta nueva celebridad, y le sorprendió su belleza, el atrevimiento de sus modales y la exageración de su manera de vestir. Con sus propios cabellos y los postizos, de un color suavemente dorado, se había hecho un peinado tan monumental que su cabeza podía compararse, por el volumen, a su busto bien modelado y muy descubierto. Avanzaba tan impetuosamente que a cada movimiento se dibujaban bajo el vestido la forma de sus rodillas y de sus muslos. Involuntariamente se preguntaba uno dónde empezaba y dónde terminaba realmente esa mole artificial y movediza, ese pequeño cuerpo esbelto tan descubierto por arriba y por delante y tan envuelto por detrás.

Betsi se apresuró a presentársela a Anna.

—Imagínese que hemos estado a punto de atropellar a dos soldados —empezó a decir Safo, haciendo guiños y sonriendo mientras arreglaba hacia atrás la cola de su vestido, que en un principio había apartado exageradamente a un lado—. He venido con Vaska... ¡Ah! Pero no se conocen ustedes. —Y Safo presentó al joven nombrándole por su apellido y, sonrojándose, se echó a reír sonoramente por haberse equivocado llamándolo por su nombre de pila al hablar con una desconocida.

Vaska volvió a saludar a Anna, pero sin decirle nada se dirigió a Safo, sonriendo.

—Ha perdido usted la apuesta. Hemos llegado antes. Deme lo convenido.

Safo se echó a reír aún más alegremente.

—Ahora, no —replicó.

—Es igual; lo recibiré después.

—Bueno, bueno. ¡Ah, sí! —exclamó de pronto, dirigiéndose a la dueña de la casa—. Estoy buena... Se me olvidaba... Le he traído un invitado. Aquí está.

El joven e inesperado visitante que había traído y olvidado Safo era tan importante que, a pesar de su juventud, ambas señoras se levantaron para recibirlo.

Era el nuevo admirador de Safo. Ahora, lo mismo que Vaska, seguía todos sus pasos.

Poco después llegaron el príncipe Kaluzski y Liza Merkálova con Striómov. Liza era morena y delgada, de rostro oriental e indolente y, según decían todos, tenía unos hermosos ojos enigmáticos. Su vestido oscuro armonizaba muy bien con su belleza. (Anna lo observó y lo apreció inmediatamente.) Todo lo que tenía Safo de brusca y de viva, lo tenía Liza de dulce y de lánguida.

Pero esta resultaba mucho más atractiva para el gusto de Anna. Betsi le había dicho que Liza había adoptado la manera de ser de un niño ignorante, pero al verla Anna comprendió que aquello no era verdad. En efecto, era una mujer perversa e ignorante, pero dulce e irresponsable. Era cierto que su estilo era el mismo que el de Safo; como a esta, la seguían, como si estuviesen cosidos a ella y comiéndola con los ojos, dos admiradores, uno joven y otro viejo, pero había en ella algo superior a lo que la rodeaba: tenía el fulgor del brillante auténtico entre vidrios vulgares. Aquel brillo resplandecía en sus hermosos ojos verdaderamente enigmáticos. La mirada cansada y a la vez llena de pasión de aquellos ojos con profundas ojeras sorprendía por su sinceridad absoluta. Mirando sus ojos, todos tenían la impresión de conocerla, y una vez conocida era imposible no amarla. Al ver a Anna, su rostro se iluminó con una sonrisa alegre.

—¡Oh! Cuánto me alegro de verla —dijo, acercándose a ella—. Ayer, en las carreras, quise saludarla, pero ya se había ido usted. Tenía tantos deseos de verla precisamente ayer... ¿Verdad que fue terrible? —añadió, mirando a Anna con sus ojos, que parecían descubrir toda su alma.

—Verdaderamente, nunca me imaginé que las carreras pudieran emocionar tanto —replicó Anna ruborizándose.

En aquel momento los invitados se pusieron en pie para salir al jardín.

—Yo no voy —dijo Liza sonriendo y sentándose junto a Anna—. ¿Usted no va tampoco? ¿Qué interés tiene jugar al críquet?

—Pues a mí me gusta —comentó Anna.

—¿Qué hace usted para no aburrirse? Con solo mirarla ya se siente uno alegre. Usted vive; en cambio, yo me aburro.

—¿Se aburre usted? ¡Pero si pertenece al círculo más alegre de San Petersburgo! —dijo Anna.

—Tal vez los que no son de nuestro círculo se aburran aún más. Pero nosotros, y desde luego yo, no nos divertimos, nos aburrimos terriblemente.

Safo, encendiendo un cigarrillo, salió al jardín con los dos jóvenes. Betsi y Striómov se quedaron a tomar el té.

—¡Qué aburrimiento! —dijo Betsi—. Safo me ha dicho que se divirtieron mucho en su casa ayer.

—¡Pero si fue aburridísimo! —comentó Liza Merkálova—. Después de las carreras fuimos todos a mi casa, y siempre es la misma gente, siempre la misma. Siempre es lo mismo. Pasamos toda la velada tendidos en los divanes. ¿Hay alguna diversión en eso? ¿Qué hace usted para no aburrirse? —prosiguió, dirigiéndose a Anna—. Basta mirarla para comprender que es una mujer que puede ser feliz o desgraciada, pero que no se aburre. Dígame, ¿cómo lo hace usted?

—No hago nada —contestó Anna, enrojeciendo ante esas preguntas tan insinuantes.

—Es la mejor manera —intervino Striómov.

Striómov era un hombre de unos cincuenta años, entrecano, lozano aún, muy feo, pero de rostro inteligente y de gran personalidad. Liza Merkálova era sobrina de su mujer y Striómov pasaba con ella todo su tiempo libre. Al encontrarse con Anna Karénina, la esposa de Karenin, su enemigo ministerial, como hombre mundano e inteligente, procuró mostrarse especialmente amable con ella.

—No hacer nada es el mejor remedio para no aburrirse —prosiguió sonriendo sutilmente—. Hace tiempo que le digo que para no aburrirse no hay que pensar en ello —añadió, dirigiéndose a Liza

Merkálova—. Es lo mismo que cuando uno teme al insomnio, no debe pensar que no se va a dormir. Esto es precisamente lo que acaba de decirle Anna Arkádievna.

—Me hubiera gustado mucho decirlo porque, no solo es muy ingenioso, sino la pura verdad —replicó Anna sonriendo.

—Dígame: ¿por qué no puede uno dormirse y es imposible no sentir tedio?

—Para dormir hay que trabajar un poco, y para divertirse, también.

—¿Y para qué voy a trabajar, si nadie necesita de mi trabajo? Y no quiero ni sé hacerlo de un modo fingido.

—Es usted incorregible —dijo Striómov sin mirarla y volviéndose de nuevo hacia Anna.

Como Striómov veía rara vez a Anna, no podía decirle más que vulgaridades. Ahora le hablaba de su vuelta a San Petersburgo, preguntándole cuándo sería, y del aprecio en que la tenía la condesa Lidia Ivánovna, con un tono que demostraba su deseo de resultarle agradable y mostrarse respetuoso.

Entró Tushkiévich anunciando que la reunión esperaba a los jugadores de críquet.

—Por favor, no se vaya usted —rogó Liza Merkálova al enterarse de que Anna se iba.

Striómov se unió a la súplica.

—Es un contraste demasiado violento pasar de esta reunión a casa de la vieja Vrede. Además, allí no será usted sino un motivo de murmuración; en cambio, aquí solo inspira los mejores sentimientos, completamente opuestos a la murmuración —dijo.

Por un momento, Anna quedó indecisa, reflexionando. Las palabras lisonjeras de aquel hombre inteligente, la simpatía ingenua y pueril que le mostraba Liza Merkálova y todo aquel ambiente habitual del gran mundo resultaban muy agradables, y en cambio, lo que la esperaba era tan penoso, que Anna dudó: «¿No sería mejor quedarse alejando el doloroso momento de la explicación?». Pero recordando lo que la esperaba después, cuando se viera sola en su casa, si no tomaba antes una determinación, así como aquel gesto terrible con que se había asido los cabellos, se despidió y se fue.

XIX

Vronski, a pesar de la vida aparentemente superficial que llevaba en el gran mundo, era un hombre que odiaba el desorden. Cuando era muy joven, estando todavía en el cuerpo de pajes, experimentó la humillación de una negativa una vez que, habiendo contraído deudas, pidió dinero prestado. Desde entonces, nunca volvió a ponerse en una situación como aquella.

Para llevar en orden todos sus asuntos, se aislaba cuatro o cinco veces al año, con mayor o menor frecuencia, según las circunstancias. Llamaba a esto «hacer las cuentas» o *faire la lessive.**

Al día siguiente de las carreras, Vronski se despertó tarde y, sin bañarse ni afeitarse, se puso una guerrera blanca, colocó sobre la mesa el dinero, las cuentas y las cartas, poniéndose a la obra. Petritski sabía que al hacer ese trabajo Vronski solía estar de mal humor; al despertarse, viéndolo ante el escritorio, se vistió en silencio y salió sin molestarlo.

Cualquier persona que conoce con todo detalle las complicaciones de su situación, se imagina involuntariamente que estas, así como la dificultad de resolverlas, son una particularidad personal suya y no piensa que los demás viven en unas condiciones semejantes. También Vronski pensaba así, y no sin cierto orgullo íntimo ni sin motivo creía que cualquier otro hombre habría contraído deudas hacía mucho tiempo ya y se vería obligado a proceder mal si se encontrara en tan difícil situación. Vronski se daba cuenta de que precisamente en aquel momento le era imprescindible estudiar y aclarar el estado de sus asuntos.

Lo primero, y como cosa más fácil, se ocupó de las cuestiones monetarias. Con su letra menuda apuntó lo que debía en un pliego

* «Hacer la colada.» *(N. de las T.)*

de papel de cartas, sumó y halló que sus deudas llegaban a diecisiete mil rublos y varios centenares, que desechó para mayor claridad. Al contar el dinero y las notas del banco, vio que solo le quedaban mil ochocientos rublos, y no esperaba ningún ingreso hasta el próximo año. Volviendo a leer la lista de las deudas, Vronski la copió dividiéndola en tres categorías. A la primera pertenecían las deudas que había de pagar enseguida, o para las cuales debía tener preparado el dinero para que no hubiese ni un minuto de dilación cuando le exigiesen su pago. Estas deudas ascendían a unos cuatro mil rublos: mil quinientos por el caballo y dos mil quinientos de una fianza por su joven compañero Venievski, el cual había perdido ese dinero jugando con un tramposo en presencia de Vronski. Este había querido pagar en el momento (llevaba dinero), pero Venievski y Iashvín insistieron en que pagarían ellos y no Vronski, que no había jugado. Todo aquello estaba muy bien, pero Vronski sabía que para aquel asunto sucio, en que solo tomó parte para responder de palabra por Venievski, le era imprescindible tener esos dos mil quinientos rublos para arrojárselos al bandido sin ninguna discusión. De manera que para esa primera e importantísima categoría necesitaba disponer de cuatro mil rublos. La segunda, cuyas deudas ascendían a ocho mil, era también importante. Comprendía principalmente deudas relativas a las carreras, al proveedor del heno y de la avena, al inglés, el guarnicionero, etcétera. Necesitaba repartir unos dos mil rublos entre estos acreedores para quedarse tranquilo. La tercera categoría (tiendas, hoteles y sastre) era de una clase que no le preocupaba. Le hacía falta un mínimo de seis mil rublos para esas deudas y solo poseía mil ochocientos. Para un hombre con cien mil rublos de renta, como todos le atribuían, esas deudas no podían tener importancia, pero el caso es que no poseía ni mucho menos esa renta. La enorme fortuna que dejó su padre, y que rentaba doscientos mil rublos al año, era propiedad indivisa de los hermanos. Cuando su hermano mayor, cargado de deudas, se casó con la princesa Varia Chirkova, hija de un decembrista, sin bienes algunos, Alexiéi le cedió todas las rentas que le pertenecían de la fortuna de su padre, reservándose únicamente veinticinco mil rublos al año. Vronski le dijo entonces a su hermano que le bastaría con ese dinero mientras no se casara, lo que probablemente no haría nunca. Su hermano, que estaba al mando de uno de los regimientos más distinguidos y que se acababa de casar, no pudo rechazar aquel regalo. La madre, que poseía un capital propio, daba a Alexiéi veinte mil rublos más al año. Vronski gastaba todos sus ingresos. Últimamente su madre, enojada con él por sus amores y su marcha de Moscú, dejó de enviarle ese dinero.

Como consecuencia de esto, Vronski, que ya tenía costumbre de gastar cuarenta y cinco mil rublos anuales y no habiendo recibido aquel año más que veinticinco mil, se encontraba en una situación apurada. Para salir de ella, no podía pedirle dinero a su madre. La última carta que le escribió, recibida la víspera, le irritó aún más. En ella le daba a entender que estaba dispuesta a ayudarle para su éxito en el gran mundo y en su carrera, pero no para una vida que escandalizaba a toda la buena sociedad. El deseo de su madre de sobornarlo le hirió en lo más profundo de su alma y enfrió aún más sus sentimientos hacia ella. Pero le era imposible volverse atrás después de haber dado su palabra, aunque ahora se daba cuenta, al prever vagamente algunas circunstancias de sus relaciones con la Karénina, de que aquella generosidad suya había sido una ligereza. A pesar de ser soltero, podía necesitar aquellos cien mil rublos de renta. Pero no era posible volverse atrás. Le bastaba recordar a la mujer de su hermano, a la simpática y dulce Varia, que en cada ocasión que se le presentaba le mencionaba su generosidad agradeciéndosela, para comprender que no podía quitarles aquella renta. Era una cosa tan imposible como pegar a una mujer, robar o mentir. Solo había una solución, y Vronski se decidió sin vacilar: pedir diez mil rublos a un usurero, cosa que no le sería nada difícil, restringir sus gastos generales y vender sus caballos de carreras. Al decidir esto, escribió inmediatamente a Rolandaki, el cual había querido más de una vez comprarle los caballos. Después, envió en busca del inglés y de un usurero, y destinó el dinero que le quedaba para otras cuentas. Al terminar con todos estos asuntos, le escribió a su madre en un tono frío y seco. Luego, sacando de la cartera tres esquelitas de Anna, las quemó tras releerlas. Y se quedó pensativo, recordando su conversación de la víspera.

XX

La vida de Vronski era especialmente feliz porque tenía un código de leyes que determinaban categóricamente lo que se podía y no se podía hacer. Este código abarcaba un círculo muy reducido de condiciones, pero eran muy definidas, y Vronski, que nunca salía de este círculo, no dudaba de lo que debía hacer. Aquellas reglas determinaban indiscutiblemente que debía pagar a los tramposos, pero no a los sastres; que no se debe mentir a los hombres, pero sí a las mujeres; que no se debía engañar a nadie, excepto a los maridos; que no se deben perdonar los agravios, pero que se puede ofender, etcétera. Aquellas reglas podían ser ilógicas y malas, pero eran indiscutibles, y, al atenerse a ellas, Vronski se sentía tranquilo y podía mantener la cabeza alta. Solo últimamente, con motivo de sus relaciones con Anna, empezó a darse cuenta de que su código no determinaba concretamente todas las circunstancias. En el futuro se presentaban dificultades y dudas para las que no encontraba ya el hilo conductor.

Sus relaciones actuales con Anna y con su marido le parecían claras y sencillas. Estaban concretamente definidas en el código por el que se regía.

Anna era una mujer decente que le regalaba su amor y él la amaba, y por eso la consideraba tan digna de respeto, y aún más, que a una esposa legítima. Antes se habría dejado cortar una mano que permitirse no ya ofenderla con una palabra o alguna insinuación, sino dejar de mostrarle todo el respeto que se merece una mujer.

Sus relaciones con la sociedad también eran claras. Todos podían saber o sospechar su amor, pero nadie debía atreverse a hablar de ello. En caso contrario, Vronski estaba dispuesto a hacer callar a los que hablasen, obligándolos a respetar el honor inexistente de la mujer a quien amaba.

Las relaciones con el marido de Anna eran aún más definidas. Desde el momento en que Anna se enamoró de él, consideraba que era el único que tenía derecho sobre ella; el marido era tan solo un ser superfluo que estorbaba. Indudablemente su situación era lastimosa; pero ¿qué se podía hacer? Karenin solo tenía derecho a exigir una satisfacción por medio de las armas y Vronski estaba dispuesto a dársela desde el primer momento.

Pero últimamente sus relaciones con Anna tomaron un cariz nuevo que asustó a Vronski por su aspecto indefinido. La víspera, Anna le había dicho que estaba embarazada. Se dio cuenta de que aquella noticia y lo que Anna esperaba de él necesitaban algo que no estaba en su código. Y, en efecto, aquello le sorprendió e inmediatamente su corazón le dictó exigir que Anna abandonara a su marido. Y así se lo había dicho, pero ahora, al recapacitar, era evidente para él que sería mejor evitarlo, y, sin embargo, temía que aquello no estuviera bien.

«Si le he dicho que abandone a su marido, eso significa que ha de unirse a mí: ¿estoy realmente dispuesto a ello? ¿Cómo me la voy a llevar ahora si no tengo dinero? Supongamos que lo pueda arreglar... Pero ¿cómo puedo irme con ella si tengo mi carrera? Ya que se lo he dicho, debo estar dispuesto a ello; es decir, necesito dinero y pedir el retiro.»

Vronski se sumió en reflexiones. La cuestión acerca de si pediría o no el retiro le hizo meditar en otro problema secreto, que solo él conocía, que representaba el interés casi más importante de su vida.

La ambición constituía un antiguo sueño de su infancia y de su juventud, que casi no se reconocía a sí mismo, pero tan fuerte que aun ahora luchaba contra su amor. Los primeros pasos que dio en el mundo y en su carrera fueron afortunados, pero hacía dos años había cometido un gran error: deseando demostrar su independencia y ascender, había rechazado un cargo que le ofrecieron, esperando lograr con aquella negativa una mayor estimación. Pero resultó que había sido demasiado audaz, y lo dejaron de lado. Y como quiera que se encontraba en la posición de un hombre independiente, lo soportaba lo mejor que podía con inteligencia y sagacidad. Procedía como si no se sintiera resentido con nadie y no deseara otra cosa sino que lo dejaran en paz para vivir su alegre existencia. En realidad, desde el año anterior, cuando se fue a Moscú, ya no se sentía alegre. Se daba cuenta de que esta posición independiente de hombre que lo había podido tener todo y no quiere nada empezaba a perder mérito y de que muchos pensaban que no era capaz sino de ser un joven bueno y honorable. Sus relaciones con la Karénina, que habían provocado tantos comentarios, atrajeron la atención general sobre él, dándole un nuevo brillo, y tranquilizaron para una temporada al gusano de la ambición que lo roía. Pero, desde hacía una semana, aquel gusano se había despertado con una nueva fuerza. Un compañero suyo de la infancia, que pertenecía al mismo círculo, a la misma sociedad, al mismo regimiento y a la misma promoción que él, Serpujovskói, con el que había rivalizado en el colegio, en la gimnasia, en las travesuras y en las ilusiones ambiciosas, acababa de regresar de Asia Central, habiendo logrado allí dos ascensos y una distinción, cosa que rara vez se concedía a los generales tan jóvenes.

En cuanto llegó a San Petersburgo empezaron a hablar de él como de una estrella de primera magnitud de curso ascendente. Siendo de la misma edad que Vronski era ya general, y esperaba un nombramiento que podía influir en los asuntos de Estado. En cambio, Vronski era, a pesar de su posición independiente y brillante, un hombre que gozaba del amor de una mujer encantadora. Y tan solo capitán de caballería, al que permitían ser tan libre como quisiera. «Desde luego, no envidio ni puedo envidiar a Serpujovskói, pero su ascenso me demuestra que merece la pena darle tiempo al tiempo y que la carrera de un hombre como yo puede hacerse rápidamente. Hace tres años tenía la misma posición que hoy. Si pido el retiro, quemaré mis naves. No pierdo nada quedándome en el servicio. Ella misma me ha dicho que no quiere alterar su situación. Y yo, gozando de su amor, no puedo envidiar a Serpujovskói.» Atusándose lentamente el bigote, se levantó y recorrió la habitación. Sus ojos brillaban de un modo especial y su estado de ánimo era firme, sereno y alegre, como le sucedía siempre después de poner en claro sus asuntos. Todo era diáfano y despejado, como después de las cuentas anteriores.

Se afeitó, tomó un baño frío y, tras vestirse, salió.

XXI

—Vengo a buscarte. Tu colada ha durado mucho hoy —dijo Petritski—. Qué, ¿has terminado?

—Sí —contestó Vronski, sonriendo solo con los ojos y atusándose las guías del bigote, con tanto cuidado como si después de haber puesto en orden sus asuntos cualquier movimiento demasiado definido y rápido pudiese alterarlo.

—Después de este trabajo, siempre parece que sales del baño —dijo Petritski—. Vengo de casa de Gritski —así llamaban al comandante del regimiento—; te esperan.

Vronski, sin contestar, miraba a su camarada pensando en otra cosa.

—¿Es de su casa esa música que se oye? —preguntó, prestando atención a los sonidos de los trombones, que ejecutaban valses y polcas—. ¿Qué fiesta se celebra?

—Ha venido Serpujovskói.

—¡Ah! —exclamó Vronski—. No lo sabía.

Sus ojos risueños brillaron aún más. Una vez que había decidido que era feliz con su amor, al que había sacrificado su ambición —al menos habiendo asumido este papel—, Vronski no podía ya sentir envidia hacia Serpujovskói ni enojo porque no lo hubiese visitado a él el primero. Serpujovskói era un buen amigo suyo y él se alegraba de su triunfo.

El comandante del regimiento, Diomin, ocupaba una gran casa de unos propietarios rurales. La reunión se hallaba en el amplio balcón de la planta baja. Lo primero que llamó la atención a Vronski al entrar en el patio fueron los cantores, vestidos con guerreras blancas, que estaban junto a un barril de vodka, y la sana figura alegre del comandante, rodeado de oficiales. Saliendo al primer peldaño del balcón, daba órdenes en voz alta, dominando la música, una cuadrilla de Offenbach, y hacía señas a unos soldados que permanecían a un lado. Un grupo de soldados, un sargento de caballería y varios oficiales se acercaron al balcón al mismo tiempo que Vronski. El comandante volvió junto a la mesa y, reapareciendo en el balcón, con una copa en la mano, pronunció un brindis:

—Por la salud de nuestro antiguo compañero y valeroso general, el conde Serpujovskói, ¡hurra!

Tras el comandante salió Serpujovskói, sonriendo y con una copa en la mano.

—Cada día estás más joven, Bondarienko —le dijo al sargento de caballería, hombre apuesto y de rostro colorado, que estaba delante de él, el cual servía como reenganchado.

Hacía tres años que Vronski no había visto a Serpujovskói. Su aspecto era más viril y se había dejado crecer las patillas, pero seguía siendo tan esbelto y no llamaba tanto la atención por su belleza como por la dulzura y la arrogancia de su rostro y de su complexión. Vronski había observado un cambio en él, que consistía en esa expresión radiante y serena que adquieren los rostros de los que triunfan y están seguros de que todos han de reconocer su triunfo. Vronski conocía esa expresión e inmediatamente la notó en Serpujovskói. Al bajar la escalera, Serpujovskói vio a Vronski. Una alegre sonrisa iluminó el rostro de aquel. Alzó la cabeza y levantó la copa, saludando a Vronski y dándole a entender con ese gesto que tenía que acercarse antes al sargento de caballería, el cual, estirado, preparaba ya los labios para besarle.

—¡Ya estás aquí! —exclamó el comandante del regimiento—. Me ha dicho Iashvín que estás de mal humor.

Serpujovskói besó los frescos y húmedos labios del gallardo sargento y, secándose la boca con el pañuelo, se acercó a Vronski.

—¡Cuánto me alegro! —dijo, estrechándole la mano y llevándole aparte.

—¡Ocúpese de él! —gritó el comandante, dirigiéndose a Iashvín, y descendió la escalera, yendo hacia los soldados.

—¿Por qué no fuiste a las carreras ayer? Esperaba verte allí —dijo Vronski, examinando a Serpujovskói.

—Fui, pero llegué tarde. Perdóneme —añadió, y se dirigió al ayudante—. Haga el favor de mandar repartir esto de mi parte.

Sacó apresuradamente de su cartera tres billetes de cien rublos y se sonrojó.

—Vronski, ¿quieres comer o beber algo? —preguntó Iashvín—. Tráele algo de comer al conde. ¡Toma, bebe esto!

La francachela en casa del comandante se prolongó bastante. Bebieron mucho. Llevaron en triunfo a Serpujovskói. Y después, al comandante del regimiento. Luego, ante los cantores, el comandante en persona bailó con Petritski. Finalmente, Diomin, un tanto cansado, se sentó en un banco del patio y trató de demostrarle a Iashvín la superioridad de Rusia sobre Prusia, principalmente en el ataque de la caballería, y durante un momento la francachela se calmó. Serpujovskói entró en la casa, al tocador, para lavarse las manos, y se encontró allí con Vronski, que se estaba lavando. Se había quitado la guerrera y, poniendo bajo el chorro su cuello colorado cubierto de vello, se lo friccionaba, así como la cabeza. Al terminar, Vronski se sentó junto a Serpujovskói. Se sentaron allí mismo, en un pequeño diván, y entablaron una conversación muy interesante para ambos.

—Estoy al tanto de tu vida a través de mi mujer —dijo Serpujovskói—. Me alegro de que la hayas visto a menudo.

—Es muy amiga de Varia y son las dos únicas mujeres de San Petersburgo a las que me agrada tratar —contestó Vronski sonriendo, al prever el tema hacia el que se encaminaba la conversación, cosa que le era agradable.

—¿Las únicas? —interrogó Serpujovskói con una sonrisa.

—También yo he sabido de ti, pero no solamente por tu mujer —dijo Vronski con expresión severa, como cortando aquella alusión—. Me alegré mucho de tu triunfo, aunque no me sorprendió en absoluto. Esperaba aún más.

Serpujovskói sonrió. Sin duda le agradaba aquella opinión y no creía necesario ocultarlo.

—En cambio yo, lo confieso sinceramente, esperaba menos. Pero estoy contento, muy contento. Soy ambicioso; es una debilidad mía, que reconozco.

—Quizá no lo harías si no hubieses tenido éxito —dijo Vronski.

—No creo —contestó Serpujovskói, volviendo a sonreír—. No pretendo decirte que no merecería la pena vivir sin ambición, pero sería aburrido. Tal vez me equivoque, pero me parece que tengo capacidades para la actividad que he elegido y que en mis manos el mando, sea cual fuere, estaría mejor que en manos de muchos otros —dijo Serpujovskói, con radiante conciencia de su triunfo—. Por ello, cuanto más me acerco a eso, más satisfecho estoy.

—Quizá esto sea así para ti, aunque no lo es para todos. Yo también pensaba del mismo modo, pero encuentro que no merece la pena vivir solo para eso —replicó Vronski.

—¡Vaya! ¡Vaya! —exclamó Serpujovskói, echándose a reír—. Ya te he dicho que me han hablado de ti, me he enterado de que has rechazado un puesto. Desde luego, te aprobé. Pero todas las cosas deben hacerse de cierta manera. Creo que el hecho en sí está bien, aunque no lo hiciste como debías.

—A lo hecho, pecho; ya sabes que nunca me arrepiento de lo que hago. Y, además, me va magníficamente.

—Te va bien por algún tiempo. Pero eso no te satisfará. No le digo esas cosas a tu hermano; es un buen muchacho, lo mismo que el dueño de la casa. ¡Ahí lo tienes! —añadió, prestando atención a los gritos de ¡hurra!—. Se divierte; en cambio, a ti eso no te satisface.

—No digo que me satisfaga.

—Además, no se trata solo de eso. Se necesitan hombres como tú.

—¿Quién los necesita?

—¿Quién? La sociedad, Rusia. Rusia necesita gente, necesita un partido. De otro modo, todo se irá al diablo.

—¿Por ejemplo, como el partido de Berteniev contra los comunistas rusos?

—No —replicó Serpujovskói, frunciendo el ceño, molesto porque pudiera atribuirle una tontería así—. *Tout ça est une blague.** Eso ha existido y existirá siempre. No hay tales comunistas. Pero los intrigantes siempre han de inventarse algún partido peligroso y dañino. Eso es viejo. Se necesita un partido de gente independiente, como tú y yo.

—¿Para qué? —Y Vronski nombró a algunas personas que ejercían el poder—. ¿Acaso estos no son personas independientes?

—No lo son, porque no tienen o no han tenido desde su nacimiento una posición independiente, porque no han estado en la proximidad del sol bajo el que hemos nacido. Se los puede sobornar con dinero o con halagos. Y para sostenerse tienen que inventarse una tendencia política. Desarrollan un pensamiento en el que no creen y que es perjudicial, y todo esto no es sino un medio para gozar de un sueldo y de una casa del Estado. *Cela n'est pas plus malin que*

* «Todo eso es una farsa.» *(N. de las T.)*

*ça** cuando uno ve su juego. Tal vez yo sea peor, más necio que ellos, aunque no comprendo por qué había de ser así. Al menos, tú y yo gozamos de una superioridad indudable: es más difícil sobornarnos. Y ahora más que nunca se necesitan personas así.

Vronski escuchaba con atención, pero no le interesaba tanto el sentido de las palabras como la manera que tenía Serpujovskói de enfocar aquel asunto, el cual se disponía a luchar con el poder, contando ya con simpatías y antipatías, mientras que él no ponía interés sino en los asuntos del escuadrón. Vronski se dio cuenta también de lo fuerte que podía ser Serpujovskói por su facultad de pensar y de entender las cosas, por su inteligencia y don de palabra, cualidades que tan raramente se encontraban en la esfera en que él vivía. Y por más vergüenza que íntimamente le diera, sentía envidia.

—De todos modos, a mí me falta una cosa importante para eso: el deseo del poder —replicó Vronski—. Lo he tenido, pero se me ha pasado.

—Perdóname, pero eso no es verdad —exclamó Serpujovskói sonriendo.

—¡Lo es, lo es!... Para ser sincero, eso me pasa ahora —añadió Vronski.

—Eso de que sea cierto *ahora*, es otra cosa, pero ese *ahora* no durará siempre.

—Tal vez —contestó Vronski.

—Tú dices «tal vez» —continuó Serpujovskói, como adivinando su pensamiento—. Y yo te digo que eso es *seguro*. Por eso quería verte. Has obrado como debías. Lo comprendo. Pero no debes *perseverar*. Solo te ruego que me des *carte blanche*.** No trato de protegerte... Aunque ¿por qué no iba a hacerlo? ¡Tú me has protegido muchas veces! Espero que nuestra amistad esté por encima de eso. Sí —dijo con dulzura casi femenina y sonriendo—. Dame *carte blanche*, abandona el regimiento y yo te arrastraré sin que lo notes.

—Ten en cuenta que no necesito nada —dijo Vronski—. Únicamente deseo que todo siga tal como está.

Serpujovskói se levantó y se colocó delante de él.

—Deseas que las cosas sigan como están. Comprendo lo que esto significa. Pero escúchame: tenemos la misma edad y tal vez hayas co-

* «Esto no es tan difícil como parece.» *(N. de las T.)*
** «Carta blanca.» *(N. de las T.)*

nocido más mujeres que yo. —La sonrisa y los gestos de Serpujovskói daban a entender que Vronski no debía tener miedo, que él llegaría delicadamente y con cuidado al punto doloroso—. Pero soy casado, y créeme que conociendo solo a su propia mujer, como ha escrito alguien, a la que uno ama, ha de conocer mejor a todas las mujeres que si hubiera tratado a muchísimas.

—¡Ahora vamos! —gritó Vronski al oficial que se había asomado a la habitación para decirle que los llamaba el comandante.

Vronski deseaba escuchar a Serpujovskói para saber todo lo que pensaba.

—Esto es lo que opino. Las mujeres son el principal escollo para las actividades del hombre. Es difícil amar a una mujer y hacer algo al mismo tiempo. Solo existe un remedio para amar sin dificultades ni trabas: es el matrimonio. ¿Cómo te diría lo que pienso? —prosiguió Serpujovskói, al que le gustaba hacer comparaciones—. ¡Espera! ¡Espera! Es como cuando se lleva un *fardeau*;* solo puedes hacer algo con las manos si lo tienes atado a la espalda; así es el matrimonio. He notado esto al casarme. De pronto me sentí con las manos libres. Pero arrastrar ese *fardeau* sin casarse es tener las manos tan atadas que no se puede hacer nada. Fíjate en Mazankov y en Krúpov. Han echado a perder sus carreras por las mujeres.

—Pero ¡qué mujeres! —exclamó Vronski, recordando a la francesa y a la actriz con las que tenían relaciones los mencionados.

—Tanto peor cuanto más elevada es la posición de la mujer en la sociedad. Es como si en vez de llevar el *fardeau* en las manos se lo estuvieras arrebatando a otro.

—Nunca has amado —dijo Vronski en voz baja, mirando ante sí y pensando en Anna.

—Tal vez. Pero recuerda lo que te he dicho. Y otra cosa más: las mujeres son más materialistas que los hombres. Nosotros consideramos el amor como algo inmenso, mientras que ellas están siempre *terre à terre*.**

—¡Ahora vamos, ahora vamos! —dijo Vronski al criado que entraba.

Pero este no venía a llamarlos, sino a traerle una nota.

* «Carga, peso, fardo.» *(N. de las T.)*
** «Sin perder el tiempo..., pensando en lo positivo.» *(N. de las T.)*

—La ha traído un criado de la princesa Tverskaia.

Vronski abrió la carta y se sonrojó.

—Me ha entrado dolor de cabeza, me voy a ir a casa —le dijo a Serpujovskói.

—Entonces, adiós. ¿Me das *carte blanche*?

—Ya hablaremos después. Te veré en San Petersburgo.

XXII

Eran más de las cinco y, para llegar a tiempo y no ir con sus caballos, que todos conocían, Vronski montó en el coche de alquiler de Iashvín y mandó al cochero que fuera lo más deprisa posible. Era un coche viejo, de cuatro plazas. Vronski se sentó en un rincón y, extendiendo las piernas en el asiento delantero, se sumió en reflexiones.

La vaga conciencia de que sus asuntos habían quedado claros, el recuerdo confuso de la amistad y de los halagos de Serpujovskói, que lo consideraba como un hombre útil, y, principalmente, la espera de la próxima entrevista, todo se unía en una impresión general de la alegría de vivir. Aquel sentimiento era tan intenso, que Vronski sonreía involuntariamente. Bajando las piernas, las cruzó y se palpó la fuerte pantorrilla, en la que se había dado un golpe al caerse la víspera. Echándose hacia atrás aspiró varias veces el aire a pleno pulmón.

«¡Qué bien me encuentro!», se dijo.

Ya anteriormente solía experimentar la alegre conciencia de su cuerpo, pero nunca se había querido a sí mismo, a su cuerpo, como ahora. Le resultaba agradable sentir aquel ligero dolor en su fuerte pierna y también sentir el movimiento de los músculos del pecho al respirar. Aquel día de agosto, claro y frío, que producía tanta desesperación a Anna, parecía reanimarlo excitándolo y le refrescaba el rostro y el cuello, que le ardían aun después del agua fría. El perfume de la brillantina de su bigote le resultaba especialmente grato con aquel aire fresco. Todo lo que veía por la ventanilla del coche, en el ambiente frío y puro, bajo la pálida luz del crepúsculo, era tan fresco, alegre y vigoroso como él mismo: los tejados de las casas, que brillaban con los rayos del sol poniente; las líneas destacadas de los muros y esquinas de los edificios; los transeúntes y los carruajes con los que se encontraba de tarde en tarde; el verde inmóvil de los árboles y de la hierba; los campos sembrados de patatas con los surcos regulares, y las oblicuas sombras que proyectaban las casas; los árboles y los arbustos, e incluso los surcos del sembrado de patatas, todo era bello como un paisaje recién pintado y cubierto de barniz.

—Corre, corre —le dijo al cochero, asomándose a la ventanilla.

Y sacando del bolsillo un billete de tres rublos, se lo dio al volverse este. La mano del cochero palpó algo junto al farol, se oyó el silbido del látigo y el coche rodó veloz por la calzada lisa.

«No necesito nada, excepto esta felicidad —pensaba Vronski, mirando el tirador de hueso de la campanilla, colocado entre las dos ventanillas, y representándose a Anna tal como la había visto la última vez—. Y cuanto más tiempo pasa, más la amo. He aquí el jardín de la casa veraniega oficial de Vrede. ¿Dónde estará Anna? ¿Dónde? ¿Cómo? ¿Por qué me habrá citado aquí y me escribe en la carta de Betsi?» Solo ahora se le había ocurrido pensar en eso, pero ya no le quedaba tiempo. Detuvo al cochero antes de llegar a la avenida y, abriendo la portezuela, saltó en marcha y se encaminó por el paseo que conducía a la casa. No había nadie, pero al volver la cabeza vio a Anna. Llevaba el rostro cubierto con un velo. Vronski la abarcó con una mirada fijándose en sus andares, que eran propios de ella sola, la caída de sus hombros y la posición de la cabeza, e inmediatamente sintió como una sacudida eléctrica que le recorrió de pies a cabeza. Sintió su propio cuerpo con una fuerza nueva, desde sus pasos firmes hasta los pulmones al respirar, y experimentó un cosquilleo en los labios.

Al reunirse con Vronski, Anna le estrechó la mano con fuerza.

—¿No te habrá molestado que te llamara? Necesitaba verte sin falta —dijo.

Y la posición grave y severa de sus labios, que Vronski percibió bajo el velo, hizo cambiar en el acto su estado de ánimo.

—¿Molestarme? Pero ¿cómo has venido aquí?

—Eso no importa —replicó Anna, cogiéndole del brazo—. Vamos, necesito hablarte.

Vronski comprendió que había sucedido algo y que la entrevista no sería alegre. En presencia de Anna carecía de voluntad propia: ignoraba la causa de su inquietud, pero se daba cuenta de que, a pesar suyo, se le comunicaba.

—¿Qué pasa? ¿Qué pasa? —preguntó, apretando la mano de Anna con el codo y tratando de leer en su rostro lo que pensaba.

Anna, cobrando ánimo, dio algunos pasos en silencio y de pronto se detuvo.

—Ayer no te dije —empezó, respirando precipitada y fatigosamente— que al volver a casa con Alexiéi Alexándrovich le conté todo..., le dije que no puedo seguir siendo su mujer..., y que..., se lo he dicho todo.

Vronski la escuchaba inclinando involuntariamente el cuerpo hacia ella, como si deseara suavizarle con eso lo penoso de su situación. Pero, en cuanto Anna pronunció esas palabras, Vronski se irguió repentinamente y su rostro adquirió una expresión altiva y severa.

—Sí, sí; esto es mejor, mil veces mejor. Comprendo lo doloroso que habrá sido —dijo.

Anna no escuchaba sus palabras, leía sus pensamientos por su expresión. No adivinaba que lo que el rostro de Vronski reflejaba era el primer pensamiento que se le había ocurrido: la inminencia del duelo. Anna nunca había pensado en esa posibilidad y, por tanto, dio una explicación distinta a esa momentánea expresión de gravedad.

Al recibir la carta de su marido comprendió en el fondo de su alma que todo iba a seguir como antes, que le faltarían fuerzas para despreciar su posición, abandonar a su hijo y unirse a su amante. La mañana pasada en casa de la princesa Tverskaia la afirmó aún más en esta convicción. Sin embargo, la entrevista con Vronski tenía para ella una importancia trascendental. Anna confiaba en que esta entrevista cambiaría su situación y la salvaría. Si al oír esa noticia Vronski, decidido y apasionado, sin vacilar un momento le hubiese dicho: «Abandónalo todo y huyamos juntos», Anna habría dejado a su hijo y se hubiera ido con él. Pero la noticia no produjo en Vronski la impresión que esperaba Anna; solo parecía haberse ofendido por algo.

—No me ha sido penoso en absoluto. Sucedió del modo más natural —replicó Anna, irritada—. Mira... —añadió, sacando del guante la carta de su marido.

—Comprendo, comprendo —la interrumpió Vronski, tomando la carta, pero sin leerla, y tratando de calmar a Anna—. Solo deseaba una cosa, solo pedía una cosa: que pusieras fin a esta situación, para consagrar mi vida a tu felicidad.

—¿Por qué me dices eso? ¿Acaso puedo dudarlo? Si lo dudara...

—¿Quién viene por ahí? —preguntó Vronski de pronto, señalando a dos señores que venían a su encuentro—. Puede que nos conozcan —añadió, arrastrando apresuradamente tras sí a Anna hacia un paseo lateral.

—Me da igual —dijo ella; sus labios se contrajeron, y Vronski creyó ver que sus ojos, bajo el velo, lo miraban con una extraña expresión de ira—. Te digo que no se trata de eso, ni lo dudo, pero he aquí lo que me escribe. Léelo.

Anna volvió a detenerse.

De nuevo, como en el primer momento de recibir la noticia de que Anna había roto con su marido, Vronski, leyendo la carta, se entregó involuntariamente a la impresión espontánea que sintió respecto del marido ultrajado. Ahora, mientras tenía en las manos su carta, se imaginaba, a pesar suyo, el desafío, que, sin duda, iba a tener lugar aquel mismo día o al día siguiente en su casa. Y también el duelo, en el cual, con la expresión fría y altiva que mostraba ahora su rostro, dispararía al aire, esperando la bala del marido ultrajado. Y enseguida le pasó por la imaginación el recuerdo de lo que le dijo Serpujovskói y lo que pensó él mismo por la mañana: era mejor no estar ligado. Pero sabía que no podía comunicar a Anna aquel pensamiento.

Después de leer la carta, Vronski miró a Anna y en sus ojos no había dureza. Comprendió enseguida que Vronski había pensado ya en aquella posibilidad. Sabía que por mucho que pudiera decirle no le diría todo lo que pensaba. Y se dio cuenta de que su última esperanza estaba perdida. No era esto lo que esperaba.

—Ya ves cómo es ese hombre —dijo con voz temblorosa—. Él...

—Perdóname, pero esto me alegra —interrumpió Vronski—. Por Dios, déjame acabar de hablar —añadió, suplicándole con la mirada que le diera tiempo de aclarar sus palabras—. Me alegra, porque las cosas no pueden en modo alguno quedar como él supone.

—¿Por qué no? —pronunció Anna, conteniendo las lágrimas y, sin duda, no dando ninguna importancia a lo que él pudiera decirle; presentía que su suerte estaba decidida.

Vronski quería decir que después del duelo, inminente, a su juicio, aquello no podía continuar así, pero dijo otra cosa.

—Esto no puede seguir así. Espero que ahora lo abandones. Espero —Vronski se turbó, sonrojándose— que me permitirás que arregle nuestra vida. Mañana... —prosiguió.

Pero Anna no le dejó terminar.

—¿Y mi hijo? —exclamó—. Ya ves lo que me escribe; tendría que abandonarlo, y no puedo ni quiero hacerlo.

—Pero, ¡por Dios!, ¿qué es mejor? ¿Abandonar a tu hijo, o continuar en esta situación humillante?

—¿Para quién es humillante?

—Para todos, y sobre todo para ti.

—No digas que es humillante..., no lo digas. Esas palabras carecen de sentido para mí —dijo Anna con voz trémula; ahora deseaba que Vronski dijera la verdad; solo le quedaba su amor, y quería amarlo—. Comprende que desde el día en que empecé a quererte todo ha cambiado. Solo tengo una cosa: tu amor. Si lo tengo, me siento tan elevada y tan firme que nada puede humillarme. Me enorgullezco de mi situación..., me enorgullezco porque...

Anna no llegó a decir por qué se sentía orgullosa. Lágrimas de vergüenza y de desesperación ahogaron su voz. Se detuvo y estalló en sollozos.

Vronski también tuvo la sensación de que algo le apretaba la garganta, le cosquilleaba la nariz y, por primera vez en su vida, estuvo a punto de echarse a llorar. No hubiera podido decir qué era, concretamente, lo que le había conmovido tanto; compadecía a Anna y se daba cuenta de que no podía ayudarla, y a la vez reconocía que él era la causa de su desgracia y que había hecho algo malo.

—¿Acaso no es posible obtener el divorcio? —preguntó con voz débil; Anna, sin contestar, movió la cabeza—. ¿Acaso no podrías llevarte a tu hijo y dejar a tu marido?

—Sí, pero todo depende de él. Ahora debo ir a su casa —replicó secamente; sus presentimientos de que todo iba a seguir igual que antes no la engañaron.

—El martes iré a San Petersburgo y se decidirá todo.

—Sí —replicó Anna—, pero no hablemos más de eso.

Se acercaba el coche de Anna, que había despedido con orden de que fuera a buscarla junto a la verja del jardín de Vrede. Anna se despidió de Vronski y se fue a casa.

XXIII

El lunes, la comisión del 2 de junio celebraba la sesión acostumbrada. Alexiéi Alexándrovich entró en la sala de la reunión, saludó a los miembros y al presidente, como de costumbre, y ocupó su puesto, poniendo la mano sobre los documentos que se hallaban preparados ante él. Entre estos estaban los informes que precisaba y el resumen de la declaración que se proponía formular. Por otra parte, no necesitaba aquellos informes. Lo recordaba todo y no consideraba imprescindible repetir en su memoria lo que había de decir. Sabía que, llegado el momento y cuando se enfrentara con el rostro de su adversario —que en vano trataría de aparentar una expresión indiferente—, su discurso saldría por sí solo mejor que todo lo que pudiera preparar. Se daba cuenta de que la síntesis de su discurso era tan grandiosa que cada palabra iba a tener su significado. Y, sin embargo, mientras escuchaba el informe habitual, Karenin tenía el aspecto más inocente e inofensivo. Nadie pensaba, viendo sus blancas manos de venas hinchadas, que tan suavemente palpaban con sus largos dedos las orillas del papel blanco colocado ante él y su cabeza inclinada hacia un lado con esa expresión de cansancio, que inmediatamente iban a brotar de su boca palabras que desencadenarían una tempestad horrorosa, obligando a los miembros a gritar y a interrumpirse unos a otros, y al presidente a reclamar el orden. Cuando terminaron de leer el informe, Alexiéi Alexandrovich, con su voz suave y fina, anunció que iba a manifestar algunas ideas relativas al asunto de los pueblos de otras razas. Todos concentraron la atención en él. Karenin tosió, y, sin mirar a su adversario, clavó los ojos, como solía hacer siempre al pronunciar sus discursos, en la primera persona sentada ante él —un viejecito tranquilo y menudo, que nunca expresaba en la comisión opiniones propias— y comenzó a exponer sus ideas. Cuando llegó a la ley fundamental y orgánica, su adversario se levantó de un salto y empezó a objetar. Striómov, miembro también de la comisión y también herido en lo vivo, trató de justificarse; la sesión se alborotó, pero Alexiéi Alexándrovich triunfaba y su proposición fue aceptada. Se nombraron tres comisiones nuevas, y al día siguiente, en un determinado círculo petersburgués, no se habló más que de aquella sesión. El éxito de Alexiéi Alexándrovich fue mayor de lo que él mismo se esperaba.

A la mañana siguiente, martes, Karenin, al despertar, recordó con satisfacción el triunfo de la víspera y no pudo por menos de sonreír, a pesar de que quería parecer indiferente, cuando el jefe de la oficina, deseando halagarlo, le comunicó los comentarios que habían llegado hasta él de lo sucedido en la comisión.

Ocupado con el jefe de la oficina, Alexiéi Alexándrovich olvidó que era martes, el día que había fijado para el regreso de Anna Arkádievna, y se sorprendió desagradablemente al anunciarle el criado su llegada.

Anna había llegado a San Petersburgo por la mañana temprano; al recibir su telegrama, se le había mandado el coche y, por tanto, Alexiéi Alexándrovich debía de estar enterado de su regreso. Sin embargo, no salió a recibirla. Le dijeron que estaba ocupado con el jefe de la oficina. Anna ordenó que lo avisasen, pasó a su gabinete y se dedicó a arreglar sus cosas, esperando que fuese a verla. Pero transcurrió una hora sin que apareciese Karenin. Anna salió al comedor con el pretexto de dar órdenes, y, a propósito, habló en voz alta, esperando que su marido fuese allí, pero este no entró, a pesar de que Anna le oyó acercarse a la puerta del despacho acompañando al jefe de la oficina. Anna sabía que Karenin había de salir enseguida para sus asuntos y quería hablarle antes para concretar sus relaciones futuras.

Cruzó la sala y se dirigió al despacho de su marido con decisión. Cuando entró, Alexiéi Alexándrovich, de uniforme, sin duda dispuesto para salir, se hallaba sentado ante una mesita sobre la que tenía apoyados los codos y miraba ante sí con tristeza. Anna lo vio antes que él la viera y comprendió que pensaba en ella. Al verla, Karenin tuvo intención de levantarse, pero cambió de parecer y luego su rostro se encendió, cosa que Anna nunca había visto antes. Y al fin, levantándose rápidamente, se dirigió a su encuentro, mirándola no a los ojos, sino más arriba, a la frente y al cabello. Acercándose, le tomó la mano y le rogó que se sentara.

—Me alegro de que hayas venido —dijo, y se sentó junto a ella, como deseando decirle algo, pero se turbó; varias veces intentó de nuevo hablar; sin embargo, cada vez se interrumpía.

A pesar de que Anna se había preparado para esta entrevista estudiando la manera de despreciar y culpar a su marido, ahora no sabía qué decirle y lo compadecía. Aquel silencio se prolongó bastante.

—¿Se encuentra bien Seriozha? —preguntó Karenin, y sin esperar respuesta añadió—: Hoy no como en casa. Y ahora tengo que irme.

—Quería marcharme a Moscú —dijo Anna.

—No, has hecho mucho mejor viniendo aquí —replicó Karenin, y calló de nuevo.

Anna, viendo que su marido no tenía fuerzas para empezar a hablar, se decidió a hacerlo.

—Alexiéi Alexándrovich —dijo, mirándole sin quitarle los ojos, bajo la mirada de él fija en sus cabellos—, soy una mujer culpable, una mala mujer, pero sigo siendo la misma que era, la misma que te dije, y he venido para explicarte que no puedo cambiar.

—No te he preguntado nada de eso —replicó Karenin, mirándola de pronto directamente a los ojos con firmeza y odio—. Me lo suponía. —Bajo el influjo de la ira había recobrado plenamente, al parecer, el dominio de sus facultades—. Pero como ya te dije y te escribí —continuó en tono duro—, te repito que no estoy obligado a saberlo. Lo ignoro. No todas las mujeres son tan amables como tú para apresurarse a comunicar a sus maridos una nueva tan agradable. —Karenin acentuó la palabra «agradable»—. Yo lo ignoro hasta el momento que lo ignore la sociedad y mientras mi nombre no quede deshonrado. Y por eso te advierto que nuestras relaciones deben ser las de siempre. Y solo en caso de que te *comprometas* he de tomar medidas para salvaguardar mi honor.

—Sin embargo, nuestro trato no puede ser el de siempre —objetó Anna tímidamente, mirándole asustada.

Cuando vio de nuevo aquellos gestos tranquilos y oyó aquella voz infantil, penetrante y burlona, su repugnancia hacia él hizo desaparecer su piedad y solo tuvo miedo, pero quería aclarar su situación por encima de todo.

—No puedo seguir siendo tu mujer cuando yo... —empezó diciendo.

Alexiéi Alexándrovich se echó a reír con una risa malévola y fría.

—Sin duda, la clase de vida que has elegido ha influido en tus ideas. Es tal el respeto y el desprecio que siento hacia una cosa y

otra... Respeto tu pasado y desprecio tu presente hasta tal punto...,
que he estado bien lejos de querer decir lo que has interpretado por
mis palabras.

Anna suspiró y bajó la cabeza.

—Además, no comprendo cómo poseyendo tanta desenvoltura
—continuó Karenin, exaltándose—, como para comunicarle a tu
marido directamente tu infidelidad y no encontrando en ella, según
parece, nada censurable, lo encuentras, en cambio, en el cumplimiento de tus deberes de esposa con respecto a tu marido.

—Alexiéi Alexándrovich, ¿qué es lo que quieres de mí?

—Deseo no encontrarme con ese hombre aquí y que tú te con-
duzcas de tal manera que ni el *mundo* ni los *criados* puedan criticarte...
Deseo que dejes de ver a ese hombre. Creo que no pido mucho. Y a
cambio de ello disfrutarás de los derechos de esposa honrada, sin
cumplir sus deberes. Esto es todo cuanto tengo que decirte. Y ahora
debo irme. No como en casa.

Karenin se levantó, dirigiéndose a la puerta. Anna se levantó también. Alexiéi Alexándrovich, inclinándose en silencio, la dejó pasar.

XXIV

La noche que pasó Lievin en el almiar no dejó de tener consecuencias para él: los trabajos de la propiedad, que hasta ahora dirigiera, lo cansaron y perdieron todo interés para él. A pesar de la magnífica cosecha, nunca se habían producido, o al menos eso le había parecido, tantos fallos ni tantos choques con los campesinos como aquel año, y la causa de todo ello le resultaba comprensible. El placer que experimentó en las faenas del campo, el acercamiento que se había producido con este motivo entre él y los campesinos, la envidia que tenía de aquella vida y el deseo de adoptarla —que aquella noche ya no era solo un sueño, sino una resolución—, sobre cuyos detalles meditara, todo ello cambió su punto de vista respecto del modo de dirigir su propiedad. Ya no podía encontrar el interés de antes ni podía dejar de ver su actitud desagradable ante los trabajadores, que eran la base de todo. El rebaño de vacas seleccionadas, como la Pava; la tierra labrada y abonada; los nuevos campos iguales, bordeados de setos; noventa desiatinas de tierra cubiertas de estiércol bien preparado; las sembradoras mecánicas, etcétera, todo esto hubiera sido espléndido si lo hiciera él mismo o con amigos que tuvieran las mismas ideas que él. Pero ahora veía claramente (la obra que escribía sobre la economía rural, cuyo elemento principal era el trabajador, le ayudó mucho para comprender eso) que aquel modo de llevar las cosas de la propiedad se reducía a una lucha feroz y tenaz entre él y los trabajadores. Había por su parte un continuo deseo de transformarlo todo de acuerdo con el sistema que él consideraba mejor, mientras que, por la otra, los obreros se inclinaban a conservar las cosas en su orden natural. Lievin observaba que en esta lucha, llevada con el máximo esfuerzo por su parte, y sin esfuerzo ni intención siquiera por la otra, lo único que se lograba era que la explotación no diese resultado y se echasen a perder de una manera completamente inútil unas máquinas magníficas y unos animales y una tierra excelentes. Lo más grave era que no solo se perdía estérilmente la energía empleada en ello, sino que Lievin no podía dejar de experimentar ahora, cuando el sentido de dirigir su hacienda apareció claro ante sus ojos, que el objetivo de sus actividades era indigno. En realidad, ¿en qué consistía la lucha? Miraba por cada kopek suyo (no podía hacer de otro modo, porque por poco que aflojara su tenacidad le faltaría dinero para pagar a los trabajadores) mientras que los obreros solo defendían la posibilidad de trabajar tranquila y agradablemente, es decir, como estaban acostumbrados. Los intereses de Lievin consistían en que cada hombre trabajara lo más que pudiera y, además, que no se distrajera, procurando no estropear las aventadoras, los rastrillos, las trilladoras; que pensara en lo que hacía, y en cambio, el campesino quería trabajar del modo más fácil y agradable y, sobre todo, sin preocupaciones, distraídamente, sin detenerse a pensar. Este verano, Lievin había comprobado esto a cada paso. Mandaba segar el trébol para heno, escogiendo las peores desiatinas en las que había mezcladas hierba y cizaña, que no servían para simientes. Pero los campesinos guadañaban al mismo tiempo las desiatinas mejores, destinadas para el grano, y se justificaban diciendo que se lo había mandado el administrador, tratando de consolar a Lievin asegurando que el heno sería magnífico. Lievin sabía que aquello era debido a que resultaban más fáciles de guadañar esas desiatinas. Cuando enviaba una máquina para voltear el heno, la estropeaban enseguida, porque al campesino le parecía aburrido estar sentado en la delantera mientras las aletas se movían tras él. Y le decían: «No se preocupe. Las mujeres lo voltearán en un momento». Los arados quedaban inservibles porque al campesino no se le ocurría bajar la reja y de este modo cansaba a los caballos y estropeaba la tierra, pero le decían a Lievin que no se preocupara. Dejaban que los caballos se metieran en los sembrados de trigo porque ninguno de los campesinos quería ser guarda nocturno, y a pesar de que tenían orden de no hacerlo, velaban turnándose, y una vez Vañka, que había trabajado todo el día, se quedó dormido. Arrepintiéndose de su falta, decía: «Usted manda». Llevaron a pastar las tres mejores terneras al campo de trébol guadañado, sin darles antes de beber, y los animales enfermaron, pero no quisieron creer que las terneras se habían hinchado por el trébol y contaban como consuelo que el propietario vecino había perdido en tres días ciento doce cabezas de ganado. Todo esto no sucedía porque le deseasen mal a Lievin o a su finca; sabía que los campesinos lo querían y lo consideraban como un señor sencillo (cosa que era la máxima alabanza), sino porque anhelaban trabajar alegremente y sin preocupaciones y porque los intereses de Lievin les resultaban ajenos e incomprensibles, fatalmente contrarios a los suyos, que eran los mejores. Hacía tiempo ya que Lievin se sentía descontento de cómo llevaban la hacienda. Veía que su barco hacía agua, pero no encontraba ni buscaba por dónde, acaso engañándose a propósito. (No le quedaría nada si este le defraudara.) Pero ahora no podía seguir engañándose. Su hacienda no solo había dejado de tener interés para él, sino que le repugnaba y ya le resultaba imposible ocuparse de ella.

A esto se añadía la presencia, a treinta verstas de él, de Kiti Scherbátskaia, a la que quería y no podía ver. Daria Alexándrovna Oblónskaia lo invitó cuando estuvo en su casa a que las visitara; para estimularle a pedir la mano de su hermana, que ahora, según le daba a entender, lo aceptaría. Al ver a Kiti, Lievin comprendió que no había dejado de quererla, pero no podía ir a casa de los Oblonski, sabiendo que ella estaba allí. El hecho de que él se hubiese declarado y ella lo rechazara ponía entre ellos un obstáculo invencible. «No puedo pedirle que sea mi esposa solo porque no ha podido casarse con el hombre a quien amaba», se decía Lievin. Esta idea enfriaba sus sentimientos y le hacía experimentar hostilidad hacia Kiti. «No tendré fuerzas para hablar con ella sin hacerle sentir mi reproche, ni podré mirarla sin ira, y entonces ella me odiará aún más, como es natural. Y, por otra parte, ¿cómo puedo ir a verla después de lo que me ha dicho Daria Alexándrovna? ¿Acaso podría ocultar que sé lo que me ha contado? ¿Cómo he de ir con una actitud magnánima a perdonarla, a concederle indulgencia? Mi papel ante ella es el del hombre que perdona y que se digna conceder su amor... ¿Para qué me habrá dicho eso Daria Alexándrovna? Hubiera podido ver a Kiti casualmente, y entonces todo hubiera sucedido de un modo natural. Pero ahora ¡es imposible, imposible!»

Daria Alexándrovna envió a Lievin una carta pidiéndole una silla de montar para Kiti. «Me han dicho que tiene una silla de montar. Espero que la traiga usted en persona», le escribía.

Aquello le pareció insoportable. ¿Cómo era posible que una mujer delicada e inteligente pudiese humillar así a su hermana? Lievin escribió diez notitas, las rompió todas y envió la silla, sin contestación alguna. No podía decir que iría, porque le era imposible hacerlo, y escribir que no iba por algún impedimento o porque se marchaba le parecía aún peor. Tras enviar la silla sin contestación y convencido de que había procedido incorrectamente, al día siguiente, dejando los asuntos de la finca, tan ingratos ahora, en manos del administrador, se fue a casa de su amigo Sviyazhski. Este vivía en una provincia lejana, en la que había unos espléndidos pantanos donde abundaban las chochas, y le había escrito hacía poco, rogándole que cumpliese su promesa de visitarlo. Las chochas de los pantanos del distrito de Surovsk atraían a Lievin desde hacía ya mucho tiempo, pero había aplazado siempre este viaje, absorbido por las faenas del campo. Ahora se alegraba de marcharse de la vecindad de los Scherbatski y, sobre todo, de abandonar las actividades del campo para entregarse a la caza, que en todos sus pesares le había servido siempre como el mejor consuelo.

XXV

No había ferrocarril ni camino de postas para ir a la provincia de Surovsk. Así es que Lievin hizo el viaje con sus propios caballos, en un coche descubierto.

A medio camino se detuvo para darles pienso en casa de un labrador rico. Un viejo calvo y lozano, de ancha barba rojiza, con canas en las patillas, abrió la verja, apartándose para dar paso al coche. Después de indicarle al cochero un lugar bajo el sobradillo en el amplio patio limpio y bien ordenado, en el cual se veían algunos arados inservibles, el viejo indicó a Lievin que pasara a la casa. Una muchacha que llevaba chanclos sobre los pies descalzos fregaba el suelo del zaguán. Se asustó y dio un grito al ver entrar corriendo al perro de Lievin, que lo seguía, pero inmediatamente se echó a reír, dándose cuenta de que no le haría daño. Después de indicarle a Lievin con su brazo remangado la puerta de la habitación, ocultó de nuevo su hermoso rostro, inclinándose para seguir fregando.

—¿Quiere el samovar? —preguntó.

—Sí, tráelo, por favor.

La habitación era espaciosa, tenía una estufa holandesa y una mampara. Bajo los iconos había una mesa con dibujos pintados, un banco y dos sillas. Junto a la puerta se veía un aparador con vajilla. Los postigos de las ventanas estaban cerrados, había pocas moscas y todo era tan limpio que Lievin se preocupó de que Laska, que se había bañado en los charcos, por el camino, no ensuciase el suelo, y le mostró un lugar en el rincón, junto a la puerta. Después de examinar la habitación, Lievin salió al patio, detrás de la casa. La hermosa muchacha de los chanclos, balanceando en el aire los cubos vacíos que llevaba sobre una pértiga, lo adelantó corriendo para sacar agua del pozo.

—¡Date prisa! —le gritó alegremente el viejo, y se dirigió a Lievin—. ¿Qué hay, señor? ¿Va usted a casa de Nikolái Ivánovich Sviyazhski? También él viene a veces por aquí —empezó diciendo con ganas de hablar y acodándose en la barandilla de la escalinata.

Cuando el viejo iba por la mitad de su relato acerca de su conocimiento con Sviyazhski, chirriaron las puertas y los labradores entraron en el patio llevando los arados y las gradas. Los caballos que tiraban de estos eran grandes y bien alimentados. Sin duda, aquellos hombres eran casados: dos de ellos eran jóvenes y vestían camisas de algodón y gorras de visera; los otros dos, uno viejo y joven el otro, eran jornaleros y llevaban camisas de lienzo.

Separándose de la escalinata, el viejo se acercó a los caballos y comenzó a desengancharlos.

—¿Qué han arado? —preguntó Lievin.

—El campo de las patatas. Fiódor, no dejes escapar al potro; átalo al poste. Engancharemos otro caballo.

—Padrecito, ¿han traído la reja del arado que he pedido? —preguntó uno de los mozos, fuerte y alto, que probablemente era hijo del anciano.

—Está... en el trineo —contestó este, arrollando las riendas que había quitado a los caballos y arrojándolas al suelo—. Arréglalas mientras comen los otros.

La hermosa muchacha volvió al zaguán con los cubos llenos de agua, cuyo peso le hundía los hombros. Sin saber de dónde, aparecieron varias mujeres, jóvenes y hermosas, de cierta edad, viejas y feas, con niños y sin ellos.

El samovar empezó a hervir; los jornaleros y los de la familia, una vez desenganchados los caballos, se fueron a comer. Lievin sacó del coche sus provisiones e invitó al viejo a tomar el té.

—Ya lo he tomado, pero repetiré, por acompañarle —dijo el anciano, aceptando la invitación con evidente placer.

Mientras tomaban el té, Lievin se enteró de toda la historia de la propiedad del viejo. Diez años atrás, este había arrendado a su propietaria ciento veinte desiatinas de tierra, y el año anterior se las había comprado y arrendó otras trescientas al propietario vecino. Una parte pequeña de las tierras, la peor, la subarrendaba, y trabajaba él mismo, con su familia y dos jornaleros, cuarenta desiatinas. Lievin comprendió que el viejo se quejaba por conveniencia, pero que, en realidad, su hacienda prosperaba. De haberle ido mal las cosas, no hubiera comprado la tierra a ciento cinco rublos, no habría casado a sus tres hijos y a su sobrino, ni habría reconstruido tres veces la casa después de los incendios, y cada vez mejor. A pesar de sus lamentaciones, se veía que el viejo estaba orgulloso, no sin fundamento, de su bienestar, de sus hijos, de su sobrino, de sus nueras, de sus caballos, de sus vacas y, sobre todo, de la prosperidad de todo aquello. Por la conversación, Lievin dedujo que el anciano no era enemigo de las innovaciones. Sembraba mucha patata. Al llegar, Lievin vio que ya había florecido, mientras que la suya solo empezaba a dar flor. El viejo labraba los campos de la patata con la *arada*, según decía, que le prestaba el propietario. También sembraba trigo. El pequeño detalle que más impresionó a Lievin fue que el viejo aprovechaba como pienso para las caballerías el centeno recogido al escardar. Lievin había intentado recoger muchas veces, al ver cómo se desperdiciaba, ese magnífico forraje, pero nunca lo había conseguido. En cambio, el viejo lo hacía y no se cansaba de alabar aquel forraje.

—En algo tienen que ocuparse las mujeres. Sacan los montoncitos al camino y el carro los recoge.

—A nosotros, los propietarios, todo nos va mal con los trabajadores —dijo Lievin, ofreciéndole un vaso de té.

—Gracias —dijo el anciano tomándolo, pero negándose a coger azúcar y mostrando un terrón que había dejado a medio mordiscar—. Es imposible entenderse con los jornaleros. Es una verdadera ruina. Vea, por ejemplo, al señor Sviyazhski. Nosotros sabemos la tierra que tiene: es excelente, pero nunca puede coger buenas cosechas. ¡Falta la vigilancia!

—¿No trabajas tú también con jornaleros?

—Sí, pero soy aldeano. Todo lo hacemos nosotros mismos. Si el jornalero es malo, lo echamos y nos arreglamos con los de casa.

—Padrecito, Finoguén necesita que traigamos alquitrán —dijo la muchacha de los chanclos, entrando.

—Así es, señor —dijo el anciano levantándose, y, tras persignarse lentamente, dio las gracias a Lievin y salió.

Cuando Lievin entró en la isba de los trabajadores para llamar a su cochero vio a todos los hombres de la familia sentados a la mesa. Las mujeres, en pie, sonreían. El joven vigoroso, hijo del anciano, con la boca llena de *kasha*, contaba algo divertido y todos reían; la muchacha de los chanclos lo hacía con una alegría especial al mismo tiempo que añadía *schi* en un tazón.

Era muy posible que el agradable rostro de la muchacha de los chanclos contribuyese mucho a aquella sensación de bienestar que produjo en Lievin aquella familia, pero esta impresión había sido tan fuerte que no podía olvidarla. Durante todo el camino hacia las propiedades de Sviyazhski estuvo recordando la casa de los campesinos, como si el efecto que había experimentado exigiera un interés especial.

XXVI

Sviyazhski era el mariscal de la nobleza de su provincia. Le llevaba cinco años a Lievin y estaba casado hacía ya tiempo. En su casa vivía su joven cuñada, muchacha que le resultaba muy simpática a Lievin, quien no ignoraba que Sviyazhski y su mujer deseaban casarlo con ella. Lo sabía con certeza, como lo saben siempre los jóvenes a los que llaman pretendientes, aunque no hubiera osado nunca decírselo a nadie. Y también sabía que aunque deseaba contraer matrimonio y que aquella muchacha tan atractiva sería una esposa excelente, en todos sentidos, tenía tan pocas probabilidades de casarse con ella, aun sin estar enamorado de Kiti Scherbátskaia, como de subir volando al cielo. Y esa sensación le amargaba el placer que esperaba de su estancia en casa de Sviyazhski.

Al recibir carta de este invitándole a cazar, Lievin pensó en ello enseguida, pero a pesar de eso decidió que tales miras de su amigo eran un mero deseo sin fundamento, y resolvió ir. Además, en el fondo de su alma deseaba ponerse a prueba volviendo a ver de cerca a esa muchacha. La vida familiar de los Sviyazhski era muy grata, y su amigo, el mejor miembro activo del *zemstvo* que había conocido Lievin, le resultaba siempre muy interesante.

Sviyazhski era uno de esos hombres, siempre incomprensibles para Lievin, cuyos pensamientos, bien eslabonados aunque nunca propios, siguen un camino fijo, y cuya vida definida y firme en su dirección discurre por sí misma de un modo completamente independiente y casi siempre en oposición a sus ideas. Sviyazhski era muy liberal. Despreciaba a la nobleza, consideraba que la mayoría de los nobles eran partidarios de la servidumbre y que solo por cobardía no lo declaraban. Consideraba que Rusia era un país perdido, por el estilo de Turquía, y su gobierno tan malo, que ni siquiera se permitía criticar en serio sus actos. Pero al mismo tiempo era funcionario del Estado y un mariscal de la nobleza modelo, que siempre llevaba en sus viajes el gorro de visera con la escarapela y el galón rojo. Opinaba que solo era posible vivir en el extranjero, adonde se iba siempre que tenía ocasión, pero a la vez dirigía en Rusia una propiedad muy compleja y perfeccionada y se enteraba con mucho interés de todo lo que sucedía en su país. Creía que los campesinos rusos se hallaban por su inteligencia en un grado intermedio entre el hombre y el mono, y, sin embargo, en las elecciones del *zemstvo*, estrechaba las manos a los mujiks, escuchando sus opiniones con más gusto que cualquier otra persona. No creía en Dios ni en el diablo, pero le preocupaba mucho la cuestión de mejorar la situación del clero; creía necesaria la reducción de las parroquias, pero al mismo tiempo procuraba que en su aldea quedase la iglesia.

Respecto de la cuestión feminista, estaba de parte de los más extremados defensores de la libertad absoluta de la mujer y, especialmente, de su derecho al trabajo, pero vivía con su mujer de tal manera que todos admiraban aquel matrimonio sin hijos, que se llevaba tan bien. Le había organizado a su mujer una clase de vida en la que no hacía nada: solo tenía la preocupación, compartida por su marido, de pasar el tiempo lo mejor posible.

Si Lievin no poseyera la cualidad de considerar a la gente por su lado mejor, el carácter de Sviyazhski no representaría para él ninguna dificultad ni problema alguno, y se hubiera dicho: «Es un tonto o un canalla», y todo quedaría claro. Pero no podía llamarle «tonto» porque Sviyazhski, sin lugar a dudas, no solo era inteligente, sino también instruido y un hombre que llevaba su cultura con extraordinaria naturalidad. No había materia que desconociera, pero mostraba sus conocimientos solo cuando se veía obligado a ello. Y aún menos podía calificársele de canalla, ya que era sin duda un hombre honrado, bueno e inteligente, el cual realizaba una labor apreciada por todos los que le rodeaban, y con toda seguridad, nunca hacía ni podía hacer nada malo conscientemente.

Lievin trataba de comprenderlo, pero no lo conseguía, y siempre consideraba como un enigma lo mismo a él que a su vida.

Como eran amigos, Lievin se permitía sondear a Sviyazhski y llegar hasta la base misma de su concepto de la vida, pero siempre era en vano. Cada vez que Lievin quería penetrar más allá de las habitaciones de recepción de la inteligencia de Sviyazhski, notaba que este se turbaba algo, expresando su mirada un recelo casi imperceptible, como si temiera que Lievin lo comprendiese. Y le oponía una resistencia jovial y bondadosa.

Ahora, a raíz de su desengaño en sus actividades de propietario, Lievin experimentó un placer especial en visitar a Sviyazhski. Sin hablar ya de que aquella feliz pareja de tórtolos, satisfechos de sí mismos, y de que su nido confortable producían en Lievin una sensación agradable, ahora que se sentía tan descontento de su propia vida, deseaba descubrir el secreto de Sviyazhski, que daba una claridad, un júbilo y un sentido tan preciso a su vida. Además, Lievin sabía que en casa de Sviyazhski vería a los propietarios vecinos y tenía un interés particular en charlar y escuchar sus conversaciones sobre la economía rural, las cosechas, los contratos de jornaleros, etcétera. No ignoraba que esas charlas se consideraban muy vulgares, pero a la sazón le parecían muy importantes. «Acaso esto no tuviera importancia en los tiempos de la servidumbre o en Inglaterra. En ambos casos, las condiciones están definidas, pero aquí, en nuestro país, cuando todo se ha trastornado y solo empieza a organizarse la cuestión de cómo se establecerán esas condiciones, ese es el único problema importante», pensaba.

La caza resultó peor de lo que Lievin esperaba. El pantano estaba seco ya y no había apenas chochas. Tras un día entero de caza solo cobró tres piezas, pero en cambio trajo como siempre un apetito excelente, muy buena disposición de ánimo y aquel estado de excitación mental que despertaba en él el ejercicio físico. Durante la caza, cuando aparentemente no pensaba en nada, recordaba de cuando en cuando al viejo y a su familia, y ese recuerdo no solo parecía reclamar su atención, sino la resolución de algo relacionado con él mismo.

Por la noche, al tomar el té en compañía de dos propietarios que fueron a visitar a Sviyazhski por asuntos de una tutela, se entabló la interesante conversación que Lievin esperaba.

Lievin se hallaba sentado a la mesa junto a la dueña de la casa y tuvo que hablar con ella y con su hermana, instalada frente a él. La dueña de la casa era una mujer de rostro redondo, rubia y bajita, siempre risueña y con unos hoyitos en las mejillas. Lievin trataba de averiguar por mediación de ella la solución del importante problema que constituía para él su marido, pero no poseía una completa libertad de ideas, se sentía muy molesto. Eso era debido a que la cuñada de Sviyazhski, que se aliaba frente a él, llevaba un vestido muy especial que le parecía se había puesto por él, con un escote en forma de trapecio sobre el blanco pecho. Aquel escote cuadrangular, a pesar de la blancura del pecho, o precisamente por ella, privaba a Lievin de la libertad de pensamiento. Se imaginaba, equivocándose probablemente, que aquel escote se había hecho por él, pero no se consideraba con derecho a mirarlo, y procuraba no hacerlo. Pero tenía la impresión de ser culpable, aunque no fuera sino por el hecho de que aquel escote existiese. Le parecía que engañaba a alguien, que debía explicar algo, pero que era imposible hacerlo y, por este motivo, se sonrojaba constantemente, mostrándose torpe e inquieto. Su inquietud se comunicaba también a la bella cuñada. Pero la dueña de la casa parecía no darse cuenta de nada y, a propósito, la obligaba a tomar parte en la conversación.

—Dice usted —continuó la charla iniciada— que a mi marido no le interesa nada que sea ruso. Al contrario, aunque en el extranjero suele estar alegre, nunca lo está tanto como aquí. Aquí se halla en su ambiente. Tiene mucho que hacer y posee el don de interesarse por todo. ¿No ha estado usted en nuestra escuela?

—La he visto... ¿No es la casita cubierta de hiedra?

—Sí. Es obra de Nastia —dijo la dueña de la casa, señalando a su hermana.

—¿Es usted la que enseña? —preguntó Lievin, tratando de no mirar el escote, pero sintiendo que, mirase donde mirase en aquella dirección, lo habría de ver.

—Sí, he enseñado y enseño en esa escuela, pero además tenemos una maestra excelente. También hemos introducido clases de gimnasia.

—Gracias, no quiero más té —dijo Lievin.

Y, dándose cuenta de que cometía una incorrección, pero incapaz de continuar aquella charla, se levantó.

—Oigo una conversación muy interesante —añadió, acercándose al otro extremo de la mesa, donde estaba sentado el dueño de la casa con los dos propietarios.

Sviyazhski, sentado de lado, sostenía la taza en una mano, cuyo codo se apoyaba en la mesa mientras que con la otra se empuñaba la barba y, subiéndola hasta la nariz como para olerla, la dejaba caer de nuevo. Sus brillantes ojos negros miraban a uno de los propietarios de bigotes canosos que hablaba acalorándose y, al parecer, se divertía con su charla. El propietario se quejaba de los campesinos. Lievin veía claramente que Sviyazhski tenía una réplica para las quejas del propietario que aniquilaría en el acto el sentido de sus palabras, pero su posición no le permitía pronunciarla y escuchaba no sin placer sus cómicas lamentaciones.

El propietario de los bigotes canosos era sin duda un partidario acérrimo de la servidumbre, un hombre que nunca había salido de su pueblo, gran apasionado de la economía rural. Lievin veía síntomas de ello en su traje, una levita anticuada y algo raída, a la que el propietario no estaba acostumbrado; en sus entornados ojos inteligentes, en su conversación bien hilvanada en idioma ruso, en el tono imperativo, adquirido al parecer tras una larga práctica, así como en los gestos resueltos de sus grandes manos, bellas y tostadas por el sol, con la antigua alianza en el dedo anular.

XXVII

—Si no me diera pena de dejar lo que está empezado..., tanto esfuerzo como he puesto..., lo abandonaría todo vendiéndolo y marchándome como Nikolái Ivánovich... a oír *La bella Helena* —dijo el propietario, con una agradable sonrisa que iluminó su rostro viejo e inteligente.

—Pero no lo hace usted —objetó Nikolái Ivánovich Sviyazhski—. Por consiguiente, le trae cuenta.

—Me trae cuenta porque vivo en mi casa. No tengo que comprar ni alquilar nada. Además, aún seguimos con la esperanza de que los campesinos acaben teniendo sensatez. ¡Si viera usted qué manera de beber, qué libertinaje!... Lo han repartido todo, no tienen un solo caballo ni una sola vaca. Se mueren de hambre, pero tome usted a uno como jornalero: le echará a perder las cosas y aún presentará demanda ante el juez de paz.

—También usted se queja ante el juez —dijo Sviyazhski.

—¿Quejarme yo? ¡Por nada del mundo! No sirve de nada. Uno se arrepiente de haber presentado la queja. Por ejemplo, los obreros de la fábrica pidieron dinero adelantado y luego se fueron. ¿Qué hizo el juez? Absolverlos. Los únicos que llevan las cosas con rectitud son el juzgado comarcal y el baile. Este ajusta las cuentas al estilo antiguo. Si no fuese así, uno debería dejarlo todo y huir al fin del mundo.

Sin duda, el propietario quería irritar a Sviyazhski, pero este no solo no se irritaba, sino que hasta se divertía.

—Pues nosotros, Lievin, este señor y yo, dirigimos nuestras propiedades sin esas medidas —dijo, sonriendo y señalando al otro propietario.

—Sí, a Mijaíl Petróvich le va bien, pero pregúntele cómo. ¿Acaso es una explotación racional? —exclamó el viejo presumiendo, al parecer, con la palabra «racional».

—Mi propiedad es sencilla, gracias a Dios —dijo Mijaíl Petróvich—. Lo que me preocupa es tener el dinero preparado para las contribuciones del otoño. Luego vienen los campesinos: «Padrecito, ayúdenos»; son mujiks vecinos, y me dan lástima. Les suelo dar para pasar el próximo trimestre y les digo: «Acordaos, muchachos, de que os he ayudado, y ayudadme cuando os necesite, bien para sembrar la avena, recoger el heno o segar». Y así les descuento un tanto en los impuestos. También hay entre ellos algunos que son desagradecidos.

Lievin, que conocía desde hacía mucho tiempo aquellos métodos patriarcales, cambió una mirada con Sviyazhski e interrumpió a Mijaíl Petróvich dirigiéndose al propietario de los bigotes canosos.

—¿Cómo opina usted que se deben gestionar ahora las fincas? —le preguntó.

—Como lo hace Mijaíl Petróvich: a medias, o arrendándoselas a los campesinos. Todo esto es posible, pero con ello se destruye la riqueza común del país. Durante la servidumbre, la tierra bien cuidada, que me daba nueve, a medias me da tres. La emancipación ha arruinado a Rusia.

Sviyazhski miró a Lievin con ojos risueños y hasta le hizo una leve seña irónica, pero Lievin no encontraba que las palabras del propietario fuesen motivo de risa, las comprendía mejor que a Sviyazhski. Muchas cosas que dijo después el propietario, demostrando por qué Rusia estaba arruinada por la emancipación, le parecieron incluso muy justas, nuevas para él e indiscutibles. Era evidente que el propietario expresaba ideas propias —cosa que suele suceder tan rara vez— y estas no nacían de un cerebro ocioso en el deseo de buscarse una ocupación, sino que tenían su origen en las condiciones de su vida, transcurrida en la soledad de la aldea y estudiada en todos sus aspectos.

—La cosa es que todo progreso se lleva a cabo solamente por el poder —seguía diciendo, con evidente deseo de demostrar que no era un hombre inculto—. Fíjense en las reformas de Pedro el Grande, de Catalina y de Alejandro. Fíjense en la historia europea: cuantas más reformas, tantos más progresos en la vida rural. Hasta la patata ha sido introducida a la fuerza en nuestro país. Tampoco se ha labrado siempre con el arado. Se ha introducido, tal vez durante la época feudal y con seguridad a la fuerza. En nuestra época, durante la servidumbre, nosotros, los propietarios, incorporamos innovaciones en nuestras haciendas; secadoras, aventadoras y otras máquinas. Todas estas cosas las hemos implantado gracias a nuestra autoridad, y los campesinos, que al principio se resistían, nos imitaron después. Pero ahora, al suprimir la servidumbre, nos han arrebatado la autoridad, y nuestras propiedades, que estaban en un nivel muy alto, llegarán a un estado primitivo y salvaje. Esta es mi opinión.

—Pero ¿por qué? Si la explotación es racional, puede usted dirigir la propiedad recurriendo a los jornaleros —dijo Sviyazhski.

—No hay autoridad. ¿De quién podré servirme para dirigir la hacienda?

«Aquí aparece la fuerza del obrero, el elemento principal de la explotación agrícola», pensó Lievin.

—De los jornaleros.

—Los jornaleros no quieren trabajar bien ni con buenas máquinas. Nuestro obrero solo sabe una cosa: beber como un cerdo y, cuando está borracho, estropear todo lo que se le confía. Da demasiada agua a los caballos, rompe las buenas guarniciones, cambia las ruedas con llantas por otras, se gasta en bebida el dinero de la diferencia y afloja el tornillo principal de la trilladora mecánica, para estropearla. Le repugna ver todo lo que no se haga según sus ideas. Debido a eso, ha bajado el nivel de la economía doméstica. Las tierras se abandonan, se cubren de cizaña o se reparten a los campesinos, y donde producían un millón de cuarteras producen ahora solo unos centenares de miles; la riqueza general ha disminuido. Si se hubiese hecho lo mismo, pero con tino...

Comenzó a desarrollar su plan para la manumisión de los siervos, con el que se habrían evitado esos males.

A Lievin no le interesaba eso; cuando el viejo terminó de hablar, volvió a sus primeros propósitos y le dijo a Sviyazhski, tratando de que le expusiera su opinión en serio:

—Está fuera de dudas que el nivel de nuestra economía rural baja y que, dadas nuestras relaciones con los campesinos, sea imposible explotar las propiedades —afirmó.

—Yo no lo veo así —replicó Sviyazhski con seriedad—. Solo veo que no sabemos administrar nuestras fincas y que, por el contrario, el nivel de la economía rural durante la servidumbre no era alto, sino extremadamente bajo. No tenemos buenas máquinas, ni buenos animales de labor, ni una dirección verdadera y ni siquiera sabemos hacer cálculos. Pregúntele a un propietario lo que le conviene y lo que no, y no sabrá contestar.

—La contabilidad italiana —intervino el propietario irónicamente—: ya puede uno contar como quiera; si se lo estropean todo, no sacará ningún beneficio.

—¿Por qué se lo van a estropear? Una trilladora que no vale nada, una apisonadora rusa, se la estropearán, pero no mi máquina de vapor; un caballejo ruso..., ¿cómo se llaman los de esa raza a los que hay que arrastrar por la cola?..., pueden echárselo a perder, pero si introduce usted buenos percherones o, al menos, de esos que galopan bien, no se los echarán a perder. Y así todo. Debemos elevar el nivel de la vida rural.

—Con tal que tuviésemos los medios, Nikolái Ivánovich. Para usted, está bien; en cambio, yo tengo un hijo que debo educar en la universidad y otros que están en el gimnasio; de modo que no puedo comprar percherones.

—Para eso están los bancos.

—¿Para que me vendan lo último que tengo en pública subasta? No, gracias.

—No estoy conforme con que sea posible y necesario elevar el nivel de la economía rural —dijo Lievin—. Yo me ocupo de eso, tengo medios y, sin embargo, no consigo nada. No sé para quién son útiles los bancos. Al menos, yo, en todo lo que he gastado dinero he tenido pérdidas: en los animales y en las máquinas.

—Eso es cierto —afirmó, riendo con satisfacción, el propietario de los bigotes canosos.

—Y no solo me pasa a mí —continuó Lievin—. Puedo nombrar otros propietarios que explotaron sus tierras de una manera racional; todos, con raras excepciones, tienen pérdidas. Díganos: ¿gana usted con su finca? —preguntó a Sviyazhski.

Y enseguida notó en su mirada la momentánea expresión de temor que observaba siempre que quería penetrar más allá de las habitaciones de recepción de la inteligencia de Sviyazhski.

Además, esa pregunta no era muy leal por parte de Lievin. Durante el té, hacía un momento, la dueña de la casa le dijo que habían traído aquel verano un contable alemán de Moscú que por quinientos rublos de gratificación hizo el balance de las cuentas de la propiedad. Resultó que habían tenido tres mil rublos y pico de pérdidas. No recordaba con exactitud, pero, al parecer, el alemán había contado hasta el último cuarto de kopek.

El propietario sonrió al oír hablar de las ganancias de Sviyazhski. Evidentemente, sabía las ganancias que podía tener su vecino, el mariscal de la nobleza.

—Tal vez no tenga beneficios —contestó Sviyazhski—, pero eso solo indica que soy mal propietario o que invierto el capital para aumentar la renta.

—¡Ah! La renta —exclamó Lievin, horrorizado—. Puede ser que exista renta en Europa, donde ha mejorado la tierra a fuerza de trabajarla, pero la nuestra empeora cuanto más trabajo pongamos en ella. Es decir, la agotamos y, por consiguiente, no hay renta.

—¿Cómo que no hay renta? Es la ley.

—Estamos fuera de la ley: la renta no nos aclara nada, sino, al contrario, lo confunde todo. Dígame: ¿cómo puede el estudio de la renta...?

—¿Quieren leche cuajada? Masha, di que nos sirvan leche cuajada o frambuesas —dijo Sviyazhski, dirigiéndose a su mujer—. Este año sigue habiendo frambuesa, con la temporada tan avanzada.

Y Sviyazhski se levantó, alejándose, en una inmejorable disposición de espíritu y suponiendo, al parecer, que la conversación había terminado en el punto en que a Lievin solo le parecía que había comenzado.

Al quedar sin interlocutor, Lievin continuó la charla con el propietario, tratando de demostrarle que todas las dificultades provienen de que los rusos no quieren conocer las peculiaridades y las costumbres del obrero. Pero el propietario era, como todos, un hombre que pensaba con independencia, reacio a admitir las opiniones ajenas y se atenía apasionadamente a las suyas. Insistía en que el campesino ruso es un cerdo, le gustan las porquerías y que para sacarle de ellas se necesita autoridad, y, a falta de esta, el palo. Pero como los rusos habían llegado a ser tan liberales, se sustituía de pronto el palo milenario por abogados y conclusiones, con cuya ayuda se alimentaba con buena sopa a aquellos campesinos sucios e inútiles, y hasta se medían los pies de aire que necesitan.

—¿Por qué cree usted que no se puede encontrar la manera de tratar al obrero para que su trabajo sea productivo? —inquirió Lievin, tratando de volver a la cuestión.

—Nunca se llegará a eso con el pueblo ruso. No hay autoridad —replicó el propietario.

—¿Cómo es posible encontrar nuevas condiciones? —preguntó Sviyazhski, que, después de tomar leche cuajada y de encender un pitillo, se acercó de nuevo a los que discutían—. Todas las maneras de tratar la fuerza del obrero están determinadas y estudiadas. El resto de barbarie, la comunidad primitiva de caución solidaria, se descompone por sí sola, la esclavitud ha sido aniquilada, queda el trabajo libre, y sus formas están definidas y dispuestas y hay que aceptarlas así. Hay peones, jornaleros, colonos, y no puede uno salir de eso.

—Pero Europa está descontenta de tales formas.

—Está descontenta y busca otras nuevas. Probablemente las encontrará.

—Solo hablo de eso —intervino Lievin—. ¿Por qué no las buscamos nosotros por nuestra parte?

—Porque eso es igual que si se pretendiera inventar de nuevo procedimientos para la construcción de ferrocarriles. Ya están inventados y dispuestos.

—Pero si no nos convienen, si son absurdos... —dijo Lievin.

Y otra vez notó la expresión de temor en los ojos de Sviyazhski.

—Así es. ¡Celebremos nuestro triunfo, pues hemos encontrado lo que buscaba Europa! Todo eso está bien, pero ¿sabe usted lo que se ha hecho en Europa respecto de la organización obrera?

—No, no estoy muy enterado.

—Esa cuestión ocupa ahora los mejores cerebros de Europa. La escuela de Schulze-Delitzsch... y también toda esa amplia literatura sobre la cuestión obrera de la escuela más liberal, que se debe a Lassalle... En cuanto a la organización de Mulhouse es un hecho, seguramente lo sabe usted.

—Tengo una idea, pero muy vaga.

—Eso lo dice usted, pero debe de conocerlo tan bien como yo. Naturalmente, no soy un profesor de sociología, pero esa cuestión me interesaba, y si le interesa a usted también debía estudiarla.

—Bueno, pero ¿a qué conclusiones han llegado?

—Perdón...

Los propietarios se levantaron y Sviyazhski interrumpió a Lievin, una vez más, por su desagradable costumbre de escrutar más allá de las habitaciones de recepción de su inteligencia, y se fue a acompañar a sus invitados.

XXVIII

Aquella noche Lievin se aburría terriblemente con las señoras: le preocupaba como nunca la idea de que la insatisfacción que sentía por los asuntos de su hacienda no era exclusiva suya, sino general en toda Rusia. El hecho de hallar una organización en que los obreros trabajasen como en la propiedad del campesino que vivía a mitad de camino de casa de Sviyazhski no era una ilusión, sino un problema que era imprescindible resolver. Le parecía que era posible hacerlo y que se debía intentar.

Despidiéndose de las señoras, les prometió que se quedaría todo el día siguiente para ir juntos a caballo a ver un derrumbamiento que se había producido en un bosque del Estado. Y antes de retirarse entró en el despacho del dueño de la casa para coger unos libros sobre cuestiones obreras que este le había ofrecido. El despacho era una habitación enorme con muchos armarios de libros y dos mesas, una grande, de escritorio, en el centro de la estancia, y otra redonda con los últimos números de periódicos y revistas en todos los idiomas, dispuestos en forma de estrella en torno de la lámpara. Junto a la mesa escritorio había un archivador, en cuyos cajones se veían rótulos dorados que indicaban los distintos documentos que contenían.

Sviyazhski cogió los libros y se instaló en una mecedora.

—¿Qué mira usted? —preguntó a Lievin, el cual, deteniéndose junto a la mesa redonda, miraba las revistas—. ¡Ah, sí! Hay un artículo muy interesante en esa revista —añadió, refiriéndose a la que Lievin tenía en la mano—. Resulta —prosiguió con alegre animación— que el principal culpable de la división de Polonia no fue Federico. Resulta...

Y Sviyazhski, con su peculiar claridad, refirió sucintamente aquellos nuevos e interesantes descubrimientos de gran importancia.

A pesar de que en aquel momento le preocupaba más que nada la cuestión de la economía rural, Lievin, escuchando a su huésped, se preguntaba: «¿Qué es lo que hay dentro de él? ¿Y por qué le interesa la división de Polonia?». Cuando Sviyazhski hubo acabado de hablar, Lievin preguntó involuntariamente:

—Bueno, ¿y qué?

Pero no pudo obtener nada más. Lo único interesante era que «resultaba».

Sviyazhski no explicó, ni creyó necesario hacerlo, por qué le interesaba aquello.

—Me ha interesado mucho ese propietario tan enfadado —dijo Lievin suspirando—. Es inteligente y dice muchas verdades.

—¡Qué va! Es un partidario acérrimo de la servidumbre, como lo son todos los demás —dijo Sviyazhski.

—De los que es usted el mariscal de la nobleza...

—Sí, pero los dirijo en otra dirección de la que desean —replicó Sviyazhski, echándose a reír.

—Lo que me gustaría saber es lo siguiente —dijo Lievin—. Tiene razón al decir que nuestra economía racional no marcha y que lo único que prospera son las fincas de los usureros, como la de aquel otro, tan callado, o la más sencilla... ¿Quién tiene la culpa de eso?

—Desde luego, nosotros mismos. Además, no es cierto que no marche bien. La propiedad de Vasílchikov, por ejemplo, prospera.

—La fábrica...

—Pero, de todos modos, no comprendo qué es lo que le sorprende. El pueblo está en un nivel moral y material tan bajo que es evidente que se oponga a aceptar lo que necesita. En Europa marcha bien la propiedad racional porque el pueblo está educado; por consiguiente, nosotros debemos educar al pueblo y eso es todo.

—Pero ¿cómo educar al pueblo?

—Para lograrlo se necesitan tres cosas: escuelas, escuelas y escuelas.

—Pero usted mismo acaba de decir que el pueblo está en un nivel bajo de desarrollo moral: ¿de qué pueden servir las escuelas?

—Me recuerda usted la anécdota de los consejos a un enfermo: «Debían probar a administrarle un purgante». «Ya lo hemos hecho y se encuentra peor.» «Entonces pónganle sanguijuelas.» «Hemos probado y le va peor.» «En este caso recen.» «También lo hemos hecho y sigue peor.» Lo mismo hacemos nosotros. Le hablo de la economía política, me dice usted que es peor. Le menciono el socialismo, y me contesta que es peor. Le hablo de la instrucción, y también me dice que es peor.

—¿De qué pueden servir las escuelas?

—Despertarán en el pueblo necesidades nuevas.

—Eso no he podido entenderlo nunca —replicó Lievin, acalorándose—. ¿Cómo pueden las escuelas ayudar al pueblo a mejorar su situación material? Dice usted que las escuelas y la instrucción despertarán en el pueblo necesidades nuevas. Tanto peor, porque no se encontrará con medios de satisfacerlas. Y nunca he podido comprender en qué podrán mejorar la situación material de los aldeanos la suma, la resta y el catecismo. Anteayer me encontré con una mujer que llevaba un niño de pecho en brazos y le pregunté de dónde venía. Me contestó: «He llevado al niño, que tiene tos ferina, a casa de la curandera». «¿Y qué hace esa mujer para curar la tos ferina?» «Pone al niño en la pértiga del gallinero y dice unas palabras.»

—Ya lo ve, usted mismo lo dice. Para que no lleven a los niños a que los curen las curanderas, es preciso... —dijo Sviyazhski sonriendo alegremente.

—¡Oh, no! —exclamó Lievin irritado—. Esa curación del niño es semejante a la curación del pueblo en las escuelas. El pueblo es pobre e inculto, eso lo vemos con tanta claridad como la mujer ve la tos ferina porque el niño llora. Pero es tan incomprensible que las escuelas puedan ayudar al pueblo en su incultura y en su miseria como lo es que ayude a curar la tos ferina la pértiga del gallinero. Hay que poner remedio a la causa de la miseria del pueblo.

—En eso, al menos, coincide usted con Spencer, que tan poco le gusta. También él dice que la cultura puede ser el resultado del bienestar, de las comodidades de la vida y de los frecuentes baños, pero nunca de saber leer y contar...

—Pues bien: me alegra mucho o, mejor dicho, lamento coincidir con Spencer; hace mucho que sé esto. Las escuelas no ayudarán en nada, y solo serán útiles cuando exista una economía que permita al pueblo ser más rico y tener más tiempo libre.

—Sin embargo, ahora, en toda Europa la enseñanza es obligatoria.

—¿Está usted de acuerdo en eso con Spencer? —preguntó Lievin.

Pero en los ojos de Sviyazhski apareció la expresión de temor y dijo sonriendo:

—¡Tiene mucha gracia eso de la tos ferina! ¿Es posible que lo haya oído usted mismo?

Lievin comprendió que no hallaría la relación entre la vida y las ideas de aquel hombre. Se veía que le era indiferente a qué conclusión le llevarían sus razonamientos; solo necesitaba el proceso de pensar. Y le molestaba cuando este lo conducía a un callejón sin salida. Esto era lo único que no le gustaba y trataba de evitarlo cambiando la conversación por otra alegre y agradable.

Todas las impresiones del día, empezando por las del campesino que vivía a mitad del camino de Sviyazhski, la cual le servía de base de todas sus ideas y sensaciones, agitaron profundamente a Lievin. Aquel amable Sviyazhski, que sostenía opiniones solo para uso general, y que, sin duda, tenía otros fundamentos para la vida, secretos para Lievin, pertenecía a una legión que dirigía la opinión pública por medio de ideas que le eran ajenas. Aquel propietario enfadado, que tenía razón en sus reflexiones deducidas de la vida, pero que era injusto en su irritación hacia una clase, la mejor de Rusia, el descontento de sus propias actividades y la vaga esperanza de hallar un remedio para estas cosas, todo eso se fundía en un sentimiento de inquietud interior y de espera de un próximo desenlace.

Al quedarse solo en la habitación que le habían destinado, tendido sobre el colchón de muelles, que le hacía saltar inesperadamente los brazos y las piernas a cada movimiento, Lievin permaneció despierto largo rato. Ninguna conversación con Sviyazhski, aunque solía decir cosas acertadas, interesaba a Lievin. ¡Pero las ideas del viejo propietario exigían que se reflexionase sobre ellas! Involuntariamente, Lievin recordaba sus palabras y corregía mentalmente las respuestas que le había dado.

«Debí de haberle dicho: usted afirma que nuestra explotación agrícola marcha mal porque el campesino odia los perfeccionamientos y porque estos deben introducirse mediante el poder. Tendría usted razón siempre que las cosas no marchasen en absoluto sin esos perfeccionamientos, pero la economía agrícola prospera donde el campesino obra según sus costumbres, como, por ejemplo, en casa del viejo que vive a la mitad de camino de casa de Sviyazhski. Su descontento, así como el mío, de la marcha de nuestras haciendas demuestra que los culpables somos nosotros y no los trabajadores. Ya hace tiempo que obramos al modo europeo, sin preocuparnos de las cualidades de la mano de obra. Intentemos reconocer la fuerza obrera, no como una *fuerza* ideal de trabajadores, sino como a un mujik ruso con sus instintos, y organicemos la explotación de las tierras con arreglo a ello. Imagínese, debí decirle, que usted llevara su hacienda como el viejo, que hubiera hallado el medio de interesar en el éxito del trabajo a los campesinos y el equilibrio de perfeccionamiento que ellos admiten; entonces, sin agotar la tierra, obtendría usted dos o tres veces más que antes. Divídalo en dos, entregue la mitad a los aldeanos, obtendrá más y ellos también. Para conseguirlo hay que disminuir el nivel de la explotación agrícola e interesar a los obreros en el éxito. La manera de hacerlo es cuestión de detalles, pero no cabe duda que es posible.»

Esos pensamientos alteraron a Lievin de un modo extraordinario. Pasó la mitad de la noche en vela, reflexionando sobre los detalles para llevar a la práctica sus ideas. No tenía intención de regresar a su casa al día siguiente, pero ahora resolvió marchar por la mañana temprano. Además, la cuñada de Sviyazhski, con su vestido escotado, despertaba en él un sentimiento análogo a la vergüenza y al arrepentimiento de haber hecho algo malo. Y, sobre todo, debía partir sin demora para que le diese tiempo a proponerles a los campesinos un nuevo proyecto antes de la sementera de otoño, a fin de sembrar ya en las nuevas condiciones. Había decidido cambiar radicalmente su modo de explotar la finca.

XXIX

La ejecución del plan de Lievin presentaba muchas dificultades, pero luchó con todas sus fuerzas y logró, no precisamente lo que deseaba; aunque, al menos, pudo creer, sin engañarse a sí mismo, que su obra merecía sus desvelos. Uno de los principales obstáculos consistía en que la explotación estaba en marcha y era imposible detenerla para empezar de nuevo. Había que reparar la máquina mientras trabajaba. Cuando comunicó sus planes al administrador, la misma tarde que llegó, este estuvo de acuerdo, con manifiesto placer, en la parte del discurso de Lievin que demostraba que todo lo que se había hecho hasta entonces era absurdo y desventajoso. El administrador afirmó que hacía tiempo que lo venía diciendo, y que no se le había hecho caso. En cuanto al ofrecimiento que hizo Lievin de que él tomara parte como consocio con los trabajadores en la economía de la finca, el administrador se limitó a expresar un gran desánimo y no dio una opinión determinada. Inmediatamente habló de que era necesario llevar al día siguiente las restantes gavillas de centeno, de manera que Lievin comprendió que no era el momento oportuno para tratar de este asunto.

Al hablar con los campesinos de lo mismo, y al proponerles el arriendo de la tierra bajo condiciones nuevas, Lievin halló el mismo obstáculo esencial: estaban tan ocupados en las tareas del día que no tenían tiempo para pensar en las ventajas o en las desventajas de la empresa.

El ingenuo Iván, el vaquero, pareció comprender muy bien la proposición de Lievin (de participar él y su familia en las ganancias de la vaquería) y se interesó plenamente en ella. Pero cuando Lievin le explicó las ventajas futuras, el rostro de Iván expresó inquietud y pesar por no poder escucharle hasta el fin. Pretextó inmediatamente algún trabajo que no admitía demora: agarraba una horca y echaba heno a las vacas, les daba agua o recogía el estiércol. Otra dificultad consistía en la invencible desconfianza de los aldeanos, que no concebían que el propietario pudiese tener otro objeto que el de sacarles lo más posible. Estaban firmemente convencidos de que su verdadero objetivo (dijera lo que dijese) estaría siempre en lo que dejaría de decirles. Y ellos mismos, al explicarse, hablaban mucho, pero nunca decían en qué consistía su auténtico objetivo. Además (Lievin se daba cuenta de que el propietario bilioso tenía razón), los campesinos imponían como primera condición indispensable que no se les obligase a aceptar nuevos métodos ni utilizar máquinas nuevas en la explotación de las tierras. Estaban conformes en que el arado moderno trabajaba mejor, pero encontraban mil causas para justificar que no se podía emplear. Y aunque Lievin comprendía que se debía rebajar el nivel de la economía rural, le daba lástima renunciar a los perfeccionamientos, cuya ventaja era tan evidente. Pero, a pesar de todas esas dificultades, en otoño la cosa marchó o, al menos, así lo parecía.

Al principio, Lievin pensó arrendar toda la hacienda, tal como estaba, a los campesinos, a los jornaleros y al administrador bajo las condiciones nuevas de compañerismo, pero no tardó en convencerse de que aquello era imposible y decidió dividir la propiedad en partes. El corral, el jardín, la huerta, los prados y los campos, distribuidos en varias parcelas, debían constituir grupos aislados. El ingenuo Iván, el vaquero, que, según creía Lievin, comprendió bien aquel asunto, escogió un grupo, compuesto en su mayor parte por sus familiares, y participó en las faenas del corral del ganado. El campo lejano, abandonado desde hacía ocho años, fue elegido por el inteligente carpintero Fiódor Rezunov y seis familias de campesinos en las nuevas condiciones de cooperación. El aldeano Shuráiev arrendó, en iguales condiciones, todas las huertas. El resto seguía aún como antes, pero aquellas tres partes eran el principio del nuevo orden y ocupaban completamente a Lievin. Cierto es que la marcha del establo no era mejor que anteriormente y que Iván se oponía tenazmente a que el local de las vacas tuviera calefacción y a que se elaborara mantequilla de leche de vaca. Aseguraba que las vacas, con el frío, necesitaban menos pienso y que la mantequilla de nata agria se conservaba mejor. Exigía el salario lo mismo que antes, sin interesarse en absoluto de que el dinero que recibía era un anticipo a cuenta de futuras ganancias.

Verdad es que el grupo de Fiódor Rezunov no labró la tierra con arado, como estaba convenido, justificándose con que quedaba poco tiempo. También es cierto que, aunque los aldeanos de ese grupo habían convenido explotar la tierra bajo nuevas condiciones, no la consideraban común, sino como si fuesen a medias y, más de una vez, tanto los campesinos del grupo como el propio Rezunov, le decían a Lievin: «Si quisiera usted cobrar la tierra estaría usted más tranquilo y nosotros nos sentiríamos más libres». Además, los campesinos aplazaban, bajo distintos pretextos, la construcción convenida de un hórreo y de un corral, y así llegó el invierno.

Es verdad que Shuráiev quiso subarrendar por parcelas a los mujiks las huertas que había arrendado. Con seguridad, había entendido mal, intencionadamente, las condiciones en que se le había arrendado la tierra.

Era verdad, finalmente, que, hablando con los campesinos y explicándoles las ventajas de la empresa, Lievin notaba a menudo que estos no hacían más que escuchar el sonido de su voz y que estaban firmemente decididos a no dejarse engañar, dijera lo que dijese. Lo notaba particularmente al hablar con Rezunov, el más inteligente de los mujiks, y al descubrir en sus ojos aquella expresión, que demostraba claramente que se reía de Lievin, y que estaba seguro de que si alguno saldría engañado no sería él.

Pero, a pesar de todo eso, Lievin pensaba que la hacienda funcionaba, y que, llevando las cuentas con gran exactitud e insistiendo en sus propósitos, podría demostrar en el futuro las ventajas de aquel sistema y entonces las cosas marcharían por sí solas.

Estas ocupaciones, juntamente con las de la parte de su hacienda que estaba en sus manos, y la actividad desplegada en su libro, lo absorbieron de tal modo durante todo el verano que apenas salió a cazar. A fines de agosto se enteró, por medio de un criado que fue a devolverle la silla de montar, que los Oblonski se habían ido a Moscú. Se daba cuenta de que, con la grosería de no contestar a la carta de Daria Alexándrovna —que no podía recordar sin enrojecer de vergüenza—, había quemado sus naves y ya nunca podría volver a casa de los Oblonski. Había procedido exactamente igual con los Sviyazhski, de donde se fue sin despedirse. Tampoco pensaba volver a casa de estos. Ahora eso le daba igual. La tarea de organizar su hacienda en las nuevas condiciones lo absorbía como ninguna cosa lo había absorbido nunca. Leyó los libros que le había dado Sviyazhski. Pidió otros que no tenía y estudió los de economía política y de sociología que trataban de este tema, pero, como suponía, no halló nada relacionado con la obra emprendida. En los libros de economía política, de Mill, por ejemplo, el primer autor que Lievin estudió apasionadamente, esperando hallar la solución de los problemas que le interesaban, encontró leyes extraídas de la situación económica agrícola europea, pero no pudo comprender por qué esas leyes, inaplicables en Rusia, hubieran de ser generales. Lo mismo le pasó con los libros de sociología; o bien eran hermosas fantasías irrealizables, que ya le sedujeron siendo estudiante, o bien arreglos del estado de cosas en que se encontraba Europa, y con el que no tenía nada que ver la cuestión agraria rusa. Según la economía política, las leyes bajo las que se había desarrollado y se desarrollaba la riqueza europea eran la esencia de unas leyes generales e indiscutibles. La escuela socialista afirmaba que el desarrollo de acuerdo con aquellas leyes conduce a la ruina. Y ni unos ni otros daban una solución, ni siquiera una pista de lo que debían hacer Lievin, los campesinos rusos y los propietarios con sus millones de brazos y de desiatinas de tierra, a fin de que diesen el máximo rendimiento para el bienestar común.

Una vez empezada aquella obra, Lievin leía a conciencia cuanto se refería al asunto y resolvió ir al extranjero en otoño para estudiar las cosas sobre el terreno y evitar que le sucediera con aquel problema lo que tan a menudo le había ocurrido con otros. En cuanto empezaba a comprender la idea de su interlocutor y trataba de exponer la suya, le solían decir: «¿Y Kauffmann, Jones, Dubois y Michelet? No los ha leído usted. Léalos. Han estudiado este problema».

Ahora Lievin veía claramente que Kauffmann y Michelet no tenían nada que decirle. Sabía lo que necesitaba saber. Veía que Rusia poseía tierras excelentes y espléndidos trabajadores y que, en algunos casos, como, por ejemplo, el del viejo que vivía a mitad de camino de casa de Sviyazhski, los campesinos y la tierra producían mucho, pero en la mayoría de ellos, cuando se aplicaba el capital a la tierra al modo europeo, la producción era pequeña. Esto dependía de que los trabajadores querían trabajar y trabajaban bien solo a su manera y de que esa resistencia no era casual, sino continua, y basada en el espíritu del pueblo. Pensaba que el pueblo ruso, llamado a poblar y a cultivar enormes extensiones inhabitadas, hasta el momento en que todas lo estuvieran, se atenía conscientemente a los procedimientos que necesitaba, y que no eran tan malos como generalmente se creía. Lievin pretendía demostrar eso teóricamente en su libro y de forma práctica con su hacienda.

XXX

A fines de septiembre llevaron la madera para construir los establos, vendieron la mantequilla elaborada de leche de vaca y se repartieron las ganancias. En la práctica, todo iba perfectamente o, al menos, eso le parecía a Lievin. Para demostrarlo teóricamente y terminar la obra que escribía, la cual, según sus ilusiones, no solo debía producir una revolución en la economía política, sino destruir completamente esa ciencia y cimentar otra nueva, basada en las relaciones del pueblo con la tierra, solo necesitaba ir al extranjero, estudiar sobre el terreno todo lo que se hubiese hecho en aquel aspecto y hallar pruebas convincentes de que lo realizado era erróneo. Únicamente esperaba vender el trigo para cobrar el dinero y marcharse, pero empezaron las lluvias, que no permitían recoger el grano ni las patatas que aún quedaban en el campo. Interrumpieron todos los trabajos, incluso la venta del trigo. Los caminos estaban impracticables; la corriente de agua arrastró dos molinos y el tiempo era cada vez peor.

El 30 de septiembre salió el sol desde por la mañana, y Lievin, confiando en que haría buen tiempo, empezó a preparar decididamente el viaje. Ordenó que llevasen el trigo, mandó al administrador a casa del comprador a cobrar y salió a recorrer la finca para dar las últimas instrucciones antes de su marcha.

Anochecido, cuando terminó todo, Lievin, calado por el agua que caía a chorros sobre su abrigo de cuero, introduciéndosele por el cuello y por las botas, muy animado y de buen humor, regresó a casa. El tiempo empeoró aún más por la noche: el granizo azotaba al caballo, empapado de agua, que marchaba de lado y sacudía la cabeza y las orejas, pero Lievin se sentía a gusto bajo su capucha y miraba alegremente en torno suyo, ora a los arroyos turbios que corrían por las rodadas, ora las gotas de lluvia que pendían de las ramitas secas, ora las manchas blancas del granizo no fundido sobre las tablas del puente y ora a las jugosas hojas de los olmos, aún verdes, que rodeaban de una capa espesa el pie de los troncos desnudos. A pesar del aspecto sombrío de la naturaleza, Lievin se sentía especialmente animado. Las conversaciones que sostuvo con los campesinos en el pueblo lejano demostraban que estos iban acostumbrándose al nuevo orden de cosas. El viejo guarda, en cuya casa entró Lievin para secarse, aprobó su plan y hasta se le ofreció para entrar como consocio en la compra de animales de labor.

«Solo es necesario marchar con firmeza hacia mi objetivo y lo conseguiré —pensaba Lievin—. Merece la pena esforzarse. No es un interés mío personal, se trata del bien común. La economía agrícola y, sobre todo, la situación del pueblo deben cambiar por completo. En lugar de miseria, habrá riqueza y bienestar general; en lugar de hostilidades, unión e intereses comunes. En una palabra: será una revolución sin derramar sangre, pero una revolución magna, primero, en nuestro pequeño distrito provincial; luego, en la provincia; más adelante, en Rusia y en todo el mundo. Porque una idea justa no puede ser infructuosa. Se trata de una finalidad que merece todos los esfuerzos. Y que sea yo, Kostia Lievin, el mismo que fue al baile con corbata negra, al que la princesa Scherbátskaia negó su mano y el que se siente tan insignificante y digno de lástima, no significa nada. Estoy seguro de que Franklin, tan insignificante como yo, no confiaba en sí mismo al recordar lo que era. Eso no significa nada. También él tenía seguramente su Agafia Mijáilovna, a la que confiaba sus secretos.»

Pensando así, Lievin llegó a casa oscurecido ya.

El administrador había ido a casa del comprador del trigo y trajo parte del dinero. El trato con el guarda se había hecho y el administrador se enteró de que el trigo estaba aún sin recoger en todos los campos, de manera que los ciento sesenta almiares de Lievin no eran nada en comparación con los de los demás. Después de cenar, Lievin se sentó en la butaca con un libro, según costumbre suya, y, mientras leía, continuó pensando en el viaje que iba a emprender. Hoy veía con especial claridad toda la importancia de su empresa, y en su cerebro se iban hilvanando por sí solos períodos enteros que expresaban la esencia de sus ideas. «Tengo que apuntar esto —pensó—. Constituirá una corta introducción que antes he considerado innecesaria.» Se levantó y se acercó a la mesa escritorio, y Laska, que estaba tendida a sus pies, se levantó también, estirándose, como preguntándole adónde debía ir. Pero no le dio tiempo a apuntar su idea porque llegaron los capataces para recibir órdenes, y Lievin salió a atenderlos.

Después de dar instrucciones para los trabajos del día siguiente y de recibir a todos los mujiks que tenían que consultarle algo, Lievin se fue al despacho y se puso a trabajar. Laska se acomodó bajo la mesa y Agafia Mijáilovna se sentó en su puesto a hacer calceta.

Tras escribir un rato, Lievin recordó de pronto a Kiti con extraordinaria claridad, así como su negativa y su último encuentro. Se levantó y empezó a recorrer la habitación.

—No hay por qué aburrirse —le dijo Agafia Mijáilovna—. ¿Por qué está siempre metido en casa? Debía irse a las aguas, ya que está dispuesto para el viaje.

—Me voy pasado mañana, Agafia Mijáilovna, pero he de terminar antes los asuntos.

—¿Qué asuntos? ¿Le parece poco lo que ha hecho por los campesinos? Bien me dicen que mi señor tendrá una recompensa del zar. ¿Por qué se ha de preocupar usted tanto por ellos?

—No me preocupo por ellos. Lo hago por mí mismo.

Agafia Mijáilovna conocía todos los detalles de los planes de Lievin. Este le exponía a menudo minuciosamente sus pensamientos y muchas veces discutía con ella cuando no estaba de acuerdo con lo que le decía. Pero ahora Agafia Mijáilovna interpretó sus palabras a su manera.

—Ya se sabe que de lo que más debe uno preocuparse es de su alma —dijo, suspirando—. Ahí tiene a Parfión Denísich; era analfabeto, pero ha tenido una muerte que así nos la mande Dios a todos —añadió, refiriéndose a un criado que había fallecido recientemente—. Lo confesaron y le dieron la extremaunción.

—No me refiero a eso —replicó Lievin—; digo que lo hago por mi propio provecho. Va en provecho mío que los campesinos trabajen mejor.

—Ya puede usted hacer lo que quiera, que el perezoso seguirá siéndolo siempre; si tiene conciencia, trabajará; si no la tiene, es inútil hacer nada.

—Pero usted misma dice que Iván cuida mejor a los animales ahora.

—Solo digo una cosa —replicó Agafia Mijáilovna, sin duda, no por azar, sino como consecuencia de algo que había meditado—: lo que tiene que hacer es casarse.

Que Agafia Mijáilovna mencionase lo que él pensaba en aquel momento disgustó y molestó a Lievin. Frunciendo el ceño y sin contestarle, se puso de nuevo a trabajar, repitiéndose cuanto pensaba sobre la importancia de aquella obra. Solo de cuando en cuando escuchaba en el silencio el ruido de las agujas de Agafia Mijáilovna y, recordando lo que no deseaba, fruncía de nuevo el entrecejo.

A las nueve se oyeron unos cascabeles y el sordo traqueteo de un carruaje que avanzaba por el barro.

—¡Vaya, llega una visita! Así no se aburrirá usted —dijo Agafia Mijáilovna, levantándose y dirigiéndose a la puerta.

Pero Lievin la adelantó. Su trabajo no marchaba en aquel momento y se alegró de que llegase un visitante, fuera quien fuera.

XXXI

Al bajar la mitad de las escaleras, Lievin oyó en el vestíbulo una tosecilla conocida, pero no la distinguió bien a causa del ruido de sus propios pasos y esperaba haberse equivocado. Después vio aquella silueta alta y huesuda que le resultaba familiar, y creyó que ya no podía engañarse. Sin embargo, seguía en la confianza de que se trataba de un error, y de que aquel hombre alto que se quitaba la pelliza mientras tosía no era su hermano Nikolái.

Lievin quería a su hermano, pero convivir con él constituía siempre un tormento. Ahora bajo el influjo del pensamiento que le había acudido y la indicación de Agafia Mijáilovna, Lievin se encontraba en un estado de ánimo confuso, y la entrevista con su hermano le pareció especialmente penosa. En vez de un visitante extraño, sano y alegre, que esperaba le distrajera de aquel estado de ánimo, tendría que ver a Nikolái, que le comprendía a fondo y el cual despertaría en él sus pensamientos más recónditos, obligándole a expansionarse, cosa que Lievin no deseaba.

Irritado contra sí mismo por ese mal sentimiento, Lievin corrió al vestíbulo. En cuanto vio de cerca a su hermano, aquella sensación de desencanto personal se desvaneció sustituyéndose por la piedad. Por terrible que fuese antes el aspecto de su hermano, tan delgado y enfermizo, ahora había adelgazado aún más y estaba completamente agotado. Era un esqueleto cubierto de piel.

Se hallaba en pie en el vestíbulo, sacudiendo su largo cuello delgado para quitarse la bufanda y sonriendo de un modo extraño y lastimero. Al ver esa sonrisa pacífica y sumisa, Lievin sintió que los sollozos le apretaban la garganta.

—Por fin he venido a tu casa —dijo Nikolái con voz sorda, sin quitar un solo instante los ojos del rostro de su hermano—. Hace tiempo que me lo proponía, pero siempre me encontraba mal. Ahora he mejorado mucho —acabó diciendo mientras se enjugaba la barba con las grandes y delgadas palmas de sus manos.

—¡Muy bien! —contestó Lievin.

Y sintió aún más terror cuando, al besar a su hermano, notó con los labios lo enjuto que estaba, y vio de cerca el brillo extraño de sus grandes ojos.

Algunas semanas antes, Konstantín Lievin escribió a Nikolái, diciéndole que había vendido una pequeña parte de las tierras que quedaba indivisa y que podía cobrar lo que le correspondía: unos dos mil rublos.

Nikolái dijo que venía a cobrar aquella cantidad y, sobre todo, a pasar una temporada en el hogar y tocar la tierra para coger fuerzas, como los héroes, para su futura actividad. A pesar de su mayor encorvamiento y de su increíble delgadez, asombrosa para su estatura, sus movimientos eran, como de costumbre, rápidos e impulsivos. Lievin lo llevó al despacho.

Nikolái se mudó de ropa con especial cuidado, cosa que antes no solía hacer, peinó sus ralos cabellos lacios y, sonriendo, subió al piso de arriba.

Se hallaba en una disposición de ánimo alegre y afectuosa, como Lievin lo recordaba en su infancia. Hasta mencionó a Serguiéi Ivánovich sin rencor. Al ver a Agafia Mijáilovna bromeó con ella y le preguntó por los antiguos criados. La noticia de la muerte de Parfión Denísich lo impresionó desagradablemente. Su rostro expresó temor, pero se dominó enseguida.

—Ya era viejo —observó, y cambió de conversación—. Viviré aquí un par de meses y después me iré contigo a Moscú. ¿Sabes que Miagkov me ha prometido una colocación y pienso aceptarla? Ahora organizaré mi vida de un modo completamente distinto. ¿Sabes que me he separado de esa mujer?

—¿De María Nikoláievna? Pero ¿por qué?

—¡Oh! Era una mala mujer. Me dio una serie de disgustos...

Pero no contó en qué consistían. No podía decir que había echado a María Nikoláievna porque le preparaba un té demasiado flojo y, sobre todo, porque lo cuidaba como a un enfermo.

—Además, quiero cambiar por completo mi vida. Naturalmente, como todos, he cometido muchas tonterías, pero el dinero no tiene importancia, así es que no me arrepiento. Con tal de tener salud... Gracias a Dios, ahora he mejorado.

Lievin escuchaba, pensando lo que le diría, pero no se le ocurría nada. Sin duda, Nikolái sintió lo mismo; comenzó a hacerle preguntas sobre sus asuntos, y Lievin, contento de poder hablar de sí mismo, porque no necesitaba fingir, le expuso a su hermano sus planes y sus actividades.

Nikolái lo escuchaba, pero era evidente que aquello no le interesaba. Estos dos hombres eran tan afines, que el mínimo movimiento o el tono de su voz decía más para ambos que cuanto pudieran expresar con palabras.

Ahora los dos pensaban en lo mismo. La enfermedad y la inminencia de la muerte de Nikolái ahogaban todo lo demás. Pero ni uno ni otro se atrevían a mencionar aquello, y por eso todo lo que hablaban, sin expresar lo único que les interesaba, era falso. Nunca se había alegrado Lievin tanto como aquel día de que llegase la noche y de que fuese preciso ir a dormir. Nunca ante ningún extraño, ni en una visita de cumplido, se había mostrado tan falso y poco natural como aquel día. La conciencia de su falta de naturalidad y del arrepentimiento de ella la aumentaban aún más. Sentía deseos de llorar por su querido hermano, que estaba próximo a la muerte, y, en cambio, tenía que escucharle y sostener una conversación acerca de cómo viviría.

Como la casa era húmeda y solo encendían la estufa en una habitación, Lievin acomodó a su hermano en su propio dormitorio, tras un biombo.

Nikolái se acostó y, dormido o despierto, se agitaba como un enfermo, tosía y, cuando no podía expectorar, mascullaba algo. De cuando en cuando, al suspirar, exclamaba: «¡Ay! ¡Dios mío!». Y al sentir ahogo, decía irritado: «¡Qué diablos!». Lievin permaneció despierto mucho rato escuchándolo. Sus pensamientos, muy diversos, se resumían en uno: la muerte.

La muerte, inevitable fin de todas las cosas, se le presentó por primera vez con una fuerza invencible. Y esa muerte, que estaba ahí, en su hermano querido, el cual se quejaba entre sueños e invocaba con indiferencia y por costumbre tan pronto a Dios como al diablo, no estaba tan lejos como le parecía antes. Estaba en él mismo, la sentía. Si no era hoy, mañana, y si no dentro de treinta años. ¿Acaso no era igual? Y en cuanto a lo que era aquella muerte inevitable, no solo no lo sabía ni meditaba sobre ella, sino que ni siquiera se atrevía a hacerlo.

«Trabajo, trato de hacer algo, pero olvido que todo termina, que existe la muerte.»

Lievin, sentado en la cama en la oscuridad, encorvado, se abrazaba las rodillas y, conteniendo la respiración a causa de la tensión de sus ideas, meditaba. Pero cuanto más forzaba su pensamiento tanto más claro le parecía que aquello era así. En realidad se le había olvidado considerar un pequeño detalle de la vida: que llegaría la muerte y terminaría todo, que no merecía la pena emprender nada y que contra esta nada se podría hacer. Era terrible, pero era así.

«Pero aún estoy vivo. ¿Qué debo hacer ahora? ¿Qué debo hacer?», se decía, desesperado. Encendió una vela y, levantándose con precaución, se acercó al espejo y se miró los cabellos y el rostro. Sí, en las sienes había canas. Abrió la boca. Las muelas posteriores empezaban a cariarse. Descubrió sus musculosos brazos. Tenía mucha fuerza. Sí, pero también Nikolái, que ahora respiraba ahí a su lado con el resto de sus pulmones, había tenido un cuerpo sano. Y, de repente, recordó que de niños se acostaban juntos a dormir y esperaban que Fiódor Bogdánovich saliera de la habitación para tirarse las almohadas y reír, reír sin freno, hasta tal punto que ni siquiera el miedo a aquel podía reprimir aquella conciencia de la alegría de vivir que desbordaba y crecía como la espuma... «Y ahora ver ese pecho hundido y vacío... Y yo mismo no sé lo que ha de ser de mí...»

—¡Ejem! ¡Ejem! ¡Qué diablos! ¿Qué es lo que haces ahí? ¿Por qué no duermes? —exclamó su hermano.

—No sé. Tengo insomnio.

—Pues yo he dormido muy bien, ahora no sudo ya. Mírame, tócame la camisa, ¿verdad que no estoy sudado?

Lievin palpó la camisa, se fue al otro lado del biombo y apagó la vela, pero estuvo mucho rato sin poder dormirse. Apenas había esclarecido un poco el problema de cómo se debía vivir, se le presentaba otro, insoluble: la muerte.

«Se está muriendo, morirá en la primavera. ¿Cómo ayudarle? ¿Qué puedo decirle? ¿Qué sé yo de eso? Hasta se me había olvidado que existía la muerte.»

XXXII

Lievin había observado hacía tiempo ya que cuando la gente extrema su condescendencia y su docilidad hasta hacerse molestos, a menudo llegan a ser insoportables con sus exigencias y su susceptibilidad exageradas. Tenía la sensación de que eso le sucedería a su hermano. Y, en efecto, la docilidad de Nikolái duró poco. Desde la mañana siguiente se mostró irritado y discutía por cualquier cosa con Lievin, hiriéndole en los puntos más sensibles.

Lievin se sentía culpable, pero no lo podía remediar. Se daba cuenta de que si ambos no hubiesen fingido, si hubiesen hablado sinceramente, es decir, expresando lo que pensaban y sentían, se habrían mirado a los ojos y él se limitaría a decir: «¡Te vas a morir! ¡Te vas a morir!», y Nikolái hubiera contestado: «¡Lo sé, pero tengo miedo, tengo miedo, tengo miedo!». Y no se habrían dicho nada más de haberlo hecho de corazón. Pero era imposible vivir así y, por tanto, Konstantín se esforzaba en hacer lo que había intentado durante toda su existencia y lo que había observado que otros sabían hacer tan bien: trataba de decir lo que no pensaba. Constantemente se daba cuenta de que aquello resultaba falso, que su hermano lo adivinaba por ello.

Al tercer día, Nikolái pidió a su hermano que le expusiera su plan, y no solo lo criticó, sino que, a cosa hecha, lo confundió con el comunismo.

—Has tomado una idea ajena, la has echado a perder y quieres aplicarla donde no es aplicable.

—Pero si te digo que no tiene nada que ver con el comunismo. Los comunistas niegan el derecho de la propiedad, el capital y la herencia. Yo no niego ese estímulo esencial. —A Lievin le molestaba emplear esas palabras, pero, desde que se ocupaba de aquella cuestión, involuntariamente hacía uso, cada vez con más frecuencia, de términos extranjeros—. Solo quiero regular el trabajo.

—Así es, has tomado una idea ajena quitándole todo lo que constituía su fuerza y pretendes que se trata de algo nuevo —objetó Nikolái, enojado y moviendo convulsivamente el cuello, como si le molestara la corbata.

—Mi idea no tiene nada que ver...

—En aquella —dijo Nikolái Lievin, sonriendo irónicamente y con un brillo perverso en los ojos— hay al menos el encanto de lo geométrico, como si dijéramos, el encanto de la claridad y de su carácter indiscutible. Tal vez sea una utopía, pero supongamos que se pudiera hacer tabla rasa de todo lo pasado: no hay propiedad ni familia, y, según eso, se organiza el trabajo. Pero tú no ofreces nada...

—¿Por qué confundes las cosas? Nunca he sido comunista.

—Yo lo he sido y encuentro que la idea es prematura, pero razonable, y tiene porvenir. Lo mismo pasaba con el cristianismo en los primeros siglos.

—Pues yo creo únicamente que es preciso considerar la mano de obra desde el punto de vista de la naturaleza, estudiarla, conocer sus características y...

—Todo eso es completamente inútil. Esa fuerza halla por sí sola, a medida que se desarrolla, una determinada manera de desplegar sus actividades. En todas partes ha habido siempre esclavos y después *métayers*;* también nosotros tenemos aparceros, jornaleros y existe el arrendamiento. ¿Qué es lo que buscas?

Lievin se acaloró al oír esas palabras porque en el fondo de su alma temía que fuera verdad que buscara el equilibrio entre el comunismo y el sistema establecido, y eso apenas era posible.

—Busco los medios de trabajar con provecho para mí y para el trabajador. Quiero organizar... —exclamó, acalorado.

—No quieres organizar nada; sencillamente, como lo has hecho toda la vida, pretendes hacerte el original y demostrar que no explotas a los mujiks, sin más ni más, sino en nombre de una idea.

—Bueno, si lo ves así, dejémoslo —contestó Lievin, sintiendo que el músculo de su mejilla izquierda temblaba, sin que pudiera reprimirlo.

* «Aparceros.» (*N. de las T.*)

—No tienes ni has tenido nunca opiniones personales y únicamente necesitas satisfacer tu amor propio.

—Bueno, muy bien, pero déjame en paz.

—Te dejo. Hace tiempo que debía haberlo hecho. ¡Vete al diablo! Siento mucho haber venido.

Por más esfuerzos que hizo Lievin después para calmar a su hermano, Nikolái no quiso escuchar nada, diciendo que valía más separarse. Konstantín comprendió que su hermano estaba harto de la vida.

Nikolái se preparaba ya para marcharse cuando Lievin entró de nuevo en su cuarto y le pidió, de un modo poco natural, que le perdonara si le había ofendido en algo.

—¡Ah! ¡Qué magnanimidad! —dijo Nikolái sonriendo—. Si quieres tener razón, puedo concederte ese placer. Tienes razón, pero, de todos modos, me marcho.

Momentos antes de su partida, Nikolái besó a su hermano y le dijo, mirándole de pronto con extraña seriedad:

—¡De todos modos, Kostia, no me recuerdes con rencor! —Y su voz tembló.

Fueron las únicas palabras que pronunció con sinceridad. Lievin comprendió que con esa frase quería expresar lo siguiente: «Ya ves que estoy mal y tal vez no volvamos a vernos ya». Y las lágrimas brotaron de los ojos de Lievin. Volvió a besar a su hermano, pero no supo ni pudo decirle nada.

A los tres días de haberse marchado Nikolái, Lievin se fue al extranjero. En el tren se encontró con Scherbatski, el primo de Kiti, el cual se extrañó mucho del aspecto sombrío de Lievin.

—¿Qué te pasa? —le preguntó.

—Nada. En este mundo hay pocas cosas alegres.

—¿Pocas cosas alegres? Vente conmigo a París en lugar de ir a ese Mulhouse. Ya verás lo bien que se pasa.

—No, para mí todo ha terminado. Ya es hora de morir.

—¡Vaya una cosa! —exclamó Scherbatski, riendo—. Pues yo solo me dispongo a empezar.

—También yo pensaba así hace poco, pero ahora sé que pronto me voy a morir.

Lievin decía sinceramente lo que pensaba durante los últimos tiempos. En todo, solo veía la muerte o su proximidad. Pero la obra emprendida le preocupaba cada vez más. Era preciso vivir de algún modo hasta que llegara la muerte. La oscuridad lo cubría todo para él, pero, precisamente a consecuencia de aquella oscuridad, se daba cuenta de que el único hilo conductor que podía guiarle en ella era su empresa. Y Lievin se aferraba y se sujetaba a él con todas sus energías.

Cuarta parte

I

Los Karenin, marido y mujer, seguían viviendo en la misma casa y se veían a diario, pero eran completamente extraños el uno al otro. Alexiéi Alexándrovich se impuso la norma de ver diariamente a su mujer para evitar que los criados supusieran lo que ocurría, pero procuraba no comer en casa. Vronski no los visitaba nunca; Anna lo veía fuera de casa y Alexiéi Alexándrovich lo sabía.

La situación era penosa para los tres y ninguno la hubiese soportado un solo día de no esperar que cambiaría, que era una dificultad pasajera y amarga que no iba a durar siempre. Karenin confiaba en que esa pasión pasaría, como pasa todo, que todos habían de olvidarse de ella y que su nombre quedaría sin mancha. Anna, de quien dependía esa situación y a quien le resultaba más penosa que a nadie, la soportaba porque no solo esperaba, sino que estaba firmemente convencida de que muy pronto iba a tener un desenlace. No sabía cómo se iba a producir, pero creía con firmeza que sería muy pronto.

Vronski, involuntariamente sometido a Anna, confiaba también que ocurriría algo que había de resolver todas las dificultades.

A mediados de invierno, Vronski pasó una semana muy aburrida. Le presentaron a un príncipe extranjero que había llegado a San Petersburgo y al que debía llevar a ver todas las cosas interesantes de la ciudad. Le presentaron al príncipe porque Vronski tenía buena presencia, poseía el arte de comportarse con respeto y dignidad y costumbre de tratar con tales personajes. Pero aquella misión le resultó muy molesta. El príncipe no quería dejar de ver en Rusia ninguna de las cosas de interés sobre las que le pudieran preguntar después en su casa. Además, deseaba aprovecharse en lo posible de todas las diversiones rusas. Vronski debía orientarle en ambos aspectos. Por las mañanas salían a ver las curiosidades, y por las noches tomaban parte en las diversiones nacionales. El príncipe gozaba de una salud extraordinaria, incluso entre los príncipes. Con gimnasia y buenos cuidados corporales, había llegado a tener tanta fuerza que, pese a los excesos a que se entregaba en los placeres, estaba tan lozano como un gran pepino holandés de color verde brillante. Había viajado mucho y opinaba que una de las grandes ventajas de las comunicaciones modernas consistía en la posibilidad de poder gozar de las diversiones típicas. Había estado en España, donde dio serenatas y entró en relaciones con una española que tocaba la guitarra. En Suiza había matado una gamuza. En Inglaterra, vestido con una levita roja, había montado a caballo saltando por encima de las cercas, y en una apuesta mató doscientos faisanes. En Turquía había estado en un harén; en la India había montado elefantes, y ahora, en Rusia, deseaba saborear todos los placeres típicos rusos.

A Vronski, que era una especie de maestro de ceremonias del príncipe, le costaba mucho trabajo organizar todas las diversiones que diferentes personas le ofrecían. Hubo paseos a caballo, blinis,* cacerías de osos, troikas, gitanas y banquetes, en los que, según costumbre rusa, rompían la vajilla. El príncipe se adaptó al ambiente ruso con extraordinaria facilidad, rompía bandejas con vajilla, sentaba en sus rodillas a las gitanas y parecía preguntar si no había nada más que hacer y si solo en eso consistía el espíritu ruso.

En realidad, de todos los placeres rusos los que más gustaron al príncipe fueron las artistas francesas, una bailarina de ballet y el champán del sello blanco. Vronski estaba acostumbrado a tratar a los príncipes, pero, bien porque él mismo hubiera cambiado últimamente o por haber conocido demasiado de cerca a este, aquella semana le pareció muy penosa. Durante toda la semana experimentó un sentimiento semejante al de un hombre que acompaña a un loco peligroso y teme a la vez tanto al loco como perder la razón por su proximidad. Constantemente sentía la necesidad de no disminuir ni por un segundo el tono severo de respeto protocolario para no ser ofendido. La manera de tratar al príncipe los que se desvivían, con gran asombro de Vronski, en ofrecerle distintas diversiones, era despreciativa. Sus opiniones sobre las mujeres rusas, a las que quería estudiar, hicieron enrojecer de indignación a Vronski más de una vez. La causa principal

* Especie de tortas que se comen calientes, principalmente durante el Carnaval. *(N. de las T.)*

de que el príncipe le resultase insoportable a Vronski era porque involuntariamente se veía reflejado en él. Y lo que veía en aquel espejo no halagaba su amor propio. Era un hombre muy estúpido, muy seguro de sí mismo, muy sano y muy esmerado en el cuidado de su persona, pero nada más. Cierto es que era un caballero, cosa que Vronski no podía negar. Se mostraba llano y no adulaba a sus superiores, era natural y sencillo en su trato con sus iguales y despectivamente bondadoso con sus inferiores. Vronski también era así y consideraba esto como un mérito, pero puesto que con relación al príncipe él era inferior, le indignaba el trato despectivamente bondadoso que le dispensaba.

«¡Estúpido animal! ¿Es posible que yo también sea así?», pensaba Vronski. Fuera como fuese, cuando al séptimo día se despidió de él antes de su marcha a Moscú, Vronski, al oírle expresar su agradecimiento, se sintió feliz de librarse de esa enojosa situación, así como de ese desagradable espejo. Se despidió de él en una estación, de regreso de una cacería de osos, en la que durante toda la noche presenciaron la valentía rusa.

II

Al volver a casa, Vronski halló una esquela de Anna. Le escribía: «Estoy enferma y me siento muy desdichada. No puedo salir, pero tampoco vivir sin verte. Ven esta noche. A las siete, Alexiéi Alexándrovich irá al Consejo, donde estará hasta las diez». Vronski reflexionó un momento en lo extraño que resultaba que Anna lo invitase a su casa, a pesar de la prohibición del marido, pero decidió ir.

Aquel invierno, Vronski, nombrado coronel, había dejado el regimiento y vivía solo. Después de almorzar, se tendió en un diván. A los cinco minutos los recuerdos de las escenas grotescas que había presenciado los últimos días se confundieron con las imágenes que se representaba de Anna y del mujik que desempeñó el papel más importante de batidor en la caza del oso, y se durmió. Despertó en la oscuridad, sobrecogido de terror, y encendió precipitadamente la vela. «¿Qué pasa? ¿Qué pasa? ¿Qué es eso tan terrible que he soñado? ¡Ah, sí! Parece ser que el mujik de la caza, aquel hombre pequeño, sucio, de barbas desgreñadas, hacía algo inclinado y, de pronto, empezó a decir unas palabras raras en francés. Eso es todo lo que he soñado —se dijo—. Pero ¿por qué me pareció tan terrible?» Recordó vivamente de nuevo al mujik y las incomprensibles palabras que habrá pronunciado en francés y un escalofrío de horror le recorrió la espalda.

«Qué tontería», pensó, y miró el reloj.

Eran las ocho y media. Llamó al criado, se vistió precipitadamente y salió a la escalinata, olvidando por completo el sueño y atormentándose tan solo porque llegaría tarde. Al llegar a la puerta de los Karenin, miró el reloj, viendo que eran las nueve menos diez. Había un coche alto y estrecho, con dos caballos grises, junto a la escalinata. Vronski reconoció el carruaje de Anna. «Iba a ir a mi casa —pensó—, y hubiera sido mejor. Me es desagradable entrar aquí. Pero es igual, no puedo esconderme.» Y con la desenvoltura, adquirida en su infancia, de un hombre que no tiene por qué avergonzarse de nada, Vronski se apeó del trineo y se acercó a la puerta. Esta se abrió y el portero, con una manta de viaje en la mano, llamó al coche. Vronski, que no solía fijarse en los pormenores, notó, sin embargo, la expresión de sorpresa con que lo miró el portero. En la misma puerta tropezó con Alexiéi Alexándrovich en persona. La luz del gas iluminaba su rostro exangüe y enflaquecido bajo el sombrero negro y la corbata blanca que brillaba entre el abrigo de piel de nutria. Los ojos inmóviles y turbios de Karenin se clavaron en el rostro de Vronski. Este saludó y Alexiéi Alexándrovich movió los labios como si masticase, se descubrió y pasó. Vronski vio que, sin volver la cabeza, Karenin subió al coche y tomó por la ventanilla la manta y los prismáticos, desapareciendo después. Entró en la antesala. Tenía el entrecejo fruncido y sus ojos brillaban con expresión de orgullo y animosidad.

«¡Qué situación! —pensó—. Si se hubiese batido, defendiendo su honor, yo hubiera podido obrar, hubiera podido expresar mis sentimientos. Pero esa debilidad o esa infamia... me coloca en la situación de un burlador, cuando no quise ni quiero serlo.»

Desde su entrevista con Anna junto al jardín de Vrede, las ideas de Vronski habían cambiado. Involuntariamente, se sometía a las debilidades de Anna, que se entregaba toda a él, esperando tan solo que decidiera su suerte, resignada a todo de antemano. Hacía tiempo ya que había dejado de pensar que sus relaciones pudieran terminar como lo había pensado antes. Sus planes de ambición quedaron de nuevo relegados, y, dándose cuenta de que había salido de aquel círculo de actividad en el que todo estaba definido, se entregaba cada vez más a sus sentimientos, que lo ligaban con más fuerza a Anna.

Ya en el recibidor, Vronski oyó los pasos de Anna que se alejaban. Comprendió que le esperaba y había estado escuchando y que ahora volvía al salón.

—¡No! —exclamó Anna al verlo y, apenas hubo pronunciado esto, las lágrimas afluyeron a sus ojos—. No, si esto continúa así, lo que ha de pasar pasará mucho antes.

—¿Qué sucede, querida?

—¿Qué sucede? Llevo esperando y atormentándome una hora, dos horas... ¡No, no lo volveré a hacer!... Pero no puedo enfadarme contigo. Probablemente no has podido venir antes. No, no me enfadaré.

Anna le puso ambas manos en los hombros y le contempló largo rato con una mirada profunda y exaltada, pero a la vez escrutadora. Estudiaba el rostro de Vronski por el tiempo que llevaba sin verlo. En todas sus entrevistas con él confundía la impresión imaginaria (incomparablemente mejor e imposible para ser verdadera) con lo que él era en realidad.

III

—¿Te has encontrado con él? —preguntó, cuando se sentaron junto a la mesa, bajo la lámpara—. Este es tu castigo por haber venido tarde.

—Pero ¿qué ha pasado? ¿No tenía que asistir al consejo?

—Estuvo allí y volvió. Ahora se ha ido otra vez. Pero es igual. No hables de eso. ¿Dónde has estado? ¿Siempre con el príncipe?

Anna conocía todos los pormenores de la vida de Vronski. Este se proponía decirle que, no habiendo descansado en toda la noche, se había quedado dormido, pero, al mirar su rostro agitado y feliz, se avergonzó. Dijo que había tenido que ir a dar cuenta de la marcha del príncipe.

—Pero ¿ahora ha terminado todo? ¿Se ha ido?

—Sí, gracias a Dios. No me creerás lo insoportable que me ha resultado.

—¿Por qué? Si es la vida habitual de todos los hombres jóvenes —dijo Anna, frunciendo las cejas y, cogiendo la labor que tenía sobre la mesa y sin mirar a Vronski, empezó a desenredar el ganchillo.

—Hace mucho que he abandonado esta vida —replicó Vronski, sorprendido por el cambio de expresión del rostro de Anna y tratando de comprender su significado—. Te confieso —continuó sonriente y mostrando sus fuertes dientes blancos— que durante esta semana me he mirado como en un espejo en esa vida y me ha resultado desagradable.

Anna tenía la labor entre las manos, pero no hacía nada, mirando a Vronski con ojos extraños y brillantes y con expresión hostil.

—Esta mañana ha venido Liza; aún no teme venir aquí, a pesar de la condesa Lidia Ivánovna —observó Anna—, y me ha contado vuestra noche de orgía.

—¡Qué asco!

—Sólo quería decir que...

Anna le interrumpió.

—¿Es que conocías antes a esa Thérèse?

—Quería decirte...

—¡Qué infames sois los hombres! ¿Cómo no os dais cuenta de que una mujer no puede olvidar eso? —dijo Anna, acalorándose cada vez más y revelándole de este modo la causa de su irritación—. Sobre todo, una mujer que no puede conocer tu vida. ¿Qué sé yo? ¿Qué he sabido de ti? Lo que tú me has dicho. ¿Y cómo puedo saber si me dijiste la verdad?...

—¡Anna! Me ofendes. ¿Es que no me crees? ¿Acaso no te he dicho que no tengo ni un solo pensamiento que no te haya revelado?

—Sí, sí —replicó ella, intentando visiblemente desechar sus celos—. Pero si supieras cuánto sufro... Te creo, te creo... Bueno, ¿qué me decías?

Pero Vronski no pudo recordar enseguida lo que había querido decirle. Aquellos accesos de celos que últimamente le daban a Anna con más frecuencia lo horrorizaban, y por más que se esforzaba en disimularlo enfriaban su amor, a pesar de que sabía que la causa de sus celos era la pasión que sentía por él. Muchas veces se había repetido que el amor de Anna constituiría para él la felicidad, y ahora que ella lo amaba como puede amar una mujer para la cual el amor ha superado todas las dichas de la vida, Vronski se sentía más alejado de la felicidad que el día en que salió de Moscú para seguirla. Entonces se consideraba desgraciado, pero la dicha estaba por delante; en cambio, ahora, se daba cuenta de que lo mejor había pasado. Anna no era ya como había sido en los primeros tiempos. Había cambiado, empeorando tanto en lo moral como en lo físico. Se había ensanchado, y en su rostro, ahora, mientras hablaba de la actriz, apareció una expresión malévola que la estropeaba. Vronski la miraba como se mira una flor que uno mismo ha cortado y en la cual apenas puede reconocerse la belleza que le indujo a cortarla. Y, a pesar de eso, tenía la sensación de que, cuando su amor era más intenso, hubiese podido arrancarlo de su corazón de habérselo propuesto firmemente, y que, en cambio, ahora, como en este momento que le parecía no sentir amor hacia ella, sabía que su vínculo no podía romperse.

—Bueno, ¿qué es lo que me querías decir del príncipe? Ya he echado al demonio —añadió (así llamaban entre ellos a los celos)—. ¿Qué habías empezado a contarme del príncipe? ¿Por qué te ha resultado tan molesto?

—¡Oh! Fue insoportable —dijo Vronski, tratando de reanudar el hilo roto de sus pensamientos—. El príncipe no sale ganando cuando se le conoce a fondo. Se le podría definir como a un animal bien cebado, de esos que ganan medallas en las exposiciones y nada más —terminó diciendo con un enojo que interesó a Anna.

—Pero ¿cómo es eso? —replicó ella—. Sea como sea, ha visto mucho mundo y es un hombre culto.

—La cultura de ellos es completamente distinta. Se ve que está instruido solo para tener derecho de despreciar la cultura, como lo suelen despreciar todo, salvo los placeres materiales.

—Pero si a todos vosotros os gustan esos placeres —dijo Anna, y Vronski notó de nuevo aquella mirada sombría que evitaba enfrentarse con la suya.

—¿Por qué lo defiendes así? —preguntó, sonriendo.

—No lo defiendo, me tiene sin cuidado. Pero creo que si a ti no te gustaran esos placeres, habrías podido renunciar. Te agrada mirar a Teresa con el traje de Eva...

—¡Otra vez! ¡Otra vez el demonio! —exclamó Vronski, cogiendo la mano que Anna había puesto en la mesa y besándosela.

—Sí, pero no puedo remediarlo. No sabes lo que he sufrido mientras te esperaba. Me parece que no soy celosa. No lo soy. Te creo cuando estás aquí conmigo. Pero cuando estás lejos y solo, entregado a esa vida que no entiendo...

Anna se separó de él, logrando desembrollar por fin el ganchillo. Comenzó a hacer croché, ayudándose con el dedo índice, que echaba una tras otra la hebra de lana blanca, brillante bajo la lámpara, y su fina muñeca se movió rápida y nerviosa enfundada en la manga bordada.

—Bueno, ¿dónde te has encontrado con Alexiéi Alexándrovich? —sonó de pronto su voz poco natural.

—Nos hemos cruzado en la puerta.

—¿Y te ha saludado así?

Anna alargó el rostro y, entornando los ojos, cambió de expresión y cruzó las manos. Vronski vio de pronto en su bello semblante la misma expresión con que le había saludado Alexiéi Alexándrovich. Sonrió, mientras Anna reía alegremente con su risa agradable, que era uno de sus mayores encantos.

—Decididamente, no le comprendo —dijo Vronski—. Si después de vuestra explicación en la casa veraniega hubiese roto contigo, si me hubiese desafiado, me parecería natural, pero esto no lo entiendo. ¿Cómo puede soportar una situación así? Desde luego, se ve que sufre.

—¿Sí? —dijo Anna con ironía—. Está muy satisfecho.

—¿Por qué nos atormentamos todos cuando las cosas podían arreglarse muy bien?

—No con él. ¿Acaso no conozco esa mentira que embarga todo su ser?... ¿Acaso es posible vivir como vive conmigo si se tiene algún sentimiento? No entiende ni siente nada. ¿Podría vivir un hombre bajo el mismo techo con su mujer culpable? ¿Podría hablar con ella tratándola de tú?

Involuntariamente, Anna volvió a imitarle: «Tú, *ma chère,** tú, Anna».

—No es un ser humano; no es un hombre, sino un muñeco. Nadie lo sabe, pero yo sí. ¡Oh! Si estuviese en su lugar, hace mucho que hubiera despedazado a una mujer como yo en vez de decirle: «Tú, *ma chère* Anna». No es un hombre, es una máquina ministerial. No comprende que soy tu mujer, que él es un extraño, que está de sobra... ¡No hablemos, no hablemos más!...

—No tienes razón, querida —le dijo Vronski, tratando de calmarla—. Pero es igual, no hablemos más de él. Cuéntame lo que has hecho estos días. ¿Qué te pasa? ¿Qué es esa enfermedad? ¿Qué ha dicho el médico?

Anna le miraba con alegría irónica. Por lo visto, había hallado otros aspectos ridículos y grotescos de su marido y esperaba la ocasión para hablar de ellos.

Pero Vronski continuaba:

—Adivino que no se trata de una enfermedad, sino de tu estado. ¿Cuándo será?

El brillo irónico desapareció de los ojos de Anna, pero lo sustituyó otra sonrisa, indicadora de que sabía algo que él ignoraba, y de una tristeza suave.

—Pronto, pronto. Decías que nuestra situación es atormentadora y que hay que esclarecerla. ¡Si supieras lo penosa que me resulta y lo que daría por poder amarte libre y abiertamente! No sufriría ni te haría sufrir con mis celos... Eso será pronto, pero no como pensamos.

Y ante la idea de cómo iba a ser aquello, Anna se sintió tan desdichada que las lágrimas brotaron de sus ojos y no pudo continuar.

* «Querida mía.» *(N. de las T.)*

Puso en la mesa una mano, que brillaba bajo la luz de la lámpara por su blancura y por sus sortijas.

—Las cosas no sucederán como pensamos. No quería hablarte de eso, pero tú mismo me has obligado. Pronto, muy pronto, se resolverá todo, nos tranquilizaremos todos y ya no sufriremos más.

—No entiendo —replicó Vronski, aunque comprendía.

—Me has preguntado cuándo. Será pronto. Pero no lo sobreviviré. ¡No me interrumpas! —Y Anna habló deprisa—. Lo sé con seguridad. Me voy a morir y me alegro mucho de dejaros libres a los dos.

Las lágrimas brotaron de sus ojos; Vronski se inclinó sobre su mano y se puso a besarla, tratando de dominar su emoción, que sabía era sin fundamento, pero que no podía vencer.

—Así será mejor —dijo Anna, apretándole la mano con un movimiento enérgico—. Eso es lo único que nos queda.

Vronski se recobró y levantó la cabeza.

—¡Qué tontería! ¡Qué disparates estás diciendo!

—Es la verdad.

—¿Qué es lo que es la verdad?

—Que me voy a morir. He tenido un sueño.

—¿Un sueño? —repitió Vronski, y recordó en el acto al mujik con quien había soñado.

—Sí, un sueño —dijo Anna—. Hace mucho que lo he tenido. Soñé que entraba corriendo en mi dormitorio, donde tenía que coger algo y enterarme de algo: ya sabes cómo ocurre en sueños —continuó, abriendo los ojos con horror—. Y allí, en el cuarto, en un rincón había...

—¡Oh! ¡Qué tontería! ¿Cómo puedes creer...?

Pero Anna no se dejó interrumpir. Era demasiado importante para ella lo que decía.

—Eso que estaba en el rincón se volvió y vi entonces que era un mujik, pequeño y terrible, con la barba desgreñada. Quise huir, pero el mujik se inclinó sobre un saco y empezó a rebuscar en él...

Anna representó al mujik rebuscando en el saco. El horror se reflejaba en su rostro, y Vronski, recordando el sueño que había tenido, sintió que ese mismo horror le embargaba el alma.

—El mujik buscaba en el saco y hablaba muy deprisa en francés, haciendo muecas: *Il faut battre le fer, le broyer, le pétrir...* * Quise despertarme y me desperté..., pero fue en sueños. Empecé a preguntarme

* «Hay que batir el hierro, machacarlo, modelarlo.» (N. de las T.)

lo que significaba aquello. Y Korniéi me contestaba: «Morirá de parto, morirá de parto, madrecita...».

—¡Qué tontería! ¡Qué tontería! —repitió Vronski, pero se daba cuenta de que el tono de su voz no era nada convincente.

—No hablemos más de eso. Llama, mandaré que nos sirvan el té. Pero aguarda, ahora, pronto, yo...

De repente Anna se detuvo. La expresión de su rostro cambió en un momento. El horror y la agitación se sustituyeron por una atención serena, grave y beatífica. Vronski no pudo comprender el significado de aquel cambio. Anna había sentido que una nueva vida se agitaba dentro de ella.

IV

Después de encontrarse con Vronski en la puerta de su casa, Alexiéi Alexándrovich fue a la ópera italiana, como se lo había propuesto.

Permaneció allí durante dos actos completos y vio a todas las personas que necesitaba ver. Al regresar a su casa, miró detenidamente el perchero, y al ver que no había en él ningún capote militar pasó, como siempre, a sus habitaciones. Pero, contrariamente a su costumbre, no se acostó y estuvo paseando por su despacho hasta las tres de la madrugada. Lo atormentaba el sentimiento de ira contra su mujer, que no quería guardar las apariencias y cumplir la única condición que le había impuesto: no recibir en casa a su amante. Anna no había cumplido lo exigido y Karenin debía castigarla llevando a cabo su amenaza: pedir el divorcio y quitarle a su hijo. Sabía todas las dificultades con que iba a tropezar, pero había dicho que lo haría y lo había de cumplir. La condesa Lidia Ivánovna solía darle a entender que sería la mejor salida de la situación en que se encontraba. Durante los últimos tiempos la práctica de los divorcios había llegado a tal grado de perfección, que Alexiéi Alexándrovich veía la posibilidad de vencer las dificultades de los formulismos. Además, las desgracias nunca llegan solas: el asunto de los pueblos de otras razas y de la fertilización de los campos de la provincia de Zaraisk le dieron tantos disgustos, que durante los últimos tiempos estaba extremadamente excitado.

No durmió en toda la noche y su ira, que aumentaba en una progresión enorme, llegó al límite por la mañana. Se vistió deprisa, y como si llevara una copa llena de ira y temiera derramarla quedando sin la energía necesaria para las explicaciones con su mujer, entró en sus habitaciones en cuanto supo que se había levantado.

Anna, que creía conocer bien a su marido, quedó perpleja al ver su aspecto. Tenía el ceño fruncido y sus ojos miraban sombríos ante él, evitando la mirada de Anna. Su boca, apretada, tenía una expresión firme y despectiva. En sus andares, en sus movimientos y en el sonido de su voz había una decisión y una firmeza tales como Anna nunca vio en él. Entró en la habitación sin saludarla y se dirigió directamente al escritorio. Cogió las llaves y abrió el cajón.

—¿Qué quiere usted? —inquirió Anna.

—Las cartas de su amante —contestó Karenin.

—No están aquí —dijo Anna, cerrando el cajón.

Al ver ese gesto, Karenin comprendió que había acertado, y apartando bruscamente la mano de Anna, cogió con rapidez la cartera en que sabía que guardaba sus papeles más importantes. Ella trató de arrancarle la cartera, pero él la rechazó.

—¡Siéntese! Tengo que hablarle —dijo, poniéndose la cartera debajo del brazo y apretándola con tanta fuerza que su hombro se levantó.

Anna lo miraba en silencio con expresión de sorpresa y timidez.

—Ya le he dicho que no permitiré que reciba aquí a su amante.

—Necesitaba verle para...

Anna se interrumpió, incapaz de inventar algo.

—No necesito entrar en los pormenores de para qué necesita una mujer ver a su amante.

—Solo quise... —replicó Anna acalorándose. Esa grosería de su marido la excitó y le dio valor—. ¿Acaso no se da usted cuenta de lo fácil que le resulta ofenderme?

—Se puede ofender a una persona honrada, a una mujer honrada, pero decirle a un ladrón que es ladrón es solo la *constatation d'un fait.* *

—Aún no conocía en usted ese nuevo rasgo de crueldad.

—¿Le parece cruel que un marido conceda la libertad a su mujer, dándole un techo honrado, solo a condición de que guarde las apariencias? ¿Es eso crueldad?

—¡Es aún peor, es una villanía! —gritó Anna en un arranque de ira y, levantándose, quiso salir.

—¡No! —gritó Karenin con su voz penetrante, que sonó en un tono más agudo de lo acostumbrado.

Cogiéndola por el brazo con sus largos dedos, con tanta fuerza que quedaron en él las señales de la pulsera, la obligó a sentarse en su sitio.

---

* «Confirmación de un hecho.» *(N. de las T.)*

—¿Una villanía? Si quiere emplear esa palabra, le diré que villanía es abandonar al marido y al hijo por un amante y seguir comiendo el pan del marido.

Anna bajó la cabeza. No solo no dijo lo que había dicho la víspera a su amante, que *él* era su esposo y que su marido sobraba, sino que ni siquiera lo pensó. Se dio cuenta de lo justas que eran las palabras de Karenin y se limitó a contestar en voz baja:

—No puede usted describir mi situación peor de lo que la veo yo misma. Pero ¿por qué dice todo eso?

—¿Por qué lo digo? ¿Por qué? —prosiguió Karenin tan irritado como antes—. Para que sepa que, ya que no ha cumplido mi voluntad de guardar las apariencias, tomaré mis medidas para poner fin a esta situación.

—Pronto terminará sin eso —pronunció Anna, y ante la idea de la próxima muerte, que ahora deseaba, las lágrimas asomaron a sus ojos.

—Terminará antes de lo que han pensado usted y su amante. Necesita usted satisfacer su pasión animal...

—¡Alexiéi Alexándrovich! No digo ya que esto no sea magnánimo, sino que es poco honrado. Eso es herir al caído.

—Usted solo piensa en sí misma. Los sufrimientos del hombre que ha sido su marido le tienen sin cuidado. Le da igual que su vida esté destruida, que ha... ya..., su..., su... sufrido...

Alexiéi Alexándrovich hablaba tan deprisa que se aturrulló. Y no pudo pronunciar esa palabra. Finalmente, lo hizo tergiversándola. Anna sintió deseos de reír, pero enseguida la embargó un sentimiento de vergüenza por haberle parecido que había algo risible en un momento así. Y por primera vez, durante un instante, se puso en el lugar de su marido y lo compadeció. Pero ¿qué podía hacer o decir? Bajó la cabeza y guardó silencio. Karenin también calló durante un rato y, al empezar a hablar, el tono de su voz ya no era tan agudo, aunque sí frío. Recalcaba arbitrariamente algunas palabras que no tenían un significado especial.

—He venido a decirle...

Anna lo miró. «No, me ha debido de parecer —pensó, recordando la expresión del rostro de Karenin cuando se embrollara al pronunciar la palabra "sufrido"—. ¿Acaso un hombre con esos ojos turbios y esa serenidad producida por la satisfacción de sí mismo es capaz de sentir algo?»

—No puedo cambiar nada —susurró Anna.

—He venido a decirle que mañana me marcho a Moscú y no volveré más a esta casa. Sabrá usted acerca de mi decisión por medio del abogado a quien encargaré de tramitar el divorcio. Mi hijo irá a vivir a casa de mi hermana —dijo Alexiéi Alexándrovich recordando a duras penas lo que quería decir del niño.

—Usted quiere llevarse a Seriozha para hacerme daño —dijo Anna, mirándole de soslayo—. No lo quiere usted... ¡Déjemelo!

—Sí, hasta he llegado a perder el cariño que tenía a mi hijo porque está relacionado con la repulsión que siento hacia usted. Pero, de todos modos, me lo llevaré. Adiós.

Karenin quiso salir, pero ahora fue ella quien lo retuvo.

—¡Alexiéi Alexándrovich! ¡Déjeme a Seriozha! —repitió Anna en un susurro—. No tengo nada más que decirle. Déjeme a Seriozha hasta el...; ya pronto daré a luz, ¡déjemelo!

Alexiéi Alexándrovich enrojeció y, desasiendo su mano de la de ella, salió de la habitación en silencio.

V

La sala de espera del célebre abogado de San Petersburgo estaba atestada cuando entró Karenin.

Había tres señoras: una anciana, una joven y la mujer de un comerciante. Y tres hombres: un banquero alemán, que llevaba una sortija; un comerciante con barba y un funcionario de aspecto enojado, de uniforme y con una cruz en el pecho. Se veía que llevaban mucho tiempo esperando. Dos pasantes escribían en las mesas haciendo chirriar las plumas. Los objetos de escritorio, a los que era tan aficionado Karenin, eran excelentes. No pudo dejar de fijarse en ellos. Uno de los pasantes, sin levantarse y entornando los ojos, le preguntó severamente:

—¿Qué desea?

—Tengo que hablar con el abogado.

—Está ocupado —replicó con severidad el pasante, y, mostrando con la pluma a los que esperaban, siguió escribiendo.

—¿No dispondrá de un momento para recibirme? —preguntó Karenin.

—No tiene tiempo libre, está ocupado. Haga el favor de esperar.

—Tenga la bondad de pasarle mi tarjeta —dijo Alexiéi Alexándrovich con dignidad, viendo que era imprescindible revelar el incógnito.

El pasante tomó la tarjeta y, con gesto de desaprobación, salió por una puerta.

Alexiéi Alexándrovich era, en principio, partidario de la justicia pública, pero discrepaba con algunos detalles en su aplicación en Rusia, que conocía a través de su cargo, y los censuraba todo lo que podían censurarse las cosas establecidas por el zar. Su vida había transcurrido en actividades administrativas y, por consiguiente, cuando no aprobaba algo, esa desaprobación se suavizaba al reconocer que eran inevitables los errores y que existía la posibilidad de rectificación. Respecto de las nuevas instituciones jurídicas, no aprobaba las condiciones en las que se desenvolvían los abogados. Pero hasta entonces no había tenido nada que ver con ellos y, por tanto, su desaprobación era tan solo teórica. En aquel momento se reforzó por la desagradable impresión que acababa de tener en la sala de espera del abogado.

—Ahora viene —dijo el pasante y, en efecto, transcurridos dos minutos, apareció en la puerta la alta figura de un viejo jurista, que había ido a consultar con el abogado, y asimismo la de este.

El abogado era un hombre de baja estatura, de constitución fuerte, calvo, con barba negra rojiza, de largas cejas de color claro y de frente abombada. Vestía elegantemente, como un novio, desde la corbata y la doble cadena de reloj hasta los zapatos de charol. Tenía un rostro inteligente, de campesino, pero su indumentaria era vistosa y de mal gusto.

—Haga el favor —le dijo a Alexiéi Alexándrovich. Y, dejándolo pasar con expresión sombría, cerró la puerta—. ¿Quiere sentarse? —añadió, indicándole una butaca junto al escritorio.

Ocupó el lugar preferente mientras se frotaba las pequeñas manos de dedos cortos, cubiertas de vello, e inclinaba la cabeza hacia un lado. Pero en cuanto se acomodó en aquella postura, una polilla voló sobre la mesa. El abogado, con una rapidez increíble en él, separó las manos, pilló la polilla y de nuevo adoptó la misma actitud.

—Antes de empezar a exponerle mi asunto —dijo Karenin, que había seguido con expresión de sorpresa los movimientos del abogado—, debo advertirle que ha de quedar en secreto.

Una sonrisa imperceptible separó los caídos bigotes rojizos del abogado.

—No sería abogado si no supiera guardar los secretos que me confían. Pero si necesita usted una confirmación...

Alexiéi Alexándrovich lo miró y vio que sus inteligentes ojos grises reían como si lo supieran todo.

—¿Conoce usted mi apellido? —continuó Karenin.

—Lo conozco y también sus útiles actividades —de nuevo cazó una polilla—, como todos los rusos —concluyó, inclinándose.

Alexiéi Alexándrovich suspiró para cobrar ánimos. Pero una vez decidido prosiguió con su aguda vocecilla sin intimidarse ni embrollarse y recalcando algunas palabras.

—Tengo la desgracia —empezó diciendo— de ser un marido engañado y deseo cortar legalmente las relaciones con mi mujer, es decir, quiero divorciarme. Pero de tal manera que mi hijo no se quede con su madre.

Los ojos grises del abogado se esforzaron para no reír, pero saltaron con una alegría incontenible y Karenin vio que no solo se trataba del contento de la persona que recibe un buen encargo; en aquellos ojos había una alegría triunfante y un brillo que le recordó el maligno resplandor que había visto en los de su mujer.

—¿Desea usted mi cooperación para obtener el divorcio?

—Sí, esto es, pero debo advertirle que tal vez le molesto inútilmente. Tan solo he venido a hacerle una consulta previa. Deseo el divorcio, pero para mí tienen mucha importancia las formas en que puede lograrse. Es muy posible que, si no coinciden con mis exigencias, renuncie a la demanda legal.

—¡Oh! Esto siempre es así —replicó el abogado—. Depende de usted.

El abogado bajó la vista, clavándola en los pies de Karenin: comprendió que su incontenible alegría podía ofender al cliente. Se fijó en una polilla que pasó volando ante sus narices y alargó el brazo, pero no la cogió por no molestar a Alexiéi Alexándrovich.

—Aunque conozco, en rasgos generales, nuestras leyes referentes al particular —continuó Alexiéi Alexándrovich—, quisiera saber las formas en que se realizan en la práctica tales asuntos.

—Usted desea que le exponga los caminos posibles para realizar su propósito —contestó el abogado sin levantar la vista, adaptándose, no sin placer, al tono de su cliente.

Al ver el gesto de aprobación de Alexiéi Alexándrovich, el abogado, solo de cuando en cuando, echaba una mirada a su rostro, que había enrojecido, cubriéndose de manchas.

—Según nuestras leyes —dijo con un ligero matiz de desaprobación para el código ruso—, es posible, como usted sabe, en los siguientes casos... ¡Que esperen! —exclamó, dirigiéndose al pasante, que se había asomado a la puerta, pero, de todos modos, se levantó y, tras decirle unas palabras, se volvió a sentar—. En los casos siguientes: defectos físicos de los cónyuges, paradero desconocido durante cinco años —continuó, doblando uno de sus cortos dedos cubierto de vello— y adulterio —pronunció aquella palabra con visible placer—. Y tenemos las siguientes subdivisiones —siguió doblando sus gruesos dedos, aunque los casos y las subdivisiones no podían, al parecer, clasificarse juntos—: defectos físicos del marido o de la mujer, adulterio por parte de uno de los dos. —Como ya había doblado todos los dedos, los desdobló, continuando—: Esto es desde el punto de vista teórico, pero supongo que me ha concedido el honor de su visita para enterarse de la aplicación práctica. Por consiguiente, ateniéndome a los antecedentes, debo comunicarle que todos los casos de divorcio, excluyendo aquellos en que no hay defectos físicos ni ausencia con paradero desconocido, como es el que nos ocupa, se resumen del siguiente modo...

Alexiéi Alexándrovich inclinó la cabeza asintiendo.

—... se resumen, digo, del siguiente modo: adulterio de uno de los esposos, reconociéndose convicta la parte culpable por acuerdo mutuo. Y, en caso de no estar de acuerdo, la presentación de pruebas convincentes por una de las partes. Debo añadir que este último caso se presenta rara vez en la práctica —dijo el abogado y, mirando de reojo a Alexiéi Alexándrovich, guardó silencio como un vendedor de pistolas que hubiese descrito las ventajas de dos armas distintas y esperara la elección del comprador. Pero como Alexiéi Alexándrovich callaba, el abogado prosiguió—: Lo más corriente, sencillo y sensato es, a mi juicio, pedir el divorcio presentando, de común acuerdo, pruebas de adulterio. No me permitiría hablar así con un hombre de poca cultura —dijo el abogado—, pero supongo que usted me comprende.

Alexiéi Alexándrovich estaba tan disgustado que no comprendió enseguida lo que pudiera tener de sensato presentar pruebas de adulterio de mutuo acuerdo, y expresó su incomprensión con la mirada, pero el abogado acudió enseguida en su ayuda.

—El hecho es que los cónyuges ya no pueden seguir viviendo juntos. Y los dos están de acuerdo, los detalles y las formalidades son indiferentes y, por otra parte, este es el medio más sencillo y seguro.

Ahora, Alexiéi Alexándrovich comprendió. Pero sus creencias religiosas le impedían aceptar esa medida.

—En mi caso, esto queda fuera de cuestión —dijo—. Solo es posible lo siguiente: puedo presentar pruebas que confirman el hecho, unas cartas que obran en mi poder.

Al oír hablar de las cartas, el abogado apretó los labios, emitiendo un sonido agudo, desdeñoso y compasivo.

—Perdone —dijo—. Los asuntos de este tipo los resuelve, como usted sabe, el clero; los padres arciprestes son muy aficionados a estudiar los menores detalles de tales asuntos —añadió con una sonrisa que expresaba simpatía por aquello—. Las cartas pueden, sin duda, confirmar el hecho en parte, pero las pruebas deben presentarse directamente, es decir, por medio de testigos. Y, en general, si me honra usted con su confianza, permítame que elija los medios que se han de emplear. El que quiere obtener un resultado, ha de aceptar también los medios.

—En este caso... —dijo Alexiéi Alexándrovich, palideciendo de pronto.

Pero en aquel momento el abogado se levantó, acercándose a la puerta para hablar con su pasante, que los había interrumpido de nuevo.

—Dígale a esa mujer que no estamos en una tienda de saldos —exclamó, y volvió junto a Alexiéi Alexándrovich.

Mientras volvía a su sitio, cogió imperceptiblemente otra polilla. «Bueno estará mi reps para el verano», pensó frunciendo el ceño.

—Me iba usted diciendo...

—Le comunicaré mi decisión por carta —dijo Alexiéi Alexándrovich y, poniéndose en pie, se apoyó en la mesa.

Permaneció un instante en silencio y después dijo:

—Deduzco de sus palabras que es posible la tramitación del divorcio. Le ruego que me diga sus condiciones.

—Todo es posible si me concede usted plena libertad de acción —replicó el abogado, sin contestar a su pregunta—. ¿Cuándo puedo contar que recibiré noticias suyas? —preguntó acercándose a la puerta.

Sus ojos brillaron tanto como sus zapatos de charol.

—Dentro de una semana. Y tendrá usted la amabilidad, al contestarme si acepta encargarse de este asunto, de comunicarme también sus condiciones.

—Muy bien.

El abogado se despidió respetuosamente y acompañó a Karenin. Una vez que se quedó solo, se entregó al sentimiento de alegría que lo embargaba. Su alegría fue tal que, contra su costumbre, rebajó los honorarios a una señora que regateaba y dejó de cazar polillas, decidiendo firmemente que para el invierno tapizaría los muebles con terciopelo como los de Sigonin.

VI

Alexiéi Alexándrovich obtuvo una brillante victoria en la sesión celebrada por la comisión el 17 de agosto, pero las consecuencias de su éxito le afectaron mucho. La nueva comisión nombrada para estudiar, en todos sus aspectos, el problema de los pueblos de otras razas fue designada y enviada al terreno con extraordinaria rapidez y energía, a propuesta de Alexiéi Alexándrovich. A los tres meses estaba redactado el informe. La vida de dichos pueblos se estudió en sus aspectos político, administrativo, económico, etnográfico, material y religioso.

A cada pregunta se daban respuestas bien redactadas que no dejaban lugar a dudas, ya que no eran producto del pensamiento humano, siempre expuesto a cometer errores, sino obra de actividades oficiales. Todas las respuestas eran resultado de datos oficiales, de informes de gobernadores y obispos, basados en los datos de los jefes de distrito y arciprestes, tomados, a su vez, de los de las administraciones rurales y curas párrocos, ofreciendo, por consiguiente, todas las garantías. Todas las preguntas referentes, por ejemplo, a cuestiones tales como por qué suelen ser malas las cosechas, por qué los pueblos se atienen a su religión, etcétera, que sin las facilidades de la máquina administrativa no se resuelven ni pueden resolverse durante siglos, recibieron ahora una respuesta clara e indiscutible. Y esa respuesta coincidía con la opinión de Alexiéi Alexándrovich. Pero Striómov, que se había sentido herido en lo vivo en la última sesión, utilizó, al recibir los informes de la comisión, una táctica inesperada para Karenin. Arrastrando tras sí a otros miembros, se pasó de repente al partido de Karenin y no solo apoyó con calor que se llevasen a cabo sus medidas, sino que presentó otras más extremadas en el mismo sentido. Esas medidas, reforzadas por la idea básica de Alexiéi Alexándrovich, fueron aceptadas, y entonces se descubrió la táctica de Striómov. Al llevarlas hasta el extremo resultaron tan estúpidas que, tanto los hombres de Estado como la opinión pública, las señoras inteligentes y la prensa fueron unánimes en expresar su indignación contra las medidas y su propugnador, Alexiéi Alexándrovich. Striómov se apartó, aparentando haber seguido ciegamente el plan de Karenin, y se mostró sorprendido y consternado por lo que había ocurrido. Eso hundió a Alexiéi Alexándrovich, pero, pese a que iba empeorando su salud y a los disgustos familiares, no se dejaba vencer. En la comisión surgió una división de opiniones. Algunos de los miembros, con Striómov a la cabeza, justificaban su error diciendo que habían creído en la comisión que, dirigida por Alexiéi Alexándrovich, había presentado el informe, pero opinaba que este era absurdo y solo se había gastado papel en balde. Karenin, con un partido de gente que veía el peligro de aquel punto de vista revolucionario respecto de los documentos oficiales, seguía defendiendo los datos que había presentado la comisión encargada de revisar aquel asunto. A consecuencia de esto, en las esferas elevadas y hasta en la alta sociedad hubo una gran confusión y, aunque todos estaban interesados en este problema, nadie sabía realmente si los pueblos de otras razas perecían o prosperaban. Debido a esto y, en parte, a causa del desprecio que inspiraba por la infidelidad de su mujer, la situación de Karenin llegó a ser insegura. Y en aquel momento adoptó una resolución importante. Con gran asombro de la comisión, comunicó que pediría permiso para ir personalmente a investigar aquel asunto. Una vez obtenido, emprendió el viaje a aquellas provincias lejanas.

La partida de Alexiéi Alexándrovich produjo gran revuelo, tanto más cuanto que antes de marchar devolvió oficialmente la cantidad de dinero que le había asignado el gobierno para los doce caballos que necesitaría para llegar al lugar designado.

—Eso me parece muy noble —dijo Betsi a la princesa Miagkaia refiriéndose al asunto—. ¿Con qué objeto se ha de asignar dinero para los caballos de postas cuando todos saben que hay ferrocarriles por doquier?

La princesa Miagkaia no estaba de acuerdo y hasta le irritó la opinión de Betsi.

—Habla usted así porque tiene no sé cuántos millones. Pero a mí me gusta mucho que mi marido salga de inspección durante el verano. Le conviene para la salud y le resulta muy agradable hacer un viajecito.

Y yo ya tengo las cosas organizadas de tal manera que con ese dinero tengo el coche y el cochero.

De paso para las lejanas provincias, Karenin se detuvo tres días en Moscú.

Al día siguiente de su llegada, fue a visitar al general gobernador. En la encrucijada del callejón Gazietnyi, donde siempre se aglomeran coches particulares y de alquiler, Alexiéi Alexándrovich oyó de pronto que lo llamaban por su nombre con una voz tan alta y alegre que no pudo por menos de volver la cabeza. En el borde de la acera se hallaba Stepán Arkádich —resplandeciente y con una sonrisa que dejaba al descubierto sus blancos dientes entre los rojos labios—, alegre, joven, radiante, vestido con un abrigo corto a la moda y un sombrero, también de moda, ladeado, gritando insistentemente que se detuviese el coche de Karenin. Se agarraba con una mano a la ventanilla de un carruaje parado por la que asomaba una cabeza de mujer con sombrero de terciopelo y dos cabecitas infantiles, y, sonriendo, hacía señas a su cuñado para que se acercara. La señora sonreía bondadosamente y también le hacía señas con la mano. Era Dolli con los niños.

Alexiéi Alexándrovich no quería ver a nadie en Moscú, y menos que a nadie, al hermano de su mujer. Se descubrió y quiso continuar, pero Stepán Arkádich mandó al cochero de Karenin que parase, y corrió hacia él por la nieve.

—Pero ¿cómo no te da vergüenza de no habernos avisado de tu llegada? ¿Hace mucho que has venido? Ayer estuve en el Dussaux y vi en el registro: «Karenin», pero no se me ocurrió pensar que se trataba de ti —dijo Oblonski, metiendo la cabeza por la ventanilla del coche—. De lo contrario hubiera ido a verte. ¡Cuánto me alegro de que nos hayamos encontrado! —prosiguió, golpeando un pie contra otro para sacudirse la nieve—. ¿Cómo no te da vergüenza de no habernos avisado de tu llegada? —repitió.

—No tuve tiempo; estoy muy ocupado —replicó Karenin secamente.

—Vamos a acercarnos a Dolli, tiene muchos deseos de verte.

Alexiéi Alexándrovich quitó la manta de viaje con la que se envolvía las ateridas piernas y, apeándose del coche, se acercó a Daria Alexándrovna pisando la nieve.

—¿Qué pasa, Alexiéi Alexándrovich? ¿Por qué nos rehúye usted de esa manera? —preguntó Dolli, sonriendo.

—Estoy muy ocupado. Me alegro mucho de verla —contestó Karenin en un tono que indicaba claramente que aquello le disgustaba—. ¿Qué tal se encuentra de salud?

—¿Cómo está mi querida Anna?

Alexiéi Alexándrovich masculló algo e intentó marcharse. Pero Stepán Arkádich lo detuvo.

—He aquí lo que haremos mañana. Dolli, invítale a comer. Llamaremos a Koznishov y a Pestsov para que disfrute de la intelectualidad moscovita.

—Le ruego que venga —dijo Dolli—. Le esperaremos a las cinco o a las seis, si quiere. ¿Cómo está mi querida Anna? Hace tanto tiempo...

—Está bien —masculló Alexiéi Alexándrovich, frunciendo el ceño—. Encantado de verla —añadió, dirigiéndose al coche.

—¿Vendrá usted? —gritó Dolli.

Karenin murmuró algo que Dolli no pudo distinguir entre el ruido de los coches.

—¡Mañana iré a verte! —le gritó Stepán Arkádich.

Karenin se acomodó en el coche, hundiéndose de manera que no lo viesen ni él viese a nadie.

—¡Es un excéntrico! —le dijo Stepán Arkádich a su mujer. Tras mirar el reloj, hizo un movimiento con la mano ante su rostro, que significaba una caricia para Dolli y los niños, y se alejó por la acera con paso resuelto.

—¡Stiva! ¡Stiva! —gritó Dolli, enrojeciendo.

Oblonski se volvió.

—¡Tengo que comprarles abrigos a Grisha y a Tania! Dame dinero.

—Es igual. Di que los pagaré yo.

Oblonski desapareció, saludando con la cabeza a un conocido que pasaba en coche.

VII

Al día siguiente era domingo. Stepán Arkádich se dirigió al Gran Teatro al ensayo general de un ballet, y entregó a Masha Chibísova, una hermosa bailarina que acababa de entrar en el cuerpo de ballet por recomendación suya, un collar que le había prometido la víspera. Entre bastidores, en la oscuridad del teatro, logró besar su bella carita, resplandeciente al recibir el regalo. Además de entregarle el collar, Oblonski tenía que citarse con ella para después de la representación. Le explicó que no podría acudir al ballet, prometiéndole que iría a buscarla durante el último acto para llevarla a cenar. Desde el teatro, Stepán Arkádich se dirigió en coche al mercado Ojotnyi, y él mismo eligió el pescado y los espárragos para la comida. A las doce se encontraba ya en el Dussaux, donde tenía que visitar a tres personas que, por fortuna, paraban en el mismo hotel. Debía ver a Lievin, que acababa de volver del extranjero; a su nuevo jefe, el cual, nombrado recientemente para aquel alto cargo, había venido a Moscú en un viaje de inspección, y a su cuñado Karenin, para llevarle sin falta a comer a su casa.

A Stepán Arkádich le gustaba comer, pero aún más ofrecer una pequeña comida, selecta, tanto por los manjares como por las bebidas y por la elección de los invitados. El menú de la comida de aquel día le agradaba mucho: percas, espárragos y la *pièce de résistance*,* un sencillo pero magnífico rosbif, así como diversos vinos. Esto en cuanto a la comida y a las bebidas. Entre los invitados, figurarían Kiti y Lievin y, para disimular, otra prima y el joven Scherbatski; la *pièce de résistance* de los invitados la constituirían Serguiéi Ivánovich y Alexiéi Alexándrovich. Serguiéi Koznishov y Alexiéi Alexándrovich. Serguiéi

---

* «Plato fuerte.» *(N. de las T.)*

Ivánovich, moscovita y filósofo; Alexiéi Alexándrovich, petersburgués y práctico. Además, asistiría también el célebre y excéntrico entusiasta Pestsov, hombre liberal, hablador, músico, historiador y agradabilísimo en el trato, que servía de salsa o de aderezo para Koznishov y Karenin. Los haría discutir y enfadarse.

El dinero cobrado como segundo plazo por el bosque no se había gastado aún. Dolli se mostraba muy agradable y bondadosa durante los últimos tiempos, y la idea de esta comida alegraba a Stepán Arkádich en todos los sentidos. Se encontraba en una inmejorable disposición de ánimo. Había dos circunstancias algo desagradables, pero ambas se ahogaban en el mar de la alegría bondadosa que se agitaba en su alma. La primera, la víspera, al encontrarse con Alexiéi Alexándrovich, notó que se mostraba seco y severo con él y, relacionando la expresión de su rostro y el hecho de que no los había visitado ni avisado de su llegada con las habladurías que había oído respecto de Anna y Vronski, adivinó que algo había ocurrido entre él y su mujer.

Esta era la primera circunstancia desagradable. La segunda consistía en que su nuevo jefe, como todos los jefes nuevos, tenía fama de ser un hombre terrible, decían que se levantaba a las seis de la mañana, trabajaba como un caballo y exigía lo mismo de sus subalternos. Además, tenía fama de ser como un oso en su trato hacia los demás y, según comentaban, un hombre completamente contrario a las normas del jefe anterior, que eran también las de Stepán Arkádich. La víspera, Oblonski se había presentado al despacho vestido de uniforme y el nuevo jefe se mostró muy amable, hablándole como a un conocido, por lo cual, Stepán Arkádich se creía obligado a visitarle vistiendo levita. El pensamiento de que el nuevo jefe pudiera recibirlo mal le preocupaba. Pero Stepán Arkádich presentía instintivamente que todo se *apañaría*. «Toda la gente, todos los seres humanos, tenemos faltas: ¿por qué hemos de discutir y enfadarnos?», pensaba al entrar en el hotel.

—¡Hola, Vasili! —exclamó, dirigiéndose a un camarero conocido suyo, mientras iba por el pasillo con el sombrero ladeado—. ¿Te has dejado crecer las patillas? Lievin está en la habitación siete, ¿verdad? Acompáñame, por favor, y entérate si me puede recibir el conde Ánichkin. —Era el nuevo jefe.

—Bien, señor —contestó Vasili, sonriendo—. Hacía mucho que no venía usted por aquí.

—Estuve ayer. Pero entré por la otra puerta. ¿Es la siete?

Al entrar Stepán Arkádich, Lievin se hallaba en medio de la habitación con un mujik de Tver, midiendo una piel de oso.

—¡Ah! ¿Lo habéis matado? —exclamó Stepán Arkádich—. ¡Vaya pieza! ¿Es una osa? Buenos días, Arjip.

Estrechó la mano al mujik y tomó asiento en una silla, sin quitarse el abrigo ni el sombrero.

—Anda, quítate el abrigo y quédate un rato —dijo Lievin, quitándole el sombrero.

—No, no tengo tiempo. Solo he venido para un momentito —replicó Stepán Arkádich. Se desabrochó el abrigo, pero luego se lo quitó y estuvo allí una hora entera hablando con Lievin sobre la caza y sobre temas de lo más íntimo—. Dime: ¿qué has hecho en el extranjero? ¿Dónde has estado? —preguntó cuando salió el mujik.

—He vivido en Alemania, en Prusia, en Francia y en Inglaterra. Pero no en las capitales ni en ciudades industriales. He visto muchas cosas nuevas. Estoy contento de haber ido.

—Sí, ya conozco tus ideas sobre la organización obrera.

—Nada de eso: en Rusia no puede haber problema obrero. La cuestión está entre la relación del obrero y la tierra. También existe en Europa, pero allí se trata de arreglar lo estropeado, mientras que aquí...

Stepán Arkádich escuchaba atentamente.

—¡Sí, sí! Es muy posible que tengas razón —dijo—. Me complace verte tan animado: vas a cazar osos, trabajas y te diviertes. Me había dicho Scherbatski, que se encontró contigo, que estabas muy desanimado y que no hacías más que hablar de la muerte...

—¿Y qué? No dejo de pensar en la muerte. Es verdad que ya ha llegado el momento de morir y que todo lo demás son tonterías. Te diré sinceramente que aprecio mucho mi idea y mi trabajo, pero en realidad, date cuenta de que nuestro mundo es un moho que ha crecido en un planeta minúsculo. ¡Y pensamos que podemos tener algo grandioso, ideas, obras! Todo esto no son sino granos de arena.

—Lo que dices, amigo, es tan viejo como el mundo.

—Lo es, desde luego. Pero cuando uno lo comprende a fondo, todo resulta insignificante. Cuando uno comprende que hoy o mañana morirá y no ha de quedar nada, todo se vuelve nimio. Considero que mis ideas son muy importantes, pero, en realidad, resultan tan nimias, incluso si se llevaran a cabo, como matar a esta osa. Así pasa uno la vida, distrayéndose con la caza y con el trabajo para no pensar en la muerte.

Stepán Arkádich sonreía con expresión sutil y cariñosa mientras escuchaba a Lievin.

—¡Naturalmente! Pero recuerda que cuando estuviste en mi casa me censurabas porque busco los placeres de la vida. No seas tan severo, ¡oh moralista!...

—Sin embargo, en la vida lo bueno es... —Lievin se turbó—. En fin, no sé. Solo sé que moriremos pronto.

—¿Por qué hemos de morir pronto?

—Pensando en la muerte, la vida tiene menos encantos, pero es más apacible.

—Al contrario, en las postrimerías resulta aún más divertida. Pero ya es hora de que me vaya —dijo Stepán Arkádich, levantándose por décima vez.

—¡Quédate un ratito! —le dijo Lievin, reteniéndolo—. ¿Cuándo nos volveremos a ver? Me voy mañana.

—¡Estoy bueno! He venido para eso. No dejes de venir hoy a comer a casa. Estará tu hermano. Y también mi cuñada y Karenin.

—¿Está aquí? —exclamó Lievin y quiso preguntar por Kiti.

Había oído decir que esta había estado a principios de invierno en casa de su hermana, la esposa del diplomático, e ignoraba si había vuelto, pero decidió no preguntar nada. «Que esté o que no esté, me da igual.»

—¿Vendrás?

—Sí, desde luego.

—Entonces, a las cinco y de levita.

Stepán Arkádich se levantó y se fue a visitar a su nuevo jefe. El presentimiento no lo engañó. El nuevo y temible jefe resultó amable en extremo. Stepán Arkádich almorzó con él, entreteniéndose tanto que solo después de las tres fue a ver a Alexiéi Alexándrovich.

VIII

Después de misa, Alexiéi Alexándrovich pasó toda la mañana en su habitación. Aquel día tenía que hacer dos cosas: en primer lugar, recibir y orientar una delegación de pueblos de otras razas que se dirigía ahora a San Petersburgo, y, en segundo, escribir la carta prometida al abogado. Aquella delegación, a pesar de haber sido creada por iniciativa de Alexiéi Alexándrovich, presentaba muchas dificultades y hasta riesgos, y este se alegró mucho de hallarla en Moscú. Los miembros de aquella comisión no tenían ni la menor idea de su cometido ni de sus obligaciones. Estaban ingenuamente convencidos de que el asunto consistía en exponer sus necesidades y el estado actual de las cosas, pidiendo ayuda al gobierno. No comprendían en absoluto que algunas declaraciones y exigencias suyas favorecían al partido enemigo, con lo cual estropeaban el asunto. Alexiéi Alexándrovich se entretuvo mucho con ellos, les redactó un programa, del que no debían apartarse, y, después de despedirlos, escribió unas cartas a San Petersburgo para que los orientasen allí. La condesa Lidia Ivánovna era su principal ayudante. Estaba especializada en asuntos de este tipo, y nadie sabía encauzar y organizar las delegaciones como ella. Luego, Alexiéi Alexándrovich escribió al abogado. Sin la menor vacilación lo autorizaba para que actuase a su libre albedrío. Incluyó en la carta tres esquelas de Vronski a Anna, que encontró en la cartera que le había quitado a esta.

Desde que Karenin salió de su casa con la intención de no volver, desde que visitó al abogado y ya había una persona que conocía su decisión y, sobre todo, desde que pasó aquel asunto íntimo a un expediente, se iba acostumbrando cada vez más a esa resolución y veía claramente la posibilidad de realizarla.

Acababa de cerrar la carta para el abogado, cuando oyó la voz sonora de Stepán Arkádich. Este discutía con el criado de Alexiéi Alexándrovich, pidiéndole que lo anunciara.

«Es igual —pensó Alexiéi Alexándrovich—. Tanto mejor. Ahora mismo le voy a comunicar mi situación respecto de su hermana y le explicaré por qué no puedo comer en su casa.»

—Que pase —dijo en voz alta, recogiendo los papeles y guardándolos en la carpeta.

—¡Ya ves que mentías! ¡Está en su habitación! —exclamó Stepán Arkádich, dirigiéndose al criado que no le dejaba pasar, y, quitándose el abrigo mientras andaba, entró en la estancia—. ¡Me alegro mucho de haberte encontrado! Espero que... —empezó a decir alegremente.

—No puedo ir —contestó fríamente Alexiéi Alexándrovich en pie y sin invitar a sentarse a Oblonski.

Karenin contaba con entablar unas relaciones frías con el hermano de su mujer, de la que iba a divorciarse, pero no esperaba aquel mar de bondad que se desbordaba del alma de Stepán Arkádich.

Oblonski abrió desmesuradamente sus brillantes ojos claros.

—¿Por qué no puedes? ¿Qué quieres decir? —le preguntó en francés, perplejo—. Has prometido que vendrías. Todos contamos contigo.

—No puedo ir a su casa porque las relaciones familiares que existían entre nosotros deben cesar.

—¿Cómo? ¿Qué pasa? ¿Por qué? —preguntó Stepán Arkádich con una sonrisa.

—Porque he presentado la demanda de divorcio contra mi mujer, la hermana de usted. He tenido que...

Karenin no había terminado aún su discurso; pero Stepán Arkádich procedió de una manera completamente inesperada para él: lanzó una exclamación y se dejó caer en una butaca.

—¡Qué me dices, Alexiéi Alexándrovich! —espetó, y su rostro expresó sufrimiento.

—Así es.

—Perdóname, pero no lo puedo creer...

Alexiéi Alexándrovich se sentó, dándose cuenta de que sus palabras no producían el efecto que esperaba. Comprendió que tendría que dar una explicación y que, fuera como fuese, las relaciones con su cuñado seguirían siendo las mismas.

—Sí, me encuentro en la penosa necesidad de pedir el divorcio.

—Te diré una cosa, Alexiéi Alexándrovich. Sé que eres un hombre excelente y justo. Conozco a Anna (perdóname, pero no puedo cambiar mi opinión acerca de ella) y la tengo por una mujer buena y encantadora. No puedo creer eso. Debe de haber algún error —dijo.

—Si solo fuese un error...

—Bueno, lo entiendo —interrumpió Oblonski—, pero, desde luego..., no hay que precipitarse. No hay que precipitarse.

—No me he precipitado —replicó fríamente Alexiéi Alexándrovich—. No se puede pedir consejo a nadie en tales asuntos. Estoy firmemente decidido.

—¡Es terrible! —exclamó Oblonski, suspirando penosamente—. Yo haría una cosa, Alexiéi Alexándrovich. Te ruego que lo hagas —dijo—. Por lo que he entendido, aún no has presentado la demanda. Antes de hacerlo vete a ver a mi esposa y habla con ella. Quiere a Anna como a una hermana. Te quiere a ti y, además, es una mujer excepcional. Por Dios, vete a hablar con ella. Hazme ese favor, te lo suplico.

Alexiéi Alexándrovich se sumió en reflexiones y Oblonski lo miraba expresando compasión sin interrumpir su silencio.

—¿Irás a verla?

—No lo sé. Por eso no os visité. Supongo que nuestras relaciones deben cambiar.

—¿Por qué? No lo comprendo. Permíteme pensar que, además de nuestro trato como parientes, tienes hacia mí, al menos en parte, los sentimientos de amistad que siempre te he profesado... así como un verdadero respeto —dijo Stepán Arkádich, estrechándole la mano—. Aun en el caso de que tus peores suposiciones sean ciertas, no juzgo ni juzgaré nunca a ninguna de las dos partes y no veo por qué han de cambiar nuestras relaciones. Pero ahora haz lo que te digo, vete a ver a mi mujer.

—Consideramos de modo distinto este asunto —replicó fríamente Alexiéi Alexándrovich—. Pero no hablemos más de él.

—Pero ¿por qué no vas a venir, aunque sea a comer? Mi mujer te espera. Ven, te lo ruego. Y, sobre todo, habla con ella. Es una mujer extraordinaria. Por Dios, te lo pido de rodillas.

—Si tienes tanto empeño en que vaya, iré —contestó Alexiéi Alexándrovich suspirando.

Y, deseando cambiar de conversación, le preguntó acerca de una cosa que les interesaba a ambos: por el nuevo jefe de Stepán Arkádich, un hombre, no viejo aún, al que habían destinado para un cargo tan alto.

Antes ya, Karenin no tenía simpatía por el conde Ánichkin y siempre discrepaba de sus opiniones, y ahora no pudo contener ese odio, comprensible en un funcionario público que ha tenido un fracaso en su cargo hacia otro que ha ascendido.

—Qué, ¿lo has visto? —preguntó con ironía venenosa.

—¡Cómo no! Ayer estuvo en la Audiencia. Parece estar muy bien enterado de los asuntos y es muy activo.

—Sí, pero ¿hacia dónde dirige sus actividades? —preguntó Karenin—. ¿Piensa hacer una labor o modificar lo que han hecho los demás? La desgracia de nuestro gobierno es la administración por medio del papeleo, de la que es un digno representante.

—Verdaderamente, no veo qué se puede censurar en él. No sé las tendencias que tendrá, pero es un buen muchacho —contestó Stepán Arkádich—. Acabo de estar con él y, desde luego, es un buen muchacho. Hemos almorzado juntos y le he enseñado a preparar esa bebida que conoces, compuesta de vino y naranjas. Es muy refrescante. Es raro que él no la conociera. Le ha gustado mucho. Verdaderamente, es un buen muchacho.

Oblonski miró el reloj.

—¡Ay, padrecito! Ya son más de las cuatro y aún he de visitar a Dolgovushin. Ya sabes, no dejes de venir a comer, te lo ruego. No te puedes hacer idea de lo que nos disgustarás a mi mujer y a mí si no vienes.

Alexiéi Alexándrovich acompañó a su cuñado de un modo muy distinto a como lo había recibido.

—Te he prometido ir y lo haré —replicó con expresión triste.

—Créeme que te lo agradezco y espero que no te arrepientas —dijo Oblonski sonriendo.

Mientras salía se iba poniendo el abrigo y enganchó con el brazo la cabeza del criado, cosa que le hizo reír.

—A las cinco, y de levita, por favor —gritó una vez más, volviéndose desde la puerta.

IX

Eran más de las cinco y ya habían venido algunos de los invitados cuando llegó el dueño de la casa. Entró acompañado de Serguiéi Ivánovich Koznishov y de Pestsov, que se habían encontrado en aquel momento junto a la puerta. Como decía Oblonski, eran los dos principales representantes de la intelectualidad de Moscú. Ambos eran personas respetadas, tanto por su carácter como por su inteligencia. Se apreciaban, pero eran de ideas contrarias en casi todo. Nunca estaban de acuerdo, y no por pertenecer a tendencias distintas, sino precisamente porque eran del mismo campo (sus enemigos los consideraban iguales), aunque dentro de este cada cual tenía su propio matiz. Y como no hay nada más difícil que entenderse teniendo ideas distintas en cuestiones abstractas, no solo nunca coincidían, sino que desde hacía mucho tiempo estaban acostumbrados a reírse el uno del otro, sin enfadarse por el error irremediable en que cada uno consideraba que incurría su adversario.

Entraban en la casa hablando del tiempo, cuando Stepán Arkádich los alcanzó. En el salón se encontraban ya el príncipe Alexandr Dmítrich, el joven Scherbatski, Turovtsin, Kiti y Karenin.

Stepán Arkádich se dio cuenta inmediatamente de que las cosas marchaban mal sin él. Daria Alexándrovna, que llevaba su elegante vestido gris de seda, sin duda preocupada por los niños, que debían comer solos en su cuarto, y porque su marido tardaba, no supo organizar bien aquella reunión. Todos se hallaban allí como hijas de pope en visita (según expresión del viejo príncipe), como si no comprendieran el motivo de la reunión, y se esforzaban en buscar palabras para no permanecer callados. El bondadoso Turovtsin se encontraba, sin duda, fuera de su ambiente y, tanto la sonrisa de sus gruesos labios, con la que acogió a Stepán Arkádich, como sus palabras, parecían decir: «¡Vaya, hombre, a buen sitio me has traído! Mi especialidad es beber y frecuentar el Château des Fleurs». El viejo príncipe se hallaba sentado en el silencio mirando de soslayo con sus ojos brillantes a Karenin, y Stepán Arkádich comprendió que ya se le había ocurrido alguna palabreja para designar a ese hombre que ocupaba un cargo ministerial. Invitaban a la gente a verlo como se invita a comer esturión. Kiti miraba a la puerta, reuniendo fuerzas para no enrojecer cuando entrase Konstantín Lievin. El joven Scherbatski, al que habían presentado a Karenin, trataba de demostrar que este no lo intimidaba en absoluto. Karenin, según la costumbre petersburguesa en las comidas a las que asistían señoras, llevaba frac y corbata blanca. Stepán Arkádich comprendió por su cara que había venido tan solo por cumplir su promesa y que lo hacía como quien cumple un deber molesto. Era el principal causante de esa frialdad que se había apoderado de todos hasta la llegada de Stepán Arkádich.

Al entrar en el salón, Oblonski se disculpó explicando que lo había entretenido cierto príncipe que siempre era como el testaferro de todos sus retrasos y faltas. En un momento presentó a todos y, poniendo en contacto a Karenin con Serguiéi Koznishov, inició una charla sobre la rusificación de Polonia, en la que ambos se enzarzaron, interviniendo también Pestsov. Dándole unos golpecitos en el hombro a Turovtsin, le murmuró algo gracioso y lo acomodó junto a su mujer y al príncipe. Después le dijo a Kiti que estaba muy guapa, y presentó a Scherbatski a Karenin. Enseguida amasó tan bien aquella masa de la buena sociedad que el salón se animó y las voces sonaron alegres. Solo faltaba Lievin. Pero su falta vino bien, porque, al entrar en el comedor, Stepán Arkádich comprobó, horrorizado, que el vino de Oporto y el jerez que habían traído era de Depret y no de Levé y, tras dar órdenes al cochero para que fuese inmediatamente a esta casa por los vinos, volvió al salón.

Al salir del comedor se encontró con Lievin.

—¿Llego tarde?

—¿Acaso es posible que no te retrases alguna vez? —replicó Oblonski, tomándolo del brazo.

—¿Tienes muchos invitados? ¿Quiénes son? —preguntó Lievin, enrojeciendo involuntariamente y quitando con un guante la nieve del gorro de piel.

—Todos son conocidos. También está Kiti. Ven, te voy a presentar a Karenin.

A pesar de su liberalismo, Stepán Arkádich sabía que el conocer a Karenin no dejaba de halagar y, por tanto, les hacía ese obsequio a sus mejores amigos. Pero, en aquel momento, Lievin no estaba en disposición de darse cuenta de todo el placer que proporcionaba ese conocimiento. No había vuelto a ver a Kiti desde aquella noche memorable en que se encontró con Vronski, excepto el momento en que se cruzaron en el camino real. En el fondo de su alma sabía que la vería aquella noche. Pero, defendiendo la libertad de sus pensamientos, trataba de convencerse de que lo ignoraba. Ahora, al oír que Kiti se hallaba allí, sintió de repente tal alegría y a la vez tal temor que se le cortó el aliento y fue incapaz de pronunciar lo que se había propuesto.

«¿Cómo será ahora? ¿Cómo será? ¿Estará como antes, o como cuando la vi en el coche? ¿Y si fuera verdad lo que me dijo Daria Alexándrovna? ¿Por qué no había de ser verdad?», pensaba.

—Te ruego que me presentes a Karenin —pronunció, por fin, con dificultad.

Y al entrar en el salón con paso desesperadamente resuelto vio a Kiti. No era como antes, ni tampoco como cuando la vio en el coche, sino completamente distinta.

Parecía temerosa, tímida, avergonzada y, por tanto, más encantadora que antes. Vio a Lievin en el mismo instante en que entraba al salón. Lo esperaba. Se alegró y quedó turbada de su contento hasta tal punto que hubo un instante, precisamente en el que Lievin se acercaba a la dueña de la casa y la miraba de nuevo, que tanto ella como él y Dolli, que lo estaba observando todo, creyeron que no podría contenerse y se echaría a llorar. Enrojeció, palideció, volvió a enrojecer y permaneció inmóvil, con un ligero temblor en los labios, mientras esperaba que Lievin se acercara. Este llegó y, tras inclinarse, le tendió la mano en silencio. A no ser por el ligero temblor de los labios de Kiti y de aquella humedad que le cubría los ojos dándoles más brillo, su sonrisa hubiera sido casi serena cuando dijo:

—¡Cuánto tiempo hacía que no nos veíamos! —Y con decisión desesperada apretó con su mano fría la de él.

—Usted no me ha visto, pero yo a usted, sí —replicó Lievin, con una sonrisa radiante de felicidad—. La vi cuando venía desde la estación a Iergushovo.

—¿Cuándo? —preguntó Kiti, asombrada.

—Iba usted a Iergushovo —dijo Lievin, dándose cuenta de que se ahogaba a causa de la dicha que invadía su alma. «¿Cómo he podido asociar la idea de algo que no fuese inocente con esa criatura adorable? Sí, parece cierto lo que me dijo Daria Alexándrovna», pensó.

Stepán Arkádich tomó a Lievin del brazo y lo llevó junto a Karenin.

—Permítanme presentarlos. —Y dijo los nombres.

—Me alegro mucho de volver a verle —dijo Karenin fríamente, estrechándole la mano a Lievin.

—¿Se conocían ustedes? —preguntó Stepán Arkádich, asombrado.

—Hemos pasado juntos tres horas en el tren —contestó Lievin, sonriendo—, pero salimos de él tan intrigados como de un baile de máscaras, al menos yo.

—¡Vaya! ¡Vaya! Hagan el favor de pasar —dijo Stepán Arkádich, señalando el comedor.

Los hombres pasaron al comedor y se acercaron a la mesa de los entremeses, en la que había seis clases de vodka, otras tantas de queso, con cuchillitos de plata y sin ellos, caviar, arenques, conservas de todas clases y platos con rebanaditas de pan blanco.

Permanecían en pie junto a las distintas clases de aromático vodka y junto a los entremeses. La charla sobre la rusificación de Polonia entre Serguiéi Ivánovich Koznishov, Pestsov y Karenin se calmó en espera de la comida.

Serguiéi Ivánovich, que sabía como nadie poner fin inesperadamente a una discusión de lo más serio y elevado, vertiendo en ella un poco de sal ática y cambiando así el estado de ánimo de los interlocutores, lo hizo también esta vez.

Alexiéi Alexándrovich demostraba que la rusificación de Polonia solo se podía lograr a consecuencia de principios superiores que debía introducir la administración rusa.

Pestsov sostenía que un pueblo asimila a otro únicamente cuando está más poblado.

Koznishov admitía una y otra cosa, pero con limitaciones. Cuando salían del salón, para concluir la charla, dijo sonriendo:

—Por tanto, existe un medio para rusificar a los pueblos de otras razas: tener el mayor número posible de hijos. Mi hermano y yo obramos peor que nadie en ese sentido. En cambio, ustedes, señores casados, y sobre todo usted, Stepán Arkádich, proceden como perfectos patriotas. ¿Cuántos hijos tiene? —preguntó, dirigiéndose con afable sonrisa al dueño de la casa y presentándole su minúscula copita.

Todos se echaron a reír. Y Oblonski lo hizo más alegremente que nadie.

—Sí, ese es el mejor remedio —dijo, masticando el queso y escanciando un vodka de una calidad especial en la copa que le alargaba aquel.

En efecto, la conversación cesó con aquella broma.

—No está mal este queso. ¿Quieren un poquito? —preguntó el dueño de la casa—. ¿Es posible que te hayas dedicado otra vez a la gimnasia? —añadió, dirigiéndose a Lievin y palpándole los músculos con la mano izquierda.

Lievin sonrió; contrajo el brazo y bajo los dedos de Stepán Arkádich se levantó un bulto duro, como de acero, redondo como un queso, por debajo del fino paño de la levita.

—¡Vaya unos bíceps! Pareces Sansón.

—Creo que hay que tener mucha fuerza para cazar osos —dijo Alexiéi Alexándrovich, que tenía una idea muy vaga de la caza, mientras untaba queso en una rebanada de pan y, al hacerlo, desgarraba la miga, fina como una telaraña.

Lievin sonrió.

—Ninguna. Al contrario, hasta un niño puede matar un oso —dijo, apartándose y haciendo una ligera reverencia a las señoras que se acercaban a la mesa de los entremeses.

—Me han dicho que ha matado usted un oso —dijo Kiti, tratando en vano de pinchar con el tenedor una seta resbaladiza y rebelde y sacudiendo los encajes bajo los que se transparentaba su brazo—. ¿Acaso hay osos en su propiedad? —añadió, volviendo a medias su hermosa cabecita y sonriendo.

Al parecer, nada había de extraordinario en lo que Kiti había dicho, pero ¡qué inexplicable significado había para él en cada sonido y en cada movimiento de sus labios, de sus ojos, de sus manos cuando decía eso! Había en ellos una súplica de perdón, confianza en él, una caricia dulce y tímida, así como una esperanza y una promesa de amor en el que no podía dejar de creer y que le anegaba de felicidad.

—No, fuimos a la provincia de Tver. Regresando, me encontré en el vagón con su cuñado o, mejor dicho, con el cuñado de su cuñado —dijo, con una sonrisa—. Fue un encuentro agradable.

Y contó de un modo alegre y divertido que, después de haber pasado toda la noche en vela, entró precipitadamente, vestido con una pelliza de piel de cordero, en el compartimento de Karenin.

—El revisor, contrariamente al refrán, quiso echarme fuera al ver mi pelliza. Pero entonces empecé a hablar en un estilo altisonante... Y usted también —añadió Lievin, dirigiéndose a Alexiéi Alexándrovich, cuyo nombre había olvidado— quiso echarme, juzgándome por la manera de vestir. Pero después salió en mi defensa, cosa que le agradezco mucho.

—En general, los derechos de los viajeros a los asientos son inconcretos —dijo Alexiéi Alexándrovich, limpiándose la punta de los dedos con el pañuelo.

—Noté que estaba usted indeciso con respecto a mí —observó Lievin, sonriendo bondadosamente—, y me apresuré a iniciar una charla culta, para borrar el efecto de mi pelliza.

Serguiéi Ivánovich, continuando la conversación con la dueña de la casa y escuchando a medias a su hermano, lo miró de reojo: «¿Qué le pasa hoy? Tiene el aspecto de un triunfador», pensó. Ignoraba que Lievin sentía que le habían crecido las alas. Lievin sabía que Kiti oía sus palabras y que le agradaban. Y era lo único que le interesaba. No solo en esa habitación, sino en el mundo entero para Lievin no existía sino él mismo, que había alcanzado ante sí una importancia y un significado trascendentales, y ella. Se sentía en una altura que le daba vértigo, y allá abajo, en la lejanía, se hallaban todos esos hombres simpáticos y bondadosos como Karenin, Oblonski y los demás.

De un modo inadvertido, sin reparar en ello y como si no hubiese otro sitio donde colocarlos, Stepán Arkádich instaló en la mesa a Lievin junto a Kiti.

—Si te parece, siéntate aquí —le dijo a Lievin.

La comida era tan buena como la vajilla, a la que Oblonski era muy aficionado. La sopa *Marie-Louise* resultó excelente, las minúsculas empanadillas, que se deshacían en la boca, eran irreprochables. Dos lacayos y Matviéi, con corbatas blancas, servían la comida y los vinos de un modo discreto, silencioso y hábil. Desde el punto de vista material, la comida fue un éxito y no menos desde otros puntos de vista. La conversación, ya general, ya parcial, no cesaba y, al final de la comida, se animó tanto que los hombres se levantaron sin interrumpirla y hasta Karenin se animó.

X

A Pestsov le gustaba llevar los razonamientos hasta el final y no quedó satisfecho con las palabras de Serguiéi Ivánovich, tanto más cuanto que comprendió la inconsecuencia de su propia opinión.

—Nunca me he referido —argumentó, mientras tomaba la sopa, dirigiéndose a Karenin— a la densidad de población sola, sino unida a las bases y no a los principios.

—Me parece que es lo mismo —replicó Alexiéi Alexándrovich lentamente y desanimado—. A mi juicio, solo puede influir un pueblo en otro cuando tiene un desarrollo superior que...

—Esa es, precisamente, la cuestión —interrumpió Pestsov con su voz de bajo, el cual siempre se precipitaba a hablar y parecía poner su alma entera en lo que decía—. ¿En qué consiste el desarrollo superior? ¿Quién posee un grado de desarrollo superior: los ingleses, los franceses o los alemanes? ¿Cuál de estos países nacionalizará a los otros? Vemos que el Rin se ha afrancesado y, sin embargo, los alemanes no son inferiores. ¡En esto debe de haber otra ley! —exclamó.

—Me parece que la influencia depende siempre de la verdadera cultura —dijo Alexiéi Alexándrovich, enarcando ligeramente las cejas.

—¿Y en qué debemos reconocer los síntomas de la verdadera cultura? —preguntó Pestsov.

—Supongo que estos síntomas son conocidos —dijo Alexiéi Alexándrovich.

—¿Completamente conocidos? —intervino Serguiéi Ivánovich con una sonrisa sutil—. Ahora se admite que la verdadera cultura puede ser solo estrictamente clásica, pero vemos que hay fuertes disputas de un lado y otro, y no se puede negar que el campo contrario tiene sólidos argumentos a su favor.

—Es usted partidario de la cultura clásica, Serguiéi Ivánovich. ¿Quiere un poco de vino tinto? —dijo Stepán Arkádich.

—No expongo mi opinión en favor de ninguna de estas dos culturas —replicó Serguiéi Ivánovich, sonriendo con expresión condescendiente, como si hablara con un niño, y presentando su copa—. Solo digo que ambas tienen sólidos argumentos —continuó, dirigiéndose a Alexiéi Alexándrovich—. Soy partidario de la cultura clásica, pero no encuentro un lugar adecuado para mí en esta discusión. No hallo argumentos claros del porqué de la superioridad de las ciencias clásicas sobre las otras.

—Las ciencias naturales ejercen también una influencia pedagógico formativa —arguyó Pestsov—. Por ejemplo, la astronomía, la botánica y la zoología, con sus sistemas de leyes generales.

—No estoy de acuerdo —contestó Alexiéi Alexándrovich—. Opino que es imposible no admitir que el simple proceso del estudio de las formas de los idiomas influye beneficiosamente en el desarrollo espiritual. Además, tampoco puede negarse que la influencia de los escritores clásicos es en sumo grado moral, mientras que, por desgracia, en la enseñanza de las ciencias naturales se unen las doctrinas nocivas y erróneas que constituyen la plaga de nuestra época.

Serguiéi Ivánovich iba a decir algo, pero Pestsov, con su voz de bajo profundo, lo interrumpió. Empezó a demostrar con gran entusiasmo lo equivocado de esta opinión. Serguiéi Ivánovich esperó pacientemente el momento de poder hablar, sin duda con una réplica dispuesta.

—Pero —dijo, sonriendo sutilmente y dirigiéndose a Karenin— no podemos negar que es muy difícil sopesar plenamente todas las ventajas y desventajas de una y otra educación, y que el problema de cuál de las dos debe preferirse no se habría resuelto tan pronto y de modo tan definitivo de no haber del lado de la educación clásica la ventaja que acaba usted de exponer: la moral, *disons le mot*,* de la influencia antinihilista.

—Indudablemente.

—Si no tuviese la ventaja de la influencia antinihilista la enseñanza clásica, habríamos pensado más, habríamos sopesado los argumentos de ambas partes —prosiguió Serguiéi Ivánovich, con su sonrisa sutil—. Y hubiéramos dejado que una y otra tendencia se

* «Valga la palabra.» *(N. de las T.)*

desarrollaran libremente. Pero ahora sabemos que en las píldoras de la educación clásica está la fuerza curativa antinihilista, y por eso se la ofrecemos audazmente a nuestros pacientes... ¿Y si no tuviese en realidad esa fuerza curativa? —concluyó, echando un poco de sal ática.

Al oír lo de las píldoras, todos se echaron a reír, y sobre todo Turovtsin, que rió alegre y estrepitosamente al llegar, por fin, la parte divertida de la conversación, que esperaba desde el principio.

Stepán Arkádich no se había equivocado al invitar a Pestsov. Con él, la conversación culta no podía cesar ni un solo momento. Apenas Serguiéi Ivánovich había puesto fin a la charla con su broma, y ya Pestsov suscitaba un tema nuevo.

—Ni siquiera podemos decir que el gobierno haya tenido ese propósito —dijo—. Sin duda, el gobierno se guía por la opinión general, siendo indiferente a las influencias que puedan ejercer las medidas adoptadas. Así, por ejemplo, la cuestión de la instrucción femenina se debería considerar perjudicial y, sin embargo, el gobierno abre escuelas y universidades para la mujer.

Y la conversación pasó enseguida al tema de la educación femenina. Alexiéi Alexándrovich expresó su idea de que, por lo general, se confunde la educación femenina con el problema de la libertad de la mujer y solo en este sentido se puede considerar perjudicial.

—Por el contrario, opino que estas dos cuestiones están indisolublemente unidas —dijo Pestsov—. Es un círculo vicioso. La mujer está privada de derechos por la insuficiencia de su instrucción, y esa insuficiencia procede de su falta de derechos. No hay que olvidar que la esclavitud de la mujer es algo tan arraigado y antiguo que a menudo no podemos comprender el abismo que nos separa de ellas.

—Ha dicho usted derechos —intervino Serguiéi Ivánovich, el cual esperaba que callase Pestsov—. Derechos a ocupar puestos de jurados, vocales, presidentes de tribunales, funcionarios, miembros del Parlamento...

—Indudablemente.

—En caso de que las mujeres, con rara excepción, pudiesen ocupar tales puestos, creo que ha empleado usted erróneamente la expresión «derechos». Más justo sería decir «obligaciones». Todos estarán de acuerdo en que al cumplir alguna obligación como la de jurado, vocal o funcionario de Telégrafos, sentimos que estamos cumpliendo un deber. Por eso es más justo decir que las mujeres tratan de cumplir deberes y que tienen toda la razón. Y solo hay que simpatizar con ese deseo de ayudar al trabajo común del hombre.

—Eso es muy justo —afirmó Alexiéi Alexándrovich—. La cuestión consiste en saber si son capaces de cumplir esos deberes.

—Seguramente serán muy capaces de ello —opinó Stepán Arkádich— cuando la instrucción se extienda entre ellas. Lo vemos...

—¿Y el proverbio? —preguntó el príncipe, que hacía tiempo escuchaba, mirando con sus ojillos brillantes y burlones—. Puedo decirlo delante de mis hijas: «Tienen los cabellos largos y...».

—Lo mismo se pensaba de los negros antes de emanciparlos —objetó Pestsov, enojado.

—Lo que me parece raro es que las mujeres busquen nuevas obligaciones —dijo Serguiéi Ivánovich—, mientras que nosotros, por desgracia, vemos que los hombres suelen rehuirlas.

—Las obligaciones están relacionadas con los derechos, poder, dinero, honores... Eso es lo que buscan las mujeres —dijo Pestsov.

—Es lo mismo que si yo tratara de ser nodriza y me ofendiera porque a las mujeres las pagan por esa obligación y a mí no —comentó el viejo príncipe.

Turovtsin lanzó una sonora carcajada y Serguiéi Ivánovich lamentó no haber sido él quien lo dijera. Hasta Karenin sonrió.

—Sí, pero un hombre no puede amamantar —adujo Pestsov—, mientras que la mujer...

—Pues un inglés que viajaba en un vapor amamantó a su hijo —replicó el viejo príncipe, permitiéndose esa libertad delante de sus hijas.

—Habrá tantas mujeres funcionarias como ingleses de este tipo —dijo Serguiéi Ivánovich.

—Pero ¿qué ha de hacer una muchacha que no tiene familia? —intervino Oblonski, recordando a la Chibísova, a la que tenía siempre presente, simpatizando con Pestsov y apoyándolo.

—Si se estudiase a fondo la historia de esas muchachas se vería que abandonan a su familia o a alguna hermana casada, donde hubieran podido tener un trabajo propio de mujer —intervino inesperadamente en la conversación Daria Alexándrovna, con gesto irritado, adivinando, sin duda, en qué muchacha pensaba su marido.

—¡Nosotros defendemos un principio, un ideal! —replicó Pestsov con su voz sonora de bajo—. La mujer quiere tener derecho a ser independiente e instruida. Está oprimida y agobiada con la conciencia de la imposibilidad de conseguirlo.

—Y yo me siento oprimido y agobiado porque no me admitan como nodriza en un hospicio —dijo de nuevo el anciano príncipe, para gran regocijo de Turovtsin, que, con su risa, dejó caer un espárrago en la salsa.

XI

Todos participaban en la conversación general, salvo Kiti y Lievin. Al principio, cuando se habló de la influencia que ejerce un pueblo sobre otro, Lievin pensó involuntariamente que tenía algo que decir respecto de este tema. Pero aquellas ideas, que antes eran para él de tanta importancia, pasaban ahora por su cabeza como en sueños y no presentaban el menor interés. Hasta le pareció raro por qué insistían en hablar tanto acerca de cosas que no le importaban a nadie. Al parecer, a Kiti también debía de interesarle la conversación respecto de los derechos y de la cultura femenina. ¡Cuántas veces pensaba en esto al recordar a su amiga del extranjero, Váreñka, y en su penosa falta de independencia! ¡Cuántas veces pensaba en sí misma, en lo que sería de ella si no llegaba a casarse, y cuántas veces había discutido sobre aquello con su hermana! Pero ahora ese problema no le interesaba en modo alguno. Se inició entre ella y Lievin una conversación o, mejor dicho, una misteriosa comunicación que cada vez los unía más, despertando en ambos un sentimiento de alegre incertidumbre ante aquel mundo desconocido en el que entraban.

Al principio, Lievin, contestando a Kiti, que le preguntó cómo pudo haberla visto el año pasado en el coche, le relató que regresaba del campo por el camino real y se encontró con ella.

—Era por la mañana, muy temprano, probablemente se acababa usted de despertar. Su *maman* dormía en un rinconcito del coche. Hacía una mañana espléndida. Yo iba pensando: «¿Quién vendrá en ese coche de cuatro caballos?». Pasaron rápidamente los cuatro hermosos caballos con sus cascabeles y vi, por la ventanilla, que iba usted dentro, muy pensativa, sujetando con ambas manos la cinta de la cofia —decía Lievin sonriendo—. ¡Cuánto me gustaría saber en qué pensaba usted entonces! ¿Era algo importante?

«¿Iría despeinada?», pensó Kiti, pero, al ver la sonrisa de entusiasmo que despertaban en la memoria de Lievin aquellos detalles, comprendió que, por el contrario, la impresión que le había producido era inmejorable. Se ruborizó, echándose a reír alegremente.

—De verdad que no me acuerdo.

—¡Qué a gusto se ríe Turovtsin! —comentó Lievin, contemplando sus ojos húmedos y su cuerpo tembloroso.

—¿Hace mucho que lo conoce usted? —preguntó Kiti.

—¡Quién no lo conoce!

—Por lo que veo, considera usted que es una mala persona.

—No es malo, sino insignificante.

—Eso no es cierto. No piense usted así —dijo Kiti—. También yo tenía una opinión muy mala de él, pero es un hombre muy simpático y extraordinariamente bondadoso. Tiene un corazón de oro.

—¿Cómo ha podido usted conocer su corazón?

—Somos muy amigos suyos. Lo conozco muy bien. El invierno pasado, poco después de... de que estuviera usted en nuestra casa —dijo Kiti, sonriendo con expresión culpable, pero a la vez confiada—, los niños de Dolli tuvieron la escarlatina, y Turovtsin vino un día a su casa. Y figúrese —prosiguió, en un susurro— que sintió tanta compasión de ella que se quedó para ayudarle a cuidar de los niños. Pasó tres semanas viviendo en su casa, cuidando de los niños como un aya. Estoy contando a Konstantín Dmítrich cómo se portó Turovtsin durante la escarlatina —añadió, inclinándose hacia su hermana.

—Sí, es extraordinario, es encantador —afirmó Dolli, mirando y sonriendo dulcemente a Turovtsin, el cual comprendió que hablaban de él.

Lievin volvió a mirarlo y se asombró de que antes no hubiese apreciado todo el encanto de aquel hombre.

—Perdóneme, perdóneme; nunca más volveré a pensar mal de la gente —dijo alegremente, expresando con sinceridad lo que sentía en aquel momento.

XII

En la conversación respecto de los derechos de la mujer había puntos delicados para tratarlos en presencia de señoras, acerca de la desigualdad de los derechos en el matrimonio. Varias veces, durante la comida, Pestsov había tocado esos puntos, pero Serguiéi Ivánovich y Oblonski los desviaban cuidadosamente.

Cuando se levantaron de la mesa y las señoras salieron del comedor, Pestsov no las siguió, y dirigiéndose a Alexiéi Alexándrovich empezó a exponerle la causa principal de esa desigualdad. La desigualdad en el matrimonio, según opinaba, consistía en que las infidelidades de la mujer y las del marido se castigan de un modo distinto, tanto por la ley como por la opinión pública.

Stepán Arkádich se acercó precipitadamente a Karenin y le ofreció tabaco.

—No fumo —contestó este con tranquilidad.

Y como si quisiera demostrar a cosa hecha que no temía aquella conversación, se dirigió a Pestsov con una sonrisa fría.

—Supongo que la base de esta opinión está en la esencia misma de las cosas —dijo.

Y se dispuso a marchar al salón, pero justo en aquel momento Turovtsin habló, dirigiéndose a él.

—¿Ha oído usted lo de Priáchnikov? —preguntó, animado por el champán que había bebido y esperando desde hacía rato la ocasión de romper el silencio, que le resultaba molesto—. Me han contado hoy —continuó, con la sonrisa bondadosa de sus húmedos labios rojos, dirigiéndose principalmente a Alexiéi Alexándrovich, el invitado más importante— que Vasia Priáchnikov se ha batido en Tver con Kvitski y lo ha matado.

Stepán Arkádich se daba cuenta de que, así como todos los golpes van a parar siempre al sitio lastimado, hoy todo iba a parar en la conversación al punto dolorido de Karenin. De nuevo intentó llevarse a su cuñado, pero este preguntó con curiosidad:

—¿Por qué se ha batido Priáchnikov?

—Por su mujer. ¡Se ha portado como un valiente! Lo desafió y lo mató.

—¡Ah! —dijo Alexiéi Alexándrovich, con expresión indiferente, y, arqueando las cejas, pasó al salón.

—Cuánto me alegro de que haya venido —le dijo Dolli, con una sonrisa temerosa, al encontrarlo en el salón contiguo—. Tengo que hablar con usted. Sentémonos aquí.

Alexiéi Alexándrovich, con aquella expresión de indiferencia que le daban sus cejas arqueadas, tomó asiento junto a Daria Alexándrovna con una sonrisa fingida.

—Quería disculparme y despedirme de ustedes. Me voy mañana.

Daria Alexándrovna estaba firmemente convencida de la inocencia de Anna y se dio cuenta de que palidecía y le temblaban los labios a causa de la irritación que sentía contra aquel hombre frío e insensible que con tanta tranquilidad se disponía a causar la ruina de su inocente amiga.

—Alexiéi Alexándrovich —dijo con desesperada decisión, mirándole a los ojos—: le he preguntado por Anna y no me ha contestado usted. ¿Cómo está?

—Parece que está bien, Daria Alexándrovna —replicó Karenin sin mirarla.

—Alexiéi Alexándrovich, perdóneme. No tengo derecho..., pero quiero y estimo a Anna como a una hermana. Le ruego, le suplico que me diga qué ha ocurrido entre ustedes. ¿De qué la acusa?

Karenin frunció el ceño y, entornando los ojos hasta casi cerrarlos, inclinó la cabeza.

—Supongo que su marido le habrá comunicado las causas de por qué considero necesariamente cambiar mis anteriores relaciones con Anna Arkádievna —dijo sin mirar a los ojos de Dolli y dirigiendo la vista con descontento a Scherbatski, que pasaba por el salón.

—¡No lo creo! ¡No lo creo! ¡No puedo creer eso! —exclamó Dolli con gesto enérgico y retorciéndose las huesudas manos; se levantó bruscamente y colocó una mano en la manga de Alexiéi Alexándrovich—. En este salón nos van a molestar. Le ruego que pase por aquí.

La agitación de Dolli influyó en Karenin. Se puso en pie y la siguió sumisamente al cuarto de estudio de los niños. Se sentaron ante una mesa cubierta con un hule lleno de cortes de navaja.

—No lo creo, no lo creo —pronunció Dolli, tratando de captar la mirada huidiza de Karenin.

—Es imposible dejar de creer en los hechos, Daria Alexándrovna —replicó este, recalcando la palabra «hechos».

—¿Qué ha hecho Anna? ¿Qué ha hecho? —preguntó Dolli.

—Ha descuidado sus deberes y ha traicionado a su marido; eso es lo que ha hecho.

—¡No, no! ¡Es imposible! ¡No, por Dios, se equivoca usted! —decía Dolli, llevándose las manos a las sienes y cerrando los ojos.

Karenin sonrió fríamente, solo con los labios, deseando demostrarle a Dolli y a sí mismo la firmeza de su convicción, pero aquella calurosa defensa, aun cuando lo hizo vacilar, abrió de nuevo su herida. Empezó a hablar con gran excitación.

—Es imposible equivocarse cuando la mujer misma se lo comunica al marido. Le confiesa que ocho años de vida conyugal y su hijo no son sino un error y desea empezar una nueva vida —concluyó enojado, produciendo un sonido nasal.

—No puedo unir a Anna con el vicio, no puedo creer en eso.

—Daria Alexándrovna —exclamó Karenin, mirando el bondadoso rostro agitado de Dolli y dándose cuenta de que involuntariamente se le desataba la lengua—, daría cualquier cosa porque aún cupiese la duda. Cuando dudaba sufría mucho, pero no tanto como ahora. Cuando dudaba tenía esperanzas, pero ahora no las tengo, y, sin embargo, sigo dudando. Hasta tal punto dudo de todo, que odio a mi hijo y a veces no creo que sea mío. Soy muy desgraciado.

No tenía que decirlo. Daria Alexándrovna lo comprendió en cuanto Karenin la miró a la cara. Y sintió compasión hacia él. La fe que tenía en su amiga vaciló en ella.

—¡Oh, es horrible! ¡Es horrible! Pero ¿es posible que se haya usted decidido a pedir el divorcio?

—Estoy decidido a esta medida extrema. No puedo hacer otra cosa.

—¡No puede hacer otra cosa! ¡No puede hacer otra cosa!... —murmuró Dolli con lágrimas en los ojos—. ¡No, aún se puede hacer algo!

—Eso es lo terrible en esta clase de desgracias, que no se puede, como en otros casos, llevar la cruz como cuando se pierde a alguien, como en la muerte. En una situación así hay que obrar —dijo Karenin, como si adivinara su pensamiento—. Es preciso salir de esta situación humillante en que uno se encuentra. No es posible convivir con una tercera persona.

—Lo comprendo, lo comprendo muy bien —dijo Dolli, inclinando la cabeza; se quedó callada, pensando en sí misma, en su desgracia conyugal, y de pronto levantó la cabeza enérgicamente y cruzó las manos con un gesto de súplica—. Pero aguarde. Usted es cristiano. ¡Piense en ella! ¿Qué será de ella si la abandona usted?

—He pensado mucho, Daria Alexándrovna —dijo Karenin; en su rostro aparecieron manchas rojas y sus ojos turbios la miraban fijamente; Dolli lo compadecía con toda su alma—. Eso fue lo que hice cuando ella misma me comunicó mi deshonra: dejé las cosas como estaban. Le di la posibilidad de corregirse, intenté salvarla, y ¿para qué? No ha cumplido la exigencia más pequeña, el observar el decoro —añadió, acalorándose—. Se puede salvar a la persona que no quiere perecer, pero cuando la naturaleza está tan estropeada y tan pervertida que la misma perdición le parece que la salvará, ¿qué se puede hacer?

—¡Todo menos el divorcio! —contestó Daria Alexándrovna.

—¿Qué es todo?

—¡Es horrible! ¡No será la esposa de nadie! ¡Se perderá!

—Pero ¿qué puedo hacer? —preguntó Alexiéi Alexándrovich, alzando los hombros y las cejas; el recuerdo de la última falta de su esposa lo irritó tanto que recobró su frialdad, como al principio de la conversación—. Le agradezco mucho su interés por mi desgracia, pero ya es hora de que me vaya —dijo, levantándose.

—¡Espere! No debe usted ser su perdición. ¡Espere, le voy a contar algo de mi vida! Me casé, y mi marido me engañaba; dominada por la ira y los celos, quise abandonarlo todo y yo misma iba a... Pero me recobré, y ¿quién me ha salvado? Fue Anna. Y sigo viviendo. Los niños crecen, mi marido regresa al hogar, reconoce su falta y cada vez se vuelve mejor. Y yo vivo... ¡He perdonado y usted también debe hacerlo!

Alexiéi Alexándrovich la escuchaba, pero sus palabras no le hacían mella. En su alma se despertó de nuevo toda la ira que sintió el día en que se decidió a pedir el divorcio. Se recobró y habló con voz sonora y penetrante:

—¡No puedo ni quiero perdonar! Lo considero injusto. He hecho todo por esa mujer, y ella lo ha pisoteado todo en el barro que le es familiar. No soy malo, nunca he odiado a nadie. Pero a ella la odio con todas las fuerzas de mi alma, y ni siquiera puedo perdonarla, porque la aborrezco por todo el daño que me ha causado —dijo, con un sollozo de ira.

—Amad a los que os odian... —murmuró Daria Alexándrovna avergonzada.

Alexiéi Alexándrovich sonrió con desprecio. Hacía mucho que conocía eso, pero no podía aplicarse a su caso.

—Amar a los que os odian, pero es imposible amar a los que odiamos. Perdone que le haya causado esta pena. ¡Cada cual tiene bastante con lo suyo!

Y recobrando el dominio de sí mismo, Alexiéi Alexándrovich se despidió tranquilamente y se fue.

XIII

Cuando se levantaron de la mesa, Lievin quiso seguir a Kiti al salón, pero temió que le molestase que le cortejara tan visiblemente. Se quedó, pues, en el círculo de los hombres, tomando parte en la conversación general, y sin mirar a Kiti sentía sus movimientos, sus miradas y el lugar que ocupaba en el salón.

Cumplía ya, sin esfuerzo alguno, la promesa que le había hecho: pensar siempre bien de todo el mundo y estimar a todos. La conversación versó sobre la comunidad rusa, que Pestsov consideraba como un principio especial que él llamaba «el principio del coro». Lievin no estaba de acuerdo con él ni con su hermano, el cual, a su manera, admitía y no admitía la importancia de la comunidad rusa. Pero hablaba con ellos, tratando de reconciliarlos y de suavizar sus objeciones. No le interesaba en absoluto lo que le decía y aún menos lo que decían los demás; solo deseaba que todos estuviesen bien y a gusto. Ahora únicamente había una cosa importante para él. Y esta se hallaba en el salón al principio, y después se acercó, deteniéndose en la puerta. Lievin sintió una sonrisa y una mirada fija en él y no pudo por menos de volverse. Kiti estaba en la puerta con Scherbatski, mirándolo.

—Pensé que iban ustedes al piano —dijo Lievin, acercándose—. Lo que me falta en la aldea es la música.

—No. Solo venimos a llamarle, y le agradezco que venga —replicó Kiti sonriendo, como si le recompensara con un regalo—. ¿Qué ganas tiene de discutir? Nunca puede uno convencer a otro.

—Es verdad —asintió Lievin—. La mayor parte de las veces sucede que uno discute acaloradamente solo porque no logra comprender lo que trata de explicar el adversario.

Lievin había observado con frecuencia en las discusiones entre personas inteligentes que, después de enormes esfuerzos, de muchas sutilezas lógicas y profusión de palabras, los que discutían llegaban a la conclusión de que trataban de demostrarse algo que sabían desde el principio, pero que no querían reconocer para no ser vencidos, que el motivo de la discusión se debía a que sus gustos eran diferentes. A menudo durante la discusión uno de los contrincantes comprendía la idea del otro, y, de pronto, la aceptaba; entonces, todos los argumentos decaían, como algo inútil. Otras veces sucedía lo contrario: uno decía lo que le gustaba y en cuya defensa se inventaba argumentos, y, si lo expresaba bien y con sinceridad, el adversario lo admitía, abandonando la discusión. Esto es lo que había querido decir Lievin.

Kiti frunció el ceño, tratando de penetrar el sentido de sus palabras. Y en cuanto Lievin empezó a explicárselo, lo comprendió.

—Me doy cuenta; es preciso entender por qué discute el adversario y lo que le gusta; entonces es posible...

Kiti adivinó y explicó el pensamiento que Lievin había expresado mal. Este sonrió alegremente; le asombraba el paso de la discusión con Pestsov y su hermano, tan prolija en palabras, a esa lacónica y clara manera de expresar sus pensamientos más complejos.

Scherbatski se separó de ellos. Kiti, acercándose a la mesa de juego dispuesta para jugar, se sentó y, cogiendo un trozo de tiza, empezó a dibujar círculos excéntricos sobre el tapete verde.

Reanudaron la conversación de la comida acerca de la libertad y de las ocupaciones de la mujer. Lievin estaba de acuerdo con Daria Alexándrovna de que una muchacha que no se haya casado puede encontrar trabajo femenino en una familia. Confirmaba aquello diciendo que en ninguna casa se puede prescindir de una joven que preste su ayuda, y que en cada familia, pobre o rica, se necesita una niñera, bien a sueldo, bien de la familia.

—No —dijo Kiti ruborizándose, pero mirándolo más atrevidamente con sus ojos sinceros—. Una muchacha puede hallarse en una situación en que le resulte imposible entrar en una familia sin humillarse y...

Lievin entendió lo que Kiti quiso decir.

—¡Oh, sí! —dijo—. ¡Sí, sí, tiene usted razón, tiene usted razón!

Solo comprendió lo que trataba de demostrar Pestsov durante la comida, al vislumbrar en el corazón de Kiti el miedo a quedarse soltera y a la humillación. Como la amaba, sintió también aquel miedo y aquella humillación, e inmediatamente se desdijo de sus argumentos.

Sobrevino un silencio. Kiti continuaba dibujando sobre la mesa. Sus ojos brillaban suavemente. Bajo la influencia de su estado de ánimo, Lievin sentía con todo su ser que la felicidad lo embargaba cada vez con más fuerza.

—¡Oh! He pintado toda la mesa —exclamó Kiti, y, dejando la tiza, hizo un movimiento como para levantarse.

«¿Cómo me voy a quedar sin ella?», pensó Lievin con terror, y cogió la tiza.

—Espere —le dijo, sentándose junto a la mesa—. Hace mucho que quiero preguntarle una cosa.

Lievin la miraba directamente a los ojos cariñosos, pero asustados.

—Muy bien, pregúntemela.

—Mire —dijo Lievin, y escribió las iniciales siguientes: «C, u, m, c, n, p, s, s, n, o, e». Aquellas letras significaban: «Cuando usted me contestó: "No puede ser", ¿significaba nunca, o entonces?».

No había ninguna probabilidad de que Kiti pudiese descifrar esa frase complicada. Lievin la miró como si su vida dependiese de que Kiti comprendiera aquellas palabras.

Kiti posó en él sus ojos con expresión grave; luego, apoyando en una mano la frente, que había fruncido, comenzó a leer. De cuando en cuando miraba a Lievin, como preguntándole con los ojos: «¿Es lo que me imagino?».

—Lo he comprendido —dijo al fin, ruborizándose.

—¿Qué palabra es esta? —preguntó él, señalándole la *n* con la que indicaba «nunca».

—Significa «nunca» —contestó ella—. ¡Pero no es verdad!

Rápidamente, Lievin borró lo que estaba escrito, le entregó la tiza a Kiti y se levantó. Ella escribió: «E, n, p, c, d, o, m».

Dolli se consoló completamente de la pena que le había causado la conversación sostenida con Karenin al ver las figuras de Kiti y de Lievin. Ella con la tiza en la mano, mirándolo con una sonrisa tímida y llena de felicidad, y él, con su figura apuesta, inclinado sobre la mesa, con sus ojos encendidos ora clavados en la mesa, ora en Kiti. De pronto, el rostro de Lievin resplandeció. Había comprendido. Aquello significaba: «Entonces no pude contestar de otra manera».

La miró con expresión interrogante y tímida.

—¿Solo entonces?

—Sí —contestó Kiti con una sonrisa.

—¿Y a... ahora?

—Bueno, lea lo que sigue. Le diré lo que yo desearía. ¡Lo que desearía con toda mi alma!

Kiti escribió las iniciales siguientes: «Q, u, p, o, y, p, l, s». Aquello significaba: «Que usted pudiera olvidar y perdonar lo sucedido».

Lievin cogió la tiza con sus dedos rígidos y temblorosos y, rompiéndola, escribió las iniciales de la siguiente frase: «No tengo nada que perdonar ni olvidar y no he dejado nunca de amarla».

Kiti lo miró con una sonrisa extática.

—He comprendido —dijo en un susurro.

Lievin se sentó y escribió una frase larga. Kiti la comprendió toda y, sin preguntarle si estaba en lo cierto, cogió la tiza a su vez y le contestó.

Durante largo rato Lievin no logró descifrar lo que Kiti había escrito, y de cuando en cuando la miraba a los ojos. La felicidad lo había obnubilado. No podía de ninguna manera encontrar las palabras a que correspondían aquellas iniciales. Pero por los encantadores ojos de la muchacha, que resplandecían de felicidad, se enteró de todo lo que tenía que saber. Escribió tres letras. Aún no había acabado de hacerlo cuando Kiti ya las había leído siguiendo el movimiento de su mano, y fue ella quien terminó la frase y puso la respuesta: «Sí».

—¿Estáis jugando al *secrétaire*? —preguntó el anciano príncipe acercándose—. Vámonos ya, si no queréis llegar tarde al teatro.

Lievin se levantó y acompañó a Kiti hasta la puerta.

En su conversación se lo habían dicho todo: ella lo amaba y les diría a sus padres que al día siguiente por la mañana Lievin iría a hablarles.

XIV

Cuando Kiti se hubo ido y Lievin quedó solo experimentó tal inquietud y un deseo tan vivo de que llegara cuanto antes la mañana siguiente, en que la volvería a ver y a unirse con ella para siempre, que se asustó como de la muerte de las catorce horas que faltaban aún. Necesitaba estar con alguien y hablar, no sentirse solo, engañar al tiempo. Stepán Arkádich le resultaba el interlocutor más agradable, pero, según dijo, debía asistir a una reunión, aunque en realidad iba al ballet.

Lievin solo tuvo tiempo de decirle que era feliz, que le estimaba mucho y que nunca olvidaría lo que había hecho por él. La mirada y la sonrisa de Stepán Arkádich demostraron a Lievin que había comprendido perfectamente sus sentimientos.

—Qué, ¿no es hora de morir? —preguntó Oblonski, estrechando enternecido la mano de Lievin.

—¡Noooo! —replicó este.

Daria Alexándrovna, al despedirse de Lievin, pareció felicitarle también, diciendo:

—¡Qué contenta estoy de que se haya encontrado de nuevo con Kiti! ¡Es preciso apreciar a los antiguos amigos!

A Lievin le desagradaron las palabras de Daria Alexándrovna. Ella no podía comprender lo inaccesible y elevado que era aquello, y no debería mencionarlo. Lievin se despidió de ellos y, para no quedar solo, no se despegó de su hermano.

—¿Adónde vas?

—A una sesión.

—Pues voy contigo. ¿Puedo?

—¿Por qué no? Vámonos —dijo Serguiéi Ivánovich, sonriendo—. Pero ¿qué te pasa hoy?

—¿Qué me pasa? Soy feliz —exclamó Lievin, bajando el cristal de la ventanilla del coche—. ¿No te importa? Hace un calor sofocante. ¡Soy feliz! ¿Por qué no te has casado tú?

Serguiéi Ivánovich sonrió.

—Me alegro mucho. Parece que ella es una buena mu... —empezó diciendo.

—¡No hables! ¡No hables! ¡No hables! —gritó Lievin, cogiéndole con ambas manos el cuello de la pelliza y tapándole la boca. «Es una buena muchacha» eran unas palabras corrientes, vulgares y que armonizaban muy poco con sus sentimientos.

Serguiéi Ivánovich se echó a reír alegremente, lo que le sucedía rara vez.

—De todos modos, puedo decirte que me alegro mucho.

—Podrás decirlo mañana, mañana, pero nada más. Nada, nada, calla —repetía Lievin, y cerrándole de nuevo la boca con la pelliza, añadió—: ¡Te quiero mucho! Entonces, qué, ¿puedo asistir a la sesión?

—Desde luego.

—¿De qué ha de tratarse hoy? —preguntó Lievin sin dejar de sonreír.

Llegaron a la reunión. Lievin escuchó cómo el secretario se embrollaba leyendo el acta que, al parecer, no entendía ni él mismo. Pero a juzgar por su rostro, Lievin vio que el secretario era un hombre simpático, agradable y bondadoso. Esto se deducía por la manera en que se azoraba y confundía en la lectura. Después empezaron los discursos. Se discutía la asignación de unas cantidades de dinero y la instalación de unas cañerías. Serguiéi Ivánovich atacó vivamente a dos miembros de la reunión y habló largo rato con aire de triunfo. Otro miembro, tras tomar unas notas en un papel, se mostró tímido al principio, pero después contestó a Koznishov con tanta cortesía como mala intención. Sviyazhski, que estaba presente también, pronunció algunas palabras nobles y elocuentes. Lievin las escuchaba y comprendía claramente que allí no había nada, ni cantidades de dinero asignadas, ni cañerías. No se enfadaban por ello, todos eran personas muy amables y bondadosas y todo marchaba perfectamente entre ellos. No molestaban a nadie y todos se encontraban a gusto. Lo extraordinario era que hoy le parecía a Lievin ver a través de estos hombres y, por detalles pequeños, antes casi imperceptibles, creyó conocer el alma de cada uno de ellos y comprobar que eran buenos. También ellos estimaban mucho a Lievin hoy. Eso se veía por la manera en que hablaban con él y en que lo miraban cariñosa y afectuosamente, incluso personas que no lo conocían.

—Qué, ¿estás contento? —le preguntó Serguiéi Ivánovich.

—Mucho. Nunca creí que esto fuese tan interesante, tan simpático y acogedor.

Sviyazhski se acercó a Lievin y lo invitó a su casa, a tomar el té. Lievin no podía comprender ni recordar qué es lo que le había desagradado en casa de Sviyazhski y qué se obstinaba en buscar en él. Era un hombre inteligente y extraordinariamente bueno.

—Con mucho gusto —dijo Lievin.

Y le preguntó cómo estaban su mujer y su cuñada. Y por una extraña asociación de ideas, uniendo en su imaginación el pensamiento de la cuñada de Sviyazhski con el matrimonio, se le figuró que a nadie mejor podría contar su dicha que a la cuñada y a la mujer de su amigo, por lo cual le alegraba verlas.

Sviyazhski le preguntó por los asuntos de su aldea, suponiendo, como siempre, que no se podía encontrar nada que no existiese ya en Europa. Pero ahora eso no molestaba a Lievin en absoluto. Al contrario, se daba cuenta de que Sviyazhski tenía razón, que aquella obra era insignificante y veía la extraordinaria delicadeza y suavidad con que su amigo procuraba eludir la demostración de que la razón estaba de su parte. Las señoras se mostraron muy amables. A Lievin le parecía que ya lo sabían todo y se alegraban por él, pero no decían nada por delicadeza. Permaneció allí una, dos y hasta tres horas, hablando de diversos temas, pero dando a entender siempre lo que llenaba su alma, sin darse cuenta de que ya las había aburrido y que ya era hora de ir a acostarse. Sviyazhski acompañó a Lievin al vestíbulo bostezando y sorprendido de la rara disposición de ánimo en que se encontraba. Era más de la una. Lievin regresó al hotel y se asustó ante la idea de cómo pasaría solo con su impaciencia el tiempo que quedaba hasta las diez. El camarero de turno le encendió la vela y se disponía a salir, pero Lievin lo retuvo. Aquel criado, Iegor, en el que antes no había reparado Lievin, resultó ser un hombre simpático, inteligente y, sobre todo, muy bondadoso.

—Dime, Iegor: ¿es muy penoso no dormir en toda la noche?

—¡Qué le vamos a hacer! Es nuestra obligación. Es más tranquilo trabajar en casas de señores. Pero se gana más aquí.

Lievin se enteró de que Iegor tenía familia: tres chicos y una hija costurera, a la que quería casar con el dependiente de una tienda de guarniciones.

Con este motivo, Lievin le dijo a Iegor su opinión de que lo esencial en el matrimonio es el amor y que con amor siempre se es feliz, porque la dicha está en uno mismo.

Iegor escuchó atentamente, comprendiendo, al parecer, la idea de Lievin, pero para confirmarlo hizo una observación inesperada, diciendo que él había servido en casa de unos señores muy buenos y siempre había estado satisfecho de ellos, y ahora lo estaba también, a pesar de ser francés su amo.

«Es un hombre extraordinariamente bueno», pensó Lievin.

—Y tú, Iegor, cuando te casaste, ¿querías a tu mujer?

—¡Cómo no! —replicó el camarero.

Lievin vio que también Iegor se encontraba en un estado de ánimo exaltado y que se disponía a revelarle sus sentimientos más recónditos.

—También mi vida es extraordinaria. Desde pequeño... —empezó diciendo, con los ojos brillantes, sin duda contagiado de la excitación de Lievin, como cuando uno se contagia de ver bostezar a otro.

En aquel momento sonó un timbre. Iegor salió, quedando Lievin solo. Casi no comió en casa de los Oblonski, se negó a tomar té y a cenar en casa de Sviyazhski, pero ahora no podía pensar en la cena. No había dormido la noche anterior y tampoco le era posible pensar en el sueño. En la habitación hacía fresco; sin embargo, se ahogaba de calor. Abrió las dos ventanillas y se sentó encima de la mesa, enfrente de ellas. Más allá del tejado, cubierto de nieve, se veía una cruz labrada con cadenas, y, encima de ella, el triángulo de la constelación del Auriga con la Capella, la brillante estrella amarilla. Lievin contemplaba la estrella, aspirando el aire helado que entraba uniformemente en la estancia, y, como en sueños, seguía las imágenes y los recuerdos que surgían en su imaginación. Hacia las cuatro oyó pasos en el pasillo y se asomó a la puerta. Era Miaskin, un jugador del club, al que conocía. Iba tosiendo y su expresión era taciturna. «¡Pobre desgraciado!», pensó Lievin. Y de sus ojos brotaron lágrimas de compasión y afecto. Sintió deseos de hablar con él, de consolarle, pero al recordar que se hallaba en camisa cambió de idea. Fue a sentarse de nuevo junto a las ventanillas para bañarse en el aire fresco y contemplar aquella cruz, de admirable forma y silenciosa, pero llena de significado para él, así como aquella resplandeciente estrella amarilla. Después de las seis empezaron a oírse los ruidos de los hombres que enceraban el suelo, sonaron campanas tocando a misa y Lievin sintió frío. Cerró las ventanillas, se lavó, se vistió y se fue a la calle.

XV

Las calles estaban aún desiertas. Lievin se dirigió a casa de los Scherbatski. La puerta principal estaba cerrada y todos dormían. Volvió al hotel y, subiendo a su cuarto, pidió el café. El camarero de día, que ya no era Iegor, se lo sirvió. Lievin quiso iniciar una conversación con él, pero alguien llamó y el criado tuvo que marcharse. Lievin trató de tomar un sorbo de café y se llevó un trozo de bollo a la boca, pero sus dientes no sabían qué hacer con aquello. Escupió, se puso el abrigo y volvió a salir. Eran más de las nueve cuando llegó por segunda vez ante la casa de los Scherbatski. Hacía un momento que se habían levantado y el cocinero salía a la compra. Era preciso que transcurriesen por lo menos otras dos horas.

Había pasado toda la noche y aquella mañana en estado de inconsciencia, al margen de las necesidades de la vida. No había comido en todo el día, llevaba dos noches sin dormir, había pasado varias horas medio desnudo expuesto al aire helado y no solo se encontraba fresco y lozano como nunca, sino que se sentía completamente desligado de su cuerpo; se movía sin ningún esfuerzo muscular y tenía la sensación de que podía hacerlo todo. Estaba seguro de que, si fuera necesario, podría volar o mover los muros de una casa. Pasó el tiempo que faltaba paseando por las calles, mirando incesantemente el reloj y volviendo la cabeza en todas direcciones.

Y lo que vio entonces, nunca lo olvidó. Sobre todo, le llamaron la atención unos niños que iban a la escuela, unas palomas de color azul oscuro, que bajaban volando desde los tejados a la acera, y unos bollos, espolvoreados de harina, que exponía una mano invisible en un escaparate. Esos bollos, esas palomas y esos niños eran algo prodigioso. Uno de los niños se acercó a una paloma y, sonriendo, miró a Lievin. La paloma movió las alas y echó a volar brillando al sol entre el vacilante polvo de nieve que había en el aire, mientras que, desde el escaparate, salió un olor a pan recién cocido y una mano expuso los bollos. Todo aquello era tan agradable que Lievin se echó a reír y se enterneció de alegría. Dio un gran rodeo por el callejón Gazietnyi y la calle Kislovka. Volvió al hotel y poniendo el reloj ante su vista se sentó en espera de que dieran las doce. En la habitación contigua hablaban de máquinas y de engaños, y se oía una tosecilla de esas que se suelen oír por las mañanas. Aquella gente no comprendía que la manilla del reloj se acercaba a las doce. Por fin llegó. Lievin salió a la puerta. Los cocheros parecían saberlo todo. Rodearon a Lievin, sus rostros expresaban felicidad, mientras se disputaban y le ofrecían sus servicios. Procurando no molestar a los demás cocheros y prometiéndoles utilizar sus servicios en otra ocasión, Lievin tomó un coche y ordenó al cochero que lo llevara a casa de los Scherbatski. El cochero tenía muy buen aspecto, con el cuello blanco de la camisa blanca que le asomaba debajo del caftán y se ajustaba bien en su cuello colorado, fuerte y grueso. El trineo era alto y ligero; Lievin ya nunca volvió a montar un trineo así. También era excelente el caballo y se esforzaba en galopar, aunque casi no se movía del sitio. El cochero conocía la casa de los Scherbatski y, volviéndose con gran respeto hacia Lievin y haciendo un movimiento circular con las manos, exclamó: «¡So!», y detuvo al caballo junto a la puerta. El portero de los Scherbatski debía de estar enterado de todo. Esto se veía por la sonrisa de sus labios y por el modo en que dijo:

—Hace mucho que no ha estado usted aquí, Konstantín Dmítrich.

No solo lo sabía todo, sino que, evidentemente, estaba muy contento, pero se esforzaba en disimular aquella alegría. Al mirar a los amables ojos del viejo, Lievin experimentó algo nuevo en su alegría.

—¿Se han levantado?

—¡Pase! Puede dejarlo aquí —dijo el portero sonriendo cuando Lievin hizo ademán de volver para coger su gorro de piel.

Aquello debía de significar algo.

—¿A quién le anuncio? —preguntó el criado.

Aunque era joven y uno de esos lacayos presumidos, de estilo nuevo, resultó ser un hombre bondadoso y simpático que también lo comprendía todo.

—A la princesa..., al príncipe..., a la princesita... —dijo Lievin.

A la primera persona que vio fue a mademoiselle Linon. Atravesaba la sala con sus ricitos y su rostro radiante. Apenas empezó a hablar con ella, se oyó el rumor de un vestido detrás de la puerta, y mademoiselle Linon desapareció. Lievin se sintió invadido por el temor de la proximidad de su dicha. Mademoiselle Linon, dejando a Lievin, se precipitó hacia la otra puerta. Apenas salió, sonaron por el parquet unos pasos ligerísimos. Se le acercaba rápidamente su felicidad, su vida, él mismo, incluso algo mejor, lo que había buscado durante tanto tiempo. No andaba, sino que venía impulsada por una fuerza invisible.

Lievin solo vio aquellos ojos claros y sinceros, temerosos de la felicidad de aquel amor, que embargaba también su alma. Esos ojos brillaban cada vez más cerca, cegándole con la luz de su amor. Kiti se detuvo junto a él, rozándole, y sus manos se levantaron, posándose en sus hombros.

Kiti hizo todo lo que pudo: se acercó a él entregándose toda, tímida y gozosa. Lievin la abrazó uniendo sus labios a los de ella, que esperaban su beso.

Kiti tampoco había dormido en toda la noche y había pasado la mañana esperándolo.

Sus padres habían dado su consentimiento y se sentían felices por la dicha de Kiti. Esta había esperado a Lievin. Quería ser la primera en anunciarle su felicidad y la de él. Se dispuso a salirle al encuentro sola, complaciéndose en esta idea, pero a la vez se avergonzaba y sentía temor. Al oír los pasos y la voz de Lievin, esperó detrás de la puerta a que se fuera mademoiselle Linon. Cuando esta salió, Kiti, sin pensarlo más, se aproximó a Lievin y sucedió aquello.

—Vamos a ver a mamá —dijo después, cogiéndole de la mano.

Durante mucho rato Lievin fue incapaz de decir nada, no tanto porque temiese estropear con palabras lo elevado de su sentimiento como porque cada vez que iba a hablar notaba que en lugar de palabras le brotarían lágrimas de felicidad. Tomó la mano de Kiti y la besó.

—¿Es posible que sea verdad? —dijo, por fin, con voz sorda—. ¡No puedo creer que me quieras!

Kiti sonrió al oír aquel «tú» y al ver la expresión de timidez con que la miró Lievin.

—¡Sí! —pronunció Kiti con una lentitud significativa—. ¡Soy tan feliz!

Y sin soltarle la mano entró en el salón. La princesa, al verlos, respiró apresuradamente y se echó a llorar, pero enseguida rió. Corrió a su encuentro con un paso tan enérgico como no esperaba Lievin y, tomándole la cabeza entre las manos, lo besó, humedeciéndole las mejillas con sus lágrimas.

—¡Todo está arreglado! ¡Estoy contenta! ¡Quiérela! Estoy contenta... ¡Kiti!

—¡Qué pronto se ha arreglado todo! —exclamó el viejo príncipe, tratando de mostrarse indiferente, pero Lievin notó que tenía los ojos húmedos cuando se dirigió a él—. Hace mucho tiempo que lo he deseado. Lo he deseado siempre —añadió, tomando la mano a Lievin y atrayéndole hacia sí—. Ya entonces, cuando esta veleta pensó...

—¡Papá! —exclamó Kiti, tapándole la boca con las manos.

—Bueno, me callaré. Estoy muy, muy con... ¡Ay! ¡Qué tonto soy!

El príncipe abrazó a Kiti, le besó la cara, la mano y, besándole de nuevo la cara, la persignó. Lievin se sintió invadido por un nuevo sentimiento de afecto hacia aquel hombre, que antes había sido para él un extraño, al ver cómo besaba a Kiti largo rato y con dulzura su carnosa mano.

XVI

La princesa, sentada en una butaca, callaba y sonreía; el príncipe se sentó junto a ella. Kiti permaneció al lado de su padre, sin soltarle la mano. Todos callaban.

La princesa fue la primera en llamar las cosas por su nombre, y, dejando los sentimientos a un lado, habló de problemas vitales. Y a todos, en el primer momento, aquello les pareció doloroso y extraño.

—¿Cuándo va a ser? Hay que bendecirlos y anunciar la boda. ¿Cuándo se va a celebrar? ¿Qué te parece, Alexandr?

—En este asunto, él es el personaje principal —dijo el anciano príncipe, señalando a Lievin.

—¿Cuándo? —preguntó este sonrojándose—. Mañana. Ya que me lo preguntan ustedes, les diré que la bendición puede ser hoy, y mañana la boda.

—Bueno, *mon cher*, déjese de tonterías.

—Entonces, dentro de una semana.

—No cabe duda de que está loco.

—Pero ¿por qué?

—Pero, hombre —dijo la madre, sonriendo alegremente—, ¿y el ajuar?

«¿Es posible que haya que ocuparse del ajuar y de todo eso? —pensó Lievin horrorizado—. Por otra parte, es posible que el ajuar, la bendición y todo lo demás vaya a estropear mi felicidad.» Miró a Kiti y observó que la idea del ajuar no le había molestado en absoluto. «Entonces, será preciso», pensó.

—Yo no sé nada. Solo he expuesto mi deseo —replicó, disculpándose.

—Ya hablaremos. De momento, se puede proceder a la bendición y a anunciar la boda.

La princesa se acercó a su marido, lo besó e hizo ademán de salir, pero él la retuvo y, abrazándola con dulzura, como un joven enamorado, la besó varias veces sonriendo. Al parecer, los viejos se habían confundido por un momento y no sabían si eran ellos los enamorados o su hija. Cuando salieron, Lievin se acercó a su novia y le tomó la mano. Ya se había dominado y podía hablar, tenía mucho que decirle; sin embargo, le dijo cosas completamente distintas de las que se proponía.

—¡Sabía que esto había de ser así! Nunca me había esperanzado, pero en el fondo de mi alma estaba convencido de que sería así —dijo—. Creo que estaba predestinado.

—Y yo —dijo Kiti—. Incluso entonces... —Se interrumpió y después prosiguió mirándole resuelta, con sus ojos sinceros—. Incluso entonces, cuando rechacé la felicidad. Nunca he amado a nadie más que a usted, pero estaba encaprichada. Debo confesárselo... ¿Podrá olvidarlo?

—Tal vez sea para mejor. Debe usted perdonarme muchas cosas. He de decirle...

Había decidido decirle dos cosas desde el principio: que él no era tan puro como ella, ni creyente. Aquello resultaba penoso, pero Lievin se consideraba obligado a confesárselo.

—No, ahora, no. Después —dijo.

—Bueno, después, pero ha de decírmelo sin falta. No tengo miedo a nada. Debo saberlo todo. Ahora, todo está resuelto.

Lievin completó la frase.

—¿Está resuelto que me tomará usted tal y como soy...? ¿Que no me rechazará? ¿Verdad?

—Sí, sí.

Su conversación fue interrumpida por mademoiselle Linon, la cual venía a felicitar a su discípula predilecta, con una sonrisa dulce, aunque fingida. Aún no había salido de la habitación, cuando entraron los criados, también para felicitar a Kiti. Luego vinieron los parientes, y eso dio comienzo a una confusión que sumergió a Lievin en un estado de bienaventuranza del que no salió hasta el día siguiente de su boda. Se sentía molesto y aburrido, pero su dicha iba en aumento. Tenía la sensación constante de que le exigían muchas cosas que no sabía hacer, pero las realizaba todas y aquello le producía felicidad. Creía que su noviazgo no iba a parecerse a los de los demás y que el hecho de desarrollarse en unas circunstancias tradicionales habría de estropear su felicidad. Hicieron exactamente lo que se hacía siempre, y, sin embargo, su dicha no hizo sino aumentar, convirtiéndose en algo especial, que no se parecía a los demás casos.

—Ahora vamos a comer bombones —decía mademoiselle Linon.

Y Lievin iba a comprarlos.

—Me alegro mucho —le dijo Sviyazhski—. Le aconsejo que compre las flores en casa de Fomín.

—¿Es necesario? —preguntó Lievin.

Y desde entonces compró las flores en casa de Fomín.

Su hermano le dijo que pidiese dinero prestado porque tendría muchos gastos, regalos que hacer...

—¿Hay que hacer regalos?

Y Lievin fue corriendo a la joyería de Foulde.

Tanto en la confitería como en casa de Fomín y de Foulde, Lievin notaba al instante que lo esperaban y se alegraban compartiendo su felicidad como toda la gente que trataba por aquellos días. Era extraordinario que no solo todos lo estimaban, sino que hasta personas antes antipáticas, frías e indiferentes, ahora estaban entusiasmadas con él. Le obedecían en todo, mostrándose delicados hacia su sentimiento y participaban de su convicción de que era el ser más feliz del mundo, porque su novia era un dechado de perfecciones. Kiti sentía exactamente lo mismo que él. Cuando la condesa Nordston se permitió insinuar que había deseado algo mejor para Kiti, esta se acaloró, demostrándole de un modo convincente que no había hombre mejor que Lievin en el mundo. La condesa se vio obligada a reconocerlo y, en presencia de Kiti, siempre acogía a Lievin con una sonrisa de admiración.

Una de las cosas más penosas de aquella época era la explicación que Lievin había prometido. Consultó con el viejo príncipe, y, con su consentimiento, entregó a Kiti su diario, en el que estaba anotado lo que le atormentaba. Lo había escrito pensando en su futura novia. Le torturaban dos cosas: su falta de inocencia y su incredulidad. La confesión de esto último pasó inadvertida. Kiti era religiosa, nunca había dudado de las verdades de la religión, pero esa falta de fe exterior no le afectó siquiera. Debido a su amor, entendía el alma de Lievin, en la que veía lo que deseaba, y el hecho de que aquel estado anímico se llamase incredulidad la tenía sin cuidado. En cambio, la otra confesión la hizo llorar amargamente.

Lievin entregó su diario a Kiti después de haber sostenido una lucha consigo mismo. Opinaba que entre ellos no debía haber secretos y, por tanto, decidió dárselo, pero no pensó en el efecto que le produciría, porque no se identificó con Kiti. Una tarde, al llegar a casa de los Scherbatski para ir al teatro, entró en la habitación de Kiti y vio su agradable rostro cubierto de lágrimas por la pena irreparable que él le había causado. Solo entonces comprendió el abismo que separaba su vergonzoso pasado de la pureza inmaculada de ella, y se horrorizó de lo que había hecho.

—¡Llévese, llévese este horrible diario! —exclamó Kiti, rechazando los cuadernos que se hallaban en la mesa ante ella—. ¿Para qué me lo ha dado? Pero no, así es mejor —añadió, compadeciéndose al ver la desesperación que se pintaba en el rostro de Lievin—. ¡Es horrible, horrible!

Lievin bajó la cabeza y permaneció callado. No podía decir nada.

—¿No me perdonará usted? —preguntó en un susurro.

—Sí, le he perdonado, pero es horrible.

Sin embargo, la dicha de Lievin era tan magna que aquello no la pudo destruir y hasta le dio un nuevo matiz. Kiti le había perdonado, pero desde entonces él se consideraba menos digno de ella, la reverenciaba aún más y apreciaba como nunca su dicha inmerecida.

XVII

Recordando involuntariamente la impresión de las conversaciones que había sostenido durante la comida y después de ella, Alexiéi Alexándrovich volvió a su solitaria habitación del hotel. Las palabras de Dolli relativas al perdón no le produjeron sino un sentimiento de ira. Aplicar o no a su caso las normas religiosas era un problema arduo, del que no se podía hablar superficialmente, y hacía tiempo que Karenin lo había resuelto de un modo negativo. De todo lo que se habló en casa de Oblonski, las palabras que más impresión le habían producido fueron las del bondadoso y necio Turovtsin: «Se portó como un valiente. Lo desafió y lo mató». Sin duda, todos compartían aquella opinión, aunque no la expresaban por cortesía.

«Por otra parte, este asunto está resuelto, no hay más que pensar», se dijo Alexiéi Alexándrovich. Meditando en su futuro viaje y en el asunto que iba a estudiar, entró en su habitación y le preguntó por su criado al portero, que lo acompañaba. Le dijo que acababa de salir. Karenin pidió que le sirviesen té, se sentó a la mesa y, cogiendo la guía de ferrocarriles, comenzó a estudiar el itinerario de su viaje.

—Hay dos telegramas —dijo el criado, entrando en la habitación—. Perdone, excelencia, que haya salido un momentito.

Alexiéi Alexándrovich cogió los telegramas y los abrió. En el primero le comunicaban la noticia de que Striómov había sido nombrado para un cargo que deseaba Karenin. Arrojó el telegrama y, enrojeciendo, se levantó y se puso a recorrer la habitación: «Quos vult perdere Jupiter dementat prius»,* se dijo, entendiendo por ese «quos» a las personas que habían coadyuvado a aquel nombramiento. No le dolía el hecho de que no le hubiesen dado ese cargo, de que lo dejaran de

---

* «Los que Júpiter quiere perder, enloquecen primero.» *(N. de las T.)*

lado, pero le extrañaba y le resultaba incomprensible que no se diesen cuenta de que el charlatán de Striómov era menos apto que nadie para desempeñarlo. ¿Cómo no comprendían que con aquel nombramiento se perjudicaban y también perjudicaban su *prestige*?

«Será otra cosa por el estilo», se dijo amargamente al abrir el segundo telegrama. Era de su mujer. Lo primero que hirió su vista fue la firma, «Anna», escrita en lápiz azul. «Me muero. Le ruego, le suplico que venga. Moriré más tranquila con su perdón», leyó Karenin. Sonrió desdeñosamente y tiró el telegrama. En el primer momento no dudó de que se trataba de una astucia, de un engaño.

«No se detendrá ante ninguna mentira. Tiene que dar a luz. Tal vez sea eso. ¿Cuál será su propósito? Que yo reconozca al niño, comprometerme e impedir que pida el divorcio. Pero ahí dice: "Me muero...".» Volvió a leer el telegrama. Y de repente le chocó el sentido directo de lo que decía. «¿Y si fuese verdad? —se cuestionó—. ¿Y si fuese verdad que en un momento de dolor, ante la muerte próxima, se arrepiente sinceramente, y yo, pensando que es un engaño, me niego a ir? No solo sería cruel y todos me censurarían, sino una estupidez por mi parte.»

—Piotr, alquila un coche. Me voy a San Petersburgo —le dijo al criado.

Decidió ir a San Petersburgo a ver a su mujer. Si se trataba de un engaño, se marcharía sin hablar con ella. Si realmente se encontraba enferma, si estaba a la muerte y deseaba verle antes de morir, la perdonaría. Y si llegaba tarde, por lo menos cumpliría los últimos deberes para con ella.

Durante todo el camino no pensó más que en lo que iba a hacer. Con una sensación de cansancio y de deseado, a consecuencia de la noche que había pasado en el tren, Karenin avanzaba en coche entre la niebla matinal de San Petersburgo por la desierta avenida Nievski, mirando ante sí, sin pensar en lo que le esperaba. No podía meditar en ello porque, al imaginarse lo que iba a suceder, no conseguía rechazar por completo la idea de que la muerte resolvería la dificultad de su situación. Pasaban ante sus ojos los repartidores de pan, las tiendas cerradas, los cocheros nocturnos, los porteros que barrían las aceras, y Karenin miraba todo aquello tratando de ahogar en su fuero interno la idea de lo que iba a suceder, de lo que no se atrevía a desear y, a pesar de todo, deseaba. Llegó a la puerta de su casa. Un coche de alquiler y otro particular, cuyo cochero dormía, se hallaban junto a la escalinata. Al entrar, Alexiéi Alexándrovich, como si sacara del lugar más recóndito de su cerebro la decisión tomada, consultó con ella: «Si es un engaño, me mostraré sereno y despectivo y me marcharé inmediatamente. Si es verdad, guardaré las apariencias».

Se abrió la puerta antes de que Karenin llamara. El portero Petrov, a quien llamaban Kapitónich, tenía un aspecto muy extraño con su levita vieja, sin corbata y en zapatillas.

—¿Cómo está la señora?

—Ayer dio a luz felizmente.

Alexiéi Alexándrovich se detuvo y palideció. En aquel momento comprendió hasta qué punto había deseado la muerte de Anna.

—¿Y de salud?

Korniéi, con su delantal de limpieza, bajaba la escalera corriendo.

—Muy mal —contestó Korniéi—. Ayer hubo consultas de médicos, y el doctor se encuentra aquí ahora.

—Que suban el equipaje —ordenó Alexiéi Alexándrovich.

Y experimentando cierto alivio al oír esa noticia, ya que aún quedaba la esperanza de la muerte, entró en el recibidor.

En el perchero había un capote militar. Al verlo, Karenin preguntó:

—¿Quién está en casa?

—El doctor, la comadrona y el conde Vronski.

Alexiéi Alexándrovich pasó a las habitaciones.

En el salón no había nadie. Al oír los pasos de Karenin, la comadrona, tocada con una cofia de cintas color lila, salió del gabinete.

Se acercó a Alexiéi Alexándrovich y, con la familiaridad que da la inminencia de la muerte, lo tomó del brazo y lo arrastró.

—Gracias a Dios que ha llegado usted. No hace más que nombrarle —dijo.

—Traigan pronto el hielo —ordenó el médico desde la alcoba, con voz autoritaria.

Karenin entró en el gabinete de Anna. Junto a la mesa, sentado de lado en una silla baja, Vronski lloraba con el rostro oculto entre las manos. Al oír la voz del doctor se quitó las manos de la cara y se levantó de un salto. Viendo al marido de Anna se turbó tanto que se volvió a sentar, hundiendo la cabeza entre los hombros, como si quisiera desaparecer. Pero haciendo un esfuerzo sobre sí mismo, se puso en pie y dijo:

—Se muere. Los médicos dicen que no hay esperanza. Estoy enteramente a su disposición, pero permítame estar aquí... Puede hacer conmigo lo que quiera; yo...

Al ver las lágrimas de Vronski, Karenin se sintió embargado por aquel desconcierto anímico que le producía siempre el sufrimiento de los demás. Volviendo la cara y sin terminar de escuchar sus palabras, se dirigió precipitadamente a la puerta. Desde el dormitorio llegaba la voz de Anna, que decía algo. Era alegre, animada, y con inflexiones muy definidas. Alexiéi Alexándrovich entró y se acercó al lecho. Anna yacía con el rostro vuelto hacia él; le ardían las mejillas, le brillaban los ojos y sus pequeñas manos blancas, que asomaban de los puñitos de la chambra, jugaban con un pico de la colcha, retorciéndolo. No solo parecía estar bien de salud y lozana, sino hallarse en inmejorable estado de ánimo. Hablaba deprisa, con voz sonora y con inflexiones muy precisas y llenas de sentimiento.

—Porque Alexiéi (me refiero a Alexiéi Alexándrovich, qué raro y terrible es el destino, ¿verdad?; ambos se llaman Alexiéi), Alexiéi no me lo negaría. Yo lo hubiera olvidado todo y él me perdonaría... Pero ¿por qué no viene? Es bueno, y ni siquiera sabe que es bueno. ¡Ay, Dios mío! ¡Qué pena! ¡Dadme agua! ¡Deprisa! ¡Oh! ¡Será malo para mi niña! Bueno, entonces llévensela a casa de una nodriza. Estoy conforme que es mejor. Cuando venga él le será doloroso verla. ¡Llévensela!

—Anna Arkádievna, ya ha llegado. Está aquí —dijo la comadrona, tratando de atraer la atención de Anna sobre su marido.

—¡Oh! ¡Qué absurdo! —prosiguió Anna, sin ver a Karenin—. Traedme a la niña. Sí, traédmela. Él no ha venido aún. Me dicen ustedes que no me perdonará porque no lo conocen. Nadie lo conocía. Solo yo, y me era penoso. Hay que conocer sus ojos. Seriozha también los tiene así, y por eso no puedo verlo. ¿Han dado de comer a Seriozha? Estoy segura de que todos olvidan atenderlo. Él no lo habría olvidado. Hay que trasladar a Seriozha a la otra alcoba. Y decir a Mariette que se acueste allí.

De pronto Anna se contrajo, calló y con una expresión de espanto, como si esperase un golpe y quisiera defenderse, se cubrió el rostro con las manos. Había visto a su marido.

—¡No, no! ¡No lo temo a él, temo a la muerte! Alexiéi, acércate. Me doy prisa, porque tengo poco tiempo, me queda poco de vida. Ahora me subirá la fiebre y no comprenderé nada. En este momento lo entiendo, lo entiendo todo y todo lo veo.

El rostro contraído de Alexiéi Alexándrovich adoptó una expresión de sufrimiento, quiso decir algo, pero fue incapaz de hacerlo. Le temblaba el labio inferior, pero aún seguía luchando con su emoción y solo de cuando en cuando miraba a su esposa. Cada vez que lo hacía veía los ojos de Anna mirándole con tanta dulzura y enternecimiento como nunca viera.

—Espera, no sabes... Espera, espera. —Y Anna se interrumpió como para concentrar sus ideas—. Sí, sí, sí —empezó diciendo—, eso es lo que quería decir. No te sorprenda verme. Soy la misma de antes... ¡pero en mí hay otra y la temo! Ella se ha enamorado de un hombre y yo quise aborrecerte, pero no he podido olvidar a la que era antes. Aquella no soy yo, ahora soy la verdadera, toda yo. Me muero, sé que me voy a morir, pregúntaselo a él. Siento un peso en los brazos, en las piernas y en los dedos. ¡Mira qué dedos tan enormes! Pero todo esto acabará pronto... Solo necesito una cosa: que me perdones, que me perdones del todo. Soy terrible, pero mi aya me decía que una santa mártir, ¿cómo se llamaba?, había sido peor. Me iré a Roma, allí hay un desierto y entonces no molestaré a nadie. Solo me llevaré a Seriozha y a la niña... No, no puedes perdonarme, sé que esto no se puede perdonar. No, no, vete, eres demasiado bueno. —Anna sujetaba con una de sus manos ardientes la mano de su marido, mientras lo rechazaba con la otra.

El desconcierto anímico de Alexiéi Alexándrovich aumentaba constantemente y llegó a un grado tal que dejó de luchar contra él. De pronto sintió que, por el contrario, aquella sensación era un estado de ánimo beatífico que le proporcionaba una nueva felicidad, que nunca había experimentado. No pensó en que la doctrina cristiana, que toda la vida había querido seguir, le ordenaba perdonar y amar a sus enemigos; sin embargo, ahora, un sentimiento de amor y un deseo de perdonar le colmaba el alma. De rodillas, con la cabeza apoyada sobre el brazo doblado de Anna, que le quemaba como fuego a través de la chambra, lloraba como un niño. Anna abrazó su cabeza de cabellos ralos, se acercó a él y levantó la mirada con una expresión de orgullo audaz.

—¡Así es él! ¡Lo sabía! Y ahora adiós a todos, adiós... Ahora vienen otra vez. ¿Por qué no se van? ¡Quitadme de encima esas pieles!

El médico separó las manos de Anna, la colocó cuidadosamente en la almohada y le cubrió los hombros. Anna, sumisa, se echó de espaldas, mirando ante sí con ojos resplandecientes.

—Recuerda una cosa: solo necesitaba tu perdón, no pido nada más... ¿Por qué no viene él? —continuó, dirigiéndose a la puerta donde estaba Vronski—. ¡Acércate! ¡Acércate! Dale la mano.

Vronski se acercó al borde del lecho y, al ver a Anna, volvió a taparse el rostro con las manos.

—Descúbrete la cara y míralo. Es un santo —dijo Anna—. Anda, descúbrete la cara, descúbrete la cara —repitió, enojada—. Alexiéi Alexándrovich, descúbrele la cara. Quiero verlo.

Karenin separó las manos de Vronski, quitándoselas del rostro, terrible por la expresión de dolor y vergüenza.

—Dale la mano. Perdónale.

Karenin tendió la mano a Vronski, sin contener las lágrimas que fluían de sus ojos.

—¡Gracias a Dios! ¡Gracias a Dios! —exclamó Anna—. Ahora todo está arreglado. Solo quiero estirar un poco las piernas. Así, así me encuentro muy bien. Con qué mal gusto están hechas estas flores. No se parecen en absoluto a las violetas —prosiguió, señalando los papeles que tapizaban las paredes de la habitación—. ¡Dios mío, Dios mío! ¿Cuándo acabará esto? Deme morfina, doctor, deme morfina. ¡Oh! ¡Dios mío, Dios mío!

Y Anna se agitó en el lecho.

El médico de cabecera y los demás doctores dijeron que se trataba de una fiebre puerperal, en la cual el noventa y nueve por ciento de los casos son mortales. Anna pasó todo el día con fiebre, delirando y en estado de inconsciencia. A medianoche perdió el conocimiento y casi no le latía el pulso.

A cada momento se esperaba que muriese.

Vronski se fue a su casa, pero por la mañana volvió para enterarse de cómo seguía Anna. Alexiéi Alexándrovich, que le salió al encuentro al vestíbulo, le dijo:

—¡Quédese! Quizá pregunte por usted.

Y él en persona lo acompañó a la habitación de su mujer.

Anna empezó a agitarse de nuevo, se mostró animada, habló deprisa y, finalmente, volvió a caer en la inconsciencia. Al tercer día ocurrió lo mismo, pero los médicos dijeron que había esperanzas. Aquel mismo día Alexiéi Alexándrovich entró en el gabinete donde estaba Vronski y, tras cerrar la puerta, se sentó frente a él.

—Alexiéi Alexándrovich —dijo Vronski, dándose cuenta de que se acercaba el momento de las explicaciones—, no puedo hablar.

No soy capaz de hacerme cargo de las cosas. ¡Apiádese de mí! Por terrible que sea esto para usted..., créame que lo es más para mí.

Hizo ademán de levantarse, pero Karenin, cogiéndole de la mano, le dijo:

—Le ruego que me escuche, es necesario. Tengo que exponerle los sentimientos que me han guiado y han de guiarme para que no se equivoque usted respecto a mí. Usted sabe que decidí pedir el divorcio y que incluso empecé a iniciar el asunto. Le confieso que al principio vacilé y sufrí mucho, que me perseguía el deseo de vengarme de usted y de ella. Al recibir el telegrama vine con los mismos sentimientos, y es más: he deseado la muerte de Anna, pero... —Karenin guardó silencio, meditando si revelar o no aquello—, pero la he visto y he perdonado. Y la felicidad que me produce el haberlo hecho me indica cuál es mi deber. La he perdonado sin reservas. Quiero ofrecer la otra mejilla, quiero dar la camisa a quien me quita el caftán. ¡Solo pido a Dios que Él no me quite la dicha de perdonar!

Las lágrimas llenaron los ojos de Karenin y su mirada clara y serena sorprendió a Vronski.

—Esta es mi posición. Puede usted pisotearme en el barro, hacerme objeto de irrisión ante el mundo, pero no abandonaré a Anna y nunca le dirigiré a usted una palabra de reproche —prosiguió Karenin—. Mi deber está claramente determinado para mí: debo permanecer al lado de ella, y así lo haré. Si ella desea verle le avisaré a usted, pero ahora me parece que es mejor que se vaya.

Karenin se levantó y los sollozos interrumpieron sus últimas palabras. Vronski se levantó también y, sin erguirse, miró a Karenin con la frente baja. No entendía los sentimientos de Alexiéi Alexándrovich, pero adivinaba que eran muy elevados e incluso inaccesibles para él.

XVIII

Después de su conversación con Karenin, Vronski salió a la escalinata y se detuvo, tratando de recordar con gran esfuerzo dónde se hallaba y adónde debía ir. Se sentía avergonzado, culpable, humillado y sin posibilidades de borrar aquella humillación. Le parecía estar fuera de la rodada que había seguido hasta entonces tan fácilmente y con tanto orgullo. Sus costumbres y reglas para la vida, que semejaban tan firmes, resultaron de repente falsas e inaplicables. El marido engañado, que hasta aquel momento le pareció un ser lastimoso y ridículo, un estorbo accidental para su dicha, se elevó de pronto por la propia Anna a una altura que inspiraba respeto. No era malo, falso ni ridículo, sino bueno, sencillo y magnánimo. Vronski no pudo dejar de comprender eso. Los papeles se habían cambiado. Vio la elevación del otro y su propia caída, comprendió que Karenin llevaba razón, y él, no. Reconoció que el marido de Anna era magnánimo incluso en su desdicha, y, en cambio, él era bajo y mezquino en su engaño. Pero esa conciencia de su inferioridad ante el hombre al que había despreciado injustamente constituía tan solo una pequeña parte de su dolor. Se sentía terriblemente desgraciado, porque la pasión que sintiera por Anna, que últimamente parecía enfriarse, ahora, al saber que la perdía para siempre, se volvió más fuerte que nunca. La vio durante toda su enfermedad tal como era, conoció su alma y creyó que nunca la había querido tanto. Y precisamente ahora, cuando la conocía bien y la amaba como se merecía, quedaba humillado ante ella y la perdía para siempre, quedándole tan solo un recuerdo espantoso. Lo más terrible fue su posición humillante y ridícula, cuando el marido de Anna le separó las manos de su rostro avergonzado. Permanecía en la escalinata de la casa de Karenin, como extraviado, sin saber qué hacer.

—¿Quiere usted un coche? —preguntó el portero.

—Sí, un coche.

Al regresar a su casa, después de tres noches sin dormir, Vronski, sin desnudarse, se echó boca abajo en el diván apoyando la cabeza sobre sus brazos cruzados. Tenía la cabeza pesada.

Los recuerdos, las imágenes y los pensamientos más extraños se sucedían con extraordinaria rapidez y claridad: tan pronto era la medicina que le daba a la enferma, llenando demasiado la cuchara, tan pronto las manos blancas de la comadrona como la singular actitud de Alexiéi Alexándrovich arrodillado junto al lecho. «¡Quisiera dormirme y olvidarlo todo!», se dijo, con la tranquila convicción de un hombre sano, seguro de que si está cansado y quiere dormir, lo conseguirá enseguida. Y, en efecto, en aquel mismo instante todo se confundió en su cabeza y empezó a hundirse en el precipicio de la inconsciencia. Las olas del mar de la vida inconsciente se cernían sobre su cabeza, cuando de pronto le pareció que una fuerte corriente eléctrica descargaba sobre su cuerpo. Se estremeció de tal modo que dio un salto sobre los muelles del diván, y, apoyándose sobre las manos, quedó de rodillas muy asustado. Tenía los ojos desmesuradamente abiertos, como si no hubiese dormido nunca. De pronto, desaparecieron la pesadez de cabeza y la flojera muscular que había experimentado un momento antes.

«Puede usted pisotearme en el barro», oyó las palabras de Alexiéi Alexándrovich y lo vio ante sí. Vio el rostro ardiente de Anna, con sus ojos brillantes, que no lo miraban a él con aquella expresión de dulzura y amor, sino a Alexiéi Alexándrovich; vio su propia figura, sin duda estúpida y ridícula, cuando Karenin le quitó las manos del rostro. Estiró de nuevo las piernas y se arrojó sobre el diván, en la misma postura de antes, y cerró los ojos.

«¡Quiero dormir, quiero dormir!», se repitió. Pero con los ojos cerrados se le representó más claramente el rostro de Anna, tal como era, en la memorable tarde de las carreras.

—Eso ya no existe ni existirá. Anna quiere borrarlo de su recuerdo. Y yo, en cambio, no puedo vivir sin ella. ¿Cómo reconciliarnos, cómo reconciliarnos? —dijo Vronski en voz alta, repitiendo inconscientemente varias veces estas palabras.

El hacerlo impedía que se presentasen de nuevo imágenes y recuerdos que se le agolpaban en la mente. Pero no fue por mucho rato. De nuevo aparecieron en su cerebro, con extraordinaria rapidez, uno tras otro, los momentos felices, y junto con ellos la reciente humillación. «Descúbrete el rostro», decía la voz de Anna. Al quedar con el rostro descubierto, se dio cuenta de que su aspecto era ridículo y humillante.

Seguía echado en el diván, tratando de dormir. Pero comprendía que no había ni la menor esperanza de conseguirlo, y sin cesar se repetía en un susurro palabras causales para evitar así que aparecieran nuevas imágenes. Prestó atención y oyó las palabras siguientes, pronunciadas en un murmullo extraño y enloquecedor: «No has sabido apreciarla ni disfrutar de ella. No has sabido apreciarla ni disfrutar de ella».

«¿Qué es esto? ¿Me estoy volviendo loco? —Se preguntó—. Tal vez. ¿Por qué enloquece la gente? ¿Por qué se suicida?», se decía, y, abriendo los ojos, vio con asombro junto a su cabeza el almohadón bordado por Varia, la mujer de su hermano. Palpó la borla del almohadón, esforzándose en recordar a Varia como era la última vez que la vio. Pero el pensar en algo ajeno a lo suyo le resultaba doloroso. «No, debo dormirme.» Acercó el almohadón y apoyó la cabeza en él, pero tuvo que hacer un esfuerzo para tener los ojos cerrados. Se levantó de un salto y se sentó. «Esto ha terminado para mí —se dijo—. Es preciso pensar lo que debo hacer. ¿Qué me queda?» Se representó rápidamente su vida sin Anna. «¿La ambición? ¿Serpujovskói? ¿La sociedad? ¿La corte?» No logró fijar el pensamiento en nada. Todas aquellas cosas habían tenido significado antes, pero ahora no. Se levantó, se quitó la levita y, tras aflojarse el cinturón y descubrirse el pecho velludo para poder respirar más libremente, paseó por la habitación. «Así enloquece la gente —repitió—. Y así se suicida... para no avergonzarse», añadió lentamente.

Se acercó a la puerta y la cerró. Después, con la mirada fija y los dientes muy apretados, se dirigió a la mesa y cogió el revólver. Tras examinarlo, quitó el seguro y se sumió en reflexiones. Por espacio de dos minutos permaneció inmóvil, con la cabeza baja, la expresión reconcentrada y el revólver en las manos. «Desde luego», se dijo, como si el curso de un pensamiento lógico y prolongado lo hubiese conducido a una conclusión indiscutible. En realidad, aquel convincente «desde luego» solo fue consecuencia de la repetición del mismo círculo de recuerdos e imágenes por el que había pasado varias decenas de veces en el transcurso de una hora. Eran los mismos recuerdos de su felicidad perdida para siempre, la misma idea de que todo carecería de objeto en su vida futura y la misma conciencia de su humillación. También era igual la sucesión de imágenes y sentimientos.

«Desde luego», repitió cuando acudió a su mente por tercera vez aquel círculo mágico de recuerdos y pensamientos. Apoyó el revólver en la parte izquierda de su pecho y, tirando fuertemente con la mano, como si apretara el puño, oprimió el gatillo. No oyó el disparo, pero un violento golpe en el pecho lo hizo vacilar. Trató de sujetarse en el borde de la mesa, soltó el revólver y, tambaleándose, se sentó en el suelo, mirando con sorpresa en torno suyo. No reconocía su propia habitación, viéndolo todo desde abajo, las patas curvadas de la mesa, el cesto de los papeles y la piel de tigre. Los pasos rápidos y crujientes del criado que atravesaba el salón lo obligaron a recobrarse. Hizo un esfuerzo mental y comprendió que se hallaba en el suelo, y al ver la sangre en la piel de tigre y en su mano, recordó que había disparado contra sí.

«¡Qué estupidez! He fallado el golpe», murmuró, buscando el revólver con la mano. El arma estaba junto a él, pero Vronski palpaba más lejos. Prosiguió la búsqueda, se estiró hacia el otro lado y, sin fuerzas para guardar el equilibrio, se desplomó, desangrándose.

El elegante criado, que llevaba patillas, se había quejado más de una vez a sus amigos de la debilidad de sus nervios. Y, en efecto, se asustó tanto al ver a su señor tendido en el suelo, que lo dejó desangrándose mientras iba corriendo a pedir socorro. Al cabo de una hora llegó Varia, la mujer del hermano de Vronski, y con ayuda de tres médicos que había enviado a buscar a distintos sitios, y que llegaron al mismo tiempo, instaló al herido en el lecho y se quedó en su casa para cuidarlo.

XIX

La equivocación cometida por Alexiéi Alexándrovich consistía en que, al disponerse a ver a su mujer, no pensó en la posibilidad de que su arrepentimiento fuese sincero, de que él la perdonara y ella no muriese. Dos meses después de su regreso a Moscú, aquel error se le presentó con toda su fuerza. Pero esa equivocación no se debía solo a no haber previsto tal posibilidad, sino también a no haber conocido su propio corazón antes de haber visto a su mujer moribunda. Por primera vez en la vida, junto al lecho de su mujer enferma, se entregó al sentimiento de tierna compasión que despertaban en él los sufrimientos ajenos, y del que se avergonzaba antes como de una debilidad perjudicial. La compasión por Anna, el arrepentimiento por haber deseado su muerte y, sobre todo, la alegría de perdonar, no solo calmaron su dolor, sino que invadió su alma una serenidad que nunca antes había experimentado. De pronto notó que lo que había sido fuente de sus dolores se convertía en la fuente de su alegría espiritual. Lo que le pareció insoluble cuando condenaba, reprochaba y odiaba, le resultó sencillo ahora que había perdonado y amaba. Había perdonado a su mujer y se apiadaba de ella tanto por sus sufrimientos como por su arrepentimiento. Había perdonado a Vronski y lo compadecía, sobre todo después de haberse enterado de su acto de desesperación. También se apiadaba más que antes de su hijo. Se reprochaba el haberse ocupado muy poco de él y experimentaba un sentimiento especial hacia la niña recién nacida, no solo de piedad, sino también de ternura. Al principio, atendió, movido por la compasión, a aquella niña recién nacida y débil, que no era hija suya, y a la que todos habían olvidado durante la enfermedad de su madre. Sin duda, habría muerto si él no se hubiese ocupado de ella. Y, sin darse cuenta, se encariñó con ella. Varias veces al día entraba en el cuarto de los niños y permanecía allí largo rato, de manera que la niñera y la nodriza, que antes se intimidaban en su presencia, se acostumbraron a él. A veces, se pasaba media hora mirando la carita, rojiza como el azafrán, gordezuela y arrugada de la criatura que dormía, y observaba los movimientos de la frente y las manitas rollizas con los dedos apretados que se frotaban los ojos y la nariz. En tales momentos, Alexiéi Alexándrovich se sentía más sereno que nunca y no veía nada extraordinario en su situación ni creía tener que cambiarla.

Pero a medida que pasaba el tiempo percibía con más claridad que, por muy natural que le pareciera aquel estado de cosas, no le permitiría seguir así. Se daba cuenta de que, además de la bondadosa fuerza moral que guiaba su alma, había otra, vulgar, tan fuerte o más, que guiaba su vida y no le consentiría disfrutar de aquella tranquilidad pacífica que deseaba. Notaba que todos lo miraban con sorpresa interrogante, que no lo comprendían y esperaban algo de él. Y, sobre todo, notaba la inconsistencia y la poca naturalidad de sus relaciones con su mujer.

Cuando se desvaneció aquel enternecimiento que produjo la proximidad de la muerte, Alexiéi Alexándrovich empezó a darse cuenta de que Anna lo temía, se sentía molesta en su presencia y no se atrevía a mirarle a los ojos. Era como si quisiera decirle algo, pero no osara hacerlo, y también como si presintiera que sus relaciones no podían continuar así y esperase algo de él.

A fines de febrero, la recién nacida, a la que también llamaron Anna, enfermó. Alexiéi Alexándrovich fue por la mañana al cuarto de los niños y, tras ordenar que enviaran a buscar al doctor, se marchó al ministerio. Terminados sus asuntos, volvió a casa después de las tres. Al entrar en el vestíbulo, vio a un criado apuesto, vestido de librea y con una esclavina de piel de oso, que sostenía una capa de piel blanca.

—¿Quién ha venido? —preguntó Karenin.

—La princesa Ielizavieta Fiódorovna Tverskaia —respondió el lacayo, con una sonrisa, según le pareció a Alexiéi Alexándrovich.

Durante toda aquella época dolorosa Alexiéi Alexándrovich observaba que sus amistades del gran mundo y, sobre todo, las mujeres, los trataban ahora, tanto a él como a su mujer, con un interés particular. Veía en todos los conocidos una alegría que difícilmente lograban ocultar, la misma que había visto en los ojos del abogado y ahora en los del lacayo. Todos parecían estar entusiasmados, como si se preparase una boda. Cuando se encontraban con Karenin, le preguntaban por la salud de Anna con un gozo difícilmente reprimido.

La presencia de la princesa Tverskaia, tanto por los recuerdos que estaban unidos a ella como porque Karenin no la estimaba, le resultó desagradable. Se dirigió directamente a las habitaciones de los niños. En la primera de estas, Seriozha, tendido sobre la mesa y con los pies en una silla, dibujaba, charlando alegremente. La inglesa, que sustituyó a la francesa durante la enfermedad de Anna, estaba sentada junto al niño haciendo una labor. Se levantó presurosa, hizo una reverencia y le dio un tirón a Seriozha.

Alexiéi Alexándrovich acarició los cabellos del niño, contestó a las preguntas de la institutriz acerca de la salud de su esposa y le preguntó lo que había dicho del *baby* el médico.

—El doctor ha dicho que no es nada de cuidado y le ha mandado unos baños, señor.

—Pero sigue molesta —dijo Alexiéi Alexándrovich, prestando atención a gritos de la niña, que se oían desde la habitación contigua.

—Me parece, señor, que esa nodriza no sirve —dijo resueltamente la inglesa.

—¿Por qué? —preguntó Karenin deteniéndose.

—Lo mismo pasó en casa de la condesa Paul. Se sometió a la criatura a un tratamiento, pero resultó que solo tenía hambre. La nodriza no tenía suficiente leche.

Alexiéi Alexándrovich se quedó pensativo y, tras permanecer en pie unos segundos, entró con resolución en la habitación contigua. La niña, en brazos de la nodriza, echaba la cabecita hacia atrás y se retorcía, negándose a tomar el pecho voluminoso, y no callaba, a pesar de que tanto esta como la niñera, inclinadas sobre ella, le chistaban.

—¿No se encuentra mejor? —preguntó Alexiéi Alexándrovich.

—Está muy inquieta —contestó la niñera en un susurro.

—Dice miss Edward que tal vez la nodriza tenga poca leche.

—También yo creo eso, Alexiéi Alexándrovich.

—¿Por qué no lo ha dicho usted antes?

—¿A quién iba a decírselo? Anna Arkádievna sigue aún enferma —replicó la niñera, descontenta.

Hacía años que la niñera servía en la casa. Karenin creyó ver una alusión al estado actual de cosas en aquellas sencillas palabras.

La niña gritaba cada vez más, se ahogaba y enronquecía. La niñera, haciendo un gesto con la mano, se acercó a ella, la tomó en brazos y comenzó a mecerla paseando.

—Hay que llamar al doctor para que reconozca a la nodriza —dijo Alexiéi Alexándrovich.

La nodriza, de saludable aspecto y bien vestida, temerosa de que la despidiesen, pronunció algo a media voz mientras ocultaba su pecho voluminoso, sonriendo desdeñosamente al ver que dudaban de que tuviese bastante leche. También en aquella sonrisa vio Alexiéi Alexándrovich una ironía hacia su situación.

—¡Pobre niña! —dijo la niñera, mientras paseaba chistando a la criatura.

Alexiéi Alexándrovich se sentó en una silla y contempló con expresión muy triste y apenada a la niñera, que paseaba de arriba abajo.

Cuando, por fin, la niñera acomodó a la niña en su camita honda y, tras arreglarle la almohada, se alejó, Alexiéi Alexándrovich se puso en pie y, andando con dificultad sobre las puntas de los pies, se acercó a ella. Durante un momento permaneció en silencio contemplándola tristemente, pero, de repente, una sonrisa, que movió sus cabellos y frunció la piel de su frente, apareció en su rostro. Después, Karenin abandonó la habitación con el mismo sigilo.

Una vez en el comedor, llamó y ordenó al lacayo que volviera a avisar al médico. Se sentía irritado contra su mujer porque no se preocupaba de esa criatura encantadora. No quería ver a Anna ni tampoco a la princesa Betsi en aquel estado de irritación. Pero como su esposa podía extrañarse de que no fuese a su cuarto como de costumbre, hizo un esfuerzo sobre sí mismo y se dirigió al dormitorio. Al acercarse a la puerta pisando la blanda alfombra oyó involuntariamente la conversación.

—Si él no se marchase, comprendería tu negativa y la suya. Pero tu marido debe estar por encima de esto —decía Betsi.

—No es por mi marido, sino por mí misma. ¡No digas eso! —contestaba la voz agitada de Anna.

—Sí, pero es imposible que no quieras despedirte del hombre que ha querido suicidarse por ti...

—Por eso mismo no quiero.

Alexiéi Alexándrovich se detuvo con una expresión de temor y de culpabilidad y quiso marcharse inadvertidamente. Pero, pensando que sería indigno, cambió de parecer y, volviendo sobre sus pasos, tosió. Las voces callaron y Karenin entró en la habitación.

Anna, vestida con una bata gris, con los espesos cabellos negros muy cortos que cubrían su cabeza redonda, se hallaba sentada en el diván. Como siempre que veía a su marido, la animación de su rostro desapareció de repente, bajó la cabeza y miró a Betsi con inquietud. Esta, vestida a la última moda, llevaba un sombrero, colocado sobre la cabeza como una pantalla sobre una lámpara, y un traje azul oscuro de rayas en diagonal, de un lado sobre el corpiño y del otro sobre la falda, estaba sentada junto a Anna, manteniendo erguido su busto liso. Inclinó la cabeza y, sonriendo irónicamente, saludó a Karenin.

—¡Oh! —exclamó como sorprendida—. ¡Cuánto me alegro de verle! No se le ve nunca en ninguna parte y no me he encontrado con usted desde la enfermedad de Anna. He oído hablar de sus preocupaciones. Es usted un marido extraordinario —añadió con tono significativo y afectuoso, como si le concediese una condecoración por la magnanimidad de su proceder con Anna.

Alexiéi Alexándrovich saludó fríamente y, después de besarle la mano a su mujer, le preguntó cómo se encontraba.

—Me parece que estoy mejor —contestó Anna, evitando su mirada.

—Pero por el color de la cara parece que tienes fiebre —dijo Karenin, recalcando la palabra «fiebre».

—Hemos hablado demasiado —dijo Betsi—. Comprendo que es un egoísmo por mi parte y me voy.

Se levantó, pero Anna, enrojeciendo de repente, la asió de la mano.

—No, quédate, por favor. Tengo que decirte... No, a ti —añadió, dirigiéndose a Alexiéi Alexándrovich, y el rubor le cubrió la frente y el cuello—. No quiero ni puedo ocultarte nada.

Alexiéi Alexándrovich hizo crujir los dedos y bajó la cabeza.

—Betsi me ha dicho que el conde Vronski quisiera venir a despedirse antes de marcharse a Tashkent. —Anna no miraba a su marido y, al parecer, se daba prisa en decírselo todo, por muy penoso que le resultara—. Le he dicho que no puedo recibirle.

—Querida, has dicho que eso dependía de Alexiéi Alexándrovich —la corrigió Betsi.

—Bueno, pero no puedo recibirle y, además, eso serviría de... —Anna se interrumpió repentinamente y miró a su marido con expresión interrogante (él no la miraba)—. En una palabra: no quiero...

Alexiéi Alexándrovich se levantó y trató de coger la mano de Anna.

Dejándose llevar por el primer impulso, Anna retiró su mano de la de su esposo, una mano húmeda y con grandes venas hinchadas. Pero, haciendo un evidente esfuerzo sobre sí misma, se la estrechó.

—Te agradezco mucho tu confianza, pero... —replicó Karenin, turbado, y comprendiendo con enojo que lo que podía decidir fácilmente a solas no le era posible hacerlo ante la princesa Tverskaia.

Esta se le presentaba como la personificación de aquella fuerza vulgar que había de guiar su vida ante los ojos del gran mundo e impedirle que se entregara al sentimiento de perdón y de amor. Se detuvo, mirando a la princesa Tverskaia.

—Entonces, adiós, querida mía —dijo Betsi, levantándose.

Besó a Anna y salió. Karenin fue a acompañarla.

—Alexiéi Alexándrovich, le tengo por un hombre generoso y veraz —dijo Betsi, parándose en el saloncito y estrechándole de nuevo la mano de un modo especial—. Soy una extraña, pero quiero tanto a Anna y le aprecio tanto a usted, que me permito darle un consejo. Alexiéi Vronski es la personificación del honor. Ahora se va a Tashkent, recíbalo.

—Le agradezco su interés y sus consejos, princesa. Pero la cuestión de si puede o no mi mujer recibir a alguien la ha de resolver ella misma.

Karenin dijo esto arqueando las cejas con expresión de dignidad, según acostumbraba. Pero inmediatamente pensó que, fueran cuales fuesen sus palabras, no era digna su situación. Y lo comprobó al observar la sonrisa contenida, burlona y malévola que le dirigió Betsi después de la frase que había dicho.

XX

Alexiéi Alexándrovich despidió a Betsi en la sala y volvió junto a su mujer. Anna estaba tendida, pero al oír los pasos de su marido se apresuró a recobrar su postura anterior y lo miró asustada. Alexiéi Alexándrovich notó que había llorado.

—Te agradezco mucho tu confianza en mí —repitió tímidamente en ruso lo que dijera ante Betsi en francés, y se sentó al lado de Anna. Cuando Karenin hablaba en ruso y la trataba de tú, ese tú irritaba terriblemente a Anna—. Te estoy muy agradecido por tu decisión. Creo también que, ya que se marcha el conde Vronski, no tiene necesidad de venir por aquí. De todos modos...

—Ya te lo he dicho. ¿Para qué repetir? —lo interrumpió de pronto Anna, con una irritación que no pudo contener.

«No hay ninguna necesidad de que un hombre venga a despedirse de la mujer a quien ama, por la que quiso morir, por la que ha destruido su vida y la cual no puede vivir sin él —pensó Anna—. ¡No hay ninguna necesidad!»

Anna apretó los labios y clavó sus ojos brillantes en las manos de venas hinchadas de Alexiéi Alexándrovich, que este se frotaba lentamente.

—No volvamos a hablar nunca de esto —añadió más tranquila.

—Te he dejado resolver este asunto por ti misma y me alegro mucho de que... —empezó diciendo Karenin.

—De que mi deseo coincida con el tuyo —concluyó Anna rápidamente, irritada porque su marido hablaba tan despacio cuando ella sabía de antemano lo que le iba a decir.

—Sí —afirmó Karenin—. Y la princesa Tverskaia es muy inoportuna interviniendo en asuntos familiares tan complicados. Sobre todo ella...

—No creo nada de lo que dicen de Betsi —dijo Anna precipitadamente—. Sé que me quiere de verdad.

Alexiéi Alexándrovich suspiró y guardó silencio. Anna jugueteaba intranquila con las borlas de su bata, mirando de cuando en cuando a su marido, con aquel doloroso sentimiento de repulsión física hacia él que tanto se reprochaba, pero que no podía vencer. Ahora solo deseaba una cosa: verse libre de su desagradable presencia.

—Acabo de enviar en busca del médico —dijo Karenin.

—Estoy bien. ¿Para qué necesito al médico?

—La pequeña sigue llorando y dicen que la nodriza tiene poca leche.

—¿Por qué no me permitiste criarla cuando te lo supliqué tanto? Pero es igual —Alexiéi Alexándrovich comprendió lo que significaba aquel «es igual»—, es una criatura y la matarán. —Anna llamó y mandó que le trajesen a la niña—. Pedí que me dejasen criarla, no me lo permitieron y ahora me lo reprochan.

—No te lo reprocho.

—¡Sí! ¡Ya lo creo que sí! ¡Dios mío! ¿Por qué no me habré muerto? —Anna se echó a llorar—. Perdóname, estoy excitada y me muestro injusta —añadió, recobrando la serenidad—. Pero vete...

«No, esto no puede continuar así», se dijo resueltamente Karenin al salir de la habitación de su mujer.

Nunca se le presentó con tanta claridad como en aquel momento lo insostenible de su situación ante la sociedad, la aversión de su esposa hacia él y el poder de aquella fuerza misteriosa que, en contrapeso con su estado de ánimo, guiaba su vida obligándole a cambiar sus relaciones con ella. Veía claramente que el mundo y su mujer exigían algo de él, aunque no era capaz de decir exactamente qué. Sentía que, debido a eso, en su alma se elevaba un sentimiento de ira que destruía su tranquilidad y anulaba todo el mérito de su proceder. Le parecía que era mejor para Anna romper sus relaciones con Vronski, pero, si todos se empeñaban en que aquello era imposible, estaba dispuesto a permitir que siguieran con tal de no deshonrar el nombre de los niños, no perderlos y no cambiar su situación. Por malo que fuese esto, sería mejor que la ruptura, con la cual Anna se encontraría en una humillante situación sin salida y él perdería cuanto amaba. Pero se sentía sin fuerzas, sabía de antemano que todos estaban contra él y que le impedirían hacer lo que ahora le parecía tan natural y tan bueno, obligándole a hacer lo que estaba mal, pero que ellos consideraban el deber.

XXI

Betsi no había salido aún de la sala cuando Stepán Arkádich, que acababa de llegar de la casa Ielisiév, donde habían recibido ostras frescas, se encontró con ella en la puerta.

—¡Oh, princesa! ¡Qué encuentro tan agradable! —dijo—. He estado en su casa.

—Un encuentro de un momento, porque me voy —replicó Betsi, sonriendo mientras se ponía los guantes.

—Espere, princesa; antes de ponerse el guante, permítame besarle la mano. Nada agradezco tanto de las antiguas costumbres como la de besar la mano a las damas. —Le besó la mano, añadiendo—: ¿Cuándo nos veremos?

—No se lo merece usted —contestó Betsi sonriendo.

—Sí, me lo merezco. Me he vuelto un hombre de lo más formal. No solo arreglo mis asuntos personales, sino también los ajenos —dijo Oblonski con expresión significativa.

—¡Ah! Me alegro mucho —replicó Betsi, comprendiendo que hablaba de Anna. Y, volviendo de nuevo a la sala, se pararon en un rincón.

—La va a matar —prosiguió Betsi en un susurro significativo—; esto es imposible, imposible...

—Me alegra mucho que opine usted así —dijo Stepán Arkádich, moviendo la cabeza, con una expresión grave y compasiva—. He venido a San Petersburgo precisamente para eso.

—Toda la ciudad habla de ello. Es una situación imposible. Anna se está consumiendo. Él no comprende que es una de esas mujeres que no pueden jugar con sus sentimientos. Una de dos: o se la lleva de aquí, procediendo enérgicamente, o pide el divorcio. En cambio, esta situación está acabando con ella.

—Sí, sí... precisamente... —asintió Oblonski suspirando—. He venido por eso. Es decir, no solo por eso... Me han nombrado chambelán y tengo que ir a dar las gracias, pero lo principal es arreglar este asunto.

—Bueno, que Dios le ayude —dijo Betsi.

Oblonski la acompañó hasta la puerta, volvió a besarle la mano más arriba del guante, donde late el pulso y, diciéndole una broma tan indecorosa que Betsi no supo si ofenderse o reír, se dirigió a ver a su hermana.

La encontró deshecha en llanto.

A pesar de su estado de ánimo jovial, que derramaba alegría por donde pasara, Stepán Arkádich adoptó con naturalidad el acento poéticamente exaltado que convenía a los sentimientos de Anna. Le preguntó por su salud y cómo había pasado la mañana.

—Muy mal, muy mal. He pasado mal la mañana, el día y todos los días pasados, y así serán también los futuros —contestó Anna.

—Me parece que te entregas a la melancolía. Es preciso sobreponerse. Hay que mirar la vida cara a cara. Sé que resulta penoso, pero...

—He oído decir que las mujeres aman a los hombres incluso por sus vicios —empezó diciendo Anna de repente—; en cambio, yo lo odio por su virtud. No puedo vivir con él. Compréndelo, es algo que actúa sobre mí físicamente y me hace perder el dominio de mí misma. Me es imposible, completamente imposible vivir con él. ¿Qué puedo hacer? Era desdichada y pensaba que era imposible serlo más. No podía ni imaginarme lo que experimento ahora. ¿Me creerás que, a pesar de saber que es un hombre tan excelente y bueno, lo odio? Lo odio por su magnanimidad. No me queda nada, sino...

Quiso decir la muerte, pero Stepán Arkádich no la dejó terminar.

—Estás enferma y excitada —le dijo—; exageras muchísimo. La situación no es tan terrible como dices.

Y Stepán Arkádich sonrió. Nadie en su lugar, al tratar de un asunto tan desesperado, se habría permitido sonreír (eso hubiera parecido extemporáneo), pero en su sonrisa había tanta bondad y una ternura casi femenina que no ofendía, sino que calmaba y dulcificaba. Sus palabras apaciguadoras y su sonrisa obraban tan suavemente como el aceite de almendras. Anna lo experimentó enseguida.

—No, Stiva —dijo—. Estoy perdida, estoy perdida, aún peor. Todavía no he perecido ni puedo decir que todo ha terminado. Al contrario, siento que aún no ha terminado. Soy como una cuerda tensa que ha de estallar. Aún no ha llegado el fin..., pero ha de ser terrible.

—No importa, se puede aflojar la cuerda poco a poco. No hay situación que no tenga salida.

—Lo he pensado mucho. Solo hay una...

Stepán Arkádich comprendió por la mirada de terror de Anna que aquella salida, según ella, era la muerte, y no le consintió acabar la frase.

—Nada de eso —replicó—. Permíteme. Tú no puedes considerar tu situación como yo. Permíteme que te diga sinceramente mi opinión. —Volvió a sonreír cuidadosamente con su sonrisa de aceite de almendras—. Empezaré desde el principio: te casaste con un hombre veinte años mayor que tú, sin amor o sin conocer el amor. Supongamos que haya sido esa tu equivocación.

—¡Una equivocación horrorosa! —exclamó Anna.

—Pero, repito, este es un hecho consumado. Después, has tenido la desgracia de enamorarte de otro. Es una desgracia, pero también un hecho consumado. Tu marido lo ha reconocido y te ha perdonado. —Stepán Arkádich se paraba a cada frase, esperando que Anna objetase, pero ella no lo hacía—. Las cosas están así. La cuestión estriba ahora en si puedes continuar viviendo con tu marido, si lo deseas y si lo desea él.

—No sé nada, no sé nada.

—Pero tú misma me has dicho que no puedes soportarlo.

—No, no lo he dicho. Retiro mis palabras. No sé ni entiendo nada.

—Sí, pero permíteme...

—Tú no puedes comprender eso. Siento que vuelo cabeza abajo hacia un precipicio y que no debo hacer nada por salvarme. Ni puedo.

—No importa. Pondremos algo debajo y te cogeremos al vuelo. Te comprendo, comprendo que no puedas decidirte a expresar tu deseo ni tus sentimientos.

—No deseo nada, no deseo nada... Solo que termine todo esto.

—Pero él lo ve y lo sabe, y ¿crees que sufre menos que tú? Te atormentas y a él también lo atormentas. ¿Qué puede resultar de todo eso? En cambio, el divorcio lo soluciona todo —concluyó, no sin esfuerzo, Stepán Arkádich.

Había expresado su idea fundamental, y ahora miraba a Anna con expresión significativa.

Anna, sin contestar, movió negativamente su cabeza de cabellos cortos. Pero por la expresión de su rostro, repentinamente iluminado por su belleza anterior, Oblonski comprendió que si no deseaba aquello era solo por considerarlo como una dicha inaccesible.

—Os compadezco con toda mi alma. ¡Qué feliz sería si pudiese arreglarlo! —exclamó Stepán Arkádich sonriendo con más resolución—. ¡No me digas nada, no me digas nada! Si Dios me permitiera expresar las cosas como las siento... Voy a ir a ver a tu marido.

Anna miró a su hermano con sus ojos brillantes y pensativos sin decirle nada.

XXII

Stepán Arkádich entró en el despacho de Karenin con aquella expresión un tanto solemne con que solía ocupar su butaca de presidente de la Audiencia. Alexiéi Alexándrovich, con las manos en la espalda, paseaba por la estancia pensando en lo mismo que Oblonski había hablado con Anna.

—¿Te molesto? —preguntó Stepán Arkádich al ver que su cuñado se turbaba, cosa insólita en él.

Para disimularlo, Karenin sacó una petaca de cierre especial que acababa de comprar y, tras oler la piel, extrajo un cigarrillo.

—No. ¿Puedo servirte en algo? —contestó con desgana.

—Sí. Quería..., necesitaba ha..., necesito hablarte —dijo Stepán Arkádich, asombrado, al sentir una timidez desusada en él.

Aquel sentimiento era tan inesperado y tan extraño, que Oblonski no pensó que fuera la voz de la conciencia indicándole que iba a cometer una mala acción. Haciendo un esfuerzo, venció la timidez que lo embargaba.

—Espero que creerás en el cariño que le tengo a mi hermana y en el respeto y el afecto sincero que te profeso —dijo enrojeciendo.

Alexiéi Alexándrovich se detuvo sin contestar, pero su rostro chocó a Oblonski por su expresión de víctima resignada.

—Me proponía, quería hablar contigo acerca de mi hermana y de vuestras relaciones —dijo Stepán Arkádich, que seguía combatiendo aquella timidez desacostumbrada en él.

Karenin sonrió melancólicamente, miró a su cuñado y, sin contestarle, se acercó a la mesa, cogió una carta empezada y se la tendió.

—Pienso sin cesar en lo mismo. Y he aquí lo que he empezado a escribir, suponiendo que lo diría mejor por escrito, puesto que mi presencia la irrita —le dijo a Oblonski mientras le tendía la carta.

Stepán Arkádich la tomó, miró con asombro aquellos ojos turbios que se fijaban inmóviles en él y se puso a leer.

Observo que mi presencia le es molesta. Me ha sido muy penoso convencerme de ello. Pero comprendo que es así y no puede ser de otro modo. No la culpo y Dios es testigo de que al verla enferma resolví con toda mi alma olvidar cuanto ha pasado entre nosotros y empezar una vida nueva. No me arrepiento ni me arrepentiré nunca de lo que he hecho. Solo deseaba una cosa: el bien de usted, el bien de su alma, pero ahora veo que no lo he conseguido. Dígame qué es lo que puede procurarle la dicha y la paz del alma. Me entrego a su voluntad y a su espíritu de justicia.

Stepán Arkádich devolvió la carta a Karenin, mientras lo miraba perplejo, sin saber qué decir. Aquel silencio resultaba tan penoso para los dos que los labios de Oblonski temblaron mientras callaba, con la vista fija en el rostro de Karenin.

—Esto es lo que quería decirle a Anna —dijo Alexiéi Alexándrovich, volviéndose.

—Sí, sí —replicó Oblonski, sin fuerza para contestar por las lágrimas que le apretaban la garganta—. Sí, sí, te comprendo —pronunció al fin.

—Quisiera saber lo que desea Anna —dijo Alexiéi Alexándrovich.

—Temo que ni ella comprenda su propia situación. Ahora es incapaz de juzgar —dijo Stepán Arkádich—. Está oprimida, sobre todo, por tu magnanimidad. Cuando lea esta carta no será capaz de decir nada, salvo inclinar la cabeza aún más.

—En este caso..., ¿cómo explicarnos?... ¿Cómo saber lo que desea?

—Si me permites exponerte mi opinión, creo que depende de ti indicar las medidas que creas necesarias para resolver esa situación.

—Entonces ¿opinas que se debe poner fin a este estado de cosas? —lo interrumpió Alexiéi Alexándrovich—. Pero ¿cómo? —añadió, haciendo ante sus ojos un gesto con las manos, insólito en él—. No veo ninguna salida posible.

—Todas las situaciones tienen salida —dijo Oblonski animándose, y se puso en pie—. Hubo un tiempo en que quisiste romper... Si te convences ahora de que no es posible que os hagáis mutuamente felices...

—La felicidad puede comprenderse de diferentes maneras. Supongamos que estoy conforme con todo y que no quiero nada. ¿Qué salida puede tener nuestra situación?

—Opino que Anna no lo dirá nunca —dijo Stepán Arkádich con aquella sonrisa dulce, de aceite de almendras, que había empleado al hablar con Anna. Aquella sonrisa era tan convincente que, sin querer, Alexiéi Alexándrovich se sintió dispuesto a creer todo lo que dijera su cuñado—. Pero hay un dato posible, ella puede desear una cosa: la ruptura de vuestras relaciones y de todos los recuerdos vinculados con ellas —continuó—. A mi juicio, en vuestra situación es necesario aclarar las ulteriores relaciones recíprocas. Y estas solo pueden establecerse a base de la libertad por ambas partes.

—Por medio del divorcio —interrumpió Alexiéi Alexándrovich con repugnancia.

—Sí, a mi juicio, por medio del divorcio. Sí, por medio del divorcio —repitió Stepán Arkádich enrojeciendo—. Es, en todos los sentidos, la mejor salida para un matrimonio que se halla en una situación como la vuestra. ¿Qué se puede hacer si los cónyuges ven que les es imposible vivir juntos? Eso puede ocurrir siempre.

Alexiéi Alexándrovich suspiró penosamente y cerró los ojos.

—Aquí solo puede haber una consideración: ¿desea o no uno de los cónyuges contraer nuevo matrimonio? Si es que no, la cosa es muy sencilla —prosiguió Stepán Arkádich, liberándose cada vez más del sentimiento de timidez que lo embargaba.

Alexiéi Alexándrovich, con la cara contraída por la agitación, murmuró algo para sus adentros, pero no contestó. Lo que a Stepán Arkádich le parecía tan sencillo él lo había pensado miles y miles de veces. Y no solo no lo consideraba sencillo, sino completamente imposible. El divorcio, cuyos detalles conocía ya, le parecía imposible ahora porque el sentimiento de su propia dignidad y el respeto por la religión no le permitían asumir la culpabilidad de un adulterio ficticio y aún menos tolerar que su mujer, a quien había perdonado y a la que amaba, fuese culpada y cubierta de oprobio. El divorcio le parecía imposible, además, por otras causas aún más importantes.

¿Qué sería de su hijo si se divorciaba? Era imposible dejarlo con la madre. La madre divorciada tendría una familia ilegítima, en la que la situación del hijastro sería probablemente mala. ¿Quedarse él con el niño? Sabía que sería una venganza por su parte y no lo deseaba. Y, sobre todo, le parecía imposible porque, al consentir el divorcio, sería el causante de la perdición de Anna. Habían llegado al fondo de su alma las palabras que le dijo Daria Alexándrovna en Moscú, afirmando que al pedir el divorcio no pensaba más que en sí mismo y causaba la ruina definitiva de su mujer. Relacionando esas palabras con su perdón, con su cariño a los pequeños, las entendía ahora a su manera. Si consentía en el divorcio, dejaba libre a Anna, es decir, arrebataba los últimos lazos que lo unían a la vida —a los niños, a los que tanto quería—, el último apoyo para el camino del bien, y empujaba a Anna al abismo. Si Anna se convertía en una mujer divorciada, Karenin sabía que se uniría a Vronski, siendo sus relaciones ilegítimas y culpables, porque para la mujer, según la ley de la Iglesia, no puede haber otro esposo mientras viva el primero. «Anna se unirá a él y al transcurrir uno o dos años, la abandonará o ella entablará relaciones con otro —pensaba Alexiéi Alexándrovich—. Y yo, dando mi consentimiento para este divorcio lícito seré el culpable de su perdición.» Karenin había pensado todo esto miles de veces y estaba convencido de que la cuestión del divorcio no solo no era sencilla, como decía su cuñado, sino completamente imposible. No creía en ninguna de las palabras de Oblonski. Tenía miles de objeciones que hacerle y, sin embargo, lo escuchaba, dándose cuenta de que en esas palabras se expresaba aquella fuerza poderosa y trivial que guiaba su vida, y a la que tendría que someterse.

—La única cuestión es saber en qué condiciones consientes el divorcio. Ella no quiere nada. No se atreve a pedirte nada y se somete a tu magnanimidad.

«Dios mío, Dios mío, ¿por qué me castigas así?», pensó Alexiéi Alexándrovich recordando los detalles de los trámites del divorcio en el que el marido asumía la culpa y, con el mismo gesto que lo hiciera Vronski, se cubrió el rostro con las manos, abrumado de vergüenza.

—Estás agitado, lo comprendo. Pero si lo piensas...

«Presenta la mejilla izquierda a quien te haya golpeado la derecha y entrega tu camisa a quien te haya quitado el caftán», pensó Alexiéi Alexándrovich.

—Sí, sí —exclamó con voz aguda—. Tomaré sobre mí la vergüenza, le cederé a mi hijo, pero... ¿no sería mejor que dejemos eso? Por otra parte, haz lo que quieras...

Y, volviéndose de espaldas a su cuñado, de manera que no lo pudiera ver, se sentó en una silla junto a la ventana. Sentía amargura y mucha vergüenza, pero junto con aquello, alegría y enternecimiento por su propia humildad.

Stepán Arkádich se emocionó. Guardó silencio.

—Alexiéi Alexándrovich, créeme que Anna apreciará tu magnanimidad —dijo al fin—. Sé que esta es la voluntad divina —añadió y, al pronunciar estas palabras, se dio cuenta de que había dicho una tontería y contuvo a duras penas una sonrisa.

Karenin quiso contestar algo, pero las lágrimas se lo impidieron.

—Es una desgracia fatal y hay que aceptarla. La acepto como un hecho consumado y trato de ayudaros a los dos —dijo Stepán Arkádich.

Cuando salió del despacho de su cuñado, estaba conmovido, pero eso no le impedía sentirse alegre por haber logrado resolver aquel asunto con éxito, ya que estaba convencido de que Alexiéi Alexándrovich no se volvería atrás. A aquella satisfacción se unía la idea de que una vez terminado el asunto podría decirles a su mujer y a sus amigos íntimos: «¿En qué nos diferenciamos un mariscal y yo? El mariscal dirige la parada sin beneficio para nadie, y yo he realizado un divorcio para beneficio de tres personas».* O bien, «¿En qué nos parecemos un mariscal y yo? Cuando... Bueno, ya se me ocurrirá algo mejor», se dijo con una sonrisa.

* En ruso, «divorcio» y «parada» son términos homógrafos. *(N. de las T.)*

XXIII

La herida de Vronski era peligrosa, aunque no había alcanzado al corazón.

Durante varios días estuvo entre la vida y la muerte. Cuando pudo hablar por primera vez, solo Varia, la esposa de su hermano, se hallaba en su habitación.

—Varia —dijo Vronski, mirándola con expresión grave—. El arma se me disparó por casualidad. Te ruego que se lo digas así a todo el mundo y que no hagas comentarios. De otro modo, sería demasiado estúpido.

Sin contestar, Varia se inclinó hacia él y lo miró a la cara con una sonrisa de contento. Los ojos de Vronski eran claros, no febriles, pero su expresión, grave.

—¡Gracias a Dios! —exclamó Varia—. ¿Te duele algo?

—Un poco aquí. —Y Vronski indicó el pecho.

—Entonces te voy a cambiar el vendaje.

Vronski, en silencio, apretando sus fuertes mandíbulas, miraba a Varia mientras esta le cambiaba el vendaje. Cuando hubo terminado, Vronski le dijo:

—No deliro. Te ruego que procures que no se diga que disparé deliberadamente.

—Nadie lo dice. Pero espero que no vuelvas a disparar sin querer —dijo Varia con una sonrisa interrogativa.

—Probablemente no lo haré, pero hubiera sido mejor...

Y Vronski sonrió tristemente.

A pesar de esas palabras y de esa sonrisa, que tanto asustaron a Varia, cuando bajó la inflamación y empezó a mejorar, Vronski sintió que se había liberado por completo de una parte de sus penas. Con esta acción le parecía haber borrado la vergüenza y la humillación que experimentara antes. Ahora podía pensar tranquilamente en Alexiéi Alexándrovich. Reconocía la grandeza de alma de aquel, y ya no se sentía humillado. Además, entró de nuevo en las rodadas de su vida anterior. Admitía la posibilidad de mirar a la gente a la cara sin avergonzarse y vivir con arreglo a sus costumbres. Lo único que no podía arrancar de su corazón, a pesar de que luchaba constantemente contra ese sentimiento que lo desesperaba, era el haber perdido a Anna para siempre. Había decidido firmemente que ahora que había expiado su falta ante Karenin debía renunciar a ella y no interponerse nunca entre la esposa arrepentida y el marido. Pero no lograba arrancar de su corazón el sentir la pérdida de su amor ni borrar los recuerdos de los momentos dichosos pasados con Anna, que tan poco apreciara entonces y que lo perseguían ahora con todo su encanto.

Serpujovskói había ideado destinarlo a Tashkent y Vronski lo aceptó sin la menor vacilación. Pero, a medida que se acercaba el momento de partir, más penoso le resultaba el sacrificio que hacía en aras a su deber.

La herida se curó y Vronski salía ya para hacer los preparativos de su viaje a Tashkent.

«Verla una vez y luego enterrarme, morir», pensaba. Al visitar a Betsi para despedirse de ella le expresó aquel pensamiento. Con esa embajada fue Betsi a casa de Anna y volvió con una respuesta negativa.

«Tanto mejor —se dijo Vronski al recibir esa noticia—. Era una debilidad que hubiera consumido mis últimas fuerzas.»

Al día siguiente por la mañana Betsi fue a casa de Vronski. Le comunicó que había recibido por medio de Stepán Arkádich la afirmación de que Karenin consentía en el divorcio y que, por tanto, Vronski podía ver a Anna.

Sin preocuparse siquiera de acompañar a Betsi hasta la puerta, olvidando todas sus decisiones y sin preguntar cuándo podía visitar a Anna ni dónde estaba su marido, Vronski fue inmediatamente a casa de los Karenin. Subió corriendo la escalera, sin ver nada ni a nadie, y, con paso rápido, sin poder apenas reprimirlo, entró en la habitación de Anna. No pensó ni miró si había o no alguien en la estancia, y abrazó a Anna, cubriéndole de besos el rostro, las manos y el cuello.

Anna se había preparado para ese encuentro, había pensado lo que le diría, pero no le dio tiempo a nada de eso. La pasión de Vronski se apoderó de ella. Hubiera querido calmarle y calmarse ella misma, pero ya era tarde. El sentimiento de Vronski se le había comunicado. Sus labios temblaban tanto que durante mucho rato no pudo decir nada.

—Sí, te has adueñado de mí y soy tuya —pronunció finalmente, oprimiendo contra su pecho las manos de Vronski.

—Tenía que ser así —replicó este—. Mientras vivamos tiene que ser así. Ahora lo sé.

—Es verdad —dijo Anna, palideciendo cada vez más y abrazando la cabeza de Vronski—. De todos modos, hay algo terrible en esto después de lo sucedido.

—Todo pasará, todo pasará y seremos felices. Nuestro amor, si pudiese aumentar, aumentaría porque tiene algo terrible —respondió él, levantando la cabeza y mostrando sus fuertes dientes al sonreír.

Y Anna no pudo dejar de contestar con una sonrisa, no a las palabras de Vronski, sino a sus ojos enamorados. Le tomó una mano y se acarició con ella sus mejillas frías y sus cortos cabellos.

—No te reconozco con esos cabellos tan cortos. Has mejorado mucho. Pareces un muchacho. Pero ¡qué pálida estás!

—Sí, estoy muy débil —respondió Anna, sonriendo.

Y le volvieron a temblar los labios.

—Iremos a Italia, te repondrás.

—¿Es posible que vivamos como marido y mujer, solos, formando una familia? —preguntó Anna, mirándole a los ojos desde muy cerca.

—Lo único que me extraña es que alguna vez haya podido ser de otra manera.

—Stiva dice que *él* consiente en todo, pero no puedo aceptar su magnanimidad —dijo Anna, mirando con expresión pensativa más allá de Vronski—. No quiero pedir el divorcio, ahora todo me da igual. Lo que ignoro es lo que va a decidir respecto de Seriozha.

Vronski no comprendía cómo le era posible a Anna pensar en su hijo y en el divorcio durante aquella entrevista. ¿Acaso importaba?

—No hables de eso, ni lo pienses —le dijo, cogiéndole la mano y tratando de atraer su atención.

Pero Anna seguía sin mirarle.

—¡Oh! ¿Por qué no me habré muerto? Hubiera sido mejor —dijo, y unas lágrimas silenciosas se deslizaron por sus mejillas. Sin embargo, trató de sonreír para no apenar a Vronski.

El renunciar al puesto de Tashkent, halagüeño y peligroso, hubiera sido imposible e indigno, según las antiguas ideas de Vronski, pero ahora, sin pensarlo un solo momento, renunció a él. Al observar en sus superiores la desaprobación de su proceder, pidió inmediatamente el retiro.

Al cabo de un mes, Alexiéi Alexándrovich quedó en su casa solo con su hijo. Anna y Vronski se fueron al extranjero, sin haber obtenido el divorcio, y renunciando a él para siempre.

Quinta parte

I

La princesa Scherbátskaia consideraba imposible celebrar la boda antes de Cuaresma, para la que solo faltaban cinco semanas, ya que la mitad del ajuar que necesitaba imprescindiblemente Kiti no podía estar dispuesto para entonces. Pero estaba de acuerdo con Lievin en que no debían aplazar la boda hasta después de Cuaresma, porque la anciana tía del príncipe Scherbatski estaba muy enferma y podía morir pronto, en cuyo caso, el luto la retrasaría aún más. Decidió preparar una pequeña parte del ajuar ahora y mandarle a Kiti el resto más adelante. Se molestaba mucho con Lievin, porque este no sabía contestar con seguridad si estaba conforme o no. Esta decisión era tanto más cómoda cuanto que los recién casados se irían inmediatamente después de la ceremonia a la aldea, donde no se necesitaría todo el ajuar.

Lievin seguía en tal estado de exaltación que le parecía que él y su felicidad constituían el único y principal fin de todo lo existente, y que no debía pensar ni preocuparse de nada, puesto que los demás lo harían todo. Ni siquiera había formado planes para su vida futura, dejando esta decisión a los demás, convencido de que todo saldría bien. Su hermano Serguiéi Ivánovich, Oblonski y la princesa lo guiaban en lo que tenía que hacer; él se limitaba a estar de acuerdo con todo. Su hermano pidió dinero prestado para él, la princesa le aconsejó que se fuesen de Moscú después de la boda y Stepán Arkádich, que fuesen al extranjero. Lievin convenía en todo. «Haced lo que queráis si os agrada. Soy feliz, y mi felicidad no puede ser mayor ni menor por lo que hagáis vosotros», pensaba. Cuando le comunicó a Kiti que Oblonski les aconsejaba ir al extranjero, Lievin se sorprendió mucho de que no accediese y que tuviese ya planes determinados para su vida futura. Kiti sabía que el trabajo de la aldea apasionaba a Lievin, aunque no comprendía aquellas actividades suyas, ni lo deseaba. Pero esto no impedía, sin embargo, que las considerase muy interesantes. Y como no ignoraba que fijarían su residencia en el campo, no quería ir al extranjero, sino a la aldea, a su futuro hogar. Esta decisión, expresada muy concretamente, sorprendió a Lievin. Pero como le era igual ir a un sitio que a otro, pidió inmediatamente a Oblonski, como si este tuviera obligación de hacerlo, que fuera a la aldea y preparase todo como mejor le pareciera y con su buen gusto.

—Escucha, ¿tienes el certificado de confesión y comunión? —le preguntó Stepán Arkádich a Lievin, al volver del pueblo donde lo había dispuesto todo para la llegada de los recién casados.

—No. ¿Por qué?

—No te puedes casar sin eso.

—¡Ay, ay, ay! —exclamó Lievin—. Me parece que hace nueve años que no comulgo. No había pensado en eso.

—¡Estás bueno! —exclamó riendo Stepán Arkádich—. Y me llamas nihilista a mí. Pero eso no puede ser. Debes confesarte y comulgar.

—Pero ¿cuándo? Solo quedan cuatro días.

Stepán Arkádich le arregló eso también. Lievin comenzó a asistir a los oficios. Para Lievin, que no era creyente, aunque respetaba las creencias de los demás, era muy penosa la asistencia a los diversos actos religiosos. Pero ahora, con su estado de ánimo sensibilizado y condescendiente, la necesidad de fingir no solo le era difícil, sino completamente imposible. En aquel estado de gloria y de esplendor, tendría que mentir o cometer un sacrilegio. Se sentía incapaz de hacer ninguna de estas dos cosas, pero por más que rogara a Stepán Arkádich que le procurase un certificado sin haber cumplido esos actos, este le aseguraba que era imposible.

—¿Qué te cuesta? Si no son más que dos días y el sacerdote es un viejecito muy simpático y muy inteligente. Te extraerá esa muela sin que te des cuenta.

En la primera misa, Lievin trató de refrescar los recuerdos de su adolescencia, del período de un fuerte sentimiento religioso que lo embargara desde los dieciséis hasta los diecisiete años. Pero no tardó en convencerse de que era completamente imposible. Intentó considerar aquello como una tradición superficial, sin importancia alguna, análoga a la de hacer visitas, pero se dio cuenta de que tampoco podía hacerlo. Respecto a la religión, Lievin, como la mayoría de sus contemporáneos, se hallaba en una situación indefinida. No podía creer, mas al mismo tiempo no estaba convencido de que la religión no fuese justa. Por consiguiente, incapaz de creer en la trascendencia de lo que hacía ni tampoco de considerarlo con indiferencia, experimentó durante aquella ceremonia un sentimiento de malestar y vergüenza por hacer algo que no comprendía, algo falso y malo, según le decía una voz interior.

Durante los oficios, tan pronto escuchaba las oraciones, tratando de darles un significado que no discrepase de sus propias ideas, tan pronto, dándose cuenta de que no era capaz de comprenderlas y que debía censurarlas, procuraba no escuchar, abstrayéndose en sus pensamientos, observaciones y recuerdos que con extraordinaria viveza acudían a su cerebro durante aquella odiosa permanencia en la iglesia.

Al día siguiente de haber asistido a misa y a las vísperas, se levantó más temprano que de costumbre y, sin tomar el té, fue a la iglesia a las ocho, a fin de confesarse después de las oraciones matinales.

No había nadie en la iglesia, salvo un mendigo, un soldado, dos viejecitas y los clérigos.

Un joven diácono, cuya espalda se señalaba bajo la fina sotanilla, le salió al encuentro, y después, acercándose a una mesita junto a la pared, comenzó a leerle las reglas. A medida que iba leyendo y, sobre todo, en la petición de las mismas palabras: «¡Señor, ten misericordia!», que se confundían en un murmullo: «misericordia, misericordia», Lievin se daba cuenta de que su mente estaba cerrada y sellada y que no debía esforzarse ahora, pues sentiría aún mayor confusión. Así pues, permanecía en pie detrás del diácono sin escuchar y sin penetrar en aquello, pensando en sus cosas. «Son extraordinariamente expresivas sus manos», pensó, recordando cómo había estado sentado la víspera con Kiti junto a la mesa del rincón. Como casi siempre en aquellos días, no tenían nada que decirse. Kiti, poniendo la mano en la mesa, la cerraba y la abría y al observar ese movimiento, ella misma se había echado a reír. Lievin recordó que había besado la mano de Kiti, examinando después las líneas que se unían en la palma de color rosa. «Otra vez misericordia», se dijo, persignándose, y agachó la cabeza, mirando el movimiento ágil de la espalda del diácono, que se inclinaba. «Después, Kiti me cogió la mano y examinó las líneas, diciendo: "Tienes una mano bonita".» Y Lievin contempló su mano y la corta mano del diácono. «Sí, ahora no tardará en terminar», pensó. «¡Ah, no! Parece que empieza otra vez», se dijo, prestando atención a las oraciones. «Sí, está terminando, ya se inclina hasta tocar el suelo. Esto se hace siempre al final.»

Con su mano, que asomaba del puño plisado, el diácono cogió con disimulo un billete de tres rublos y dijo que escribiría a Lievin. Se dirigió al altar haciendo un gran ruido con sus zapatos nuevos sobre las losas del suelo, y al cabo de un momento volvió la cabeza y llamó a Lievin con un gesto de la mano. Los pensamientos de Lievin, encerrados en su cerebro, se agitaron, pero se apresuró a alejarlos. «Se arreglará de alguna manera», pensó, dirigiéndose allí. Al subir las gradas, se volvió hacia la derecha y vio al sacerdote, un anciano de barba rala y entrecana, de bondadosos ojos fatigados, que, en pie ante el facistol, hojeaba el misal. Después de saludar a Lievin con una ligera inclinación de cabeza, el sacerdote empezó a leer las oraciones con voz monótona. Una vez terminadas, se inclinó hasta el suelo y luego se volvió hacia Lievin.

—Aquí está Cristo en presencia invisible para oír su confesión —dijo, mostrando el crucifijo—. ¿Cree usted en todo lo que nos enseña nuestra Santa Iglesia Apostólica? —prosiguió, quitando los ojos del rostro de Lievin y cruzando las manos bajo la casulla.

—Dudaba y dudo de todo —contestó Lievin con una voz que le resultó desagradable.

El sacerdote esperó unos segundos para ver si iba a decir algo más. Después cerró los ojos y, pronunciando las *oes* como en la provincia de Vladimir, dijo:

—La duda es propia de las flaquezas humanas, pero debemos orar para que Dios misericordioso nos dé fuerzas. ¿Cuáles son sus pecados principales? —añadió, sin hacer una sola pausa, como tratando de no perder tiempo.

—Mi pecado principal es la duda. Dudo de todo, y la mayor parte del tiempo la duda me persigue.

—La duda es propia de las flaquezas humanas —repitió el sacerdote—. ¿De qué duda usted principalmente?

—De todo. A veces, incluso, de la existencia de Dios —dijo Lievin sin darse cuenta y se horrorizó de la inconveniencia de sus palabras.

Pero estas no parecieron causar impresión al sacerdote.

—¿Qué duda puede caber acerca de la existencia de Dios? —preguntó apresuradamente con una sonrisa imperceptible.

Lievin callaba.

—¿Qué duda puede usted tener acerca del Creador cuando contempla sus obras? —continuó el sacerdote con su habla monótona y rápida—. ¿Quién adornó con astros la bóveda celeste? ¿Quién cubrió la tierra de sus bellezas? ¿Cómo podría existir todo esto sin el Creador? —concluyó, mirando con expresión interrogativa a Lievin.

Este se dio cuenta de que sería una inconveniencia entrar en discusiones filosóficas con el sacerdote; por tanto, se limitó a contestar directamente a la cuestión.

—No lo sé.

—¿No lo sabe? Entonces ¿cómo puede dudar de que ha sido Dios quien lo ha creado todo? —preguntó el sacerdote con alegre expresión de sorpresa.

—No entiendo nada —dijo Lievin, enrojeciendo y dándose cuenta de la estupidez de sus palabras.

—Rece y pida a Dios. Hasta los santos padres han tenido dudas, pero pedían a Dios que fortaleciese su fe. El diablo tiene una fuerza enorme y no debemos someternos a él. Rece y pida a Dios —repitió con precipitación.

Guardó silencio durante un momento como si pensara en algo.

—He oído decir que se propone usted casarse con la hija del príncipe Scherbatski, feligrés e hijo espiritual mío —añadió sonriendo—. Es una excelente muchacha.

—Sí —contestó Lievin, sonrojándose por el sacerdote. «¿Por qué me preguntará esto durante la confesión?»

Y, como si contestase a su pensamiento, el sacerdote dijo:

—Piensa usted casarse y tal vez Dios le conceda descendencia, ¿verdad? ¿Qué educación puede dar usted a sus hijos si no vence la tentación del diablo que le arrastra a la incredulidad? —inquirió en tono de suave reproche—. Si quiere usted a sus hijos, como buen padre, no solo les deseará riqueza, lujo y honores, sino también la salvación, la iluminación espiritual por la luz de la verdad. ¿No es eso? Así pues, ¿qué contestará a sus inocentes hijos cuando le pregunten: «Papaíto, ¿quién ha creado todo lo que contemplo en este mundo: la tierra, el agua, el sol, las flores, las plantas?». ¿Acaso podrá usted contestar: «No lo sé»? No puede usted ignorar en absoluto que el Señor con su gran bondad le ha revelado esto. Y qué les dirá cuando le pregunten: «¿Qué me espera en la otra vida?». ¿Qué les contestará si lo ignora todo? ¿Qué les contestará? ¿Los entregará usted a la seducción del mundo y del diablo? ¡Eso no está bien! —concluyó, inclinando la cabeza hacia un lado, y miró a Lievin con sus ojos dulces y bondadosos.

Lievin no contestó nada, no ya por no entrar en discusiones con el sacerdote, sino porque nadie le hacía tales preguntas y, además, aún le quedaba tiempo para reflexionar antes de que se las hicieran sus hijos.

—Entra usted en un momento de la vida en que se debe elegir un camino y seguirlo —prosiguió el sacerdote—. Rece a Dios para que Él, con su misericordia, le ayude y le perdone. Nuestro Señor Jesucristo le perdone, hijo, con su misericordia y su inmenso amor a los hombres... —Y terminando las palabras de la absolución, el sacerdote bendijo a Lievin y lo despidió.

Al regresar a casa, Lievin experimentaba un sentimiento alegre por haber salido de aquella situación molesta sin necesidad de mentir. Además, le quedó la vaga impresión de que las palabras de aquel sacerdote anciano y bondadoso no eran tan necias como le habían parecido al principio; había en ellas algo que reclamaba una aclaración.

«Desde luego, ahora no, sino después, algún día», pensó Lievin. Sentía más que antes que en su alma había algo turbio, algo impuro, y que respecto a la religión se hallaba en el mismo estado que tan a menudo solía ver en las almas de los demás. Eso no le gustaba y hasta se lo reprochaba a su amigo Sviyazhski.

Pasó aquella velada con su novia en casa de Dolli. Lievin estaba particularmente alegre y le explicó a Oblonski el estado de excitación en que se hallaba. Le dijo que estaba alborozado como un perro al que le enseñan a saltar por el aro y el cual, al comprender lo que se le exige, ladra, mueve el rabo y salta entusiasmado sobre las mesas y los alféizares de las ventanas.

II

El día de la boda, Lievin, según costumbre (la princesa y Daria Alexándrovna insistían en que todo se hiciera de acuerdo con las costumbres), no vio a su novia. Comió en el hotel con tres hombres solteros, con quienes se reunió casualmente: Serguiéi Ivánovich, Katavásov, compañero suyo de la universidad y ahora profesor de ciencias naturales —a quien invitó Lievin al encontrárselo en la calle—, y Chírikov, juez de paz de Moscú y compañero de Lievin en las cacerías de osos, que iba a ser testigo suyo de boda. La comida fue muy alegre. Serguiéi Ivánovich se encontraba en una inmejorable disposición de ánimo y se divertía con las originalidades de Katavásov. Este, dándose cuenta de que las apreciaban y comprendían, hacía mayor alarde de ellas. Chírikov compartía, benévolo y jovial, todas las conversaciones.

—Hay que ver —decía Katavásov, arrastrando las palabras, según costumbre contraída en la cátedra— lo capacitado que era nuestro compañero Konstantín Dmítrich. Hablo de ausentes porque él no está aquí ya. Entonces, al salir de la universidad, amaba la ciencia y se interesaba por los problemas humanos; en cambio, ahora dedica la mitad de sus facultades a engañarse a sí mismo y la otra a justificar ese engaño.

—No conozco enemigo más acérrimo del matrimonio que usted —replicó Serguiéi Ivánovich.

—No soy enemigo del matrimonio. Soy amigo del reparto del trabajo. La gente que no puede hacer otra cosa debe hacer hombres y los demás contribuir a su instrucción y felicidad. Esa es mi opinión. El mezclar esas dos actividades es embrollar las cosas. Yo no lo hago.

—Cómo me alegraré cuando me entere de que se ha enamorado usted —dijo Lievin—. Le ruego que me invite a la boda.

—Ya estoy enamorado.

—Sí, de la jibia. Ya lo sabes —observó Lievin, dirigiéndose a su hermano—. Mijaíl Semiónich está escribiendo ahora una obra sobre nutrición y...

—Por favor, no confundamos las cosas; no interesa sobre qué tema escribo. La cuestión es que me gusta la jibia.

—Esta no le impedirá amar a su mujer.

—La jibia no me impedirá amar a mi mujer, pero mi mujer sí a la jibia.

—¿Por qué?

—Ya lo verá. Por ejemplo, a usted le gusta la caza, la economía agrícola, pues verá lo que le va a pasar cuando se case.

—Hoy ha llegado Arjip; dice que en Prúdnoie hay una barbaridad de alces y dos osos —intervino Chírikov.

—Bueno, ya los cazarán ustedes sin mí.

—Es verdad. Desde ahora en adelante despídete de la caza del oso. ¡No te dejará tu mujer! —dijo Serguiéi Ivánovich.

Lievin sonrió. La idea de que su mujer no le dejaría cazar le era tan agradable que estaba dispuesto a renunciar para siempre al placer de ver osos.

—De todas formas será una lástima cazarlos sin usted. ¿Recuerda la última cacería en Japílovo? Fue espléndida —dijo Chírikov.

Lievin no quería defraudarles diciendo que no podía haber nada bueno sin Kiti y se limitó a callar.

—No en balde existe la costumbre de despedirse de la vida de soltero —dijo Serguiéi Ivánovich—. Por más feliz que haya de ser uno, lamenta perder la libertad.

—Confiese que se sienten deseos, como el novio de la obra de Gógol, de saltar por la ventana.

—Seguro que sí, pero no lo reconocen —afirmó Katavásov, echándose a reír a carcajadas.

—Pues la ventana está abierta... Vámonos ahora mismo a Tver. La osa está sola, podemos ir a buscarla a su madriguera. De verdad, vamos al tren de las cinco y aquí que se arreglen como quieran —dijo Chírikov, riendo.

—Les juro que no encuentro en mi alma ese sentimiento de lástima por perder la libertad —aseguró Lievin, sonriendo.

—En su alma reina ahora tal caos que no es posible encontrar nada en ella —objetó Katavásov—. Espere un poco y cuando la tenga más ordenada lo encontrará.

—No, si fuera así, además de mi sentimiento... —no quiso decir «amor»— y de mi dicha, lamentaría al menos un poco perder la libertad, pero, al contrario, me alegra perderla.

—¡Malo! Es un caso desesperado —dijo Katavásov—. Bebamos por su curación o deseémosle que se realice al menos la centésima parte de sus ilusiones. Con eso ya tendría más dicha de la que ha habido jamás en la tierra.

Enseguida, después de comer, los invitados se fueron para que les diera tiempo de cambiarse de ropa para la boda. Al quedar solo y recordar la conversación de aquellos solterones, Lievin se volvió a preguntar si había en su alma pena por perder la libertad.

Sonrió al pensar en ese problema. «¿Libertad? ¿Para qué necesito libertad? La dicha consiste en amar y desear; en pensar con los pensamientos y los deseos de ella, es decir, no tener libertad alguna. ¡Esa es la felicidad!»

«Pero ¿acaso conoces sus pensamientos, sus deseos y su sentir?», le murmuró una voz. La sonrisa desapareció de su rostro y Lievin se sumió en reflexiones. De repente, lo invadió una sensación extraña de temor y de duda. Dudaba de todo.

«¿Y si no me quiere? ¿Y si se casa conmigo solo por casarse? ¿Y si ella misma no sabe lo que hace? —se preguntaba—. Puede ser que se recobre y una vez casada comprenda que no me quiere ni puede quererme.» Y los peores y más extraños pensamientos respecto de Kiti le acudieron a la mente. Sentía celos de Vronski, lo mismo que hacía un año, como si la velada en que la vio con él hubiese sido ayer. Sospechaba que ella no se lo había dicho todo.

Se levantó precipitadamente. «No, eso no puede quedar así. Voy a ir a verla, la interrogaré por última vez y le diré: "Somos libres, ¿no será mejor romper? ¡Todo será mejor que la desdicha eterna, la deshonra y la infidelidad!"» Con gran amargura e irritación contra todos, contra sí mismo y contra ella, Lievin salió del hotel y se dirigió a casa de Kiti.

La encontró en las habitaciones interiores. Se hallaba sentada en un baúl, dando órdenes a una muchacha y poniendo orden en un montón de vestidos multicolores, colocados en los respaldos de las sillas y tirados por el suelo.

—¡Oh! —exclamó Kiti al verlo, radiante de alegría—. ¿Cómo has venido? ¿Cómo ha venido usted? —Hasta aquel día le había hablado tan pronto de tú como de usted—. ¡No te esperaba! Estoy seleccionando mis vestidos de soltera para regalarlos...

—¡Ah! Muy bien —replicó Lievin, mirando con expresión sombría a la muchacha.

—Vete, Duniasha, ya te llamaré después —dijo Kiti—. ¿Qué te pasa? —preguntó a Lievin, hablándole resueltamente de tú en cuanto hubo salido la muchacha.

Se había dado cuenta de que su rostro estaba alterado y sombrío, y sintió miedo.

—Kiti, estoy sufriendo. No puedo sufrir solo —dijo con desesperación, deteniéndose ante ella y mirándola a los ojos con expresión suplicante. Vio por el rostro franco y lleno de amor de Kiti que no serviría de nada lo que se disponía a decirle. Pero necesitaba, sin embargo, que fuese ella quien lo sacase de dudas—. He venido a decirte que aún no es tarde. Podemos deshacer todo eso y remediarlo.

—¿Qué? No comprendo nada. ¿Qué te pasa?

—Lo que te he dicho mil veces, y no puedo dejar de pensar..., que no te merezco. No es posible que consientas en casarte conmigo. Piénsalo. Te has equivocado. Piénsalo bien. No puedes quererme... Sí..., es mejor que lo digas —decía Lievin sin mirar a Kiti—. Seré desgraciado. Que diga la gente lo que quiera, pero todo es mejor que no ser felices... Más vale ahora, mientras estamos a tiempo...

—No te comprendo —replicó Kiti, asustada—. ¿Acaso quieres renunciar... y no es preciso...?

—Sí, si es que no me amas.

—¡Te has vuelto loco! —exclamó Kiti, enrojeciendo de indignación. Pero el rostro de Lievin era tan lastimoso que Kiti, conteniendo su ira, quitó los vestidos de la butaca y se sentó más cerca de él—. ¿Qué piensas? Dímelo todo.

—Pienso que no puedes quererme. ¿Por qué habías de quererme?

—¡Dios mío! ¿Qué puedo...? —exclamó Kiti, y se echó a llorar.

—¡Oh! ¿Qué he hecho? —gritó Lievin, arrodillándose ante ella y comenzó a besarle las manos.

Cinco minutos después, al entrar la princesa en la habitación, los halló completamente reconciliados. Kiti le aseguró a Lievin que lo quería y hasta le explicó por qué, contestando a su pregunta. Le dijo que era porque lo comprendía plenamente, porque sabía lo que le gustaba y porque todas sus aficiones eran buenas. Eso convenció a Lievin. Al entrar la princesa se hallaban sentados en el baúl examinando los trajes y discutiendo acerca de si debía Kiti regalar a Duniasha el vestido oscuro que llevaba cuando Lievin pidió su mano. Lievin insistía en que aquel vestido no se debía dar a nadie y que se podría regalar a Duniasha uno azul.

—Pero ¿cómo no comprendes que Duniasha es morena y ese vestido no le irá bien? Ya he pensado en todo.

Al enterarse del motivo de la visita de Lievin, la princesa se enfadó medio en serio medio en broma. Le dijo que fuera a vestirse y no estorbara a Kiti, que esperaba al peluquero monsieur Charles para que la peinara.

—Aun sin eso, lleva sin comer todos estos días y se ha desmejorado mucho. Y encima vienes a causarle pena con tus estupideces —dijo la princesa—. Vete, vete, querido.

Lievin, avergonzado y culpable, pero ya tranquilo, volvió al hotel. Su hermano, Daria Alexándrovna y Stepán Arkádich, todos vestidos de etiqueta, lo esperaban para bendecirle con el icono. No había tiempo que perder. Daria Alexándrovna debía aún pasarse por su casa para recoger al niño, de cabecita rizada, peinado con brillantina, el cual iba a llevar el icono acompañando a la novia. Después, había que mandar un coche a buscar al testigo y ordenar que volviese el coche, en el que iría Serguiéi Ivánovich... En general, había muchas cosas complicadas que organizar. Desde luego, no había tiempo que perder, porque eran ya las seis y media.

La bendición con el icono no se tomó muy en serio. Stepán Arkádich se puso al lado de su mujer con una actitud solemne y cómica a la vez. Cogiendo el icono, mandó a Lievin que se inclinase, lo bendijo con bondadosa e irónica sonrisa y lo besó tres veces. Dolli hizo lo mismo y enseguida se dispuso a partir precipitadamente, confundiendo de nuevo el orden que habían de seguir los coches.

—Bueno, he aquí lo que vamos a hacer. Tú irás con nuestro coche a buscar al testigo y Serguiéi Ivánovich será tan amable como para venir a casa un momento y después seguiremos juntos.

—Con mucho gusto.

—No tardaremos en llegar. ¿Se han enviado las cosas? —preguntó Stepán Arkádich.

—Sí —contestó Lievin. Y ordenó a Kuzmá que le diese la ropa para vestirse.

III

Una muchedumbre, compuesta principalmente de mujeres, rodeaba la iglesia, iluminada para la boda. Los que no habían podido entrar se apiñaban junto a las ventanas empujándose, discutiendo y mirando a través de las rejas.

Más de veinte carruajes se habían alineado ya a lo largo de la calle bajo la vigilancia de los guardias. Un oficial de policía, desafiando la helada, permanecía a la puerta de la iglesia resplandeciente con su uniforme. Incesantemente llegaban más carruajes y ora entraban señoras, que llevaban flores de adorno, recogiéndose las colas de los vestidos, ora caballeros que se quitaban las gorras o los sombreros negros al entrar en el templo. En el interior se habían encendido ya las dos arañas y todos los cirios ante los iconos. Todo estaba iluminado, resplandecían el fondo rojo del iconostasio, los tallados marcos de los iconos, los incensarios y los candelabros de plata, las losas del suelo, las alfombrillas, los estandartes colocados en el coro, las gradas del ambón, los antiguos libros ennegrecidos, las albas y las dalmáticas. A la derecha de la iglesia, bien caldeada, entre los numerosos fracs, corbatas blancas, uniformes, sedas, terciopelos, raso, peinados, flores, hombros y brazos descubiertos y largos guantes se elevaba un murmullo contenido y animado, que resonaba bajo la alta cúpula. Cada vez que se oía el chirrido de la puerta al abrirse, cesaba el murmullo y todos se volvían, esperando ver entrar a los novios. Pero la puerta se había abierto más de diez veces y siempre era un invitado o una invitada retrasados, que se unían al círculo de la derecha, o bien alguna espectadora que había engañado o conseguido permiso del oficial de policía y se mezclaba con la muchedumbre de la izquierda.

Tanto los allegados como el público habían pasado ya por todas las fases de la espera.

Al principio, pensaban que los novios llegarían de un momento a otro, sin darle ninguna importancia al retraso. Después comenzaron a mirar cada vez con más frecuencia a la puerta, preguntándose si habría pasado algo. Finalmente, el retraso resultó inconveniente y parientes e invitados procuraron disimular su preocupación fingiendo hablar de sus asuntos.

El archidiácono, como para recordar lo preciado que era su tiempo, tosía con impaciencia, haciendo vibrar los cristales de las ventanas. Desde el coro se oía a los cantores que, aburridos, se probaban la voz o se sonaban. El sacerdote mandaba constantemente al diácono o al sacristán a informarse si había llegado ya el novio, y hasta él en persona, con su casulla de color lila y el cíngulo bordado, salía cada vez más a menudo a las puertas laterales. Por último, una de las señoras miró al reloj y dijo: «Es extraño». Todos los invitados, inquietos, empezaron a expresar en alta voz su descontento y su sorpresa. Uno de los testigos fue a ver lo que pasaba. Entretanto, Kiti, dispuesta desde hacía rato con su vestido blanco, su largo velo y su corona de flores de azahar, se hallaba en la sala de su casa acompañada de la madrina de boda y de su hermana Natalia Lvova. Miraba por la ventana, esperando desde hacía media hora que la avisara su testigo de boda de que el novio había llegado a la iglesia.

Por su parte, Lievin, con los pantalones puestos, pero sin chaleco ni frac, paseaba de arriba abajo por su habitación del hotel, asomándose incesantemente a la puerta. Pero en el pasillo no veía a la persona que esperaba, y desesperado volvía agitando los brazos hacia Stepán Arkádich, que fumaba tranquilamente.

—¿Habrá habido alguna vez un hombre en tan estúpida situación?

—Sí, es estúpida —afirmó Stepán Arkádich, sonriendo con dulzura—, pero serénate, ahora te lo traerán.

—Pero ¿qué voy a hacer? —exclamó Lievin con rabia contenida—. ¡Y estos absurdos chalecos tan escotados! ¡Es imposible! —continuó, mirando la pechera arrugada de su camisa—. ¿Y qué se puede hacer si se han llevado las cosas al ferrocarril? —exclamó desesperado.

—Entonces te pondrás la mía.

—Ya debíamos de haberlo hecho hace mucho.

—No está bien hacer el ridículo... Espera, todo se *apañará*.

Al pedir Lievin a Kuzmá, su viejo criado, la ropa para vestirse, este le trajo el frac, el chaleco y todo lo demás, excepto la camisa.

—¿Y la camisa? —exclamó Lievin.

—La lleva puesta —replicó el criado con una sonrisa tranquila.

A Kuzmá no se le había ocurrido dejar una camisa y, al recibir orden de arreglar las cosas y mandarlas a casa de los Scherbatski, desde donde los recién casados saldrían aquella misma noche, lo recogió todo. La camisa que Lievin tenía puesta desde por la mañana estaba arrugada y era imposible llevarla con un chaleco escotado de moda. La casa de los Scherbatski estaba muy lejos para ir hasta allí. Entonces mandaron comprar una camisa, pero el criado volvió diciendo que todo estaba cerrado por ser domingo. De casa de Stepán Arkádich trajeron una, que era muy ancha y corta. Finalmente, tuvieron que enviar a casa de los Scherbatski para que abrieran los baúles. En la iglesia esperaban al novio, mientras este, como una fiera enjaulada, recorría la habitación, asomándose al pasillo. Recordaba, horrorizado, lo que le había dicho a Kiti y se desesperaba por lo que ella podía pensar ahora.

Al fin, el culpable Kuzmá, sin aliento, irrumpió en la habitación con la camisa en la mano.

—La he cogido por los pelos, estaban ya poniendo las cosas en el carro —dijo.

Tres minutos después, sin mirar al reloj para que no se le abriese más la herida, Lievin corrió pasillo adelante.

—Con eso no vas a arreglar nada —le dijo Stepán Arkádich, sonriendo y siguiéndolo sin apresurarse—. Todo *se apañará*, todo *se apañará*...

IV

—Ya han llegado. Ahí está. ¿Cuál es? El más joven, ¿verdad? Y ella, la pobrecita, está más muerta que viva —empezó a decir la gente cuando Lievin, uniéndose a su novia en la puerta, penetró con ella en la iglesia.

Stepán Arkádich le contó a su esposa el motivo de aquel retraso, y los invitados sonreían, haciendo comentarios a media voz. Lievin no veía nada ni a nadie. Sin bajar la vista, miraba a su novia.

Todos decían que Kiti estaba muy desmejorada en los últimos días y que, con el velo, estaba menos bella que de costumbre, pero Lievin no lo creía así. Miraba el alto peinado de Kiti, su largo velo blanco con blancas flores, el alto cuello, que dejaba descubierta su garganta, y su cintura, sorprendentemente fina. Le parecía que estaba más bella que nunca, no porque las flores, el velo y el vestido, traído de París, añadieran nada a su belleza, sino porque, a pesar del esplendor artificial de aquel atavío, la expresión de su agradable rostro, de sus ojos y de sus labios tenía una especial sinceridad ingenua.

—Ya estaba pensando que querías escaparte —le dijo Kiti sonriendo.

—Es tan estúpido lo que me ha pasado que hasta me da vergüenza decirlo —replicó Lievin, sonrojándose, y tuvo en este momento que atender a Serguiéi Ivánovich, que se acercaba.

—Menuda historia la de tu camisa —dijo este, moviendo la cabeza risueño.

—Sí, sí —contestó Lievin, sin comprender lo que le decía.

—Ahora, Kostia, hay que decidir un problema importante —intervino Stepán Arkádich con fingida preocupación—. Precisamente estás en un estado en que puedes apreciar toda su trascendencia. Me preguntan si han de encender cirios nuevos o ya quemados. La diferencia es de diez rublos —añadió, insinuando una sonrisa—. Lo he resuelto ya, pero temo que no des tu consentimiento.

Lievin comprendió que se trataba de una broma, pero no pudo sonreír.

—Entonces ¿qué? ¿Encienden los nuevos o los quemados? Esa es la cuestión.

—¡Sí! ¡Los nuevos!

—Me alegro mucho, ya está decidido —exclamó Stepán Arkádich con una sonrisa—. Hay que ver cómo se atonta la gente en este trance —comentó, dirigiéndose a Chírikov cuando Lievin, tras mirarlo desconcertado, se acercó a Kiti.

—Oye, Kiti, procura ser la primera en pisar la alfombra —dijo la condesa Nordston, acercándose—. ¡Bueno es usted! —añadió, dirigiéndose a Lievin.

—¿Qué? ¿No tienes miedo? —preguntó María Dmítrievna, la anciana tía.

—¿Sientes frío? Estás pálida. Espera, agáchate un poco —dijo sonriendo Natalia, la hermana de Kiti, y, formando un círculo con sus hermosos brazos torneados, le arregló las flores de la cabeza.

Dolli se acercó, quiso decir algo, pero, incapaz de pronunciar una sola palabra, se echó a llorar y después rió de un modo poco natural.

Kiti miraba a todos con una mirada tan abstraída como la de Lievin.

Entretanto, los clérigos se revistieron, y el sacerdote, acompañado por el diácono, se acercó al facistol, colocado en la nave de la iglesia. El sacerdote se dirigió a Lievin, diciéndole unas palabras, pero este no las entendió.

—Tome usted a la novia de la mano y condúzcala —dijo a Lievin su testigo.

Lievin no comprendió lo que querían de él. Varias veces lo corrigieron los presentes, pero al ver que era inútil iban a desistir porque, o bien cogía a Kiti con la mano que no debía o la mano de ella que no era. Por fin se enteró de que tenía que coger con la mano derecha la diestra de ella sin cambiar de posición. Entonces el sacerdote dio algunos pasos delante de los novios y se detuvo frente al facistol.

Una multitud de parientes y conocidos, que cuchicheaban, y cuyos trajes producían rumor al moverse, los siguió. Alguien se agachó para arreglar la cola del traje de la novia. En la iglesia reinó un silencio tal que se oían caer las gotas de cera de los cirios.

El anciano sacerdote, con el solideo puesto y los mechones de cabello blanco, que brillaba como plata, peinados tras las orejas, sacó sus menudas manos arrugadas de debajo de la pesada casulla recamada de plata con una gran cruz dorada en la espalda y comenzó a arreglar algo junto al facistol.

Stepán Arkádich se acercó con cautela al anciano sacerdote, le habló en voz baja y, guiñando un ojo a Lievin, volvió a su sitio.

El sacerdote encendió dos cirios adornados de flores, sosteniéndolos inclinados en la mano izquierda, de manera que la cera goteaba lentamente, y se volvió hacia los novios. Era el mismo sacerdote que había confesado a Lievin. Miró con sus ojos tristes y cansados al novio y después a la novia y, dando un suspiro, sacó la mano derecha de debajo de la casulla y bendijo a Lievin. Del mismo modo, pero con un matiz de dulzura, puso los dedos doblados sobre la cabeza inclinada de Kiti. Luego les ofreció los cirios y, cogiendo el incensario, se alejó lentamente.

«¿Es posible que todo sea verdad?», pensó Lievin, volviéndose hacia su novia. Le veía el perfil desde arriba y, por un movimiento apenas perceptible de sus labios y de sus pestañas, se dio cuenta de que había sentido su mirada. Kiti permanecía inmóvil, pero el cuello de su vestido se movió, rozando su pequeña oreja sonrosada. Lievin vio que un suspiro se había ahogado en el pecho de Kiti y que tembló su pequeña mano, cubierta con un largo guante, que sostenía el cirio.

De repente desapareció la inquietud por la camisa y el retraso, la conversación con los conocidos y parientes que se habían mostrado descontentos, así como su situación ridícula, y Lievin experimentó alegría y temor.

El archidiácono, alto y bien parecido, con una dalmática de bordado de plata y los rizos bien peinados a ambos lados de la cabeza, avanzó decididamente y, levantando la estola con dos dedos con gesto acostumbrado, se detuvo ante el sacerdote.

—Bendícenos, Padre —resonaron lentamente, una tras otra, estas solemnes palabras, agitando las ondas aéreas.

—Bendito sea Dios, ahora y siempre y por los siglos de los siglos —contestó el anciano sacerdote con voz suave y melodiosa.

Y, llenando toda la iglesia desde las ventanas hasta la bóveda, un acorde del coro invisible se elevó, armonioso y amplio, creció y, cesando por un instante, se extinguió suavemente.

Como siempre, se rezó por la otra vida y la salvación del alma, por el sínodo, por el zar y por los siervos de Dios, Konstantín y Katerina, que iban a contraer matrimonio aquel día.

—Oremos por que Dios les ayude y les conceda un amor eterno y pacífico.

Toda la iglesia retumbaba con la voz del archidiácono.

Lievin escuchaba estas palabras, que le sorprendían. «¿Cómo han adivinado que lo que precisamente necesito es ayuda? —pensó, recordando sus dudas y temores recientes—. Lo que necesito precisamente ahora es ayuda.»

Cuando el archidiácono hubo terminado, el sacerdote se dirigió a los desposados con un misal en la mano.

—«Dios eterno, que uniste a los que estaban separados —leyó con voz dulce y cantarina—, que les concediste la unión del amor indestructible, que bendeciste a Isaac y a Rebeca, como dicen los libros santos, bendice a tus siervos Konstantín y Katerina y enséñales el camino del bien. Alabado sea Dios misericordioso, que ama a los hombres. Padre, Hijo y Espíritu Santo, hoy y siempre y por los siglos de los siglos.»

—Amén —contestaron de nuevo las voces del coro invisible.

—«Que uniste a los que estaban separados y les concediste la unión del amor indestructible.»

«¡Qué profundo sentido tienen estas palabras y qué en armonía están con lo que siento en este momento! —pensó Lievin—. ¿Sentirá ella lo mismo que yo?»

Volviéndose, encontró la mirada de Kiti.

Por la expresión de aquella mirada, Lievin creyó que sí. Pero no era cierto. Kiti apenas comprendía las palabras de la oración y ni siquiera la escuchaba. No podía escucharlas ni entenderlas por el intenso sentimiento que embargaba su alma y crecía por momentos. Era un sentimiento de alegría al ver realizarse lo que durante mes y medio se había formado en su alma, lo que durante aquellas seis semanas había constituido su gozo y su tormento.

El día en que, con su vestido oscuro, se había acercado a Lievin en silencio en la sala de su casa ofreciéndosele, hubo en su alma una ruptura con su vida pasada, empezando otra nueva, desconocida para ella, aunque, en realidad, parecía continuar la de siempre. Aquellas seis semanas fueron las más felices y atormentadoras de su existencia. Su vida, sus anhelos y sus esperanzas se concentraron en aquel hombre, al que no comprendía aún, al que la unía un sentimiento aún más incomprensible, que ora la atraía, ora la repelía y, al mismo tiempo, continuaban las condiciones de su vida anterior. Viviendo de aquel modo se horrorizaba de sí misma, de su completa e invencible indiferencia hacia todo lo pasado: las cosas, las costumbres, las personas que la querían y a las que quería, su madre, amargada por aquella indiferencia, y su querido y cariñoso padre, a quien antes había amado más que a nadie en el mundo. Tan pronto se horrorizaba de esa indiferencia, tan pronto se alegraba de la causa que la había conducido a ella. No podía pensar ni desear nada fuera de la vida con Lievin. Pero esa vida no había llegado aún y Kiti ni siquiera podía imaginársela con claridad. Solo existía la espera, el temor y la alegría de lo nuevo y lo desconocido. Ahora todo iba a terminar: la espera, lo desconocido y el arrepentimiento de renunciar a su vida pasada y que empezaría algo nuevo. Aquello no dejaba de ser temible por ser desconocido. Pero temible o no, ya se había llevado a cabo en su alma hacía seis semanas; ahora solo se estaba consagrando.

Volviéndose hacia el facistol, el sacerdote cogió con dificultad el pequeño anillo de Kiti y, pidiendo a Lievin que le diese la mano, se lo colocó en la primera falange del dedo.

—Despósate, siervo de Dios, Konstantín, con la sierva de Dios Katerina.

Y, poniendo el anillo grande en el sonrosado dedo de Kiti, que inspiraba lástima por su debilidad, pronunció las mismas palabras.

Los contrayentes trataron varias veces de hacer lo que debían; pero siempre se equivocaban, y el sacerdote los corregía en voz baja. Finalmente, una vez hecho lo necesario y habiéndolos persignado con los anillos, el sacerdote entregó de nuevo el anillo grande a Kiti y el pequeño a Lievin. Estos volvieron a confundirse y por dos veces pasaron los anillos de unas manos a otras, sin que acertaran a hacer lo que debían.

Dolli, Chírikov y Stepán Arkádich se adelantaron para ayudarlos. Reinó la confusión, la gente cuchicheaba y sonreía, pero la expresión solemne y humilde de los novios no se modificó. Al contrario, al confundirse de mano miraban con expresión más grave y más solemne que antes, y la sonrisa con que Oblonski dijo en voz baja que cada uno debía ponerse ya su propio anillo expiró, a pesar suyo, en sus labios. Comprendió que cualquier sonrisa podía ser una ofensa para los contrayentes.

—«¡Oh Dios!, que al principio creaste al hombre y a la mujer que le diste por compañera para perpetuar el género humano —leyó el sacerdote, después de haber cambiado los anillos—. Tú, Dios y Señor nuestro, que enviaste tu verdad a tus siervos, a nuestros padres elegidos por Ti, de generación en generación, dígnate mirar a tu siervo Konstantín y a tu sierva Katerina y afianza esta unión en la fe y en un mismo pensamiento de verdad y de amor...»

Lievin se daba cuenta cada vez más claramente de que sus ideas sobre el matrimonio y sus ilusiones sobre la manera de organizar su vida eran pueriles, que era algo que no había entendido hasta entonces, y ahora menos que nunca. Sentía oprimírsele el pecho con sollozos cada vez más fuertes, y las lágrimas le asomaban a los ojos contra su voluntad.

V

En la iglesia se hallaban todos los parientes y amigos, todo Moscú. Durante la ceremonia, bajo la radiante iluminación del templo, en el grupo de señoras y señoritas elegantemente ataviadas y de hombres con fracs y corbatas blancas o uniformes, no cesaba un continuo murmullo discreto, principalmente sostenido por los hombres, mientras que las mujeres observaban absortas los detalles de este acto religioso, siempre tan conmovedor.

En el grupo cercano a la novia estaban sus dos hermanas: Dolli, la mayor, y la serena y bella Natalia, que había venido del extranjero.

—¿Por qué vendrá Mari vestida de color morado, casi negro, a una boda? —preguntó la Korsúnskaia.

—Es la única solución para el color de su tez... —contestó la Dubetskaia.

—Me extraña que celebren la boda por la noche. Es costumbre de comerciantes...

—Es más bonito. Yo también me casé por la noche —replicó la Korsúnskaia, suspirando al recordar lo bella que lucía aquel día, lo ridículamente enamorado que estaba entonces su marido y cómo habían cambiado las cosas.

—Dicen que quien es más de diez veces testigo de boda no se casa nunca. Quise serlo ahora por décima vez para tener esa garantía, pero resultó que ya estaba ocupado el puesto —dijo el conde Siniavin a la hermosa princesa Chárskaia, que tenía puestas sus ilusiones en él.

Esta le contestó con una sonrisa. Miraba a Kiti, pensando en el momento en que ella estaría junto al conde de Siniavin, en las mismas circunstancias, y cómo le recordaría su broma.

Scherbatski dijo a la anciana dama de honor Nikoláieva que estaba decidido a ponerle la corona a Kiti sobre el peinado para que fuera feliz.

—No tenía que haberse hecho ese peinado postizo —replicó Nikoláieva, la cual había decidido hacía tiempo que, de casarse con ella el viejo viudo a quien perseguía, organizaría una boda muy sencilla—. No me gusta ese fasto.

Serguiéi Ivánovich hablaba con Daria Dmítrievna, asegurándole en broma que la costumbre de emprender un viaje después de la boda estaba tan extendida porque los recién casados suelen sentir vergüenza.

—Su hermano puede estar orgulloso. Ella es muy bella. Creo que le envidia usted.

—Ya he pasado por ese sentimiento, Daria Dmítrievna —replicó Serguiéi Ivánovich, y su rostro adoptó súbitamente una expresión grave y melancólica.

Oblonski le contaba en esos momentos a su cuñada una anécdota sobre el divorcio.

—Tengo que arreglarle la corona —dijo esta, sin escucharle.

—Es una lástima que Kiti se haya desmejorado tanto —comentó la condesa Nordston, dirigiéndose a Natalia—. De todos modos, él vale menos que su dedo meñique, ¿no es cierto?

—No, a mí me gusta mucho. Y no porque sea mi futuro *beau-frère** —replicó esta—. ¡Qué naturalidad tiene! Con lo difícil que es no parecer ridículo en una situación así. No está ridículo ni afectado, sino solo conmovido.

—¿Esperaba usted que se casaran?

—Casi. Ella siempre lo ha querido.

—Veamos cuál de los dos pisa primero la alfombra. Le he aconsejado a Kiti que lo haga ella.

—Es igual —replicó Natalia—. Nosotras todas somos esposas obedientes, lo llevamos en la sangre.

—Pues yo pisé antes que Vasili. Y ¿usted, Dolli?

Dolli estaba a su lado y las oía, pero no contestó. Se sentía conmovida. Las lágrimas asomaban a sus ojos y no hubiera podido decir nada sin echarse a llorar. Se alegraba por Kiti y Lievin. Recordaba su propia boda y, viendo a su marido tan alegre, olvidó lo presente evocando su primer amor. Recordó no solo su boda, sino la de todas

* «Cuñado.» *(N. de las T.)*

las mujeres allegadas y conocidas. Se las imaginaba en aquel momento solemne y único en que, como Kiti ahora, habían estado bajo la corona nupcial con el corazón henchido de amor, de miedo y de esperanza, renunciando a su pasado para entrar en un futuro misterioso. Entre aquellas novias que recordaba, estaba su querida Anna, sobre los detalles de cuyo supuesto divorcio había oído hablar. También ella, tan pura como Kiti, había llevado la corona de flores de azahar y el velo, y ¿ahora? «Es terrible», se dijo.

No solo las hermanas, las amigas y los parientes seguían todos los pormenores de la ceremonia. Las mujeres que se hallaban entre el público como espectadoras miraban conteniendo la respiración, temiendo perder un solo movimiento o la expresión del rostro de los novios. No contestaban mostrándose enojadas y, a menudo, ni siquiera escuchaban conversaciones de los hombres, que, indiferentes, bromeaban o hacían observaciones ajenas a la ceremonia.

—¿Por qué llora? ¿Es posible que se case a la fuerza?

—¿A la fuerza con un buen mozo como este? ¿Es príncipe?

—¿Es hermana suya la que está vestida de raso blanco? Escucha cómo grita el archidiácono: «Temerás a tu marido».

—¿Son de Chúdov los cantores?

—No, son del sínodo.

—Le he preguntado al criado. Dicen que se la lleva enseguida a su tierra. Aseguran que es riquísimo. Por eso la casan.

—Hacen buena pareja.

—Decía usted, María Vasilievna, que los miriñaques se llevan huecos. Fíjese en aquella señora con el vestido color pulga, dicen que es la mujer de un embajador. Mire qué recogido lo lleva...

—¡Qué bonita está la novia! Va adornada como una corderita. Digan lo que digan, da lástima de las mujeres.

Así hablaban los espectadores que habían logrado introducirse en la iglesia.

VI

Una vez concluida la ceremonia de los desposorios, el sacristán puso ante el facistol, en el centro de la nave, una alfombrita rosa, y el coro cantó un salmo complicado y difícil en el que el bajo y el tenor se daban la réplica. El sacerdote, volviéndose, indicó a los recién casados la alfombra. A pesar de que habían oído decir que el primero que pisase la alfombra sería cabeza de familia, ni Lievin ni Kiti pudieron recordarlo al dar aquellos pasos. Tampoco oyeron las discusiones y comentarios sobre cuál de los dos había pisado antes. Unos decían que había sido Lievin, mientras otros afirmaban que lo habían hecho los dos a la vez.

Después de las preguntas de rigor respecto de si querían contraer matrimonio, de si tenían compromiso con otra persona y de las respuestas, que tan extrañas les sonaban, empezó otra ceremonia religiosa. Kiti escuchaba las palabras de las oraciones, deseando comprender su sentido, pero no lo consiguió. Una sensación de solemnidad y de alegría radiante invadía su alma cada vez más a medida que avanzaba la ceremonia, impidiéndole concentrarse.

Rezaban: «Dios haga que sean puros los frutos de tu vientre, y que os alegre ver a vuestros hijos». Las plegarias mencionaban que Dios había creado a la mujer de una costilla de Adán, y «que por eso el hombre dejará a su padre y a su madre y se unirá a la mujer, formando con ella un solo ser», y que «este es un gran misterio». Pidieron que Dios les concediera descendencia y que los bendijera como a Isaac y a Rebeca, a José, a Moisés y a Séfora, y que vieran a los hijos de sus hijos. «Todo esto es muy hermoso —pensaba Kiti, oyendo esas palabras—. No puede ser de otro modo», y una sonrisa de alegría, que se comunicaba involuntariamente a cuantos la miraban, resplandeció en su rostro iluminado.

—Póngaselas del todo —se oyó aconsejar cuando el sacerdote calaba las coronas sobre las cabezas de los contrayentes y Scherbatski, con la mano enguantada, que le temblaba, sostenía en el aire la corona por encima de la cabeza de Kiti.

—Pónmela —murmuró ella, sonriendo.

Lievin se volvió, sorprendiéndose del alegre resplandor del semblante de Kiti, y aquel sentimiento se le transmitió, a pesar suyo. Lo mismo que ella, se sintió alegre y sereno.

Les resultó agradable escuchar la epístola de san Pablo y la voz del archidiácono en la última estrofa, tan esperada por el público. También fue agradable beber en la copa el templado vino rojo con agua, y se sintieron aún más alegres cuando el sacerdote, apartando la casulla y tomándoles a los dos la mano, los condujo alrededor del facistol, mientras el bajo cantaba: «Alégrate, Isaías». Scherbatski y Chírikov, que sostenían las coronas y se enredaban en la cola del vestido de la novia, también sonreían alegres, y ora se quedaban atrás, ora tropezaban con los novios cuando se paraba el sacerdote. La chispa de la alegría encendida en Kiti parecía comunicarse a todos los que se hallaban en la iglesia. Lievin creía que hasta el sacerdote y el archidiácono tenían deseos de sonreír lo mismo que él.

Una vez quitadas las coronas de la cabeza de los contrayentes, el sacerdote leyó la última oración y los felicitó. Lievin miró a Kiti, nunca la había visto así. Estaba encantadora con aquel nuevo resplandor de felicidad que se reflejaba en su semblante. Lievin quiso decirle algo, pero no sabía si la ceremonia había terminado. El sacerdote le sacó del apuro. Sonrió bondadosamente, diciéndoles en voz baja:

—Bese a su esposa y usted a su marido.

Y cogió los cirios que ambos tenían.

Lievin besó cuidadosamente los labios sonrientes de Kiti, le ofreció el brazo y, experimentando una nueva y extraña proximidad, salió de la iglesia. No creía, no podía creer que aquello fuese verdad. Solo al encontrarse sus miradas tímidas y sorprendidas lo creyó, porque se dio cuenta de que ya formaban un solo ser.

Aquella misma noche, después de cenar, los recién casados se fueron al campo.

VII

Hacía tres meses que Vronski y Anna viajaban por Europa. Visitaron Venecia, Roma y Nápoles y acababan de llegar a una pequeña ciudad italiana, donde pensaban permanecer por algún tiempo.

Un camarero muy apuesto, de cabellos espesos, untados de pomada y separados por una raya que partía desde el cuello, con frac y camisa blanca de batista, de ancha pechera y los dijes del reloj colgándole sobre el abombado vientre, hablaba con expresión grave, con las manos metidas en los bolsillos y frunciendo el ceño desdeñosamente, con un señor que estaba ante él. Al oír pasos que se aproximaban desde el otro lado de la escalinata, el camarero se volvió y viendo al conde ruso, que ocupaba las mejores habitaciones del hotel, sacó respetuosamente las manos de los bolsillos e inclinándose le explicó que el enviado había vuelto y que el alquiler del palacio se había realizado. El administrador estaba dispuesto a firmar las condiciones.

—¡Ah! Me alegro —dijo Vronski—. ¿La señora está o ha salido?

—La señora salió a pasear, pero ha vuelto ya —replicó el camarero.

Vronski se quitó el sombrero flexible de alas anchas y se enjugó con el pañuelo el sudor de la frente y de los cabellos peinados hacia atrás, que le llegaban hasta la mitad de las orejas y le tapaban la calva. Después de mirar distraídamente al señor que hablaba con el camarero y que lo miró a su vez, se dispuso a seguir su camino.

—Este señor es ruso y desea hablar con usted —le dijo el camarero.

Con un sentimiento mezcla de enojo por no poder huir de los conocidos y mezcla de deseo de encontrar alguna distracción en su vida monótona, Vronski se fijó otra vez en aquel señor, que se había apartado, y los ojos de ambos brillaron al mismo tiempo.

—¡Goleníschev!

—¡Vronski!

En efecto, era Goleníschev, un compañero de Vronski del cuerpo de pajes. En el cuerpo, Goleníschev había pertenecido al partido liberal; salió de allí con una graduación civil y no ocupaba ningún cargo. Solo se habían visto una vez desde que abandonó el cuerpo.

Durante aquel encuentro, Vronski comprendió que Goleníschev había elegido una actividad liberal e intelectual y que, por consiguiente, despreciaba la carrera y el título de su compañero. Debido a eso, Vronski, al encontrarse con Goleníschev, lo trató con aquella fría altivez que sabía dispensar a la gente y cuyo significado era este: «Puede gustarle o no mi manera de vivir, me es completamente igual, pero si me quiere tratar, ha de tenerme respeto». Goleníschev se había mantenido despectivamente indiferente al tono de Vronski. Al parecer, aquella entrevista hubiera debido separarlos aún más. Sin embargo, ahora ambos habían lanzado una exclamación de alegría. Vronski no podía imaginarse que le alegrase tanto ver a Goleníschev, pero, probablemente, ni él mismo sabía hasta qué punto se aburría. Olvidó la desagradable impresión de su último encuentro y, con el rostro alegre y franco, le tendió la mano. Igual expresión de alegría sustituyó a la inquietud que expresara antes el rostro de Goleníschev.

—Cuánto me alegro de encontrarte —dijo Vronski, mostrando sus fuertes dientes blancos al sonreír amistosamente.

—He oído decir que había aquí un Vronski, pero no sabía que eras tú. ¡Lo celebro mucho, mucho!

—Entremos. ¿Qué haces por aquí?

—Hace ya dos años que vivo y trabajo en esta ciudad.

—¡Ah! —exclamó Vronski con interés—. Entremos.

Y, siguiendo la costumbre rusa, en lugar de hablar en su idioma para no ser entendido por el criado, empezó a hablar en francés.

—¿Conoces a la Karénina? Viajamos juntos. Voy a verla ahora —dijo, mirando atentamente al rostro de Goleníschev.

—¡Ah! No lo sabía —contestó Goleníschev con expresión indiferente. (Por supuesto, sí estaba enterado)—. ¿Hace mucho que has llegado? —añadió.

—¿Yo? Hace tres días —contestó Vronski, mirando de nuevo con atención a su compañero.

«Sí, es un hombre correcto y considera el asunto como debe —se dijo Vronski comprendiendo el significado de la expresión de Goleníschev y el cambio de tema—. Puedo presentárselo a Anna, considera las cosas como se debe.»

Durante los tres meses que Vronski llevaba con Anna en el extranjero, siempre que conocía a alguien se preguntaba cómo consideraría sus relaciones con ella, y en la mayoría de los casos encontraba en los hombres la *debida* comprensión. Pero si le hubiesen preguntado a él o a los que la observaban en qué consistía la debida comprensión, tanto Vronski como ellos se hubieran visto en un grave aprieto.

En realidad, los que las comprendían «como es debido», según Vronski, no se explicaban nada y procedían como gente educada al enfrentarse con problemas tan difíciles e insolubles: evitaban las alusiones y las preguntas desagradables. Fingían comprender el significado y la importancia de la situación, la aceptaban y hasta la aprobaban, considerando inoportuno y superfluas las explicaciones.

Vronski adivinó enseguida que Goleníschev era uno de esos y se sintió doblemente contento por su encuentro con él. En efecto, Goleníschev se comportó con la Karénina cuando Vronski lo introdujo en sus habitaciones como este lo hubiera podido desear. Al parecer, evitaba, sin el menor esfuerzo, las conversaciones que podían motivar una situación violenta.

No conocía a Anna de antes y se sorprendió de su belleza y aún más de aquella sencillez con que aceptaba su situación. Anna se ruborizó cuando Vronski le presentó a su amigo, y ese rubor infantil que cubrió su hermoso rostro sincero le gustó mucho a Goleníschev. Lo que más le agradó fue que Anna, como para que no hubiese ningún equívoco en presencia de una persona extraña, llamaba a Vronski por su nombre y contó que iban a mudarse juntos a una casa que habían alquilado y que allí denominaban *palazzo*. Este sencillo y recto modo de considerar su situación cautivó a Goleníschev. Observando los francos, alegres y resueltos ademanes de Anna y conociendo como conocía a Alexiéi Alexándrovich y a Vronski, Goleníschev creyó entenderla plenamente. Hasta le pareció comprender lo que ella no comprendía en modo alguno: que pudiera sentirse feliz y alegre después de haber causado la desgracia de su marido, abandonándole a él y a su hijo, y de haber perdido su buena fama.

—Este palacio se menciona en la guía —dijo Goleníschev, refiriéndose al que había alquilado Vronski—. Tiene un excelente Tintoretto de su última época.

—Hace un tiempo hermoso, vámonos allí para ver otra vez la casa —propuso Vronski, dirigiéndose a Anna.

—Con mucho gusto, voy a ponerme el sombrero. ¿Hace calor? —preguntó deteniéndose en la puerta y mirando a Vronski, interrogativa.

De nuevo un intenso rubor cubrió sus mejillas. Vronski comprendió por la mirada de Anna que ella ignoraba en qué términos deseaba quedar con Goleníschev y que temía no haberse comportado según su deseo.

La contempló con una mirada larga y enternecida.

—No, no mucho —contestó.

Anna creyó comprender que Vronski estaba contento de ella y, sonriendo, salió con paso rápido.

Los dos amigos se miraron y en sus rostros se reflejó la turbación. Goleníschev, que, sin duda, había admirado a Anna, quería decir algo; pero no encontraba palabras, y Vronski parecía desearlo y temerlo a la vez.

—Entonces ¿te has establecido aquí? —preguntó Vronski para entablar conversación—. ¿Sigues trabajando siempre en lo mismo? —prosiguió, recordando que le habían dicho que Goleníschev escribía algo.

—Sí, estoy escribiendo la segunda parte de *Los dos principios* —contestó Goleníschev, muy satisfecho de aquella pregunta—; es decir, para ser más exacto, no la escribo, estoy preparándola, busco material. Será muy extensa y tocará todos los problemas. En Rusia no quieren comprender que somos herederos de Bizancio. —Y empezó a dar a su amigo una larga y acalorada explicación.

Al principio, Vronski se sintió avergonzado porque no conocía la primera parte de *Los dos principios*, de la que le hablaba su autor como de algo muy conocido. Sin embargo, cuando Goleníschev le expuso sus ideas pudo seguirlas, aun sin conocer la obra, y escuchaba a su amigo no sin interés, ya que se expresaba muy bien. Pero le sorprendía y disgustaba la irritada emoción con que Goleníschev hablaba del tema que le interesaba. Cuanto más profundizaba, más se le encendían los ojos, replicaba con mayor rapidez a los supuestos adversarios y más inquieta y ofendida era su expresión. Recordaba a Goleníschev cuando era un niño delgado y vivo, bondadoso y noble, siempre primer alumno en el cuerpo de pajes, y no podía comprender el motivo de esa irritación ni aprobarla. Le disgustaba principalmente que Goleníschev, hombre perteneciente a la buena sociedad, se pusiese al nivel de aquellos escritorzuelos y se enfadara contra ellos. ¿Merecía la pena hacerlo? Pero se daba cuenta de que su amigo era desgraciado y lo compadecía. La desgracia, casi la locura, se reflejaban en aquel rostro animado, bastante hermoso, cuando, sin darse cuenta siquiera de que Anna había entrado, seguía exponiendo sus ideas apresurada y acaloradamente.

Cuando entró Anna con el sombrero y la capa puestos jugueteando con un rápido movimiento de la mano con la sombrilla y se detuvo junto a Vronski, este, con una sensación de alivio, apartó los ojos de la mirada llena de sufrimiento de Goleníschev y contempló con renovado amor a su deliciosa amiga, rebosante de vida y de alegría. Goleníschev, recobrándose con dificultad, se mostró triste y taciturno en los primeros momentos, pero Anna, que tenía una disposición de ánimo llena de afecto hacia todos (se encontraba así en aquella época), no tardó en animarlo con su trato sencillo y alegre. Tras intentar varios temas de conversación, lo condujo a la pintura, de la que Goleníschev hablaba como un entendido, y lo escuchó con atención. Fueron andando a la casa que habían alquilado.

—Estoy muy contenta de una cosa —dijo Anna a Goleníschev cuando volvían—. Alexiéi tendrá un buen atelier. No dejes de quedarte con aquella habitación —añadió, dirigiéndose a Vronski, hablando en ruso y tuteándolo, porque había comprendido que Goleníschev, debido a la soledad en que vivía, se convertía en un amigo, y que no debía fingir delante de él.

—¿Te dedicas a la pintura? —preguntó Goleníschev, dirigiéndose bruscamente a Vronski.

—Sí, hace tiempo pintaba y ahora he vuelto a ocuparme algo de la pintura —contestó este, sonrojándose.

—Tiene mucho talento —dijo Anna con una sonrisa alegre—. Desde luego, no puedo opinar, pero lo mismo dicen los entendidos.

VIII

Anna, en este primer período de su libertad y de su rápida convalecencia, se sentía extremadamente feliz y llena de la alegría de vivir. El recuerdo de la desgracia de su marido no amargaba su dicha. Por una parte, ese recuerdo era demasiado terrible para pensar en él, y, por otra, le había proporcionado demasiada felicidad para poder arrepentirse. La evocación de cuanto le había sucedido después de haber estado enferma, la reconciliación con su esposo, la ruptura, la noticia de la herida de Vronski, su visita, los trámites del divorcio, la marcha de su hogar, la despedida de su hijo, le parecían una pesadilla de la que no despertó hasta encontrarse con Vronski en el extranjero. La rememoración del mal causado a su marido despertaba en ella un sentimiento semejante al de la repugnancia y al que experimenta una persona que se ahoga y logra desprenderse de otra que se ha aferrado a ella, dejando que se ahogue. Desde luego, aquello estaba mal, pero era la única salvación y valía más no recordar los terribles detalles.

Un pensamiento consolador acerca de su proceder le acudió entonces a la mente en el primer momento de la ruptura, y al evocar ahora el pasado se le representó de nuevo. «He causado la inevitable desgracia de este hombre —pensó—, pero no quiero aprovecharme de ella. También yo sufro y he de seguir sufriendo. Pierdo todo lo que más aprecio, el nombre de mujer honrada y a mi hijo. He procedido mal, y por eso no deseo ser feliz, no deseo el divorcio y sufriré mi deshonra y la separación de mi hijo.» Pero, a pesar de su sincero deseo de sufrir, Anna no sufría. No había ninguna deshonra. Con el tacto que ambos tenían, evitaban en el extranjero a las señoras rusas y nunca se ponían en falsas situaciones. Siempre encontraban gente que fingía comprender aún mejor que ellos mismos la situación en que se hallaban. La separación de su hijo, a quien tanto quería, tampoco atormentó a Anna al principio. La niña era tan graciosa y la cautivó tanto desde que quedó sola con ella, que rara vez se acordaba de su hijo.

El deseo de vivir, que había aumentado con su curación, era tan intenso y las condiciones de su vida tan nuevas y agradables, que Anna se sentía inmensamente dichosa. Cuanto más conocía a Vronski, más lo amaba. Lo quería por sí mismo y por el amor que él le profesaba. El poseerlo por completo constituía para ella un motivo de alegría constante. Su proximidad le resultaba siempre agradable. Los rasgos de su carácter, que cada vez conocía mejor, se le hacían indescriptiblemente queridos. Su aspecto físico, muy cambiado con el traje civil, la atraía como a una joven enamorada. Todo lo que hacía, decía o pensaba Vronski era algo especial, elevado y noble para Anna. La admiración que sentía por él llegaba a menudo a asustarla: buscaba en él, sin poder hallarlo, algo que no estuviese bien. No se atrevía a mostrarle que se sentía insignificante. Le parecía que si Vronski lo supiera podría dejar de amarla más pronto, aunque realmente no tenía motivos para temerlo. Pero no podía por menos de agradecerle el trato que le dispensaba ni dejar de demostrarle cuánto lo apreciaba. Según ella, Vronski, con su vocación tan definida para las actividades del Estado, que podía haber llegado a ocupar un alto cargo, había sacrificado su ambición por ella sin mostrar nunca el mínimo arrepentimiento. La trataba con más cariño y respeto que antes y jamás lo abandonaba la preocupación de que ella pudiera sentir la irregularidad de su vida actual. Él, un hombre tan varonil, no solo no la contrariaba nunca, sino que parecía no tener voluntad propia y que trataba de adivinar sus deseos.

Y Anna no podía dejar de apreciar esto, aunque a veces la fatigaban la intensidad de sus atenciones y el ambiente de cuidados en que la envolvía.

En cuanto a Vronski, aunque se había realizado lo que deseó hacía tanto tiempo, no era completamente feliz. No tardó en darse cuenta de que la realización de sus deseos no le había proporcionado más que un grano de arena de aquella montaña de dicha que esperaba. Ese sentimiento le mostró la eterna equivocación del hombre que espera hallar la felicidad en el cumplimiento de sus deseos. Durante los primeros tiempos de su unión con Anna y de vestir el traje civil, experimentó el encanto de la libertad en general que no había conocido antes, y el de la libertad del amor, y fue feliz, pero por poco tiempo. Pronto sintió nacer en su alma el deseo de los deseos: la nostalgia. A pesar suyo se aferraba a todos los caprichos pasajeros, considerándolos como deseo y fin. Debía ocupar en algo las dieciséis horas del día, ya que vivía en plena libertad, fuera del círculo de la vida de sociedad en que había empezado su tiempo en San Petersburgo. Era imposible pensar en los placeres que en sus anteriores viajes al extranjero le habían distraído, ya que un solo intento de este tipo (organizar una cena con sus amigos) produjo en Anna una inmensa tristeza inesperada. Tampoco podía relacionarse con la sociedad local y la rusa por la situación indefinida en que se encontraba. Las curiosidades del país, sin hablar de que ya las había visto todas, no tenían para él, como ruso y hombre inteligente, aquella inexplicable importancia que les atribuyen los ingleses.

Y lo mismo que un animal hambriento se apodera de cualquier objeto que encuentra, esperando hallar en él algún alimento, Vronski, de un modo completamente inconsciente, se agarraba ya a la política, ya a los libros nuevos, ya a los cuadros.

Como desde su juventud tenía aptitud para la pintura y, no sabiendo en qué gastar el dinero, había empezado a coleccionar grabados, se decidió por esa actividad, poniendo en ella aquel deseo que necesitaba satisfacer.

Tenía el don de comprender el arte y, sin duda, lo imitaba con gusto. Pensó que poseía cualidades de pintor y, tras vacilar algún tiempo qué clase de pintura escogería, la religiosa, la histórica, la de género o la realista, empezó a trabajar. Comprendía todos los estilos y era capaz de inspirarse en cualquiera de ellos. No admitía que se pudiesen desconocer los estilos ni inspirarse con lo que a uno le brota del alma, sin pensar a qué género pertenecería la obra. Vronski no se inspiraba directamente en la vida, sino en la vida encarnada en el arte. Por tanto, lo hacía rápidamente y conseguía con facilidad que sus obras se parecieran mucho al estilo pictórico que deseaba imitar.

El género de pintura que más le gustaba era el de la escuela francesa, graciosa y efectista, y en ese estilo comenzó a pintar el retrato de Anna, con el traje italiano. Ese retrato le parecía muy logrado, tanto a él como a cuantos lo veían.

IX

El viejo y abandonado *palazzo* de altos techos con molduras, frescos en las paredes y el suelo de mosaico, con pesadas cortinas amarillas de seda en las altas ventanas, jarrones en las consolas y chimeneas, puertas talladas y sombrías salas llenas de cuadros, mantenía en Vronski, desde que se instalaron en él, incluso por su aspecto exterior, la agradable equivocación de que no era propietario ruso y coronel retirado, sino un pintor modesto (aficionado entendido y patrocinador de las artes) que había renunciado al mundo y a las ambiciones por la mujer amada.

El papel elegido por Vronski al trasladarse al palacio tuvo un éxito completo, y conociendo por medio de Goleníschev a varias personas interesantes, se sintió tranquilo durante los primeros tiempos. Pintaba apuntes del natural bajo la dirección de un profesor italiano y estudiaba la vida medieval de Italia. Últimamente, esa vida había cautivado tanto a Vronski que hasta empezó a usar el sombrero y la capa medievales, que le sentaban muy bien.

—Vivimos sin saber nada —dijo Vronski a Goleníschev una mañana en que este fue a visitarle—. ¿Has visto el cuadro de Mijáilov? —añadió, tendiéndole un periódico ruso que acababa de recibir.

Le indicó un artículo sobre un pintor ruso que vivía en aquella misma ciudad y había terminado un cuadro del que se hablaba hacía tiempo y que estaba adquirido por anticipado.

En el artículo se reprochaba al gobierno y a la Academia de Bellas Artes el que un pintor tan notable careciera de estímulo y de ayuda.

—Lo he visto —contestó Goleníschev—. Naturalmente, Mijáilov no carece de aptitudes, pero su orientación es completamente falsa. Su concepto de Cristo y de los temas religiosos es como el de Ivanov, de Strauss y de Renan, siempre lo mismo.

—¿Qué representa el cuadro? —preguntó Anna.

—Cristo ante Pilato. Cristo está representado como un hebreo, con todo el realismo de la nueva escuela.

Llevado por aquella pregunta a uno de sus temas favoritos, Goleníschev empezó a exponer sus ideas.

—No entiendo cómo pueden cometer errores tan vulgares. Cristo tiene ya una encarnación definida en el arte de los maestros antiguos. Por consiguiente, si quieren representar a un revolucionario o a un sabio y no a Dios, que tomen de la historia a Sócrates, a Franklin o a Carlota Corday, pero no a Cristo. Eligen un personaje que no puede llevarse al arte, y luego...

—¿Es verdad que Mijáilov es tan pobre? —preguntó Vronski, pensando que él, como mecenas ruso, sin parar mientes en que el cuadro fuera bueno o malo, debía ayudar a aquel pintor.

—No tanto. Es un retratista notable. ¿Has visto su retrato de la Vasílchikova? Pero parece ser que ya no quiere pintar retratos, y por eso tal vez necesite dinero. Creo que...

—¿Podríamos pedirle que le hiciera un retrato a Anna Arkádievna? —preguntó Vronski.

—¿Por qué el mío? —preguntó esta—. Después del retrato que me has hecho tú, no quiero ningún otro. Es mejor que se lo haga a Ania. —Así llamaba a su niña—. Aquí está —añadió, mirando por la ventana a la nodriza, una hermosa italiana que había sacado a la niña al jardín.

Luego, Anna volvió la cara para mirar a Vronski. La hermosa nodriza, cuya cabeza pintaba este, constituía la única pena en la vida de Anna. Al pintarla, Vronski admiraba su belleza y su aspecto medieval, y Anna, no atreviéndose a reconocer que temía sentir celos de la nodriza, la trataba con especial afecto, así como a su hijita.

Vronski también miró al jardín, después a los ojos de Anna, y volviéndose enseguida a Goleníschev, le dijo:

—¿Conoces a ese Mijáilov?

—Solía encontrármelo a veces. Es un hombre excéntrico y sin instrucción alguna. Uno de esos hombres nuevos, salvajes y librepensadores que se ven ahora con frecuencia, educado *d'emblée** en las concepciones de la incredulidad, la negación y el materialismo. Antes sucedía —prosiguió Goleníschev, sin darse cuenta o sin querer darse

* «De sopetón.» (N. de las T.)

cuenta de que Anna y Vronski deseaban hablar— que el hombre de ideas libres estaba educado en las normas de la religión, de la ley y de la moralidad y que llegaba a esas ideas por medio de la lucha y del trabajo. Pero ahora surge un nuevo tipo de librepensadores innatos que se educan sin saber siquiera que existen leyes morales y religiosas ni autoridades; son individuos que se desarrollan en las ideas de la negación de todo, es decir, como salvajes. Mijáilov es así. Al parecer, es hijo de un mayordomo de Moscú y no ha recibido instrucción alguna. Cuando ingresó en la Academia de Bellas Artes y se hizo célebre, como no es tonto, se quiso instruir y se dirigió a lo que parecía fuente de cultura: las revistas. Antiguamente un hombre que deseara adquirir cultura, supongamos un francés, se habría dedicado a estudiar los clásicos: teólogos, trágicos, historiadores y filósofos. Y figúrense todo el esfuerzo mental que habría tenido que desplegar. Pero en Rusia, y en la actualidad, Mijáilov se ha encontrado directamente con la literatura negativa, ha asimilado el extracto de esa ciencia..., y ya está. Y eso no es todo. Hace veinte años hubiera encontrado en esa literatura signos de la lucha con autoridades, con creencias seculares, y por esta lucha hubiera comprendido que antes había existido algo más. En cambio, ahora, cae en una literatura que ni siquiera considera dignos de discusión los conceptos antiguos y dice sencillamente: «No hay nada sino *évolution*, selección y lucha por la vida... Eso es todo». Yo, en mis artículos...

Anna, que hacía rato había comprendido por las miradas que cambiaba con Vronski que no le interesaba la cultura de aquel pintor y que solo deseaba ayudarle encargándole un retrato, dijo interrumpiendo decididamente a Goleníschev:

—¿Sabe lo que debemos hacer? ¡Vamos a verlo!

Goleníschev se recobró y accedió alegremente. Como el pintor vivía en un barrio apartado, decidieron tomar un coche.

Transcurrida una hora, Anna, Goleníschev y Vronski llegaron a una casa de construcción moderna, pero fea. La mujer del portero les informó de que Mijáilov permitía visitar su estudio, pero que en aquel momento estaba en su casa, a dos pasos de allí. Entonces los visitantes enviaron sus tarjetas pidiéndole que les permitiera ver sus cuadros.

X

El pintor Mijáilov estaba trabajando, como siempre, cuando le trajeron las tarjetas del conde Vronski y de Goleníschev. Por la mañana había trabajado en el estudio en un cuadro grande. Al volver a su casa, se enfadó con su esposa porque esta no había contestado como era debido a la dueña de la casa, que le exigía el dinero del alquiler.

—¡Te he dicho veinte veces que no tienes que darle explicaciones! Eres una estúpida, y cuando te pones a explicarte en italiano, te vuelves tonta rematada —le dijo después de una larga discusión.

—Pues tú no te retrases tanto en pagar. Yo no tengo la culpa. Si tuviese dinero...

—¡Déjame en paz, por Dios! —exclamó Mijáilov con la voz ahogada por los sollozos.

Y tapándose los oídos, entró en su habitación de trabajo y cerró la puerta. «¡Es una estúpida!», se dijo. Abrió una carpeta y se puso a trabajar con gran entusiasmo en un dibujo empezado.

Nunca trabajaba con tanto entusiasmo y acierto como cuando las cosas le iban mal y, sobre todo, cuando discutía con su mujer.

«¡Oh! Si me tragase la tierra», pensaba mientras seguía su tarea. Estaba dibujando la figura de un hombre en un acceso de cólera. Había hecho ese mismo dibujo anteriormente, pero no había quedado satisfecho de él. «No, el otro era mejor. ¿Dónde estará?» Fue al cuarto de su mujer y con aspecto sombrío y sin mirarla preguntó a su hija mayor dónde estaba un papel que les había dado. Encontraron el papel con el dibujo esbozado, pero estaba sucio y cubierto de gotas de vela. No obstante, Mijáilov lo cogió, lo puso en la mesa y, apartándose y entornando los ojos, lo miró. De pronto sonrió y batió palmas jovialmente.

—Así es, así es —dijo, y cogiendo enseguida un lápiz empezó a dibujar con rapidez.

Una mancha de vela daba al hombre una nueva actitud. Mientras la dibujaba, Mijáilov recordó de pronto el rostro enérgico, de prominente barbilla, del comerciante a quien compraba los cigarros y lo tomó como modelo para el retrato. Se echó a reír con júbilo. Súbitamente, la figura antes muerta y artificial cobró vida, y una vida tal, que ya no podía cambiar. Aquella figura vivía y estaba clara e indiscutiblemente determinada. Era posible corregir el dibujo según las exigencias de aquella figura; se podía, incluso se debía, colocar las piernas de distinta manera, cambiar la posición de la mano izquierda y echar los cabellos hacia atrás. Sin embargo, al hacer tales correcciones, Mijáilov no cambiaría la figura, desechando tan solo lo que la ocultaba. Era como si quitara unos velos que no la dejaban ver; cada trazo nuevo le daba más relieve, mostrándola en todo su vigor, tal como se le apareció a Mijáilov, producida por la mancha de vela. Se hallaba dando cuidadosamente los últimos toques al dibujo, cuando le trajeron las tarjetas.

—¡Voy enseguida! ¡Voy enseguida!

Fue a ver a su mujer.

—Bueno, basta, Sasha; no te enfades —le dijo con expresión tímida, sonriendo con dulzura—. Los dos hemos tenido la culpa. Yo lo arreglaré todo.

Y, tras reconciliarse con su mujer, Mijáilov se puso el abrigo de color aceituna con cuello de terciopelo y el sombrero y se marchó al estudio. Ya había olvidado la figura que pintó con tanto acierto. Ahora se sentía muy contento y emocionado con la visita a su estudio de aquellos importantes personajes rusos, que habían llegado en coche.

En el fondo de su alma creía que nadie había pintado nunca nada mejor que aquel cuadro suyo colocado en el caballete. No pensaba que valiese más que los cuadros de Rafael, pero sabía que lo que había querido expresar en aquel lienzo jamás lo había expresado nadie. Estaba firmemente convencido de ello desde hacía mucho tiempo, desde que había empezado a pintarlo. Sin embargo, la opinión ajena, fuera la que fuese, tenía para él una trascendencia enorme y le agitaba hasta el fondo de su alma. La observación más pequeña de los críticos que le demostrara que veían, aunque fuera una mínima parte de lo que él veía en su cuadro, lo emocionaba profundamente.

Atribuía a sus jueces más capacidad de comprensión de la que tenía él y siempre esperaba que le descubrieran algo que no había visto en su cuadro. Y a menudo le parecía que sucedía esto.

Se acercaba con paso rápido a la puerta de su estudio y, a pesar de su agitación, le sorprendió la figura de Anna suavemente iluminada en la sombra de la escalinata. Escuchaba a Goleníschev, que hablaba animadamente mientras, tratando, sin duda, de observar al pintor que se acercaba. Ni él mismo se dio cuenta de cómo captó y asimiló aquella impresión, lo mismo que el rostro de barbilla prominente del comerciante, guardándola en un lugar recóndito, de donde la sacaría cuando le hiciera falta. Los visitantes, defraudados de antemano de Mijáilov por lo que les había contado Goleníschev, lo fueron aún más por su aspecto. El pintor, un hombre de mediana estatura, fuerte, de andares balanceantes, con su sombrero castaño, su abrigo de color verde aceituna y sus pantalones estrechos, cuando desde hacía tiempo se llevaban anchos, les produjo una impresión desagradable, sobre todo por la vulgaridad de su ancho rostro y una mezcla de timidez y deseo de mostrar su dignidad.

—Hagan el favor de pasar —dijo, fingiendo indiferencia, y al entrar en el zaguán, sacó la llave del bolsillo y abrió la puerta.

XI

Cuando entraron en el estudio, Mijáilov volvió a mirar a sus visitantes y grabó también en su mente la expresión del rostro de Vronski y, sobre todo, sus pómulos. A pesar de que su sensibilidad artística trabajaba sin tregua acumulando materiales y de que sentía una agitación cada vez mayor, al acercarse el momento de la crítica que iban a hacer a su cuadro, el pintor se formó una idea rápida y sutil sobre aquellas tres personas, basándose en indicios apenas perceptibles. Aquel (Goleníschev) era un ruso que vivía en la ciudad. No recordaba su apellido ni dónde lo había visto ni de lo que había hablado con él. Solo tenía presente su cara, como la de todas las personas que veía, y además era una de esas que había clasificado en la inmensa categoría de los rostros pobres de expresión, que parecen interesantes sin serlo. Los cabellos largos y la frente muy despejada le daban una gravedad externa a aquel semblante que solo expresaba puerilidad e inquietud, concentradas por encima del fino arranque de la nariz. Vronski y Anna, a juicio de Mijáilov, debían de ser rusos ricos de la alta sociedad que no entendían nada de arte, como todos los rusos ricos, que fingían entenderlo y apreciarlo. «Probablemente han visto ya todas las antigüedades y se dedican ahora a visitar los estudios de los modernos: al fecundo y estúpido alemán, al prerrafaelista inglés, y acuden a mi estudio para completar la revista», pensó. Conocía muy bien la costumbre de los diletantes (eran tanto peores cuanto más inteligentes) de visitar los estudios de los pintores modernos con el único objetivo de poder decir que el arte decae y que cuanto más conoce uno a los modernos tanto más se convence de lo inimitables que son los maestros antiguos. Mijáilov esperaba eso, lo veía en los rostros de los visitantes, en la indiferente negligencia con que hablaban entre sí mirando los maniquíes y paseando de un lado a otro en espera de que descubriera su cuadro. Sin embargo, mientras volvía sus esbozos, levantaba las cortinas y quitaba la sábana que tapaba el lienzo, se sentía muy agitado, tanto más cuanto que, a pesar de que, a su juicio, todos los rusos nobles y ricos tenían que ser forzosamente estúpidos y animales, Vronski y, sobre todo, Anna le habían gustado.

—¿Quieren verlo? —preguntó, apartándose con sus andares balanceantes e indicando el cuadro—. Es la exhortación de Pilato. San Mateo, capítulo veintisiete —dijo, dándose cuenta de que le empezaban a temblar los labios de emoción. Retrocedió, colocándose detrás de los visitantes.

Durante los segundos en que contemplaron el cuadro en silencio, también Mijáilov lo hizo con mirada indiferente e imparcial. En aquellos segundos creyó de antemano que el juicio supremo y justo sería pronunciado por aquellos visitantes, a los que había despreciado hacía un momento. Olvidó todo lo que pensó de su cuadro en los tres años que trabajó en él; todos sus méritos, que había considerado indudables. Pasó a contemplarlo con una mirada nueva, indiferente e imparcial, y no lo encontró bueno. Veía, en primer término, el rostro de Pilato enojado y el de Cristo, sereno, y en segundo las figuras de los servidores de Pilato y el semblante de san Juan, que observaba lo que sucedía. Todos esos rostros, con su carácter peculiar, que habían surgido después de tanta búsqueda, tantos errores y correcciones y que le habían proporcionado tales tormentos y alegrías; todas esas figuras, tantas veces cambiadas de sitio para conservar la armonía del conjunto, todos los matices del colorido y de los tonos que con tanto trabajo había logrado; todo le parecía ahora, mirándolo a través de los ojos de los visitantes, una cosa trivial que se había repetido miles de veces. El rostro que más apreciaba, el de Cristo, punto central del cuadro, que le había procurado tanto entusiasmo cuando lo descubrió, perdió todo su valor cuando lo miró desde el punto de vista de los visitantes. Veía una repetición bien realizada (e incluso no demasiado, porque ahora observaba claramente una serie de defectos) tanto de los innumerables Cristos de Tiziano, Rafael y Rubens como de los guerreros y de Pilato. Todo aquello era vulgar, pobre y viejo, e incluso estaba mal pintado, con colores chillones y con poco carácter. Tendrían razón en pronunciar algunas frases de fingido elogio en presencia del pintor y compadecerle, burlándose de él, cuando quedaran solos.

Aquel silencio fue demasiado penoso para Mijáilov (a pesar de que no había durado más de un minuto). Para interrumpirlo y mostrar que no estaba alterado, hizo un esfuerzo sobre sí mismo, dirigiéndose a Goleníschev.

—Creo que he tenido el gusto de conocerlo —dijo mirando con inquietud, tan pronto a Anna como a Vronski, para no perder un solo detalle de la expresión de sus rostros.

—En efecto, nos vimos en casa de Rossi. ¿No recuerda? En aquella velada en que declamó una señora italiana..., la nueva Rachel —replicó con naturalidad Goleníschev, apartando, sin sentirlo en absoluto, los ojos del cuadro.

Sin embargo, al notar que Mijáilov esperaba su juicio, dijo:

—Su cuadro ha adelantado mucho desde la última vez que lo vi. Y ahora, lo mismo que entonces, me sorprende mucho la figura de Pilato. Se entiende perfectamente a ese hombre bueno y simpático, pero burócrata hasta el fondo de su alma, que no sabe lo que se hace. Pero me parece...

El rostro vivo de Mijáilov se iluminó de pronto: le brillaron los ojos. Quiso decir algo, pero se lo impidió la emoción y fingió toser. A pesar de que apreciaba poco la capacidad de entender el arte de Goleníschev, de la insignificancia de aquella justa observación acerca del rostro de Pilato, y de lo humillante que pudiera parecer un comentario tan nimio, pasando por alto lo principal, Mijáilov se sintió entusiasmado de aquel juicio. Opinaba sobre la figura de Pilato lo mismo que le había dicho Goleníschev. Que aquel comentario fuese uno de los millones de comentarios justos que hubieran podido hacerse sobre su cuadro, no disminuyó para él la importancia de la observación de Goleníschev. Sintió afecto por él, debido a aquel comentario y del estado de abatimiento en que se encontraba pasó al entusiasmo. Inmediatamente, su cuadro se animó a sus ojos con una complejidad inexplicable en todo lo que tenía de vivo. Mijáilov trató de nuevo de decir que él también entendía así a Pilato, pero sus labios le temblaban, a pesar suyo, y no fue capaz de expresar nada. Vronski y Anna hablaban en voz baja, como suele hacerse en las exposiciones, en parte, para no molestar al pintor y, en parte, por no decir una tontería en voz alta, cosa que puede suceder tan fácilmente en cuestiones de arte. Mijáilov pensó que también a ellos les había hecho impresión el cuadro. Se les acercó.

—¡Qué extraordinaria expresión tiene Cristo! —dijo Anna. De cuanto veía, esa expresión era lo que más le gustaba. Se dio cuenta de que constituía el centro del cuadro y de que un elogio le resultaría agradable al pintor—. Se ve que se compadece de Pilato.

Esa observación era también de las que pertenecían a los millones de observaciones justas que podían hacerse sobre su cuadro y sobre la figura de Cristo. Anna había dicho que Cristo se compadecía de Pilato. Era natural que Cristo reflejara también la piedad, ya que expresa el amor, la paz celestial, la resignación ante la muerte, y lo vanas que son las palabras. Pilato tenía expresión de burócrata, y Cristo de piedad, porque el primero personificaba la vida material, y el segundo, la espiritual. Todo eso y muchas cosas más pasaron por la mente de Mijáilov, pero su rostro volvió a iluminarse.

—Qué bien realizada está esta figura, y cuánta atmósfera en torno suyo. Se diría que se puede dar la vuelta a su alrededor —comentó Goleníschev, queriendo dar a entender, sin duda, que no estaba conforme con el significado y la idea de aquella figura.

—Sí, es de una maestría excepcional —dijo Vronski—. ¡Qué relieve tienen las figuras del segundo término! Eso es tener técnica —añadió, dirigiéndose a Goleníschev.

Con eso aludía a la conversación que habían sostenido acerca de que Vronski desesperaba de adquirir aquella técnica.

—¡Sí, sí! Es excepcional —confirmaron Goleníschev y Anna.

A pesar del estado de excitación en que se encontraba Mijáilov, el comentario acerca de su técnica le hirió dolorosamente el corazón y, echando una mirada de enojo a Vronski, frunció el ceño. A menudo oía decir la palabra «técnica», pero no entendía en absoluto su significado. Sabía que indicaban así la capacidad mecánica de pintar y dibujar, de un modo completamente independiente de la idea del cuadro. Con frecuencia observaba, como en el elogio presente, que se contraponía la técnica al mérito intrínseco, como si fuera posible pintar bien algo que no tuviese interés. Sabía que se debe tener mucha atención y cuidado para que, al quitar todo lo superfluo de un cuadro, no se estropee la obra de arte. Pero para pintar con arte no existía ninguna técnica. Si a un niño pequeño o a una cocinera se les revelara lo que él *veía*, también ellos podían expresarlo. En cambio, el pintor técnico más hábil y más diestro no habría podido pintar nada con su facultad mecánica, de no haberse inspirado antes. Además, comprendía que no era posible elogiar su técnica. En todo lo que había pintado y pintaba había defectos que saltaban a la vista, motivados por la falta de atención con que corregía sus cuadros, que ya no podía enmendar sin estropear la obra. Y en casi todas las figuras y rostros había aún pinceladas superfluas que malograban la obra.

—Se podía objetar, si me lo permite usted... —observó Goleníschev.

—Sí, con mucho gusto, se lo ruego —replicó Mijáilov, sonriendo forzadamente.

—Que Cristo es un hombre Dios y no un Dios hombre en su cuadro. Por otra parte, ya sé que es eso lo que se proponía usted.

—No puedo pintar un Cristo que no llevo en mi alma —arguyó Mijáilov con expresión sombría.

—Sí, pero, en este caso, permítame que le exponga mi idea... Su cuadro es tan bueno que mi observación no puede perjudicarle, y, además, solo se trata de una opinión personal. En usted este asunto es distinto. Tomemos, por ejemplo, a Ivanov. Supongo que si se reduce la figura de Cristo a representar un papel histórico hubiera sido mejor que Ivanov eligiera otro tema histórico, más nuevo, no tocado por nadie.

—Pero si es el tema más grande que se presenta en el arte.

—Si se buscan, pueden encontrarse otros. El caso es que el arte no admite discusión ni razonamientos. Y ante el lienzo de Ivanov surge un problema, tanto para el creyente como para el incrédulo: ¿es Dios o no es Dios? Y eso destruye el conjunto de la impresión.

—¿Por qué? A mí me parece que para las personas cultas ya no puede haber discusión —replicó Mijáilov.

Goleníschev no estaba de acuerdo con eso y, ateniéndose a su primera idea sobre la unidad de la impresión, necesaria en el arte, venció a Mijáilov.

Este se excitó, pero no supo decir nada en defensa de su tesis.

XII

Hacía rato que Anna y Vronski se miraban, lamentando la erudita charla de su amigo. Por fin, Vronski se acercó a otro cuadro pequeño, sin esperar a que lo invitara el pintor.

—¡Oh! ¡Qué maravilla! ¡Qué maravilla! Es encantador —exclamaron al unísono Vronski y Anna.

«¿Qué les habrá gustado tanto?», pensó Mijáilov. Ya no se acordaba de aquel cuadro que pintó hacía tres años. Había olvidado los sufrimientos y el entusiasmo que experimentó con aquel lienzo durante los meses que lo tuvo absorbido día y noche, como olvidaba siempre sus obras terminadas. Ni siquiera le agradaba contemplar aquella obra, y solo la había expuesto porque esperaba a un inglés que deseaba comprarla.

—Es un estudio de hace mucho tiempo —dijo.

—¡Qué bien está! —exclamó Goleníschev, que, sin duda, se sentía también fascinado por el encanto de aquel trabajo.

Dos niños pescaban con caña a la sombra de un codeso. El mayor, muy abstraído, acababa de echar el anzuelo y sacaba cuidadosamente el corcho enrollando el hilo. El otro, algo más pequeño, tendido en la hierba y con su cabecita de cabellos rubios y enmarañados apoyada en las manos, miraba el agua con sus azules ojos pensativos. ¿En qué pensaría?

El entusiasmo ante aquel cuadro despertó en Mijáilov la emoción que había sentido antes, pero temía y le disgustaba aquel sentimiento inútil hacia el pasado. Por eso, aunque le alegraban aquellos elogios, quiso desviar la atención de los visitantes hacia un tercer cuadro.

Pero Vronski le preguntó si quería venderlo. A Mijáilov, alterado por aquella visita, le resultaba muy desagradable ahora hablar de asuntos de dinero.

—Está expuesto para la venta —respondió, frunciendo el ceño con expresión sombría.

Cuando se fueron los visitantes, Mijáilov se sentó frente al cuadro de Cristo ante Pilato; pensó en lo que le dijeron y en lo que podía sobrentenderse. Y, cosa rara, lo que tanto valor representó para él cuando estaban presentes y cuando se identificaba mentalmente con su punto de vista, perdió, de pronto, toda importancia. Contempló aquel lienzo con su punto de vista de artista, y se convenció de su perfección y de su valía, sentimiento que necesitaba para lograr aquella tensión que excluía todo otro interés, y sin el cual no podía trabajar.

Sin embargo, el pie de Cristo estaba desproporcionado. Cogió la paleta y comenzó a trabajar. Mientras corregía aquel pie, miraba incesantemente la figura de san Juan; en segundo término, en la que no se habían fijado los visitantes, pero Mijáilov sabía que era la cumbre de la perfección. Terminado el pie, tuvo intención de trabajar en aquella figura, pero se sentía demasiado conmovido para poder hacerlo. Generalmente, no podía trabajar cuando no estaba inspirado, cuando se sentía demasiado enternecido ni cuando veía todo con demasiada claridad. Tan solo había un peldaño para pasar de la frialdad a la inspiración, y solo en ese estado era capaz de trabajar. Hoy sentía demasiada emoción. Fue a tapar el cuadro, pero se detuvo con el paño en la mano, sonriendo con expresión beatífica mientras miraba la figura de san Juan. Finalmente, apartándose con pena, dejó caer el paño y, sintiéndose cansado, pero feliz, volvió a su casa.

De regreso, Vronski, Anna y Goleníschev estaban muy animados y alegres. Hablaban de Mijáilov y de sus cuadros. La palabra «talento», que entendían por una facultad innata casi física, independiente de la inteligencia y del corazón y con la que querían definir todo lo que experimentaba el pintor, surgía muy a menudo en su charla, ya que la necesitaban para hablar de lo que no tenían la menor idea. Aseguraban que no se le podía negar el talento a Mijáilov, pero que ese talento no había podido desarrollarse por su falta de cultura, un mal común entre los pintores rusos. El cuadro de los niños quedó grabado en su memoria y a cada momento volvían a mencionarlo.

—¡Qué maravilla! Qué bien logrado y qué sencillo. No hay que perder la ocasión. Es preciso comprarlo —decía Vronski.

XIII

Mijáilov le vendió el cuadro a Vronski y accedió a pintar el retrato a Anna. El día fijado llegó al palacio y empezó a trabajar.

Desde la quinta sesión, el retrato asombró a todos y, sobre todo, a Vronski, no solo por el parecido, sino por su especial belleza. Resultaba extraño que Mijáilov hubiera podido reproducir aquella belleza peculiar de Anna. «Parece necesario conocerla y amarla como yo la amo para ver esa expresión espiritual», pensó Vronski, aunque en realidad solo a través de aquel retrato había conocido esa expresión. Pero era tan exacta que tanto él como los demás creían haberla visto desde hacía tiempo.

—Llevo luchando tanto tiempo y aún no he hecho nada —dijo, refiriéndose al retrato que le hacía a Anna—. En cambio él, con solo mirarla, la ha reproducido. He aquí la importancia de la técnica.

—Ya llegará —le consoló Goleníschev, a juicio del cual Vronski tenía talento y, sobre todo, cultura, lo que da un concepto elevado del arte.

La convicción de que Vronski tenía talento se afianzaba tanto más en Goleníschev cuanto que él mismo necesitaba el interés y los elogios de su amigo para sus artículos e ideas, opinando, además, que el apoyo y los elogios debían ser recíprocos.

En una casa extraña y, sobre todo, en el palacio de Vronski, Mijáilov resultaba un hombre completamente distinto del que era en su estudio. Se mostraba desagradablemente respetuoso, como si temiera entablar amistad con gente que no respetaba. Le daba a Vronski el tratamiento de excelencia y, a pesar de las invitaciones de este y de Anna, nunca se quedaba a comer ni los visitaba, como no fuera para proseguir el retrato. Anna se mostraba con él más amable que con otras personas y le estaba agradecida por su retrato. Vronski llegaba más allá de la cortesía y, sin duda, le interesaba mucho el juicio de Mijáilov sobre su cuadro. Goleníschev no perdía ocasión de imbuirle a Mijáilov las verdaderas ideas sobre el arte. Pero este seguía mostrándose frío con todos. Anna se daba cuenta por las miradas de Mijáilov que le agradaba contemplarla, aunque rehuía conversar con ella. Cuando Vronski hablaba de su pintura, Mijáilov callaba tenazmente e hizo lo mismo cuando le enseñó su cuadro. Al parecer, le molestaban las conversaciones de Goleníschev y no solía contestarle nada.

En general, Mijáilov, con su trato reservado y desagradable, casi hostil, no gustó a ninguno de ellos cuando lo conocieron más a fondo. Se sintieron contentos cuando terminaron las sesiones y, dejando en su poder el magnífico retrato, Mijáilov no volvió al palacio.

Goleníschev fue el primero en expresar su pensamiento, que todos compartieron, diciendo que Mijáilov tenía envidia de Vronski.

—Si no es precisamente envidia lo que siente, ya que tiene *talento*, le molesta que un hombre rico, cortesano y además conde (todos ellos odian los títulos) logre, sin esfuerzo alguno, lo mismo y tal vez más que él, que ha consagrado a ello toda su vida. Lo principal es la cultura, de la que carece.

Vronski defendía a Mijáilov, pero en el fondo de su alma creía lo mismo, porque, a su juicio, un hombre perteneciente a una esfera social inferior debía sentir envidia por fuerza.

El retrato de Anna, hecho del natural tanto por Mijáilov como por él, debía mostrarle sus respectivas diferencias, pero Vronski no las veía. Solo después de concluir Mijáilov el retrato de Anna, Vronski dejó el que le estaba haciendo él, considerando que ahora era superfluo. Pero continuaba trabajando en su lienzo de tema medieval. Tanto él como Goleníschev y, sobre todo, Anna opinaban que aquel cuadro era excelente porque se parecía mucho más a los cuadros célebres que el de Mijáilov.

Este, por su parte, a pesar de que el retrato de Anna le había interesado mucho, se alegró aún más que ellos cuando lo terminó, y ya no se vio obligado a escuchar las disquisiciones de Goleníschev sobre el arte y pudo olvidar la pintura de Vronski. Sabía que era imposible prohibirle que jugase con la pintura, que tanto él como todos los aficionados tenían derecho a pintar cuanto quisieran, pero eso le molestaba. Es imposible impedir a un hombre que haga una gran muñeca de cera y la bese. Pero si ese hombre llegara con su muñeca y se sentara ante unos enamorados acariciándola lo mismo que el enamorado acaricia a la mujer que ama, este se sentiría molesto. Un sentimiento análogo era el que experimentaba Mijáilov ante la pintura de Vronski. Además de parecerle ridículo, lo ofendía, produciéndole enojo y compasión.

Duró poco la pasión de Vronski por la pintura y por la Edad Media. Su buen gusto para la pintura no le permitió continuar su lienzo. Lo dejó sin terminar. Tenía la vaga sensación de que los defectos del cuadro, poco visibles al principio, llegarían a ser terribles si lo continuaba. Le ocurrió lo mismo que a Goleníschev, el cual comprendía en el fondo que no tenía nada que decir y se engañaba asegurando que su idea no estaba madura, que debía desarrollarla y que acumulaba materiales. Aquello le irritaba y atormentaba; en cambio, Vronski no podía engañarse ni torturarse, ni mucho menos sentir irritación contra sí mismo. Con su característica decisión, sin explicar nada ni justificarse, dejó de pintar.

Pero sin aquella actividad, tanto su vida como la de Anna, sorprendida por su desilusión de la pintura, le pareció aburrida en la ciudad italiana. El palacio les resultó de pronto viejo y sucio, les fue desagradable ver las manchas de las cortinas, las grietas del suelo, el yeso desconchado de las cornisas, y hastiados de tratar siempre a Goleníschev, al profesor italiano y al viajero alemán, sintieron necesidad de cambiar de vida. Decidieron marchar a Rusia, al campo. Vronski se proponía repartir las propiedades con su hermano en San Petersburgo y Anna ver a su hijo. Pensaban pasar el verano en la gran finca de la familia de Vronski.

XIV

Hacía ya tres meses que Lievin se había casado. Era feliz, pero de un modo distinto de como lo había esperado. A cada paso lo decepcionaban sus antiguas ilusiones, aunque se encontraba con un nuevo encanto inesperado. Era feliz, pero al empezar su vida familiar veía a cada momento que era completamente distinta de lo que había imaginado. Constantemente experimentaba lo que experimenta un hombre al entrar en una barca después de haber admirado su marcha suave por un lago. Se daba cuenta de que no bastaba con guardar el equilibrio, limitándose a no balancearse; era preciso no olvidar ni un solo instante el rumbo, ni que había agua debajo, que se debía remar y que dolían las manos no acostumbradas a ello. En una palabra: era fácil contemplar aquello, pero muy difícil de hacer, a pesar de ser muy agradable.

De soltero, considerando la vida conyugal de los demás, con sus pequeñas miserias, disputas y celos, Lievin se limitaba a sonreír irónicamente. Creía que en su futura vida de casado no solo no habría nada parecido, sino que hasta las formas exteriores serían completamente distintas. Pero, en lugar de esto, su vida de casado no se organizó de un modo especial, sino que estaba constituida precisamente de aquellas nimiedades que tanto había despreciado antes y que ahora, contra su voluntad, adquirían una importancia indiscutible y extraordinaria. Y Lievin vio que no era tan fácil arreglar todas aquellas menudencias. A pesar de que creía comprender muy bien la vida familiar, como todos los hombres, se la imaginaba solo como un goce del amor, sin obstáculo alguno, de la que debían apartarse las pequeñas preocupaciones. A su juicio, él tendría que realizar su trabajo y descansar en la dicha del amor. Kiti debería ser amada, y nada más. Pero Lievin, como todos los hombres, olvidaba que ella también tenía que trabajar.

Y le asombraba que aquella deliciosa Kiti pudiese, desde los primeros días de su vida conyugal, pensar y preocuparse de manteles, muebles, colchones para los invitados, bandejas, ceniceros, comidas, etcétera. Aun siendo novios, Konstantín se sorprendió de la firmeza con que Kiti se había negado a ir al extranjero, decidiéndose por la aldea, como si tuviera algo que hacer y pudiera pensar en otras cosas aparte del amor. Eso le ofendió entonces, y ahora le molestaban sus preocupaciones por cosas insignificantes. Comprendía, sin embargo, que a Kiti le era necesario aquello. Y como la amaba, a pesar de burlarse de sus desvelos, no podía dejar de admirarlos. Consideraba con ironía la manera de Kiti de colocar los muebles, traídos de Moscú, arreglar a su estilo su habitación y la de él, colgar las cortinas, asignar los cuartos para los futuros invitados y para Dolli, disponer el dormitorio de su nueva doncella, encargar la comida al nuevo cocinero y discutir con Agafia Mijáilovna, retirándole la obligación de vigilar la despensa. Lievin observaba que el viejo cocinero sonreía admirado, escuchando las disposiciones de Kiti, torpes y disparatadas, y que Agafia Mijáilovna movía la cabeza con expresión pensativa y cariñosa ante las órdenes de la joven señora. Encontraba a Kiti extraordinariamente simpática cuando entre risas y lágrimas acudía a él diciendo que la doncella, Masha, acostumbrada a considerarla como a una señorita, no la obedecía en nada. Todo eso le resultaba agradable, aunque extraño, y pensaba que sería mejor prescindir de esas cosas.

Lievin ignoraba el cambio que se había producido en la vida de Kiti. Antes, cuando estaba en su casa, si alguna vez se le antojaba tomar col con kvas o bombones, no podía conseguir ni una cosa ni otra. En cambio, ahora le era posible encargar todo lo que quería, comprar grandes cantidades de bombones, gastar el dinero que se le antojaba y pedir los pasteles que le gustaban.

Ahora pensaba con alegría en la llegada de Dolli con los niños, sobre todo, porque encargaría para estos los pasteles que prefiriesen y Dolli podría apreciar su nuevo hogar. Sin saber por qué, las faenas caseras la atraían irresistiblemente. Presentía la proximidad de la primavera, y, sabiendo que aún habría días malos, arreglaba el nido a su manera, apresurándose al mismo tiempo a aprender cómo debía hacerlo.

Esa inquietud de Kiti por las cosas pequeñas, tan contraria al elevado ideal de felicidad que Lievin esperaba del primer tiempo de su matrimonio, constituía una de sus desilusiones. Pero esa simpática preocupación, cuyo sentido no comprendía Lievin aunque no dejaba de apreciarla, era también uno de sus nuevos encantos.

Otra desilusión y encanto a la vez lo constituían las discusiones. Lievin nunca se había imaginado que entre él y su mujer pudieran existir relaciones que no fuesen tiernas, amorosas y llenas de respeto. Pero en los primeros días de casados discutieron hasta tal punto que Kiti se echó a llorar diciéndole que no la quería y que solo se quería a sí mismo.

La primera disputa surgió un día en que Lievin fue a una granja nueva y se retrasó media hora porque se extravió al tomar un atajo. Volvía a casa pensando solo en Kiti, en su amor, en su dicha, y cuanto más se acercaba, tanto más se encendía en él la ternura hacia ella. Entró corriendo en la habitación con el mismo sentimiento, aunque mucho más vivo, que había experimentado el día en que fue a casa de los Scherbatski a pedir la mano de Kiti. Pero esta lo acogió con una expresión tan sombría como nunca había visto en ella. Lievin quiso besarla y ella lo rechazó.

—¿Qué te pasa?

—Tú te diviertes... —dijo Kiti, tratando de aparecer tranquila y mordaz.

Pero en cuanto abrió la boca brotaron palabras de reproche motivadas por unos celos absurdos, y por todo lo que la había atormentado durante aquella media hora que permaneció sentada inmóvil junto a la ventana mientras lo esperaba. Solo entonces comprendió Lievin por primera vez lo que no había comprendido al llevársela de la iglesia después de la boda. Se dio cuenta de que no solo quería mucho a Kiti, sino que ignoraba dónde terminaba ella y dónde empezaba él, debido a la dolorosa sensación de desdoblamiento que experimentó en aquel instante. Al principio se molestó, pero no tardó en comprender que ella no podía ofenderle, ya que constituía una parte de su propio ser. Experimentó lo que un hombre que recibe un fuerte golpe por detrás, el cual, al volverse irritado para buscar al agresor y vengarse, se convence de que se ha lastimado por descuido, que no tiene contra quién enfadarse y debe soportar el dolor.

Nunca volvió a experimentarlo tan intensamente, pero aquella primera vez tardó mucho en recobrarse. Un sentimiento natural le exigía justificarse y demostrarle a Kiti su error, pero al hacerlo la excitaría aún más aumentando aquella separación que era el motivo de la pena. Un sentimiento habitual lo impulsaba a quitarse la culpa y echársela a ella y otro más fuerte a reparar aquello lo antes posible para que no aumentara la separación producida. Era doloroso quedar con una inculpación injusta, pero todavía más causarle daño a Kiti, justificándose. Lo mismo que un hombre adormilado que sufre, trataba de arrancar arrojando fuera de sí el punto doloroso, pero al recobrarse, se daba cuenta de que le dolía su propia persona. Solo debía ayudar al punto dolorido a soportar el dolor, y eso fue lo que hizo.

Se reconciliaron. Kiti, reconociendo su culpa, aunque sin confesarlo, se mostró más cariñosa y ambos experimentaron redoblada la dicha del amor. Pero eso no impidió que tales choques se repitiesen, incluso con bastante frecuencia, por los motivos más fútiles e inesperados. Se producían también porque ambos ignoraban aún lo que era importante para cada cual y porque durante los primeros tiempos solían estar malhumorados. Si uno de ellos estaba de buen humor y el otro de malo, la paz no se alteraba, pero cuando los dos coincidían en su mal humor surgían las disputas por motivos tan nimios e incomprensibles que después ni siquiera recordaban por qué habían discutido. Cierto es que al estar ambos bien dispuestos, su alegría de vivir se duplicaba. Sin embargo, aquel primer tiempo fue penoso para los dos.

Al principio, notaban con especial intensidad la tensión de la cadena que los ligaba, como si tirase de ellos de un lado y de otro. El primer mes de matrimonio, del que tanto había esperado Lievin, no resultó en absoluto una luna de miel, quedando en el recuerdo de ambos como el período más penoso y humillante de su vida. Los dos procuraron borrar de su memoria en lo sucesivo los momentos grotescos y vergonzosos de aquella mala época en que rara vez se mostraron en un estado de ánimo normal y tal como eran en realidad. Solo al tercer mes de matrimonio, después de su regreso de Moscú, adonde habían ido a pasar un mes, su vida tomó un cauce más uniforme.

XV

Acababan de volver de Moscú y les alegraba su soledad. Lievin, sentado ante la mesa, escribía. Kiti, con el traje morado que había llevado en los primeros días de su matrimonio, de agradable recuerdo para su marido, hacía una *broderie anglaise** sentada en el antiguo diván de cuero que siempre había estado en el despacho del abuelo y del padre de Lievin. Este pensaba y escribía sin dejar de sentir, con una sensación alegre, la presencia de Kiti. Lievin no había relegado sus ocupaciones respecto de la hacienda ni de la obra que escribía, en la que iba a exponer las bases de la nueva economía doméstica. Así como antes esas ocupaciones y esas ideas le parecían insignificantes en comparación con la oscuridad que se cernía sobre su vida, ahora las consideraba sin importancia, nimias, al compararlas con su vida futura, inundada de luz radiante. Continuaba sus trabajos, pero ahora se daba cuenta de que el centro de gravedad de su atención había pasado a otro objeto y, en consecuencia, veía las cosas de modo distinto y más claras. Antes, su trabajo era la salvación de su vida. Notaba que sin él su existencia sería demasiado sombría. En cambio, ahora necesitaba esos trabajos para que su vida no fuese demasiado monótona por exceso de luz. Al coger otra vez los papeles y releer lo escrito, halló con satisfacción que el asunto merecía que se ocupara de él. Muchos de sus pensamientos anteriores le parecieron superfluos y exagerados, pero también muchas lagunas resultaron claras al repasar de nuevo en su memoria todo el asunto. Escribía a la sazón un nuevo capítulo sobre las causas de la desventajosa situación de la agricultura en Rusia. Demostraba que la pobreza rusa no solo procedía del mal reparto de tierras y de la orientación equivocada, sino que contribuía a ello la civilización extranjera injertada de modo anómalo en Rusia durante

---

* «Bordado inglés.» *(N. de las T.)*

los últimos tiempos y, sobre todo, los medios de comunicación, los ferrocarriles, que habían implicado la centralización en las ciudades, el desarrollo del lujo y, como consecuencia y en detrimento de la agricultura, las nuevas industrias fabriles, el crédito y su acompañante el juego de bolsa. Lievin opinaba que, en un desarrollo normal de la riqueza del Estado, todas aquellas manifestaciones surgían solo cuando la agricultura está bien desarrollada, cuando se halla ya en condiciones normales o, al menos, definidas. Creía que la riqueza de un país debe aumentar uniformemente y, sobre todo, de manera que otras fuentes de riqueza no sobrepasen el cultivo agrario. A su juicio, los medios de comunicación debían corresponder a un determinado estado del cultivo agrario y que, dado el sistema ruso de explotar las tierras, los ferrocarriles, resultado de una necesidad política y no económica, habían llegado antes de tiempo y, en lugar de ser una ayuda para la economía agraria, como se esperaba, la superaron y paralizaron, provocando el desarrollo de las industrias y del crédito. Sostenía que así como el desarrollo parcial y prematuro de una parte del organismo animal estorbaría al crecimiento general, así en Rusia habían impedido desarrollarse a la riqueza del país el crédito, las comunicaciones y el aumento de las fábricas, probablemente necesarios en Europa, donde llegaban en un momento oportuno, pero perjudiciales donde eliminaban el problema esencial: la organización de la agricultura.

Mientras Lievin escribía, Kiti pensaba en la amabilidad poco natural que había mostrado su marido al joven príncipe Charski, que se había permitido cortejarla con poco tacto la víspera de su marcha de Moscú. «Tiene celos. ¡Dios mío! ¡Qué simpático y qué tonto es! ¡Tiene celos! Si supiera que todos me importan tanto como Piotr el cocinero —pensaba mirando la nuca y el cuello rojo de Lievin con una extraña sensación de propiedad—. Aunque da lástima interrumpirlo de su trabajo, ya tendrá tiempo de hacerlo después. Quiero verle la cara. A ver si se da cuenta de que lo estoy mirando. Quiero que se vuelva... ¡Que se vuelva!» Kiti abrió más los ojos para reforzar el efecto de su mirada.

—Sí, absorben todo el jugo y adquieren un brillo falso —murmuró Lievin dejando de escribir, y dándose cuenta de que Kiti lo miraba, se volvió—. ¿Qué? —preguntó sonriendo sin levantarse.

«Se ha vuelto», pensó ella.

—Nada, quería que volvieras la cabeza —replicó Kiti observándolo y deseando adivinar si estaba descontento por la interrupción.

—¡Qué bien estamos aquí los dos solos! Es decir, yo —exclamó Lievin, acercándose a su mujer, con una sonrisa radiante de felicidad.

—¡Me encuentro tan bien! No quiero ir a ningún sitio y menos a Moscú.

—¿Qué pensabas?

—¿Yo? Pensaba... Pero no, no. Anda, vete; trabaja y no te distraigas. También yo tengo que recortar esos agujeritos. ¿Ves? —replicó Kiti frunciendo los labios.

Cogió las tijeras y se puso a recortarlos.

—No, dime lo que pensabas —insistió Lievin sentándose junto a ella y siguiendo el movimiento circular de las tijeritas.

—¿En qué pensaba? Pues, en Moscú, en tu nuca.

—¿Por qué razón disfruto de esta felicidad? No es natural. Es demasiado buena —dijo Lievin, besándole la mano a Kiti.

—Al contrario: cuanto mejor, tanto más natural.

—Te asoma un mechón por aquí —dijo Lievin, volviendo cuidadosamente la cabeza de Kiti—. ¿Ves? Aquí, aquí. Bueno, ¡vamos a seguir trabajando!

Pero no lo hicieron, y, al entrar Kuzmá anunciando que estaba servido el té, se separaron bruscamente, como dos culpables.

—¿Han venido de la ciudad? —le preguntó Lievin al criado.

—Acaban de llegar. Están sacando el equipaje.

—Ven pronto —dijo Kiti saliendo del despacho—. Si no, leeré sola la correspondencia. Luego podemos tocar a cuatro manos.

Una vez solo y después de haber guardado sus papeles en una cartera nueva comprada por Kiti, Lievin fue a lavarse las manos en un lavabo nuevo con elegantes objetos de tocador que también habían aparecido al llegar ella. Lievin sonreía a sus propios pensamientos moviendo la cabeza con reproche; le atormentaba una sensación parecida al remordimiento. En su vida actual había algo vergonzoso, suave, y cierta molicie. «No está bien vivir así —pensaba—. Pronto va a hacer tres meses, y aún no he hecho nada. Hoy ha sido la primera vez que me he puesto a trabajar en serio y ¿cuál ha sido el resultado? Al poco rato de empezar, lo dejé. Hasta he abandonado mis ocupaciones habituales. Ni siquiera recorro la finca a pie ni a caballo. Unas veces me da lástima de dejar sola a Kiti, otras creo que se va a aburrir. ¡Y yo que pensaba que la vida de soltero no representaba nada y que la auténtica vida empezaba después de casado! Va a hacer tres meses que nos casamos y nunca ha sido mi vida tan ociosa y tan inútil como ahora. No, eso no puede ser; hay que empezar a trabajar. Desde luego, ella no tiene la culpa. No se le puede reprochar nada. Yo debía haber sido más firme, y defender mi independencia masculina. Si no, me acostumbraré a eso y la acostumbraré a ella también... Desde luego, ella no tiene la culpa», se decía Lievin.

Pero es difícil que un hombre descontento no culpe a alguien, y, sobre todo, a la persona más próxima al motivo de su descontento. Y Lievin pensaba confusamente que no era Kiti la culpable (ella no podía tener la culpa de nada), sino su educación, demasiado superficial y frívola. («¡Ese estúpido Charski! Sé que ella quería pararle los pies, no ha sabido hacerlo.») «Aparte del interés por la casa (indudablemente lo tiene), aparte de sus vestidos y de la *broderie anglaise*, Kiti no tiene preocupaciones serias. Tampoco siente gran interés por la hacienda, por los campesinos, por la música, que conoce bastante bien, ni por la lectura. No hace nada y está completamente satisfecha.» Lievin censuraba esto en el fondo de su alma sin comprender que Kiti se preparaba para aquel período de actividad en que sería a la vez esposa, ama de casa y tendría que criar y educar a sus hijos. No comprendía que ella sabía estas cosas por instinto y que, al prepararse para aquel trabajo tan enorme, no se reprochaba los momentos de despreocupación y de dicha, de los que gozaba arreglando alegremente su futuro nido.

XVI

Cuando Lievin subió, su mujer estaba sentada ante un nuevo samovar de plata y un servicio de té nuevo también. Después de haber instalado ante una mesita pequeña a la anciana Agafia Mijáilovna y de servirle una taza de té, se había puesto a leer una carta de Dolli, con la que sostenía una frecuente correspondencia.

—¿Ve? La señora me ha mandado que me sentara con ella —dijo Agafia Mijáilovna, sonriéndole amistosamente a Kiti.

Por esas palabras, Lievin interpretó que se había producido el desenlace de la tragedia desarrollada últimamente entre Agafia Mijáilovna y Kiti. Vio que, a pesar del dolor que le había causado quitándole las riendas del gobierno, Kiti había vencido finalmente, consiguiendo hacerse querer.

—He abierto una carta que ha llegado para ti —dijo Kiti, tendiéndole a Lievin la carta, escrita por una persona inculta—. Es de aquella mujer, la mujer de tu hermano, por lo que parece... No la he leído. Y esta es de mi familia y de Dolli. ¡Figúrate que Dolli ha llevado a Grisha y a Tania al baile infantil de los Sarmatski! Tania iba vestida de marquesa.

Pero Lievin no escuchaba a Kiti. Enrojeciendo, cogió la carta de María Nikoláievna, antigua amante de su hermano Nikolái, y empezó a leerla. Era la segunda vez que le escribía. La primera, le comunicó que su hermano la había echado sin que ella tuviera la culpa, y añadía con una ingenuidad conmovedora que, aunque de nuevo vivía en la miseria, no pedía ni deseaba nada. Solo la torturaba la idea de que Nikolái Dmítrich perecía sin ella a causa de su poca salud y rogaba a Lievin que cuidara de él. Ahora decía otra cosa. Después de un encuentro con Nikolái Dmítrich, se habían vuelto a unir en Moscú, marchándose después a una capital de provincia donde él se había procurado una colocación. Allí había reñido con su jefe y había emprendido el viaje de vuelta a Moscú, cayendo malo en el camino. Se encontraba tan mal que era poco probable que se curase. «Siempre se acuerda de usted y además no tenemos dinero.»

—Lee lo que Dolli dice de ti —empezó diciendo Kiti con una sonrisa, pero al observar el cambio de expresión del rostro de su marido, se interrumpió de repente—. ¿Qué tienes? ¿Qué te pasa?

—Me escribe que Nikolái, mi hermano, está a la muerte. Voy a ir allí, enseguida.

La expresión de Kiti cambió de pronto. Desaparecieron de su mente Tania, vestida de marquesa, y Dolli.

—¿Cuándo te marchas? —le preguntó.

—Mañana.

—Iré contigo. ¿Quieres?

—¡Kiti! ¿Qué dices? —dijo Lievin en tono de reproche.

—¿Qué digo? —replicó ella, ofendida por la desgana con que Lievin acogía su ofrecimiento—. ¿Por qué no he de ir? No voy a estorbarte. Yo...

—Me voy porque mi hermano se está muriendo. ¿Para qué vas a venir...?

—¿Para qué? Para lo mismo que tú.

«En un momento tan trascendental para mí no piensa sino en que se va a aburrir estando sola», pensó Lievin. Eso le disgustó tratándose de un asunto tan importante.

—Es imposible —dijo con severidad.

Agafia Mijáilovna, viendo que llegarían a disputar, dejó silenciosamente la taza y salió. Kiti ni la vio siquiera. El tono de las últimas palabras de su esposo la ofendió de un modo particular porque era evidente que no le había creído.

—Te digo que, si te vas, iré contigo, iré contigo sin falta —dijo presurosa y con tono de ira—. ¿Por qué va a ser imposible? ¿Por qué dices que es imposible?

—Porque tengo que ir Dios sabe adónde, por qué caminos y posadas... Estaría violento contigo —replicó Lievin, tratando de mantenerse sereno.

—Nada de eso. No necesito nada. Donde puedas estar, yo...

—Aunque no sea más que por aquella mujer con la que no puedes tratar.

—No sé nada ni quiero saber nada de quien esté allí. El caso es que el hermano de mi marido se muere, que mi marido se va y yo voy con él para...

—¡Kiti! No te enfades. Pero hazte cargo, es tan importante para mí que me duele pensar que lo mezclas con un sentimiento de pusilanimidad, con no querer quedarte sola. Si te vas a aburrir aquí sin mí, vete a Moscú.

—*Siempre* me atribuyes pensamientos bajos e infames —exclamó Kiti, con lágrimas provocadas por la ofensa y la ira—. No es pusilanimidad. No es... Me doy cuenta de que mi deber es acompañar a mi marido cuando se halla en la desgracia, pero tú quieres hacerme daño, no quieres comprender adrede...

—¡Esto es horrible! ¡Esto es ser esclavo! —gritó Lievin, levantándose y sin poder reprimir su enojo.

Pero inmediatamente se dio cuenta de que se golpeaba a sí mismo.

—¿Para qué te has casado entonces? De no haberlo hecho serías libre. ¿Para qué lo has hecho si ahora te arrepientes? —dijo Kiti y, levantándose de un salto, corrió al salón.

Cuando Lievin fue a buscarla, Kiti sollozaba.

Lievin empezó a hablar buscando palabras que, si no consiguieran convencerla, la apaciguaran al menos. Pero ella no le escuchaba ni se conformaba con nada. Lievin se inclinó, cogió la mano de Kiti, que se le resistía, y se la besó. Besó sus cabellos y otra vez la mano, pero Kiti continuaba callada. Sin embargo, cuando Lievin, cogiéndole la cara con ambas manos, le dijo: «Kiti», se recobró repentinamente y, tras llorar un poco, hicieron las paces.

Decidieron marchar juntos al día siguiente. Lievin le dijo a su mujer que creía que solo deseaba ir con él para serle útil, y admitió que la presencia de María Nikoláievna junto a su hermano no representaba nada indecoroso. Pero en el fondo de su alma se iba descontento de Kiti y de sí mismo. Estaba descontento de ella porque no había querido dejarle marchar solo cuando era necesario (¡qué extraño le resultaba pensar que él, que hacía tan poco tiempo no se atrevía a creer en la dicha de que Kiti lo amara, se sentía desgraciado porque lo amaba excesivamente!), y de sí mismo porque no se había impuesto. Además, en su fuero interno no estaba conforme con que Kiti tuviese algo que ver con la mujer que vivía con su hermano y pensaba con horror en los choques que podían producirse. El solo hecho de que su mujer, su Kiti, compartiera la habitación de una ramera, le hacía estremecerse de horror y repugnancia.

XVII

La fonda de la capital de provincia donde se alojaba Nikolái Lievin era uno de esos establecimientos provincianos que se construyen con arreglo a los adelantos modernos, con las mejores intenciones de higiene, confort e incluso elegancia, pero que, debido al público que las frecuenta, se convierten con extraordinaria rapidez en tabernas sucias con pretensiones y, como consecuencia de esto, suelen ser peores que las antiguas posadas, que no disimulan la suciedad. Esta había llegado ya a aquel estado. Tanto el soldado de sucio uniforme que fumaba sentado a la puerta y, al parecer, cumplía los deberes de portero, como la triste y desagradable escalera de hierro fundido, el camarero descarado con su frac sucio, la sala con un ramo de flores de cera cubierto de polvo que adornaba la mesa, la suciedad, el polvo, el desorden por doquier y junto con todo esto cierto deseo de darle un aire de fonda de estación de ferrocarril de alguna categoría, produjeron en los Lievin, después de su vida de recién casados, un efecto deprimente, sobre todo porque la impresión de falsedad que causaba la fonda no estaba en relación con lo que los esperaba.

Como siempre, resultó que después de haberles preguntado de qué precio querían la habitación, no había ninguna buena: una de estas estaba ocupada por un revisor de ferrocarril, otra por un abogado de Moscú y la tercera por la princesa Astáfieva, que venía de la aldea. Quedaba disponible una habitación sucia y les prometieron preparar la de al lado para la noche. Enfadado con su mujer al ver que se realizaba lo que se había figurado, es decir, que en el momento de la llegada, cuando tenía el corazón en un hilo pensando en su hermano, debía preocuparse de ella en lugar de correr a verlo, Lievin la acompañó a la habitación que les habían destinado.

—¡Vete! ¡Vete! —dijo Kiti, mirándole con expresión tímida y culpable.

Lievin salió en silencio, tropezando en el pasillo con María Nikoláievna, que se había enterado de su llegada, pero no se atrevía a entrar. Estaba exactamente igual a como la vio en Moscú: llevaba el mismo vestido de lana que le dejaba los brazos y el cuello al descubierto, y tenía la misma expresión poco inteligente y bondadosa en su rostro picado de viruelas, algo más lleno que antes.

—¿Cómo está? ¿Cómo se encuentra?

—Muy mal. Está postrado en la cama. Le espera. Él... Usted... y su esposa...

Al principio, Lievin no comprendió el motivo de su turbación, pero ella no tardó en aclarárselo.

—Me iré a la cocina —pronunció finalmente—. Él se alegrará. Ha oído hablar de ella y la recuerda de cuando estuvimos en el extranjero.

Comprendiendo que se refería a su esposa, Lievin no supo qué contestar.

—¡Vamos, vamos! —dijo.

Pero apenas había dado un paso, se abrió la puerta de su habitación y apareció Kiti. Lievin enrojeció tanto de vergüenza como de enojo contra su mujer, que los ponía a ambos en una situación difícil, pero María Nikoláievna se ruborizó aún más. Se encogió toda y casi se le saltaron las lágrimas por el rubor. Cogiendo con ambas manos las puntas del chal, empezó a enrollarlas con sus dedos colorados, sin saber qué hacer ni qué decir.

Lievin vio una expresión de ávida curiosidad en la mirada que Kiti dirigió a esa terrible mujer, incomprensible para ella, pero eso duró tan solo un instante.

—¿Cómo está? ¿Dónde está? —preguntó Kiti dirigiéndose primero a su marido y después a María Nikoláievna.

—No podemos hablar en el pasillo —exclamó Lievin, mirando con enojo a un señor de piernas temblonas que pasaba pensando, sin duda, en sus asuntos.

—Entonces pasen —dijo Kiti, dirigiéndose a María Nikoláievna, que se había recobrado, pero, viendo el rostro aterrado de su marido, añadió—: Y si no, es mejor que vayan ustedes y que me llamen después.

Volvió a entrar en la habitación, y Lievin fue a la de su hermano.

No esperaba ver ni experimentar aquello. Creía encontrar a Nikolái en aquel estado en que se engañaba a sí mismo que, según había oído, suelen tener con frecuencia los tuberculosos y que tanto le había sorprendido cuando lo vio en otoño. Esperaba hallar más definidos los síntomas físicos de la muerte próxima, mayor debilidad, más enflaquecimiento, pero, al fin, casi el mismo aspecto. Suponía que había de experimentar ante su hermano querido el mismo sentimiento de pena por perderlo y el mismo horror ante la muerte que sintió entonces, solo que en mayor grado. Se había preparado para esto, pero lo que halló fue muy distinto.

En una pequeña habitación sucia, con las paredes pintadas cubiertas de escupitajos —tras cuyo delgado tabique se oía hablar— y la atmósfera impregnada de olor a suciedad, yacía sobre una cama separada de la pared un cuerpo cubierto con una manta. Una de las manos de aquel cuerpo, enorme como un rastrillo, cuya muñeca estaba unida de un modo incomprensible al antebrazo delgado y recto, descansaba sobre la manta. La cabeza yacía de lado sobre la almohada. Lievin distinguió los cabellos ralos, cubiertos de sudor, sobre las sienes y la frente lisa que parecía transparente.

«Es imposible que este terrible cuerpo sea mi hermano Nikolái», pensó, pero al acercarse más, le vio el rostro y ya no pudo seguir dudando. A pesar de aquel impresionante cambio, le bastó echar una ojeada a esos ojos vivos que el enfermo levantó para mirar al que entraba y observar el ligero movimiento de los labios bajo los bigotes pegados, para comprender la terrible verdad: aquel cuerpo muerto era su hermano vivo.

Los ojos brillantes de Nikolái se clavaron en Lievin con expresión grave y de reproche. E inmediatamente se estableció una comunicación viva entre ellos. Lievin notó aquel reproche y experimentó remordimientos por su propia felicidad.

Cuando Konstantín le cogió la mano, Nikolái sonrió. Aquella sonrisa era débil, apenas perceptible y, a pesar de ella, la expresión severa de sus ojos no cambió.

—No esperabas encontrarme así —dijo con dificultad.

—Sí... No —contestó Lievin trabándosele la lengua—. ¿Cómo no me has avisado antes? Es decir, antes de que me casara. Te estuve buscando por todas partes.

Tenía que hablar por no callar, pero no sabía qué decir, tanto más cuanto que su hermano no le contestaba, limitándose a mirarlo fijamente y penetrando, al parecer, en el sentido de cada palabra. Lievin le dijo a su hermano que Kiti había venido con él. Nikolái manifestó su alegría, pero también su temor de asustarla por su estado. Reinó un silencio. De pronto, el enfermo se agitó y empezó a hablar. Lievin esperaba que dijera algo importante, a juzgar por la expresión de su rostro, pero Nikolái habló de su salud, culpó al médico, lamentándose de que no estuviese allí un célebre doctor de Moscú, y Lievin comprendió que aún tenía esperanzas de salvarse.

Aprovechando el primer silencio, Lievin se levantó para librarse por un instante de aquel sentimiento penoso, diciendo que iba a buscar a su mujer.

—Muy bien, y yo diré que limpien aquí. Me parece que todo está sucio y que huele mal. Masha, arregla la habitación —dijo el enfermo con dificultad—. Y cuando lo hayas hecho, márchate —añadió, mirando con expresión interrogativa a su hermano.

Lievin no contestó. Al salir del cuarto se paró en el pasillo. Había dicho que llevaría allí a su mujer, pero ahora, dándose cuenta del sentimiento que experimentaba, decidió, por el contrario, tratar de persuadirla de que no fuera a ver al enfermo. «¿Para qué se va a atormentar como yo?», se dijo.

—Qué, ¿cómo está? —preguntó Kiti con cara asustada.

—¡Oh! ¡Es terrible, terrible! ¿Para qué has venido?

Kiti calló durante unos instantes, mirando a su marido con timidez y compasión; después se acercó a él y le cogió el brazo con ambas manos.

—Kostia, llévame a verlo. Lo soportaremos mejor juntos. Llévame, por favor. Y luego, márchate. Comprende que me es mucho más penoso verte a ti sin verle a él. Allí, tal vez os sea útil a los dos. Por favor, permíteme que vaya —suplicó Kiti a su marido, como si la dicha de su vida dependiera de aquello.

Lievin tuvo que acceder y, serenándose y olvidando completamente a María Nikoláievna, se dirigió con Kiti al cuarto de su hermano.

Andando con paso ligero, sin dejar de mirar a su marido y mostrándole su rostro animado y lleno de compasión, Kiti entró en la estancia del enfermo y, volviéndose despacio, cerró la puerta sin ruido. Se acercó en silencio al lecho de Nikolái y se colocó de modo que este no necesitase volver la cabeza para verla. Enseguida tomó con su mano joven y fresca el armazón de la enorme mano, se la estrechó y empezó a hablarle con aquella viveza, solo propia de las mujeres, que expresa piedad sin ofender.

—Nos vimos en Soden, pero no nos presentaron —dijo—. No pensaría usted entonces que yo iba a ser hermana suya.

—No me hubiera usted reconocido, ¿verdad? —replicó Nikolái con una sonrisa que iluminó su rostro.

—¡Ya lo creo que sí! Ha hecho usted muy bien en avisarnos. No ha pasado ni un solo día en que Kostia no le recordase y no estuviera preocupado por usted.

Pero la animación del enfermo duró poco.

Aún no había concluido Kiti de hablar cuando se reflejó de nuevo en el rostro de Nikolái una expresión severa y de reproche, la envidia del moribundo hacia los vivos.

—Temo que no esté bien aquí —dijo Kiti, apartándose de la mirada fija del enfermo y examinando la alcoba—. Hay que pedir otra habitación al dueño de la fonda, además para estar más cerca —continuó, dirigiéndose a su marido.

XVIII

Lievin no podía mirar a su hermano con serenidad ni mostrarse natural y tranquilo en su presencia. Cuando entraba en el cuarto del enfermo se le nublaban los ojos y la atención y no podía ver ni distinguir los detalles del estado en que se encontraba. Notaba el terrible olor, veía la suciedad y el desorden y se daba cuenta de la situación angustiosa y de los quejidos de su hermano, pero comprendía que no era capaz de ayudarle. No se le ocurría pensar en la posición del enfermo, examinar cómo se hallaba su cuerpo bajo la manta, cómo tenía dobladas las enflaquecidas piernas, cómo descansaba la espalda ni si se le podía acomodar un poco mejor para aliviarle. Si intentaba pensar en esas cuestiones, un escalofrío le recorría la espalda. Estaba firmemente convencido de que nada se podía hacer para prolongar la vida de Nikolái ni para disminuir sus sufrimientos. Pero este se daba cuenta de que su hermano creía inútil toda ayuda y se exacerbaba, cosa que angustiaba aún más a Lievin. Le resultaba doloroso estar en la alcoba del enfermo y, sin embargo, no estar en ella le parecía peor. No hacía más que entrar y salir constantemente con diferentes pretextos, sintiéndose incapaz de quedarse solo con su hermano.

Pero Kiti pensaba, sentía y actuaba de modo muy distinto. Al ver al enfermo, sintió compasión de él. Y la compasión despertó en su alma de mujer un sentimiento distinto del sentimiento de horror y repugnancia que había despertado en su marido. Sintió la necesidad de actuar, de enterarse con todo detalle del estado de Nikolái y de ayudarle. Y como no dudó ni un solo instante de que debía hacerlo y tampoco dudó de la posibilidad de llevar a cabo su propósito, enseguida puso manos a la obra. Los detalles cuyo solo pensamiento aterraban a su marido atrajeron inmediatamente la atención de Kiti. Envió a buscar un médico y a la farmacia, y ordenó a la criada que venía con ella y a María Nikoláievna que barriesen, limpiasen el polvo y fregasen, limpiando algunas cosas, lavando y arreglando la ropa de la cama ella en persona. Por orden suya trajeron unas cosas y se llevaron otras de la habitación del enfermo. Fue varias veces a su cuarto, sin preocuparse de la gente que se encontraba por el pasillo, y trajo sábanas, fundas, toallas y camisas.

El criado que servía la comida a los ingenieros en el comedor común acudió varias veces a la llamada de Kiti con semblante enojado, pero no dejó de cumplir sus órdenes, porque las daba con tan suave insistencia que no la podía desobedecer. Lievin no aprobaba todo esto; no creía que tuviese ningún resultado útil para el enfermo. Sobre todo, temía que se enfadara. Pero este no se enfadaba y, aunque parecía estar indiferente a estas cosas, se sentía confuso y, sin duda, se interesaba por todo lo que hacía Kiti. Cuando regresó de casa del médico, adonde lo había enviado Kiti, al abrir la puerta de la habitación, Lievin se encontró con que estaba mudando de ropa al enfermo. Su largo y blanco tronco, con los enormes omóplatos y la columna vertebral saliente y las prominentes costillas estaban al descubierto, y María Nikoláievna y el criado luchaban por introducir sus largos y flacos brazos en las mangas de la camisa. Kiti cerró enseguida la puerta al entrar Lievin. No miraba al enfermo, pero cuando este se quejó fue hacia él apresuradamente.

—¡Deprisa! —exclamó.

—No venga; puedo yo mismo... —pronunció el enfermo, enojado.

—¿Qué dice? —preguntó María Nikoláievna.

Pero Kiti lo había oído y comprendió que a Nikolái le molestaba que lo viera desnudo.

—No le miro, no le miro —dijo, arreglándole la manga—. María Nikoláievna, pase al otro lado y arréglele la otra manga. Por favor, Kostia, ve a nuestro cuarto y trae un frasco que está en el saquito, en el departamento de la derecha. Mientras tanto terminarán de limpiar aquí —añadió, dirigiéndose a su marido.

Al volver con el frasco, Lievin halló al enfermo en la cama y todo a su alrededor completamente cambiado. El olor denso se había sustituido por el de una mezcla de vinagre y perfume que Kiti, sacando los labios e inflando sus mejillas coloradas, pulverizaba a través de un tubito. Ya no se veía polvo en ningún sitio. Junto a la cama había una alfombra. En la mesa estaban ordenados los frascos, una garrafa y ropa necesaria, bien doblada, así como también la *broderie anglaise* de Kiti. En la otra mesa, junto a la cama del enfermo, había agua, una vela y medicamentos. Nikolái, lavado y peinado, estaba tendido entre sábanas limpias, apoyándose en las almohadas que le habían alzado. Llevaba una camisa limpia, con cuello blanco, del que asomaba su cuello extremadamente delgado. Miraba a Kiti, sin bajar la vista, con una expresión de esperanza renovada.

El médico que trajo Lievin, al que encontró en el club, no era el que trataba a Nikolái. Extrajo el fonendoscopio, auscultó al enfermo, movió la cabeza y, tras prescribir una medicina y explicar con especial meticulosidad cómo debía tomarla, ordenó el régimen necesario. Le aconsejó que tomara huevos crudos o apenas pasados por agua y agua de seltz con leche recién ordeñada, a cierta temperatura. Cuando el médico se fue, Nikolái le dijo algo a su hermano; este solo percibió las últimas palabras: tu Katia», pero por la mirada con que miró a Kiti, Lievin comprendió que la estaba elogiando. El enfermo pidió que también se acercara Katia, como él la llamaba.

—Estoy mucho mejor. Con usted, me habría curado hace tiempo. ¡Qué bien estoy!

Le tomó la mano, acercándola a sus labios, pero, como si temiera que eso le desagradara, desistió de su propósito y, soltándosela, se limitó a acariciarla. Kiti cogió con ambas manos la de Nikolái y se la estrechó.

—Ahora pónganme del lado izquierdo y váyanse a dormir —dijo el enfermo.

Nadie, excepto Kiti, distinguió las palabras de Nikolái. Las comprendió, porque seguía pensando sin cesar en lo que pudiera hacerle falta.

—Hay que ponerle del otro lado —le dijo a su marido—. Siempre suele dormir así. Cámbialo tú mismo, es violento llamar a los criados. Yo no puedo hacerlo. ¿Y usted? —preguntó, dirigiéndose a María Nikoláievna.

—Me da miedo —replicó esta.

A pesar del horror que le inspiraba a Lievin abrazar aquel cuerpo terrible y asir bajo la manta aquellos miembros que deseaba ignorar, se sometió a la influencia de su mujer. Adoptando una expresión decidida, que esta conocía bien, introdujo las manos y cogió al enfermo, pero, a pesar de su fuerza, quedó perplejo del extraordinario peso de aquel cuerpo extenuado. Mientras lo volvía del otro lado, sintiendo en torno a su cuello el brazo enorme y delgado de Nikolái, Kiti sacudió y volvió rápidamente la almohada y arregló los cabellos del enfermo, que de nuevo se le habían pegado a las sienes.

Nikolái retuvo la mano de Lievin. Este notó que quería hacer algo con ella y que la tiraba hacia sí. Se la abandonó, con el corazón en un hilo. El enfermo la atrajo hacia la boca y la besó. Estremecido por los sollozos y sin fuerzas para hablar, Lievin abandonó la estancia.

XIX

«Ha ocultado a los sabios lo que ha descubierto a los niños y a los pobres de espíritu», pensaba Lievin de su mujer mientras hablaba con ella, por la noche.

Recordó esas palabras del Evangelio, no porque se considerase sabio. No creía serlo, pero no ignoraba que era más inteligente que su mujer y que Agafia Mijáilovna, ni tampoco que al pensar en la muerte lo hacía con todas las fuerzas de su alma. Muchas inteligencias humanas, cuyas ideas sobre la muerte había leído, habían meditado a fondo sobre ella, pero no sabían ni la centésima parte que su mujer y Agafia Mijáilovna. A pesar de la diferencia entre el ama de llaves y Katia —como la llamaba Nikolái y como ahora le resultaba también especialmente agradable llamarla a Lievin—, en eso eran completamente iguales. Ambas sabían, sin duda alguna, lo que era la vida y la muerte. Y aunque no pudieran comprender ni contestar a las preguntas que se formulaba Lievin, ninguna de las dos tenía duda de la trascendencia de ese fenómeno y lo consideraban de una manera completamente igual, compartiéndolo, además, con millones de otros seres. Y la prueba de que ambas conocían muy bien lo que representaba la muerte era que las dos sabían cómo se debe proceder con los moribundos y, además, no los temían. En cambio, Lievin y otros, aunque pudieran decir mucho acerca de la muerte, la ignoraban, puesto que la temían, y no eran capaces de atender a una persona en ese trance. Si Lievin se encontrase solo a la sazón con su hermano Nikolái, lo miraría horrorizado, esperando el fatal desenlace con un horror aún mayor, incapaz de hacer otra cosa.

Y eso no era todo; no sabía qué decir, cómo mirar ni cómo andar. Le parecía ofensivo hablar de cosas que no tuvieran que ver con aquella situación, ni era posible hablar de la muerte o de cosas tristes. Tampoco se podía guardar silencio. «Si le miro, pensará que le estoy examinando o que le tengo miedo; si no lo hago, creerá que pienso en otra cosa; si ando de puntillas, se molestará, y será violento andar con naturalidad», pensaba Lievin. Kiti no pensaba ni tenía tiempo para pensar en sí misma. Se ocupaba del enfermo porque sabía lo que debía hacer y todo le salía bien. Hablaba de sí misma, de su boda, sonreía, se mostraba compasiva, lo acariciaba, refería casos de curación y todo resultaba bien. La prueba de que la actividad de Kiti y de Agafia Mijáilovna no eran instintivas e inconscientes consistía en que, aparte de los cuidados físicos y del alivio de los sufrimientos, tanto una como otra querían algo más importante y que no tenía relación alguna con los cuidados materiales. Agafia Mijáilovna, hablando del viejo criado fallecido, decía: «Gracias a Dios, ha comulgado y le han dado la extremaunción. Ojalá nos conceda Dios una muerte así». Desde el primer día, Katia supo convencer al enfermo de la necesidad de comulgar y de recibir la extremaunción, además de cuidar de su ropa, de sus bebidas y de sus desolladuras.

Al volver a sus habitaciones para pasar la noche, Lievin se sentó, inclinando la cabeza, sin saber qué hacer. Sin hablar ya de la cena, de los preparativos para acostarse ni de pensar en lo que iban a hacer, ni siquiera podía cambiar impresiones con su mujer: estaba avergonzado. Kiti, por el contrario, se mostró más activa que de costumbre. Incluso estaba más animada. Ordenó que les sirvieran la cena, deshizo los equipajes, ayudó a hacer las camas, sin olvidar de echar polvos insecticidas. Tenía aquella animación y actividad mental que se despierta en los hombres ante el combate, ante la lucha, en los momentos peligrosos y decisivos de la vida, en que un hombre demuestra su valía y que todo su pasado no ha transcurrido en balde, sino como preparación para ese momento.

Trabajaba rápidamente y antes de las doce todos los objetos estaban arreglados, limpios y ordenados de tal modo que la habitación de la posada parecía su propio hogar: las camas hechas; los cepillos, los peines y los espejos sacados de las maletas, y los pañitos colocados en su sitio.

Lievin opinaba que era imperdonable comer, dormir e incluso hablar, y creía que cada movimiento suyo resultaba inconveniente. En cambio, Kiti ordenaba los cepillos, pero lo hacía de un modo que no era ofensivo.

Sin embargo, no pudieron cenar e incluso tardaron mucho en acostarse y en dormirse.

—Estoy muy contenta de haberlo persuadido de que reciba mañana la extremaunción —dijo Kiti, sentada, con su chambra puesta, ante un espejo plegable, peinándose los cabellos perfumados y suaves—. Nunca he visto esa ceremonia, pero me ha dicho mamá que se reza por la curación.

—¿Acaso crees que puede curarse? —preguntó Lievin, mirando la fina raya en la parte de atrás de la cabeza de Kiti, que desaparecía a medida que pasaba el peine hacia delante.

—Se lo he preguntado al doctor; dice que no vivirá más de tres días. Pero ¿cómo puede saber eso? Me alegro mucho de haberlo convencido —replicó Kiti, mirando de soslayo a su marido por debajo del pelo—. Todo es posible —añadió, con aquella expresión especial, de cierta astucia, que se reflejaba en su rostro cuando hablaba de religión.

Después de la conversación sobre temas religiosos que habían sostenido siendo novios, ni Lievin ni Kiti habían vuelto a suscitarlos, pero ella continuaba cumpliendo con los preceptos de la Iglesia, asistiendo a misa y rezando, siempre con el tranquilo convencimiento de que así debía ser. A pesar de las afirmaciones de Lievin en contra, Kiti estaba persuadida de que él era tan buen cristiano como ella, incluso mejor, y que todo lo que le decía al respecto era tan solo una de esas salidas absurdas de los hombres, como la que decía sobre la *broderie anglaise*: que la gente razonable zurce los agujeros, y que ella los hacía a propósito.

—Ya ves, María Nikoláievna no ha sabido arreglar todo eso —dijo Lievin—, y... debo reconocer que me alegra mucho que hayas venido. Eres tan pura que...

Lievin tomó la mano de Kiti, pero no se la besó; le parecía indigno besársela cuando la muerte estaba tan próxima, limitándose tan solo a estrechársela y a mirar con expresión culpable sus ojos, que se iluminaron.

—Habría sufrido mucho viéndote solo —replicó Kiti; y alzando las manos, que cubrían su rostro ruborizado de placer, anudó las trenzas en la nuca y las sujetó con unas horquillas—. No, ella no ha sabido... Afortunadamente, he aprendido muchas cosas en Soden —continuó.

—¿Es posible que allí hubiera enfermos de esos?

—Y peores.

—Me resulta terrible no poder dejar de verle como cuando era joven... No puedes hacerte una idea qué adolescente tan encantador. Pero entonces no lo entendía.

—Lo creo, lo creo. Me parece que *hubiéramos* sido buenos amigos —dijo Kiti.

Y asustada de sus palabras, se volvió hacia Lievin y las lágrimas asomaron a sus ojos.

—Sí, lo *habríais* sido —asintió Lievin tristemente—. Es uno de esos hombres de los que se dice que no están hechos para este mundo.

—Tenemos muchos días por delante todavía. Vamos a dormir —dijo Kiti, consultando su minúsculo reloj.

XX

La muerte

Al día siguiente Nikolái comulgó y recibió la extremaunción. Durante la ceremonia oró con fervor. En sus grandes ojos, fijos en el icono, colocado en una mesita de juego cubierta con un paño de color, había una súplica tan vehemente y tanta esperanza, que Lievin se sentía aterrado al mirarlo. Lievin sabía que aquella súplica y aquella esperanza solo contribuirían a hacer más dolorosa la separación de la vida, que su hermano amaba tanto. Conocía la manera de pensar de Nikolái, le constaba que su falta de fe no se había producido porque le fuese más fácil vivir sin ella, sino porque, poco a poco, las explicaciones científicas de los fenómenos del universo la habían desalojado. Tampoco ignoraba, por tanto, que el retorno a la fe no procedía de una meditación; no era sincero, sino momentáneo, egoísta, producto de una desatinada esperanza de curarse. Sabía también que Kiti había reforzado aquella esperanza relatándole casos extraordinarios de curación. Por consiguiente, le resultaba muy doloroso ver aquella mirada llena de súplica y de esperanza, aquella muñeca escuálida de la mano de Nikolái que se levantaba con dificultad para hacer la señal de la cruz sobre la frente de piel estirada, aquellos hombros salientes y aquel pecho ronco y hueco, que ya no podía abrigar en sí la vida por la que rezaba.

Durante la ceremonia, Lievin hizo lo que, a pesar de su incredulidad, había hecho miles de veces. «Si existes, haz que se cure este hombre y así lo salvarás a él y a mí», murmuró, dirigiéndose a Dios.

Después de los santos óleos, el enfermo se sintió mucho mejor. Por espacio de una hora no tosió en absoluto y sonreía, besándole la mano a Kiti y dándole las gracias con lágrimas en los ojos. Decía que se encontraba bien, que no le dolía nada y que tenía apetito y fuerzas. Hasta se incorporó cuando le sirvieron la sopa y pidió una albóndiga más. A pesar de su estado desesperado y de que era evidente que no se podía curar, Kiti y Lievin estuvieron animados durante esa hora, sintiéndose felices, pero temiendo equivocarse.

—¿Está mejor?

—Sí, mucho mejor.

—Es extraordinario.

—No hay nada de extraordinario en eso.

—Sea como sea, se encuentra mejor —se decían en un susurro, sonriéndose.

Ese engaño duró poco. El enfermo se durmió tranquilamente, pero media hora después lo despertó la tos. Y de repente desaparecieron todas las esperanzas, tanto en él como en los que lo rodeaban. La realidad del sufrimiento aniquiló, sin lugar a dudas y sin dejar rastro alguno, todas las esperanzas que se habían hecho.

Sin mencionar siquiera las cosas que creía media hora antes, como si se avergonzara de recordarlas, Nikolái pidió que le dieran a respirar el frasco de yodo, cubierto con un papel agujereado. Lievin se lo tendió. Y la misma mirada de esperanza apasionada con que el enfermo recibió la extremaunción se clavó ahora en Lievin, exigiendo una corroboración a las palabras del doctor, el cual decía que aspirar yodo produce milagros.

—¿No está Katia? —preguntó con voz bronca, volviéndose cuando Lievin confirmó de mala gana las palabras del doctor—. ¿No está? Entonces puedo decirte que... toda esta comedia la he representado por ella. ¡Es tan simpática!... Pero ni tú ni yo podemos engañarnos ya. En esto sí que creo —añadió, oprimiendo el frasco con su mano huesuda y aspirando el yodo.

Después de las siete, cuando Lievin y su mujer tomaban el té en su habitación, María Nikoláievna llegó corriendo, sin aliento. Estaba pálida y le temblaban los labios.

—Se muere —dijo en un susurro—. Tengo miedo. Se va a morir enseguida.

Corrieron al cuarto de Nikolái. Este, incorporado en la cama, se apoyaba en una mano, con la espalda encorvada y la cabeza muy baja.

—¿Qué sientes? —le preguntó Lievin en un susurro, tras un silencio.

—Noto que me voy —replicó el enfermo con dificultad, pero con gran precisión, pronunciando lentamente las palabras; no levantó la cabeza y solo dirigió la mirada hacia arriba, pero no llegaba a ver el rostro de su hermano—. Katia, márchate —añadió.

Lievin se levantó de un salto y con un susurro autoritario obligó a Kiti a salir.

—Me voy —repitió Nikolái.

—¿Por qué lo crees así? —preguntó Lievin, por decir algo.

—Porque me voy —insistió Nikolái, como si le gustara esa palabra—. Este es el fin.

María Nikoláievna se acercó a él.

—Sería mejor que te acostaras; eso te aliviaría —dijo.

—Pronto estaré tendido... —pronunció Nikolái en voz baja— y muerto —añadió, enojado e irónico—. Bueno, acostadme si queréis.

Lievin colocó a su hermano de espaldas, se sentó a su lado, y, conteniendo la respiración, lo miró a la cara. El moribundo yacía con los ojos cerrados y de cuando en cuando se le movían los músculos de la frente, como los de un hombre que medita profunda e insistentemente. A pesar suyo, Lievin pensaba, junto con su hermano, en lo que se realizaba en la mente de este, pero pese a todos sus esfuerzos comprendía por la expresión tranquila y serena de aquel rostro, así como por el movimiento de sus músculos sobre las cejas, que para el moribundo se aclaraba lo que permanecía tan oscuro para él.

—Sí, sí, eso es —pronunció Nikolái lentamente, espaciando las palabras—. Esperad. —Calló de nuevo—. ¡Así es! —dijo de pronto, como si todo se hubiese puesto en claro para él—. ¡Oh, Dios mío! —exclamó suspirando.

María Nikoláievna le palpó los pies.

—Se le están poniendo fríos —dijo en voz baja.

Durante un rato muy largo, según le pareció a Lievin, el enfermo permaneció inmóvil. Pero aún vivía y de cuando en cuando suspiraba. Lievin se cansó de la tensión mental. A pesar de todos sus esfuerzos le era imposible comprender lo que significaba aquel «así es». Le constaba que hacía rato ya que el moribundo lo había dejado atrás.

Ya no pensaba en el problema de la muerte en sí, pero involuntariamente acudían a su cerebro las cosas que tendría que hacer: cerrarle los ojos, amortajarlo, encargar el ataúd. Y, cosa extraña, se sentía completamente sereno y no experimentaba dolor ni desesperación y aún menos piedad hacia su hermano. Más bien sentía envidia por lo que sabía ahora el moribundo y que él ignoraba.

Aún permaneció mucho tiempo sentado junto al lecho, esperando el fin. Pero este no llegaba. Se abrió la puerta y apareció Kiti. Lievin se puso en pie para detenerla. Pero en aquel momento sintió un movimiento del agonizante.

—No te vayas —dijo Nikolái, tendiéndole la mano.

Lievin se la tomó, enojado, y le hizo señas a su mujer para que saliera.

Con la mano del enfermo en la suya permaneció sentado media hora, una hora, otra hora más... Ya no pensaba en absoluto en la muerte, sino en lo que estaba haciendo Kiti, quien vivía en la habitación de al lado, y si el médico tenía casa propia. Lievin sentía hambre y sueño. Liberó cuidadosamente su mano y palpó los pies de Nikolái. Estaban fríos, pero el enfermo respiraba aún. De nuevo Lievin intentó salir de la habitación, pero el enfermo volvió a agitarse, diciendo: «No te vayas».

Amaneció. El enfermo seguía igual. Con cuidado, Lievin soltó su mano y, sin mirar al moribundo, se fue a su cuarto y se durmió. Al despertarse, en lugar de la noticia de la muerte de Nikolái se enteró de que estaba otra vez como antes. Había vuelto a sentarse, a incorporarse, tosía, comía, hablaba y ya no mencionaba la muerte, demostrando tener esperanzas de curarse. Se había vuelto más irascible y sombrío que antes. Nadie, ni su hermano ni Kiti, podía calmarlo. Se enfadaba con todos, decía cosas desagradables, echaba en cara sus sufrimientos y exigía que inmediatamente trajeran a un célebre médico de Moscú. Siempre que le preguntaban cómo se encontraba, decía, invariablemente, con expresión de ira y de reproche:

—Sufro mucho, de un modo insoportable.

Sufría cada vez más, sobre todo por las desolladuras, que ya no se podían curar, y su irritación aumentaba contra los que le rodeaban. Les reprochaba todo, y principalmente que no llamaran al médico de Moscú. Kiti trataba de ayudarle por todos los medios, pero era inútil, y Lievin comprendía que también ella, aunque no quería reconocerlo, estaba extenuada física y moralmente. Había desaparecido aquella sensación de la proximidad de la muerte que despertó en todos Nikolái al despedirse de la vida aquella noche, cuando llamó a Lievin. Todos sabían que había de morir pronto e inevitablemente, que ya estaba medio muerto. Solo deseaban que muriese cuanto antes, pero le administraban medicinas, mandaban buscar médicos y drogas, engañaban al enfermo y se engañaban unos a otros. Todo esto constituía una mentira vil, ultrajante y sacrílega. Esa mentira le producía a Lievin un daño especial, tanto por su carácter como porque era el que más quería al enfermo.

Hacía tiempo que le preocupaba la idea de reconciliar a sus hermanos, aunque no fuese más que antes de que muriese Nikolái. Había escrito a Serguiéi Ivánovich, y al recibir su respuesta se la leyó al enfermo. Serguiéi Ivánovich decía que le era imposible ir, pero pedía perdón a su hermano en los términos más conmovedores.

Nikolái no dijo nada.

—¿Qué le contesto? —preguntó Lievin—. Espero que ya no estés enfadado con él.

—En absoluto —replicó el enfermo, irritado por aquella pregunta—. Escríbele que me envíe al médico.

Pasaron tres días terribles; el enfermo seguía en el mismo estado. Cuantos lo veían deseaban que muriese pronto: el camarero de la posada, el dueño, todos los huéspedes, el doctor, María Nikoláievna, Lievin y Kiti. Únicamente Nikolái no expresaba esos deseos, sino, por el contrario, se indignaba porque no le hubiesen enviado el médico, seguía tomando las medicinas y hablaba de la vida. Solo en raras ocasiones, cuando el opio le proporcionaba momentos de olvido en sus continuos sufrimientos, expresaba, adormilado, lo que sentía en su fuero interno con mayor intensidad que los demás: «¿Cuándo llegará el final?», o bien: «¡Ojalá llegue pronto!».

Los sufrimientos, que aumentaban gradualmente, lo preparaban para la muerte. No había ninguna posición en que no sufriese, ningún momento en que perdiese conciencia de su estado, un solo lugar ni un miembro de su cuerpo que no le doliese, atormentándolo. Hasta los recuerdos, las impresiones y las ideas que había tenido aquel cuerpo despertaban en él tanta repugnancia como el cuerpo mismo. La presencia de los demás, sus conversaciones, sus propios recuerdos, todo era para él motivo de sufrimiento. Los que le rodeaban se daban cuenta de eso e inconscientemente no se permitían moverse con libertad, hablar ni expresar sus deseos. Toda la vida del enfermo se concentraba en un sentimiento de dolor y de deseo de librarse de él.

En él se realizaba, sin duda, esa transformación que debía obligarle a considerar la muerte como la satisfacción de sus deseos, como una felicidad. Antes, cualquier deseo producido por un dolor o una necesidad como el hambre, el cansancio o la sed, se satisfacía por función de su cuerpo, proporcionándole un placer. En cambio, ahora, sus privaciones y sufrimientos no obtenían satisfacción y el solo intento de hacerlo despertaba nuevas torturas. Por eso, todos sus deseos se unían en uno solo: librarse del dolor y de su origen, el cuerpo. Pero no encontraba palabras para expresar ese deseo. Y, por costumbre, seguía reclamando la satisfacción de aquellas necesidades que no podían ya satisfacerse.

—Volvedme del otro lado —decía, exigiendo inmediatamente que lo pusieran en la posición de antes—. Traedme caldo. Llevaos ese caldo. Contadme algo. ¿Por qué calláis?

Pero en cuanto empezaban a hablar cerraba los ojos con expresión de cansancio, indiferencia y repulsión.

Al décimo día de llegar a aquella ciudad, Kiti enfermó. Le dolía la cabeza, tenía vómitos y no pudo levantarse en toda la mañana.

El médico dijo que era debido al cansancio y a la agitación. Le recomendó tranquilidad espiritual.

Sin embargo, después de comer, Kiti se levantó y, como siempre, fue con su labor a ver al enfermo. Al verla entrar, Nikolái la miró con expresión grave y sonrió despectivamente cuando Kiti le dijo que había estado indispuesta. Aquel día el enfermo estuvo sonándose sin cesar y gimiendo lastimosamente.

—¿Cómo se encuentra? —le preguntó Kiti.

—Peor —pronunció con dificultad Nikolái—. Me duele...

—¿Qué le duele?

—Todo.

—Morirá hoy, ya lo verán —dijo María Nikoláievna en un susurro.

Pero Lievin observó que el enfermo, con su sensibilidad, debía haberlo oído, y le chistó a María Nikoláievna, volviéndose hacia Nikolái. Había oído aquellas palabras, pero no le hicieron impresión alguna. Seguía con la misma expresión concentrada y de reproche.

—¿Por qué lo cree usted? —le preguntó Lievin a María Nikoláievna cuando esta lo siguió al pasillo.

—Porque ha empezado a despojarse.

—¿Cómo a despojarse?

—Pues así —replicó María Nikoláievna, tirando de los pliegues de su vestido de lana.

En efecto, Lievin había notado que durante todo aquel día el enfermo había estado tratando de quitarse algo de encima.

La predicción de María Nikoláievna fue cierta. Al anochecer, el enfermo ya no tenía fuerzas para alzar las manos y no hacía sino mirar ante sí con reconcentrada atención. Hasta cuando Kiti y Lievin se inclinaban sobre él de modo que pudiera verlos, seguía mirando con la misma expresión. Kiti mandó llamar al sacerdote para rezar la oración de los moribundos.

Mientras el sacerdote la rezaba, el enfermo no dio señales de vida, permaneciendo con los ojos cerrados. Lievin, Kiti y María Nikoláievna estaban junto al lecho. Aún no había acabado de rezar el sacerdote, cuando el moribundo suspiró y abrió los ojos. Terminada la oración, el sacerdote aplicó el crucifijo a la frente fría de Nikolái; después la envolvió lentamente en la estola y, esperando un par de minutos en silencio, le tocó la enorme mano fría y exangüe.

—Ha muerto —dijo con ademán de alejarse.

Pero de pronto los bigotes pegados de Nikolái se movieron y se distinguieron claramente en el silencio, saliendo de las profundidades del pecho, unos sonidos precisos y penetrantes:

—No del todo..., pronto.

Al cabo de un momento se le iluminó el rostro y una sonrisa asomó a sus labios. Las mujeres comenzaron a ocuparse del cadáver.

El aspecto de su hermano y la proximidad de la muerte renovaron en el alma de Lievin aquel sentimiento de horror ante el enigma y la proximidad de la muerte inevitable que experimentó la noche otoñal en que Nikolái fue a su casa. Este sentimiento era más fuerte que entonces; Lievin se sentía aún menos capaz de comprender el significado de la muerte, y se le representaba con más claridad que era inevitable. Sin embargo, gracias a la presencia de su mujer, ese sentimiento no lo desesperaba: pese a la muerte, experimentaba la necesidad de vivir y de amar. Sentía que el amor le salvaba de la desesperación y que bajo aquella amenaza el amor se tornaba más fuerte y más puro.

Aún no se le había revelado el misterio de la muerte, cuando surgió otro, igualmente inescrutable, que lo estimulaba a vivir y amar.

El médico confirmó sus suposiciones acerca de Kiti. Aquel malestar se debía a un embarazo.

XXI

Desde el momento en que Alexiéi Alexándrovich comprendió, a raíz de la explicación que había sostenido con Betsi y con Oblonski, que lo único que se le exigía era que dejase tranquila a su mujer y no la importunara con su presencia, cosa que también ella deseaba, se sintió tan consternado que no fue capaz de decidir nada. No sabía lo que quería y, poniéndose en manos de los que tanto placer encontraban en ocuparse de sus asuntos, accedía a cuanto le proponían. Únicamente cuando Anna se fue de su casa y la inglesa envió a preguntarle si debía comer con él o aparte, comprendió por primera vez su situación y se horrorizó.

Lo más penoso era que no podía en modo alguno unir ni relacionar su pasado con lo que sucedía ahora. Había vencido ya el sufrimiento que le produjo el tránsito del pasado a la infidelidad de su mujer y, si bien aquella situación era penosa, se había hecho comprensible. Si en aquel momento, al anunciarle su infidelidad, Anna se hubiese marchado, Karenin se habría sentido desgraciado y triste, pero no en la situación sin salida, inexplicable, en que se hallaba ahora. Le era completamente imposible relacionar su reciente perdón, su ternura, su amor hacia la esposa enferma y hacia la niña de otro con lo que sucedía ahora. Era como si el verse solo, cubierto de oprobio, ridiculizado, inútil y despreciado por todos, fuese una recompensa por todo aquello.

Los dos días siguientes a la partida de Anna, Alexiéi Alexándrovich recibió visitas, se entrevistó con el secretario, asistió a las sesiones del comité y comió en el comedor como de costumbre. Sin darse cuenta de por qué lo hacía, concentró todas las fuerzas de su alma para tener un aspecto tranquilo y hasta indiferente. Contestando a las preguntas acerca de lo que se debía hacer con las habitaciones y las cosas de Anna, Karenin hizo un esfuerzo sobrenatural sobre sí mismo con objeto de adoptar la actitud de un hombre para quien lo sucedido no tenía nada de imprevisto ni se salía de la órbita de los sucesos corrientes, cosa que consiguió: nadie pudo observar en él algún síntoma de desesperación. Al día siguiente de la marcha de Anna, cuando Korniéi le presentó la cuenta de una tienda de modas, que ella había olvidado pagar, anunciándole que el dependiente esperaba, Alexiéi Alexándrovich ordenó que pasara.

—Perdone, excelencia, que me permita molestarle. Si me manda usted que me dirija a su señora esposa, le ruego me facilite su dirección.

Karenin se quedó pensativo, o al menos así le pareció al dependiente, y, volviéndose de pronto, se sentó ante la mesa. Con la cabeza entre las manos, permaneció largo rato en la misma actitud, y varias veces intentó hablar, pero no lo consiguió.

Comprendiendo los sentimientos de su señor, Korniéi rogó al dependiente que volviera otro día. Una vez solo, Alexiéi Alexándrovich se dio cuenta de que le faltaban las fuerzas para seguir haciendo el papel de hombre firme y tranquilo. Ordenó desenganchar el coche que esperaba, dijo que no recibiría a nadie y no salió a comer.

Sintió que no podría soportar la presión del desprecio general y de la hostilidad que veía, tanto en el rostro del dependiente como en el de Korniéi y, sin excepción, en los de cuantos se encontrara durante estos dos días. Comprendió que no podía rechazar el odio de la gente, porque ese odio no se debía a que él fuera malo (en ese caso hubiera podido procurar ser mejor), sino a su desgracia vergonzosa y desagradable. Sabía que, por lo mismo que su corazón estaba destrozado, la gente sería despiadada con él. Tenía la impresión de que sus semejantes lo aniquilarían lo mismo que los perros ahogan a un perro herido, que aúlla de dolor. Le constaba que la única salvación respecto de la gente consistía en ocultarles sus llagas y, por espacio de dos días, trató de hacerlo, pero ahora le faltaban las fuerzas para proseguir esa lucha tan desigual.

Su desesperación aumentó con la conciencia que tenía de hallarse completamente solo con su dolor. Ni en San Petersburgo ni en ningún otro lugar tenía una sola persona con quien pudiese desahogarse, contándole todo lo que sentía, alguien que se compadeciera de él, no como de un alto funcionario ni como de un miembro de la sociedad, sino sencillamente como de un hombre que sufre.

Alexiéi Alexándrovich se había criado huérfano. Tan solo tenía un hermano. No recordaba a su padre, y su madre había muerto cuando tenía diez años. No eran ricos. Su tío Karenin, alto funcionario y en otros tiempos favorito del zar, había educado a los dos hermanos.

Terminado el gimnasio y la universidad con premios, Alexiéi Alexándrovich, ayudado por su tío, emprendió una brillante carrera y, desde entonces, se consagró por entero a la ambición del cargo oficial. No había trabado una verdadera amistad con nadie en el gimnasio, ni en la universidad, ni tampoco después en su cargo. Su hermano era la persona más afín a él, pero como pertenecía al Ministerio de Asuntos Exteriores, había residido siempre en el extranjero, donde murió poco después de la boda de Alexiéi Alexándrovich.

Durante la época en que fue gobernador, la tía de Anna, rica provinciana, puso en relación a su sobrina con aquel hombre que, aunque ya no joven, lo era todavía para ser gobernador, colocándolo en una situación tal que no le quedaba sino declararse o dejar la ciudad. Alexiéi Alexándrovich vaciló mucho. Había tantos aspectos en pro como en contra, no existiendo ningún motivo que le obligase a traicionar su regla general: abstenerse en la duda. Pero la tía de Anna lo persuadió, por medio de un conocido, de que había comprometido a la muchacha y que su deber de caballero le obligaba a pedir su mano. Alexiéi Alexándrovich se declaró, consagrando a su novia y después a su esposa todo el afecto de que era capaz.

El cariño que experimentaba hacia Anna excluyó de su corazón las últimas necesidades de mantener relaciones cordiales con los hombres. Y ahora no tenía ningún amigo íntimo entre todos sus conocidos. Contaba con muchas relaciones, pero no con amistades. Había numerosas personas a las que podía invitar a comer, a participar en algo que le interesase, recomendar algún protegido suyo y criticar con ellas en confianza la actuación de algunas personalidades y del gobierno, pero tales relaciones se limitaban a un círculo muy definido por las costumbres y conveniencias y del que era imposible salir. Tenía un compañero de la universidad con el que intimó después y con el que hubiera podido hablar de su desgracia personal, pero era inspector de enseñanza de un distrito lejano de la capital. Las personas más allegadas a él, que se encontraban en San Petersburgo y con las que había alguna posibilidad de desahogarse, eran, pues, el secretario y el doctor.

Mijaíl Vasílievich Sliudin, su secretario, era un hombre sencillo, bueno y honrado, y Alexiéi Alexándrovich se daba cuenta de que estaba bien dispuesto hacia él, pero los cinco años de sus actividades ministeriales erigieron entre ellos una barrera que impedía las confidencias íntimas.

Al terminar de firmar los documentos, Karenin permaneció largo rato en silencio, mirando a Mijaíl Vasílievich con intención de empezar a hablar, pero no pudo hacerlo. Ya había preparado la frase: «¿Ha oído usted hablar de mi desgracia?», pero terminó diciendo, como siempre:

—Entonces, prepáreme eso. —Y lo despidió.

La otra persona bien dispuesta hacia Karenin era el doctor; mas, desde hacía mucho tiempo, habían hecho un pacto tácito: ambos tenían un montón de cosas que hacer y estaban siempre con prisas.

Alexiéi Alexándrovich no pensó siquiera en sus amigas, ni en la condesa Lidia Ivánovna, que estaba a la cabeza de todas. Las mujeres, como tales mujeres, le resultaban desagradables y repulsivas.

XXII

Alexiéi Alexándrovich olvidó a la condesa Lidia Ivánovna, pero esta no lo echó en olvido a él. En aquel momento de terrible soledad y desesperación fue a verlo, y entró en su despacho sin hacerse anunciar. Lo encontró en la misma actitud, con la cabeza entre las manos.

—*J'ai forcé la consigne**—dijo, entrando con sus pasos rápidos y respirando con dificultad por la emoción y la rapidez de su marcha—. Estoy enterada de todo, Alexiéi Alexándrovich, amigo mío —añadió, estrechando fuertemente con ambas manos la mano de él y mirándole a los ojos con los suyos, encantadores y pensativos.

Karenin, con el ceño fruncido, se puso en pie y, soltando su mano, le ofreció una silla.

—¿Quiere sentarse, condesa? No recibo porque estoy enfermo —dijo, y le temblaron los labios.

—¡Amigo mío! —repitió la condesa, sin bajar la vista, y, de pronto, se le arquearon las cejas por el extremo interior, formando un triángulo sobre su frente. Su rostro, amarillo y feo, se afeó aún más, pero Alexiéi Alexándrovich comprendió que lo compadecía y que estaba a punto de echarse a llorar. Se sintió conmovido, cogió la mano rolliza de la condesa y comenzó a besarla—. ¡Amigo mío! No debe usted entregarse al dolor —siguió ella con la voz entrecortada por la emoción—. Su pena es muy grande, pero tiene que hallar consuelo.

—¡Estoy deshecho, estoy muerto, no soy un hombre! —replicó Karenin, soltándole la mano, pero sin dejar de mirar a sus ojos llenos de lágrimas—. Mi situación es terrible porque no encuentro en ningún sitio, ni aun en mí mismo, un punto de apoyo.

* «He desobedecido la orden.» *(N. de las T.)*

—Lo encontrará; no lo busque en mí, desde luego, aunque le ruego que crea en mi amistad —dijo la condesa con un suspiro—. Nuestro apoyo es el amor, el amor que Él nos legó. Su carga es fácil —añadió con aquella mirada llena de entusiasmo que tan bien conocía Alexiéi Alexándrovich—. Él le ayudará y le servirá de apoyo.

A pesar de que en esas palabras se reflejaba aquel enternecimiento ante los propios sentimientos y aquel estado de espíritu místico, nuevo y exaltado —que hacía poco se había difundido en San Petersburgo y que le parecía superfluo a Karenin—, le fue agradable oírlas.

—Me siento débil. Estoy aniquilado. No había previsto nada, y ahora no comprendo lo que sucede.

—¡Amigo mío! —repitió la condesa Lidia Ivánovna.

—¡No es por lo que he perdido! ¡No es por eso! —prosiguió Alexiéi Alexándrovich—. No lo siento. Pero no puedo dejar de avergonzarme ante la gente por la situación en que me encuentro. Eso está mal, pero no puedo, no puedo.

—No fue usted quien realizó aquel acto sublime de perdonar, que ha despertado mi admiración y la de todos, sino Él, que estaba en su corazón de usted —exclamó la condesa, alzando los ojos con expresión exaltada—. Por eso no puede avergonzarse de su proceder.

Alexiéi Alexándrovich frunció el entrecejo y, juntando las manos, chascó los dedos.

—Es preciso conocer todos los pormenores —dijo con su voz aguda—. Las fuerzas humanas tienen un límite, condesa, y yo he llegado al límite de las mías. Durante todo el día de hoy he tenido que dar órdenes en casa, derivadas —recalcó la palabra «derivadas»— de mi nuevo estado de hombre solo. Los criados, la institutriz, las cuentas... Ese fuego minúsculo me ha abrasado, no me encuentro con fuerzas para sufrir más. Ayer, durante la comida..., estuve a punto de abandonar la mesa. No podía soportar la mirada de mi hijo. No me preguntó lo que significaba todo esto, pero quería hacerlo, y yo me sentía incapaz de aguantar su mirada. Temía mirarme..., y eso no es todo... —Karenin quiso hablar de la cuenta que le habían traído, pero le tembló la voz y se interrumpió.

Recordar aquella cuenta en un papel azul, por un sombrerito y unas cintas, le inspiraba compasión hacia sí mismo.

—¡Lo comprendo perfectamente, amigo mío! —dijo la condesa Lidia Ivánovna—. Lo comprendo todo. No hallará usted en mí ayuda y consuelo; sin embargo, he venido con el propósito de ayudarle en lo posible. Si pudiera quitarle esas pequeñas preocupaciones humillantes... Opino que hace falta una mujer para organizar las cosas. ¿Quiere usted confiármelas?

Alexiéi Alexándrovich le estrechó la mano con agradecimiento, sin decir palabra.

—Nos ocuparemos juntos de Seriozha. No tengo mucha pericia en cuestiones prácticas, pero haré lo que sea preciso, seré su ama de llaves. No me lo agradezca. No soy yo quien lo hace.

—¿Cómo no se lo voy a agradecer?

—Amigo mío, no se entregue al sentimiento del que me habló antes. No se avergüence de lo que constituye la virtud cristiana más elevada: «Los que se humillan serán ensalzados». No debe usted agradecerme nada. Hay que darle las gracias a Él y pedirle ayuda. Solo en Él podemos hallar la paz, el consuelo, la salvación y el amor —dijo la condesa y, alzando los ojos al cielo, se puso a orar, cosa que comprendió Alexiéi Alexándrovich por su silencio.

Karenin la escuchaba, y las expresiones que antes, si no desagradables, le parecían superfluas, le resultaban ahora naturales y consoladoras. Le disgustaba ese espíritu de exaltación nuevo. Era un hombre creyente, la religión le interesaba, sobre todo en el aspecto político, pero la nueva doctrina, que permitía algunas interpretaciones novedosas, le era desagradable por principio precisamente porque daba lugar a la discusión y al análisis. Se había mostrado frío e incluso hostil hacia esa nueva doctrina, nunca había discutido con la condesa Lidia Ivánovna, que simpatizaba con ella, limitándose a callar obstinadamente ante sus insinuaciones. Ahora, pues, oía por primera vez con agrado sus palabras sin objetar nada en su fuero interno.

—Le estoy agradecidísimo, tanto por lo que hace como por sus palabras —dijo cuando la condesa terminó de rezar.

Lidia Ivánovna volvió a estrecharle ambas manos.

—Ahora voy a empezar a actuar —dijo sonriendo, tras un silencio, mientras se enjugaba las lágrimas—. Me voy con Seriozha. Solo en caso de extrema necesidad acudiré a usted.

La condesa se levantó y salió.

Se dirigió a la habitación de Seriozha. Cubriendo de lágrimas al asustado niño le dijo que su padre era un santo y que su madre había muerto.

La condesa Lidia Ivánovna cumplió su promesa. Tomó en sus manos todas las preocupaciones relativas al arreglo y administración de la casa de Alexiéi Alexándrovich. Pero no había exagerado diciendo que no tenía pericia en cuestiones prácticas. Era preciso alterar todas sus disposiciones, porque resultaban irrealizables. Korniéi, el ayuda de cámara de Alexiéi Alexándrovich, las cambiaba y, de un modo inadvertido para todos, gobernó la casa de Karenin. Mientras se vestía su señor, le comunicaba todo lo necesario con precaución y delicadeza. De todos modos, la ayuda de la condesa Lidia Ivánovna fue efectiva en sumo grado: constituyó un apoyo moral para Alexiéi Alexándrovich porque le demostró su cariño y su respeto hacia él y, principalmente, porque —la idea de esto consolaba mucho a la condesa— casi lo había atraído al cristianismo, es decir, de un hombre indiferente y templado hacia la religión se había vuelto un ferviente partidario de la nueva doctrina, tan difundida últimamente en San Petersburgo. A Alexiéi Alexándrovich no le fue difícil convencerse de aquella interpretación. Lo mismo que Lidia Ivánovna y muchas otras personas que compartían sus opiniones, carecía de profundidad de imaginación, facultad íntima en virtud de la cual las representaciones de la imaginación se vuelven tan reales que requieren estar de acuerdo con otros conceptos y con la realidad. No veían nada imposible ni inverosímil en la idea de que la muerte —que existe para los incrédulos— no existiese para él, y como poseía una fe completa, de cuya medida él mismo era juez, su alma se hallaba libre de pecado y experimentaba en la tierra la salvación absoluta.

Bien es verdad que sentía confusamente la ligereza y el error de su concepto de la fe. Sabía que cuando perdonó, sin pensar que era debido a una fuerza superior, se había entregado a aquel sentimiento, experimentando mayor dicha que ahora cuando pensaba a cada momento que Cristo se hallaba en su alma y que cumplía su voluntad firmando documentos. Pero le era necesario creer esto, le era imprescindible sentir en su humillación aquella grandeza imaginaria con la cual podría, siendo despreciado por todos, despreciar a los demás. Se aferraba a aquella quimérica salvación como si fuese verdadera.

XXIII

Siendo la condesa Lidia Ivánovna una muchacha muy joven y exaltada, la casaron con un hombre muy rico, conocido, bondadoso y gran libertino. Al segundo mes de matrimonio la abandonó, respondiendo con ironía e incluso con hostilidad a sus demostraciones de cariño, cosa que no podían comprender quienes conocían el buen corazón del conde ni veían ningún defecto en la exaltada Lidia. Desde entonces, aunque no se habían divorciado, vivían separados, y cuando el conde se encontraba con su esposa la trataba siempre con aquella invariable ironía venenosa cuyo motivo era incomprensible.

Hacía mucho tiempo que la condesa Lidia Ivánovna no amaba a su marido, pero desde entonces siempre estaba enamorada de alguien. Solía estar enamorada de varias personas a la vez, tanto de hombres como de mujeres, generalmente de todo el que se destacara en algo. Se prendaba de los nuevos príncipes y princesas que emparentaban con la familia imperial. Ahora estaba enamorada de un metropolitano, de un vicario y de un sacerdote, de un periodista, de tres eslavófilos y de Komisárov, así como de un ministro, de un médico, de un misionero y de Karenin. Todos estos amores, que se debilitaban o se reforzaban, no le impedían sostener las relaciones más complicadas y extendidas, tanto en la corte como en la alta sociedad. Pero desde el momento en que tomó bajo su protección a Karenin y empezó a dirigir su casa, preocupándose de su bienestar, sintió que todos los demás amores no eran auténticos y que, realmente, solo estaba enamorada de Karenin. El sentimiento que experimentaba ahora le parecía más fuerte que ningún otro. Analizándolo y comparándolo con otros anteriores, veía claramente que no hubiera estado enamorada de Komisárov de no haber salvado este la vida del emperador. Tampoco de Rístich-Kudzhitski si no existiera el problema eslavo, pero en cambio amaba a

Karenin por sí mismo, por su incomprendida alma elevada, por su voz aguda de inflexiones lentas que le resultaba agradable, por su mirada cansada, por su carácter y por sus dedos de venas hinchadas. No solo se alegraba de encontrarse con él, sino que buscaba en su rostro la impresión que le producía. Quería gustarle no solo con sus palabras, sino con toda su persona. Por él se preocupaba más que nunca de sus vestidos. Se sorprendía meditando en lo que hubiera sucedido si ella no estuviera casada y él fuera libre. Se ruborizaba de emoción al entrar Karenin en la estancia y no podía reprimir una sonrisa de entusiasmo cuando le decía algo agradable.

Hacía ya varios días que la condesa se hallaba en un estado de intensa emoción: se había enterado de que Anna y Vronski estaban en San Petersburgo. Era preciso salvar a Karenin, evitando que se entrevistara con Anna e incluso que se enterara de la penosa noticia de que aquella terrible mujer se hallaba en la misma ciudad que él y que a cada momento podía encontrársela.

Por medio de sus amigos, Lidia Ivánovna se informaba de lo que pensaba hacer esa «gente repulsiva», como llamaba a Anna y a Vronski, y trató de orientar todos los movimientos de su amigo durante aquellos días para que no se encontrara con ellos. Un joven ayudante, compañero de Vronski, que facilitaba los informes a Lidia Ivánovna, esperando obtener por medio de ella una licencia, le dijo que Anna y Vronski habían arreglado sus asuntos y se disponían a marchar al día siguiente. La condesa empezaba a tranquilizarse cuando, a la mañana siguiente, le trajeron una carta, cuya letra conoció con horror. Era la de Anna Karénina. El sobre era de papel grueso y en el pliego de la carta, amarillo, oblongo y bien perfumado, había un gran monograma.

—¿Quién la ha traído?

—El camarero de un hotel.

Durante largo rato la condesa no pudo sentarse para leer la carta. La emoción le produjo un ataque de asma, enfermedad que padecía. Una vez calmada, leyó lo siguiente en francés:

*Madame la comtesse:**

Los sentimientos cristianos que alberga su corazón me animan al imperdonable atrevimiento de escribirle. Me siento desgraciada por la

* «Señora condesa.» (N. de las T.)

separación con mi hijo. Suplico me permita verlo una sola vez antes de mi partida. Perdóneme que le recuerde mi existencia. Me dirijo a usted y no a Alexiéi Alexándrovich porque no quiero hacer sufrir a ese hombre magnánimo recordándole que existo. Conozco su amistad con él, y sé que me comprenderá usted. ¿Me enviará a Seriozha, voy yo a verlo a la hora que me fije usted o bien me indicará cuándo puedo entrevistarme con él fuera de casa? Confío en que no me niegue esto, conociendo la grandeza de alma de quien depende. No se puede usted imaginar el deseo que tengo de ver a Seriozha, y por eso no se figurará tampoco el agradecimiento que ha de despertar en mí su ayuda.

ANNA

Todo en aquella carta irritó a la condesa Lidia Ivánovna: el contenido, la alusión a la grandeza de alma, y principalmente aquel tono desenvuelto con que le pareció que estaba escrita.

—Dígale que no hay contestación —ordenó.

Y enseguida escribió a Alexiéi Alexándrovich que esperaba verle a la una en la recepción de palacio.

«Necesito hablarle de un asunto importante y doloroso. Allí nos pondremos de acuerdo dónde podremos vernos. Lo mejor sería en mi casa, donde ordenaré que le preparen su té. Es imprescindible que nos veamos. Él nos da la cruz, pero también las fuerzas para sobrellevarla», añadió, a fin de prepararle un poco.

Por lo general, la condesa Lidia Ivánovna solía escribir dos o tres esquelitas al día a Karenin. Le agradaba este procedimiento de comunicarse con él, porque tenía cierta elegancia y cierto misterio, de los que carecían sus relaciones personales.

XXIV

La recepción había terminado. Todos, al salir, comentaban las últimas noticias del día, las distinciones otorgadas y los cambios de destino de altos funcionarios.

—Estaría bien que encargaran a María Borísovna del Ministerio de la Guerra y que nombrasen jefe del estado mayor a la Vatkóvskaia —dijo un anciano de cabellos blancos, vestido de uniforme bordado en oro, dirigiéndose a una dama de honor, alta y bella, que le preguntaba por los nuevos nombramientos.

—Y a mí de ayudante —replicó la dama de honor, sonriendo.

—Para usted hay ya otro destino mejor: el Ministerio de Cultos. Y Karenin podría ser ayudante suyo.

—Buenos días, príncipe —exclamó el anciano, estrechando la mano del que se acercaba.

—¿Qué decían ustedes de Karenin? —preguntó el príncipe.

—Que él y Putiákov han recibido la condecoración de Alexandr Nievski.

—Creí que ya la tenía.

—No. Mírenlo —dijo el anciano, y mostró, con su gorra bordada, a Karenin, que, en uniforme de corte, con una nueva banda roja cruzada al hombro, se hallaba parado en la puerta de la sala con uno de los miembros del Consejo Imperial más influyentes—. Se siente feliz y contento como un niño con zapatos nuevos —añadió, deteniéndose para estrechar la mano de un chambelán arrogante y de constitución atlética.

—No creo; ha envejecido —replicó este último.

—Por las preocupaciones. Ahora se dedica a redactar proyectos. No soltará a ese desgraciado hasta que le exponga todos los puntos.

—¿Que ha envejecido? *Il fait des passions.** Creo que la condesa Lidia Ivánovna tiene ahora celos de su mujer.

—¡Qué va! Por favor, no hable mal de la condesa.

—¿Acaso es algo malo que esté enamorada de Karenin?

—¿Es cierto que la Karénina está aquí?

—No aquí, en palacio, pero sí en San Petersburgo. Ayer me la encontré con Alexiéi Vronski, *bras dessus, bras dessous,*** en la calle Morskaia.

—*C'est un homme qui n'a pas...**** —empezó diciendo el chambelán, pero se detuvo para dejar paso y saludar a un personaje de la familia imperial.

Hablaban así, criticando y burlándose de Alexiéi Alexándrovich mientras este, cerrando el paso al miembro del Consejo Imperial a quien había cazado, no interrumpía, ni por un momento, su explicación, exponiéndole punto por punto su proyecto financiero.

Casi al mismo tiempo que lo abandonó su mujer, a Karenin le sucedió lo peor que puede sucederle a un funcionario: dejó de ascender en el escalafón del ministerio. Aquello era un hecho real y todos veían claramente, aunque Karenin no lo reconocía aún, que su carrera había terminado. Fuera por su choque con Striómov, por la desgracia con su mujer, o sencillamente porque hubiera llegado ya al límite que le estaba destinado, fue evidente para todos aquel año que su carrera ministerial había finalizado. Aún ocupaba un cargo importante, era miembro de varias comisiones y comités, pero se le consideraba como un hombre acabado y del que ya no se espera nada. Escuchaban cuanto hablaba y proponía como si fuesen cosas innecesarias y conocidas desde hacía tiempo. Pero Karenin no se daba cuenta de ello y, por el contrario, viéndose apartado de la actividad directa, apreciaba con más claridad que antes los defectos y errores de la actuación de los demás y consideraba deber suyo indicar los medios de corregirlos. Poco después de separarse de su mujer empezó a escribir la primera memoria de una serie innumerable de memorias sobre los nuevos tribunales y sobre los diversos aspectos de la administración, cosa que nadie necesitaba. Alexiéi Alexándrovich no se daba cuenta de su desesperada situación en el mundo

* «Todavía es capaz de inspirar pasiones.» *(N. de las T.)*
** «De bracete.» *(N. de las T.)*
*** «Se trata de un hombre que no tiene...» *(N. de las T.)*

burocrático ni se afligía por ella, e incluso estaba más satisfecho que nunca de sus actividades.

«El hombre casado se preocupa de las cosas mundanas y de agradar a su mujer; el soltero, de Nuestro Señor y de servirle lo mejor posible», dice el apóstol san Pablo. Y Karenin, que a la sazón se guiaba por las Sagradas Escrituras para todos sus asuntos, recordaba a menudo esa cita. Le parecía que desde que estaba sin su mujer servía mejor que antes al Señor con sus proyectos.

La evidente impaciencia del miembro del Consejo que quería librarse de él no molestó a Karenin. Y no interrumpió sus explicaciones hasta que aquel se escabulló aprovechándose de un personaje de la familia imperial que pasaba junto a ellos.

Al quedarse solo, Alexiéi Alexándrovich bajó la cabeza, reconcentrando sus ideas, y, tras mirar en torno suyo, se dirigió a la puerta donde esperaba hallar a la condesa Lidia Ivánovna.

«¡Qué sanos y qué fuertes son físicamente!», pensó, examinando al chambelán, con sus patillas bien peinadas y perfumadas, y el cuello rojo del príncipe, ceñido por el uniforme, junto a los que tuvo que pasar. «Con razón se dice que todo es malo en el mundo», se dijo, mirando de reojo las pantorrillas del chambelán.

Moviendo los pies lentamente, con su habitual aspecto de cansancio y de dignidad, saludó a aquellos hombres que hablaban de él, y, mirando hacia la puerta, buscó con los ojos a la condesa Lidia Ivánovna.

—¡Ah! ¡Alexiéi Alexándrovich! —exclamó el anciano, con un brillo maligno en los ojos, cuando Karenin llegó junto a él, e inclinó la cabeza con un gesto frío—. Aún no le he dado la enhorabuena —añadió, indicando la banda que este acababa de recibir.

—Gracias —contestó Karenin—. Hace un día muy hermoso —agregó, subrayando la palabra «hermoso».

Sabía que se reían de él y no esperaba de ellos sino hostilidades. Además, se había acostumbrado a ello.

Al divisar en la puerta los hombros amarillentos de la condesa Lidia Ivánovna, que emergían del corsé, y sus maravillosos ojos pensativos, que lo llamaban, Alexiéi Alexándrovich sonrió, mostrando sus dientes blancos y fuertes, y se acercó a ella.

El traje que llevaba Lidia Ivánovna le había costado muchos desvelos, como todos sus trajes últimamente. La finalidad que perseguía con ellos era totalmente distinta de la de hacía treinta años. Entonces quería adornarse con lo que fuera, y cuanto más, mejor. Ahora, por el contrario, su atavío no correspondía a sus años ni a su figura y era grande su preocupación porque el contraste no fuera demasiado evidente. Había conseguido esto respecto de Karenin, que la encontraba atractiva. Constituía para él la única isla, no solo de buena disposición, sino también de amor, en ese mar de hostilidades y burlas que le rodeaba.

Atravesando una hilera de miradas burlonas, Karenin se sentía atraído hacia su mirada amorosa, como la planta hacia la luz.

—Le felicito —dijo la condesa, señalando la banda con los ojos.

Con una sonrisa de placer contenida, Karenin se encogió de hombros y cerró los ojos, como queriendo significar que aquello no podía alegrarlo. La condesa Lidia Ivánovna sabía perfectamente que la banda constituía una de sus mayores satisfacciones, aunque no quisiera reconocerlo.

—¿Cómo está nuestro ángel? —preguntó la condesa, refiriéndose a Seriozha.

—No puedo decir que esté muy contento de él —dijo Alexiéi Alexándrovich enarcando las cejas y abriendo los ojos—. Tampoco lo está Sítnikov. —Este era el pedagogo encargado de la educación de Seriozha—. Como ya le dije, observo en él cierta indiferencia hacia los problemas fundamentales que deben llegar al alma de cualquier persona y de cualquier niño —continuó, exponiendo su parecer sobre lo único que le interesaba, después de sus actividades ministeriales.

Cuando, ayudado por Lidia Ivánovna, Karenin volvió a la vida y a su trabajo, sintió que era deber suyo preocuparse de la educación de su hijo. Como nunca se había interesado por el problema de la educación, empezó por estudiar el asunto teóricamente. Después de leer algunos libros sobre antropología, pedagogía y didáctica, se formó un plan y tomó al mejor pedagogo de San Petersburgo para educar al niño.

—Pero ¿y el corazón? Veo que lo tiene igual que su padre, y con un corazón así no se puede ser malo —replicó la condesa con entusiasmo.

—Tal vez... Por lo que respecta a mí, cumplo con mi deber. Esto es todo lo que puedo hacer.

—Venga usted a mi casa —dijo la condesa, tras un silencio—. Tenemos que hablar de un asunto doloroso para usted. Daría cualquier cosa por librarle de ciertos recuerdos, pero otros no opinan así. He recibido una carta de *ella*. Está aquí, en San Petersburgo.

Karenin se estremeció al oír mencionar a su mujer, pero inmediatamente se reflejó en su rostro aquella impasibilidad de muerto que expresaba su completa impotencia en ese asunto.

—Lo esperaba —dijo.

La condesa Lidia Ivánovna lo miró con expresión exaltada y asomaron a sus ojos lágrimas de admiración ante la grandeza de su alma.

XXV

Cuando Karenin entró en el acogedor gabinetito de la condesa Lidia Ivánovna, lleno de porcelanas antiguas y con las paredes cubiertas de retratos, la dueña de la casa no se hallaba aún allí.

Estaba cambiándose de traje.

En la mesa redonda, cubierta con un mantel, había un servicio de porcelana china y una tetera de plata que funcionaba con alcohol. Alexiéi Alexándrovich miró distraídamente los innumerables y bien conocidos retratos que adornaban la estancia, y, sentándose ante la mesa, abrió el Evangelio que estaba encima de ella. El roce del vestido de seda de la condesa lo distrajo.

—Muy bien. Ahora nos sentaremos aquí tranquilamente —dijo Lidia Ivánovna, con una sonrisa emocionada, pasando con prisa entre la mesa y el diván—. Hablaremos mientras tomamos el té.

Tras unas palabras preparatorias, la condesa, respirando con dificultad y ruborizándose, entregó a Alexiéi Alexándrovich la carta que había recibido.

Karenin la leyó y guardó silencio durante largo rato.

—Creo que no tengo derecho a negarle esto —dijo tímidamente, levantando los ojos.

—Amigo mío, ¿usted no ve mal en nada?

—Al contrario, veo lo malo en todas partes. Pero ¿sería justo...?

Su rostro reflejaba la indecisión y la necesidad de un consejo, de un apoyo y de una orientación en aquel asunto, incomprensible para él.

—No. Todo tiene sus límites —interrumpió la condesa—. Comprendo la inmoralidad —añadió, no del todo sincera, puesto que nunca había podido entender lo que conduce a las mujeres a la inmoralidad—, pero no la crueldad. ¿Y hacia quién? ¿Hacia usted?

¿Cómo ha podido venir a la misma ciudad en la que vive usted? Verdaderamente, nunca acaba una de aprender cosas. Estoy aprendiendo a comprender la superioridad de usted y la vileza de ella.

—¿Quién puede tirar la primera piedra? —replicó Alexiéi Alexándrovich, sin duda satisfecho de su papel—. La he perdonado totalmente, y por eso no puedo privarle de lo que es una exigencia de su amor, de su amor hacia su hijo...

—¿Es realmente amor, amigo mío? ¿Es sincero? Supongamos que usted la ha perdonado, que la perdona... Pero ¿tenemos derecho a influir en el alma de ese ángel? Él cree que su madre ha muerto. Reza por ella y pide a Dios que le perdone sus pecados... Así es mejor. ¿Y qué va a pensar ahora?

—No había pensado en eso —replicó Alexiéi Alexándrovich, que, sin duda, compartía la opinión de la condesa.

Lidia Ivánovna se cubrió el rostro con la mano y permaneció callada. Estaba rezando.

—Si quiere que le dé mi consejo, le diré que no debe hacer eso —dijo, después de haber rezado y descubriéndose el rostro—. ¿Acaso no veo cómo sufre usted, cómo se han abierto sus heridas? Pero suponiendo que, como siempre, se olvide usted de sí mismo, ¿a qué puede conducir esto? ¿A nuevos sufrimientos para usted y torturas para el niño? Si en ella quedase aún algo humano, no debería desear eso. Sin vacilar, no se lo aconsejo, y, si me lo permite, le escribiré.

Alexiéi Alexándrovich accedió y la condesa escribió la siguiente carta en francés:

Señora:

El recordarle a su hijo la existencia de usted puede provocar en él preguntas imposibles de contestar sin despertar en su alma sentimientos de crítica hacia lo que debe ser sagrado para él. Por tanto, le ruego que comprenda la negativa de su marido, considerándola desde el punto de vista del amor cristiano. Ruego a Dios que sea misericordioso con usted.

Condesa Lidia

Esta carta obtuvo la secreta finalidad que Lidia Ivánovna se ocultaba incluso a sí misma. Ofendió a Anna hasta lo más hondo de su alma.

En cuanto a Alexiéi Alexándrovich, al regresar de casa de la condesa no pudo entregarse a sus ocupaciones habituales ni hallar aquel estado de ánimo sereno de hombre creyente y salvado que había experimentado antes.

El recuerdo de su esposa, tan culpable ante él y hacia la cual se había conducido como un santo, como con razón decía Lidia Ivánovna, no hubiera debido conturbarlo, pero, sin embargo, no se sentía tranquilo. No comprendía lo que leía, no lograba desechar el recuerdo torturador de sus relaciones con Anna, ni de las faltas que con respecto a ella le parecía haber cometido. Se atormentaba como con un remordimiento al evocar cómo recibió la confesión de la infidelidad de Anna el día que regresaban de las carreras, sobre todo por haberle exigido solamente que guardara las apariencias y por no haber desafiado a Vronski. Asimismo, sufría al recordar la carta que le escribió a Anna, principalmente su perdón, que nadie necesitaba, y sus cuidados por la criatura de otro le abrasaban el corazón de vergüenza y arrepentimiento.

El mismo sentimiento de vergüenza y arrepentimiento lo experimentaba ahora al evocar su pasado con ella y las palabras torpes con que, tras largas vacilaciones, había pedido su mano.

«¿Qué culpa tengo yo?», se preguntaba. Y esa pregunta suscitaba siempre en él otra. Se preguntaba si sienten, aman y se casan de otra manera los demás hombres, como, por ejemplo, Vronski, Oblonski... o el chambelán de las pantorrillas gruesas. Y se le representaba toda una serie de hombres fuertes, pletóricos, seguros de sí mismos que por doquier y siempre despertaban en él una atención curiosa. Apartaba de sí tales pensamientos, tratando de persuadirse de que no vivía para esta vida pasajera, sino para la eterna, y de que en su alma reinaban la paz y el amor. Pero el hecho de haber cometido en esta vida pasajera e insignificante algunos errores nimios, según le parecía, le atormentaba tanto como si no existiese la salvación eterna, en la que creía. Ese tormento duró poco, no obstante, y pronto se restablecieron en el alma de Karenin la tranquilidad y la elevación, gracias a las cuales olvidaba lo que no quería recordar.

XXVI

—Kapitónich, ¿ha venido hoy el empleado del vendaje? ¿Lo ha recibido papá? —preguntó Seriozha, colorado y alegre, al volver del paseo, la víspera de su cumpleaños, mientras entregaba su *podiovka* al viejo portero, que sonrió a aquel pequeño personaje desde lo alto de su estatura.

—Sí, lo ha recibido. En cuanto salió el secretario, lo anuncié —contestó el portero, guiñando alegremente un ojo—. Permítame que le quite los chanclos.

—¡Seriozha! —dijo el preceptor eslavo, parándose en la puerta que daba a las habitaciones—. Quíteselos usted mismo.

Aunque Seriozha había oído la voz débil del preceptor, no le hizo caso. Permanecía en pie, agarrándose al cinturón del portero, mirándole a la cara.

—¿Y le ha hecho papá lo que necesitaba?

El viejo hizo un movimiento afirmativo de cabeza.

Tanto Seriozha como el portero se habían interesado por aquel funcionario que había venido ya siete veces a solicitar algo de Karenin. El niño se lo había encontrado una vez en el vestíbulo y había oído cómo suplicaba lastimosamente al portero que le anunciara, diciendo que no le quedaba otro remedio que morir, así como a sus hijos.

Seriozha volvió a encontrarse una vez más con el empleado, y desde entonces se interesó por él.

—¿Y estaba muy contento? —preguntó.

—¡Cómo no! Poco le faltó para irse de aquí saltando.

—¿Han traído algo? —preguntó el niño, tras un silencio.

—Sí, señorito; una cosa, de parte de la condesa —contestó el portero en voz baja.

Seriozha comprendió al punto que debía de ser un regalo de la condesa Lidia Ivánovna para su cumpleaños.

—¿Y dónde está?

—Korniéi se lo ha llevado a su padre. ¡Debe de ser algo magnífico!

—¿Cómo es de grande? ¿Será así?

—Algo más pequeño, pero está muy bien.

—¿Es un libro?

—No, una cosa. Entre, entre, que lo llama Vasili Lukich —dijo el portero, al oír los pasos del preceptor, que se acercaba, y abriendo cuidadosamente la manita con el guante a medio quitar que le sujetaba por el cinturón, hizo un movimiento de cabeza señalando a este.

—Ahora voy, Vasili Lukich —dijo Seriozha, con aquella sonrisa alegre y cariñosa que desarmaba siempre al severo preceptor.

Seriozha estaba demasiado alegre, demasiado feliz para no compartir con su amigo el portero el júbilo familiar del que le había informado en el jardín de verano la sobrina de la condesa Lidia Ivánovna. Le parecía especialmente importante, por coincidir con la alegría del funcionario y con la suya propia, por los juguetes que le habían traído. Creía que era uno de esos días en que todos debían estar alegres y contentos.

—¿Sabes que a papá le han concedido la condecoración de Alexandr Nievski?

—¡Cómo no! Hasta han venido a felicitarle ya.

—¿Y está contento?

—¿Cómo no va a estar contento por una merced del emperador? Eso significa que se la merece —replicó el portero, severo y grave.

Seriozha se quedó pensativo, examinando con atención el rostro del portero, estudiado hasta en sus mínimos detalles, y en especial la barbilla que asomaba entre las canosas patillas, en la que nadie había reparado, excepto él, que siempre lo miraba desde abajo.

—¿Hace mucho que no viene tu hija a verte?

La hija del portero era bailarina del cuerpo de ballet.

—¿Cómo va a venir aquí en día de trabajo? Tiene que estudiar. Y también usted, señorito. ¡Váyase!

Al entrar en la habitación, Seriozha, en lugar de ponerse a estudiar, le dijo al preceptor que suponía que le habían traído una máquina.

—¿Qué cree usted? —le preguntó.

Pero Vasili Lukich solo pensaba en que Seriozha debía estudiar la lección de gramática, porque el profesor llegaría a las dos.

—Vasili Lukich, dígame solamente: ¿qué está por encima de la condecoración de Alexandr Nievski? —preguntó de pronto el niño, sentado ya ante la mesa de estudio, con el libro en la mano—. ¿Sabe usted que se la han otorgado a papá?

Vasili Lukich contestó que la condecoración superior a la de Alexandr Nievski era la de Vladímir.

—¿Y más que esta?

—La de Andriéi Piervozvanni.

—¿Y más que esta?

—No lo sé.

—¿Cómo? ¿Tampoco usted lo sabe?

Y apoyando los codos en la mesa, Seriozha se sumió en reflexiones. Eran de lo más complejo y diverso. Se imaginaba que su padre recibiría de repente las condecoraciones de Vladímir y de Andriéi y que, como consecuencia de ello, se mostraría mucho más indulgente para la lección de hoy; pensaba que cuando fuera mayor también él recibiría todas las condecoraciones y asimismo las que crearan superiores a la de Andriéi. Apenas creadas, él las merecería, y si las crearan aún más elevadas, inmediatamente se haría digno de ellas.

El tiempo transcurrió en esas reflexiones y cuando llegó el profesor la lección de los tiempos y de los modos de los verbos no estaba preparada y este se mostró descontento y disgustado. Eso emocionó a Seriozha. No se sentía culpable por no haber estudiado la lección, ya que, a pesar de todo su deseo, no había podido hacerlo. Mientras el profesor le hablaba, creía comprender, pero en cuanto se quedaba solo no podía recordar ni entender que unas palabras tan breves y obvias como «de repente» fuesen un *modo adverbial*. En todo caso, sentía haber disgustado al profesor.

Eligió el momento en que el profesor miraba al libro, en silencio, para preguntarle a bocajarro:

—Mijaíl Ivánovich, ¿cuándo es su santo?

—Haría usted mejor en pensar solo en sus estudios. El día de la onomástica no tiene ninguna importancia para una persona inteligente. Es un día como otro cualquiera, en el que hay que trabajar como siempre.

Seriozha miró atentamente al profesor, su barba rala y sus lentes, que se habían deslizado más abajo de la señal que le hacían en la nariz, y se quedó tan pensativo que no oía nada de lo que le explicaba. Se daba cuenta de que este no pensaba en lo que estaba diciendo, lo adivinaba por el tono en que hablaba. «¿Por qué se habrán puesto de acuerdo todos para hablar de un modo siempre igual, aburrido e inútil? ¿Por qué me rechaza? ¿Por qué no me quiere?», se preguntaba tristemente, sin hallar respuesta.

XXVII

A esta lección seguía la que le daba su padre. Mientras le esperaba, Seriozha se sentó ante la mesa, jugueteando con el cortaplumas, y empezó a pensar. Entre las ocupaciones predilectas de Seriozha figuraba la de buscar a su madre durante el paseo. No creía en la muerte en general y aún menos en la de su madre, aunque se lo dijera la condesa Lidia Ivánovna y papá se lo hubiera confirmado. Por eso, aun después de que le hubieran dicho que había muerto, Seriozha la buscaba cuando salía a pasear. Toda mujer llena, graciosa y de cabellos oscuros le parecía su madre. En cuanto veía una mujer así se elevaba en su alma un sentimiento tan tierno que se ahogaba y se le llenaban los ojos de lágrimas. Y esperaba que ella se le acercase enseguida, levantándose el velo. Entonces vería toda su cara, ella le sonreiría, lo abrazaría y él percibiría su perfume y la suavidad de su mano. Se echaría a llorar de felicidad como una noche en que se arrojó a sus pies y ella le hizo cosquillas mientras él se reía mordiéndole la blanca mano cubierta de sortijas. Después supo casualmente por la niñera que su madre no había muerto y que su padre y Lidia Ivánovna se lo habían dicho así porque ella era mala (cosa que no podía creer en absoluto, porque la quería), y siguió buscándola y esperándola lo mismo que antes. Aquel día había en el jardín de verano una señora, con un velo de color lila, a la que había seguido con la mirada y el corazón en un hilo, mientras avanzaba a su encuentro por un senderito, esperando que fuese su madre. Al llegar donde estaba Seriozha, la señora desapareció de su vista y hoy el niño sentía que su cariño hacia ella era más intenso que nunca. Mientras esperaba a su padre, sin darse cuenta, rayó con el cortaplumas todo el borde de la mesa, mirando ante sí con ojos brillantes y pensando en ella.

—Ya viene su padre —lo interrumpió Vasili Lukich.

Seriozha se levantó de un salto, se acercó a su padre y, después de besarle la mano, lo miró atentamente, esperando descubrir en su rostro señales de alegría por haber recibido la condecoración de Alexandr Nievski.

—¿Te ha ido bien en el paseo? —preguntó Alexiéi Alexándrovich, sentándose en su butaca y acercando y abriendo el Antiguo Testamento.

A pesar de que Karenin le había dicho más de una vez que todo cristiano debe conocer bien la historia sagrada, él mismo solía consultar el Antiguo Testamento, cosa que Seriozha observó.

—Sí, me he divertido mucho, papá —replicó el niño, sentándose de lado en la silla y balanceándola, lo cual estaba prohibido—. He visto a Nádeñka —una sobrina de Lidia Ivánovna, a la que esta educaba—, y me ha dicho que le han dado a usted una nueva condecoración. ¿Está contento, papá?

—En primer lugar, te ruego que no te balancees, y en segundo, lo que se aprecia no es la recompensa, sino el trabajo. Me gustaría que comprendieras esto. Si trabajas y estudias para obtener una recompensa, tu tarea te parecerá penosa. Pero si lo haces por amor al trabajo, hallarás en él la mejor recompensa —dijo Alexiéi Alexándrovich, recordando cómo se había estimulado con la conciencia del deber durante el aburrido trabajo de aquella mañana, que consistió en firmar ciento dieciocho documentos.

El brillo de los ojos de Seriozha, producido por la alegría y la ternura, se apagó, y bajó la vista al encontrarse con la de su padre. Aquel tono, que el niño conocía bien, era el que Karenin empleaba siempre con él y al que había aprendido ya a adaptarse. Su padre le hablaba siempre —así le parecía a Seriozha— como si se dirigiera a un niño imaginario, a uno de esos niños que se hallan en los libros y que no se parecían en nada a él. Y Seriozha procuraba fingir que era uno de aquellos niños de los libros.

—Espero que comprendas eso —concluyó el padre.

—Sí, papá —respondió Seriozha, simulando ser aquel niño imaginario.

La lección consistía en aprender de memoria algunos versículos del Evangelio y en repasar el principio del Antiguo Testamento. Seriozha sabía bastante bien aquellos versículos, pero ahora, mientras los recitaba, se fijó en la frente de su padre, que formaba un saliente muy agudo junto a la sien, y se confundió diciendo el final de uno de los versículos al principio de otro que empezaba con la misma palabra. Karenin creyó evidente que el niño no comprendía lo que estaba diciendo, y eso lo irritó.

Frunció el entrecejo y empezó a explicar lo que Seriozha había oído ya muchas veces, pero que nunca lograba recordar por comprenderlo demasiado bien, lo mismo que las palabras «de repente» que eran un modo adverbial. Miraba a su padre con ojos asustados, pensando solo en una cosa: si le obligaría a repetir lo que había dicho, como sucedía a veces. Esa idea asustaba tanto a Seriozha que no lograba entender nada. Pero su padre no le hizo repetir los versículos y pasó a la lección del Antiguo Testamento. Seriozha relató bien los hechos, pero cuando tuvo que explicar la significación profética de tales hechos, mostró su total ignorancia, a pesar de que ya otra vez se le había castigado por no saberse esa lección. Y al llegar a los patriarcas antediluvianos no pudo contestar absolutamente nada, y se embrolló, rayando la mesa con el cortaplumas y balanceándose en la silla. No recordaba a ninguno de ellos, excepto a Enoc, arrebatado vivo a los cielos. Anteriormente recordaba los nombres, pero ahora los había olvidado por completo, sobre todo porque de todos los personajes del Antiguo Testamento el que prefería era Enoc y porque la idea del rapto del profeta se unía en su cerebro a una serie de pensamientos a los que se entregaba en ese momento, mientras miraba con sus ojos inmóviles la cadena del reloj y un botón a medio abrochar del chaleco de su padre.

Seriozha no creía en absoluto en la muerte, de la que tanto le hablaban. No creía que las personas a quienes quería pudieran morir, y aún menos que muriese él mismo. Le parecía imposible e incomprensible. Sin embargo, le decían que todo el mundo había de morir; se lo había preguntado a personas en quienes confiaba; todos se lo habían confirmado y también su niñera, aunque con cierto disgusto, pero Enoc no había muerto; por consiguiente, no todos debían morir. «¿Por qué no puede todo el mundo merecer ante Dios y que se lo lleven vivo a los cielos?», pensaba Seriozha. Los malos, es decir, a los que Seriozha no quería, podían morir, pero los buenos debían ser todos como Enoc.

—Bueno, ¿quiénes fueron los patriarcas?

—Enoc, Enoc.

—Ya lo has dicho. Está mal, Seriozha; está muy mal. Si no tratas de saber lo más importante para un cristiano, ¿qué puede interesarte? —dijo el padre, levantándose—. Estoy descontento de ti y también lo está Piotr Ignátich. —Era su principal pedagogo—. Tendré que castigarte.

En efecto, el padre y el pedagogo estaban descontentos de Seriozha porque estudiaba muy mal. Sin embargo, no podía decirse que fuese un niño de pocas aptitudes. Al contrario, era más inteligente que otros niños que el pedagogo le ponía de ejemplo. A juicio de su padre, Seriozha no quería estudiar lo que le enseñaban, pero en realidad, no podía hacerlo porque en su alma había exigencias más apremiantes que las que le imponían. Aquellas exigencias estaban en oposición con las impuestas, y Seriozha luchaba abiertamente contra sus educadores.

Tenía nueve años, era un niño, pero conocía su alma, la apreciaba y la cuidaba lo mismo que el párpado protege el ojo y no permitía que nadie entrase en ella sin la llave del afecto. Sus educadores se quejaban de que no quería estudiar, cuando, en realidad, su alma rebosaba de ansia de saber. Y aprendía de Kapitónich, de la niñera, de Nádeñka y de Vasili Lukich, pero no de sus maestros. El agua con que su padre y el pedagogo esperaban mover la rueda se había filtrado hacía tiempo y trabajaba en otro lugar.

Karenin castigó a Seriozha prohibiéndole ir a casa de Nádeñka, la sobrina de Lidia Ivánovna; pero lo cierto es que el castigo fue motivo de contento para Seriozha. Vasili Lukich estaba de buen humor y le enseñó a hacer molinos de viento. Seriozha pasó toda la velada trabajando y meditando en cómo podría construir un molino en el que pudiera girar, asiéndose a las aspas o atándose a ellas. No pensó en su madre en toda la tarde, pero una vez en la cama la recordó súbitamente y rogó a Dios, a su manera, que su madre dejara de ocultarse y viniera a verlo al día siguiente, que era su cumpleaños.

—Vasili Lukich, ¿sabe por lo que he rezado además de las oraciones diarias?

—¿Para estudiar mejor?

—No.

—¿Para tener juguetes?

—No, no lo adivinará. Es magnífico, pero se trata de un secreto. Cuando ocurra se lo diré. ¿No lo adivina?

—No, no lo adivino. Dígamelo —replicó Vasili Lukich sonriendo, cosa que le ocurría pocas veces—. Ande, acuéstese, que voy a apagar la vela.

—Sin vela veo mejor lo que pienso y por lo que he rezado. ¡Por poco le descubro mi secreto! —exclamó Seriozha, echándose a reír alegremente.

Cuando se llevaron la vela, Seriozha oyó y sintió a su madre. Estaba en pie ante él, acariciándole con su mirada amorosa. Pero aparecieron los molinos y el cortaplumas, todo se confundió y Seriozha se durmió.

XXVIII

Vronski y Anna, al llegar a San Petersburgo, se hospedaron en uno de los mejores hoteles. Vronski se instaló aparte, en el piso bajo, y Anna, con la niña, la nodriza y la doncella, en un amplio conjunto de cuatro habitaciones.

El mismo día de su llegada, Vronski visitó a su hermano. Encontró allí a su madre, que había venido de Moscú para sus asuntos. Su madre y su cuñada lo acogieron como siempre; le preguntaron por su viaje al extranjero y hablaron de sus conocidos, sin mencionar para nada sus relaciones con Anna. En cambio, su hermano, al devolverle su visita al día siguiente, le preguntó por ella. Alexiéi Vronski le dijo francamente que consideraba sus relaciones con Anna como un matrimonio, que esperaba arreglar el divorcio y casarse con ella. Hasta el momento de hacerlo consideraba a Anna como a su mujer y le rogó que se lo dijese así a su madre y a Varia.

—Si la buena sociedad no lo aprueba, me da igual, pero si mi familia quiere conservar relaciones de parentesco conmigo, debe hacerlas extensivas a mi mujer —dijo Vronski.

El hermano de Vronski, que siempre respetaba las ideas de Alexiéi, no supo a qué atenerse hasta el momento en que la sociedad emitiera su juicio. En cuanto a él personalmente, no tenía nada en contra y fue a ver a Anna con Alexiéi.

En presencia de su hermano, Vronski trató a Anna de usted, como ante los demás, tratándola como a una amiga íntima, pero quedaba sobrentendido que el hermano conocía sus relaciones y se habló de que Anna iba a ir a la finca de los Vronski.

A pesar de su tacto mundano, Vronski, a consecuencia de la nueva posición en que se encontraba, incurría en un extraño error. Al parecer, debía de haber comprendido que el mundo estaba cerrado para él y para Anna. Pero había nacido en su cerebro la idea vaga de que si eso era así antiguamente, ahora, con el rápido progreso (sin darse cuenta de ello, era partidario de todos los progresos), el punto de vista de la sociedad había cambiado y que, por tanto, la cuestión de si se los recibiría en la sociedad o no estaba aún por decidir. «Desde luego, los círculos de la corte no la recibirán —pensaba—, pero los allegados pueden y deben comprender esto como es debido.»

Una persona puede estar sentada con las piernas encogidas y sin cambiar de posición por espacio de varias horas si sabe que nadie le impedirá cambiar de postura. Pero sabiendo que debe hacerlo por imposición tendrá calambres y le temblarán las piernas, moviéndose hacia el lugar en que le gustaría estirarlos. Lo mismo experimentaba Vronski respecto de la sociedad. Aunque en el fondo de su alma sabía que el gran mundo estaba cerrado para ellos, quería probar si con el cambio los aceptaría. Pero no tardó en darse cuenta de que la sociedad estaba dispuesta a recibirlo a él, pero no a Anna. Como en el juego del gato y el ratón, los brazos que se alzaban para acogerlo, se bajaban ante Anna.

Una de las primeras señoras de la alta sociedad petersburguesa que vio Vronski fue a su prima Betsi.

—¡Por fin! —exclamó alegremente al verlo—. ¿Y Anna? ¡Cuánto me alegro! ¿Dónde paráis? Me figuro lo horrible que os debe parecer San Petersburgo después de vuestro magnífico viaje. Me imagino vuestra luna de miel en Roma. ¿Y el divorcio? ¿Está todo arreglado?

Vronski se dio cuenta de que el entusiasmo de Betsi disminuyó al enterarse de que no habían conseguido el divorcio.

—Sé que tirarán contra mí la primera piedra, pero pienso ir a ver a Anna. Iré sin falta —dijo Betsi—. ¿Estaréis mucho tiempo aquí?

Y, en efecto, aquel mismo día fue a visitar a Anna, pero su tono era completamente distinto del de antes. Debía de estar orgullosa de su atrevimiento y deseaba que Anna apreciara que era fiel a su amistad. Permaneció unos diez minutos, durante los cuales habló de las novedades del mundo y, al marcharse, dijo:

—No me has dicho cuándo obtendréis el divorcio. Yo he tenido la valentía de visitarte, pero otras personas te mirarán por encima del hombro hasta que os caséis. Ahora esto es muy sencillo, *ça se fait*.* Entonces ¿os vais el viernes? Es una lástima que no nos veamos más.

* «Eso es corriente.» (*N. de las T.*)

Por el tono de Betsi, Vronski hubiera podido comprender lo que le esperaba en el mundo, pero quiso hacer una prueba en su propia familia. No tenía esperanzas en su madre. No ignoraba que, a pesar de lo entusiasmada que había estado con Anna cuando la conoció, se mostraba ahora inflexible con ella, porque consideraba que había arruinado la carrera de su hijo. Sin embargo, confiaba en Varia, la mujer de su hermano. Pensaba que sería incapaz de lanzar la primera piedra y que iría con toda naturalidad a ver a Anna y también la recibiría en su casa.

Al día siguiente de su llegada, Vronski fue a verla y le expuso abiertamente sus deseos.

—Ya sabes, Aliosha, que te quiero y estoy dispuesta a hacer por ti lo que pueda —le dijo, después de escucharlo—. He callado porque sabía que me era imposible hacer algo por ti y por Anna Arkádievna —continuó, pronunciando con especial cuidado Anna Arkádievna—; por favor, no creas que os censuro. Nunca lo he hecho; quizá yo hubiese hecho lo mismo en el lugar de ella. No puedo ni quiero entrar en pormenores —añadió, mirando con timidez su rostro sombrío—. Pero hay que llamar las cosas por su nombre. Quieres que vaya a verla y que la reciba para rehabilitarla ante la sociedad, pero, compréndelo, no puedo hacerlo. Tengo que educar a mis hijas y debo frecuentar la sociedad por mi marido. Si visitara a Anna Arkádievna, ella comprendería que no puedo invitarla a casa, o bien que debo hacerlo de manera que no se encuentre con nadie, y eso la ofendería. No puedo...

—¡No creo que Anna haya caído más bajo que centenares de mujeres a las que recibís! —la interrumpió Vronski, aún más sombrío, y, sin añadir palabra, se levantó, comprendiendo que la decisión de su cuñada era irrevocable.

—¡Alexiéi! No te enfades conmigo. Por favor, comprende que no tengo la culpa —dijo Varia, mirándolo con una sonrisa tímida.

—No me enfado contigo —replicó Vronski gravemente—, pero esto me es muy doloroso. Además, me duele que esto rompa nuestra amistad. Quizá no la rompa, pero, desde luego, la debilita. Ya entiendes que para mí no puede ser de otro modo.

Con esto, Vronski se fue.

Comprendió que era inútil hacer más pruebas y que debían permanecer aquellos días en San Petersburgo como en una ciudad extraña, evitando todo trato con sus antiguas relaciones para evitar escenas desagradables y ofensas que les resultaban tan dolorosas. Una de las cosas más desagradables era que Alexiéi Alexándrovich y su nombre parecían estar en todas partes. Era imposible iniciar una conversación sin que derivara inmediatamente hacia Karenin. No era posible ir a ningún sitio sin encontrarse con él. Por lo menos, eso le parecía a Vronski, del mismo modo que al que le duele un dedo le parece que recibe en él todos los golpes como a propósito.

La estancia en San Petersburgo le fue aún más penosa a Vronski porque observaba en Anna un estado de ánimo incomprensible. Tan pronto parecía estar enamorada de él, tan pronto se mostraba fría, irritable y hermética. Sufría por algo que le ocultaba y parecía no darse cuenta de las ofensas que envenenaban la vida de Vronski y que debían ser para ella, por su aguda sensibilidad, aún más dolorosas.

XXIX

Para Anna, uno de los objetivos del viaje a Rusia era ver a su hijo. Desde el día en que salió de Italia, la idea de ese encuentro no dejaba de inquietarla. Y cuanto más se acercaba a San Petersburgo, mayor le parecía la importancia y la alegría de ver al niño. No se había preguntado cómo conseguiría verlo. Se le figuraba sencillo y natural ver a su hijo hallándose en la misma ciudad que él. Pero, una vez en San Petersburgo, se le hizo de pronto evidente su situación ante la sociedad y comprendió que sería difícil conseguirlo.

Llevaba ya dos días en la capital y, aunque no la abandonaba ni un solo momento la idea de ver a su hijo, no lo había logrado aún. Se daba cuenta de que no tenía derecho de ir abiertamente a casa de Karenin. Podía suceder que no la dejaran entrar y la ofendieran. Le atormentaba la idea de escribir y de ponerse en comunicación con su marido: solo podía estar tranquila cuando no pensaba en él. No le bastaba ver a su hijo en el paseo y enterarse adónde y cuándo iba. ¡Se había preparado tanto para ese encuentro, tenía que decirle tantas cosas y eran tales sus deseos de abrazarlo y besarlo! La vieja niñera de Seriozha podía ayudarle, orientándola. Pero ya no servía en casa de Karenin. En estas vacilaciones y en la busca de la viejecita transcurrieron dos días.

Al enterarse de las relaciones que unían a Alexiéi Alexándrovich con la condesa Lidia Ivánovna, Anna decidió, al tercer día, escribir aquella carta que le costó tanto trabajo, y en la que decía intencionadamente que el permiso de ver a su hijo dependía de la generosidad de su marido. Sabía que, si le enseñaban la carta a Karenin, continuando su papel de hombre magnánimo, no le negaría aquello.

El enviado que llevó la carta le dio la respuesta más cruel e inesperada: no había contestación. Anna jamás se había sentido tan humillada como en aquel momento en que, llamando al camarero, oyó el relato detallado de cómo le habían hecho esperar, diciéndole luego que no había respuesta. Anna se sintió humillada y ofendida, pero reconoció que, desde su punto de vista, la condesa Lidia Ivánovna tenía razón. Su pena era tanto más intensa cuanto que había de soportarla sola. No podía ni deseaba compartirla con Vronski. Sabía que, aunque él era la causa principal de su desgracia, la cuestión de un encuentro con su hijo le parecería una cosa sin importancia. Se daba cuenta de que Vronski nunca comprendería toda la intensidad de su sufrimiento y también de que ella lo aborrecería por el tono frío con que, sin duda, hablaría de aquello. Anna temía esto como nunca había temido nada en el mundo. Por ese motivo ocultaba a Vronski todo lo referente a su hijo.

Pasó todo el día en casa meditando algún procedimiento para ver a Seriozha y decidió escribirle a su marido. Ya había redactado mentalmente la carta, cuando le trajeron la de la condesa Lidia Ivánovna. El silencio de la condesa la había hecho conformarse, pero su carta, y lo que leyó entre líneas, la irritó tanto, le pareció tan grande aquella crueldad ante su natural ternura hacia el niño, que se indignó contra los demás y dejó de culparse a sí misma.

«¡Qué frialdad! ¡Qué sentimiento tan fingido! —se decía—. Solo quieren ofenderme y atormentar al niño. ¿Y he de obedecerlos? ¡Por nada del mundo! Ella es peor que yo. Al menos, yo no miento.» Y decidió que al día siguiente, cumpleaños de Seriozha, iría a casa de su marido, sobornaría o engañaría a los criados, pero vería al niño para destruir el terrible engaño con que lo habían rodeado.

Fue a una tienda donde compró muchos juguetes y, seguidamente, trazó su plan de actuación. Decidió ir por la mañana temprano, a las ocho, hora en que, probablemente, Alexiéi Alexándrovich estaba aún en la cama. Llevaría en la mano dinero para el portero y el lacayo a fin de que la dejaran entrar y, sin levantarse el velo, les diría que iba de parte del padrino de Seriozha para felicitar al niño y depositar los juguetes junto a su cama. No preparó las palabras que le diría a su hijo. Por más que meditaba en ellas, no se le ocurría nada.

Al día siguiente, a las ocho de la mañana, Anna, apeándose de un coche de alquiler, llamó a la puerta principal de su antigua casa.

—Ahí hay una señora. Pregúntale lo que desea —dijo Kapitónich, a medio vestir, con abrigo y chanclos, mirando por la ventana a la señora que estaba junto a la puerta.

Apenas abrió la puerta el ayudante del portero, un muchacho desconocido para Anna, esta entró, sacando del manguito un billete de tres rublos, que le deslizó apresuradamente en la mano.

—Seriozha... Serguiéi Alexiévich —dijo, y siguió adelante.

El muchacho, tras examinar el billete, detuvo a Anna en la puerta siguiente.

—¿A quién desea ver? —preguntó.

Anna no oyó sus palabras y no contestó nada.

Al notar la turbación de la desconocida, Kapitónich en persona le salió al encuentro, la dejó pasar y le preguntó lo que deseaba.

—Vengo de parte del príncipe Skorodúmov a ver a Serguiéi Alexiévich.

—No se ha levantado todavía —replicó el portero, mirándola atentamente.

Anna no esperaba que el vestíbulo de la casa donde había vivido nueve años pudiera producirle una impresión tan fuerte. Surgieron en su alma, uno tras otro, recuerdos alegres y penosos, y por un momento olvidó por qué se encontraba allí.

—¿Quiere esperar? —preguntó Kapitónich, ayudándole a quitarse el abrigo de pieles.

Cuando lo hizo, Kapitónich miró al rostro de Anna y al reconocerla la saludó en silencio con una profunda inclinación.

—Haga el favor de pasar, excelencia —dijo después.

Anna quiso hablar, pero su voz se negó a producir sonido alguno; mirando al viejo con expresión de súplica culpable, subió la escalera con leves y rápidos pasos. Inclinado hacia delante y tropezando con los chanclos en los escalones, Kapitónich la seguía corriendo para alcanzarla.

—Está allí el preceptor. Tal vez no se haya vestido todavía. Iré a anunciarla.

Anna continuaba subiendo la escalera, que le era tan conocida, sin entender lo que le decía el viejo.

—Por favor, pase por aquí a la izquierda. Perdone que no esté aún arreglada la casa. El señorito duerme ahora en el antiguo saloncito —decía el portero, sin aliento—. Por favor, excelencia, espere un poco. Voy a ver —continuó, adelantándose a Anna, y, entreabriendo una alta puerta, desapareció tras ella. Anna se detuvo, esperando—. Acaba de despertarse —dijo el portero, saliendo.

En el mismo momento en que decía esas palabras, Anna percibió un bostezo infantil. Por la voz reconoció a su hijo y se le representó como si lo viera ante ella.

—Déjeme, déjeme, váyase —exclamó, entrando por la alta puerta.

A la derecha de esta había una cama, en la que estaba sentado el niño, vestido solo con una camisita desabrochada, el cual, con el cuerpo inclinado, se desperezaba, bostezando. En el momento en que sus labios se juntaron de nuevo se dibujó en ellos una sonrisa feliz, y con aquella sonrisa, adormilado, se dejó caer de nuevo en el lecho despacio y suavemente.

—¡Seriozha! —susurró Anna, acercándose con pasos silenciosos.

Durante su separación y en los últimos tiempos en que la inundaba la ternura por su hijo, Anna se lo imaginaba como un niño de cuatro años, ya que fue en esa edad cuando más le gustara. Ahora Seriozha ni siquiera era como cuando lo dejó; difería aún más que antes de un niño de cuatro años: había crecido y adelgazado. ¿Qué era aquello? ¡Qué delgada tenía la cara y qué cortos los cabellos! ¡Qué largos los brazos! ¡Cuánto había cambiado desde que ella lo dejó! Pero era él, con su misma forma de cabeza, con sus labios, con su delicado cuello y sus hombros anchos.

—¡Seriozha! —repitió Anna al oído mismo del niño.

Este se incorporó, apoyándose en el codo, movió la cabeza a ambos lados como si buscara algo y abrió los ojos. Por espacio de algunos segundos miró silencioso e interrogativo a su madre, inmóvil ante él. Después sonrió beatíficamente y cerrando de nuevo sus ojos adormilados, se dejó caer, pero esta vez en los brazos de Anna.

—¡Seriozha, querido niño mío! —exclamó Anna sofocada, abrazando su cuerpecito gordezuelo.

—¡Mamá! —pronunció el niño, moviéndose entre los brazos de su madre para que su cuerpo los rozara por todas partes.

Sonriendo adormilado, siempre con los ojos cerrados y tras apoyarse con sus manitas gordezuelas en la cabecera de la cama, se asió a los hombros de su madre, exhalando ese agradable olor que solo tienen los niños, y empezó a frotarse la cara contra el cuello y los hombros de esta.

—Ya lo sabía —dijo abriendo los ojos—. Hoy es mi cumpleaños. Sabía que vendrías. Ahora me voy a levantar.

Y diciendo esto, el niño se durmió; Anna lo miraba con avidez, viendo lo que había crecido y cambiado durante su ausencia. Reconocía y desconocía a la vez sus piernas desnudas, ahora tan largas, que asomaban de entre la ropa de la cama; reconocía sus mejillas enflaquecidas, los cortos rizos de la nuca, que tan a menudo solía besar; acariciaba todo aquello y no podía hablar, ahogada por los sollozos.

—¿Por qué lloras, mamá? —preguntó Seriozha, despertándose del todo—. ¿Por qué lloras? —gritó con voz quejumbrosa.

—No voy a llorar más... Lloro de alegría. Hace tanto tiempo que no te he visto... No voy a llorar más, no voy a llorar más —replicó Anna, tragándose las lágrimas y volviéndose—. Bueno; ya es hora de que te vistas —añadió, recobrándose tras un silencio y, sin soltarle la mano, se sentó junto a la cama en una silla en la que estaba preparada la ropa del niño—. ¿Cómo te vistes sin mí? ¿Cómo...? —dijo, tratando de hablar alegremente y con naturalidad, pero no pudo terminar y se volvió de nuevo.

—No me lavo con agua fría: papá no me lo manda. ¿Has visto a Vasili Lukich? Ahora vendrá. ¡Te has sentado encima de mi traje!

Seriozha se echó a reír. Anna lo miró, y sonrió.

—¡Mamá, cariño, mamaíta! —gritó el niño, volviendo a abrazarla. Parecía que solo ahora, al ver su sonrisa, comprendía lo que había sucedido—. No te hace falta esto —dijo quitándole el sombrero.

Y como si la viera por primera vez, se arrojó en sus brazos para besarla de nuevo.

—¿Qué pensabas de mí? ¿Creías que me había muerto?

—No lo he creído nunca.

—¿No lo has creído, hijito mío?

—Sabía que no, sabía que no —repetía el niño su frase predilecta y, cogiendo la mano de su madre, que acariciaba sus cabellos, la oprimió contra sus labios y la besó.

XXX

Entretanto, Vasili Lukich, que al principio no había comprendido quién era aquella señora, entendió, por la conversación, que se trataba de la esposa que había abandonado a su marido, y a la que no conocía, porque ya no estaba en la casa cuando él llegó allí. Dudó si debía entrar o no y si procedía avisar a Alexiéi Alexándrovich. Pensando, al fin, que su deber era despertar todos los días a Seriozha a una hora fija y que para hacerlo no debía preocuparse de quién estuviese allí, fuera su madre o cualquier otra persona, ya que a él solo le incumbía su obligación, después de vestirse, se acercó a la puerta y la abrió.

Pero las caricias de madre e hijo, el tono de sus voces y lo que se decían, le obligó a cambiar de decisión. Movió la cabeza y cerró la puerta con un suspiro. «Esperaré otros diez minutos», se dijo, tosiendo y enjugándose las lágrimas.

Mientras tanto, reinaba gran agitación entre los criados. Todos se habían enterado de que había llegado la señora, que Kapitónich la había dejado pasar y ahora estaba en el cuarto del niño y sabían que el señor entraba a verlo todos los días a las nueve. Todos comprendían que el encuentro de los esposos era imposible y que se debía hacer algo para impedirlo. Korniéi, el ayuda de cámara, bajó a la portería para preguntar quién había dejado pasar a Anna, y al enterarse de que había sido Kapitónich, se lo reprochó. El portero calló obstinadamente; pero cuando Korniéi dijo que merecía que lo despidieran, se precipitó hacia este y, agitando las manos ante su rostro, le dijo:

—¿Acaso tú no la hubieras dejado entrar? He servido aquí diez años y solo he visto bondad en ella. ¿Acaso le hubieras dicho que hiciera el favor de marcharse? ¡Entiendes mucho de diplomacia! Es mejor que pienses en lo que le robas al señor y en los abrigos de castor que le quitas.

—¡Soldado! —exclamó Korniéi con desprecio, y se volvió hacia la niñera, que entraba en aquel momento—. Figúrese, María Iefímovna, que la ha dejado entrar sin decir nada a nadie —le explicó—. Y Alexiéi Alexándrovich va a salir ahora mismo para ir al cuarto del niño.

—¡Qué cosas! ¡Qué cosas! —dijo la niñera—. Entretenga un rato al señor, Korniéi Vasílievich, mientras voy corriendo a ver si puedo llevármela. ¡Qué cosas! ¡Qué cosas!

Cuando la niñera entró en el cuarto de Seriozha, este le relataba a su madre que él y Nádeñka se habían caído juntos de una montaña, dando tres volteretas. Anna escuchaba el sonido de su voz, miraba la expresión de su rostro, le palpaba la mano, pero no entendía lo que le hablaba. Tenía que marcharse, tenía que dejarlo, no pensaba ni comprendía otra cosa. Había oído los pasos de Vasili Lukich, que se había acercado a la puerta tosiendo, y los de la niñera, pero seguía sentada en la silla, como petrificada, sin fuerzas para levantarse ni para hablar.

—¡Señora! ¡Mi querida señora! —exclamó María Iefímovna, acercándose y besándole las manos y los hombros—. Dios le ha concedido una gran alegría al niño en el día de su cumpleaños. No ha cambiado usted nada, señora.

—¡Oh! Querida, no sabía que seguía usted en la casa —dijo Anna, serenándose por un momento.

—No vivo aquí, vivo con mi hija. He venido para felicitar a Seriozha, mi querida Anna Arkádievna.

La niñera se echó a llorar y volvió a besarle las manos a Anna.

Seriozha, con mirada y sonrisa radiantes, asiéndose con una mano a su madre y con la otra a la niñera, pisoteaba la alfombra con sus rollizos pies descalzos. Le entusiasmaba la ternura con que la niñera trataba a su madre.

—¡Mamá! María Iefímovna viene a verme muy a menudo y cada vez... —empezó a decir el niño, pero se detuvo al observar que la niñera hablaba en voz baja con su madre, en cuyo rostro se reflejó el miedo y algo semejante a la vergüenza, lo cual no la favorecía.

Anna atrajo al niño hacia sí.

—¡Querido mío! —exclamó.

Le era imposible decir adiós, pero la expresión de su rostro lo dijo y Seriozha lo comprendió.

—¡Querido, querido Kútik! —dijo, dándole el nombre con que lo llamaba de pequeño—. ¿No me olvidarás? Tú... —Anna no pudo seguir.

Después ¡cuántas palabras pensó que hubiera podido decirle! Pero en aquel momento no sabía ni podía decirle nada. Seriozha comprendió todo lo que quería decirle. Comprendió que su madre era desgraciada y que lo quería. Y hasta lo que le dijo en un murmullo la niñera. Oyó las siguientes palabras: «Siempre viene a las nueve», y se dio cuenta de que se refería a su padre y que este y su madre no podían encontrarse. Comprendió todo esto, pero no pudo entender por qué se pintaron en el rostro de su madre el temor y la vergüenza... No era culpable y, sin embargo, temía y se avergonzaba de algo. Quiso hacer una pregunta que aclarase sus dudas, pero no se atrevió: veía que su madre sufría y le dio pena de ella. Se apretó silenciosamente contra ella y después murmuró:

—¡No te vayas todavía! Aún tardará en venir.

Anna apartó al niño, fijándose en él para comprender si pensaba lo que decía y se dio cuenta, por la expresión de temor de su rostro, de que no solo hablaba de su padre, sino que parecía preguntarle qué opinión debía tener de él.

—Seriozha, hijo mío, quiérelo, él es mejor que yo. Además, soy culpable ante él. Cuando seas mayor juzgarás por ti mismo.

—¡Nadie es mejor que tú! —exclamó Seriozha con desesperación a través de sus lágrimas y, cogiéndola por los hombros, la estrechó contra sí con sus brazos temblorosos.

—¡Hijito mío, querido! —exclamó Anna, echándose a llorar dulcemente como una criatura, lo mismo que Seriozha.

En aquel momento se abrió la puerta y entró Vasili Lukich. Se oyeron pasos junto a la otra puerta y la niñera pronunció con temor en un susurro: «Ya viene», mientras le daba a Anna el sombrero.

Seriozha se deslizó en la cama y rompió a llorar, sollozando y cubriéndose el rostro con las manos. Anna se las apartó, volvió a besar su cara mojada por las lágrimas y acto seguido se alejó con pasos rápidos. Alexiéi Alexándrovich venía a su encuentro. Al verla, se detuvo e inclinó la cabeza.

A pesar de que Anna acababa de decir que su marido era mejor que ella, después de echarle una rápida mirada, con la que abarcó toda su figura y percibió todos sus detalles, la embargó un sentimiento de repulsión y de ira hacia él y sintió envidia porque se hubiera quedado con el niño. Con rápido movimiento bajó el velo del sombrero y, apresurando el paso, salió casi corriendo de la habitación.

No tuvo tiempo de sacar los juguetes que había comprado la víspera, que escogió con tanto cariño y tristeza, y se los llevó a su casa, tal como los traía.

XXXI

Por más que había deseado Anna el encuentro con su hijo y a pesar de que hacía mucho que se preparaba para él, no esperaba que le produjera tanta impresión. Cuando regresó a su habitación del hotel, tardó mucho en comprender por qué se hallaba allí. «Todo ha terminado y estoy sola de nuevo», se dijo, y, sin quitarse el sombrero, se sentó en una butaca junto a la chimenea. Fijando sus ojos inmóviles en un reloj de bronce, colocado entre las dos ventanas, se sumió en reflexiones.

Entró la doncella francesa que Anna había traído del extranjero, y le preguntó si quería vestirse. Anna la miró con asombro y le contestó:

—Después.

Y cuando el camarero le ofreció el café también le dijo:

—Después.

Luego entró la nodriza italiana que acababa de arreglar a la niña, y se la presentó a Anna. La niña, gordita y bien alimentada, al ver a su madre, le tendió como siempre los bracitos, con las palmas de las manos vueltas hacia abajo, y, sonriendo con su boquita desdentada, se puso a mover las manitas como un pez sus aletas, produciendo ruido al rozar los pliegues de su faldón almidonado. Era imposible no sonreír ni besar a la niña; ni dejar de darle un dedo al que se agarraba chillando y estremeciéndose con todo su cuerpo; ni tampoco ofrecerle los labios que ella cogía con su boquita para dar un beso. Anna hizo todo esto: la cogió en brazos y la hizo saltar, besó sus lozanas mejillas y sus codos desnudos. Pero, viendo esta criatura, comprendió que no era amor lo que sentía en comparación con su sentimiento por Seriozha. Todo era agradable en esta niña, pero no le llenaba el corazón. Todas las fuerzas de su cariño estaban concentradas en su primer hijo, aunque era de un hombre a quien no amaba, cariño que no tenía compensación. En cambio, la niña, que había nacido en unas circunstancias tan penosas, no recibía ni la centésima parte de los desvelos que había recibido Seriozha. Además, la niña era tan solo una esperanza, mientras que Seriozha era casi un hombre, un hombre querido. En él luchaban ya sentimientos y pensamientos. Y, al recordar sus palabras y sus miradas, Anna pensaba que Seriozha la comprendía, la amaba y la juzgaba. Pero estaba separada física y moralmente de él, y aquello no tenía remedio.

Después de entregar la niña a la nodriza, abrió el medallón donde tenía un retrato de Seriozha, casi de la misma edad que la pequeña ahora. Se levantó y, quitándose el sombrero, tomó de la mesita un álbum donde había fotografías de Seriozha, en distintas edades. Las sacó todas del álbum para compararlas. Quedaba una sola, la última, la mejor de todas. Seriozha, con una camisa blanca, sentado a horcajadas sobre una silla, fruncía los ojos, sonriendo. Aquella era una expresión suya peculiar, la mejor. Con sus pequeñas y ágiles manos, cuyos blancos dedos largos se movían más nerviosamente que nunca, enganchó varias veces las puntas de la fotografía, la cartulina se rompía y no pudo sacarla. Como no tenía plegadera a mano, sacó una fotografía que se hallaba al lado (era Vronski en Roma, con sombrero hongo y cabellos largos), y con ella empujó la de Seriozha. «¡Ah, es él!», exclamó recordando, de pronto, que Vronski era el causante de su pena actual. En toda la mañana no se había acordado de él. Pero ahora, de repente, al ver su rostro varonil y noble, tan amado y conocido, sintió que la inundaba una nueva oleada de amor hacia él.

«¿Dónde estará? ¿Cómo me deja sola con mi dolor?», pensó con un sentimiento de reproche, olvidando que era ella la que le ocultaba todo lo referente a su hijo. Mandó que le dijeran que viniera enseguida; lo esperó con el corazón palpitante, imaginando las palabras con que se lo diría todo y las expresiones de amor con que él la consolaría. El criado volvió, diciéndole que Vronski tenía una visita, pero que subiría inmediatamente y la rogaba le dijese si podía recibirlo con el príncipe Iashvín, que había llegado a San Petersburgo. «No vendrá solo, y eso que no me ha visto desde la comida de ayer. No podré decirle todo, porque vendrá con Iashvín —pensó Anna. Y, de pronto, la embargó un pensamiento cruel—: ¿Habrá dejado de amarme?»

Recordando los acontecimientos de los últimos días, le pareció ver en todo la confirmación de esa terrible sospecha: Vronski no había comido con ella le víspera, había insistido en que se instalaran separadamente en San Petersburgo, y vendría a verla ahora acompañado de un amigo como si quisiera evitar una entrevista a solas.

«Debe decírmelo. Necesito saberlo. Cuando lo sepa, pensaré lo que debo hacer», se dijo, incapaz de imaginarse en qué situación se encontraría, teniendo la certeza de la indiferencia de Vronski. Al pensar que había dejado de quererla, se sintió casi desesperada y la invadió una extraña excitación. Llamó a la doncella y se fue al tocador. Se vistió entreteniéndose en su atavío más de lo que solía hacerlo aquellos días, como si Vronski pudiera, después de haber dejado de quererla, enamorarse de nuevo porque la favorecieran el traje y el peinado.

Oyó el timbre antes de estar vestida. Cuando entró en el salón no fue la mirada de Vronski, sino la de Iashvín, la que acogió a Anna. Vronski miraba las fotografías de Seriozha que ella había dejado olvidadas en la mesa, y no se apresuró a mirarla.

—Ya nos conocemos —dijo Anna, poniendo su pequeña mano en la enorme mano de Iashvín, quien, a pesar de su corpulencia y su tosco semblante, sintió una extraña turbación—. Nos conocimos el año pasado en las carreras. Démelas —exclamó arrebatándole con rápido movimiento a Vronski las fotos de Seriozha y echándole una mirada significativa con sus brillantes ojos—. ¿Qué tal las carreras este año? Yo he asistido a las del Corso, en Roma. Ya sé que a usted no le gusta la vida en el extranjero —añadió, sonriendo dulcemente—. Le conozco, así como todos sus gustos, a pesar de habernos visto pocas veces.

—Lo siento, porque mis gustos son cada vez peores —replicó Iashvín, mordiéndose la guía izquierda del bigote.

Después de charlar un rato, y viendo que Vronski consultaba el reloj, Iashvín le preguntó a Anna si pensaba permanecer mucho tiempo en San Petersburgo e, irguiendo su corpulenta figura, cogió la gorra.

—Creo que permaneceré poco tiempo aquí —contestó Anna, turbada, mirando a Vronski.

—Entonces ¿ya no volveremos a vernos? —preguntó Iashvín, levantándose y dirigiéndose a Vronski—: ¿Dónde almuerzas?

—¡Vengan a almorzar conmigo! —exclamó Anna resuelta, como si se enfadara consigo misma por su turbación, pero ruborizándose como le sucedía siempre que le revelaba su situación a una persona desconocida—. Aquí no se come muy bien, pero, al menos, podrá usted hablar con Alexiéi. Es usted el compañero del regimiento a quien más quiere.

—Muchas gracias —replicó Iashvín con una sonrisa, por la cual comprendió Vronski que Anna le había agradado.

Iashvín saludó y salió. Vronski quedó algo rezagado.

—¿Te vas también? —le preguntó Anna.

—¡Se me ha hecho tarde ya! —replicó Vronski—. Vete. Ahora mismo te alcanzo —le gritó a Iashvín.

Anna tomó la mano de Vronski, y, sin dejar de mirarle, buscó en su mente lo que podría decir para retenerlo.

—Espera, tengo que decirte algo. —Y, apretando contra su cuello la corta mano de Vronski, añadió—: ¿No te parece mal que lo haya invitado a almorzar?

—Has tenido una idea magnífica —contestó este, con una sonrisa tranquila que descubrió sus dientes apretados, y le besó la mano.

—Alexiéi, ¿has cambiado hacia mí? —le preguntó Anna estrechando con ambas manos la de él—. Sufro mucho aquí. ¿Cuándo nos vamos?

—Pronto, pronto. No puedes figurarte lo penosa que es para mí también la vida aquí.

—Bueno, ¡vete, vete! —exclamó Anna, ofendida, alejándose rápidamente.

XXXII

Cuando Vronski volvió al hotel, Anna no había regresado aún. Según le dijeron, poco después de irse él, había llegado una señora, con la que salió. El hecho de que Anna hubiera salido sin decirle adónde iba y no hubiese regresado aún, su salida de aquella mañana, de la que no le dijo nada, así como la extraña expresión de su rostro y el tono casi hostil con que le pidió las fotografías de su hijo en presencia de Iashvín, le obligaron a pensar. Decidió que era necesaria una explicación. Y esperó a Anna en su saloncito. Pero Anna volvió con su anciana tía solterona, la princesa Oblónskaia. Era la señora que había ido a buscarla por la mañana y con la que Anna había ido de compras. Anna parecía no reparar en la expresión preocupada e interrogante de Vronski mientras le contaba jovialmente las compras que había hecho. Vronski notó que a Anna le sucedía algo especial; veía en sus ojos brillantes, cuando se detenían momentáneamente en él, una atención forzada y que hablaba y se movía nerviosamente, cosa que tanto le atraía al principio de sus relaciones y ahora lo inquietaba y atemorizaba.

Pusieron la mesa para cuatro. Todos se habían reunido ya para ir al pequeño comedor cuando llegó Tushkiévich con un recado de Betsi para Anna. Betsi se disculpaba por no ir a despedirla, diciendo que estaba indispuesta. Al mismo tiempo rogaba a Anna que fuese a visitarla de seis y media a nueve. Vronski miró a Anna al oír que Betsi la invitaba a una hora determinada, lo que demostraba que era una precaución para que no se encontrase con nadie, pero Anna no se dio cuenta de ello.

—Es una lástima, pero no puedo ir a esa hora —dijo sonriendo levemente.

—La princesa lo sentirá mucho.

—Yo también.

—¿Va usted a oír a la Patti? —preguntó Tushkiévich.

—¿La Patti? Me da usted una idea. Si pudiera conseguir un palco, iría.

—Yo se lo puedo conseguir —dijo Tushkiévich.

—Se lo agradeceré muchísimo —replicó Anna—. ¿Quiere usted comer con nosotros?

Vronski se encogió de hombros imperceptiblemente. No entendía nada de lo que hacía Anna. ¿Para qué había traído a la anciana princesa, para qué invitaba a comer a Tushkiévich y, lo que más le extrañaba, para qué lo enviaba en busca de un palco? ¿Acaso era posible en su situación ir a una función de abono de la Patti donde se hallaría toda la buena sociedad? La miró severamente, pero ella le respondió con una mirada provocativa, entre alegre y desesperada, cuyo significado no podía comprender. Durante la comida Anna se mostró provocativamente alegre; parecía coquetear con Tushkiévich y con Iashvín. Cuando se levantaron de la mesa y Tushkiévich se marchó a buscar el palco, Iashvín y Vronski se fueron a la habitación de este a fumar. Al cabo de un rato Vronski subió a las habitaciones de Anna.

Esta se hallaba vestida ya con un traje claro de seda y terciopelo, hecho en París, muy escotado por delante. Cubría su cabeza una mantilla de rico encaje blanco que le enmarcaba el rostro, destacando su deslumbrante belleza.

—¿Vas a ir al teatro? —preguntó Vronski, tratando de no mirarla.

—¿Por qué me lo preguntas con tanto susto? —inquirió Anna, ofendida de nuevo porque no la mirase—. ¿Por qué no he de ir?

Anna parecía no haber comprendido el significado de sus palabras.

—¡Desde luego, no hay ninguna razón! —replicó Vronski frunciendo el entrecejo.

—Eso es lo que digo yo —dijo Anna, fingiendo no darse cuenta del tono irónico de Vronski y enrollando tranquilamente uno de sus largos guantes.

—¡Anna, por favor! ¿Qué te pasa? —exclamó Vronski, tratando de hacerla volver a la realidad, lo mismo que hizo un día su marido.

—No comprendo lo que me preguntas.

—Sabes que no puedes ir.

—¿Por qué? No he de ir sola. La princesa Varvara se está vistiendo para acompañarme.

Vronski se encogió de hombros, perplejo y desesperado.

—¿Acaso no sabes...? —empezó a decir.

—¡No quiero saber nada! —exclamó Anna casi gritando—. No quiero. ¿Que si me arrepiento de lo que he hecho? No, no y no. Y si pudiera volver a empezar otra vez, procedería igual. Para nosotros, es decir para ti y para mí, solo hay una cosa importante: si nos amamos o no. Y nada más. ¿Por qué vivimos aquí separados y casi sin vernos? ¿Por qué no puedo ir al teatro? Te quiero y todo me da lo mismo, con tal de que tú no hayas cambiado —añadió en ruso, mirándolo con un brillo especial en los ojos, incomprensible para él—. ¿Por qué no me miras?

Vronski levantó la vista. Vio toda la belleza de su rostro y de su vestido, que siempre le sentaba tan bien. Pero ahora le irritaban precisamente esa belleza y esa elegancia.

—Ya sabes que mis sentimientos no pueden cambiar, pero te ruego, te suplico que no vayas —replicó él en francés con delicada súplica en la voz, pero expresión fría en la mirada.

Anna no oyó sus palabras y, reparando tan solo en la frialdad de sus ojos, contestó excitada:

—Te ruego que me digas por qué no debo ir.

—Porque esto puede causarte... —dijo Vronski, embrollándose.

—No entiendo nada. Iashvín *n'est pas compromettant.** Y la princesa Varvara no es peor que otras. Aquí viene.

* «No es comprometedor.» *(N. de las T.)*

XXXIII

Vronski experimentó por primera vez un sentimiento de enojo, casi de ira, contra Anna porque no quería comprender su propia situación. Ese sentimiento se hacía más vivo por la imposibilidad de explicarle la causa de su disgusto. Si le dijera sinceramente lo que pensaba, sería lo siguiente: «Presentarse en el teatro con ese traje en unión de la princesa, a quien todos conocen, no solo significa reconocer tu papel de mujer perdida, sino, además, desafiar a la alta sociedad, es decir, renunciar a ella para siempre».

Vronski no podía decirle esto. «¿Cómo es posible que ella no lo comprenda? ¿Qué le sucede?» Se daba cuenta de que su respeto hacia Anna disminuía, a la vez que aumentaba la conciencia de su belleza.

Volvió a su habitación con el ceño fruncido y, sentándose junto a Iashvín, el cual, con sus largas piernas extendidas en otra silla, bebía coñac con agua de seltz, pidió que le sirviesen la misma bebida.

—Hablabas de Moguchi, el de Lankovski. Es un buen caballo. Y te aconsejo que lo compres —dijo Iashvín, echando una mirada al rostro sombrío de su compañero—. Es algo caído de grupa, pero no se puede pedir nada mejor que su cabeza y sus patas.

—Creo que lo compraré —contestó Vronski.

Le interesaba la conversación acerca de los caballos, pero no olvidaba ni un solo momento a Anna, escuchando, a pesar suyo, los pasos que sonaban en el pasillo y mirando el reloj de la chimenea.

—Anna Arkádievna me manda decirle que se ha ido al teatro —dijo un camarero, entrando.

Iashvín vertió una copa más de coñac en el agua efervescente, se la bebió y, levantándose, se abrochó el uniforme.

—Qué, ¿nos vamos? —preguntó, sonriendo levemente bajo el bigote y mostrando con su sonrisa que comprendía el descontento de Vronski, pero que no le daba ninguna importancia.

—No voy —replicó este con expresión sombría.

—Pues yo tengo que ir. Lo he prometido. Bueno, adiós. Y si no, vente a butacas, coge la de Krasinski —dijo Iashvín, saliendo.

—No, tengo que hacer.

«La mujer de uno da muchas preocupaciones, y la que no lo es, aún más», pensó Iashvín al salir del hotel.

Al quedar solo, Vronski se levantó y empezó a recorrer la habitación.

«¿Qué es hoy? ¿La cuarta de abono...? Probablemente está allí Iegor con su mujer y mi madre. Es decir, que estará todo San Petersburgo. Ahora habrá entrado Anna, se habrá quitado el abrigo, mostrándose a plena luz. Tushkiévich, Iashvín, la princesa Varvara... —pensaba Vronski—. ¿Y qué hago yo? Dirán que tengo miedo o que le he encargado a Tushkiévich que la proteja. Por dondequiera que esto se mire, es absurdo, absurdo... ¿Y por qué me pone en esta situación?», se preguntó, haciendo un gesto con la mano.

Al mover la mano tropezó con la mesita en que estaba el agua de seltz y la botella de coñac y faltó poco para que la derribase. Al tratar de sostenerla, la tiró y, enojado, dándole un puntapié a la mesa, llamó al criado.

—Si quieres continuar a mi servicio —le dijo al ayuda de cámara que entraba—, no se te olvide tu obligación. Que no vuelva a repetirse esto. Llévate estas cosas.

El ayuda de cámara, que no se sentía culpable, quiso justificarse, pero al mirar a su señor, comprendió por su rostro que más valía callar y, tras excusarse presurosamente, se agachó y empezó a separar en la alfombra las copas y las botellas rotas de las enteras.

—Esto no es de tu incumbencia. Manda al camarero a recogerlo y prepárame el frac.

Vronski entró en el teatro a las ocho y media. La función estaba en su apogeo. El anciano acomodador le ayudó a quitarse la pelliza y, al reconocerlo, lo llamó «excelencia», diciéndole que no tenía necesidad de coger número para la pelliza, bastaba con que llamase a Fiódor. En el pasillo, bien iluminado, no había nadie, excepto el acomodador y dos lacayos, con sendas pellizas al brazo, que escuchaban junto a la puerta. Tras la puerta entornada se oían los acordes de un *staccato* y una voz femenina que cantaba una frase musical. La puerta se abrió, dando paso a un acomodador, y la frase musical, que llegaba a su fin, hirió el oído de Vronski. Pero la puerta se cerró enseguida y Vronski no oyó el final de la frase ni la cadencia, pero por la estruendosa salva de aplausos comprendía que había terminado. Cuando entró en la sala, vivamente iluminada por arañas y lámparas de gas de bronce, aún seguían los aplausos. En el escenario, la cantante lucía sus hombros descubiertos y sus alhajas, inclinándose y sonriendo; recogía, con la ayuda del tenor, que la tenía de la mano, los ramos de flores que volaban por encima de la orquesta. Luego se acercó a un señor, de cabellos peinados con raya en medio y untados de cosmético, que le ofrecía algo, alargando sus largos brazos por encima del borde del escenario. El público de palcos y butacas se agitaba, se echaba hacia delante, gritando y aplaudiendo. El director de la orquesta, desde su altura, ayudaba a transmitir los objetos, y, al mismo tiempo, se arreglaba la corbata blanca. Vronski llegó al centro del patio de butacas y se detuvo para mirar en derredor suyo. Se fijó con menos interés que de costumbre en el ambiente tan conocido y habitual, en la escena, en el bullicio y en el rebaño de abigarrados espectadores poco interesantes que llenaba el teatro.

Se veían las mismas señoras de siempre en los palcos y, tras ellas, los consabidos oficiales. Las mismas mujeres con sus vestidos multicolores, los mismos hombres de uniforme y de etiqueta y la misma plebe sucia en el gallinero. Y entre toda aquella gente de los palcos y de las primeras filas solo había unas cuarenta, hombres y mujeres, *de verdad*. Fue en este oasis en el que Vronski fijó su atención, dirigiéndose allí al punto.

El acto había terminado en el momento en que entraba Vronski, y por eso, sin pasar por el palco de su hermano, se acercó a la primera fila, deteniéndose junto a Serpujovskói, el cual, doblando la rodilla y golpeando con el tacón en las candilejas, lo llamó sonriendo al verle desde lejos.

Vronski no había visto aún a Anna, no miraba hacia ella a propósito. Pero, por la dirección de las miradas, sabía dónde se encontraba. Volvía la cabeza de un modo inadvertido, aunque sin buscarla y, esperando lo peor, trataba de descubrir a Alexiéi Alexándrovich. Afortunadamente para Vronski, Karenin no estaba.

—¡Qué poco te ha quedado de militar! —le dijo Serpujovskói—. Pareces un diplomático, un artista o algo por el estilo.

—Sí, en cuanto he vuelto a Rusia he adoptado el frac —replicó Vronski, sonriendo y sacando lentamente los gemelos.

—Reconozco que en eso te envidio. Cuando vuelvo del extranjero y me pongo esto —dijo Serpujovskói, tocándose las charreteras— lamento perder la libertad.

Hacía tiempo que Serpujovskói había dejado de preocuparse de las actividades militares de Vronski, pero lo apreciaba lo mismo que antes, y en esta ocasión se mostró particularmente amable con él.

—Es una lástima que hayas llegado tarde para el primer acto.

Vronski, escuchándole a medias, pasaba los gemelos desde las plateas a los palcos del primer piso, examinándolos. Vio de pronto la cabeza de Anna, altiva, sorprendentemente bella y risueña, rodeada de encajes, junto a una señora con turbante y a un anciano calvo que pestañeaba malhumorado. Anna se hallaba en la quinta platea, a unos veinte pasos de él, sentada en la delantera y, ligeramente vuelta, hablaba con Iashvín. La postura de su cabeza, sus anchos y hermosos hombros y la excitada radiación contenida de sus ojos y de su rostro, se la recordaron tal como la había visto en el baile de Moscú. Pero ahora sentía su belleza de otro modo completamente distinto. No había ningún misterio para él y por eso su belleza, si bien le atraía más que antes, también le disgustaba. Anna no lo miraba, pero Vronski sabía que lo había visto.

Cuando dirigió de nuevo los gemelos hacia allí, observó que la princesa Varvara, muy colorada, reía forzadamente, mirando sin cesar al palco de al lado. Anna, cerrando el abanico y dando golpecitos con él en el terciopelo rojo de la barandilla, miraba hacia otro lado y no veía ni quería ver sin duda lo que sucedía en aquel palco. El rostro de Iashvín reflejaba una expresión igual a la que solía tener cuando perdía en el juego. Frunciendo las cejas, se metía en la boca cada vez más la guía izquierda del bigote, mirando de reojo al palco vecino.

En este, a la izquierda, estaban los Kartásov. Vronski los conocía y sabía que Anna los conocía también. La señora Kartásov, una mujer pequeña y delgada, en pie en el palco y dándole la espalda a Anna, se ponía la capa que sostenía su marido. Estaba pálida y su rostro expresaba el enojo, mientras hablaba con agitación. Kartásov, un hombre calvo y grueso, se volvía a mirar a Anna sin cesar y trataba de apaciguar a su mujer. Cuando esta salió, Kartásov tardó mucho en seguirla, buscando la mirada de Anna, sin duda con deseos de saludarla, pero Anna, sin fijarse en él, probablemente a propósito, hablaba vuelta de espaldas con Iashvín, el cual escuchaba inclinando su cabeza de pelo cortado hacia ella. Kartásov salió sin saludar y el palco quedó vacío.

Aunque Vronski no sabía con seguridad qué había sucedido entre Anna y los Kartásov, comprendió que había sido algo ofensivo para ella. Y no solo por lo que había presenciado, sino principalmente por el rostro de Anna, la cual había reunido sin duda todas sus fuerzas para mantenerse en el papel que había asumido. Había logrado plenamente mostrarse serena. Quienes no la conocieran ni conocieran su círculo de amistades, quienes nada supieran de las exclamaciones de indignación, de lástima y de sorpresa de las mujeres porque Anna osara presentarse en sociedad y de un modo tan llamativo, con su mantilla de encajes, en toda su hermosura, esos habrían podido admirar embelesados la belleza de esta mujer sin sospechar que experimentaba el sentimiento de una persona expuesta a la vergüenza pública.

Sabiendo que había ocurrido un incidente, pero ignorando a punto fijo de qué se trataba, Vronski experimentaba una torturadora inquietud y, con la esperanza de enterarse de algo, se dirigió al palco de su hermano por la salida más alejada del palco de Anna. Al paso se encontró con el coronel del regimiento en el que había servido, que estaba hablando con dos conocidos. Vronski oyó mencionar el nombre de los Karenin y notó que el coronel se apresuraba a pronunciar el suyo, mirando significativamente a los que hablaban.

—¡Ah, Vronski! ¿Cuándo vas a ir por el regimiento? No podemos dejarte marchar sin darte un banquete. Eres de los nuestros —dijo.

—No tengo tiempo, lo siento mucho. Hasta la vista —replicó Vronski, echando a correr escaleras arriba hacia el palco de su hermano.

La anciana madre de Vronski, con sus ricitos color de acero, se hallaba también en el palco. Vronski se encontró en el pasillo del primer piso con Varia y con la princesa Sorókina.

Varia acompañó a la princesa junto a su madre, después tendió la mano a su cuñado y enseguida empezó a hablarle de lo que le interesaba. Raras veces la había visto Vronski tan emocionada.

—Encuentro que esto ha sido vil y bajo. Madame Kartásova no tenía derecho alguno a hacerlo. Madame Karénina... —empezó diciendo.

—Pero ¿qué ha pasado? Yo no sé nada.

—¿Cómo? ¿No lo has oído?

—Como comprenderás, he de ser el último en enterarme.

—¿Habrá ser más malvado que la Kartásova?

—¿Qué ha hecho?

—Me lo ha contado mi esposo... Ha ofendido a la Karénina. Kartásov empezó a hablar con ella desde su palco y su mujer le armó un escándalo. Dicen que pronunció palabras ofensivas para la Karénina en voz alta.

—Conde, le llama su *maman* —dijo la princesa Sorókina, asomándose a la puerta del palco.

—Te esperaba —le dijo su madre sonriendo irónicamente—. No se te ve por ningún lado.

Vronski vio que su madre no podía reprimir una sonrisa de alegría.

—Buenas noches, *maman*. Venía a verla —dijo fríamente.

—¿Cómo es que no vas a *faire la cour à madame Karénine*?* —añadió la anciana cuando la princesa Sorókina se hubo alejado—. *Elle fait sensation. On oublie la Patti pour elle.***

—*Maman,* ya le he rogado que no me hable de eso —replicó Vronski, frunciendo el ceño.

—Repito lo que dice todo el mundo.

Vronski no contestó nada y, tras cambiar unas palabras con la princesa Sorókina, salió. En la puerta se encontró con su hermano.

—¡Ah, Alexiéi! —exclamó este—. ¡Qué asco! Es una estúpida y nada más... Pensaba ir a ver a Anna ahora. Vámonos juntos.

Vronski no lo escuchaba. Bajó la escalera con pasos rápidos; se daba cuenta de que debía hacer algo, pero no sabía qué. Lo agitaba la indignación contra Anna, que se había puesto, poniéndolo también a él, en esta falsa situación, pero, al mismo tiempo, le apenaba que ella sufriera. Bajó al patio de butacas y se dirigió al palco de Anna. Striómov, en pie ante el palco, hablaba con ella.

—Ya no hay tenores. *Le moule en est brisé.****

Vronski saludó a Anna y se detuvo para saludar a Striómov.

—Me parece que ha llegado usted tarde y que se ha perdido la mejor aria —dijo Anna a Vronski, mirándole con ironía, según le pareció.

---

* «Hacer la corte a madame Karénina.» *(N. de las T.)*

** «Está causando una gran impresión. Su presencia oscurece a la Patti.» *(N. de las T.)*

*** «El molde se ha roto.» *(N. de las T.)*

—No soy un gran entendido —replicó él, mirándola a su vez con expresión severa.

—Lo mismo le pasa al príncipe Iashvín: opina que la Patti canta demasiado alto —dijo Anna sonriendo—. Gracias —añadió, tomando con su pequeña mano enfundada en un guante largo el programa que Vronski recogió del suelo, y de pronto su hermoso semblante se estremeció.

Anna se puso en pie, retirándose al fondo del palco.

Durante el segundo acto, al ver que el palco de Anna había quedado vacío, Vronski, obligando al público, que escuchaba en silencio los sones de la cavatina, a chistarle, salió del patio de butacas y se dirigió al hotel.

Anna había llegado ya. Cuando Vronski entró en su habitación, estaba aún con el mismo traje con que había ido al teatro. Se hallaba sentada en la butaca más próxima a la puerta, mirando ante sí. Echó una mirada a Vronski y en el acto adoptó la postura de antes.

—¡Anna! —dijo él.

—¡Tú tienes la culpa de todo! —gritó Anna con lágrimas de desesperación y de ira, levantándose.

—Te pedí, te rogué que no fueras. Sabía que tendríamos un disgusto...

—¡Un disgusto! —exclamó Anna—. ¡Ha sido horrible! No lo olvidaré por más que viva. Dijo que era una deshonra sentarse a mi lado.

—Son palabras de una mujer estúpida. Pero ¿para qué arriesgarse y provocar...?

—Aborrezco tu calma. No debías haberme conducido a esto. Si me quisieras...

—¡Anna! ¿Qué tiene que ver con eso mi amor?

—Si me amases como te amo yo, si sufrieras como yo... —continuó Anna, mirándole con expresión de temor.

Vronski la compadecía y, sin embargo, sentía despecho. Le aseguró que la amaba, porque comprendía que era lo único que podía apaciguarla en aquel momento, y, aunque en el fondo de su alma le reprochaba aquello, no se lo dijo.

Anna absorbía aquellas palabras —que a Vronski le parecían triviales y se avergonzaba de pronunciarlas—, serenándose poco a poco. Al día siguiente, completamente reconciliados, se fueron al campo.

Sexta parte

I

Daria Alexándrovna pasaba el verano con los niños en Pokróvskoie, en casa de su hermana Kiti. La casa de campo de los Oblonski se había derrumbado por completo y los Lievin convencieron a Dolli de que pasara el verano con ellos. Stepán Arkádich aprobó con calor esta decisión. Afirmaba que sentía mucho que su trabajo le impidiera pasar el verano en familia, en el campo, cosa que constituiría para él la máxima felicidad. Se quedó en Moscú y, de cuando en cuando, iba a pasar un par de días al campo. Además de los Oblonski, sus niños y la institutriz, aquel verano estaba allí la anciana princesa, que consideraba deber suyo cuidar de su hija, aún inexperta, que se hallaba *en aquel estado*. También estaba Váreñka, la amiga de Kiti del extranjero, que, cumpliendo su promesa de visitarla cuando se casase, había ido a pasar una temporada con ella. Todos eran parientes y amigos de la mujer de Lievin. Y, aunque este los quería a todos, lamentaba que se perturbase el orden del mundo de los Lievin con aquella arribada del «elemento Scherbatski», como solía llamarlos en su fuero interno. Aquel verano solo había en su casa una persona de su familia: Serguiéi Ivánovich, pero este no se parecía nada en su manera de ser a los Lievin, sino a los Koznishov, de modo que el espíritu de los suyos se había desvanecido por completo.

En casa de Lievin, desierta desde hacía mucho tiempo, había tanta gente a la sazón que estaban ocupadas casi todas las habitaciones, y casi todos los días la anciana princesa, al sentarse a la mesa, contaba a los comensales y ponía a comer en una mesita aparte a alguno de sus nietos que hacían el número trece. Kiti, que se ocupaba de las faenas domésticas con mucho interés, tenía grandes preocupaciones para adquirir gallinas, pavos y patos con que satisfacer el apetito veraniego de los invitados y de los niños.

Toda la familia estaba ya a la mesa. Los hijos de Dolli con la institutriz y con Váreñka hacían planes acerca de adónde irían a buscar setas. Serguiéi Ivánovich, que gozaba entre los invitados de un respeto rayano en la adoración por su inteligencia y su sabiduría, asombró a todos interviniendo en la charla.

—Llévenme a mí también. Me gusta mucho recoger setas —dijo, mirando a Váreñka—. Opino que es una ocupación muy buena.

—Nos alegra mucho que venga —replicó esta, ruborizándose.

Kiti y Dolli cambiaron una mirada significativa. La proposición de Serguiéi Ivánovich de ir a buscar setas con Váreñka confirmaba ciertas suposiciones que albergaba Kiti durante los últimos tiempos. Se apresuró a iniciar una charla con su madre para que no advirtiesen su mirada. Después de comer, Serguiéi Ivánovich se sentó con su taza de café junto a la ventana del salón y continuó la conversación iniciada con su hermano, sin dejar de mirar a la puerta por la que habían de salir los niños para ir al bosque. Lievin se había sentado en el alféizar de la ventana al lado de él.

Kiti se hallaba en pie, cerca de su marido, al parecer esperando el fin de aquella conversación, que no le interesaba, para decirle algo.

—Has cambiado mucho desde que te casaste, y para mejor —dijo Serguiéi Ivánovich con una sonrisa, sin duda poco interesado en la charla—. Pero sigues fiel a tu pasión de defender los temas más paradójicos.

—Katia, no te conviene estar en pie —le dijo su marido acercándole una silla y mirándola con expresión significativa.

—Es verdad —afirmó Serguiéi Ivánovich—; por cierto que ya debo dejaros —añadió al ver a los niños que salían corriendo.

A la cabeza de todos, Tania, con sus medias muy estiradas, y agitando un cestito y el sombrero de Serguiéi Ivánovich, corría a su encuentro.

Al llegar junto a él y brillándole los ojos, tan parecidos a los hermosos ojos de su padre, Tania le tendió el sombrero, haciendo un gesto para ponérselo, y suavizó aquel atrevimiento con una sonrisa tímida y dulce.

—Váreñka está esperando —dijo, mientras le ponía cuidadosamente el sombrero, deduciendo por la sonrisa de Serguiéi Ivánovich que se lo permitía.

Váreñka estaba en la puerta, con un vestido de percal amarillo y un pañuelo blanco en la cabeza.

—Ya voy, ya voy, Varvara Andriéievna —dijo Serguiéi Ivánovich, terminando de tomar el café y guardándose en los bolsillos la pitillera y el pañuelo.

—Qué encantadora es mi Váreñka, ¿verdad? —dijo Kiti a su marido, apenas se hubo levantado Serguiéi Ivánovich. Lo hizo de modo que este pudiera oírla, cosa que parecía desear—. ¡Y qué bella es! ¡Qué belleza tan noble! ¡Váreñka! —llamó—. ¿Estaréis en el bosque del molino? Iremos a buscaros.

—Olvidas tu estado, Kiti —intervino la anciana princesa, entrando precipitadamente—. No debes gritar así.

Al oír la voz de Kiti y el reproche de la princesa, Váreñka se acercó rápidamente con sus pasos ligeros. La rapidez de sus movimientos y los colores que cubrían su rostro animado denotaban un estado de ánimo excepcional. Kiti sabía lo que era aquello y la observó con atención. Había llamado a Váreñka con la idea de bendecirla mentalmente en vista del hecho importante que a su juicio habría de tener lugar aquel día en el bosque.

—Váreñka, seré muy feliz si sucede una cosa —le susurró al besarla.

—¿Vendrá usted con nosotros? —le preguntó Váreñka a Lievin, confusa y fingiendo no haber oído a Kiti.

—Los acompañaré hasta la era y me quedaré allí.

—¿Para qué vas a ir a la era? —preguntó Kiti.

—Tengo que ver y revisar los furgones nuevos —dijo Lievin—. ¿Y dónde vas a estar tú?

—En la terraza.

II

En la terraza se había reunido el elemento femenino. En general, a las mujeres les gustaba sentarse allí, pero aquel día tenían además una tarea concreta. Aparte de la costura de las camisitas y de las fajitas de punto en que se ocupaban todas, iban a hacer mermelada por un sistema nuevo para Agafia Mijáilovna, es decir, sin añadir agua. Kiti quería introducir aquel sistema que empleaban en su casa. Agafia Mijáilovna, encargada hasta entonces de aquel menester, y que consideraba que nada podía hacerse mal en casa de los Lievin, había echado agua en la fresa y en el fresón, segura de que era imposible hacerlo de otro modo. La habían sorprendido y ahora preparaba dulce de frambuesa en presencia de todos para que se convenciera de que también resultaría bueno sin agua.

El ama de llaves, con el rostro encarnado y afligido, con los cabellos revueltos y los delgados brazos descubiertos hasta el codo, hacía girar el perol sobre el hornillo y miraba tristemente las frambuesas, deseando con toda su alma que quedaran duras. La anciana princesa, comprendiendo que en ella, principal consejera en la preparación de aquel dulce, se centraba la ira de Agafia Mijáilovna, fingía estar ocupada en otras cosas y no interesarse por la mermelada, hablando de diferentes asuntos, pero no dejaba de mirar el perol con el rabillo del ojo.

—Siempre compro en los saldos vestidos para las muchachas —dijo, continuando la conversación iniciada—. ¿No cree usted que se debe espumar ya la mermelada, querida? —añadió, dirigiéndose a Agafia Mijáilovna—. No tienes por qué hacerlo tú; además, hace demasiado calor —continuó, deteniendo a Kiti.

—Yo lo haré —dijo Dolli y, levantándose, empezó a pasar una cuchara por el almíbar, espumante.

Para desprender lo que se había pegado en la cuchara dio golpecitos con ella en un plato cubierto ya de espuma amarillo rosada y de color sangre. «¡Con qué gusto van a rebañar esto los niños al tomar el té!», pensó, recordando que siendo pequeña se asombraba de que los mayores no tomaran lo mejor: la espuma de las mermeladas.

—Stiva dice que es preferible darles dinero —prosiguió Dolli la conversación iniciada, tan interesante, acerca de lo que era mejor regalar a los criados—. Pero...

—¡No se les puede dar dinero! —exclamaron a una la anciana princesa y Kiti—. La servidumbre aprecia los regalos.

—El año pasado le compré a nuestra Matriona Semiónovna una tela que no era precisamente popelín, pero algo por el estilo —dijo la princesa.

—Ya recuerdo, llevaba ese vestido puesto el día de tu santo.

—Tenía un dibujo muy bonito, sencillo y encantador. De no llevarlo ella, me hubiera hecho uno igual. Era por el estilo del de Váreñka. Muy bonito y barato.

—Me parece que la mermelada está ya —dijo Dolli, echando un poco de almíbar en el plato.

—El almíbar no está aún bastante espeso. Hiérvalo más, Agafia Mijáilovna.

—¡Cuántas moscas! —exclamó el ama de llaves, irritada—. Resultará igual que la otra —añadió.

—¡Oh! ¡Qué bonito es! No lo espantéis —exclamó Kiti inesperadamente, contemplando un gorrión que se había posado en la barandilla y, volviendo el rabito de una frambuesa, se había puesto a picotearlo.

—Muy bien, pero deberías sentarte más lejos del hornillo.

—*À propos** de Váreñka —dijo Kiti en francés, como habían hablado hasta aquel momento, para que no las entendiera Agafia Mijáilovna—. Ya sabes, *maman*, que hoy espero una decisión. Ya comprendes cuál. ¡Qué bien estaría!

—¡Vaya una casamentera! —exclamó Dolli—. Hay que ver con qué delicadeza los está uniendo...

—Bueno, *maman*, dime lo que piensas.

—¿Qué puedo pensar? Él —se sobrentendía que *él* era Serguiéi Ivánovich— ha podido aspirar siempre al mejor partido de Rusia.

* «A propósito.» (*N. de las T.*)

Ahora ya no es joven; sin embargo, sé que aun así muchas mujeres se casarían con él... Váreñka es muy buena, pero él podría...

—Tienes que comprender, mamá, que no se ha podido pensar nada mejor para los dos. En primer lugar, ¡ella es encantadora! —dijo Kiti, doblando un dedo.

—Cierto es que Váreñka le gusta mucho —afirmó Dolli.

—En segundo, él ocupa una posición en la sociedad y no necesita la fortuna ni la posición de su mujer. Únicamente le hace falta una buena esposa, simpática y tranquila.

—Desde luego, con ella puede estar tranquilo —afirmó Dolli.

—En tercer lugar, necesita que ella lo quiera. Y eso es así..., mejor dicho, eso estaría muy bien... Espero que cuando vuelvan del bosque todo esté arreglado. Lo veré enseguida por los ojos de Váreñka. ¡Cuánto me alegraría! ¿Qué opinas tú, Dolli?

—No te excites. No debes excitarte —le dijo su madre.

—No me excito, mamá. Me parece que se va a declarar hoy.

—Es tan extraño el momento y la manera que tienen los hombres de declararse...

—Es una barrera que se derrumba de pronto —comentó Dolli pensativa, sonriendo, al recordar su pasado con Stepán Arkádich.

—Mamá, ¿cómo se te declaró papá? —preguntó de pronto Kiti.

—No hubo nada extraordinario, fue muy sencillo —contestó la princesa, pero su semblante se iluminó al recordarlo.

—Pero ¿cómo fue? ¿Lo querías antes de que te permitieran hablar con él?

Kiti experimentaba placer de poder hablar con su madre de igual a igual acerca de estas cosas, las más importantes de la vida de una mujer.

—Desde luego, él me quería, venía a visitarnos a la aldea.

—Pero ¿cómo se decidió la cosa, mamá?

—Seguramente crees que vosotros habéis inventado algo nuevo. Siempre es lo mismo: se decidió con sonrisas, miradas...

—Qué bien lo has dicho, mamá. Precisamente, con miradas y sonrisas —exclamó Dolli.

—Pero ¿qué palabras te dijo?

—¿Y cuáles fueron las que te dijo a ti Kostia?

—Me las escribió con tiza. Fue una cosa extraordinaria... ¡Qué lejano me parece ya!

Las tres mujeres quedaron pensativas, reflexionando sobre lo mismo. Kiti fue la primera en romper el silencio. Recordó el invierno anterior a su boda y su interés por Vronski.

—Hay una cosa...: la antigua pasión de Váreñka —dijo, relacionando aquello por asociación de ideas—. Hubiera querido decírselo de alguna manera a Serguiéi Ivánovich, prepararlo un poco. Todos los hombres tienen celos de nuestro pasado.

—No todos —replicó Dolli—. Tú lo juzgas así por tu marido. Todavía sufre con el recuerdo de Vronski. ¿No es verdad?

—Sí —contestó Kiti, con ojos pensativos y risueños.

—No entiendo qué puede preocuparle de tu pasado —intervino la princesa con su celo maternal—. ¿Que Vronski te haya hecho la corte? A todas las muchachas las cortejan.

—No hablemos de eso —replicó Kiti, ruborizándose.

—Permíteme —continuó la madre—. Fuiste tú quien me impidió hablar con Vronski. ¿Te acuerdas?

—¡Oh, mamá! —exclamó Kiti, apenada.

—En estos tiempos no hay quien os detenga... Desde luego, vuestras relaciones no hubieran podido ir más allá de lo que debían; yo misma lo hubiera evitado. Pero, vida mía, no debes alterarte. Tenlo presente y cálmate.

—Estoy completamente tranquila, *maman*.

—¡Qué suerte para Kiti que llegara Anna entonces! —dijo Dolli—. ¡Y qué desgracia para ella! Ha resultado precisamente al revés —añadió sorprendida de su pensamiento—. En aquella época, Anna era tan feliz y, en cambio, Kiti se consideraba tan desgraciada. Todo ha resultado al revés. Pienso en ella a menudo.

—No se lo merece. Es una mujer perversa, repulsiva y sin corazón —dijo la madre, que no podía olvidar que Kiti no se hubiera casado con Vronski.

—¿Para qué hablar de esto? —arguyó Kiti, molesta—. No pienso ni quiero pensar en ella... No quiero —repitió, prestando atención a los conocidos pasos de su esposo, que subía la escalera de la terraza.

—¿En qué es en lo que no quieres pensar? —preguntó Lievin, entrando en la terraza.

Pero nadie le contestó y él no insistió en la pregunta.

—Lamento haber perturbado este reino femenino —dijo, mirándolas a todas involuntariamente y comprendiendo que hablaban de algo que no habrían hablado en su presencia.

Por un momento experimentó que compartía los sentimientos de Agafia Mijáilovna, le desagradó que hicieran la mermelada sin agua y, en general, la influencia de los Scherbatski. Sin embargo, se acercó a Kiti con una sonrisa.

—¿Qué hay? —preguntó, mirándola con aquella expresión con que todos se dirigían a ella ahora.

—Nada, estoy muy bien —contestó Kiti sonriendo—. ¿Qué tal te ha ido a ti?

—Los furgones cargan tres veces más que los carros. ¿Vamos a buscar a los niños? He mandado enganchar.

—¿Vas a llevar a Kiti en la tartana? —preguntó la madre con tono de reproche.

—Pero si vamos a ir al paso, princesa.

Lievin nunca llamaba a su suegra *maman*, como suelen hacerlo todos los yernos, cosa que desagradaba a la anciana. Aunque quería y respetaba a la princesa, no podía decirle *maman* sin profanar el recuerdo de su difunta madre.

—Vente con nosotros, *maman* —dijo Kiti.

—No quiero presenciar esas imprudencias.

—Entonces iré a pie. Eso me sentará bien —dijo Kiti, levantándose.

Y se acercó a su marido, cogiéndole del brazo.

—Sienta bien, pero no hay que extralimitarse —replicó la princesa.

—¿Ya está lista la mermelada? —preguntó Lievin, sonriéndole a Agafia Mijáilovna y tratando de alegrarla—. ¿Resulta bien con el nuevo método?

—Debe de estar bien. Pero para nosotros está demasiado cocida.

—Así es mejor, Agafia Mijáilovna, porque no se agría. Como ya no tenemos hielo no podríamos conservarla —dijo Kiti, comprendiendo al punto la intención de su marido y procurando también calmar a la anciana—. En cambio, sus conservas saladas son excelentes; mamá dice que no las ha comido iguales en ninguna parte —añadió sonriendo mientras le arreglaba la pañoleta.

El ama de llaves miró a Kiti con expresión de enfado.

—No me consuele, señorita. Me basta verla a usted con él para sentirme contenta —dijo, y la expresión vulgar «con él» emocionó a Kiti.

—Venga usted con nosotros a buscar setas; nos indicará dónde se encuentran.

Agafia Mijáilovna sonrió y movió la cabeza, como diciendo: «Me gustaría enfadarme con usted, pero es imposible».

—Haga el favor de hacerlo como le digo: ponga un papel empapado en ron encima de cada tarro y así, aun sin hielo, no se formará moho.

III

Kiti se alegró mucho de quedarse a solas con su marido porque había observado en su rostro, que tan vivamente reflejaba todos los sentimientos, una sombra de tristeza cuando preguntó, al entrar en la terraza, de qué hablaban, sin obtener contestación.

Cuando, adelantándose a los demás, salieron al camino llano, polvoriento, cubierto de espigas y de granos de centeno y perdieron de vista la casa, Kiti se apoyó más en el brazo de Lievin, apretándolo contra sí. Este había olvidado ya aquella momentánea impresión desagradable y, estando a solas con Kiti, experimentaba, ahora que el recuerdo de su estado no le abandonaba un solo momento, un sentimiento de placer, aún nuevo para él, alegre y puro por hallarse junto a la mujer amada. No tenían nada que decirse, pero Lievin deseaba oír el sonido de la voz de Kiti, que, lo mismo que su mirada, había cambiado durante su embarazo. Lo mismo en su voz que en sus ojos había ahora dulzura y esa gravedad de las personas constantemente concentradas en una ocupación que les agrada.

—¿No te cansarás? Apóyate más en mi brazo —dijo Lievin.

—No, me alegro mucho de estar sola contigo y te confieso que, aunque me encuentro muy a gusto con todos ellos, echo de menos nuestras veladas invernales cuando estábamos solos.

—Aquello estaba bien, y esto, aún mejor. Las dos cosas son buenas —replicó Lievin, oprimiéndole el brazo.

—¿Sabes de lo que hablábamos cuando llegaste?

—¿De la mermelada?

—De eso y de cómo suelen declararse los amores.

—¡Ah! —exclamó Lievin, que escuchaba más el sonido de la voz de Kiti que sus palabras, pensando sin cesar en el camino que se adentraba en el bosque y evitando los sitios donde ella pudiera dar un mal paso.

—También de Serguiéi Ivánovich y de Váreñka. ¿Lo has notado?... Lo deseo mucho. ¿Qué te parece? —preguntó, mirándole a la cara.

—No sé qué decir —replicó Lievin sonriendo—. En este sentido, Serguiéi me resulta muy raro. Ya te he hablado de ello.

—Sí, que estuvo enamorado de una muchacha que murió...

—Esto sucedió siendo yo un niño. Lo sé porque me lo contaron. Me acuerdo de Serguiéi tal como era entonces. Era un hombre extraordinariamente simpático. Desde entonces, observo cómo procede con las mujeres: se muestra amable con ellas, incluso le gustan algunas, pero las considera como personas y no como mujeres...

—Sin embargo, ahora con Váreñka... parece que hay algo...

—Tal vez..., pero hay que conocer a Serguiéi... Es un hombre extraño, sorprendente. Vive solo una vida espiritual. Tiene un alma demasiado pura y elevada.

—¿Cómo? ¿Acaso puede rebajarle eso?

—No, pero como está acostumbrado a llevar una existencia puramente espiritual, no puede adaptarse a la realidad y, al fin y al cabo, Váreñka es una realidad.

Lievin se había acostumbrado ahora a expresar atrevidamente sus ideas, sin tomarse el trabajo de revestirlas con palabras precisas. Sabía que su mujer, en momentos llenos de amor como este, las comprendería con una simple alusión. Y, en efecto, Kiti lo entendió.

—Pero Váreñka no es como yo. Comprendo que Serguiéi nunca podría quererme a mí. Ella es puramente espiritual.

—Nada de eso. Él te quiere mucho y a mí me agrada tanto que te quieran...

—Desde luego, es muy bueno conmigo y, sin embargo...

—... sin embargo, no es como Nikolaienka...; aquel cariño mutuo que sentisteis —terminó Lievin—. ¿Por qué no decirlo? A veces me reprocho pensando que acabaré olvidándolo. ¡Ah, qué hombre tan terrible y tan magnífico era!... Bueno, ¿de qué estábamos hablando? —preguntó tras un silencio.

—¿Crees que no puede enamorarse? —dijo Kiti, traduciendo a su modo las palabras de Lievin.

—No es que no pueda enamorarse —replicó él sonriendo—. Pero carece de esa debilidad que se necesita... Siempre le he envidiado, y aun ahora, que soy tan feliz, le envidio.

—¿Le envidias que no sea capaz de enamorarse?

—Le envidio porque es mejor que yo. No vive para sí mismo. Su existencia está sometida al deber. Por eso puede estar tranquilo y satisfecho —contestó Lievin risueño.

—¿Y tú? —inquirió Kiti con una sonrisa burlona y llena de amor.

Le hubiera sido imposible expresar la trayectoria de pensamientos que la obligaba a sonreír, la última deducción fue que su marido no era sincero al entusiasmarse con su hermano y rebajarse ante él. Kiti sabía que esta falta de sinceridad procedía por su cariño hacia Serguiéi Ivánovich, por su sentimiento de vergüenza de ser demasiado feliz y, sobre todo, por su deseo incesante de perfeccionarse. Le gustaba aquello, y por eso había sonreído.

—¿Y tú? ¿De qué estás descontento? —preguntó con la misma sonrisa.

La incredulidad de Kiti respecto del descontento de Lievin de sí mismo lo alegraba e inconscientemente la provocaba a que le expusiera los motivos que tenía para no creerle.

—Soy feliz, pero estoy descontento de mí mismo... —dijo.

—¿Cómo puedes estar descontento si eres feliz?

—¿Cómo explicarte...? Mi alma no desea sino que no des un paso en falso. ¡No saltes así! —exclamó, interrumpiendo el diálogo para reprochar a Kiti un movimiento demasiado brusco que había hecho al pasar por encima de una rama seca del camino—. Cuando pienso en mí y me comparo con otros, sobre todo con mi hermano, me doy cuenta de que soy malo.

—Pero ¿por qué? —insistió Kiti, siempre con la misma sonrisa—. ¿Acaso no te dedicas también a los demás? ¿Y tu granja, y tu propiedad, y tu libro...?

—No, ahora es cuando más lo noto; tú tienes la culpa —dijo Lievin, apretándole el brazo— de que no haga bien las cosas. Me dedico a ellas de un modo superficial. Si pudiese amar esas cosas como te amo a ti... Durante los últimos tiempos todo lo hago como si me obligasen a aprender una lección.

—Entonces ¿qué me dices de papá? —preguntó Kiti—. ¿También es malo porque no hace nada para el bien común?

—¿Él? No, pero tu padre es bueno, sencillo y tiene una gran claridad de ideas. ¿Y yo? Cuando no hago nada me atormento. Y eres tú la que ha armado todo esto. Cuando no estabas y no existía esto —dijo, indicando con una mirada el vientre de Kiti, lo que ella entendió—, ponía todas mis fuerzas en mi actividad. Pero ahora no puedo hacerlo y me avergüenzo de ello. Hago las cosas como se aprende una lección, finjo...

—Entonces ¿querrías cambiarte ahora mismo con Serguiéi Ivánovich? ¿Querrías ocuparte del bien colectivo, apreciar esa tarea impuesta lo mismo que él y nada más?

—Desde luego, no —replicó Lievin—. En todo caso, soy tan feliz que no entiendo nada. ¿Crees que se va a declarar hoy mi hermano? —añadió tras un silencio.

—Sí y no, pero me gustaría que lo hiciera. Espera. —Kiti se agachó para coger una margarita silvestre del borde del camino—. Anda, arranca los pétalos para ver si se declarará o no —dijo, dándole la flor.

—Sí, no —decía Lievin, arrancando los estrechos pétalos blancos.

—No, no —lo detuvo Kiti, que había seguido con emoción el movimiento de sus dedos—. Has arrancado dos de una vez.

—Entonces, este pequeño no se cuenta —dijo Lievin, desprendiendo un pétalo cortito, apenas crecido—. Mira, la tartana nos ha alcanzado.

—¿Estás cansada, Kiti? —gritó la princesa.

—En absoluto.

—Sí lo estás; sube, que los caballos son mansos y van al paso.

Pero no merecía la pena hacerlo, pues ya estaban cerca y continuaron el camino a pie.

IV

Váreñka, muy atractiva con el pañuelo blanco sobre su cabellera negra, se hallaba rodeada de los niños, ocupándose alegremente de ellos, y, sin duda, se sentía conmovida por la posibilidad de que se le declarase el hombre que le gustaba. Serguiéi Ivánovich iba a su lado, contemplándola sin cesar. Recordaba las conversaciones agradables que había sostenido con Váreñka y todo lo bueno que le habían contado de ella, comprendiendo cada vez más claramente que experimentaba aquel sentimiento especial que ya sintió otra vez, mucho tiempo atrás, en su primera juventud. La sensación de alegría que le producía su proximidad fue aumentando sin cesar hasta el momento en que, al poner en la cestita de Váreñka una seta de tallo delgado y de bordes vueltos hacia fuera que había encontrado él, la miró a los ojos y observó que le cubría el rostro el rubor producido por la emoción, el temor y el júbilo. Serguiéi Ivánovich se turbó también y le sonrió con una de aquellas sonrisas que dicen demasiado.

«Si es así, debo pensarlo y decidir, sin dejarme llevar, como un chiquillo, por un arrebato pasajero...», se dijo.

—Si me lo permite —dijo en voz alta—, voy a buscar setas por mi cuenta, pues de otro modo no se aprecian mis hallazgos.

Se alejó del lindero del bosque, donde todos andaban por la sedosa hierba corta entre los álamos viejos, encaminándose hacia el interior, donde los troncos blancos de los álamos se mezclaban a los grises de los olmos y donde negreaban los oscuros avellanos. Se apartó unos cuarenta pasos y al llegar tras un bonetero en pleno florecimiento con sus zarcillos rosado rojizos, Serguiéi Ivánovich se detuvo, sabiendo que no lo veían. Todo estaba en calma en torno suyo. Solo, junto a los álamos, a cuya sombra se hallaba, zumbaban las moscas como un enjambre de abejas, y de cuando en cuando llegaban las voces de los niños. De pronto resonó, no lejos de allí, en el lindero del bosque, la voz de contralto de Váreñka, que llamaba a Grisha. Una sonrisa alegre iluminó el rostro de Serguiéi Ivánovich y al tener conciencia de aquella sonrisa, movió la cabeza en señal de desaprobación, y sacando un cigarro del bolsillo se dispuso a fumar. Durante largo rato no consiguió encender la cerilla que frotaba contra el tronco de un abedul. La suave pelusa del blanco tronco se pegaba al fósforo y apagaba la llama. Por fin, logró encender una y el humo aromático del cigarro se elevó como un velo ondulante por encima del arbusto y bajo las ramas colgantes del abedul. Siguiendo con la vista las volutas de humo, Serguiéi Ivánovich echó a andar con pasos lentos, reflexionando sobre su situación.

«¿Por qué no? Si se tratase de un flechazo o de una pasión, si experimentase ese afecto recíproco (puedo decir "recíproco"), pero sintiera a la vez que esto va en contra de mi modo de vivir, si entregándome a ese afecto observara que traiciono mi vocación y mi deber... Pero no es así. Lo único que puedo decir en contra es que al perder a Maria prometí ser fiel a su memoria. Solo esto puedo alegar en contra de mi sentimiento... Y es importante —se decía Serguiéi Ivánovich, aunque al mismo tiempo se daba cuenta de que aquello no tenía para él ninguna importancia, excepto que estropearía, a los ojos de los demás, el papel de romántico que representaba—. Aparte de esto, por mucho que busque no he de encontrar nada en contra de mi sentimiento. Si hubiera elegido ateniéndome solo a la razón, no habría hallado nada mejor.»

Pensando en cuantas mujeres y muchachas conocía, no recordaba ninguna que reuniese las cualidades que, al reflexionar fríamente, deseaba para su mujer. Váreñka tenía todo el encanto y la lozanía de la juventud sin ser una niña, y si le amaba era conscientemente, como debe amar una mujer. Este era uno de los puntos. Además, estaba lejos de ser una mujer mundana y sin duda le repugnaba la sociedad, pero, al mismo tiempo, la conocía y sabía desenvolverse en ella, sin lo cual Serguiéi Ivánovich no podía concebir a la compañera de su vida. Finalmente era religiosa, pero no como una niña, al estilo de Kiti, por ejemplo —buena y religiosa por instinto—, sino que su vida estaba basada en principios religiosos. Incluso en detalles pequeños, Serguiéi Ivánovich hallaba en ella cuanto pudiera desear para su esposa: Váreñka era pobre y estaba sola en el mundo, de manera que no traería consigo una caterva de parientes y su consabida influencia a casa del marido, como le sucedía a Kiti. Le estaría obligada en todo a él, cosa que también había deseado para su futura vida conyugal. Y la muchacha, que reunía todas estas condiciones, lo amaba. Serguiéi Ivánovich era un hombre modesto, pero no pudo por menos de observarlo. También él la amaba. Solo se oponía su edad. Pero en su familia todos habían llegado a viejos. Serguiéi Ivánovich no tenía ni una sola cana y nadie le echaba cuarenta años. Además, recordaba que, según Váreñka, solo en Rusia se consideraban viejos los cincuentones; en Francia se dice que un hombre de esa edad está *dans la force de l'âge,** y uno de cuarenta es *un jeune homme.*** ¿Qué significaba la edad si él se sentía tan joven de espíritu como hacía veinte años? ¿Acaso no era juvenil el sentimiento que experimentaba ahora cuando, al salir de nuevo por otro lado a la linde del bosque, veía bajo los oblicuos rayos del sol la graciosa figura de Váreñka con su vestido amarillo? Con la cestita al brazo pasaba, con sus andares ligeros, junto al tronco de un viejo abedul. La impresión que le causó Váreñka se unió al paisaje, que le sorprendió por su belleza, el campo de avena, que amarilleaba bañado por los rayos del sol, y más allá, el viejo bosque, salpicado de manchas amarillas, que se desvanecía en la lejanía azul. Su corazón se estremeció de alegría. Se dio cuenta de que estaba decidido. Váreñka, que se había agachado para coger una seta, se irguió con un movimiento ágil volviendo la cabeza. Tirando el cigarro, Serguiéi Ivánovich se dirigió hacia ella con paso resuelto.

---

* «En la plenitud de su vida.» *(N. de las T.)*
** «Joven.» *(N. de las T.)*

V

«Varvara Andriéievna, cuando yo era aún muy joven, me forjé un ideal de mujer a la que amaría y sería feliz haciéndola mi esposa. He vivido muchos años, hallando por primera vez en usted lo que buscaba. La amo y le pido que sea mi esposa.»

Serguiéi Ivánovich iba diciéndose estas palabras cuando se hallaba ya a unos diez pasos de Váreñka, que, de rodillas y defendiendo una seta que Grisha quería coger, llamaba a Masha.

—Aquí, aquí. Hay muchas pequeñas —decía con su agradable voz profunda.

Al ver a Serguiéi Ivánovich, que se acercaba, no se levantó ni cambió de postura. Pero todo indicaba que Váreñka había notado su proximidad y que se alegraba de ella.

—Qué, ¿ha encontrado usted alguna? —preguntó, volviendo hacia él su bello rostro, que sonreía sereno, enmarcado en el pañuelo blanco.

—Ninguna —respondió Serguiéi Ivánovich—. ¿Y usted? —Váreñka no le contestó, ocupada con los niños, que la rodeaban.

—Ahí queda otra, junto a aquella rama —dijo, indicándole a Masha una seta minúscula, cuyo sombrero rosado aparecía cortado de parte a parte por una brizna de hierba seca, bajo la cual había crecido. Váreñka se puso en pie cuando Masha cogió la seta, partiéndola en dos—. Esto me recuerda mi infancia —dijo, apartándose de los niños y acercándose a Serguiéi Ivánovich.

Anduvieron unos cuantos pasos en silencio. Váreñka veía que Serguiéi Ivánovich quería hablar, adivinaba lo que iba a decirle y sentía su alma en un hilo a causa de la emoción, de la alegría y del temor. Se habían alejado tanto que nadie hubiera podido oírlos; sin embargo, él seguía callado. Váreñka prefirió callar también. Después de un silencio, resultaría más fácil hablar de lo que deseaban que después de unas palabras acerca de las setas. Pero, en contra de su voluntad, como de improviso, Váreñka dijo:

—¿De modo que no ha encontrado usted ninguna? Desde luego, en el centro del bosque siempre hay menos setas.

Serguiéi Ivánovich suspiró sin contestar. Le desagradaba que Váreñka hubiese hablado de las setas. Quería hacerla volver a sus primeras palabras sobre su infancia, pero como en contra de su voluntad, tras un silencio, hizo la siguiente observación respecto de lo que había dicho Váreñka:

—He oído decir que las setas blancas crecen principalmente en los linderos del bosque, pero no soy capaz de distinguir una seta de otra.

Transcurrieron varios minutos más, se habían alejado de los niños y se hallaban completamente solos. El corazón de Váreñka palpitaba de tal modo que percibía sus latidos y se daba cuenta de que se sonrojaba, palidecía y volvía a sonrojarse.

Ser la esposa de un hombre como Koznishov después de la posición que tuvo en casa de la señora Stahl, se le representaba como la máxima felicidad. Además, estaba casi segura de estar enamorada de él. En aquel momento debía decidirse todo. Estaba asustada. Temía tanto lo que iba a decirle Serguiéi Ivánovich como lo que no le dijera.

Serguiéi Ivánovich comprendió también que debía explicarse ahora o que no lo haría nunca. La mirada, el rubor y los ojos bajos de Váreñka denotaban una espera penosa. Serguiéi Ivánovich lo veía y le daba lástima de ella. Hasta pensó que si no le decía nada en aquel momento la ofendería. Se repitió mentalmente las palabras con las que quería expresar su proposición, pero en lugar de estas, por una idea inesperada que le sacudió, preguntó a Váreñka:

—¿En qué se diferencia la seta blanca de la del álamo?

Los labios de Váreñka temblaron de emoción al contestar:

—El sombrero no se diferencia apenas, pero sí el pie.

Apenas hubo pronunciado estas palabras, ambos comprendieron que todo había terminado, que lo que debían decirse no se diría. Y la emoción de los dos, que había alcanzado el máximo grado, empezó a calmarse.

—El tallo de una seta de álamo recuerda la barba de un hombre moreno que lleva dos días sin afeitarse —dijo Serguiéi Ivánovich, tranquilo ya.

—Sí, es verdad —replicó Váreñka risueña.

Y sin darse cuenta cambiaron el rumbo de su paseo, acercándose a los niños. Váreñka experimentaba dolor y vergüenza, pero a la vez una sensación de alivio.

Al regresar a casa y reflexionar en todo ello, Serguiéi Ivánovich creyó que había pensado equivocadamente. No podía traicionar la memoria de Maria.

—¡Calma, niños, calma! —gritó Lievin, irritado, poniéndose ante su mujer para protegerla, cuando la bandada de chiquillos vino corriendo a su encuentro o lanzando gritos de alegría.

Tras los niños salieron del bosque Váreñka y Serguiéi Ivánovich. Kiti no necesitó preguntar a Váreñka: por los rostros serenos y como avergonzados de los dos comprendió que sus planes no se habían realizado.

—Bueno, ¿qué hay? —le preguntó su marido cuando volvían a casa.

—No acepta —replicó Kiti, recordando a su padre en su modo de sonreír y de hablar, cosa que Lievin observaba a menudo en ella con placer.

—¿Qué quieres decir?

—Mira —dijo, tomando la mano de su marido. Se la llevó a la boca y la rozó con los labios cerrados—. Así se les besa la mano a los obispos.

—¿Cuál es el que no acepta? —preguntó Lievin sonriendo.

—Ninguno de los dos. Debe hacerse de este modo...

—Ten cuidado, que vienen unos campesinos...

—No se han fijado.

VI

Mientras los niños tomaban el té, los mayores, sentados en el balcón, hablaban como si nada hubiera sucedido, a pesar de que todos y principalmente Serguiéi Ivánovich y Váreñka sabían perfectamente que había tenido lugar un hecho muy importante, aunque negativo. Ambos experimentaban un sentimiento análogo al de un alumno que después de un suspenso queda en la misma clase o le expulsan del colegio. Todos los presentes, comprendiendo también que había sucedido algo, hablaban animadamente acerca de cosas indiferentes. Lievin y Kiti se sentían particularmente felices y enamorados aquella tarde. El que fueran felices por su amor parecía una desagradable alusión a los que querían serlo y no podían, cosa que les avergonzaba a los dos.

—Acuérdense de lo que les digo, Alexandr no vendrá —dijo la anciana princesa.

Esperaban aquella tarde la llegada de Oblonski, y el padre de Kiti había escrito que tal vez fuera él también.

—Ya sé por qué no viene; dice que se debe dejar a los recién casados solos durante los primeros tiempos —prosiguió la princesa.

—Papá ya nos ha dejado bastante tiempo solos, hace mucho que no lo hemos visto. Además, ¿acaso somos recién casados? ¡Si somos veteranos ya!

—Pues si él no viene también os dejaré yo, hijos míos —dijo la princesa, suspirando tristemente.

—¿Por qué, mamá? —preguntaron sus dos hijas.

—Pensad en cómo estará él, porque ahora...

Y de pronto, de un modo completamente inesperado, la voz de la anciana tembló. Las hijas callaron, cambiando una mirada. «*Maman* siempre halla un motivo de tristeza», se dijeron con esa mirada. Ignoraban que, por bien que se encontrara en casa de Kiti y por útil que se considerara allí, se sentía terriblemente triste, tanto por sí misma como por su marido, desde que casaron a la hija menor tan querida, quedando el nido familiar tan vacío.

—¿Qué quiere usted, Agafia Mijáilovna? —preguntó Kiti al ama de llaves, que se había acercado con aire de importancia y de misterio.

—Venía a preguntarle qué ponemos para la cena.

—Muy bien —dijo Dolli—. Mientras das las órdenes, iré a repasar la lección con Grisha. Hoy no ha estudiado nada.

—¡Esa lección me toca a mí! No, Dolli, iré yo —intervino Lievin, levantándose de un salto.

Grisha había ingresado ya en el gimnasio y debía repasar las lecciones durante el verano. Daria Alexándrovna, que ya en Moscú daba clase de latín a su hijo, al llegar a casa de los Lievin se impuso la norma de repetir con él, al menos una vez al día, las lecciones más difíciles de aritmética y de latín. Lievin se ofreció a sustituirla; pero Dolli, que había presenciado la clase una vez, observó que no lo hacía como el profesor de Moscú. Dijo a Lievin resuelta, aunque turbándose y tratando de no ofenderlo, que había de repasar las lecciones con el libro, según lo hacía el profesor, y que mejor seguiría dándolas ella misma igual que antes. Lievin se sentía enojado contra Stepán Arkádich, el cual, en su despreocupación, permitía que Dolli vigilase los estudios de sus hijos, de los que ella no entendía nada, y asimismo contra los profesores que enseñaban tan mal a los niños; no obstante, prometió a su cuñada dirigir los estudios como ella quisiera. Y siguió dando clase a Grisha, no con su método propio, sino por el libro, motivo por el cual lo hacía de mala gana y a menudo olvidaba la hora de la clase, como le había sucedido aquel día.

—No, iré yo; Dolli y tú quedaos aquí —dijo—. Lo repasaremos todo por orden, con el libro. En cambio, cuando venga Stiva y vayamos de caza, dejaremos las clases.

Lievin se dirigió al cuarto de Grisha.

A su vez, Váreñka se ofreció a cumplir las obligaciones de Kiti. También en el hogar feliz y bien organizado de los Lievin había sabido hacerse útil.

—Yo me ocuparé de la cena. Quédate sentada —dijo, y se levantó, acercándose a Agafia Mijáilovna.

—Seguramente no han encontrado pollos. Tendremos que coger de los nuestros... —dijo Kiti.

—Ya lo pensaremos Agafia Mijáilovna y yo. —Y Váreñka se fue en pos del ama de llaves.

—¡Qué muchacha tan simpática! —comentó la princesa.

—No es simpática, *maman*, sino encantadora, una muchacha de las que no se encuentran.

—Entonces ¿esperan hoy a Stepán Arkádich? —preguntó Koznishov que, al parecer, no quería hablar de Váreñka—. Es difícil hallar dos cuñados que se parezcan menos —agregó con una sonrisa sutil—. Uno es animado y vive en sociedad como el pez en el agua. El otro, nuestro Kostia, es vivo y sensible a todo, pero estando en sociedad se queda inmóvil o se agita inútilmente como un pez fuera del agua.

—Sí, y además, es muy imprudente —opinó la condesa, dirigiéndose a Serguiéi Ivánovich—. Precisamente quería rogarle a usted que le dijera —e indicó a Kiti— que ella no debe quedarse aquí, es absolutamente necesario llevarla a Moscú. Kostia dice que llamará a un médico...

—*Maman*, Kostia hará todo lo necesario, está conforme con todo —dijo Kiti, molesta, al ver que su madre nombraba juez en aquel asunto a Serguiéi Ivánovich.

Mientras hablaban, se oyó, desde la alameda, relinchar a unos caballos y chirriar las ruedas de un coche sobre la grava.

Aún no le había dado tiempo a levantarse a Dolli para salir al encuentro de su marido, cuando Lievin había saltado ya por la ventana del piso de abajo, donde estudiaba con Grisha, sacando también al niño.

—¡Es Stiva! —gritó Lievin bajo el balcón—. No te preocupes, Dolli, que ya hemos terminado.

Y como un niño echó a correr al encuentro del coche.

—*Is, ea, id, eius, eius, eius!* —gritaba Grisha, dando saltos por la alameda.

—Viene alguien más. ¡Debe de ser papá! —exclamó Lievin deteniéndose en la entrada de la alameda—. Kiti, no bajes por esa escalera tan empinada. Da la vuelta.

Pero Lievin se había equivocado al tomar por su suegro al que venía con Oblonski. Al llegar junto al coche vio al lado de Oblonski no al príncipe, sino a un muchacho, guapo y grueso, con una gorra escocesa, de la que pendían largas cintas. Era Váseñka Veslovski, primo, en tercer grado, de los Scherbatski, brillante joven de la sociedad petersburguesa y moscovita, «excelente muchacho y apasionado cazador», según lo presentó Stepán Arkádich.

Sin turbarse en absoluto por la decepción que produjo al aparecer sustituyendo al anciano príncipe, Veslovski saludó alegremente a Lievin, recordándole que lo había conocido en otra ocasión, y, cogiendo a Grisha al vuelo, lo levantó por encima del pointer que traía consigo Stepán Arkádich.

Lievin no subió al coche, y lo siguió a pie por el camino. Se sentía algo molesto por el hecho de que no hubiese venido el anciano príncipe, a quien apreciaba cada vez más, según lo iba conociendo, y por la visita de Váseñka Veslovski, hombre extraño a la familia e inoportuno. Y se lo pareció aún más cuando, al llegar a la escalinata donde estaban reunidos grandes y pequeños, vio que Váseñka besaba la mano de Kiti con especial afecto y galantería.

—Su esposa y yo somos *cousins** y, además, viejos amigos —dijo Veslovski, apretando de nuevo con fuerza la mano de Lievin.

—Qué, ¿hay buena caza? —preguntó Stepán Arkádich a Lievin cuando apenas había tenido tiempo de saludar a los presentes—. Él y yo venimos con las peores intenciones. Sabrá, *maman*, que desde entonces no ha estado en Moscú. Tania, hay una cosa para ti. Sácala, por favor, está en la trasera del coche —decía Oblonski, dirigiéndose a todos—. Cuánto has mejorado, Dóleñka —le dijo a su mujer, volviendo a besarle la mano y reteniéndola en la suya mientras le daba golpecitos en la otra.

Lievin, un momento antes en excelente estado de ánimo, miraba a todos con expresión sombría, todo le disgustaba.

«¿A quién habrá besado con esos labios?», pensó, observando la ternura de Stepán Arkádich hacia su mujer. Y, al mirar a Dolli, también ella le disgustó.

«Si no cree en su amor, ¿por qué se muestra tan contenta? Es repugnante», pensó.

Miró a la princesa, que tan simpática le había parecido unos momentos antes, y le molestó la manera con que acogía a Váseñka, con su gorra de cintas, como si estuviera en su propia casa.

Incluso Serguiéi Ivánovich, que también había salido a la escalinata, le resultó desagradable por la fingida amistad con que saludó

* «Primos.» (N. de las T.)

a Oblonski, ya que Lievin sabía que no lo apreciaba ni sentía respeto hacia él.

También Váreñka le disgustó viéndola saludar a aquel hombre, con su aspecto de *sainte nitouche*,* cuando solo pensaba en la manera de casarse. Y la persona que le resultó más repulsiva fue Kiti por dejarse arrastrar por la alegría de ese señor, que consideraba su llegada a la aldea como una fiesta para él y para los demás, y, sobre todo, por la sonrisa especial con que Kiti respondió a la suya.

Hablando animadamente, todos entraron en la casa. Pero apenas se hubieron sentado, Lievin volvió la espalda y salió.

Kiti vio que a su marido le había pasado algo. Quiso hallar un momento para hablarle a solas, pero él se alejó, diciendo que lo esperaba un trabajo en el despacho. Hacía tiempo que los trabajos de la hacienda no le habían parecido tan importantes como aquel día. «Para ellos todo son fiestas, pero aquí hay cosas que no tienen nada de festivo, que no pueden esperar y sin las que es imposible vivir», pensaba.

* «Mosquita muerta.» *(N. de las T.)*

VII

Lievin no volvió hasta que lo llamaron a cenar. En la escalera, Kiti y Agafia Mijáilovna se ponían de acuerdo acerca de los vinos que iban a servir en la cena.

—¿Por qué armáis todo este *bruit*?*¡Que sirvan el de costumbre!

—No, Stiva no lo toma... Kostia, espera, ¿qué te pasa? —preguntó Kiti, siguiéndolo.

Pero Lievin, despiadado, sin esperarla, se dirigió a grandes pasos al comedor, donde tomó parte en la animada conversación que sostenían Váseñka Veslovski y Stepán Arkádich.

—Bueno, ¿qué? ¿Vamos de caza mañana? —preguntó Oblonski.

—Sí, muy bien —replicó Váseñka, sentándose de lado y colocando por debajo de sí una de sus rollizas piernas.

—Con mucho gusto. ¿Ha cazado usted ya este año? —preguntó Lievin a Veslovski, fijándose con atención en su pierna y con esa fingida amabilidad que Kiti conocía y que le iba tan mal—. No sé si encontraremos chochas, pero hay muchas becadas. Tenemos que salir temprano. ¿No se cansará usted? Y tú, Stiva, ¿no estás cansado?

—¿Cansado yo? Nunca he sentido cansancio. ¡Por mí, podemos no acostarnos en toda la noche! ¡Podemos ir de paseo!

—En efecto, ¡no nos acostemos esta noche! ¡Magnífico! —apoyó Veslovski.

—¡Oh! Nadie pone en duda que puedes no dormir e impedirles a los demás que duerman —le dijo Dolli a su marido con esa ironía apenas perceptible con que solía tratarlo a la sazón—. En cambio, yo creo que ya es hora... Me voy, no quiero cenar.

* «Bulla.» *(N. de las T.)*

—Quédate un rato más, Dóleñka —insistió Stepán Arkádich, pasando a su lado, junto a la mesa grande, donde iban a cenar—. Tengo que contarte aún muchas cosas.

—Probablemente, no serán muy importantes.

—¿Sabes que Veslovski ha estado en casa de Anna? Y ahora se propone ir otra vez. Viven tan solo a setenta verstas de aquí. También pienso ir yo sin falta. ¡Veslovski, ven aquí!

Este se acercó a las señoras y se sentó junto a Kiti.

—Entonces ¿ha estado usted en su casa? Cuénteme, por favor, ¿cómo está? —rogó Daria Alexándrovna.

Lievin, que se había quedado al otro extremo de la mesa hablando con la princesa y con Váreñka, observó que Stepán Arkádich, Dolli, Kiti y Veslovski sostenían una charla, animada y misteriosa. Y además del misterio de aquella conversación notó la expresión de un sentimiento grave en el rostro de su mujer, que, sin quitar la vista del hermoso semblante de Váseñka, lo miraba, mientras este hablaba animadamente.

—Viven muy bien —decía Váseñka, refiriéndose a Vronski y a Anna—. Desde luego, no asumo la responsabilidad de juzgar, pero en su casa se siente uno como en familia.

—¿Qué piensan hacer?

—Sin duda, se proponen pasar el invierno en Moscú.

—¡Qué bien, si nos reuniéramos con ellos en su casa! ¿Cuándo piensas ir? —preguntó Stepán Arkádich a Váseñka.

—Pasaré con ellos el mes de julio.

—Y tú, ¿vas a venir? —se dirigió en esos momentos Stepán Arkádich a su mujer.

—Hace mucho que lo deseo, y he de ir sin falta —contestó Dolli—. Conozco a Anna y me da pena de ella. Es una mujer encantadora. Iré sola cuando te vayas tú, así no molestaré a nadie. Y hasta me parece mejor no ir contigo.

—¡Magnífico! —exclamó Stepán Arkádich—. ¿Y tú, Kiti?

—¿Yo? ¿Para qué iba a ir? —exclamó esta, enrojeciendo, y miró a su marido.

—¿Conoce usted a Anna Arkádievna? —le preguntó Veslovski—. Es una mujer muy atractiva.

—Sí —contestó Kiti, ruborizándose aún más. Se levantó y se acercó a su marido, preguntándole—: Entonces ¿te vas de caza mañana?

Los celos que Lievin experimentó durante aquellos momentos, sobre todo por el rubor de Kiti mientras hablaba con Veslovski, habían llegado a su máximo grado. Ahora, al escuchar sus palabras, las interpretaba a su manera. Por extraño que le resultara después al recordarlo, en aquel momento le parecía evidente que Kiti le preguntaba si iba a cazar solo por saber si le proporcionaría ese placer a Váseñka Veslovski, de quien, a su juicio, estaba enamorada.

—Sí, iré —le contestó con voz poco natural, que a él mismo le resultó desagradable.

—Es mejor que os quedéis mañana, porque Dolli no ha tenido tiempo de estar con su marido. Podéis ir pasado mañana —opinó Kiti.

Ahora Lievin traducía así el sentido de las palabras de Kiti: «No me separes de *él*. Me da lo mismo que te vayas tú, pero déjame disfrutar de la compañía de este muchacho encantador».

—Bueno, si quieres nos quedaremos mañana —contestó con una amabilidad especial.

Mientras tanto, Váseñka, sin sospechar en absoluto el sufrimiento que producía su presencia, se levantó de la mesa y siguió a Kiti mirándola risueño y afectuoso.

Lievin vio esta mirada. Palideció y por un momento se le cortó la respiración. «¿Cómo se permite mirar así a mi mujer?», pensó.

—Entonces ¿mañana? Vayamos mañana, por favor —rogó Váseñka, sentándose y colocando la pierna debajo de sí, según costumbre suya.

Los celos de Lievin aumentaron. Ya se veía convertido en un marido engañado, al que solo necesitan la mujer y el amante para que les procure vida cómoda y placeres...; pero, a pesar de ello, se mostró hospitalario y amable, interesándose por las cacerías, la escopeta y las botas de Váseñka y accedió a ir de caza al día siguiente.

Afortunadamente para Lievin, la anciana princesa puso fin a sus sufrimientos cuando aconsejó a Kiti que se fuera a la cama. Pero también esto le proporcionó un nuevo tormento a Lievin. Al despedirse de Kiti, Váseñka quiso besarle de nuevo la mano. Pero esta, con ingenua brusquedad, que su madre le reprochó luego, dijo, retirando la mano:

—En nuestra casa, eso no se estila.

A juicio de Lievin, Kiti tenía la culpa de haber consentido que Veslovski la tratara de aquel modo y aún más de la poca habilidad con que le demostró que no le gustaba aquel trato.

—¿Quién puede tener deseos de dormir? —dijo Stepán Arkádich, el cual, después de haber tomado unos cuantos vasos de vino, se hallaba en un estado de ánimo agradable y poético—. Mira, Kiti —dijo, indicándole la luna, que se remontaba por encima de los tilos—. ¡Qué maravilla! Veslovski, este es un buen momento para una serenata. Ya sabéis que tiene bonita voz; por el camino hemos venido cantando. Ha traído unas romanzas magníficas, entre ellas dos nuevas. Varvara Andriéievna podría cantarlas.

Cuando se separaron, Stepán Arkádich paseó un buen rato por la alameda con Veslovski, y se les oyó cantar una nueva romanza.

Lievin, oyendo esas voces, se hallaba sentado en una butaca en el dormitorio conyugal y, con el ceño fruncido, callaba obstinadamente, sin contestar a las preguntas de Kiti. Pero cuando, finalmente, esta le preguntó con una tímida sonrisa:

—¿Tal vez te haya molestado alguna cosa de Veslovski?

Entonces Lievin estalló y se lo dijo todo. Lo que le dijo le ofendía a él mismo, y por eso aumentaba más su irritación.

Permanecía ante Kiti con un terrible brillo en los ojos y el ceño fruncido y se oprimía el pecho con sus manos vigorosas como para contenerse. La expresión de su rostro hubiera sido severa y hasta cruel si no reflejara a la vez un sufrimiento que conmovió a Kiti. Le temblaban los pómulos y se le entrecortaba la voz.

—Comprende que no tengo celos: esa palabra es vil. No puedo tener celos y creer que... Es imposible expresar lo que siento, resulta terrible... No tengo celos, pero me humilla y me ofende que alguien ose pensar, ose mirarte con esos ojos...

—¿Con qué ojos? —preguntó Kiti, tratando de recordar con la mayor exactitud posible las palabras y actitudes de aquella noche, así como todos sus matices.

En el fondo de su alma, Kiti creía que había habido algo precisamente en el momento en que Vásenka la siguió al otro extremo de la mesa, pero no se atrevía a reconocérselo y, aún menos, a decírselo a Lievin, para no aumentar su pena.

—¿Y qué puedo tener yo de atractivo, qué...?

—¡Oh! —exclamó Lievin, llevándose las manos a la cabeza—. ¡No me hables!... Entonces, si fueses atractiva...

—Pero no, Kostia, espera. ¡Escúchame! —dijo Kiti, mirándole con expresión compasiva y llena de sufrimiento—. ¿Cómo puedes pensar eso? ¡Si para mí no existe nadie, nadie...! ¿O es que pretendes que no vea a nadie?

Al principio le habían ofendido los celos de su marido. Le molestaba que le fuera prohibida hasta la más pequeña e inocente diversión, pero ahora habría sacrificado con gusto no solo tales pequeñeces, sino todo, con tal de devolverle la tranquilidad y librarle de aquellos sufrimientos.

—Comprende el horror y la comicidad de mi situación —prosiguió Lievin en un susurro desesperado—. No ha hecho nada inconveniente en mi casa, excepto esa desenvoltura y esa manera de sentarse sobre su pierna, cosas que él considera del mejor tono y, por tanto, no puedo dejar de ser amable con él.

—Exageras mucho, Kostia —replicó Kiti, que en el fondo de su alma se alegraba del amor inmenso que Lievin le demostraba ahora con sus celos.

—Lo más horrible del caso es que ahora que eres para mí más sagrada que nunca, en estos momentos en que nos sentíamos tan felices, tan infinitamente felices, aparece de pronto ese canalla... No sé por qué lo insulto. No tengo nada que ver con él. Pero ¿por qué mi felicidad y la tuya...?

—Ya sé por qué ha ocurrido esto —empezó diciendo Kiti.

—¿Por qué? ¿Por qué?

—He notado cómo nos mirabas mientras hablábamos durante la cena.

—Bueno, ¿y qué? ¿Y qué? —exclamó Lievin asustado.

Kiti le contó lo que habían hablado. Y, al hacerlo, se ahogaba de emoción. Lievin guardó silencio durante un rato, después miró el pálido semblante de Kiti y se llevó las manos a la cabeza.

—¡Katia, cómo te he atormentado! ¡Querida mía, perdóname! ¡Esto es una locura! Katia, tengo la culpa de todo. ¿Cómo es posible que haya sufrido tanto por una tontería?

—Te compadezco.

—¿A mí? ¿A mí? ¡Si estoy loco...! Pero ¿por qué te he hecho sufrir a ti? Es horrible pensar que cualquier extraño puede destruir la felicidad de uno.

—Desde luego, esto es lo que ofende...

—Bueno, pues le propondré que pase el verano con nosotros y me desviviré en amabilidades con él —dijo Lievin, besándole las manos—. Ya lo verás. Mañana... Mañana... ¡Ah, es verdad, mañana vamos de caza!

VIII

Al día siguiente, antes de que se levantaran las señoras, había un coche y un carro junto a la entrada de la casa. Laska, que había comprendido que iban de caza, después de ladrar y de saltar a su antojo, permanecía al lado del cochero, mirando inquieta la puerta, como si reprochara a los cazadores que tardaran tanto en aparecer. El primero que salió fue Váseñka Veslovski con unas altas botas nuevas, que le llegaban a la mitad de sus gruesas pantorrillas, una chaqueta verde, ceñida con una canana nueva que despedía olor a cuero, tocado con el gorro de cintas y llevando la escopeta inglesa, nueva también, sin cordón ni correa. Laska saltó a su encuentro, le saludó y le preguntó a su modo si los demás saldrían pronto. Al no recibir contestación, volvió a su puesto de espera, quedándose de nuevo inmóvil, con la cabeza inclinada hacia un lado y el oído atento. Finalmente, la puerta se abrió con gran estrépito y salió corriendo, dando saltos y volteretas en el aire, Krak, el pointer de Stepán Arkádich, seguido por este, que llevaba la escopeta en la mano y un cigarro en la boca.

—¡Quieto, quieto, Krak! —gritó Oblonski en tono cariñoso al perro, que le ponía las patas en el vientre y en el pecho y se enganchaba en el morral.

Stepán Arkádich calzaba botas y llevaba las piernas vendadas con unas bandas, un pantalón roto y una zamarra. En la cabeza lucía los restos de un sombrero, pero, en cambio, la escopeta de nuevo modelo era un verdadero primor, y el morral y la canana, aunque usados, eran de cuero de primera calidad.

Váseñka Veslovski no había entendido hasta entonces que la verdadera elegancia del cazador consiste en llevar ropa vieja, y, en cambio, los objetos de caza de la mejor calidad. Lo comprendió ahora al mirar a Stepán Arkádich, resplandeciente con aquellos andrajos, con su figura de gran señor, bien nutrida y jovial, y decidió que para la próxima vez se vestiría del mismo modo.

—¿Y nuestro anfitrión? —preguntó.

—Tiene una esposa joven —replicó Oblonski, sonriendo.

—Sí, y encantadora, por cierto.

—Estaba vestido ya. Debe de haber ido a verla otra vez.

Stepán Arkádich había acertado. Lievin había ido de nuevo a ver a su mujer y a preguntarle, una vez más, si le había perdonado por la tontería de la víspera, así como para rogarle que, por Dios, se cuidase mucho. Sobre todo, no debía acercarse a los niños, que podían empujarla. También quería que le confirmase que no se enfadaba porque se iba para dos días. Le pidió que le enviase sin falta al día siguiente una notita, aunque solo fuesen dos palabras, por medio de un propio, para decirle que seguía bien.

Kiti, como siempre, sentía separarse de su marido, pero, al ver su figura animada y alegre, que con las botas y la camisa blanca parecía especialmente corpulenta y vigorosa, y aquella excitación peculiar de los cazadores, incomprensible para ella, olvidó su tristeza, y lo despidió con jovialidad.

—Perdonen, señores —dijo Lievin, saliendo a la escalinata—. ¿Han puesto el almuerzo? ¿Por qué han enganchado el alazán a la derecha? Bueno, es igual. Laska, estate quieta, vete a tu sitio. Llévatelos al rebaño de los becerros —ordenó, dirigiéndose al vaquero, que esperaba junto a la escalinata para preguntarle lo que debía hacer con los ternerillos—. Perdonen ustedes. Ahí viene otro pelmazo.

Lievin saltó del coche, al que había subido ya, y se acercó al carpintero, que venía con una vara de medir en la mano.

—Ayer no viniste al despacho y, en cambio, ahora me vas a entretener. Bueno, ¿qué dices?

—Permítame que añada otro tramo más. Así quedará muy bien. Y mucho más segura.

—Más te valdría haberme obedecido —replicó Lievin, irritado—. Te dije que pusieras primero los largueros e hicieras después los peldaños. Ahora ya no tiene arreglo. Construye una escalera nueva como te he ordenado.

El carpintero había estropeado la escalera que construía para el pabellón, porque, como no había calculado el declive, los peldaños resultaron demasiado inclinados cuando la colocaron en su sitio. Ahora pretendía aprovechar la misma escalera, agregándole tres escalones más.

—Así quedará mucho mejor —dijo.

—Pero ¿adónde van a salir tus tres escalones?

—Ya verá —dijo el carpintero con una sonrisa despectiva—. Saldrán al mismo descansillo. La empezaremos desde abajo —añadió, haciendo un gesto persuasivo— e irá subiendo, subiendo hasta arriba.

—Pero esos tres peldaños la alargarán. ¿Hasta dónde va a llegar?

—Añadiéndolos desde abajo, quedará bien —insistió el carpintero con persuasión y terquedad.

—Llegará al techo.

—Nada de eso, porque los añadiremos desde abajo. Llegará justa.

Con la baqueta del arma, Lievin trazó la escalera en el polvo del camino.

—¿Lo ves ahora?

—Bien, haré lo que usted quiera —replicó el hombre y, de pronto, se le iluminaron los ojos. Al parecer, había comprendido—. Está visto, tendré que construir otra.

—Bueno, pero hazla como te he dicho —le gritó Lievin, instalándose en el coche—. ¡Vámonos! ¡Filip, sujeta a los perros!

Ahora que dejaba tras de sí todas las preocupaciones familiares y domésticas, Lievin experimentó una alegría de vivir tan intensa y tanta esperanza que no tenía deseos de hablar. Además, sintió la emoción concentrada que suele embargar a todo cazador al acercarse al lugar de la caza. Lo único que le interesaba era si encontrarían caza en el pantano de Kolpensk, cómo se portaría Laska en comparación con Krak y qué tal puntería iba a tener él. También le acudieron pensamientos tales como: «¿Sabré arreglármelas para no quedar mal ante un nuevo invitado? ¿Cómo hacer para que Oblonski no cace mejor que yo?».

Stepán Arkádich sentía lo mismo y también iba callado. Solo Váseñka Veslovski hablaba alegremente sin parar. Ahora, al escucharlo, Lievin se avergonzaba recordando lo injusto que había sido con él la víspera. Váseñka era realmente un muchacho sencillo, bondadoso y muy alegre. Si Lievin le hubiera conocido de soltero, se habría hecho amigo suyo. Desde luego, le desagradaba un tanto su modo despreocupado de considerar la vida y su elegancia algo desenvuelta. Era como si se concediese una importancia especial por el hecho de llevar las uñas largas, un gorro escocés y las demás cosas que hacían juego. Pero eso podía perdonársele por su bondad y su honradez. Lievin le encontraba agradable por su buena educación, su pronunciación perfecta de las lenguas francesa e inglesa y porque era un hombre de su misma clase.

Váseñka, encantado con el caballo del Don enganchado a la izquierda, no hacía más que elogiarlo.

—¡Qué hermoso es montar en la estepa un caballo de la estepa! ¿Verdad? —dijo.

Se representaba como un hecho salvaje y poético cabalgar por la estepa, bien distinto de lo que es realmente. Pero esa ingenuidad, unida a su belleza, a su agradable sonrisa y la gracia de sus movimientos, resultaba muy atractiva. Bien porque su carácter le fuera simpático a Lievin o porque, tratando de redimir su falta de la víspera, todo le pareciera bien en él, se encontraba a gusto en su compañía.

Cuando habían recorrido ya tres verstas, Veslovski echó de menos los cigarros y la cartera; ignoraba si los había perdido o los había dejado olvidados en la mesa. La cartera tenía trescientos setenta rublos y, por tanto, la cosa no podía quedar así.

—Oiga, Lievin, me voy a acercar a casa montado en ese caballo del Don. Será magnífico. ¿Qué le parece? —preguntó dispuesto ya a hacerlo.

—Pero ¿para qué? —contestó Lievin, calculando que el peso de Váseñka debía ser por lo menos de unos seis puds—. Podemos mandar al cochero.

El cochero se fue montado en el caballo de varas, y Lievin tomó las riendas en sus manos.

IX

—¿Qué itinerario vamos a seguir? Dínoslo con todo detalle —dijo Stepán Arkádich.

—El plan es el siguiente: ahora vamos hasta Gvózdievo. Hay muchas agachadizas a este lado de los pantanos de Gvózdievo. Al otro lado, más allá, hay marismas llenas de chochas y también suele haber agachadizas. Ahora hace calor, llegaremos hacia el anochecer (son unas veinte verstas) y nos adueñaremos del campo a esa hora. Pasaremos la noche allí y mañana nos dirigiremos a los grandes pantanos.

—¿Y no hay nada por el camino?

—Sí, pero nos entretendríamos; además, hace calor. Hay dos sitios excelentes, aunque no es seguro que encontremos algo en ellos.

También Lievin sintió deseos de ir a esos lugares, pero como distaban poco de su casa, podía ir allí siempre que quisiera. Además, eran tan pequeños que no había espacio para cazar tres personas. Por eso cometió la hipocresía de decir que no hallarían nada allí. Al llegar a uno de esos pequeños pantanos, Lievin tenía intención de pasar de largo, pero el ojo de cazador experto de Stepán Arkádich distinguió enseguida la tierra mojada desde el camino.

—¿Y si nos detuviéramos? —dijo señalando el pantano.

—Ande, Lievin, por favor. Es magnífico —rogó Váseñka Veslovski, y Lievin no pudo dejar de acceder.

Apenas se detuvieron, los perros, adelantándose el uno al otro, corrieron al pantano.

—¡Krak! ¡Laska!

Los perros volvieron.

—Habrá poco espacio para los tres. Me quedaré aquí —dijo Lievin, confiando en que no encontrarían nada más que frailecillos,

los cuales se habían remontado asustados por los perros y revoloteaban balanceándose y graznando lastimeramente por encima del pantano.

—No, vámonos juntos, vámonos todos —insistió Veslovski.

—De verdad, hay poco espacio. Laska, ven. ¡Laska! ¿No necesitan otro perro más?

Lievin se quedó junto al coche, mirando a los cazadores con envidia. Estos recorrieron todo el lugar. No había allí sino una perdiz y varios frailecillos, uno de los cuales mató Váseñka.

—Ya ven ustedes que no me proponía ocultarles este lugar —dijo Lievin—. Sabía que no haríamos sino perder el tiempo.

—De todos modos, lo hemos pasado bien. ¿Ha visto usted? —preguntó Váseñka Veslovski al montar torpemente, con la escopeta y el frailecillo en las manos—. Lo he alcanzado bien, ¿verdad? ¿Tardaremos mucho en llegar a los pantanos grandes?

De pronto, los caballos se encabritaron. Lievin dio con la cabeza contra el cañón de una escopeta y creyó oír un disparo. Pero, en realidad, el disparo había sonado antes. El caso fue que Váseñka, al bajar el seguro, apretó el gatillo sin querer. La bala se incrustó en la tierra, sin herir a nadie. Stepán Arkádich movió la cabeza y sonrió mirando a Veslovski con reproche, pero Lievin no tuvo valor para decirle nada. En primer lugar, porque cualquier reproche hubiera parecido motivado por el peligro que había corrido y por el chichón que le había producido la escopeta en la frente. Y además, Veslovski se mostró al principio tan ingenuamente apenado y después rió tan de buena gana de la alarma general, que a Lievin le fue imposible contener la risa.

Cuando llegaron al segundo pantano, que era bastante grande y que los haría entretenerse mucho, Lievin les instó a no apearse. Pero Veslovski se lo rogó tanto, que terminó accediendo. Como el lugar era muy angosto, Lievin, como buen anfitrión, volvió a quedarse junto a los coches.

En cuanto llegaron, Krak corrió hacia unos cerritos. Váseñka Veslovski fue el primero en seguir al perro. Aún no había llegado Stepán Arkádich, cuando salió volando una agachadiza. Veslovski erró el tiro y la agachadiza se posó en un campo sin segar. Parecía que le estaba predestinado: Krak volvió a encontrarla, le hizo levantar el vuelo y Veslovski la mató, regresando después junto a los coches.

—Ahora vaya usted y yo cuidaré de los caballos —dijo.

Lievin sintió que se apoderaba de él la envidia propia del cazador. Entregó las riendas a Veslovski y se dirigió al pantano.

Laska ladraba desde hacía rato, quejándose por la injusticia. Corrió directamente hacia los cerros, al lugar conocido por Lievin en que esperaba hallar caza, donde no había llegado aún Krak.

—¿Por qué no detienes a Laska? —preguntó Oblonski.

—No espantará la caza —replicó Lievin, satisfecho de la perra mientras la seguía.

Según se iba acercando a los cerros, Laska buscaba con mayor interés. Un pajarito del pantano la distrajo, pero solo por un momento. Rodeó los montículos una vez e inició otra vuelta, cuando de pronto se estremeció, quedando inmóvil.

—Ven, Stiva, ven —gritó Lievin, sintiendo que el corazón le latía con más fuerza, y, como si se hubiese descorrido un cerrojo en su oído atento, todos los sonidos perdieron para él la medida de la distancia, hiriéndole el tímpano en desorden, aunque de modo preciso.

Oyó los pasos de Stepán Arkádich, tomándolos por el lejano piafar de los caballos; sintió un crujido en el mongote que pisaba, que se derrumbó bajo sus pies, arrancando unas raíces, y lo confundió con el vuelo de una agachadiza, y también percibió tras de sí, no lejos de donde estaba, un chapoteo en el agua, pero no hubiera podido decir lo que era.

Eligiendo un lugar donde apostarse, Lievin iba acercándose a la perra.

—¡Cógela!

No fue una agachadiza, sino una chocha, la que levantó el vuelo, azuzada por la perra. Lievin apuntó, pero en aquel momento el chapoteo aumentó y se dejó oír de más cerca, uniéndosele la voz de Veslovski, que gritaba de un modo extraño. Lievin se dio cuenta de que apuntaba mal, pero, sin embargo, disparó.

Una vez convencido de que había fallado el tiro, Lievin volvió la cabeza y vio que los caballos no estaban en el camino, se habían internado en el terreno pantanoso.

Deseando presenciar la caza, Veslovski había entrado en el pantano hundiendo a los caballos.

—¡Que el diablo se lo lleve! —se dijo Lievin, dirigiéndose al coche—. ¿Para qué se ha metido aquí? —preguntó secamente a Veslovski, y tras llamar al cochero, comenzó a sacar a los caballos del pantano.

Lievin se sentía molesto porque le hubiesen impedido disparar, porque hubiesen empantanado los caballos y, sobre todo, porque ni Veslovski ni Stepán Arkádich les ayudasen al cochero y a él. Ninguno de los dos tenía la menor idea de cómo habían de desengancharse los caballos. Sin contestar una sola palabra a Váseñka, el cual aseguraba que aquel lugar estaba completamente seco, Lievin trabajaba en silencio junto con el cochero, tratando de sacar a los caballos. Pero después, animado por el esfuerzo y viendo que Váseñka ponía tanto celo en tirar del coche, que hasta rompió un guardabarros, Lievin se reprochó su actitud. Influido por lo del día anterior, se había mostrado demasiado frío con Veslovski y procuró suavizar su sequedad con un trato especialmente amable. Cuando todo estuvo arreglado y los coches salieron a la carretera, Lievin ordenó que sacaran el almuerzo.

—*Bon appétit, bonne conscience! Ce poulet va tomber jusqu'au fond de mes bottes!* *—dijo Váseñka citando el proverbio francés, alegre de nuevo, mientras concluía el segundo pollo—. Bueno, ahora han terminado nuestras desventuras y todo marchará bien. Pero, como castigo, tengo obligación de ir en el pescante, ¿verdad? No, no soy Automedonte. Ya verán cómo los conduzco —agregó sin soltar las riendas, al pedirle Lievin que se las entregara al cochero—. No; debo pagar mi culpa; además, voy muy bien en el pescante.

Y Váseñka acució a los caballos.

Lievin sentía cierto temor de que Váseñka agotara a los caballos, sobre todo al alazán de la izquierda, al que no sabía guiar. Pero, a pesar suyo, se doblegó, sometiéndose a su jovialidad. Escuchó las romanzas que Veslovski, sentado en el pescante, fue cantando durante todo el camino, así como las explicaciones sobre la manera de guiar a la inglesa un *four-in-hand*,** que acompañó de alguna exhibición. Después del almuerzo llegaron a los pantanos Gvózdievo en el mejor estado de ánimo.

* «Buen apetito, buena conciencia. Este pollo me va a sentar a las mil maravillas.» *(N. de las T.)*
** «Coche de cuatro caballos.» *(N. de las T.)*

X

Váseñka acució tanto a los caballos que llegaron demasiado pronto al pantano; aún hacía calor.

Cuando se acercaban al pantano grande, principal objetivo de los cazadores, Lievin pensó inconscientemente en deshacerse de Váseñka para cazar sin estorbos. Sin duda, Oblonski deseaba lo mismo, y Lievin observó en su rostro la preocupación de todo verdadero cazador antes de empezar la caza, así como cierta malicia bonachona que le era peculiar.

—¿Por dónde iremos? El lugar es magnífico; veo que hasta hay buitres —dijo Stepán Arkádich, señalando dos grandes aves que volaban en círculo por encima de los cañaverales—. Donde hay buitres, debe de haber caza, sin duda.

—Miren —dijo Lievin con expresión triste mientras se arreglaba las botas y examinaba la escopeta—. ¿Ven aquellos cañaverales? —Y señaló un islote que se destacaba por su oscuro verdor en el enorme prado húmedo, a medio segar, que se extendía a la derecha del río—. El pantano empieza justamente ante nosotros, ¿lo ven ustedes?, donde el verde es más intenso. Desde aquí se extiende hacia la derecha, por donde van los caballos; allí, en aquellos cerros, suele haber agachadizas y también en los alrededores de estos cañaverales, hasta llegar al bosque de álamos y al molino. ¿Ven dónde se forma aquella ensenada? Es el mejor lugar. Allí maté una vez diecisiete chochas. Vamos a separarnos en dos direcciones llevando a cada una un perro, y nos encontraremos junto al molino.

—¿Quién va hacia la derecha? —preguntó Oblonski—. Id vosotros dos por el lado derecho, que es más ancho; yo seguiré por el izquierdo —añadió con tono indiferente en apariencia.

—Magnífico. Le llevaremos ventaja. Bueno, vámonos, vámonos —exclamó Váseñka.

Lievin no tuvo más remedio que acceder, y se separaron.

Apenas entraron en el pantano, los dos perros comenzaron a buscar. Lievin conocía esa manera de buscar de Laska, cautelosa y precisa, y también aquel lugar, y esperaba que saliera una bandada de chochas.

—Veslovski, póngase a mi lado —susurró dirigiéndose a su compañero, que chapoteaba tras él, y la dirección de cuya escopeta le preocupaba, a pesar suyo, después del disparo en el pantano de Kolpensk.

—No, no quiero molestarle. No se preocupe de mí.

Lievin pensaba involuntariamente en las palabras que Kiti le dijo al despedirlo: «Tened cuidado, no vayáis a dispararos sin querer». Los perros se iban internando cada vez más, evitándose el uno al otro, llevando cada uno su dirección. La espera de las chochas era tan intensa, que Lievin confundía el chapoteo de sus propios tacones, al sacarlos del lodazal, con el graznar de las aves, y empuñaba el arma.

«Cuá, cuá», oyó junto a su oído. Váseñka disparó contra una bandada de patos silvestres que revoloteaban por encima de las marismas y venían al encuentro de los cazadores. Apenas Lievin tuvo tiempo de volver la cabeza cuando se elevó una chocha, luego otra, después la tercera, y así hasta ocho, una tras otra.

Stepán Arkádich mató una en el momento en que se disponía a volar en zigzag, y la chocha cayó en un barranco como un bulto informe. Sin precipitarse, apuntó a otra que volaba bajo, hacia los cañaverales, y el tiro se oyó al mismo tiempo que caía el ave. La vieron agitarse en el campo segado, batiendo el ala sana, que era blanca por debajo.

Lievin no fue tan afortunado: disparó sobre la primera chocha demasiado cerca y erró el tiro. Apuntó de nuevo al elevarse el ave, pero en aquel momento salió volando otra bajo sus pies y Lievin se distrajo, errando otra vez el tiro.

Mientras cargaban las escopetas, surgió otra chocha, y Veslovski, que ya había cargado la suya, disparó dos veces, pero los perdigones dieron en el agua. Stepán Arkádich recogió las agachadizas que había matado y miró a Lievin con ojos resplandecientes.

—Separémonos ahora —dijo, y, cojeando ligeramente con el pie izquierdo y silbándole al perro, se alejó en otra dirección con la escopeta preparada.

Siempre que erraba los primeros tiros, Lievin se acaloraba, se ponía nervioso y ya no acertaba en todo el día. Lo mismo le sucedió esta vez. Había muchas chochas. Salían volando de bajo los pies de los cazadores y azuzadas por el perro. Lievin hubiera podido resarcirse. Pero cuanto más disparaba, tanto más avergonzado se sentía ante Veslovski, el cual tiraba a diestro y siniestro, sin hacer blanco, pero sin inmutarse lo más mínimo. Lievin se precipitaba, impacientándose y acalorándose cada vez más, y llegó incluso a tirar sin esperanza de hacer blanco. Parecía que Laska lo comprendía. Buscaba con más pereza que antes y miraba a los cazadores como con reproche y sorpresa. Los disparos se sucedían unos a otros. Los cazadores estaban envueltos en una nube de humo de pólvora y, sin embargo, en la amplia red del morral no había más que tres chochas, pequeñas y ligeritas. Veslovski había matado a una de ellas y otra pertenecía a ambos. Entretanto, desde el otro lado de la marisma se oían los disparos poco frecuentes, pero, a juicio de Lievin, más eficaces, de Stepán Arkádich. Además, casi todos iban acompañados del grito: «¡Krak! ¡Krak! ¡Tráela!».

Eso excitaba aún más a Lievin. Las chochas revoloteaban por encima de los cañaverales. Constantemente se oía el chapoteo en el cieno y, por los aires, el graznido de las chochas, que se elevaban y se volvían a posar a la vista de los cazadores. Ya no eran dos buitres los que veían, sino bandadas de diez que volaban graznando sobre la marisma.

Cuando hubieron recorrido más de la mitad del pantano, Lievin y Veslovski llegaron al lugar que lindaba con los cañaverales, y era el límite de los campos de los aldeanos, divididos, bien por senderos producidos por pisadas, bien por franjas segadas. La mitad de los campos estaba ya segada.

Aunque había tan pocas probabilidades de hallar caza en las zonas sin guadañar como en las guadañadas, Lievin, que había prometido a Stepán Arkádich que se reuniría con él, siguió adelante acompañado de su compañero.

—¡Eh, cazadores! —les gritó uno de los mujiks, sentado junto a un carro desenganchado—. Vengan a comer con nosotros. ¡Tenemos vino!

Lievin se volvió.

—¡Vengan! ¡Vengan! —insistió otro, un hombre barbudo de rostro colorado y jovial, mostrando sus blancos dientes y alzando en el aire una botella verdosa, que brillaba al sol.

—Qu'est-ce qu'ils disent?* —preguntó Veslovski.

* «¿Qué dicen?» (N. de las T.)

—Nos invitan a beber vodka. Seguramente han hecho hoy el reparto del heno. Aceptaría con gusto —replicó Lievin, no sin malicia, esperando que Veslovski se dejara seducir y fuera con ellos.

—¿Y por qué nos invitan?

—Porque están divertidos. Ande, vaya. Le va a gustar.

—*Allons, c'est curieux.**

—¡Vaya, vaya! Allí encontrará usted el sendero que lleva al molino —exclamó Lievin.

Al volverse, vio con placer que Váseñka, encorvado, tropezando con sus cansados pies y con la escopeta al brazo, salía del pantano, dirigiéndose hacia los mujiks.

—¡Ven tú también! —gritó el campesino, llamando a Lievin—. Tomarás empanadillas.

Lievin tenía muchos deseos de tomar vodka y comer un pedazo de pan. Se había debilitado y apenas podía levantar los pies, hundidos en el fango; por un momento dudó. Pero Laska se detuvo. Lievin sintió que su cansancio desaparecía de repente y con paso ligero siguió a la perra. De bajo sus pies salió volando una chocha; Lievin disparó y la mató, pero la perra seguía inmóvil. «¡Cógela!» Otra chocha alzó el vuelo, espantada por Laska. Lievin disparó, pero aquel día estaba poco afortunado; erró el tiro, y al ir a buscar el ave que había matado antes no pudo hallarla. Recorrió el cañaveral y Laska, que no creía que su amo hubiese matado un ave, no buscaba, sino que fingía hacerlo cuando Lievin se lo mandaba.

Tampoco le fue mejor ahora, que no estaba Váseñka, a quien Lievin achacaba su mala suerte. Había muchas chochas también en este paraje, pero Lievin erraba tiro tras tiro.

Los rayos oblicuos del sol eran aún calurosos; la ropa de Lievin, empapada en sudor, se le pegaba al cuerpo. La bota izquierda, llena de agua, pesaba mucho y chapoteaba. Le corrían gotas de sudor por el rostro manchado de pólvora, tenía la boca amarga, notaba el olor a pólvora y a moho y oía el incesante chapoteo de las chochas. Hasta tal punto se habían recalentado los cañones de la escopeta, que no podía tocarlos. El corazón le palpitaba con latidos breves y rápidos; le temblaban las manos de emoción, y sus pies cansados tropezaban y se enredaban en los montículos y en los hoyos, pero seguía andando y disparando. Finalmente, tras un tiro errado vergonzosamente, arrojó al suelo la escopeta y el sombrero.

* «Vamos, no deja de ser curioso.» (*N. de las T.*)

«¡Es preciso que me serene!», se dijo. Recogiendo el sombrero y la escopeta, llamó a Laska y salió del carrizal. Al llegar a un lugar seco se sentó en un montículo y, descalzándose, vació el agua de la bota. Se acercó al pantano, bebió agua que sabía a moho y tras humedecer los cañones recalentados de la escopeta se lavó la cara y las manos. Después de haberse refrescado volvió al lugar donde había visto posarse una chocha, con el firme propósito de no excitarse. Quería estar tranquilo, pero, sin embargo, le sucedía lo mismo que antes. Oprimía el gatillo antes de apuntar al ave. Todo iba de mal en peor.

Solo llevaba cinco piezas en el morral al salir de las marismas para dirigirse al bosque de álamos, donde debía reunirse con Stepán Arkádich.

Antes de divisar a este, Lievin vio a Krak, manchado de cieno negro y pestilente, que salía corriendo de entre las raíces de un álamo y olfateaba a Laska con aire triunfante. Detrás de Krak surgió, a la sombra del álamo, la esbelta figura de Stepán Arkádich. Venía al encuentro de Lievin, rojo, sudoroso, con el cuello desabrochado y cojeando como antes.

—Qué, ¿habéis disparado mucho? —preguntó alegremente.

—¿Y tú? —replicó Lievin, pero la pregunta era superflua, porque Oblonski traía el morral rebosante.

—Bastante.

Traía catorce piezas.

—Es un pantano magnífico. Seguramente te ha estorbado Veslovski. Es molesto cazar dos con un solo perro —comentó Stepán Arkádich, para atenuar su triunfo.

XI

Cuando entraron en la isba del mujik donde Lievin solía parar siempre, Veslovski se hallaba ya allí. Estaba sentado en el centro de la habitación, agarrado con ambas manos a un banco y riéndose con su risa contagiosa, mientras el hermano de la dueña, un soldado, tiraba de sus botas, cubiertas de barro, para quitárselas.

—Acabo de llegar. *Ils ont été charmants.** Figúrense que me han dado de comer y de beber. ¡Y qué pan! ¡Magnífico! *Délicieux.* Nunca he tomado un vodka mejor. Y no han querido cobrarme por nada del mundo. No cesaban de decirme: «No te ofendas».

—¿Por qué iban a tomarle dinero? Si lo querían obsequiar... No tienen el vodka para la venta —dijo el soldado, quitando, al fin, una de las botas mojadas junto con el calcetín ennegrecido.

A pesar de la suciedad de la isba, manchada por las botas de los cazadores y por los perros enfangados, que se lamían, del olor a ciénaga y a pólvora y de la falta de tenedores y cuchillos, los amigos tomaron té y cenaron con tanto agrado como solo se suele comer cuando se va de caza. Una vez aseados, se dirigieron al pajar, bien barrido, donde los cocheros les habían preparado los lechos.

Aunque oscurecía ya, ninguno de los tres tenía sueño.

Después de fluctuar sobre recuerdos, relatos de perros y otras cacerías, la conversación versó sobre un tema que interesaba a todos. Como Vásenka había manifestado varias veces su entusiasmo por el encanto de pasar aquella noche allí, entre el olor a heno, por el atractivo del carro roto (lo creía roto porque le habían bajado la delantera), por los bondadosos campesinos que le habían invitado a tomar vodka, y de los perros, tendidos a los pies de sus amos, Oblonski relató la

* «Han estado encantadores.» *(N. de las T.)*

deliciosa cacería en que participó el verano pasado, en las tierras de Maltus. Se trataba de una conocida personalidad de la Compañía de Ferrocarriles, que poseía una gran fortuna. Stepán Arkádich habló de los pantanos que poseía Maltus en la provincia de Tver y cómo los cuidaba, de los coches que llevaron a los cazadores y cómo era la tienda de campaña que se montó junto al pantano para almorzar.

—No comprendo cómo no te repugna esa gente —dijo Lievin, incorporándose sobre el montón de heno—. Reconozco que es muy agradable una comida con vino de Laffite, pero ¿es posible que no te disguste precisamente ese lujo? Toda esa gente gana el dinero lo mismo que lo hacían antiguamente nuestros arrendatarios de vodka, y se burlan del desprecio público, salvándose luego de ese desprecio gracias a sus riquezas mal adquiridas.

—¡Es muy justo lo que dice usted! —comentó Váseñka Veslovsky—. ¡Tiene toda la razón! Desde luego, Oblonski lo hace por su *bonhomie,** pero no falta quien diga: «Oblonski va...».

—Nada de eso —Lievin sintió que Oblonski sonreía al decir esto—; sencillamente, es porque no creo que ese medio de ganar dinero sea más deshonroso que el de nuestros comerciantes acaudalados o el de nuestros nobles. Unos y otros se han hecho ricos, tanto por el trabajo como por la inteligencia.

—Pero ¿con qué trabajo? ¿Acaso es trabajo obtener una concesión y revenderla?

—Naturalmente. Lo es en el sentido de que si no existieran personas como él y otros semejantes, tampoco tendríamos ferrocarriles.

—Pero ese trabajo no es como el de un mujik o el de un sabio.

—Admitámoslo, pero no deja de ser un trabajo, porque su actividad produce frutos: los ferrocarriles. Claro que, según tú, los ferrocarriles son inútiles.

—Esa es otra cuestión. Estoy dispuesto a reconocer su utilidad. Pero toda ganancia desproporcionada al trabajo realizado es deshonrosa.

—¿Quién puede definir las proporciones?

—Las ganancias adquiridas por medios deshonrosos, con astucia —dijo Lievin, dándose cuenta de que no sabía delimitar con exactitud el límite de lo honrado y lo que no lo es—, lo mismo que las de los bancos, por ejemplo, son injustas. Son semejantes a esas enormes

---

* «Bondad.» *(N. de las T.)*

fortunas adquiridas sin trabajo en la época de los monopolios, solo que ha variado la forma. *Le roi est mort, vive le roi.** Apenas liquidados los arrendamientos, aparecieron los ferrocarriles, los bancos, que son también medios de hacer dinero sin trabajar.

—Tal vez todo eso sea verdad y, además, ingenioso... ¡Krak, quieto! —gritó Stepán Arkádich al perro, que se rascaba y revolvía el heno, y continuó serenamente y despacio, convencido de la verdad de lo que sostenía—. Pero no has marcado el límite entre el trabajo honrado y el deshonroso. ¿Es deshonroso que yo gane un sueldo mayor que el jefe del departamento, aunque él conozca más a fondo el trabajo?

—No lo sé.

—Pues te lo voy a decir: el que tú obtengas por tu trabajo en la hacienda cinco mil rublos, por ejemplo, y que un campesino propietario no gane sino cincuenta por más que se esfuerce, es tan poco honrado como el que yo gane más que el jefe del departamento y que Maltus obtenga mayores beneficios que un ferroviario. A mi parecer, existe una hostilidad sin fundamento alguno contra esa gente, y creo que es la envidia.

—No; eso es injusto —dijo Veslovski—. En esto no puede haber envidia; es que se trata de algo poco limpio.

—Perdona —interrumpió Lievin—. Dices que es injusto que yo gane cinco mil rublos y el campesino cincuenta; eso es cierto. Es injusto, lo confieso, pero...

—Es cierto: nosotros comemos, bebemos, vamos de caza y no trabajamos; en cambio, el campesino trabaja constantemente —intervino Váseñka Veslovski, que, sin duda, pensaba en tales cosas por primera vez en su vida, y por eso hablaba sinceramente.

—Sí, lo confiesas, pero no le cederías tu finca —dijo Oblonski, como si quisiera molestar a Lievin deliberadamente.

Durante los últimos tiempos había surgido entre los dos cuñados cierta hostilidad secreta; desde que estaban casados con dos hermanas, parecía como si existiese una rivalidad sobre cuál de los dos organizaría mejor su vida, y ahora este sentimiento se traslucía en la conversación, que derivó hacia cuestiones personales.

—No lo hago porque nadie me lo pide, y si quisiera hacerlo no podría ni tengo a quién cedérsela —replicó Lievin.

—Dásela a este campesino; no se negará a aceptarla.

* «El rey ha muerto. ¡Viva el rey!» *(N. de las T.)*

—¿Cómo podría hacerlo? ¿Firmando un acta?

—No lo sé, pero si estás convencido de que no tienes derecho...

—No estoy convencido en absoluto. Al contrario, me doy cuenta de que no tengo derecho a dar mis tierras, que tengo deberes tanto hacia mis propiedades como hacia la familia.

—Perdóname. Si consideras que esa desigualdad es injusta, ¿por qué no obras en consecuencia?

—Lo hago en sentido negativo, procurando no aumentar la diferencia de posición que existe entre el campesino y yo.

—Perdona que te diga que eso es una paradoja.

—Sí, realmente es una explicación algo sofística —afirmó Veslovski—. Pero, hombre, ¿no duermes aún? —exclamó, dirigiéndose al campesino, que entraba en el pajar haciendo chirriar la puerta.

—¡Qué voy a dormir! Pensaba que los señores estaban durmiendo, pero los he oído hablar. Vengo a coger un bieldo. ¿No me morderán los perros? —añadió, pisando cautelosamente con los pies descalzos.

—¿Dónde vas a dormir tú?

—Esta noche dormiremos en el campo...

—¡Qué noche tan espléndida! —dijo Veslovski, mirando una parte de la isba y los coches desenganchados que se veían por la puerta abierta, iluminados por la débil luz crepuscular—. Escuchen: se oyen voces femeninas. No cantan mal. ¿Quiénes son? —le preguntó al mujik.

—Unas muchachas de aquí al lado.

—¡Vamos a pasear! De todos modos, no nos dormiremos. ¡Vamos, Oblonski!

—Si pudiéramos ir y quedarnos echados a la vez —replicó éste, desperezándose—. Se está muy bien acostado.

—Entonces iré yo solo —exclamó Veslovski, levantándose resuelto y poniéndose las botas—. Hasta luego, señores. Si me divierto, los llamaré. Ustedes me han invitado a cazar y yo no he de olvidarlos tampoco.

—¿Verdad que es un muchacho simpático? —comentó Oblonski cuando Váseñka se marchó y el campesino cerró la puerta tras él.

—Sí, muy simpático —afirmó Lievin, que seguía pensando en la reciente conversación.

Le parecía haber expresado sus ideas y sentimientos lo más claramente que supo, y sin embargo, aunque los otros dos eran hombres inteligentes y sinceros, le habían replicado al unísono que se consolaba con sofismas. Eso le desconcertó.

—Así es, amigo mío. Una de dos: o se reconoce que la sociedad actual está bien organizada y entonces se defienden los derechos de uno, o se reconoce que gozamos de privilegios injustos, como lo hago yo, y se aprovecha uno de ellos con placer.

—No; si sintieses la injusticia que eso supone, no podrías aprovecharte de esos bienes. Al menos, yo no podría hacerlo. Para mí, lo principal es no sentirme culpable.

—¿Y si fuéramos también a pasear? —propuso Stepán Arkádich, cansado, al parecer, del esfuerzo mental—. De todas formas, no nos dormiremos. Anda, vamos.

Lievin no contestó. Le preocupaba haber dicho que él obraba con justicia en sentido negativo. «¿Será posible que solo se pueda ser justo negativamente?», se preguntaba.

—¡Qué fuerte es el olor del heno fresco! —dijo Stepán Arkádich, incorporándose—. No me podré dormir por nada del mundo. Váseñka ha debido de tramar algo allí. ¿No oyes su voz y las risas? ¿Quieres que vayamos? ¡Anda!

—No, yo no voy —contestó Lievin.

—¿Acaso lo haces también por principio? —preguntó Stepán Arkádich sonriendo, mientras buscaba su gorra en la oscuridad.

—No lo hago por principio, pero ¿a qué voy a ir?

—Te vas a buscar muchos disgustos —dijo Stepán Arkádich, levantándose después de haber encontrado la gorra.

—¿Por qué?

—¿Crees que no me doy cuenta de la posición en que te has colocado respecto de tu mujer? He oído que entre vosotros es un problema de suma importancia si te vas un par de días de caza. Eso está muy bien para un idilio, pero eso no puede durar toda la vida. El hombre debe ser independiente, tiene sus intereses propios. El hombre ha de ser varonil —concluyó Oblonski, abriendo la puerta.

—¿Quieres decir que se debe cortejar a las criadas? —preguntó Lievin.

—¿Por qué no si se divierte uno? *Ça ne tire pas à conséquence.** A mi mujer no le perjudica eso. Y a mí me divierte. Lo importante es guardar respeto al santuario del hogar. Que en él no suceda nada. Pero no hay que atarse las manos.

---

* «No tiene ninguna importancia.» (*N. de las T.*)

—Tal vez tengas razón —contestó Lievin secamente, volviéndose del otro lado—. Tenemos que levantarnos temprano, no despertaré a nadie y me marcharé al amanecer.

—*Messieurs, venez vite!** —se oyó la voz de Váseñka, que volvía—. *Charmante!*** La he descubierto yo. *Charmante*, una auténtica *Gretchen*.*** Ya hemos trabado amistad. De veras, es encantadora —decía en un tono de voz como si esa muchacha fuera encantadora precisamente para él y como si eso le satisficiera.

Lievin fingió dormir, mientras Oblonski, que se había puesto los zapatos y fumaba un cigarro, salió del pajar. Al poco rato ya no se oían su voz ni la de Váseñka.

Lievin tardó mucho en dormirse. Oyó los caballos que rumiaban el heno, al dueño de la casa, que se iba con su hijo mayor a pasar la noche en el campo; al soldado, que se instalaba para dormir al otro lado del pajar con su sobrino, el hijo menor de su hermana, y al niño, que contaba con su vocecita fina la impresión que le habían causado los perros, terribles y enormes. Preguntó a quién cazarían esos perros, y el soldado le contestó con su voz ronca y soñolienta que al día siguiente los cazadores irían al pantano, donde dispararían sus escopetas. Finalmente, para librarse de las preguntas del pequeño, le dijo: «Duerme, Vaska, duerme; si no, ya verás lo que pasa», y no tardó en roncar él mismo. Después todo quedó en silencio, oyéndose tan solo rumiar a los caballos y graznar a una chocha. «¿Será posible que solo sea de un modo negativo? —se repitió Lievin mentalmente—. Sea como sea yo no tengo la culpa.» Y empezó a pensar en el día siguiente.

«Mañana saldré temprano y procuraré no excitarme. Hay una enormidad de chochas y de agachadizas. Cuando regrese aquí encontraré la notita de Kiti. Tal vez Stiva tenga razón. No procedo con ella como un hombre, me he vuelto demasiado tierno... Pero ¿qué le vamos a hacer? ¡Esto también es negativo!»

Entre sueños percibió la risa y la alegre charla de Veslovski y de Stepán Arkádich. Abrió los ojos por un momento: la luna se había remontado y en la puerta, abierta, vivamente iluminada, se hallaban los dos charlando. Oblonski comentaba la lozanía de la muchacha, comparándola con una avellana recién sacada de la cáscara, y Veslovs-

* «Señores, ¡vengan pronto!» *(N. de las T.)*
** «Encantadora.» *(N. de las T.)*
*** «Margarita.» *(N. de las T.)*

ki repetía algo que, sin duda, le había dicho el mujik, y reía con su risa contagiosa.

—Arréglatelas como puedas para buscarte una para ti.

—¡Mañana, al amanecer, señores! —pronunció Lievin soñoliento, y se quedó dormido.

XII

Lievin se despertó al amanecer y trató de despertar a sus compañeros. Váseñka, echado boca abajo, con una pierna estirada y con el calcetín puesto, dormía tan profundamente que fue imposible obtener de él una respuesta. Oblonski, entre sueños, se negó a levantarse tan temprano. Incluso Laska, que dormía enroscada en un extremo del montón de heno, se levantó perezosa y desganada, estirando y enderezando, una tras otra, las patas traseras. Una vez calzado y empuñando la escopeta, Lievin abrió cuidadosamente la puerta del pajar y salió. Los cocheros dormían junto a los coches y los caballos dormitaban también. Tan solo uno de ellos estaba comiendo avena, en actitud perezosa y desparramándola por las rodadas, al respirar. Aún no había amanecido.

—¿Por qué te has levantado tan temprano? —le preguntó amistosamente la vieja dueña de la casa, como si se tratase de un antiguo y querido amigo.

—Voy a cazar, abuela. ¿Llegaré por aquí al pantano?

—Por aquí detrás se sale directamente; siguiendo nuestras eras y luego los cáñamos verás el sendero.

Pisando con cuidado con sus pies descalzos, tostados por el sol, la vieja acompañó a Lievin y le abrió la puertecilla que daba a las eras.

—Yendo por aquí, todo seguido, llegarás al pantano. Nuestros mozos han pasado allí la noche.

Laska corría alegremente sendero adelante; Lievin la seguía con paso rápido y ligero, mirando al cielo sin cesar. No quería que saliera el sol antes de llegar al pantano. Pero el sol no se demoraba. La luna, que aún iluminaba cuando Lievin había salido, ya no brillaba sino como el mercurio; ahora se veían claramente las manchas confusas en el campo lejano: eran montones de centeno. El rocío, invisible aún en la penumbra matinal que cubría el alto y perfumado cáñamo, mojaba los pies y la camisa de Lievin por encima de la cintura. En el silencio diáfano de la mañana se oían hasta los sonidos más tenues. Una abeja pasó volando, con un zumbido semejante al de una bala, junto al oído de Lievin, que miró con atención, divisando otras dos. Todas salían desde el seto del colmenar, volaban por encima del cáñamo y desaparecían en dirección al pantano. El sendero lo condujo directamente a las marismas. Estas se adivinaban por el vapor que despedían, ora denso, ora enrarecido, y los cañaverales y los arbustos de citiso aparecían como islitas movedizas entre ese vaho. Al borde del pantano y del camino se veían hombres y chiquillos que habían pasado la noche en vela, echando un sueñecito antes del amanecer, cubiertos con sus caftanes. Cerca de ellos había tres caballos con los pies trabados. Uno hacía resonar las cadenas. Laska caminaba junto a su amo, volviendo la cabeza, como si le pidiera permiso para adelantarse. Dejando atrás a los campesinos que dormían, al llegar al primer cerro, Lievin examinó el seguro de la escopeta y dejó marchar a Laska. Uno de los caballos, un potro zaino de tres años, se espantó al ver a la perra y, levantando la cola, comenzó a relinchar. Los otros se asustaron también y chapoteando en el agua con los pies trabados, que producían con sus cascos en la tierra arcillosa un sonido semejante al batir de palmas, salieron del carrizal a saltos. Laska se detuvo, miró a los caballos con expresión burlona y después a Lievin, interrogativa. Este la acarició y con un silbido le indicó que podía empezar.

La perra corría alegremente, pero con cierta preocupación, por el barranco movedizo.

Una vez en los pantanos, Laska percibió entre los olores que conocía bien —de raíces, hierbas pantanosas, moho y estiércol de caballo— el olor a ave esparcido por todo aquel paraje, aquel olor que era el que más la excitaba. Era muy intenso por algunos sitios, como, por ejemplo, en el musgo y la bardana, pero no se podía precisar en qué dirección aumentaba y en cuál se debilitaba. Para darse cuenta de ello, era preciso retirarse hacia donde corría el viento. Sin sentir el movimiento de sus patas, Laska corrió al galope, de modo que a cada momento pudiera detenerse si se viese obligada a hacerlo, hacia la derecha, huyendo de la brisa levante, y se volvió hacia el viento. Husmeando con las ventanillas de la nariz muy abiertas, notó en el acto que no solo eran las huellas, sino que *ellas* mismas estaban allí, ante ella, y, además, había muchas. Laska disminuyó la velocidad de su carrera. Estaban allí, pero aún no podía determinar con precisión el paraje. Para hallarlo, quiso dar una vuelta, cuando de pronto la distrajo la voz de su amo. «¡Laska, aquí!», gritó Lievin indicándole el otro lado. La perra permaneció parada durante un rato, como preguntándole si no sería mejor que continuara la búsqueda como la había empezado. Pero Lievin repitió la orden con voz severa, mostrando los cerros cubiertos de agua, donde no podía haber nada. Laska obedeció, fingiendo que buscaba para agradarle, y recorrió los cerros, pero al volver al mismo sitio percibió de nuevo las aves.

Ahora que Lievin no la molestaba, la perra sabía lo que debía hacer. Sin mirar bajo sus pies, tropezaba irritada con los montículos de tierra y se metía en el agua, pero dominando bien sus fuertes piernas elásticas, empezó la vuelta, que le revelaría todo. El olor a ave se sentía cada vez más intenso y más definido y, de pronto, Laska comprendió claramente que una de ellas estaba allí, tras un montículo, a cinco pasos de donde se encontraba, y se detuvo, quedando inmóvil. Sus cortas patas no le permitían ver nada, pero sabía, por el olor, que el ave se hallaba tan solo a cinco pasos. Permaneció inmóvil, percibiéndola cada vez con más claridad y recreándose en la espera. Tenía la cola tensa y solo la puntita se le estremecía de cuando en cuando. Con la boca entreabierta, aguzaba el oído. Se le había doblado una oreja durante la carrera. Laska respiraba fatigosamente, pero con cautela. Con más cautela aún se volvió, más con la mirada que con la cabeza, para mirar a su amo. Lievin, con el semblante que habitualmente le conocía Laska, pero con una mirada terrible, avanzaba, tropezando con los montículos, muy despacio, según le pareció. Laska creía que iba despacio, pero en realidad corría.

Al advertir aquella búsqueda especial de Laska, que se agazapaba, como rastrillando con las patas traseras y con la boca entreabierta, Lievin comprendió que seguía a las agachadizas, y, rogando a Dios para tener suerte sobre todo con la primera pieza, se acercó corriendo a la perra. Al llegar junto a ella miró ante sí desde su altura y vio con los ojos lo que Laska había percibido por medio del olfato. Entre dos cerritos, a una distancia de una sazhen, había una agachadiza. Con la cabeza vuelta, escuchaba. Después abrió ligeramente las alas y, plegándolas de nuevo, movió la cola con un movimiento torpe y se ocultó tras un montículo.

—¡Busca! ¡Busca! —gritó Lievin, empujando a Laska por detrás.

«Pero si no puedo ir —pensó la perra—. ¿Adónde he de ir? Desde aquí noto dónde están las aves, pero si voy hacia delante no comprenderé nada ni sabré dónde están ni quiénes son.» Pero Lievin la empujó con la rodilla y le susurró altanero:

—¡Busca, Laska, busca!

«Bueno; si es eso lo que deseas, lo haré, pero ahora ya no respondo de mí», pensó la perra, y salió disparada entre los cerros. Ahora ya no olfateaba; solo veía y oía, aunque sin entender nada.

A diez pasos del lugar donde se encontraba antes se levantó una agachadiza con un graznido grave y su característico ruido de alas. Y tras el disparo se desplomó pesadamente en el húmedo barranco. Otra agachadiza, sin esperar a que la azuzara el perro, levantó el vuelo por detrás de Lievin.

Cuando Lievin se volvió hacia ella ya estaba lejos. Pero el disparo la alcanzó. Voló unos veinte pasos, se elevó por los aires y cayó, dando vueltas como una pelota, en un paraje seco.

—Parece que tendré suerte —murmuró Lievin, mientras guardaba en el morral las dos agachadizas, gordas y calientes—. Eh, Laska, ¿tendremos suerte?

Lievin cargó la escopeta y se puso de nuevo en camino; el sol, aunque oculto por las nieves, había salido ya. La luna, que había perdido su resplandor, blanqueaba como una nubecilla; ya no se veía ninguna estrella. Los cerritos, que antes refulgían cubiertos por el rocío plateado, aparecían ahora dorados. El moho que cubría las aguas era ambarino. El color azulado de la hierba se había convertido en un verde amarillento. Las avecillas del pantano se agitaban en los matorrales resplandecientes de rocío, que producían grandes sombras junto al riachuelo. Un buitre se acababa de despertar y, posado en un arbusto, movía la cabeza a un lado y otro, mirando el pantano. Las cornejas volaban por encima del campo, un chiquillo descalzo acuciaba los caballos hacia el lugar donde se hallaba un viejo que acababa de levantarse y se rascaba. El humo de los disparos blanqueaba por encima de la hierba, con la blancura de la leche.

Uno de los chiquillos llegó corriendo al encuentro de Lievin.

—Señor, ayer había aquí muchos patos —le gritó, y lo siguió desde lejos.

Y a Lievin le resultó doblemente agradable matar tres chochas, una tras otra, en presencia de ese chiquillo que le expresaba su entusiasmo.

XIII

El proverbio de los cazadores que dice que si el cazador mata el primer animal o la primera ave que ve, la caza ha de ser afortunada, resultó cierto.

A las diez de la mañana, después de haber recorrido unas treinta verstas, Lievin, cansado y hambriento, pero feliz, regresó a la casa con diecinueve pájaros y un pato, que se había atado al cinturón, pues no le cabía en el morral. Sus compañeros, levantados desde hacía rato, habían tenido tiempo de sentir hambre y de desayunar.

—Esperen, esperen; sé que son diecinueve —dijo Lievin, volviendo a contar por segunda vez las chochas y las agachadizas, que ya no tenían el hermoso aspecto de cuando volaban; ahora estaban retorcidas, cubiertas de sangre cuajada y seca, y tenían las cabezas ladeadas.

La cuenta estaba bien hecha y la envidia que expresó Stepán Arkádich le resultó agradable a Lievin. También le agradó que, al regresar a la casa, se encontró con el enviado de Kiti, que le traía una notita.

Estoy completamente bien y contenta. Si te preocupas por mí, puedes estar más tranquilo que antes. Tengo otro ángel guardián, María Vasilievna. —Era la comadrona, un nuevo e importante personaje en la vida familiar de Lievin—. Ha venido a reconocerme. Dice que estoy muy bien de salud, pero le hemos pedido que se quede con nosotros hasta tu regreso. Todos están contentos y se encuentran bien. Te ruego que no te apresures en volver; si se te da bien la caza, quédate un día más.

Esas dos alegrías, la caza afortunada y la carta de Kiti, fueron tan grandes, que dos pequeños contratiempos que tuvo Lievin después pasaron inadvertidos. Uno de ellos consistía en que el caballo alazán, el cual, sin duda, había trabajado demasiado la víspera, no quería comer y estaba triste. El cochero dijo que estaba reventado.

—Lo cansaron demasiado ayer, Konstantín Dmítrich. Lo han hecho correr diez verstas seguidas —dijo.

El otro contratiempo que en el primer instante estropeó la buena disposición de ánimo de Lievin, aunque después le hizo reír mucho, se debía a que de todas las provisiones que su mujer había preparado con tal abundancia que parecía tendrían para más de una semana, no quedaba nada. Al regresar de la caza cansado y hambriento, Lievin pensaba con tal precisión en las empanadillas, que al acercarse a la casa creyó percibir el olor y hasta el sabor de estas, lo mismo que Laska olfateaba las aves. Inmediatamente ordenó a Filip que le sirviera las empanadillas. Pero ya no quedaban, ni tampoco pollos.

—¡Vaya apetito! —comentó Stepán Arkádich, riéndose e indicando a Váseñka Veslovski—. Yo no carezco de falta de apetito, pero este es extraordinario...

—¡Qué le vamos a hacer! —dijo Lievin, mirando a Veslovski con expresión sombría—. Filip, tráeme carne, entonces...

—Se la han comido y han echado los huesos a los perros —contestó Filip.

Lievin se sintió tan dolido, que dijo con irritación:

—Podían haberme dejado, al menos, algo. —Estuvo a punto de echarse a llorar—. Entonces, prepara un ave —continuó con voz temblorosa, procurando no mirar a Váseñka—. Y ponle ortigas. Mientras tanto, tráeme aunque sea un poco de leche.

Cuando se hubo bebido la leche, Lievin se avergonzó de haber mostrado su enojo a un extraño, y rió de su irritación, producida por el hambre.

Por la tarde salieron de nuevo a cazar. Veslovski cobró unas cuantas piezas y anochecido regresaron a casa.

La vuelta fue tan divertida como la ida. Veslovski, ora cantaba, ora recordaba con placer su estancia entre los campesinos, que lo habían obsequiado con vodka y que le habían dicho: «No te ofendas». También recordó sus andanzas con la muchacha y el campesino que le preguntó si era casado, y, al contestarle que no, le dijo: «No mires a las mujeres de otros. Lo mejor es que te busques una para ti». Esas palabras divertían especialmente a Veslovski.

—En general, estoy muy contento de nuestra excursión. ¿Y usted, Lievin?

—Yo también lo estoy mucho —contestó este con sinceridad; estaba muy contento de no sentir hacia él la hostilidad que había experimentado estando en casa, sino, al contrario, una disposición de ánimo muy amistosa.

XIV

Al día siguiente, a las diez de la mañana, después de recorrer toda la propiedad, Lievin llamó a la habitación donde dormía Váseñka.

—*Entrez!* —gritó Veslovski—. Perdóneme, pero acabo de hacer mis *ablutions** —dijo, risueño, en pie, en paños menores.

—No se preocupe, por favor —replicó Lievin, sentándose junto a la ventana—. ¿Ha dormido bien?

—Como un tronco. ¿Qué día hace hoy para cazar?

—¿Qué suele usted tomar: té o café?

—Ni una cosa ni otra. Suelo almorzar. Créame que lo siento. Supongo que las damas se habrán levantado ya. Estaría bien dar un paseíto. ¿Me enseñará usted los caballos?

Después de haber dado un paseo por el jardín, de haber visitado las cuadras y hasta de haber hecho gimnasia con las barras, Lievin volvió a casa y entró en el salón acompañado de su huésped.

—Hemos tenido una cacería magnífica y muchas impresiones —dijo Veslovski, acercándose a Kiti, que se hallaba sentada ante el samovar—. ¡Es una lástima que las señoras estén privadas de estos placeres!

«Es natural; de algo tiene que hablar con la dueña de la casa», se dijo Lievin. Pero otra vez le pareció ver algo en esa sonrisa y en la expresión de triunfo con que Veslovski se dirigía a Kiti.

La princesa, sentada en el extremo opuesto de la mesa, junto a María Vasilievna y Stepán Arkádich, llamó a Lievin, le dijo que convenía llevar a Kiti a Moscú para dar a luz y le habló de la instalación de la casa.

Lo mismo que en los días que precedieron a su casamiento le habían desagradado a Lievin los preparativos, que por su insignifi-

* «Abluciones.» *(N. de las T.)*

cancia ofendían la grandeza de lo que iba a tener lugar, le resultaban ahora ofensivos los que se hacían para el futuro parto, cuya fecha calculaban contando con los dedos. Trataba de no escuchar las conversaciones sobre la manera de fajar al niño, procuraba volver la cabeza para no ver unas vendas de punto, infinitas y misteriosas, unos pedazos de hilo triangulares a los que Dolli daba gran importancia y otras cosas por el estilo. El acontecimiento de la llegada del hijo (estaba seguro de que sería niño) que se le había prometido, pero en el que, a pesar de todo, no podía creer —tan extraordinario le parecía—, se le presentaba, por un lado, como una felicidad inmensa e increíble, y por otro, como un hecho tan engmático que aquel supuesto conocimiento de lo que había de suceder y, como consecuencia, los preparativos que hacían como para algo corriente, producido por los hombres, despertaban en él un sentimiento de ira y de indignación.

La princesa no comprendía los sentimientos de Lievin, y atribuía su desgana de pensar y de hablar con ligereza a indiferencia, por lo cual no le dejaba en paz. Encargó a Stepán Arkádich que les buscara un piso, y en aquel momento había llamado a Lievin a su lado para interrogarle.

—No sé nada, princesa. Haga usted lo que le parezca —replicó este.

—Hay que decidir cuándo os vais a trasladar a Moscú.

—Verdaderamente, no lo sé. Sé que nacen millones de niños sin necesidad de ir a Moscú ni de acudir a los médicos..., porque...

—Si piensas así...

—No; será como quiera Kiti.

—¡Con Kiti no se puede hablar de eso! ¿Acaso quieres que la asuste? Esta primavera murió Natalia Golítsina por culpa de un comadrón.

—Haré lo que usted diga —replicó Lievin, sombrío.

La princesa continuó hablando, pero Lievin no la escuchaba. Lo alteraba la conversación con la princesa, pero su tristeza no era debida a ella, sino a lo que veía junto al samovar.

«No, esto es imposible», pensaba, mirando de cuando en cuando a Váseñka, que, inclinado hacia Kiti, le decía algo con su bella sonrisa, y a ella, que se ruborizaba, inquieta.

Había algo impuro en la postura de Váseñka, así como en su mirada y en su sonrisa. Lievin vio, incluso, algo impuro en la postura y en la mirada de Kiti. Y de nuevo se le nubló la vista. De nuevo, lo mismo que antes, sin la menor transición, Lievin se hundió desde la cima de su dicha, su calma y su dignidad, al abismo de la desesperación, de la humillación y de la ira. De nuevo todos se le hicieron repulsivos.

—Haga lo que quiera, princesa —dijo, volviéndose.

—¡Es pesada la corona de Monomaj!* —le dijo Stepán Arkádich en broma, aludiendo, al parecer, no solo a la conversación con la princesa, sino también al motivo de la inquietud de Lievin, que había advertido—. ¡Qué tarde te has levantado hoy, Dolli!

Todos se pusieron en pie para saludar a Daria Alexándrovna. Váseñka se levantó solo por un momento y, con la falta de cortesía propia de los jóvenes modernos, continuó, riendo, la conversación iniciada, apenas la hubo saludado.

—Masha me ha extenuado. Ha dormido mal y hoy está muy caprichosa —replicó Dolli.

Váseñka hablaba con Kiti, lo mismo que el día anterior, de Anna y de si el amor puede ponerse por encima de las conveniencias sociales. Esa conversación le resultaba desagradable a Kiti y la alteraba, tanto por su fondo como por el tono en que se desenvolvía y, sobre todo, por el efecto que le causaría a su marido. Pero Kiti era demasiado sencilla e ingenua para saber cortar esa conversación, e incluso para ocultar el placer que le causaban las atenciones del joven. Quería poner fin a aquello, pero ignoraba la manera de hacerlo. Sabía que cualquier cosa que hiciera la notaría su marido y la interpretaría de mala manera. Y, en efecto, cuando Kiti le preguntó a su hermana qué le pasaba a Masha, y Váseñka, esperando que acabase ese diálogo tan aburrido para él, se quedó mirando con indiferencia a Dolli, Lievin creyó que la pregunta no era natural y que se trataba de una astucia repulsiva.

—Qué, ¿iremos a buscar setas hoy? —preguntó Dolli.

—Sí, vámonos, os lo ruego. Yo también quiero ir —dijo Kiti, enrojeciendo; quiso preguntarle a Váseñka, por cortesía, si iría él también, pero no lo hizo—. ¿Adónde vas, Kostia? —inquirió con expresión culpable, dirigiéndose a su marido cuando este pasó a su lado con andares resueltos; esa expresión de culpabilidad confirmó a Lievin sus sospechas.

* Expresión histórica de Vladímir Monomaj, con que aludía a la dificultad de reinar. *(N. de las T.)*

—El mecánico vino durante mi ausencia, y aún no me he entrevistado con él —replicó Lievin sin mirarla.

Bajó al piso inferior, pero aún no había tenido tiempo de salir del despacho, cuando oyó los conocidos pasos de su mujer, que venía rápidamente a su encuentro.

—¿Qué quieres? —preguntó con sequedad—. Estamos muy ocupados.

—Perdóneme —dijo Kiti al mecánico alemán—; tengo que decirle unas palabras a mi marido.

El alemán quiso salir, pero Lievin lo retuvo.

—No se moleste.

—¿Sale a las tres el tren? —preguntó—. Temo llegar tarde.

Sin contestarle, Lievin salió con su mujer.

—¿Qué tienes que decirme? —le preguntó en francés.

Lievin no miraba a Kiti, no quería ver que le temblaba el rostro y que, en general, tenía un aspecto lamentable.

—Quiero..., quiero decirte que así no se puede vivir, que esto es un tormento.

—Hay gente en el despacho —exclamó Lievin, irritado—. No armes escenas.

—Pues vente aquí.

Se hallaban en una habitación de paso. Kiti quiso entrar en la contigua, pero allí estaba la inglesa dándole clase a Tania.

—¡Salgamos al jardín!

En el jardín tropezaron con el jardinero, que limpiaba un senderito. Y sin pensar ya que aquel hombre veía el rostro de Kiti cubierto de lágrimas y el de Lievin alterado, y que ambos tenían aspecto de personas que huyen de alguna desgracia, avanzaron hacia delante con pasos rápidos. Ambos sentían la necesidad de explicarse, librándose de una vez para siempre de la tortura que experimentaban.

—¡No se puede vivir así! ¡Esto es un tormento! Yo sufro y tú también. ¿Y por qué? —dijo Kiti, cuando al fin llegaron a un banco solitario de la alameda de tilos.

—Dime una cosa: ¿había en su tono algo inconveniente, impuro, humillante y horrible? —preguntó Lievin poniéndose delante de Kiti en la misma postura que aquella noche, con los puños crispados contra el pecho.

—Sí —dijo Kiti con voz temblorosa—. Pero, Kostia, ¿acaso no ves que yo no tengo la culpa? Desde por la mañana quise adoptar otra actitud, pero esa gente... ¿Para qué habrán venido? ¡Qué felices éramos! —exclamó ahogada por los sollozos, que le sacudían el cuerpo, más grueso ahora.

El jardinero vio con gran sorpresa que, aunque nadie los había perseguido, ni tenían por qué huir, primero corrieron presurosos hacia el banco donde no podían haber encontrado nada particularmente alegre, y, sin embargo, regresaron a casa, pasando junto a él, con los semblantes tranquilos y resplandecientes.

XV

Una vez que hubo acompañado a su mujer al piso de arriba, Lievin se dirigió a la habitación de Dolli. Esta, por su parte, estaba muy contrariada aquel día. Recorría el cuarto, diciéndole enfadada a la niña, que lloraba en un rincón:

—Te pasarás en ese rincón todo el día, comerás sola y no jugarás con las muñecas ni te haré ningún vestido nuevo. —La reñía sin saber ya qué castigo imponerle—. Es una niña muy mala —le explicó a Lievin—. ¿De dónde sacará esas malas inclinaciones?

—Pero ¿qué es lo que ha hecho? —preguntó con indiferencia Lievin, el cual quería consultar a Dolli sobre aquel asunto, sintiéndose contrariado al ver que llegaba en un momento inoportuno.

—Ha ido a coger frambuesas con Grisha, y allí..., no puedo decir lo que estaba haciendo. Echo muchísimo de menos a miss Elliot. Esta otra no vigila a los niños, es una máquina... *Figurezvous que la petite...**

Daria Alexándrovna relató la falta de Masha.

—Eso no significa nada, no demuestra ninguna mala inclinación, es simplemente una travesura —la apaciguó Lievin.

—Parece que estás disgustado. ¿Para qué vienes? —preguntó Dolli—. ¿Qué pasa allí?

Por el tono de estas preguntas, Lievin comprendió que le sería fácil decir a Dolli lo que se había propuesto.

—No vengo de allí. He estado en el jardín con Kiti. Es la segunda vez que reñimos desde que... ha venido Stiva.

Dolli lo miró con sus ojos inteligentes y comprensivos.

* «Imagine que la pequeña...» *(N. de las T.)*

—Dime con la mano en el corazón si había... no en Kiti, sino en ese señor, un tono desagradable, no precisamente desagradable, sino horroroso, ofensivo para un marido.

—No sé qué decirte... ¡Quédate, quédate ahí en el rincón! —exclamó dirigiéndose a Masha, que se había vuelto al observar una sonrisa apenas perceptible en el rostro de su madre—. La opinión mundana sería que se comporta como todos los jóvenes. *Il fait la cour à une jeune et jolie femme,* * y un marido mundano debe sentirse halagado por ello.

—Sí, sí —comentó Lievin con expresión triste—, pero tú lo has notado.

—No solo yo, sino también Stiva. Después del té me dijo: *«Je crois que Veslovski fait un petit brin de cour à Kiti»* **.

—Muy bien, ya estoy tranquilo. Lo voy a echar —dijo Lievin.

—¿Te has vuelto loco? —gritó Dolli, horrorizada—. Kostia, serénate —añadió riéndose—. Bueno, ahora puedes ir con Fanny —le dijo a la niña—. Si quieres, se lo diré a Stiva. Él se lo llevará. Se le puede decir que esperas invitados. En general, no hay ambiente para él en nuestra casa.

—No, no, se lo diré yo mismo.

—Pero ¿vas a reñir con él?...

—En absoluto. Eso me resultará muy divertido, realmente divertido —dijo Lievin con los ojos brillantes—. Anda, Dolli, perdónala. No lo volverá a hacer —añadió refiriéndose a la pequeña culpable, que no se iba con Fanny y permanecía frente a su madre, esperando su mirada.

Cuando Dolli la miró, la niña se deshizo en lágrimas, ocultando la cara en el regazo de su madre, y esta le colocó su mano delgada y suave sobre la cabeza.

«¿Qué hay de común entre él y nosotros?», pensó Lievin, y se fue a buscar a Veslovski.

Al pasar por el vestíbulo, ordenó que enganchasen el coche para ir a la estación.

—Ayer se le rompió un muelle —contestó el lacayo.

—Entonces, que enganchen la tartana, pero deprisa. ¿Dónde está el invitado?

---

* «Corteja a una mujer joven y bonita.» *(N. de las T.)*
** «Creo que Veslovski hace la corte un tantico a Kiti.» *(N. de las T.)*

—En su habitación.

Lievin encontró a Váseñka en el momento en que este, habiendo sacado las cosas de su maleta, tenía a la vista las nuevas romanzas y se estaba probando unos borceguíes.

Fuera porque el rostro de Lievin denotara algo especial o bien porque el mismo Váseñka se hubiera dado cuenta de que *ce petit brin de cour** que había iniciado era inconveniente en esa familia, lo cierto es que se turbó un poco (todo lo que puede turbarse un hombre mundano) por la entrada de Lievin.

—¿Monta usted con borceguíes?

—Sí, es mucho más limpio —dijo Váseñka poniendo su gruesa pierna sobre una silla y abrochando el corchete de abajo, mientras sonreía alegre y bonachón.

Sin duda, Váseñka era un buen muchacho y Lievin lo compadeció y se avergonzó de sí mismo, como dueño de la casa, al notar timidez en la mirada de aquel.

En la mesa se encontraba el trozo del bastón que habían roto aquella mañana al hacer gimnasia, tratando de levantar unas pesas. Lievin lo cogió y se puso a arrancar pedazos de la punta, sin saber cómo empezar a hablar.

—Quería... —dijo, y se interrumpió, pero al recordar a Kiti y todo lo que había sucedido, le miró resuelto a los ojos, añadiendo—: He mandado enganchar los caballos para usted.

—¿Qué quiere decir? —preguntó Váseñka, asombrado—. ¿Adónde debo ir?

—A la estación —contestó Lievin sombrío, mientras arrancaba pedacitos de la punta del bastón.

—¿Se va usted? ¿Ha ocurrido algo?

—Es que espero unos invitados —dijo Lievin, arrancando cada vez más deprisa astillitas de la punta del bastón con sus fuertes dedos—. No, no espero a nadie ni ha ocurrido nada, pero le ruego que se vaya de aquí. Puede usted explicarse como guste mi falta de cortesía.

Váseñka se irguió.

—Le ruego que me explique... —dijo con dignidad, comprendiendo al fin.

—No puedo explicarle nada —replicó Lievin tranquila y lentamente, tratando de dominar el temblor de sus pómulos—. Es mejor

---

* «Este tantico de cortejo.» *(N. de las T.)*

que no me lo pregunte usted. —Y como había acabado de desmenuzar la punta astillada del bastón, agarró los dos extremos y lo partió en dos, cogiendo al vuelo un trozo que se le iba a caer.

Seguramente, el aspecto de aquellos brazos en tensión, aquellos músculos que por la mañana había palpado mientras hacían gimnasia, los ojos brillantes, la serenidad de la voz y el temblor de los pómulos convencieron a Váseñka más que las palabras. Se encogió de hombros y, sonriendo despectivamente, se inclinó.

—¿Podría ver a Oblonski?

Lievin no se irritó porque Váseñka se encogiera de hombros y sonriera. «¿Qué otra cosa podría hacer?», pensó.

—Ahora mismo lo llamaré.

—Pero ¿qué absurdo es ese? —exclamó Stepán Arkádich cuando su amigo le contó que lo echaban de la casa.

Al encontrarse con Lievin en el jardín, donde se paseaba esperando la partida del invitado, le dijo:

—*Mais c'est ridicule!* * ¿Qué mosca te ha picado? *Mais c'est du dernier ridicule.* ** ¿Qué te has creído? Si un joven...

Pero el punto en que la mosca había picado a Lievin sin duda le dolía aún porque palideció de nuevo cuando Stepán Arkádich quiso explicarle la conducta de Váseñka, y le interrumpió apresuradamente.

—Por favor, no me expliques nada. No he podido hacer otra cosa. Me da vergüenza ante ti y ante él. Pero creo que el marcharse de aquí no será un gran disgusto para él y, en cambio, su presencia nos es desagradable a mi mujer y a mí.

—¡Pero esto es ofensivo para Váseñka! *Et puis c'est ridicule.* ***

—Y para mí es ofensivo y atormentador a la vez. No tengo la culpa de nada ni tengo por qué sufrir.

—Eso sí que no lo esperaba de ti. *On peut être jaloux, mais à ce point c'est du dernier ridicule.* ****

Lievin se volvió rápidamente y se fue al fondo de la alameda, donde continuó solo sus paseos arriba y abajo. No tardó en oír el ruido

* «¡Pero es ridículo!» *(N. de las T.)*
** «¡Pero esto es el colmo del ridículo!» *(N. de las T.)*
*** «¡Y, además, ridículo!» *(N. de las T.)*
**** «Se puede ser celoso, pero serlo hasta este punto llega al colmo del ridículo.» *(N. de las T.)*

de la tartana y divisó a través de los árboles a Váseñka, sentado sobre un montón de heno (desgraciadamente la tartana no tenía asiento), con su gorra escocesa, tambaleándose por el traqueteo. «¿Qué es eso?», pensó Lievin al ver que el lacayo salía corriendo de la casa y detenía la tartana. Poco después apareció el mecánico, del que se había olvidado Lievin por completo. El alemán, tras muchos saludos, le dijo algo a Veslovski, subió a la tartana y ambos se fueron.

Stepán Arkádich y la princesa estaban indignados del proceder de Lievin. Y este no solo se sentía extremadamente *ridicule*, sino culpable y avergonzado. Pero al recordar lo que habían sufrido él y su mujer y al preguntarse cómo se conduciría de ocurrir lo mismo por segunda vez, se decía que exactamente igual.

A pesar de eso, al declinar aquel día, todos, excepto la princesa, que no perdonaba el proceder de Lievin, se mostraban extraordinariamente animados y alegres, como unos niños después de un castigo o como personas mayores después de una pesada recepción oficial. Por la noche, en ausencia de la princesa, se habló de la expulsión de Váseñka como de una cosa ocurrida hacía mucho tiempo. Y Dolli, que había heredado de su padre el don de contar las cosas con gracia, hacía desternillarse de risa a Váreñka al contar por tercera y cuarta vez, siempre con nuevas notas humorísticas, cómo había estado a punto de ponerse nuevos lacitos para lucirse ante el huésped, y ya iba a entrar en el salón, cuando oyó el ruido de la tartana. ¿Y quién iba en ella? ¡El propio Váseñka, con su gorrita escocesa, sus polainas y sus romanzas, sentado sobre un montón de heno!

—Al menos, debían haber enganchado el coche. Al oír: «¡Esperen!», pensé: «Se habrán apiadado de él». Pero vi que subía a la tartana el grueso alemán y que se iban juntos... ¡Adiós mis lacitos!

XVI

Daria Alexándrovna cumplió su propósito y fue a visitar a Anna. Le era muy doloroso apenar a Kiti y disgustar a Lievin: comprendía que tenían razón al no desear relacionarse para nada con Vronski, pero consideraba deber suyo visitar a Anna y demostrarle que sus sentimientos no podían variar a pesar del cambio de su situación.

Para no depender de los Lievin en ese viaje, Daria Alexándrovna alquiló unos caballos en el pueblo, pero Lievin, al enterarse de ello, se lo reprochó.

—¿Por qué crees que me desagrada tu viaje? Aun en el caso de que fuera así, sería para mí doblemente desagradable que no aceptaras mis caballos —le dijo—. No me dijiste ni una sola vez que te habías decidido a ir. Me disgusta que alquiles los caballos en el pueblo y, además, se comprometen a llevarte, pero no podrán cumplir su palabra. Tengo caballos. Si no quieres disgustarme, acéptalos.

Daria Alexándrovna tuvo que acceder. El día fijado, Lievin le preparó cuatro caballos y los de recambio, que eligió entre los de labor y los de silla, feos de aspecto, pero que podían hacer ese viaje en un día. Ahora que se necesitaban también caballos para la princesa y para la comadrona, esto constituía un trastorno. Mas el deber de hospitalidad le impedía a Lievin permitir que Daria Alexándrovna alquilase caballos estando en su casa y, por otra parte, sabía que los veinte rublos que le pedían eran para ella una carga pesada, dada su mala situación económica, que los Lievin sentían como si fuese la suya propia.

Por consejo de Lievin, Daria Alexándrovna salió antes de amanecer. El camino era bueno, el coche cómodo, los caballos corrían ágiles. En el pescante, además del cochero, iba el administrador, al que había enviado Lievin en lugar del lacayo para mayor seguridad. Daria Alexándrovna dormitó, despertándose al llegar ya a la posada en la que debían cambiar los caballos.

Después de tomar el té en casa del rico campesino donde paró Lievin cuando fue a casa de Sviyazhski, y de charlar con las mujeres acerca de los niños, y con el viejo acerca del conde Vronski, de quien hizo grandes elogios, Daria Alexándrovna continuó el viaje a las diez de la mañana. En su casa, con la preocupación de los niños, nunca tenía tiempo para pensar. En cambio ahora, durante ese trayecto de cuatro horas, acudieron a su mente pensamientos antes contenidos, y meditó sobre su vida como no lo había hecho nunca, desde sus aspectos más diferentes. Hasta para ella eran raros aquellos pensamientos. Al principio pensó en los niños, de quienes la princesa y, sobre todo, Kiti (confiaba más en esta última) le prometieron cuidar. Sin embargo, no dejaba de preocuparse de ellos. «No vaya a ser que Masha haga travesuras. Temo que el caballo golpee a Grisha y también por el estómago de Lilí.» Pero luego los problemas actuales se sustituyeron por los del futuro. Pensó en que aquel invierno debían mudarse de piso en Moscú, cambiar los muebles del salón y hacer una pelliza a la hija mayor. Después se le presentaron problemas de un futuro más lejano: el porvenir de sus hijos. «Las niñas, menos mal —pensaba—, pero ¿y los chicos?

»Actualmente me ocupo de Grisha, pero solo es porque estoy más libre, porque no estoy embarazada. Desde luego, no se puede contar para nada con Stiva. Con la ayuda de buenas personas, los sacaré adelante, pero si tengo otro hijo...» Y reflexionó en la injusta maldición que pesa sobre la mujer de parir con dolor. «Lo de parir es lo de menos, pero lo penoso es el embarazo», pensó recordando su última gestación y la muerte de aquella criatura. Recordó lo que había hablado con la mujer en la fonda. Al preguntarle Dolli si tenía niños, la hermosa mujer le contestó alegremente:

—Tuve una niña, pero Dios se la llevó; la enterré por Cuaresma.

—¿Tienes mucha pena? —preguntó Daria Alexándrovna.

—¿Por qué he de tener pena? El viejo tiene muchos nietos aun sin ella. No daba más que preocupaciones. No me dejaba trabajar. Era una carga.

Esta respuesta le pareció repugnante a Daria Alexándrovna, a pesar del bondadoso aspecto de la mujer, pero ahora, al recordarla, pensó que, a pesar de su cinismo, no dejaba de tener un fondo de verdad.

«En general —pensaba Dolli, repasando toda su vida durante los quince años de su matrimonio—, todo se reduce a embarazos, mareos, torpeza mental, indiferencia hacia todo y, principalmente, fealdad. Kiti, la joven y bonita Kiti, también se ha afeado, y yo, durante los embarazos, me vuelvo horrorosa, lo sé. Los partos, los terribles sufrimientos del parto, y ese último momento... Después, la crianza, las noches sin dormir, esos terribles dolores...»

Daria Alexándrovna se estremeció con el recuerdo de los dolores que producen las grietas de los pechos, que había padecido con casi todos sus hijos. «Después, las enfermedades de los niños. Ese continuo temor; las malas inclinaciones —recordó lo que hizo la pequeña Masha al coger frambuesas—, los estudios, el latín, todo es tan difícil y tan incomprensible... Y, además de todo esto, la muerte de los niños.»

Y de nuevo acudió a su imaginación el recuerdo que siempre atenazaba su corazón de madre, la muerte de su último niño, causada por la difteria, el entierro, la indiferencia general ante aquel pequeño féretro rosa y su dolor solitario, su corazón destrozado, viendo la frente pálida de cabellos rizados en las sienes, y aquella boquita abierta y sorprendida, en el momento en que colocaba la tapa rosa con una cruz de galones. «¿Y para qué todo eso? ¿Qué resultará? Pasaré toda mi vida sin un momento de tranquilidad; tan pronto embarazada, tan pronto criando, siempre enfadada, siempre refunfuñando, atormentándome y atormentando a los demás y causando repugnancia a mi marido. Y los niños llegarán a mayores, mal educados, siendo unos mendigos. Este año, si no fuese por los Lievin, no sé cómo habríamos pasado el verano. Desde luego, Kostia y Kiti son tan delicados que ni nos damos cuenta, pero eso no puede continuar. En cuanto ellos tengan niños, ya no podrán ayudarnos. Incluso ahora se encuentran algo estrechos. ¿Acaso nos ayudará papá, que se ha quedado casi sin nada? No podré sacar adelante a los niños, a no ser con la ayuda de los demás, humillándome. Y suponiendo lo mejor; que no se muera ninguno y que los pueda educar, en ese caso solo conseguiré que no sean unos inútiles. Eso es todo lo que puedo desear. Y para eso, ¡cuántos sufrimientos, cuántos trabajos!... ¡Toda la vida perdida!» Recordó de nuevo lo que le había dicho la mujer de la posada, y otra vez sintió repulsión, pero no pudo dejar de reconocer que en aquellas palabras había una parte de verdad.

—Qué, ¿aún estamos lejos? —preguntó al administrador para distraerse de aquellos pensamientos que la asustaban.

—Dicen que desde esta aldea quedan siete verstas.

El coche atravesó la calle de la aldea y llegó a un puentecito, por el que avanzaba un grupo de alegres mujeres, con bultos atados a la espalda, que hablaban con voces sonoras y joviales. Las mujeres se detuvieron, mirando el coche con curiosidad. Sus rostros, vueltos hacia Dolli, parecieron sanos y alegres, y la irritaron con su alegría y su vitalidad. «Todos viven, todos gozan de la vida —continuó pensando al pasar junto a las mujeres, mientras el coche subía una cuesta y corrió de nuevo al trote, meciéndose sobre los suaves muelles—. En cambio, yo, es como si saliera de la cárcel, como si saliera de un mundo que me mata con sus preocupaciones y solo ahora me diese cuenta por un momento de lo que ocurre. Todos viven: estas mujeres, mi hermana Natalia, Váreñka y Anna, a la que voy a visitar, menos yo. Todos critican a Anna, pero ¿por qué? ¿Acaso soy mejor? Al menos, tengo un marido a quien amo, no como quisiera, pero lo amo, mientras que Anna no quiere al suyo. ¿Qué culpa tiene ella? Quiere vivir. Dios nos ha insuflado eso en el alma. Es muy posible que yo hubiera hecho lo mismo. Hasta ahora no sé si procedí bien al obedecerla en aquel horrible momento en que fue a verme a Moscú. Entonces debí haber abandonado a mi marido y haber empezado una vida nueva. Hubiera podido amar y que me amaran de verdad. ¿Acaso es mejor esto? Yo no lo respeto, solo lo necesito —pensó, refiriéndose a su marido— y lo tolero. ¿Acaso eso es mejor? Entonces aún yo hubiera podido gustar, todavía era bella», seguía pensando, y sintió deseos de mirarse al espejo. En su bolsa de viaje llevaba uno y quiso sacarlo, pero, al mirar la espalda del cochero y al administrador que se bamboleaba, se dio cuenta de que le daría vergüenza si se volvía alguno de ellos, y no lo hizo.

Aunque no se miró al espejo, pensó que aún no era tarde. Recordó a Serguiéi Ivánovich, que se mostraba particularmente amable con ella, y al amigo de Stiva, el buen Turovtsin, que le había ayudado a cuidar a sus hijos durante la escarlatina y que estaba enamorado de ella. Y también había otro muchacho, muy joven aún, que, según le dijo su marido en broma, consideraba que Dolli era la más guapa de las hermanas. Y se le representaron los amores más extraños y pasionales. «Anna ha procedido muy bien, y no seré yo quien se lo reproche. Es feliz, constituye la felicidad de otro y no debe de estar abatida como yo. Seguramente está como siempre: lozana, inteligente y llena de interés por todo.» Al pensar en esto, una sonrisa de picardía frunció sus labios, sobre todo porque al imaginar el idilio de Anna se representaba, paralelo a él, un idilio semejante con un hombre enamorado de ella, que se forjaba en su imaginación. Lo mismo que Anna, se lo confesaría todo a su marido. Sonreía pensando en la sorpresa y la confusión de Stepán Arkádich ante esa noticia.

Con tales fantasías, llegaron a la vuelta del camino real que conducía a Vozdvizhénskoie.

XVII

El cochero detuvo los caballos y miró hacia la derecha, a un campo de centeno, en el que se hallaban sentados unos mujiks junto a un carro. El administrador quiso apearse, pero, cambiando de decisión, llamó con tono autoritario e hizo señas a uno de los campesinos. El vientecillo que producía la marcha del coche se había calmado una vez; los tábanos asaltaron a los caballos, cubiertos de sudor, que se defendían rabiosamente. Cesó el ruido metálico de las guadañas que cabruñaban los campesinos. Uno de ellos se levantó, dirigiéndose hacia el coche.

—¡Anda, arranca ya! —gritó irritado el administrador al mujik que avanzaba despacio, pisando los montículos de tierra seca del camino con los pies descalzos—. ¡A ver si vienes de una vez!

El viejo, de cabellos rizados y ceñidos con una tira de corteza de árbol, de espalda encorvada y oscurecida por el sudor, apresuró el paso y, al llegar junto al coche, se agarró al guardabarros con su mano tostada por el sol.

—Vozdvizhénskoie? ¿La casa de los señores? ¿Del conde? —replicó—. Pues en cuanto salgan del recodo, a la izquierda. Sigan el camino, todo derechito, y llegarán allí. ¿Por quién preguntan? ¿Por el señor?

—¿Están en casa, abuelo? —preguntó Daria Alexándrovna de un modo indefinido, no sabiendo de qué modo había de nombrar a Anna, ni siquiera al hablar con aquel labriego.

—Creo que sí —replicó el mujik, dando unos pasos y dejando en el polvo huellas que marcaban claramente la planta del pie con sus cinco dedos—. Creo que sí —repitió deseando trabar conversación, sin duda—. Ayer llegaron invitados. Muchos invitados... ¿Qué queréis? —gritó, volviéndose, a un mozo que se hallaba junto al carro y a su vez le decía algo—. ¡Ah, sí! Hace un rato han pasado por aquí, montados, venían por los campos. Ahora deben de estar en casa. Y ustedes ¿de dónde son?

—Venimos de muy lejos —contestó el cochero—. Entonces ¿dices que está cerca?

—Te digo que aquí mismo. En cuanto salgas... —replicó el campesino, pasando la mano por el guardabarros.

Un joven sano y de constitución fuerte se acercó también a ellos.

—¿Habrá trabajo para la cosecha? —preguntó.

—No lo sé, amigo.

—Ya sabes: sigue a mano izquierda y llegarás directamente —explicó el mujik, separándose de mala gana de los viajeros y con evidentes deseos de charlar.

El cochero acució a los caballos, pero apenas hubieron tomado la curva, cuando se oyeron dos voces.

—¡Para! ¡Eh, amigo! ¡Espera!

El cochero detuvo el coche.

—¡Aquí viene el señor! ¡Aquí viene! —volvió a gritar el mujik—. ¡Mira cómo corren! —exclamó indicando cuatro jinetes y un coche en el que venían dos personas.

Eran Vronski, su jockey, Veslovski y Anna montados a caballo, y la princesa Varvara y Sviyazhski en un charabán. Habían salido a dar un paseo y ver funcionar las nuevas máquinas recientemente traídas.

Cuando el coche se detuvo, los jinetes fueron al paso. Anna iba delante junto a Veslovski, llevando un paso tranquilo su caballo inglés, pequeño y fuerte, de cola y crines cortas. La hermosa cabeza de Anna, con los cabellos negros que desbordaban del alto sombrero de copa; sus anchos hombros, su talle fino en la amazona negra, y su actitud serena y graciosa, asombraron a Dolli.

Al principio le pareció inconveniente que Anna montara a caballo. Asoció con eso una coquetería ligera que no iba bien a la situación de Anna, a su juicio. Pero al examinarla de cerca, se reconcilió inmediatamente con aquello. A pesar de su elegancia, todo resultaba tan sencillo, tan sereno y tan digno, lo mismo en su actitud que en sus movimientos, que nadie podría mostrarse más natural.

Al lado de Anna, montando un fogoso caballo militar, iba Váseñka Veslovski, con su gorrita escocesa de cintas flotantes, extendiendo hacia delante las gruesas piernas y, al parecer, satisfecho de sí mismo. Daria Alexándrovna no pudo reprimir una sonrisa de alegría al verlo. Los seguía Vronski. Montaba un caballo bayo pura sangre, que parecía excitado por el galope. Vronski sujetaba las riendas para retenerlo.

En pos de Vronski venía un hombrecillo vestido de jockey. Sviazhski y la princesa, en un charabán nuevo, tirado por un gran caballo negro, trataban de alcanzar a los jinetes.

El rostro de Anna se iluminó con una sonrisa jovial cuando reconoció la figura de Dolli acurrucada en un rincón del pequeño coche. Lanzó un grito, se estremeció sobre la silla y excitando el caballo, se lanzó al galope. Al llegar junto al coche, se apeó sin ayuda de nadie, y, recogiendo las faldas de la amazona, corrió al encuentro de Dolli.

—¡Lo pensé, pero no me atrevía a creerlo! ¡Qué alegría! No te puedes figurar mi alegría —decía, ora acercando su rostro al de Dolli y besándola, ora separándose para examinarla—. ¡Qué alegría, Alexiéi! —añadió, volviéndose hacia Vronski, que se había apeado del caballo y se acercaba a ellas.

Vronski, quitándose su sombrero de copa gris, saludó a Dolli.

—No nos creerá usted lo que nos alegra que haya venido —dijo, dando un significado especial a aquellas palabras y con una sonrisa que descubría sus fuertes dientes blancos.

Váseñka Veslovski, sin apearse del caballo, se descubrió y saludó a la recién llegada, agitando jovialmente las cintas por encima de la cabeza.

—Es la princesa Varvara —contestó Anna a la mirada interrogativa de Dolli cuando se acercó a ellos el charabán.

—¡Ah! —exclamó Daria Alexándrovna, y su rostro expresó descontento a pesar suyo.

La princesa Varvara era la tía de su marido, y hacía tiempo que Dolli la conocía, pero no la respetaba. Sabía que la princesa había pasado toda su vida viviendo como un parásito en casa de sus parientes ricos; el que ahora estuviera en casa de Vronski, un hombre extraño para ella, la ofendió por la familia de su marido. Al notar la expresión del rostro de Dolli, Anna se turbó, enrojeció y, soltando la falda de la amazona, se enredó en ella.

Daria Alexándrovna se dirigió al charabán y saludó fríamente a la princesa Varvara. También conocía a Sviyazhski. Este le preguntó cómo estaba su extravagante amigo y su mujer, y, tras examinar con una rápida mirada los caballos, que no formaban pareja, y el coche, cuyos guardabarros estaban recompuestos, ofreció a las señoras que montasen al charabán.

—El caballo es manso y la princesa guía muy bien —afirmó—. Y yo iré en este vehículo.

—No, quédense como están —dijo Anna—. Nosotras iremos en este coche —añadió, llevándose a Dolli del brazo.

Daria Alexándrovna miraba aquel elegante coche, los magníficos caballos, y los resplandecientes rostros que la rodeaban. Lo que más la sorprendió fue el cambio que advertía en Anna, a la que conocía y apreciaba. Una mujer menos observadora, que no conociera a Anna y, sobre todo, que no hubiera pensado lo que había pensado Dolli durante el viaje, no hubiera notado nada especial en ella. Dolli estaba asombrada de aquella belleza pasajera de Anna, que solamente se ve en las mujeres en los momentos de amor. Todo era atrayente en Anna: los hoyitos de sus mejillas y de la barbilla, la forma de los labios, la sonrisa que expresaba su rostro, el brillo de sus ojos, la gracia y la rapidez de sus movimientos, el sonido grave de su voz e incluso la manera entre enfadada y afectuosa con que contestó a Veslovski, el cual había pedido permiso para montar su caballo para enseñarle a andar a la pierna. Parecía que Anna lo sabía y se alegraba de ello.

Cuando se instalaron en el coche, de pronto ambas mujeres se sintieron turbadas. Anna, por la mirada atenta e interrogante de Dolli, y esta, porque, después de las palabras de Sviyazhski acerca del vehículo, le avergonzaba el coche viejo y sucio al que montó con Anna. El cochero Filip y el administrador experimentaron el mismo sentimiento. Para ocultar su confusión, el administrador se desvió, acomodando a las señoras; Filip se tornó sombrío, proponiéndose de antemano no doblegarse ante aquella superioridad. Sonrió despectivo al mirar el caballo negro, y decidió en su fuero interno que únicamente era bueno para «dar un paseo», pero que no podría hacer cuarenta verstas solo haciendo calor.

Los campesinos se levantaron, mirando alegres y llenos de curiosidad, mientras hacían comentarios, cómo acogían los señores a la invitada.

—Se alegran de que haya venido; seguramente hace mucho que no se ven —comentó el viejo de cabellos rizados y ceñidos con la tira de corteza de árbol.

—Tío Guerásim, vaya potro; ¡si lo tuviéramos para llevar las gavillas! ¡Sería veloz!

—Mira a ese de los calzones, ¿es una mujer? —preguntó uno de ellos, señalando a Váseñka Veslovski, que en aquel momento montaba en la silla de señora del caballo de Anna.

—No, es un hombre. ¡Con qué agilidad ha montado!

—Ya no dormiremos hoy, ¿verdad, muchachos?

—¡Quién va a dormir a estas horas! —replicó el viejo mirando al sol con la cabeza ladeada—. Ya ha pasado el mediodía. Coge los bieldos y vámonos.

XVIII

Anna miraba el rostro de Dolli, enjuto, agotado, con las arrugas cubiertas de polvo, y quiso decirle lo que pensaba: que había adelgazado. Pero al recordar que ella misma había mejorado, cosa que le expresaba la mirada de Dolli, suspiró y empezó a hablar de sí misma.

—Me miras preguntándome si puedo ser feliz en mi situación. Pues bien: me da vergüenza reconocerlo, pero soy... soy imperdonablemente feliz. Me ha sucedido algo maravilloso, es como un sueño. Es lo mismo que cuando te sientes angustiada y tienes miedo y te despiertas, dándote cuenta de que tus temores no existen. Estoy despierta. He atravesado momentos dolorosos y terribles, pero hace mucho ya, sobre todo desde que vivimos aquí, ¡que soy tan feliz!... —dijo Anna, mirando a Dolli con tímida sonrisa interrogativa.

—¡Cuánto me alegro! —respondió esta sonriendo con más frialdad de lo que hubiera querido—. Me alegro mucho por ti. ¿Por qué no me escribías?

—Pues... porque no me atrevía... Te olvidas de mi situación...

—¿No te atrevías a escribirme? Si supieras cómo... Considero que...

Daria Alexándrovna quiso contar a Anna los pensamientos que había tenido aquella mañana, pero, sin saber por qué, le pareció que era inoportuno.

—Bueno, ya hablaremos de eso después. ¿Qué son estos edificios? —preguntó, deseando cambiar de conversación, y señaló unos tejados rojos y verdes que asomaban tras unos setos vivos de acacias y de lilas—. Parece una pequeña ciudad.

Pero Anna no le contestó.

—¡No, no! ¿Cómo consideras, qué opinas de mi situación? —le preguntó.

—Supongo... —empezó Daria Alexándrovna, pero en aquel momento Váseñka Veslovski, que había conseguido que el caballo anduviera a la pierna, pasó junto a ellas, saltando pesadamente sobre la silla de montar.

—¡Ya va, Anna Arkádievna! —gritó.

Anna ni siquiera lo miró, pero Daria Alexándrovna no creyó conveniente iniciar en el coche una conversación tan larga y resumió su pensamiento:

—No considero nada; siempre te he querido, y cuando se quiere a una persona se la quiere tal y como es y no como uno quisiera que fuese.

Anna separó la vista del rostro de su amiga y, frunciendo los ojos (era una nueva costumbre que no le conocía Dolli), se quedó pensativa, deseando penetrar bien el sentido de sus palabras. Y comprendiéndolas sin duda como ella quería, miró a Dolli.

—Si tuvieras pecados, te los perdonarían todos por haber venido y por estas palabras —le dijo.

Y Dolli vio que las lágrimas asomaban a sus ojos. Estrechó en silencio la mano de Anna.

—¿Qué son esos edificios? ¡Cuántos hay! —dijo al cabo de un rato, repitiendo la pregunta.

—Son todas las casas de los empleados, la fábrica y las cuadras —explicó Anna—. Y aquí empieza el parque. Todo esto estaba abandonado, pero Alexiéi lo está renovando. Tiene mucho cariño a esta finca y, cosa que yo no esperaba, se ha interesado apasionadamente por la economía rural. ¡Es una naturaleza tan privilegiada! Cualquier cosa que emprenda la hace maravillosamente. No solo no se aburre, sino que se entretiene mucho. Se ha convertido en un amo calculador, magnífico, hasta avaro respecto de la hacienda. Pero solo en eso. Cuando se trata de miles de rublos, no los cuenta —decía Anna con aquella sonrisa alegre y maliciosa con la que suelen hablar las mujeres de los secretos que solo ellas han descubierto en el hombre amado—. ¿Ves ese edificio grande? Es el nuevo hospital. Creo que costará más de cien mil rublos. Es su *dada** actual. ¿Y sabes por qué ha tenido esa idea? Los campesinos le pidieron que les rebajase el arrendamiento de unos prados, me parece; él no accedió y yo le eché en cara su tacañería. Desde luego, no habrá sido solo por eso, pero el caso es que ha empezado a construir este hospital para demostrar

* «Manía.» *(N. de las T.)*

778

que no es avaro. Parece que *c'est une petitesse,** pero lo quiero más por eso. Ahora verás la casa. Es la de sus abuelos, y Alexiéi no ha cambiado nada del exterior.

—¡Qué bonita es! —exclamó Dolli con asombro involuntario al ver la magnífica casa de columnas, que se destacaba entre el verdor de distintos matices de los árboles del jardín.

—¿Verdad que sí? Desde la parte superior hay una vista espléndida.

El coche penetró en el jardín cubierto de grava y con flores, donde había dos jardineros que rodeaban un arriate de piedras desiguales y porosas, y se detuvo ante el pórtico de la casa.

—¡Ah, han venido ya! —dijo Anna, viendo que se llevaban los caballos de silla que estaban junto a la escalinata—. ¿Verdad que es magnífico este caballo? Es mi preferido. Tráigalo aquí y dele azúcar. ¿Dónde está el conde? —preguntó a dos lacayos elegantes que habían salido corriendo—. ¡Ah! ¡Aquí está! —exclamó al ver a Vronski, que les salió al encuentro acompañado de Váseñka.

—¿Dónde vas a instalar a la princesa? —preguntó Vronski a Anna en francés, y sin esperar contestación saludó de nuevo a Daria Alexándrovna, besándole esta vez la mano—. Pienso que en la habitación grande, la del balcón.

—¡Oh, no! Está muy retirada. Es mejor la de la esquina, podemos vernos más. Bueno, vamos —dijo Anna, mientras le daba al caballo preferido el azúcar que había traído el lacayo—. *Et vous oubliez votre devoir*** —añadió, dirigiéndose a Veslovski, que también había salido a la escalinata.

—*Pardon, j'en ai tout plein les poches**** —contestó este risueño, mientras introducía los dedos en un bolsillo de su chaleco.

—*Mais vous venez trop tard***** —replicó Anna, limpiándose con el pañuelo la mano que le había mojado el caballo al tomar el azúcar; después se dirigió a Dolli—. ¿Has venido para mucho tiempo? ¿Para un día? ¡Es imposible!

—Lo he prometido así; además, los niños... —replicó Dolli, sintiéndose turbada porque debía coger su maletín del coche y porque sabía que su rostro estaba cubierto de polvo.

---

* «Se trata de una pequeñez.» *(N. de las T.)*
** «Y usted se olvida de lo que debe.» *(N. de las T.)*
*** «Por favor, que tengo llenos los bolsillos.» *(N. de las T.)*
**** «Pero llega usted demasiado tarde.» *(N. de las T.)*

—No, Dolli, querida... Bueno, ya veremos. ¡Vamos, vamos! —Y Anna la llevó a la habitación que le destinaba.

No era aquella la habitación lujosa que le había ofrecido Vronski, y Anna rogó a Dolli que la excusase. No obstante, Dolli no había vivido nunca en un cuarto tan lujoso y lo comparó con los de los mejores hoteles del extranjero.

—¡Qué contenta estoy de que hayas venido, querida! —dijo Anna, sentándose con su traje de amazona junto a Dolli—. Cuéntame de los tuyos. Vi a Stiva de paso. Pero él no sabe decir nada de los niños. ¿Qué hace mi querida Tania? Supongo que estará hecha una mujercita.

—Sí, ha crecido mucho —contestó brevemente Daria Alexándrovna, sorprendiéndose de hablar con tanta frialdad de sus hijos—. Vivimos muy bien en casa de los Lievin —añadió.

—Pues si hubiera sabido que no me desprecias... habríais venido todos aquí. Stiva es antiguo y gran amigo de Alexiéi —dijo Anna, ruborizándose de pronto.

—Sí, pero estamos tan bien... —empezó diciendo Dolli, y quedó confusa.

—La alegría me hace decir tonterías. ¡Qué contenta estoy de verte, querida! —exclamó Anna, besando a Dolli otra vez—. Aún no me has dicho qué piensas de mí, y quiero saberlo. Me alegra que me veas tal como soy. Sobre todo, no quisiera que se creyera que trato de demostrar algo. No deseo demostrar nada; solamente quiero vivir, sin hacer daño a nadie, excepto a mí misma. Tengo derecho a esto, ¿verdad? Pero eso es muy largo, ya hablaremos de todo ello. Ahora voy a vestirme y te enviaré a la doncella.

XIX

Al quedarse sola, Daria Alexándrovna examinó la habitación con mirada de ama de hogar. Todo lo que había visto al acercarse a la casa y cuando entró en ella, así como lo que veía ahora en la estancia, le produjo una impresión de riqueza, de elegancia y de ese lujo europeo del que solo había leído en las novelas, pero que nunca había visto en Rusia y aún menos en las aldeas. Todo era nuevo, empezando por los papeles de las paredes, de producción francesa, hasta la alfombra que cubría toda la habitación. La cama tenía colchón de muelles y una cabecera especial con pequeñas almohadas de fundas de seda cruda. Todo era nuevo y lujoso: el lavabo de mármol, el tocador, el sofá, las mesas, el reloj de bronce sobre la chimenea, las cortinas y los visillos.

La doncella que vino a ofrecerle sus servicios, una muchacha vestida y peinada más a la moda que Dolli, era tan moderna y elegante como la habitación. A Daria Alexándrovna le agradaban su cortesía, su limpieza y su buena disposición, pero se encontraba molesta en su presencia. Se avergonzó de la blusita remendada que, por desgracia, había metido en la maleta equivocadamente. Ahora se avergonzaba de los zurcidos y de los remiendos que constituían su orgullo estando en casa. En su casa calculaba que hacían falta para seis blusas veinticuatro arshines de nansú a sesenta y cinco kopeks, lo que suponía quince rublos, aparte de los adornos y el trabajo, y ahorraba esa cantidad. Pero ahora, ante esa doncella, no se sentía propiamente avergonzada, sino molesta.

Daria Alexándrovna experimentó gran alivio al entrar en la habitación su antigua conocida Ánnushka. Venía a llamar, de parte de su señora, a la elegante doncella, y Daria Alexándrovna quedó con Ánnushka.

Esta parecía alegrarse de la llegada de Daria Alexándrovna y charlaba sin cesar. Dolli observó que la muchacha deseaba emitir su opinión respecto de la situación de su señora y, sobre todo, respecto del amor y la fidelidad del conde hacia ella. Pero Dolli la interrumpía intencionadamente cada vez que empezaba a hablar.

—Me he criado junto a Anna Arkádievna. La quiero más que a nadie en el mundo. No somos nosotros quienes debemos juzgar. Desde luego, amar tanto...

—Por favor, que me laven esto si es posible —la interrumpió Daria Alexándrovna.

—Sí, señora. Tenemos dos lavanderas para lavar cosas pequeñas. Y toda la demás ropa se lava con máquina. El conde en persona se preocupa de todo. Es un marido...

Dolli se alegró al entrar Anna en la habitación, poniendo fin a la charla de Ánnushka.

Anna se había puesto un vestido muy sencillo de batista. Dolli lo examinó con atención. Sabía lo que significaba y cuánto dinero costaba aquella sencillez.

—Es tu antigua conocida —dijo Anna a Dolli, refiriéndose a Ánnushka.

Ahora ya no estaba turbada. Se mostraba completamente desenvuelta y tranquila. Dolli observó que se había repuesto de la impresión que le produjo su llegada y había adoptado aquel tono superficial e indiferente, con el cual parecía estar cerrada la puerta del departamento en que guardaba sus sentimientos y sus pensamientos íntimos.

—¿Qué tal está tu niña, Anna?

—¿Ania? —Así llamaba a su hija—. Está bien. Ha mejorado mucho. ¿Quieres verla? Vamos. Te la voy a enseñar. He tenido muchos contratiempos con las niñeras —empezó a contar Anna—. Tenemos una italiana, muy buena, pero tonta. Quise despedirla, pero la niña se ha acostumbrado tanto a ella que hemos desistido.

—¿Y cómo habéis arreglado...? —inició Dolli la pregunta respecto del apellido que iba a llevar la niña, pero al ver el rostro de Anna, que ensombrecía, cambió el sentido de la pregunta—. ¿Cómo os habéis arreglado para destetarla?

Sin embargo, Anna comprendió.

—No es eso lo que ibas a preguntar. Querías saber lo de su apellido. Eso atormenta a Alexiéi. La niña no tiene apellido. Es decir, se llama Karénina —dijo, frunciendo tanto los ojos que solo se le vieron las pestañas unidas—. De todos modos —añadió, esclarecido ya el rostro—, hablaremos después. Ven, vamos a ver a la niña. *Elle est très gentille.** Ya anda a gatas.

El lujo de la casa, que tanto había sorprendido a Daria Alexándrovna, la sorprendió aún más en la habitación de la niña. Allí había cochecitos traídos de Inglaterra, aparatos para aprender a andar, un diván para andar a gatas, de forma parecida a una mesa de billar; mecedoras y bañeras especiales y modernas. Todo era inglés, sólido, de buena calidad, y, al parecer, muy caro. La habitación era clara, grande y de techo muy alto.

Cuando entraron, la niña estaba en camisita, sentada en una pequeña butaca, junto a la mesa, tomando caldo que le había mojado el pecho. Le daba de comer una muchacha rusa que estaba al servicio de la niña, y, sin duda, comía al mismo tiempo que esta. No estaban allí la nodriza ni el aya; se encontraban en la habitación contigua, de donde se oía que conversaban en un francés extraño, en el que solo ellas podían comprenderse.

Al oír la voz de Anna, la inglesa, una mujer bien vestida, alta, de rostro desagradable y cuya expresión nada atrayente disgustó a Dolli, entró precipitadamente, sacudiendo sus rizos rubios, y comenzó a disculparse, a pesar de que Anna no le había hecho ninguna observación. A cada palabra de Anna, la inglesa repetía apresuradamente: *Yes, milady.***

La niña, de cejas y cabellos negros, carita colorada y el cuerpecito sonrosado de piel tirante, gustó mucho a Daria Alexándrovna —a pesar de la expresión severa con que la miró, como a una persona desconocida— y hasta sintió envidia de su aspecto sano. También le gustó mucho la manera de andar a gatas de la niña. Ninguno de sus hijos lo había hecho así. Cuando la pusieron en la alfombra y la empujaron por detrás, le pareció extraordinariamente encantadora. Como un animalito, volvía la cabeza hacia los mayores, mirando risueña con sus grandes ojos negros y brillantes, sin duda satisfecha de que la admirasen, y, con las piernas separadas y apoyándose con firmeza en las manos, tiraba rápidamente de su cuerpo y avanzaba sobre las manos.

Pero el ambiente general de la habitación de la niña y, sobre todo, la inglesa no gustaron nada a Daria Alexándrovna. Solo se pudo

* «Es muy linda.» *(N. de las T.)*
** «Sí, señora.» *(N. de las T.)*

explicar que Anna, que conocía tan bien a la gente, hubiese tomado para su niña a una mujer tan antipática y poco respetable porque una persona buena no hubiera querido entrar al servicio de una familia como aquella. Además, no tardó en comprender, por algunas palabras que oyó, que Anna, la nodriza, el aya y la niña no se entendían y que las visitas de la madre a la hija debían de ser poco frecuentes. Anna quiso darle a su hija un juguete, pero no lo encontró.

Y lo que más extraño le pareció fue que, al preguntar cuántos dientes tenía la niña, Anna no lo supo decir, pues ignoraba que últimamente le habían salido otros dientes.

—A veces me resulta doloroso el que mi presencia sea innecesaria aquí —dijo Anna al salir de la habitación, recogiendo la cola de su vestido para no enganchar los juguetes que se hallaban junto a la puerta—. No fue así con mi hijo.

—Yo pensaba lo contrario —objetó Daria Alexándrovna tímidamente.

—¡Oh, no! ¿Sabes que he visto a Seriozha? —preguntó Anna frunciendo los ojos como si mirase algo en la lejanía—. Pero ya hablaremos después. No me creerás, parezco una persona hambrienta a la que le sirven una comida completa y no sabe por dónde empezar. Tú y nuestra conversación representan esa comida completa: no sé por dónde empezar. *Mais je ne te ferai grâce de rien.** Necesito decírtelo todo. Tengo que hacerte el diseño de la sociedad que hallarás en nuestra casa —comenzó diciendo—. Empezaré por las señoras. La princesa Varvara. La conoces y ya sé tu opinión y la de Stiva sobre ella. Stiva dice que el objeto de su vida estriba en demostrar su superioridad sobre la tía Katerina Pávlovna; todo esto es cierto, pero es buena y le estoy muy agradecida. Hubo una temporada en San Petersburgo en que necesité un *chaperon.*** En eso se presentó ella. De veras; es buena persona. Me ayudó mucho a sobrellevar todo. Veo que no te das cuenta de cuán penosa era mi situación..., allí, en San Petersburgo —añadió—. Aquí soy completamente feliz y estoy tranquila. Bueno, ya hablaremos de eso. Tengo que enumerarlos a todos. Sviyazhski es mariscal de la nobleza y hombre muy respetable, pero necesita algo de Alexiéi. Compréndelo, con su fortuna y ahora que nos hemos instalado en la aldea, Alexiéi puede tener una influencia muy grande. También está Tushkiévich, ya

---

* «Pero no te ocultaré nada.» *(N. de las T.)*
** «Carabina», señorita de compañía. *(N. de las T.)*

lo conoces, ha tenido relaciones con Betsi. Ahora que lo ha dejado, se ha venido aquí. Es, según Alexiéi, una de esas personas muy simpáticas si se las toma por lo que quieren parecer *et puis il est comme il faut,** como dice la princesa Varvara. Después tenemos a Veslovski... A ese ya lo conoces. Es un muchacho muy agradable —dijo, y una sonrisa llena de picardía frunció sus labios—. ¿Qué historia tan rara ha tenido con Lievin? Váseñka se lo ha contado a Alexiéi, pero no se lo creemos. *Il est très gentil et très naïf*** —volvió a repetir con la misma sonrisa—. Los hombres necesitan distraerse; a Alexiéi le hace falta tener gente a su lado, y por eso aprecia esa sociedad. Es necesario que en nuestra casa haya animación y alegría para que Alexiéi no desee algo nuevo. Luego verás al administrador. Es un alemán muy bueno que conoce bien su obligación. Alexiéi lo aprecia mucho. Luego, el doctor, un hombre joven, no completamente nihilista, ¿sabes?, aunque... Desde luego, es muy buen médico. Y el arquitecto... *Bref, une petite cour.****

  * «Y, además, de buen tono.» *(N. de las T.)*
  ** «Es muy gentil e ingenuo.» *(N. de las T.)*
  *** «En suma, una corte en pequeño.» *(N. de las T.)*

XX

—Aquí tiene a Dolli, princesa, a la que tanto deseaba ver —dijo Anna, que salía acompañada de Daria Alexándrovna a la gran terraza de piedra. A la sombra se hallaba sentada la princesa Varvara ante un bastidor, bordando un pañito para la butaca del conde Alexiéi Kirílovich—. Dice que no quiere tomar nada hasta la comida, pero ordene usted que sirvan el desayuno mientras voy a buscar a Alexiéi y a traerlos a todos aquí.

La princesa Varvara acogió a Dolli cariñosamente y con un tono algo protector. Enseguida empezó a explicarle que había ido a vivir a casa de Anna, porque siempre la había querido más que su hermana Katerina Pávlovna, que la había educado. Ahora que todos habían abandonado a Anna, consideraba deber suyo ayudarle en ese período, transitorio, el más penoso de su vida.

—Cuando su marido le conceda el divorcio, volveré a mi soledad, pero ahora, mientras puedo ser útil, cumpliré con mi deber, por más penoso que me sea, y no procederé como los demás. ¡Qué buena eres! ¡Qué bien has hecho viniendo! Viven como buenos esposos. Dios los juzgará, nosotros no debemos hacerlo. ¿Acaso Biriuzovski y Aviénieva...? Y Nikándrov, Vasíliev y Mamónova, y Liza Neptúnova... Nadie los criticó, y finalmente, acabaron recibiéndolos. Y, además, *c'est un intérieur si joli, si comme il faut. Tout à fait à l'anglaise. On se réunit le matin au breakfast, et puis on se sépare.** Cada uno hace lo que quiere hasta la hora de comer. La comida es a las siete. Stiva ha hecho muy bien en dejarte venir. Debe mantener las relaciones con ellos. Ya sabes que por medio de su madre y de su hermano puede conseguirlo todo.

---

* «Es un interior tan bonito, tan de buen tono... Completamente a la moda inglesa. Para reunirse a la hora del desayuno y separarse después.» *(N. de las T.)*

Además, hacen mucho bien. ¿No te ha hablado de su hospital? *Ce sera admirable,** todo lo traen de París.

La conversación fue interrumpida por Anna, que había encontrado a los hombres de la casa en la sala de billar, y ahora volvía con ellos a la terraza. Aún quedaba mucho tiempo hasta la hora de comer. Hacía un tiempo espléndido. Por eso idearon varias maneras de pasar las dos horas que quedaban. Había muchos medios de entretenerse en Vozdvizhénskoie, todos distintos de los que solían utilizar en Pokróvskoie.

—*Une partie de lawn-tennis*** —propuso Veslovski, con su hermosa sonrisa—. Jugaremos otra vez usted y yo de pareja, Anna Arkádievna.

—No, hace calor. Sería mejor pasear por el jardín o dar un paseo en barca para que Daria Alexándrovna vea las orillas —opinó Vronski.

—Yo me avengo a todo —dijo Sviyazhski.

—Creo que para Dolli lo más agradable será dar un paseo, ¿verdad? Luego iremos en la barca —intervino Anna.

Se decidieron por esto último. Veslovski y Tushkiévich fueron a la caseta de los baños, prometiendo que prepararían la barca y esperarían allí a los demás.

Anna y Sviyazhski, y Dolli y Vronski, formando dos parejas, fueron a pasear por la alameda. Dolli estaba algo cohibida y preocupada por el ambiente, nuevo para ella, en el que se encontraba. Teóricamente, Dolli no solo justificaba, sino que hasta aprobaba el proceder de Anna. Como suele sucederles a menudo a las mujeres honradas, que se cansan de su monótona vida moral, no solo perdonaba aquel amor culpable, sino que hasta lo envidiaba. Además, quería a Anna de todo corazón. Pero, al verla en el ambiente de esas personas extrañas, con su buen tono, que le era desconocido, se sentía turbada. Sobre todo le desagradaba la princesa Varvara, que perdonaba todo a cambio de las comodidades de que gozaba.

En general, Dolli aprobaba de un modo abstracto el proceder de Anna, pero le disgustaba ver al hombre por quien se había comportado de tal modo. Por otra parte, Vronski nunca le había gustado. Le consideraba muy orgulloso, y creía que no tenía ningún motivo para enorgullecerse, excepto su riqueza. Sin embargo, en contra de su vo-

* «Será admirable.» *(N. de las T.)*
** «Una partida de tenis.» *(N. de las T.)*

luntad, Vronski le imponía aún más en su casa y no podía mostrarse desenvuelta a su lado. Experimentaba un sentimiento parecido al que había sentido ante la doncella a causa de la blusa. Lo mismo que ante aquella no se había sentido avergonzada, sino cohibida por los remiendos, ahora, ante Vronski, solo se sentía molesta por sí misma.

Confusa, Dolli buscaba un tema de conversación. Aunque consideraba que por su orgullo habían de serle desagradables los elogios de la casa y del jardín, no encontrando otro tema mejor, le dijo que le habían gustado mucho.

—Sí, es una bonita construcción y un estilo bueno y antiguo —dijo Vronski.

—Me ha gustado mucho el jardín ante la escalinata. ¿Estaba así antes?

—¡Oh, no! —replicó Vronski, y se le iluminó el rostro de placer—. ¡Si lo hubiera usted visto esta primavera!

Y Vronski le indicó los diversos detalles que adornaban la casa y el jardín, hablando al principio tranquilamente y después cada vez con más entusiasmo. Se veía que, como había consagrado mucho trabajo para la mejora y el adorno de su finca, sentía la necesidad de lucirse ante personas que no la conocían, y se alegró con toda el alma de los elogios de Daria Alexándrovna.

—¿Quiere visitar el hospital o está cansada? No está lejos. Vamos —añadió, mirando al rostro de Dolli para convencerse de que no se aburría.

—¿Vienes tú también, Anna?

—Vamos, ¿verdad? —preguntó Anna, dirigiéndose a Sviyazhski—. *Mais il ne faut pas laisser Tushkiévich et le pauvre Veslovski se morfondre dans le bateau.** Hay que avisarlos. Sí, es un monumento que Alexiéi dejará aquí —le dijo a Dolli, con aquella sonrisa astuta con la que antes le había hablado ya del hospital.

—¡Oh, es una obra magna! —exclamó Sviyazhski. Pero, para no parecer adulador, añadió inmediatamente una observación de ligera censura—. Sin embargo, conde, me sorprende que haciendo tanto por los campesinos en el sentido sanitario, se muestre tan indiferente por las escuelas.

* «Pero no hay que dejar a Tushkiévich y al pobre Veslovski aburrirse en la barca.» *(N. de las T.)*

—*C'est devenu tellement commum, les écoles!** —replicó Vronski—. No es por eso solamente, sino que me he ido entusiasmando con mi idea. El hospital está por aquí —indicó, señalándole a Daria Alexándrovna una salida lateral de la alameda.

Salieron al paseo lateral y las damas abrieron sus sombrillas. Después de unas cuantas vueltas, pasaron por una puertecilla y Daria Alexándrovna vio ante sí, sobre un altozano, un edificio grande, de color rojo y de forma caprichosa, casi terminado. El tejado de cinc, sin pintar todavía, cegaba, brillando bajo el ardiente sol. Al lado de aquel edificio, se elevaba otro, rodeado de troncos de árbol, donde los obreros, subidos en los andamios, colocaban ladrillos, vertían cemento de los cubos y lo alisaban con el palustre.

—Qué rápidamente avanzan las obras —dijo Sviyazhski—. Cuando estuve aquí la última vez aún no estaba puesto el tejado.

—En otoño todo estará terminado. En el interior, casi todo está listo ya —replicó Anna.

—Y esa construcción nueva, ¿qué es?

—El local para el médico y la farmacia —explicó Vronski, y, al ver al arquitecto con su abrigo corto que se acercaba a él, se excusó y fue a su encuentro.

Pasó por delante de los obreros que preparaban la cal y se detuvo, iniciando una charla animada con el arquitecto.

—La fachada resulta demasiado baja —explicó a Anna al preguntarle esta de qué se trataba.

—Ya dije que se debían levantar los cimientos —dijo Anna.

—Sí, desde luego, hubiera sido mejor, Anna Arkádievna —convino el arquitecto—, pero ya es tarde.

—Me intereso mucho por esta obra —aclaró Anna a Sviyazhski, el cual se había sorprendido de sus conocimientos de arquitectura—. Es necesario que el nuevo edificio armonice con el hospital. Pero se ha empezado a construir sin proyecto.

Cuando terminó de hablar con el arquitecto, Vronski se unió a las damas y las condujo al interior del hospital.

Aunque por fuera estaban aún terminando las cornisas y pintaban el piso de abajo, el superior estaba casi terminado. Pasaron por la ancha escalera de hierro fundido, llegando al descansillo, y entraron en la primera sala. Las paredes, estucadas, imitaban el mármol. Las

* «¡Han llegado a ser cosa tan corriente las escuelas!» (N. de las T.)

enormes ventanas, de una sola pieza, estaban colocadas ya. Únicamente faltaba por terminar el suelo de entarimado, y los carpinteros, que cepillaban unas tablas, interrumpieron su trabajo y se quitaron las cintas que les sujetaban los cabellos para saludar a los señores.

—Este es el consultorio —dijo Vronski—. Tendrá un pupitre, una mesa, un armario y nada más.

—Vengan por aquí. No se acerquen a la ventana —dijo Anna Arkádievna, mirando si estaba seca la pintura—. Alexiéi, la pintura no se ha secado aún —añadió.

De allí, salieron al pasillo, donde Vronski les enseñó la ventilación instalada con un sistema moderno. Después les fue mostrando las bañeras de mármol y las camas con unos muelles especiales. Les enseñó las salas, una tras otra; la despensa, el ropero, las estufas de nuevo modelo, las carretillas, que sin producir ruido llevarían por el pasillo los objetos necesarios y muchas cosas más. Sviyazhski apreciaba todo aquello como buen conocedor de los perfeccionamientos modernos. Dolli se sorprendía de aquellas cosas que jamás vio hasta entonces y, deseando comprenderlo todo, hacía preguntas detalladas, cosa que, sin duda, placía a Vronski.

—Creo que su hospital será el único perfectamente organizado en Rusia —dijo Sviyazhski.

—Y ¿no pondrá usted una unidad de maternidad? —preguntó Dolli—. Es una cosa tan necesaria en la aldea. A menudo yo...

A pesar de su cortesía, Vronski la interrumpió.

—Esto no es una maternidad, sino un hospital, y está destinado solo a enfermedades no contagiosas —dijo—. Fíjese en esto... —E hizo rodar hacia Daria Alexándrovna un sillón para convalecientes, que acababa de traer de fuera—. Fíjese bien. —Se sentó en el sillón, poniéndolo en movimiento—. El enfermo no puede andar aún, todavía se siente débil y padece de las piernas, pero necesita aire. Así puede salir, dar paseos...

Daria Alexándrovna se interesaba por todo, todo le gustaba y más que nada el propio Vronski, con su entusiasmo natural e ingenuo. «Sí, es un hombre muy bueno y simpático», pensaba de vez en cuando sin escucharle, pero observando su expresión y poniéndose mentalmente en el lugar de Anna. Ahora le gustaba tanto Vronski con su animación, que comprendía que Anna hubiera podido enamorarse de él.

XXI

—No, creo que la princesa está cansada y que los caballos no le interesan —dijo Vronski a Anna, la cual había propuesto que fueran a la cuadra porque Sviyazhski quería ver el nuevo potro—. Vayan ustedes, mientras yo acompaño a la princesa a casa y charlamos por el camino. —Y, dirigiéndose a Dolli, añadió—: Si eso le agrada.

—No entiendo nada de caballos y acepto con gusto —replicó Daria Alexándrovna algo sorprendida.

Vio, por el rostro de Vronski, que necesitaba algo de ella. No se había equivocado. En cuanto entraron en el jardín, traspasando la puertecilla, Vronski miró hacia el lugar por donde se había ido Anna y, convencido de que no podía oírle ni verlos, dijo:

—Habrá adivinado que quiero hablar con usted —dijo, mirándola con ojos risueños—. No me equivoco al pensar que es usted una buena amiga de Anna.

Vronski se descubrió y, sacando el pañuelo, se enjugó la incipiente calva.

Daria Alexándrovna no contestó nada, limitándose a mirarlo un tanto asustada. Al quedarse sola con él, de pronto sintió temor: los ojos risueños y la expresión grave del rostro de Vronski le daban miedo.

Pasaron por su imaginación las suposiciones más diferentes acerca de lo que Vronski se proponía hablar con ella: «Me pedirá que venga a pasar una temporada aquí con los niños y tendré que negarme. O me dirá que organice en Moscú un círculo para Anna... Tal vez me hable de Váseñka Veslovski y de su trato con Anna... O quizá me diga algo de Kiti, quizá se siente culpable». Dolli solo preveía cosas desagradables, sin adivinar lo que realmente quería decirle Vronski.

—Tiene usted mucha influencia sobre Anna, ella la quiere tanto...; ayúdeme —dijo.

Daria Alexándrovna miró con expresión tímida e interrogativa el semblante enérgico de Vronski, que tan pronto quedaba bañado por el sol entre los tilos, tan pronto se cubría de sombra, esperando lo que seguiría diciéndole. Pero Vronski, levantando la grava con una varita, seguía a Daria Alexándrovna en silencio.

—Si ha venido usted a nuestra casa, la única de las antiguas amigas de Anna (no cuento a la princesa Varvara), comprendo que no lo ha hecho por considerar normal nuestra situación, sino porque quiere a Anna y desea ayudarla. ¿La he entendido bien? —preguntó, volviéndose hacia ella.

—¡Oh, desde luego! —exclamó Daria Alexándrovna, cerrando la sombrilla—. Pero...

—No —interrumpió Vronski, y sin darse cuenta de que con eso colocaba a su interlocutora en una situación molesta, se detuvo, de manera que Dolli se vio obligada a hacer lo mismo—. Nadie siente mejor ni más intensamente que yo la dolorosa posición de Anna. Lo comprenderá usted, si me hace el honor de considerarme como hombre de corazón. Me doy muy bien cuenta de ello por ser el causante.

—Lo comprendo —dijo Daria Alexándrovna, admirándolo, a pesar suyo, por la manera tan firme y sincera con que había dicho aquello—. Pero temo que exagere, precisamente por sentirse el causante de ello. Naturalmente, la posición de Anna respecto a la sociedad es penosa.

—¡Esto es un infierno! —exclamó Vronski, precipitadamente, frunciendo el ceño con expresión sombría—. Es imposible imaginarse mayores tormentos morales que los que Anna ha sufrido en San Petersburgo durante dos semanas... Le ruego que me crea.

—Sí, pero aquí, mientras que Anna... y usted no necesiten de la sociedad...

—¡La sociedad! —replicó Vronski despectivo—. ¿Qué puedo necesitar de la sociedad?

—Hasta ese momento, que puede no llegar nunca, son ustedes felices y están tranquilos. Veo que Anna es dichosa, muy dichosa. Ya ha tenido tiempo de comunicármelo —dijo Daria Alexándrovna sonriendo. Y diciendo esto, involuntariamente, le asaltó la duda de si Anna era realmente feliz.

Pero, al parecer, Vronski no dudaba de eso.

—Sí, sí —dijo—. Sé que se ha repuesto después de todos sus sufrimientos. Es feliz. Es feliz en el presente. Pero ¿y yo?... Temo lo que nos espera... Perdone, ¿quiere usted que sigamos?

—No, es igual.

—Entonces, sentémonos aquí.

Daria Alexándrovna se sentó en un banco del recodo de la alameda. Vronski se detuvo ante ella.

—Veo que Anna es feliz —repitió Vronski, y Daria Alexándrovna sintió más intensamente la duda de aquello—, pero ¿podrá eso continuar? No se trata de si hemos procedido bien o mal: la suerte está echada —continuó, pasando del ruso al francés— y estamos unidos para toda la vida. Estamos unidos con los vínculos del amor más sagrados para nosotros. Tenemos una hija y podemos tener otros. Pero la ley y las condiciones de nuestra situación son tales que surgen miles de complicaciones que Anna, ahora que su alma descansa de todos los sufrimientos y de todas las pruebas, no ve ni quiere ver. Y esto es comprensible. Pero yo no puedo dejar de verlas. Según la ley, la niña no es hija mía, sino una Karénina. ¡No puedo tolerar este engaño! —exclamó con un enérgico gesto de negación y mirando a Dolli con expresión sombría e interrogadora.

Esta no contestó, limitándose a mirarlo a su vez. Vronski continuó:

—El día de mañana podemos tener un hijo, pero por la ley será un Karenin. No heredará mi apellido ni mi fortuna; por más felices que seamos en familia y por más hijos que tengamos, no habrá un lazo de unión entre nosotros. Los niños se apellidarán Karenin. ¡Comprenda lo penoso y lo terrible de esta situación! He intentado hablar de esto con Anna, pero se irrita. No entiende, y soy incapaz de decírselo todo a *ella*. Ahora, consideremos las cosas desde otro punto de vista. Soy feliz, feliz con su amor, pero necesito tener una ocupación. La he encontrado, me enorgullezco de ella, y la considero más noble que la de mis compañeros que prestan sus servicios en la corte y en el regimiento. Sin lugar a dudas, no cambiaría mis actividades por las de ellos. Trabajo aquí, sin desplazarme, soy feliz, estoy contento y no necesito nada más para nuestra dicha. Me gusta esta actividad. *Cela n'est pas un pis-aller,** al contrario...

Daria Alexándrovna se dio cuenta de que en este punto de su explicación Vronski se confundía; no entendió bien esa digresión, pero no dejó de percibir que, una vez que había empezado a hablar de cosas de las que no podía hablar con Anna, lo decía todo y que el problema de

* «No es que ello sea un remedio para salir del paso.» *(N. de las T.)*

su actividad en la aldea se encontraba en el rincón de sus pensamientos íntimos, lo mismo que el de sus relaciones con Anna.

—Así pues, continúo —dijo Vronski, recobrándose—. Lo principal, trabajando así, es estar convencido de que la obra no va a morir con uno, que tendrá herederos, y eso es lo que precisamente me falta a mí. Imagínese la situación de un hombre que sabe de antemano que sus hijos y los de la mujer que ama no serán legalmente suyos, sino de algún otro, de alguien que les odia y no quiere saber de ellos. ¡Es horrible!

Vronski guardó silencio, al parecer, muy alterado.

—Sí, desde luego, lo comprendo. Pero ¿qué puede hacer Anna? —preguntó Daria Alexándrovna.

—Esto me lleva al objeto que persigo con mi conversación —replicó Vronski, haciendo un esfuerzo por calmarse—. Anna puede hacer algo; esto depende de ella... Hasta para pedirle al emperador permiso para reconocer a mi hija es necesario el divorcio. Y eso depende de Anna. Su marido estaba conforme, Stepán Arkádich casi nos había arreglado el asunto entonces. Y estoy seguro de que Karenin tampoco se negaría ahora. Solo hace falta escribirle. Entonces dijo claramente que si Anna se lo pedía estaba dispuesto a acceder. Naturalmente —añadió Vronski sombrío—, es una de esas crueldades farisaicas de las cuales solo es capaz gente sin corazón. Sabe lo penoso que es para Anna cualquier recuerdo suyo y, sin embargo, exige una carta de ella. Comprendo que para Anna es muy doloroso, pero los motivos son tan importantes que es preciso *passer par dessus toutes ces finesses de sentiments. Il y va du bonheur et de l'existence d'Anne et de ses enfants.** No hablo de mí, aunque sufro, sufro mucho —exclamó, como amenazando a alguien por lo que sufría—. Así pues, princesa, me agarro a usted sin miramientos como a un áncora de salvación. Ayúdeme a convencer a Anna para que escriba a su marido exigiendo el divorcio.

—Sí, claro —dijo Daria Alexándrovna pensativa, recordando vivamente su último encuentro con Alexiéi Alexándrovich—. Sí, claro —repitió con decisión, pensando en Anna.

—Emplee su influencia sobre Anna, haga que escriba esa carta. Yo no quiero ni puedo apenas hablar de ello.

---

* «Pasar por encima de todas estas delicadezas sentimentales. Va en ello la felicidad y la existencia de Anna y de sus hijos.» *(N. de las T.)*

—Bien, lo haré. Pero ¿cómo no lo piensa ella misma? —preguntó Daria Alexándrovna, recordando de repente, sin saber por qué, aquella extraña costumbre nueva de Anna de fruncir los ojos. Y le vino a la memoria que Anna lo hacía precisamente cuando hablaba de los aspectos íntimos de la vida. «Es como si frunciera los ojos para no ver todo lo de su vida», pensó Dolli—. Le hablaré sin falta, tanto por mí como por ella —prometió Daria Alexándrovna, contestando a la expresión de agradecimiento de Vronski.

Se levantaron y se dirigieron a la casa.

XXII

Anna, que encontró a Dolli ya en casa, la miró con atención a los ojos como inquiriendo de qué había hablado con Vronski, aunque no se lo preguntó directamente.

—Parece que ya es hora de comer —dijo—. Y apenas nos hemos visto. Cuento con que por la noche hablemos. Ahora tenemos que cambiarnos de ropa. Creo que tú también querrás hacerlo. Nos hemos manchado en la obra.

Daria Alexándrovna se dirigió a su cuarto y sintió deseos de reír. No tenía nada que ponerse, ya que llevaba su mejor vestido, pero, a fin de señalar de algún modo que se había preparado para la comida, pidió a la doncella que le limpiara el traje, cambió los puños y el lacito y se puso una mantilla de encaje en la cabeza.

—Eso es todo lo que he podido hacer —le dijo sonriendo a Anna, que salió a su encuentro con otro vestido muy sencillo, el tercero de aquel día.

—Somos muy etiqueteros —replicó Anna como excusándose por su elegancia—. Alexiéi está tan contento de tu llegada como raras veces suele estarlo. Decididamente está enamorado de ti —añadió—. ¿No estás cansada?

Hasta la hora de comer a las dos amigas ya no les dio tiempo de hablar de nada. Al entrar en el salón, se encontraron allí a la princesa Varvara y a los hombres, todos de levita negra, excepto el arquitecto, que llevaba frac. Vronski presentó a Dolli al administrador y al médico. Ya le había presentado al arquitecto cuando visitaron el hospital.

El mayordomo, un hombre grueso, de rostro afeitado, orondo y deslumbrante y con el lazo de la corbata blanca almidonada, anunció que la comida estaba servida, y las damas se pusieron en pie. Vronski pidió a Sviyazhski que le diese el brazo a Anna Arkádievna, acercándose él a Dolli. Veslovski, adelantándose a Tushkiévich, le ofreció el brazo a la princesa Varvara, de manera que aquel, el administrador y el médico entraron sin pareja.

La comida, el comedor, la vajilla, los criados, el vino y los manjares estaban en armonía con el tono general de lujo de la casa, y hasta parecían más suntuosos y nuevos que todo lo demás. Daria Alexándrovna observaba ese lujo, tan nuevo para ella, y, aunque no tenía esperanzas de aplicar nada de lo que estaba viendo a su propio hogar —por su lujo, todo aquello estaba bien lejos de su modo de vivir—, como ama de casa, se fijaba involuntariamente en todos los detalles, preguntándose quién era el que disponía todo aquello. Váseñka Veslovski, Stepán Arkádich, incluso Sviyazhski y otros hombres que Dolli conocía nunca pensaban en estas cosas. Opinaban que cualquier anfitrión desea procurar que sus invitados crean que todo lo que está tan bien arreglado en la casa no ha costado ningún trabajo, que todo se ha hecho por sí mismo. Daria Alexándrovna sabía que ni siquiera la papilla para el desayuno de los niños se hace sola y, por tanto, comprendía que alguien debía de haber puesto gran interés en esa organización tan complicada y magnífica. Tanto por la mirada con que Alexiéi Kirílovich examinó la mesa como por la seña que le hizo al mayordomo y la manera en que invitó a Daria Alexándrovna a elegir entre la sopa caliente y la fría, comprendió que todo aquello se hacía y se sostenía por los cuidados del dueño en persona. Al parecer, Anna se preocupaba de aquellas cosas tanto como Veslovski, por ejemplo. Tanto ella como Sviyazhski, la princesa y Váseñka eran huéspedes que disfrutaban alegremente de lo que les habían preparado.

Anna solo era dueña de la casa para llevar la conversación. Y esa conversación, sumamente difícil de sostener para la dueña de la casa en una mesa de pocos comensales y con personas como el administrador y el arquitecto, que pertenecían a un ambiente completamente distinto, y que, aunque se esforzaban en no mostrarse tímidos ante aquel lujo desacostumbrado, no podían tomar parte prolongadamente en una charla general, Anna la llevaba con naturalidad, con su tacto habitual y hasta con placer, según observó Daria Alexándrovna.

Hablaron de cómo Tushkiévich y Veslovski habían paseado los dos solos en la barca y aquel relató las últimas carreras en el Yacht

Club de San Petersburgo. Pero Anna, aprovechando una interrupción, se dirigió al arquitecto para sacarle de su mutismo.

—Nikolái Ivánovich se ha sorprendido de lo adelantada que está la obra desde la última vez que estuvo aquí —dijo, refiriéndose a Sviyazhski—, y yo misma, que visito la obra todos los días, estoy asombrada de la rapidez con que marcha.

—Se trabaja bien con su excelencia —replicó el arquitecto con una sonrisa (era un hombre respetuoso y tranquilo, consciente de su valía)—. No es lo mismo que tratar con las autoridades provinciales. En lugar de tanto papeleo, expongo el proyecto al conde y lo discutimos en pocas palabras.

—Al estilo americano —dijo Sviyazhski, sonriendo.

—Sí, allí edifican de un modo racional...

La conversación derivó a los abusos de las autoridades de Estados Unidos, pero Anna varió inmediatamente de tema para sacar al administrador de su silencio.

—¿Has visto alguna vez las máquinas segadoras? —le preguntó a Daria Alexándrovna—. Habíamos ido a verlas cuando nos encontramos contigo. He sido la primera que las he visto.

—¿Y cómo funcionan? —preguntó Dolli.

—Exactamente igual que unas tijeras. Es una tabla con muchas tijeritas. Así.

Anna cogió con sus bellas manos blancas, cuyos dedos estaban cubiertos de sortijas, un cuchillo y un tenedor y mostró cómo funcionaban las máquinas. Sin duda se daba cuenta de que no se comprendería nada con su explicación, pero como sabía que hablaba de un modo agradable y que tenía las manos bonitas, continuó explicando.

—Más bien se parece a los cortaplumas —dijo Veslovski, bromeando y sin apartar los ojos de Anna.

Esta sonrió imperceptiblemente sin contestarle.

—¿No es verdad, Karl Fiódorovich, que se parecen a unas tijeras? —preguntó, dirigiéndose al administrador.

—*O ja!* —replicó el alemán—. *Es ist ein ganz einfaches Ding,** —Y se puso a explicar la construcción de la máquina.

—Es lástima que no ate. En la exposición de Viena he visto máquinas que ataban las gavillas con un alambre —dijo Sviyazhski—. Esas máquinas son más provechosas.

* «¡Ya lo creo! ¡Es sencillísimo!» *(N. de las T.)*

—*Es kommt drauf an... Der Preis vom Draht muss ausgerechnet werden.** —Y el alemán, sacado de su mutismo, se dirigió a Vronski—: *Das lässt sich ausrechnen, Erlaucht.*** —El alemán quiso sacar del bolsillo una libreta con un lápiz, en la cual hacía los cálculos, pero, al recordar que estaba en la mesa y al observar la mirada tímida de Vronski, se abstuvo—. *Zu compliziert, macht zu viel Klopot**** —concluyó.

—*Wünscht man «Dochods», so hat man auch Klopots***** —exclamó Váseñka Veslovski, haciéndole burla al alemán—. *J'adore l'allemand****** —añadió, dirigiéndose a Anna con la misma sonrisa de antes.

—*Cessez******* —dijo Anna, medio en serio, medio en broma—. Esperábamos encontrarle en el campo, Vasili Semiónich —añadió, dirigiéndose al doctor, un hombre de aspecto enfermizo—. ¿Ha estado usted allí?

—Estuve, pero desaparecí —replicó el doctor con amarga ironía.

—Entonces, ha hecho usted buen ejercicio.

—¡Magnífico!

—¿Y cómo sigue la vieja? Espero que no sea tifus.

—No es tifus precisamente, pero, sin embargo, está grave.

—¡Qué lástima! —dijo Anna, y habiendo cumplido de aquel modo el deber de cortesía con la gente de fuera, se dirigió a los suyos.

—De todos modos, Anna Arkádievna, sería difícil construir una máquina con su explicación —dijo Sviyazhski en broma.

—Pero ¿por qué? —replicó Anna con una sonrisa.

Esta sonrisa daba a entender que ella sabía que Sviyazhski había observado algo agradable en su explicación. Ese nuevo rasgo de coquetería juvenil sorprendió desagradablemente a Dolli.

—Pero, en cambio, los conocimientos de arquitectura de Anna Arkádievna son asombrosos —dijo Tushkiévich.

—¡Cómo no! Ayer la oí hablar del cabrio y de los plintos —comentó Veslovski—. ¿Lo digo bien?

* «Eso depende... Hay que tener en cuenta el precio del alambre, excelencia.» *(N. de las T.)*

** «No es difícil calcularlo.» *(N. de las T.)*

*** «Resulta muy complicado; es demasiado lío.» *(N. de las T.)*

**** «Cuando se quiere tener ingresos, le cuestan a uno preocupaciones.» *(N. de las T.)*

***** «Me encanta el alemán.» *(N. de las T.)*

****** «Aguarde.»

—No tiene nada de particular, puesto que veo la obra a menudo y oigo hablar tanto de ella —dijo Anna—. En cambio, usted no debe de saber con qué se construyen las casas.

Daria Alexándrovna observó que Anna estaba descontenta de aquel tono ligero con que se hablaban ella y Veslovski, pero que se dejaba arrastrar involuntariamente por él.

En este sentido, Vronski procedía de modo completamente distinto a Lievin. Sin duda, no daba ninguna importancia a la charla de Veslovski y hasta, por el contrario, lo animaba en sus bromas.

—Sí, díganos, Veslovski: ¿con qué unen los ladrillos?

—Desde luego, con cemento.

—¡Bravo! ¿Y qué es el cemento?

—Algo así como una pasta..., no, una masa —dijo Veslovski, provocando la risa general.

La conversación entre los comensales, excepto el médico, el arquitecto y el administrador, sumidos en el silencio, no cesaba, ora deslizándose apaciblemente, ora hallando algún obstáculo y zahiriendo a alguien en lo vivo. Una de las veces fue Daria Alexándrovna la que se sintió herida y se excitó mucho y hasta se puso colorada. Después pensó si no habría dicho algo desagradable e inconveniente. Sviyazhski empezó a hablar de Lievin, refiriendo sus extrañas ideas de que las máquinas son nocivas en la explotación agrícola rusa.

—No tengo el gusto de conocer a ese señor —dijo Vronski, sonriendo—, pero seguramente no habrá visto nunca esas máquinas que censura. Y si las ha visto y las ha probado, lo habrá hecho de cualquier manera y seguramente con una máquina rusa y no extranjera. ¿Qué ideas se pueden tener respecto de eso?

—En general, tiene ideas turcas —dijo Veslovski con una sonrisa, dirigiéndose a Anna.

—No defiendo sus ideas —exclamó Daria Alexándrovna, acalorándose—, pero sí puedo decir que es un hombre muy culto y que si estuviera aquí sabría cómo contestarle a usted, cosa que no sé hacer yo.

—Yo lo quiero mucho y somos muy buenos amigos —intervino Sviyazhski con una sonrisa bondadosa—. *Mais, pardon, il est un petit peu toqué;** por ejemplo, afirma que no son necesarios el *zemstvo* ni los jueces de paz y no quiere tomar parte en nada de eso.

* «Pero, perdón, está un tanto chalado.» *(N. de las T.)*

—Es nuestra indiferencia rusa —dijo Vronski, escanciando agua helada de una garrafa en su fina copa—. Es no sentir las obligaciones que nos imponen nuestros derechos, negándolas por lo mismo.

—No conozco un hombre más inflexible que Lievin en el cumplimiento de su deber —replicó Daria Alexándrovna irritada por el tono de superioridad con que había hablado Vronski.

—Pues yo, al contrario —continuó este, que, al parecer, estaba herido en lo vivo por aquella conversación—; ahí, donde me ven ustedes, estoy muy agradecido a Nikolái Ivánovich —indicó a Sviyazhski— por haberme concedido el honor de nombrarme juez de paz honorario. Considero para mí tan importante ir a la sesión para juzgar los problemas de los campesinos, acerca de sus caballos, por ejemplo, como cualquier otra cosa que yo pueda hacer. Y consideraré un gran honor que me nombren vocal. Solo de este modo podré pagar los beneficios de los que disfruto como terrateniente. Por desgracia, no se comprende la importancia que deben alcanzar en el Estado los grandes propietarios.

A Daria Alexándrovna le resultaba extraño escuchar que Vronski hablara con aquella tranquilidad en su casa, ante su propia mesa. Recordó que Lievin, cuyas ideas eran contrarias, se había mostrado muy decidido a su vez en sus opiniones, hallándose también ante su propia mesa. Pero como quería a Lievin, se puso de su parte.

—Entonces ¿podemos contar con usted para la próxima junta? —preguntó Sviyazhski—. Pero hay que ir antes para estar allí el día 8. Si me concediera usted el honor de venir a mi casa...

—Pues yo, en parte, estoy conforme con tu *beau-frère* —dijo Anna—, pero no pienso como él —añadió con una sonrisa—. Temo que durante los últimos tiempos tengamos demasiados deberes sociales. Lo mismo que antes había tantos empleados de sobra y ponían uno para cada asunto, así ahora todos se ocupan de los problemas sociales. Alexiéi lleva aquí seis meses y creo que ya es miembro de cinco o seis instituciones sociales distintas: es tutor, juez, vocal, jurado y tiene algo que ver con la cría de caballos. *Du train que cela va,** todo el tiempo se le irá en eso. Y temo que toda esa cantidad de obligaciones no sea sino una fórmula. ¿De cuántas instituciones es usted miembro? —preguntó, dirigiéndose a Sviyazhski—. Me parece que de veinte, ¿no es eso?

* «Al paso que esto lleva.» *(N. de las T.)*

Anna hablaba en broma, pero en su tono se notaba la irritación. Daria Alexándrovna, que observaba atentamente a Vronski y a Anna, no tardó en darse cuenta de ello. También notó que el semblante de Vronski expresaba, durante aquella charla, severidad y obstinación. Al advertirlo, y al darse cuenta también de que la princesa Varvara la observaba, se apresuró a cambiar de tema, empezando a hablar de sus amigos de San Petersburgo, y al recordar que Vronski había hablado en el jardín de un modo inoportuno de sus actividades, Dolli comprendió que aquella cuestión iba ligada a un desacuerdo íntimo entre Anna y Vronski.

La comida, los vinos y el servicio estaban muy bien, pero tenían el carácter impersonal y la tirantez que Dolli había observado en los banquetes y en los bailes de los que se había desacostumbrado. Por tanto, ver todo aquello en un día corriente y en un círculo reducido, le produjo una impresión desagradable.

Después de comer estuvieron un rato sentados en la terraza. Luego fueron a jugar al *lawn-tennis*. Los jugadores, separados en dos grupos, se colocaron en el *croquet ground*,* cuidadosamente apisonado y nivelado, a ambos lados de la red tendida entre las columnitas doradas. Daria Alexándrovna probó a jugar, pero tardó mucho en comprender el juego, y cuando lo hubo comprendido, estaba tan cansada que se sentó junto a la princesa Varvara para mirar a los jugadores. Su compañero de juego, Tushkiévich, se retiró también; los demás continuaron jugando durante largo rato. Sviyazhski y Vronski jugaban bien y seriamente. Vigilaban con la vista la pelota que se les tiraba, sin apresurarse ni demorarse corrían ágilmente hacia ella, esperaban que llegara y la devolvían con la raqueta, con exactitud y precisión, al otro lado de la red. Veslovski jugaba peor que los demás. Se excitaba demasiado, pero con su alegría animaba a los otros jugadores. No cesaban sus risas ni sus gritos. Lo mismo que los demás, con el permiso de las señoras, se había quitado la levita y su recia y hermosa figura, con la camisa blanca, su rostro colorado y cubierto de sudor y sus movimientos impulsivos, se grababan en la memoria.

Aquella noche, en cuanto Daria Alexándrovna se acostó y cerró los ojos, vio a Váseñka Veslovski corriendo por el *croquet ground*.

Durante el juego, no se había sentido alegre. Le disgustaba aquel trato ligero entre Váseñka Veslovski y Anna y aquella falta de natura-

* Campo de cróquet. *(N. de las T.)*

lidad de los adultos cuando están solos, sin niños, divirtiéndose con un juego infantil. Pero para no desanimar a los demás y pasar el rato, tras haber descansado un poco, se unió de nuevo a los jugadores y fingió divertirse. Durante todo aquel día tuvo la impresión de que estaba representando en el teatro con actores mejores que ella y que su mala actuación estropeaba la obra.

Había ido a casa de Anna con la intención de pasar dos días con ella, si se encontraba a gusto. Pero anochecido, mientras jugaban, decidió que se marcharía al día siguiente. Las precauciones de madre que tanto la atormentaban y que se le habían representado tan odiosas durante el viaje, ahora, después de haber pasado un día sin dedicarse a ellas, se le aparecían bajo otro aspecto y la atraían.

Por la noche, después del té y de un paseo en barca, Daria Alexándrovna entró sola en su habitación, se quitó el vestido y cuando empezó a peinar sus escasos cabellos, se sintió muy aliviada.

Hasta le resultaba desagradable pensar que Anna vendría a verla. Deseaba quedarse sola con sus pensamientos.

XXIII

Dolli iba a acostarse ya cuando entró Anna arreglada para la noche.

En el transcurso del día, Anna había iniciado varias veces una conversación sobre sus problemas íntimos, y cada vez, tras decir algunas palabras, se interrumpía. «Después hablaremos de todo esto a solas. Tengo que decirte muchas cosas», decía.

Ahora se hallaban a solas y Anna no sabía de qué hablar. Se había sentado junto a la ventana y miraba a Dolli mientras repasaba mentalmente las reservas de conversaciones íntimas, que antes le parecieran inagotables, sin encontrar un tema. En aquel momento le parecía que todo estaba dicho ya.

—¿Cómo está Kiti? —preguntó, suspirando profundamente, mientras miraba a Dolli con aire culpable—. Dime la verdad, Dolli, ¿no está enfadada conmigo?

—¿Enfadada? ¡No! —contestó Daria Alexándrovna, sonriendo.

—Pero me odia, me desprecia.

—¡Oh, no! Sin embargo, ya sabes que estas cosas no se perdonan.

—Sí, sí —dijo Anna, volviéndose y mirando por la ventana abierta—. Pero yo no tuve la culpa. ¿Quién la tuvo? ¿Y qué es ser culpable? ¿Acaso pudo ser de otro modo? ¿Qué piensas? ¿Acaso podía ser que tú no fueses la esposa de Stiva?

—De veras, no lo sé. Dime una cosa...

—Sí, sí, pero aún no hemos terminado de hablar de Kiti. ¿Es feliz? Dicen que él es un hombre excelente.

—Es poco decir. No conozco un hombre mejor que él.

—¡Cuánto me alegro! ¡Estoy contentísima! ¡Es poco decir que es un hombre excelente! —repitió Anna.

Dolli sonrió.

—Háblame de ti. Hemos de tener una conversación larga. He hablado con... —Dolli no sabía cómo nombrarlo. Le resultaba tan molesto llamarlo conde como Alexiéi Kirílovich.

—Con Alexiéi —le apuntó Anna—. Sé de lo que habéis tratado. Quiero preguntarte abiertamente lo que piensas de mí, de mi vida.

—¿Cómo podría decírtelo así de pronto? Verdaderamente no sé.

—De todos modos, haz el favor de decírmelo... Ya ves cómo es mi vida. Sin embargo, no olvides que nos ves en verano, cuando no estamos solos... Hemos llegado al empezar la primavera, hemos vivido completamente solos, y así seguiremos. Yo no deseo nada mejor. Pero imagínate mi vida sin él, sola, cosa que sucederá... Veo por todo que sucederá con frecuencia que pase fuera de casa la mitad del tiempo —dijo Anna y se levantó para sentarse más cerca de Dolli—. Desde luego, no lo retendré a la fuerza —añadió, deteniendo a Dolli, que iba a replicar—, ni trato de hacerlo. Si se organiza una carrera, si corren sus caballos, él tiene que asistir. Yo me alegro de todo eso, pero piensa en mí, imagínate mi situación... ¡Bueno, no hablemos de eso! —Anna sonrió—. Entonces ¿qué te dijo?

—Me habló de lo que yo también deseo decirte y me es muy fácil ser su abogado: si hay alguna posibilidad, si es posible... —Daria Alexándrovna se turbó— arreglar, mejorar tu situación... Ya sabes cómo considero... Sin embargo, si fuera posible, deberías casarte...

—Es decir, el divorcio —exclamó Anna—. ¿Sabes que la única mujer que me visitó en San Petersburgo fue Betsi Tverskaia? La conoces, ¿verdad? *Au fond c'est la femme la plus dépravée qui existe**. Estaba en relaciones con Tushkiévich, engañando a su marido del modo más vil. Y ella me dijo que no quería saber nada de mí mientras mi situación no estuviera regularizada. No creas que hago comparaciones... Te conozco, querida mía. He recordado esto involuntariamente... Bueno, ¿qué te dijo Alexiéi? —repitió.

—Que sufría por ti y por sí mismo. Tal vez creas que es egoísmo, ¡pero qué egoísmo tan legítimo y tan noble! En primer lugar, desea reconocer a su hija y ser tu marido, tener derecho sobre ti.

—¿Qué esposa esclava puede serlo más que yo en mi situación? —interrumpió Anna con expresión sombría.

—Lo importante es que desea... que no sufras.

—¡Esto es imposible! Sigue...

—Desea la cosa más legítima: que vuestros hijos lleven su apellido.

---

* «Realmente, es la mujer más depravada que existe.» *(N. de las T.)*

—¿Qué hijos? —preguntó Anna frunciendo los ojos y sin mirar a Dolli.

—Ania y los que vengan...

—Respecto de eso, puede estar tranquilo: no tendré más hijos.

—¿Cómo puedes asegurarlo?

—No los tendré porque no quiero.

Y, a pesar de su agitación, Anna sonrió, al advertir la ingenua expresión de curiosidad, sorpresa y espanto que se reflejó en el semblante de Dolli.

—El doctor me dijo, después de mi enfermedad...

—No puede ser —exclamó Dolli, abriendo desmesuradamente los ojos.

Para ella se trataba de una revelación, cuyos efectos y consecuencias son tan enormes que en el primer momento solo se hace uno cargo de que es imposible comprenderlo todo y de que habrá que pensar mucho sobre ello.

Aquella revelación, que le explicó de pronto por qué había matrimonios que tenían tan solo un hijo o dos, cosa antes incomprensible para ella, despertó tantas ideas y sentimientos contradictorios en su alma que no tuvo nada que decir; se limitó a mirar a Anna sorprendida y con los ojos muy abiertos. Ella lo había deseado, pero ahora, al enterarse de que era posible, se horrorizaba. Sentía que se trataba de una solución demasiado sencilla para un problema tan complicado.

—*N'est-ce pas immoral?** —se limitó a preguntar tras un silencio.

—¿Por qué? Piensa que no tengo más que dos caminos: estar embarazada, es decir, enferma, o ser la amiga, la compañera de mi marido, porque lo es —dijo Anna con un tono superficial y ligero a cosa hecha.

—¡Claro, claro! —exclamó Daria Alexándrovna al oír los mismos argumentos que ella se había hecho, pero sin estar ya convencida.

—Para ti y para otras —dijo Anna, como si adivinara su pensamiento— puede existir la duda, pero para mí no... Compréndelo, no soy su esposa; me amará hasta que me ame. ¿Y con qué puedo sostener su amor? ¿Con esto?

Anna extendió sus blancos brazos ante su vientre.

Con rapidez extraordinaria, como suele suceder en momentos de agitación, las ideas y los recuerdos se agolparon en la mente de Daria Alexándrovna. «Yo no he hecho nada por atraer a Stiva —pensó—. Se

* «¿Y no es esto inmoral?» (N. de las T.)

806

alejó de mí por otras y la primera mujer por la que me traicionó tampoco pudo retenerlo, a pesar de su belleza y de su alegría. La abandonó y se fue con otra. ¿Es posible que Anna pueda atraer y retener con esto al conde Vronski? Si así fuera, podría encontrar vestidos y maneras más atractivos y alegres. Por magníficos que sean sus blancos brazos desnudos, por hermoso que sea su busto y su rostro enmarcado de cabellos negros, puede encontrar algo mejor, lo mismo que lo encuentra mi despreciable, lastimoso y simpático marido.»

Dolli no contestó nada, limitándose a suspirar. Anna se dio cuenta de aquel suspiro, que expresaba su disconformidad, y continuó. Tenía varios argumentos más contundentes aún, a los que no se podía replicar.

—¿Opinas que eso no está bien? Es preciso reflexionar. Olvidas mi situación. ¿Cómo podría desear tener hijos? No me refiero a los sufrimientos: no los temo. Piensa, ¿qué serán mis hijos? Unos niños desgraciados, con un apellido ajeno. Por su mismo nacimiento se verían obligados a avergonzarse de su madre y de haber nacido.

—Por eso hace falta el divorcio.

Pero Anna no la escuchaba. Deseaba exponer todos sus argumentos, con los que se había persuadido tantas veces a sí misma.

—¿Para qué tengo uso de razón si no lo empleo en no traer al mundo seres desgraciados?

Eran las mismas reflexiones que se había hecho otras veces Daria Alexándrovna, pero ahora que las oía, le resultaban incomprensibles. «¿Cómo se puede ser culpable ante seres que no existen?», pensó. Y de repente le sacudió este pensamiento: ¿hubiera sido mejor en algún sentido para su querido Grisha no haber venido al mundo? Esto le pareció tan extraño, tan terrible, que sacudió la cabeza para disipar la confusión de pensamientos locos que daban vueltas en su mente.

—No lo sé; no, no está bien —fue lo único que pudo decir con expresión de repugnancia.

—Sí, pero no olvides lo que eres tú y lo que soy yo... Y, además —añadió Anna, como si reconociera que aquello no estaba bien, a pesar de la riqueza de sus argumentos y de la pobreza de los de Dolli—, no olvides lo más importante: no me encuentro ahora en la misma situación que tú. Para ti la cuestión es si quieres tener más hijos y para mí si deseo tenerlos. Y eso es una gran diferencia. Ya comprenderás que no puedo desearlos en mi situación.

Daria Alexándrovna no replicó. De pronto se dio cuenta de que se encontraba alejada de Anna, de que existían entre ellas unas cuestiones sobre las que nunca se pondrían de acuerdo y de las que era mejor no hablar.

XXIV

—Precisamente por eso es necesario que normalices tu vida, si es posible —dijo Dolli.

—Eso es, si es posible —asintió Anna con una voz completamente distinta, suave y triste.

—¿Acaso es imposible el divorcio? Me han dicho que tu marido está conforme.

—Dolli, no deseo hablar de eso.

—Bueno, dejémoslo —se apresuró a decir Daria Alexándrovna al advertir la expresión de sufrimiento de Anna—. Sin embargo, veo que consideras las cosas demasiado sombríamente.

—¿Yo? En absoluto. Estoy muy alegre y satisfecha. Ya lo has visto, *je fais même des passions.* * Veslovski...

—Pues a decirte verdad, no me ha gustado el tono de Veslovski —objetó Daria Alexándrovna, deseando cambiar de conversación.

—¡Oh, no tiene importancia! Eso halaga a Alexiéi, y nada más. Veslovski es un chiquillo, lo tengo en mis manos. ¿Comprendes? Hago lo que quiero con él. Es lo mismo que tu Grisha... ¡Dolli! —exclamó Anna de pronto, cambiando de tema—. Dices que tomo las cosas demasiado sombríamente. Tú no puedes entenderlo. Es demasiado terrible. Trato de no pensar en absoluto...

—Sin embargo, a mí me parece que hay que hacerlo. Es preciso hacer todo lo que se pueda.

—Pero ¿qué se puede hacer? Nada. Dices que debo casarme con Alexiéi, y según tú yo no pienso en eso. ¡Que no pienso en eso! —repitió Anna, cubriéndosele el rostro de rubor. Se levantó, irguió el busto y, tras suspirar profundamente, empezó a recorrer la habitación con su

* «Provoco pasiones.» *(N. de las T.)*

paso ligero, deteniéndose de cuando en cuando—. ¿Que no pienso? No hay un solo día, una sola hora en que no piense y no me reproche por pensar..., porque esos pensamientos pueden hacer que me vuelva loca. Volverme loca —repitió—. Cuando pienso en ello, no puedo dormirme sin morfina. Pero, bueno, hablemos con serenidad. Me dicen que me divorcie. En primer lugar, *él* no accederá. Él está ahora bajo la influencia de la condesa Lidia Ivánovna.

Dolli, erguida en la silla, seguía a Anna en sus paseos, volviendo la cabeza con expresión de piedad y dolor.

—Hay que intentarlo —dijo en voz baja.

—Vamos a ver. ¿Qué significa eso? —exclamó Anna, repitiendo un pensamiento sobre el cual había reflexionado ya, sin duda, y que se sabía de memoria—. Esto significa que yo, que, aun odiándole, reconozco que soy culpable ante él y le considero hombre magnánimo, debo rebajarme y escribirle... Supongamos que yo hago un esfuerzo y me decida a ello. O bien he de recibir una respuesta ofensiva o bien su consentimiento. Pensemos que reciba su consentimiento... —En aquel momento Anna se encontraba en el extremo de la habitación y se detuvo para arreglar algo en la cortina de la ventana—. Me da su consentimiento, ¿y mi hi..., mi hijo? No me lo darán. Se educará, despreciándome, en la casa de su padre, a quien he abandonado. Comprende que quiero a dos seres, creo que igual, a Seriozha y a Alexiéi; pero a ambos más que a mí misma.

Anna volvió al centro de la estancia y se detuvo ante Dolli, oprimiéndose el pecho con las manos. Con el salto de cama blanco, su figura parecía particularmente ancha y alta. Inclinó la cabeza y se quedó mirando con sus ojos húmedos y brillantes a Dolli, pequeña, delgada y lastimosa, que temblaba de emoción, con su blusita zurcida y su gorrito de noche.

—Solo quiero a estos dos seres y uno de ellos excluye al otro. No puedo unirlos, y, en cambio, es lo único que necesito. Si no tengo esto, todo lo demás me da igual. Todo, todo me da igual. Esta situación ha de tener un desenlace; por eso no puedo ni me gusta hablar de ello. Así pues, no me reproches nada ni me juzgues. Tú, siendo tan pura, no puedes comprender las cosas por las que yo sufro.

Se acercó a Dolli y, mirándola con expresión culpable, se sentó junto a ella y le tomó la mano.

—¿Qué piensas? ¿Qué piensas de mí? No me desprecies. No me merezco que me desprecien. Soy muy desgraciada. Si hay en el mundo un ser desgraciado, ese soy yo —dijo, y volviendo el rostro, se echó a llorar.

Una vez sola, Dolli rezó y se metió en la cama. Mientras había hablado con Anna, la compadecía con toda el alma, pero ahora no era capaz de obligarse a pensar en ella. Los recuerdos de su casa y de sus hijos surgían en su imaginación con un encanto nuevo y especial, con un nuevo resplandor.

Aquel mundo suyo le parecía ahora tan querido y agradable que no quería pasar fuera de él otro día más, y decidió que se iría sin falta al día siguiente.

Mientras tanto, Anna, al volver al gabinete, cogió una copa y vertió en ella unas cuantas gotas de un medicamento cuya parte principal era morfina. Cuando se lo bebió, permaneció sentada inmóvil durante un rato, y después se fue a su habitación con el ánimo tranquilo y alegre.

Cuando Anna entró en el dormitorio, Vronski la miró atentamente. Buscó las huellas de la conversación que suponía había sostenido con Dolli por el tiempo que pasó con ella. Pero no halló nada en la expresión del rostro de Anna, que contenía y ocultaba su emoción, excepto la belleza que, aunque acostumbrada, no dejaba de hacerlo vibrar, la conciencia de su belleza y el deseo de que influyese en él. No quiso preguntar a Anna lo que habían hablado, tenía esperanzas de que ella misma le contara algo. Pero Anna se limitó a decir:

—Me alegro de que te haya agradado Dolli. Te ha gustado, ¿verdad?

—Pero si hace mucho tiempo que la conozco. Es muy buena, según parece, *mais excessivement terre-à-terre.** Sin embargo, estoy muy contento de que haya venido.

Vronski tomó la mano de Anna y la miró a los ojos con expresión interrogativa.

Interpretando en otro sentido esa mirada, Anna le sonrió.

A la mañana siguiente, a pesar de los ruegos de los dueños de la casa, Daria Alexándrovna se dispuso a marcharse. Filip, con su caftán viejo y su gorra, parecida a la de los cocheros de alquiler, llegó con aire sombrío y resuelto en el coche de guardabarros compuestos, tirado por caballos desparejados, y se detuvo junto a la entrada, cubierta de arena, de la casa de los Vronski.

* «Pero excesivamente apegada a la rutina.» *(N. de las T.)*

La despedida de la princesa Varvara y de los hombres resultó desagradable a Daria Alexándrovna. Después de haber pasado allí un día, tanto ella como los dueños de la casa se dieron cuenta clara de que no se compenetraban y de que era mejor separarse. Solo Anna estaba triste. Sabía que ahora, con la partida de Dolli, nadie despertaría en su alma aquellos sentimientos que habían surgido con este encuentro. Resultaba doloroso remover esos sentimientos, pero Anna no ignoraba que esa era la parte mejor de su alma y que quedaría en breve ahogada por la vida que llevaba.

Al salir al campo, Daria Alexándrovna experimentó un agradable sentimiento de alivio. Quiso preguntar a sus acompañantes si les había gustado la estancia en casa de los Vronski, cuando, de pronto, Filip, el cochero, empezó a hablar por su cuenta.

—Ni que decir tiene que son unos ricachones, y, sin embargo, solo nos han dado tres medidas de avena. Los caballos se las comieron antes de que cantara el gallo. ¿Qué son tres medidas de avena? Un bocadito. Hoy día los guardas venden la avena a cuarenta y cinco kopeks. En nuestra casa, les damos a los que vienen de fuera toda la avena que quieren comer sus caballos.

—Es avaro este señor —afirmó el administrador.

—¿Te han gustado sus caballos? —preguntó Dolli.

—Los caballos son excelentes. Y la comida también. Pero a mí me ha parecido todo muy triste, no sé a usted, Daria Alexándrovna —replicó el administrador, volviendo hacia ella su hermoso rostro bonachón.

—A mí también. Qué, ¿llegaremos por la noche?

—Tenemos que llegar.

Al regresar a casa y habiendo encontrado a todos muy bien y particularmente agradables, Daria Alexándrovna relató todo su viaje con gran animación: lo bien que la habían recibido, el lujo y el buen gusto de la vida de los Vronski, así como sus diversiones, sin permitir que nadie dijera una sola palabra en contra de ellos.

—Hay que conocer a Anna y a Vronski (ahora los he conocido mejor) para comprender lo simpáticos y conmovedores que son —dijo Dolli con toda sinceridad, olvidando aquel sentimiento vago de disgusto y malestar que había experimentado estando allí.

XXV

Vronski y Anna pasaron el verano y parte del otoño en el campo en las mismas condiciones y sin tomar medidas para el divorcio. Habían decidido que no irían a ningún otro lugar, pero cuanto más tiempo llevaban solos, sobre todo en el otoño, que no tenían invitados, tanto más se daban cuenta de que no podían resistir esa vida y que debían cambiarla.

Aparentemente su vida era tan buena que no cabía otra mejor: había abundancia de todo, salud, tenían una hija y ambos se dedicaban a sus ocupaciones. Aun sin invitados, Anna seguía preocupándose mucho de sí misma, también leía mucho, tanto novelas como los libros serios que estaban de moda. Pedía todos los libros de los que hablaban los periódicos y revistas que recibía, y los leía con la profunda atención que se tiene solamente en la soledad. Además, estudió en libros y revistas especializadas todas las materias que interesaban a Vronski. Sucedía a menudo que Vronski se dirigiese a Anna con preguntas sobre agronomía, arquitectura, e incluso sobre problemas deportivos y cría de caballos. Vronski se sorprendía de los conocimientos y de la memoria de Anna y, al principio, dudando de estos, deseaba una comprobación. Y Anna solía encontrar en los libros las respuestas a sus preguntas y se las enseñaba.

La instalación del hospital interesaba también a Anna. No solo ayudaba, sino que ella misma había concebido y organizado muchas cosas. Pero, de todos modos, su preocupación principal la constituía su persona, por lo que representaba para Vronski y por el deseo que tenía de sustituir todo lo que él había dejado por ella. Vronski apreciaba ese deseo —que llegó a ser el único objetivo de la vida de Anna— no solo de agradarle, sino de servirle, pero al mismo tiempo le pesaban las redes amorosas con las que Anna trataba de envolverlo. Cuanto más tiempo pasaba, cuanto más se daba cuenta de que estaba envuelto en esas redes, tanto más deseaba, no precisamente librarse de ellas, sino probar si estorbaban a su libertad. Si no fuese por el deseo, que iba en aumento, de ser libre, de no tener escenas cada vez que debía ir a la ciudad para asistir a las juntas o a las carreras, Vronski hubiera estado completamente satisfecho de su vida. El papel que había elegido de rico terrateniente, de los que se compone el núcleo de la aristocracia rusa, no solo era de su gusto, sino que al cabo de llevar esa vida medio año, le procuraba cada vez mayor placer. Y sus actividades, que le atraían cada día más, marchaban muy bien. A pesar de las enormes cantidades de dinero que le habían costado el hospital, las máquinas y las vacas traídas de Suiza, así como otras cosas, Vronski estaba seguro de que no dilapidaba su fortuna, sino que la aumentaba. Cuando se trataba de ingresos como, por ejemplo, la venta de maderas, trigo, lanas o el arrendamiento de tierras, Vronski sabía mantenerse firme como una roca y sostener el precio fijado. En los asuntos de la administración, tanto de aquella finca como de otras, solía emplear siempre los procedimientos más sencillos, menos peligrosos, pero se mostraba, en sumo grado, económico y calculador en las cosas insignificantes de la economía doméstica. A pesar de la astucia y habilidad del alemán, que lo arrastraba a hacer compras y diciéndole que podrían originar gastos muy grandes, pero según él era posible hacer lo mismo gastando menos y obtener así beneficios inmediatos, Vronski no se sometía. Solía escuchar al administrador y hacerle preguntas, accediendo solamente si lo que iban a traer de fuera o a organizar por su cuenta era algo nuevo y desconocido en Rusia, capaz de despertar la admiración. Por otra parte, solo se decidía a meterse en grandes gastos cuando tenía dinero sobrante, y al hacerlo entraba en todos los pormenores e insistía en obtener lo mejor. Era evidente que con ese modo de dirigir la hacienda no había disipado su fortuna, sino que, por el contrario, la iba aumentando.

En el mes de octubre debían celebrarse las elecciones de la nobleza en la provincia de Kashin, donde se encontraban las propiedades de Vronski, Sviyazhski, Koznishov, Oblonski y una pequeña parte de las de Lievin.

Estas elecciones atraían la atención general por muchas circunstancias y por las personas que tomaban parte en ellas. Se hablaba mucho de las elecciones y se hacían grandes preparativos. Habitantes de San Petersburgo, de Moscú y del extranjero, que nunca habían tomado parte en estas elecciones, se trasladaron allí para asistir a ellas.

Hacía mucho tiempo que Vronski había prometido a Sviyazhski asistir a las elecciones. Poco antes de que se celebraran, Sviyazhski, que visitaba con frecuencia Vozdvizhénskoie, fue a casa de Vronski.

La víspera, Vronski y Anna estuvieron a punto de reñir por causa del presunto viaje. Hacía un tiempo otoñal, la época más triste y aburrida en la aldea; por eso Vronski, preparándose para la lucha, le anunció a Anna su partida con una expresión tan severa y fría como nunca le había hablado antes. Pero con gran asombro suyo, Anna acogió tranquilamente aquella noticia, limitándose a preguntarle cuándo regresaría. Vronski la miró atentamente, sin comprender aquella tranquilidad. Anna sonrió al ver su mirada. Vronski conocía la capacidad de Anna de encerrarse en sí misma y sabía que esto le sucedía solo cuando estaba resuelta a realizar algo con independencia, en cuyo caso no le comunicaba sus planes. Vronski temía aquello, pero era tan grande su deseo de evitar una escena que fingió creer, y en parte lo creyó sinceramente, en su buen sentido.

—Espero que no te aburras —le dijo.

—Así lo espero —replicó Anna—. He recibido ayer una caja de libros de Gautier. No, no me aburriré.

«Si quiere adoptar ese tono, tanto mejor —pensó Vronski—; si no siempre estamos igual.»

Y, sin provocar una explicación sincera, se marchó a las elecciones. Era la primera vez que se separaban sin tener una explicación completa. Por una parte, eso preocupó a Vronski, pero, por otra, creyó que sería mejor. «Al principio, habrá como ahora, algo confuso, misterioso, pero luego se acostumbrará. De todas formas, puedo dárselo todo menos mi independencia de hombre.»

XXVI

En septiembre Lievin se trasladó a Moscú para estar allí durante el parto de Kiti. Llevaba allí sin hacer nada un mes entero cuando Serguiéi Ivánovich, que tenía una propiedad en la provincia de Kashin y quería tomar parte en las futuras elecciones, se dispuso a trasladarse a aquella provincia. Invitó a su hermano a que fuera con él, pues tenía derecho a votar en la comarca de Selezniov. Además, Lievin tenía en Kashin un asunto pendiente de una hermana suya que residía en el extranjero, respecto de una tutela y el cobro de cierta cantidad de dinero.

Lievin estaba aún indeciso, pero Kiti se daba cuenta de que se aburría en Moscú y le aconsejó que fuese a las elecciones. Y sin consultarle siquiera le encargó el uniforme de la nobleza, que le costó ochenta rublos. Esos ochenta rublos fueron la causa principal que determinó a Lievin a ir a Kashin.

Lievin llevaba ya seis días allí, asistiendo diariamente a la sesión y haciendo, al mismo tiempo, gestiones para arreglar el asunto de su hermana, que no acababa de resolverse. Los mariscales de la nobleza estaban todos muy ocupados con las elecciones y resultaba imposible arreglar aquel asunto tan sencillo, que dependía de la tutela. En el otro asunto —el cobro del dinero—, también tropezó con obstáculos. Tras prolongadas gestiones para anular el embargo, el dinero estaba preparado, pero el notario, un hombre muy servicial, no pudo entregar el talón, porque necesitaba la firma del presidente, que se hallaba en la sesión y no había otorgado poderes a nadie. Todas esas gestiones, esas idas y venidas, las conversaciones con gente amable, que comprendía lo desagradable de la posición del solicitante, aunque no podía ayudarle, y aquella tensión que no daba resultado alguno, producían en Lievin un sentimiento penoso, semejante a la molesta impotencia que experimenta uno en sueños cuando quiere hacer uso de la fuerza física. Lo notaba con frecuencia al hablar con su abogado, el hombre más bondadoso que pudiera encontrarse. Este hacía lo imposible, realizando un gran esfuerzo mental para sacar a Lievin del apuro. «Pruebe usted —le había dicho más de una vez— a ir a tal o cual sitio.» Y le exponía todo un plan para que le fuera posible salvar el fatal principio que estorbaba a todo lo demás. Pero enseguida añadía: «No sé si dará resultado; sin embargo, inténtelo usted». Y Lievin lo intentaba, acudiendo aquí y allá. Todos se mostraban con él buenos y amables, pero el obstáculo salvado surgía de nuevo al final, cerrándole el paso. Lo que le molestaba, sobre todo, lo que no podía comprender de ningún modo, era con quién luchaba, quién sacaba provecho de que sus asuntos no se resolviesen. Al parecer, nadie lo sabía, ni siquiera su abogado. Si Lievin hubiera podido comprenderlo como comprendía qué para llegar a la ventanilla de la estación había de esperar turno, no se sentiría molesto y enojado. Pero nadie era capaz de explicarle por qué existían los impedimentos con que tropezaba en su asunto.

No obstante, Lievin había cambiado mucho desde su casamiento. Tenía más paciencia y, aunque no comprendía por qué las cosas estaban arregladas así, opinaba que, sin saberlo todo, no se podía juzgar. Creía que, probablemente, era necesario y procuraba no indignarse.

Ahora, estando presente en las elecciones y tomando parte en ellas, trataba de no censurar, no discutir y comprender en lo posible aquellas cuestiones, de las cuales se ocupaban con tanta seriedad e interés hombres buenos y honrados a quienes Lievin respetaba. Desde que se casó se le habían revelado muchos aspectos nuevos y serios de la vida, que antes, por su manera superficial de considerarlos, le parecían insignificantes y, en cambio, ahora, incluso buscaba gran significado en las elecciones.

Serguiéi Ivánovich le explicó el significado y la importancia del cambio que esperaban de las elecciones. El mariscal de la nobleza de la provincia, Snietkov, en cuyas manos se encontraban, según la ley, muchos asuntos sociales importantes como, por ejemplo, las tutorías (las mismas por las que Lievin tenía ahora tantos disgustos), los enormes fondos de los nobles, los gimnasios femenino, masculino y militar, la educación popular bajo el nuevo orden de cosas y, finalmente, el *zemstvo*, era un hombre chapado a la antigua, que había gastado una enorme fortuna, bondadoso, honrado a su manera, pero que no comprendía en absoluto las exigencias de la nueva época. Apoyaba siempre y en todo a los nobles, y abiertamente ponía obstáculos a la difusión de la educación popular, dándole al *zemstvo*, que tanta importancia había de tener, un carácter de casta. Era preciso poner en su lugar a un hombre moderno, joven, activo, completamente nuevo y llevar el asunto de manera que se pudieran sacar de los derechos otorgados a la nobleza, no como tal, sino como elemento del *zemstvo*, todas las ventajas de autonomía que fuera posible. En la rica provincia de Kashin, siempre a la cabeza de las demás, se habían reunido ahora grandes fuerzas, y de llevar el asunto como era debido, podría servir de modelo a las demás provincias y a toda Rusia. Por tanto, este asunto era trascendental. Proponían poner en el lugar de Snietkov a Sviyazhski o, aún mejor, a Neviedovski, antiguo catedrático, hombre extraordinariamente inteligente y gran amigo de Serguiéi Ivánovich.

El gobernador inauguró la sesión con un discurso dirigido a los nobles; les dijo que no eligieran por simpatía a los que iban a desempeñar aquellos cargos, sino por sus méritos y pensando en el bien de la patria. Añadió que esperaba que la alta nobleza de Kashin cumpliría, como en las elecciones pasadas, su sagrado deber justificando la gran confianza que ponía en ellos el emperador.

Al terminar el discurso, el gobernador abandonó la sala y los nobles le siguieron ruidosa y animadamente, algunos hasta con entusiasmo, rodeándolo mientras se ponía la pelliza y hablaba con el presidente de la nobleza. Lievin, que deseaba comprenderlo todo y no dejar que se le escapase ningún detalle, permanecía entre la multitud. Oyó al gobernador que decía: «Haga el favor de decirle a María Ivánovna que mi mujer siente mucho que vaya al asilo». Y acto seguido los nobles se pusieron las pellizas y todos se dirigieron alegremente a la catedral.

En la catedral, alzando el brazo como los demás y repitiendo las palabras del arcipreste, Lievin juró con terribles palabras que cumpliría lo que el gobernador esperaba de ellos. Las ceremonias religiosas impresionaban siempre a Lievin y cuando se volvió, después de pronunciar las palabras: «Beso la cruz» y de ver todo el tropel de hombres, jóvenes y viejos, que repetían lo mismo, se sintió conmovido.

El segundo y tercer día se trató de los fondos de los nobles y del gimnasio femenino, que no tenía, según explicó Serguiéi Ivánovich, ninguna importancia, y Lievin, ocupado en sus asuntos, no asistió. El cuarto día se revisaron las cuentas de la provincia en la mesa presidencial. Y por primera vez surgió la lucha entre el partido nuevo y el viejo. La comisión encargada de comprobar los fondos informó a la reunión que las cuentas eran exactas. El mariscal de la nobleza se levantó dando las gracias a los nobles por la confianza que le otorgaban y hasta vertió unas lágrimas. Los nobles lo felicitaron y le estrecharon la mano. Pero en aquel momento un miembro del partido de Serguiéi Ivánovich dijo que había oído decir que la comisión no había revisado las cuentas, considerando esto como una ofensa al mariscal. Uno de los miembros de la comisión cometió la imprudencia de confirmar este hecho. Seguidamente un hombre pequeño de estatura, de aspecto muy joven y muy mordaz, dijo que, sin duda, le sería agradable al mariscal de la nobleza dar un informe de las cuentas y que la excesiva delicadeza de los miembros de la comisión le privaba de esta satisfacción moral. Entonces los miembros de la comisión retiraron sus palabras y Serguiéi Ivánovich trató de demostrar lógicamente que, o bien era preciso declarar que las cuentas se habían comprobado, o bien que no se había procedido a su revisión, y desarrolló este dilema con todo detalle. A Serguiéi Ivánovich le replicó un orador del partido contrario. Luego habló Sviyazhski y de nuevo el joven mordaz. La discusión duró mucho sin que llegasen a un acuerdo. Lievin estaba sorprendido de que se discutiese tanto aquello, sobre todo porque al preguntarle a Serguiéi Ivánovich si sospechaba una malversación de fondos, este le contestó:

—¡Oh, no! Es un hombre honrado. Pero es preciso renovar ese método antiguo de gobernar paternalmente, como en familia, los asuntos de la nobleza.

Al quinto día se celebraron las elecciones de los mariscales de las comarcas. Aquel día resultó bastante tumultuoso en algunas de ellas. En la de Selezniov se eligió a Sviyazhski por unanimidad, y este dio una comida en su casa.

XXVII

Al sexto día debían celebrarse las elecciones provinciales. Tanto las salas grandes como las pequeñas estaban abarrotadas de nobles, que vestían distintos uniformes. Muchos habían llegado precisamente aquel día. Algunos se conocían, aunque no se habían visto desde hacía mucho tiempo; unos llegaban de Crimea, otros de San Petersburgo y algunos del extranjero. En la mesa presidencial, bajo el retrato del emperador, se celebraban los debates.

Los nobles se agrupaban en dos partidos, lo mismo en la sala grande que en la pequeña, y por la animosidad y la desconfianza de las miradas, por la interrupción de sus charlas cuando se les acercaba alguien del banco contrario y porque algunos se alejaban cuchicheando hasta el pasillo, se veía que cada partido ocultaba secretos al otro. Por su aspecto exterior, los nobles se dividían marcadamente en dos clases: los antiguos y los modernos. Los antiguos, en su mayoría, llevaban los uniformes viejos abrochados, espada y sombrero, o bien uniformes de marina, de caballería o de infantería de militares retirados. Los uniformes de los antiguos nobles estaban confeccionados a la antigua, con los hombros con bullones. Se veía que les estaban pequeños, cortos de cintura y estrechos, como si sus dueños hubiesen crecido. Los modernos llevaban uniformes desabrochados, con el talle bajo y anchos de hombros y chalecos blancos, o bien uniformes de cuello negro con laureles bordados, el emblema del Ministerio de Justicia. Algunos jóvenes llevaban uniformes de la corte, que se destacaban aquí y acullá entre la multitud.

Pero la división de jóvenes y viejos no coincidía con la agrupación en partidos. Según observó Lievin, algunos de los jóvenes pertenecían al partido antiguo y, por el contrario, algunos de los nobles más viejos cuchicheaban con Sviyazhski y eran, sin duda, partidarios acérrimos del partido nuevo.

Lievin permanecía entre los de su grupo, en la sala pequeña donde los hombres fumaban y tomaban un bocadillo, y escuchaba lo que hablaban poniendo mucha atención para entenderlo. Serguiéi Ivánovich era el centro alrededor del cual se agrupaban los demás. En aquel momento escuchaba a Sviyazhski y a Jliustov, mariscal de otra comarca, que pertenecía al mismo partido que estos. Jliustov no quería ir a pedir, en nombre de su comarca, que Snietkov se presentara; Sviyazhski trataba de convencerlo y Serguiéi Ivánovich aprobaba también ese plan. Lievin no comprendía para qué se pedía al partido contrario que votase al mariscal que ellos querían derrotar.

Stepán Arkádich, que acababa de tomar un bocadillo y una copita, se acercó a ellos con su uniforme de chambelán, enjugándose la boca con un pañuelo de batista perfumado.

—Ocupemos nuestro puesto —dijo, atusándose las patillas—. ¡Serguiéi Ivánovich!

Y tras escuchar lo que hablaban apoyó la opinión de Sviyazhski.

—Basta con una comarca. Y Sviyazhski representa ya, evidentemente, la oposición —dijo, y estas palabras fueron comprensibles para todos, menos para Lievin—. ¿Qué hay, Kostia, parece que te va gustando esto? —añadió, dirigiéndose a Lievin y tomándolo del brazo.

Lievin se hubiera alegrado realmente de tomarle gusto a aquello, pero se sentía incapaz de comprender de qué se trataba y, separándose unos pasos de los que hablaban, preguntó a Stepán Arkádich por qué habían de pedir que se votara a aquel mariscal de la nobleza.

—*O sancta simplicitas!** —exclamó Stepán Arkádich, y explicó a Lievin de un modo claro y conciso de qué se trataba.

Si todas las comarcas, lo mismo que en las elecciones pasadas, propusieran a ese mariscal de la nobleza, lo elegirían por unanimidad. Era preciso evitarlo. Había ocho comarcas que accedían a proponerlo, si dos de ellas renunciasen, Snietkov podía desistir de presentarse a la candidatura. Entonces el partido antiguo podría elegir a otro de los suyos, puesto que se desbaratarían sus planes. Pero si solamente la comarca de Sviyazhski se abstenía de proponerlo, Snietkov se presentaría. Incluso lo elegirían haciendo recaer adrede sobre él las bolas, de manera que el partido contrario vería desbaratados sus planes, y cuando se presentase un candidato del partido nuevo votarían por él. Lievin no lo comprendió del todo y quiso hacerle unas cuantas pre-

* «¡Oh, santa simplicidad!» (*N. de las T.*)

guntas más, cuando de pronto todos empezaron a hablar y a alborotar, dirigiéndose a la sala grande.

—¿Qué pasa? ¿Qué? ¿Quién?

—¿La autorización? ¿A quién? ¿Deniegan?

—No autorizan. No aceptan a Fliórov.

—¿Qué es lo que están discutiendo?

—Así no admitirán a nadie. Esto es una vileza.

—¡La ley!

Lievin oía voces por todas partes, y con todos los demás, que se apresuraban no sabía adónde, y apretujado entre los nobles, se acercó a la mesa presidencial, junto a la que discutían el mariscal de la nobleza, Sviyazhski y otros varios personajes.

XXVIII

Lievin se hallaba bastante lejos de la mesa. Le impedían oír un noble que respiraba fatigosamente junto a él y otro cuyas gruesas suelas crujían. Percibió desde lejos tan solo la voz suave del mariscal y después la voz aguda del joven mordaz, seguida de la de Sviyazhski. Según entendió, debatían sobre la importancia del artículo de la ley y sobre el significado de las palabras «ser objeto de una encuesta».

El gentío se hizo a un lado para dejar pasar a Serguiéi Ivánovich, que se acercaba. Este esperó a que el joven mordaz hubiese acabado su discurso y dijo lo que opinaba: lo mejor era consultar el artículo de la ley y rogó al secretario que lo buscase. El artículo decía que, en caso de haber división de opiniones, era preciso recurrir a la votación.

Serguiéi Ivánovich leyó el artículo y comenzó a explicar su significado, pero entonces le interrumpió un terrateniente alto, grueso, encorvado, con el bigote teñido, que llevaba un uniforme estrecho, cuyo cuello le sostenía la nuca. Se acercó a la mesa y, dando en ella un golpe con su sortija, gritó:

—¡A votar! ¡A votar! No hay por qué hablar más. ¡Hay que votar!

Entonces se oyeron varias voces y el alto propietario de la sortija seguía gritando e irritándose cada vez más. Pero no se le entendía nada.

Sostenía lo mismo que había propuesto Serguiéi Ivánovich, pero era evidente que lo odiaba, así como a su partido, y ese sentimiento de odio se comunicó a los contrarios, despertando en ellos una resistencia, aunque menos violenta. Se oyeron gritos, durante un momento reinó la confusión y el mariscal se vio obligado a reclamar el orden.

—¡Hay que votar! ¡Hay que votar! Los nobles lo comprenderán.

—Vertemos nuestra sangre...

—La confianza del monarca...

—No hay que contar con el mariscal..., no representa nada.

—No se trata de eso...

—¡Hay que sortear!

—¡Qué vileza!

Se oía gritar por todos lados con voces irascibles y furiosas.

Las miradas y los rostros eran aún más irascibles y furiosos que los gritos. Expresaban un odio irreconciliable. Lievin no comprendía en absoluto de qué se trataba y le sorprendió el apasionamiento con que se discutía si se debía o no votar la opinión referente a Fliórov. Se le olvidaba, como después le explicó Serguiéi Ivánovich, aquel silogismo según el cual era preciso, para el bien común, que se destituyera al antiguo mariscal de la nobleza; para destituirlo necesitaban la mayoría de los votos y para obtenerlos se debía otorgar a Fliórov el derecho de votar y, por último, para concedérselo se había de explicar el sentido del artículo de la ley.

—Un solo voto puede decidir el asunto y es preciso ser consecuente y serio cuando se quiere servir a la causa común —terminó diciéndole Serguiéi Ivánovich.

Pero Lievin había olvidado esto y le resultaba doloroso ver a esos hombres buenos y respetables en aquel desagradable estado de excitación y de ira.

Para librarse de aquel sentimiento sin esperar al final de los debates, se fue a la otra sala, donde no había nadie, excepto los camareros. Experimentó una inesperada sensación de alivio al ver a estos hombres que, con los semblantes tranquilos y animados, se ocupaban en secar y disponer los platos y las copas, lo mismo que si desde una habitación pestilente hubiese salido al aire libre. Se puso a pasear por la sala, mirando con placer a los camareros. Le gustó mucho ver a uno de ellos, de patillas canosas, que, mostrando desdén a otros jóvenes, que se mofaban de él, les enseñaba cómo habían de doblarse las servilletas. Lievin se disponía a entablar conversación con el viejo camarero, cuando el secretario de la tutoría de la nobleza, un viejecito que tenía la facultad de conocer los nombres y patronímicos de todos los nobles de la provincia, lo distrajo.

—Konstantín Dmítrich, su hermano le está buscando —dijo—. Ha empezado la votación.

Lievin se dirigió a la sala, donde le entregaron una bola blanca, y siguiendo a su hermano se acercó a la mesa, junto a la que se hallaba

Sviyazhski, que, con expresión significativa e irónica, se recogía la barba en un puño y la olía. Serguiéi Ivánovich introdujo la mano en el cajón, metió la bola con cuidado y, dejando paso a Lievin, se detuvo allí mismo. Al acercarse Lievin olvidó completamente de lo que se trataba y, turbándose, se dirigió a su hermano con la siguiente pregunta:

—¿Dónde debo echarla?

Lo preguntó en voz baja, y como a su lado estaban hablando, esperaba que no le oirían. Pero los que hablaban callaron y se oyó aquella pregunta inconveniente. Serguiéi Ivánovich frunció el ceño.

—Eso depende de las convicciones de cada cual —replicó severamente.

Algunos sonrieron. Sonrojándose, Lievin introdujo apresuradamente la mano bajo el paño y puso la bola a la derecha, puesto que la llevaba en la diestra. Una vez hecho esto recordó que también debía haber introducido la mano izquierda y lo hizo. Pero ya era tarde y, turbándose aún más de lo que estaba, se retiró precipitadamente a las filas de atrás.

—¡Ciento veintiséis votos a favor y noventa y ocho en contra! —se oyó la voz del secretario, que no pronunciaba la erre.

Después se oyeron unas risas: habían encontrado en el cajón un botón y dos nueces.

Pero el partido antiguo no se daba por vencido. Lievin oyó que pedían a Snietkov que presentara la candidatura y vio que una multitud de nobles lo rodeaban mientras él les decía algo. Lievin se acercó más. En respuesta a los nobles, Snietkov les hablaba acerca de la confianza y el cariño que le mostraban y que consideraba inmerecidos, pues todo su mérito consistía en la fidelidad a la nobleza, a la cual había consagrado doce años de trabajo. Repitió varias veces las siguientes palabras: «He trabajado todo lo que me han permitido mis fuerzas en nombre de la fe y la verdad. Los aprecio a ustedes y les agradezco todo». De repente se interrumpió ahogado por las lágrimas y abandonó la sala. Fueron aquellas lágrimas provocadas por la conciencia de la injusticia que con él se cometía, por su amor a la nobleza o bien por la tirante situación en la que se encontraba, sintiéndose rodeado de enemigos; lo cierto es que la emoción se comunicó a la mayoría de los nobles, y Lievin experimentó también un sentimiento de simpatía hacia Snietkov.

En la puerta el mariscal de la nobleza tropezó con Lievin.

—Perdone —le dijo, como si se tratara de un desconocido, pero al reconocerlo sonrió tímidamente.

Lievin creyó que había querido decirle algo, pero que se lo había impedido la emoción. La expresión de su rostro y toda su figura, con su uniforme de pantalón blanco con galones y sus medallas, según venía apresuradamente, recordaron a Lievin al animal perseguido que se da cuenta de que su situación es desesperada. Esa expresión del rostro del mariscal le resultó particularmente conmovedora porque precisamente la víspera había estado en su casa para el asunto de su hermana y lo había visto en toda su dignidad de hombre honrado y familiar. La espaciosa casa con sus muebles antiguos, los criados que no eran elegantes, sino incluso algo desaliñados, pero muy dignos, y que sin duda procedían de los antiguos siervos que no habían cambiado de señor; la esposa del mariscal, una mujer gruesa y de aspecto bonachón, con su cofia de encaje y su chal turco, que acariciaba a su simpática nietecita, la hija de su hija; el hijo de Snietkov, un muchacho estudiante del sexto curso, que acababa de regresar del gimnasio y saludaba a su padre besándole la mano; las palabras afectuosas y persuasivas y los ademanes del dueño de la casa; todo aquello había despertado en Lievin respeto y simpatía. Ahora aquel viejo le resultaba conmovedor y digno de compasión y quiso decirle algo agradable.

—De manera que volverá usted a ser nuestro mariscal —le dijo.

—Lo dudo —replicó este, volviéndose con expresión asustada—. Estoy cansado y ya soy viejo. Hay hombres más dignos y más jóvenes que yo. Que trabajen ellos.

Y Snietkov desapareció por la puerta lateral.

Sobrevino el momento solemne. Enseguida se repetiría la votación. Los cabecillas de uno y otro partido contaban las bolas blancas y negras.

Los debates por causa de Fliórov, no solo dieron al nuevo partido la ventaja del voto de este, sino que, además, les permitieron ganar tiempo y pudieron traer a otros tres nobles, los cuales por los manejos del partido antiguo no habían asistido a la votación anterior. Los agentes de Snietkov habían emborrachado a dos de ellos que tenían debilidad por el vino, y se llevaron el uniforme del tercero.

Al enterarse de ello los del partido nuevo tuvieron tiempo de enviar a los suyos para vestir al noble que se había quedado sin uniforme y traer a uno de los emborrachados a la sesión.

—He traído a uno, le he echado agua para refrescarlo —dijo el propietario que había ido en busca de él, acercándose a Sviyazhski—. Pero no importa, puede servirnos.

—¿No está demasiado borracho? ¿No se caerá? —preguntó Sviyazhski, moviendo la cabeza.

—No, se sostiene bien. Con tal de que no le hagan beber más aquí... He dado orden en la cantina de que no le sirvan bebidas bajo ningún pretexto.

XXIX

La sala estrecha en la que se fumaba y se tomaban bocadillos estaba atestada. La agitación iba en aumento, y en todos los rostros se notaba la inquietud. Los que se mostraban más excitados eran los cabecillas que sabían todos los detalles y el número de bolas. Eran los dirigentes del combate en perspectiva. Los demás, como unos soldados ante la lucha, aunque se preparaban a ella, no dejaban, entretanto, de buscar distracciones. Unos tomaban algo en pie o sentados junto a la mesa; otros fumaban, paseando arriba y abajo por la sala, y hablaban con sus amigos, a quienes no habían visto desde hacía tiempo.

Lievin no tenía ganas de comer, tampoco fumaba. No quería reunirse con los suyos, es decir, con Serguiéi Ivánovich, Oblonski, Sviyazhski y los otros, porque Vronski, vestido con el uniforme de caballerizo del emperador, charlaba con ellos animadamente. La víspera, Lievin lo había visto ya en las elecciones y había evitado encontrarse con él, cosa que no deseaba. Ahora, Lievin se había sentado junto a la ventana, observando los grupos y prestando atención a lo que se hablaba en torno a él. Se sentía triste, especialmente porque veía a todos animados, ocupados e inquietos y solo él y un viejecito desdentado, con uniforme de marina, que balbucía algo y se había sentado a su lado, permanecían indiferentes e inactivos.

—¡Es un gran canalla! Ya se lo dije, pero no hizo caso. ¡Es imposible! No ha podido reunirlo en tres años —decía con tono enérgico un propietario bajito, algo encorvado, cuyos cabellos peinados con pomada le caían sobre el cuello bordado del uniforme, mientras daba golpes con los tacones de sus botas nuevas, que, sin duda, se había puesto para las elecciones.

Y tras lanzar una mirada de descontento a Lievin, el propietario se volvió bruscamente.

—Desde luego, es un asunto poco limpio, ni que decir tiene —comentó con voz aguda un propietario bajito.

Luego se aproximó apresuradamente un grupo de terratenientes que rodeaba a un general grueso. Por lo visto buscaban un lugar para cambiar impresiones donde no los oyesen.

—¿Cómo se atreve a decir que ordené que le robasen los pantalones? Me figuro que los ha vendido para beber. Me tiene sin cuidado que sea príncipe.

—¡No tiene derecho a decir eso!

—Permítame, ellos se basan en el artículo de la ley. Su esposa debe de estar inscrita como noble —decían en otro grupo.

—¡Al diablo con la ley! Hablo con el corazón, para eso son nobles. Hay que tener confianza.

—Excelencia, vamos a tomar *fine champagne.*

Otro grupo seguía a un noble que chillaba a voz en grito, era uno de los que habían emborrachado.

—Siempre le he aconsejado a María Semiónovna que lo arrendase, porque no podría sacar provecho de otra forma —decía con voz agradable un propietario de bigotes canosos, que vestía uniforme de coronel del estado mayor.

Era el mismo propietario con quien se había encontrado Lievin en casa de Sviyazhski. El propietario se fijó también en Lievin, y se saludaron.

—Lo celebro mucho. Me acuerdo perfectamente de usted, ¡cómo no! Nos vimos el año pasado en casa del mariscal de la nobleza Nikolái Ivánovich.

—¿Cómo van las cosas en su propiedad? —preguntó Lievin por cortesía.

—Siempre igual, perdiendo —contestó el propietario, deteniéndose con la sonrisa dulce y la expresión serena y resignada del que está convencido de que las cosas no pueden ser de otra manera—. ¿Y cómo es que está usted en nuestra provincia? ¿Ha venido usted a tomar parte en nuestro *coup d'État*?* —preguntó, pronunciando mal, pero con seguridad, las palabras francesas—. Aquí se ha reunido toda Rusia: chambelanes y casi ministros —añadió, señalando a la figura representativa de Stepán Arkádich, que, con su uniforme de chambelán de pantalones blancos, se paseaba con un general.

* «Golpe de Estado.» *(N. de las T.)*

—Debo confesarle que comprendo mal el significado de las elecciones de la nobleza —dijo Lievin.

El propietario lo miró.

—¿Qué hay que entender en eso? No tiene ningún significado. Es una institución en decadencia, que sigue en movimiento solo por la fuerza de la inercia. Fíjese en los uniformes, hasta esos parecen decir: es una reunión de jueces de paz, de miembros infalibles, etcétera, pero no de nobles.

—Entonces ¿para qué viene usted? —preguntó Lievin.

—En primer lugar, por costumbre. Además, es preciso mantener las relaciones. También hay cierta obligación moral. Y, a decir verdad, por mi propio interés. Mi yerno quiere presentar su candidatura. No es un hombre rico y es preciso ayudarle. En cambio, ¿a qué vendrán estos señores? —dijo, indicando al joven mordaz que había hablado en la mesa presidencial.

—Es la nueva generación de la nobleza.

—Desde luego, es la nueva generación, pero no son nobles. Son propietarios por haber adquirido tierras; en cambio, nosotros las hemos heredado. Ellos, como nobles, se atacan a sí mismos.

—¿No dice usted que es una institución caduca?

—Desde luego lo es, pero, sea como sea, hay que tratarla con más respeto. Por ejemplo, Snietkov... Seamos buenos o malos, hace miles de años que existimos. Es como si para plantar un jardincillo delante de la casa tuviésemos que allanar la tierra, y hubiese allí un árbol centenario... Aunque fuese torcido y viejo, no lo cortaríamos para plantar un arriate de flores, sino que dispondríamos los arriates de tal modo que nos permitieran disfrutar de aquel árbol. Un árbol así no puede crecer en un año —dijo circunspecto e inmediatamente cambió de tema—. ¿Y cómo van las cosas en su propiedad?

—Regular. Obtengo un cinco por ciento.

—Sí, pero no cuenta usted su trabajo, que también vale algo. Le diré de mí mismo que, antes de dedicarme a mi hacienda, cobraba tres mil rublos en el servicio. Ahora trabajo más que entonces y, lo mismo que usted, solo obtengo el cinco por ciento y, ¡gracias a Dios! Mi trabajo lo pongo de balde.

—¿Por qué lo hace usted ya que la pérdida es evidente?

—Ya lo ve. Somos así. ¿Qué hacer? Es la costumbre y, por otra parte, uno sabe que no puede ser de otra manera. Y es más —añadió, acodándose en el alféizar de la ventana y animado ya en la charla—, mi hijo no tiene ninguna afición a cultivar la tierra. Sin duda, será un sabio. Así que no habrá quien continúe mi trabajo. Y, sin embargo, lo sigo haciendo. Este año he plantado un jardín.

—Sí, sí —replicó Lievin—. Es la pura verdad. Siempre noto que no hay un motivo para cultivar mi hacienda, y, no obstante, sigo haciéndolo... Se siente cierta obligación hacia la tierra.

—Pues verá —siguió diciendo el propietario—. Vino a verme un comerciante, un vecino mío, y salimos a dar una vuelta por la finca y por el jardín. «Stepán Vasílich», me dijo, «todo lo tiene usted en orden, pero el jardín está abandonado.» Sin embargo, lo cuido. «A mi entender, habría que talar los tilos. Pero hay que hacerlo cuando tienen savia. Tiene usted ahí un millar de tilos que pueden darle buena cantidad de líber. Hoy día se cotiza bien.»

—Y con este dinero podría comprar ganado o tierras a bajo precio y arrendárselas a los campesinos —apuntó Lievin con una sonrisa, el cual, sin duda, había hecho ya semejantes cálculos—. Y así podría llegar a tener una fortuna. Mientras que usted y yo nos contentamos con que Dios nos permita conservar lo que tenemos y dejárselo así a nuestros hijos.

—He oído decir que es usted casado.

—Sí —contestó Lievin con orgullo y placer—. Es extraño que vivamos sin objetivo; es como si, lo mismo que las antiguas vestales, tuviéramos que mantener un fuego sagrado.

El propietario esbozó una sonrisa bajo sus bigotes blancos.

—Entre nosotros se encuentra nuestro amigo Nikolái Ivánovich y ahora el conde Vronski, que se ha establecido aquí. Quieren organizar una industria agrícola, pero hasta la fecha eso no ha servido sino para gastar el capital.

—¿Y por qué no nos hacemos comerciantes? ¿Por qué no talamos el jardín para vender el líber? —preguntó Lievin, volviendo al pensamiento que lo había asaltado antes.

—Pues porque, como ha dicho usted antes, debemos mantener el fuego sagrado. Lo otro no es asunto de nobles. Nuestra obra de nobles no se hace aquí, en las elecciones, sino allí, en nuestro rincón. Existe también un instinto de casta, de lo que debe o no debe hacerse. Con los campesinos sucede lo mismo; a veces, los observo, y cuando el campesino es bueno, arrienda todas las tierras que puede. Por mala que sea la tierra sigue labrándola. También lo hace sin cálculos, a pura pérdida.

—Así somos —dijo Lievin—. He tenido un gran placer en saludarle —añadió al ver que se le acercaba Sviyazhski.

—Es la primera vez que nos encontramos desde que nos conocimos en su casa de usted y nos hemos enfrascado en una charla —dijo el propietario.

—¿Qué? ¿Han criticado las nuevas costumbres? —preguntó Sviyazhski risueño.

—Algo de eso hemos hecho.

—Nos hemos desahogado.

XXX

Sviyazhski cogió a Lievin del brazo y lo condujo a su grupo.

Ahora ya no podía evitar a Vronski. Este se hallaba con Stepán Arkádich y Koznishov mirando directamente a Lievin, que se acercaba a ellos.

—Tanto gusto. Me parece que tuve el placer de verle a usted... en casa de la princesa Scherbátskaia —dijo Vronski, tendiéndole la mano.

—Sí, recuerdo muy bien nuestro encuentro —replicó Lievin, enrojeciendo intensamente.

Y enseguida se volvió hacia su hermano y se puso a hablar con él.

Con una ligera sonrisa, Vronski prosiguió su charla con Sviyazhski, al parecer, sin deseo alguno de entablar conversación con Lievin. Pero este, mientras charlaba con su hermano, se volvía constantemente hacia Vronski pensando qué le podría decir para reparar su grosería.

—¿Y de qué se trata ahora? —preguntó, volviéndose hacia Sviyazhski y Vronski.

—De Snietkov. Es preciso que dimita o que acceda —le contestó Sviyazhski.

—¿Y está de acuerdo con eso?

—De eso se trata precisamente, aún no se ha definido —explicó Vronski.

—Y si él se negase, ¿quién se presentará? —preguntó Lievin, mirando a Vronski.

—El que quiera —replicó Sviyazhski.

—¿Usted? —preguntó Lievin.

—¡Ni hablar! —exclamó Sviyazhski, turbándose y lanzando una mirada temerosa al joven mordaz, que se hallaba junto a Serguiéi Ivánovich.

—Entonces ¿quién? ¿Neviedovski? —preguntó Lievin, sintiendo que se embrollaba.

Pero esta pregunta resultó aún más inoportuna. Neviedovski y Sviyazhski se disputaban la candidatura.

—No pienso presentarme de ningún modo —afirmó el joven mordaz.

Era Neviedovski. Sviyazhski se lo presentó a Lievin.

—¿Qué? ¿A ti también te ha llegado al alma esto? —preguntó Stepán Arkádich, guiñándole un ojo a Vronski—. Es por el estilo de las carreras. Se pueden hacer apuestas.

—Sí, esto llega al alma —asintió Vronski—. Y una vez que se ha metido uno en el asunto quiere terminarlo. ¡Es una lucha! —añadió, frunciendo el ceño y apretando sus fuertes mandíbulas.

—¡Este Sviyazhski es un hombre de negocios! Todo lo ve tan claro...

—¡Oh, sí! —contestó Vronski distraídamente.

Reinó un silencio, durante el cual, por mirar algo, Vronski dirigió su mirada a Lievin, a sus pies, a su uniforme, luego a su rostro y, al ver sus ojos sombríos puestos en él, dijo, por decir algo:

—¿Por qué, siendo usted un hombre que reside siempre en el campo, no es juez de paz? Porque no lleva usted ese uniforme.

—Porque considero que la institución de los jueces de paz es absurda —replicó Lievin ceñudo, a pesar de que había esperado la ocasión de iniciar conversación con Vronski para reparar su grosería.

—Pues yo pienso lo contrario —contestó este con tranquila sorpresa.

—Es un juego —le interrumpió Lievin—. No necesitamos jueces de paz. Durante ocho años no he tenido un solo caso. Y si alguna vez se me ha presentado alguno, me lo han resuelto al revés. Me he visto obligado a mandar al abogado, que me cuesta quince rublos, para arreglar un asunto de dos.

Y Lievin relató que un mujik había robado harina al molinero y cuando este le afeó su conducta, el mujik presentó pleito contra él, acusándolo de difamación. Todo esto era inoportuno y ridículo y Lievin mismo se daba cuenta de ello, mientras lo decía.

—¡Oh, es un hombre muy original! —exclamó Stepán Arkádich con su sonrisa de aceite de almendras—. Pero vámonos, me parece que están votando...

Y se separaron.

—No comprendo cómo se puede estar privado hasta tal punto de tacto político —dijo Serguiéi Ivánovich, al advertir la salida inconveniente de su hermano—. Nosotros los rusos carecemos de ese tacto. El mariscal de la nobleza es nuestro adversario, eres su *ami cochon**[*] y le pides que presente su candidatura. Mientras el conde Vronski... Desde luego, yo no he de hacerme amigo suyo; me invitó a comer a su casa y, naturalmente, no he de ir, pero es de los nuestros. ¿Por qué hacer un enemigo de él? Luego le has preguntado a Neviedovski si va a presentar su candidatura. Eso no se hace.

—¡Oh! No entiendo nada. Todo eso son tonterías —replicó Lievin con aire sombrío.

—Dices que todo eso son tonterías, pero si te pones a hacerlas embrollas el asunto.

Lievin guardó silencio y ambos se dirigieron a la sala grande.

A pesar de que el mariscal de la nobleza de la provincia notaba en el ambiente el fraude que se preparaba y, aunque no todos le habían pedido que presentase su candidatura, se decidió a hacerlo. Reinó el silencio en la sala y el secretario declaró en voz alta que se iba a votar para la presidencia de la nobleza al comandante de caballería Mijaíl Stepánovich Snietkov.

Con los platitos que contenían las bolas, los mariscales de las comarcas se pusieron en marcha desde sus mesas hacia la del presidente y empezaron las elecciones.

—Pon la bola a la derecha —susurró Stepán Arkádich a Lievin cuando este se acercaba a la mesa junto con su hermano y siguiendo al presidente.

Pero Lievin se había olvidado de los cálculos que le explicara Stepán Arkádich y temió que se hubiese equivocado al decirle: «a la derecha». Al fin y al cabo, Snietkov era enemigo. Al acercarse a la urna, Lievin introdujo la bola a la derecha, pero, creyendo que se equivocaba, la cambió a la izquierda. El perito, colocado al lado de la urna, que por un simple movimiento del codo sabía dónde ponían la bola, hizo una mueca de disgusto. No tuvo necesidad de ejercitar su capacidad de penetración.

Todos callaron y se oyó el ruido de las bolas que contaban. Después, una voz proclamó el número de bolas en pro y en contra.

---

* «Inseparable.» *(N. de las T.)*

Snietkov había sido elegido por una notable mayoría de los votos. Todos se precipitaron hacia las puertas con gran estrépito. Entró Snietkov y los nobles lo rodearon para felicitarlo.

—Bueno, ¿ha terminado? —preguntó Lievin a Serguiéi Ivánovich.

—Solo acaba de empezar —le contestó sonriendo Sviyazhski en lugar de Koznishov—. El candidato a presidente puede aún obtener más bolas.

Lievin había vuelto a olvidar esto. Solo en aquel momento recordó que había entrado en juego una sutileza, pero le fue aburrido pensar en qué consistía. Se sintió invadido por la tristeza y quiso huir de toda esa gente.

Ya que nadie le prestaba atención y, al parecer, nadie lo necesitaba, se dirigió cautelosamente a la sala pequeña y de nuevo se sintió aliviado al ver a los camareros. El viejo le ofreció algo de comer, a lo que Lievin accedió. Después de tomarse una chuleta con un aderezo de alubias blancas y de hablar con el camarero viejo de sus antiguos amos, Lievin, que no deseaba entrar en la sala donde se encontraba tan a disgusto, se fue a dar una vuelta por las tribunas.

Las tribunas estaban llenas de damas elegantes que se inclinaban sobre la balaustrada, procurando no perder una sola palabra de lo que se hablaba abajo. Junto a las señoras había, sentados o en pie, abogados elegantes, profesores de gimnasios con lentes y oficiales. Por todas partes se hablaba de las elecciones, se comentaba el cansancio del mariscal de la nobleza y lo bien que se llevaban a cabo los debates. En uno de los grupos Lievin oyó alabar a su hermano. Una señora le decía a un abogado:

—¡Cuánto me alegro de haber oído a Koznishov! Vale la pena quedarse sin comer por oírlo. ¡Es magnífico! ¡Qué claridad! ¡Qué bien se le oía! ¡Ninguno de ustedes habla así en el tribunal de justicia! Solo Máidel, y aun él está lejos de tener la elocuencia de Koznishov.

Lievin encontró un sitio libre junto a la balaustrada e inclinándose se puso a mirar y a escuchar.

Los nobles estaban sentados, separados por comarcas mediante unas barandillas. En el centro de la sala había un hombre de uniforme, que, con voz alta y aguda, proclamó:

—El comandante de caballería del estado mayor Ievguieni Ivánovich Apujtin presenta su candidatura para presidente provincial de la nobleza.

Reinó un silencio sepulcral y luego se dejó oír una voz débil de hombre viejo.

—¡Rehúsa!

—Candidatura del consejero de la corte Piotr Petróvich Boll —dijo de nuevo la voz.

—¡Rehúsa! —contestó una voz joven y chillona.

Volvió a oírse otro nombre y de nuevo la palabra «rehúsa». Así pasó cerca de una hora. Lievin, apoyado en la balaustrada, miraba y escuchaba. Al principio se sentía asombrado y trataba de comprender lo que esto significaba; luego, al convencerse de que no sería capaz de entenderlo, empezó a aburrirse. Y al recordar la inquietud y la irritación que había visto en todos los rostros, se entristeció, decidió marcharse y abandonó la tribuna. Al pasar por el vestíbulo se encontró con un colegial que paseaba de arriba abajo con aspecto triste y los ojos hinchados de llorar. En la escalera vio a una señora que corría rápidamente con sus zapatos de tacón alto, seguida de un sustituto de fiscal.

—Ya le dije que llegaría a tiempo —decía el sustituto del fiscal en el momento en que Lievin se apartaba para dejar paso a la señora.

Lievin se encontraba ya en la escalera de la salida principal y se disponía a sacar del bolsillo del chaleco el número del guardarropa para recoger su pelliza, cuando el secretario lo alcanzó.

—Konstantín Dmítrich, están votando.

Se votaba a Neviedovski, que tan categóricamente había rehusado.

Lievin se acercó a la puerta de la sala, que estaba cerrada. El secretario llamó, y cuando abrieron la puerta se deslizaron por ella dos propietarios de rostro encendido.

—Ya no puedo más —dijo uno de ellos.

Detrás de los propietarios asomó el rostro del mariscal de la nobleza. Estaba descompuesto por el cansancio y el temor.

—Te ordené que no dejases salir a nadie —le gritó al ujier.

—Abrí para que entrase, excelencia.

—¡Dios mío! —exclamó el mariscal de la nobleza, suspirando profundamente, e inclinando la cabeza se dirigió con paso cansado al centro de la sala, a la mesa electoral.

Como se suponía, Neviedovski fue elegido presidente provincial de la nobleza por mayoría de votos. Muchos estaban contentos, satisfechos y se sentían felices, muchos llegaban al entusiasmo; otros se mostraban descontentos y apesadumbrados. El antiguo mariscal de la nobleza se sentía presa de una desesperación que no podía ocultar. Cuando Neviedovski se disponía a abandonar la sala, la muchedumbre lo rodeó, siguiéndolo con entusiasmo, lo mismo que habían seguido al gobernador que inauguró las elecciones y lo mismo que a Snietkov cuando lo eligieron.

XXXI

El nuevo presidente de la nobleza y muchos adeptos del partido triunfante comieron en casa de Vronski aquel día.

Vronski había asistido a las elecciones porque se aburría en el campo, porque necesitaba mostrar a Anna sus derechos a la libertad, porque quería corresponder a Sviyazhski, apoyándolo en las elecciones por los esfuerzos que aquel había hecho en su favor en las del *zemstvo* y, sobre todo, por cumplir con todos los deberes de la posición de noble y propietario que había elegido. No esperaba que el asunto de las elecciones lo hubiera interesado hasta ese punto ni que supiera desenvolverse tan bien. Era un hombre completamente nuevo entre los nobles rurales; mas, al parecer, había tenido éxito y no se equivocaba al pensar que había adquirido ya una influencia en aquel medio. Contribuían a ello su riqueza y su renombre, la espléndida casa que había puesto a su disposición en la ciudad su antiguo conocido Shirkov, el cual se ocupaba de asuntos financieros y había abierto en Kashin un banco que marchaba con gran prosperidad, el magnífico cocinero que se había traído de la finca, su amistad con el gobernador, que era compañero y, además, protector suyo, y, sobre todo, su trato sencillo e igual hacia todos, que obligó a la mayoría de los nobles a modificar la opinión acerca de su pretendida altivez. Vronski presentía que, excepto aquel señor insensato casado con Kiti Scherbátskaia, el cual, *à propos de bottes,*[*] le había dicho con desenfrenada ira una serie de tonterías que no venían a cuento, todos los nobles que iba conociendo se tornaban partidarios suyos. Veía claramente, y los demás lo reconocían, que él había contribuido en mucho al éxito de Neviedovski. Y ahora, festejando en la mesa de su casa la elección de Neviedovski, Vronski

---

* «Yéndose por los cerros de Úbeda.» *(N. de las T.)*

experimentaba un sentimiento agradable de triunfo por su protegido. Las elecciones lo habían interesado tanto que había resuelto que, de estar casado cuando se celebrasen las próximas, dentro de tres años, presentaría su candidatura. Sentía algo así como cuando ganó el premio de las carreras por medio de su jockey y había tenido deseos de participar él en persona.

Ahora se celebraba la victoria del jockey. Vronski presidía la mesa; a su derecha se hallaba el joven gobernador, general del séquito del zar. Para todos los presentes el gobernador era el amo de la provincia, que había inaugurado solemnemente las elecciones, pronunciando un discurso que había despertado el respeto y en muchos el servilismo, según observó Vronski. Para él, en cambio, era Máslov Katka —apodo con el que era conocido en el cuerpo de pajes—, que se turbaba en su presencia, y a quien procuraba *mettre à son aise*.* A la izquierda se hallaba Neviedovski con su rostro joven, impasible y su expresión mordaz. Vronski lo trataba con sencillez y respeto.

Sviyazhski sobrellevaba su fracaso con alegría. Incluso no lo consideraba fracaso como dijo, alzando la copa y dirigiéndose a Neviedovski: hubiera sido imposible encontrar un representante mejor para la nueva dirección que debía seguir la nobleza. Y por eso todos los hombres honrados apoyaban y celebraban la elección.

Stepán Arkádich también estaba contento de haber pasado el tiempo de una manera tan agradable y de que todos estuviesen satisfechos. Durante aquella magnífica comida se recordaron los distintos episodios de las elecciones. Sviyazhski parodió cómicamente el discurso lloriqueante del antiguo mariscal de la nobleza e hizo la observación, dirigiéndose a Neviedovski, que su excelencia tendría que elegir otro modo mejor, más complicado que las lágrimas, para revisar los fondos. Otro noble bromista contó cómo habían traído a unos lacayos calzados con medias para el baile que iba a celebrar el mariscal de la nobleza, diciendo que se verían obligados a despedirlos si el nuevo mariscal no deseaba dar un baile luciendo criados calzados con medias.

Continuamente, en el transcurso de la comida, al dirigirse a Neviedovski, le decían «nuestro mariscal» y «su excelencia».

Y se lo decían con el mismo placer con que se dice «madame» a una señora joven y se la llama por el apellido de su marido. Neviedovski

* «Animar.» (*N. de las T.*)

aparentaba que no solo le era indiferente el nombramiento, sino que hasta lo despreciaba, pero no cabía duda de que se sentía feliz y se contenía por no demostrar su entusiasmo poco conveniente en aquel medio nuevo y liberal en que se encontraba.

Durante la comida se enviaron algunos telegramas a personas que se interesaban por la marcha de las elecciones. Stepán Arkádich, que estaba muy alegre, mandó uno a Daria Alexándrovna con el texto siguiente: «Neviedovski, elegido por veinte votos. Enhorabuena. Comunícalo». Oblonski dictó el telegrama en voz alta y dijo: «Es preciso darles una alegría». En cambio, Daria Alexándrovna al recibirlo se limitó a suspirar por el rublo gastado y comprendió que su marido lo había mandado después de una comida. Conocía la debilidad de Stiva de *faire jouer le télégraphe** después de las comidas.

Todo, junto con la comida y los vinos extranjeros, resultó muy digno, sencillo y alegre. Aquel grupo de veinte personas había sido elegido por Sviyazhski entre hombres de las mismas ideas liberales, de actividades nuevas y, al mismo tiempo, inteligentes y honrados. Se brindó alegremente por el nuevo presidente provincial de la nobleza, por el gobernador, por el director del banco, así como por «nuestro amable anfitrión».

Vronski estaba contento. No esperaba un ambiente tan agradable en la provincia.

Al final de la comida hubo aún más alegría. El gobernador rogó a Vronski que asistiera al concierto a beneficio de los *hermanos* eslavos, que organizaba su mujer, la cual deseaba conocerle.

—Se celebrará un baile y verás allí a nuestras bellezas; en una palabra: algo notable.

—*Not in my line*** —contestó Vronski, al que le gustaba esa expresión, pero sonrió, prometiendo que iría.

Momentos antes de levantarse de la mesa, cuando todos se hallaban fumando, el ayuda de cámara de Vronski le trajo una carta sobre una bandeja.

—La ha traído un enviado especial de Vozdvizhénskoi —dijo con expresión significativa.

—Es sorprendente, cómo se parece al sustituto de fiscal Sventitski —dijo en francés uno de los comensales, refiriéndose al ayuda de cámara, mientras Vronski leía la carta frunciendo el entrecejo.

---

* «Hacer funcionar el telégrafo.» *(N. de las T.)*
** «No acaba de seducirme.» *(N. de las T.)*

La carta era de Anna. Antes de leerla Vronski sabía su contenido. Suponiendo que las elecciones terminarían en cinco días, le había prometido a Anna que volvería el viernes. Aquel día era sábado y Vronski sabía que aquella carta estaría llena de reproches porque no había vuelto el día señalado. Probablemente la que él había enviado a Anna la víspera no le había llegado aún.

El contenido de la carta era, en efecto, el que Vronski se había imaginado, pero la forma, inesperada y especialmente desagradable:

Ania está muy enferma, el médico dice que tal vez se le declare una pulmonía. Sola, pierdo la cabeza. La princesa Varvara no constituye una ayuda, sino un estorbo. Te he esperado anteayer y ayer, y ahora mando esta carta para saber dónde estás y qué haces. Quise ir yo misma, pero he desistido sabiendo que eso te desagradaría. Contéstame algo para saber a qué atenerme.

La niña estaba enferma y Anna en persona había querido venir. Teniendo a su hija enferma era capaz de mostrarse tan hostil.

El contraste entre la inocente alegría de las elecciones y aquel amor sombrío y penoso al que debía volver anonadó a Vronski. Pero era preciso hacerlo, y aquella noche marchó a su casa en el primer tren.

XXXII

Antes de aquella ausencia para asistir a las elecciones, Anna había reflexionado en que las escenas que se repetían entre ellos, con ocasión de cada ausencia de Vronski, solo podrían enfriarlo en lugar de estrechar sus relaciones y decidió hacer todos los esfuerzos posibles para sobrellevar tranquilamente la separación. Pero la mirada severa y fría con que Vronski la miró al anunciarle su viaje la ofendió, y aún no se había marchado, cuando Anna ya había perdido la tranquilidad.

Luego, al quedarse sola, analizando esa mirada que expresaba el derecho a la libertad, como siempre, Anna se sintió humillada. «Él tiene derecho a marcharse cuando quiera y a donde le plazca. Y no solo marcharse, sino dejarme. Tiene todos los derechos y en cambio, yo, ninguno. Sabiéndolo, no debía hacerlo. Pero ¿qué es lo que ha hecho?... Me ha mirado con expresión fría y severa. Desde luego, eso es una cosa indefinida, intangible, pero antes no ocurría eso. Y esa mirada significa mucho. Esa mirada demuestra que empieza a enfriarse su amor», pensaba.

Y aunque estaba convencida de que Vronski empezaba a enfriarse con respecto a ella, no podía hacer nada ni cambiar su actitud hacia él. Lo mismo que antes, solo podría retenerlo por medio de su amor y de sus atractivos. Y como antes, solo con sus ocupaciones durante el día y con la morfina por la noche lograba ahogar los terribles pensamientos acerca de lo que sucedería si Vronski dejaba de amarla. En verdad, había otro medio: no retenerlo. Anna no deseaba nada, excepto su amor, sino unirse más a él, colocarse en una situación en que no pudiese abandonarla. Ese medio era divorciarse y casarse con él. Anna sintió deseos de hacerlo, decidiéndose a acceder en la primera ocasión en que Vronski o Stepán Arkádich le hablaran de ello.

Con tales pensamientos, Anna pasó cinco días sola, los que debía durar la ausencia de Vronski.

Los paseos, las conversaciones con la princesa Varvara, las visitas al hospital y, sobre todo, la lectura de un libro tras otro ocuparon su tiempo. Pero al sexto día, cuando el cochero regresó sin Vronski, Anna se sintió sin fuerzas para no pensar en él y en lo que estaría haciendo. Precisamente entonces cayó enferma su hija. Anna se ocupó de ella, pero ni siquiera eso la distrajo, sobre todo porque la enfermedad no era de cuidado. Por más esfuerzos que hacía, Anna no lograba querer a la niña ni era capaz de fingir un cariño que no sentía. Al anochecer de aquel día, cuando se quedó sola, Anna se sintió invadida por un terror tal por Vronski que resolvió ir a la ciudad, pero tras pensarlo bien escribió aquella carta contradictoria que había recibido Vronski, y sin releerla se la mandó con un propio. A la mañana siguiente Anna recibió la carta de Vronski y se arrepintió de lo que había escrito. Ahora Anna se reconocía que había molestado a Vronski, el cual abandonaba con pena la libertad para volver a su lado, pero, a pesar de ello, le alegraba que volviera. Aunque se sintiera molesto, deseaba que estuviera con ella para verlo y seguir todos sus movimientos.

Anna se hallaba sentada en el salón leyendo a la luz de la lámpara un nuevo libro de Taine, y escuchaba el rumor del viento esperando a cada momento la llegada del coche. Varias veces creyó oír el ruido de las ruedas, pero se equivocaba. Por fin, no solo se oyó el ruido del coche, sino también los gritos del cochero y el retumbar sordo junto a la marquesina. Incluso la princesa Varvara, que se hallaba haciendo solitarios, confirmó aquello, y Anna, con el rostro encendido, se puso en pie. Pero, en lugar de bajar como lo había hecho ya dos veces, se detuvo. De pronto se avergonzó de su engaño y, sobre todo, sintió temor al pensar en qué forma la saludaría Vronski. El sentimiento de humillación que experimentó se había desvanecido ya, solo temía el descontento de Vronski. Recordó que hacía dos días que su hija estaba completamente bien. Hasta se sintió irritada contra la niña, que se restableció precisamente cuando Anna envió aquella carta. Luego pensó en Vronski, en que estaba allí, todo él, con sus manos y sus ojos. Oyó su voz. Y, olvidándolo todo, corrió alegremente a su encuentro.

—¿Cómo está Ania? —le preguntó él, temeroso, desde abajo, mirándola según bajaba corriendo la escalera.

Vronski estaba sentado en una silla y un criado le quitaba las botas de invierno.

—Está mejor.

—¿Y tú? —preguntó Vronski, sacudiéndose.

Anna le cogió con ambas manos una de las suyas y la atrajo hacia su cintura sin dejar de mirarle.

—Bueno, me alegro mucho —añadió Vronski, examinando fríamente el peinado y el vestido de Anna, que sabía se había puesto para él.

Aquello le gustaba, pero ¡lo había visto tantas veces! Y aquella expresión severa, como de piedra, que tanto temía Anna se reflejó en el semblante de Vronski.

—Me alegro mucho. Y tú, ¿cómo estás? —repitió, enjugándose la barba mojada con el pañuelo y besándole la mano a Anna.

«Es igual, con tal que esté aquí —pensó ella—. Estando aquí no puede, no se atreve a no amarme.»

La velada transcurrió apacible y alegremente en compañía de la princesa Varvara, la cual se quejó de que Anna había tomado morfina durante la ausencia de Vronski.

—¿Qué podía hacer? Me era imposible dormir... Me lo impedían los pensamientos. Cuando él está aquí nunca la tomo. Casi nunca.

Vronski contó cómo se habían realizado las elecciones y Anna supo llevarlo, por medio de preguntas, a lo que le agradaba: a hablar de su éxito. Ella le relató todo lo que podía interesarle acerca de la casa. Y todas las noticias que le dio fueron muy alegres.

Pero por la noche, cuando se quedaron solos, Anna, viendo que de nuevo dominaba a Vronski por completo, quiso borrar la mala impresión que le había hecho su mirada, debida a la carta.

—Confiesa que te fue desagradable recibir mi carta y que no me creíste —dijo.

Apenas hubo pronunciado estas palabras, Anna comprendió que, por más cariño que sintiera hacia ella, Vronski no le perdonaría eso.

—Sí. La carta era tan extraña: decías que Ania estaba enferma y, sin embargo, hablabas de venir a buscarme.

—Las dos cosas eran verdad.

—No lo dudo.

—Claro que lo dudas. Veo que estás descontento.

—Ni por un solo momento, únicamente me disgusta que, según parece, no quieres reconocer que existen obligaciones.

—Obligaciones de asistir a un concierto...

—No hablemos más —dijo Vronski.

—¿Por qué no? —insistió Anna.

—Solo quiero decir que pueden presentarse deberes imperiosos. Ahora, por ejemplo, tendré que ir a Moscú por los asuntos de la casa... ¡Oh, Anna! ¿Por qué eres tan irascible? ¿Acaso no sabes que no puedo vivir sin ti?

—Si es así —dijo Anna, cambiando repentinamente de tono—, si te fastidia esta vida... Si vienes a pasar aquí un día y luego te vas, lo mismo que proceden...

—Anna, es cruel lo que me dices. Estoy dispuesto a dar mi vida...

Pero ella no lo escuchaba.

—Si vas a Moscú, también he de ir yo. No quiero quedarme aquí. Debemos separarnos o vivir juntos.

—Ya sabes que este es mi único deseo. Pero para eso...

—¿Se necesita el divorcio? Le escribiré. Veo que no puedo vivir así... Pero he de ir contigo a Moscú.

—Enteramente parece que me amenazas. No deseo nada tan intensamente como no separarme de ti —dijo Vronski sonriendo.

Pero al pronunciar esas palabras tan dulces, no solo brilló en sus ojos una mirada fría, sino una mirada malvada, de hombre perseguido, que se ha vuelto cruel.

Anna vio aquella mirada y comprendió exactamente su significado.

«¡Si es así, es una desgracia!», parecían decir los ojos de Vronski. Fue una impresión momentánea, pero Anna no la olvidó nunca.

Escribió una carta a su marido, pidiéndole que le concediera el divorcio, y a fines de noviembre, después de separarse de la princesa Varvara, que debía ir a San Petersburgo, marchó a Moscú con Vronski. Esperando cada día la respuesta de Alexiéi Alexándrovich y luego el divorcio, se instalaron juntos como marido y mujer.

Séptima parte

I

Hacía más de dos meses que los Lievin vivían en Moscú. Había pasado ya el término en que, según los cálculos de la gente entendida en estos asuntos, Kiti debía dar a luz, sin que nada hiciera prever que el alumbramiento fuese más inmediato que hacía dos meses. Tanto el médico como la comadrona, Dolli, su madre y, sobre todo, Lievin no podían pensar sin horror en aquel acontecimiento, y empezaban a sentirse inquietos e impacientes. Únicamente Kiti estaba completamente tranquila y se sentía feliz.

Ahora percibía claramente que nacía en ella un nuevo sentimiento de amor hacia el niño que había de venir —en parte ella lo tenía ya—, y se complacía en esto. A la sazón, el niño ya no era una parte de ella, sino que a veces vivía por sí mismo, independiente de la madre. A menudo le ocasionaba dolores, pero junto con eso sentía deseos de reír con una alegría nueva y extraña.

Todos aquellos a quienes quería estaban a su lado y todos eran tan buenos con ella, la cuidaban tanto y le hacían la vida tan agradable que, de no saber que ese estado había de terminar pronto, no hubiera deseado una existencia mejor ni más grata. Lo único que hacía perder el encanto a aquella vida era que su marido no fuese como ella lo quería y como solía ser en el pueblo.

A Kiti le gustaba el tono tranquilo, cariñoso y acogedor que solía tener Lievin en el campo. En la ciudad parecía estar constantemente inquieto y alerta, como si temiera que alguien le ofendiera y sobre todo, que ofendieran a Kiti. Allí en el campo, sintiéndose en su ambiente, nunca se precipitaba y nunca permanecía ocioso. En cambio, en la ciudad siempre andaba apresurado, como si no quisiera dejar escapar algo, cuando, en realidad, no tenía nada que hacer. Y Kiti lo compadecía. Sabía que a los demás no les inspiraba lástima; al contrario, cuando Kiti lo examinaba estando en sociedad, como a veces se suele mirar a un ser querido tratando de verlo como a un extraño para poder formarse la impresión que produce en los demás, se daba cuenta y hasta temía, a causa de sus celos, que no solo no inspirase lástima, sino que resultase muy atractivo por su cortesía algo anticuada, por su tímida amabilidad con las mujeres, por su recia figura y, sobre todo, según creía ella, por su rostro tan expresivo. Pero Kiti lo veía en su interior, no desde fuera, y se daba cuenta de que no era el verdadero Lievin en la ciudad: esa era la impresión que le hacía su estado de ánimo. A veces, en su fuero interno, Kiti le reprochaba a su marido que no supiera vivir en la ciudad. Pero otras veces se confesaba que realmente le sería difícil organizar allí su vida de manera que le satisficiera.

En realidad, ¿qué podía hacer? No le gustaba jugar a las cartas. No iba al club. Ahora Kiti sabía lo que significaba reunirse con hombres alegres como Oblonski..., había que beber y luego frecuentar ciertos lugares. No podía pensar sin horrorizarse adónde iban los hombres en tales casos. ¿Alternar con la sociedad? Kiti no ignoraba que para eso había que tratar con mujeres jóvenes, cosa que ella no podía desear. ¿Quedarse en casa con ella, con su madre y sus hermanas? Comprendía que a su marido le resultaban aburridas, por muy agradables y divertidas que fueran para ella las conversaciones de Alina y Nadina, como solía llamar el viejo príncipe esas charlas entre las hermanas. ¿Qué podía hacer entonces? ¿Continuar escribiendo su obra? Había intentado hacerlo y al principio iba a la biblioteca para tomar notas y recopilar datos. Pero, como solía decirle Lievin, cuanto menos trabajaba, menos tiempo libre tenía. Además, solía quejarse porque en la ciudad hablaba demasiado de su libro, cosa que le confundía los pensamientos y hasta le había hecho perder interés. La única ventaja de la vida de ciudad era que no se suscitaban discusiones entre ellos. Ya fuese por las condiciones de la vida o bien porque ambos se hubiesen hecho más prudentes y razonables a este respecto, el caso es que en Moscú no discutían por celos, a los que tanto habían temido al trasladarse a la ciudad. En este aspecto se había producido incluso un hecho muy importante para los dos: el encuentro de Kiti con Vronski.

La vieja princesa María Borísovna, madrina de Kiti, que siempre la había querido mucho, tuvo grandes deseos de verla. Kiti, que por su estado no iba a ninguna parte, fue, sin embargo, acompañada de su padre a visitar a la respetable anciana, donde se encontró con Vronski.

Lo único que Kiti pudo reprocharse de este encuentro fue que al ver a Vronski vestido de paisano, al reconocer aquellos rasgos suyos que le habían sido tan familiares, por un momento se le cortó el aliento, le afluyó toda la sangre al corazón y notó que un intenso rubor le cubría la cara. Pero eso duró tan solo unos segundos. Aún no había acabado de hablar con Vronski el viejo príncipe, que intencionadamente había entablado conversación con él, cuando Kiti estaba ya dispuesta a mirarle y a conversar con él, si fuera preciso, lo mismo que hablaba con la princesa María Borísovna. Además, lo haría de modo que la mínima entonación y la más leve sonrisa serían aprobadas por su marido, cuya presencia invisible le parecía presentir junto a sí en aquel momento.

Cruzó con él algunas palabras y hasta sonrió serena cuando Vronski bromeó sobre las elecciones, a las que llamaba «nuestro Parlamento». (Era preciso sonreír para mostrar que había entendido la broma.) Pero enseguida se volvió hacia la princesa María Borísovna y no volvió a mirar a Vronski ni una sola vez hasta que este se levantó para despedirse. Entonces Kiti le dirigió una mirada, pero solo porque hubiera sido una falta de cortesía no mirar a una persona que se despide.

Le estaba agradecida a su padre por no haber mencionado el encuentro con Vronski. Sin embargo, vio, por la particular ternura con que este la trató después de la visita, durante su paseo habitual, que estaba satisfecho de ella. También ella se sentía satisfecha de sí misma. Nunca hubiera esperado ser capaz de retener en el fondo de su alma los recuerdos de su antiguo sentimiento hacia Vronski, y no solo aparentar indiferencia y serenidad, sino sentirlas plenamente.

Lievin se sonrojó mucho más que Kiti cuando esta le contó su encuentro con Vronski en casa de la princesa María Borísovna. Le fue muy difícil decírselo y aún más contarle los detalles de aquel encuentro, ya que Lievin no le preguntaba nada, limitándose a mirarla con el ceño fruncido.

—Siento mucho que no hayas estado —dijo Kiti—, no en la misma habitación... No hubiera podido mostrarme tan natural en tu presencia... Ahora mismo me ruborizo más, mucho más —añadió, enrojeciendo hasta saltársele las lágrimas—. Me hubiera gustado que lo hubieras visto por una rendija.

Los ojos sinceros de Kiti expresaron a Lievin que estaba satisfecha de sí misma, y, a pesar de que se ruborizaba, este se tranquilizó enseguida y empezó a hacerle preguntas, que era precisamente lo que ella quería. Al enterarse de todo, incluso del detalle de que solo en el primer momento Kiti no pudo dejar de ruborizarse, y que luego se había sentido tan tranquila y a gusto como si se hubiera encontrado con un hombre cualquiera, Lievin volvió a estar alegre. Le expresó que estaba contento de aquello y que, de ahora en adelante, ya no se conduciría de un modo tan estúpido como lo había hecho en las elecciones. Cuando se encontrara con Vronski, trataría de ser amable con él.

—Es muy desagradable pensar que existe un hombre casi enemigo, con el que es molesto encontrarse —dijo Lievin—. Estoy muy contento, estoy muy contento.

II

—Haz el favor de visitar a los Boll —dijo Kiti a su marido cuando, a las once de la mañana, este entró en su habitación para despedirse de ella—. Ya sé que vas a comer en el club, y que te ha inscrito papá. ¿Qué vas a hacer durante la mañana?

—Solo voy a ver a Katavásov —contestó Lievin.

—¿Por qué te vas tan temprano entonces?

—Katavásov me prometió que me presentaría a Metrov. Quería hablarle de mi obra. Es un sabio muy célebre en San Petersburgo.

—¿Era de él ese artículo que tanto has alabado? ¿Y después? —preguntó Kiti.

—Tal vez vaya al juzgado para arreglar el asunto de mi hermana.

—¿Y el concierto? —preguntó Kiti.

—¡Cómo voy a ir yo solo al concierto!

—Pues deberías ir; van a tocar esas cosas nuevas... que te interesaban tanto. En tu lugar, no dejaría de ir.

—En todo caso, volveré antes de ir a comer —contestó Lievin, mirando el reloj.

—Ponte la levita, así podrás ir directamente a casa de la condesa Boll.

—¿Es completamente necesario?

—¡Sí, desde luego! El conde nos visitó. ¿Qué trabajo te cuesta? Llegas allí, te sientas, hablas cinco minutos acerca del tiempo, te levantas y te vas.

—No me creerás, pero estoy tan desacostumbrado de estas cosas que me violenta hacerlo. ¿Qué es eso? Llega una persona casi desconocida, se sienta, se queda allí sin ninguna necesidad, estorba a aquella gente, se molesta a sí mismo y luego se marcha.

Kiti se echó a reír.

—Pero ¿no hacías visitas cuando eras soltero? —preguntó.

—Las hacía, pero siempre me han molestado, y me he desacostumbrado hasta tal punto que te doy mi palabra que prefiero estar dos días sin comer a hacer esta visita. ¡Me da vergüenza! Temo que se ofendan y que digan: ¿para qué vienes?

—No, no se ofenderán. Puedo asegurártelo —replicó Kiti, mirándolo sonriente. Le tomó la mano—. Bueno, adiós... Haz el favor de ir.

Después de haber besado la mano a su esposa, Lievin se disponía a irse cuando esta lo retuvo.

—Kostia, ¿sabes que no me quedan más que cincuenta rublos?

—Bueno, iré al banco a sacar dinero. ¿Cuánto necesitas? —preguntó con esa expresión de descontento que ella conocía tan bien.

—Espérate. —Kiti lo retuvo, sujetándole la mano—. Tenemos que hablar, estoy preocupada. Me parece que no gasto en nada innecesario, pero el dinero vuela. Seguramente, no nos administramos bien.

—En absoluto —replicó Lievin, tosiendo y mirándola con el ceño fruncido.

Kiti conocía también aquella manera de toser. Era un síntoma de gran descontento, no de ella, sino de sí mismo. En efecto, no estaba descontento porque hubiesen gastado mucho, sino porque se le recordaba que las cosas no marchaban bien, cosa que él quería olvidar.

—He mandado a Sokolov que venda el trigo y que cobre por adelantado lo del molino. Sea como sea, tendremos dinero.

—Sin embargo, temo que sea mucho.

—En absoluto, en absoluto —repitió Lievin—. Adiós, querida.

—Te aseguro que algunas veces me arrepiento de haber obedecido a mamá. ¡Qué bien estaríamos en la aldea! Os estoy cansando a todos y, además, es un gasto muy grande.

—Nada de eso, nada de eso. Desde que me he casado nunca se me ha ocurrido creer que podría estar mejor de lo que estoy...

—¿De veras? —preguntó Kiti, mirándole a los ojos.

Lievin dijo aquello sin pensarlo, tan solo para tranquilizarla. Pero cuando la miró y vio sus ojos sinceros fijos en él, interrogándole, volvió a repetirlo de corazón. «Decididamente, me olvido de ella», pensó, recordando entonces lo que esperaban para pronto.

—Ya falta poco. ¿Cómo te sientes? —susurró Lievin, cogiendo la mano de Kiti.

—He pensado tanto en eso que ahora ni pienso ni siento nada.

—¿Tienes miedo?

Kiti sonrió despectivamente.

—En absoluto.

—Si hay algo nuevo, ya sabes que estoy en casa de Katavásov.

—No pasará nada, ni pienses en ello. Voy a ir a pasear al bulevar con papá. Pasaremos por casa de Dolli. Te espero antes de la comida. ¡Ah sí! ¿Sabes que la situación de Dolli se está volviendo imposible? Debe a todo el mundo y no tiene dinero. Ayer hablamos mamá y yo con Arsieni —así llamaba al marido de su hermana Natalia—, y hemos decidido que tú y él debéis hablar con Stiva. Es una situación imposible. Con papá no se puede hablar de eso... Pero si tú y Arsieni...

—¿Qué podemos hacer? —preguntó Lievin.

—Como vas a ir a casa de Arsieni, háblale. Él te dirá lo que hemos decidido.

—De antemano estoy de acuerdo en todo con él. Iré a verlo. A propósito, en caso de que asista al concierto, iré con Natalia. Bueno, adiós.

En la escalinata, Kuzmá, el criado de Lievin de cuando era soltero, que ahora gobernaba su casa en la ciudad, lo detuvo.

—Han vuelto a poner herraduras a Krasávchik, pero sigue cojeando. —Se refería al caballo de tiro que enganchaban a la izquierda, y que habían traído de la aldea—. ¿Manda algo el señor?

Al principio de su estancia en Moscú, Lievin se ocupaba de los caballos que había traído del pueblo. Deseaba arreglar aquella cuestión lo mejor posible y del modo más económico, pero resultó que costaba más sostener caballos propios que tomar coches de alquiler, y, además, a veces era preciso hacerlo de todas formas.

—Manda llamar al veterinario, quizá tenga algún magullamiento.

—¿Y cómo va a salir Katerina Alexándrovna? —preguntó Kuzmá.

Ahora ya no le extrañaba a Lievin, como al principio de su estancia en Moscú, que para trasladarse de Vozdvizhénskoie a Sítsev Vráshek fuera preciso enganchar un par de caballos fuertes a un carruaje pesado, recorrer un cuarto de versta por la nieve deshelada y tenerlo parado durante cuatro horas pagando por ello cinco rublos. Ahora lo encontraba natural.

—Ordena al cochero que traiga un par de caballos para nuestro coche —dijo.

—Muy bien, señor.

Y después de haber resuelto tan fácilmente, gracias a las condiciones de la vida de ciudad, aquel problema que hubiera supuesto tanta molestia en la aldea, Lievin salió. Llamó un coche de alquiler y se dirigió a la calle Nikítskaia. Durante el camino ya no pensaba en el dinero, sino en su conocimiento con el sabio petersburgués que se ocupaba de sociología y al que iba a hablar de su obra.

Solo al principio de su vida en Moscú chocaron a Lievin, como a un habitante de aldea, aquellos gastos inútiles, pero inevitables, que le exigían por doquier. Ahora ya se había acostumbrado a ellos. Le había ocurrido en este aspecto lo que suele sucederles a los borrachos: la primera copa les sienta como un tiro, la segunda como un halcón y desde la tercera todas son como pajarillos. Cuando cambió el primer billete de cien rublos para pagar las libreas del lacayo y del portero, pensó que nadie las necesitaba, pero, sin embargo, debían de ser imprescindibles, a juzgar por el asombro de Kiti y de su madre al insinuar Lievin que podían pasarse sin ellas.

Pensó que el coste de aquellas libreas representaba el jornal de dos hombres durante casi trescientos días de labor, desde Pascua hasta Cuaresma, trabajando penosamente de sol a sol, y aquel billete de cien rublos le sentó como la primera copa. Pero gastó con más facilidad el billete siguiente en comprar víveres para una comida ofrecida a los parientes, que costaron veintiocho rublos, aunque cayó en la cuenta de que representaban nueve chetverts* de avena, obtenida por medio de trabajos y sudores, segando, atando las gavillas, trillando, aventando y cribando. Y ahora, los billetes cambiados ya no le hacían pensar en tales cosas y volaban como pajarillos. Hacía mucho que no reflexionaba acerca de si el placer de gastar correspondía al del esfuerzo de ganar. También había olvidado el cálculo que hizo de no vender el trigo a precio más bajo del fijado. El centeno, cuyo precio había sostenido durante tanto tiempo, se vendió a cincuenta kopeks menos el chetvert que el mes anterior. Ya no tenía ninguna importancia el cálculo de que con aquellos gastos sería imposible vivir todo el año sin contraer deudas. Solo necesitaba una cosa: tener dinero en el banco, sin preguntar de dónde procedía, para saber que contaban con algo para comer. Y hasta entonces sus cálculos se habían cumplido, siempre había

* Medida de capacidad para áridos que equivale a 209,907 litros. *(N. de las T.)*

tenido dinero en el banco. Pero ahora ese fondo se había agotado y ya no sabía de dónde sacar dinero. Por ese motivo se disgustó momentáneamente cuando Kiti le mencionó el dinero, pero no tenía tiempo para pensar en ello. Iba pensando en Katavásov y en que conocería a Metrov.

III

Durante la estancia en Moscú, Lievin reanudó la amistad con su compañero de la época de estudiante, el profesor Katavásov, al que no había visto desde que se casó. Katavásov le agradaba por la claridad y sencillez con que consideraba la vida. Lievin pensaba que esto era debido a la pobreza de su espíritu, mientras que Katavásov creía que la inconsecuencia de ideas de Lievin provenía de la falta de disciplina de su inteligencia. Pero la claridad de Katavásov agradaba a Lievin y la abundancia de ideas indisciplinadas de este último gustaba a aquel. Y disfrutaban al encontrarse y discutir. Lievin le había leído algunos trozos de su obra, que le gustaron. La víspera, al encontrar a Lievin en una conferencia pública, Katavásov le dijo que el célebre Metrov, uno de cuyos artículos había gustado tanto a Lievin, se encontraba en Moscú. Estaba muy interesado por lo que le había dicho acerca de la obra de Lievin y al día siguiente, a las once de la mañana, iría a casa de Katavásov, donde esperaba conocerlo.

—Decididamente, amigo mío, se está usted corrigiendo. Me alegro mucho de verlo —exclamó Katavásov, recibiendo a Lievin en un saloncito—. Oí la campanilla y pensé: «Es imposible que llegue tan puntual...». ¿Qué me dice de los montenegrinos? Son guerreros de raza.

—¿Qué ha pasado? —preguntó Lievin.

En breves palabras, Katavásov informó a Lievin de las últimas noticias y, entrando en el despacho, le presentó a un señor de mediana estatura, fornido y de agradable presencia. Era Metrov. La conversación versó durante un momento sobre política y sobre los comentarios de las altas esferas de San Petersburgo acerca de los últimos acontecimientos. Metrov repitió unas palabras que, al parecer, habían dicho el emperador y uno de los ministros con este motivo, asegurando que las sabía de fuente fidedigna. Katavásov, en cambio, había oído, también como cosa fidedigna, que el emperador había dicho todo lo contrario. Lievin trató de buscar una explicación con la cual podían ser ciertas tanto unas palabras como las otras, y cambiaron de tema.

—Está terminando de escribir una obra sobre las condiciones naturales del campesino respecto de la tierra —dijo Katavásov—. No soy perito en la materia, pero como naturalista me ha gustado que no tome a la humanidad como algo fuera de las leyes zoológicas, sino que, al contrario, considera que depende del medio ambiente y busca las leyes del desarrollo de su teoría precisamente en esa relación.

—Es muy interesante —dijo Metrov.

—A decir verdad, he empezado a escribir un libro sobre la economía rural, pero involuntariamente, al ocuparme del primer instrumento de esta, el obrero —dijo Lievin enrojeciendo—, he llegado a conclusiones completamente inesperadas.

Y Lievin, poniendo gran cuidado, como si tantease el terreno, comenzó a exponer sus puntos de vista. Sabía que Metrov había escrito un artículo contra la teoría político-económica generalizada, pero ignoraba hasta qué punto podían contar con el interés de Metrov sus propias opiniones nuevas; tampoco pudo deducirlo por el rostro sereno e inteligente del sabio.

—Pero ¿en qué ve usted que el obrero ruso tenga condiciones particulares? —preguntó Metrov—. ¿En sus cualidades zoológicas, por decirlo así, o en las condiciones materiales en que se encuentra?

Por esta pregunta Lievin comprendió que Metrov no estaba de acuerdo con Katavásov, pero, sin embargo, continuó exponiendo su idea de que el campesino ruso tiene un punto de vista peculiar completamente distinto al de los demás pueblos de la tierra. Y, para demostrarlo, se apresuró a añadir que, a su juicio, aquello era debido a que el pueblo ruso tenía la conciencia de que estaba llamado a poblar grandes extensiones inhabitadas en Oriente.

—Es fácil equivocarse al hacer conclusiones sobre la predestinación general de un pueblo —objetó Metrov, interrumpiendo a Lievin—. La situación del jornalero dependerá siempre de su relación con la tierra y el capital.

Y, sin dejar que Lievin terminara de exponer su punto de vista, Metrov siguió explicando la particularidad de sus teorías.

Lievin no entendió en qué consistían estas, porque ni siquiera se esforzó en comprenderlo. Se daba cuenta de que Metrov, lo mismo que otros, a pesar de aquel artículo en el que refutaba la doctrina de los economistas, consideraba al jornalero ruso solo desde el punto de vista del capital, de los jornales y de la renta. Sin embargo, se veía obligado a reconocer que en la parte oriental, la mayor parte de Rusia, la renta era nula y los sueldos servían tan solo de mantenimiento para nueve décimas partes de los ochenta millones que constituyen la población rusa y que el capital no existía aún sino bajo la forma de instrumentos primitivos. Estudiaba al obrero solamente desde este aspecto, a pesar de no estar de acuerdo en muchas cosas con los economistas y de poseer una propia teoría nueva sobre los jornales, que le expuso a Lievin.

Lievin escuchaba de mala gana, y al principio replicaba. Quería interrumpir a Metrov para expresar su propia idea, que, a su juicio, haría superfluas explicaciones ulteriores. Pero luego, convenciéndose de que cada cual consideraba aquella cuestión de tan distinta manera que nunca llegarían a entenderse, no hizo más objeciones y se limitó a escuchar. Aunque ya no le interesaba en absoluto lo que decía Metrov, no dejaba de experimentar cierto placer al escucharle. Halagaba su amor propio el que un sabio como Metrov le expusiera sus ideas con tanto calor, tanto detalle y con la confianza de que conocía la materia. A veces se refería con una sola alusión a toda una faceta de aquel problema, cosa que Lievin atribuía a sus méritos. No sospechaba que Metrov había comentado aquello con todas las personas afines y que ahora charlaba con gusto sobre este tema, aun confuso para él mismo, con cualquiera que se le presentase.

—Se nos va a hacer tarde —dijo Katavásov, mirando el reloj una vez que Metrov acabó de exponer sus ideas—. Hoy se celebra una reunión para conmemorar el cincuentenario de Svíntich —respondió a la pregunta de Lievin—. Piotr Ivánovich y yo tenemos que asistir. He prometido leer algo acerca de los trabajos de Svíntich sobre zoología. Véngase con nosotros, va a ser muy interesante.

—Sí, realmente, ya es hora de irnos —afirmó Metrov—. Véngase usted y desde allí, si quiere, le invito a mi casa. Me gustaría mucho escuchar su obra.

—Bueno, pero aún no la tengo terminada. Iré con gusto a la reunión.

—¿Ha oído usted hablar de esa opinión que se aparta de las demás? —preguntó Katavásov desde otra habitación mientras se ponía el frac.

Y empezaron a hablar de la cuestión universitaria.

La cuestión universitaria constituía un acontecimiento muy importante aquel invierno en Moscú. Tres catedráticos viejos no habían aceptado en el Consejo la opinión de los jóvenes, y estos habían presentado un dictamen independiente. Según unos, era terrible, y según otros, acertado y justo, y los catedráticos se dividieron en dos grupos.

Unos, a los que pertenecía Katavásov, veían en el campo contrario el engaño y una vil delación; otros, puerilidad y poco respeto a las autoridades. Aunque Lievin no pertenecía a la universidad, varias veces, durante su estancia en Moscú, había discutido sobre esta cuestión y hasta se había formado un juicio propio sobre el particular. Tomó parte en la conversación, que continuó también en la calle, mientras se dirigían los tres al edificio de la universidad antigua.

La sesión había comenzado ya. Junto a la mesa, cubierta con un paño, a la que se sentaron Metrov y Katavásov, había seis hombres, y uno de ellos, muy inclinado hacia un manuscrito, estaba leyendo. Lievin tomó asiento en una silla desocupada que había cerca de la mesa y preguntó en voz baja a un estudiante que estaba a su lado qué era lo que leían. Tras echar una mirada de descontento a Lievin, el estudiante dijo:

—La biografía.

Lievin no se interesaba por la biografía del sabio; sin embargo, la escuchó, enterándose de detalles nuevos e interesantes de la vida de este.

Cuando el lector hubo terminado, el presidente le dio las gracias y leyó unos versos que el poeta Ment había compuesto con motivo de aquella conmemoración, dedicando también unas palabras de gratitud al poeta. Después Katavásov leyó, con su voz fuerte y chillona, su memoria sobre los trabajos del sabio.

Al terminar Katavásov, Lievin consultó el reloj. Viendo que era más de la una, pensó que no le daría tiempo de leer a Metrov su obra antes del concierto; además, ya no tenía deseos de hacerlo. Durante la conferencia reflexionó sobre la conversación que habían sostenido. Ahora veía claro que, si bien las ideas de Metrov podían tener importancia, las suyas no dejaban de tenerla. Esas ideas podían esclarecerse y conducir a algo, siempre que cada uno trabajara por separado, en la orientación elegida, pero, en cambio, nada resultaría de ellas por discutirlas. Resuelto a rechazar la invitación de Metrov, Lievin se acercó a él. Metrov le presentó al presidente, con el que hablaba de las últimas noticias políticas. A propósito de estas, Metrov refirió al presidente lo mismo que le había dicho a Lievin y este formuló las mismas objeciones que antes, pero, por variar algo, expuso una nueva opinión que se le ocurrió en aquel momento. Después volvieron a comentar la cuestión universitaria. Como Lievin ya había oído todo aquello, se apresuró a manifestarle a Metrov que sentía no poder aceptar su invitación, se despidió y se fue a casa de Lvov.

IV

Lvov, el marido de Natalia, hermana de Kiti, había vivido siempre en capitales y en el extranjero, donde se había educado y actuado como diplomático.

El año anterior había interrumpido su carrera diplomática, no por ningún contratiempo (nunca solía disgustarse con nadie), y pasó al servicio de una dependencia de la corte en Moscú, con objeto de dar mejor educación a sus dos hijos.

A pesar de la marcada diferencia de sus costumbres y de sus puntos de vista y de que Lvov era mayor que Lievin, se habían hecho muy amigos durante aquel invierno y hasta se tenían afecto.

Lvov estaba en casa y Lievin entró a verlo sin anunciarse.

Vestido con una bata con cinturón y zapatillas de gamuza y su *pince-nez** de cristales azules, puesto que se hallaba en una butaca leyendo un libro colocado en un atril, mientras sostenía cuidadosamente a distancia, con una de sus bellas manos, un cigarro a medio consumir.

Su hermoso rostro, enjuto y joven aún, al que los brillantes cabellos plateados daban un aire más distinguido, se iluminó con una sonrisa cuando vio a Lievin.

—¡Magnífico! Y yo que quería haber enviado a tu casa a buscarte. ¿Qué tal está Kiti? Siéntate aquí, estarás más cómodo. —Lvov se levantó y le acercó una mecedora a Lievin—. ¿Has leído la última circular del *Journal de Saint-Pétersbourg*? La encuentro muy bien —dijo con un acento ligeramente francés.

Lievin le refirió lo que le había oído decir a Katavásov acerca de los rumores que circulaban por San Petersburgo y, tras hablar con él

***

* «Quevedos.» *(N. de las T.)*

de política, le contó que había conocido a Metrov y que había estado en aquella conferencia. A Lvov le interesó mucho esto.

—Te envidio que puedas frecuentar ese mundo científico tan interesante —dijo, y, animándose, prosiguió en francés, según costumbre suya, ya que en esa lengua se expresaba con más facilidad—. Verdaderamente, tampoco dispongo de tiempo. Tanto mi servicio como mis ocupaciones con los niños me privan de esto, y, además, no me avergüenza confesarlo, mi instrucción es muy insuficiente.

—Yo no lo creo así —dijo Lievin con una sonrisa, y le conmovió, como siempre, la opinión que tenía de sí mismo Lvov, que era completamente sincera y no se debía a un deseo de aparentar modestia.

—¡Cómo no! Ahora es cuando me doy cuenta de que mi cultura es deficiente. Para enseñar a mis hijos debo refrescarme la memoria y hasta estudiar. Porque no basta tener profesores, se necesita también un preceptor, lo mismo que en tu finca, además de los campesinos, necesitas un capataz. Ahora estoy leyendo esto. —Lvov señaló la gramática de Busláiev, colocada en el atril—. Es el texto que estudia Misha y me parece tan difícil... A ver, explícame esto. Aquí dice...

Lievin trató de explicarle que aquello no se podía comprender, que era necesario aprendérselo, pero Lvov no estaba de acuerdo.

—¡Lo estás tomando a broma!

—Al contrario, no te puedes imaginar que viéndote siempre aprendo cómo se debe educar a los niños, cosa que tendré que hacer.

—Nada podrás aprender de mí —replicó Lvov.

—Nunca he visto niños mejor educados que los tuyos, ni deseo que los míos sean mejores.

Sin duda, Lvov quiso contenerse para no expresar su alegría, pero una sonrisa iluminó su semblante.

—Con tal que sean mejores que yo... Eso es todo lo que deseo. No sabes el trabajo que dan los chiquillos que, como los míos, han sido descuidados en su educación. No hemos podido atenderlos bien por nuestra manera de vivir en el extranjero.

—Ya adelantarán. Tienen capacidad. Lo más importante es la educación moral. Eso es lo que aprendo viendo a tus hijos.

—Me hablas de la educación moral. ¡No puedes imaginarte hasta qué punto es difícil eso! En cuanto has vencido una cosa, surgen otras, y de nuevo empieza la lucha. Si no se tuviera el apoyo de la religión..., ¿recuerdas que ya hemos hablado sobre este tema?, ningún padre podría educar a sus hijos solo con sus medios.

Esta conversación, que siempre interesaba a Lievin, se interrumpió al entrar la hermosa Natalia Alexándrovna, vestida ya para irse.

—No sabía que estabas aquí —dijo. Al parecer no sentía, incluso se alegraba, haber interrumpido aquella charla tan conocida y aburrida para ella—. ¿Cómo está Kiti? Hoy como en vuestra casa. Oye, Arsieni —añadió, dirigiéndose a su marido—, te llevarás el coche...

Y marido y mujer discutieron acerca de lo que harían aquel día. Como Lvov tenía que ir a recibir a alguien, por obligaciones de su cargo, y su mujer quería asistir al concierto y a una reunión pública del Comité del Sureste, se veían obligados a decidir todo esto. Lievin, como persona de la familia, tuvo que tomar parte en esos planes. Decidieron, al fin, que Lievin iría al concierto y a la reunión pública con Natalia. Y después le enviarían el coche a Arsieni, que recogería más tarde a su mujer para llevarla a casa de Kiti. Y en caso de que no hubiese acabado sus asuntos mandaría el coche y Lievin acompañaría a Natalia.

—Lievin me está echando a perder —dijo Lvov a su esposa—. Me asegura que nuestros niños son encantadores, cuando me consta que tienen tantos defectos.

—Arsieni es muy exagerado, siempre se lo digo —dijo Natalia—. Si buscamos la perfección, nunca estaremos satisfechos. Es verdad lo que dice papá: cuando nos educaban a nosotros se exageraba en un sentido, nos tenían en el entresuelo, mientras que nuestros padres vivían en el primer piso. Ahora, por el contrario, son los niños los que están en el primer piso y los padres en una buhardilla. En la actualidad, los padres ya no deben vivir, todo debe sacrificarse por los hijos.

—¿Y por qué no, si es más agradable? —dijo Lvov sonriendo con su hermosa sonrisa y acariciándole la mano—. Quien no te conociera te tomaría por madrastra.

—No, la exageración no está bien en ningún caso —replicó Natalia serena, colocando en su sitio la plegadera de su marido.

—Eso es, venid aquí, niños perfectos —dijo Lvov, dirigiéndose a los dos hermosos niños que entraban en aquel momento.

Después de saludar a Lievin, se acercaron a su padre para preguntarle algo.

Lievin sintió deseos de hablar con ellos y de escuchar lo que le dirían a su padre, pero Natalia empezó a hablar con él y no tardó en entrar Majotin, un compañero de Lvov, vestido con el uniforme de la corte, que también iba a esperar al personaje que llegaba. Se inició una animada conversación acerca de Herzegovina, de la princesa Korzínskaia, del ayuntamiento y de la muerte repentina de la Apráxina.

Lievin olvidó el encargo que le había hecho Kiti. Lo recordó estando ya en el vestíbulo.

—¡Ah! Kiti me ha encargado que hablara contigo de Oblonski —dijo, cuando Lvov se detuvo en la escalera, acompañando a su mujer y a Lievin.

—Sí, sí, *maman* quiere que nosotros, *les beaux-frères*, le reprendamos —dijo, ruborizándose—. Pero ¿por qué he de ser yo?

—Entonces lo haré yo —dijo Natalia, sonriendo, que esperaba, con su capa de piel puesta, que terminasen de hablar—. Bueno, vámonos.

V

En el concierto iban a ejecutar dos piezas muy interesantes.

Una fantasía titulada *El rey Lear en la estepa* y un cuarteto, dedicado a la memoria de Bach. Eran dos piezas nuevas, compuestas en estilo moderno, y Lievin deseaba formar juicio sobre ellas. Después de haber acompañado a Natalia a su butaca, se detuvo junto a una columna, decidido a escuchar con la mayor atención posible. Procuró no distraerse y no estropear la impresión de la música, mirando los movimientos de las manos del director de la orquesta, con su corbata blanca, cosa que suele distraer siempre de modo desagradable. Tampoco miró a las damas con sus sombreros puestos, las cuales se habían cubierto cuidadosamente las orejas, tapadas con cintitas, para el concierto, ni a todos esos personajes que, o bien no se interesaban por nada o lo estaban por las cuestiones más diversas, pero ajenas a la música. Había evitado el encuentro con los entendidos, así como con los grandes habladores, y permanecía escuchando con la vista baja.

Pero cuanto más oía *El rey Lear* tanto más lejos se sentía de poder formar una opinión definida. Incesantemente empezaba la expresión musical del sentimiento, pero enseguida se deshacía en fragmentos de nuevas expresiones, que a veces no reflejaban nada, excepto el capricho del compositor: eran sonidos incoherentes, aunque muy complejos. Y aun los fragmentos de esas expresiones musicales que tenían algunos pasajes buenos resultaban desagradables por ser inesperados y por su falta de preparación. La alegría y la tristeza, la desesperación, la exaltación y la dulzura se sucedían sin coherencia alguna, como si se tratase de los sentimientos de un loco, para desaparecer después súbitamente del mismo modo.

Durante la ejecución, Lievin experimentó la sensación de un loco que contempla un baile. Al terminar la pieza, estaba perplejo y muy cansado a causa de la gran tensión y de la atención, que no habían sido compensadas. De todas partes se oyeron grandes aplausos. Todos se levantaron y, yendo de un lado a otro, cambiaban impresiones. Lievin quiso aclarar su desconcierto mediante la impresión de otros, y se dirigió hacia los entendidos. Se alegró al ver a un señor que tenía fama de entendido, hablando con Pestsov, a quien conocía Lievin.

—Es extraordinario —decía Pestsov con su profunda voz de bajo—. Buenos días, Konstantín Dmítrich. El pasaje en que se percibe el acercamiento de Cordelia, en que la mujer, *das ewig Weibliche,** entra en la lucha con el destino es una gran imagen, toda una escultura y muy rica en matices. ¿No es cierto?

—Y ¿qué tiene que ver con esto Cordelia? —preguntó Lievin tímidamente, olvidando que aquella fantasía representaba al rey Lear en la estepa.

—Aparece Cordelia... ¡Aquí! —exclamó Pestsov, dando golpecitos con los dedos en el programa de papel satinado que tenía en la mano y tendiéndoselo a Lievin.

Solo entonces recordó este el título de la fantasía y se apresuró a leer, traducidos al ruso, los versos de Shakespeare, impresos en el reverso del programa.

—Sin esto es imposible seguir la música —dijo Pestsov, dirigiéndose a Lievin, porque su otro interlocutor se había marchado y ya no tenía con quien hablar.

Durante el entreacto, Lievin y Pestsov discutieron sobre los méritos y los defectos de la tendencia de la música de Wagner. Lievin demostraba que el error de Wagner y el de todos sus seguidores consiste en querer introducir la música en el dominio de otro arte y que la poesía incurre en el mismo error al pretender describir los rasgos de un rostro, cosa que debe hacer la pintura. Como ejemplo de tal error, Lievin aludió al escultor que quiso cincelar en mármol las sombras poéticas que rodean al poeta en el pedestal.

—Esas sombras tienen tan poco de sombras, que el escultor las modela apoyadas en la escalera —dijo Lievin.

Estaba satisfecho de esta frase. Pero al decirla se turbó porque creyó recordar que ya la había dicho en otra ocasión, y precisamente a Pestsov.

* «El eterno femenino.» *(N. de las T.)*

En cambio, Pestsov demostraba que el arte es único y que puede llegar al máximo de su expresión solamente al estar unidas todas sus ramas.

A Lievin le fue imposible escuchar la segunda pieza del concierto. Pestsov, que se hallaba en pie a su lado, estuvo hablando con él casi todo el tiempo; criticaba la obra por su excesiva sencillez, artificial y dulzona, comparándola con la sencillez de la pintura prerrafaelista. Al salir, Lievin se encontró con muchos conocidos, con los que habló de política, de música y de los amigos comunes. Entre otros, se encontró con el conde Boll. Se le había olvidado por completo que debía ir a visitarlo.

—Bueno, pues vete ahora —le dijo Natalia, con la que comentó el olvido—. Tal vez no te reciban. Después ve a buscarme a la reunión. Aún estaré allí.

VI

—¿Reciben hoy? —preguntó Lievin al entrar en la casa de la condesa Boll.

—Sí, haga el favor de pasar —contestó el portero, quitándole resuelto la pelliza.

«¡Qué fastidio! —pensó Lievin, suspirando mientras se quitaba un guante y desarrugando el sombrero—. ¿Para qué vengo? ¿De qué puedo hablar con ellos?»

Al atravesar el primer salón, Lievin se encontró en la puerta con la condesa Boll, que, con expresión grave y preocupada, daba órdenes a un criado. Al ver a Lievin, la condesa sonrió y le rogó que pasara al saloncito contiguo desde el cual se oían voces. Allí estaban sentadas en sendas butacas las dos hijas de la condesa y un coronel moscovita que Lievin conocía. Lievin se acercó a ellos y, tras saludar, se sentó en el diván con el sombrero en las rodillas.

—¿Qué tal está su esposa? ¿Ha estado usted en el concierto? Nosotros no hemos podido ir. Mamá tuvo que asistir a un funeral.

—Sí, ya me he enterado... ¡Qué muerte tan repentina! —dijo Lievin.

Vino la condesa, se sentó en el diván y también preguntó a Lievin por su mujer y por el concierto.

Lievin contestó repitiendo la frase que había dicho sobre la repentina muerte de la Apráxina.

—Desde luego, siempre ha tenido poca salud.

—¿Fue usted a la ópera ayer?

—Sí.

—Estuvo muy bien la Lucca.

—Ya lo creo —afirmó Lievin, y repitió lo que había oído decir miles de veces respecto del talento particular de la cantante, pues no le importaba en absoluto lo que iban a pensar de él.

La condesa Boll fingía escucharle. Cuando Lievin hubo hablado bastante y guardó silencio, empezó a hablar a su vez el coronel, que había callado hasta entonces. También comentó la ópera y el nuevo alumbrado. Finalmente, habló de la supuesta *folie journée** en casa de Tiurin, rió, se levantó ruidosamente y se fue. Lievin se levantó también, pero, por el rostro de la condesa, advirtió que aún no era hora de marcharse. Debía quedarse unos minutos más. Volvió a sentarse.

Pero, como pensaba que todo aquello era estúpido, no logró encontrar un tema para conversar y guardó silencio.

—¿No va usted a salir a la reunión pública del Comité del Sureste? Dicen que es muy interesante —dijo la condesa.

—No, pero he prometido a mi *belle-soeur* ir a recogerla allí.

Reinó un silencio. La madre y una de las hijas cambiaron una mirada.

«Bueno, parece que ya es hora de irse», pensó Lievin, poniéndose en pie. Las señoras le dieron la mano, rogándole que dijera *mille choses*** a su esposa.

El portero le preguntó, mientras le ayudaba a ponerse la pelliza:

—¿Dónde para el señor?

Y enseguida lo anotó en una libreta grande y bien encuadernada.

«Desde luego, no me importa. Pero, sea como sea, es molesto y terriblemente estúpido», pensó Lievin, consolándose con que todo el mundo hacía estas cosas. Y se dirigió a la reunión pública del Comité del Sureste, donde debía recoger a su cuñada para llevarla después a su casa.

En la reunión había mucha gente y estaba casi toda la buena sociedad. Al llegar Lievin todavía estaban leyendo la exposición general, que era muy interesante, según aseguraban todos. Cuando se dio fin a la lectura, la gente se reunió y Lievin se encontró con Sviyazhski, el cual lo invitó insistentemente a la Sociedad de Explotación Agrícola, donde iba a leer una ponencia de gran interés. También se encontró con Stepán Arkádich, que acababa de llegar de las carreras, así como con otros conocidos suyos. Lievin volvió a exponer y a escuchar diversos puntos de vista acerca de la reunión, de la nueva obra teatral y de un proceso. Probablemente, a causa del cansancio que empezaba a experimentar, Lievin cometió un error al hablar de aquel proceso,

* «Juerga.» *(N. de las T.)*
** «Muchos recuerdos.» *(N. de las T.)*

que lamentó después. Al comentar la pena impuesta a un extranjero juzgado en Rusia y hablando de que sería injusto castigarle con la expulsión del país, Lievin repitió una frase, que había oído la víspera al conversar con un amigo suyo.

—Creo que expulsarle al extranjero es lo mismo que castigar a un esturión echándolo al agua —dijo.

Después recordó que ese pensamiento, que había expresado como suyo, era de una fábula de Krilov y que el conocido de quien lo oyó lo había recogido a su vez de un artículo de la prensa.

Una vez que llevó a Natalia a su casa y habiendo encontrado a Kiti alegre y en buen estado de salud, Lievin se fue al club.

VII

Lievin llegó a la hora justa. A la vez que él llegaban socios del club e invitados. Hacía mucho tiempo que no frecuentaba el establecimiento, desde la época en que salió de la universidad; cuando vivía en Moscú y alternaba con el gran mundo. Recordaba el club y todos los detalles de su instalación, pero había olvidado la impresión que le producía entonces. Sin embargo, se sintió invadido por la sensación de descanso, placer y bienestar que experimentaba antaño al frecuentarlo en cuanto llegó al ancho patio semicircular y se apeó del coche. Esta sensación fue en aumento cuando subió la escalinata, y el portero, con su banda puesta, le abrió la puerta sin hacer ruido, inclinándose ante él; cuando vio en la portería los chanclos y las pellizas de los socios, que habían comprendido que costaba menos trabajo quitárselos abajo que subir con ellos al piso de arriba; cuando oyó la misteriosa campanilla que le precedía, y, al subir la alfombrada escalera de peldaños bajos, contempló la estatua en el rellano, y ya arriba reconoció al otro portero que había envejecido, el cual le abrió la puerta sin precipitarse, aunque sin demora, mientras lo examinaba.

—Haga el favor de dejar aquí el sombrero —le dijo a Lievin, el cual había olvidado que era costumbre en el club dejar los sombreros en la portería—. Hace tiempo que no viene usted por aquí. El príncipe lo inscribió ayer. No ha llegado todavía el príncipe Stepán Arkádich.

El portero no solo conocía a Lievin, sino también a sus amistades y parientes y enseguida le nombró personas allegadas a él.

Lievin atravesó la primera sala, en la que había unos biombos, y la habitación de la derecha, donde se vendían frutas, y adelantando a un viejo que iba despacio entró en el comedor, lleno de gente animada.

Pasó a lo largo de las mesas, casi todas ocupadas ya, mirando a los concurrentes. Aquí y allá vio a personas muy distintas: viejos y jóvenes, algunos que apenas conocía y otros que eran íntimos suyos. No había un solo rostro inquieto o irritado. Parecía que todos habían dejado en la portería sus disgustos y preocupaciones junto con los sombreros y se habían reunido para gozar lentamente de los bienes materiales de la vida. Allí estaban Sviyazhski, Scherbatski y Neviedovski, el viejo príncipe; Vronski y Serguiéi Ivánovich.

—¡Ah! ¿Cómo es que llegas tarde? —exclamó el viejo príncipe sonriendo, mientras le tendía la mano por encima del hombro—. ¿Cómo está Kiti? —añadió, arreglándose la servilleta, remetida en el ojal del chaleco.

—Está bien. Van a comer las tres juntas en casa.

—¡Ah! ¡Las Alinas y Nadinas! Aquí ya no hay sitio. Vete pronto a coger puesto en aquella mesa —dijo el anciano príncipe y, volviéndose, cogió con cuidado el plato de sopa de pescado.

—¡Lievin, ven aquí! —llamó desde más allá una voz bonachona. Era Turovtsin. Estaba sentado junto a un militar joven, y a su lado había dos sillas reservadas. Lievin se acercó a ellos muy contento. Siempre había sentido simpatía por el bondadoso y juerguista Turovtsin (relacionaba con él el recuerdo de su declaración a Kiti), y hoy, después de todas las conversaciones que habían puesto su cerebro en tensión, le resultó especialmente agradable verlo.

—Son para usted y Oblonski. Vendrá enseguida.

El militar de ojos alegres, siempre risueños, que se mantenía muy erguido, era Gaguin. Turovtsin se lo presentó a Lievin.

—Oblonski siempre llega tarde.

—Ahí viene.

—¿Acabas de llegar? —preguntó Stepán Arkádich, acercándose presuroso a ellos—. ¡Buenos días! ¿Has tomado vodka? ¿No? Entonces, ven.

Lievin se levantó y siguió a Stepán Arkádich a la mesa grande, donde había diversos entremeses y clases de vodka. Parecía que entre veinte entremeses distintos se hubiera podido elegir a gusto, pero Stepán Arkádich pidió uno especial y un criado de librea no tardó en servírselo. Los cuñados tomaron una copita de vodka y volvieron a la mesa.

Cuando aún tomaban la sopa de pescado, le trajeron a Gaguin el champán, que ordenó sirvieran en las cuatro copas. Lievin no se negó a tomarlo y hasta encargó otra botella. Tenía hambre, comía y bebía con gusto, tomando parte con más gusto aún en las alegres y sencillas conversaciones de sus compañeros de mesa. Bajando la voz, Gaguin relató una de las últimas anécdotas petersburguesas y, aunque era indecente y estúpida, resultó tan divertida que Lievin lanzó una sonora carcajada, atrayendo la atención de los comensales de las mesas cercanas.

—Es del mismo estilo de «¡Eso es precisamente lo que no aguanto!». ¿La conoces? —preguntó Stepán Arkádich—. ¡Oh, es magnífica! Trae otra botella —ordenó al camarero, y empezó a contar aquella anécdota.

—Piotr Ilich Vinovski les ruega que acepten esto —dijo un criado viejecito interrumpiendo a Stepán Arkádich, mientras les ofrecía a él y a Lievin dos finas copas de champán burbujeante.

Oblonski tomó una copa y, tras cambiar una mirada con un viejo calvo, de bigotes rojizos, que estaba sentado junto a otra mesa, le sonrió, haciéndole una seña con la cabeza.

—¿Quién es? —preguntó Lievin.

—Lo conociste en mi casa, ¿no recuerdas? Es un buen muchacho.

Lievin hizo lo mismo que Stepán Arkádich y tomó la copa.

La anécdota de Oblonski fue también muy divertida. Lievin contó otra que gustó igualmente. Después se habló de caballos, de las carreras que se habían celebrado aquel día y de la habilidad con que ganó un premio el Átlasnyi, de Vronski. Lievin no se dio cuenta de cómo había transcurrido la comida.

—¡Ah! ¡Aquí están! —exclamó Stepán Arkádich al final de la comida inclinándose por encima del respaldo de la silla y tendiéndole la mano a Vronski, que se acercaba a ellos acompañado de un alto coronel de la guardia.

El rostro de Vronski reflejaba también la alegría general del club. Se apoyó en el hombro de Stepán Arkádich y le cuchicheó algo, mientras le daba la mano a Lievin con la misma sonrisa.

—Me alegro mucho de volver a verlo —dijo Vronski—. Lo busqué entonces en las elecciones, pero me dijeron que se había marchado usted.

—Sí, me fui el mismo día. Ahora mismo estábamos hablando del caballo de usted. Le felicito —dijo Lievin.

—Usted también tiene caballos, ¿verdad?

—No, los tenía mi padre, pero los recuerdo y soy entendido.

—¿Dónde has comido? —preguntó Stepán Arkádich.

—Estamos en la segunda mesa, detrás de las columnas.

—Lo han felicitado —dijo el coronel—. Ha ganado el segundo premio del emperador. ¡Qué más quisiera yo que tener tanta suerte con las cartas como la que tiene él con los caballos! Pero ¿a qué perder el precioso tiempo? Me voy a la sala infernal —añadió, alejándose.

—Es Iashvín —explicó Vronski a Turovtsin, y se sentó en el sitio que había quedado libre junto a ellos.

Después de beber la copa de champán que le ofrecieron, ordenó que trajeran una botella. Ya fuera por la influencia del ambiente del club, o por el vino que había bebido, Lievin charló animadamente con Vronski sobre la mejor raza de caballos y se sentía muy contento de no experimentar ninguna animosidad hacia él. Hasta le dijo, entre otras cosas, que sabía por su mujer que se había encontrado con él en casa de la princesa María Borísovna.

—¡Oh, María Borísovna es un encanto! —dijo Stepán Arkádich. Y contó una anécdota referente a ella que hizo reír a todos. Sobre todo Vronski rió tan de buena gana que Lievin se sintió completamente reconciliado con él—. ¿Qué? ¿Hemos terminado? —agregó, levantándose y sonriendo—. ¡Vámonos!

VIII

Al abandonar la mesa, Lievin, sintiendo que las piernas le llevaban con extraordinaria ligereza, se dirigió a la sala de billar acompañado de Gaguin.

—¿Te gusta nuestro templo de la ociosidad? —le preguntó el anciano príncipe, tomándole del brazo—. Ven, vamos a dar una vuelta.

—Precisamente es lo que quería, dar una vuelta y echar un vistazo. Esto es muy interesante.

—Sí, lo es para ti. En cuanto a mí se refiere, es distinto el interés que tengo. Al contemplar a esos viejecitos te figuras que han nacido *shliupiki**—dijo, señalando a un socio del club, un anciano encorvado, con el labio inferior colgando, que les venía al encuentro sin poder apenas levantar los pies calzados con zapatos flexibles.

—¿Cómo *shliupiki*?

—Tú no sabes de eso. Es un término de nuestro club. Ya sabes que cuando se hacen rodar los huevos** acaban volviéndose *shliupiki*. Así nos pasa a nosotros: a fuerza de frecuentar el club, nos volvemos *shliupiki*. A ti te da risa, pero yo, en cambio, pienso que no tardaré en llegar a serlo. ¿Conoces al príncipe Chechenski? —preguntó, y Lievin dedujo por su expresión que se disponía a contarle algo divertido.

—No, no lo conozco.

—¿Cómo? ¡Pero si es muy célebre! Bueno, es igual. Es un hombre que siempre está jugando al billar. Hace tres años aún no era *shliupiki* y se hacía el valiente. Llamaba así a los demás. Pero un día llegó al club

---

* «Pequeña corveta.» *(N. de las T.)*
** Alude a la costumbre ortodoxa de jugar con huevos duros pintados durante las fiestas de Pascua de Resurrección. *(N. de las T.)*

y nuestro portero... ¿Conoces a Vasili? Ese hombre grueso, ¿sabes? Es un gran bromista. Bueno, pues el príncipe le preguntó: «¿Qué hay, Vasili? ¿Quién hay por aquí? ¿Ha llegado alguno de los *shliupiki*?». Y el portero le respondió: «Es usted el tercero». Ya ves, amigo mío.

Hablando y saludando a los conocidos con quienes se encontraban, Lievin y el príncipe atravesaron todas las salas: la grande, donde estaban dispuestas las mesas y donde jugaban los asiduos; la sala de los divanes, donde se jugaba al ajedrez y en la que se hallaba Serguiéi Ivánovich hablando con alguien; la sala del billar, en cuyo recodo había un diván con un grupo de hombres alegres que bebían champán, entre los que se hallaba Gaguin, y hasta echaron una ojeada a la sala *infernal*, en la que vieron a Iashvín ante una mesa rodeada de muchos adictos. Procurando no hacer ruido, entraron en la oscura biblioteca, donde, junto a las lámparas con pantallas, se hallaban un joven de rostro enfadado, que hojeaba revista tras revista, y un general calvo, enfrascado en la lectura. También entraron en una habitación que el príncipe llamaba «de los sabios». En ella tres señoras discutían animadamente las últimas noticias de política.

—Príncipe, haga el favor de venir, que ya lo tiene todo dispuesto —dijo uno de los jugadores que había ido a buscarlo; el príncipe se marchó.

Lievin permaneció sentado un rato escuchando, pero, al recordar las conversaciones de aquella mañana, de pronto se sintió terriblemente aburrido. Se levantó presuroso y fue en busca de Oblonski y Turovtsin, con los que se divertía.

Turovtsin estaba sentado en un alto diván de la sala del billar con una copa en la mano, y Stepán Arkádich y Vronski hablaban en un rincón cerca de la puerta.

—No es que ella se aburra, pero esa posición tan indecisa, tan indefinida —oyó Lievin que decía uno de ellos. Quiso alejarse, pero Stepán Arkádich lo llamó.

—Lievin —gritó, y este se dio cuenta de que Stepán Arkádich tenía los ojos humedecidos, como solía tenerlos siempre después de haber bebido o cuando estaba emocionado. Esta vez era por ambas cosas—. Lievin, no te vayas —dijo, y le apretó fuertemente la mano con el codo para impedirle que se fuera—. Es mi más sincero amigo y probablemente el mejor —le dijo a Vronski—. A ti también te quiero y te aprecio mucho. Deseo que seáis buenos amigos, porque los dos sois excelentes personas.

—Pues ya no nos queda sino darnos un beso —dijo Vronski, bromeando, con expresión bonachona, mientras él tendía la mano a Lievin.

Este se apresuró a estrechar la mano que le tendía Vronski.

—Me alegro mucho, me alegro mucho —exclamó.

—Mozo, trae una botella de champán —ordenó al camarero Stepán Arkádich.

—También yo me alegro —dijo Vronski a su vez.

Pero, a pesar de los buenos deseos de Stepán Arkádich, a los que ambos correspondían, no tenían de qué hablar y se daban cuenta de ello.

—¿Sabes que Lievin no conoce a Anna? —le dijo Stepán Arkádich a Vronski—. Quiero llevarlo sin falta a tu casa. Anda, vámonos, Lievin.

—¿Es posible que no la conozca? —replicó Vronski—. Anna se alegrará mucho de que vaya. Iría con vosotros, pero Iashvín me preocupa y quiero estar aquí hasta que termine de jugar —añadió.

—¿Es que va mal?

—Está perdiendo constantemente y yo soy la única persona que puede contenerlo.

—Entonces, qué, ¿jugamos? Lievin, ¿quieres jugar? —preguntó Stepán Arkádich—. Coloca los bolos —ordenó al marcador.

—Hace rato que están dispuestos —contestó este, que ya había colocado los bolos en triángulo y se entretenía en hacer rodar una bola roja.

—Bueno, empecemos.

Después de la partida, Vronski y Lievin se sentaron a la mesa de Gaguin, y Lievin, aceptando la propuesta de Stepán Arkádich, apuntó a los ases. Vronski, tan pronto permanecía sentado junto a la mesa rodeado de sus conocidos, que sin cesar se acercaban a él, tan pronto iba a la sala *infernal* a ver a Iashvín. Lievin experimentaba un descanso agradable después de la fatiga cerebral de aquella mañana. Le alegraba el hecho de no sentir hostilidad hacia Vronski y de disfrutar de aquella sensación de tranquilidad, de bienestar y de placer.

Una vez acabada la partida, Stepán Arkádich lo tomó del brazo.

—Vamos a ver a Anna. Ahora mismo, ¿no? Está en casa. Hace tiempo que le prometí llevarte. ¿Dónde ibas a ir esta noche?

—A decir verdad, a ningún sitio. Prometí a Sviyazhski ir a la Sociedad de Explotación Agrícola. Pero prefiero ir contigo.

—Pues bien: vámonos entonces. Entérate de si ha llegado mi coche —dijo Stepán Arkádich a un criado.

Lievin se acercó a la mesa, pagó los cuarenta rublos que había perdido y también, de un modo misterioso, el gasto que había hecho en el club —el criado viejecito, que se hallaba en el umbral de la puerta, sabía ya a lo que ascendía— y, moviendo mucho los brazos, atravesó todas las salas, dirigiéndose a la salida.

IX

—¡El coche de Oblonski! —gritó el portero con su bronca voz.

El coche se acercó y ambos montaron en él. Solo mientras atravesaban la verja del patio le duró a Lievin la sensación de tranquilidad, de placer y de aquel bienestar del ambiente del club. Aquella sensación se desvaneció en cuanto el coche salió a la calle y Lievin sintió las sacudidas que daba rodando por el pavimiento desigual, oyó los gritos de enojo de un cochero que se cruzó con ellos y percibió, a la luz del tenue alumbrado, el rótulo de color rojo de una taberna. Reflexionó sobre sus actos, preguntándose si hacía bien yendo a casa de Anna. ¿Qué diría Kiti? Pero Stepán Arkádich no lo dejó meditar y, como si hubiese adivinado sus pensamientos, le dijo:

—Cuánto me alegro de que la conozcas. Hace mucho tiempo que Dolli lo desea. También Lvov ha estado a verla y ahora la visita de cuando en cuando. Aunque se trate de mi hermana, puedo decirte decididamente que es una mujer extraordinaria. Ya lo verás. Su situación es muy penosa, sobre todo ahora —concluyó Stepán Arkádich.

—¿Y por qué sobre todo ahora?

—Tratamos de ponernos de acuerdo con su marido para tramitar el divorcio. Él está conforme, pero hay dificultades a causa del hijo. Y este asunto, que debía estar resuelto hace mucho, dura más de tres meses. En cuanto consiga el divorcio, se casará con Vronski. ¡Qué estúpida es esa antigua costumbre de dar vueltas cantando «Regocíjate, Isaías», en que nadie cree y que impide que la gente sea feliz! —dijo Stepán Arkádich—. Entonces, la situación de ellos será tan definida como la tuya y la mía.

—¿Y a qué se deben esas dificultades? —preguntó Lievin.

—¡Ah! Es una historia larga y aburrida. ¡Todas estas cosas son tan indefinidas aquí en Rusia!... Lo cierto es que Anna lleva tres meses en Moscú esperando el divorcio, donde todo el mundo los conoce a los dos, no sale a ninguna parte, no ve a ninguna de sus amigas, excepto a Dolli, porque no quiere que la visiten por compasión. Hasta la tonta de la princesa Varvara se ha marchado, considerando inconveniente vivir con ella. Otra mujer en su situación no hubiera tenido fuerzas para soportarlo. En cambio, ya verás cómo ella ha organizado su vida, ¡qué serena y digna se muestra! A la izquierda, al callejón, enfrente de la iglesia —gritó Stepán Arkádich, asomándose a la ventanilla—. ¡Qué calor! —añadió y, a pesar del frío que hacía (doce grados bajo cero), echó hacia atrás la pelliza, que ya llevaba desabrochada.

—Pero tiene una hija. Probablemente está ocupada con ella —dijo Lievin.

—Al parecer, te imaginas que toda mujer es solamente una hembra, *une couveuse** —replicó Stepán Arkádich—. Anna está ocupada, pero no precisamente con su hija. La cría muy bien, sin duda, pero no se trata de ella. En primer lugar, Anna escribe. Ya veo que sonríes irónicamente, aunque no tienes por qué hacerlo. Está escribiendo un libro para niños. No habla a nadie de esto, pero a mí me lo ha leído y he llevado el manuscrito a Vorkúiev... Ya sabes, es un editor... Creo que él también escribe. Conoce la materia y opina que es una obra notable. Tú te figuras que se trata de una mujer escritora. Nada de eso. Ante todo, es una mujer de gran corazón. Ya lo verás. Ahora se ocupa de una niña inglesa y de toda su familia.

—¿Se dedica a la filantropía?

—Quieres ver algo malo en todo. No se trata de una cosa filantrópica, sino de corazón. Tenían o, mejor dicho, Vronski tenía un entrenador inglés, muy entendido en su asunto, pero era un borracho. Llegó al delírium tremens y ha abandonado a su familia. Anna se ha interesado tanto por ellos que actualmente toda la familia está en sus manos, pero no así, de cualquier modo, dándoles dinero, sino que ella en persona prepara a los niños para su ingreso en el gimnasio, enseñándoles el ruso. Se ha llevado a la niña a su casa. Ya la verás.

El carruaje entró en el patio de la casa y Stepán Arkádich llamó, tirando fuertemente de la campanilla. Junto a la entrada de la casa había un trineo.

* «Una clueca.» (N. de las T.)

Sin preguntar al criado que les abrió la puerta si Anna estaba en casa, Stepán Arkádich entró en el vestíbulo. Lievin lo siguió, dudando cada vez más si estaba bien lo que hacía.

Al mirarse en un espejo, Lievin vio que estaba colorado, pero tenía el convencimiento de no estar borracho y subió en pos de Stepán Arkádich la escalera alfombrada. Una vez arriba, Stepán Arkádich preguntó al criado, que lo saludó como a una persona de la familia, quién estaba con Anna Arkádievna. El criado le respondió que era el señor Vorkúiev.

—¿Dónde están?

—En el despacho.

Después de atravesar el pequeño comedor de paredes de madera oscura, Stepán Arkádich y Lievin entraron pisando la mullida alfombra en un despacho, débilmente iluminado por una lámpara de pantalla oscura. Otra lámpara, fijada en la pared, iluminaba un retrato de mujer de cuerpo entero, en el que Lievin se fijó involuntariamente. Era el retrato de Anna realizado en Italia por el pintor Mijáilov. Mientras Oblonski se dirigía al otro lado del biombo y dejaba de oírse una voz de hombre que hablaba allí, Lievin examinó el retrato, que sobresalía del marco bajo aquella luz, sin poder apartar los ojos de él. Hasta se le olvidó dónde se encontraba y, sin prestar atención a lo que hablaban, no cesaba de mirar aquel retrato extraordinario. No era un cuadro, sino una mujer viva y encantadora, de pelo negro rizado, hombros y brazos desnudos y una ligera sonrisa en sus labios sombreados con un delicado vello, que lo miraba con sus ojos de expresión dulce y dominante, turbándolo. No estaba viva únicamente, porque era más bella de lo que puede ser una mujer en realidad.

—Me alegro mucho —oyó decir Lievin de repente.

Esta voz se dirigía a él, sin duda; era la voz de la misma mujer cuyo retrato contemplaba. Anna venía a su encuentro y Lievin vio en la penumbra del despacho a la mujer del retrato con un vestido oscuro de distintos tonos azules. Aunque su actitud y su expresión eran distintas, tenía el mismo grado de belleza con que la había representado el pintor. En la realidad, era menos deslumbrante, pero, en cambio, había en ella algo nuevo y atrayente que faltaba en el cuadro.

X

Anna no ocultó su alegría al ver a Lievin. Y en la serenidad con que le tendió su pequeña mano enérgica, en la forma como le presentó a Vorkúiev y cómo le mostró a una niña, de aspecto agradable y algo pelirroja, que trabajaba en la estancia, diciendo que era su protegida, Lievin reconoció los modales, que tanto le agradaban, de una mujer de sociedad, siempre tranquila y natural.

—Me alegro mucho, mucho —repitió, y aquellas palabras tan sencillas adquirieron en sus labios un significado particular para Lievin—. Hace mucho que lo conozco de oídas y le aprecio tanto por su amistad con Stiva como por su esposa... La traté muy poco, pero me dejó la impresión de una flor encantadora, precisamente de una flor. ¡Y ahora pronto va a ser madre!

Anna hablaba con soltura y sin apresurarse, ora mirando a Lievin, ora a su hermano. Lievin se dio cuenta de que le había producido buena impresión a Anna, y enseguida se sintió a gusto y no se cohibió en su presencia, como si la conociera desde niño.

—Iván Petróvich y yo nos hemos quedado en el despacho de Vronski y precisamente para poder fumar —dijo Anna, contestando a la pregunta de Stepán Arkádich de si le permitía fumar y, echando una ojeada a Lievin, sin preguntarle si fumaba, cogió una pitillera de concha y sacó un pitillo.

—¿Cómo te encuentras hoy? —preguntó Stepán Arkádich.

—No estoy mal. Los nervios, como siempre.

—¿Verdad que está extraordinariamente bien? —comentó Stepán Arkádich al darse cuenta de que miraba el cuadro.

—Nunca he visto un retrato mejor.

—Y tiene un gran parecido, ¿verdad? —dijo Vorkúiev.

Lievin desvió la mirada del retrato al original. Un resplandor particular iluminó el rostro de Anna al sentir aquella mirada. Lievin se ruborizó y, para ocultar su turbación, quiso preguntar a Anna si hacía mucho que no había visto a Daria Alexándrovna, pero en aquel momento ella le dijo:

—Estábamos hablando ahora, Iván Petróvich y yo, acerca de los últimos cuadros de Váschenkov. ¿Los ha visto usted?

—Sí —contestó Lievin.

—Perdone, le he interrumpido, iba usted a decir algo...

Lievin le preguntó si hacía mucho tiempo que no había visto a Daria Alexándrovna.

—Me visitó ayer; está muy disgustada con lo que le pasa a Grisha en el gimnasio. Al parecer, el profesor de latín ha sido injusto con él.

—Sí, he visto esos cuadros, pero no me han gustado mucho —dijo Lievin, volviendo a la conversación iniciada.

Ahora ya no hablaba como un entendido en la materia, según lo había hecho por la mañana. Cada palabra en su charla con Anna adquiría un significado particular. Era agradable hablar con ella, y aún más escucharla.

Anna conversaba no solo con naturalidad y de un modo inteligente, sino con cierta negligencia, sin darle importancia a sus ideas y dándoselas, en cambio, a lo que decía su interlocutor.

Comentaron la nueva tendencia del arte y la ilustración de la Biblia hecha por un pintor francés. Vorkúiev criticaba a ese pintor por su realismo, que llegaba a ser cínico. Lievin objetó que los franceses habían llevado el arte a un convencionalismo tal como ningún otro país, considerando por eso como gran mérito el retorno al realismo. En el solo hecho de no mentir veían poesía.

Nunca le había producido tanto placer a Lievin una idea inteligente. Al apreciarla, el rostro de Anna resplandeció. Y se echó a reír.

—Me río —dijo— como se ríe uno cuando un retrato es muy parecido. Lo que acaba usted de decir caracteriza muy bien el arte francés actual, la pintura y hasta la literatura: Zola, Daudet. Tal vez siempre ocurra eso: empiezan por construir sus *conceptions* basándose en figuras convencionales e imaginarias, pero luego todas las *combinaisons** están hechas, las figuras imaginarias acaban por aburrir, y entonces conciben otras más naturales, más verdaderas.

* «Combinaciones.» (*N. de las T.*)

—¡Esto es cierto! —exclamó Vorkúiev.

—Entonces ¿han estado ustedes en el club? —preguntó Anna, acercándose a su hermano, para hablarle en voz baja.

«Sí, sí, he aquí una mujer», pensaba Lievin, absorto, mirando insistentemente el rostro bello y animado de Anna, que había cambiado de repente. Lievin no oía lo que Anna decía a su hermano, inclinada hacia él, y se sorprendió de su cambio de expresión. Aquel rostro tan encantador en su serenidad reflejó súbitamente una curiosidad extraña, ira y orgullo. Pero esto duró tan solo un momento. Anna entornó los ojos, como si recordara algo.

—Bueno, al fin y al cabo, eso no le interesa a nadie —dijo. Y, dirigiéndose a la inglesa, añadió—: *Please, order the tea in the drawing-room.*[*]

La niña se levantó y salió del despacho.

—¿Qué tal sus exámenes? —preguntó Stepán Arkádich.

—Muy bien. Esta niña tiene muchas aptitudes y muy buen carácter.

—Acabarás queriéndola más que a tu propia hija.

—Así hablan los hombres. En el amor no existe más ni menos. Quiero a mi hija con un amor y a esta niña con otro.

—Yo le digo a Anna Arkádievna que si pusiera la centésima parte de la energía que emplea en esa niña en la obra común de la educación de los niños rusos, haría una obra grande y útil.

—Diga usted lo que quiera, pero no puedo hacerlo. El conde Alexiéi Kirílovich —al pronunciar las palabras «conde Alexiéi Kirílovich», Anna miró tímida e interrogativamente a Lievin y este le correspondió con una mirada llena de respeto y aprobación— me animaba mucho a ocuparme de una escuela del pueblo. Fui varias veces. Los niños son muy agradables, pero no logré interesarme por esa obra. Me habla usted de energía. La energía se basa en el amor. Y el amor no se puede adquirir a la fuerza. Le he tomado cariño a esta niña sin saber yo misma por qué.

Anna volvió a mirar a Lievin. Tanto su sonrisa como su mirada le dijeron claramente que solo le hablaba a él, apreciando su opinión y sabiendo de antemano que la comprendía.

—Lo comprendo perfectamente —dijo Lievin—. En la escuela y en otros centros semejantes no puede uno poner el corazón y pienso

[*] «Haz el favor, di que sirvan el té en el salón.» (*N. de las T.*)

que, precisamente por eso, todas las instituciones filantrópicas dan tan poco resultado.

Anna guardó silencio durante un rato.

—Sí, sí —afirmó—. Nunca he podido hacerlo. *Je n'ai pas le coeur assez large** como para querer a un asilo entero de niñas repugnantes. *Cela ne m'a jamais réussi.*** Desde luego, hay muchas mujeres que se han creado con esto una *position sociale.* Sobre todo ahora —añadió con expresión triste y confiada, dirigiéndose aparentemente a su hermano, aunque en realidad hablaba a Lievin—, que precisamente me es tan necesaria una ocupación, no puedo hacerlo. —Súbitamente frunció el ceño (Lievin comprendió que era porque estaba descontenta de haber hablado de sí misma) y cambió de conversación—. He oído decir que es usted un mal ciudadano, y lo he defendido como he sabido.

—¿Cómo lo ha hecho usted?

—Según los ataques. ¿Quieren tomar té? —Anna se levantó y cogió un libro encuadernado en tafilete.

—Démelo usted, Anna Arkádievna —rogó Vorkúiev, indicando el libro—. Vale mucho.

—¡Oh, no! No está bien terminado.

—Le he dicho que escribes —dijo Stepán Arkádich a su hermana, señalando a Lievin.

—No debiste hacerlo. Mis obras son por el estilo de las cestitas y de los objetos tallados hechos por los presos que me vendía Liza Merkálova. Patrocinaba a los presos —añadió, dirigiéndose a Lievin—, y esos infelices hacían verdaderas maravillas a fuerza de paciencia.

Y Lievin descubrió un nuevo rasgo en esa mujer, que tanto le había gustado. Además de ser inteligente, graciosa y bella, era muy sincera. No quería ocultarle a Lievin lo doloroso de su situación. Al decir aquello, Anna suspiró y su rostro, que había adquirido de pronto una expresión severa, quedó como petrificado. Con esa expresión estaba aún más bella que antes, pero reflejaba algo nuevo, fuera de aquel círculo de expresiones que irradiaban y producían felicidad, que el pintor había captado al hacer el retrato. Lievin volvió a mirar el cuadro y a Anna mientras esta cogía del brazo a su hermano y traspasaba la puerta, y sintió por ella una ternura y una piedad que le sorprendieron.

---

* «No tengo un corazón tan generoso.» *(N. de las T.)*
** «Nunca he sido capaz de ello.» *(N. de las T.)*

Anna rogó a Lievin y a Vorkúiev que pasaran al salón y se quedó a solas con su hermano para hablar con él. «Estarán hablando del divorcio, de Vronski, de lo que hace en el club, de mí...», pensó Lievin. Le preocupaba tanto lo que hablaban Anna y Stepán Arkádich que apenas escuchaba lo que le decía Vorkúiev acerca de los méritos de la novela para niños escrita por Anna.

Durante el té continuaron aquella conversación agradable e interesante. No hubo ni un minuto en que tuvieran que buscar un tema para conversar, sino, al contrario, se notaba que faltaba tiempo para decirlo todo y hasta había que callar para escuchar al interlocutor. A Lievin le parecía que todo lo que decían, tanto ella como Vorkúiev y Stepán Arkádich, adquiría interés gracias a la atención y observaciones de Anna.

Mientras tomaba parte en la interesante charla, Lievin no cesaba de admirar en ella la belleza, la inteligencia, su espíritu tan cultivado, su tacto, su franqueza. Pensaba en Anna, en su vida interior, tratando de adivinar sus sentimientos. Él, que tan severamente la había censurado antes, por un extraño curso de pensamientos la justipreciaba y la compadecía ahora, temiendo, al mismo tiempo, que Vronski no la comprendiera bien. Pasadas las diez, cuando Stepán Arkádich se levantó para marcharse (Vorkúiev se había ido ya), a Lievin le parecía que acababa de llegar. Se levantó también con gran pesar.

—Adiós —dijo Anna, reteniendo la mano de Lievin y mirándole a los ojos con mirada atractiva—. Me alegro mucho *que la glace soit rompue.** —Soltó su mano y frunció los ojos—. Dígale a su esposa que la quiero como antaño y que si no puede perdonarme mi situación, le deseo que no lo haga nunca. Para perdonar es preciso sufrir lo que yo he sufrido, ¡que Dios la libre de eso!

—Se lo diré sin falta, sí... —dijo Lievin, enrojeciendo.

* «Que se haya roto el hielo.» *(N. de las T.)*

XI

«Es una mujer extraordinaria, simpática y digna de compasión», pensaba Lievin mientras salía a la calle acompañado de Stepán Arkádich, notando el aire helado.

—¿Qué te ha parecido? Ya te lo dije —exclamó Stepán Arkádich, viendo que Lievin estaba completamente conquistado.

—En efecto —replicó Lievin, pensativo—. ¡Es una mujer extraordinaria! No solo es inteligente, sino también extraordinariamente cordial. ¡Inspira mucha lástima!

—Ahora, si Dios quiere, todo se arreglará. Así es que ya sabes, no formes juicios prematuros —añadió Stepán Arkádich, abriendo la portezuela—. Adiós. No llevamos el mismo camino.

Lievin llegó a su casa sin dejar de pensar en Anna, en la agradable conversación que había sostenido con ella, recordando los detalles de la expresión de su rostro y compadeciéndola cada vez más por su situación.

Al entrar, Kuzmá le entregó dos cartas y le comunicó que Katerina Alexándrovna se encontraba bien y que hacía poco se habían marchado de allí sus dos hermanas. Para no distraerse después, Lievin leyó las cartas en el vestíbulo. Una era de su administrador, Sokolov; le escribía que no había podido vender el trigo, pues solo le ofrecían cinco rublos y medio, y que no tenía de dónde sacar más dinero. La otra carta era de su hermana, que le reprochaba el que su asunto no estuviera aún resuelto.

«Bueno, lo venderemos a cinco rublos y medio, si no nos dan más —decidió Lievin, resolviendo con gran facilidad ese problema que antes le pareció tan difícil—. Es extraordinario lo ocupado que estoy aquí —pensó al leer la segunda carta. Se sintió culpable ante su hermana por no haber hecho hasta entonces lo que le había pedido—. Hoy tampoco he ido al juzgado, pero realmente no he tenido tiempo.» Resolvió hacerlo al día siguiente sin falta, mientras se dirigía a la habitación de su mujer. Recordó rápidamente todo lo que había hecho durante el día. Los acontecimientos los habían constituido las conversaciones, las que había oído y en las que había tomado parte. Todas habían girado sobre temas que, de estar solo y en el campo, nunca le habrían atraído y, sin embargo, en Moscú le habían resultado interesantes. Todo había transcurrido bien, excepto dos cosas: el símil que hizo del esturión y *algo que no le parecía bien* en aquella dulce compasión que experimentó hacia Anna.

Lievin encontró a Kiti triste y aburrida. La comida de las tres hermanas había sido animada y alegre, pero como habían esperado mucho rato hasta llegaron a aburrirse y Dolli y Natalia se fueron dejando a Kiti sola.

—Bueno, ¿y qué has hecho tú? —preguntó Kiti, mirándole a los ojos, que tenían un brillo extraño.

Para no impedir a Lievin que se lo contara todo, disimuló su atención y escuchó con una sonrisa aprobadora.

—Me alegré mucho de encontrarme con Vronski. Me sentía a gusto y sin tirantez con él. Ahora trataré de no volver a verlo nunca, pero lo importante era terminar con esa tirantez —dijo Lievin y al recordar que, *tratando de no verlo nunca*, había ido a casa de Anna, enrojeció—. Decimos que el pueblo bebe, pero no sé quién bebe más, si el pueblo o nuestra clase. El pueblo lo hace los días festivos y, en cambio...

A Kiti no le interesaba cuándo bebe el pueblo. Había visto enrojecer a Lievin y quería saber la causa.

—¿Dónde estuviste después?

—Stiva me instó muchísimo a que fuera a casa de su hermana, Anna Arkádievna.

Al decir esto, Lievin se sonrojó aún más y la duda de si había procedido bien o mal visitando a Anna se resolvió en el acto. Ahora se daba cuenta de que no debía haberlo hecho.

Al oír el nombre de Anna, los ojos de Kiti se abrieron desmesuradamente y brillaron de un modo especial, pero haciendo un esfuerzo sobre sí misma dominó su emoción para engañar a Lievin.

—¡Ah! —se limitó a decir.

—Creo que no te enfadarás porque haya ido allí. Stiva me lo pidió y tambien lo deseaba Dolli —prosiguió Lievin.

—¡Oh, no! —exclamó Kiti, pero Lievin vio en sus ojos el esfuerzo que hacía por dominarse, que no le auguraba nada bueno.

—Es una mujer simpática, buena y muy digna de compasión —dijo Lievin, y le contó las ocupaciones de Anna y lo que le había pedido que le dijera.

—Sí, desde luego, es digna de compasión —afirmó Kiti cuando Lievin hubo acabado de hablar—. ¿De quién has recibido carta?

Lievin se lo dijo, y creyendo que era sincero el tono tranquilo de Kiti, fue a cambiarse de traje.

Al volver, encontró a Kiti en la misma butaca que la dejó. Cuando se acercó, Kiti lo miró y estalló en sollozos.

—¿Qué te pasa? ¿Qué te pasa? —preguntó Lievin, sabiendo perfectamente lo que *pasaba*.

—Te has enamorado de esa repugnante mujer. Te ha hechizado. Lo he visto por tus ojos. ¡Sí, sí! ¿Qué puede resultar de esto? Has bebido y has jugado en el club y después has ido a verla... ¿A quién has ido a ver? No, vámonos de aquí... Mañana me iré.

Durante largo rato Lievin no pudo apaciguar a su mujer. Finalmente, lo consiguió, solo después de reconocer que la compasión y el vino lo habían vencido y se había sometido a la maliciosa influencia de Anna y de prometer que desde ahora en adelante evitaría encontrarse con ella. Lo que reconoció con sinceridad fue que lo había atontado el vivir tanto tiempo en Moscú dedicado solo a conversar, a comer y a beber. Hablaron hasta las tres de la madrugada. Solo a esa hora se reconciliaron y pudieron dormirse.

XII

Después de acompañar a los invitados, Anna, sin sentarse un momento, se puso a pasear a lo largo de la habitación. Aunque inconscientemente (como solía tratar durante los últimos tiempos a todos los hombres jóvenes), había hecho durante la velada todo lo posible para enamorar a Lievin. Le constaba que había conseguido su propósito en lo que cabe, tratándose de un hombre casado y decente y habiéndolo visto una sola vez. Aunque Lievin le había gustado también (a pesar de la marcada diferencia entre Vronski y él, Anna, como mujer, encontraba en ellos el rasgo común por el que Kiti se había enamorado de los dos), en cuanto se fue dejó de pensar en él.

Un solo pensamiento la perseguía persistentemente bajo diferentes aspectos. «Si causo tanta impresión a los demás, como, por ejemplo, a este hombre casado y enamorado de su mujer, ¿por qué *él* se muestra tan frío conmigo?... Y no es que se muestre precisamente frío; sé que me quiere, pero ahora hay algo nuevo que nos separa. ¿Por qué no habrá venido en toda la tarde? Le encargó a Stiva que me dijera que no podía dejar a Iashvín, que debía vigilarlo mientras jugaba. ¿Acaso Iashvín es un niño? Supongamos que esto sea verdad. Alexiéi no miente nunca. Sin embargo, en esa verdad hay otra cosa. Le alegra poder demostrarme que tiene obligaciones. Lo sé y estoy conforme, pero ¿para qué me lo demuestra? Quiere hacerme ver que su amor hacia mí no debe coartar su libertad. No necesito demostraciones, sino amor. Debería comprender lo dolorosa que es mi vida aquí, en Moscú. ¿Acaso esto es vivir? Yo no vivo, sino que espero el desenlace, que se va demorando cada vez más. ¡Otra vez sin llegar la contestación! No puedo hacer nada, no puedo emprender nada ni cambiar nada. Me domino y espero, buscando medios para distraerme: la familia del inglés, el libro que escribo, la lectura, pero todo esto no es sino un engaño, lo mismo que la morfina. Alexiéi debería tener compasión de mí», se decía Anna, dándose cuenta de que se le saltaban las lágrimas al compadecerse a sí misma.

Oyó el enérgico campanillazo de Vronski, y no solo se apresuró a enjugarse las lágrimas, sino que se sentó junto a la lámpara y abrió un libro, fingiendo estar tranquila. Era preciso mostrarle descontento porque no hubiese vuelto a la hora prometida, pero no revelarle el dolor que sentía y, sobre todo, que se compadecía a sí misma. Podía compadecerse, pero de ningún modo quería la compasión de él. Anna no quería luchar, le reprochaba a Vronski que él quisiera hacerlo, pero, involuntariamente, se colocaba en plan de combate.

—¿Te has aburrido? —le preguntó Vronski, acercándose a ella, animado y alegre—. ¡Qué pasión tan terrible es el juego!

—No, en absoluto. Hace mucho que aprendí a no aburrirme. Han estado Stiva y Lievin.

—Sí, ya sabía que se proponían visitarte. ¿Qué te ha parecido Lievin? —preguntó Vronski, sentándose a su lado.

—Me ha gustado mucho. Hace poco que se han marchado. ¿Qué ha hecho Iashvín?

—Al principio ganó diecisiete mil rublos. Le dije que abandonara el juego. Hasta llegó a marcharse, pero luego ha vuelto y ahora está perdiendo.

—Entonces ¿para qué te has quedado? —preguntó Anna, alzando de pronto los ojos hacia él. La expresión de su rostro era fría y desagradable—. Le dijiste a Stiva que te quedabas para llevarte a Iashvín. Y luego lo has dejado allí.

También el semblante de Vronski expresó frialdad, estaba dispuesto a la lucha.

—En primer lugar, no le he pedido que te dijera nada; en segundo, nunca miento. Y lo principal es que deseaba quedarme y me he quedado —replicó, frunciendo el ceño—. Anna, ¿para qué me dices eso? ¿Para qué? —añadió, tras un momento de silencio, y se inclinó hacia ella, extendiendo la mano abierta, esperando que Anna le diera la suya.

Ella se alegró de aquel gesto de ternura. Pero una extraña fuerza maligna la retuvo; era como si las condiciones de la lucha le impidiesen someterse.

—Naturalmente, querías quedarte y te has quedado. Haces todo lo que quieres. Pero ¿para qué me dices eso? ¿Para qué? —exclamó, acalorándose cada vez más—. ¿Acaso alguien discute tus derechos? Quieres tener razón, pues quédate con ella.

Vronski cerró la mano, se enderezó, reflejándose en su rostro una expresión aún más firme.

—Para ti es una cuestión de tozudez —dijo Anna de pronto, mirando fijamente a Vronski cuando encontró un calificativo para aquella expresión que tanto la irritaba—, precisamente de tozudez. Para ti solo se trata de si saldrás vencedor; en cambio, para mí... —Otra vez sintió compasión de sí misma y poco le faltó para echarse a llorar—. ¡Si tú supieses lo que esto es para mí! ¡Si supieras lo que significa para mí tu hostilidad, esa hostilidad que noto ahora! ¡Si supieras lo cerca que estoy de una desgracia en un momento así y el miedo que tengo de mí misma! —Y Anna se volvió, ocultando sus lágrimas.

—Pero ¿de qué hablas? —preguntó Vronski, horrorizado, al ver la desesperación de Anna e, inclinándose de nuevo hacia ella, le besó la mano—. ¿Por qué me dices eso? ¿Acaso busco diversiones fuera de casa? ¿Acaso no rehúyo el trato con otras mujeres?

—¡No faltaría más! —exclamó Anna.

—Dime lo que debo hacer para que estés tranquila. Estoy dispuesto a hacerlo todo con tal de que seas feliz —insistió Vronski conmovido por la desesperación de Anna—. ¡Qué no haría yo, Anna, para librarte de ese dolor!

—¡No es nada! ¡No es nada! —replicó ella—. Ni yo misma lo sé. Tal vez sea mi vida solitaria, tal vez los nervios... Bueno, no hablemos más de esto. ¿Qué tal las carreras? No me has contado nada —preguntó, tratando de ocultar la alegría de la victoria, que, al fin, estaba de su parte.

Vronski pidió la cena y empezó a contarle los pormenores de las carreras, pero Anna notó, por su tono y por sus miradas, que cada vez iban tornándose más frías, que no le había perdonado aquella victoria y que reaparecía de nuevo aquel sentimiento de tozudez con el que había luchado. Vronski se mostraba más frío que antes hacia ella, como si se arrepintiese por haber cedido. Y Anna recordó las palabras que le habían proporcionado la victoria: «¡Si supieras lo cerca que estoy de una desgracia en momentos así y el miedo que tengo de mí misma!», pero comprendió que esa arma era peligrosa y que no podía volver a emplearla. Notaba que, junto con el amor que los unía, había surgido entre ellos un espíritu disidente, al que no era capaz de ahuyentar de Vronski, ni mucho menos de su propio corazón.

XIII

No hay situación a la que un hombre no se acostumbre, principalmente si todos los que le rodean viven en iguales condiciones. Tres meses antes, Lievin no habría creído que iba a ser capaz de dormir tranquilo en las condiciones en que se encontraba ahora, llevando una vida ociosa y sin objetivo, con gastos superiores a sus posibilidades; después de haberse emborrachado (no podía llamar de otro modo a lo que había sucedido en el club), de sus absurdas relaciones con un hombre del cual había estado enamorada su esposa, de haber visitado y haberse dejado cautivar por una mujer que solo podía considerarse como una perdida y después del sufrimiento de Kiti. Pero debido al cansancio, a la noche pasada en vela y al vino durmió con un sueño profundo y pacífico.

A las cinco, el chirriar de una puerta lo despertó. Se incorporó de un salto y miró en derredor suyo. Kiti no estaba a su lado. Pero en la habitación contigua se veía una luz que se movía y Lievin oyó los pasos de Kiti.

—¿Qué pasa?... ¿Qué pasa? —preguntó adormilado—. ¡Kiti! ¿Qué pasa?

—Nada —replicó esta, entrando en el dormitorio con una vela en la mano—. Me sentí indispuesta —añadió con una sonrisa particularmente agradable y significativa.

—¿Qué? ¿Ya empieza? ¿Ya empieza? —preguntó Lievin, asustado—. Hay que avisar —dijo, y comenzó a vestirse apresuradamente.

—No, no —contestó Kiti risueña, deteniéndolo con un gesto de la mano—. Seguro que no es nada. Solo que me encontré mal. Ya se me ha pasado.

Y, acercándose a la cama, apagó la vela, se acostó y guardó silencio. A Lievin le pareció sospechoso que Kiti permaneciese callada, como si tratase de contener el aliento y, sobre todo, que le hubiese dicho con esa expresión de dulzura: «No es nada», pero tenía tanto sueño que no tardó en dormirse. Solo después recordó el silencioso respirar de Kiti y comprendió todo lo que había pasado en esa querida y hermosa alma en los momentos en que, inmóvil, tendida junto a él, esperaba el mayor acontecimiento de la vida de una mujer. A las siete se despertó al sentir la mano de Kiti en su hombro y oyó un susurro. Parecía que Kiti luchaba entre la pena que le daba despertar a su marido y el deseo de hablar con él.

—Kostia, no te asustes. No es nada. Pero me parece... Habrá que avisar a Lizavieta Petrovna.

La vela estaba encendida de nuevo. Kiti, sentada en la cama, tenía en las manos una labor de punto que estaba haciendo durante los últimos días.

—Te ruego que no te asustes, no es nada. No lo temo en absoluto —dijo a Lievin al verle tan alterado.

Le apretó la mano contra su pecho y después se la llevó a los labios.

Lievin se levantó de un salto, y, de un modo inconsciente y sin bajar la vista de Kiti, se puso la bata y se quedó parado. Tenía que irse, pero no podía apartarse de ella. Aunque le gustaba su rostro y conocía su expresión y su mirada, nunca la había visto así. ¡Qué vil y qué miserable se consideraba al recordar el disgusto de Kiti de la víspera y al verla ahora ante sí, tal como estaba en ese instante! Su encendido rostro, rodeado de cabellos sedosos que se escapaban del gorrito, resplandecía de júbilo y de decisión.

Por lo general, el carácter de Kiti era sencillo y sin convencionalismos; sin embargo, Lievin se sorprendió al ver lo que se descubría ante él, cuando súbitamente el núcleo del alma de Kiti se reflejó en sus ojos, sin velo alguno. En su sencillez y al descubierto, la mujer a quien amaba Lievin apareció aún más vistosa. Lo miraba sonriendo, cuando de pronto se le contrajeron las cejas, levantó la cabeza, se acercó y, cogiéndole la mano, se apretó contra él, envolviéndole con su cálido aliento. Kiti sufría y parecía quejarse por sus padecimientos. Al principio, según costumbre suya, Lievin creyó que él era culpable de aquello. Pero la mirada de Kiti expresaba ternura y le decía que no solo no le reprochaba nada, sino que le quería por esos sufrimientos. «Si no soy yo el culpable, ¿quién lo es?», pensó Lievin, como buscando al que lo fuera para castigarle. Pero nadie lo era. Kiti sufría, se quejaba, pero se sentía triunfante por esos dolores que la colmaban de alegría.

Lievin vio que en el alma de Kiti se realizaba algo magnífico, pero no fue capaz de comprender de lo que se trataba. Era algo que estaba por encima de su comprensión.

—Yo avisaré a mamá. Y tú vete corriendo a buscar a Lizavieta Petrovna... ¡Kostia!... No es nada, ya se ha pasado.

Kiti se separó de Lievin y llamó.

—Anda, vete ahora. Pasha vendrá enseguida. Estoy bien.

Y Lievin vio con sorpresa que Kiti cogía la labor que había traído de noche y comenzaba a trabajar.

Mientras salía por una puerta, oyó que la doncella entraba por la otra. Se detuvo y escuchó cómo Kiti le daba órdenes y, ayudada por ella, trasladaba la cama.

Lievin se vistió, y mientras enganchaban los caballos, ya que a esa hora aún no había coches de alquiler, corrió de nuevo al dormitorio y, según le pareció, no de puntillas, sino llevado por unas alas. Dos muchachas, muy atareadas, trasladaban las cosas de la habitación; Kiti paseaba sin dejar de echar presurosamente las hebras de su labor, dándoles órdenes.

—Voy a casa del doctor. Ya han enviado a buscar a Lizavieta Petrovna, pero, de todos modos, me pasaré por allí también. ¿Necesitas algo? ¿Quieres que avise a Dolli?

Kiti miró a Lievin sin duda sin escuchar lo que le decía.

—Sí, sí. Vete —pronunció apresuradamente, frunciendo el ceño mientras hacía un gesto con la mano.

Lievin iba a entrar ya en el comedor cuando, de pronto, se oyó un gemido quejumbroso, que no tardó en extinguirse. Se detuvo, y durante largo rato no logró entender de lo que se trataba.

«Sí, es ella», se dijo, y llevándose las manos a la cabeza corrió escaleras abajo.

—¡Señor, perdóname y ayúdanos! —pronunció.

Esas palabras le acudieron súbitamente a él, a un hombre sin fe, y las repitió no solo con los labios. En aquel momento se dio cuenta de que sus dudas, y ni siquiera aquella imposibilidad de creer razonada, le impedían dirigirse a Dios. La incredulidad se había desvanecido de su alma lo mismo que si fuese polvo. ¿A quién iba a dirigirse sino a Aquel en cuyas manos sentía estar, así como su alma y su amor?

El caballo no estaba presto todavía y Lievin, sintiendo una tensión particular, tanto de fuerzas físicas como respecto de su deber, no lo esperó para no perder un solo minuto. Se fue a pie, tras ordenarle a Kuzmá que lo alcanzara con el coche.

En la esquina se encontró con un trineo de alquiler de servicio nocturno que corría veloz. En él venía Lizavieta Petrovna con una capa de terciopelo y un chal en la cabeza.

—¡Alabado sea el Señor! ¡Alabado sea el Señor! —exclamó Lievin con alegría al reconocer el rostro pequeño y de tez clara de la comadrona, que en aquel momento tenía una expresión particularmente seria y hasta severa.

Sin parar al cochero, Lievin retrocedió, corriendo junto al trineo.

—Entonces ¿dos horas? ¿Solo dos? —preguntó la comadrona—. Encontrará en casa a Piotr Dmítrich, pero no lo apresure. Compre opio en una farmacia.

—¿Cree usted que todo irá bien? ¡Dios mío, perdóname y ayúdanos! —exclamó Lievin, viendo al caballo que salía ya del patio de la casa.

De un salto montó en el trineo, junto a Kuzmá, y le ordenó que fuera a casa del doctor.

XIV

El médico no se había levantado aún; el criado le dijo a Lievin que «se había acostado tarde y que no había dado orden de que se le despertara, pero que no tardaría en levantarse». Se hallaba limpiando los cristales de las lámparas y parecía muy entretenido en su tarea. Aquella atención por las lámparas y su indiferencia ante lo que decía Lievin asombraron a este al principio. Pero, al reflexionar, comprendió que nadie sabía, ni tenía obligación de saber, sus sentimientos y que con mayor motivo debía proceder con serenidad, reflexiva y resueltamente, para derribar esa barrera de indiferencia y alcanzar su meta. «No hay que precipitarse ni omitir nada», se decía, sintiéndose cada vez con más fuerzas físicas y más atención para todo lo que le quedaba por hacer.

Al enterarse de que el doctor no se había levantado aún, de los diversos planes que se le presentaban, Lievin eligió el siguiente: Kuzmá iría a casa de otro doctor con una notita suya, mientras él en persona se dirigía a la farmacia a comprar el opio. Si al volver de la farmacia el doctor no estuviese levantado aún, sobornaría al criado y, en caso de que no accediese, lo obligaría por la fuerza a despertar a su amo.

En la farmacia, un mancebo enjuto ponía una medicina en unas obleas para un cochero que esperaba, con la misma atención con que el criado del médico limpiaba los cristales, y se negó a despacharle el opio a Lievin. Este, sin precipitarse ni acalorarse, le nombró a la comadrona y al médico y le explicó para qué lo necesitaba, tratando de convencerlo. El mancebo consultó en alemán si debía despachar el opio y, habiendo obtenido una respuesta afirmativa, a través del tabique, cogió un frasco, vertió lentamente parte de su contenido en otro más pequeño, pegó una etiqueta, lo cerró con precinto, a pesar de los ruegos de Lievin de que no lo hiciera, y aun se disponía a envolverlo.

Pero Lievin no pudo ya soportar aquello, y arrancando resueltamente el frasco de manos del mancebo, atravesó corriendo las grandes puertas de cristal. El médico no se había levantado aún y el criado, que en aquel momento se ocupaba en colocar una alfombra, se negó a llamarlo. Sin apresurarse, Lievin sacó un billete de diez rublos y se lo entregó al criado, mientras le explicaba lentamente, aunque sin perder tiempo, que Piotr Dmítrich (¡cuán grande e importante le parecía aquel Piotr Dmítrich, antes tan insignificante!) le había prometido ir a la hora que fuese, que no se enfadaría porque lo despertara, y le rogó que lo hiciera enseguida.

El criado accedió y, tras hacer pasar a Lievin a la sala de espera, subió al piso de arriba.

Lievin oía al doctor que iba de un lado a otro, tosía, se lavaba y decía algo. Transcurrieron tres minutos, que a él le parecieron más de una hora. Ya no podía esperar más.

—¡Piotr Dmítrich! ¡Piotr Dmítrich! —llamó con voz suplicante por la puerta abierta—. ¡Perdóneme, por Dios! Recíbame como esté. Han pasado ya más de dos horas.

—¡Ahora mismo! ¡Ahora mismo! —contestó una voz, y Lievin se quedó perplejo al darse cuenta de que el doctor se había reído al decirlo—. Un momentito. Enseguida voy.

Transcurrieron dos minutos mientras el médico se calzaba las botas y otros dos durante los cuales se ponía el traje y se peinaba.

—Piotr Dmítrich —llamó de nuevo con voz lastimera, pero en aquel momento entró el doctor, vestido y peinado. «Estos hombres no tienen conciencia —pensó Lievin—. ¡Se peinan mientras otros perecen!»

—¡Buenos días! —le dijo el doctor, tendiéndole la mano con gran tranquilidad, como si se burlase de él—. No se apresure usted. Bueno, ¿qué hay?

Procurando ser todo lo más exacto que pudiera, Lievin comenzó a relatar detalles innecesarios del estado de su mujer, interrumpiéndose sin cesar para suplicarle al doctor que fuera inmediatamente con él a su casa.

—No se apresure, usted no sabe nada de eso. Probablemente no hago falta, pero, puesto que lo he prometido, creo que iré. No hay prisa. Haga el favor de sentarse. ¿Quiere tomar café?

Lievin miró al doctor, preguntándole con aquella mirada si se estaba burlando de él. Pero este no pensaba en tal cosa.

—Ya sé, ya sé —dijo sonriendo—. También yo soy un hombre casado. Nosotros, los maridos, somos los seres más dignos de lástima en tales momentos. Tengo una cliente cuyo marido suele irse corriendo a la cuadra durante esos trances.

—Piotr Dmítrich, ¿cree usted que saldrá bien?

—Todo indica un feliz desenlace.

—Entonces ¿vendrá usted ahora? —insistió Lievin, mirando con enojo al criado, que traía el café.

—Dentro de una horita.

—¡No, por Dios!

—Bueno, espere a que me tome el café.

El doctor se dispuso a desayunar y ambos guardaron silencio.

—Decididamente, les están dando una paliza a los turcos. ¿Ha leído usted los telegramas de ayer? —preguntó, mientras masticaba el panecillo.

—¡No puedo más! —exclamó Lievin, levantándose de un salto—. ¿Vendrá usted dentro de un cuarto de hora?

—Dentro de media.

—¿Palabra de honor?

Cuando Lievin volvió a casa, se encontró con la princesa que llegaba, y ambos se dirigieron a la puerta del dormitorio de Kiti. La princesa tenía los ojos llenos de lágrimas y le temblaban las manos. Al ver a Lievin, lo abrazó y prorrumpió en sollozos.

—¿Qué tal va, querida Lizavieta Petrovna? —preguntó a la comadrona, que les salió al encuentro con el rostro radiante y preocupado a la vez, cogiéndola de la mano.

—Todo va bien —replicó esta—. Convénzala de que se acueste. Se encontrará mejor.

Desde el momento en que Lievin se despertó y comprendió lo que ocurría, se dispuso a no pensar en nada, no prever nada, encerrar sus ideas y sentimientos de un modo firme, no disgustar a su mujer, sino, al contrario, apaciguarla e infundirle valor para sobrellevar lo que la esperaba. Ni siquiera se permitía pensar en lo que iba a ocurrir, cuál sería el desenlace, y, juzgando por los informes que le habían dado acerca de cuánto podría durar el trance, se dispuso a sufrir y dominar su corazón unas cinco horas, cosa que le parecía posible. Pero cuando al volver de casa del médico presenció de nuevo los sufrimientos de Kiti, repitió, cada vez más a menudo, «Señor, perdona y ayúdame», y suspiraba, levantando los ojos al cielo. Era tal su sufrimiento, que temía no poder resistirlo, temía prorrumpir en sollozos y echar a correr. Y solamente había transcurrido una hora.

Pero pasó hora tras hora; ya habían transcurrido las cinco que Lievin se había fijado como plazo máximo para su paciencia, y la situación era la misma. Seguía sufriendo porque no le quedaba otra cosa que hacer y a cada momento pensaba que había llegado al límite y que le estallaría el corazón.

Pasaban horas y más horas; su tormento y su horror aumentaban y su tensión era cada vez mayor.

Habían dejado de existir para él las condiciones normales de la vida, sin las cuales no puede uno imaginarse nada. Perdió la noción del tiempo. Tan pronto los minutos —aquellos en que Kiti lo llamaba a su lado y él cogía su mano sudorosa que ora estrechaba la suya con una fuerza extraordinaria, ora la rechazaba— le parecían horas, como las horas le parecían minutos. Se asombró cuando Lizavieta Petrovna le rogó que encendiera una vela al otro lado del biombo y vio que eran las cinco de la tarde. Si le hubieran dicho que eran las diez de la mañana, se hubiera sorprendido lo mismo. Tampoco hubiera podido decir dónde se encontraba todo ese tiempo. Veía el hinchado rostro de Kiti, ya compungido y lleno de sufrimiento, ya sonriente y deseoso de tranquilizarlo; veía a la princesa, encendida, excitada, con los bucles canosos sueltos y los ojos llenos de lágrimas, que se esforzaba en contener, mordiéndose los labios; veía a Dolli y al doctor, que fumaba gruesos cigarrillos; a Lizavieta Petrovna con su rostro firme, resuelto y tranquilizador, así como al viejo príncipe, que se paseaba por la sala con el ceño fruncido, pero no se daba cuenta de cómo entraban y salían ni dónde estaban. La princesa, tan pronto se encontraba en el dormitorio junto con el doctor, tan pronto en el gabinete, donde apareció una mesa puesta, y, a veces, era Dolli la que ocupaba su sitio. Lievin también recordaba después que le habían mandado hacer algunas cosas. Le pidieron que trasladara una mesa y un diván. Lo hizo con gran interés, pensando que lo necesitaba Kiti y solo más tarde se enteró de que había sido para prepararle a él la noche. Le enviaron al gabinete a preguntarle algo al doctor. Este le contestó, y seguidamente comentó el desorden que reinaba en el ayuntamiento. También le mandaron traer del dormitorio de la princesa una imagen con adornos de plata dorada. Ayudado por la vieja camarera de la princesa, se subió al armarito para alcanzar la imagen y rompió la lamparilla. La camarera lo tranquilizó, tanto respecto de

Kiti como de la lamparilla rota. Lievin colocó cuidadosamente la imagen en la cabecera de Kiti, detrás de las almohadas. Pero ignoraba dónde, cuándo y para qué sucedía todo esto. Tampoco entendía por qué la vieja princesa le tomaba la mano y, mirándole con expresión compasiva, le rogaba que se tranquilizase, por qué le suplicaba Dolli que comiera algo, procurando llevárselo del dormitorio, ni por qué incluso el médico le miraba tan serio y con tanta compasión mientras le ofrecía unas gotas.

Solo sabía y sentía que estaba en la misma situación que hacía un año en la fonda de aquella capital de provincia, junto al lecho mortuorio de su hermano Nikolái. Pero aquello era una desgracia y, en cambio, esto una alegría. Tanto aquella desgracia como esta alegría estaban fuera de las condiciones habituales de la vida, eran como un claro en el que se vislumbraba algo superior. El acontecimiento llegaba difícil y dolorosamente, lo mismo que se elevaba el alma, ante este hecho sobrenatural, a unas alturas inaccesibles, en las que no había estado antes y a donde no podía alcanzar la razón.

«¡Señor, perdona y ayúdame!», se repetía Lievin incesantemente. A pesar de su prolongado y, al parecer, absoluto desvío, sentía que invocaba a Dios con la misma confianza y la misma naturalidad con que lo había hecho en la época de su infancia y de su adolescencia.

Durante todo el tiempo su estado de ánimo tuvo dos alternativas. Una, cuando estaba con el doctor, que fumaba, uno tras otro, gruesos cigarrillos, apagándolos en el borde del cenicero, lleno ya de ceniza, con Dolli y con el príncipe, donde se hablaba de comida, de política, de la enfermedad que padecía María Petrovna y donde de pronto Lievin llegaba a olvidar momentáneamente lo que sucedía. El otro estado de ánimo le invadía en presencia de Kiti, junto a su cabecera; entonces su corazón estaba a punto de estallar, henchido de compasión, y sin cesar rezaba. Y cada vez que, en un momento de olvido, llegaba hasta él un grito desde el dormitorio, Lievin incurría en el mismo extraño error en que había incurrido en el primer momento; se levantaba de un salto y corría a justificarse, pero por el camino recordaba que no tenía la culpa. Entonces sentía deseos de proteger y de ayudar a Kiti. Pero al verla se daba cuenta de que no se le podía prestar ayuda y, horrorizado, repetía: «¡Señor, perdona y ayúdame!». Cuanto más tiempo transcurría, tanto más contrastaban aquellos dos estados de ánimo. Cada vez se sentía más tranquilo no viendo a Kiti, olvidándola por completo, y cada vez le atormentaban más sus sufrimientos y era más intensa la sensación de impotencia ante ella. Y Lievin se levantaba de un salto, deseando huir, pero volvía a su lado.

Cuando Kiti llamaba insistentemente una y otra vez, Lievin se lo reprochaba. Sin embargo, al ver su rostro sumiso y risueño y al oír sus palabras: «Te estoy atormentando», le reprochaba aquello a Dios. Pero al recordarle a Él, inmediatamente le pedía perdón y misericordia.

XV

Lievin no sabía si era tarde o temprano. Las velas se estaban consumiendo ya. Dolli acababa de estar en el gabinete y le había rogado al doctor que se echara a descansar un poco. Lievin, sentado, escuchaba los relatos del médico acerca de un charlatán magnetizador y miraba la ceniza de su cigarro. Era durante un período de tranquilidad, y llegó a distraerse... Se le había olvidado por completo lo que estaba sucediendo. Escuchaba al doctor y comprendía lo que le decía. De repente se oyó un grito. Fue tan terrible que Lievin ni siquiera se precipitó a levantarse, solo miró sin aliento al doctor, con expresión aterrada e interrogativa. Piotr Dmítrich escuchó con la cabeza inclinada hacia un lado y luego sonrió satisfecho. Todo lo que sucedía era tan extraordinario que ya nada sorprendía a Lievin. «Sin duda debe de ser así», pensó, y continuó sentado. ¿Quién había gritado de aquella manera? Lievin acabó levantándose y de puntillas entró presuroso en el dormitorio, pasó junto a Lizavieta Petrovna y la princesa se colocó en su sitio, a la cabecera de la cama. El grito se había extinguido, pero algo había cambiado. No veía ni comprendía lo que era, ni siquiera deseaba saberlo. Sin embargo, lo advertía por el rostro de Lizavieta Petrovna, que estaba serio y pálido y, aunque seguía con la misma expresión resuelta, le temblaban ligeramente las mandíbulas y tenía los ojos clavados en Kiti. La cara de esta, congestionada, atormentada, cubierta de sudor y con un mechón de cabellos pegados en la frente, estaba vuelta hacia Lievin y buscaba su mirada. Levantó las manos pidiendo las suyas. Cogiendo las manos frías de Lievin con las suyas sudorosas, las apretó contra su rostro.

—¡No te marches! ¡No te marches! ¡No tengo miedo, no tengo miedo! —pronunció apresuradamente—. Mamá, quítame los pendientes. Me estorban. ¿Tienes miedo tú? ¡Pronto, Lizavieta Petrovna! ¡Pronto...!

Kiti hablaba con precipitación y quiso sonreír. Pero súbitamente se le desfiguró el rostro y rechazó a Lievin.

—¡Oh! ¡Esto es horrible! ¡Me voy a morir! ¡Me voy a morir! ¡Vete! ¡Vete! —exclamó, y de nuevo se oyó aquel grito estremecedor.

Llevándose las manos a la cabeza, Lievin salió corriendo del dormitorio.

—¡No es nada, no es nada, todo va bien! —le dijo Dolli, al paso.

Pero, dijeran lo que dijesen, Lievin sabía que en aquel momento todo estaba perdido. Se quedó en la habitación contigua con la cabeza apoyada en el quicio de la puerta. Seguía oyendo aquel grito, semejante a un aullido que antes nunca había oído y sabía que quien gritaba de aquel modo era su Kiti. Hacía tiempo que ya no deseaba tener un hijo. Ahora odiaba a esa criatura. Ni siquiera deseaba salvar la vida de Kiti, sino solo que cesaran sus terribles sufrimientos.

—¡Doctor! ¿Qué es esto? ¿Qué es esto? ¡Dios mío! —exclamó, cogiendo de la mano al médico, que entraba en aquel momento.

—Se está terminando —replicó el doctor.

Tenía el rostro tan grave al decir aquello que Lievin comprendió que «se está terminando» significaba la muerte de Kiti.

Fuera de sí, entró corriendo en el dormitorio. Lo primero que vio fue el semblante de Lizavieta Petrovna, más sombrío y severo que antes. En el lugar donde había estado la cara de Kiti aparecía algo horrible, tanto por su desfiguración como por los alaridos que emitía. Lievin apoyó la cabeza contra la madera del lecho, sintiendo que le estallaba el corazón. Aquel terrible grito iba haciéndose cada vez más estremecedor. Pero súbitamente cesó, como si hubiese llegado al máximo grado de horror. Lievin no daba crédito a sus oídos; sin embargo, no cabía duda: el grito había cesado y solo se percibían unos ruidos suaves de ropas removidas, respiraciones fatigosas y, por último, la voz de Kiti, entrecortada, su voz viva y dulce, llena de felicidad, que decía quedo: «Ha terminado».

Lievin alzó la cabeza. Con los brazos caídos, desmayados sobre la colcha, Kiti, extraordinariamente hermosa y serena, lo miraba en silencio, deseando sonreír, aunque sin lograrlo.

De repente Lievin se sintió transportado desde aquel mundo misterioso y terrible, en el que había vivido las últimas veintidós horas, a su mundo habitual, al de antes, resplandeciente ahora de una felicidad tan radiante que no la pudo soportar. Los sollozos y las lágrimas de alegría, no previstos por Lievin, le estremecieron el cuerpo con tal fuerza que durante largo rato no fue capaz de hablar.

Arrodillado ante la cama, sostenía la mano de Kiti junto a su boca y la besaba, mientras ella le respondía con un débil movimiento de los dedos. Entretanto, a los pies del lecho, en las hábiles manos de Lizavieta Petrovna, como la llamita de una antorcha, vacilaba la vida de un nuevo ser, que antes no había existido, pero que viviría con los mismos derechos, sintiéndose tan importante como cualquier otro y engendrando otros seres semejantes.

—¡Está vivo! ¡Está vivo! ¡Y, además, es niño! —oyó Lievin a Lizavieta Petrovna, que con mano trémula daba palmaditas en la espalda de la criatura.

—¿Es verdad, mamá? —preguntó Kiti.

Solo los sollozos de la princesa le contestaron.

Y en medio del silencio, como respuesta indudable a la pregunta de la madre, se oyó una voz bien distinta de todas las voces que hablaban en tono bajo en la habitación contigua. Era el vagido, penetrante, atrevido, que no atendía a razones y no se sabía de dónde llegaba, del nuevo ser humano.

Si antes le hubiesen dicho a Lievin que Kiti había muerto y él también, que sus niños eran ángeles y que todos estaban ante Dios, no se hubiera sorprendido. Pero ahora, vuelto al mundo de la realidad, hacía grandes esfuerzos mentales para comprender que Kiti estaba sana y salva y que el ser que gritaba tan desesperadamente era su hijo. Kiti vivía y sus sufrimientos habían cesado. Lievin se sentía inenarrablemente dichoso. Lo comprendía y aquello le colmaba de felicidad. Pero ¿y el niño? ¿Quién era? ¿Para qué y de dónde venía?... Le parecía que era superfluo, que estaba de más, y no fue capaz de acostumbrarse a él en mucho tiempo.

XVI

Después de las nueve, el viejo príncipe, Serguiéi Ivánovich y Stepán Arkádich estaban en casa de Lievin y, habiendo cambiado impresiones sobre la joven madre, hablaban de otras cosas. Lievin los escuchaba mientras recordaba involuntariamente lo que había pasado y cómo había estado él la víspera, antes del acontecimiento. Le parecía que habían transcurrido cien años desde entonces. Se sentía en una altura inaccesible desde la cual descendía con cuidado para no ofender a los que hablaban con él. Mientras conversaba no dejaba de pensar en su mujer, en cómo se encontraba y en su hijo, tratando de hacerse a la idea de su existencia. El mundo femenino, que había adquirido para él un significado nuevo desde que se casó, desconocido hasta entonces, se había elevado tanto que no era capaz de abarcarlo con la imaginación. Oía que hablaban de la comida celebrada la víspera en el club y pensaba: «¿Cómo estará Kiti ahora? ¿Se habrá dormido? ¿Cómo se sentirá? ¿Qué estará pensando? ¿Chillará el pequeño Dmitri?». Y, en medio de una frase, se levantó de un salto para salir de la estancia.

—Mándame decir si puedo ir a verla —dijo el príncipe.

—Bueno, enseguida —replicó Lievin sin detenerse y se dirigió a la habitación de Kiti.

Kiti no dormía, hablaba en voz baja con su madre, haciendo planes para el bautizo. Con las manos sobre la colcha, arreglada y peinada, con un elegante gorrito azul, estaba echada de espaldas y acogió a Lievin llamándole con los ojos. Su mirada, siempre tan clara, iba esclareciéndose aún más a medida que se acercaba Lievin. En su rostro se notaba aquel cambio de lo terreno a lo ultraterreno que suele advertirse en los rostros de los muertos, con la diferencia de que en estos es la despedida y en el de Kiti era la bienvenida. Lievin volvió a sentir la misma emoción que había experimentado durante el parto.

Kiti le tomó la mano y le preguntó si había dormido. Lievin no fue capaz de contestar y volvió la cabeza al convencerse de su debilidad.

—Pues yo me he quedado adormilada, Kostia. Y ahora estoy muy bien.

Kiti miró a su marido y de pronto cambió la expresión de su rostro.

—Démelo, démelo, Lizavieta Petrovna, para que lo vea Kostia —rogó a la comadrona al oír el vagido del niño.

—Aquí está, que lo vea su papá —exclamó la comadrona, levantando y acercando un bulto colorado, extraño y vacilante—. Pero aguarde un momento que lo arreglemos antes —añadió, colocando en la cama aquel bulto colorado que se movía.

Desenvolvió al niño, y tras volverlo de un lado y de otro, le echó polvos y lo vistió de nuevo.

Mirando a aquel ser minúsculo y digno de lástima, Lievin hizo vanos esfuerzos para hallar en su alma siquiera algún indicio del sentimiento paternal. Solo sentía repugnancia. Sin embargo, cuando aparecieron ante su vista los bracitos tan delgados, los piececitos de color azafranado, cuyos dedos gordos se diferenciaban de los otros y vio que la comadrona apretaba aquellos bracitos, que se agitaban como muelles, para meterlos en la camisita de hilo, Lievin se sintió embargado de una piedad tal hacia aquel ser y fue tal el temor que sintió de que le hiciera daño, que le retuvo la mano.

Lizavieta Petrovna se echó a reír.

—¡No tema! ¡No tema!

Cuando el niño estuvo arreglado y convertido en una especie de muñeco rígido, la comadrona lo volvió de todos lados, como si se enorgulleciera de su trabajo, y se separó un poco para que Lievin pudiera contemplarlo en toda su belleza.

Kiti, torciendo la cabeza, lo miraba sin cesar.

—¡Démelo, démelo! —exclamó, incorporándose.

—¿Qué hace usted, Katerina Alexándrovna? ¡No debe moverse así! Espere, ahora se lo llevaré. ¡Que vea el papá a este buen mozo!

Y Lizavieta Petrovna levantó en una mano (la otra solo sostenía con los dedos la vacilante nuca) aquel ser colorado, extraño y movedizo que ocultaba la cabeza entre los bordes de la mantilla. Pero se le veían las naricillas, los ojos que bizqueaban y los labios que parecían chupar.

—¡Es una criatura encantadora! —dijo.

Lievin suspiró con pesar. Esa encantadora criatura solo le producía un sentimiento de repugnancia y de compasión. Era algo completamente distinto de lo que había esperado. Se volvió mientras la comadrona ponía al pequeño junto al pecho de Kiti.

De repente una risa le hizo levantar la cabeza. Era Kiti. El niño se había agarrado a su pecho.

—¡Bueno, basta! ¡Basta ya! —dijo, al fin, Lizavieta Petrovna; pero Kiti no soltaba al niño, que se había dormido en sus brazos.

—Míralo ahora —exclamó Kiti, volviendo a la criatura de modo que Lievin pudiese verla.

Arrugando aún más su rostro de viejo, el niño estornudó.

Sonriendo y sin poder apenas contener las lágrimas producidas por la emoción, Lievin besó a su mujer y salió del oscuro dormitorio.

Lo que sentía hacia ese pequeño ser era algo completamente distinto de lo que había esperado. No le alegraba ni le producía satisfacción; al contrario, experimentaba un temor nuevo, que le hacía sufrir. Era la sensación de una nueva región dolorida. Durante los primeros tiempos esa sensación era tan dolorosa, era tan intenso el temor de que sufriera aquel ser indefenso, que no percibió la alegría irrazonada y hasta de orgullo que le produjo el estornudo del niño.

XVII

Los asuntos de Stepán Arkádich iban muy mal.

Había gastado ya las dos terceras partes del dinero que cobró por la venta del bosque y un comerciante le había adelantado casi todo el resto, con un descuento del diez por ciento. Ya no quería darle más dinero, tanto más cuanto que Daria Alexándrovna, haciendo valer por primera vez sus derechos sobre la finca, se negó a firmar en el contrato el haber recibido dinero a cuenta de la tercera parte de aquella venta. Todo el sueldo de Oblonski se iba en los gastos de la casa y en pagar pequeñas deudas inaplazables. No les quedaba nada de dinero.

Aquello era desagradable, inconveniente y no podía continuar así, a juicio de Stepán Arkádich. Opinaba que la causa se debía a su exiguo sueldo. Su cargo estaba muy bien remunerado hacía cinco años, pero en la actualidad no era lo mismo. Petrov, como director de un banco, cobraba doce mil rublos; Sventitski, miembro de una sociedad, diecisiete mil; Mitin, fundador de un banco, cincuenta mil. «Por lo visto, me he quedado dormido y se han olvidado de mí», pensó Stepán Arkádich. Comenzó a observar y a estar atento y hacia fines del invierno cifró sus esperanzas en un puesto muy bueno. Empezó las gestiones para conseguirlo, primero desde Moscú, a través de sus tías, tíos y amigos, y después, en primavera, cuando el asunto estuvo maduro, fue él en persona a San Petersburgo. Era uno de aquellos puestos de todas las categorías, desde mil a cincuenta mil rublos de sueldo anual, de los que había más en la actualidad que antes, tan cómodos y en los que se admiten concesiones; se trataba de un cargo como miembro de la comisión de las Agencias Reunidas de Crédito Mutuo de los Ferrocarriles del Sur y de Entidades Bancarias. Dicho cargo, lo mismo que todos los de esta índole, exigía unos conocimientos muy vastos y una gran actividad, cosas difíciles de reunir en una sola persona. Por tanto, era preferible que al menos lo ocupase un hombre honrado. Stepán Arkádich no solamente lo era, sino que su honradez poseía además el especial significado que se le da en Moscú cuando se dice: «Es un hombre de acción muy honrado», «Es un escritor honrado», «Es una entidad honrada», «Es una tendencia honrada», lo cual significa no solo que la persona y la entidad lo son, sino que hasta se atreven, si se presenta la ocasión, a meterse con el gobierno. Stepán Arkádich frecuentaba en Moscú los círculos donde se emplea esta palabra y donde lo consideraban como hombre honrado, motivo por el que tenía más derechos que otro para ocupar dicho cargo.

Este producía de siete a diez mil rublos al año y Oblonski podía ocuparlo sin abandonar su cargo oficial. Dependía de dos ministerios, de una señora y de dos judíos, y aunque todas estas personas estaban dispuestas a favor suyo, necesitaba entrevistarse con ellas en San Petersburgo. Además, Stepán Arkádich le había prometido a su hermana conseguir una respuesta definitiva de Karenin acerca del divorcio. Después de lograr que Dolli le diera cincuenta rublos, Stepán Arkádich se fue a San Petersburgo.

Sentado en el despacho de Karenin, Oblonski escuchaba su memoria acerca de los motivos del mal estado de las finanzas en Rusia, esperando el momento en que terminase para hablarle de su asunto y de Anna.

—Sí, esto es cierto —dijo Oblonski cuando Karenin, quitándose el *pince-nez*, sin el que no podía leer, lo miró interrogativamente—. Es exacto en cuanto a los detalles, pero, de todos modos, el principio de nuestra época es la libertad.

—Yo establezco otro principio que abraza el de la libertad —replicó Alexiéi Alexándrovich, subrayando la palabra «abraza» y volviendo a ponerse el *pince-nez* para leer otra vez aquel párrafo.

Después de hojear las cuartillas bien escritas y con enormes márgenes, Alexiéi Alexándrovich volvió a leer aquel párrafo convincente.

—Soy contrario al sistema de protección para favorecer individualmente, pero no para el bien común —dijo Karenin, mirando a Oblonski por encima de su *pince-nez*—. Pero *ellos* no pueden entender eso, ellos solo se ocupan de sus intereses privados y se entretienen diciendo bonitas palabras.

Stepán Arkádich sabía que cuando Karenin empezaba a hablar de lo que hacen y piensan *ellos*, los que no querían aceptar sus proyectos y eran la causa de todo el mal de Rusia, eso significaba que la conversación tocaba a su fin. Por eso no renegó en aquel momento del principio de la libertad y se mostró completamente de acuerdo con Alexiéi Alexándrovich. Este calló, mientras hojeaba pensativo su manuscrito.

—¡A propósito! —dijo Stepán Arkádich—. Quería pedirte que le digas a Pomorski, cuando lo veas, que tengo mucho interés en ocupar el puesto que se va a crear de miembro de la comisión de las Agencias Reunidas de Crédito Mutuo de los Ferrocarriles del Sur.

El nombre de ese cargo era tan familiar a Stepán Arkádich, por lo que se había encariñado con él, que lo pronunció rápidamente sin equivocarse.

Karenin le preguntó en qué consistía la actividad de esa nueva comisión y se sumió en reflexiones. Pensaba si en las actividades de la comisión había algo contrario a sus proyectos. Pero como las actividades de esa nueva institución eran muy complicadas y los proyectos de Karenin abarcaban un campo muy amplio, no pudo dilucidarlo enseguida y, quitándose el *pince-nez*, dijo:

—Desde luego, puedo hacerlo. Pero ¿por qué quieres ocupar ese cargo?

—Dan un buen sueldo, hasta nueve mil rublos, y mis medios...

—Nueve mil rublos —repitió Alexiéi Alexándrovich, y frunció el ceño.

Ese sueldo elevado le recordó que, desde este punto de vista, la presunta ocupación de Stepán Arkádich era contraria a la idea principal de sus proyectos, que siempre tendían a la economía.

—Opino, y así lo he expuesto en mi memoria, que en nuestros tiempos esos sueldos tan grandes no son sino prueba de una falsa *assiette** económica de nuestra administración.

—Pues ¿cómo quieres que sea? —objetó Stepán Arkádich—. Si el director de un banco gana diez mil rublos será porque se los merece. Y el ingeniero que gana veinte mil será porque su trabajo lo vale.

—Considero que el sueldo es el pago por una mercancía y debe estar sujeto a la ley de la oferta y la demanda. Cuando veo, por ejemplo, dos ingenieros de la escuela, igualmente instruidos y capacitados, de los cuales uno percibe cuarenta mil rublos y el otro debe conten-

---

* «Posición.» *(N. de las T.)*

tarse con dos mil, o bien que nombran directores de bancos, con sueldos enormes, a juristas y húsares, que no tienen noción alguna de esa especialidad, deduzco que los sueldos no se regulan por la ley de la oferta y la demanda, sino sencillamente por el favoritismo. Y este abuso tiene una influencia desastrosa en los servicios del Estado. Supongo...

Stepán Arkádich se apresuró a interrumpir a su cuñado.

—Sí, pero no dejarás de reconocer que se trata de una nueva institución, indudablemente útil. Sea como sea, es un asunto que interesa. Y, sobre todo, necesitan una persona honrada —dijo Stepán Arkádich, recalcando la última palabra.

Pero el significado moscovita de la palabra «honradez» era incomprensible para Karenin.

—La honradez es solamente una cualidad negativa —objetó.

—De todos modos, me harás un gran favor si le hablas a Pomorski. Hazlo de paso, al hablarle de otras cosas.

—Me parece que eso depende más bien de Bolgárinov —dijo Alexiéi Alexándrovich.

—Bolgárinov, por su parte, está completamente de acuerdo —replicó Oblonski, enrojeciendo.

Se sonrojó al mencionar a Bolgárinov porque por la mañana había visitado a aquel hebreo, y esa visita le dejó mala impresión. Oblonski estaba firmemente convencido de que la causa a la que quería servir era algo nuevo, dinámico, honrado, pero aquella mañana, cuando Bolgárinov, evidentemente con intención deliberada, lo había hecho esperar por espacio de dos horas con otros solicitantes, se sintió molesto.

Fuese porque él, el príncipe Oblonski, descendiente de Riúrik, hubiese tenido que hacer dos horas de antesala en casa de un hebreo, o porque, por primera vez en su vida, no seguía el ejemplo de sus antepasados de servir al gobierno, entrando en una nueva esfera de actividad, se sintió muy molesto. Sin embargo, durante aquellas dos horas de espera paseó animado por la sala atusándose las patillas y entabló conversación con otros solicitantes, mientras pensaba en *calembour*, a propósito de haber esperado en casa de aquel judío, ocultando de los demás e incluso de sí mismo el sentimiento que experimentaba.

No obstante, ni él mismo hubiera podido decir por qué se sentía molesto y desconcertado durante aquel rato, si era debido a que no le salía bien el juego de palabras: «Tuve un asunto con un judío y estuve esperando»,* o por alguna otra cosa. Cuando, por fin, Bolgárinov lo recibió con extremada cortesía, visiblemente satisfecho de su humillación, y casi le negó el puesto, Oblonski se apresuró a olvidar lo ocurrido. Ahora, al recordarlo, se había sonrojado.

*_Jid_ significa judío, y _ojidat_, esperar. _(N. de las T.)_

XVIII

—También tengo que hablarte de otro asunto, ya sabes...; se trata... de Anna —dijo Oblonski después de un silencio y de haberse librado de aquella desagradable impresión.

En cuanto pronunció el nombre de Anna, el rostro de Alexiéi Alexándrovich cambió por completo: reflejó cansancio y una inmovilidad de muerte en lugar de la animación que había tenido momentos antes.

—¿Qué queréis de mí, concretamente? —preguntó Karenin, volviéndose en la butaca y arreglándose el *pince-nez*.

—Una decisión, una decisión cualquiera, Alexiéi Alexándrovich. Me dirijo a ti no como a un hombre de Estado —iba a decir «a un marido ofendido», pero, por temor a estropear el asunto, sustituyó aquellas palabras por esas otras, que fueron inconvenientes—, sino sencillamente como a un hombre bueno y cristiano. Debes tener compasión de ella.

—¿En qué precisamente? —preguntó Karenin en voz baja.

—Sí, debes tener compasión de ella. Si la hubieses visto como yo (he pasado con ella todo el invierno) la compadecerías. Su situación es terrible, verdaderamente terrible.

—Creía que Anna Arkádievna tenía todo lo que deseaba —replicó Karenin con voz más aguda que de costumbre, casi chillona.

—¡Oh, Alexiéi Alexándrovich, por Dios! Déjate de recriminaciones. Lo hecho hecho está y ya sabes que lo que ella espera y desea es el divorcio.

—Suponía que Anna Arkádievna renunciaba al divorcio en caso de que yo exigiese que el niño quedara conmigo. Así se lo he dicho y creía que este asunto estaba concluido. Y considero que lo está —dijo Karenin casi gritando.

—Por Dios, no te acalores —replicó Stepán Arkádich, dándole unas palmaditas en las rodillas—. El asunto no está terminado. Permíteme que haga una recapitulación. Ha ocurrido lo siguiente: cuando os separasteis, te portaste con gran magnanimidad, le concediste todo, la libertad y hasta el divorcio. Ella ha sabido apreciarlo. No creas otra cosa. Ha sabido apreciarlo hasta tal punto que en los primeros momentos, viéndose culpable ante ti, no pudo reflexionar detenidamente. Renunció a todo. Pero la realidad y el tiempo han demostrado que su situación es atormentadora e insoportable.

—La vida de Anna Arkádievna no puede interesarme —le interrumpió Karenin, enarcando las cejas.

—Permíteme que no te crea —replicó suavemente Oblonski—. Su situación es atormentadora para ella y no ofrece ventaja alguna para nadie. Dirás que se la ha merecido. Anna lo sabe y no te pide nada, no se atreve a pedirte nada. Pero yo, así como todos sus parientes, todos los que la queremos, te suplicamos. ¿Para qué sufre tanto? ¿Quién se beneficia con eso?

—Perdóname, pero me parece que me pones en el lugar del acusado —dijo Alexiéi Alexándrovich.

—Nada de eso, nada de eso —exclamó Oblonski, dándole unas palmaditas en la mano, como si estuviera convencido de que este contacto dulcificaría a su cuñado—. Compréndeme, solo digo una cosa: la situación de Anna es dolorosa y tú puedes aliviarla sin perder nada por tu parte. Yo arreglaré las cosas de tal modo que ni siquiera te darás cuenta de nada. ¡Si lo habías prometido!

—Lo prometí antes. Suponía que la cuestión de mi hijo solucionaba el asunto. Además, esperaba que Anna Arkádievna tuviese la suficiente grandeza de alma... —Y esas palabras las pronunció Karenin con dificultad, temblándole los labios y poniéndose pálido.

—Ella lo confía todo a tu grandeza de alma. Solo pide y suplica una cosa: que se la libre de la intolerable situación en que se encuentra. Ya no pide a su hijo. Alexiéi Alexándrovich, tú eres un hombre bueno. Ponte en su lugar por un momento. El divorcio es para ella cuestión de vida o muerte. Si no se lo hubieras prometido antes, se habría conformado con su situación y viviría en el campo, pero se lo prometiste, Anna te ha escrito y se ha trasladado a Moscú, donde lleva ya seis meses esperando tu decisión y donde cada encuentro es para ella como un puñal en el pecho. Esto es igual que tener a un condenado a muerte, con la cuerda arrollada al cuello, prometiéndole tan pronto la muerte como el indulto. Ten compasión de ella y yo me encargo de arreglarlo todo de manera... *Vos scrupules...**

—No hablo de esto, no hablo de esto —le interrumpió Alexiéi Alexándrovich con expresión de repugnancia—. Tal vez haya prometido algo que no debía prometer.

—Entonces ¿te niegas a cumplirlo?

—Nunca he rehusado cumplir las cosas posibles, pero necesito disponer de tiempo para reflexionar si lo prometido está dentro de lo posible.

—No, Alexiéi Alexándrovich —exclamó Oblonski, levantándose de un salto—. ¡No quiero creerlo! Anna es todo lo desgraciada que puede ser una mujer, no puedes negarte a una cosa así...

—Tengo que ver hasta qué punto es posible lo prometido. *Vous professez d'être un libre penseur;*** pero yo, como hombre creyente, no puedo obrar contra la ley cristiana en una cuestión tan importante.

—Pero en las sociedades cristianas, entre nosotros, por lo que sé, el divorcio está permitido —objetó Stepán Arkádich—. Nuestra Iglesia permite el divorcio y vemos...

—Está permitido, pero no en un caso así.

—Alexiéi Alexándrovich, no te reconozco —dijo Oblonski después de un silencio—. ¿Acaso no has sido tú quien ha perdonado? ¿Y acaso no lo hemos apreciado todos? Movido por un sentimiento cristiano, estabas dispuesto a sacrificarlo todo. Tú mismo dijiste: hay que dar el caftán cuando te piden la camisa, y ahora...

—Te ruego que terminemos..., que terminemos esta conversación —exclamó Alexiéi Alexándrovich con voz chillona, poniéndose en pie.

Estaba muy pálido y le temblaba la mandíbula inferior.

—Bien, perdóname, perdóname si te he entristecido —dijo Stepán Arkádich, sonriendo, confuso y tendiéndole la mano—. Por mi parte, no he hecho más que cumplir la misión que me han encargado.

Alexiéi Alexándrovich le dio la mano, se sumió en reflexiones y después dijo:

—Debo meditar sobre esto. Pasado mañana os daré la contestación definitiva.

* «Sus escrúpulos.» *(N. de las T.)*
** «Usted se tiene por un librepensador.» *(N. de las T.)*

XIX

Stepán Arkádich se disponía a irse cuando Korniéi entró anunciando:

—Serguiéi Alexiévich.

—¿Quién es Serguiéi Alexiévich? —preguntó Oblonski, pero no tardó en recordar—. ¡Ah! ¡Si es Seriozha!

«Creí que era el jefe del departamento. Es verdad, Anna me ha rogado que visitara al niño», se dijo.

Se le representó la expresión tímida y lastimosa con que Anna le dijo al acompañarlo: «Probablemente lo has de ver. Entérate con detalle de dónde se encuentra y quién está a su lado. Y si es posible, Stiva... Se podrá arreglar, ¿verdad?». Stepán Arkádich sabía que aquel «si es posible» significaba si existía la posibilidad de que le dejasen a su hijo en caso de obtener el divorcio. Ahora se daba cuenta de que no podía pensarse en tal cosa, pero, de todos modos, le alegró ver a su sobrino.

Alexiéi Alexándrovich le indicó a Oblonski que nunca le hablaban al niño de su madre, rogándole que no la mencionase para nada.

—Estuvo muy enfermo después de aquel encuentro con su madre, que no habíamos previsto —dijo—. Hasta temimos por su vida. Gracias a un tratamiento adecuado y a los baños de mar ha recuperado la salud y ahora, por consejo del médico, lo he internado en un colegio. En efecto, la influencia de los compañeros ha dado buenos resultados y en la actualidad está sano y estudia muy bien.

—¡Qué buen mozo! Ya no es Seriozha, sino todo un Serguiéi Alexiévich —exclamó Oblonski risueño, mirando al hermoso muchacho, ancho de espaldas, vestido con chaqueta azul y pantalón largo, que había entrado con actitud decidida y ademanes desenvueltos.

Tenía un aspecto alegre y sano. Saludó a su tío como si se tratara de un desconocido, pero al reconocerlo se sonrojó y se volvió presurosamente, como ofendido y enfadado por algo. Acercándose a su padre, le entregó las notas del colegio.

—Vaya, está bien, puedes seguir así —le dijo Karenin.

—Ha crecido y adelgazado; ya no es un niño, sino todo un muchacho. Eso me gusta —comentó Stepán Arkádich—. ¿Me recuerdas?

El niño echó una mirada rápida a su padre.

—Sí, *mon oncle** —contestó, mirándole. Y de nuevo bajó la vista.

Oblonski lo atrajo hacia sí y le tomó la mano.

—¿Qué tal van las cosas? —preguntó, deseando iniciar una conversación, pero sin saber qué decirle.

Ruborizándose y sin contestar, el niño tiraba suavemente la mano que le sujetaba su tío. En cuanto este se la soltó, Seriozha miró a su padre y, lo mismo que un pájaro al que ponen en libertad, abandonó la habitación con pasos rápidos.

Había transcurrido un año desde la última vez que Seriozha vio a su madre. Desde entonces no había vuelto a oír hablar de ella. Aquel año lo habían internado en el colegio, donde conoció y cobró afecto a sus compañeros. Ya no le ocupaban los pensamientos y los recuerdos de su madre, que habían sido la causa de su enfermedad a raíz de su encuentro con ella. Cuando volvían a su mente, los rechazaba, considerándolos vergonzosos y solo propios de niñas. Le constaba que entre sus padres se había producido una discordia que los había separado, sabía que él debía quedarse con su padre y procuraba hacerse a esta idea.

Le fue desagradable ver a su tío, que tanto se parecía a su madre, porque despertaba en él recuerdos que juzgaba humillantes. Le resultó tanto más molesto cuanto que por algunas palabras que había oído mientras esperaba junto a la puerta del despacho y, sobre todo, por la expresión de los rostros de ambos, adivinó que habían estado hablando de su madre. Y para no censurar a su padre, puesto que dependía de él, y principalmente para no entregarse a la sensibilidad que estimaba deshonrosa, Seriozha trató de no mirar a su tío, el cual había venido a romper la paz, y no pensar en cuanto le recordaba.

* «Mi tío.» *(N. de las T.)*

Pero cuando Stepán Arkádich salió en pos de él y al verlo junto a la escalera lo llamó y le preguntó cómo pasaba el tiempo en el colegio durante los recreos, Seriozha, no estando presente su padre, inició una conversación.

—Ahora jugamos al ferrocarril —dijo contestando a la pregunta de Stepán Arkádich—. Verá usted: dos se sientan en un banco. Son los viajeros. Otro se coloca en pie delante del banco. Y los tres se enlazan. Pueden hacerlo con las manos o con los cinturones. Luego echan a correr por todas las salas. Las puertas se dejan abiertas de antemano. Es muy difícil ser el conductor.

—¿Es el que está en pie? —preguntó Stepán Arkádich sonriendo.

—Sí. El conductor tiene que ser muy atrevido y muy diestro. Sobre todo cuando el tren se para de pronto o alguien se cae.

—Desde luego, no es fácil —asintió Stepán Arkádich, mirando con tristeza aquellos ojos animados, tan parecidos a los de Anna, que ya no eran infantiles y ya no reflejaban completa inocencia. Y, aunque le había prometido a Alexiéi Alexándrovich que no le hablaría a Seriozha de Anna, no pudo contenerse y le preguntó repentinamente—: ¿Recuerdas a tu madre?

—No, no la recuerdo —respondió apresuradamente el niño y, poniéndose muy colorado, bajó la vista.

Stepán Arkádich no pudo conseguir nada más de él.

Media hora después, el preceptor eslavo encontró a su alumno en la escalera y tardó mucho en comprender si estaba enfadado o lloraba.

—Seguramente te has hecho daño al caerte —dijo—. Ya decía yo que este juego es peligroso. Hay que decírselo al director.

—Si me hubiera hecho daño, nadie se hubiera enterado. ¡Eso es seguro!

—¿Qué te ha pasado entonces?

—¡Déjeme!... ¿Qué le importa si la recuerdo o no...? ¿Por qué debo recordarla? ¡Déjeme en paz! —gritó, pero ya no se dirigía a su preceptor, sino al mundo entero.

XX

Como de costumbre, Stepán Arkádich no perdía el tiempo en San
Petersburgo. Además de sus asuntos, el divorcio de su hermana y su
cargo, sentía deseos de refrescarse, según solía decir, después del tufo
de Moscú.

A pesar de sus *cafés chantants* y de sus ómnibus, Moscú no dejaba
de ser agua estancada. Stepán Arkádich lo notaba siempre. Después de
vivir una temporada allí, sobre todo cuando estaba con su familia,
sentía que su ánimo decaía. Tras una larga estancia en aquella capital
sin ausentarse, le llegaban a preocupar su mal humor, los reproches de
su mujer, la salud, la educación de sus hijos, los pequeños intereses de su
servicio y sus deudas. Pero bastaba llegar a San Petersburgo y frecuentar su círculo habitual, en el que se vivía y no se vegetaba como en
Moscú, para que todas esas ideas desapareciesen, fundiéndose como
la cera junto al fuego.

¿Su mujer?... Precisamente aquel día Oblonski había hablado con
el príncipe Chechenski, casado y con hijos. Sus hijos eran mayores ya,
servían en el cuerpo de pajes y el príncipe tenía, además, una mujer
ilegítima que también le había dado vástagos. Aunque la primera
familia era buena, Chechenski se sentía más feliz con la segunda y
solía llevar a su primogénito a visitar a la familia ilegítima. Le dijo
a Stepán Arkádich que lo consideraba útil y provechoso para aquel.
¿Qué hubieran dicho de esto en Moscú?

¿Los hijos?... En San Petersburgo estos no estorbaban para la
vida de los padres. Se les educaba en colegios y no existía aquella idea
absurda, tan extendida en Moscú, como la de Lvov, por ejemplo, de
que se debe dar a los hijos una vida regalada y a los padres solo trabajo
y preocupaciones. En San Petersburgo comprendían que el hombre
necesita vivir para sí mismo, como debe hacerlo una persona culta.

¿El servicio?... En San Petersburgo tampoco el servicio constituía la sujeción agobiante y sin esperanzas que constituía en Moscú; aquí presentaba un interés. Un encuentro, un servicio prestado, una alusión, el saber representar diferentes personajes, cualquier cosa de estas era suficiente para que un hombre hiciese su carrera, como le había ocurrido a Briantsev, por ejemplo, al que se había encontrado Stepán Arkádich el día anterior, siendo uno de los principales funcionarios en la actualidad. Trabajar así constituía un interés. Sobre todo, el punto de vista petersburgués acerca de las cuestiones pecuniarias ejercía una influencia tranquilizadora en Stepán Arkádich. Bartnianski, que gastaba por lo menos cincuenta mil rublos al año con aquel *train de vie** que llevaba, le había dicho la víspera algo extraordinario, a propósito de eso.

Antes de la comida, Stepán Arkádich, que había iniciado una conversación con él, le dijo:

—Me parece que eres íntimo amigo de Mordvinski. Podrías hacerme un gran favor. Te ruego que le hables de mí. Desearía ocupar el cargo como miembro de la agencia...

—No me lo digas porque de todas formas se me olvidará... Pero ¿qué gana puedes tener de tomar parte en esos asuntos de ferrocarriles con judíos?... Sea como sea, es una porquería.

Stepán Arkádich no le dijo que se trataba de un asunto serio: Bartnianski no lo hubiera comprendido.

—Necesito dinero. No tengo para vivir.

—¿Acaso no vives?

—Sí, pero con deudas.

—¿Qué me dices? ¿Tienes muchas? —preguntó Bartnianski con expresión compasiva.

—Sí. Unos veinte mil rublos.

Bartnianski se echó a reír alegremente.

—¡Oh, eres un hombre feliz! —exclamó—. Yo debo millón y medio y no poseo nada. Como ves, aún puedo vivir.

Stepán Arkádich pudo comprobar de hecho la verdad de aquellas palabras. Zhivájov tenía trescientos mil rublos de deudas y ni un kopek. Sin embargo, vivía, ¡y de qué manera! Hacía mucho que consideraba arruinado al conde Krivtsov, pero, no obstante, sostenía dos mujeres. Petrovski había gastado cinco millones, pero vivía igual que

* «Modo de vivir.» *(N. de las T.)*

antes e incluso seguía administrando bienes, percibiendo un sueldo de veinte mil rublos anuales. Aparte de esto, San Petersburgo producía una sensación física agradable en Stepán Arkádich. Lo rejuvenecía. En Moscú, a veces solía encontrarse una cana, se adormilaba después de comer, subía las escaleras despacio, al paso, respirando fatigosamente, se aburría en presencia de mujeres jóvenes y no bailaba en las veladas. En cambio, en San Petersburgo se sentía siempre como si le hubiesen quitado diez años de encima.

Experimentaba lo mismo que el sexagenario príncipe Piotr Oblonski, que acababa de regresar del extranjero.

—Aquí no sabemos vivir. No me creerás, me sentía completamente joven durante el verano que pasé en Baden. En cuanto veía una mujer joven, mis ideas... Comía, bebía un poco y me encontraba fuerte y animado. Al regresar a Rusia, tuve que reunirme con mi mujer y, además, en el pueblo. Figúrate que empecé a ponerme la bata y ni siquiera me vestía para comer. ¡Nada de pensar en jovencitas! Me volví completamente viejo. Ya no me quedaba sino pensar en salvar mi alma. Pero fui a París y me he vuelto a reponer.

Stepán Arkádich notaba la misma diferencia que Piotr Oblonski. En Moscú se abandonaba de tal modo que, de vivir allí mucho tiempo, hubiera llegado a pensar en la salvación de su alma. En cambio, en San Petersburgo se encontraba como era debido.

Entre la princesa Tverskaia y Stepán Arkádich existían unas relaciones antiguas, muy extrañas. Oblonski solía cortejarla siempre medio en broma y decirle, también en broma, las cosas más indecentes, sabiendo que eso le gustaba. Al día siguiente de visitar a Karenin, Stepán Arkádich fue a ver a Betsi y se sentía tan joven que, sin querer, llegó demasiado lejos al hacerle la corte y en sus frases atrevidas. Ya no sabía cómo volverse atrás. Desgraciadamente, no solo no le gustaba la princesa, sino que le era repulsiva. Habían llegado a ese extremo porque Oblonski le agradaba mucho a ella. La llegada de la princesa Miagkaia interrumpió su íntimo coloquio, lo que alegró mucho a Stepán Arkádich.

—¡Ah! ¿Está usted aquí? —exclamó al verlo—. ¿Qué tal se encuentra su pobre hermana? No me mire así —añadió, dirigiéndose a Betsi—. Desde el momento en que todas ustedes, que son mil veces peores, se han echado sobre ella, opino que Anna ha hecho muy bien. No puedo perdonar a Vronski el que no me haya avisado cuando estuvo en San Petersburgo. Hubiera ido a visitarla y la habría acompañado a todas partes. Le ruego le transmita mi afecto. Ande, cuénteme algo de su vida.

—Su situación es difícil...; ella... —empezó a decir Stepán Arkádich, tomando al pie de la letra, debido a su ingenuidad, las palabras de la princesa Miagkaia «Cuénteme algo de su vida».

La princesa, según costumbre suya, le interrumpió enseguida y se puso a hablar de Anna ella misma.

—Ha hecho lo que hacen todas las mujeres, excepto yo, ocultándolo. Pero ella no ha querido engañar, cosa que está muy bien. Y ha procedido aún mejor abandonando a su medio tonto cuñado. ¡Perdóneme! Todos decían que era inteligente, yo era la única en sostener lo contrario. Ahora que ha intimado con Lidia Ivánovna y con Landau, todos dicen que es medio tonto y a mí me gustaría mucho no estar de acuerdo, pero esta vez es imposible.

—Le ruego que me explique lo que significa esto —dijo Stepán Arkádich—. Ayer visité a mi cuñado para hablarle del asunto de mi hermana y le pedí una contestación definitiva. No me la ha dado, diciéndome que reflexionaría. Y esta mañana, en lugar de la respuesta prometida, me ha enviado una invitación para la velada que se celebrará hoy en casa de la condesa Lidia Ivánovna.

—¡Eso es, eso es! —exclamó la princesa Miagkaia con alegría—. Consultarán a Landau.

—¿Cómo? ¿Para qué? ¿Quién es Landau?

—¿Es posible que no conozca usted a Jules Landau? *Le fameux Jules Landau, le clairvoyant?* * También es medio tonto, pero la suerte de su hermana depende de él. Este es el resultado de vivir en provincias, no se enteran ustedes de nada. Landau era un *commis* ** en una tienda de París. Un día fue a consultar a un médico, se quedó dormido en la sala de espera y empezó a dar consejos a todos los enfermos. Unos consejos extraordinarios. Después, la mujer de Yuri Meledinski, ¿sabe?, de ese enfermo, oyó hablar de él y lo invitó para que curara a su marido. Ahora lo está tratando. Opino que no le ha servido para nada, porque sigue tan débil como siempre, pero ellos creen en él y lo han traído a Rusia. Aquí todo el mundo ha acudido a él y está tratando a menudo. Ha curado a la condesa Bezzúbova, que le ha cobrado mucho afecto y lo ha prohijado.

---

* «¿El famoso Jules Landau, el vidente?» *(N. de las T.)*
** «Dependiente.» *(N. de las T.)*

—¿Es posible?

—Sí, ahora ya no se llama Landau, sino conde Bezzúbov. Pero no se trata de eso, sino de Lidia (la quiero mucho, pero no debe de tener la cabeza en su sitio), que se ha apoderado de Landau y ni en su casa ni en la de Alexiéi Alexándrovich se decide nada sin él. Por eso la suerte de su hermana está en manos de ese Landau, o bien del conde Bezzúbov.

XXI

Después de la espléndida comida y de la gran cantidad de coñac que bebió en casa de Bartnianski, Stepán Arkádich llegó a casa de la condesa Lidia Ivánovna con un ligero retraso sobre la hora señalada.

—¿Qué otro invitado tiene la condesa? ¿Es el francés? —preguntó, examinando el abrigo de Karenin, que conocía, y un extraño gabán, muy sencillo, con botones.

—Están Alexiéi Alexándrovich Karenin y el conde Bezzúbov —contestó el portero con expresión grave.

«La princesa Miagkaia ha adivinado —pensó Stepán Arkádich mientras subía la escalera—. Esto es extraño; sin embargo, no estaría mal hacer amistad con Lidia Ivánovna. Tiene muchas influencias. Si le dijera unas palabras a Pomorski, el asunto se solucionaría.»

Aún era completamente de día, pero en el saloncito de la condesa ardían ya las lámparas y estaban echadas las cortinas.

Junto a la mesa redonda, bajo una de las lámparas, estaban sentados la condesa y Alexiéi Alexándrovich hablando en voz baja. En el otro extremo de la habitación se hallaba examinando los retratos que cubrían la pared un hombre de mediana estatura, enjuto, con caderas femeninas y rodillas hundidas, de rostro muy pálido, aunque hermoso, magníficos ojos brillantes y cabellos largos que le caían sobre el cuello de la levita. Después de saludar a la dueña de la casa y a Alexiéi Alexándrovich, Oblonski volvió a mirar involuntariamente a aquel desconocido.

—¡Monsieur Landau! —exclamó la condesa, dirigiéndose a aquel hombre con una suavidad y una precaución que sorprendieron a Oblonski.

Landau se apresuró a volverse, se acercó y sonriendo puso su mano torpe y sudorosa en la mano que Oblonski le tendía. Lidia

Ivánovna los presentó. Landau se alejó enseguida para seguir mirando los retratos. La condesa y Alexiéi Alexándrovich cambiaron una mirada significativa.

—Me alegra mucho verle, sobre todo hoy —dijo Lidia Ivánovna a Stepán Arkádich, indicándole un asiento al lado de Karenin—. Se lo he presentado a usted con el nombre de Landau —añadió en voz baja, después de mirar al francés e inmediatamente a Alexiéi Alexándrovich—, pero, en realidad, es el conde Bezzúbov, como seguramente sabrá usted. Solo que no le gusta ese título.

—Sí, lo he oído decir —replicó Oblonski—. Dicen que ha curado completamente a la condesa Bezzúbova.

—Hoy ha estado aquí, ¡da lástima verla! —exclamó la condesa, dirigiéndose a Karenin—. Esta separación será terrible para ella. ¡Es un golpe tan duro!

—¿Se va decididamente? —preguntó este.

—Sí, se marcha a París. Ayer oyó una voz —replicó la condesa mirando a Stepán Arkádich.

—¡Ah! ¡Una voz! —repitió Oblonski sintiendo que debía tener el máximo cuidado en aquel ambiente en que pasaban o debían de pasar cosas extraordinarias, cuyo secreto no poseía.

Reinó un silencio momentáneo, después del cual la condesa, como para empezar a hablar del objeto más importante de la conversación, dijo a Oblonski con su sonrisa fina:

—Hace mucho que lo conozco a usted y me complace tratarle más a fondo. *Les amis de mes amis sont mes amis.** Pero para ser amigo hay que profundizar en el estado de alma del amigo, y temo que no lo haga usted respecto de Alexiéi Alexándrovich. Ya comprenderá a lo que me refiero —concluyó, alzando sus magníficos ojos pensativos.

—En parte, condesa, la situación de Alexiéi Alexándrovich... —dijo Oblonski, sin entender bien de lo que trataba y deseando por ello hablar en términos generales.

—El cambio no estriba en la situación externa —replicó la condesa con expresión severa, siguiendo al mismo tiempo con una mirada llena de amor a Alexiéi Alexándrovich, que se había levantado y se acercaba a Landau—. Es su corazón el que ha cambiado, hace mucho que tiene otro corazón, temo que no haya usted reflexionado sobre la transformación que ha tenido lugar en él.

* «Los amigos de mis amigos son amigos míos.» *(N. de las T.)*

—Me imagino lo que es este cambio a grandes rasgos. Siempre hemos sido amigos y ahora... —contestó Stepán Arkádich, correspondiendo con una dulce mirada a la de la condesa, mientras pensaba con cuál de los dos ministros tendría más amistad para pedirle la recomendación.

—El cambio que ha sufrido no puede debilitar el sentimiento de amor hacia el prójimo; al contrario, lo refuerza. Pero creo que no me comprende usted. ¿Quiere tomar una taza de té? —preguntó, indicando con la mirada al criado que traía el té en una bandeja.

—No del todo, condesa. Desde luego, su desgracia...

—Sí, la desgracia que se ha convertido en una felicidad máxima cuando el corazón se ha renovado, llenándolo él —dijo la condesa, mirando a Stepán Arkádich con mirada amorosa.

«Creo que podré pedirle que les hable a los dos», pensó Oblonski.

—¡Oh, naturalmente, condesa! Pero opino que a nadie le gusta hablar de esos cambios tan íntimos, ni siquiera con la persona más amiga.

—¡Al contrario! Tenemos que hablar y ayudarnos los unos a los otros.

—Sí, desde luego, pero existen diferencias de convencimientos, y además... —objetó Oblonski con una sonrisa dulce.

—No puede haber diferencia en lo que se refiere a la verdad sagrada.

—¡Oh, sí! Está claro, pero... —Y Stepán Arkádich, confuso, guardó silencio.

Comprendió que se trataba de religión.

—Me parece que se va a dormir ahora —dijo Alexiéi Alexándrovich en un susurro significativo, acercándose a Lidia Ivánovna.

Oblonski se volvió. Landau se hallaba sentado junto a la ventana, reclinado en el brazo y el respaldo de la butaca y con la cabeza baja. Al notar que todas las miradas se dirigían a él, alzó la cabeza y sonrió con expresión ingenua y pueril.

—No le haga caso —aconsejó la condesa, y con un ligero movimiento le acercó una silla a Alexiéi Alexándrovich—. He observado... —empezó a decir, pero en aquel momento entró un lacayo trayendo una carta. Lidia Ivánovna la leyó rápidamente, y después de excusarse escribió unas líneas con extraordinaria rapidez, las entregó y volvió a la mesa—. He observado —continuó la conversación iniciada— que los moscovitas, sobre todo los hombres, son los más indiferentes en materia de religión.

—¡Oh, no, condesa! Creo que precisamente tienen fama de ser muy creyentes —arguyó Stepán Arkádich.

—Por lo que veo, usted, por desgracia, es de los indiferentes —intervino Karenin, dirigiéndose a él, con su sonrisa cansada.

—¿Cómo es posible ser indiferente? —exclamó la condesa.

—No es que lo sea, sino que estoy esperando. No creo que me haya llegado aún el momento de hacerme esas preguntas —dijo Oblonski con una sonrisa de lo más dulce.

Alexiéi Alexándrovich y la condesa cambiaron una mirada.

—Nunca podemos saber si nos ha llegado el momento para tales cuestiones —objetó Alexiéi Alexándrovich con severidad—. No debemos pensar si estamos preparados o no: la gracia divina no se rige por las reflexiones humanas. A veces no desciende sobre los que trabajan por conseguirla y, en cambio, les viene a los que no están preparados, como, por ejemplo, a Saúl.

—No, parece que aún no —dijo la condesa, que seguía con la vista los movimientos del francés.

Landau se levantó y se acercó a ellos.

—¿Me permiten que escuche? —preguntó.

—¡Oh, sí! No queríamos molestarle —contestó Lidia Ivánovna, mirándole con dulzura—. Siéntese con nosotros.

—Lo único es no cerrar los ojos para no perder la luz —prosiguió Alexiéi Alexándrovich.

—¡Oh, si supiese usted la felicidad que experimentamos sintiendo su continua presencia en nuestra alma! —exclamó la condesa con una sonrisa beatífica.

—Pero, a veces, el hombre puede sentirse incapaz de elevarse a esa altura —dijo Stepán Arkádich, sintiendo que procedía como un hipócrita al admitir esa elevación religiosa.

Sin embargo, no se atrevía a manifestar su modo libre de pensar ante una persona que con una sola palabra que dijera a Pomorski a favor suyo podía proporcionarle el puesto deseado.

—Entonces ¿quiere usted decir que se lo impide el pecado? —dijo la condesa—. Pues es una opinión falsa. El pecado no existe. Para los creyentes el pecado está redimido. *Pardon* —añadió, mirando al lacayo que entraba de nuevo con otra carta. La leyó y le contestó de palabra, diciendo: «Mañana, en casa de la gran duquesa..., dígaselo...»—. Para el creyente no existe el pecado —continuó.

—Sí, pero la fe sin obras es fe muerta —objetó Stepán Arkádich al recordar esas palabras del catecismo, defendiendo su independencia ya solo con una sonrisa.

—Las palabras de la epístola de Santiago —dijo Alexiéi Alexándrovich, dirigiéndose a la condesa con cierto reproche, como si se tratara de algo que ya hubieran discutido más de una vez—. ¡Cuánto mal ha hecho la falsa interpretación de este pasaje! Nada aparta tanto de la fe como esta interpretación. «No hago buenas obras; por tanto, puedo creer.» Sin embargo, eso no está dicho en ningún sitio, sino todo lo contrario.

—Trabajar para Dios, salvar el alma por medio de trabajos y ayuno —dijo la condesa con desprecio y repugnancia— son ideas absurdas de nuestros monjes... Eso no está dicho en ningún sitio. Es mucho más fácil y más sencillo —añadió, mirando a Oblonski con la sonrisa de aprobación con que solía animar en la corte a las jóvenes damas de honor, cohibidas por el ambiente nuevo.

—Estamos salvados por Cristo, que sufrió por nosotros. Estamos salvados por la fe —afirmó Karenin, aprobando con la mirada las palabras de la condesa.

—*Vous comprenez l'anglais?* * —preguntó Lidia Ivánovna, y, habiendo recibido una contestación afirmativa, se puso en pie y buscó algo en un estante con libros—. Quiero leerle *Safe and Happy* o *Under the wing* ** —dijo, mirando a Karenin con expresión interrogante. Y cuando encontró el libro volvió a sentarse en su sitio y lo abrió—. Es muy corto. Describe el camino por medio del cual se llega a la fe y a esa felicidad que está por encima de todo lo terreno y embarga el alma. El hombre creyente no puede ser desgraciado porque no está solo, ya lo verá usted. —Se disponía a empezar a leer cuando entró el lacayo—. ¿La Borozdina? Dígale que mañana a las dos. Sí —dijo, colocando un dedo entre las páginas del libro. Se quedó mirando ante sí con sus magníficos ojos pensativos y suspiró—. He aquí cómo obra la verdadera fe. ¿Conoce usted a Mari Sánina? ¿Está enterado de su desgracia? Había perdido a su único hijo. Estaba desesperada. ¿Y qué ha pasado? Pues que encontró a ese amigo, y ahora da gracias a Dios por la muerte de su hijo. Esta es la felicidad que da la fe.

—¡Oh sí, eso es muy...! —dijo Stepán Arkádich, contento de que la condesa leyera, pues así podría hacerse cargo de la situación.

«No, es mejor que no le pida nada hoy —pensó Oblonski—. Lo principal es que salga de aquí sin enredar las cosas.»

* «¿Entiende usted el inglés?» *(N. de las T.)*
** *Sálvate y sé feliz* o *Bajo el ala. (N. de las T.)*

—Esto será aburrido para usted, ya que no sabe inglés —dijo la condesa a Landau—. Pero es corto.

—¡Oh, lo entenderé! —exclamó el francés con una sonrisa y cerró los ojos.

Alexiéi Alexándrovich y Lidia Ivánovna cambiaron una mirada significativa y empezó la lectura.

XXII

Stepán Arkádich se sentía muy preocupado con aquellas nuevas conversaciones, tan extrañas para él, que estaba oyendo. La complejidad de la vida petersburguesa solía excitarlo de por sí después de la monotonía de Moscú. Esa complejidad le gustaba en las esferas conocidas y afines a él; en cambio, se encontraba inquieto y desconcertado en ese ambiente tan ajeno y no era capaz de comprenderlo todo: empezó a notar una especial pesadez de cabeza mientras escuchaba a la condesa y sentía sobre sí los hermosos ojos ingenuos o llenos de malicia —no podría decirlo— de Landau.

Los pensamientos más diversos se agolpaban en su cerebro. «Mari Sánina se alegra de que se le haya muerto el hijo... Vendría bien fumar un poco ahora... Para salvarse, no hay más que creer, pero los monjes no saben cómo se debe creer; eso lo sabe la condesa Lidia Ivánovna... ¿Por qué siento esa pesadez en la cabeza? ¿Será por el coñac o porque todo esto es demasiado extraño? De todos modos, parece que hasta ahora no he hecho nada inconveniente. Sin embargo, hoy no se le puede pedir nada. Se dice que obligan a rezar. Con tal que no me obliguen a mí. Eso sería demasiado estúpido. ¿Y qué es esa tontería que está leyendo? Pero pronuncia bien. Landau... Bezzúbov. ¿Por qué se llama Bezzúbov?» De pronto Stepán Arkádich sintió que le temblaba la mandíbula inferior de un modo incontenible, iniciando un bostezo. Se atusó las patillas para disimular el bostezo y se recobró. Pero acto seguido se dio cuenta de que se estaba durmiendo y a punto de roncar. Volvió en sí al oír la voz de la condesa que decía: «Se ha dormido».

Stepán Arkádich se recobró asustado, sintiéndose culpable, cogido en una falta. Pero enseguida se consoló al darse cuenta de que las palabras «Se ha dormido» no se referían a él, sino a Landau. El francés se había quedado dormido lo mismo que Stepán Arkádich. Este creyó que su sueño hubiera sido ofensivo para los demás (a decir verdad, ni siquiera había pensado esto, ya que todo le parecía muy extraño) y, en cambio, el de Landau los alegró extraordinariamente, sobre todo a la condesa.

—*Mon ami**—dijo, y con gran cuidado para no hacer ruido, se recogió los pliegues de su vestido de seda. Debido a su excitación llamó a Karenin *mon ami* en lugar de Alexiéi Alexándrovich—. *Donnez-lui la main. Vous voyez.*** ¡Chis! —chistó al lacayo que entraba de nuevo, y añadió—: No recibo.

El francés dormía o fingía dormir con la cabeza apoyada en el respaldo de la butaca, mientras hacía ligeros movimientos, como si tratase de coger algo, con su mano sudorosa, que yacía sobre sus rodillas. Alexiéi Alexándrovich se puso en pie, quiso hacerlo con mucho cuidado, pero, a pesar de ello, se enganchó en la mesa. Acercándose al francés, puso una de sus manos en la de él. Oblonski se levantó también y abrió mucho los ojos, deseando despertarse en caso de que estuviese dormido. Miraba tan pronto a uno como al otro. Todo aquello era real. Notó que las ideas se le confundían cada vez más.

—*Que la personne qui est arrivée la dernière, celle qui demande, qu'elle sorte. Qu'elle sorte!*** —dijo el francés sin abrir los ojos.

—*Vous m'excuserez, mais vous voyez... Revenez vers dix heures, encore mieux demain.****

—*Qu'elle sorte!* —repitió el francés, impaciente.

—*C'est moi, n'est-ce-pas?***** —preguntó Stepán Arkádich y, habiendo recibido una contestación afirmativa, olvidó lo que quería pedirle a Lidia Ivánovna, así como el asunto de su hermana, y solo deseó salir de allí cuanto antes.

Abandonó la estancia andando de puntillas, y como si saliese de una casa infecta, corrió a la calle. Durante largo rato bromeó con el cochero para recobrarse lo más pronto posible.

---

* «Amigo mío.» *(N. de las T.)*
  ** «Dele usted la mano. Vea usted.» *(N. de las T.)*
  *** «Que la persona que ha llegado la última, la que pregunta, que salga. ¡Que salga!» *(N. de las T.)*
  **** «Discúlpeme, pero ya ve usted... Vuelva a eso de las diez, o mejor, mañana.» *(N. de las T.)*
  ***** «Se refiere a mí, ¿no es cierto?» *(N. de las T.)*

En el teatro francés, adonde llegó durante la representación del último acto, y después, en el restaurante tártaro, ante una botella de champán, Stepán Arkádich respiró algo mejor sintiéndose en el ambiente que le era habitual. Sin embargo, aquella noche no se encontraba a gusto.

Al volver a casa de Piotr Oblonski, donde se había alojado, Stepán Arkádich encontró una notita de Betsi. Le escribía que tenía muchos deseos de terminar la conversación que habían empezado. Le rogaba que fuese a verla al día siguiente. Apenas había tenido tiempo de leer aquella notita y de manifestar su disgusto, cuando desde abajo se oyeron unos fuertes pasos, como de hombres que llevaran una carga.

Stepán Arkádich salió a ver de lo que se trataba. Era el rejuvenecido Piotr Oblonski; estaba tan ebrio que no era capaz de subir la escalera. Pero al ver a Stepán Arkádich ordenó que lo pusieran en pie, y apoyándose en él se dirigió a su habitación, donde le relató cómo había pasado la velada, no tardando en quedarse dormido.

Stepán Arkádich se sentía abatido, cosa que le sucedía pocas veces, y no pudo dormirse durante largo rato. Todo lo que recordaba le repugnaba y más que nada, como si se tratase de una cosa vergonzosa, la velada en casa de la condesa Lidia Ivánovna.

Al día siguiente recibió la respuesta negativa de Alexiéi Alexándrovich respecto del divorcio. Comprendió que esta se basaba en lo que había dicho el francés durante su sueño, real o fingido.

XXIII

Para emprender algo en la vida familiar es preciso que exista entre los cónyuges una separación total o un acuerdo basado en el amor. Cuando las relaciones entre los cónyuges son indefinidas y no existe ninguna de estas dos cosas, nada puede llevarse a cabo.

Muchos matrimonios pasan años enteros en un punto muerto, incómodo para ambos, solo por no existir la separación completa ni el acuerdo.

Tanto a Vronski como a Anna les resultaba insoportable la vida de Moscú en aquella época de calor y polvo, cuando el sol no brillaba ya como en primavera, sino como en verano, y todos los árboles de los bulevares estaban cubiertos de hojas polvorientas. Pero no se iban a Vozdvizhénskoie, como tenían decidido desde hacía tiempo. Seguían viviendo en Moscú, que les resultaba aburrido a los dos, porque durante los últimos tiempos no existía un acuerdo entre ellos.

La animadversión que los separaba no tenía ninguna causa externa y todas las tentativas para reconciliarse no solo no la desvanecían, sino que la agravaban. Era una animadversión interior, provocada en ella por el enfriamiento del amor de Vronski y en él por el arrepentimiento de haberse colocado por ella en una situación difícil que Anna, en lugar de aliviar, hacía cada vez más penosa. Ninguno de los dos expresaba los motivos de su irritación, pero se consideraban injustos el uno al otro y a la menor causa trataban de demostrárselo.

Para Anna todo él, con sus costumbres, sus pensamientos, sus deseos, su constitución física y su manera de ser, no era sino amor por las mujeres. Y ese amor por su deseo íntimo debía estar concentrado solo en ella. Como había menguado, Anna opinaba que parte de él estaría consagrado a otras o a otra mujer, y sentía celos. No estaban motivados por una mujer, sino porque Vronski la quería menos que antes. Como no tenía un motivo concreto para estar celosa, Anna se lo inventaba. Al más leve indicio pasaba sus celos de un objeto a otro. Tan pronto sentía celos de aquellas mujeres despreciables con las cuales, gracias a sus relaciones de soltero, podía entrar fácilmente en contacto, tan pronto de las damas de la alta sociedad con las que pudiera encontrarse, o bien de alguna muchacha imaginaria con la cual había de casarse después de romper con ella. Esto último era lo que más la atormentaba, sobre todo porque Vronski mismo tuvo la imprudencia de decirle, en un momento de sinceridad, que su madre no lo comprendía y se había permitido aconsejarle que se casara con la princesa Sorókina.

Los celos llenaban de indignación a Anna, que no hacía sino buscar motivos para indignarse. Culpaba a Vronski de todo lo penoso de su situación. Le echaba la culpa de la atormentadora espera en que vivía en Moscú, entre el cielo y la tierra, de la tardanza y de la indecisión de Alexiéi Alexándrovich y de su propia soledad. Si Vronski la amara, comprendería el agobio de su situación y haría todo lo posible por sacarla de ella. Él tenía la culpa de que viviera allí, pues no podía enterrarse en el pueblo, como deseaba Anna. Necesitaba la sociedad y había colocado a Anna en una posición terrible, cuyas molestias no quería comprender. Y también por su culpa estaba separada para siempre de su hijo.

Incluso aquellos raros momentos de ternura que reinaban entre ellos no apaciguaban a Anna: notaba ahora en el cariño de Vronski un matiz de sosiego y de seguridad que no tenía antes y que la irritaba.

Había anochecido ya. Mientras esperaba a Vronski, que había ido a una comida de solteros, Anna recorría el despacho (la habitación donde menos se oía el ruido de la calle) y pensaba en todos los detalles de la discusión de la víspera. Recordando el motivo de las palabras ofensivas de aquella disputa, Anna se remontó, por fin, hasta el principio de la conversación que habían sostenido. Durante mucho tiempo no fue capaz de creer que la disputa se hubiese suscitado por unas palabras tan inofensivas que afectaban tan poco a sus corazones. Sin embargo, había sido así, en efecto. Todo empezó porque Vronski se había burlado de los gimnasios femeninos, considerándolos innecesarios, y Anna, en cambio, los había defendido. Vronski se había mostrado poco respetuoso hacia la instrucción femenina, diciendo que Hanna, la inglesa protegida de Anna, no necesitaba saber física.

Aquello irritó a Anna, que vio en esas palabras una alusión despectiva a sus ocupaciones. Ideó y dijo a Vronski una frase molesta para vengarse del daño que le había causado.

—No esperaba que te acordaras de mí ni de mis sentimientos, como lo haría un hombre que ama, pero sí al menos un poco de delicadeza.

En efecto, Vronski se sonrojó, irritado, replicando algo desagradable. Anna no recordaba lo que le había contestado, pero en aquel momento él, deseando, al parecer, herir a la vez, exclamó:

—Me resulta desagradable tu interés exagerado por esa niña, porque veo que no es natural.

Esa crueldad, que derrumbaba el mundo que Anna se había construido con tanto trabajo para soportar su penosa existencia, esa injusticia con que la culpaba de fingir y de falta de naturalidad, la hicieron estallar.

—Siento mucho que solo seas capaz de comprender sentimientos groseros y materiales —replicó, abandonando la habitación.

Cuando Vronski fue a verla por la noche, no mencionaron la discusión que habían tenido, aunque ambos sentían que el disgusto solo estaba paliado y que no habían hecho las paces.

Vronski había pasado todo el día fuera de casa, y a Anna, en su soledad, le pesaba mucho haber discutido; deseaba olvidarlo todo, perdonar y reconciliarse, culpándose a sí misma y justificándolo a él.

«Yo tengo la culpa. Estoy irascible, mis celos son infundados... Voy a reconciliarme con él y nos iremos al campo, allí estaremos tranquilos», se decía.

«¡No es natural!», recordó de pronto las palabras de Vronski. Pero lo que más la había ofendido era la intención que había en ellas de herirla. «Sé lo que ha querido decir: que no es natural querer a una criatura extraña no queriendo a mi propia hija. ¿Qué entiende del amor a los hijos, de mi amor a Seriozha, que he sacrificado por él? Pero ¿y ese deseo de hacerme daño? No, él ama a otra mujer, no puede ser de otro modo.»

Al ver que, deseando apaciguarse, había recorrido de nuevo el círculo que recorrió tantas veces y que volvía a su irritación de antes, Anna se horrorizó de sí misma. «¿Acaso es imposible? ¿Acaso no he de poder reconocerme culpable? —se preguntó y volvió a empezar de nuevo—. Él es justo y honrado. Me quiere y yo a él también. Dentro de unos días obtendremos el divorcio. ¿Qué más necesitamos? Necesitamos paz y confianza. Tomaré la culpa sobre mí, cuando venga le diré que soy culpable, aunque no sea verdad, y nos iremos.»

Con objeto de no pensar más y de no entregarse a la irritación, Anna llamó y ordenó que trajesen los baúles para preparar las cosas que llevarían al campo.

A las diez llegó Vronski.

XXIV

—¿Te has divertido? —preguntó Anna, saliéndole al encuentro con expresión tímida y culpable.

—Como de costumbre —contestó Vronski, comprendiendo por una sola mirada que Anna se encontraba en buena disposición de ánimo.

Vronski se había acostumbrado a los cambios de humor de Anna, y aquella noche le alegró particularmente encontrarla cambiada, porque también él estaba de excelente humor.

—¿Qué veo? ¡Eso sí que está bien! —exclamó, indicando los baúles que se hallaban en el vestíbulo.

—Es preciso que nos marchemos. Salí a dar un paseo y me ha gustado tanto que he sentido deseos de ir al campo. Nada te retiene aquí, ¿verdad?

—Es mi único deseo. Enseguida vuelvo y hablaremos; voy a cambiarme de ropa. Ordena que sirvan el té.

Vronski se dirigió a su gabinete. Había algo ofensivo en el tono con que dijo: «Eso sí que está bien», como si se lo dijera a un niño que hubiese cesado en sus caprichos. Y era aún más ofensivo el contraste entre el tono culpable de Anna y el de él, tan seguro. Por un momento Anna sintió deseos de luchar, pero, haciendo un esfuerzo sobre sí misma, se dominó y acogió a Vronski con la alegría de antes.

Le contó cómo había pasado el día y sus proyectos para el viaje, repitiendo en parte palabras que había preparado.

—¿Sabes? He tenido una inspiración —le dijo—. ¿Para qué vamos a esperar aquí el divorcio? ¿Acaso no es lo mismo estar en el campo? No puedo esperar más. No quiero esperanzarme, ni quiero volver a oír hablar más del divorcio. He decidido que esto ya no va a tener influencia sobre mi vida. ¿Estás de acuerdo?

—¡Oh, sí! —exclamó Vronski, mirando con expresión inquieta al rostro agitado de Anna.

—¿Qué habéis hecho allí? ¿Quién ha estado? —preguntó Anna después de un silencio.

Vronski nombró a los invitados y contó que la comida había resultado espléndida. Se había celebrado un concurso de barcas y todo había estado bastante bien, pero en Moscú no pueden pasarse sin hacer *le ridicule.** Una señora, la profesora de natación de la reina de Suecia, se había presentado para exhibir su arte.

—¿Cómo? ¿Nadando...? —preguntó Anna con el ceño fruncido.

—Era una mujer vieja y deforme vestida con un *costume de natation*** rojo. Entonces ¿cuándo nos vamos?

—¡Qué fantasía más tonta! ¿Es que nada de algún modo especial? —preguntó Anna, sin contestar a la pregunta de Vronski.

—En absoluto. Ya te digo, era una cosa completamente estúpida. Entonces ¿cuándo quieres que nos marchemos?

Anna sacudió la cabeza como si deseara rechazar un pensamiento desagradable.

—¿Cuándo? Pues cuanto antes mejor. Ya no nos da tiempo de irnos mañana. Nos iremos pasado mañana.

—Sí..., pero aguarda. Pasado mañana es domingo, tengo que ir a ver a *maman* —dijo Vronski, turbándose porque en cuanto hubo nombrado a su madre sintió fija en él la mirada de Anna llena de desconfianza.

Anna enrojeció y se separó de Vronski. Ahora ya no se representaba a la profesora de natación de la reina de Suecia, sino a la princesa Sorókina, que vivía en un pueblo cerca de Moscú con la condesa Vrónskaia.

—¡Puedes ir mañana!

—No. Tengo que verla por el asunto de los poderes y del dinero y no es posible obtenerlos mañana —replicó Vronski.

—Pues yo no me he de marchar después. Nos vamos pasado mañana o nunca.

—Pero ¿por qué? —inquirió Vronski, sorprendido—. Eso no tiene sentido.

—Para ti no lo tiene, porque no te intereso en absoluto. No quieres comprender mi vida. Lo único que me entretenía aquí era Hanna.

* «El ridículo.» *(N. de las T.)*
** «Traje de baño.» *(N. de las T.)*

Me dices que esto es hipocresía. Ayer me dijiste que no quiero a mi hija, que finjo querer a la niña inglesa, que eso no es natural. Quisiera saber qué clase de vida podría ser natural para mí.

Por un momento Anna se recobró, horrorizándose de haber traicionado su propósito. Pero, aun sabiendo que con esto se perdía, no pudo contenerse, ni tampoco dejar de demostrarle a Vronski que no tenía razón.

—Nunca he dicho tal cosa. Solo manifesté que no simpatizo con ese cariño improvisado.

—¿Por qué mientes tú, que tanto te enorgulleces de ser recto?

—Ni miento ni me enorgullezco de mi rectitud —replicó Vronski, conteniendo la ira que se desencadenaba en él—. Es una lástima que no respetes...

—El respeto se ha inventado para ocultar el lugar vacío donde debiera estar albergado el amor... Si ya no me quieres, es mejor y más leal que me lo digas.

—¡Esto se está poniendo insoportable! —exclamó Vronski, levantándose. Y en pie, ante Anna, con un tono como si pudiera decirle muchas cosas más, pero se contuviera, le dijo lentamente—: ¿Por qué pones a prueba mi paciencia? Te advierto que tiene límites.

—¿Qué quieres decir con eso? —gritó Anna, mirando con horror la patente expresión de odio que se reflejaba en el rostro de Vronski y, principalmente, en sus ojos crueles y amenazadores.

—Quiero decir... —empezó Vronski, pero se detuvo—. Quisiera saber qué es lo que deseas de mí.

—¿Qué puedo desear? Únicamente que no me abandones, como piensas hacer —dijo Anna, comprendiendo todo lo que Vronski había dejado de decir—. Pero no, no lo deseo porque es una cosa secundaria. Quiero amor y eso no existe. Por consiguiente, todo ha terminado.

Anna se dirigió a la puerta.

—¡Espera! ¡Es... pe... ra! —dijo Vronski, sin desarrugar el severo pliegue del entrecejo y sujetando a Anna por la mano—. ¿Qué ocurre? He dicho que debemos aplazar tres días nuestra marcha y a eso me has replicado que soy falso y embustero.

—Sí, y repito que un hombre que no hace más que echarme en cara que lo ha sacrificado todo por mí —replicó Anna, recordando las palabras últimas de la última discusión— es peor que un hombre falso, es un hombre sin corazón.

—¡Decididamente existen límites para la paciencia! —exclamó Vronski, apresurándose a soltar la mano de Anna.

«Me odia, esto está claro —pensó Anna, y con pasos vacilantes abandonó la estancia en silencio—. Ama a otra mujer, esto está aún más claro —se decía al entrar en su habitación—. Quiero amor, pero no lo tengo. Por consiguiente, todo ha terminado —repitió las palabras que dijo antes—. Es preciso acabar.

»Pero ¿cómo?», se preguntó, sentándose en una butaca ante el espejo.

Pensó adónde iría ahora, si a casa de la tía que la había educado, a la de Dolli o al extranjero, en lo que *él* estaría haciendo solo en el despacho, si aquella discusión era definitiva o aún podían reconciliarse, en lo que hablarían de ella sus antiguos amigos de San Petersburgo, cómo consideraría aquello Alexiéi Alexándrovich y en muchas otras cosas, pero no se entregó a esas reflexiones con toda su alma. Tenía una idea vaga que le interesaba, pero que no lograba hacer consciente. Al pensar de nuevo en Alexiéi Alexándrovich, recordó su enfermedad después del parto y la sensación que no la abandonaba entonces. «¿Por qué no habré muerto?», recordó las palabras que había dicho, así como la sensación que la había embargado. Y súbitamente entendió lo que ocurría en su alma. Sí, aquella era la idea que decidiría todo: «¡Morir!»...

«Con la muerte todo quedará salvado: el oprobio y la deshonra de Alexiéi Alexándrovich y de Seriozha y mi terrible vergüenza. Si muero se arrepentirá, lo sentirá, me amará y sufrirá.» Anna permanecía sentada en la butaca, con una sonrisa de compasión hacia sí misma, quitándose y poniéndose las sortijas de la mano izquierda, mientras se imaginaba vivamente, bajo diversos aspectos, los sentimientos de Vronski después de su muerte.

Los pasos de Vronski, que se acercaba, la distrajeron. Simulando que se arreglaba las sortijas, Anna ni siquiera lo miró.

Vronski se acercó a ella y, cogiéndole la mano, pronunció en voz baja:

—Anna, si quieres, vámonos pasado mañana. Me avengo a todo.

Anna seguía callada.

—¿Qué me dices? —preguntó él.

—Ya lo sabes —dijo Anna e, incapaz de contenerse más, estalló en sollozos—. ¡Abandóname, abandóname! —decía llorando—. Me marcharé mañana... Y, además, haré otra cosa. ¿Quién soy? Una mujer perdida. Una piedra que cuelga de tu cuello. ¡No quiero atormentarte, no quiero! Te voy a librar de eso. ¡No me amas, amas a otra!

Vronski suplicó a Anna que se tranquilizara, asegurándole que sus celos no tenían fundamento, que nunca había dejado ni dejaría de amarla y que la amaba más que antes.

—¿Para qué te atormentas así y me haces sufrir a mí? —dijo, besándole las manos.

En aquel momento su rostro expresaba ternura y Anna creyó notar que en su voz había lágrimas y hasta sintió que se le humedecían las manos. Y de repente sus celos desesperados se transformaron en una apasionada ternura llena de exaltación: abrazó a Vronski, cubriéndole de besos la cabeza, el cuello y las manos.

XXV

Dándose cuenta de que la reconciliación era completa, a la mañana siguiente Anna empezó a preparar con gran animación las cosas para el viaje. Aunque no habían decidido si partirían el lunes o el martes, ya que la víspera cedían el uno al deseo del otro, Anna preparaba activamente la partida, sintiéndose indiferente ante la idea de irse un día antes o después. Se hallaba en su habitación ante un baúl abierto arreglando las cosas, cuando entró Vronski vestido ya.

—Voy a ir a ver a *maman*. Puede enviarme el dinero por medio de Iegor, de manera que estoy dispuesto a que nos vayamos mañana.

A pesar de la buena disposición de Anna, el recuerdo de su visita a la residencia veraniega la hirió.

—No sé si me dará tiempo a prepararlo todo —dijo, e inmediatamente pensó: «Luego era posible arreglar las cosas para hacer lo que yo quería»—. No, es mejor que hagamos como querías al principio. Vete al comedor, yo iré enseguida; solo tengo que recoger estos objetos que no son necesarios —añadió, poniendo algunas prendas en el brazo de Ánnushka, cargado ya con un montón de ropa.

Cuando Anna entró en el comedor, Vronski estaba comiendo un filete.

—No puedes imaginarte lo odiosas que se me hacen estas habitaciones —dijo, sentándose junto a él, ante una taza de café—. Nada es tan horrible como estas *chambres garnies*.* No tienen expresión, no tienen alma. Esos relojes, esas cortinas y, sobre todo, los papeles de las paredes son para mí una pesadilla. Pienso en Vozdvizhénskoie como en la tierra prometida. ¿No vas a mandar todavía los caballos?

---

* «Habitaciones amuebladas.» *(N. de las T.)*

—No, los enviarán cuando nos hayamos marchado nosotros. ¿Vas a salir?

—Quería ir a casa de Wilson. Tengo que llevarle unos vestidos. Entonces ¿nos vamos decididamente mañana? —preguntó Anna con tono alegre, pero súbitamente su rostro cambió de expresión.

El ayuda de cámara de Vronski vino a pedir el recibo de un telegrama de San Petersburgo. No tenía nada de particular que Vronski recibiera un telegrama, pero como si deseara ocultar algo de Anna, dijo que el recibo estaba en su despacho y se apresuró a acercarse a ella, diciendo:

—Sin falta lo terminaré todo para mañana.

—¿De quién es el telegrama? —preguntó Anna, sin escucharle.

—¡De Stiva! —contestó Vronski de mala gana.

—¿Por qué no me lo has enseñado? ¿Qué secretos puede haber entre Stiva y yo?

Vronski llamó al ayuda de cámara y le ordenó que trajese el telegrama.

—No te lo había querido enseñar porque no tiene sentido telegrafiar cuando aún nada está decidido; Stiva es un apasionado del telégrafo.

—¿Se trata del divorcio?

—Sí, pero dice que aún no ha podido conseguir nada. Le ha prometido una respuesta definitiva dentro de unos días. Toma, léelo.

Anna tomó el telegrama con manos trémulas y leyó lo que acababa de decir Vronski. Al final añadía: «Hay pocas esperanzas, pero he de hacer lo imposible».

—Ayer te dije que me daba exactamente igual cuándo iba a obtener el divorcio y hasta que me era indiferente si lo conseguía o no —dijo Anna, sonrojándose—. No había ninguna necesidad de ocultarme esto. —«Así puede ocultarme y probablemente oculta toda su correspondencia con otras mujeres», pensó.

—Iashvín quería venir esta mañana con Vóitov —dijo Vronski—. Al parecer le ha ganado a Pestsov todo lo que tenía y hasta más de lo que puede pagar, alrededor de sesenta mil rublos.

—Pero —exclamó Anna, fuera de sí, porque con ese cambio de tema Vronski le demostraba claramente que estaba irritada—. ¿Por qué creías que esa noticia me iba a afectar tanto que era preciso ocultármela? Te he dicho que no quiero pensar en eso y desearía que tú te interesaras tan poco por esa cuestión como yo.

—Me intereso por ella porque me gusta la claridad.

—La claridad no en las formas, sino en el amor —dijo Anna, excitándose cada vez más, no por las palabras, sino por el tono de fría tranquilidad con que hablaba—. ¿Para qué deseas el divorcio?

«Dios mío, otra vez el amor», pensó Vronski, haciendo una mueca.

—Ya lo sabes, lo deseo por ti y por los hijos que tengamos.

—No los hemos de tener.

—¡Es una lástima!

—Lo necesitas por los niños, pero, en cambio, no piensas en mí —dijo Anna, olvidando o sin haber oído las palabras de Vronski: «por ti».

La cuestión acerca de la posibilidad de tener más hijos se había discutido hacía tiempo y exasperaba a Anna. Consideraba el deseo de Vronski de tener hijos como una prueba de que no apreciaba su belleza.

—¡Pero si he dicho por ti! Sobre todo, por ti —repitió Vronski, haciendo muecas como si le doliera algo—. Porque estoy seguro de que tu irritabilidad es debida en gran parte a esta situación indefinida.

«Sí, ahora que ha dejado de fingir, se le nota el odio frío que siente por mí», pensó ella, sin escuchar sus palabras y mirando con horror a aquel juez frío y cruel que, haciéndole burla, la miraba a través de sus ojos.

—El motivo no es este —dijo Anna—. No entiendo cómo puede ser causa de mi irritabilidad, como tú dices, el que me encuentre enteramente en tu poder. ¿Puede hablarse en este caso de situación indefinida? ¡Al contrario!

—Siento mucho que no quieras comprenderme —la interrumpió Vronski, con el deseo tenaz de expresar su idea—. El carácter indefinido de nuestra situación consiste en que te parece que yo soy libre.

—En cuanto a eso, puedes estar completamente tranquilo —exclamó Anna y, volviéndose, empezó a tomar el café.

Levantó la taza, separando el dedo meñique, y se la acercó a la boca. Después de tomar unos sorbos miró a Vronski, y por la expresión de su rostro comprendió claramente que le eran desagradables su mano, su gesto y el sonido que producía con los labios al tomar el café.

—Me es indiferente lo que piensa tu madre y que quiera casarte —dijo, colocando la taza en la mesa con mano trémula.

—¡Pero si no hablamos de eso!

—Sí, precisamente de eso. Y créeme que para mí una mujer sin corazón, sea vieja o no, sea tu madre o una extraña, no me interesa ni quiero tratarla.

—Anna, te ruego que no hables de mi madre con esa falta de respeto.

—La mujer que no ha adivinado con el corazón dónde están la felicidad y el honor de su hijo no tiene corazón.

—Repito mi ruego: no hables de este modo de mi madre, a quien respeto —dijo Vronski, levantando la voz y mirando a Anna con severidad.

Anna no contestó. Examinó con atención el rostro y las manos de Vronski y recordó con todo detalle la escena de la reconciliación de la víspera y las caricias apasionadas. «Ha prodigado caricias exactamente iguales a otras mujeres y quiere seguir prodigándolas», pensó.

—No quieres a tu madre. ¡Todo eso no son más que palabras, palabras, palabras! —exclamó, mirándole con odio.

—Si es así, es preciso...

—Es preciso decidirse, y ya me he decidido —apuntó Anna, y se dispuso a salir, pero en aquel momento Iashvín entró en la habitación.

Anna lo saludó y se detuvo.

No sabía para qué había de fingir ante una persona extraña que, tarde o temprano, lo sabría todo, cuando en su alma reinaba la tempestad. Presentía que se hallaba en un momento decisivo de la vida, que podía tener las consecuencias más terribles. Pero apaciguando inmediatamente esa tempestad interior se sentó y empezó a hablar con Iashvín.

—Qué, ¿cómo va su asunto? ¿Ha cobrado usted la deuda? —le preguntó.

—No va mal, pero creo que no cobraré todo lo que me deben y el miércoles he de irme. Y ustedes, ¿cuándo se van? —preguntó Iashvín a su vez, frunciendo los ojos mientras miraba a Vronski, adivinando, al parecer, la disputa que se había producido entre ellos.

—Creo que pasado mañana —dijo Vronski.

—Hace mucho que se están preparando para irse.

—Pero esta vez está completamente decidido —intervino Anna, mirando directamente a los ojos de Vronski. Su expresión le decía que no debía pensar siquiera en la posibilidad de reconciliarse—. ¿Es posible que no le dé pena del desgraciado Pestsov? —preguntó, continuando la conversación con Iashvín.

—Nunca me he preguntado si me da pena o no, Anna Arkádievna. Todo lo que poseo lo tengo aquí —replicó, señalando el bolsillo de su chaleco—. Ahora soy un hombre rico. Pero hoy he de ir al club y tal vez salga de allí hecho un mendigo. El que juega conmigo tiene los mismos deseos de dejarme sin camisa como yo a él. Luchamos, y eso constituye nuestro placer.

—¿Y si estuviese usted casado? ¿Qué le parecería a su mujer? —preguntó Anna.

Iashvín se echó a reír.

—Por eso no me he casado ni he tenido intención de hacerlo.

—¿Y Helsingfors? —preguntó Vronski, interviniendo en la conversación y echando una mirada a Anna, que sonreía.

Al encontrarse con su mirada, el rostro de Anna adoptó repentinamente una expresión fría y severa, como si dijese: «No lo he olvidado. Todo sigue igual».

—¿Es posible que haya usted estado enamorado? —le preguntó a Iashvín.

—¡Oh, Dios mío! ¡Muchas veces! Pero compréndalo: algunos juegan a las cartas de modo que cuando llega el momento del *rendez-vous* son capaces de dejar las cartas. En cambio, yo puedo ocuparme del amor, pero a condición de que no se me haga tarde para el juego.

—No le pregunto eso, le hablo del presente. —Anna iba a hablar de Helsingfors, pero no quiso repetir la palabra que había dicho Vronski.

Llegó Vóitov para comprar un potro, y Anna abandonó la habitación.

Antes de salir de casa, Vronski fue a verla. Anna quiso simular que buscaba algo en la mesa, pero avergonzada de fingir le miró resueltamente a la cara con una mirada fría.

—¿Qué quieres? —preguntó en francés.

—Vengo a coger los documentos de Gambett, lo he vendido —replicó Vronski con un tono que decía más claramente que las palabras: «No tengo tiempo para explicaciones y además no conducirían a nada».

«No soy culpable ante ella —pensó—. Si quiere mortificarse, *tant pis pour elle.*»* Sin embargo, al salir le pareció que Anna decía algo y su corazón se estremeció de piedad hacia ella.

—¿Qué dices, Anna? —preguntó.

* «Tanto peor para ella.» (*N. de las T.*)

—Nada —contestó ella, fría y tranquila.

«¿Nada? *Tant pis*», pensó Vronski indiferente de nuevo y, volviéndose, salió de la habitación. Al salir, vio en un espejo el rostro de Anna, pálido y con los labios temblorosos. Tuvo intención de detenerse para decirle una palabra consoladora, pero sus pies lo llevaron fuera de la habitación antes de que pensara lo que le diría. Pasó todo el día fuera de casa y cuando volvió, bien entrada la noche, la doncella le dijo que Anna Arkádievna tenía dolor de cabeza y había rogado que no entrase a verla.

XXVI

Nunca habían estado Anna y Vronski reñidos todo el día. Era la primera vez. Y no se trataba de una simple disputa, sino de una manifestación evidente de que el amor de Vronski se había enfriado. ¿Cómo había podido mirarla así cuando entró en la habitación a recoger los documentos? Había visto que su corazón se desgarraba de desesperación y había salido en silencio con el rostro indiferente y tranquilo. No es que se hubiese enfriado su amor por Anna, sino que la odiaba porque quería a otra mujer. Aquello era evidente.

Recordando las palabras crueles de Vronski, Anna pensaba en las que sin duda hubiera querido y hubiera podido decirle y cada vez se excitaba más.

«No la retengo —pudo haber dicho—, puede irse cuando quiera y a donde le plazca. No se ha querido usted divorciar de su marido probablemente para volver con él. Vuelva usted. Si necesita dinero, se lo daré. ¿Cuántos rublos quiere?»

Anna se imaginaba que le había dicho las palabras más crueles que sea capaz de decir un hombre grosero, y no se las perdonaba, como si las hubiera pronunciado realmente.

«¿No fue ayer mismo cuando me juró amor como un hombre sincero y honrado? ¿Acaso no me he desesperado muchas veces inútilmente?», se decía a continuación.

Todo aquel día, excepto dos horas que invirtió para ir a casa de Wilson, lo pasó Anna llena de dudas acerca de si todo estaba terminado entre ellos o aún existían esperanzas de reconciliación, de si debía marcharse enseguida o si convenía verlo una vez más. Esperó a Vronski durante toda la jornada, y por la noche, al retirarse a su habitación, ordenó que le dijeran que le dolía la cabeza y pensó: «Si viene a verme, a pesar de lo que le diga la doncella, es que aún me quiere. Si no viene, todo ha terminado. En este caso, decidiré lo que he de hacer».

Por la noche oyó el ruido del coche, la llamada de Vronski, sus pasos y su conversación con la doncella. Vronski creyó lo que dijo esta, no quiso preguntar nada más y se retiró a sus habitaciones. Luego todo estaba terminado.

Y se le representó la muerte como único recurso para resucitar el amor en el corazón de Vronski, para castigarlo y vencer en la lucha que sostenía con él un espíritu maligno que se había albergado en el alma de Anna.

Ahora todo le daba igual: no le importaba ir o dejar de ir a Vozd-vizhénskoie, ni conseguir o no el divorcio. No necesitaba nada. Solo quería una cosa: castigarle.

Cuando se echó la dosis habitual de opio y pensó que con solo tomarse todo el frasquito sería suficiente para morir, le pareció tan fácil y sencillo que volvió a pensar con deleite cómo sufriría Vronski, cómo se arrepentiría y amaría su recuerdo cuando ya fuese tarde. Se hallaba tendida en la cama con los ojos muy abiertos, mirando, a la luz de la vela que se consumía, las molduras del techo y la sombra que producía en él el biombo, representándose vivamente lo que Vronski sentiría cuando ella no existiese, siendo para él tan solo un recuerdo. «¿Cómo pude haber pronunciado esas palabras tan crueles? —se diría—. ¿Cómo pude salir de la habitación sin haberle dicho nada? Ahora ya no existe. Se nos ha ido para siempre. Está allí...» Súbitamente, la sombra del biombo se movió, extendiéndose por las molduras y por todo el techo y otras sombras se le unieron desde el otro lado. Por un momento se desvanecieron, pero no tardaron en resurgir, y, después de vacilar y unirse, todo quedó en la oscuridad. «Es la muerte —pensó Anna, y fue tal el horror que la sobrecogió que tardó mucho en comprender dónde se encontraba y en hallar con sus manos trémulas las cerillas para encender otra vela en lugar de la que se había consumido—. No, lo que sea, con tal de vivir. Lo amo a él y a mí también. Esto pasará», se dijo, sintiendo que las lágrimas producidas por la alegría del retorno a la vida se deslizaron por sus mejillas. Para huir de aquel terror, Anna se dirigió apresuradamente al despacho de Vronski.

Estaba durmiendo con un sueño profundo. Anna se acercó a él e iluminándole el rostro desde arriba permaneció largo rato mirándolo. Ahora, viéndolo dormido, sentía un amor tan fuerte hacia él que no pudo contener las lágrimas de ternura. Pero sabía que si se despertara la miraría con aquella expresión fría, reveladora de sus derechos, y que ella, antes de hablarle de su amor, tendría que demostrarle que había sido injusto con ella. Volvió a su habitación y, después de tomar la segunda dosis de opio, se durmió hacia el amanecer, con un sueño pesado, aunque no profundo, y durante el cual no pudo dejar de sufrir.

Por la mañana la despertó una terrible pesadilla que había tenido repetidas veces antes de sus relaciones con Vronski. Un viejecillo de barba desgreñada hacía algo, inclinado sobre unos hierros, mientras repetía en francés unas palabras sin sentido. Y Anna, como siempre que tenía esta pesadilla (y eso era lo que constituía su horror), notaba que el hombrecillo no le prestaba atención, pero que hacía algo horroroso con aquellos hierros. Y se despertó cubierta de un sudor frío.

Cuando se levantó, recordó vagamente el día anterior.

«Hemos discutido. Eso nos ha pasado varias veces ya. Le dije que me dolía la cabeza y él no ha entrado a verme. Mañana nos vamos; es necesario que lo vea y que prepare el viaje», se dijo. Sabiendo que estaba en el despacho, se dirigió allí. Al pasar por el salón oyó que se detenía un coche junto a la entrada. Miró por la ventana y vio un carruaje, del que asomaba una muchacha joven tocada con un sombrero color lila. Le daba órdenes al cochero, que llamaba a la puerta. Después de una conversación en el vestíbulo, alguien subió hasta el piso, y se oyeron los pasos de Vronski, que bajaba la escalera rápidamente. Anna volvió a acercarse a la ventana. Vio a Vronski que salía a la escalinata, descubierto, y se dirigía al coche. La muchacha le entregó un paquete. Vronski, risueño, le dijo algo. Cuando el coche se alejó, Vronski corrió escaleras arriba.

La niebla que cubría el espíritu de Anna se desvaneció de pronto. Los sentimientos de la víspera le atenazaron el corazón doliente con un nuevo dolor. No pudo comprender cómo había sido capaz de rebajarse hasta el punto de haberse quedado todo un día en casa de Vronski después de aquello. Entró en el despacho para comunicarle su decisión.

—Era la Sorókina con su hija. Han venido a traerme el dinero y los documentos de *maman*. No lo pude cobrar ayer. ¿Qué tal está tu cabeza? ¿Mejor? —preguntó Vronski tranquilo, sin querer advertir la expresión sombría y solemne del rostro de Anna.

Anna lo miraba fijamente en silencio, parada en medio de la habitación. Vronski la miró a su vez, frunció el ceño por un momento y continuó leyendo una carta. Anna se volvió, y lentamente se dirigió a la puerta. Vronski hubiera podido detenerla todavía, pero la dejó llegar hasta la puerta sin decirle nada; solo se oía el ruido de las hojas de la carta cuando las volvía.

—A propósito —dijo cuando Anna estaba ya en la puerta—. Decididamente nos vamos mañana, ¿verdad?

—Usted, pero no yo —replicó Anna, volviéndose hacia él.

—Anna, así no se puede vivir...

—Usted, pero no yo —repitió ella.

—¡Esto se está poniendo insoportable!

—Se..., se arrepentirá —exclamó Anna, y salió.

Asustado por el tono de desesperación con que Anna dijo estas palabras, Vronski se levantó de un salto y quiso correr en pos de ella, pero, recobrándose, volvió a sentarse, frunció el ceño y apretó los labios. Esta amenaza, inconveniente a juicio suyo, lo exasperó. «Lo he intentado todo, lo único que me queda es no prestar atención», pensó. Y se preparó para salir al centro y visitar de nuevo a su madre, que debía firmar unos documentos.

Anna oyó el ruido de sus pasos por el despacho y el comedor. Vronski se detuvo junto al salón, pero no se dirigió a la habitación de Anna, limitándose tan solo a dar órdenes para que entregaran el potro a Vóitov. Después Anna oyó cómo llegaba el coche, cómo se abría la puerta y Vronski salía. Pero de pronto volvió a entrar en el zaguán y alguien subió corriendo la escalera. Era el ayuda de cámara, venía por los guantes, que se le habían olvidado a Vronski. Anna se acercó a la ventana y vio que Vronski cogía los guantes sin mirar al criado. Después, tocando con la mano la espalda del cochero, le dijo algo, y sin volverse hacia las ventanas adoptó su postura habitual, cruzando las piernas. Y, mientras el coche desaparecía tras la esquina, fue poniéndose los guantes.

XXVII

«¡Se fue! ¡Todo ha acabado!», se dijo Anna, que se hallaba en pie en la habitación, junto a la ventana. Y como respuesta a eso la sensación que tuvo en la oscuridad cuando se apagó la vela, así como la de la pesadilla, se confundieron, llenando su corazón de horror.

—¡No, eso no puede ser! —exclamó, y cruzando la habitación llamó con insistencia. Le daba tanto terror ahora quedarse sola, que, sin aguardar a que viniera el criado, le salió al encuentro.

—Entérese adónde ha ido el conde —dijo.

El criado le comunicó que el conde había ido a visitar las cuadras.

—Ha dejado dicho que el coche volvería enseguida por si quiere salir la señora.

—Bien. Espere. Voy a poner una notita, que enviará usted con Mijaíl a las cuadras. ¡Rápido!

Anna tomó asiento y escribió:

> Yo tengo la culpa. Vuelve a casa, es preciso que tengamos una explicación. ¡Vuelve, por Dios, tengo miedo!

Pegó el sobre y se lo entregó al criado. Temía quedarse sola, y en cuanto se hubo ido aquel, se dirigió a la habitación de la niña.

«¿Qué es esto? ¡Si no es él! ¿Dónde están sus ojos azules, su agradable sonrisa tímida?», fue lo primero que pensó al ver a su hija, rolliza y colorada, con sus cabellos negros rizados, en lugar de Seriozha, al que esperaba encontrar allí a causa del embrollo de sus pensamientos. La niña, sentada junto a la mesa, golpeaba insistentemente sobre esta con un corcho. Miró a su madre de un modo inexpresivo, con sus ojos negros como el azabache. Anna le dijo a la inglesa que se encontraba completamente bien ya y que al día siguiente se marcharían al campo. Se sentó junto a la niña y se puso a darle vueltas al tapón de la garrafa delante de ella. Pero la risa fuerte y sonora de la pequeña, así como un movimiento que hizo con las cejas, le recordaron tanto a Vronski que se levantó apresuradamente, conteniendo los sollozos, y salió de la estancia. «¿Es posible que todo haya acabado? No, no puede ser —pensó—. Volverá. Pero ¿cómo podrá explicarme esa sonrisa, esa animación después de haber hablado con ella? Aunque no me lo explique, le creeré. Si no le creo, solo me queda una cosa... Y no quiero.»

Anna miró el reloj. Habían transcurrido doce minutos. «Ahora ya habrá recibido mi notita y ya estará en camino. Ya falta poco. Unos diez minutos... Pero ¿y si no viene? No, eso no puede ser. Es preciso que no me vea con los ojos llorosos. Voy a lavarme. Sí, sí, ¿me he peinado o no? —se preguntó. Pero no pudo recordarlo. Se palpó la cabeza con la mano—. Sí, estoy peinada; lo que no recuerdo es cuándo lo he hecho.» No creyendo al tacto de la mano, se dirigió a un espejo para ver si realmente estaba peinada. Lo estaba y, sin embargo, no logró recordar cuándo se había peinado. «¿Qué es esto? —pensó, viendo en el espejo su rostro hinchado y sus ojos con un brillo extraño, que la miraban con espanto—. Soy yo», comprendió súbitamente, y volvió a contemplarse toda en el espejo. De pronto sintió que Vronski la besaba y, estremeciéndose, movió los hombros. Después levantó la mano y se la besó.

«¿Qué es esto? Me estoy volviendo loca», pensó, mientras iba al dormitorio, que arreglaba Ánnushka.

—¡Ánnushka! —dijo Anna, mirando a la doncella y deteniéndose a su lado, sin saber aún lo que le diría.

—¿Quería usted ir a ver a Daria Alexándrovna? —preguntó la muchacha como si la comprendiera.

—¿A Daria Alexándrovna? Sí, iré a verla.

«Quince minutos de ida y quince de vuelta. Ya está en camino, no tardará en llegar —se dijo, sacando el reloj y consultando la hora—. Pero ¿cómo ha podido marcharse dejándome en este estado? ¿Cómo puede vivir sin haberse reconciliado conmigo?» Se acercó a la ventana y miró a la calle. Por el tiempo que había transcurrido, podía haber vuelto ya. Pero tal vez estuviese mal hecho el cálculo; Anna comenzó a recordar de nuevo cuándo se había ido Vronski y contó los minutos.

En el momento en que iba a consultar el reloj grande para comprobar el suyo, se oyó el ruido de un coche. Miró por la ventana: era el de Vronski. Pero nadie subía la escalera y desde abajo se oyeron unas voces. Era Mijaíl, que había vuelto en el coche. Anna bajó a su encuentro.

—No he encontrado al conde... Se había marchado ya a la estación de Nizhni Nóvgorod.

—¿Qué dices? Que... —exclamó Anna, dirigiéndose al elegante Mijaíl, que le devolvía la nota.

«No la ha recibido», se dijo.

—Lleva esta carta a la finca de la condesa Vrónskaia. Y tráeme inmediatamente la contestación —ordenó.

«Y yo, ¿qué voy a hacer? ¡Ah, sí, es verdad, iré a casa de Dolli! Pues, de otro modo, me volveré loca. También puedo telegrafiarle.» Y Anna redactó un telegrama: «Necesito hablarte, ven enseguida».

Después de entregar el texto al criado, fue a vestirse. Cuando ya estaba vestida con el sombrero puesto, Anna miró a los ojos de la tranquila Ánnushka, que había engordado. En sus pequeños ojos grises y bondadosos se leía claramente una viva compasión.

—Ánnushka, querida, ¿qué debo hacer? —exclamó Anna, sollozando y dejándose caer abatida en una butaca.

—¿Por qué se inquieta tanto, Anna Arkádievna? Son cosas que suelen ocurrir. Salga usted, así se distraerá —replicó la doncella.

—Sí, me voy a ir —asintió Anna, recobrándose mientras se levantaba—. Si llega un telegrama durante mi ausencia, que me lo envíen a casa de Daria Alexándrovna... O no, volveré enseguida.

«Eso es, no hay que pensar, sino hacer algo, irse, lo principal es salir de esta casa», se dijo, escuchando espantada los terribles latidos de su corazón. Salió apresuradamente y se acomodó en el coche.

—¿Adónde va la señora? —preguntó Piotr antes de montar en el pescante.

—A la calle Snámenka, a casa de Oblonski.

XXVIII

Hacía un tiempo despejado. Durante toda la mañana había caído una lluvia menudita y hacía poco que se había aclarado el día. Los tejados de cinc, las losas de las aceras, los adoquines, las ruedas y las guarniciones del coche, todo brillaba vivamente bajo el sol de mayo. Eran las tres de la tarde, la hora de mayor animación en las calles.

Sentada en un rincón del coche, que apenas se balanceaba sobre sus fuertes muelles, tirado por los veloces caballos, Anna repasó de nuevo los acontecimientos de los últimos días. Oyendo el incesante ruido de las ruedas, bajo las impresiones que se iban sucediendo rápidamente, y aspirando el aire puro consideró su situación, muy distinta de lo que le había parecido estando en casa. Ya ni siquiera la idea de la muerte se le mostraba tan terrible y tan clara, ni tampoco la creía inevitable. Ahora se reprochaba la humillación a la que se había rebajado. «Le suplico que me perdone. Me he sometido. Me he reconocido culpable. ¿Por qué? ¿Acaso no puedo vivir sin él?» Y sin contestarse a esa pregunta se puso a leer los rótulos de los establecimientos. DESPACHO Y DEPÓSITO, DENTISTA... «Sí, se lo diré todo a Dolli. A ella no le gusta Vronski. Me sentiré avergonzada y dolorida, pero se lo diré todo. Dolli me quiere, seguiré su consejo. No me he de someter a él, no le permitiré que me eduque.» FILÍPOV, BOLLERÍA... «He oído decir que Filípov lleva la masa a San Petersburgo. ¡El agua de Moscú es tan buena! ¡Y los pozos de Mitischi y las tortas!» Y Anna recordó que cuando tenía diecisiete años había ido con su tía al monasterio de la Troitsa. «Fuimos en coche de caballos. ¿Es posible que fuera yo aquella muchacha con las manos tan coloradas? Cuántas cosas que antes me parecían magníficas e inaccesibles se han vuelto indiferentes para mí y, en cambio, lo que tuve entonces ya no lo conseguiré nunca. ¿Cómo hubiera podido creer entonces que iba a llegar a este grado de humillación? ¡Cuánto se va a alegrar y cuán orgulloso se sentirá al recibir mi esquela! Pero yo le he de demostrar... Qué mal huele esa pintura. ¿Para qué estarán siempre edificando y pintando?» MODAS Y ADORNOS, leyó. Un hombre saludó a Anna. Era el marido de Ánnushka. Recordó que Vronski decía: «Nuestros parásitos». «¿Nuestros? ¿Por qué nuestros? Es horrible que no se pueda arrancar de raíz el pasado. No puede arrancarse, pero sí desechar su recuerdo. Y yo lo he de hacer.» En aquel momento evocó su pasado con Alexiéi Alexándrovich, y cómo lo había borrado de su memoria. «Dolli pensará que abandono a mi segundo marido, y por eso, probablemente, no me dará la razón. ¡Si no quiero tenerla! ¿Acaso quiero tenerla yo? ¡No puedo más!», se dijo, y sintió deseos de llorar. Pero no tardó en pensar por qué sonreirían dos muchachas que pasaban. «¿Acaso por amor? No saben que el amor no es alegre, que es bajo... El bulevar, los niños. He aquí tres niños que corren jugando a los caballos. ¡Seriozha! Lo perderé todo y no lo tendré a él. ¡Otra vez quieres humillarte! —se dijo—. No, iré a casa de Dolli y le diré sencillamente: soy desgraciada, me lo merezco, soy culpable, pero no dejo de ser desgraciada, ayúdame. Estos caballos y este coche... Me doy asco a mí misma por ir en él. Todo es suyo, pero ya no volveré a ver nada de esto.»

Pensando en las palabras con que se lo diría todo a Dolli y atormentando su corazón adrede, Anna subió la escalera.

—¿Hay alguien en casa? —preguntó en la antesala.

—Katerina Alexándrovna Liévina —le respondió el lacayo.

«¡Kiti! ¡La mujer de la que estuvo enamorado Vronski! —pensó Anna—. La mujer a la que él recuerda con cariño. Lamenta no haberse casado con ella. Y, en cambio, a mí me recuerda con odio y siente haberse unido a mí.»

En el momento de llegar Anna, las dos hermanas hablaban de la crianza de los niños. Dolli sola recibió a Anna, que había interrumpido aquella charla.

—¿Aún no te has ido? Quería haber ido a tu casa; hoy he recibido una carta de Stiva —le dijo.

—También nosotros hemos tenido un telegrama —replicó Anna, mirando en torno suyo para ver a Kiti.

—Me dice que no comprende lo que quiere Alexiéi Alexándrovich, pero que no se marchará sin obtener una respuesta.

—Creí que tenías visita. ¿Puedo leer la carta?

—Sí, está Kiti —dijo Dolli, turbándose—. Se ha quedado en la habitación de los niños. Ha estado muy enferma.

—Lo he oído decir. ¿Puedo leer la carta?

—Ahora te la traeré. No se niega, sino al contrario, Stiva tiene esperanzas —añadió Dolli, deteniéndose a la puerta.

—Yo no tengo esperanzas, y ni siquiera deseo conseguirlo —replicó Anna.

«¿Considerará Kiti humillante encontrarse conmigo? —pensó Anna al quedar sola—. Tal vez tenga razón. Pero no es ella, que ha estado enamorada de Vronski, la que debe mostrármelo, aunque sea verdad. Sé que ninguna mujer decente puede recibirme dada mi situación. Sé que desde el primer momento lo he sacrificado todo por él. ¡Y ese es el pago! ¡Oh, cuánto lo odio! ¿Para qué habré venido aquí? Me siento todavía peor, más oprimida.» Anna oía las voces de las dos hermanas, que hablaban en la habitación contigua. «¿Qué le voy a decir ahora a Dolli? ¿Se consolará Kiti viéndome desgraciada? ¿Me someteré a su protección? No, tampoco Dolli ha de entenderme. Ni tengo nada que decirle. Solo me interesaría ver a Kiti para que viera cómo desprecio todo y a todos, que todo me es indiferente.»

Dolli entró en la habitación trayendo la carta. Anna la leyó y se la devolvió en silencio.

—Lo sabía —dijo—. Eso no me interesa en absoluto.

—Pero ¿por qué? Yo, por el contrario, tengo esperanzas —replicó Dolli, mirando a Anna con expresión de curiosidad. Nunca la había visto tan irritada ni en ese estado de ánimo tan extraño—. ¿Adónde vas?

Anna miraba ante sí con los ojos fruncidos y no contestó.

—¿Por qué se esconde Kiti de mí? —preguntó, mirando a la puerta y ruborizándose.

—¡Qué tontería! Está criando al niño y no le va bien; le estaba aconsejando... Se alegrará mucho de verte. Ahora vendrá —contestó Dolli algo turbada, ya que no sabía mentir—. Aquí está.

Cuando Kiti se enteró de que había llegado Anna decidió no salir a verla, pero Dolli la persuadió de que lo hiciera. Haciendo un esfuerzo, Kiti entró en la habitación y, ruborizándose, se acercó a Anna y le tendió la mano.

—Me alegro mucho —dijo con voz trémula.

Se mostraba cohibida por la lucha que se libraba en su fuero interno entre la hostilidad que sentía hacia esa mala mujer y el deseo de ser condescendiente con ella, pero en cuanto vio ese hermoso y agradable rostro, su animosidad se desvaneció.

—No me hubiera extrañado que no quisiera usted verme. Me he acostumbrado a todo. ¿Ha estado enferma? Sí, la encuentro cambiada —dijo Anna.

Kiti notó que Anna la miraba con expresión hostil. Y, pensando que la hostilidad se debía a la delicada situación en que se encontraba ante ella la mujer que antes se había mostrado como protectora suya, sintió lástima.

Hablaron de la enfermedad, del niño y de Stiva, pero, al parecer, nada interesaba a Anna.

—He venido a despedirme de ti —dijo, levantándose.

—¿Cuándo os vais?

Anna, sin contestar, se volvió hacia Kiti.

—Me alegro mucho de haberla visto —dijo con una sonrisa—. He oído hablar mucho de usted a todo el mundo, hasta a su marido. Estuvo en mi casa y me ha agradado mucho —añadió, sin duda con mala intención—. ¿Dónde está?

—Se marchó al campo —contestó Kiti, ruborizándose.

—Salúdele de mi parte, hágalo sin falta.

—¡Sin falta! —repitió Kiti ingenuamente, mirando a los ojos de Anna con expresión compasiva.

—¡Adiós, Dolli! —Y después de besar a Dolli y de estrechar la mano a Kiti, Anna salió precipitadamente.

—Siempre es la misma y sigue siendo atractiva. ¡Es muy hermosa! —comentó Kiti al quedarse a solas con su hermana—. Pero hay algo en ella que mueve a compasión. ¡Algo muy doloroso!

—Hoy le pasa algo especial —dijo Dolli—. Cuando la acompañé al vestíbulo me pareció que tenía deseos de llorar.

XXIX

Anna se instaló en el coche con un estado de ánimo peor que cuando salió de su casa. A los sufrimientos anteriores se había añadido un sentimiento de humillación y de reprobación que sintió de un modo manifiesto durante su encuentro con Kiti.

—¿Adónde manda la señora que la lleve? ¿A casa? —preguntó Piotr.

—Sí, a casa —contestó Anna sin pensar adónde iba.

«¡Me miraban como si yo fuese algo horrible, incomprensible y curioso! ¿Qué puede contar ese hombre con tanto calor? —pensó, mirando a dos transeúntes—. ¿Acaso se le puede decir a otro lo que uno siente? Se lo he querido contar a Dolli, pero he hecho bien callándome. ¡Cuánto se alegraría de mi desgracia! Me lo habría ocultado, pero su sentimiento principal hubiera sido la alegría por verme pagar los placeres que ella me envidiaba. Y Kiti se habría alegrado aún más. ¡Me parece ver a través de ella! Sabe que he sido más amable de lo corriente con su marido, tiene celos de mí y me odia. También me desprecia. Para ella soy una mujer inmoral. Si lo fuese, habría conquistado a su marido..., si lo hubiese deseado. ¡Pero sí he deseado hacerlo! Este sí que está satisfecho de sí mismo —pensó al ver un señor grueso y colorado que iba en un coche en dirección opuesta a la suya. Había tomado a Anna por una conocida, levantando su brillante sombrero por encima de su reluciente calva, pero luego se dio cuenta de su error—. Habrá pensado que me conoce, y me conoce tan poco como cualquiera de este mundo. Ni yo misma me conozco. Solo conozco mis apetitos, como dicen los franceses. Estos quieren tomar helado, al menos lo saben bien —se dijo, viendo a dos niños que se habían parado junto a un vendedor de helados; el hombre se quitaba de la cabeza la caja de los helados, mientras se enjugaba el rostro sudoroso con la punta de un paño—. Todos deseamos algo dulce y sabroso. Si no hay bombones, nos conformamos con un helado malo. Y Kiti ha hecho lo mismo. No ha podido tener a Vronski y se ha conformado con Lievin. Y me envidia, me odia. Todos nos odiamos unos a otros. Yo odio a Kiti, ella me odia a mí. Esta es la verdad. *Tiutkin: coiffeur... Je me fais coiffer par Tiutkin...** Eso es lo que le voy a decir cuando vuelva —pensó, sonriendo. Pero en aquel momento recordó que no tenía a quién decir esas cosas graciosas—. Por otra parte, no hay nada gracioso ni alegre. Todo es feo. Están tocando a vísperas y este comerciante se persigna con tanto cuidado como si temiera dejar caer algo. ¿Para qué sirven todas estas iglesias, esas campanas y esas mentiras? Únicamente para ocultar que nos odiamos unos a otros, lo mismo que esos cocheros que riñen con tanta ira. Iashvín dice: "Él quiere dejarme sin camisa y yo a él". Esta es la verdad.»

Llegó a la entrada de su casa tan absorta por estos pensamientos, que había dejado de pensar en su situación. Al ver al portero, que le salió al encuentro, recordó que había enviado una carta y un telegrama a Vronski.

—¿Ha llegado la contestación? —preguntó.

—Voy a ver —contestó el portero, y mirando a la mesa alcanzó y entregó a Anna un fino sobre cuadrado que contenía el telegrama.

«No puedo llegar antes de las diez. Vronski», leyó Anna.

—¿No ha vuelto el enviado?

—No, señora —contestó el portero.

«¡Ah! Si es así ya sé lo que tengo que hacer —se dijo Anna, y sintiendo que se desencadenaba en ella una ira indefinida y un deseo de venganza, subió corriendo—. Yo misma iré a buscarlo. Antes de irme para siempre he de decírselo todo. Nunca he odiado a nadie tanto como a este hombre.» Al ver el sombrero de Vronski en el perchero, se estremeció de aversión. No se había dado cuenta de que aquel telegrama era la respuesta al suyo y que no había recibido aún su carta. Se imaginaba a Vronski hablando tranquilamente con su madre y con la Sorókina, y alegrándose de sus sufrimientos. «Es preciso que vaya cuanto antes», se dijo, sin saber aún adónde iba. Deseaba huir lo más pronto posible de los sentimientos que la embargaban en aquella horrible casa. Los criados, las paredes, todo lo de la casa despertaba en ella aversión e ira, y la oprimía con su pesadez.

* «Tiutkin: peluquero... A mí me peina Tiutkin...» (*N. de las T.*)

«Sí, debo ir a la estación, o si no, ir allí para sorprenderlo.» Miró el horario de los trenes en un periódico. Por la noche salía un tren a las ocho y dos minutos. «Sí, me dará tiempo.» Mandó enganchar otros caballos y se entretuvo en colocar en una bolsa de viaje los objetos indispensables para varios días de ausencia. Sabía que no iba a volver más a esa casa. Había decidido confusamente, entre los innumerables planes que le acudieron, que, después de lo que iba a tener lugar en la estación o en la finca de la condesa, se dirigiría por la línea de Nizhni Nóvgorod hasta la primera ciudad, donde se quedaría.

La cena estaba servida; Anna se acercó a la mesa, olió el pan y el queso y, convenciéndose de que el olor de la comida le repugnaba, ordenó que le prepararan el coche y salió. La casa proyectaba ya una sombra que atravesaba toda la calle; hacía un atardecer claro y aún se sentía calor al sol. Tanto Ánnushka, que le llevó el equipaje hasta el coche, como Piotr, que lo acomodó, y el cochero, descontento al parecer, le resultaban desagradables y la irritaban con sus palabras y sus movimientos.

—No te necesito, Piotr.

—¿Quién le sacará el billete?

—Bueno, haz lo que quieras —replicó Anna, irritada.

Piotr subió de un salto al pescante, y poniéndose en jarras ordenó al cochero que fuera a la estación.

XXX

«¡De nuevo lo comprendo! De nuevo lo comprendo todo», se dijo Anna en cuanto se puso en movimiento el coche, trepidando por la calzada, y otra vez se sucedieron las impresiones una tras otra.

«¿Qué era lo último que estaba pensando tan a gusto? —trató de recordar—. ¿Tiutkin, *coiffeur*? No, no era eso. ¡Ah sí!, en lo que dice Iashvín: la lucha por la existencia y el odio es lo único que une a los hombres. Hacéis mal en salir de paseo —se dirigió mentalmente a un grupo de personas que iban en un coche tirado por cuatro caballos, probablemente a las afueras de la ciudad para divertirse—. Tampoco el perro que lleváis os servirá de nada.» Dirigiendo la mirada hacia donde se volvía Piotr, Anna vio a un obrero completamente borracho, con la cabeza vacilante, al que conducía un guardia. «Este, al menos, lo ha encontrado. El conde Vronski y yo no hemos hallado el placer; aunque esperábamos mucho de él, no hemos logrado encontrarlo.»

Y por primera vez Anna dirigió aquella luz radiante, bajo la cual lo veía todo, hacia sus relaciones con Vronski, acerca de las cuales evitaba pensar anteriormente. «¿Qué ha buscado en mí? No tanto el amor como la satisfacción de su amor propio.» Recordó las palabras de Vronski y la expresión de su rostro, semejante a la de un perro de muestra durante la primera época de sus relaciones. Todo se lo confirmaba ahora. «Sí, en él había el triunfo del éxito que halagaba su amor propio. Desde luego, también había amor, pero más que nada el orgullo del éxito. Se enorgullecía de mí. Ahora esto ha pasado. Ya no tiene con qué vanagloriarse. Ahora no se vanagloria, sino que se avergüenza. Ha tomado de mí todo lo que ha podido y ya no le hago falta. Le molesto, aunque trata de no ser indigno conmigo. Ayer lo dijo sin querer, desea el divorcio y casarse conmigo para quemar sus naves. Me quiere, pero ¿cómo? *The rest is gone.** Este quiere asombrar a todos y está muy satisfecho de sí mismo —pensó, mirando a un dependiente rubicundo que iba montado en un caballo de silla—. Ya no soy atractiva para él. Si me voy, se alegrará en el fondo de su alma.»

No era una suposición, lo veía con claridad bajo esa luz productora que le revelaba ahora el sentido de la vida y de las relaciones humanas.

«Mi amor se vuelve cada vez más apasionado y más susceptible, y el de él, en cambio, se va extinguiendo; por eso nos distanciamos. Pero no se puede hacer nada para evitarlo. Yo todo lo tengo en él y exijo que se me entregue por completo. Sin embargo, cada vez se aleja más de mí. Antes de nuestras relaciones íbamos el uno al encuentro del otro, y ahora nos dirigimos inevitablemente en direcciones opuestas. Y esto no se puede cambiar. Él me dice que mis celos no tienen sentido, también me lo he dicho yo misma, pero no es verdad. No estoy celosa, sino descontenta. Pero... —Anna abrió la boca y cambió de sitio en el coche a causa de la agitación que despertó en ella una idea que le acudió—. Si pudiese ser algo más que una amante, que solo busca apasionadamente sus caricias, pero no puedo ni quiero ser otra cosa. Y con eso despierto en él la repulsión, mientras que él, a su vez, despierta en mí la ira. No puede ser de otro modo. ¿Acaso no sé que no iba a engañarme, que no tenía proyecto alguno respecto de la Sorókina, que no está enamorado de Kiti y que no me iba a traicionar? Lo sé, pero esto no me alivia. Si se mostrase bueno y delicado conmigo, solo por *deber*, sin amarme, sin darme lo que yo quiero, sería mil veces peor que el odio. ¡Sería el infierno! Y esto es lo que sucede en realidad. Hace mucho ya que no me ama. Y donde termina el amor empieza el odio... No conozco estas calles. Están tan empinadas y hay tantas casas... Y en las casas, gente y más gente... ¡Qué de personas! Son infinitas y todas se odian unas a otras. Bueno, voy a imaginarme lo que quiero para ser feliz. Veamos. Me conceden el divorcio, Alexiéi Alexándrovich me entrega a Seriozha y me caso con Vronski.» Al recordar a Alexiéi Alexándrovich, Anna se lo representó con extraordinaria precisión, como si lo viera vivo, con sus dulces ojos apagados, sin vida, con sus venas azules en las blancas manos, con las entonaciones de su voz, su peculiar manera de hacer crujir los dedos, y al evocar el

---

* «Todo se reduce ya a eso.» *(N. de las T.)*

sentimiento que había existido entre ellos, que también se llamaba «amor», se estremeció de repulsión. «Bueno, obtendré el divorcio y seré la mujer de Vronski. ¿Dejará de mirarme entonces Kiti como me mira ahora? No. Y Seriozha, ¿dejará de preguntar o de pensar en mis dos maridos? Y entre Vronski y yo, ¿qué nuevo sentimiento descubriré? ¿Será posible algo que si no es la felicidad no sea al menos ese tormento? ¡No, no y no! —se contestó sin vacilar lo más mínimo esta vez—. ¡Es imposible! Nuestras vidas se bifurcan, yo constituyo su desgracia y él la mía y ninguno de los dos podemos cambiar. Se han hecho todos los intentos, ya no queda nada que hacer... Ahí va una mendiga con un niño en brazos. Se imagina que inspira lástima. ¿Acaso no estamos todos en este mundo para odiarnos unos a otros, atormentarnos a nosotros mismos y a los demás? Estos colegiales se ríen. ¿Seriozha? —recordó—. También yo pensaba que lo quería, enterneciéndome por mi propia delicadeza. Y, sin embargo, he vivido sin él, lo he sustituido por otro amor y no me he quejado mientras he encontrado satisfacción. —Anna recordó con repugnancia lo que llamaba "amor". Le alegró la claridad con la que consideraba ahora su propia vida, así como la de los demás—. Así somos todos: yo, Piotr, el cochero Fiódor, ese comerciante y los que viven en la ribera del Volga, adonde invitan esos anuncios, y por doquiera y siempre», iba pensando Anna mientras llegaba al edificio bajo de la estación de Nizhni Nóvgorod y salían a su encuentro los mozos.

—¿La señora va a Obirálovka? —preguntó Piotr.

Anna había olvidado por completo adónde iba y para qué lo hacía; solo pudo comprender aquella pregunta tras hacer un gran esfuerzo.

—Sí —contestó, entregándole a Piotr el monedero y, cogiendo la bolsita roja, se apeó del coche.

Mientras se dirigía entre la multitud a la sala de espera de primera clase, fue recordando poco a poco todos los detalles de su situación y las decisiones que aún la hacían vacilar. Y de nuevo, ya la esperanza, ya la desesperación empezaron a abrir las heridas doloridas de su atormentado corazón, que palpitaba con violencia. Sentada en el diván en forma de estrella, esperaba el tren, mirando con repugnancia a los que entraban y salían (todos le resultaban repulsivos). Ora pensaba en cómo llegaría a la estación de Obirálovka, escribiría una carta a Vronski y en lo que le diría, ora en que él debía de estar quejándose a su madre en aquel momento de la situación en que se encontraba (sin comprender los sufrimientos de ella), en cómo iba a entrar en la habitación y en las cosas que le diría. Después se imaginó también que aún podía haber felicidad en la vida, en el modo atormentador en que amaba y odiaba a Vronski y los terribles latidos de su corazón.

XXXI

Se oyó una campanada; pasaron ante Anna unos hombres jóvenes mal parecidos, insolentes y presurosos, pero, al mismo tiempo, atentos a la impresión que le causaban. Atravesando la sala, Piotr, con su cara estúpida, vestido de librea y con botines, se acercó a Anna para acompañarla al vagón. Unos hombres que armaban ruido callaron al pasar Anna por el andén y uno de ellos murmuró al oído de otro algo respecto de ella, probablemente una grosería. Anna subió al alto estribo y se sentó sola en el compartimento, sobre el sucio diván de muelles, que antaño había sido blanco. La bolsita se estremeció sobre los muelles hasta encontrar una posición. Piotr, con una sonrisa estúpida, levantó ante la ventanilla su gorra de galones en señal de despedida. El insolente revisor cerró la portezuela y echó el pestillo. Una sombra deforme, vestida con miriñaque (Anna la desnudó mentalmente y se horrorizó de su fealdad) y unas niñas, que reían de un modo fingido, pasaron corriendo por el andén.

—Katerina Andrievna lo tiene todo, *ma tante* —gritó una de las niñas.

«Es una niña y, sin embargo, está estropeada y finge —pensó Anna. Para no ver a nadie, se levantó presurosa y se sentó junto a la ventanilla opuesta. Un hombre sucio y feo, que llevaba una gorra de la que asomaban mechones de cabellos revueltos, pasó junto a la ventanilla, inclinándose hacia las ruedas del vagón—. Me recuerda algo este hombre tan horrible.» Y al rememorar su sueño se dirigió hacia la puerta temblando de terror. El revisor abría la puerta para dejar pasar a un matrimonio.

—¿Quiere usted salir?

Anna no le contestó. Ni el revisor ni los que entraron advirtieron la expresión de horror del rostro de Anna por el velo que lo cubría. Anna volvió a su sitio y se sentó. Los esposos se instalaron frente a ella y examinaron con atención, aunque disimuladamente, su vestido. Ambos le parecieron repugnantes. El marido pidió permiso para fumar, sin duda no porque tuviese deseos de hacerlo, sino por entablar conversación con ella. Cuando obtuvo el consentimiento de Anna, comenzó a hablar con su mujer en francés; hablaban de que le convenía aún menos hablar que fumar. Decían tonterías, de un modo fingido, solo para que ella las oyera. Anna veía claramente que estaban aburridos el uno del otro y que se odiaban. Y era imposible no aborrecer a unos seres tan lastimosos.

Se oyó la segunda campanada y después el ruido de los equipajes, gritos y risas. Anna estaba tan segura de que nadie tenía motivos para alegrarse, que esas risas la exasperaron hasta hacerle daño y quiso taparse los oídos para no oírlas. Finalmente, sonó la tercera campanada, se oyó el silbido de la locomotora, el chirrido de las cadenas y el marido se persignó. «Sería interesante preguntarle qué es lo que piensa al hacer eso», pensó Anna, mirándole con ira. Luego, para no ver a la mujer, observó por la ventanilla a la gente del andén que despedía a los viajeros y que parecía enteramente deslizarse en dirección contraria. El vagón en el que iba Anna, estremeciéndose uniformemente, salió del andén, pasó frente a un muro de piedra, junto al disco y a otros vagones. Las ruedas, bien engrasadas, sonaron al deslizarse por los carriles; la ventanilla se iluminó con el sol claro de la tarde y la brisa agitó las cortinas. Anna, olvidando a sus compañeros de viaje, aspiró el aire puro y se entregó de nuevo a sus pensamientos, mecida por el traqueteo del tren.

«¿Qué estaba pensando cuando me interrumpí? Que no puedo descubrir una situación en la que la vida no sea un tormento, que nos han creado a todos para sufrir y que lo sabemos, pero que buscamos medios para engañarnos. Y cuando uno ve la verdad, ¿qué puede hacer?»

—Por eso se le ha dado al hombre la razón, para que se libre de lo que le preocupa —dijo la mujer en francés, visiblemente satisfecha de su frase y haciendo muecas.

Parecía que esas palabras eran una contestación al pensamiento de Anna.

«Librarse de lo que a uno le preocupa», repitió. Mirando al marido, de rostro colorado, y a la enjuta y enfermiza mujer, Anna creyó que se consideraba incomprendida y que su marido la engañaba sin ocultárselo. Dirigiendo esa luz hacia ellos, creyó ver toda su historia y los rincones más recónditos de su alma. Pero no había nada interesante en ellos y siguió el curso de sus pensamientos.

«Sí, esto me preocupa mucho. Se me ha dado el raciocinio para que me libre de ello. Por tanto, debo hacerlo. ¿Por qué no apagar la vela cuando no hay nada que mirar y todo produce repugnancia? Pero ¿cómo? ¿Por qué corre el revisor? ¿Por qué gritan esos jóvenes en el vagón de al lado? ¿Por qué hablan? ¿Por qué ríen? Todo es mentira, todo es falso, no hay más que engaño y maldad...»

Cuando el tren llegó a la estación Anna se apeó entre la multitud de viajeros y, apartándose de ellos como de unos leprosos, se detuvo en el andén, tratando de recordar para qué había ido allí y lo que se proponía hacer. Todo lo que le pareció posible antes, le resultaba ahora muy difícil de comprender, sobre todo entre esa ruidosa multitud de gente absurda que no la dejaba en paz. Tan pronto la asediaban los mozos ofreciéndole sus servicios, tan pronto la miraban hombres jóvenes que hablaban en voz alta, taconeando ruidosamente por las tablas del andén, como los que se encontraban con ella se apartaban del lado que no debían, obstaculizándole el paso. Al recordar que si no hallaba contestación se había propuesto proseguir el viaje, Anna detuvo a un mozo y le preguntó si estaba allí el cochero que llevaba una carta para Vronski.

—¿El conde Vronski? Acaba de estar aquí. Ha venido a esperar a la princesa Sorókina y a su hija. ¿Cómo es su cochero?

Mientras Anna hablaba con el mozo, el cochero Mijaíl, colorado, alegre, vestido con su elegante *podiovka* azul y luciendo una cadena, visiblemente orgulloso de haber cumplido tan bien el encargo, se acercó a Anna y le entregó una carta. Anna la abrió, oprimiéndosele el corazón antes de leerla.

«Siento mucho que la carta no haya llegado a tiempo. Volveré a las diez», había escrito Vronski con letra descuidada.

«¡Eso es! ¡Eso es lo que esperaba!», se dijo Anna, con una sonrisa maligna.

—Bien, vuelve a casa —ordenó Anna en voz baja a Mijaíl.

Hablaba bajo porque el acelerado latir de su corazón le impedía respirar. «No, no te permitiré que me atormentes», pensó. Esta amenaza no iba dirigida a él ni a ella misma, sino al motivo de sus sufrimientos. Anna atravesó la estación caminando por el andén.

Dos doncellas que iban por allí volvieron la cabeza para mirarla e hicieron un comentario en voz alta acerca de su vestido: «Es auténtico», dijo una de ellas, refiriéndose al encaje que llevaba. Los jóvenes no la dejaban en paz. Pasaron a su lado y volvieron a mirarla al rostro, gritando y riéndose con voces fingidas. El jefe de estación le preguntó, al pasar junto a ella, si continuaba el viaje. Un muchacho, vendedor de kvas, no le quitaba ojo. «Dios mío, ¿adónde ir?», pensaba Anna, alejándose cada vez más por el andén. Al llegar al extremo se detuvo. Unas señoras con unos niños que habían ido a recibir a un señor con lentes y que reían y hablaban animadamente, callaron, examinando a Anna cuando llegó junto a ellos. Anna apresuró el paso y se alejó al borde del andén. Se acercaba un tren de mercancías. El andén trepidó y Anna tuvo la sensación de que iba en el tren de nuevo.

De repente recordó el hombre atropellado el día de su primer encuentro con Vronski y comprendió lo que debía hacer. Con paso ligero y rápido bajó las escalerillas que iban desde el depósito del agua hacia la vía y se detuvo junto al tren que pasaba. Miraba la parte baja de los vagones, los pernos, las cadenas y las altas ruedas de hierro fundido del primer vagón que rodaban lentamente, tratando de determinar con la vista el centro entre las ruedas delanteras y las traseras y el momento en que ese centro estaría frente a ella.

«¡Allí! —se dijo, mirando la sombra del vagón y la arena mezclada con carbón esparcida sobre las traviesas—. ¡Allí, al mismo centro! Lo castigaré y me libraré de todos y de mí misma.»

Quiso tirarse bajo el centro del primer vagón que llegaba junto a ella, pero la bolsita roja, de la que quiso desprenderse, la entretuvo y no le dio tiempo: el centro había pasado ya. Era preciso esperar el vagón siguiente. La embargó una sensación semejante a la que experimentaba cuando se disponía a entrar en el agua para bañarse, y se persignó. El gesto familiar de la señal de la cruz despertó en su alma una serie de recuerdos de su infancia y de su juventud. Y súbitamente se desvaneció la niebla que lo cubría todo, y la vida se le presentó por un momento con todas sus radiantes alegrías pasadas. Pero Anna no bajaba la vista del segundo vagón que se acercaba. En el preciso instante en que el centro pasaba ante ella, arrojó la bolsita y, hundiendo la cabeza entre los hombros, se arrojó debajo de él, cayendo sobre las manos. Haciendo un ligero movimiento, como si se dispusiera a levantarse enseguida, quedó de rodillas. En aquel momento se horrorizó de lo que hacía: «¿Dónde estoy? ¿Qué hago? ¿Para qué?». Quiso retroceder y echarse para atrás, pero algo enorme, inflexible le dio un golpe en la cabeza y la arrastró de espaldas. «¡Señor, perdóname todo!», pronunció, sintiendo la imposibilidad de luchar. El hombrecillo hablaba haciendo algo, inclinado sobre unos hierros, y la vela ante la cual Anna había leído el libro, lleno de desvelos, engaños, penas y maldades, resplandeció con una luz más viva que nunca; iluminando todo lo que antes había estado en la oscuridad, chisporroteó, comenzó a extinguirse y se apagó para siempre.

Octava parte

I

Transcurrieron casi dos meses. Solo a mediados del caluroso verano Serguiéi Ivánovich se dispuso a salir de Moscú.

Durante aquel tiempo habían tenido lugar algunos acontecimientos en su vida. Hacía un año que había terminado su libro, fruto de seis años de trabajo, titulado: *Ensayo de una descripción de las bases y formas gubernamentales de Europa y de Rusia*. Algunos fragmentos, así como la introducción, habían sido publicados ya en revistas, y Serguiéi Ivánovich había leído otros a personas que pertenecían a su círculo, de manera que las ideas de esa obra no iban a ser completamente nuevas para el público. Sin embargo, Serguiéi Ivánovich esperaba que la aparición de su libro iba a causar gran impresión en la sociedad y, aunque no revolucionase la ciencia, iba a producir al menos sensación en el ambiente intelectual.

Después de un repaso concienzudo, habían editado el libro el año anterior y lo habían distribuido por las librerías.

Serguiéi Ivánovich no le preguntaba a nadie acerca de su libro, contestaba de mala gana a las preguntas que le hacían sus amigos y ni siquiera interrogaba a los libreros cómo marchaba la venta, pero seguía con gran interés la primera impresión que producía en la sociedad, así como en el mundo literario.

Pasaron una, dos y tres semanas sin que se advirtiese impresión alguna en el público. Los amigos de Serguiéi Ivánovich, algunos especialistas y sabios le hablaban a veces del libro, al parecer por cortesía. Los demás conocidos suyos, a quienes no interesaba un libro de contenido científico, no se lo mencionaban nunca. En la sociedad, que a la sazón se ocupaba de otra cosa, reinaba una indiferencia absoluta. Tampoco había aparecido ninguna crítica durante todo un mes.

Serguiéi Ivánovich calculaba el tiempo que necesitarían los críticos para ocuparse de la obra, pero transcurrió un mes, y después otro y el silencio continuaba.

Únicamente el *Siéverni Zhuk*,* en un artículo humorístico acerca del cantante Dravanti, que había perdido la voz, decía de paso algunas palabras despectivas del libro de Koznishov, indicando que hacía tiempo se había ya criticado dicha obra y que había sido entregada a la burla general.

Finalmente, al tercer mes, apareció una crítica en una revista seria. Serguiéi Ivánovich conocía al autor de aquel artículo. Se había encontrado con él una vez en casa de Golubtsov.

Se trataba de un periodista muy joven y enfermo, muy audaz como escritor, pero muy poco culto y tímido en sus relaciones personales.

A pesar del completo desprecio que sentía por el autor del artículo, Serguiéi Ivánovich lo leyó con el máximo respeto. Era algo terrible.

Evidentemente, el periodista interpretó el libro de un modo imposible de comprender, pero había escogido algunos extractos con tal habilidad, que para los que no lo hubiesen leído (sin duda casi nadie lo había hecho) resultaba claro que toda la obra no era sino un conjunto de palabras altisonantes, empleadas inoportunamente (lo que indicaban los signos de interrogación), y que el autor era una persona inculta. El artículo era tan ingenioso que ni siquiera Serguiéi Ivánovich hubiera desdeñado ese ingenio, y precisamente eso era lo terrible.

A pesar de la absoluta imparcialidad con que Koznishov examinaba la justicia de los argumentos del crítico, no se detuvo en aquellos defectos de que se burlaba, sino que, involuntariamente, empezó a recordar, hasta en sus mínimos detalles, su encuentro con él y la conversación que habían sostenido.

«¿Lo habré ofendido en algo?», se preguntaba.

Y al recordar que en su encuentro con aquel joven le había corregido una palabra que demostraba su ignorancia, Koznishov halló la explicación del artículo.

Después de esto sobrevino un silencio sepulcral, tanto en la prensa como en los comentarios de la gente, acerca de la obra, y Serguiéi Ivánovich comprendió que aquel trabajo, en el que había invertido

* *El Escarabajo del Norte. (N. de las T.)*

seis años, realizado con tanto cariño y esfuerzo, había pasado sin dejar huella.

La situación de Koznishov era tanto más penosa cuanto que, terminado el libro, ya no tenía un trabajo que le ocupase la mayor parte del tiempo.

Koznishov era un hombre inteligente, instruido, sano, activo y no sabía a qué dedicar su actividad. Las charlas de los salones, los congresos, las reuniones, los comités, es decir, los lugares donde se podía hablar, ocupaban parte de su tiempo. Pero, siendo un hombre que residía desde hacía muchos años en la ciudad, no se entregaba por completo a esas conversaciones, como lo solía hacer su inexperto hermano cuando llegaba a Moscú. Aún le quedaban muchas horas de ocio y gran vigor mental. Afortunadamente para él, en aquella época que le fue tan dolorosa por el poco éxito de su libro vino a sustituir la cuestión de los disidentes, la de los amigos americanos, la del hambre de Samara, la del espiritismo, así como las exposiciones, la cuestión del problema eslavo, que antes apenas se trataba en sociedad. Serguiéi Ivánovich, ya anteriormente estimulador de este problema, se consagró a él enteramente.

En el círculo al que pertenecía Serguiéi Ivánovich no se discutía ni se escribía de otra cosa sino de la guerra de Serbia. Todo lo que suele hacer la sociedad ociosa para matar el tiempo se hacía a la sazón en beneficio de los eslavos. Los bailes, los conciertos, las comidas, los discursos, las modas, las cervecerías y los cafés; todo servía para proclamar la adhesión a los eslavos.

Serguiéi Ivánovich no estaba de acuerdo en muchos detalles de lo que se escribía y se comentaba respecto de esta cuestión. Veía que el problema eslavo se había convertido en uno de esos temas de moda que, cambiando de cuando en cuando, sirven de distracción a la sociedad; veía también que muchos se ocupaban del asunto con fines interesados y por vanidad. Reconocía que los periódicos publicaban muchas cosas innecesarias, a fin de atraer la atención y por gritar más fuerte que otros. Advertía que ante aquel momento general de entusiasmo los que gritaban más eran los fracasados y resentidos: los generales sin ejército, los ministros sin ministerio, los periodistas sin periódico y los jefes de partido sin partidarios. Notaba que en todo aquello había mucha frivolidad y ridiculez; sin embargo, no dejaba de reconocer el indudable entusiasmo creciente que unía a todas las clases sociales y con el que era forzoso simpatizar. La matanza de correligionarios, de los hermanos eslavos, despertó compasión hacia las víctimas e irritación contra los opresores. El heroísmo con que los serbios y los montenegrinos luchaban por la gran causa provocó en todo el mundo el deseo de ayudar a sus hermanos no ya de palabra, sino con obras.

Pero junto a eso había otro hecho que llenaba de alegría a Serguiéi Ivánovich. Era la manifestación de la opinión pública. La sociedad había manifestado sus deseos de un modo definitivo. El alma popular se expresaba, según decía Koznishov. Y cuanto más se ocupaba de aquel asunto, tanto más evidente le parecía que aquello debía alcanzar proporciones inmensas y hacer época.

Se consagró enteramente al servicio de esa gran obra y hasta olvidó su libro.

Estaba constantemente tan ocupado, que ni siquiera le daba tiempo de contestar a todas las cartas y peticiones que se le dirigían.

Después de trabajar así toda la primavera y parte del verano, solo en el mes de julio se preparó para ir al campo, a casa de su hermano.

Iba allí con el propósito de descansar dos semanas en el ambiente del pueblo, en lo más recóndito de la aldea, para gozar del espectáculo de aquel despertar del espíritu popular, del que estaban convencidos tanto él como todos los habitantes de la ciudad. Katavásov, que hacía tiempo se proponía cumplir la promesa que le hizo a Lievin de pasar una temporada en su casa, fue con él.

II

Apenas Serguiéi Ivánovich y Katavásov llegaron a la estación de Kursk, especialmente animada aquel día, y mientras se apeaban del coche y miraban al lacayo que venía con los equipajes, aparecieron cuatro coches con voluntarios. Unas señoras los recibieron con ramos de flores, y acompañados por la multitud entraron en la estación.

Una de las damas que salía de la sala se dirigió a Koznishov.

—¿También usted ha venido a despedirlos? —preguntó en francés.

—No, me voy de viaje, princesa. Voy a descansar a casa de mi hermano. ¿Siempre viene usted a despedir a los voluntarios? —preguntó Koznishov con una sonrisa imperceptible.

—¡Cómo no! —replicó la princesa—. ¿Es cierto que ya se han ido ochocientos? Malvinski no lo quería creer.

—Más de ochocientos. Si se cuentan los que han salido directamente y no desde Moscú, ascienden a más de mil.

—Ya ve, eso es lo que yo decía —corroboró con alegría la dama—. ¿Es verdad que se ha recaudado cerca de un millón de rublos?

—¡Más, princesa!

—¿Ha leído usted el telegrama de hoy? De nuevo han vencido a los turcos.

—Lo he leído —contestó Serguiéi Ivánovich.

Se referían al último telegrama que confirmaba que, desde hacía tres días, se había vencido a los turcos en todos los puntos, que estos habían huido y que se esperaba un combate decisivo para el día siguiente.

—A propósito, hay un joven encantador que ha solicitado ir de voluntario. No sé por qué le han puesto dificultades. Quería pedirle a usted que le ayude. Le ruego que escriba una notita para él. Lo recomienda la condesa Lidia Ivánovna.

Después de preguntar a la princesa los datos del joven solicitante, Serguiéi Ivánovich, pasando a la sala de primera clase, escribió una carta a la persona de que dependía aquello.

—¿Sabe que el conde Vronski, el célebre..., va en ese tren? —preguntó la princesa con una sonrisa triunfante y significativa cuando Serguiéi Ivánovich se reunió con ella y le entregó la carta.

—He oído decir que se iba, pero ignoraba cuándo. ¿Va en ese tren?

—Lo he visto. Está aquí, solo lo acompaña su madre. Al fin y al cabo, es lo mejor que ha podido hacer.

—¡Oh, sí! Desde luego.

Mientras hablaban, la multitud pasó, dirigiéndose a la cantina. Ellos también avanzaron y oyeron la voz sonora de un señor, que, con una copa en la mano, arengaba a los voluntarios. «Servís a la fe, a la humanidad y a nuestros hermanos —decía aquel hombre, elevando cada vez más la voz—. Nuestra madrecita Moscú os bendice para esa gran causa. ¡Viva!», concluyó en voz alta y emocionada. Todos contestaron: «¡Viva!». Y otro grupo entró en la sala, faltando poco para que derribara a la princesa.

—¡Ah, princesa! —exclamó Stepán Arkádich radiante de alegría, apareciendo de pronto entre la multitud—. Ha hablado bien, con mucho calor y entusiasmo, ¿verdad? ¡Bravo! ¡También está aquí Serguiéi Ivánovich! Debía usted decir algunas palabras para animarlos. ¡Lo hace usted tan bien! —añadió con una sonrisa suave, cautelosa y llena de respeto, empujando ligeramente a Serguiéi Ivánovich por el brazo.

—No, me voy.

—¿Adónde?

—A la aldea. A casa de mi hermano —contestó Serguiéi Ivánovich.

—Entonces verá usted a mi mujer. Le he escrito, pero, como ha de llegar usted antes, haga el favor de decirle que me ha visto y que *all right.** Ella lo entenderá. De todos modos, tenga la amabilidad de decirle que me han nombrado miembro de la comisión de... Bueno, ya lo entenderá. ¿Sabe usted? Son *les petites misères de la vie humaine*** —dijo a la princesa, como disculpándose—. La Miagkaia, no Liza, sino Bibish, envía mil fusiles y doce enfermeras. ¿No se lo han dicho?

---

* «Todo va bien.» (*N. de las T.*)
** «Las pequeñas miserias de la vida humana.» (*N. de las T.*)

—Sí, lo he oído decir —replicó Koznishov de mala gana.

—Es lástima que se vaya usted —dijo Stepán Arkádich—. Mañana damos una comida a dos voluntarios que se van, Dímer-Bartnianski, de San Petersburgo, y a nuestro Váseñka Veslovski. Los dos se van. Veslovski se ha casado hace poco. Qué valiente, ¿verdad, princesa? —añadió, dirigiéndose a ella.

Sin contestar, la princesa miró a Koznishov. Aunque parecía que Serguiéi Ivánovich y ella querían deshacerse de él, eso no turbaba en absoluto a Stepán Arkádich. Miraba sonriente, ora la pluma del sombrero de la princesa, ora a un lado y a otro, como si tratara de recordar algo. Al ver a una señora que pasaba con una alcancía la llamó y echó un billete de cinco rublos.

—Mientras tengo dinero, no puedo ver con indiferencia estas alcancías —dijo—. ¿Qué dice el telegrama de hoy? ¡Qué valientes son los montenegrinos! ¿Es posible? —exclamó cuando la princesa le dijo que Vronski iba en aquel tren.

Por un momento su rostro expresó tristeza, pero un minuto después, cuando entró alisándose las patillas en la sala donde se hallaba Vronski, Stepán Arkádich había olvidado ya sus desesperados sollozos ante el cadáver de su hermana y solo veía en él un héroe y un antiguo amigo.

—A pesar de todos sus defectos, no se puede negar que es un temperamento ruso, típicamente eslavo —dijo la princesa a Koznishov cuando Oblonski se apartó de ellos—. Pero temo que a Vronski le resulte desagradable verlo. Digan lo que digan, me conmueve la suerte de ese hombre. Trate de hablar con él durante el viaje.

—Lo haré, si encuentro ocasión.

—Nunca me ha gustado, pero su rasgo redime muchas cosas. No solo va de voluntario, sino que lleva un escuadrón a sus expensas.

—Sí, me lo han dicho.

Sonó la campana. Todos se agolparon junto a las puertas.

—¡Ahí está! —dijo la princesa, señalando a Vronski, que con abrigo largo y sombrero negro de alas anchas iba del brazo de su madre.

Oblonski iba al lado de él hablando animadamente.

Vronski, con el ceño fruncido, miraba ante sí como si no lo oyera.

Probablemente por indicación de este, Vronski se volvió hacia el lugar en que se encontraban la princesa y Serguiéi Ivánovich y se descubrió en silencio. Su rostro envejecido, que expresaba sufrimiento, parecía petrificado.

Sin decir palabra, subió a la plataforma, dejó pasar a su madre y desapareció en el compartimento del coche.

En el andén se oyó «Dios guarde al zar»* y seguidamente los «¡hurras!» y los «¡vivas!». Un voluntario alto, muy joven y con el pecho hundido, saludaba muy visiblemente, agitando por encima de su cabeza un sombrero de fieltro y un ramo de flores. Por detrás de él asomaban, saludando también, dos oficiales y un hombre maduro de larga barba, tocado con una gorra mugrienta.

* Himno imperial ruso. *(N. de las T.)*

III

Después de haberse despedido de la princesa, Serguiéi Ivánovich, acompañado de Katavásov, que se había unido a él, entró en el atestado vagón y el tren se puso en marcha.

En la estación de Tsarítsino un grupo de jóvenes acogió la llegada del tren cantando, en un armonioso coro, el «Gloria». Otra vez se asomaron los voluntarios saludando, pero Serguiéi Ivánovich no les prestaba atención: había tratado tanto con ellos que los conocía bien y ahora ya no le interesaban. Katavásov, en cambio, dedicado a sus ocupaciones científicas, no había tenido ocasión de observar a los voluntarios, sentía un vivo interés por ellos y continuamente hacía preguntas a Serguiéi Ivánovich.

Este le aconsejó que fuera al coche de segunda y hablara personalmente con los voluntarios. En la próxima estación Katavásov siguió su consejo.

Pasó al vagón de segunda clase y conoció a los voluntarios. Iban sentados en un rincón del coche, hablando en voz alta, y sabían, sin duda, que la atención de los viajeros y la de Katavásov, que acababa de entrar, estaba concentrada en ellos. El joven alto, de pecho hundido, hablaba más alto que ninguno. Al parecer, estaba borracho, y contaba un incidente que le había ocurrido. Frente a él se hallaba sentado un oficial entrado en años, que llevaba una guerrera austríaca del uniforme de la guardia. Escuchaba sonriendo el relato y quería interrumpir al joven. El tercero, con uniforme de artillero, estaba sentado en una maleta junto a ellos, y el cuarto dormía.

Al entablar conversación con el joven, Katavásov se enteró de que era un comerciante moscovita que había disipado su fortuna antes de cumplir los veintidós años. No le gustó porque era un muchacho endeble, mimado y de salud débil. Evidentemente, estaba convencido, sobre todo ahora que estaba borracho, de que llevaba a cabo un acto heroico y se vanagloriaba de él de un modo muy desagradable.

El segundo, un oficial retirado, también causó desagradable impresión a Katavásov. Se veía que era un hombre que había pasado por todo. Había trabajado en ferrocarriles, como administrador, y también había fundado algunas fábricas; hablaba de todo, sin venir a cuento, y empleaba inoportunamente expresiones científicas.

En cambio, el artillero gustó mucho a Katavásov. Era un hombre modesto y tranquilo, que parecía admirar la sabiduría del oficial retirado y el heroísmo del comerciante; no hablaba nada de sí mismo. Cuando Katavásov le preguntó qué es lo que le había movido a ir a Serbia, repuso con sencillez: «¿Qué quiere usted? Todos van. Es preciso ayudar a los serbios. Dan lástima».

—Sobre todo, hay pocos artilleros allí —dijo Katavásov.

—He servido poco tiempo en artillería; tal vez me destinen a infantería o a caballería.

—¿Cómo van a destinarle a infantería cuando lo que más necesitan son artilleros? —preguntó Katavásov, calculando por la edad del artillero que debía de tener ya una graduación bastante alta.

—He servido poco en artillería; soy *junker** retirado —dijo, y empezó a explicar los motivos por los que no había aprobado los exámenes.

Todo ello produjo en Katavásov una impresión desagradable, y cuando los voluntarios se apearon para beber algo quiso comprobar sus desventajosas impresiones. Un viejecito vestido con capote militar había estado escuchando la conversación de Katavásov con los voluntarios. Al quedarse a solas con él, Katavásov le habló.

—Qué posiciones tan distintas las de estos hombres que se dirigen allí —dijo de un modo vago, deseando expresar su opinión y, al mismo tiempo, deducir la del viejecito.

Este era un militar que había hecho dos campañas. Conocía a los militares y por el aspecto y la charla de aquellos señores, así como por la desenvoltura con que se aplicaban a la botella, los consideraba malos soldados. Además, era un habitante de provincias y sentía deseos de contarle a Katavásov que de su población se había ido voluntario un soldado borracho y ladrón, al que nadie quería dar trabajo. Pero como

* Palabra alemana adoptada en Rusia para designar a los suboficiales nobles. (*N. de las T.*)

986

sabía por experiencia que ante el estado de exaltación en que se encontraba la gente en aquella época era peligroso exponer una opinión contraria a la de los demás y, sobre todo, criticar a los voluntarios, también él observó a su interlocutor.

—¿Qué se va a hacer? Allí hacen falta hombres —replicó con los ojos risueños.

Hablaron del último parte de guerra y ambos ocultaron la sorpresa que les producía el hecho de que se esperaba la batalla decisiva para el día siguiente cuando se había vencido a los turcos en todos los puntos. Y se separaron sin haber expuesto sus opiniones.

Al entrar en su coche, Katavásov, mostrándose involuntariamente hipócrita, relató a Serguiéi Ivánovich sus observaciones, según las cuales los voluntarios eran unos muchachos excelentes.

En una estación grande se repitió la acogida de los voluntarios con cantos y gritos; nuevamente aparecieron postulantes de uno u otro sexo, y unas señoras provincianas ofrecieron ramos de flores a los voluntarios, siguiéndolos a la cantina. Pero todas estas manifestaciones no eran tan grandes como en Moscú.

IV

Durante la parada del tren en una capital de provincia, Serguiéi Ivánovich se quedó paseando en el andén, en lugar de ir a la fonda.

Al pasar por primera vez ante el compartimento de Vronski, observó que estaba echada la cortina de la ventanilla. Pero a la segunda vuelta la anciana condesa, que estaba junto a la ventanilla, le llamó.

—Voy a acompañarlo hasta Kursk —dijo.

—Me lo habían dicho —replicó Serguiéi Ivánovich, deteniéndose y mirando al interior—. ¡Qué hermoso rasgo por su parte! —añadió al observar que Vronski no se hallaba allí.

—¿Qué podía hacer después de su desgracia?

—¡Ha sido horrible! —comentó Serguiéi Ivánovich.

—¡Oh! ¡Cuánto he sufrido! Pero entre usted... ¡Cuánto he sufrido! —repitió cuando Koznishov se hubo sentado junto a ella en el diván—. ¡No se lo puede usted figurar! Durante seis semanas ha estado sin hablar con nadie y solo comía cuando se lo suplicaba yo. No se le podía dejar solo ni un momento. Le quitamos todos los objetos con los que hubiera podido suicidarse; desde luego vivíamos en un piso bajo, pero no se podía prever todo. Ya sabe usted que una vez intentó suicidarse por ella —añadió la anciana, frunciendo las cejas al recordarlo—. Ella ha terminado como se merecía una mujer así. Incluso eligió una muerte baja y vil.

—No somos quiénes para juzgar, condesa —observó Serguiéi Ivánovich con un suspiro—. Desde luego, comprendo lo doloroso que habrá sido para usted.

—¡No me lo diga! Figúrese que yo estaba en la finca y mi hijo vino a verme ese día. Le trajeron una carta. Alexiéi escribió la respuesta y la envió. No sabíamos que ella estaba en la estación. Por la noche, cuando me retiré a mis habitaciones, Mari me dijo que una señora se había arrojado debajo del tren. Fue como si me hubiesen dado un golpe. Comprendí que era ella. Lo primero que ordené fue que no se lo dijeran a él. Pero ya se lo habían dicho. Su cochero se encontraba allí y lo había presenciado todo. Cuando corrí al cuarto de Alexiéi estaba como loco. Daba miedo verle. Sin decir una sola palabra se fue corriendo a la estación. No sé lo que ocurriría allí, pero lo trajeron medio muerto. Yo no lo hubiera podido reconocer. El doctor dijo que estaba en una *postration complète*.* Luego empezó la locura. Pero ¿para qué hablar de ello? —dijo la condesa, haciendo un gesto con la mano—. ¡Qué época tan terrible! Diga usted lo que quiera, pero era una mala mujer. Quería demostrar algo especial y ya ve usted lo que ha demostrado. Se ha perdido a sí misma y a dos excelentes personas: a su marido y a mi desgraciado hijo.

—¿Y cómo está su marido? —preguntó Serguiéi Ivánovich.

—Se llevó a la niña. Al principio, Aliosha estaba conforme con todo. Pero ahora le atormenta mucho el haber entregado a su hija a un extraño. Sin embargo, no puede retirar su palabra. Karenin asistió al entierro. Procuramos que no se encontrara con Aliosha. Para Karenin la cosa era más soportable. Así se ha quedado libre. En cambio, mi pobre hijo se le había entregado totalmente. Lo había sacrificado todo: tanto su carrera como a mí, y ella no solo no se ha apiadado de él, sino que lo ha hundido por completo. Diga usted lo que quiera, opino que su muerte ha sido la de una mala mujer sin religión. Que Dios me perdone, pero no puedo dejar de odiar su memoria, viendo la perdición de mi hijo.

—¿Y cómo se encuentra ahora?

—Dios nos ha ayudado con la guerra serbia. Soy una vieja y no entiendo nada de estas cosas, pero veo que Dios se la ha enviado a él. Desde luego, yo, como madre, estoy asustada y, además, dicen que *ce n'est pas très bien vu à Pétersbourg*.** Pero ¡qué hacer! Solo esto podía reanimarle. Iashvín, su compañero, ha perdido toda su fortuna y ha decidido marcharse a Serbia. Visitó a Alexiéi y le persuadió de que fuera también. Le ruego que le hable usted, quisiera distraerlo. Está muy triste. Y por si fuera poco, le duelen las muelas. Se alegrará mucho de verle a usted. Por favor, háblele: mire, está paseando por allí.

Serguiéi Ivánovich dijo que lo haría con gusto y pasó al otro lado del tren.

* «Estado de completa postración.» *(N. de las T.)*
** «Esto no ha sido muy bien acogido en San Petersburgo.» *(N. de las T.)*

V

Vronski, con su abrigo largo, el sombrero echado hacia delante, y con las manos en los bolsillos, paseaba como una fiera enjaulada, volviéndose bruscamente a cada veinte pasos, recorriendo las sombras oblicuas que proyectaban en el andén los sacos a la luz del atardecer. Al acercarse, Serguiéi Ivánovich creyó que Vronski fingía no verlo, pero eso no le importó. Se sentía por encima de cualquier susceptibilidad personal con Vronski.

En aquel momento Vronski era, ante los ojos de Koznishov, un hombre importante para la gran causa y consideraba deber suyo animarle y estimularle. Se acercó a él.

Vronski se detuvo, miró a Koznishov y, al reconocerlo, avanzó unos cuantos pasos a su encuentro y le estrechó la mano con gran efusión.

—Tal vez no tenía usted deseos de verme —dijo Serguiéi Ivánovich—. Pero dígame si puedo servirle en algo.

—A nadie me sería menos desagradable ver que a usted —replicó Vronski—. Perdóneme. No hay nada grato en la vida para mí.

—Lo comprendo, y por eso quería ofrecerle mis servicios —dijo Koznishov, examinando el rostro, visiblemente dolorido, de Vronski—. ¿Necesita alguna carta para Rístich o para Milán?

—¡Oh, no! —contestó Vronski, como si le costara trabajo entender lo que le decía—. Si no le importa, demos un paseo. En los coches hay una atmósfera asfixiante. ¿Una carta? No, se lo agradezco. Para morir no hacen falta recomendaciones. Acaso los turcos... —dijo, sonriendo solo con los labios, mientras sus ojos conservaban una expresión grave y llena de sufrimiento.

—Sí, pero tal vez le fuese más fácil entrar en relación con una persona que estuviese preparada de antemano. En fin, como quiera.

Me alegra mucho enterarme de su decisión. Se critica tanto a los voluntarios, que la resolución de un hombre como usted los rehabilitará ante la opinión pública.

—Sirvo muy bien para esto porque la vida no representa nada para mí. Y sé que poseo la suficiente energía para irrumpir en la lucha y matar o morir. Me complace que exista algo para dar mi vida, y no porque no la necesite, sino porque se me ha vuelto odiosa. Así le servirá a alguien —añadió, haciendo un movimiento de impaciencia con la mandíbula, provocado por el insistente dolor de muelas, que incluso le impedía hablar con la expresión que deseaba.

—Le pronostico que se reanimará usted —dijo Serguiéi Ivánovich, conmovido—. Libertar del yugo a nuestros hermanos es una causa digna de ofrendar la vida. Que Dios le conceda éxito y la paz interior —añadió, tendiéndole la mano.

Vronski estrechó calurosamente la mano de Serguiéi Ivánovich.

—Sí, como instrumento puedo servir de algo. Pero como hombre no soy sino una ruina —dijo, recalcando las palabras.

El terrible dolor de una muela le llenaba la boca de saliva y le impedía hablar. Vronski calló y examinó las ruedas del ténder, que se acercaba deslizándose lenta y suavemente por los carriles.

Y de repente un malestar general interior le obligó a olvidar momentáneamente el dolor de muelas. El ténder y la vía, así como el influjo de la conversación con aquel conocido, al que no había vuelto a ver desde su desgracia, le hicieron recordar a *ella*, es decir, lo que quedaba de ella cuando entró, corriendo como un loco, en el puesto de gendarmería de la estación: en la mesa, tendido impúdicamente, entre gente desconocida, estaba el ensangrentado cuerpo, aún lleno de vida reciente. Tenía la cabeza intacta, echada hacia atrás, con sus pesadas trenzas y sus rizos en las sienes. En su rostro encantador —de roja boca entreabierta— había una expresión extraña y lastimosa en los labios y horrible en los ojos inmóviles y abiertos, como si estuviera pronunciando las terribles palabras que le dijo durante la última discusión: «Se arrepentirá».

Vronski trató de recordarla tal como era cuando la encontró por primera vez en la estación, misteriosa, encantadora, afectuosa, buscando y dando felicidad, y no cruel y vengativa como se mostraba durante la última época. Procuró evocar sus mejores momentos con ella, pero estaban envenenados para siempre. Solo podía recordarla triunfante, cumpliendo la amenaza de hacerle sentir aquel arrepentimiento inevitable, que nadie necesitaba ya. Dejó de sentir el dolor de muelas y los sollozos le contrajeron el rostro.

Después de dar un par de paseos junto a los montones de sacos y una vez que se hubo dominado, se dirigió tranquilamente a Serguiéi Ivánovich:

—¿No ha leído usted el último parte? Dicen que han vuelto a vencer a los turcos, pero que se espera la batalla decisiva para mañana.

Y después de discutir sobre la proclamación de Milán como rey y de las enormes consecuencias que eso podía traer, se separaron al sonar la segunda campanada, dirigiéndose cada cual a su coche.

VI

Como ignoraba cuándo podría salir de Moscú, Serguiéi Ivánovich no había telegrafiado a su hermano para que le mandaran un coche a la estación. Lievin no estaba cuando, alrededor de las doce, su hermano y Katavásov, completamente cubiertos de polvo, llegaron en un coche, alquilado en la estación, junto a la entrada de la casa de Pokróvskoie. Kiti, que estaba sentada en el balcón con su hermana y su padre, reconoció a su cuñado y bajó a recibirlo.

—¿Cómo no te da vergüenza de no habernos avisado tu llegada? —le dijo, tendiéndole la mano y presentándole la frente para que se la besase.

—Hemos llegado magníficamente y no os hemos molestado —replicó Serguiéi Ivánovich—. Estoy tan cubierto de polvo, que me da miedo tocarte. Tampoco sabía cuándo iba a poder salir de allí por lo ocupadísimo que estaba. Y vosotros, como siempre —añadió risueño—, disfrutando de una felicidad tranquila fuera de las corrientes en este remanso de paz. Nuestro amigo Fiódor Vasílich se ha decidido a venir por fin.

—Pero que conste que no soy un negro. Cuando me lave pareceré un hombre —dijo Katavásov con su tono de broma habitual, mientras le alargaba la mano a Kiti y sonreía, dejando al descubierto los dientes, particularmente brillantes, en su rostro ennegrecido.

—Kostia se va a alegrar mucho. Ha ido a la granja. Ya debía estar de vuelta.

—Siempre está ocupado con la administración de la finca en este rincón apacible —dijo Katavásov—. En cambio, nosotros, en la ciudad, no vemos nada, excepto la guerra de los serbios. ¿Qué opina de la guerra nuestro amigo? Seguramente piensa de un modo distinto a los demás.

—No, también él opina como todos —replicó Kiti algo turbada, volviéndose hacia Serguiéi Ivánovich—. Voy a mandar que lo avisen.

Tenemos aquí a papá, pasando con nosotros una temporada. Hace mucho que ha vuelto del extranjero.

Después de dar orden para que fuesen a buscar a Lievin y de que condujeran a los huéspedes a lavarse, uno al gabinete y el otro a la habitación donde dormía antes Dolli, y una vez que hubo encargado el desayuno de los invitados, Kiti, aprovechando la libertad de movimientos de la que estuviera privada durante su embarazo, se dirigió corriendo al balcón.

—Son Serguiéi Ivánovich y el profesor Katavásov —dijo.

—¡Oh! ¡Qué fastidio! ¡Ya tenemos bastante con el calor que hace! —comentó el príncipe.

—No, papá, es muy simpático y Kostia lo quiere mucho —dijo Kiti, sonriendo, como si implorase algo, al observar la expresión irónica del rostro del príncipe.

—Pero si no digo nada.

—Vete con ellos, querida, y hazles compañía —rogó Kiti a su hermana—. Han visto a Stiva. Yo voy a ir a ver a Mitia.* Es un fastidio, no le he dado el pecho desde la hora del té. Se ha despertado y seguramente estará llorando.

Sintiendo que le afluía la leche al pecho, Kiti se dirigió con paso rápido a la habitación del niño.

No es que lo adivinase (su unión con el niño existía aún), sino que sabía, por la afluencia de la leche, que el niño estaba falto de alimento.

Kiti sabía que el niño lloraba antes de llegar a su habitación. Y, en efecto, estaba llorando. Oyó su voz y apresuró el paso. Pero cuanto más se apresuraba, tanto más lloraba el pequeño. Su voz era sana y agradable, pero impaciente y hambrienta.

—¿Hace mucho que llora, aya? ¿Hace mucho? —preguntó Kiti deprisa, mientras se sentaba y se preparaba para darle el pecho—. Démelo pronto. ¡Qué lenta es usted! Démelo, ya le atará después el gorrito.

El niño se ahogaba de tanto llorar.

—No se puede, madrecita —intervino Agafia Mijáilovna, que casi siempre estaba en el cuarto del niño—. Hay que arreglarle como es debido. ¡Ahaa! ¡Ahaa! —decía junto al niño sin prestar atención a Kiti.

* Diminutivo de Dmitri. *(N. de las T.)*

El aya entregó el niño a Kiti. Agafia Mijáilovna la siguió con el rostro enternecido.

—¡Me conoce! ¡Me conoce! ¡Créame, Katerina Alexándrovna, que me conoce! —gritaba, elevando la voz más que el niño.

Pero Kiti no la escuchaba. Su impaciencia aumentaba a la par que la del pequeño. Debido a eso todo tardó en ponerse en orden. El niño no se agarraba bien al pecho y se irritaba.

Finalmente, después de un grito desesperado, porque había chupado en falso y se ahogaba, encontró el pecho, y tanto la madre como el niño se sintieron calmados al mismo tiempo y guardaron silencio.

—Pobrecillo, está todo sudado —dijo Kiti en un susurro, tocando al niño—. ¿Por qué cree usted que la reconoce? —preguntó, mirando de reojo los ojos del niño, llenos de malicia, según creyó, que miraban bajo el gorrito calado hacia la cara, las mejillas que se hinchaban rítmicamente y la manita de palma colorada que hacía movimientos circulares—. No es posible. De conocer a alguien, me conocería a mí —añadió, replicando a la afirmación de Agafia Mijáilovna, y sonrió.

Sonreía porque, a pesar de lo que había dicho, en el fondo de su corazón le constaba que, no solo conocía el niño a Agafia Mijáilovna, sino que lo sabía todo y comprendía muchas cosas que todos ignoraban y que ella, su propia madre, había llegado a saber únicamente gracias a él. Para Agafia Mijáilovna, para el aya, para el abuelo e incluso para el padre, Mitia era simplemente un ser vivo que solo exigía cuidados materiales, pero para la madre era ya un ente de razón, con el cual la unía toda una historia de relaciones espirituales.

—Cuando se despierte, si Dios quiere, ya lo verá usted. Con que solo le haga así, se pondrá radiante. Se pondrá radiante como el día —dijo Agafia Mijáilovna.

—Bueno, bueno, ya lo veremos —susurró Kiti—. Ahora váyase, que se está durmiendo.

VII

Agafia Mijáilovna abandonó la estancia andando de puntillas; el aya corrió las cortinas, echó a las moscas paradas en el velo que cubría la cuna y a un moscardón que se debatía contra los cristales de la ventana y se sentó, agitando una rama de abedul marchita por encima de Kiti y del niño.

—¡Qué calor hace! ¡Qué calor! Si al menos Dios nos mandara un poquito de lluvia... —dijo.

—Sí, sí, ¡chis!... —se limitó a contestar Kiti, meciendo suavemente y oprimiendo con ternura la manita rolliza, que parecía tener un hilo atado a la muñeca, que Mitia agitaba en un movimiento débil, mientras cerraba y abría los ojitos.

Esa manita atraía a Kiti: quería besarla, pero no se atrevía a hacerlo por no despertar al niño. Finalmente, la manita dejó de moverse y los ojos se cerraron. Solo de cuando en cuando Mitia, sin dejar de mamar, alzaba sus pestañas, largas y rizadas, y miraba a su madre con sus ojos húmedos, que en la penumbra parecían negros. El aya dejó de agitar la rama y se quedó adormilada. Desde arriba se oyó el eco de la voz del viejo príncipe y la risa de Katavásov.

«Se ve que hablan animadamente, aun sin mí, pero, de todos modos, es una lástima que no esté Kostia —pensó Kiti—. Probablemente ha ido a visitar las colmenas. Aunque me entristece que se vaya tan a menudo, no dejo de alegrarme. Eso le distrae. Ahora está más alegre y mejor que en primavera. Lo veía tan triste y tan atormentado, que empezaba a temer por él. ¡Qué gracioso es!», se dijo en un susurro, y sonrió.

Kiti sabía lo que atormentaba a Lievin. Era su incredulidad. Si le preguntaran si creía que Lievin se condenaría en la otra vida por no creer, tendría que contestar que sí, y, sin embargo, la incredulidad de su marido no la hacía sufrir. Aun reconociendo que el incrédulo no tenía salvación y amando a su marido más que a nadie en el mundo, sonreía al pensar en su falta de fe y se decía que era gracioso.

«¿Para qué se pasará todo el año leyendo libros filosóficos? —se preguntaba Kiti—. Si esos libros lo explican, puede comprenderlo fácilmente. Y si no dicen la verdad, ¿para qué los lee? Él mismo dice que desearía creer. ¿Por qué no cree entonces? Probablemente porque piensa mucho. Y piensa mucho a causa de su soledad. Siempre está solo, siempre. No puede hablar de todo con nosotros. Creo que esos huéspedes le serán agradables, sobre todo Katavásov. Le gusta discutir con él», se dijo, y acto seguido empezó a pensar dónde resultaría más cómodo preparar la cama para Katavásov, si con Serguiéi Ivánovich o en otra habitación. Y de pronto le asaltó una idea que la obligó a estremecerse de inquietud y hasta molestó a Mitia, que la miró con expresión grave. «Creo que la lavandera no ha traído la ropa y toda la ropa de cama de los invitados está en uso. Si no lo dispongo yo, Agafia Mijáilovna pondrá ropa que se ha usado ya en la cama de Serguiéi Ivánovich.» Ante esa sola idea, la sangre le afluyó al rostro.

«Voy a dar órdenes —se dijo, decidiéndose. Y, volviendo a sus reflexiones anteriores, recordó que no había acabado de pensar en algo que se refería al alma, algo importante, y trató de hacer memoria para acordarse—. ¡Ah, sí! ¡Que Kostia no cree!», se dijo con una sonrisa.

«Pues bien, es mejor que viva siempre sin tener fe a que sea como madame Stahl, o como pretendía ser yo entonces en el extranjero. No, él no es capaz de fingir.»

Y se representó vivamente ante ella un rasgo suyo de bondad. Hacía dos semanas se había recibido una carta de Stepán Arkádich para Dolli, en la que se arrepentía y le suplicaba que salvase su honor, vendiendo su finca para pagar las deudas que había contraído. Dolli estaba desesperada, sintió odio, desprecio, compasión hacia su marido y resolvió separarse y negarle lo que le pedía, pero terminó accediendo a vender la parte que le pertenecía. Kiti recordó con una sonrisa involuntaria cómo su marido, mostrándose confuso, había abordado repetidas veces el asunto. Finalmente, ideó el único medio de ayudar a Dolli sin ofenderla; propuso a Kiti que sacrificase su parte de la propiedad, cosa que no se le había ocurrido a ella.

«¿Cómo es posible que sea incrédulo con el corazón que tiene, con ese temor de ofender incluso a un niño? Todo es para los demás, nada para él. Serguiéi Ivánovich cree que Kostia tiene la obligación de ser su administrador. Y su hermana lo mismo. Ahora Dolli y sus hijos están bajo su tutela. Y todos esos campesinos que acuden diariamente a él, como si fuese su deber servirle.»

—Ojalá seas como tu padre, solo como él —susurró, entregando Mitia al aya y rozándole la mejilla con los labios.

VIII

Desde el momento en que vio morir a su querido hermano, Lievin examinó por primera vez los problemas de la vida y de la muerte a través de aquellas ideas, que él llamaba nuevas. Estas habían sustituido, desde los veinte hasta los treinta y cuatro años, sus convicciones de la infancia y de la adolescencia. Lievin se horrorizó, no tanto de la muerte como de la vida, sin entender lo más mínimo de dónde provenía, qué era, para qué existía ni lo que representaba. El organismo, su destrucción, la indestructibilidad de la materia, la ley de la conservación de la energía y la evolución eran los términos que habían sustituido su antigua fe. Esos términos y los conceptos que iban unidos a ellos servían para fines intelectuales, pero no explicaban la vida. Lievin se encontró de pronto en la situación de un hombre que hubiese cambiado una pelliza que abriga bien por un traje de muselina y que sintiera por primera vez la helada, no por medio de razonamientos, sino con todo su ser, y se convenciera de que aquello era lo mismo que estar desnudo y de que perecería entre grandes tormentos.

Desde entonces, aunque no se daba cuenta de ello y seguía su vida de siempre, Lievin sentía constantemente miedo por su ignorancia.

Además, reconocía vagamente que lo que llamaba sus convicciones no solo era ignorancia, sino que constituía un embrollo de ideas tal, que era imposible averiguar lo que necesitaba.

Al principio, su matrimonio y las nuevas alegrías y obligaciones que conoció ahogaron por completo esos pensamientos, pero durante la última temporada, después del parto de Kiti, cuando vivió ocioso en Moscú, se le fue presentando cada vez más a menudo y con mayor insistencia la necesidad de resolver ese problema.

El problema consistía para él en lo siguiente: «Si no admito las explicaciones que me da el cristianismo, ¿cuáles son las que admito?».

Y no era capaz de hallar en todo el arsenal de sus convicciones la respuesta ni nada que se le pareciera.

Aquella situación era igual a la de un hombre que buscara comida en una tienda de juguetes o de armas.

De modo involuntario e inconsciente buscaba en todos los libros, en cada conversación y en toda persona la relación con esos problemas y su resolución.

Lo que más le asombraba y afligía era que la mayoría de la gente de su edad y de su ambiente, habiendo sustituido lo mismo que él sus creencias por las nuevas ideas, iguales que las suyas, no veían en ello mal alguno y vivían completamente satisfechas y tranquilas. De modo que, además de la cuestión principal, atormentaban a Lievin otras: ¿eran sinceras aquellas personas? ¿No fingían? ¿Comprendían tal vez de una manera distinta, más clara, las respuestas que da la ciencia a los problemas que le preocupaban? Y Lievin estudiaba con atención, tanto las opiniones de aquellas personas como los libros que versaban sobre la materia.

Solo se convenció, desde que se ocupaba de aquello, de que era un error suponer, a través de sus recuerdos de su época universitaria, que la religión había caducado y que ya no existía. Todos los hombres buenos que tenían relación con él, creían. El anciano príncipe Lvov, al que había tomado tanto afecto; Serguiéi Ivánovich, las mujeres y su esposa —que creía igual que había creído él en su primera infancia—, así como el noventa y nueve por ciento del pueblo ruso, aquel pueblo cuya vida le inspiraba tanto respeto.

Después de haber leído muchos libros, Lievin comprobó que las gentes que compartían sus ideas no daban a estas ninguna significación particular; sin explicar nada, se limitaban a negar aquellas cuestiones —sin cuya solución Lievin notaba que no podía vivir— y trataban de resolver otras completamente distintas, que no le interesaban, como, por ejemplo, la evolución de los organismos, la explicación mecánica del alma y cosas por el estilo.

Además, durante el parto de su mujer, le había sucedido un acontecimiento extraordinario. Él, siendo incrédulo, comenzó a rezar, y mientras rezaba, lo hacía con fe. Pero pasado aquel momento no pudo hallar un lugar en su vida para aquel estado de ánimo.

No podía reconocer que entonces había alcanzado la verdad y que ahora se equivocaba, porque en cuanto empezaba a pensar serenamente en esto todo se desmoronaba. Tampoco podía reconocer que entonces estaba equivocado porque apreciaba aquel estado de ánimo, y si lo considerase como una prueba de debilidad hubiera sido profanar aquellos momentos. Un desconcierto interior lo atormentaba y reunía todas las fuerzas de su alma para encontrar una solución.

IX

Tales pensamientos lo atosigaban, haciéndole sufrir con más o menos intensidad, pero sin abandonarle nunca. Leía y meditaba y cuanto más lo hacía más se alejaba del fin perseguido.

En los últimos tiempos, en Moscú y en el pueblo, convencido de que no podía hallar la solución en los materialistas, leyó y releyó a Platón, Spinoza, Kant, Schelling, Hegel y Schopenhauer, filósofos que no explicaban la vida de un modo materialista.

Sus ideas le parecían fecundas mientras las leía o buscaba una refutación de otras doctrinas, sobre todo contra el materialismo, pero cuando leía o se enfrentaba con la solución de los problemas, siempre le sucedía lo mismo. Siguiendo una serie de palabras imprecisas como «espíritu», «voluntad», «libertad» y «sustancia», Lievin se dejaba coger en la trampa que le tendían los filósofos o él mismo y le parecía empezar a comprender. Pero bastaba olvidar la artificial marcha del pensamiento y volver a la vida, a lo que le satisfacía cuando reflexionaba siguiendo una trayectoria dada, para que de pronto se derrumbase ese edificio artificial como un castillo de naipes, y le resultaba claro que este estaba construido con los mismos términos cambiados de lugar, independientemente de algo más importante que la razón.

Durante una temporada, leyendo a Schopenhauer, Lievin sustituía la palabra «voluntad» por la palabra «amor», y esa nueva filosofía le consoló un par de días, mientras no se alejaba de ella.

Pero se desmoronó exactamente igual cuando la consideró desde la vida, resultando una vestimenta de muselina, que no daba calor.

Su hermano le aconsejó que leyera las obras teológicas de Jomiakov. Lievin leyó el segundo tomo de las obras de ese autor y, a pesar de su estilo polémico, elegante e ingenioso, que al principio le desagradó, se sintió sorprendido por sus doctrinas acerca de la Iglesia.

Le asombró la idea de que no le está concedido al hombre alcanzar las verdades divinas, sino a la unión de hombres reunidos por el amor, esto es: la Iglesia. Le alegró la idea de que creyendo en la Iglesia, que en la actualidad era una institución viva, compuesta de todas las creencias humanas, con Dios a su cabeza, y por ese motivo sagrada e infalible, era más fácil, a través de ella, creer en Dios, en la Creación, en la caída, la redención, que empezar por Dios, lejano, misterioso, y pasar luego a la Creación, etcétera. Pero al leer luego la historia de la Iglesia de un escritor católico y otra de un ortodoxo y comprobar que ambas Iglesias, infalibles en esencia, se combatían, se decepcionó de la doctrina de Jomiakov, derrumbándose también aquel edificio lo mismo que los de la filosofía.

Durante toda aquella primavera Lievin parecía otra persona y vivió momentos terribles.

«No puedo vivir sin saber lo que soy y para qué estoy aquí. Y como es imposible averiguarlo, no puedo vivir», se decía.

«En el tiempo infinito, en la infinidad de la materia, en el espacio infinito se destaca un organismo como una burbuja, y esa burbuja se sostiene algún tiempo y luego ha de estallar. Esa burbuja soy yo.»

Se trataba de una ficción atormentadora, pero constituía el último y único resultado de trabajos llevados a cabo durante siglos por el pensamiento humano en aquella dirección.

Era la última creencia sobre la que se basaba la investigación del pensamiento humano en casi todas las ramas. Era la idea que reinaba y Lievin la adoptó, aceptándola entre todas las demás por resultarle más evidente, aunque lo hizo de un modo involuntario y sin saber por qué.

Pero no solo no era verdadera, sino que constituía una ironía cruel, de una fuerza maligna y repulsiva, a la que era imposible someterse.

Era preciso librarse de aquella fuerza. Y la liberación estaba en manos de cada uno. Había que cortar esa dependencia del mal. Solo existía un medio de hacerlo: la muerte.

Y Lievin, hombre casado y feliz, que gozaba de buena salud, estuvo varias veces tan cerca del suicidio que hasta llegó a ocultar las cuerdas para no estrangularse con ellas, y temía salir con la escopeta para no pegarse un tiro.

Pero no se ahorcó ni se pegó un tiro, sino que continuó viviendo.

X

Cuando Lievin pensaba qué era y para qué vivía, no encontraba contestación y se desesperaba, pero cuando dejaba de preguntárselo le parecía que lo sabía, porque vivía y obraba de un modo definido y firme, y en los últimos tiempos su existencia se afirmaba aún más en este sentido.

Al regresar al campo a principios de junio, volvió a sus ocupaciones habituales. Dedicaba todo el tiempo a la economía agrícola, al trato con los labradores y vecinos, a la administración de su casa, a los asuntos de sus hermanos, de los que estaba encargado, a las relaciones con su mujer y sus parientes, a las preocupaciones de su hijo y a la nueva colmena que empezó a organizar aquella primavera.

Tales ocupaciones no le interesaban porque justificaran sus puntos de vista acerca del bien común como había sucedido antes; al contrario, defraudado, por una parte, por el fracaso de sus empresas anteriores en beneficio de la comunidad y embebecido, por otra, en sus pensamientos y por el exceso de trabajo, que se amontonaba por todas partes, abandonó totalmente esas ideas. Se dedicaba a esas ocupaciones porque le parecía que era lo que debía hacer y porque no podía obrar de otro modo.

En otros tiempos (eso había comenzado en su infancia y fue aumentando hasta la completa madurez), cuando procuraba hacer el bien, un bien para la humanidad, para Rusia, para el pueblo, sentía que aquella idea le agradaba, pero la actividad misma le resultaba siempre incoherente, no estaba plenamente convencido de que la obra fuese imprescindible, y lo que al principio le parecía tan magno, iba empequeñeciéndose hasta el punto de desaparecer. En la actualidad, después de su casamiento, desde que empezó a limitar su vida cada vez más a sus necesidades personales, aunque ya no experimentaba alegría alguna ante la idea de sus actividades, estaba persuadido de que esa obra era imprescindible, veía que marchaba mucho mejor que antes y que iba haciéndose más grande.

Ahora, como en contra de su voluntad, penetraba cada vez más hondo en los problemas de la tierra, lo mismo que el arado, de manera que ya no podía librarse sin desviar el surco.

Indudablemente, se debía vivir en familia, como lo hicieron sus padres y sus abuelos, es decir, en las mismas condiciones de instrucción y educando igual a sus hijos. Era tan necesario como comer cuando uno tiene hambre y para ello también se debía, lo mismo que se preparaba la comida, llevar la máquina económica de Pokróvskoie a fin de tener ingresos. Era un deber indiscutible, como el de pagar la deuda, mantener la tierra del patrimonio en condiciones para que su hijo, que la recibiría en herencia, le diera las gracias, lo mismo que Lievin se las había dado a su padre por todo lo que había edificado y plantado. Para eso no debía arrendar las tierras, sino ocuparse de ellas en persona, criar ganado, abonar los campos y plantar bosques.

Lievin no podía dejar de ocuparse de los asuntos de sus hermanos ni de los problemas de los labriegos, que acudían a pedirle consejo, siguiendo la costumbre de siempre, lo mismo que es imposible dejar caer a un niño que se tiene en brazos. Debía preocuparse del bienestar de su cuñada y de los niños que había invitado, así como del de su mujer y de su hijo y pasar con ellos aunque no fuera más que parte del día.

Y todo eso, unido a la caza de aves y al cuidado de las abejas, llenaba por completo la vida de Lievin, aquella vida que él consideraba sin sentido cuando meditaba.

Y además de que sabía perfectamente lo *que* debía hacer, tampoco ignoraba *cómo* había que hacerlo y qué era lo más importante.

Debía contratar la mano de obra lo más barata posible, pero no esclavizar a los campesinos adelantándoles menos dinero del que se merecían, aunque esto fuera muy ventajoso. Se podía vender paja a los mujiks en los años malos, aunque inspirasen piedad, pero era preciso suprimir la posada y las tabernas, a pesar de que estas proporcionaban ganancias. Había que castigar severamente a los campesinos por la tala de árboles, pero no se los podía multar porque dejasen entrar al ganado en los prados. Y, aunque disgustase a los guardas e hiciese desaparecer el miedo, era preciso dejar marchar a los animales que habían entrado en los prados.

Se le debía adelantar dinero a Piotr para librarle de pagar un rédito del diez por ciento mensual, pero no así cancelar ni aplazar el pago del arriendo a los campesinos que no querían pagar. No se le debía perdonar al administrador el no haber mandado segar una praderita a su debido tiempo y que se hubiera echado a perder la hierba inútilmente, pero, en cambio, no debían segarse ochenta desiatinas de tierras en las que estaba plantado un bosque joven. No se podía dejar de descontar al campesino que en época de faena se iba a su casa porque hubiese fallecido su padre —por mucha compasión que inspirase—, pero, en cambio, no se dejaba de pagar la mensualidad a los viejos, que ya no servían para nada.

Lievin sabía que, al regresar a casa, lo primero era ir a ver a su esposa, que estaba enferma, aunque llevasen esperándolo tres horas los campesinos, y también que, aunque le producía gran placer ocuparse de las abejas, debía dejar esa ocupación en manos de un viejo y acudir a atender a los mujiks, que lo necesitaban.

Ignoraba si procedía bien o mal, pero no solo no deseaba ahora averiguarlo, sino que rehuía las conversaciones y los pensamientos sobre este tema.

Las reflexiones lo conducían a la duda y le impedían ver lo que debía hacerse y lo que no. Cuando vivía sin pensar, sentía constantemente en su alma la presencia del juez infalible que decidía cuál de las dos maneras de proceder era mejor, y si no obraba con arreglo a eso, lo advertía enseguida.

Así pues, vivía sin saber y sin prever la posibilidad de enterarse qué era él y para qué estaba en el mundo, cosa que le atormentaba tanto que temía el suicidio, pero, al mismo tiempo, no dejaba de recorrer con firmeza la trayectoria determinada de su vida.

XI

El día en que Serguiéi Ivánovich llegó a Pokróvskoie había sido uno de los días más penosos para Lievin.

Era la temporada más activa de las faenas del campo, cuando se despierta en los campesinos un extraordinario espíritu de sacrificio, desconocido en otros aspectos de la vida y que se apreciaría mucho si los mismos que lo realizan supieran estimarlo, si no se repitiera todos los años y si sus resultados no fueran tan sencillos.

Segar y recoger el centeno y la avena, segar, poner un campo en barbecho, trillar y hacer la sementera de otoño; todo eso parece sencillo y corriente. Pero para llevarlo a cabo es preciso que todos los campesinos, desde los chiquillos hasta los viejos, trabajen sin cesar durante tres o cuatro semanas tres veces más que lo corriente, alimentándose con kvas, cebolla y pan negro, aprovechando las noches para transportar las gavillas y dedicando al sueño tan solo dos o tres horas. Y cada año esto se repite en Rusia.

Como pasaba la mayor parte de su vida en la aldea y se relacionaba íntimamente con el pueblo, Lievin sentía siempre que, durante la temporada de las faenas agrícolas, la animación general se le comunicaba.

Por la mañana había ido a la primera siembra de centeno a recoger la avena amontonada en haces. Regresó a casa a la hora en que se levantaban su mujer y su cuñada. Después de tomar café con ellas se dirigió a pie a la granja, donde debían poner en marcha la trilladora para preparar las semillas.

Durante todo aquel día, mientras hablaba con el encargado y los campesinos, con su mujer, con Dolli, con los hijos de esta o con su suegro, Lievin pensaba constantemente en lo mismo, en el problema que le ocupaba aparte de las faenas agrícolas, buscando en todo una relación a sus preguntas: «¿Qué soy yo? ¿Dónde estoy? ¿Para qué estoy aquí?».

Estando en pie en el fresco hórreo, cuyas vigas de álamo recién cortado sostenían un tejado de paja cubierto de olorosas ramas de avellano, Lievin miraba tan pronto por la puerta abierta ante la cual revoloteaba el polvo, seco y acre, de la trilladora, tan pronto la hierba de la era, bañada por el ardiente sol y la paja fresca, que acababan de sacar del pajar, como las golondrinas de pechuga blanca que se refugiaban chillando bajo el alero y se detenían agitando las alas en la verja, y a los campesinos que trabajaban en el oscuro y polvoriento hórreo mientras meditaba sobre sus extraños pensamientos.

«¿Para qué se hace todo esto? ¿Por qué estoy aquí obligándolos a trabajar? ¿Para qué se esfuerzan en demostrarme su celo? ¿Por qué trabaja la vieja Matriona, mi antigua conocida? —se preguntó Lievin, mirando a una mujer enjuta que removía las mieses con el rastrillo y pisaba con sus pies quemados por el sol la era dura y desigual—. La curé cuando en el incendio le cayó encima una solera. Entonces, se curó, pero si no es hoy, mañana o dentro de diez años la enterrarán y no quedará nada de ella, ni tampoco de esta otra muchacha presumida, vestida de rojo, que separa la espiga de la paja con ese movimiento tan hábil y delicado. También a ella la enterrarán, así como a ese caballo pío —pensó, contemplando al animal que, respirando fatigosamente, arrastraba la rueda—. También enterrarán a Fiódor con su barba rizada, llena de paja y su camisa blanca rota en el hombro. Y, sin embargo, él deshace las gavillas, da órdenes, les grita a las mujeres y coloca la correa del volante. Lo principal es que no solo los enterrarán a ellos, sino a mí también, y no quedará nada. ¿Para qué, pues, todo eso?»

Mientras pensaba así Lievin miraba el reloj, calculando cuánto trillarían en una hora. Necesitaba saberlo para señalar la faena para el día.

«Pronto va a hacer una hora que están trillando y solo han empezado la tercera pila», pensó. Se acercó a Fiódor y le ordenó, alzando la voz para dominar el ruido de la máquina, que echara menos trigo.

—Echas demasiado, Fiódor. ¿Ves? La máquina se atasca, y por eso trabaja más despacio. Iguálalo.

Fiódor, ennegrecido por el polvo que se le pegaba al rostro cubierto de sudor, replicó algo, pero no hizo lo que Lievin quería.

Este se dirigió a la máquina y, apartando a Fiódor, se puso en su lugar.

Después de trabajar hasta la hora de comer de los campesinos, Lievin salió del hórreo acompañado de Fiódor y entabló conversación con él. Se detuvieron junto a un montón de centeno amarillento preparado en la era para trillar.

Fiódor era de la aldea en que hacía tiempo Lievin había cedido la tierra según el principio cooperativo. Ahora se la había arrendado al guarda.

Lievin le preguntó si tomaría esas tierras en arriendo el próximo año Platón, un campesino del mismo lugar, que era bueno y rico.

—Es muy cara, Platón no pagará tanto, Konstantín Dmítrich —replicó el mujik, sacando las espigas que se le habían introducido debajo de la camisa sudada.

—¿Y es que lo paga Kirílov?

—¡Cómo no ha de hacerlo Mitiuja! —Así llamaba Fiódor, despectivamente, al guarda—. Este aprieta y saca lo suyo. No se apiada del campesino. ¿Acaso el tío Fokánich —así llamaba al viejo Platón— es capaz de quitarle el pellejo a alguien? A unos les daría fiado y a otros les perdonaría las deudas. Así no puede reunir lo que le pertenece. Es un buen hombre.

—¿Y por qué ha de perdonar las deudas?

—Ya se sabe, la gente es distinta: unos no viven más que para sus necesidades, como, por ejemplo, Mitiuja, que solo piensa en su barriga. En cambio, Fokánich es un hombre justo. Vive para su alma. No olvida a Dios.

—¿Cómo hace para no olvidar a Dios? ¿Cómo vive para su alma? —exclamó Lievin casi en un grito.

—Ya se sabe: vive como Dios manda, es justo. Toda la gente no es igual. Por ejemplo, usted no es capaz de hacer daño a nadie...

—Bueno, bueno, adiós —dijo Lievin, sofocado por la agitación. Se volvió, cogió el bastón y se fue con pasos rápidos.

Al oír que Fokánich vivía para su alma, según la verdad como Dios manda, pensamientos vagos, pero significativos, acudieron en tropel a su mente, como si salieran de algún lugar donde hubiesen estado encerrados, y tendiendo todos hacia un mismo fin dieron vueltas en su cabeza, cegándole con su luz.

XII

Lievin iba por el camino real a grandes pasos, atento no tanto a sus pensamientos (aún no era capaz de ponerlos en claro) como a su estado de ánimo, que antes nunca había experimentado.

Las palabras que había pronunciado el mujik produjeron en su alma el efecto de una chispa eléctrica, que súbitamente transformó y fundió en uno todo un enjambre de ideas incompletas, desordenadas e impotentes, que jamás dejaban de ocuparle. Pensaba en ellas, sin darse cuenta, en el momento en que hablaba del arriendo de las tierras.

Ahora sentía en su alma algo que le llenaba de placer, aunque todavía ignoraba qué era.

«No hay que vivir para las necesidades de uno, sino para Dios. ¿Para qué Dios? ¿Se puede decir algo que tenga menos sentido que eso? Fiódor ha dicho que no se debe vivir para las necesidades de uno, es decir, para lo que comprendemos, para lo que nos atrae y lo que nos gusta, sino para algo incomprensible, para Dios, al que nadie puede entender ni definir. ¿Y qué ha pasado? ¿No he entendido las palabras sin sentido de Fiódor? Una vez entendidas, ¿dudo de que sean justas? ¿Me han parecido tontas, vagas e inexactas?

»No, las he comprendido lo mismo que él; las he comprendido enteramente y con más claridad que cualquier otra cosa de la vida y no he dudado ni puedo dudar de ellas. Y no solo yo, sino todos, todo el mundo comprende eso perfectamente, nadie duda de ello y todos están de acuerdo.

»¡Y yo que buscaba milagros sintiendo no haber visto alguno que me convenciera! Un milagro material me hubiera conquistado. ¡Y en cambio, no veía el único milagro posible, que existe siempre y nos rodea por todas partes!

»Fiódor dice que el guarda Kirílov vive para su barriga. Esto es comprensible y racional. Todos nosotros, como seres racionales, no podemos vivir de otro modo sino para la barriga. Pero Fiódor opina que eso está mal, que es preciso vivir para la verdad, para Dios, y yo, con una sola palabra, lo entiendo. Tanto yo como millones de seres que vivieron siglos antes y viven ahora, campesinos pobres de espíritu, sabios que han meditado y han escrito sobre esa cuestión con su idioma incomprensible, decimos lo mismo, todos estamos de acuerdo en el objeto de la vida y en lo que es el bien. Lo único que tengo de común con todo el mundo es ese convencimiento firme, indudable y claro, que no puede explicarse por medio de la razón y que no tiene causas ni puede tener consecuencias.

»Si el bien tiene una causa, ya no es bien; si tiene consecuencias, es decir, recompensa, tampoco lo es. Por consiguiente, el bien está fuera del encadenamiento de las causas y de los efectos. Conozco el bien como lo conocemos todos. ¿Qué mayor milagro puede haber? ¿Es posible que haya encontrado la solución de todo? ¿Es posible que hayan acabado todos mis sufrimientos?», pensaba Lievin, mientras seguía el camino polvoriento sin sentir calor ni cansancio y experimentando el apaciguamiento de sus largos tormentos. Esa sensación despertaba en él tanta alegría, que no se atrevía a creer en ella. Lo ahogaba la emoción, y sintiéndose sin fuerzas para seguir andando, salió del camino, se internó en el bosque y se sentó a la sombra de los olmos, sobre la hierba sin segar. Después de quitarse el sombrero de la sudorosa cabeza, se tendió, apoyándose en un brazo, en la hierba jugosa y suave del bosque.

«Es preciso aclarar esto y comprenderlo —pensaba, mirando fijamente la hierba sin hollar que se elevaba ante él y siguiendo los movimientos de un insecto verde que trepaba por un tallo de centinodia y que se detenía en su ascensión a causa de una hoja que le obstaculizaba el paso—. ¿Qué he descubierto? —se preguntó, apartando la hoja para que no impidiera pasar al insecto y acercándole otra hierba—. ¿Qué es lo que me alegra? ¿Qué he descubierto?

»Nada. Únicamente me he enterado de lo que ya sabía. He comprendido la fuerza que no solo me ha dado la vida en el pasado, sino que me la da ahora también. Me he librado del engaño y he conocido a mi señor.

»Antes decía que mi cuerpo, lo mismo que el de esa planta y el de ese insecto (no ha querido trepar por la hierba y, desplegando las alas, ha volado), realiza las transformaciones de la materia de acuerdo con las leyes físicas, químicas y fisiológicas. Y que en todos nosotros, así como en los álamos, en las nubes y en las nieblas se produce una evolución. ¿Una evolución de qué? ¿Hacia qué evolucionamos? Una evolución infinita y una lucha... ¡Como si pudiera existir alguna tendencia y alguna lucha en el infinito! Y me sorprendía de que, a pesar de esa gran tensión mental en ese sentido, no se me aclaraba el significado de la vida, el de mis deseos y aspiraciones. Ahora digo que conozco el sentido de mi vida: es preciso vivir para Dios y para el alma. A pesar de su evidencia, es misterioso y magnífico. Es el sentido de todo lo que existe. Sí, y el orgullo...», se dijo, tendiéndose de bruces, mientras ataba briznas de hierba, procurando no partirlas.

«No solo es el orgullo de la inteligencia, sino la estupidez de la inteligencia. Y lo peor es la malicia, precisamente la malicia de la inteligencia. La truhanería de la inteligencia», repitió.

Y de un modo resumido, Lievin repasó la marcha de sus pensamientos de aquellos dos años, cuyo principio fue la idea clara y evidente de la muerte ante su querido hermano enfermo, sin esperanzas de curación.

Comprendiendo entonces por primera vez que para todo el mundo, así como para él mismo, no existía nada en adelante sino sufrimiento, muerte y olvido eterno, decidió que era imposible vivir así, que era preciso explicarse la vida de algún modo para que no se representase como una ironía maligna y diabólica, o, de lo contrario, pegarse un tiro.

Pero no hizo ni una cosa ni otra, sino que continuó su vida, reflexionando y sintiendo. Incluso se casó por aquella época y experimentó muchas alegrías, siendo feliz cuando no pensaba en el sentido de su vida.

¿Qué significaba eso? Que vivía bien, pero pensaba mal.

Vivía (sin tener conciencia de ello) según las verdades espirituales que había asimilado al mamar, pero pensaba, no ya sin reconocer tales verdades, sino apartándose cuidadosamente de ellas.

Ahora le parecía evidente que solo había podido vivir gracias a las creencias en las que se había educado.

«¿Qué habría sido de mí, cuál hubiera sido mi vida de no haber tenido esas creencias, de no haber sabido que es preciso vivir para Dios y no para mis necesidades? Habría robado, matado y mentido. Nada de lo que constituye las principales alegrías de mi vida hubiera existido para mí», y por más esfuerzos mentales que hizo no logró imaginarse al ser bestial que hubiese sido de no haber sabido para qué vivía.

«Buscaba una respuesta para mi pregunta. Pero el pensamiento no podía contestar, puesto que no puede medirse con la pregunta. La vida misma me ha contestado por medio del conocimiento del bien y del mal. Y no he adquirido ese conocimiento por medio de nada, sino que me ha sido *otorgado*, lo mismo que a los demás, ya que no pude encontrarlo en ninguna parte.

»¿De dónde lo sé? ¿Acaso he llegado por el razonamiento a la conclusión de que hay que amar al prójimo y no hacerle daño? Me lo dijeron en mi infancia y lo creí con alegría porque era lo que llevaba en mi alma. ¿Y quién lo ha descubierto? No ha sido la razón. La razón ha descubierto la lucha por la existencia y la ley, que exige eliminar a todos los que impiden satisfacer los deseos de uno. Esa es la deducción del razonamiento, que no ha podido descubrir que se debe amar al prójimo porque eso no es razonable.»

XIII

Lievin recordó una reciente escena entre Dolli y los niños. Estos, habiendo quedado solos, comenzaron a tostar frambuesas sobre la llama de unas bujías y a echarse leche en la boca como de un surtidor. Al sorprender a los niños en este juego, Dolli empezó a explicarles, en presencia de Lievin, cuánto trabajo les cuesta a los mayores preparar lo que ellos destruían; les dijo que todo aquello se hacía para ellos, que si rompían las tazas no tendrían donde tomar el té y si derramaban la leche se quedarían sin comer y morirían de hambre.

A Lievin le sorprendió la tranquila incredulidad con que los niños escuchaban a su madre. Solamente les apenaba que hubiese interrumpido su interesante juego y no creían ni una sola palabra de lo que les decía. No la creían porque no podían imaginarse la magnitud de todo lo que disfrutaban ni eran capaces de comprender que estaban destruyendo lo que les proporcionaba la vida.

«Todas estas cosas vienen de por sí —pensaba—, no tienen nada de interesante ni son importantes, porque siempre han existido y existen. Y siempre es lo mismo. No tenemos por qué pensar en ello, todo está dispuesto; nosotros queremos inventarnos algo nuevo y a nuestro estilo. Hemos inventado poner frambuesas en una taza y para cocerlas encima de una vela y echarnos leche a la boca, unos a otros, como si fuese una fuente. Eso es una cosa divertida y nueva, y no es peor que tomarse la leche en las tazas.

»¿Acaso nosotros no hacemos lo mismo? ¿Acaso no lo hacía yo, buscando, por medio de la razón, el significado de las fuerzas de la naturaleza y el sentido de la vida del hombre?

»¿No hacen lo mismo todas las teorías filosóficas, llevando al hombre mediante el pensamiento que le es extraño, que no le es propio, al conocimiento de lo que desde hace mucho sabe perfectamente y sin lo cual no podría vivir? ¿No se ve claramente por el desarrollo de la teoría de cada filósofo que él conoce de antemano, lo mismo que el campesino Fiódor, el sentido verdadero de la vida y que solo tiende a volver por caminos equívocos a lo que todo el mundo sabe?

»Si se dejara a los niños solos para que adquiriesen las cosas que necesitan, se hicieran por sí mismos la vajilla y ordeñaran a las vacas, ¿harían travesuras? Se morirían de hambre. Que se nos deje a nosotros con nuestras pasiones y pensamientos, sin la idea del Dios único y Creador o sin la idea del bien y sin explicarnos el mal moral. Probemos a construir algo sin esas ideas. Solo destruimos porque estamos saciados espiritualmente. ¡Somos unos niños! ¿De dónde procede ese alegre conocimiento que tengo, que es común al del campesino, y que me produce la paz del espíritu? ¿De dónde lo he sacado?

»Yo, educado como cristiano en la idea de Dios, habiendo llenado mi vida con los bienes espirituales que me dio el cristianismo, rebosante de esos bienes por los que vivo, los destruyo sin entenderlos, lo mismo que estos niños, es decir, quiero destruir lo que me sustenta. Pero en cuanto llega un momento grave de la vida, lo mismo que esas criaturas al sentir hambre y frío, acudo a Él y, no menos que los niños, a los que la madre riñe por sus travesuras infantiles, siento que mis intentos de hacer tonterías no se me tienen en cuenta.

»Lo que sé no se me ha revelado por el razonamiento, sino por el corazón, por medio de la fe, en lo que enseña la Iglesia.

»¿La Iglesia? ¡La Iglesia!», repitió Lievin, cambiando de postura y apoyándose sobre un brazo. Se puso a mirar a lo lejos, a un rebaño que bajaba por la otra orilla del río.

«Pero ¿puedo creer en todo lo que enseña la Iglesia? —pensó para probarse y bastando todo lo que podía destruir su serenidad actual—. A propósito —empezó a recordar precisamente aquellas doctrinas de la Iglesia que siempre le habían parecido extrañas y le atraían—. ¿La Creación? ¿Cómo me explicaba yo la existencia? ¿Por la existencia misma? ¿Con nada? El diablo y el pecado. ¿Y cómo me explicaba el mal?... ¿El Redentor?

»Pero no sé nada ni puedo saber nada sino lo que ha sido revelado a todos.»

Ahora le parecía que no existía ninguna doctrina de la Iglesia que destruyera lo esencial: la fe en Dios y en el bien como único destino del hombre.

Cada doctrina de la Iglesia podía sustituirse por la creencia en el servicio de la verdad, en lugar del servicio de las necesidades. Y no solo ningún dogma destruía esto, sino que era necesario para que se llevara a cabo el milagro fundamental que constantemente se presenta en la tierra y que consiste en que es posible a todos los hombres, a millones de personas diferentes, sabios y bienaventurados, niños y ancianos, al campesino, a Lvov, a Kiti, a reyes y mendigos, comprender sin vacilar y ordenar la vida del alma, la única que merece la pena de vivir, la única que apreciamos.

Tumbado de espaldas miraba el cielo alto, sin nubes. «¿Acaso no sé que ese es el espacio infinito y no una bóveda? Pero por más que frunza los ojos y aguce la mirada no puedo dejar de ver este espacio como una bóveda y como algo limitado y, a pesar de mis conocimientos sobre el espacio infinito, tengo razón cuando veo esa bóveda azul sólida y aún más que cuando me esfuerzo para ver más allá.»

Lievin dejó de pensar y tan solo parecía estar atento a unas voces misteriosas que hablaban entre sí con alegría e inquietud.

«¿Será esto la fe? —se preguntó, sin atreverse a creer en su felicidad—. ¡Gracias, Dios mío!», murmuró ahogando los sollozos que le subían a la garganta y enjugándose con ambas manos las lágrimas que le llenaban los ojos.

XIV

Lievin miraba frente a sí, observando el rebaño, después distinguió su carretela, tirada por Voronoi, y al cochero, que al llegar junto al rebaño habló con el pastor. No tardó en oír cerca de sí el ruido de las ruedas y los resoplidos del hermoso caballo. Pero estaba tan absorto en sus pensamientos, que ni siquiera se le ocurrió preguntarse para qué vendría el cochero.

Únicamente pensó en ello cuando este, ya junto a él, le dijo:

—La señora me manda a buscarle. Ha llegado su hermano con un señor.

Lievin montó en la carretela y tomó las riendas.

Como si acabara de despertar, tardó mucho en darse cuenta de lo que ocurría a su alrededor. Miraba al hermoso caballo, cuyos flancos y cuyo cuello, entre las riendas, estaban cubiertos de espuma, y al cochero Iván, que iba sentado junto a él, recordando que esperaba la llegada de su hermano, que probablemente su mujer estaba inquieta por su larga ausencia y procuraba adivinar quién sería el invitado que había venido. Tanto su hermano como Kiti y el huésped se le presentaban ahora bajo un aspecto distinto. Le parecía que a la sazón sus relaciones con todos habrían de ser distintas.

«Ya no habrá entre mi hermano y yo la separación que ha existido siempre entre nosotros; ya no discutiremos; no reñiré nunca con Kiti; me mostraré amable y bueno con el invitado que ha venido, sea quien sea, y lo mismo con los criados y con Iván: todo será distinto.»

Frenando con las riendas tensas al caballo, que soplaba impaciente como si pidiera que le dejaran correr libremente, Lievin miraba a Iván, que, no teniendo nada que hacer con las manos, se sujetaba la camisa, que se le hinchaba con el viento, y buscaba un pretexto para empezar a hablar con él. Quiso decirle que había apretado demasiado la barriguera, pero eso hubiera parecido un reproche y lo que deseaba era una conversación amable. Sin embargo, no se le ocurría ninguna otra cosa.

—Haga el favor de guiar por la derecha, allí hay un tronco —le dijo el cochero, tirando de la rienda.

—¡Te ruego que no me toques y que no me des lecciones! —exclamó Lievin, irritado por la intervención de Iván.

Como siempre, la intervención del cochero lo indignó, y enseguida se dio cuenta con pena de que era erróneo suponer que su estado de ánimo pudiera hacerlo cambiar hacia la realidad de la vida.

Cuando aún les faltaba un cuarto de versta para llegar a casa, Lievin vio a Grisha y a Tania, que corrían a su encuentro.

—¡Tío Kostia! Allí vienen mamá, el abuelito, Serguiéi Ivánovich y otro señor —le dijeron, montando en la carretela.

—¿Quién es?

—Un señor muy feo. No hace más que hacer así con las manos —replicó Tania, poniéndose en pie e imitando a Katavásov.

—¿Es viejo o joven? —preguntó Lievin riendo, pues los gestos de Tania le recordaban a alguien.

«Con tal que no sea una persona antipática», pensó.

En cuanto tomaron la vuelta del camino y vieron a los que venían a su encuentro, Lievin reconoció a Katavásov, con su sombrero de paja y que caminaba moviendo los brazos lo mismo que lo había imitado Tania.

A Katavásov le gustaba mucho hablar de filosofía, de la que tenía nociones por los naturalistas, los cuales nunca se ocupaban de esa ciencia. En Moscú, durante los últimos tiempos, Lievin había discutido mucho con él sobre este tema.

Lo primero que recordó Lievin al reconocerlo fue una de esas discusiones en la que Katavásov creyó quedar por encima de él.

«No discutiré ni expondré mis pensamientos a la ligera por nada del mundo», pensó.

Se apeó de la carretela, y después de saludar a su hermano y a Katavásov, preguntó por Kiti.

—Ha llevado a Mitia al Kolok. —Era un bosque cercano a la casa—. Quería instalarle allí, porque en casa hace mucho calor —dijo Dolli.

Lievin aconsejaba siempre a su mujer que no llevara al niño al bosque, pues le parecía peligroso, de manera que esa noticia le resultó desagradable.

—Siempre lo está trasladando de un sitio a otro —dijo el príncipe sonriendo—. Le he aconsejado que lo lleve a la nevera.

—Kiti pensaba ir luego al colmenar, suponía que estabas allí. Ahora vamos allá —dijo Dolli.

—Bueno, y tú ¿qué haces? —preguntó Serguiéi Ivánovich a su hermano, separándose de los demás y acercándose a él.

—Nada de particular. Como siempre, me ocupo de la finca —contestó Lievin—. ¿Has venido para muchos días? Hace tiempo ya que te esperábamos.

—Para dos semanas. Tengo mucho que hacer en Moscú.

Al decir estas palabras, los ojos de los hermanos se encontraron. A pesar del constante deseo, en este momento especialmente intenso, de sostener unas relaciones amistosas y, sobre todo, sencillas con su hermano, Lievin sintió que le era molesto mirarlo. Bajó la vista sin saber qué decir. Buscando temas de conversación que le fueran agradables a su hermano y que lo apartaran de los de la guerra serbia y de la cuestión eslava, a los cuales había aludido al relatar sus ocupaciones de Moscú, Lievin empezó a hablar de su libro.

—¿Qué tal? ¿Han hecho críticas de tu libro? —le preguntó.

Serguiéi Ivánovich sonrió ante aquella pregunta premeditada.

—Nadie se ha ocupado de él, y yo menos que nadie —dijo—. Mire, Daria Alexándrovna, va a llover —añadió, señalando con el paraguas unas nubes blancas que se elevaban por encima de las copas de los álamos.

Bastaron esas palabras para que se estableciera de nuevo entre los hermanos aquel trato no precisamente hostil, pero frío, que Lievin había deseado tanto evitar.

—¡Qué bien ha hecho usted decidiéndose a venir! —dijo Lievin a Katavásov.

—Hace mucho que me disponía a hacerlo. Ahora podremos discutir. ¿Ha leído usted a Spencer?

—No, no lo terminé —replicó Lievin—. Y por otra parte, ya no lo necesito.

—¿Por qué? ¡Es muy interesante!

—Es que me he persuadido de que no encontraría la solución de las cuestiones que me interesan ni en él ni en otros semejantes. Ahora...

Pero la expresión serena y alegre del rostro de Katavásov lo sorprendió y le dio lástima destruir aquel estado de ánimo en que se hallaba, y acordándose de sus buenos propósitos se detuvo.

—Bueno, hablaremos después. Si quieren ir al colmenar, vamos por aquí, por este senderito —añadió, dirigiéndose a los demás.

Por un senderito estrecho llegaron a un prado sin segar, cubierto de pensamientos de vivos colores y en el cual crecían arbustos de eléboro verde oscuro. Lievin instaló a sus acompañantes en los bancos y troncos colocados allí para los visitantes que temían a las abejas, a la sombra de los álamos jóvenes, dirigiéndose él al colmenar para traer pan, pepinos y miel fresca.

Tratando de no hacer movimientos bruscos y atento a las abejas que cruzaban el aire junto a él cada vez más a menudo, siguió el senderito hasta llegar a la isba. Junto a la puerta, una abeja zumbó, enredándosele en la barba. Pero Lievin se limitó a libertarla cuidadosamente. Al entrar en el zaguán, cogió una careta que estaba colgada de la pared, se la puso y, metiendo las manos en los bolsillos, entró en el colmenar. En filas regulares, atadas a estacas, aparecían en un campo segado las colmenas viejas, cada una con su historia, que Lievin conocía perfectamente, y a lo largo de la cerca que rodeaba el colmenar se veían las nuevas, instaladas aquel otoño. A la entrada de las colmenas revoloteaban nubes de abejas y zánganos, siempre en el mismo lugar, y entre estos pasaban volando las obreras, unas en dirección al bosque, hacia los tilos en flor, y otras de regreso a las colmenas con lo que habían libado.

Sin cesar se oían los diversos sonidos del enjambre de obreras que volaban diligentes, de los ociosos zánganos y de las abejas guardianas, que defendían sus bienes del enemigo. En un extremo de la cerca el viejo cepillaba una tabla sin ver a Lievin. Este no lo llamó y se detuvo en el centro del colmenar.

Le alegraba tener una ocasión para quedarse solo con objeto de recobrarse de la realidad, que en un momento había estropeado tanto su estado de ánimo.

Recordó que ya le había dado tiempo de irritarse contra Iván, de demostrarle frialdad a su hermano y de hablar con ligereza a Katavásov.

«¿Es posible que en todo aquello no haya sino un estado de ánimo momentáneo, que ha de pasar sin dejar huellas?»

Pero en aquel momento, volviendo a su estado de ánimo de antes, sintió con alegría que algo nuevo e importante se había realizado en él. La realidad solo había alterado momentáneamente la paz a la que había llegado, que seguía íntegra.

Lo mismo que lo distraían y lo privaban de una paz completa las abejas que volaban a su alrededor amenazándole y obligándole a encogerse para evitarlas, del mismo modo las preocupaciones que lo habían asaltado en el momento en que montó en la carretela privaron de tranquilidad su alma. Pero esto solo había durado mientras estuvo entre aquellas personas. Así como, a pesar de lo que le molestaban las abejas, conservaba sus fuerzas físicas, sintió de nuevo la conciencia de su fuerza espiritual.

XV

—Kostia, ¿sabes con quién venía en el tren Serguiéi Ivánovich? —preguntó Dolli, después de repartirles a los niños pepinos y miel—. ¡Con Vronski! Va a Serbia.

—Y no va solo, sino que lleva un escuadrón a sus expensas —añadió Katavásov.

—Eso le va muy bien. ¿Es que todavía marchan voluntarios? —preguntó Lievin, mirando a Serguiéi Ivánovich.

Este no le contestó, ocupado en sacar cuidadosamente de una taza, con la punta de un cuchillo, una abeja aún viva, pegada a un trozo de panal.

—¡Ya lo creo! ¡Si hubiese usted visto cómo estaba la estación ayer! —dijo Katavásov, masticando ruidosamente un trozo de pepino.

—¿Cómo hay que entender eso? Por Dios, Serguiéi Ivánovich, explíqueme adónde van esos voluntarios y contra quién luchan —preguntó el viejo príncipe, continuando, al parecer, una conversación que habían iniciado en ausencia de Lievin.

—Con los turcos —contestó Serguiéi Ivánovich, sonriendo tranquilamente. Había sacado a la abeja, ennegrecida por la miel, que agitaba las patitas, y se entretenía en colocarla con la punta del cuchillo en una hoja de temblón.

—¿Quién les ha declarado la guerra a los turcos? ¿Iván Ivánovich Ragózov y la condesa Lidia Ivánovna en compañía de madame Stahl?

—Nadie les ha declarado la guerra, pero la gente se compadece de los sufrimientos de sus prójimos y desean ayudarles —replicó Serguiéi Ivánovich.

—El príncipe no habla de la ayuda —intervino Lievin, defendiendo a su suegro—, sino de la guerra. Dice que unos particulares no pueden tomar parte en la guerra sin que lo autorice el Estado.

—Kostia, fíjate, hay una abeja. Nos va a picar —exclamó Dolli, espantando una avispa.

—No es una abeja, es una avispa —dijo Lievin.

—A ver, a ver. ¿Cuál es su teoría? —preguntó Katavásov a Lievin con una sonrisa, sin duda provocándole a una discusión—. ¿Por qué los particulares no han de tener derecho a ir a la guerra?

—Mi teoría es la siguiente: por una parte, la guerra es algo tan brutal, tan cruel y tan horrible, que no digo ya un cristiano, sino ningún hombre puede tomar sobre sí la responsabilidad de empezarla. Solo puede hacerlo el Gobierno, que está para eso, y siempre que sea inevitable. Por otra parte, tanto desde el punto de vista de lo que nos enseñan como por el sentido común, cuando se trata de asuntos que incumben al Gobierno y, sobre todo, de la guerra, los ciudadanos deben renunciar a su voluntad personal.

Serguiéi Ivánovich y Katavásov empezaron a exponer a la vez las réplicas que habían preparado.

—Hay casos en que el Gobierno no cumple la voluntad de los ciudadanos y entonces el pueblo manifiesta su voluntad —dijo Katavásov.

Pero Serguiéi Ivánovich no aprobó, al parecer, este argumento. Frunció el ceño al oír las palabras de Katavásov, diciendo a su vez:

—Planteas erróneamente la cuestión. Aquí no se trata de declarar la guerra, sino de la expresión del sentimiento humanitario y cristiano. Están matando a nuestros hermanos de sangre, a nuestros correligionarios. Y no solo a estos, sino también a mujeres, ancianos y niños. Esto subleva los buenos sentimientos, y los rusos corren por ayudar a poner fin a estos horrores. Figúrate que fueras por la calle y vieras a un borracho golpeando a una mujer o a un niño. No creo que te entretuvieses en preguntarle si se le había declarado o no la guerra, sino que saldrías en defensa del ofendido.

—Pero no mataría al otro —objetó Lievin.

—Sí que lo matarías.

—No lo sé. Si me viera en un caso así, me entregaría al sentimiento del momento, pero no puedo decir de antemano lo que haría. Pero ese sentimiento momentáneo no existe ni puede existir respecto de la opresión de los eslavos.

—Tal vez no existe para ti, pero sí para los demás —replicó Serguiéi Ivánovich, frunciendo el entrecejo, descontento—. Entre el pueblo están vivas aún las tradiciones de los buenos cristianos, que sufren bajo el yugo de los «infieles agarenos». El pueblo ha oído hablar de los tormentos de sus hermanos y ha levantado la voz.

—Tal vez —dijo Lievin evasivamente—. Pero yo no lo veo así. También yo pertenezco al pueblo y no siento eso.

—Tampoco yo —intervino el príncipe—. Durante mi estancia en el extranjero, leía los periódicos y reconozco que ni siquiera antes de los horrores búlgaros pude comprender la causa de que los rusos sintieran de repente ese amor por sus hermanos eslavos, cuando yo no sentía nada hacia ellos. Me afligía mucho pensando que era un monstruo o que Carlsbad ejercía esa influencia sobre mí. Pero al llegar aquí, me tranquilicé viendo que hay otras personas, aparte de mí, que solo se interesan por Rusia, pero no por sus hermanos eslavos. Por ejemplo, Konstantín.

—Las opiniones personales no significan nada —replicó Serguiéi Ivánovich—. Las opiniones personales no interesan para nada cuando Rusia entera, todo el pueblo, ha manifestado su voluntad.

—Perdóneme, pero yo no lo veo. El pueblo ni siquiera está enterado —rebatió el príncipe.

—No, papá... ¿Cómo dices eso? Acuérdate del domingo en la iglesia —intervino Dolli, que escuchaba la conversación—. Por favor, acérqueme esa servilleta —le dijo al anciano, que contemplaba sonriendo a los niños—. No puede ser que todos...

—¿Qué pasó el domingo en la iglesia? Que le mandaron leer aquello al cura y lo leyó. La gente no entendió nada y solo se limitó a suspirar como cuando escucha cualquier sermón —continuó el príncipe—. Luego les dijeron que iban a hacer una colecta en la iglesia para una buena obra. Y cada cual sacó un kopek y lo entregó, sin saber para qué.

—El pueblo no puede ignorarlo; la conciencia de su destino está siempre presente en él y en momentos como el de ahora se le hace más patente —dijo Serguiéi Ivánovich con tono persuasivo, mirando al viejo encargado del colmenar.

El arrogante anciano, de barba negra canosa y espesos cabellos plateados, permanecía inmóvil sosteniendo el tarro con la miel. Miraba a los señores con expresión tranquila y dulce desde lo alto de su estatura, sin duda sin entender ni querer entender nada.

—Así es —asintió, moviendo la cabeza significativamente al oír las palabras de Serguiéi Ivánovich.

—Pregúntenle. Ya verán cómo no sabe nada de eso ni puede opinar —dijo Lievin, y añadió, dirigiéndose al viejo—: ¿Has oído hablar de la guerra, Mijáilich? Lo dijeron en la iglesia. ¿Qué opinas tú? ¿Debemos luchar para defender a los cristianos?

—¿Qué podemos opinar nosotros? El emperador Alejandro Nikoláevich piensa por nosotros para resolver todos los asuntos, también resolverá este. Para él es más fácil... ¿Quieren que les traiga más pan? ¿Hay que darle más al niño? —preguntó, dirigiéndose a Daria Alexándrovna e indicando a Grisha, que terminaba de comer una corteza.

—No necesito preguntar —dijo Serguiéi Ivánovich—. Hemos visto y vemos cientos y cientos de hombres que lo abandonan todo en aras de esa obra justa, hombres que vienen de todos los rincones de Rusia y expresan su pensamiento y su objetivo de un modo directo y claro. Sacrifican sus ahorritos o bien van a luchar personalmente y saben muy bien por qué lo hacen. ¿Qué significa esto?

—A mi juicio, significa —dijo Lievin, que empezaba a acalorarse otra vez— que en un pueblo de ochenta millones de habitantes se encuentran siempre no ya centenares, sino decenas de miles de hombres que han perdido su posición social, gente de vida desordenada, que siempre está dispuesta a enrolarse en la banda de Pugachov, ir a Jivá o bien a la guerra de Serbia.

—Te digo que no se trata de centenares, no de gente de vida desordenada, sino de los mejores representantes del pueblo —dijo Serguiéi Ivánovich muy irritado, como si defendiera sus últimos bienes—. ¿Y los donativos? En esto todo el pueblo expresa su voluntad.

—La palabra «pueblo» es tan indefinida... —arguyó Lievin—. Los escribientes de las comarcas, los maestros y tal vez un campesino por mil saben de qué se trata. Pero el resto de los ochenta millones, como, por ejemplo, Mijáilich, no solo no expresan su voluntad, sino que no tienen la menor idea de lo que deben expresar. ¿Qué derecho tenemos a decir que es la voluntad del pueblo?

XVI

Experto en dialéctica, Serguiéi Ivánovich, sin replicar, llevó la conversación a otro terreno.

—Verdaderamente, si quieres averiguar el espíritu del pueblo por medio de la aritmética, es claro que te sea difícil llegar a una conclusión. En nuestro país no está implantado el sufragio, ni puede introducirse porque no expresaría la voluntad popular; para eso existen otros caminos. Eso se percibe en el ambiente, se siente con el corazón, No hablo ya de las corrientes bajo el agua que se han movido hacia el mar muerto del pueblo y que son claras para cualquier hombre que no tenga prevención. Fíjate en la sociedad, en el sentido estricto de la palabra. Los partidos más diversos del mundo intelectual, tan hostiles unos a otros anteriormente, se han fundido en uno solo. Las discordias han cesado, todos los periódicos dicen lo mismo. Todos han percibido la fuerza titánica que los ha arrollado y los empuja en la misma dirección.

—Eso es lo que dicen siempre los periódicos —dijo el príncipe—. Es verdad. Enteramente parecen ranas antes de una tormenta. Por su culpa no se puede oír otra cosa.

—No sé si son ranas o no lo son; no publico periódicos ni quiero defenderlos; solo hablo de la idea común en el mundo intelectual —dijo Serguiéi Ivánovich, dirigiéndose a su hermano.

Lievin iba a contestar, pero el viejo príncipe se le adelantó.

—En cuanto a esa idea común se puede decir además otra cosa —dijo—. Tengo un yernecito (Stepán Arkádich, ya lo conocen ustedes), al que han nombrado ahora miembro de no sé qué comisión y algo más que no recuerdo. En este puesto no hay nada que hacer (creo, Dolli, que no es un secreto), y, sin embargo, tiene un sueldo de ocho mil rublos. Pregúntenle si es útil su cargo y él les demostrará que no existe otro más necesario. Y se trata de un hombre que dice la verdad; pero es que no puede dejar de creerse en la utilidad de ocho mil rublos.

—¡Ah, sí! Stepán Arkádich me ha rogado que le comunicara a Daria Alexándrovna que ha conseguido el cargo —dijo Serguiéi Ivánovich, descontento, pues le parecieron inoportunas las palabras del príncipe.

—Lo mismo ocurre con la unanimidad de opiniones de los periódicos. Me han dicho que en tiempo de guerra les duplican la subvención. ¿Cómo no van a considerar que los destinos del pueblo y de los eslavos... y todo lo demás?

—No tengo mucha afición a los periódicos, pero eso es injusto —protestó Serguiéi Ivánovich.

—Yo les pondría una sola condición. Alphonse Karr dijo con mucho acierto antes de la guerra con Prusia: «¿Consideran ustedes que la guerra es indispensable? Muy bien. El que predica la guerra que vaya a una legión especial de vanguardia, al asalto, al ataque y a la cabeza de todos».

—¡Qué bien les vendría eso a los redactores! —exclamó Katavásov, lanzando una sonora carcajada al representarse a algunos redactores conocidos suyos en esa legión escogida.

—Echarían a correr —comentó Dolli—. No servirían sino de estorbo.

—Si huyen, que disparen contra ellos o que los vigilen cosacos con látigos —dijo el príncipe.

—Perdóneme, príncipe, pero esto es una chanza y, además, de mal gusto —objetó Serguiéi Ivánovich.

—No veo que sea una chanza el que... —empezó diciendo Lievin; pero Serguiéi Ivánovich lo interrumpió.

—Cada miembro de la sociedad está llamado a cumplir el deber que le corresponde —dijo—. Y los intelectuales cumplen el suyo expresando la opinión pública. La expresión unánime y completa de la opinión pública es el mérito de la prensa y, además, es una manifestación alegre. Hace veinte años hubiéramos callado; en cambio, ahora, se oye la voz del pueblo que está dispuesto a levantarse como un solo hombre y a sacrificarse por sus hermanos oprimidos. Es un gran paso y una demostración de la fuerza.

—Pero no se trata solo de sacrificarse, sino también de matar a los turcos —objetó Lievin tímidamente—. El pueblo se sacrifica y está dispuesto a sacrificarse por su alma, pero no para matar —añadió, relacionando involuntariamente aquella conversación con las ideas que le preocupaban.

—¿Cómo por su alma? Comprenda usted que para un naturalista es una expresión que ofrece dificultades. ¿Qué es el alma? —preguntó Katavásov.

—¡Ah! Ya sabe usted lo que quiero decir.

—Le aseguro que no tengo ni la menor idea —replicó Katavásov con una risa sonora.

—«No traigo la paz, sino la espada», dijo Cristo —replicó por su parte Serguiéi Ivánovich, citando como la cosa más clara aquel pasaje del Evangelio que más confundía siempre a Lievin.

—Así es —repitió el viejo, que estaba junto a ellos, contestando a la mirada que casualmente le había dirigido Koznishov.

—Padrecito, lo hemos vencido a usted, lo hemos vencido por completo —exclamó Katavásov alegremente.

Lievin se sonrojó, molesto, no porque se sintiera derrotado, sino por no haberse contenido y evitado la discusión.

«No, no debo discutir con ellos —pensó—. Ellos llevan una coraza impenetrable y, en cambio, yo estoy desnudo.»

Comprendió que era imposible persuadir a su hermano y a Katavásov y veía aún menos posibilidad de estar de acuerdo con ellos. Predicaban el orgullo de espíritu que estuvo a punto de hacerle perecer. Lievin no podía estar de acuerdo con que un grupo de personas, entre los que estaba su hermano, tuviesen derecho a decir, tomando en cuenta lo que les contaban unos cuantos cientos de voluntarios charlatanes que venían a la capital, que estos, junto con la prensa, expresaban la voluntad y el pensamiento del pueblo, voluntad y pensamiento que se basa en matar y en vengarse. No podía estar conforme con eso porque no veía la expresión de tales pensamientos en el pueblo, entre el cual vivía, ni tampoco los encontraba en sí mismo (y no podía considerarse de otro modo, sino como uno de tantos hombres que constituían el pueblo ruso) y, sobre todo, porque, lo mismo que el pueblo, él no era capaz de comprender en qué consistía el bien general, pero sabía que solo era posible alcanzarlo cumpliendo rigurosamente la ley del bien, que le está revelada a cada cual. Por eso no podía desear la guerra ni predicar a favor de ningún fin común. Lievin decía junto con Mijáilich y el pueblo, que expresaba su idea en la leyenda de la llamada a los varegos: «Reinad y gobernadnos. Os prometemos alegremente una obediencia completa. Tomamos sobre nosotros todo el trabajo, todos los sacrificios y las humillaciones, pero no juzgamos ni decidimos». En cambio, ahora, según Serguiéi Ivánovich, el pueblo renunciaba a este derecho, comprado a un precio tan elevado.

Hubiera querido decir, además, que si la opinión pública es un juez infalible, ¿por qué la revolución y la comuna no se consideran legales, lo mismo que el movimiento en pro de los esclavos? Pero todo eso no eran sino pensamientos que no podían decidir nada. Solo era evidente una cosa: que en aquel momento la discusión irritaba a Serguiéi Ivánovich y que por eso estaba mal discutir. Lievin no habló más; se limitó a llamar la atención de sus huéspedes sobre las nubes, diciéndoles que era mejor regresar a casa.

XVII

El príncipe y Serguiéi Ivánovich montaron en la carretela y se fueron, mientras los demás, apresurando el paso, emprendieron a pie el regreso. Pero las nubes, tan pronto esclareciéndose, tan pronto oscureciéndose, se agolpaban con tal rapidez que les fue preciso apresurar aún más el paso para llegar antes que empezara a llover. Las nubes delanteras, bajas y negras como humo de hollín, avanzaban por el cielo con extraordinaria velocidad. Faltaban aún unos doscientos pasos para llegar a la casa y ya se había levantado el viento, y el aguacero podía esperarse de un momento a otro.

Los niños corrían delante, chillando entre asustados y alegres. Daria Alexándrovna, luchando con las faldas de su vestido, que se le enredaba en las piernas, ya no andaba, sino que corría, sin quitar la vista de sus hijos. Los hombres caminaban a grandes pasos, sujetándose los sombreros. Estaban ya junto a la escalinata cuando empezaron a caer grandes gotas, estrellándose contra el canalón de metal. Niños y mayores se guarecieron bajo techado, hablando alegremente.

—¿Dónde está Katerina Alexándrovna? —preguntó Lievin al ama de llaves, que les salía al encuentro en el vestíbulo con unos pañolones y unas mantas de viaje.

—Pensábamos que estaba con ustedes.

—¿Y Mitia?

—En el Kolok, la niñera debe de estar con ellos.

Lievin cogió una manta y corrió al bosque.

En ese breve intervalo de tiempo las nubes habían cubierto el sol, había oscurecido como durante un eclipse. El viento se enfrentaba con Lievin tenazmente, como si insistiera en su propósito, y arrancaba las hojas y las flores de los tilos, despojando despiadadamente las blancas ramas de los abedules e inclinándolo todo en la misma dirección: las acacias, las flores, las bardas, las hierbas y las copas de los árboles. Las muchachas que trabajaban en el jardín pasaron corriendo y dando gritos a refugiarse al pabellón de la servidumbre. La blanca cortina de lluvia torrencial cubría ya todo el lejano bosque y la mitad del campo más próximo, avanzando rápidamente hacia Kolok. Se percibía en el aire la humedad de la lluvia que se quebraba en gotas minúsculas.

Con la cabeza inclinada hacia delante y luchando con el viento, que le arrancaba la manta de las manos, Lievin se acercaba a Kolok. Ya distinguía algo que blanqueaba junto a un roble, cuando de pronto todo se inflamó, se encendió toda la tierra y pareció que la bóveda celeste se resquebrajaba por encima de su cabeza. Al abrir los ojos, cegados momentáneamente, Lievin, a través del espeso velo de lluvia que lo separaba ahora de Kolok, vio horrorizado que la copa del roble que conocía tan bien y que estaba en el centro del bosque había cambiado extrañamente de posición. «¿Es posible que lo haya alcanzado?», pensó. E inmediatamente, con movimiento cada vez más acelerado, la copa del roble se ocultó tras otros árboles y se oyó el ruido que produjo al desplomarse.

El brillo del relámpago, el trueno y la sensación momentánea de frío que le recorrió el cuerpo se unieron, invadiendo de horror a Lievin.

—¡Dios mío! ¡Dios mío! Que no haya caído sobre ellos —dijo.

Y aunque pensó enseguida en la inutilidad de rogar que no los matara el roble que se había derrumbado ya, repitió lo mismo, sabiendo que no podía hacer nada mejor que elevar esa plegaria sin sentido.

Al llegar al sitio donde solían estar, Lievin no encontró a nadie.

Estaban en el otro extremo del bosque, bajo un añoso tilo, y lo llamaban. Dos figuras vestidas de oscuro (antes estaban vestidas de claro) se inclinaban sobre algo. Eran Kiti y la niñera. La lluvia había cesado y empezaba a clarear cuando Lievin se acercó corriendo a ellas. La niñera tenía el bajo del vestido seco, pero el de Kiti estaba completamente empapado y pegado al cuerpo. Aunque ya no llovía, seguían en la misma posición que cuando se desencadenó la tormenta: ambas inclinadas sobre el cochecito y sosteniendo una sombrilla verde abierta.

—¡Están vivos! ¡Están sanos y salvos! ¡Gracias a Dios! —exclamó Lievin, chapoteando por el suelo encharcado con sus zapatos llenos de agua.

El rostro mojado y enrojecido de Kiti estaba vuelto hacia él y sonreía tímidamente bajo el sombrero, que había cambiado de forma.

—¿Cómo no te da vergüenza? ¡No comprendo cómo se puede ser tan imprudente! —riñó a su mujer, irritado.

—Te juro que no he tenido la culpa. Me disponía ya a volver cuando tuvimos que mudar al niño. En cuanto... —se disculpó Kiti.

Mitia estaba sano y salvo, no se había mojado y seguía durmiendo.

—¡Gracias a Dios! No sé ni lo que digo —exclamó Lievin.

Recogieron los pañales mojados y la niñera sacó al niño del coche y lo llevó en brazos. Lievin iba junto a Kiti y, sintiéndose culpable por haberse irritado, le apretaba el brazo a escondidas de la niñera.

XVIII

Durante todo el día y sosteniendo las más diversas conversaciones, en las que solo parecía participar la parte externa de su inteligencia, Lievin, a pesar del desengaño del cambio que debía de haberse producido en él, no dejaba de sentir con alegría la plenitud de su corazón.

Después de la lluvia había demasiada humedad para salir de paseo. Además, se oían truenos y no desaparecían del horizonte nubes de tormenta, que cruzaban tan pronto por un lado como por otro, oscureciendo el cielo. Todos pasaron el resto del día en casa.

Ya no se suscitaron más discusiones; al contrario, después de comer, todos se hallaban en la mejor disposición de ánimo.

Al principio, Katavásov hizo reír a las damas con sus bromas originales, que siempre gustaban tanto a los que lo conocían por primera vez, pero luego, provocado por Serguiéi Ivánovich, relató sus interesantísimas observaciones sobre las vidas y las diferencias de caracteres y hasta de fisonomías de los machos y las hembras de las moscas caseras. También Serguiéi Ivánovich estaba alegre, y durante el té, instado por su hermano, expuso su punto de vista acerca del porvenir del problema oriental, y lo hizo tan bien y de un modo tan sencillo que todos lo escucharon con placer.

Kiti fue la única que no pudo escucharlo hasta el final: la llamaron a bañar a Mitia.

Al cabo de unos minutos también llamaron a Lievin al cuarto del niño.

Dejó su taza de té, lamentando interrumpir una charla interesante, y se dirigió a la alcoba del niño. Estaba inquieto, ya que únicamente lo solían llamar en casos importantes.

A pesar del plan de Serguiéi Ivánovich —que Lievin no había acabado de oír— respecto de que los cuarenta millones de eslavos liberados debían, en unión de Rusia, comenzar una nueva era en la historia, había interesado mucho a Lievin, como algo completamente nuevo, y de la curiosidad y la preocupación por el hecho de que lo llamaban, en cuanto se encontró solo, al abandonar el salón, recordó inmediatamente los pensamientos que tuvo por la mañana. Y todas las reflexiones acerca de la importancia del elemento eslavo en la historia universal le parecieron tan insignificantes en comparación con lo que sucedía en su alma que enseguida lo olvidó todo, entregándose al estado de ánimo de antes.

Ahora no recordaba todo el proceso de sus ideas como solía hacerlo antes (no lo necesitaba). Inmediatamente se sumió en el sentimiento que lo dominaba y se relacionaba con sus ideas, comprobando que era más intenso y definido que antes. Ahora no le ocurrió lo que le solía ocurrir cuando buscaba el modo de serenarse y cuando le era preciso restablecer todo el proceso de sus pensamientos para encontrar ese sentimiento. Al contrario, a la sazón, la sensación de alegría y de serenidad era más viva que anteriormente y, en cambio, sus pensamientos no podían ir a la par del sentimiento.

Iba por la terraza mirando dos estrellas que apuntaban ya en el cielo oscurecido, cuando súbitamente recordó lo siguiente: «Mientras miraba al cielo pensando que la bóveda que veo no es una realidad, dejé algo sin esclarecer, oculté algo de mí mismo. Pero, fuera lo que fuese, no puede haber objeción. Todo se esclarecerá en cuanto medite sobre ello».

Al entrar en el cuarto del niño, se acordó de lo que se había ocultado a sí mismo: si la principal demostración de la divinidad consiste en su revelación del bien, ¿por qué esa revelación se limita tan solo a la Iglesia cristiana? ¿Qué relación tienen con esa revelación las creencias de los budistas y de los mahometanos, que también predican y hacen el bien?

Lievin creía tener una respuesta para eso, pero antes de que le diera tiempo de exponérsela, entró en el cuarto. Kiti, remangada, permanecía junto a la bañera en la que estaba el niño, y al oír los pasos de su marido volvió el rostro hacia él y lo llamó. Sostenía con una mano la cabeza de Mitia, que flotaba de espaldas en el agua, agitando los piececitos, mientras que contrayendo rítmicamente la otra, exprimía una esponja.

—¡Ven, míralo! ¡Míralo! —dijo en cuanto Lievin se hubo acercado a ella—. Agafia Mijáilovna tiene razón, ya reconoce.

Era evidente que desde aquel día Mitia había empezado a reconocer a los suyos.

Volvieron a hacer un experimento en presencia de Lievin, que tuvo un éxito completo. La cocinera, a la que habían llamado especialmente para eso, se inclinó hacia el niño, que frunció el ceño y movió la cabeza. Pero cuando Kiti hizo lo mismo, el rostro de Mitia se iluminó con una sonrisa radiante, apoyó las manitas en la esponja y produjo con los labios un sonido extraño de contento. No solo se entusiasmaron Kiti y la niñera, sino también Lievin.

Sacaron del agua al niño, que gritaba desesperadamente, le dieron una ducha, lo envolvieron en una sábana y cuando estuvo seco se lo entregaron a la madre.

—Me alegro de que empieces a quererlo —dijo Kiti a su marido, una vez que se instaló tranquilamente en el lugar acostumbrado y le dio el pecho a Mitia—. Me alegro mucho, porque ya empezaba a afligirme. Decías que no experimentabas ningún sentimiento hacia él.

—¿Acaso te he dicho eso? Solo dije que me había llevado una desilusión.

—¿Cómo? ¿Que te había desilusionado el niño?

—No precisamente él, sino mi sentimiento. Esperaba más. Esperaba que se me revelara, como una sorpresa, un sentimiento nuevo y agradable. Y en lugar de eso sentí repugnancia, compasión...

Kiti escuchaba atentamente a Lievin, mientras se ponía en sus finos dedos, por encima del niño, las sortijas que se había quitado para bañarlo.

—Y sobre todo mucho más temor y compasión que placer. Hoy, después del susto que pasé durante la tormenta, he comprendido que lo quiero.

Kiti sonrió con expresión radiante.

—¿Te asustaste mucho? —preguntó—. Yo también, y ahora que todo ha pasado tengo aún más miedo. Voy a ir a ver el roble. ¡Qué simpático es Katavásov! En general, hemos pasado muy bien el día. ¡Y tú eres tan bueno con Serguiéi Ivánovich cuando quieres...! Anda, vete con ellos. Después del baño, aquí siempre hace calor y hay mucho vaho...

XIX

Al salir de la habitación del niño y quedarse solo, Lievin recordó enseguida aquel pensamiento en el que había algo que no estaba claro.

En lugar de ir al salón, desde donde se oían las voces, se detuvo en la terraza y, apoyándose en la balaustrada, miró al cielo.

Ya había oscurecido. Al sur, hacia donde miraba, el cielo estaba despejado, las nubes se amontonaban en el lado opuesto. Brilló un relámpago y se dejó oír un trueno lejano. Lievin escuchaba con atención las gotas que caían rítmicamente de los tilos en el jardín, mientras contemplaba el triángulo de estrellas que le era tan familiar, y la Vía Láctea, que pasaba por el centro. Cada vez que brillaba un relámpago, no solo desaparecía la Vía Láctea, sino también las relucientes estrellas. Pero en cuanto se extinguían los relámpagos, las estrellas reaparecían en el mismo lugar, como lanzadas por una mano certera.

«¿Qué es lo que me conturba?», se preguntó Lievin, presintiendo en el fondo de su alma la solución de sus dudas, aunque no la supiera todavía.

«Sí, la única manifestación evidente e indiscutible de la divinidad está en las leyes del bien, expuestas al mundo por la revelación que siento dentro de mí y a cuyo reconocimiento no solo me incorporo, sino que estoy ligado de grado o por fuerza, en unión de una comunidad de creyentes que forman la Iglesia. ¿Y qué son los hebreos, los mahometanos, los confucianos y los budistas? —se preguntó. Esa pregunta le pareció peligrosa—. ¿Es posible que esos cientos de millones de seres estén privados del mayor bien, sin el cual no tiene sentido la vida? —Se quedó pensativo, pero no tardó en corregirse—. ¿Qué es lo que me pregunto? Me pregunto acerca de la relación de la divinidad con las diversas creencias de los humanos. Me pregunto acerca de la manifestación general de Dios a todo el mundo con todas esas nebulosas. ¿Qué hago, pues? Se me revela a mí personalmente, a mi corazón, un conocimiento indudable, que no puede alcanzarse por medio de la razón, y yo me obstino, en cambio, en expresarlo con razonamientos y por medio de palabras.

»¿Acaso ignoro que las estrellas no se mueven? —se dijo, mientras contemplaba el brillante astro que ya había cambiado de posición con respecto de una rama de abedul—. Y, sin embargo, al contemplar los movimientos de las estrellas no puedo imaginarme la rotación de la Tierra y tengo razón al decir que las estrellas se mueven.

»¿Acaso hubieran podido comprender y calcular algo los astrónomos si solo tuvieran en cuenta los diversos y complicados movimientos de la Tierra? Todas sus extraordinarias conclusiones respecto de las distancias, pesos, movimientos y oscilaciones de los cuerpos celestes se basan tan solo en el movimiento aparente de los astros, en torno a la Tierra inmóvil, en ese movimiento que contemplo ahora y que ha sido el mismo que para millones de seres durante siglos, ha de ser siempre igual y puede comprobarse constantemente. Y así como hubieran sido inútiles y dudosas las conclusiones de los astrónomos si no se basaran en la observación del cielo visible solo respecto del meridiano y del horizonte, lo serían las mías si no se fundaran en el conocimiento del bien, que es y ha sido siempre igual para todos y que me ha sido revelado por medio del cristianismo y puede comprobarse siempre en mi alma.

»No puedo, pues, ni tengo derecho a resolver la cuestión de las relaciones de otras doctrinas con la divinidad.»

—Pero ¿todavía estás aquí? —preguntó de repente Kiti, que se dirigía al salón por el mismo camino—. ¿Estás disgustado por algo? —añadió, mirando atentamente el rostro de su marido a la luz de las estrellas.

Pero no hubiera podido distinguirlo a no ser por el fulgor de un relámpago que ocultó las estrellas, iluminando el semblante de Lievin. Mientras duró esa luz, Kiti examinó el rostro de Lievin, y al verlo sereno y alegre sonrió.

«Ella me comprende —pensó Lievin—. Sabe en lo que estoy pensando. ¿Se lo digo o no? Sí, voy a decírselo.» Pero en el momento en que se disponía a hacerlo, Kiti empezó a hablar.

—Oye, Kostia, haz el favor de ir a la habitación que le hemos preparado a Serguiéi Ivánovich para ver si no falta nada. A mí me cohíbe. Entérate si le han puesto el lavabo nuevo.

—Bien. Iré sin falta —replicó Lievin, besándola.

«No, no debo decírselo —pensó cuando Kiti pasó delante de él—. Se trata de un misterio que solo necesito yo, un misterio importante que no puede explicarse con palabras.

»Este nuevo sentimiento no me ha transformado, no me ha proporcionado la dicha deslumbrándome de pronto, como esperaba, lo mismo que me ha ocurrido con el cariño hacia mi hijo. Tampoco ha habido ninguna sorpresa. No sé si esto es la fe o no lo es. Lo único que puedo decir es que ha penetrado en mi alma a fuerza de sufrimientos y ha arraigado en ella.

»Seguiré enfadándome contra el cochero Iván, seguiré discutiendo, expresaré inoportunamente mis ideas, continuará erigiéndose un muro entre el santuario de mi alma y los demás, incluso me sucederá eso con mi mujer. Seguiré culpándola de mis sobresaltos y arrepintiéndome de ello, seguiré rezando sin que mi razón comprenda por qué lo hago. Pero ahora toda mi vida, cada minuto de mi vida, independientemente de lo que pueda ocurrirme, no carecerá de sentido como antes. ¡Ahora poseerá el sentido indudable del bien que soy capaz de infundir en ella!»